山庄◎著

静静的山庄

第一部

【侦查故事】

JINGJINGDE SHANZHUANG

安徽师范大学出版社
·芜湖·

图书在版编目(CIP)数据

静静的山庄 / 山庄著. —芜湖：安徽师范大学出版社，2019.1
ISBN 978-7-5676-3456-5

Ⅰ. ①静… Ⅱ. ①山… Ⅲ. ①长篇小说—中国—当代 Ⅳ. ①I247.5

中国版本图书馆 CIP 数据核字(2018)第 061426 号

静静的山庄(共三部)

山　庄　著

责任编辑：潘　安
装帧设计：丁奕奕
出版发行：安徽师范大学出版社
芜湖市九华南路 189 号安徽师范大学花津校区
邮政编码：241002
网　　址：http://www.ahnupress.com/
发 行 部：0553-3883578　5910327　5910310(传真)
E - mail：asdcbsfxb@126.com
印　　刷：虎彩印艺股份有限公司
版　　次：2019 年 1 月第 1 版
印　　次：2019 年 1 月第 1 次印刷
规　　格：787 mm × 1092 mm　1/16
印　　张：60.375
字　　数：1000 千字
书　　号：ISBN 978-7-5676-3456-5
定　　价：188.00 元(共三部)

自　序

《静静的山庄》,是试用小说形式虚构的一个侦察故事。小说里出现的一些人物都是综合性形象,包括领导这个专案组的组长,都没有特定的模特儿。

侦察反特小说,人物的主体离不开公安人员。作者创作的指导思想,就是想把公安人员的战斗生活,用文艺作品的形式保留下来。

公安人员的劳动付出,不同于直接创造社会财富的生产一线工人,按照社会分工,前者重在保障功能,后者重在建设功能。在整个社会活动中,它们是相辅相成、缺一不可的"兄弟般关系"。而且,公安人员的劳动付出,往往是事后效应。特别是长期在隐蔽战线与敌斗争的公安人员,他们的辛勤劳动,无法用社会生产价值法则估量,同时还鲜为人知。在当今社会大环境中,过着安定、幸福生活的人们,不应该忘记他们。

本着这个指导思想,作者在构思人物造型,设想故事情节时,把长年累月在公安战线听到的、看到的点点滴滴,有些擦肩而过的人和事,所留下来的印记,作为创作的素材,把"历史和传说,事实和幻想糅合在一起",加以综合、提炼,使得一个一个情节串成一长串珍珠项链,把一个一个人物塑造出来,渗透到故事里,写成小说。

年轻的时候,就有过创作的想法,由于在公安战线整日忙忙碌碌,静不下心来,没有实现自己的创作梦。原指望调到市人大法制工作委员会后有闲暇坐下来搞创作,可为了适应新的工作环境,必须抓紧学习政策、法律,履行法律监督职责,一晃十来年过去了也没有动笔。1996年退休以后,服务于机关老年事业,也没有时间去创作。直到古稀之年,2003年,才有一个宽松的环境,充裕的时间,再次燃起创作热情,做起了创作梦。

本来每天早晨坚持锻炼,要去爬山;随着年纪慢慢大了,爬山力不从心,改搞创作。手和脑子都在活动,既延缓大脑神经老化、记忆力减退,又保持心态平衡,专心致志搞创作,犹如遨游在精神世界里,回到了年轻时代。

从2003年到2017年,前后花了十多年时间,才初步完稿。

习近平总书记在文艺座谈会上的讲话,对文艺创作指出:必须自觉与人民同呼吸,欢乐着人民的欢乐,忧患着人民的忧患,做人民的孺子牛。对人民,要爱得真挚、爱得彻底、爱得持久,就要深深懂得人民是历史创造者的道理,深入群众、深入生活,诚心诚意做人民的小学生。艺术可以放飞想象的翅膀,但一定要脚踩坚实的大地。文艺创作方法有一百条、一千条,但最根本、最关键、最牢靠的办法是扎根人民、扎根生活。应该用现实主义精神和浪漫主义情怀观照现实生活,用光明驱散黑暗,用美善战胜丑恶,让人们看到美好、看到希望、看到梦想就在前方。

遵循总书记的教导,艺术可以放飞想象的翅膀,但一定要脚踩坚实的大地,《静静的山庄》这部小说,主要反映上世纪七十年代,公安人员身陷囹圄,忍辱负重,坚持信念,百折不挠,忠于职守的故事。一个专案小组,在专案组长带领下,紧紧依靠基层党组织,依靠人民群众,坚持"专门工作与群众路线相结合"的方针,不断排除干扰,坚持必胜信念,同狡猾的敌人斗争,为保卫国家安全、人民安居乐业,不畏艰险,以无私无畏精神,最终战胜了敌人。

业余创作,如有不妥或者谬误,敬请批评指正。

山　庄

二〇一七年八月三十一日

故事梗概

台湾特务机关定下“W计划”，锁定破坏的目标——孔定山微波站，分为“W计划(1)”“W计划(2)”两个组成部分，派出两批特务实施。“W计划(1)”由代号“04”女特务执行，她潜入内地老家，依靠亲属关系发展高考落榜的表弟参加特务组织。她表弟按照她的指令，返回沪西市西郊庄前村老家，趁夜间破坏孔定山微波站通信设备。“W计划(2)”由另一名女特务潜入内地，发展代号“女神”的女特务执行，用色情勾引，图谋策反孔定山微波站工程师叛逃投敌。两批特务本着同一个目的——窃取“W计划”绝密资料，围绕孔定山微波站，在孔定山以及山脚下的庄前村，发展特务组织，收集情报，使得原来一个寂静的村庄动荡不安。

按照“04”女特务指令，特务分子趁夜深人静爬上山顶，破坏孔定山微波站通信设备。就在特务丧心病狂搞破坏的第一时间，海临微波站指挥中心突然发出“告警”信号。总指挥接到值班人员报告，立即发出指令，要沿线7个中继站检查线路、设备。其中6个中继站陆续报告：在同一个时间里发生“告警”，唯独孔定山微波站没有人接听电话，反映不出发生“告警”情况。总指挥当即向上级机关报告，同时通报孔定山微波站的主管单位。省、市两级公安机关及邮电局领导勘查现场，认定这是一起破坏性事故，确定成立专案组开展侦查，拉开了与敌斗争的序幕。

专案组从成立时候起，就是个“怪胎”。原来公安局内保科副科长，凌驾专案组组长之上，在侦查目标、圈定侦查范围，认定案件性质、审查方式方法，掌握政策策略等方面，同专案组组长两个人的矛盾层出不穷，且贯穿整个侦查工作始终。专案组组长不时受到冲击，一直在两种对立观点夹缝里周旋。而潜入内地的特务，在专案组内耗中，趁机进行各种破坏活动。敌我双方侦察与反侦察贯穿始终，斗争形势跌宕起伏。

老局长结束干校(农场)劳动回到局里主持工作,依靠基层党组织,充分发动群众开展工作。专案人员在庄前村的前村、后村,深入群众走访,从狗的叫声中判别犯罪分子作案时间,从床脚颤抖声中吃准犯罪分子藏匿犯罪工具的地方;再从一张港币入手,发现了派遣特务的踪迹,找到了"04号"女特务;由最初认定为刑事案件,上升为政治案件;又在排查工作中,发现了代号"女神"的特务图谋策反孔定山微波站工程师;遁迹追踪,寻觅到实施"W计划"幕后指挥者的踪迹。

老局长当机立断,在沪西、华南、香港搭起了三个对敌斗争平台,调动所有的侦察手段,根据不同时期的敌情变化,分别采取敲山震虎、声东击西、诱敌深入、搂草打兔、筑巢引鸟等斗争策略,揪出了潜入内地的特务,对所有实施"W计划"的特务一网打尽,一举破获全案。

与此同时,隐藏在党内、混迹在庄前村的特务被挖了出来,被敌人搞得"人心惶惶"的庄前村又恢复了平静。

目　录

第一部

第二部

第三部

第一部

1

告警

海临微波站指挥中心，位于海临市中心十三层高楼，是联结国内外东西南北微波邮电通信网络的中心枢纽。

1970年5月15日晚上，正当机房工作人员例行交接班结束，接班的工作人员到岗，开始例行职责，检测机器设备的时候，突然听到报警器发出"嘟！嘟！嘟！……"刺耳的告警声音，同时信号灯一闪一闪显示红色信号。

值班员小陶警觉地抬起头一看，挂钟的指针指向19时20分，转身大声疾呼："告警啦！告警啦！"

在此同时，机房内显示器荧光屏上一片灰白，间或显现翻滚点状，时而出现波纹闪耀。顿时，微波站指挥中心出现了少有的嘈杂混乱场面，在场人员的面孔上都露出惊恐的神色，怀着惊异的心态，看着值班长工程师赵浩，期待着他发布命令。

值班长赵浩，马上拿起电话听筒，拨打电话，向总指挥报告："王总，向你报告，微波站突然发生告警，请指示。"紧接着，赵浩嘴里只是"噢，好，我们立即进行检查……"

赵浩刚放下电话听筒，微波站值班室的内线电话发出"丁零零……"急促的铃声。赵浩赶紧跑过去用右手提起话筒接听，对方发出告急的声调："01、01，我是02，我是02，19点20分微波站告警，话筒里噪声严重。"赵浩回复他们，微波站指挥中心出现同样告警情况，要他们立即检查机器设备、线路。赵浩刚刚放下话筒，外线、内线电话交叉发出告急铃声，03、04、06、07中继站相继汇报：19点20分微波站告警。

值班人员正在聚首议论告警原因，值班长赵浩大声吆喝："镇静！

保持镇静！王总刚才指示我们，各就各位，按照各自职责分工，马上检查线路、设备……"

正在工程技术人员忙得不亦乐乎的时候，办公室内的外线电话机连续发出令人揪心、刺耳的铃声："丁零零……丁零零……丁零零……"赵浩急忙跑了过去接听电话，只听到对方急促地说："我是电信局，用户反映通话中尽是噪音，请微波站答复原因，以便向群众解释……"就当时情况来说，不仅是电信局，连电视台的工作人员，也接到来自群众查询电视机信号中断原因，在群众的呼声中尽是埋怨、苛责的声调，简直招架不住，所以不得不打电话向微波站指挥中心告急，反映情况，了解事故原因，以平息群众的愤怒情绪。

就在赵浩忙碌得不可开交的时候，指挥中心总指挥王德明（海临微波站站长、总工程师）闻讯，急忙赶到微波站，当机立断命令："小赵，你赶紧改用国际备用线路。"

赵浩手一挥，吆喝小陶："走！"

按照王总指示，改用了国际备用线路，通信线路瞬间畅通，电视接收信号恢复正常。

但是，乌云并没有驱散，就像悬在心里面的一块石头始终没有放下。因为事故原因还没有查到，这就意味着事故隐患还在微波站，埋藏在邮电通信线路上的定时炸弹，随时都可能爆炸。所以，在赵浩、小陶改用国际备用线路以后，为了判别事故原因，王总拿起了话筒要区域内沿线各个中继站，汇报机器设备、线路检查情况：

"各站注意！各站注意！请你们立即将检查微波机设备和微波通信线路情况，向指挥中心汇报。各站注意！请你们立即汇报检查微波机设备和微波通信线路情况……"

约莫过了15分钟，各个中继站陆陆续续向指挥中心汇报检查情况：

"01、01，我是02，我是02，19点20分微波站告警，话筒里噪声严重；根据赵浩工程师指示，检查机器设备、线路情况，一切正常。"接下来03、04、06、07都先后汇报结果，都说19点20分微波站告警，机器设备完好，唯独"05"号——孔定山微波站没有回话。尽管王总持续呼叫20分钟，然而始终没有得到"05"号的回话。孔定山微波站好似在大海里航行的一艘触礁的航船，沉没在大洋底里，无声无息。

海临微波站指挥中心，自身进行检查设备的工程师赵浩、技术员小陶，还有曹金生、林福祥两个技工，作为工程师、技术员的辅助工，全身心投入检查设备、线路，拆了装，装了拆，从天线、收发信机、调制器、多路复用设备以及电源设备、自动控制设备等，全面作了检查。赵浩用手抹头上渗出来的汗，直起腰板向总指挥王德明汇报："机器设备没有问题。"他转过身子问小陶："你那里情况怎么样？"

小陶回答："我这里也没有发现问题。"

检查折腾了两三个小时，已经到了深夜 11 点钟。王德明召集机房值班的工程技术人员到场分析事故原因。赵浩皱起了眉头，神情疑惑，指着值班记录说："经过反复检查，我们指挥中心微波机设备、线路各方面都完好。从各个中继站汇报检查结果，线路、设备都没有毛病。现在就剩 05 号没有回话，我认为要有问题可能就出在 05 号孔定山微波站。"

小陶附和着说："我同意赵工的看法。"

王德明右手抚摸着下巴，紧皱着双眉：如果毛病出在中继站的话，可以排除"01""02""03""04""06""07"这六个站，要有问题，看来就是在"05"号孔定山微波站。我多次要"05"号回话，一直没有回话，连接听电话的人也没有。

小陶直话直说："恐怕值班人员没有到岗。"

曹金生摇摇头："瞎说八道，七点多钟还不到岗，这是值的什么班？"

林福祥怀着满腹狐疑的心态说："值班人员是不是上班的时候睡大觉噢。"

小陶咂咂嘴："两个人值班，即使睡大觉，总有一个人被电话铃惊醒的吧。"

曹金生突然发出惊恐的论调："我怀疑出毛病了，像这样子连续打电话，没有一点反应，会不会像南方某微波站，碰着敌人袭击，值班人员被打死了？"

林福祥附和着："你同我想到一起了，我也在怀疑出毛病了。否则，随便怎么样也想不通，这么长时间没有人接听电话。"

小陶显现一脸惊恐的神态："真不要被曹金生、林福祥他们两位说准了，碰着敌人袭击，值班人员无力反抗，或者值班人员已经被打死了。"

听到大家议论，一种对国家、对同志的责任感在王总大脑里油然而生。王总拿起电话向上级机关作了汇报，转过身来，又专门向管辖“05 号”的上级部门澄江微波站监管中心通报了情况，要求他们立即检查辖区内各个微波站的通信设备和线路情况，并汇报检查结果。

澄江微波站监管中心同海临微波站指挥中心有从属关系：行政上属澄江邮电部门领导，业务上受海临微波站指挥中心领导。两个“中心”，这种体制本身就存在很多弊端。“监管”同“指挥”就是一对矛盾，运作起来，时不时要撞车。澄江监管中心对来自海临微波站指挥中心的指示，有时可听可不听，或者符合自己口味的就听，不符合自己口味的就不听。

澄江监管中心值班员接到海临微波站指挥中心总指挥通报的电话，立即将记录的内容打电话向澄江微波站副站长、监管中心副主任陈辉汇报。陈副主任还是以平时鄙视的心态看待王德明，接听电话不屑一顾，含糊其辞地说：“知道了。”说完，放下电话听筒，既没有指示值班员发通知，要各站检查，也没有采取应急措施，又迷迷糊糊倒头便睡他的大觉。

海临微波站站长、指挥中心总指挥王德明，解放前是海临市邮电局副总工程师。1949 年 5 月，局长许以高官厚禄，百般动员他连人带设备搬迁到台湾去。王德明不畏权势胁迫，不被金钱、地位诱惑，坚持不到台湾。总工程师乔奇平跟了局长到了台湾，而王德明主动接受地下党领导，组织员工保护了整个邮电通信设备，保证了海临市的邮电通信正常运行。他被提拔为海临市邮电局总工程师，却遭到有些同行妒忌，在外散布流言蜚语，尤其澄江监管中心的一些人，称他是“留用人员”，是接受改造的“伪职人员”，有严重的海外关系，是控制使用的对象。对这些无稽之谈，他只是嗤之以鼻。

就在事故发生的第二天上午，澄江监管中心陈副主任上班，一到办公室，不紧不慢地坐到椅子上，一眼看到办公桌上的值班记录簿。然后，百无聊赖地翻开记录簿一看，海临微波站指挥中心总指挥王德明来电：“海临辖区内沿线各个微波站向指挥中心报告，5 月 15 日 19 点 20 分‘告警’，属于你们监管中心的‘05’号微波站没有回话，请立即检查，并报告结果。”“值班员：傅浩，5 月 16 日凌晨 1 点 05 分。”“备注：已经向陈副主任报告。”

陈副主任看完了值班记录，嘴角微露一丝鄙视的笑容，顿时脑袋瓜一闪念，没有什么大不了的事，真是大惊小怪，随手将值班记录合上。办公桌上的电话机发出了急促的电话铃响声：“丁零零……”陈副主任拿起话筒：“喂！哪里？”接着陈副主任嘴里接连发出：“是！是！是！”不言而喻，这是上级部门领导的来电。他放下话筒，脑子里盘算“05”号，显然指的是孔定山微波站，再一想值班记录的时间、内容，陈副主任抬起手腕一看手表：5 月 16 日上午 8 点 30 分，扒拉手指一算，已经 7 个多小时，这才慌了手脚，按照刚才上级邮电部门领导电话指示精神，叫办公室主任通知区域内的微波站自行进行检查设备、线路，并报告检查情况，同时，派出工程技术人员程晋乘工程车赶往孔定山微波站进行实地检查。

沪西市孔定山微波站站长成钧贤事先接到澄江监管中心电话通知，已经在微波站等候检查人员的到来。当澄江监管中心技术员程晋等一到，成站长马上领他们上山到机房检查。程晋一行人爬到山顶，一走进机房，立即向值班人员索要值班簿，翻开记录一看：“正常”。问：“昨晚上，是哪两个人值班？”

当班的值班员王杏根歪着头说：“是宋飞、杨海明两个人，今天早晨 6 点钟他们已经下班了。”

程晋一脸严肃相：“他们昨晚上几点钟上班？”

小朱昂起头：“我们是 6 进 6 出。”

程晋皱起眉毛，诧异地看着小朱：“昨晚上，海临微波站指挥中心打电话来，要求回话，怎么没有反应？”

站长成钧贤在旁边听说值班时间没有人接听上级部门电话，脸上好似挨了一记耳光，面孔涨得通红。

王杏根、小朱不屑一顾：“这个就不晓得了。今天早上交班的时候，没有听到他们说这个事情。”

程晋又问了些机器设备情况，也没有问出个名堂，开始检查微波机。设备完好，就转身走出机房，到外面检查天线，发现西面的“抛物面天线”表面被敲了几个瘪洞。再转到东面山头上，观察东面一根着地小型抛物面天线的电缆被砍断。这下子吃惊不小。

程晋拉下脸来大声说:“不得了了,闯大祸了。”

成站长看到设备被破坏的现场,再听到程晋一咋呼,瞬时,脸色刷白,额头上渗出冷汗。程晋二话没说,立即回到机房内,拿起话筒同澄江监管中心陈副主任通话,报告孔定山微波站遭到破坏的情况。

陈副主任脑子里盘算着:是先向海临微波站指挥中心汇报呢,还是先向上级邮电部门汇报?考虑再三,还是先向上级邮电部门汇报。

上级邮电部门得到报告,马上上报,并要澄江监管中心派人赶赴现场。陈副主任回答:“我们已经派人赶往孔定山微波站。”

正当他还在犹豫,是否马上向海临微波站指挥中心汇报,上级邮电部门办公室又打来电话通知:“局长要你亲自赶到孔定山微波站现场,参加现场勘查。”

在孔定山微波站检查的程晋,向澄江监管中心陈副主任打完电话,这时已经到了中午吃饭时间。成站长赶紧邀程晋三人下山到微波站吃饭。

孔定山微波站站长成钧贤,原来是农村邮电所所长,处世立身的基本功比较扎实。本来,他只是个邮电所的安装班班长,从班长做起,后来被提拔为副所长、所长,再跃身一跳,调任微波站站长,相当于科长一级的干部。实际上,他对微波邮电通信业务一窍不通,而就在这个岗位上,倒是被他混得滴溜滚圆。他最大的特点,逢人三分笑:见了上级领导“憨笑”,给上级领导以敦厚、本分、老实的印象;见了圈内人士“欢笑”,以“平易近人”见长,给人好打交道的感觉;碰到尴尬事情或者做错了事情,发出“傻笑”。他的这一笑,着实能起到“俘虏”对方的作用。他最高明的一手,擅长感情投资,他的这一招,在基层邮电所表现得淋漓尽致。他就靠握着安装电话大权,向农村大队、企业施展“吃拿卡要”本领,凡是用户申请安装电话的业务,没有他点头,不要想装上电话。

这个成钧贤,逢年过节,是个大忙人。坐镇邮电所,一手接受农村大队、企业单位“进贡”,什么香烟、老酒,以及大青鱼、老母鸡等农副产品,应有尽有;另一手接待、宴请上级部门的检查大员,对顶头上司、分管领导,一个不漏地由他亲自登门送上年货。想当初,筹建孔定山微波站以及选拔微波站站长的时候,他是不二人选,当上了站长。现在微波站发生破坏事故，在接待程晋上，更加毫不含糊，非但宴请，还准备了两条大前门香烟。

一干人到了食堂，成站长恭恭敬敬邀请："程技术员，您上座。"

辅助工、驾驶员挨着程技术员就座。成站长拿起一瓶比较高档的白酒向程晋的杯子斟满了酒，对着程晋同来的驾驶员、技工两个人，笑嘻嘻发声："你们两位师傅自便。程技术员，你好久没有来了，来，咱们干一杯。"

程晋笑嘻嘻地说："唔，有半年没有来了。"说着，举起酒杯："好，干，谢谢。"

成站长之所以如此巴结程晋一干人，请他们吃喝，还准备了香烟，主要目的是，站上发生如此大的事故，一来想打听这次事件的来头，二来要不失时机，利用他回去美言几句。所以，趁程晋酒兴上来，成站长故作姿态，又是摇头，又是咂嘴，发出一脸傻笑，装腔作势，自言自语："怎么这么巧，我们刚检查、检修好设备、线路，就发生这种事情，真是不可思议。"

程晋为了表现自己的能耐，将事发经过，以及两个"中心"领导的指示，向成站长作了渲染。而成站长也就利用这位义务"传声筒"向上级传话，收起笑脸："我们这里按照澄江监管中心的指示，严格内部的各项管理制度，要求每个值班同志遵守值班制度，每一个月机房要进行检修一次，一个星期检查一次，每天上班，先检测再上班；每个班上的同志都是按时上下班，并且开展'百日无事故竞赛'。"反正所有的好话，尽量向程晋灌输。澄江来的人酒足饭饱，正待抹抹嘴唇起身走路，成站长把一条大前门香烟塞进程晋的背包，程晋半推半受，嘴里好似含了一样东西，含糊不清地嘀咕："不好意思，不好意思……"还有一条，他一掰两，技工、驾驶员两个人一人五包，塞进他们的挎包。成站长亲热地搀着程晋的手，一直送他们到路口，看着上车，待车子起步，他才挥挥手，大声疾呼："欢迎你们经常来指导！"

陈副主任等到程晋回来，听取程晋汇报检查发现孔定山微波站现场破坏情况后，这才拿起电话向海临微波站指挥中心王德明汇报，另外他又将程晋根据成站长介绍的情况照搬一通："内部各项制度比较健全，管理也很严格，现在看来，事故是出在外部，而且，明确是人为的破坏，在这种山上发生的破坏事故，往往是精神病患者……"

这位陈副主任用心良苦。他向海临微波站指挥中心王总如此汇报，把一个还没有经过公安机关现场勘查的破坏性事故往精神病患者身上一靠，其用意想“推死人过街”，说明发生的破坏事故是防不胜防的，而且，表明辖区内，他所领导的微波站通信设备完好，内部管理制度严格，既为他自己开脱领导责任，又表白自己领导有方。

王总并不完全相信他的说法，认为：外部破坏，这已经是客观存在的事实，现在的问题是，发生破坏事故的当天晚上，究竟有没有人值班。陈副主任在电话里含糊其事，敷衍搪塞了一番。就从这个时候起，两个“中心”就孔定山微波站“5·15”发生破坏事故，有关“责任”、是否“告警”以及值班人员当天是否按时到岗、外部设备遭到破坏、值班人员有没有发现并报告等问题，就存在严重分歧意见，而且，一直延伸到以后的专案组。

2

勘查现场

孔定山微波站位于沪西市西北角，地处一个穷乡僻壤的山头上。5月16日下午4点多钟，在孔定山沿山脚下的公路上，一下子停了五六辆吉普车。相距公路700多米远的庄前村，一向平静的山野村庄，顿时不平静起来，本来分散在家里、田头的一些农民，惊奇地发现前所未有的景观，随即蜂拥着跑到马路上看热闹。

孔定山微波站成站长，一听到汽车喇叭声，赶紧一路小跑到公路上，迎接从车上走下来的“客人”。说真的，成站长今生今世还没有见过如此场面，接待上级领导，还不懂得用什么样的礼仪，心里想，反正喊首长错不了。但是，来的人比较多，要认准哪一个是首席首长不怎么容易，怎么办?他还算机灵，看到沪西市邮电局局长率先下车，站立马路上守候，两只眼睛注视着从一辆吉普车上下来的一位四十多岁的干部。成站长肚里转念头，看来，从这一辆吉普车下来的一定是首长，满脸堆笑跑上前，右手一摊：“首长，这边请!”见了自己单位的局长，立马一脸憨笑，然后忙前忙后招呼从车上陆陆续续下来的一干人，转过身来又赶紧快步跑到“首长”那里领路。

“客人”下了车以后，并没有按照成站长的安排到微波站稍事休息，而是直接上山，沿着上山的石板路拾级而上。他赶忙跑到前面做向导。

这个时候，沿公路北面一侧，簇拥着几十个看热闹的农民，人头攒动，争先恐后向孔定山方向移动。微波站两个工作人员，一看到一些农民相拥着往山上跑，就像“哼哈二将”守住上山的路口，拦住熙熙攘攘围观的农民，竭力劝阻他们上山。这些农民被阻拦在路口，看着一些人直往山顶上跑，不停地议论着这些人上山干什么。

农民甲:“来了啥大干部了?看来,成站长陪的那个人是个大干部。”

农民乙:“这个干部来头不小,还有警察做保镖,看来是个‘亨龙头’,起码是个师长什么的。”

农民丙:“不像是什么‘亨龙头’,倒像是山上发生什么事情了。你们看,一来就往山上跑……”

一听说山上出什么事情,一些农民怀着好奇心,争先恐后尾随,想上山看看,嘴里还七嘴八舌向微波站工作人员打听:“山上出啥事情了?是不是有坏人搞破坏……”

微波站两个工作人员站在上山的路口,堵住农民上山,听到他们议论,打听山上发生什么事情,一个劲地劝说:“没有啥事情,你们赶快回去干活。”这些农民,越是听了解释没有啥事情,越是拼命打听,弄得两个工作人员招架不住。从微波站内又出来两个工作人员,一边劝说,一边像赶鸭子似的好不容易将围观的农民劝散回去。

微波站机房就建在海拔 300 多米高的孔定山山顶上。站在山顶上一眼看去,山的东南面尽是一个个小山包,好像一只只“蘑菇”,形成了一个以孔定山为主体的“天然蘑菇群体”;它的西南面,树木参天,山脉逶迤,连绵起伏,一眼看不到尽头。平时,除了山脚下村庄里的农民上山砍柴,再也没有人上山观赏这边独好的风景。

成站长紧跟着陪同一干人到了山顶,他就佝偻着腰避让一旁,让位于跟随省、市相关部门领导的公安人员,绕着山顶勘查现场。

刑侦技术员按照省、市公安机关领导的指点,专心致志在破坏现场进行刑侦技术操作,有的在寻觅痕迹,有的在照相,现场勘查有条不紊地进行着。

机房大门设在山头的南面,机房外面临西、北面方向的露天里架设了抛物面天线,就好像遮阳伞形状的“大喇叭”。受损比较突出的是位于西面的一个抛物面天线表面,被敲了三四个瘪洞;靠近北面的天线,虽也遭到敲击,但受伤程度较轻。被破坏最严重的是,位于东面一只着地小型抛物面天线的电缆被砍断了 15 公分,而在现场找不到被砍断的电缆,只是残留了些许 1~2 公分长短不一的电缆线的断头和不少屑粒。除此之外,没有什么遗留物。

省、市两级公安机关会同省、市邮电局的领导,连同侦查员、刑侦技术员等十多个人，勘查完现场，就在南面山头平地上，驻足研究分析现场情况。正当大家集中思想研究分析案情时，澄江监管中心陈副主任气喘吁吁地赶到山上。省邮电局杨副局长皱起眉头朝陈副主任看看："你怎么到这个时候才来？"

陈副主任一头揩汗，一头解释："海临微波站指挥中心王总，要我向他汇报孔定山微波站发生事故情况，然后又在电话里交换了一些意见，所以来迟了。"

杨副局长转身向在场的领导同志介绍："这位是我们澄江微波站副站长、监管中心陈副主任。"然后，又把省、市相关部门领导逐个介绍给陈副主任，陈副主任主动同在场的省、市相关部门领导逐个握手。

杨副局长对陈副主任发号施令："你赶快去看看现场破坏情况，等会儿一起来参加研究案情。"

成站长本来一直被晒在一边，张开了嘴，转动着两只眼窝珠，听着勘查现场的领导讲话，似乎听得出神，一听说要陈副主任去勘查现场，赶忙凑到陈副主任身边："陈主任，我陪你去。"陈副主任由成站长陪同前去勘查现场。

现场研究会议继续进行。省公安厅领导向侦查处长发话："老陈，你先说说吧。"

陈处长笑嘻嘻地朝沪西市公安局许副局长看看："许局长，你是这方面的专家，请你发表发表高见！"

省、市邮电部门的领导以及市邮电局保卫科科长钱聪异口同声："许局长，请发表高见！"

许副局长本来在干校（农场）劳动，农场领导突然接到市公安机关办公室通知，要许副局长回城接受任务。

许副局长，本名叫许德，原来在公检法系统是有名的年轻老干部，在侦查工作上是省公安厅挂上号的专家。接到通知，他火急火燎赶往公安局，带领公安人员去现场。现在，经现场领导同志一再催促下，许副局长谦让了一番："好吧，我就来个'抛砖引玉'。"他打开了思路，调整了频率，发表意见：

"我初步看了一下现场，在我脑子里有这么几个问题。"

"一、这是一起人为的破坏事故，看来是毫无疑问。"

“从破坏设备所受损部位的痕迹来看，犯罪分子使用的作案工具，有两个显著特征：一个是用的钝器，另一个用的是利器。到底是使用哪一种工具作案，还有待查证。如果说，犯罪分子同时使用两种工具作案，说明有两个犯罪分子，使用不同的工具交叉作案。假如说一个人作案，那么，这个犯罪分子至少要熟悉这里环境。问题是使用什么样的工具作案，才能形成两种不同的伤痕？”

“二、从现场勘查，被破坏的部位的初步情况来看，犯罪分子作案应该有20分钟左右的时间。据说机房内24小时有人值班，犯罪分子作案敲打发出的响声，足以惊动机房内的值班人员。而当晚值班人员没有报案，在案发的第二天上午，是由省里有关部门根据海临微波站指挥中心发生‘告警’的通报，派出工程技术人员，检查机器设备的时候，发现破坏事故才报案。这个问题，现在一时还说不清楚。”

“三、作案时间，是白天，还是晚上？现在看来，晚上作案的可能性比较大。犯罪分子晚上作案是在哪一个时段？还有待查证。”

“现在天色已晚，现场勘查比较粗糙，还应该利用白天时间认真进行勘查，也许还会有更多的情况发现。我建议：一旦进入侦查阶段，首先就作案时间、作案工具，迅速作出明确的结论。否则，将影响下一步专案侦查工作的方向。”

杨副局长特地将脸转向刚刚勘查完现场的陈副主任：“陈主任，你是微波通信的专家，看了现场，发表你的高见。”

陈副主任听到省邮电局领导当众称他专家，非常得劲，嘻开了嘴，大发议论：

“现场我看了，讲几点意见。”

“一、人为的破坏事故，已经成为不容置辩的事实。我之所以这样说，是根据东面电缆被砍断，这是认定人为事故的依据。但是，在人烟稀少的山上发生这类事故，说怪不怪，说不怪也怪，我以为正常人不会干，很有可能是精神病患者搞的。以往，我们甚至发现，精神病患者爬到百米高的铁塔上，这有多么危险，可是，他在上面还朝我们发笑，因为他没有自控能力，所以正常人不敢做的事，他敢作敢为。”

“二、西面抛物面天线被敲了一些瘪洞，这同东面电缆被砍断，以及同海临微波站5月15日晚上‘告警’是两码事。我同海临微波站指挥中心王总交换意见时，一再表明我的观点。因为‘告警’的原因很复杂，有些微波站建在靠近江河湖泊，晚上月亮光照到水面，受反射光作用，也会引起‘告警’。微波机本身有‘自动增益’设备，它随时随地能够改善邮电通信质量。所以抛物面天线被敲了几下，微不足道。在这样的荒山野岭上，往往有一些上山砍柴的农民，出于一种好奇心理，在抛物面天线上敲敲打打，不足为奇。”

“三、这种人为的破坏事故，除了是精神病患者搞破坏，我们一定要以阶级斗争的观点，来分析判断犯罪分子。不能排除阶级敌人狗急跳墙，以破坏邮电通信，到达他们不可告人的目的。”

陈副主任话锋一转，晃了一下脑袋，像煞有介事：“但是，也不能排除一些人，出于报复心里，故意制造一些麻烦，所谓给些颜色你看看。孔定山微波站虽说建在山上，而山脚下就是农村，平时，同农村一些农民少不得会发生一些矛盾，个别农民采取一些过激行动，也不无可能。”

其实，他这个意见是从成站长嘴里贩卖来的，现在来个现买现卖。成站长陪同他勘查现场时，一边领他看，一边嘴里向他介绍情况，提到会不会是农村小青年不满微波站不让看电视，来个恶作剧，报复微波站。这位陈副主任接过成站长猜测、怀疑的意见，作为认定作案人员的依据。转过身来，还故作姿态对站在他身边的成站长发话：“成站长，你们微波站是不是好好回忆回忆，近一个时期，有没有同农村里的农民发生矛盾……”

站在陈副主任身边的成站长，唯唯诺诺，点头哈腰，小心翼翼地回称：“我们一定按照领导的指示精神，发动站里同志好好回忆……”

在现场的一些领导听了他不伦不类的说法，都感到不是滋味。省公安厅陈处长反问陈副主任：“海临微波站指挥中心王总指挥是什么意见？”

陈副主任含糊地答非所问：“王总，主要向我们了解情况，我向他表示，等我们勘查现场结束，有什么情况，随时向他报告。”

省邮电局杨副局长觉察到省、市相关部门领导对陈副主任的轻率讲话有些反感，特地打圆场，面向省公安厅陈处长，以征询的口气说：

“刚才许局长发表的高见，我认为很有道理，现在请陈处长作指示。”

陈处长面带微笑：“说不上什么指示，我首先表示完全同意许局长的分析意见。下面只能说发表个人的一些浅见。”

“一、这是一起人为的破坏性事故，可以确定无疑。但到底是什么性质，或者说有什么政治背景，现在还说不上来。就这一起事故发生当晚，昨天晚上22点起一直到今天凌晨4点，海外多家电台连续播报，大肆渲染，蛊惑人心……我们不能就这起案件就事论事。”

在场的一些领导同志一听说孔定山微波站这起破坏事故，海外多家电台作出反应，都感到不可思议：这么快……

“二、成立专案组。”陈处长面向市公安局领导，征求意见似地发话：“我意见就定名为‘5·15’专案，由沪西市公安部门为主。”陈处长特地转过身来，用商量的口气说：“许局长，我建议这起案件是否请你们侦查科的洪强参加，邮电局保卫科配合。”

许副局长朝在场的内保科副科长顾金生看了一下，因为按照公安业务分工，微波站属于公安内保科管辖的业务范围。转念一想，现在是省公安厅侦查处处长在现场，加上海外媒体制造散布蛊惑人心的言论，这起案件看来有特殊的政治背景。所以他婉转地以征询的口气说：“要洪强参加侦查这起案件，倒是很合适。但是洪强还在干校农场劳动，顾科长，你意见如何？”

顾金生倒也很爽快：“没有问题，我回去汇报，叫他马上上山。”

陈处长接着说：“现在，已经天黑，我们勘查现场很可能有遗留的地方和部位。所以，专案组成立，还要利用白天时间，对现场再进行反复勘查，抓紧制定侦查方案组织侦破。”

陈处长，叫陈叔平，原来是省公安厅侦查处处长。五十年代，是行署公安处侦查大队侦查二组组长，同洪强在同一个侦查大队不同一个组工作。后来，洪强分配在沪西市公安局侦查科，陈叔平在省厅侦查处由科员、科长直至升任处长，他同洪强的工作关系从来没有间断过。在勘查现场间隙，陈处长同许副局长个别交谈时，打听到洪强在干校劳动。因此，在研究工作时，趁成立“5·15”专案组，他“点菜吃饭”，指名道姓叫洪强参加侦查工作。

陈处长发表意见结束，省邮电局杨副局长作为发案单位的上级领导，发表意见：

“我完全同意陈处长的意见，赞同成立‘5·15’专案组。专案组一经成立，我们邮电局的同志一定要主动配合。”

他特地将脸转向市邮电局局长黎明扬、保卫科科长钱聪:“我要强调一点,分工不等于分家,一定要协同作战,团结战斗。在侦查中遇到问题,要随时请示汇报。这起案件发生在我们邮电通信部门,我们要义不容辞地担当协助公安机关同志的破案工作,特别是涉及技术方面的一些问题,我们一定要主动提供帮助。”

黎局长当即表态:“我们邮电局派保卫科科长钱聪同志全力以赴参加专案组。另外微波站工程师宋浩然也参加,可以在技术方面出出主意……”

杨副局长表示赞同:“好! 这样可以从一开始就形成一股力量,为破案工作创造有利条件。”

尽管杨副局长再三强调,要统一思想,协同作战,按照省公安厅陈处长的意见,成立专案组,开展工作,恰恰就从这个时候起,被突然冒出来的澄江微波站监管中心陈副主任发出的一股杂音一搅和,犹如暖湿气流交汇,冷热晴雨变化无常,正在等待着将要成立的专案组,专案人员被卷入已经生成的是非旋涡。

3

成立专案组

省、市公安机关以及邮电部门领导勘查现场结束，各自回归原单位。许副局长完成勘查任务，就连夜回到干校(农场)。

在干校参加劳动的洪强正在田间劳动，突然听到有人喊他，他驻足握住手里的铁耙朝来人看。

“冒场长喊你去，喊你到场部去。”

洪强似是惊异：“喔，好，我去。”肚里转念头：“这个时候冒场长喊我去是什么事情?是劳动生产上的事情，还是其他什么问题?”洪强偏偏忘记隔夜里许德副局长同他说起回城工作的事情。一路走，一路盘算，到了冒场长办公室。洪强无精打采地说：“你喊我，有啥事情?”

冒场长抬起头笑眯眯地说：“接到市局电话通知，要你马上到市局去报到。”

洪强一听说市局要他去报到，才想起昨天晚上许德特地找到他，向他谈了孔定山微波站发生破坏案件，并详细介绍了现场勘查的情况，有关对案件研究分析的意见，要洪强作好回城工作的思想准备。洪强毫不犹豫：“好!我去。”

冒场长看着洪强的面孔，嘿嘿发出笑声：“你回城工作，没有现代化交通工具，只有装大粪的水泥船送你了。”

洪强说：“不用麻烦了，我还是两条腿跑吧。”

冒场长把脸一板，说：“什么话，要跑到什么时候到城里。况且，不光是你人，还有被头铺盖怎么办?装大粪水泥船，好歹将就将就吧。”

洪强动情地说：“谢谢。”

冒场长说：“谢什么，一会儿我来安排。”

至此，洪强走马上任。

上午9点多钟，沪西市公安局内保科副科长顾金生，事先接到市局电话通知，已经在微波站邀集专案组全体同志坐在会议室等候。一听到汽车喇叭声音，急急忙忙跑到大门口将市局领导、洪强接到会议室。当三个人跨进会议室的门，退伍转业到公安局的张海波站起来带头鼓掌。在座的人稀稀拉拉，也跟着噼里啪啦鼓掌，会议室的气氛搅得两个人哭笑不得。在后排就座的沪西市邮电局保卫科的同志小尹面孔朝着小周，压低了声调："鬼迷，碰着啥了？"

小周做了个鬼脸："碰着啥，碰着鬼……"

掌声一停，顾金生非常投入，主持会议："现在，我们正式开会。今天的会议，主要是关于成立专案组问题，以及专案组的人事安排。"鹦鹉学舌，他弯起了舌头南腔北调："现在，咱们以热烈的掌声，欢迎市局领导讲话。"话音一落，又是张海波领头鼓掌。会议室里，十来个人的掌声，就像大铁锅里"炒黄豆"噼里啪啦，出现了同顾金生要求"以热烈的掌声"相反的效应，如冬至过后昼夜温差。

市局领导："经市局领导研究决定，从现在起，'5·15'专案组正式成立，洪强为组长，邮电局保卫科钱聪科长为副组长。"在旁边的顾金生，面孔上的肌肉无节奏地在跳动，脑子里顿时打了个咯噔："组长、副组长都已经安排好了，我顾金生的'牌位'如何安放？"正在狐疑的时候，市局领导转身对在座的顾金生："老顾啊，这里，你就多关心一下，城里、乡下两头跑跑。"

要是换了平常日子，有人喊老顾，他马上发作："老顾是你喊的？！"而现在市局领导喊他老顾，他的感觉不同，这是市局领导对他亲密的表示，提高了他的身价，尤其明确要他"城里、乡下两头跑跑"，说明他是有了"上峰宝剑"的，所以特别得劲。为了表现自己忠于职守，站起来习惯性地"阿哼"干咳一声："没有问题，这些工作算不了什么，你尽管放心回城吧。"

因为这位市局领导刚巧从其他单位调到公安局工作，正忙于研究领导之间的分工，他在会上讲了一通空洞理论要赶紧回去，所以，宣布成立专案组以及人事任命一结束，将宣读的稿子往口袋里一塞，嘴里说了声"再见"，脚底抹油溜开了。顾金生赶忙站起来陪同礼送，直到市局领导上了吉普车，才转身回到会议室。

为了在众人面前显示他的特殊身份，又一本正经当众把市局领导刚才讲的空洞理论，东一榔头西一棒子炒了一遍“冷饭”。然后，再拿专案组的人事任命，向在座的同志重复一边，这才宣布散会。

参加会议的人陆陆续续离开会议室时，顾金生特地邀洪强、钱聪两个人留下来研究分工以及下一步工作问题。就从这个时候开始，专案组一度形成了一个畸形的领导体制——顾金生就像是操控专案组的当然领导，代替了市局领导的监督职责；专案组两个组长成了他的“听差”，大大小小的事情都要由他一个人说了算。

在研究工作以及具体分工时，顾金生摆起领导的架子，“阿哼”干咳一声：“你们两个人的分工，山下一摊子由老洪负责，山上一摊子由老钱负责。当前工作么，我们要集中力量打歼灭战，根据省里领导对这起破坏案件分析判断，犯罪分子，一种可能是精神病患者，还有一种可能是对微波站不满的人有意进行报复。这两种人，我认为后一种可能性比较大，已经组织力量开展工作。你们两位看看有啥问题，说说吧。”

老钱心里想，这个分析意见是澄江监管中心陈副主任发表的个人看法，而且报复性破坏的意见是孔定山微波站站长提供的情况。省、市相关部门领导并没有这样分析断定。碍于来自兄弟单位，大家客气，不便当面点穿，只是婉转地说明这个观点的来由：“陈副主任是搞技术工作的，至于他提到精神病患者搞破坏，这是过去曾经发生过的事情。”

老钱的言外之意是，陈副主任的意见不能作数的。

洪强从老钱的发言中听出点音头，说明顾金生犯了“先入为主”主观主义的错误，一时间感到比较尴尬。初来乍到，两眼抹黑，不便于说三道四。洪强只是实事求是地表示：“我刚来，案情还不了解，思想上还没有进入情况，等我熟悉一下情况再说吧。”

顾金生听了他们两个人的发言，觉得碰着两个“温吞水”，说话总是兜圈子，不行，要大刀阔斧做点样子出来，不然工作打不开局面，对洪强带有命令式的口气说：“你熟悉一下情况以后，马上要投入工作；老钱，你在山上一摊子，叫他们抓紧时间完成勘查现场的工作，都要投入排查工作中去。”顾金生的话音一落，邮电局保卫科的小尹突然跑进来：“山上机房里值班员打来电话，公安局的同志同微波站的同志发生冲突……”

顾金生命令式指手画脚:“老洪、老钱,你们两个人上去看看,到底发生什么事情。”

洪强、老钱两人只顾上山处理发生的事情。顾金生又操起南腔北调,吆喝邮电局保卫科的同志:“小周,你去找副卜克牌,咱们放松放松。”小周应声而去。

洪强、老钱两个人爬到孔定山山顶,侧面一了解,公安人员同微波站工程师发生争执的原委:工程师宋浩然带领一帮人要清理现场,组织抢修通信设备;以小高为首的公安人员一定要保护现场,有待反复仔细勘查、收集物证。恰恰,两方面都是根据上级指示办事,各执一词,谁都不肯让步。

宋工程师严肃认真发话:“如果你不让我们抢修,通信保障不了,你负得了这个责任吗?”

小高反问:“现场破坏了,案件破不了,你能负得了这个责任嘛?”

宋工程师回敬:“公安机关破不了案,同我有啥关系?我们之间分工,各有各的责任。抢修设备,保证邮电通信线路畅通,这是我的责任。也就是说,这是我的职责。破不了案,这才是你的职责。这不是明摆着的问题?”

宋工这句话刺激了小高的大脑神经,他像一头触痛的老虎疯狂似地怒吼:“你妨碍我执行公务,我现在就可以把你抓起来!”

“你权力这么大,就凭你一句话,就把我们的工程师抓起来了?!”洪强同钱科长正巧赶到现场,远远听到小高在耍态度、发狠劲,洪强板起面孔,面对小高:“宋工说得对,抢修微波通信是放在第一位的任务,其他一切工作都要让路。我们公安机关破案,也是为了保证邮电通信线路畅通,抢修通信线路、破案都是为了保证邮电通信畅通这个目标。不是吗?”

宋工心里想,原以为洪强一来,免不了遭受一阵狂轰滥炸,横加指责、发难。嗨!恰恰相反,这位老公安反而站在我的一边,替我说话,既感到意外,又感到尴尬,殊不知这位老公安“葫芦里卖的啥药”。宋工两眼紧盯着洪强看,一时不知所措,既像是点头又像是摇头,嘴里连续发出“哎、哎、哎”的声音。

4

一炮打响

洪强同老钱在山上调处好纠纷，马上转过身来勘查现场，找刑侦技术员、孔定山微波站工程师了解原先现场勘查的情况，接着又回过头来同老钱个别交换意见，开始对孔定山微波站“5·15”发生的破坏事故的来龙去脉心里有点数了。

在同老钱一起下山的路上，洪强想起许副局长在农场向他介绍现场勘查的情况，越发觉得顾金生现在向专案人员发表的观点有可能误导工作方向。正当他心里面盘算着如何纠正顾金生的观点，引导专案人员朝许副局长指出的方向开展工作，不知不觉已经跑到山脚下。

洪强、老钱两个人跑到微波站专案组办公室门口，只听到从办公室传出来嘈杂喧闹声音：“快、快、快，快点出牌。老K，皮蛋……”老钱推开门，同洪强一起走进办公室。顾金生抬起头来，招呼了一声：“你们回来了，山上的事情摆平了？”小周看到钱科长虎起了面孔，同小尹噘噘嘴：“好!结束。”小尹跟着随手把手里的牌一掼。张海波一个劲地叫嚷：“把这副牌接着打完嘛！”顾金生习惯性干咳一声：“阿哼！好，结束吧。”回过头来大咧咧问起山上发生的事情：“到底是怎么回事？”

老钱朝老洪点了点头：“老洪，你说说吧！”

洪强就把山上发生的事情以及纠纷调处结果向顾金生一五一十作了汇报，接着又将“5·15”案件有关现场勘查以及发案情况，连同他本人的看法一并作了说明，想争取顾金生认同。

然而，顾金生还没有等到洪强把话说完，自以为是插嘴：“老洪啊！你可能好长时间没有办案了，还是捧着过去的‘老脚本’唱戏，走台步。什么发案单位啊！第一现场，第二现场，又是什么案件发现人，等等，你根本用不着这么一套一套的，我喜欢实打实，根据上级领导的指示精神搞破案。你只管按照我提出的方向去做，不要再东想西想，也不要横考虑竖考虑。”

洪强耐着性子和颜悦色地说：“顾科长，如果不确定犯罪分子作案时间、犯罪工具，没有一个明确的侦查范围，专案人员如何开展工作？”

顾金生傲慢地瞪大了两只眼睛：“我倒要请问你了，如果犯罪分子没有找到，怎么能够晓得犯罪分子作案时间，他又是用的什么工具作的案？你到现在还是抱着过去‘反动路线’老一套破案方法不放……”顾金生一头诘问洪强，一头转过身来对着邮电局保卫科几个同志：“你们几位说说看。”

在座的邮电局保卫科同志，毕竟没有搞过破案工作，听了顾金生的一番论调，想想倒是这个道理，人还没有抓到，怎么晓得作案时间，使用什么工具作案的呢。但是，也有同志认为洪强讲的意见有道理，不圈定一个范围，弄得不好“屎头苍蝇到处乱碰乱撞”。这些同志想，在这个地方要说权威，他们两个人，一个是公安局的副科长，一个是专案组组长，在他们面前倒是不好“公关面前舞大刀”说三道四，摆出自己的倾向性意见。也有的同志随大流，心里想：“哪个人头衔大，就听哪个人的。”在这种场合，没有什么人愿意出头露面做“老娘舅”调处矛盾。一时间，办公室里出现了冷场，令人尴尬。

顾金生这个人，虽说在公安机关是个副科长，然而是个不学无术的人。他最大的特点，就是吹牛拍马，好大喜功，看风使舵，投机钻营。平时，在领导面前装作“怀才不遇”的干部，一有时间他就闯到领导家里，成了领导干部的御用管家，深得领导赏识、倚重。

他对公安机关人事调动、提拔干部轻车熟路，挖空心思，为自己预留一个位置，趁孔定山微波站发生破坏事故，在头头们面前毛遂自荐，得到一把手钦点，坐镇孔定山微波站指挥破案。在洪强未来之前，专案组还没有正式成立的时候，顾金生就已经哼五哈六，发号施令，分成山上山下两档人开展调查工作。专案组成立以后，顾金生特地召开专案组会议，听取先前的工作情况汇报。

山上一档人，由钱聪领衔，老刘（刘天祥，原公安局侦查科侦查员）具体负责调查孔定山微波站机房“5·15”晚上值班情况。于是，由老刘为主，汇报了走访、调查的情况。

老刘不无疑惑地发表意见："这个单位，看起来规章制度比较健全。但是，执行起来比较马虎，直到现在，我还是怀疑，他们值班是否真正按照规定办事。在走访过程中，站长、工作人员一口咬定，都是按照规定办事的。既然按照规定，严格执行值班制度，每次值班是两个人，案发那天晚上是由宋飞和杨海明两人值班，怎么会没有人接听电话？当天的值班记录却记载'正常'两个字。再说，在机房里值班，完全能够听到外面的声音，特别是晚上，能够听到外面的脚步声。案发以后，也没有接到宋飞、杨海明两人报案，反映犯罪分子在机房外面作案、搞破坏，简直令人难以置信。"

钱科长接过老刘的话头："孔定山微波站机房当天值班记录，记载'正常'，恰恰说明他们值班不正常。我从侧面了解到，这个站除了站长成钧贤外，绝大多数工作人员是'文革'前参军，最近两年复员的军人。由于工作环境比较艰苦，这些人的思想不稳定，自由散漫，纪律松懈，牢骚怪话当顺口溜唱。所以不能光看墙上挂的哪些规章制度，要我说，叫'贴在墙上，挂在嘴上，落在地上'，都是做的表面文章，应付上级领导检查用的……"

正待专案人员认真听取汇报情况的时候，微波站办公室同志突然喊公安局顾金生接听电话。

顾金生接听过电话后，回到办公室向洪强转告电话内容："市局通知你马上回到市里开会，这里的工作反正有我同老钱一起抓，你尽管放心开会去吧。"

顾金生的话音一落，在山下负责排查工作的小李(李鹰飞，原公安局侦查科侦查员)推开办公室门，满头大汗报告山下排查发现一个重要情况，找到一个重大嫌疑对象。

小李气喘吁吁汇报："我们在山下庄前村走访中，大队治保主任陈胜全检举揭发了大队书记小儿子王金海有作案的重大嫌疑，这个小家伙最近情绪特别反常……"

不消说，这是个振奋人心的喜讯，使正愁眉不展的在场人员绽开了兴奋的笑容，一个劲地拍手叫好。尤其是顾金生格外起劲，满面春风，干咳一声："阿哼！老洪你慢慢走，听完小李汇报再走。"

顾金生一边说着话，一边向张海波伸出两个手指。张海波心领神会，头头要抽“剪刀牌香烟”，赶忙从口袋里掏出一包香烟，从中抽出一支递上，随手又掏出打火机“啪嗒”为他点着火。顾金生抽上一口，喷出一个大烟圈，自鸣得意：“小李，你详细汇报一下，让大家饱饱耳福。”

小李接着汇报：“根据顾科长布置，排查重点对象，一个是精神病患者，另一个是同微波站有矛盾，有报复性心理的对象。现在我们排查发现的王金海，是属于第二种对象。根据庄前村大队治保主任陈胜全反映，王金海，今年 20 岁，是大队书记的小儿子，在沪西市东方纺织厂做临时工。陈胜全认为，这个小家伙平常脾气暴躁，天没有‘箬帽大’，动不动就同人家大打出手，是个‘闯祸胚’。今年二月份，为了到微波站看电视，被微波站工作人员赶出来，他不买账，同工作人员发生冲突，微波站里人多，当场‘吃瘪’，灰溜溜走路，并当着微波站工作人员的面发狠劲：‘总有一天，我要把你们这个微波站砸个稀巴烂。’后来，我们特地找了大队书记王汉仁，看看他是什么态度。我们一提到王金海，嗨，王汉仁主动向我们反映，说他的小儿子，最近一个时期情绪不对头，自从孔定山微波站发生破坏事故以后，这个小赤佬像碰着鬼，从厂里下班回来，一个人等在房间里，低着头，想什么心思，喊他吃晚饭，也死样怪气。本来活蹦乱跳的人，现在整天愁眉苦脸，像中了邪，委靡不振。王汉仁拿不定主意。看他的样子，怀疑是他儿子作的案，当了我们的面说不出口，向我们试探性地摸底：‘这次山上的事情，我想，他不会去做的吧？’”

小李转过话头：“我认为，这个人从年龄到因果关系，而且再从作案动机来看，比较符合我们排查的范围。再说，他自己的父亲对他也怀疑。因此，我建议我们马上找他谈话，不能让他有喘息的机会。”

小李定睛看看顾金生的脸色，然后又转向洪强、钱科长，观察他们两个人的态度。

小李汇报发现作案嫌疑人，印证了顾金生的工作路子，所以顾金生洋洋得意发表感言：“实践证明，排查工作要从吃准了对象做起，才会取得预期效果。”他嘴里两只眼睛瞄准洪强，观察他的反应。

洪强一听说市局通知开会，心里边就有点疑惑，正在琢磨怎么会要我去开会。当听到小李汇报结束，顾金生抛出来的调子，洪强立即意识到这是有意说给自己听的，无非向在座同志证明他顾金生确定的工作方法、思路的准确性，当着众人的面否定我的观点。洪强只当没有领会他的意思，故意不吭声。

在场的老钱听到顾金生的发言，又看到洪强保持沉默，肚里有数：他们两个人的观点不一致，心里犯嘀咕，怎么说呢，他们两个人各说各有理，现在倒是不好随随便便表态，但是又不好不发表意见。他采取一个缓冲办法："小李啊，你们对下一步有啥打算？"

小李当即表示："事不宜迟，我的意见，马上找他谈话，要趁热打铁。"

在座同志的目光一致看着洪强。这个时候洪强晓得，如果自己再保持沉默，必定引起众人反感。考虑到既要坚持原则，又要灵活应对，发表意见要贴切、在理，他笑嘻嘻点了点头："我个人意见，如果确定王金海是嫌疑对象，在找他谈话之前再做些过细工作，譬如作案前后动向，是否具备作案时间、作案工具，这些问题摸清楚了，再决定是否找他谈话。另外，排查工作还要继续进行。"说完话，洪强站起来："顾科长，我马上回城到市局开会，你们再研究研究吧。"说完，转身走路。顾金生一想，你等在这里反而碍手碍脚，本来也要打发你滚蛋，既然你主动提出来走路，蛮好，顺水推舟，你赶紧回去开会吧，这里反正有我同老钱两个人。顾金生转过身来向在座的同志发话："现在我们会议继续进行。"在座的同志目送洪强离会，眼睛齐刷刷盯着老钱。

小李原本以为，发现王金海这个对象，一定会得到洪强赞赏；相反，受到冷遇，一股火无处发，洪强一走，当众大发牢骚："到现在还半死不活，简直不可思议。"

老钱毕竟是一个部门的领导，听了洪强的发言很受启发："我觉得老洪的意见值得采纳，再做些过细工作，然后再找人谈话。"

顾金生怕在座同志受洪强发言的影响，会议形势逆转，马上找王金海谈话的决策变卦，不待老钱把话说完，抢着发声："当断不断，反受其乱。阿哼！马上把王金海这个对象圈起来审查。""圈起来"是那个时候的专用词，即隔离审查。

邮电局保卫科在座的一些同志，认为小李毕竟是公安局的侦查员，破案工作做得多了，有经验；再加上几天几夜连续工作，已经出现了厌战情绪，都想赶快把这个案件破了，可以轻轻松松回城照顾小家庭，因此都附和顾金生、小李的意见："对，是应该快刀斩乱麻，趁热打铁，马上采取行动。"

小尹特别起劲："老钱啊！不要再娘娘腔，犹豫不决噢。"

钱科长看到顾金生已经表态，大多数同志倾向对王金海采取审查措施，不好固执己见："既然大家都同意，那就这么干吧。但要注意政策，公安局的同志经验丰富，以公安局同志为主，邮电局的同志配合。"

散会后，一些同志开始议论洪强，认为对小李发现如此重大嫌疑对象，似乎无动于衷，都感到不可思议。张海波一个劲地发出叹息："都说老洪是破案专家，看来，徒有虚名噢。"

有些同志带有怀疑的心态，只是摇摇头。顾金生听到在座一些同志议论到洪强的一番言论，得意洋洋，嘴里发出"嘿嘿嘿"一阵阵笑声，自我感觉非常舒坦、得劲，认为我顾金生在众人面前，已经树立起高大形象，开始腾云驾雾，飘飘然，支走了洪强，又打算支走钱聪，面对钱聪发话："这里，反正我亲自坐镇，山上那一摊子，我就拜托你负责了。你看，有没有困难？"

钱聪倒是很干脆："没有困难，好！这里要辛苦你了。"

顾金生满嘴大话连篇："这种工作已经是家常便饭了，谈不上什么辛苦不辛苦。"

至此，钱聪回到山上，而山下，以小李为主，由张海波带着邮电局保卫科的一干人，兴高采烈地到庄前村去执行任务。

现在，专案组正、副组长都被顾金生支走，审查王金海的工作由顾金生领衔，专案组一些同志都把希望寄托在顾金生身上，期待着顾金生一炮打响。

5

冲击波

庄前村距离市区大约10公里路，是沪西市西郊三河公社一个偏僻的大队，交通落后，经济欠发达。前、后村有两三百户人家，多数人家姓王，姓徐、姓张、姓陈的都是些外来户。

孔定山沿山脚下公路旁边，一下子停了五六辆吉普车。庄前村一些农民还在怀疑、猜测孔定山上究竟发生什么事情，专案人员突然空降到庄前村，按照顾金生提出的“尺寸”，排查犯罪分子，顿时村上炸开了锅。前村、后村上的农民怀着惊恐的神态，三三两两扎堆议论。议论的中心，逐渐由山上转移到庄前村，猜测到底是怎么回事，个别头脑比较灵敏的农民似乎看出苗头，神色诡秘地断定：“山上出了大事情了，你们看，不少便衣警察到我们村上来，看来，山上发生的事情同我们庄前村有关系呐。”

有的农民不以为然：“你不要昏说乱话，村上的人吃饱了饭没有事干，特地跑到山上去作死。”

还有个农民撇撇嘴：“你不要不相信，假使同村上的人不搭界，一些便衣警察怎么会无缘无故跑到我们庄前村来，总不会到村上来兜圈子玩耍吧。”

这一说，热议中的农民脑袋瓜开了巧，很多农民点头附和着：“对啊，被你说准了。”

但是，也有一些农民认为不可能：微波站出了事情，怎么会同庄前村的人搭界？

村上的农民调转了话题，从庄前村又议论到具体人，要出事情，会同哪个人搭界？把人和事重叠起来，一轮又一轮杂七杂八的闲言碎语，就像小孩吹“肥皂液”形成大小不一的泡沫圆圈，随着微风吹拂，在庄前村上空纷纷扬扬。前村、后村的农民本来很少走动，村里比较冷落、沉静，现在前后村的农民一下子活跃起来，相互串门奔告，传递各种信息。

就在一些农民热议的时候，专案人员分成两个组：一个组，由三河公社公安特派员老殷带领三个同志到后村；还有一个组，由庄前村大队治保主任陈胜全陪同到前村，深入农民家里走访排查犯罪嫌疑人。惹来一群围观的小孩，自然而然形成了两个群体，专案人员走到哪里，他们就跟到那里，被挡在门外就像一群小鸭子觅食嬉闹，凑热闹，且引来蜗居在家里的一些妇女走出家门，面孔上显露出惊恐的神态，扎堆议论。

正当人们不约而同将议论的中心转移到具体人的时候，庄前村却遭受到一次前所未有的强烈冲击波的袭击。专案组李鹰飞、张海波受命于顾科长，带领小周、小尹等四个人，将大队书记的小儿子王金海从家里带到微波站隔离审查。大队书记王汉仁家里，顿时像锅炉爆炸，王汉仁老婆哭爹喊娘的声浪，使整个庄前村受到猛烈震荡，以出乎寻常的速度从中心位置向周围扩散，迅速波及全村、田头，甚至蔓延到邻村。一些在田间劳动的农民提着锄头铁耙一下子奔向前村，聚在王汉仁的家门前，争先恐后打听消息。看到王金海被公安人员带走的农民，在众人面前大发议论：

“弄到天亮，是大队书记的儿子。”

“没有什么客气，不要说大队书记的儿子，就是玉皇大帝的孙子，做这种事情，说抓就要抓的呐。”

“不是抓噢，是捉进去了……”

在这些农民的思想观念上，认为“抓起来”与“捉进去”是不同的概念，“捉进去”就等于“逮捕”，要坐大牢的。

农民中有一个传统观念，大队书记就像宗祠里的“族长”。王姓一个族里的农民，一听到大队书记的儿子被公安机关捉进去，都纷纷前来问长问短。唯有旁姓农民冷嘲热讽：

“这个小赤佬，天没有箬帽大，胆大包天。”

“好日子不过，作死，这是要杀头的呐。”

“都是被父母惯的，现在想想真是害子女……”

在大队书记王汉仁的家里，是另一番情景。王汉仁老婆杨来娣坐在堂屋的地上，一把眼泪，一把鼻涕，呼天抢地，哭了一阵又一阵。王汉仁只是坐在堂屋里唉声叹气。一个转身，他老婆抓住王汉仁的裤脚管：

“你不把我儿子找回来，我不活了，你也不要想活，我同你一块去死。”

其时，王家堂屋里的人挤得满满，既不像在茶馆里吃茶，又不像在村委会说事，一些人七嘴八舌说三道四，弄得王家的人六神无主。室内有一位老人，人们尊称他“老长辈”，看到室内乱糟糟，开始发声：“没有什么事情，你们都回去，让我们在这里好好谈事情。”

大队党支部委员、王姓族里的阿庆，听到老长辈发话，挺身出来劝退聚在堂屋里的人：“大家回去干活吧，让老长辈同汉仁商量事情……”

王姓族里的农民一听说老长辈要同大队书记王汉仁商量事情，附和帮着做劝散工作。就这样既像赶又像劝，把堂屋里塞得满满的人群逐渐驱散。阿庆随手关上大门。

老长辈当着王汉仁老婆的面，板起面孔：“现在，不是哭闹的时候，大家应该坐下来好好谈谈，说说事情的来龙去脉，再想想办法。”

杨来娣虽然停止了嚎啕大哭，但是还在不住地揪心哭泣。

老长辈皱起眉毛一拍桌子：“来娣啊，现在是到了拿主意的时候了，你还一门心思哭，假使你能够把你儿子哭回来，你就放声大哭……”

老长辈这句话就像禅宗棒喝，杨来娣当即停止了哭声。老长辈开始同王汉仁交谈，带有疑惑的口气：

“汉仁，照例公安人员不会模模糊糊抓人？你还是大队书记，事先总有点什么说法，我想你肚子里或许有点数吧。”

王汉仁听老长辈一说，本来一些事情难以开口，经老长辈“激灵牌”一掼，就一五一十拿孔定山微波站发生破坏事故以后，公安人员到大队通过他了解情况，排查村里的青年人表现，特别强调要了解村里人同微波站有没有吵架，发生过冲突，最近有些什么反常情况等，向老长辈作了述说。正待还要说下去的时候，“嘭”的一声，大门洞开，堂屋里的人吓一跳，回过头来一看，原来是王汉仁的大儿子王振中。他在回家的路上，听到人们在议论他家里的事情，一到家门口，扒开众人，一脚踢开大门，进得堂屋，怒气冲冲，大发雷霆："家里死了人了，这么热闹?!"

王汉仁本来憋在肚子里一股气没有地方出，一听到大儿子讲了些不伦不类的话，一下子嚷起来："你说什么话，你也来凑热闹，添啥乱……"

阿庆走过去关门，老长辈在旁边规劝，要王汉仁接着说："大家少说两句吧，汉仁你继续说下去。"

王汉仁接着刚才的话头："我听到公安机关的同志说起，有人反映，上次，阿二到微波站看电视，同微波站工作人员发生争执。有没有这个事情?我向他们作了说明，事情是有那么回事，已经过去好几个月了。后来，他们又问起阿二最近思想情绪有没有什么变化，我同他们说，最近小赤佬情绪不太好，微波站的破坏事故，他不会去做的吧。我做梦也没有想到，公安机关就凭个别人反映的情况会抓人……"

老长辈听了王汉仁向他叙述事情的经过，好似在梦境里困醒："这就对了!否则，公安人员不会无缘无故抓人。"

王振中听了王汉仁说起王金海被公安人员带走的个中缘由，立马火冒三丈："我去找他们，凭啥要抓人?!"说着，拔脚就要往外跑，被老长辈一把拉住。

老长辈煞有介事地发话："阿大啊，你不要去，要去，还是让你老头子汉仁去。汉仁，你毕竟还是大队书记，好好同他们谈谈，看看他们是什么态度，顺便摸摸底细。"

在场的阿庆点点头，表示赞同："这个办法比较稳妥，汉仁，我看就照老长辈的说法跑一趟吧。"

经过一番议论，大家以为找到了办法。王汉仁当即点点头，表示亲自出马，老长辈、阿庆各自回家。

王汉仁独自走出家门，一些滞留在门前的左邻右舍，看到王汉仁愁眉苦脸往外跑，都带着怜悯、不安的心绪低声喊着"王书记"，想再要说上两句宽慰的话，毕竟嘴笨，搜肚索肠没有词了，只是点头哈腰目送他上路。王汉仁虽说是一名农村基层干部，还是有点头脑，他一边走，一边脑子里盘算：我去，公安机关的人会不会接待?其实，他内心十分矛盾，他揣度像这类事情，公安人员就是碰到自己的亲朋好友也不会接待，更何况像我这样一个农村干部，同被审查对象有着父子关系，找他们估摸不会接待，或者，最多敷衍一下，不会告诉我内情？正当徘徊在"去，还是不去"的十字路口，一个转念，为了稳住鲁莽冲动的大儿子，抚慰挂着一脸悲戚的老伴，只好硬着头皮试一试。

到了微波站，他本来不打算麻烦微波站成站长，想来想去还是要找成站长牵线搭桥，领领路，必要时有个帮衬。主意打定，先找到成站长，说明来意。原本胆小怕事的成站长啧啧嘴，开始感到为难，是陪他去呐，还是不陪他去？事情出在我单位，像这类事情离得越远越好，考虑到微波站就在他们大队，平时请他们帮忙的事情比较多，这个时候倒不能"有事有人，无事无人"，但是，利害关系要同他说清楚。成站长堆着一脸傻笑：

"老王，我实事求是同你说，现在去找他们弄得不好不讨巧，你也晓得公安机关插手的事情，随便什么人不好打听、过问。不过我可以陪你去，你要慎重考虑一下，是去还是不去。"

王汉仁把嘴一撇，态度坚决："我既然来了，就麻烦你陪我去一趟。"

成站长碍于人情，硬了头皮，陪同王汉仁找到专案组的顾科长。

成站长点头哈腰，面孔上堆满了傻笑，特地找了个借口："这个是庄前村大队书记老王。王书记不认识你顾科长，要我陪同来找你，向你反映点情况。"转身又对王汉仁："这位就是专案组的顾科长。"

成站长总算"做了个人情"，像完成了任务可以交差一样，便找了个借口："我站上有点事情，你们谈吧。"说完，抽身离开。

顾科长嘴里叼着香烟，既不招呼王汉仁坐，又不认真接待，态度非常傲慢，眯起了眼睛，瓮声瓮气："你来有啥事情？"

王书记本来在路上盘算好，到了专案组怎么开口，又怎么同公安机关的人具体交谈。临场，看到顾金生不理不睬，死样怪气，一时语塞讲话走题，直截了当发问：

"我来打听打听王金海是啥问题。"

这位顾科长眼睛一瞪："啥问题？过了两天自然会晓得，你用不到来打听。"

农村基层干部不会敷衍功夫，只会“扛着木头进城，直来直去”：“我是他父亲，王金海到底有什么问题，你们给我一个说法。”

顾科长拉长了脸，吃了夹生饭似的：“现在，他接受审查，不管是什么人，都无权打听他的事情。你还是规规矩矩，老老实实回去吧。”

王书记面带微笑，态度和善、诚恳：“如果他有问题，我做父亲的，也可以协助你们做做他的思想工作……”

还未等王汉仁把话说完，顾科长很不耐烦地赶人动身：“没有必要，我还有事情，你回去吧。”

王汉仁当场碰了一鼻子灰，悻悻然离开微波站，回到了庄前村。怕回家老婆纠缠，跑到庄前村大队办公室。正巧几个大队干部都在场，王汉仁没有拿顾金生接待他一些事情而当众发泄不满情绪，只是向他们问起特派员老殷的行踪。阿庆回称：“特派员老殷带领一帮人在后村排查犯罪分子。”

三河公社公安特派员老殷带领公安局的马福根，邮电局保卫科史光大、田惠民等人，在后村分头走访群众，开展排查工作。后村阿末头家里的老人徐老头突然犯了急病，阿末头和老婆桂珍都在田间劳动，家里就只有一个七八岁的小男孩在家门口结结巴巴地哭喊：“我爷爷跌倒地上……”隔壁正在喂猪食的阿兰，知道徐老头生病躺在床上一个多礼拜了，听到呼喊，赶紧跑到场上大声疾呼：“阿末头爷不行了，快来人啊！”小马同老殷听到呼喊，赶忙跑出来问明原因，两个人二话不说，当即由小马背了老人，同特派员一前一后，一口气把徐老头背到三河公社医院抢救。老殷找医生，小马到挂号处挂号，挂好号返身到急救室，只看到医生、护士在忙碌着抢救病人。他劝老殷照顾排查一摊子工作，自己在医院陪老人。

小马，大名叫马福根，30岁出头，原来是基层派出所的户籍民警。由市公安局挑选，充实到侦查科工作。为人敦厚、纯朴，在派出所是积极分子，是居委会干部、地方群众可以信赖的同志。

居住在许巷18号的许老太，子女都在外地工作，小马听说许老太突然生急病，二话不说，背了老太到医院抢救，晚上通宵达旦陪伴在侧，直到老太苏醒，他再赶到居委会，协商居委会干部轮流服侍，直到她的女儿接到长途电话赶回来。她女儿到医院一看母亲已经脱离危险，特地到居委会表示谢意。

居委会主任说："你不要谢我们，你倒是要谢谢派出所的马同志，你老娘的一条命，硬是小马同志帮助'拾转来的'。"

居委会干部七嘴八舌将小马抢救她母亲的经过一讲，老太的女儿十分感动。老太出了医院以后，同女儿谈心，流露出老人的心结："如果我有这么一个女婿，百年以后，我对你也就放心了。你大哥远在千里之外的西南地区当工程师，我不指望他照顾，你就更不要想了……"

说来也巧，小马接到调令，上调到市公安局侦查科。临走前，还特地到居委会辞行，向居委会主任以及居委会干部交接工作，郑重其事地说：

"许老太子女不在身边，为我们国家经济建设而远离家乡。这是一种无私奉献精神，值得我们尊敬。平时要多关心许老太，居委会要作为一项任务……"

正说间，许老太女儿因老母亲身体恢复，要回单位工作，特地到居委会拜谢、辞行。

居委会主任一看到许老太女儿，发出惊叹声：

"这么巧，刚才小马同志向我们交代任务，要照顾好你老娘，你来了。"

居委会主任将小马刚才讲的一番话，传给许老太女儿听。许老太女儿感动得热泪盈眶，一个劲地说："谢谢，谢谢，谢谢！"

居委会主任转过身来介绍："这位就是我们的小马同志，他要离开户籍民警这个岗位，上调到市公安局工作去了。"

许老太女儿抬头一看，是一个身材匀称、朝气蓬勃的年轻人，主动同小马握手道谢，小马大大方方地同她握手。

"你尽管放心回单位去工作，你母亲，我们当地居委会会照顾好的，我虽然调动工作，抽空我会来看望老太。"

许老太女儿许艳向小马千谢万谢，并向小马以及居委会干部一一道别。

知识分子有她独特的思维方式，特别是找对象结婚，碰到男方也是高等学历，可能就绕道走。她们中的有些人有个择偶理论：两个人都是高学历知识分子，成家后没有依靠，生活要乱套。男方不是高学历无所谓，但是没有一点阳刚之气是个“窝囊废”也不行。经过这次接触，她同小马两个人渐渐通起信来了。小马只有初中文化，许艳是本科大学生，纺织厂的技术员。就一年工夫，两人结婚，婚后许艳调回家乡纺织厂工作。周围的同志听说小马的老婆是大学生，纺织厂的技术员，都感到不可思议。

回过来再说小马、特派员老殷。等到徐老头脱离了危险，按照排查工作程序，到三河公社特派员办公室，同特派员一起调出后村户籍底册，将20岁至30岁这个年龄段的男性青年逐个登记造册。然后，再回到后村逐个走访，了解他们的动向、表现。调查走访初步结果：这些人在孔定山微波站发生破坏事故的时候，绝大多数白天劳动，晚上在家睡觉，理所当然排除了这些人的嫌疑；剩下来还有王利发、陈庆度、徐桂生、徐林生四个人，都在市区工厂做临时工；仅仅剩下来一个人，长期在西南地区的渝西市父亲那里生活。这个人是大队治保主任陈胜全的外甥——朱如泽。小马、老殷要进一步了解长期在外的朱如泽在案发前后动向的时候，史光大赶到后村找到老殷、小马：“犯罪分子已经找到，顾科长叫你们两个人回到微波站碰头。”小马、特派员两人带着惊奇的神态跟着老史回到微波站。

当小马、老殷一跨进专案组办公室门，顾金生摆起家长式的面孔，开口训斥：

“你们是公安人员，还是大队干部？村里有人生病，他家里有子女，有这个必要，要你们瞎起劲，真正叫‘吃家饭，屙野屎’，正经事不做，尽做些不搭界的事情。”

小马慑于他的权势，默不作声。老殷听到他掼出来的这些刺耳调子，反唇相讥：“顾科长，看来，你是长期待在市里不着地气的人，不晓得老百姓生病肉痛。我们在基层工作的人，一定要脚着地气，围着老百姓跟着地球一起转，二十四小时为老百姓排难解困。‘为人民服务’这是毛主席的最高指示，我们一定要不折不扣贯彻执行。你说是不是这个道理？！”老殷把毛主席的最高指示一抬出来，好似当头一棒，把顾金生一下子打闷了。

顾金生碰了一鼻子灰，只得自己找个台阶：“现在，犯罪嫌疑人找到了，喊你们回来，一道参加战斗，庄前村不要去了，咱们要集中力量打歼灭战。”

特派员老殷称:“公社党委书记电话打到庄前村大队找我,我要回去一趟。”

顾金生点了点头:“好!事情办完就过来。”

特派员老殷走了以后,专案组隔离审查王金海,就由顾金生领衔,大打出手,好戏连台。

6

晴天霹雳

李鹰飞、张海波两个人将王金海带到孔定山微波站，被单独禁闭在一间空荡荡的办公室里。在审查前，顾金生非常投入，一本正经向参加审查工作的同志做了动员："毛主席教导我们说，千万不要忘记阶级斗争。现在面对的阶级敌人王金海，我们要发扬'一不怕苦，二不怕死，三不怕疲劳'连续作战的精神，投入战斗中去……"

这一套程序走完，顾金生向参与审查的同志交代审查部署、方式、方法，以及分工，亲自坐镇指挥。

在上世纪七十年代，各种思潮犹如江河湖泊蓝藻暴发，助推了一些人的野心疯涨。顾金生为什么如此热衷于审查王金海，归根结底，私心杂念恶性膨胀。他看到外单位到公安机关主持工作的人，对公安业务一窍不通，毫不迟疑锁定他的奋斗目标——公安局副局长的位子。正在他想入非非的时候，时来运转，找到了破坏孔定山微波站的犯罪嫌疑人。近水楼台先得月，顾金生挖空心思，借破案创造政绩，换取仕途升迁的"垫脚石"。

经过一天一夜战斗，果然取得了突破性进展。他当即在第一时间，作为特大喜讯，在电话里向市公安局领导报喜。

第二天上午，召集全体专案人员召开"5·15"专案工作会议，还特地把钱科长他们在孔定山上的一摊子人都通知到会。特派员老殷应邀参加会议，听取审查王金海的进展情况以及下一步工作的打算。

在会议上，顾金生已经忘乎所以，把钱科长晒在一边，趾高气扬发话：

"今天，我们'5·15'专案组召开会议，主要听取审查王金海的进展情况，以及下一步如何打破案报告，提请拘捕王金海。看，谁先来汇报，发表意见?”

会议一开始就冷场，顾金生为了打破沉默的尴尬场面，开始自拉自唱：“审查王金海，我亲自主持，并善始善终参加的。我先来汇报，说说情况。”他朝在座的小李、小周、小尹等参加战斗的几个人看看：“你们几位等一会儿补充吧。”

小李面孔上挂着一脸愁容，默不作声。只有小周、小尹异口同声表示：“好！好！好！”

顾金生得意忘形地开始绘声绘色介绍审查情况，自顾自口若悬河：

“经过一个白天一个晚上，审讯到第二天凌晨5点钟，通过反复启发教育，阐明政策，王金海总算缴械投降，交代了问题。”

他朝着在座参加审查的同志看了一下，郑重其事地继续着他的话头：“现在，只能说‘初步’作了交代。话还得说回来，对这个人的审查工作比较艰苦，之所以说艰苦，主要是这个对象年纪虽轻，嗨，‘屁眼蛮老’。一开始，要他交代微波站破坏事故，他装模作样，‘啊嘞嘣’装聋作哑。有时采取‘闷声大发财’死不响，眯细着眼睛打哈欠。到了晚上12点，吃过夜宵继续进行谈话时，他还想采取上半夜的办法对付我们，我们毫不犹豫集中火力进攻，直到凌晨3点，他才开始陆陆续续交代问题。但是，他又采取另一手，以交代‘盗窃’来转移我们的视线，说‘今年2月，他同村上另外两个小青年到仙岛饭店盗窃了10多盆名贵盆景，隐藏在家里庭院’，企图用‘盗窃’来蒙混过关，掩盖其破坏微波站的犯罪事实，当即被我们揭穿他的‘鬼把戏’。我们全体同志发扬‘痛打落水狗’的精神，连续作战到凌晨4点多钟，经过再三教育，耐心地启发，他才开始露头，像‘挤牙膏’一样，对破坏微波站的问题，断断续续作了交代。后来，他感到这个问题的严重性，又将交代的问题推翻，我们不厌其烦地向他阐明政策，晓谕利害，才使他真正缴械。”接着，顾金生又将王金海交代破坏微波站的犯罪事实进行了一番润色，向在座的同志作了比较全面的介绍。然后，话锋一转：“下面就请你们几位再补充补充吧。”

参加审查的同志相互谦让了一番。然后，小周、小尹两个人互相交换一下眼神，小尹向小周挤挤眼睛："小周，你早就看出道道，还是你来补充吧。"

小周把头一摆："好，我来补充，就我来补充。这个对象看来是个'老油条'，年纪不大'屁眼蛮老'。上半夜简直像演'双推磨'，我们提出一个问题要他回答，嗨，他就把我们提出的问题推过来，同你来个硬顶软磨……"

钱科长砸咂嘴："汇报还是围绕实质性问题，至于对象的态度就不要再重复了。"

小尹把头一撇："还是我来补充吧，开始我对王金海作为嫌疑对象有点将信将疑，通过上半夜的接触，我对这个人作案的嫌疑不是增大了而是缩小了；到了下半夜，他才开始交代盗窃仙岛饭店名贵盆景，顾科长从隔壁办公室走过来，集中火力打'攻坚战'，经过几个回合，他才交代了破坏微波站的犯罪事实。由此可见，微波站破坏事故的犯罪分子就是王金海，这一点不容怀疑。"

被打断话头的小周立即响应："我完全同意小尹的意见。这个小赤佬，在村上是有名的天不怕地不怕的人，所以，他想搞破坏，谁也挡不住。"

张海波弯转了舌头，打起了官腔："这个家伙一开始，同我们硬顶软磨，简直拿他没有办法。如果不是我们顾科长上阵指挥，改变斗争策略，那还要够呛。到了下半夜，我们顾科长改变了战略战术，亲自冲锋陷阵，在顾科长的带领下，集中火力，这才把这个顽固碉堡攻克下来……"

顾金生听了张海波的发言，"洒了不少花露水"，发表了不少溢美之词，从心底里觉得舒畅，面孔上泛出满意的笑脸，不住地点着头。本来，他看到人家伸手到口袋拿香烟，马上习惯性地伸出两个手指，摆出"剪刀"状手势，示意索要香烟，所以人家说他是抽惯"剪刀牌"香烟的"朋友"。但是，他也有向人家敬烟的习惯，一个是上级领导，抑或有事有求于人，再一个，有人在公众场合吹捧他，得意的时候，他甚至将一包香烟当众散发。现在，听到张海波抬轿子吹喇叭，着力吹捧，他就出手大方，凡是在座的同志，不管会不会抽烟，散给每人一支香烟。张海波一接到香烟，发言也就结束。顾金生洋洋得意地环视一下在座同志，马上转了个话题:“下面，是否研究一下打破案报告，提请拘捕王金海?”特地转过脸来看看钱聪有什么反应。

钱聪发现顾金生朝他看,明白到顾金生的意图。实事求是说,钱聪听了顾金生的介绍,心里不够踏实,犯罪分子是不是王金海没有把握。顾金生的提议,他没有接茬表态,而是面向大家:“根据顾科长提议,大家讨论讨论……”

小尹、小周一听到顾金生提出打破案报告,钱科长提议大家讨论讨论,两个人举手表示:“我们同意马上打报告拘捕王金海。”

张海波举起双手:“我坚决拥护,双手赞成。”

顾金生得到响应,格外来劲:“老钱,如果没有什么异议,就抓紧时间安排人手打破案报告吧。”

钱聪心里想,公安机关破案就这么简单。过去只听说,侦查破案如何如何复杂,难度又如何如何大,现在看来,也不过如此。但是,听了顾金生的介绍,心里还是疑疑惑惑,眼睛朝会场四周看看,忽然发现保持沉默的一些同志的面孔上,就像乱云翻滚,而且在不断地变化。特别是坐在西面角落里的老史,涨红了脸,眼睛似冒火,强忍着不发言,静观其变。

老史在部队曾经当过指导员,平时不讲话,如果要讲话,逻辑性比较强,很注意讲究党的政策。钱科长注意到老史的表情变化,直接点名:

“老史,你谈谈,发表你的高见。”

老史沉着、冷静,整理了一下思路:“好!我谈谈我的看法。”

老史就把同田惠民一起看管王金海,在吃夜宵时,同王金海交谈的内容和他的看法做了比较详细的陈述:

“我的基本观点,王金海不是破坏微波站的犯罪分子。我摆摆我的理由:一、我也是出身沪西市郊区的农民,凡是生活在郊区的农民都经过国防教育,尤其是每年冬天征兵,人武部门下乡,采取各种形式宣传教育。因此,在郊区农民中间,都有保护‘国防通信’设备的意识。二、王金海去年8月开始就到本市东方纺织厂打工,同村上几个小青年一起住厂里集体宿舍,一个星期才回来一次,有时半个月回来一次。据他说,还是他在上小学的时候,有一年放暑假,村上的阿庆上孔定山修路，喊他上去玩，在山上，阿庆一再告诫，离‘大喇叭’远一点，防止触电，以后再也没有去过。三、同微波站工作人员发生冲突，是今年 2 月份的事情。当时，微波站工作人员陈祥生不准他们几个青年进微波站看电视，才发生争吵。陈祥生老婆的姐姐就嫁在庄前村，王金海发狠说，‘你要么今后不要来庄前村，如果你来，砸断你的狗腿’，根本不是说要砸烂微波站。”

几次想打断老史发表意见的小尹抢着诘问：

“那，你说犯罪分子不是王金海，是啥人？你发表的意见，翻来覆去都是根据王金海说的。你的三点意见，一点都站不住脚，你要摆出足以证明不是王金海作案的根据，才令人信服，否则，都是空话。”

周国生把头一歪，噘起了嘴，在一旁附和小尹的发言：“小尹说你说‘空话’，我说，你是说‘屁话’。什么郊区每年进行国防教育，农民国防意识提高了，照你的意思农村里的农民不会搞破坏邮电通信，只有城市里的人才会搞破坏？我倒要请问你，微波站是在市区还是在郊区……”

小尹接过周国生的话头再诘问：“对，请你解释一下，什么地方才是犯罪分子作案的地方，什么地方才会出犯罪分子？现在，大家正在研究破案，你来打横炮，岂有此理！”

会上，一时掀起争论的形势急剧升温，一股势头直冲老史。

看到小尹、周国生像两挺“重机枪”对准史光大开火，顾金生跷起二郎腿，嘴里叼着香烟，在一旁得意洋洋地呵呵笑，心里想，小李出来发言就好了，他发言肯定是个“重磅炸弹”，一定能镇住会场，形势必定扭转过来。

在场的小马按捺不住内心愤懑：“在会上，谁都有发表意见的权利，说得对，就采纳，说得不对，可以参考，没有必要进行人身攻击。现在，说老史发表的意见都是听王金海本人说的，那么，刚才介绍王金海作案情况，不也都是听王金海说的吗，除了谈话的环境不同，其他还有什么区别？”

小高支持小马的意见：“现在，都是听王金海本人的交代，都没有经过核实。所以，没有必要相互‘抬杠子’，弄得会议上七撬八角裂，尽是在打混战。”

老钱虽然是部队出身，对破案工作是门外汉，但是毕竟是干部，有一定的思想水平，所以一而再，再而三，不厌其烦地广泛征求意见，要大家发表各自的看法。一则在工作上同顾金生虽然有过接触，然而对这个人的业务水平见不到底；二则小尹、小周都是从部队回来的，对公安业务一窍不通，现在也只是“跟媒人吃喜酒”；再则洪强又不在，如果听凭姓顾的独来独往，瞎搞，一旦失误，涉及政治影响。本来他还想请小李发表意见，对象是他发现的，又是他提出审查的，转念一想，他发表意见，肯定同小尹、小周唱一个调子，会议上势必出现一边倒的局面。沉默片刻，不得已，向静坐在会议室西北角负责山上现场勘查的老刘、小王等人征求意见：

“老刘、小王，你们两位都是老公安，请你们发表发表高见。”

老刘、小王两个人，只是面带微笑，向钱科长摇摇手，表示没有发表意见的意向。钱科长不得已，再转向长时间保持沉默的小李：

“现在，我们听听小李发表高见。”

顾金生一听老钱点名叫小李发表意见，似乎堵在心里的一块石头终算落下来，心想这就对了，早应该点名小李发言，说不定，会议早就结束，指定专人打破案报告了。

顾金生满意地点点头，赞赏钱聪点名要小李发言：“小李是第一个发现作案嫌疑对象，最有发言权，小李说说吧。”

小李无奈地摇了摇头，苦笑了一下：“谈不上高见，只能说个人的看法。首先声明，不一定正确，说得不对，我随时可以收回。”小李随即认真地翻开笔记本：“我基本上同意老史的意见。”

小李开口第一句话，就像晴天霹雳，在场的人，包括史光大在内，所有的人几乎都愣住了，还以为听错小李说的话，或者认为他讲的“反话”。因为王金海这个对象一开始就是小李发现的，也是他提出要正面审查的，现在却像“小暑里一声雷，半个月黄梅天倒转来”。也有些同志心里想，小李敢冒天下之大不韪，看来，今天会议够闹猛了。而顾金生格外在意小李的发言，将二郎腿放下，瞪起了两只眼睛，张大了嘴等待小李说下去。

小李已经意识到顾金生在等待自己的发言，他顺着自己的思路继续发表意见：“通过两天来的审查，特别是经过一个晚上谈话，王金海所交代的问题,要说真实可信就只有两点。"

小周噘起嘴迫不及待地问:"哪两点?"

小李看了一下小周:"一、王金海同村上两个小青年到仙岛饭店偷了十几盆盆景;二、他在上小学的时候,暑假里跟阿庆上孔定山玩过,在山上仅仅逗留大约十分钟,后来感到无聊乏味,独自一个人下山。除了这两点,其他的交代没有证据,不足为信。现在,提出打破案报告,提请拘捕王金海,根据不足。我的发言完了。"

张海波跳将起来,气势汹汹地转着舌头:"乱弹琴,有你这样说话的吗?你办的案,就这么随随便便变来变去,今天是犯罪分子,过了一天又说不是。你是来办案的,还是来捣乱的?开什么国际玩笑。"

顾金生本来已经意识到刚才老史发表了反对意见,给下一步打报告拘捕王金海带来阻力,现在又冒出个小李发出了不和谐的声调,听到张海波发言,强压住胸中怒火,学着南腔北调:"开什么玩笑!这个对象是不是你提供的?审查是不是你提出来的?'放火是你,灭火也是你',你现在侦查员不当,当起'消防队长',拿了水枪、灭火机'灭火',你要拿专案组同志付出的辛勤汗水、焕发出来的一股热情开玩笑,一水枪灭了。你可晓得水枪用得不当,要引火烧身的。你懂吗?"

小李对顾金生如此奚落并不介意,也并不因为他是科长,慑服于他的权威,哑口无言,本着实事求是精神据理申述:

"是我提供的对象,也是我提出要审查的,当我发现没有足以认定他犯罪依据时,我就要坚持实事求是。是,就是;非,就是非。如果要追究责任,我决不推给别人。"

小高忍不住向小李发问:"刚才,顾科长认定是王金海作案,多少摆了些理由,而我听你否定他作案,最好也要说些令人信服的理由。否则,作为第三者很难接受你的观点。"

在座的其他同志都表示赞同小高的意见:"对!小李,你应该讲得透彻点。"

小李原本不想触到顾金生不堪一击的软肋处,在众目睽睽下出他的"洋相",发言还是留有些余地,现在有人提出来要有足以否定王金海交代作案的依据,只得转弯抹角:"是我发现的对象,也是我提出正面审查的建议,我又何尝随意改变自己的主张呢?因为,王金海'不是在正常情况下交代'问题的,不能草率论定。"

在场的公安局同志,包括特派员,已经领会小李说的"不是在正常情况下交代"的潜台词,所以,保持沉默。其他同志则面面相觑,似懂非懂。顾金生似乎觉得碰到个"钉头货",随即把身子转向小尹、小周,暗示他们发言,所以,又特地面向钱科长:"让大家敞开思想发表意见。"

而此时的小尹、小周脑子里一片空白,坐在那里哑口无言。

本来保持沉默的特派员,特地举手表示要发言:

"我来说两句,我们搞专案工作的同志,都应该向小李学习,学习他坚持实事求是的思想路线。另外,老史所谈三点意见,我可以证实。我长期在农村工作,对农民进行国防教育,农民普遍提高国防意识,这是不争的事实。再说,我们在后村排查、走访时,今年2月,王金海到微波站看电视,同去的小青年有徐根度、徐阿海,据他们反映,当时发生矛盾,王金海发狠,不是说要砸烂微波站,而是说要砸陈祥生的狗腿。第三点,凡是我们走访到村上的人,都反映到'大喇叭'不能靠近,要触电的。现在,我倒要问问,王金海是在什么情况下交代的……"

顾金生听出特派员的话音,对审查方式有疑义,怀疑王金海交代问题的真实性,脸涨得通红,暴跳如雷:

"你这是什么意思,你,不说你存在右倾思想,反而怀疑我们审查方法,怀疑王金海交代的问题。我们只是表示客气邀请你参加会议,不是请你来说三道四指手画脚的,如果你看不惯,请便!"顾金生做了个赶人走路的手势。特派员转身就往外跑,小马、小李几个人拉也拉不住。一直坐在西北角的老刘沉默寡言。会场上顿时出现了少有的尴尬场面,顾金生气呼呼地招呼大家:"继续开会。"

钱科长本来想,一旦犯罪分子是王金海,证明顾金生的的确确是"老公安",破案能手,没有想到在会议上出现如此大的分歧意见,发生如此大的冲突,照这样下去,会议越发不好收场。他特地转了个弯,脸转向顾金生,以征询的口气说:"休息十分钟吧。"

顾金生铁青了脸:"好,休息十分钟,大家不要跑远。"

李鹰飞正要到室外散步,听到顾金生喊:"小李,你来一下。"小李转身跟着顾金生到了另外一个办公室。顾金生笑嘻嘻地说:"来,坐下来,我们谈谈心。"

小李感到很突然，应了一声：“哦，好啊。”

顾金生喊住小李说要谈心，一时难以启口，按照平时，他总是以上级对下级的口气一个腔调指手画脚，摆架子，打官腔，现在，却绕着弯同小李说话：“小李，你最近有些啥想法？”

小李毫不掩饰：“我有啥想法，都在会上说了。”

顾金生听到小李的回答，感到不疼不痒，接着又说：“我说的想法，是指思想上有些什么想法。”

小李说：“在会上我就是谈的我的想法，其他就没有啥想法。”

本来，顾金生想用隐晦曲折的办法将小李的思路引到他的思想轨道上来，但是，他的方法不奏效，只得开门见山：

“小李啊，你从公安学校出来到社会上，锻炼是要有一个过程。但是，你要记住在任何时候，思想上一定‘要同领导保持一致’，这样，你才能进步得快，否则，不会有啥进步的。”

顾金生的话音刚落，小李立即反问：“我听说每一个同志在思想上、政治上都要同党中央保持一致，而没有听说要同某个领导的思想上保持一致，我要请教顾科长，所谓思想上同领导保持一致，是指哪一方面？”

顾金生似挨了一闷棍，对小李提出的反问，牵强附会地说：“譬如，微波站对破坏事故的犯罪嫌疑人的认定，经过谈话，王金海已经承认，这同你原来提出要求，审查王金海，是一致的，我已经加以确认，就再也不要三心二意了。我今天不以领导的身份同你谈话，而是以同志式的口气谈心，规劝几句：千变万化，学会听话；七戳八翻，马上板艄转弯；一团和气，皆大欢喜。总而言之，要学会机动灵活。”

小李毫不领情，严肃地反驳：“不对，开始发现的对象，经过审查，证据不足，抱着对人民负责的态度，该否定的应予否定，我不能盲从领导。”

双方各执一词，不欢而散。

7

和盘托出

专案组在讨论研究审查王金海问题时出现了严重分歧。会议间歇,顾金生同小李谈心不欢而散。经过短暂休息,老钱吆喝继续开会,一些同志陆陆续续回到专案组办公室里。老钱以征询的口气说:“顾科长,是不是继续开会?”顾金生同小李谈话,谈得心里极不舒畅,面孔上还挂着余怒,好像受了风寒,伤风感冒似的从鼻腔里发出瓮声瓮气的声音:“唔,接着开会。”

老钱征求顾金生意见,想听取顾金生对下半场会议的安排,不晓得顾金生不死不活只是说“接着开会”,会议接着怎么开,没个说法,老钱心里着实没有底。因为,上半场会议中间,对审查论定王金海是破坏微波站的嫌疑犯,出现了两种对立意见,下半场会议总得有个说法,否则会议怎么继续进行?顾金生现在倒像是个局外人,向坐在他旁边的张海波伸出“剪刀差”。张海波随即从口袋里摸出一包香烟,从中抽出一支递给他,又动作麻利地摸出打火机,凑近了为他点烟。他自顾自抽烟,无聊地吐着烟圈。老钱看看在场同志,都瞪着两只眼睛朝他看,指望他发话。其实,老钱处境十分尴尬,干脆来个笼里笼统宣布会议主题,对着大家发话:“下面,还是接着上半场会议讨论的内容,继续发表意见。”

老钱话音一落,顾金生右手从嘴角边挪开香烟,提起左手捂着嘴抚摸,两只眼睛只是朝张海波看。张海波马上心领神会,接过老钱的话头:“老钱,下半场,不要再‘炒冷饭’,浪费时间了,集中讨论打破案报告。”他回过头来朝顾金生看看,顾金生嘴角露出满意的微笑。得到顾金生的肯定,张海波弯转了舌头:

“当前，咱们既要同阶级敌人较量，还要同右倾思想作斗争，而且主要同右倾思想作斗争。在咱们队伍中存在的右倾思想，已经成为我们破案的绊脚石……” 他把专案组讨论案情在会议上出现分歧意见，涂上了一层政治色彩，原本在会上一些踊跃发言的人，面面相觑，一下子哑了火。

唐伟为儿子转学请了几天假，刚从城里回到专案组，蹑手蹑脚坐在后面，一听到张海波发表反右倾思想，站起来，兜过来就是一榔头：“小张，这个会议是讨论案件，你不要动不动贴上政治标签，什么反右倾，如果再有人提出反‘左’倾，照这样子翻来覆去地反，反得专案组昏天黑地，岂不是被犯罪分子在旁边看笑话吗？”小唐的发言，引来在座同志哄堂大笑。

有人吆喝：“小唐回来了，听听工人阶级发表意见。”

小唐倒是毫不含糊：“我这个两天不在专案组，不了解情况。要我说，讨论案件一定要敞开思想，实事求是发表意见，不要乱贴标签，乱扣帽子，否则，谁还敢说话……”

小唐简单的几句话，倒是击中要害，张海波竟没有回击的余地，换了其他人，他早就不依不饶反击过来。因为，小唐是工人出身，抓不到他辫子，不敢同他顶嘴。

一直保持沉默的老刘，郑重其事举起手：“我来说两句。我认为，刚才小唐发表的意见，倒不是笑话，让大家放松放松。讨论案件就是要敞开思想，广开言路，贯彻实事求是的精神，是就是，否就是否，一点都不能含糊。所以，我建议如果再要讨论下去，应该把审查王金海的情况详细地向大家介绍一下，否则，无从讨论起。”

在座的同志，似乎受到共振频率感应，接着小唐、老刘的发言，顿时，会议像煮开了锅似的热气腾腾，一个接着一个发言。

对，对啊！特别是在山上的小高一帮同志，以及在庄前村后村参加排查工作的小马，都想了解审查王金海的来龙去脉，弄清小李说的王金海“不是在正常情况下交代”的内在含义。

小高赞同老刘的意见：“我的意见是，如果会议要继续开下去，根据小唐、老刘的提议是不是将审查王金海的全过程向大家介绍一下，否则，像我们没有直接参加审查的同志，很难发表意见。”

在座的同志，包括主持会议的钱聪本人，有很多人附和小高的意见。钱聪转过身来，特地征求顾金生意见：“是否将审查情况向大家介绍一下吧？”

顾金生心里想，这个问题是小李引起的，现在就把这个皮球踢还给他，就把头一扬：“可以，小李同志这个戏只有你唱得像，还是由你来唱吧。”然后，他将脸转向小尹、小周，向他们两人努努嘴，示意他们向小李发难。

小周做了个鬼脸，面孔朝着小李，贼头贼脑：“破案我是外行，我请教你一下。当时，你提出王金海是犯罪嫌疑人，根据是什么？现在，他交代了犯罪事实，你又说他不是犯罪嫌疑人，根据又是什么？”

小尹面孔上虽然带着笑容，但是讲话比较尖刻：“你是内行，而且是火眼金睛的破案专家，你一看就晓得这个人是犯罪分子，同一个人，你反过来一看，认定他不是犯罪分子，你这个特异功能，我们倒是学不像。现在，只有你对王金海说出个‘雌还是雄’来，否则，我们这些人白白浪费时间，回去也不好向老婆、孩子交代。”

张海波听了他们两个人发问，有意在旁边煽风点火，站起来叫喊：“对！对！对！”

顿时，会场上几乎失控，七嘴八舌，矛头对着小李，尽是些哄闹声。

老钱是邮电局保卫科长，对公安部门同志不便说三道四；在邮电部门的同志面前毕竟是领导，他当即批评了小周、小尹：“凡是专案组同志讨论案件的时候，有不同意见这是正常现象，但是，不要讽刺、挖苦，甚至向人家发难。”

小周、小尹吐了吐舌头，做了个鬼脸，就此哑火。

小唐、小马、小高等一些年轻同志鼓励、催促小李发言，介绍审查王金海的前因后果，一个劲地鼓动小李：“小李，你就说说吧。”

针对顾金生有意发难，点名要小李介绍情况，小唐机灵地借了顾金生的音头：“顾科长已经要你发言，你连顾科长的话也不听了。”

在同志们一而再、再而三催促下，小李整理了一下思路，就将审查王金海的全过程详细作了介绍，把审查中存在的问题和盘托出，老史、田惠民补充，回答了王金海“不是在正常情况下交代”的真相。

审讯王金海是在微波站会议室进行的。在一张长条桌后面。顾金生就像主审法官坐在当中，在他左右就座的，右手旁边有张海波、小周、小尹，左手旁边的是小李、史光大、田惠民。王金海距离长条桌约3公尺，就像接受审判的犯人。

晚上继续进行，审讯大约持续了10个小时，王金海脸上已经露出疲劳的神态，表情木讷、眼睛呆滞，而谈话实际上已经处于僵持状态。墙上的挂钟，钟摆有规律地在走动，指针走到晚上12点5分，说明此时已经过了上半夜，进入下半夜。尹、周、史、田几个人你看看我，我看看你，只有小李独自一人，心里在盘算，似乎感到，这个对象找得不够理想。他们几个人的目光齐刷刷地看着顾金生。顾金生开始感到不自在，意识到他们在等待自己发话，只好自拉自唱，对王金海，打着沪西官腔：

“你还是好好想想，光是坐着‘练气功’，既不说话，又不回答问题，尽在浪费时间，这，怎么能行，谈话要有个合作的态度。”

王金海哭丧着脸：“我实在没有什么可以说的，你们到底要我说什么，我真的感到莫名其妙。”

顾金生听到王金海开口了，晃着脑袋煞有介事地说：“有句老话，叫做‘要得人不知，除非己莫为’。”正待还要说下去，微波站炊事员阿三在门外面向里面的人招招手，周国生赶忙跑出去，阿三凑着他的耳朵嘀咕了几句，周国生回到室内，凑着顾金生的耳朵说：“夜宵好了。”

顾金生点头说了声：“好！”又对着王金海：“现在，咱们一起吃夜宵，增加点热量，吃完了夜宵，咱们接着谈，怎么样？”

说着，就招呼老史、老田陪着王金海吃夜宵，顾金生同其他的人到食堂就餐。

顾金生到了食堂，一屁股坐下：“最好咱们要弄点“三点水”，暖暖身增加些热量。”

在场有的人一开始没有领会他说的什么意思，还是小周心领神会：“好！等等，我到山脚下小店去买。”这时候在场的人才恍然大悟。

小李当即劝阻：“马上还要继续谈话，不能吃酒吧。”

顾金生不以为然：“没有关系，调剂调剂精神，刺激刺激神经，可以提高工作效率。”正当大家在议论工作时间不能吃酒，小周拎了一瓶白酒兴冲冲地赶来：“洋河大曲，怎么样？”

顾金生眉开眼笑:“好!来,倒上。”

小周赶忙打开瓶盖,帮顾金生、张海波满满倒上一杯。顾金生向张海波伸出“剪刀差”,张海波赶紧从口袋摸出香烟递给他,又麻利地掏出打火机帮他点着香烟,顾金生这才一头吃酒,一头吸烟,摇摆着脑袋,悠悠自得:“大家都倒上。”

在场的其他同志都摇摇手表示不会喝酒,这时候,阿三按照小周的吩咐,端来了一盘西红柿炒鸡蛋,外加一盘炒花生米,放到桌上,转身走路。顾金生一把拉住小周:“你来陪我喝。”

小周不好意思推却:“我不会喝,陪陪你,只好意思意思,小张你陪顾科长吃。”

张海波做了个鬼脸:“顾科,来,我敬你一杯,祝你步步高升。”说完,两个人一仰脖子,只看到他们两个人的喉结像癞蛤蟆有规律地一鼓一鼓,一口气一杯酒下了肚子,然后,还特地将酒杯朝大家亮个底,小周在一旁助兴,嘴里不住地叫好。顾金生抹了抹嘴,做了个怪脸,示意小周倒酒。在座的人,只有小周一个人起劲地叫好,其他同志自顾自埋头吃夜宵。

小李说:“声音轻点,轻点。”

这个时候,顾金生一边喝酒,一边乘着酒兴发表宏论:“怎么样,你们对上半夜的战斗情况有些啥感想?”

周国生原来是部队侦查连当兵的,头脑比较灵活,有时喜欢“耍小聪明”。他听出顾金生的话里有话,一边晃头晃脑,一边嘴里像含了东西似的,含混不清,借酒助兴:“看来有些‘道道’。”

小尹在部队当兵,是连队的文书,好“钻空子”,好提问题,接过小周的话茬,反过来将了周国生一军:“我看不出有啥道道。你看出了道道,你倒说点给我们听听,也好打通我的思路,让我脑袋瓜开开窍。”

周国生仰了一下脖子,怕自己说不准被人笑话,要了个噱头:“还是听顾科长的……”

顾金生接过周国生的话头:“小周,脑子好,反应快,已经看出道道了,现在还是我来说吧。所谓道道,就是说经过上半夜的战斗,王金海的第一道精神防线已经被咱们冲破。下半夜,咱们就要发起进攻,摧毁他的第二道防线。要经过几个回合的较量,才能彻底击垮他的最后一道防线，这就叫‘火功不到，猪头不烂’。”顾金生说完，接着大口喝酒，举手抹抹嘴唇。

张海波酒兴跟着上来，抹抹嘴唇说：“顾科，我建议下半夜咱们要集中火力打一场‘攻坚战’，你看怎么样？”

顾金生点点头：“你到底是部队出来的，懂得我们的战略战术，咱们争取在凌晨三点钟攻下这个‘碉堡’。”

实际上在座的几位同志还没有领会“打攻坚战”的内在含义，只是附和着：“反正我们都听你的。”

顾金生举起酒杯：“好！咱们接着干。”

其实，这个时候的顾金生、张海波两人嘴里的舌头都开始不听使唤，说话也开始含糊不清了……

吃完夜宵，按照原来的座次坐定，开始继续战斗。仍然由顾金生发问：“夜宵吃了没有？”王金海朝他看看，然后点了点头。

“我问你夜宵有没有吃了，吃了，就说吃了，不要光是点点头，你又不是哑巴。”

王金海回称：“吃了。”

顾金生口中喷出一股酒气，臭烘烘的，使在座的同志捂住鼻子，皱起眉头。接着，他大喝一声：“声音大些！”

王金海放开喉咙：“吃了。”

张海波看着王金海笑眯眯：“这就对了。男子汉讲话要有男子汉的样子。”

在座的同志跟着发笑。顾金生似乎感到满意：“夜宵吃饱，热量增高，放下包袱，思想提高。现在，要好好地把问题说清楚，政府的政策是坦白从宽，抗拒从严，啊，怎么样，其他的大道理我就不说了。来个痛快，‘竹筒倒豆’，说吧！”

王金海为难地朝他看看，然后，憋足了勇气：“我实事求是说，山上，我就去过一次，后来，再也没有去过。”

顾金生一听对路了，鼓励他继续往下说：“唉，这就对了。”

在座的人听到王金海说到山上去过一次，精神为之一振，看来终于开口了，亟待听取下文。

与此相反，只有小李、老史、老田三个人听出王金海的话音，领会的意思与其他几个人不同，意识到王金海不是要交代问题，而是想解释问题。但是，他们还是耐心地听王金海说下去。

张海波一个劲催促："唔！你接着说。"

王金海点了点头："还是我上小学的时候，那年放暑假，村上的阿庆带了十来个人上山劳动，在村口看到我：'阿二，跟我们上山玩耍吧。'当时，我怀着好奇心，就这样跟他们上山。到了山上，看到像'大喇叭'的东西，阿庆关照我：'你离远点，手不可以碰，要触电的。'我一吓，马上离得远远的，在山上大概十分钟，感到没有啥好玩，我同阿庆说：'我回去了。'就这样，我一个人独自下山，以后，再也没有到山上去过。"

顾金生瞪大了眼睛，出口就骂："婊子养的，倒编得活灵活现，站起来，站好！"

王金海站起来，做了个立正姿势。顾金生刚才向专案组同志夸下海口的话音还在耳鼓里回荡，且碰到王金海没有按照他的意愿交代问题，自感被戏弄，在众人面前"出洋相"，加上酒精作用，全身血管迅速膨胀，脸红得像"公关"，瞪大了两只眼睛，从腰间掏出手枪往桌上一碰，大吼一声："我枪毙你……"

小李既要维护他的威信，又要防止他冲动，行为出轨，违反政策，随手将桌上的手枪夺过来，帮他放进枪套里，然后，再走过去拍拍王金海的肩膀示意他坐下。此时，王金海感到受到极大的侮辱，硬是不肯坐下。

顾金生歪转了头，气呼呼地说："小李，不要管他，他愿意站就让他站到天亮。"

张海波趁着酒兴上来，走上前打了一记耳光，王金海被打倒在地上，张海波还不住地骂："婊子养的，你还装死。"

小李实在看不下去，但又不便当王金海的面指责他这种野蛮、粗暴的审查方式，赶紧将王金海扶起来，坐到凳子上。

张海波就是不让坐，凶神恶煞般地扭着王金海两条胳膊做"喷气式"姿势。顿时，只看到王金海脸上红一阵，白一阵，黄豆大的汗珠一串串往下滚。

在这期间，会场上出现了少有的恐怖气氛，尹、周、史、田四个人你看看我，我看看你。小李一看照现在这样的审查方式，是在违反政策、犯错误了，便将张海波喊出去，两人交换一下意见，打发张海波出去休息，这才使室内恢复平静。

在座的顾金生发一通脾气也发累了，开始打呼噜。小李叫小周、小尹将顾金生扶到办公室去休息。小周、小尹两个人乘此机会打个瞌睡。然后，小李跑过去，拍拍王金海的肩膀："坐下来，好好谈。"转过身还特地倒了一杯热茶送到王金海手里。王金海从小李一系列的举措中开始感到"人情味"，好似在严寒的冬天身上有了一丝暖意，但却勾起他内心莫大的冤屈，放声嚎啕大哭，眼窝像闸门洞开，泪水奔腾而泻。

小李一个劲地抚慰他："不要有什么想法，坚持实事求是，有啥说啥，政府绝对不会冤枉一个好人，也不会放过一个坏人。"说到这里，王金海已经泣不成声。此时，在座的老史、老田帮助劝慰，小李招呼王金海："吃口茶，歇歇。"

小尹、小周打了瞌睡，又跑了进来，坐到原来的位子上。

王金海喝了一口茶，缓了缓口气："我自从踏上社会，要说错误，有的，我曾经和村里几个小青年趁到仙岛饭店打工，看到花房里的盆景长得好，晚上，同他们几个人拿走了十几盆盆景，除此之外，从来没有做过啥违法的事情……"

王金海将偷盆景的前因后果作了详细的交代。此时，已经是凌晨3点20分。小李同在座的同志正待商量结束谈话，招呼王金海休息，顾金生一边揉着惺忪眼睛，一边张开臭烘烘的大口，伸懒腰打哈欠，摇摇晃晃地走进会议室。在座的人好像"行注目礼"似的齐刷刷地看着他，唯有王金海看到他浑身发毛，脑袋很不自在地耷拉下来。顾金生一屁股坐到他原来的座位上，伸手从小尹桌面上拿过笔录认真地细看，嘴里自言自语："唔，有进步。"然后，将询问笔录递给小尹，示意他继续记录。顾金生抬起头来："我说，王金海你有进步，但，步子要跨大些，要像'竹筒倒豆'全部倒出来，不要像'挤牙膏'似的，挤一点出来一点，不挤就出不来。现在，你针对我提出的问题交代，你上山如何破坏微波站的，就这个问题，正面回答。"

王金海像被针刺了一下，双耳顿时嗡嗡作响，涨红了脸："我没有破坏微波站。"

顾金生阴阳怪气地发话:“不要急嘛,怎么,心虚了,大丈夫敢做敢为,交代问题也要像你搞破坏的时候那样一股勇气。”此时,王金海已经被顾金生锁定是破坏微波站的犯罪分子,一下子如坠入万丈深渊,放声哀号。顾金生幸灾乐祸:“你倒装得顶像哪,你想用你的眼泪来动摇我们的决心,你在做梦!站起来!”王金海一边擦泪,一边站起来,顾金生特地走过去拽住他的耳朵,把他拉到会议室中间:

“你在这里交代,还是要换个地方?”

王金海含冤负屈,无奈地回称:“随便你们怎么办。”

顾金生用手使劲点了一下他的脑袋,顺手刮了三下脖子:“你以为让你坐牢是去享福的……”

张海波这个时候已经一觉睡醒,走进来不管三七二十一,朝着王金海左右开弓连打三记耳光,打得王金海眼睛直冒金星。

此时,双方又处于僵持状态。随着时光的流逝,王金海站着、站着,像有蚂蚁似的从脚底爬向他全身,紧张的神经不时在收缩,血液加速循环,大脑迅速膨胀,自感筋疲力尽,两腿像拖了铅那样沉,双眼也像吊了两只秤砣开始睁不开。

顾金生一个劲地吆喝:“你如果交代,就当你投案自首,可以宽大处理,甚至可以放你回去。”

王金海头脑昏聩,正处于朦胧状态,双耳只是嗡嗡作响,犹如在深山谷底回荡着:“回去、破坏……”嘴里断断续续在念叨:“回去、破坏,回去、破坏……”

顾金生大声说:“微波站是你破坏的,说,是,你就点点头。”王金海点了一下头。

在场的同志本来已经没精打采,看到王金海点了一下头,都屏住了呼吸,张大了嘴,聚精会神地听他交代。顾金生这时也来了精神,拔苗助长,启发、引诱:“你是用什么工具作案的?是用菜刀,还是用斧头?”

顾金生、张海波两个人交替诱供:“斧头,是,就点点头。”

就这样,他们两个人提示一句,王金海就重复一句,或点点头。此时,王金海就像顺着顾金生竖起的旗杆往上爬,断断续续交代问题。最后,凑成一句完整句子:“一个人跑到山上去破坏的,是用斧头砸的……”

顾金生接着问:“你用斧头砸的哪个部位?”

王金海一时想不出来,含含糊糊:“是我破坏的好了,具体的我想不出了。”

在座的其他同志认真在听,但有人开始怀疑王金海交代的真实性,所以不插嘴,听凭顾金生审问。最后,形成的格局:王金海承认了又推翻,推翻了又承认,反反复复,一直折腾到第二天5点多钟。顾金生得意洋洋,认为大功告成,吩咐将王金海安排到另一间房屋休息,而参与审查的其他同志有的在伸懒腰,有的在打哈欠。其实,从这个时候起,参加审讯的人已经出现两种不同观点,一种认为王金海是破坏微波站的犯罪分子,另一种意见认为微波站不像是王金海破坏的。

这样一来,参加会议原本心存疑惑的同志,已经明白小李所说的王金海“不是在正常情况下交代”的内在含义。正当大家听了介绍,开始议论时,洪强突然推门进来,大家不约而同地把眼睛瞄准洪强,寄希望于洪强来做“老娘舅”,评判一道难题,解决目前的困境。

8

一场风波

专案组同志正待争论得不可开交，洪强从市公安局赶回孔定山微波站，一些同志一看到他出现，就把弥合分歧意见、解决矛盾的希望寄托在他身上。洪强听完了钱聪介绍审查王金海的情况，没有一丝一毫犹豫："立即放人。"在座的同志一听说"放人"，目瞪口呆，几乎怀疑听错了洪强说的话。

事情还得从顾金生接听电话以后，向洪强转告市公安局办公室通知他回城开会说起。正当洪强起身走路的时候，小李突然从庄前村赶到微波站汇报，发现庄前村青年农民王金海有重大作案嫌疑。本来洪强同顾金生就侦查方向、工作路子发生过争执，顾金生怕审查王金海的时候洪强在场碍手碍脚，乘机打发他赶回市公安局开会。这个时候的洪强自顾不暇，迅即向在座各位告辞独自回城。

洪强在回城的路上，心里想："5·15"专案工作正在紧锣密鼓开始工作，市局怎么会突然喊我回去开会？对这个突如其来的通知，似乎琢磨不透。肚里转念头，如果是开会，也轮不到要我参加。在他脑子里作了多种设想，但是还没有一个正确的答案。到了市局，直接找办公室主任老葛。

老葛看到洪强，面带微笑招呼他坐下来，然后转弯抹角敷衍、寒暄了一番，兜了一个圈子，说市局来了位新局长，要安排新局长居处，要洪强腾出居住的房子。

老葛笑嘻嘻地说："安排你的宿舍，有两处房子由你挑。一处是你住的留巷19号对面22号房子，与你19号同等面积的机关家属宿舍；还有一处是在道台巷25号，老百姓园子里的房子。你看，怎么样？"

洪强考虑到他代表市局提出要安置头头的房子，没有什么讨价还价余地，当即答复老葛，决定选定道台巷25号房子。

正待由洪强家属单位的两位同事帮忙搬家，局长机要秘书小张突然到洪强家里来通知：

“张局长要你马上到局长办公室去。”

洪强夫妇俩琢磨又是什么事情，他回答机要秘书小张：“我马上就来。”然后，把搬家的事，托付他家属的两位同事，骑上了自行车赶到局长办公室。

洪强从局长办公室出来，赶紧回到家里向家属说明事情原委，根据张局长的指示，马不停蹄赶到孔定山微波站专案组办公室。当洪强推门进来，在座的同志不约而同把眼睛瞄准洪强。

好！这下可请老洪来分析定论。洪强看到办公室坐满一屋子人：“好热闹，你们在开会？”

钱科长心里想，本来没有落场势，一看洪强到来，总算有了解决问题的“老娘舅”，笑嘻嘻地朝着洪强：“我们在开个碰头会，你来正好帮助分析、分析，解决一道难题。”

顾金生昂起头，“阿哼”干咳一声，瓮声瓮气：“你来了。”

洪强干巴巴地回称：“哎，来了。”

钱科长拿出笔记本：“我先就你走了以后的工作汇报一下，然后，再进行重点研究吧。”

洪强点头表示赞同。钱科长翻了一下笔记本，把几天来的工作进展情况一五一十予以汇报，着重汇报了审查王金海的情况，专案组当前出现的分歧意见。老钱汇报结束，两只眼睛盯住了洪强：“你看下一步怎么办？”

洪强态度十分坚决，语气非常干脆：“立即放人！”

话音一落，在座的人几乎惊愕得说不出话来。特别是顾金生张开了嘴，简直不敢相信自己的耳朵。他回过神来，站起来，放大了音量：“你有啥资格叫放人！是你大，还是我大，听你的，还是听我的？”

在座的人脑子里一闪念：“喔唷！他们两个人开始吃斗了，倒要看看啥人的法道大！”眼睛对准了洪强，就像摄影记者调准了摄影镜头，看洪强如何接招。

洪强脸部表情冷若冰霜:"论官衔是你大,我没有资格叫放人。我倒要请问你,是局长大,还是你科长大,我没有资格叫放人,有没有资格传达市局局长的指示?"

洪强兜过来一棍子,几乎把顾金生打到"屎坑角落头",简直没有回旋的余地。顾金生缓过神来,一听到"市局局长的指示",当场目瞪口呆,涨红了脸,翻着眼睛,肚里转念头:怎么会有市局局长叫放人?是什么人在背后做小动作?

洪强随即把市局局长的机要秘书小张通知他到局长办公室,市局局长向他作了交代,有关"放人"的来龙去脉述说了一遍,将其中的重点内容拎出来,加重了语气:

"王金海的阿哥会同庄前村的农民联名写了人民来信,控告我们专案组搞法西斯式的审讯方式,迫害青年农民王金海,指责我们侵犯人权。张局长再三指示放人,不要把事情扩大,以免这些农民跑到市委去告状……"

洪强的话音一落,微波站站长老成推门进来,结结巴巴说:

"庄前村来了二三十个人,他们提出来要找顾科长,要求顾科长立即放人,不然,他们坐在这里不走。我已经同他们劝说了半个多小时,他们说'同你微波站不搭界,你不要来凑热闹',坚决要公安局顾科长出来讲话。"

钱科长"嘿嘿"笑了笑:"说曹操,曹操就到,成站长你去告诉他们,我们在开会,叫他们先回去吧。"

成站长与庄前村有深厚的感情,从五年前建站起,开山、铺路等大小体力活,都有庄前村人的足迹和汗水。如今,微波站发生了破坏事故,庄前村成了重灾地区,牵扯到庄前村大队书记的儿子,根据钱科长发话,简单敷衍打发人家走路,似乎有些别扭,不好向庄前村的人交代,虽然嘴上允着"噢!噢!噢!",就是迈不开步子。

洪强看到成站长一副尴尬面孔,特地帮他转了个弯:"请他们等一会,我们马上就来。"

成站长听到洪强这句话,如释重负,转身就走,跑去答复群众。

这个时候顾金生听到洪强传达张局长指示"放人",已经在众人面前没有了面子,现在又听说庄前村的农民指名道姓要找他,好像横刀立马的“大将军”，挺身而出，大声吼叫：“你们都不要去，他们既然要找我，我去，看他们怎么样。”

洪强连劝带拉不让顾金生去，而顾金生就是执意要亲自出马，嘴里还学着南腔北调，一边发狠，一边咕哝：“什么玩意儿，我倒不信那个邪门。”头也不回，拔出脚来就跑。张海波就像是顾金生的贴身保镖，一个箭步，紧紧跟上顾金生的脚步，一溜小跑到群众上访现场。

突如其来的一波冲击，倒是激发了洪强的灵感。洪强一方面派小高同小周到东方纺织厂调查王金海在孔定山微波站“5·15”案发前后的动向，另一方面又向小李、老史面授机宜，要他们两个人到庄前村去“打前站”。然后，洪强同钱科长一起赶往顾金生接待群众上访的场所。

微波站会议室里乱哄哄挤满了人。当顾金生、张海波两人出现在门口的时候，一些人嚷着：“来了，来了，来了……”

顾金生本来想好了同上访的人对话的“台词”、谈话的方式，一到现场看到嘈杂的人群，就变样了，昂起个头，弯转了舌头：“你们有什么事？”

群众中有个带头的人，气势汹汹跑到前面：“废话少说，你回答我们问题。”

顿时，群众一哄而起，七嘴八舌，东一榔头西一棒地责问，此起彼伏，一下子就打乱了顾金生的部署，原来想好的“台词”不翼而飞，尴尬地蜷缩在群众包围之中。

在人群中，突然蹿出来一个人带头责问：“为啥要抓王金海？凭啥抓人？他犯了啥法？”

围攻的群众附和着责问：“你回答，你回答……”

一看群众情绪激昂，气势汹汹，顾金生开始忙于应付。为了扭转这个被动局面，他想抢占对话的“制高点”，仗势压倒对方，声嘶力竭吆喝：“你们要向政府示威！抓他有抓他的道理，到时候，政府是会公布他的罪状，你们给我规规矩矩老老实实回去劳动。”他的话音一落，群众的不满情绪，就像长江里一个浪头劈头盖脸涌来，一些人一边嘴上说，一边动手拉扯，嚷着要同他一道到公安局去评理。霎时，顾金生一下子被卷进了群众哄闹、拉扯的旋涡里。他竭力用左右手臂抵挡、招架，渐渐地被浪潮淹没似的，身不由己。张海波本来赶过来做保镖，结果被愤怒的群众挡在外面，他看到这个场面也傻眼了，要想上前帮顾金生解围，可是被一道道人墙隔开，近不了顾金生的身。

洪强、老钱两个人赶到，竭力扒开人群做劝散工作，众人只是纠缠住顾金生不放。洪强看到眼前的这股气势，不是凭一般的说教能劝退群众，于是快步走到顾金生身边，当了大家的面说：

“你们来，目的不是要解决问题吗？”

洪强的话音一落，一下子把群众的注意力吸引过来，在场的群众停止围攻顾金生。会场上，又好似“锅里烧开了的水”在翻腾，乱七八糟的，你一句，他一句，毫无章法地冲着洪强论理。洪强面带笑容：

“大家来，无非是要讨个说法，你们提问题，是不是一个一个来，我才可以一个一个地回答你们的问题，怎么样？”

众人开始安静下来，停止了叫嚷。王金海的阿哥气势汹汹，打头阵：“好！我先来问你，你们公安人员为啥要抓人？”

实事求是说，洪强对顾金生如何审查王金海的方式、方法以及审查形式都不怎么了解，面对群众突如其来的提问，他还是按照想象中，是按正常的询问、谈话形式找王金海谈话，答复群众：

“我们没有抓人，是找人谈话。”

人群中有人反问：“这个不是抓人，是什么？”

洪强还一个劲地解释：“抓，其实是一个笼统的概念，例如，拘留、逮捕，人们习惯地叫作抓；把询问、谈话这类也归到抓人的说法，这不就等于‘眉毛胡子一把抓’了吗？”一下子引来在场的人哄堂大笑。一直站在西南角落的一个青年扒开众人，走上一步指责：

“你这是诡辩！找人谈话，哪有像你们半夜三更找的？这不是‘私设公堂’又是啥？现在人在啥地方？”

经他这么一煽动，一些本来有些胆怯而来看热闹的人，也在人群中指手画脚嚷着：“对！现在人在啥地方？”

有的人说：“找姓顾的！”

众人附和：“对，找姓顾的。”

室内东南角上的老钱急出一头大汗，感到群众的情绪集中在顾金生身上，怕发生对顾金生有过火行动，想拖走顾金生。洪强发觉老钱的意图，为转移上访人群的视线，他提高了嗓门：“王金海如果没有问题，我们立即放人。”

一下子，又把群众的注意力吸引过来，在场的群众像风起潮涌，一涌而上，有人马上提问："王金海有问题，你们当着我们的面掼出来。"这一说，招揽众人附和："对！你当我们面掼出来。"

洪强把群众注意力吸引过来以后，特地示意老钱乘人们围着自己交涉的间隙，把顾金生拖走。老钱将顾金生拖走，但脑子里也在犯嘀咕，虽说洪强为顾金生摆脱了群众围攻，但现在群众纠缠住洪强不放，这样的场面又如何收场呢？就在老钱一闪念之间，现场又掀起一股浪潮，上访的群众一个劲直着嗓子喊："放人！放人！放人！"

瞬时，场上出现了"拉锯战"。洪强从群众的提问语气中，开始意识到审查王金海的方式、方法有问题，感到理屈词穷，当着众人的面说：

"如果是我们做得不对的地方，一定本着实事求是的精神，向当事人赔礼道歉……"

此时，场上又出现了骚动，你一句，他一句，嘈杂混乱。

有人指责："你嘴上倒说得轻飘飘，赔礼道歉就解决问题了？"

有的人插话："要赔偿损失。"

还有的人说："要将姓顾的抓起来。"

一些群众跟着起哄："对！对！对！将姓顾的抓起来！"

这样纠结的场面，持续了个把小时。就在会场上处于胶着状态，突然，会场后面就像捅了蜂窝一样，人群开始骚动，站在门口的一些人向门外涌动，站在会场前面提问的人感到事情来得蹊跷，不约而同地回头张望，却有人大声叫嚷：

"老长辈来了，老长辈来了。"

正说着，只见一位上了年纪的老人直奔王金海的阿哥王振中那里，一把拽着他衣服往外拉，面对着大家怒气冲冲地发话：

"你们都同我回去，不准在这里捣乱，走！"

当人们还都"丈儿和尚摸不着头脑"，老长辈像"赶鸭子"似的将庄前村的人从会议室往外赶，此时，在人群中又有人叫嚷：

"阿庆来了。"

众人抬起头来一看，只见阿庆从一辆板车上将一盆盆盆景搬到场地上。仙岛饭店的办公室主任此时已经赶到微波站，当着围观的群众的面，指着一盆盆景："这个一盆就值两台电视机的价钱，还买不着……"

场上一些人好奇地看着盆景，饶有兴趣议论："这十几盆东西，倒是可以造三间楼房了。"

有的嬉皮笑脸："讨老婆的钞票有着落了……"

老长辈走过来煞有介事："你们开了眼界了，赶快回去干活。"

一些人一边走，一边在议论："哎哟！事情大得起了。"有的说："怪不得公安人员要把小赤佬抓起来……"

阿庆拉来一板车盆景，竟把一场剑拔弩张的场面一下子化解了。

这一出戏剧性的变化，还得从成站长报信时说起。当成站长向"5·15"专案组报告，庄前村有二三十个人到站里起哄，要专案组"交出王金海"，洪强就感到这是件棘手事情，原来也估计到，会有人到微波站上访、要人，但是没想到来得这么快，来势这么凶，来了这么多的人。现在，要赶快拿出一个"退兵之策"，然后再做好善后工作。他当即派小高、小周到东方纺织厂调查王金海案发前后的动向，查证这个人有没有作案的条件。后来，一想到要劝退上访人群，同农民打交道，光靠说教，磨嘴唇皮，就是嘴上磨出老茧也无济于事，一闪念，想到老钱汇报审查王金海时，王金海曾交代到在仙岛饭店偷了十多盆盆景放在家里庭院，灵机一动，马上布置小李、老史等人到王金海家里起赃，具体方法、所需时间以及促使大队干部出面把起哄的人群叫回去，都做了具体交代。在此同时，又叫人通知仙岛饭店派人来领赃物。所以，一些上访的农民一看到老长辈出现，再看到阿庆用板车拖了十多盆翠绿鲜活的盆景，加上仙岛饭店的人说一盆盆景"就价值两台电视机"，这些农民都傻眼了，脑袋瓜马上反应过来，怪不得公安人员要抓王金海，这才悟出个道理。所以，等到老长辈一咋呼，围观的群众就像退潮的水一样往村里涌动。现在看来，洪强这一着棋子，还确实产生了效力。

上访的群众陆陆续续回村里干农活，特派员老殷赶到，当了老长辈的面发态度：

"什么事情，要出动这么许多人。"

老长辈面带笑容，含含糊糊解释："为了老王家里的阿二，村上的一些人，不知听到些啥，说公安局乱抓人，好了，都回去了。"

洪强、老钱看到老殷赶到现场，赶忙走过去同老殷打招呼：

"我们的'土地菩萨'赶来了，走，到办公室坐一歇。"

老殷摆摆手："事情解决了，我还要赶到郊区分局开会，办公室就不去了。"洪强还不晓得顾金生同特派员发生冲突，竭力邀请老殷到办公室。

由老钱护卫从群众围攻中脱身出来的顾金生，一个人坐在办公室正在生闷气，一直在放电影似的，脑子里尽是群众指责他的一个个混乱画面，心里想为啥群众起哄来得如此快，一来就提出要找顾科长，又提到半夜三更找人谈话，什么"私设公堂"等等，这些内情不是内部有人捅出去，庄前村的人不会晓得如此具体。顾金生一眼看到老殷走进办公室，气不打一处来，劈头劈脑指责特派员：

"你有意见可以公开向我提，用不到做小动作……"

老殷抬起了疑惑的眼睛，看着顾金生："我从微波站回到公社，还没有到过庄前村。本来准备到分局开会，户籍内勤向我报告'庄前村的农民到微波站去闹事了'，我一听说群众到微波站闹事，当即意识到可能是为了审查王金海的事。实事求是说，于私来说，我本当不想来，于公来说，考虑到我管辖的地段发生事情，我有责任过问，所以特地赶来，怎么说我做小动作?!"

洪强接口，朝着顾金生："老殷怎么会做小动作呢，不要想歪了。"

顾金生把受到群众围攻的一股怨气，转嫁到特派员老殷头上，"枪口"径直对准老殷："你思想上认定王金海不是犯罪分子，怀疑我们审查方式，当面你理屈词穷，背后你唆使王金海阿哥写人民来信，煽动庄前村群众闹事，怪不得庄前村的人一到微波站，就指名道姓要找我，还当了我的面指责，什么深更半夜审查、私设公堂……"

老殷摇摇头苦笑了一下："我们都是共产党员，说话、批评都要有根有据，对党和人民要负责。看来，我也没有必要同你论理，再见!"特派员第二次转身走路。

洪强、老钱本来想请特派员一起商量如何做好王金海的善后工作，却被顾金生打了一记横炮，把特派员老殷气跑了。两个人只是摇摇头咂咂嘴，既尴尬，又无奈，总之有说不出的味道。

尽管事情已经过去，但也留给专案组同志一个悬念：顾金生怀疑特派员老殷做小动作，这纯粹是无端猜测，无理指责。但是，话又要说回来，为什么群众起哄来得如此快，一来就提出要找顾科长，又提到半夜三更“私设公堂”，这些问题不是内部有人捅出去，庄前村的人不会晓得如此具体。大家认为，顾金生提出这个问题，倒也不是“空穴来风”，有一定道理。那么，这到底是谁捅出去的呢？有同志开始怀疑是微波站沈会计通风报信，平时只有他同庄前村的人打交道。可是，沈会计不是本地人，胆小怕事，再说他晚上不住在站内，老家在距离微波站十多里路的偏僻农村。那就是成站长，他同庄前村大队书记关系好，是不是由他捅出去。再一想，成站长一到下午五点钟就下班，他老家离微波站二十多里路，再说，他晓得专案组办案的利害关系，他绝对不可能捅出去。到头来，还是被小李一言而说中：

“对了，我断定是阿三捅出去的。”

小李一提到阿三，触动了专案组其他同志的灵感，马上联想到那天晚上，微波站就剩阿三一个人，是阿三招手喊小周出去，嘀咕说“夜宵已经准备好了”，招呼专案组同志吃夜宵。

小尹板起脸面孔，一本正经附和：“对了，看来十有八九是阿三这个婊子养的捅出去的。”

专案组同志都附议：“是阿三，其他人不可能，那天晚上，微波站只有他一个人在站上。”最后大家的视线集中到炊事员阿三身上，才真正解开这个谜。

微波站唯一的炊事员阿三，是庄前村人，在审查王金海那天晚上，由成站长事先关照，要他帮助专案组的同志做夜宵，而微波站会议室与炊事房相距十多米路，夜深人静，审查王金海的声音，在炊事房内听得清清楚楚。第二天凌晨，他到三河公社街上买菜，正巧碰着庄前村的人，就将专案组审查王金海的情况绘声绘色告诉了庄前村的人，顷刻之间，庄前村的人如同“刮风起浪”，一哄而起。阿三在食堂门口，一看到庄前村一下子来了几十个人，也傻眼了。庄前村的人被劝退，他躲在食堂里不敢出来，看到专案组的人进进出出，他面部表情尴尬，两眼低垂，好不自在。阿三的这些表现，专案人员尽收眼里。就在大家议论到阿三的时候，成站长正巧走了过来。

洪强招呼成站长：“你们这下子可以放心办公了。”

老钱当着成站长的面，笑嘻嘻地说：“老成啊，你倒是说说看，庄前村怎么会一下子来了几十个人到微波站上访?”

成站长惯于在这样提问的时候,面孔露出傻笑:“不晓得,我也在怀疑,总有啥人说出去的吧。”

老钱诘问:“你猜猜看,你们站上会有啥人?”老成一听,要他猜是站上的什么人捅出去,当即摇摇头:“这个倒是猜不出,也不便乱猜、瞎说。”

小尹直言不讳:“是你们的阿三婊子养的。”

成站长吃惊似的说:“是阿三这个出棺材的,照理不会的,同他不搭界的事情,要他帮啥倒忙,我来问问他。”

洪强说:“不要去难为阿三师傅了,他还是个群众,再说事情已经过去,抓紧恢复站内正常工作秩序。”

转过身来,洪强朝钱聪看看:“钱科长,上访事件暂告一段落。现在,我们要认真研究一下王金海这个人怎么办,我想,有必要大家坐下来认真总结一下经验教训,如何从这个事件中吸取教训,端正破案方向。”

钱科长表示赞同。

洪、钱两个人思想统一了,立即向顾金生汇报。顾金生、张海波两个人坐在办公室无精打采地吸烟,洪强认真地向顾金生汇报下一步的打算。顾金生一听到要总结经验教训,对洪强提到“吸取教训”,感到特别刺耳,两只眼睛直勾勾看着洪强:

“召集开会我同意,但是,我们这个会议,一定要奔着提高同志们的积极性,从总结经验着手,要进一步发扬专案组同志的连续作战的作风,而不是以‘吸取教训’,挫伤同志们的积极性。”

不言而喻,照顾金生的意思,召开会议的指导思想,顾金生同洪强两个人从一开始就出现了分歧,也就预示着专案组即将“山雨欲来风满楼”。

9

针尖对麦芒

征得顾金生的同意，洪强、钱聪召开专案工作会议。按照顾金生的意见，会议的指导思想是，总结经验，鼓舞斗志，要撇开"吸取教训"这个议题。但是，总结经验也好，吸取教训也罢，眼前就王金海的问题，是继续留置审查，还是马上放人，一旦会议进入讨论的时候，终究封不住大家的嘴，绕不过王金海的去留问题，势必成了会议争论的焦点。

会议继续由钱聪主持。

钱聪，原来是部队首长小车驾驶员，由于他机灵，纪律性强，首长几乎离不开他。后来，首长考虑到他开小车时间比较长，影响进步，为了培养干部，特地调他到侦查连当连长。从部队转业到地方，根据他在部队的特长，当上沪西市邮电局保卫科长，为人作风正派，虽然不熟悉地方侦查工作业务，虚心好学，加上头脑比较灵活，进入状态比较快。成立专案组当上副组长，与洪强共同战斗，配合得相当默契。现在，遇到王金海这样的问题，倒也感到棘手。他主持会议，宣布会议主题，直话直说："今天召集大家开会，主要是两件事。一个是研究一下对王金海这个人怎么办?第二件事，总结一下前阶段的工作。老洪，你说说吧。"

洪强摆了摆手："会议的主题，钱科长已经讲了，我不再重复，顾科长你还有什么指示?"

顾金生听了他们两个人宣布会议的主题基本上按照他的思路，"阿哼"干咳一声："就照老钱说的开会吧。"

开会的一套简单程序走完，老钱直奔会议议题："现在，先讨论王金海的问题。虽然，庄前村农民上访得到平息，只能说暂时缓和一下矛盾，还没有从根本上解决问题。这个问题不彻底解决，下一步随时可能爆发，就像一个人生病，病情反复一次，一次比一次严重；群体上访事件同样是这个道理，事情越闹越大，问题越闹越复杂，以后再反复就没有镇痛良药了。”

钱聪说了一通大道理，原本想启发大家发言，恰恰事与愿违，参加会议的同志只是“闷声大发财”，都在肚子里做文章。究其原因，说来也很简单，一听到说讨论研究王金海的问题，每个人心里面七上八下，也觉得这个问题不解决，确实平息不了庄前村农民的民愤；如果要解决，又怎么解决法？归根结底，是放人，还是继续扣押？内心十分矛盾，有谁敢打包票，说出个雌雄来。一时间，就像天上涌动、堆积成的一团浓云，投影到在座同志的心里，每个人只是正襟危坐。

会议之所以冷场，说到底，还是原来对立的两种思想情绪纠结在一起。以顾金生为代表的“功利思想”，包括张海波，一味追求“政绩”，抱定主意，错也要有错的决心，主张“打破案报告”拘捕王金海。邮电部门小尹、小周，隔行如隔山，一时看不透审查中的毛病，随波逐流，跟着起哄，主张拘捕王金海，两个人一唱一和。现在小周不在这里，小尹就显得孤掌难鸣。而老史、老田他们两个人，虽说出于朴素的正义感，反对拘捕王金海，限于不熟悉公安业务，没有一套完整的理论，也就发挥不出主观能动性，加上又涉及政策、法律上的问题，也说不出个道道，只好保持沉默。

怀有这么三种心态的同志，自然而然把目光投到小李身上。因为发现和提出审查王金海的是他，审查以后说犯罪分子不是王金海的也是他。因此，在座的同志，专注于小李的态度。

小李，他的正式姓名叫李鹰飞，从公安学校毕业，分配到沪西市公安局，虽说也有三四年了，还没有正儿八经搞过像样的专案。平时为人作风正派，好学上进，工作热情也高。本来想通过搞专案，一来开开眼界，二来提高业务水平，所以一经发现王金海这样一个对象，就冒冒失失提出审查，还得到科长的认同。在审查中，发现自己失察、失误，敢于实事求是承认并承担责任，毫不含糊向大家掀开了天窗说亮话，披露了在审查中搞“逼供信”。在正义与邪恶两种思想的夹击中，任凭一些同志发难、奚落、恶意中伤，他还是坚持原则，竭力阻止以顾金生为代表，张海波带头起哄，企图一手炮制“假案”的主张。现在，他发现人们的目光投向他，也就勉为其难，准备发言。

顾金生就怕李鹰飞同他对着干，抢先一步，向张海波努努嘴，张海波从顾金生的神态意会，猜测到十有八九要他打头阵，他把头一仰：

“我来讲两句，王金海这个对象，审查到现在已经交代了自己犯罪事实，作案的详细情况。我的意见，现在不是讨论放人不放人的问题，而是立即打破案报告，提请拘捕。”

小尹一看到张海波做“出头椽子”，带头开腔，像小学生回答老师提问，也跟着举手表示发言：“我同意小张的意见。王金海既然已经交代了是自己作的案，就没有理由放人。至于庄前村农民上访，只要把王金海拘捕起来，这些农民也就不敢起哄闹事，谁闹事，就抓谁，没有什么客气的。”

小尹的发言，好像是导火索，一下子把会议室引爆了。

小马接上了火：“拘捕一个人，不是你我说了算的，仅凭他的交代，没有足够的证据，检察机关会不会批准逮捕？现在要是拘捕了，到头来还是要有证据才能定罪，怎么办，放人。至于说到庄前村的农民上访，我倒是认为老钱刚才分析得比较实事求是，只是面对的现实问题。至于有人说‘谁闹事就抓谁’，我想，现在在座的人当中，没有一个人有这个权力，敢打包票，说抓人就抓人。”

小唐紧紧跟上：“拘捕一个人，不是在街上农贸市场买只老母鸡，拎着就跑。我同意小马的意见放人，抓一个人，一定要有足够的证据，否则，就是放空炮。说到农民上访，谁闹事就抓谁，你有胆量，试试看……”

在抓到王金海的第一时间，顾金生就向市公安局头头报喜，孔定山微波站破坏事故已经破案，犯罪分子已经抓获。现在讨论释放王金海，说穿了，等于抽掉他一心想当官的“垫脚石”，关系到仕途升迁的问题，加上他被庄前村群众围攻受到羞辱，一直耿耿于怀，现在听到小马、小唐发表同他相左的意见，迫不及待跳出来：“我赞成小张、小尹的意见，别的不说，单凭他盗窃一桩事情，就可以定他的罪。只要采取强硬手段，迫使他彻底缴械，到时候，庄前村的农民也就翻不了天。”

听了顾金生一番言论，张海波在旁边格外起劲，弯转了舌头：“就是嘛，哪有像你们这样前怕狼后怕虎，裹小脚婆娘赶集，一摇一摆的。顾科啊，我认为不要再磨蹭了，马上打报告拘捕起来，省得夜长梦多。”

老钱感到顾金生纯粹是固执己见，意气用事，既不按客观规律办事，也不按党和政府的政策、法律办案，如果真要是拘捕王金海，引起庄前村农民反弹，后果不堪设想。现在，加上小张在起哄，小尹在凑热闹，会议再这样讨论下去，不好收场，怎么办？唯一的指望，只有公安局一些老资格的同志，站出来发表意见，也许会扭转会场一边倒的局面。偏偏这些老同志保持沉默，他感到非常奇怪。是怕顶撞领导呢，还是怕得罪张海波？其实，这两个问题都不存在。他们听到张海波煽风点火的言论，都晓得他这个人会耍无赖，懒得同他辩论。

老钱一时苦于缺乏这方面的理论，无法阐明自己的观点，面带愁容，看看洪强，期待洪强发表高见，扭转这个局面。

洪强看到老钱束手无策，期待着自己出来救场，如果现在再不站起来讲话，会议就没有办法继续下去。他就根据在座同志的发言，发表了自己倾向性的意见：

“刚才小马、小唐两个同志说得对，要有证据，否则都只是一句空话。”

洪强话音一落，顾金生“阿哼”干咳一声，板起了面孔：“你不要在这个地方吹毛求疵，按照你的一套办案方法，何年何月才能破案？”

对顾金生的讲话，洪强只当没有听到。针锋相对，直奔顾金生的发言，就像开渠引水，把话题一下子引向深水区：“有同志认为，就凭王金海盗窃问题，就可以办他的罪。我认为，王金海毕竟是偶犯，不是累犯，更不是惯犯。仙岛饭店失窃这些盆景，本来就没有当回事，没有向公安机关报案。王金海自己交代了，我们就不可以抓人家的‘小辫子’，甚至抓不到‘辫子’，就抓人家‘三根毛’。要体现‘坦白从宽，抗拒从严’党的政策。再说，一个青年人，一旦坐大牢，就剥夺了他的生存空间，剥夺在社会上做人的权利，今后叫他怎么做人？谈恋爱、找工作都有影响，甚至还要连累家庭。我们作为长期在执法部门工作的人，往往体会不到，而在老百姓当中，哪怕行政拘留一个星期，出来后，家里人郑重其事放爆竹，本人要剃头洗澡——意思是驱赶‘身上的晦气’。所以，我的意见放人。如果有了确切的证据，再动法也不迟。”

顾金生听到洪强发言，矛头是对准他的，一下子跳将起来，当着众人的面，针对洪强，大肆发泄不满言论：“你完全站在阶级敌人的立场说话，还散布封建迷信思想，他自己已经交代了犯罪事实，我们只有一鼓作气审查到底，怎么能半途而废呢，你不要再说了，这个问题就这么定了。”

洪强看到顾金生一意孤行，独断独行，毫不留情：“这个地方不是你一个人说了算的，还得听听大家的意见。”

顾金生像“好斗的公鸡”，伸长了暴出青筋的脖子：“你纯粹在搞‘无政府主义’。”

洪强对顾金生乱扣帽子不以为然，且考虑到影响，随即改变了口气，委婉地说：“我觉得我们还是要坚持‘重证据，重调查研究’，在没有足够证据的前提下，只图一时痛快，把人家抓起来，我想抓起来容易，今后定不了罪，到那个时候放人就不那么容易了。与其没有证据把他抓起来，还不如现在放人，这样比较稳妥。一旦有了证据，我们再抓，我想他不会插上翅膀飞了。再说，放人是市局领导的意见，如果改变市局领导的意见，谁担当得起？”

本来，洪强想用说理的办法来说服顾金生，恰恰相反，他就是听不进去。转过来，摆出市局领导的意见，提出放人的主张，也许管得住他这匹脱缰的野马。其实，洪强想错了，这个时候的顾金生，就是错，也要错到底。尽管洪强苦口婆心地劝告，但是等于对牛弹琴，顾金生非但听不进洪强的忠告，而且抵触情绪越来越大，当着在座同志的面，一意孤行，坚持自己的意见：“市局领导那里，用不到你瞻前顾后，劳神费心，你只顾按照我的意见执行。”

邮电局保卫科同志一下子惊呆了，原来赞同顾金生观点的同志，听了洪强发表的意见，内心赞同，但是，此时此刻插不上嘴，公安局的同志，虽说支持洪强的观点，现在都在静观其变。

老钱想不到会议上会出现如此尴尬、激烈的场面。他对小尹比较了解，凡是他认准的事情，一下子不大容易改变。但是，一时拿不出更好的办法，又不好用行政命令封住他的嘴。怎么办？本来想依靠洪强来收拾这个尴尬场面，事与愿违，顾金生就像一头倔头倔脑的犟牛，撞上了南墙不回头。洪强也感到问题的复杂性，但是，他还是强忍着心里的一股怒火，委婉地说：

“下面，接着发言，敞开思想，有什么说什么。刚才，老钱已经说了，说错了也不要紧。”

小李用手挥了一下，表示要发言：“我说几句。我认为在没有足够证据的情况下，我们应该立即放人，这样才能体现我们党和政府的政策，维护公安机关的形象。至于这样做，是不是草率，会不会出现严重后果？我认为既不是草率，也不会产生严重后果，而正是说明我们坚持实事求是的思想路线，做到‘不错不漏，不枉不纵’。”他的话音刚落，顾金生带有讽刺意味插话：

“你不要拿警校的空头理论来蛊惑人心，现在不是请你来上课，是来办案的。”

小李马上进行反驳：“不管是空头理论还是满嘴的胡话，你要拿出足以证明是王金海破坏微波站的证据，我看你也拿不出……”

顿时，会上出现了又一个争论高潮，如同把一场激烈辩论推向了短兵相接的肉搏战场。

张海波马上接上了火：“难道他自己已经作了交代，我们搞专案的同志，反而不相信？岂不成了怪事，有你这样办案的吗？动不动搬出教条主义，吓唬人。你办过几个案件，你还不是个‘空心大老倌’，在我们面前摆谱。”

一直保持沉默的老刘，针对张海波攻击小李的言论，非常反感，诘问张海波：“你办过几个案件？你倒是说说看。”

此时，小李听了老刘简单的几句话，很受鼓舞，头脑开始冷静下来，他不采取同张海波作无效辩论，而是语重心长地用说理的方式，发表感言：

“我们要看到王金海是在什么情况下交代问题的，他的所谓交代，可信程度又如何。我从警校毕业，踏上工作岗位，虽说时间不长，也已经有三四年了，在工作实践中，我深深地体会到，我们公安工作，最终目的就是‘保护好人，打击敌人’。因此，我们无论如何不能轻信口供，不能以人家的痛苦，换取我们一时的痛快，不能以我们的过错，给人家造成终身遗憾，更不能以人家的政治生命博取我们的名利地位，要坚持‘有反必肃，有错必纠’的精神，而且，对我个人来说，还应‘知错必改’。这个对象是我提供的，也是我提出来审查的，我再次申明，一切责任在我。在这里，我奉劝有的同志要迷途知返，不要再执迷不悟，这关系到一个人的政治生命啊！操刀击杀人们生存空间，改变一个人命运，这才是真正犯罪！”

老钱听了小李一番通情达理而且有礼有节的讲话，感慨地说：“小李说得好！我们应当向小李学习，敢于承认错误、承担责任。”

老史、小田、小马、小唐、小尹，听了小李的一番讲话，也为之动容。

小马深有感触：“胸怀坦荡，无私无畏。”

而一直静听小李发言的洪强，激起内心的浪花，心里想，公安机关有小李这样的同志接班，公安侦查队伍，后继有人了。他说：“归根到底，还是要有证据。”

顾金生的一言一行，给在座的同志感觉是顽而不化。他还是执拗地说：“你老洪口口声声要证据，那么，我可不可以要你拿出足以证明不是王金海作案的证据？”

洪强感到顾金生已经走进“死胡同”了，意气用事，再这样折腾下去，不会有什么好结果，他特意转了个弯：“刚才，顾科长要我拿出足以证明不是王金海作案的证据，我想我们是不是等到小高、小周到东方纺织厂回来，看他们两个人调查王金海在案发前后的动向，有什么说法。然后，再决定是放人，还是拘捕。大家意见怎么样？”

顿时，会场上响起一片赞同声：“我同意。”有的说：“我双手赞成。”

洪强面向顾金生：“顾科长，你看怎么样？”

顾金生认为这是洪强采取的“缓兵之计”。他阴阳怪气，勉强表示同意：“好吧。”

在座的同志心里想，假使小高、小周调查回来，还是不痛不痒的情况，那就完了。就在人们怀着担心和期盼的矛盾心理，期待着小高、小周的调查结果，小高、小周两个人一前一后推门进来。

10

时运逆转

原来庄前村群众到微波站上访,吵着要求专案组释放王金海的时候,洪强已经考虑到在“放人或者拘捕”这个环节上都要有足够的依据,否则对内对外都不好交代,所以在部署小李到王金海家里起赃的同时,特地布置小高、小周到东方纺织厂调查王金海在案发前后的动向。现在,正当专案组内部围绕着王金海是放还是拘捕的问题争论得不可开交的时候,小高、小周一前一后跑进来。在座同志异口同声:“巧,正是及时雨。”

钱科长笑嘻嘻地说:“是不是请小高、小周把东方纺织厂的调查情况汇报一下,怎么样?”

大家都附和说:“好!”

洪强特地为他们两人倒了两杯茶,笑嘻嘻地说:“先喝口茶,然后再汇报。”

小高喝了口茶,朝周国生看看:“小周我先汇报,然后你再补充。”

小周习惯性地摆了一下头:“好!你先汇报,我来补充。”

小高翻开笔记本,郑重其事地汇报:“我同小周两个人到东方纺织厂,通过保卫科与车间以及王金海同班、同宿舍工人调查,结果可以排除王金海的犯罪嫌疑。”

在座的人一听说可以排除王金海犯罪嫌疑,顿时竖起了两只耳朵,专心致志听小高说下去。

小高接着说:“根据同车间工人反映,王金海在今年 5 月份,连着上了一个星期的中班,中班上下班时间是:每天下午 3 点钟上班,到晚上 11 点钟下班。5 月 13 日到 18 日连续 6 天时间上的中班。为了将这个问题敲实，我们特地找了王金海同宿舍工人宋浩兴了解情况，他们两人一起上中班，一起下班回宿舍困觉。据宋浩兴说，在整个中班期间，他们两人都没有请假。然后，我们再找了车间值班长查阅了考勤表，王金海同宋浩兴两个人都是满勤，完全可以证实宋浩兴反映的情况。根据王金海在整个中班期间活动情况来看，他确实没有作案的时间。"

在座的人不住地点头，嘴里咕哝着："这个调查结果倒是蛮有说服力的。"

也有人质疑："不是他作案，他为什么在那个时期情绪那么低落？"

小周翻了翻眼睛，噘起了嘴，笑嘻嘻地说："在这个期间，有一个小插曲。王金海本来同车间里的一个挡车女工谈恋爱，一开始两个人来来往往好像蛮谈得来，后来女方嫌他家里是农村的，就逐渐同他疏远。王金海没有办法，但又不死心，所以，上午总是埋头在被窝里睡大觉，睡到中午才起身到食堂吃中饭，吃过中饭一个人在宿舍里闷坐，有时候跑到女工宿舍门前一块空地上'痴汉等婆娘'。小李在庄前村排查过程中，听到王金海老头子反映，说他像'碰着鬼''中了邪'似的，那个时期王金海之所以情绪低落，现在这个谜终于解开了——失恋。"

钱科长一边笑，一边嘴里说："怪不得，王汉仁向小李反映他儿子情绪低落，现在终于有了答案。"

在场的同志不约而同地笑了，嘴里念叨着说："真正是巧头戏。"

小周习惯性地一摆头，一本正经发表了结论性意见："本来，我坚信是他作的案，经过同小高一起调查、核实，现在，我认为可以百分百否定。我的意见是尽早放人，再拖下去，不要惹得农民把事情闹到市里去，事情越弄越大。"

调查王金海的事情说完，小周好似发现新奇事情，摆了摆头："事情真巧，同王金海同班工人宋浩兴，就是孔定山微波站工程师宋浩然的弟弟。这个小家伙为人老实，思想进步，车间里的人都欢喜他，他反映的情况，都得到证实。"

本来坚信不疑王金海是犯罪嫌疑人的小尹，听了他们两个人介绍调查的结果，突然来个一百八十度大转弯，喃喃自语："这样一来，王金海倒是没有作案时间。"

在座的绝大多数人认同小高、小周的调查结果，认为可以排除王金海作案嫌疑。转过来,两个人的眼睛自然而然盯住顾金生、张海波,看他们两个人是啥反应。嗨!偏偏就是他们两个人一唱一和唱起了反调。

顾金生皱起眉头,"噗"的一声,吐掉嘴里吸剩的烟头,气呼呼地质疑:"他上中班,有两个时段的空闲,一个是下午三点钟上班以前,第二个是晚上十一点下班以后的时间,他有没有可能作案呢?就从这两点来说,现在还是不能排除他作案的嫌疑。"

等到顾金生的话音一落,张海波紧接着发声:"就是嘛,顾科长提到的两个时段又怎么解释?就凭这一点,王金海作案的嫌疑不能排除。"

倒是小尹调转了枪口,对准了顾金生、张海波两个人,带有讽刺意味地说:"顾科长,张海波,看来,你们两个人错也要错到底了,下决心要拿王金海当作一块烂泥捏个犯罪分子出来啦。"小尹的发言引来会议室里的同志哄然大笑。

钱科长板起了面孔:"破案,我是外行,凭通常情理来说,小高、小周的调查没有什么可怀疑的,我的意见是放人,不要再犹豫了。"

洪强摸准顾金生的脾气,在众人面前"死要面子活受罪",为了坚持实事求是的思想路线,特地转了个弯:

"不论职位高低,都要服从真理。个别同志有不同意见,可以保留。至于顾科长提出两个时段的问题,我认为,王金海要在这两个时间段作案,总要有因果关系的必然联系吧。他失恋阶段,或针对女方纠缠,或对女方甚至女方的亲属实施报复,不会无缘无故跑到孔定山,拿微波站出气,发泄内心不满情绪吧。"

在座的同志绝大多数人附和洪强的意见:做任何事情都有出发点,他王金海在厂里谈恋爱失恋,特地跑到孔定山拿微波站出气,搞破坏活动,这种说法摆不上台盘呐……

洪强转念一想,现在要顾金生回心转意比较困难,面向众人,以征求意见的口气:"我的意见是放人,大家还有什么不同意见?有不同意见可以保留。"

钱科长赞赏洪强意见,首先表态:"我同意放人。"

其他同志也都跟着表态:"赞同。"

唯独顾金生气鼓鼓地说:"我保留我的意见。"

张海波随即跟上:"我也保留我的意见。"

在专案组激烈的争论中，老刘很少插话，尽在观察双方争论，思考寻求解决的途径、方法，当他听到顾金生、张海波两人表示保留意见，就怕他们联手起来走上层路线，到市公安局恶人先告状，那样的话老洪吃不了兜着走。他很有见地的说：

“老洪啊！要我说对王金海‘放还是不放’，解决的办法很简单，市局领导既然要你来处理这件事情，你应当马上向市局领导去汇报，现在根本用不到我们在这里争论不休。”

老刘这几句话，话虽不多，倒是说到点子上，拨亮洪强心里面一盏灯。洪强立即表态：“老刘的意见对头，我马上回去。”在座的同志都赞赏老刘的意见：“对啊！还是我们老前辈想得周到，说到了点子上。”

顾金生本来就想，你洪强坚持“放人”，准备先洪强一脚，到市公安局去游说局长，只要说动了一把手，任你洪强再强也掀不起风浪来。现在老刘提出的这个建议，再也没有办法钻空子、加以反对了。而洪强已经领会老刘的意图，生怕顾金生抢到他前头到市公安局去做小动作，说完话，拔出脚来就跑。市公安局几个头头听取了洪强汇报，生怕农民真的到市委上访，惊动市委的官员们，一致意见，立即放人。就这样结束了专案组无休止的争论。

洪强考虑到下一步工作的时候，首先想到如何结束“屎头苍蝇到处乱蹦乱跳”的被动局面，自然而然联想起许副局长先前的交待，特意同老钱个别商量：“下一步要开展侦查工作，我还是坚持我原来的观点，首先要查明作案时间、犯罪工具，从而明确侦查目标、圈定范围、吃准方向，脚踏实地开展工作，否则又要重蹈覆辙……”

通过劝退农民上访，调查王金海案发前后动向，钱聪对洪强有了进一步的了解，增加了对洪强的信任度。钱聪明确向洪强表态：“我完全同意你的观点，支持你大胆工作，现在要紧的是，要做通顾金生、张海波他们两个人的思想。”

于是，两个人经过一番研究，拿他们两个人的想法向顾金生汇报，征得他的同意，开会发动大家，从总结经验教训入手，研究确定下一步工作路子。

会议继续由老钱主持：“现在，我们转入第二个议题，总结前一阶段的工作，老洪你先说说吧。”

洪强直率地说:“我建议总结工作,要联系思想实际,是否可以把审查王金海作为活的标本,从排查对象、审查方式、执行政策、调查研究等不同侧面进行剖析。然后,‘对事不对人’,进行‘回头看’,最终确定我们侦查方向……”

洪强宣布会议的主题思想,一下子触动了顾金生的心境。顾金生、张海波他们两个人本来就没有从认定王金海是犯罪嫌疑人的阴影中跑出来,一听说市局领导叫“放人”,就已经感到在众人面前吃了一个败仗。现在,又听到洪强宣布下一步会议的主题思想,总结经验教训,以为这是针对他原来的观点,有意出他的洋相,所以还没有等洪强把话说完,暴跳如雷,蛮横地指责洪强:“你这是在搞极‘左’思潮,‘借了总结工作的名头’,你想整垮我好抢班夺权,你要权,要耐心等,不要来这么一套。什么‘回头看’‘对事不对人’,人和事怎么分开,任何事情都是人做的,你明明针对我,还要转弯抹角。好,我现在就交权,让你在这里独来独往。”

正待洪强要解释,顾金生站起来,头也不回就往外跑。他这一走,在座的同志都感到茫然,不知所措。老刘、小王一些公安机关的老同志,认为顾金生这一走,势必惹下麻烦,他们两个人一回到市公安局,来个“恶人先告状”,倒霉的是洪强,后果不堪设想。不过大多数人认为,他走就走吧,省得在专案组里时不时找麻烦,鸡蛋里挑骨头,硬坚持他原来提出的观点,所以倒也没有人拦着。在这样一个场合,只有张海波大声叫喊:“顾科,顾科。”面孔朝着洪强,当众大发牢骚,声嘶力竭地指责洪强:“有你这样对待领导的吗?有意见,应该同领导个别交换,哪能来个‘突然袭击’,围攻领导,我向你提出抗议!”说完话,调转屁股就往外面跑。在座的同志目瞪口呆,有的同志嘴里则发出了“嘘!嘘!嘘!”声,有的在咕哝:“臭水平,正是一对‘宝货’。”洪强为了稳住会场,作了自我检讨:

“刚才,难怪顾科长产生抵触情绪,我没有把‘对事不对人’这句话的意思说清爽。所谓‘对事不对人’,主要是研究探讨问题,不追究哪个人的责任。所以,接下来大家发表意见,尽管敞开思想,大胆发言。”

老钱接过洪强的话头:“按照道理,在正常的政治生活中,开展批评与自我批评,对事不对人,无需解说,做科长的哪会不懂,他天生要作梗。老洪咱们还是继续开会吧。”

邮电局保卫科的同志，绝大多数是部队转业干部或者是复转军人，性格比较直爽。公安机关的同志虽说长期在地方工作，在内部同志之间关系上也是直来直去。会议围绕主题继续进行。

小李首先响应，结合在庄前村排查工作实际，作了自我检讨：“我原来低估了案件的复杂性，当排查发现王金海这个对象，认为年龄、因果关系比较符合。”

小李就把发现王金海的过程、断定为嫌疑对象的指导思想，以及提出采取措施的思想动机，作了深刻的反省：“当时，我认为这条线索，是治保主任陈胜全提供的，错不了。再加上大队书记王汉仁反映自己的儿子确实同微波站工作人员发生过矛盾，微波站发生案件以后，这个人思想情绪低落，认为七不离八是他作的案。归根结底，毛病就出在‘先入为主’上：一是偏听偏信，二是主观臆断，三是不愿做过细工作。假使当时，头脑稍许冷静一点，听取钱科长的劝告，做些过细工作，就不至于引起庄前村农民上访告状。”

小李比较全面、深刻地作了自我解剖，好似启动了发动机，参加会议的同志接连作了批评和自我批评。

邮电局保卫科的同志，当众暴露自己的原来想法，检查了有厌战情绪，总想早点破案好回到城里，恢复正常的工作和生活秩序。

小周毫不含糊地检讨：“我一开始认为，像这种案件对公安机关的同志来说，‘三个手指头捏个田螺’，十拿九稳，认定王金海作案错不了，犯了经验主义。如果不是同小高一起到东方纺织厂调查王金海在发案前后的动向，我还要坚持王金海就是犯罪分子。”

小高很有见地说：“对王金海审查，问题就出在‘先入为主’这一点，小李倒是在检讨的时候，说到了‘点子上’，主观主义占了上风。当时，只要头脑稍为冷静些，调查一下王金海案发前后的动向，不至于带来以后一连串的问题。”

一直没有发言的小田说：“我说几句。我们在审查王金海的方式上，我认为太不文明，实际上是实行体罚，搞逼供，如果不及早制止，说不定要搞成冤假错案……”

小马接着说：“这次审查，最大的问题，领导听不进不同意见。我觉得我们对待特派员老殷太过分了，人家好意在会上提出一些中肯的意见，顾金生当场就将人家赶跑，哪有这样对待一个同志……”

洪强感到惊奇：“还有这样的事？”

小李将顾金生赶走老殷的大概经过作了说明。洪强感慨地说：“老殷是我们请来的，这起案件的排查工作，我们主要依靠他。怎么能够这样对待一个同志，抽时间要向老殷赔礼道歉。”

接下来，尹、周二位同志发言，对老史有过粗暴语言，特地表示道歉。

老史反而高姿态：“研究问题有不同意见的争论，这是正常现象，谈不到道歉。”

钱聪感到，自从专案组成立以来，没有一次像样的思想见面会。这次会议大家能够亮出思想，都作了自我批评，已经达到了目的，取得了预期效果。所以，他从领导角度也作了自我检讨，然后把会议转入研究下一步工作方向上。

钱聪说：“老洪，我看今天会议开得很好，是不是转入研究下一步如何确定工作方向吧。”

洪强赞同钱聪的建议，然后扼要地对会议作了简要点评：“前一个时期，侦查工作之所以走了一些弯路，归根结底没有真正锁定侦查目标。概括起来三点：一是犯罪分子作案时间、作案工具不明确，侦查工作必然出现盲目性；二是任意甚至牵强附会界定因果关系；三是对侦查工作的复杂性、艰巨性认识不足，没有长期作战的思想准备，越是工作没有进展，越是会产生厌战情绪……”

通过以案说法，模拟解剖，找到了问题症结，再加上听了洪强一番讲话，钱聪和在座的同志才真正领略侦查工作的真谛，明确了工作的着眼点，增强了团队的凝聚力。

会议转入讨论侦查工作方向，小高和参加现场勘查的同志都提出要从现场勘查以及案发当天的值班情况着手，寻找确定侦查目标和排查范围。

洪强心里想：小高等人提出的建议，倒是点到了要害，问题是如何着手？

破坏微波通信设备，不比其他案件，不熟悉这一方面的知识，盲目地瞎议论，弄得不好又要走弯路。经过一番思考，洪强突然想起了小高同微波站宋工为了勘查现场与检修抛物面天线发生争执的情景，触动了他的灵感：是不是邀请工程师宋浩然一起参加会议，就微波通信方面的知识结合案件作些剖析，拓宽侦查思路。

洪强的提议，当场得到在座同志响应。

宋浩然在大学读的邮电通信专业，分配到沪西市邮电局。他兄弟两人，老弟在沪西市东方纺织厂当工人，父母在美国开了一家公司。父母去世后，在美国的财产，由他父母生前委托宋浩然在美国的姑妈代管。由于他刻苦钻研业务，由技术员晋升为工程师。原本只是头顶中心秃了一块，周围还绕着稀疏像蓬松茅草一般的毛发，只是两年时光，有人说他用脑过度，现在，头顶中央荒漠地带已经完全扩散蔓延，成了一块不毛之地，四十岁开外的人，顶着一颗“电灯泡”的脑袋，整天埋头在业务堆里。

洪强提出要宋浩然参加会议讨论，虽说大家赞同，也有些同志担心宋浩然来“上大课”，就像外国人“说大书”，不是听不懂，就是弄得人懵里懵懂掉进专业堆里。

再说，宋浩然参加会议讨论，能不能解决案件上的关键问题，改变专案组的困境？不少人怀着矛盾心理，抱着试试看的心态，等待着宋浩然的来临。

11

E 弯头

宋浩然受邀参加会议，他根据专案组同志的建议和提出的问题，沉思良久，谦恭地先向大家打了个招呼："破案我是'门外汉'，我只能就微波谈微波，有啥不妥，请批评指正。"

老钱、洪强两人说明情况，洪强为他鼓劲："因为微波站发生的案件，我们请教你有关微波方面的一些知识，目的是学习，便于研究案件。要求不高，你尽管大胆地讲好了。"

宋浩然点了点头，直话直说："依我看，破坏微波站的这个犯罪分子，是一个对微波知识似懂非懂的人。为什么这样说呢，道理很简单，你们想想看，他为什么要破坏'E 弯头'，说明这个人毕竟是懂得一些微波知识的。"

宋浩然的发言，一上来就抓住了问题的要害，吸引了专案人员的注意力。他晃着光芒四射的脑袋接着说："微波设计者为了把电波聚集起来成为波束，送至远方，一般都采用抛物面天线。它的聚焦作用可大大增加传送距离，而且收发信机可以共同使用一个天线互不干扰。由于微波的频率极高，波长又很短，同在天空的传输特性与光束相近，也就是直线前进，遇到阻挡就被反射或被阻断。犯罪分子破坏'E 弯头'这个部位，正是抛物面天线，微波通信的咽喉。说他不完全懂，是因为微波机还有自动增益设备，可以改善通信质量，甚至还有备用线路，保证通信畅通。这是他所不了解的。"

洪强听了宋工如此一说，精神为此一振，好像是有着强烈求知欲望和带有好奇性的小学生，紧跟着又问："'E 弯头'这个部位，既然是微波通信的咽喉，能不能理解为，一旦'E 弯头'遭到敲击的瞬间，微波传输受阻断，它就有可能影响微波传输质量？”

宋浩然点点头：“可以这么理解，我所说的这一点也就是这个意思。”

在场的其他同志都聚精会神，默不作声，而洪强越发穷追不舍，一个劲地提问：“当犯罪分子敲击‘E弯头’，微波传输在瞬间受到影响，会不会发出‘告警’信号？”

宋浩然点了点头：“既然它是传输通道的咽喉，一旦‘E弯头’被敲击到一定程度，微波机必然要作出反应——‘告警’。”

好！宋浩然的发言好似触到了洪强的兴奋点，洪强一下子站起来：“如果是这种情况，是不是可以理解为，一旦‘E弯头’受到敲击，引起‘告警’，就像我们人的咽喉被敲击，咽喉受到损伤，而人的大脑中枢神经瞬间作出反应，出现‘痛感’？”

宋浩然微笑着点了一下头：“我认为这样理解很形象，但是要看被敲击的‘E弯头’损坏程度，是否足以引起告警力度。”

洪强马上转到案件上，进一步提问：“咱们是否可以界定，一旦‘E弯头’被敲击，达到告警的程度，把‘告警’的时间定为犯罪分子作案的时间呢？”

宋浩然肯定地回答：“我以为可以作如此推论，不过‘E弯头’受到敲击引起‘告警’的时间，有可能会有一个缓冲时段，误差几秒钟。”

在场的所有同志都拍手，高兴地发出感叹：“好！好！”

老钱也触到了兴奋点，高兴地站起来，同洪强两个人面孔上堆满了笑脸，一人伸出一只手，握住了宋浩然的两只手说：“谢谢，谢谢！”

洪强好似春风吹到了心头，朝着宋浩然竖起了大拇指：“你今天给我们上了一堂用金钱都买不来的业务课，使我们头脑开了窍，找到了侦查方向，明确了侦查目标。”

洪强转过身来，面对在座的同志说：“今天，经过宋工分析，起码得到两点启发：第一点，犯罪分子是一个对微波知识似懂非懂的人；第二点，发案时间，是5月15日19点20分‘告警’的时候，正是犯罪分子在那个时段作的案。”

宋工听到洪强如此评价，倒是有点自知之明：“不过，这个仅仅是我个人的看法，为了慎重起见，我建议你们最好再做些调查研究，或者请一些专家论证一下，这样把握更大一些。”

洪强听了宋工提出的建议，认为倒是有这个必要，特地征求大家意见：“宋工的这个建议，我认为非常中肯、实在，为了能够把分析、推理搞准确，是不是再做些调查，请多方面的专家、技术权威论证，最好还要有一定的科学依据。你们各位意见如何。”

在座一些同志听了宋工发表的意见，已经有了明确的答案，就像客人送来一份大礼照单全收。对宋工提出的建议，再做些调查，请专家论证，众人七嘴八舌议论开来，绝大多数人认为没有这个必要。

洪强看看老刘：“老刘，请你发表高见。”

老刘思索良久：“再做些调查，请专家论证，比较稳妥点。倒不是怀疑宋工的水平，或者说不相信宋工发表的观点。我认为，我们搞专案的同志，要么不搞，要搞就要搞成‘铁案’，一步一个脚印，一定要经得起历史检验，下一步除了请专家论证，最好还要从源头查起……”

洪强赞同老刘的意见：“完全对头。在座各位注意，老刘提出要把我们搞的案件搞成‘铁案’，一定要经得起历史检验。所以，我们不仅要请专家论证，拿出科学依据，还要从源头查起，也就是说，要从最早发案单位查起，一丝不苟地工作，不耻下问请教专家，同时还要走访辖区内的微波站。老钱，你意见如何？”

老钱立即表态：“我完全赞同你们两位的意见。我想，不仅要听专家的意见，还要听听技术员和技工的意见，这些人是微波通信直接操作者，有实践经验，在取得多方面的意见以后，我们再坐下来冷静地思考、分析，最终得出正确的结论。老洪，你拿定主意，只要你说得对，我们一定照办。”

从此，专案组把调查“告警”，到调查孔定山微波站案发当晚机房值班情况，认定犯罪分子作案时间的问题，提上了议事日程。将专案组人员一分为二：一帮人到海临调查，一帮人留在孔定山微波站搞调查，开始踏上了新的征途。

海临微波站指挥中心，是第一个报案单位，最早出现“告警”的发源地。洪强同老钱一起带领专案组人员一行七个人，带了孔定山微波站遭到破坏的抛物面天线附件“E 弯头”，到海临市微波站指挥中心，调查海临微波站案发前后情况。

他们一行七个人到了海临微波站，由老钱出面，找到微波站站长、总指挥王德明，向他说明来意。王总一看介绍信，是沪西市邮电局调查孔定山微波站的破坏事故，非常热情：

“我听我们的同志说起过，孔定山微波站的抛物面天线上的‘E弯头’被敲坏了，只是听到传来之言，后来有没有什么说法？”

老钱笑嘻嘻地回称：“我们这次来，就是专门调查‘E弯头’敲坏的事情，同你们海临微波站5月15日晚上19点20分‘告警’有没有什么关系？”

王总握着老钱的手，高兴地说：“欢迎你们到来。我们一直期待着沪西市有同志来调查，弄清事实真相，以便保证邮电通信安全。同时，对我们邮电通信系统，各个部门总结经验，吸取教训，健全各项规章制度，都非常有必要。你们来有什么要求，或者需要我们提供帮助的，我们尽最大努力，给予支持。”

老钱向王总表示了谢意，转过身来将洪强、小李向王总作了介绍：“他们两位是沪西市公安局的同志。”还特地指着洪强向王总介绍说，这位是专案组组长洪强同志。洪强伸出手热情地同王总握了握手。

王总异常兴奋：“好，有公安机关的同志介入调查，对这起事故性质的认定，更加客观、公正。”

洪强谦虚地说：“我们在这方面是‘门外汉’，技术方面还要仰仗王总哩。”

王总谦虚地说：“咱们相互学习，需要我们在技术上提供帮助的，我们责无旁贷，毫无保留。”

接着，洪强将孔定山微波站被破坏的现场勘查以及大致分析情况作了介绍，还说了到海临微波站的打算、工作的要求，征求王总的意见。

王总直率地说：“这样吧，我请我们工程师赵浩同志具体协助你们调查，包括安排召开座谈会，好吧？”

洪强、老钱表示赞同：“太好了，谢谢！”

赵浩四十岁不到，邮电学院毕业就跟着王总实习，原来在学校里课本上学到的东西，经过王总悉心调教，加上他本人刻苦钻研和实践，技术上长足进步，在微波站基本上可以独当一面。就连王总的思想作风，都学到了手。为人沉稳、思想作风正派，敢于坚持正理。

按照王总的指示精神，赵浩召开座谈会，特地把 5 月 15 日晚上值班的当事人，一并邀来参加，配合专案组调查。

赵浩主持会议，向站里几个同志介绍："他们几位同志是沪西市来调查五月十五日晚上'告警'的情况，请各位实事求是反映。"接着，他把专案组的同志向参加座谈会的同志一一作了介绍，然后征求洪强、老钱意见："开始吧。"

洪强将来意向大家作了说明，然后，鼓励大家积极发言："请大家有啥说啥。老钱，你看还有啥需要说的？"老钱摆摆手。小李、小尹做记录，专案组的其他同志围坐在会议桌两旁。

参加会议的人当中，要数技术员小陶比较活跃，一听说是调查"5·15"微波站告警事故，惊异地说：

"这个事情到现在还没有解决，我们听说'E 弯头'被敲坏，究竟哪回事，就不晓得了。我们还当作已经解决了。"

老钱哈哈大笑："如果解决，也不会再到你们这里来调查了。"

赵工程师指着小陶："那天晚上，最早发现'告警'的就是他。他一听到'告警'，大声疾呼'告警'啦！在场的同志无不感到惊恐。"

小陶笑嘻嘻地说："我一发现'告警'，一边向大家喊'告警'，一边觉得惊奇，这是从来没有发生过的事情，再抬头看到墙头上的挂钟：19 点 20 分。"

小陶就把当天发现'告警'、机房内出现一片混乱，电视台、电信局打电话来责问，如何向王总报告，王总赶到现场如何采取应急措施，向各个中继站发出指示，要求各站检查设备、线路等详细过程作了介绍。

等到小陶介绍情况告一段落，赵浩做了补充："在电信局、电视台打电话来反映通信、电视信号不正常的同时，各个中继站打电话来报告在同一个时间出现'告警'。当时，我指挥当晚值班的同志检查机器设备是否完好，立即报告王总。按照王总指示，各个中继站陆续汇报检查情况。所有 7 个中继站，有 6 个中继站都汇报检查内部设备完好，就是'05'号孔定山微波站没有汇报。王总一连三次向孔定山微波站通话查询情况，三次电话，就是没有回应。"

洪强提问："王总连续三次电话，持续多长时间？"

赵工程师歪转了头，仰面翻着两只眼睛："唔！起码有 20 分钟。"

技工曹金生抿了一下嘴："当时，我心里面有一股莫名其妙的紧张感觉，话到嘴边，未敢说出来，总以为出啥大事了，脑子里自然而然想着南方某微波站值班同志被坏人枪杀的事情，怀疑是不是在孔定山微波站重演南方的恶性事故。"

技工林福祥插嘴："因为，我们的中继站都建在孤零零的山顶上，所以，老曹想到南方某微波站出事，我也有同样的想法。否则，不会呼叫这么长时间，没有人回应。"

在座谈会上，赵工程师继续回忆："经过几个人一起议论，我倒是受到启发，认为老曹、老林两位同志说的有一定道理，弄得不好，在我们区域发生了类似南方某微波站发生过的'恶性事故'，赶紧向王总汇报我们的想法，把我们几个同志议论的内容向王总直话直说。当时，王总也感到事态严重，为了慎重起见，特地召集我们开会分析事故有几种可能性，最终，大家一致意见，完全可以排除机械事故，人为的破坏事故可能性大。当时，想来想去，才往'南方某微波站发生恶性事故'方面想。当大家的想法一致，王总果断地拿起话筒向上级部门汇报，同时又向澄江监管中心通报事故情况，并要求他们派人到孔定山微波站检查，向我们通报检查结果。这个时间，已经到了晚上 12 点 05 分，实际上是 16 日的凌晨了。"

老钱说："澄江监管中心有没有向海临微波站指挥中心汇报情况，是怎样汇报他们检查结果的呢？"

赵工程师无奈地笑笑："澄江监管中心，是在事故发生第二天，直到 16 日下午三点多钟，还是我们王总主动同澄江监管中心陈副主任通话，查询孔定山微波站的情况，他这才向我们说：'内部设备完好，外部遭到人为破坏。'王总考虑到值班人员的安全问题，所以进一步追问：'值班人员值班情况如何？'这位陈副主任回答：'值班正常。'值班人员安然无恙。实事求是说，直到现在，我们还是怀疑，那天晚上，孔定山微波站值班的同志敷衍塞责，究竟有没有人值班，要打个问号啦。陈副主任口口声声说是'正常'，难以令人置信。因为，涉及澄江监管中心的事，以后我们也就不便再过问了。"

为了进一步解开有关技术方面的一些疑问，洪强又将被敲坏的抛物面天线上的"E 弯头"附件、砍断的电缆线等，拿给他们看，请他们发表意见。赵工程师、小陶看了以后，开始沉默不语，包括两位技工，都在砸嘴。小陶似想说，但感到没有把握，试探性地说：

“赵工，上次只是听他们口头上介绍，现在看到实物，我认为‘E弯头’被敲成这个样子，我们海临微波站‘告警’，弄得不好，毛病就出在这个被敲坏的‘E弯头’上。”

赵工似有同感，但也没有十分把握，委婉地说：“请王总看看吧。”赵工特地到王总办公室把王总请来。

王总拿起“E弯头”反复观察，紧闭嘴唇专心思考，然后颔首微笑：“应该说，问题就出在这个上面。‘E弯头’这个部件是在抛物面天线背面的接口处，相当于传输微波的咽喉，这个部位吃上分量，就有可能‘告警’，这是我的初步意见。你们不妨再请澄江监管中心的专家会商一下，看看他们有什么高见。”

应当说，专案组的同志不枉此行，按照原计划，初步达到目的。向王总以及海临微波站同志告别后，乘上前往澄江的火车，按照王总的建议，满怀喜悦，直奔澄江监管中心。

在车上，专案组几个同志，对到海临微波站指挥中心调查所取得的结果，心里面喜滋滋的，有着说不出的高兴。但是，有的同志，一想着澄江监管中心，会不会出现变数，似乎捉摸不定。特别是老钱，虽说是邮电局的人，对邮电系统有点数，就是对微波站这个领域比较陌生，这次去，会有什么结果，琢磨不透。

到了澄江监管中心，由老钱领头找到原来到孔定山微波站检查设备而发现破坏事故的技术员程晋，并由他陪同会见澄江监管中心陈副主任。

老钱见到陈副主任，说明来意，而这位陈副主任对微波站邮电通信系统技术权威的排位上，本来就不服王总，现在一听老钱说从海临微波站王总那里来，顿生醋意，一颗心就像掉进了醋缸里，酸不溜溜地刺激着他的大脑，不冷不热地敷衍着打发专案组同志走路：

“你们住下来了吗？”

洪强从陈副主任的表情，再加上他接待时候的神态，已经看出几分颜色。而老钱对陈副主任的关心深表感激：“我们已经住在你们招待所。”

陈副主任煞有介事地说:“我看这样好不好,你们由海临赶到澄江,一路上比较辛苦,先住下来休息。根据你们的要求,海临方面提供的意见,我约请我们这里的专家,就这个课题进行研讨,然后,再将专家研讨的结果转告你们,怎么样?”

老钱看看洪强,似征求洪强意见。洪强本来想,既然要请专家研讨,应该邀请我们专案组参加,现在这位陈副主任没有这方面的表示,只好点点头:“就按陈主任的意见办,我们回招待所等吧。”

第二天上午,技术员程晋特地赶到招待所,一本正经对专案组同志说:“陈副主任要我转告你们,我们这里的专家最近很忙,人员一下子凑不齐,他要你们先回去,等待专家人员凑齐,再召开研讨会,由我们澄江监管中心向你们转告研讨结果。”

老钱急切地问:“这两天专家会不会凑齐召开研讨会?”

程技术员摇摇头:“这个恐怕说不准,我劝你们还是按照我们陈副主任的指示办吧。”

洪强一听说“按照副陈主任的指示办”,已经晓得没有商量余地了,当即采取了一个缓冲办法,对老钱说:“老钱,我们就按陈副主任说的办,先回去吧。”

就这样,专案组一行人尽兴而来,扫兴而归。在火车上,洪强对老钱说:“那位技术员已经向我们传达的是陈副主任的指示,这就告诉我们只有执行、没有商量的余地。你想想看,是不是这个道理?再说,昨天,他在接待我们的时候,一提到我们从海临来,又提到王总的意见,他已经醋意发作,你当时没有觉察到。看来,下一步对澄江监管中心不要指望有什么结果噢。”

老钱无奈地笑笑:“嗨!‘皇帝不急,急刹太监’,你急,他不急。孔定山微波站是属于他领导的下属部门,发生这样大的事情,照理涉及他的领导责任,现在,他反而若无其事,真是笑话了。”

事隔三天,程技术员乘坐一辆工程车特地由澄江赶到孔定山微波站,向专案组同志转告专家研讨结果,还故弄玄虚地说:

“昨天下午,由陈副主任主持研讨会,根据专家一致意见,‘E 弯头’被敲坏,不会引起‘告警’,抛物面天线即便拿掉‘E 弯头’这个部件,微波传输也不会受到影响;至于微波机‘告警’,原因是多方面的,有时,晚上月亮在湖面上的反射光,也会引起'告警'……"

在座的专案组同志听到程晋传达专家研讨结果,好似一盆冷水从头浇到脚下,顿时七嘴八舌议论开了。

有人说:"'E 弯头'被敲坏不会'告警',那么微波站'告警'是什么原因引起的?"

有的说:"我们不是学术讨论,是想搞清楚'告警'同案发时间有没有关系,最终推定犯罪分子的作案时间。"

还有的说:"既然专家已经论证,应该出示书面鉴定意见书,否则,空口说白话。"

众人七嘴八舌议论,提出这样那样问题,就像机关枪对准了程技术员。程技术员有点招架不住,无可奈何地说:"我不是专家,我只是来传达专家的意见。现在,你们向我提出这样那样的问题,实在是勉为其难。如果说不作为正式意见,我也就斗胆谈谈个人的看法。"

程技术员表示斗胆谈谈他的个人看法,到底是什么样的看法?专案组同志有人说:"好!大家静静,现在听听程技术员的高见。"

程技术员一本正经地说:"对昨天参加研讨会的专家来说,这些人是喝过洋墨水的专家、教授,如果不是看在我们陈副主任的面子,这些人是请不动的。我讲这些话的意思,告诉你们我今天向你们传达的是澄江地区的权威指示。你们千万不要听从海临微波站指挥中心王德明胡说八道,他是国民党时期海临市邮电局的副总工程师,解放后被留用,属于留用人员,他肚子里有多少货,不就可想而知了吗?"

这位程技术员天花乱坠说了一通澄江专家研讨会的权威性,好似"一剪刀"把专案组同志的思想倾向一分为二。

12

程技术员的高见

本来专案组同志一致盯着程技术员发问，现在，专案组同志相互抬杠，争得面红耳赤。

一种意见认为，参加澄江研讨会的都是学术权威，海临微波站王总毕竟只是具体操作的工程师，要他对深层次的微波技术说出个雌雄来，还是有他的局限性。

另一种意见认为，得知澄江这些专家权威肚皮里装了多少真假实货的东西，你我都不晓得，倒是像王总常年同微波邮电通信打交道的人，才会有真才实学，真知灼见。

持有两种对立面观点的同志，谁都说服不了谁。程技术员看到专案组同志争得不可开交，怕引火烧身，就去小便。老钱看到程技术员走出去小便，面孔一板，朝大家发话："你们不要再争论了，要我说这种专家研讨会，归根结底，要看主持会议的人的态度。主持会议人的观点是左右形势的风向标，参加会议的专家学术权威发表意见，首先要看风向标，然后，看风使舵，扯起了顺风篷，讲的是顺风话。你们再争论下去，最后，还是空对空——放空炮。"老钱的讲话正巧告一段落，程技术员刚好从外面跑进来。

程技术员笑嘻嘻看看大家："你们讨论的结果怎么样？"

老钱还是抓住程技术员不放，有意逗他说："说到现在，我们还没有听到你发表高见。请你摆摆你的观点呢？"

程技术员仰着脖子，哈哈大笑："我能有什么观点，我只是起个传声筒的作用，上面这么说的，我就对你们这么说。我既没有进一步发挥的责任，也没有发表个人观点的义务。"

洪强也有意挑逗："你，这就过于谦虚了。应当说，程技术员倒是在我们专案组同志的心目中顶呱呱的技术权威。第一个发现孔定山微波站被破坏的，就是你程技术员；我们到澄江微波站指挥中心会见陈副主任，又是你领的路；传达专家研讨会意见的，也是你程技术员；再说，有资格参加澄江专家研讨会的也只有你程技术员，你没有自己的观点，这不是天大的笑话吗？"

洪强说的一番话，引起在座同志哈哈大笑，一些同志跟着凑趣："正是嘛，你承认不承认是另一码事，我们一直把你当着技术权威……"

经过大家这么一逗、一捧，这位程技术员心里像蚂蚁爬上爬下，有了一种痒乎乎的感觉，头开始轻飘飘，他晃了一下脑袋："这倒是不假，假使不是我发现微波站遭到破坏，几个人还要一门心思没完没了检查设备，想从设备上找毛病，不知找到什么时候呢。"

老钱逗趣地说："就是嘛。所以，我们都想听听你的意见。"

程技术员晃了晃头，这才开始像煞有介事地发话："我哪，斗胆发表一下个人观点，说不准，仅供参考。"

在座的同志都鼓动他发表意见："程工，你就谈谈你个人观点。"

有的说："你的个人观点，不就等于专家意见嘛，说！"

在大家的鼓动下，程技术员摇头晃脑，一本正经地说："微波技术，到目前为止，要论定某一项技术上的问题，不是近几年就能办到的事。就拿这次研讨会来说，就像一个布袋里装了黑白两种颜色的球，一些专家在讨论的时候，任凭哪一位专家伸手到布袋里摸，如果摸到黑色球多，那结论意见是黑色，如果摸到白色的球多，结论意见是白色，这就是我昨天参加研讨会的感受……"

洪强一听程技术员说到参加研讨会的感受，再联系老钱说的"主持会议人的观点是左右形势的风向标"，特地转了一个弯："程技术员，我们的同志之所以请你发表个人观点，目的只有一个，最好有一个能够解决问题的办法。实际上，你也是专家，你看还有没有其他的路可走？"

程技术员听了洪强一席话，心里面舒服，顿时面孔上好似阳光灿烂，晃了一下脑袋，喜滋滋地说："我倒有一个大胆的设想。"

在座的人一听说他有个大胆的设想，眼睛一亮，竖起两只耳朵静听他的下文。他不无卖弄关节，摆出了专家权威的架子："咱们是不是搞一次试验，不过，这个动作比较大，一定要请示领导同意才能进行。为什么呢，因为牵涉到一系列的问题。例如，事先要通知各个中继站同时做好准备，还要安排统一的时间、线路，才好搞这个试验。"话锋一转，他将搞试验的大体安排、具体方法、部署做了详细说明，一下子把专案组同志的胃口吊了出来，消除了淤积在心头的纳闷和懊丧情绪，大家拍手叫好。洪强征求宋工意见，宋工开始有些疑惑，后来发表了一个不确定的意见："不妨试试吧。"

当时，包括老钱和专案组的同志，都把希望寄托在搞一次试验上。但是，有的同志想这个动作要兴师动众，领导会不会采纳意见，还要打个问号，这个大胆的设想恐怕要落空。

倒是小周快言快语："现在不是怀疑人家有多大能量多大本领的时候。要我看，我们只能死马当作活马医吧，既然人家有这个积极性，何乐而不为呢？"在场的同志，听了小周这么一说，想想倒也是这个道理。

这位程技术员在大家鼓动下，浑身来劲，他所提出的试验，应当说，专案组同志在没有其他路可走的时候，确实是一个令人鼓舞、振奋精神的好建议。程晋当即打电话向领导请示，澄江监管中心的领导竟没有打一个咯噔，这还真是个"奇迹"。在场的同志，绽开笑脸，一个个向程晋跷起大拇指，夸赞："好！好样的。"程晋受到众人夸赞，说话的语气流露出自信的神态。

试验计划大体是这样安排：按照原来"告警"的时间，晚上 19 点 20 分，在孔定山微波站，将刚换上去的抛物面天线上的"E 弯头"拿下来，然后将被犯罪分子敲坏的"E 弯头"换上。专案组的同志分成两组，一组在孔定山微波站，由程晋直接操作换"E 弯头"，监视、观察换"E 弯头"过程中的变化情况，另一组人到海临微波站原来告警现场监视、观察，有没有"告警"的情况出现，以此来论定"E 弯头"敲坏同"告警"到底有没有关系。

按照安排，程技术员同宋工、小高等人留守在孔定山微波站换"E 弯头"，洪强、老钱带领小李等人到海临微波站现场观察。

洪强、老钱一帮人到了海临微波站，向王总汇报了“试验计划”，并征得王总同意，特地安排赵工、小陶等原班人马配合专案组等人驻站观察。

一切准备工作就绪，按照约定的时间，第二天晚上，专案组同志，以及海临微波站的同志，如临大敌，像守候伏击犯罪分子一样，目不转睛地注视着，观察“报警器”的动静。19点5分，海临微波站机房内的扬声器发出通话声：

“‘01’、‘01’，我是‘05’，现在准备换‘E弯头’，请注意按时观察，请对一下表，现在是晚上时间19点06分，请在19点20分准时观察。”

海临微波站由赵工回答：“我是‘01’，我是‘01’，我们已经作好观察准备。”

在旁边的专案组一行七个人，全身收缩，屏息静气，心跳就像战鼓擂动，急剧跳动。

大约过了14分钟，海临微波站扬声器发出通话声：

“我是‘05’，现在时间是19点20分，被敲坏的‘E弯头’已经按既定时间换上。请回话，请回话。”

赵工回话：“现在时间是19点20分，机器设备一切正常，没有发现‘告警’情况。”

小陶在旁边说：“我是‘01’、我是‘01’，再等等，再等等，我们继续观察，继续观察……”

“‘01’、‘01’，我是‘05’，我是‘05’，现在时间是晚上11点，试验完毕，试验完毕。”

“我是‘01’、我是‘01’，观察完毕，观察完毕。”

就在海临微波站观察的同时，赵工拿起话筒，分别向沿途所有的中继站收集情况，各个中继站按照指挥中心要求汇报动向，都说没有“告警”。

海临微波站一直注意观察到晚上12点，始终没有什么动静。

程技术员像发布命令似的，通知海临微波站：“试验完毕，现在开始换下被敲坏的‘E弯头’，换上新的‘E弯头’。”

经过这次试验，海临微波站在场的同志，开始沉默不语；而专案组有的同志在咂嘴，有的同志在摇头，感到不可思议，都在揣摩5月15日晚上19点20分“告警”，同孔定山微波站抛物面天线“E弯头”遭到破坏究竟有没有关系。

洪强首先打破沉默，转身对着赵工说：“赵工，出现现在这种情况，如何来理解？”

赵工神情凝重，摇了摇头称：“这个倒是说不准哪！”

晚上的天气，室内比较阴冷，赵工一看手表已经是凌晨1点了，关切地说：“现在到招待所的公交车已经没有了，你们就在我们站内休息吧。”专案组同志没精打采，尤其是洪强、老钱根本没有一丝睡意，就这样坐等天亮。

第二天一早，专案组同志告别赵工，出了大门，在微波站附近一处早餐店，七个人吃了些大饼油条和豆浆，正赶上人们上班时间，挤上17路公交车，到了招待所，脱衣服准备睡觉。

突然，史光大大声咋呼：“不好了，我的皮夹子被偷了。”

小尹板起面孔，白了他一眼：“你现在还有啥心思开玩笑。”

小周噘起嘴：“你开玩笑，也要拣个好日子，现在来凑啥热闹。”

老钱看到老史头上满头大汗，不像开玩笑，再说，他平常也没有开玩笑的习惯，关心地说：“你再好好找找看。”

洪强走过来问：“你放在什么地方的？”

老史指着背在棉大衣后面的挎包：“放在这个包里。”

洪强直话直说：“是被扒手扒掉了。”

小周对着老史发粗话：“你又不是死人，扒手挖皮夹子，你感觉不到，是不是忘在什么地方噢？”

洪强叫老史将棉大衣脱下来，要小周换上，再背上挎包，然后作扒窃动作，问小周：“有没有感觉？”

小周摇摇头：“唉，倒是没有什么感觉。”

洪强很有见地说：“老史这身打扮，扒手当他是乡巴佬，这么厚重的棉大衣后背，背了个包，小偷趁车上拥挤，下手不费吹灰之力，挖了老史的皮夹子。车上旅客挤来挤去，老史的注意力集中在要站稳脚跟，根本不会注意身上的背包，你们想想是不是这个道理？”

在场的同志听了洪强的分析，加上小周亲身示范、体验，认为是这个道理，现在都关心被扒窃的皮夹子里有些什么东西。

老史哭丧着脸:“里面有七个人的预售返程火车票，本人工作证、粮票、80多块钱。”

洪强特地宽慰老史:“不要急，一方面由小李陪你到派出所报案，另一方面到海临市邮电局去招领。”

洪强此语一出,引来大家哄堂大笑。

老钱捂住嘴咯咯笑:“老洪,亏你想得出的,我在邮电局工作这么多年,也没有听说办过这样的招领业务。”

洪强认真地说:“我这个建议,听不听由你们。小李,你先陪同老史到派出所报案。”

专案组同志由于老史遭到扒窃,冲淡了“试验”结果不理想带来的烦恼,转而议论扒窃问题。

洪强顺着大家的余兴:“海临地区的扒手,只爱钞票和粮票,而且,粮票要的是全国粮票,什么工作证、车票、地方粮票他一概不要……”

正在大家议论到兴头上,小李同老史回到招待所,时钟已经是中午11点。小李刚坐下,大家好奇地问结果。

老史无精打采地说:“到派出所报案，主要叫我填张报案表格。民警说，这个17路公交车经常发生扒窃，这条线路有一个扒窃团伙……”

小尹开玩笑说:“你们到海临邮电局去招领吧。”

老史摇摇头:“派出所都没有办法,邮电局还会狗捉老鼠多管闲事抓小偷。”正当老史继续要说下去,招待所扬声器在喊话:“沪西市邮电局史光大同志，请你马上到海临邮电局去招领你失窃的皮夹和工作证,沪西……”在场的同志不约而同诧异地说:“老洪,你神了。”有的说:“你比诸葛亮还要诸葛亮。”

洪强笑笑:“实践出真知,过去我经常出差海临,所以晓得一点。海临地区的小偷这点好,扒了皮夹子,拿掉钞票、全国粮票,他就将皮夹子投放到信筒内,被失窃的人拿到皮夹子也就不再报案,这样他可以逃避公安人员追查。小李,还是你陪老史到邮电局去领吧。”老史、小李走后,人们又回到试验的问题上来。老钱面孔朝着洪强:“老洪,你看,下一步怎么办?”

老洪毫不犹豫地说:“到海临微波站去找王总。”

在场的同志不是咂嘴，就是摇头，老钱也开始怀疑洪强这个提议的实际效果。正当大家犹豫不决，小李、老史从海临邮电局回来，是高兴还是不高兴，似乎大家都说不准。还是小李高兴地说："现在，都被老洪说着了。"他绘声绘色把到邮电局招领的经过述说一遍："皮夹子里除了少掉 80 块钱，工作证、车票，地方粮票都在皮夹子里。"

在场的同志都感到神奇，有的同志还要议论，洪强竖起右手手指，又用左手掌覆盖，做了一个暂停议论的手势，让老钱继续原来的话题。

老钱说："赵工，已经没有什么说法，再找王总，也未必会有啥高招。"

洪强不以为然："所谓专案组，就是要一专到底。现在我们还没有专到底，即草草回去，岂不变成了个吊死鬼？不上不下，再要做下一步工作，就无从着手，况且赵工不是没有想法，只是不便说出口……"

老钱听了洪强这么一说，开始保留自己的想法："去就去吧。"

在场的其他同志勉强同意再走一趟，至于要把希望寄托在王总身上，都已经感到渺茫。再说，如果不去，确实也放心不下，所以怀着十分矛盾的心理，决定再到海临微波站走一趟。而王总究竟有没有起死回生的方法，人们拭目以待。

13

一专到底

尽管洪强说搞专案要一专到底，其实，他自己的一颗心还在半空中悬着，能不能见到底还是个谜。包括老钱在内的其他专案人员，经过程晋建议搞的这个试验结果“不告警”，一些人的思想情绪已经一落千丈，偏偏洪强还要再到海临微波站，想找王总谋求出路。一些人对洪强的提议，嘴上不说，心里面有点心灰意懒，只是抱着病笃乱投医的心态，不妨试试看吧。

当天下午，专案组一行人到了海临微波站，怀着忐忑不安的心在王总的办公室门口踌躇了老半天才敲门。王总听到敲门声，说：“请进。”

专案组一行人推开门，鱼贯进入办公室，抬眼一看赵工也坐在里面。王总站起来，热情地招呼：“你们来了，请随意坐吧。”并关切地说：“你们辛苦了，怎么不休息……”

专案组同志就在椅子上、沙发上，连沙发扶手上，凡是可以坐的地方，一一落座。

从王总招呼他们的口气里老钱感到诧异，好像王总晓得要来找他。老钱带有一脸懊丧的神情，无奈地笑笑：“哪还有心思休息，在你们微波站观察试验得出的最后结果‘不告警’，脑子里出现一片空白。大清早上跑出了你们微波站大门，乘公交车，我们同志的皮夹子被扒手扒去，两桩事情纠结在一起，折腾了一个上午，根本没有心想休息。为了尽快得到对这次试验有个正确的说法，考虑再三，还是要来请教你，想再听听你的意见。”

王总听说专案组同志目前工作碰到了困境，又遭遇到贼偷，颇为关切：

“皮夹子里钞票多不多?”

老史哭丧着脸:“80多块钱。”

王总深表关切:“噢!数目倒还不少呢,怎么办,有没有向公安机关报案?”

老史将到派出所报案、邮电局招领的过程述说了一遍。

王总一边摇头,一边冷冷地浅笑了一下:“小偷还挺善解人意。”随即,王总言归正传:“试验做过,你们还有些什么想法和打算?”

王总话音一落,洪强接茬:“我们来的目的,就是要想听听王总的意见。”

王总直率地说:“我听了赵工向我汇报试验情况和结果,我基本上同意赵工的意见。你们对赵工的意见怎么看?”

老钱一听说对赵工的意见怎么看,一下子惊愣了,心里想又被洪强说中,这个赵工还真当了我们面做了保留。老钱怀着疑惑不解的神态:“不晓得赵工有啥高见?”

王总朝着赵工透出惊疑的神态:“赵工,你没有把你的看法同他们说?”

赵工以下级对上级的口气说:“我没有向你汇报,征得你的意见,所以没有把握直接向他们谈我的看法,以免误导,影响他们的工作。”

王总似有所悟:“是这么回事,好吧,我说说我的看法。”王总当了在座同志的面,十分肯定地说:“这次这个试验,没有参考价值。”

在座的专案组同志怀疑听错了王总说的话,竖起了两只耳朵,聚精会神听王总接着说下文。而王总考虑到专案组同志对微波知识“隔行如隔山”,比较生疏,特地深入浅出,一边用手演示,一边不厌其烦地解释,还形象地作了比喻:“之所以说这个试验没有参考价值,因为,这个试验等同于刻舟求剑,虽然说选择在原来‘告警’的同一个时间搞的试验,但是,这次试验是在静态情况下进行的,而犯罪分子是在动态情况下实施犯罪,是用力敲击‘E弯头’,才会引起‘告警’。因为‘E弯头’内壁有4公分的空隙,被犯罪分子敲瘪2公分,那么,它还剩有2公分的空隙,把它换上去做试验,抛物面天线不就等于仍处在正常情况下进行工作吗?就好比一根自来水管子,内壁具有4公分空隙,被人为地敲瘪了2公分,还剩有2公分的空隙,水不是照样顺畅地直流?!现在拿原来敲瘪的‘E 弯头’，在静态状况下换上去，没有受到冲击力，当然不会‘告警’。我这样讲，你们是不是理解？”

嗨！在座的同志恍然大悟，有同志脱口而出：“对啊！”都点头表示理解。特别是洪强听了王总深入浅出的解说，好似回到了春天，赶走了寒意暖了身，激活了全身细胞，来了劲，饶有兴趣地说：

“按照王总这样解说，我们完全可以理解并接受这个观点。但是，从办案角度来说，最好要有依据支撑你的观点。”

老钱和在座的同志对洪强挤挤眼，有的在啧啧嘴，意思是这样提问，不太礼貌，会不会引起王总反感。

恰恰相反，王总颔首微笑：“说得好，办任何事情，都要有这样的韧劲。一个观点如果没有依据，也就是你说的支撑，它就没有生命力。我本来接下来就要讲这个问题，你提出来，很好！为了找到支撑和科学依据，我建议你们不妨到‘01’工厂生产‘E 弯头’的单位做一次破坏性试验。‘E 弯头’突然受到冲击，是否会导致微波站‘告警’，才能有一个公正、客观正确的结论。”

王总的一席话，使得专案组本来已处于心灰意冷的同志，打开了尘封的门窗，看到了东方透出一抹曙光，欣喜不已。洪强随即跟着说：“你的建议太好了，我们回去研究以后，马上出发。”当即站起来同王总握手：“谢谢。”老钱和在座的其他同志挨个儿走上前向王总、赵工握手告别。

在返程的火车上，老钱几乎还在想王总提出到“01”工厂做试验的建议，突然想起王总的一句话，似乎不太懂它的意思，问洪强说：“刚才王总说啥刻……”

洪强晓得他所要问的是王总引用的一个成语。他认真地向老钱解释：“王总引用的这个成语，出自《吕氏春秋·察今》。楚国有一个人在过江的时候，把一把剑掉在水里，他就在船上刻上记号，标出剑落的地方，等船停下，再按船上的记号下水去找剑，结果自然找不到。比喻这个人的方法不对头，死心眼，不知情况已经变化。王总这个比喻深入浅出，含义非常深刻。我们这次做的试验，虽然说选择在 19 点 20 分原来‘告警’的同一个时点，但试验是在静态情况进行的，而犯罪分子破坏时是在动态情况下敲击的，这就告诉我们‘告警’‘不告警’的原因所在。”在座的其他同志也感到新奇。

小尹接上口:“我就不明白监管中心的专家们,就连这样简单的道理都没有想到,倒是不可思议呐。我对王总的这个假设,听听是有些道理,但是,假使‘01’工厂做破坏性试验,出现同澄江监管中心做的试验一样的结果,怎么办?”

小尹这么一说,把原来满怀欣喜的同志,一下子又带到了不见天日的隧道里去了,无形中勾起专案人员满脑子的烦恼。

小周一摆头,接过小尹的话头:“我倒不担心‘01’工厂试验的结果,问题是试验结果即使‘告警’,两家都经过试验,都是权威意见,到头来,到底听哪一家的意见好呢?”

老史板起了面孔,自以为是:“话,不能这么说,我倒认为两方面的意见都要听听,防止片面性。”

小尹向老史白了一眼,做了个鬼脸:“你这个话等于脱裤子放屁。我倒要请教你一下,两方面的意见都要听听,专案工作怎么操作,还不是回到来的路上去。照你的说法,根本不需要花很大力气去做啥试验。仍旧照原来‘瞎子走路,瞎摸瞎摸’,走到哪里是哪里好了。”

老史对小尹的说法不以为然,煞有介事地说:“我的意思是,从目前来说,澄江同海临这两家的说法都有一定的道理,还不能说谁对谁错,否则,王总也不会提出到‘01’工厂去做破坏性试验。”

小周马上跟上:“你这是强辩,我倒要问你,在没有经过破坏性试验之前,也就是说,现在这个两家的意见,你以为哪一家的正确?”

老史十分含蓄而肯定地说:“你的提问,应该这样说,在没有到‘01’工厂去做破坏性试验之前,你倾向哪一家意见。我现在就可以告诉你,我倒是倾向海临王总的意见。”老史的回话,引来在座的同志哈哈大笑。

小李插话说:“这个回答精彩。”

经过一番争论,在他们一堆人中间开始沉寂,跟着火车不停地颠簸,随着车轮发出有节奏的响声,就像催眠曲一样,把本来一天一夜没有睡好觉的同志,渐渐带入了梦乡。此时,只有两个人,听了在座同志刚才一翻议论,内心似涨潮的潮水在滚动,一个是洪强,还有一个就是老钱。是什么原因促使他俩久久不能入睡呢?洪强虽说从王总那里得到了满意的答复，但是，王总毕竟是个人观点，正如刚才老史说的，这还仅仅是一种倾向性意见，在没有科学依据的情况下，只能作为参考。再说，王总的观点，澄江监管中心会不会接受，还要打个问号。

而老钱想的问题，也是担心澄江监管中心陈副主任从中作梗，本来他对海临微波站抱有成见，这次程晋拿“E弯头”做了实地试验，有了足够的依据，否定海临微波站王总提出的观点。再要按照王总的意见，提出到“01”工厂作破坏性试验，明显地对澄江监管中心的试验结果不信任。本来他们两家就有矛盾，这样一来，加深了他们的矛盾，还有可能将矛盾转嫁到专案组头上，变成专案组同澄江监管中心唱对台戏。

老钱睁开眼睛，砸咂嘴：“老洪，现在碰到一个尴尬的事，倒蛮棘手的呢。”

洪强笑笑：“澄江监管中心，确切地说陈副主任。”

老钱呵呵笑一下：“你也想到了。”

洪强点点头：“现在就告警的问题，出现了南北对峙的局面。”

老钱考虑再三，疑惑不决：“老洪，到‘01’工厂搞破坏性试验还有没有这个必要，就算‘01’工厂试验结果会告警，又如何来否认澄江监管中心的试验结果呢？我怕到头来我们专案组成了三上吊，吊在半空中跳舞，不上不落噢。”

洪强坚定地说：“试验以后，很有可能出现这样的局面，我还是那句老话，专案就是要一专到底。”

就在他们两人议论中，老钱对到“01”工厂作破坏性试验，心里面摇摆不定，突然火车发出“哐啷”的撞击声，火车刹车暂时停靠中途站，惊醒了酣睡的同志，有的打哈欠，有的伸懒腰，小尹似在朦胧中听到洪强、老钱他们两个人的说话，一睁开眼睛，他就大发议论：

“你们说这次试验以后，带着王总的观点到澄江监管中心去，会有什么样的结果？”

小周啧啧嘴：“难说，有可能接受，也有可能不接受。”

小尹轻蔑地说：“废话，你等于没说。”

老史一本正经地说：“原来他们坚持专家的意见不会告警，现在做过试验证明不会告警，理所当然更加不会接受王总的观点。”

小李打破沉默，加入了他们的讨论中，发表意见：“要使澄江监管中心的专家们接受王总的观点是不可能的。现在，只有靠我们自己如何把握住命运，把握住前进的方向，脚踏实地工作。”

小周歪了一下头：“你这话听起来蛮有道理，但做起来不着边际。如何把握住命运，脚踏实地工作，如何把握住前进的方向？”

小李接过小周的话题，认真地说：“命运同方向是对我们领导说的，脚踏实地工作是对包括我们所有专案组的同志说的。说到底，专案组的同志，上下一条心，思想要一致，服从真理，不受外界影响，不迷信专家的意见，不要受条条框框束缚，我们要想人家不敢想的事，要做人家不敢做的事，只要有这样一股闯劲，我们才能摆脱困境。”

小李简短的几句话，对洪强触动很大，认为一名优秀侦查员就要有小李说的这种思想境界。面对海临同澄江两个中心，出现了两种截然不同观点，洪强转过身来，别出心裁说：“我们回去，不要忙着把王总的观点亮出来，先听听宋工对做试验的感受，看看他是啥态度，你们看怎么样？”

老钱咯咯笑：“这个办法好，既考验王总的观点是不是站得住脚，反过来考考我们宋工的水平。不过，我要先回局里一趟，向局长汇报近一个时期的工作，以及目前碰到的问题……”

洪强说也要回局里汇报，其他同志回家休息一下。后天，准时到微波站碰头。

老钱回到邮电局，正赶上黎局长到北京开会，就向分管保卫、工会工作的张副局长汇报。

这位张副局长是从空军转业的干部，山东胶东半岛人，在部队是一名营级干部，转业的时候提升了两级，成为正团级。而地方上的组织部门也掌握了部队这个潜规则，所以，凡是从部队转业回到地方，都采取降级使用，对这位张副局长作了适当照顾，任命他为副局长，等于部队副团级。他虽说对邮电业务不熟悉，但他倒有一套行事处世的哲学。老钱带领保卫科五个同志找这位局长，正儿八经地向他汇报前一个时期工作、遇到的问题，以及下一步工作的打算，请他作指示。

张副局长听了汇报，点点头：“好，你们辛苦了。”他的开场白听起来倒是蛮舒服，接下来，讲到正题上，他就开小差了，一本正经地说：“我看，这么的，老钱，工作中出现不同意见是正常的。这么的，老钱，你有什么打算?”

在座的同志,有的歪着头,有的抬着头,不时地挤挤眼、咂咂嘴,做鬼脸,而老钱估计他“这么的”要唱老调,特地表现得尊重他,特地谦虚地说:

“我没有把握,拿不定主意,所以,特地回来向你请示,想听听局长有什么指示?”

张副局长顿时打了一个咯噔,心里想我本来想开张转账支票,拿你的意见贩卖给你,现在你要我直接出账。他掉转了话头说:“这么的,老钱,我倒是以为,这两家的意见都要听听。现在,澄江监管中心的专家意见,是由澄江监管中心下达的,他们的意见就成了上级向下级发出的指示,咱们理所当然要不折不扣执行。至于‘01’工厂要不要去,这么的,可去可不去,就不一定要去;这么的,如果非去不可,再向澄江监管中心汇报请他们决定;这么的,你说呢。另外,我向你通报一件事情,孔定山微波站领导到局里反映,你们专案组在微波站乱找人谈话,好像微波站里是‘洪洞县内无好人’,干扰微波站内部的正常工作秩序……”

老钱同几个同志听了张副局长不着边际的指示,外加孔定山微波站成站长背了专案组向局长‘打小报告’,憋了一肚子气,回到保卫科,一屁股坐下来只是摇摇头发笑。

小周做了个鬼脸,噘起嘴:“我听张局长讲了半天,也没有听出个名堂来,只听到他说这么的、这么的,是啥意思……”

小尹一脸怒气,带有轻蔑的口气:“鬼迷,这么的,这么的,他这个局长,我也会当,只要学会这么的、这么的,就可以当局长了。微波站老成也不是个东西,还告我们专案组的状,岂有此理。”

隔了一天,老钱、洪强同时回到孔定山微波站。洪强本来想听听老钱到局里汇报的结果,看到老钱面孔上挂着一脸的尴尬相,已经猜到几分。为了不影响大家的情绪,对双方回局的情况都暂时保持沉默。宋工、小高等留守在微波站的同志在会议室,看到从海临回来的同志没精打采,心里面已经猜到几分,感到情况不妙。

小高首先打破沉默:“海临那里怎么样?”

老钱提议说:“我们想先听听沪西做试验的情况。”

小高迫不及待地将做试验的全过程详细作了汇报，征求宋工意见："宋工，你是专家，你说说吧。"

宋工只是无奈地笑笑："试验情况，小高已经详细说了，我没有啥补充。要我看，这种试验没有什么价值，比不试验的情况更糟，容易误导人们的工作方向。当时，程技术员提出这个建议，我就心存疑虑，为了不挫伤他的积极性，我也就勉强同意了。"接着，宋工把自己的见解述说了一遍。最后的落脚点：犯罪分子作案的时候，是在动态情况下进行的，"E 弯头"是受到敲击的一股冲击力的影响，才发出"告警"信号。现在，做试验，完全是在静态情况下进行的，就不一定会"告警"。

从海临回来的同志都含笑点头："有水平，倒是同王总的说法一样。"

听到宋工对这次试验的评论，把老钱一行人怀疑王总的说法、建议一下子又拉了回来，回到了王总论述的观点上来。

而更加增强了信心的洪强，直接征求宋工意见："宋工，下一步，你看，怎么搞？"

其实，宋工在做试验的同时，已经在酝酿下一步工作，所以他很干脆：拿了被破坏的"E 弯头"到"01"工厂做破坏性试验。

洪强、老钱同从海临回来的同志，霎时惊呆了，怀疑海临微波站的王总同宋工通过电话，统一了口径。

老钱惊异地询问宋工："王总有没有打电话通报他对这次试验结果的看法以及下一步的打算？"

宋工说："没有啊，我没有接到过王总的电话，再说，王总从来没有同我个人有过什么交往，也不可能打电话给我。"

洪强和老钱听听宋工的解释，倒也是实事求是，王总不会无缘无故突然同宋浩然通话。

现在，宋工的观点亮出来，会上围绕着宋工的观点讨论，顿时出现两种意见。以老钱为代表的同志，听了宋工的解说，认为有道理，从内心来说，他倾向王总、宋工的观点，但是，再从组织观念来说，既然张副局长已经有了指示，澄江监管中心专家的意见经过试验以后得到证实，为避免嫌疑，同澄江监管中心对着干，就不要再搞出什么新的花样，到"01"工厂去做啥破坏性试验。以洪强为代表的公安机关的同志，认为不要过于迷信这次试验，坚持要到"01"工厂对"E 弯头"作破坏性试验，会不会"告警"，才能查个水落石出，有个科学依据。

因此，专案组面临着不同意见的选择。第一种就是按照澄江监管中心"不会告警"的意见，不要把"告警"时间同犯罪分子作案时间混为一谈。第二种意见，撇开澄江监管中心的专家意见，按照临海微波站王总的意见，拿"告警"的时间作为犯罪分子作案的时间，不要再到"01"工厂做试验。第三种意见，根据实事求是的原则办案，一定要到"01"工厂做试验，最终求得"告警"还是"不告警"的科学依据，是就是，非就非，不要瞻前顾后，拖泥带水。

洪强面临着三种意见，毫不犹豫选择了第三种意见，坚定不移地做出决定：一、根据海临微波站指挥中心的意见到"01"工厂拿"E 弯头"做一次破坏性试验；二、到微波技术发达的地区广泛地进行调查研究。最后，洪强以征求意见的口气说："我看，是不是就请小周陪同宋工到'01'工厂做破坏性试验，一定要取得他们技术部门的书面鉴定意见。"老钱虽有保留意见，但最终还是表示同意洪强提出的一揽子计划。

"5·15"专案人员就像三驾马车出征，小周和宋工直奔"01"工厂做试验，老史、小尹等人到南方调查，小高、小王到沪杭地区调查。老洪和钱科长同留下来的同志继续在孔定山微波站内调查发案当晚值班情况。

三驾马车出征，一部分同志信心百倍，一部分同志的心还是悬着。

14

圈　套

经过一个星期奔波，三驾马车陆续回到孔定山微波站会师。宋工、小周到“01”工厂作破坏性试验，得到了工厂工程技术人员积极支持配合。而且，经过他们搞破坏性试验、检测，取得了比较满意的结果。

“01”工厂搞破坏性试验，检测结果表明：“E弯头”被敲瘪，受到一股冲击力的冲击，作出反应——告警，影响微波通信质量。并出具了《鉴定意见书》。

为了取得澄江监管中心的认同和支持，宋工特地同小周商量好，由宋工到澄江监管中心汇报“01”工厂的检测结果，小周直接回孔定山微波站专案组汇报“01”工厂的检测情况。

小周回到孔定山微波站，到沪杭去外调的同志也到达，汇报了外调情况。沪杭的专家认为，犯罪分子敲坏“E弯头”，是在动态情况下搞的，受到一股冲击力的冲击，必然导致告警；甚至还有的专家认为，当微波机信号中断、告警的瞬间，正是犯罪分子作案的时间，即使有误差，也只是几秒钟。

至此，一直困扰专案组同志“告警”同“E弯头”被敲坏有无关系、“告警”时间是否就是犯罪分子作案时间等问题，经过专案组同志不辞辛苦地奔波，总算有了结果。这样一来，论定了作案时间，意味着排查犯罪分子的范围缩小，侦查目标集中，专案人员摆脱了“屎头苍蝇到处乱碰乱跳”的局面，大大增强了全体专案人员的侦查信心和凝聚力。

大家沉浸在无比喜悦中，但有些同志心里不够踏实，担心宋工到澄江监管中心汇报会不会出现啥变数。假如澄江监管中心对“01”工厂鉴定意见持有不同意见，仍旧坚持他们原来的试验结果，专案组势必要卷进南北专家的争论，甚至还要在南北对峙观点的夹缝中挣扎。现在，所有的人急切地盼望宋工回来，汇报孔定山微波站的顶头上司澄江监管中心对“01”工厂鉴定意见的意见。

宋工一门心思到澄江监管中心汇报，要找的领导陈辉，工农兵大学生，是两年前由一名技术员提拔为澄江微波站副站长、监管中心主管微波通信业务的副主任。

澄江监管中心是一个受双重领导的单位。在微波邮电通信业务，包括管理等方面的问题受海临指挥中心领导；增添重要设备、维修保养等要钱、要物，包括人事调动和干部提拔，均受本地邮电主管部门节制。

事有凑巧，当地邮电主管部门正在选拔中青年干部，上级部门却来了一位负责后勤保障大员——凌汛，到澄江监管中心检查工作。而这位检查大员，恰巧是澄江监管中心技术员陈辉的同学。当陈辉听说老同学到来，当天晚上就前往招待所看望，两人一见面，握手问好，十分亲热。

凌汛关心地问：“老同学，这几年干得怎么样？”

陈辉似有些羞愧，抱怨地说：“我能什么样，还不是跑跑基层，掸掸灰尘，干力气活呗。”

凌汛带有些张扬的口气：“我们原来的一些老同学，现在绝大多数都有相当衔头了。你们这里像是个荒漠地带，人才升迁被遗忘的角落。如果感到不如意，到我们那里来吧……”

陈辉何尝不想呢，只是有企求，不容易得到，最好有那么一天，能够升迁，改变一下自己的人生归迹。当了老同学的面，苦于不好意思开口，只是傻笑。其实，凌汛已经号准了陈辉的思想脉搏，当场向陈辉表示，乘这次到澄江监管中心检查工作，要为陈辉创造升迁机会。他说：

“你们那位王主任怎么样，对你的印象如何？”

陈辉尴尬地说：“这倒是说不上来。对王主任我还真琢磨不透。”

两个人就个人处境、同学工作现状等东扯西拉，谈了一个晚上。

第二天，凌汛到澄江监管中心检查工作，由澄江监管中心王主任接待，并亲自汇报工作。

凌汛听完汇报一本正经地说：“这次，我一路检查下来，对基层行政领导，设备管理、维修保养，还只有你们这里做得比较突出，有些地方还有创新……”反正，官样文章说了一大通，突然话锋一转：

“你们这里有一位陈辉同志吗？”

王主任马上接茬：“有啊！是我们这里的微波技术员。”

凌汛十分惊讶，神态显得有些疑惑，喃喃自语：“技术员”。随即以夸张的口气：“陈辉至今还只是名技术员！？如果有可能放人，我们那里需要像他这样的人才，他本来在我们同班同学中是位佼佼者，王主任是否能帮助我们输送些人才？”

王主任倒也不是个“闭目养神”与世绝缘的人。听到他怎么一说，觉得有门道，有意画蛇添足地说：“他是我们这里重点培养对象。”还故作姿态说：“你们要，当然，我们积极支持，但是，我还得向上面汇报……”

凌汛感到目的已经达到，看风转舵：“我不是来挖墙脚，请王主任不要误会。”

王主任当即以奉承口气说：“好说，好说，都是为党的事业选拔人才嘛，谈不上，挖什么墙脚。”

这位钦差大臣走后不久，澄江监管中心的上级组织部门到澄江监管中心考察干部，王主任向组织部门汇报干部情况，话锋一转，就转到凌汛到澄江监管中心检查工作，同他谈到有关陈辉的原版讲话。讲者无心，听者有意。事过境迁，组织部门考察干部的同志向本地邮电主管汇报，又将王主任谈到凌汛的原话照搬了一通，而上级组织部门怕人才流失，草率地将陈辉提拔为微波站副站长、澄江监管中心副主任。就这样，陈辉做梦也没有想到当官来得这么快、这么容易，一夜就改变了他的人生轨迹，由一名普通技术员，一跃成了县团级干部。

其实，当时组织部门并没有从“德才兼备”这个角度考虑选拔陈辉，而是看好“工农兵大学——根红苗正”，怕被上级部门挖走人才，采取“先下手为强”。而澄江监管中心王主任，对陈辉的工作能力、业务水平以及思想品德并不看好，从来就没有考虑要提拔重用陈辉的意图。现在，上级主管部门要提拔他，王主任心里盘算，如果提出反对意见，被陈辉知道，要被他冤恨，凭王主任多年的“领导工作经验”，决不做这个“猪头三”蠢事，乐得顺水推舟。再说，陈辉有凌汛这一层关系非同小可，今后要钱、要物，有一个牵线搭桥的人了。

在全体干部会议上，王主任宣布上级主管部门的人事任命：陈辉为澄江监管中心副主任、澄江微波站副站长。

任命书宣读完毕，王主任正待讲话时，下面好似炸开了锅，各种议论盖过了会议主持人的讲话声音。有的说，这个人要德没有德，要才没有才；有的说，这个人缺德，又缺才，一肚皮歪才；还有的说，吹吹拍拍拿手戏，邀功领赏跑在先，大事做不来，小事不肯做的人……

陈辉当上了副主任，一开始，逢人点头哈腰，遇事不耻下问，表现得谦虚谨慎。两年不到，原形毕露，官架子十足。当原来的同事有事情找他，习惯性地喊："老陈！"陈辉当即拉下脸来训斥："老陈是你喊的吗？"至此，除了监管中心第一把手王主任，再也没有其他的人敢喊老陈。

由于他与凌汛有那么一层关系，凡是部门要钱要物，陈辉成了澄江邮电通信系统的"红人"。澄江监管中心，王主任是个原则领导，微波邮电通信业务，包括向上要钱要物都是由陈辉独当一面。陈辉通过一次提拔，确实尝到了甜头，只要是上级的召唤，他拔腿就跑，整天不是想着钻研业务，发展事业，而是想着"搞关系学"，如何想着法子向上爬，满脑子的功利思想。

宋工原本心里盘算，到澄江监管中心汇报"01"工厂的检测结果，能够得到陈副主任认可、支持，回到沪西就可以放开手脚干了。所以，在火车上动脑筋，认认真真打好腹稿。到了澄江监管中心，直接找到了陈副主任，汇报到"01"工厂检测的经过情况，"E 弯头"作破坏性试验的结果。宋工郑重其事地说："同海临微波站指挥中心王总的论断一致。"本来，宋工想将王总托出来，烘托汇报效果，不晓得事与愿违，这句触心境的话一出口，陈副主任的脸，一下子红得像个关老爷，当即怒不可遏，严厉训斥宋工："你们简直无组织无纪律，是谁派你们去的，你心里面还有没有我这个监管中心？"这位陈副主任何以会这样激动呢，道理倒是很简单："01"工厂的检测鉴定意见一经出现，毫无疑问，就要肯定海临微波站指挥中心王总的论点，反过来，势必否定了澄江监管中心的试验结论以及专家的观点，这就把他的权威，形同过山车，从天上落到地上。当宋工还要继续往下讲时，他勃然大怒，一下子从座椅上弹出来，大发雷霆："'01'工厂是生产单位，不是研究机构，也不是直接搞微波通信工作的单位。我可以断言，哪怕将'E 弯头'拿掉，微波信号照样可以传输，而且已经做过试验。本地的试验得出的结论，你们置若罔闻，自说自话跑到外地去瞎捣鼓，你不要拿‘01’工厂的鉴定意见来吓唬我。你把澄江监管中心，还放不放在眼里？我马上要去开会，没有功夫听你汇报。”

陈辉气势汹汹，一边咕哝一些不伦不类的话，一边夹着公文包就往外走。宋工就像当头挨了一棍子，懵里懵懂；又好似被泼了一盆冷水，从头上浇到脚下，羞愧不已。在回归招待所的路上，真是欲哭无泪，悔之莫及，不该来澄江监管中心向陈辉汇报。

在澄江监管中心招待所，宋工正整理行李，技术员程晋推门进来，惊异地说："宋工你在忙什么？"

宋工一见是程晋，无奈地说："整理行李，准备回去。"

程晋关切地说："干吗，这么要紧回去，明天走不好吗？"

"小程啊，说实在的，我现在恨不得马上飞回去。在这里多待一个时辰，我心里就难受得要死。"

程晋歪转头，不解地问："是什么事情使你心情如此不好？"

宋工睁大了眼睛："怎么，你还不知道？"

程晋皱起两条眉毛，惊异地看着宋工："我只听到站里同志说你来了，所以，特地来看看你。究竟发生什么事？"

宋工一想倒也是，到了澄江监管中心，除了找陈副主任，还没有接触第二个人。所以，他就认真地向程晋诉说来澄江监管中心向陈副主任汇报"01"工厂的测试结果，发生事情的前因后果，向程晋详细述说了一遍。

程晋出于关心，热切地说："事情还有没有转圜的余地？那，你下一步打算怎么办？"

宋工无奈地说："我还能怎么办，回去汇报，听天由命。"

程晋表示同情，关切地说："不要悲观失望嘛！既然事情已经发生，总是有解决的办法。"

宋工轻蔑地笑笑："能有什么灵丹妙药，治好这位陈副主任的病？要治好陈副主任的病，事情才有转圜余地。他已经铁了心，还会回心转意？"

程晋听了宋工一番话，好似感动了上帝，怀有同情心，劝慰宋工：

"这样吧,你已经够辛苦的了,在外地人家能够支持你们工作,在本地更应该得到支持。我想难不倒咱们,说实话,侦破孔定山微波站破坏事故,关系到保卫国家邮电通信安全的大事,咱们责无旁贷,你把'01'工厂的《鉴定意见书》给我,我去说服陈副主任,专门再召开一个比较有权威的专家论证会,把这个问题搞个水落石出。怎么样?"

听了程晋的一番话,一开始,宋工犹豫了一下:凭你的能耐,陈辉会听你的吗?然而,转念一想,上次搞试验,倒是陈辉按照他的建议同意做的。现在,倒不能小看他的能耐,应该相信他。此时,宋工几乎把全部希望寄托在程晋身上,就把"01"工厂的《鉴定意见书》递给了程晋。程晋这次建议,最后结果到底如何?宋工告别程晋以后,一路上忧心忡忡,忐忑不安,急切盼望程晋带来好消息。

正当专案组同志在办公室内议论宋工到澄江监管中心汇报的结果,议论的气氛就像足球场上,球迷在评论一场赛事,几个人争论谁输谁赢的时候,宋工推门进来。办公室顿时沸腾起来。一些人七嘴八舌,似乎想从宋工嘴里证实自己的猜测。

一些同志迫不及待地催促:"快说说到澄江监管中心的情况。"

宋工一进办公室,就瘫在坐椅上,在座的人都被惊呆了。

钱科长关切地发话:"宋工,你生病了。快到医院去看病吧。"

洪强已经意识到宋工不是生病,而是在澄江监管中心碰鼻子了,站起来倒了杯茶递给宋工:"先喝口茶,不要急于汇报,歇歇脚再说。"

宋工接过洪强递来的茶,喝了一口,用手擦了一下嘴上留下的残液,然后,苦笑了一下:"我做了件傻事,使大家失望了。原来想,到澄江监管中心汇报回来,会给大家带一个好消息,恰恰相反,现在,我带回来的消息,是好还是坏,既不像驴,又不像马,属于四不像。"接着,他就把到澄江监管中心向陈副主任汇报的前后经过向大家述说了一遍,着重汇报陈辉接待他的情景:"还没有听完我的汇报,陈副主任就没头没脑对我一顿狂轰滥炸。说真的,我只觉得无地自容,如果可以钻地我就想钻地,明摆着,除非你听澄江监管中心那些专家的意见……"

小李笑嘻嘻望着老史:"老史,怎么样?你这次念的经,念歪了吧。"

老史被这个突如其来的消息惊呆了,一时还没有回过神来。

小周对着小尹做了个鬼脸:"现在,事情复杂了,我早就估计到,

‘01’工厂的鉴定意见同澄江监管中心的试验结果碰不拢头寸，事情就麻烦。”

小尹不理会小周嘀咕，直接问宋工：“刚才，你说啥，‘01’工厂的鉴定意见，澄江监管中心陈辉不接受？”小尹瞪大了眼睛，发大话：“他反了。”

小周像向灶膛添了一把干柴，有意撩拨火势，把头一歪，当着小尹的面：“下一步就要看你的了。”

小尹对小周白了一眼：“屁话，看我啥，看我的屁。”

他们两个人还要继续争论，老钱制止说：“好了，现在还有啥心思打嘴仗。”

洪强安抚宋工：“你是一位实事求是、尊重客观的工程技术人员，已经把工作做到了家，我们全体同志都要学习你的敬业精神。你千万不要自责。”

宋工缓了一下口气：“且慢说向我学习。现在，我有一个问题吃不准，是否算还有一线希望？”

顿时，大家眼睛一亮，期待着这一线希望，盼着宋工的下文。

老史缓过神来似地说：“我说嘛，澄江监管中心不会那样顽固透顶。我认为事情还会有挽回的希望……”

老钱关照大家不要打岔，让宋工说完再议。

那么，宋工所说的“一线希望”，究竟这个是希望，还是奢望，一些同志还琢磨不定。

小周、小尹都催促宋工：“宋工，你说说这一线希望。我们只要有一线希望，就好办。”

宋工就把在招待所澄江监管中心技术员程晋提出的设想、建议等向大家叙述了一番，瞬时，室内议论开来。有的说，这样，看来还倒是有一线希望哩。有的说，程晋算老几，姓陈的会听他的？这种希望迟早要落空。

在场的小高不以为然：“你们倒不要小看这个程晋，上次，他建议搞试验，不管结果如何，说明那位陈副主任就是接受他的建议做试验的。看来，他在陈副主任面前还是说得上话，有些办法的。”在座同志都附和着说：“这倒是不假。”

钱聪急切期待着洪强发表观点：“老洪，你是老公安，你分析会是啥样子的结果？”

在座的同志都把目光投向洪强。

洪强则是严肃地说:“要指望澄江监管中心客观、公正地拿出一个正确结论,我早就不抱啥希望啦!宋工这次到澄江监管中心汇报,应该说从组织关系上已经到位了。但是,要依靠程晋说服陈辉,澄江监管中心召开专家会议再次论证,认同、接受‘01’工厂的《鉴定意见书》的结论意见,支持我们专案工作,都要打个问号。甚至,弄不好,比想象的情况更糟。”

小唐发话:“管他论证不论证,反正‘01’工厂的《技术鉴定意见书》拿到手,我们就好开展工作。”

在座的同志听了小唐的话,都一个劲表示赞同:“我们只要凭‘01’工厂的《鉴定意见书》,就有了科学依据,只管搞我们的破案工作。”

老钱一想,倒是这个道理,转过来问宋浩然:“宋工,‘01’工厂的《鉴定意见书》拿出来让大家看看。”

宋工犹豫了一下,两只眼睛眨呀眨,尴尬地看着老钱:“《鉴定意见书》交给程晋,向陈副主任汇报,请专家复议了。”

在座同志一听说鉴定意见书被程晋拿去,顿时,惊呆了,一些人脱口而出:“这下子糟了,原指望一线希望,现在连一线希望也要落空。”

老钱感到事态严重,两只眼睛盯着洪强,急切地说:“老洪,你看怎么办?”

洪强一直保持沉默,注视着在座同志的议论,脑子里一直在盘算:凭“01”工厂的《鉴定意见书》,专案组自顾自搞破案工作?现在,一听说《鉴定意见书》被程晋拿去,他毫不犹豫发话:“我断定只是个圈套,信不信由你们。”

在座的同志对洪强下的断言,不表认同。特别是邮电局的同志都持怀疑态度。哪能会出现这种情况?最终,到底是怎么样的结果,专案组同志等着澄江监管中心程晋的消息。

15

魔爪伸进“01”工厂

宋工回到孔定山微波站，专案组同志绷紧了全身的神经，听取了宋工在澄江监管中心的情况汇报，怀着满腔复杂的情绪，迫切期待着澄江监管中心再次邀集专家对“01”工厂的《鉴定意见书》论证复议的结论。

然而，比起专案组同志，宋工内心更加焦虑，如同囚犯怀着惴惴不安的心情，期待审判机关终审判决一样，等待着澄江监管中心的复议结果。隔了两天时间，突然有人喊宋工接电话，宋工拿起电话筒一听是程晋的声音，就说：“我是宋浩然，请讲话！”程晋一听是宋浩然的声音，马上在电话里打起官腔：

“根据我的建议，陈副主任不但接受了，而且非常重视，特地邀集澄江地区的专家权威进行了论证复议。现在根据陈主任的指示，向你们转告专家论证复议的结果：‘01’工厂的测试没有参考价值，你们要根据澄江监管中心的试验结果为依据，并希望你们不要拿‘01’工厂的《鉴定意见书》误导舆论。否则，产生一切后果自负。”

宋工焦虑地等了两天时间，耐着性子听完程晋传达的电话内容，气不打一处出，正待要发作，转念一想，被程晋拿走的“01”工厂《鉴定意见书》还在他手里，一旦撕破面皮，把关系搞僵，凝聚专案组全体同志心血的关键证据，岂不是要付之东流?!所以，回转头来，用委婉的口气同程晋商量：“既然澄江的专家有了复议结论，那么，请你把‘01’工厂的《鉴定意见书》寄还给我们吧。”

程晋斩钉截铁地说：”为了防止误导，这个《鉴定意见书》不可散到社会上，就不再还给你们了。”

宋工还要争辩、论理，程晋“啪嗒”挂断电话。宋工嘴里不停地咕哝：“岂有此理……”

原来听到宋工说起，澄江监管中心准备邀集专家论证复议，专案组同志抱着侥幸心理，指望还有一线希望，等着听好消息。而宋工转告同程晋通话的内容，专案组几乎炸开了锅似的，顿时，沸腾起来。一些同志义愤填膺，特别是邮电局保卫科的几个同志，口无遮拦，连骂带咒，矛头直指澄江监管中心，而且就对准两个人：一个是程晋，还有一个陈辉。

小尹将两个衣袖管向上一捋：“他有什么权力没收‘01’工厂的《鉴定意见书》，简直无法无天，到省里同他打官司！”

小周仰起了脖子，噘起了嘴：“他们澄江监管中心‘黄鳝吃过界’，手臂伸到专案组来了，我同意小尹的意见，到省里同他们打官司，必要的时候，哪怕官司打到中央，也要决个雌雄，分清是非。”

老史提出一个问题：“到省里去打官司，到哪个部门去呢，打官司总要有个受理的部门吧？”

钱聪听了几个同志的牢骚话，思想上一时乱了方寸，扫视一下室内，发现一个奇怪的现象，公安机关的同志保持沉默，没有一个人急着要发言。他习惯性地看看洪强，洪强似乎也没有要发言的意思。说实在的，洪强倒不是不想发言，现在，正在想下一步怎么办。因为原来对目前出现的情况，他已经预料到，这是人为设定的一个圈套。

钱聪急不可耐地说：“老洪，你怎么会看出来，程晋从宋工手里拿走《鉴定意见书》，会出现现在这样的结果？”

洪强无奈地笑笑：“这是意料中的事情。不妨想想看，陈辉是一个醋心十足的人，宋工拿了‘01’工厂的《鉴定意见书》去向他汇报，岂不是打翻了醋缸泼到自己身上，自找麻烦。为了维护他的权威，必定要不择手段排斥异己，制造排他性舆论，这是其一。其二，宋工到澄江监管中心向陈辉汇报过程中，始终没有同程晋照面，程晋突然到招待所探望宋工，这是经过精心策划的一场戏。就拿《鉴定意见书》来说，与其说，程晋从宋工手里拿走，确切地说，是骗走。”

凭一名侦查员特有的洞察力，科学推理，洪强一下子把专案组同志带到了陈辉、程晋这两个人的神秘世界。

事实正如洪强所说，“01”工厂的《鉴定意见书》，程晋从宋工手里不是拿走，而是地地道道骗走的。正是陈辉一手策划、导演，程晋登台表演的一出“丑剧”。

事情还得从陈辉听了宋工汇报“01”工厂测试、鉴定结果时说起。当时，陈辉听了宋工汇报“01”工厂鉴定意见同海临微波站王总的观点一致，否定了澄江监管中心的试验结果和专家论证意见，当即火冒百丈，而且当了宋工的面大发雷霆。原本想给宋工来个下马威，企图通过施加压力，逼迫宋工就范，维持澄江监管中心的结论意见，达到维护他威信的目的。陈辉说去开会，没有时间听汇报，自顾自夹了皮包，转身走路，才走出几步，转念一想，就这么一走，一旦“01”工厂的《鉴定意见书》公布张扬出去，这将成为微波通信系统的爆炸性新闻，不仅澄江监管中心声望扫地，还影响到自己的仕途升迁。再说，今天也没有会议，已经说出口去开会，又不好再转回去。现在到哪里去呢？他突然想起了一个人，那就是本单位的技术员——程晋。

程晋，40岁，邮电通信专科学校毕业，被分配到邮电系统，十多年来，转了一圈，还只是一名技术员。到了澄江监管中心，在众多的工程技术人员中，属于“先天不足的人物”，只具有大中专学历。一些二三十岁本科大学生，有的当上技术员，有的是助理工程师，程晋才勉强混到个技术员，他的目标，争取到助工，然后，再努把力，下点工夫，争取当上工程师。他有了奋斗目标，不是在技术上下工夫，而是在人际关系上花力气，特别注重感情投资，在领导面前，一味地阿谀奉承，唯唯诺诺，拍马溜须功夫一等，且招来同事非议。一些同事给他起了个绰号：“马屁精”。

程晋尽管“先天不足”，倒是陈辉的一个贴心人，而且只有陈辉掌握他的思想脉络。凡是有啥事情，程晋是首选人物。现在，陈辉碰到棘手事情，首先想到的就是程晋。他把程晋单独找到会客室，一脸严肃相，并以惊异的口气说：

“老程啊，我记得上次孔定山微波站‘E弯头’做试验，是你提出来的吧？后来，又是你去搞的试验，这个试验怎么样，可靠不可靠，是不是站得住脚？”

程晋听到陈辉查问起孔定山微波站“E弯头”试验情况，一开始丈二和尚摸不着头脑，心中不免疑惑起来：怎么会突然问起试验结果可靠不可靠？程晋神情一开始很紧张，连面孔上的肌肉都在跳动，一脸尴尬相："是我提出来的，也是我和宋工一起搞的试验。"然后摸了一下脑袋，带有试探性的口气说："怎么，有什么问题吗？"

陈辉这个人是主管技术工作的领导干部，且富有心机，在使用权术上，还真有一套。看到程晋一脸狐疑的神态，有意显得十分惊慌的样子："嗨！早不发生，晚不发生，偏偏在这个骨节眼上发生如此尴尬事情。"

陈辉这么一说，一下子把程晋抛到"半空中"，七上八下，不知所以然。陈辉又装模作样，画蛇添足："你做了试验，取得前所未有的科技上的突破，我特地向咱们上级部门推荐，准备提拔你上一个档次。嗨！你看，麻烦事跟着来了。你知道吗？宋浩然从'01'工厂做测试的结果，同海临微波站王总的观点相吻合，这不但否定了你的试验成果，而且直接影响到你的提拔，还连累澄江监管中心的声誉跟着扫地。这一波冲击波，你几年来的心血换来的绩效，将要到手的技术职级，岂不是要泡汤？"

程晋听了陈辉编造的一套谎言，脸上红一阵白一阵，好似用手揿在注水的海绵上，汗水直往外冒，不时用手抹着头上的汗，而汗水抹了一层，又冒出一层来。

从程晋脸上表露出来的神色，陈辉好歹号准了程晋的思想脉搏，假惺惺地说："我想，只要'01'工厂的测试结果，《鉴定意见书》不向外张扬公布，上级部门那里的工作，我来做，怎么样？"

程晋一听，认为陈副主任够意思，内心十分感激，倒是如何使"01"工厂的鉴定意见不张扬公布，有些犯难。

其他事情倒要好办些，要使"01"工厂的测试结果，《鉴定意见书》不张扬公布比较难办，纸包不住火，手封不住口。程晋急乎乎想得到解决的办法，皱起了眉毛，斜眼看着陈辉："如果有办法拿到《鉴定意见书》，事情就好办了。"

陈辉听程晋讲话的意思，同他自己的主张不谋而合，要拿到《鉴定意见书》，只是苦于没办法。陈辉显得十分认真、关切和神秘，凑着程晋的耳朵嘀嘀咕咕，显然是向程晋面授机宜，程晋不住地点头。

弄到天亮，程晋到澄江监管中心招待所，假借探望宋工，帮助宋工排忧解难，力主劝说陈副主任再请专家复议，乘机从宋工手里骗走了

"01"工厂的《鉴定意见书》。完全是陈辉设置的一个圈套。

陈辉为什么如此执拗，一意孤行，甚至不释手段，要从宋工手里骗取"01"工厂的《鉴定意见书》呢？醉翁之意不在酒，"01"工厂的《鉴定意见书》，关系到澄江监管中心在邮电通信系统技术权威的归属和定位。现在"01"工厂的《鉴定意见书》，同海临微波站指挥中心的观点一致，不言而喻，否定了澄江监管中心原来的结论意见。陈辉私心杂念在脑际恶性膨胀，最终来了个总爆炸，蛊惑程晋导演了一出"掩耳盗铃"的把戏，从宋工手中骗走"01"工厂的《鉴定意见书》。这样一来，陈辉处心积虑，跳出了技术观点争论的层面，引发了一场真理与谬误、公心与私心、正义与邪恶的意识形态斗争。

钱聪急切地催促洪强："下一步怎么办？"

洪强看到钱聪急不可耐地问"下一步怎么办？"，认真思考了一下说："既然这是一个圈套，骗局，再要想从澄江监管中心把《鉴定意见书》拿回来，等同上天揽月，下海捞星，白费力气。"

钱聪感到现在碰到棘手事情，听了洪强的分析，认为有一定道理："照这样说法，下一步没有戏唱了。"

洪强理性地说："至于有同志提出到省里去打官司，不要说到省里，就是到沪西市邮电局也不会受理。想当初，你们张副局长有言在先，'01'工厂可去可不去，就不要去；又说澄江监管中心已经作了试验、专家论证，要作为上级部门指示执行，现在，兜过来要去打官司，你们邮电局这一关就通不过。"

洪强说了这一番话，在座专案组同志不住地点头，尤其是刚才主张打官司的几个同志不约而同说："这个倒是实实在在的话。"

小尹加重语气说："向张副局长汇报，岂不是自打巴掌，落得给他刮鼻子，说现成话，肯定他要打官腔：想当初，我就不主张你们到'01'工厂搞什么试验，现在，试验做了，澄江监管中心不认账，你只好打碎牙齿往肚里吞。"

在座的同志，听了小尹的分析意见，都表示认同，兜过来，急切地催促洪强拿出办法，

老史急切地说："老洪啊！你看看，还有没有什么办法，只要是行得通的，我们照办。"

经大家再三催促，洪强亮出自己的主张："以我看，以其人之道，还治其人之身，来个声东击西，釜底抽薪。"

洪强把自己的设想、打算，向在座同志亮了出来，得到在座同志一致赞同。然后，提出兵分两路的计划，开始组织实施。

一路由宋工、老史到澄江监管中心找程晋追讨《鉴定意见书》，另一路由小李、小唐、小周到"01"工厂索取《鉴定意见书》。

宋工、老史到了澄江监管中心，找到程晋，向他说明来意。程晋领他们进一个会议室，假惺惺地说："我曾经几次向陈副主任提出，陈副主任和一些专家再三强调，说这份东西不能流入社会，更不能作为破案的依据，否则，后果十分严重……"

宋工和颜悦色同程晋商量，老史在旁边帮衬，程晋一味敷衍、搪塞。后来，程晋感到这样无休止地纠缠，着实有些心烦，找个借口脱身，特意糊弄宋工："这样吧，我再去向陈副主任汇报，看他怎么说。如果没有其他问题，我想陈主任会同意把'01'工厂的《鉴定意见书》还给你们的。"

宋工、老史表示感谢，宋工郑重其事向程晋表示："那，我们在招待所静候佳音，麻烦你了。"

两个人整整等了一天。到了第二天，程晋到招待所来回话："不好意思，这份鉴定书已经销毁了，再要，也没法变出来了。算了，你们还是回去吧。"

宋工、老史一听说了《鉴定意见书》已经销毁，顿时，急得满头大汗，特别是宋工，涨红了脸，怒不可遏，朝程晋吼叫："岂有此理，你们这样做，岂不是在糊弄人吗?简直是流氓恶棍……"

老史气愤地说："你们哪像个领导机关，思想路线不端正，迟早要犯错误的。"

程晋假惺惺地打招呼："实在对不起，我也是为你好多声嘴，现在反而变得两头不讨巧，里外不是人……"

老史心里想，他们已经铁了心了，没必要再同他们多费口舌，反过来劝说宋工走路。两个人这才领略了澄江监管中心领导的思想作风，带了一肚子怨气，愤然离去。

回到孔定山微波站，宋工、老史两人推门进来，没精打采，一屁股坐下，宋工气呼呼地说：

"正是少有的,怎么会有这样的人当领导。"

老史在一旁只是摇头,唉声叹气。

宋工当着大家的面,把在澄江监管中心追讨《鉴定意见书》的前后经过慢条斯理讲述一遍。倒是老史气愤地说:"真正想不到,一个单位领导,竟会做出这样荒唐的事来,简直难以令人置信。"

他们两个人把情况一介绍,当即激起在座同志的义愤。

宋工看到大家激动的情绪,更是后悔不已,责备自己犯了不可饶恕的错误,带着愧疚的心情说:"想当初,不到澄江监管中心去汇报'01'工厂测试情况,不将《鉴定意见书》交给程晋,就可以减少不少不必要的麻烦。"

洪强安慰他们两个人:"你们两位已经完成了既定任务。《鉴定意见书》讨不着,这是意料中的事。请你们两位去'讨',主要是为了防止澄江监管中心的人再抢在我们前头做小动作,便于掩护小李他们三个人赢得时间,到'01'工厂去,索取一份《鉴定意见书》。"

正说间,老钱接到小李从"01"工厂招待所打来的电话,报告他们在"01"工厂索取《鉴定意见书》遇到了麻烦。厂方要他们出示澄江监管中心的介绍信,否则不予接待。

专案组同志听了宋工、老史汇报到澄江监管中心已经销毁了《鉴定意见书》,一些人心里七上八下,现在,又听到老钱传达小李从"01"工厂打来的电话,说他们在"01"工厂遇到了麻烦,都傻眼了。正是一波未平一波又起。

钱聪愤愤不平:"此地无银三百两,明摆着,这是澄江监管中心的手已经伸到'01'工厂了。"

老史说:"我倒是弄不明白了,这些人是不是共产党员,有啥必要做这些小动作。"

小田平时难得开口发言,在场也忍不住发表意见:"这些人才是投机分子,披了共产党员的外衣,纯粹做些见不得人的事情。"

在座的同志嘀咕:在千里之外的同志,现在到哪里能够搞到"澄江监管中心"的介绍信;再说,澄江监管中心已经铁了心从宋工手里骗走《鉴定意见书》,现在要指望他们发慈悲心,出具介绍信给办案人员到"01"工厂索取《鉴定意见书》,简直白日做梦。

可想而知，小李、小唐、小周三个同志到“01”工厂去索取《鉴定意见书》，正是“阳澄湖的大闸蟹悬空八只脚”。一些同志不是摇头晃脑，就是咂嘴抱怨。

钱聪看着洪强：“老洪，现在看来，戏唱不下去了。小李还等着你回电话。”

洪强同老刘、小王两个人商量了一下，然后，跑去同小李通电话。在座的同志心里想：不比在本地，现在人在外地，通个电话，能解决啥问题？摆在眼前的问题，要能够拿到澄江监管中心的一张介绍信，别无他路可走。

人们脑子里灌了一头雾水，感到前景不容乐观。

16

一波未平一波又起

小李、小唐、小周三个人到“01”工厂索取《鉴定意见书》，由小周熟门熟路引领，直接找技术处原来帮助测试“E弯头”、出具《鉴定意见书》的杨工程师。到了“01”工厂技术处一打听，杨工程师昨天刚巧外出，因公出差一个星期，再找技术处，领导不在，一时间，想不出再要找哪一个部门好。

三个人走出技术处，没个去处，想来想去想不出再要找哪一个部门好解决问题。说找保卫处吧，技术方面的事情同他们不搭界，找他们等于零。小唐朝小周看看，有意吊吊他的胃口：“老周啊！现在我们三个人当中，只有你熟门熟路来过，下一步，你看再找哪一个部门能够解决问题。”

小周习惯性地把头一抛，噘起了嘴：“干脆到他们厂部找办公室主任，你们看怎么样？”

小李、小唐两个人嘀嘀咕咕商量了一下：“认为办公室是工厂综合部门，或许通过它能够找到杨工程师，或者找到主管技术的头头，看来现在只有走这条路。”三个人兴冲冲跑到“01”工厂办公室，请求提供帮助。

到了办公室，一个年轻工作人员看到他们三个陌生人走进来，起身走了过来接待。小周打起了南腔北调：“我们要找你们办公室主任。”

年轻人接过小周递上的介绍信，回过身来：“辛主任，外地来的同志要找你。”

三个人循声一看，一个四十开外的中年男子，端坐在椅子上，两只手扶着椅子把手，大咧咧地抬起了头，歪转了脖子，翻了一下眼皮。小李他们三个人走近办公桌，这位辛主任屁股抬都没有抬一下，听了小李说明来意，再从年轻人手里接过介绍信一看，板起了面孔，不屑一顾地说："你们的介绍信不符合我们厂接待的要求。没有部里、澄江监管中心出具的介绍信，我们这里一律不接待。"

小周赶忙上前辩解："我们上次已经在你们这里做了测试，你们'01'工厂技术处的杨工出具过《鉴定意见书》。我们这次来，请你们再复制一份。"

辛主任兜过来反问小周："既然杨工已经把《鉴定意见书》给了你们，那，还要什么《鉴定意见书》?"

辛主任这么一反问，好似一记闷棍，竟把小周打得晕头转向，不知所以然。既不好直话直说，原来的一份《鉴定意见书》被澄江监管中心收缴去了，又不会敷衍搪塞，一时语塞，两只眼睛朝小李、小唐看，期待着他们两个人回答对方的诘问。

小李倒是脑子转得快："原来的一份《鉴定意见书》，提供专家论证，现在之所以再要一份，向领导汇报，提供领导参考用的。"

辛主任不耐烦地说："供专家论证也好，向领导汇报供参考也吧，不管是什么用，我不是同你们说了嘛，再要复制一份，一定要有部里或者是澄江监管中心出具的介绍信。"

三个人好说歹说，这位辛主任简直没有一点通融的余地。从辛主任的口气，再要同他交涉，肯定是多费口舌，无效劳动。三个人交换了一下眼色，小李拉了一下小周衣服，示意小周不要再做无效争辩，有礼貌地向这位辛主任告辞出来。三个人无可奈何，垂头丧气回到"01"工厂招待所。一到客房间，三个人对当前突然碰到的问题认真进行分析，细细品味、琢磨辛主任的讲话，掼出来的调子，这才感到情况大为不妙。

小周噘起了嘴，自以为是地说："你们不要马虎，他们这个厂属于部属保密单位，凭你们公安局开出的介绍信到他们这个单位联系工作，有相当距离，说得确切一点，不对口。"

小李不以为然："昏说乱话，公安局的介绍信到保密单位工作，派不上用场，到哪里才能派上用场?只要从姓辛接待的态度来看，以及掼出来的调子，不是公安局介绍信的问题，是背后底躲着一个澄江监管中心的影子哇。”

小唐深信不疑：“不是背后底躲着个影子，这位辛主任竟是根据澄江监管中心的主意，特地为我们筑坝。上次小周同宋工来也只是带了沪西市邮电局的介绍信，‘01’工厂技术处热情接待，现在要我们出示部里或者澄江监管中心的介绍信，实际上，他已经暴露了马脚，纯粹是澄江监管中心的手臂伸到‘01’工厂。看来，问题复杂了。”

小周把头一抛，噘起了嘴：“喔唷！澄江监管中心的几个婊子养的，手臂伸得长呐，竟伸到‘01’工厂来了。这个事情麻烦了，我们走到哪里，澄江监管中心的手臂伸到哪里。现在看来我们死路一条噢。”

小唐瞪了一眼：“事情到你嘴里，都是讲的触霉头话，什么死路一条，路都是人走出来的，事情都是人做出来的，他们手臂伸得长，我们就要想办法斩掉他们的手臂。”

小周仰起脖子哈哈大笑，带有些讥笑的口气：“就要看你唐师傅的本事了。”

小李插嘴：“小周啊，你要领会小唐讲的斩掉他们的手臂的实质，是指如何想办法解决目前遇到的问题。”

小周自以为是：“我有数，他的意思，一句话，就是要动脑筋想办法。”

小李点了点头：“被你说对了。”

小李向小周一解释，倒是激发起自己的灵感：“嗨，嗨，对了，我们还是赶紧同家里老洪通个电话，向他汇报一下这里碰到的问题，看他有啥高招。”

小唐一拍手：“对啊！小李，还是你赶紧同老洪他们通个电话。”

小周表示赞同：“对，对，快去快回。”

小李打完了电话，回到宿舍，将同老钱、洪强通话的内容，向他们两位转告，其中就讲到宋工、老史在澄江监管中心追讨“01”工厂出具的《鉴定意见书》，已经被澄江监管中心陈辉销毁了。小唐、小周自然而然联系到在“01”工厂办公室遇上了那位辛主任故意刁难的情景，更加证实了三个人刚才的判断，是澄江监管中心有人从中作梗。

小唐着急地说：“喔唷，现在看来，澄江监管中心的手臂伸到‘01’工厂，倒不是我们随随便便瞎猜测、瞎怀疑，无中生有的事，明摆着是澄江监管中心有人做的小动作。这样一来，到‘01’工厂索取《鉴定意见书》有麻烦。如果我们在‘01’工厂拿不到《鉴定意见书》，‘5·15’专案仍旧要回到老路上，原地踏步了。”

小周歪转头：“真正没有办法拿到《鉴定意见书》，我看我们就根据海临微波站指挥中心王总的意见，19 点 20 分告警时间，作为犯罪分子破坏时间开展工作，没有必要再向‘01’工厂索取《鉴定意见书》。”

小李摇摇头：“不行，照你的说法，老洪也没有必要花大力气要我们三个人再到‘01’工厂来。这个中间夹杂着澄江监管中心的试验结果‘不告警’，海临微波站指挥中心说‘告警’。今后一旦进入司法程序，就要自找麻烦的。”

小唐转过来：“你同老洪通电话，老洪有啥说法？”

小李就将老洪在电话里传授的方法，有关下一步在“01”工厂工作的意见，向他们两位作了传达。小唐、小周点点头。

小唐说：“现在只好按照老洪提出的办法，努力拼搏。”

小李加重语气：现在，也只有走这条路。

按照洪强的意思，三个人作了分工：小周抓紧时间摸清杨工的确切去向，千方百计要同他本人联系上；小李、小唐到省公安厅侦查处，请求省公安厅出面交涉。

“01”工厂是部属单位，内部安全保卫工作属于省公安厅管辖。所以，两家关系十分密切。省公安厅侦查处蒋处长听到小李介绍的情况，二话没有说，亲自出马陪同他们两个人，驱车赶到“01”工厂，直接找到一把手刘厂长。

刘厂长是老干部，听了蒋处长介绍的情况，不容分说，当即拿起电话筒把办公室主任找到厂长办公室，狠狠地训斥了一顿：

“你这是哪里来的规定？你知道不知道，公安机关是根据中央的指示办的案，一路要开绿灯，你竟敢为难公安机关的同志！你马上去把杨工找回来。”

刘厂长容不得辛主任解说，下了死命令。这个时候的辛主任，如同散了架的鸭子，有气无力，忙着擦头上的汗，狼狈地退出办公室。

刘厂长深表歉意：“蒋处长，对不起了。沪西市公安局的同志如果再有什么问题，可以直接找我。”

蒋处长反而有些不好意思，起身向刘厂长再三表示谢意："刘厂长实在对不起，给你添麻烦了。"

刘厂长站起来同蒋处长握手："不麻烦，不麻烦……"然后，三个人向刘厂长告辞。出了厂长办公室，蒋处长说："如果再遇到什么问题，你们可以找刘厂长，或者找我联系，都可以。"

小李说："不到万不得已，我们不再麻烦你了。"

小李、小唐向蒋处长表示谢意，当即握手告别，两个人回到招待所。小周已经在宿舍等候。

小周拉下了脸，扫兴地说："不顺利的事情，一个接着一个。杨工到下面一个县里去了，要一个星期才能回来，远水救不得近火。下一步怎么办?"

小唐摸了摸头："如果我们坐等辛主任通知杨工回来，恐怕事情要落空。本来，由刘厂长出面，责令辛主任将杨工召回，万事大吉；我担心辛主任要两面派，仍旧按照澄江监管中心意图找我们麻烦，或者同澄江监管中心通过热线电话，再由澄江监管中心同刘厂长直接发生关系，促使刘厂长改变主意，使问题复杂。我们现在还在这里按部就班坐等，痴汉等婆娘似的，一场空。我看，我们没有必要非要找杨工，小周，你看看，是不是找找其他人想想办法呢?"

小周为难地噘起嘴："上次同宋工就是找到杨工解决问题的。杨工之所以热情接待，他也是沪西人，同我们是同乡好说话。现在再要找其他人，我没有把握。"两只眼睛看着小李是啥态度。

小李想了一下，晃了一下脑袋："如果按照平常日子，情况正常的话，另外找人，倒是未尝不可。现在，处于非常时期，还是稳妥一点好。另外找人，找得好，马上解决问题，找得不好，自找麻烦。小周刚巧说到杨工是沪西人，出门在外找同乡，手臂少许朝里弯弯，好办事。"

小唐说："你，怎么不早一点说啥，现在看来一定要找到杨工，不要再动其他的脑筋了。"

小唐两只眼睛紧盯着小周："老周师傅，现在，我们才把希望寄托在你的身上了，你是不是动动脑筋?"

小周把头一仰，责备小唐："我会动出啥好脑筋。原本要我打听杨工的下落，我已经完成任务了。现在就要靠你们两位拿出个办法来。"

小李回过来，盯着小周："周师傅啊，你说你已经完成任务了，打听到杨工的下落，杨工到县里去，是到哪个县里，你没有打听到。如果晓得是哪个县，才好拿出一个办法来。我想，我们不要夜长梦多，无论如何，今天晚上要找到杨工，你熟门熟路，哪怕连夜也要赶到县里找到他。"

小周哈哈大笑："说我熟门熟路，我所熟悉的地方，脚趾头都已经触到，剩下来的就是不熟悉的部门，脚趾头不敢触，不要触到辛主任的高压线上。"

小唐听了小周的讲话，考虑到兄弟单位，再说，他毕竟不是公安机关专业队伍出来的，所以，不能计较，还是心平气和，表示赞同小李意见，提出他的设想："现在，我建议是不是我们到杨工家里去，通过他家属了解他的确切下落，再想办法同他直接联系上，心里就踏实了。否则，只觉着心里面有块石头，一时落不下来。"

小周倒是被小唐一句话提醒，马上接口："嗨！还是我们唐师傅脑子发达，这倒是个好办法，也行得通的。"

小李赞同："说去就去，走！"

三个人在"01"工厂，一路打听，总算找到工厂的家属院区杨工的家。小周敲门，室内有人出来开门："你们找谁？"

小周凑上去搭话："请问，这里是不是杨工的家？"

杨工爱人柯茜点点头："是啊，你们是哪里来的？"

小周说："我们是沪西来的。上次我们找过他。"

柯茜听说是沪西家乡来的，赶忙说："请进！"把他们三个人领进客厅，忙着倒茶、递烟，关切地说："你们还没有吃晚饭吧？"三个人说已经吃过。柯茜将来人安顿好，急切问："你们找杨工有事吗？"

小李将来意向柯茜述说。柯茜了解了他们的来意以后说："他到云林县去，要一个星期才能回来。"

小唐急切地说："能不能麻烦你，今天晚上帮我们联系上，我们有急事找他帮忙。"

柯茜二话没说，向他们三个人表示："你们请稍等。"她转身到房间里打电话。不一会儿，她跑回客厅："我电话打到县里招待所，他们说他已经走了，问到哪里去了，他们都说不知道。你们看怎么办呢？"

小李皱着双眉，想了一下，说："杨工到云林县，目的地是哪个单位，最好直接同他所到的单位联系一下，也许可以了解到他的确切下落。"

柯茜好像受到启发："对！不过他这次到县里哪个单位，没有听他说起，我可以同他常去的几个单位都联系联系，也许能打听到他的下落。"柯茜不厌其烦，转身再去打电话，打完电话回来，高兴地笑着说："据云林县微波站的同志说，老杨今天下午突然接到一个电话，同微波站的同志草草地打了个招呼，马上就走路，到什么地方去没有说。我琢磨一下，是不是接到辛主任的电话，回来了吧？"

小李等三个人虽然同柯茜想到了一起，但总觉得心里面不踏实。怎么办？如果向"01"工厂借一辆车子，厂车驾驶员在半路上，容易识别杨工的车，不至于在半路头上擦肩而过。但是，一旦惊动了那位辛主任，不仅借不到车子，说不定还要横生枝节，自找麻烦。假使现在向省公安厅借一辆车赶去，弄不好要走岔路。三个人一筹莫展。

柯茜毕竟是一名老党员，看到他们像热锅上的蚂蚁，七上八下，几乎受到感应，心里想：这么急着找杨工，到底是啥事情？怕直接问不礼貌，就用关心的口气说："如果方便的话，看看，需要我为你们做些什么？"

小李一听柯茜态度非常诚恳，就把他们遇到的问题以及思想上的一些想法和顾虑，直话直说。听了小李一番话，柯茜用家乡话发表了她的看法和意见：

"从辛玉龙同陈辉这两个人的关系来说，你们的顾虑不是没有道理。他们两个人都是从一个学校毕业的工农兵大学生，既是同学，又是在'01'工厂一起实习的，当时两个人都在老杨手下实习。所以说，他们两人关系非同一般，完全有可能合起来做一些小动作。至于刘厂长嘛，倒是一位值得尊敬的老干部，他行政级别十一级，相当于中央副部长的级别，像陈辉这样一级的干部恐怕同他说不上话。再说，刘厂长党性非常强，不会遇到事情随风逐浪，他决定的事情，没有人能够改变他的主意。所以，对刘厂长，你们大可不必担心。"

三个人听了柯茜一番话，认为只要刘厂长坚持原则，事情要好办些，就担心那位辛主任从中作梗，现在倒是对他防不胜防。怎么办？

柯茜对他们三个人的疑虑，若有所思，凭直觉，蛮有把握地说："辛玉龙要做手脚，无非在两个骨节眼上，一个找技术处处长，再一个就是找我家老杨。如果他们找老杨的话，问题不是顶大，我可以做老杨的工作，就怕辛玉龙直接找技术处处长，那就麻烦了。我们大家都来动动脑筋，想想办法，我想没有过不去的河。"

小李、小唐、小周三个人听了柯茜一番话，很受启发。为了不影响杨工家属休息，小李说："柯同志，麻烦你，如果杨工到家，你无论如何请他到我们住的招待所来一趟。"

柯茜当即允诺，并宽慰他们三个人："你们尽管回到招待所去休息，老杨一回来，我就告诉他，并且，我要他也出出主意。"

在千里之外遇到像柯茜这样的同志加同乡，帮助排难解忧，真正是雪里送炭。三个人心里感到暖洋洋、甜滋滋的，在心灵上着实得到了慰藉，一再表示谢意。然后，向柯茜告辞回到招待所。

踏进客房间，三个人心血回潮，坐立不安，脑子里不时充塞着"辛主任从中作梗"的情景，以及杨工是否接到辛玉龙电话通知，立即赶回来，现在杨工是不是已经在回归的路上，正是愁容满脸，忧心忡忡。

就在小李三个人向柯茜告辞，前脚走，辛玉龙得知刘厂长到北京部里开会，后脚紧紧跟上，叩了杨工家门。柯茜开门一看是辛玉龙："辛主任，这么晚了，怎么会来，有事吗？"

辛玉龙一进门，开口就问："老杨有没有回来？"

柯茜马上警觉起来，心里想，这个辛玉龙的动作够快的呢，沪西市的同志幸亏早一脚走了，要不然，在我家里碰上，那就麻烦了。柯茜调整一下情绪："没有啊，他说这趟出差，要一个星期才能回来。"

辛玉龙说："我打电话给他，要他马上回来，怎么还没有到家？"

柯茜疑惑地说："怎么，有什么急事吗？"

辛玉龙煞有介事地说："是这么回事，是刘厂长要我打电话通知他马上回来。"

柯茜有意吊吊他的胃口："那，他一回来，我就叫他去找刘厂长。"

辛玉龙做贼心虚，变换一下口气："那就不必了，他如果回来，叫他直接找我。或者，你转告他也可以，就说，刘厂长根据部里的意见，沪西市公安局有同志找他，不要随随便便接待，有关技术上的事，统一由咱们厂技术处扎口。”

柯茜听他的口气，刘厂长叫他通知老杨回来，老杨回来，他又不让老杨直接找刘厂长，要去找他，又说有关技术上的事情，统一由厂技术处扎口，这不是废话吗。看来，他存心要找人家麻烦。柯茜就含含糊糊说：“知道了，等他回来，我转告他。”

辛玉龙这才假惺惺地说：“那，你休息吧。”说完话，转身走路。在回去的路上，自鸣得意，他同柯茜的一番讲话，编造得天衣无缝，既掮了刘厂长的牌头，冠冕堂皇说了谎话，又不留痕迹，做了手脚。自此，心安理得回家睡觉。

再说，办公室辛主任被刘厂长刮了一通鼻子，立即打电话找杨工，只是在电话里说“有人找你，刘厂长要你马上回来”。杨工接到一个电话，听说是刘厂长叫他回去，赶紧向云林县微波站打了个招呼就走，在路上，坐在车子里冥思苦索，到底发生什么事情，是啥人找他，一路上想来想去，想不出个所以然。车子一到“01”工厂，传达室的同志说：“杨工你回来了。”

杨工笑嘻嘻地说：“回来了，你知道有什么人找我吗？”

传达室老赵说：“好像没有听说啊！”

杨工急切地查阅会客登记簿，从会客登记簿上登载几十个人名字中，有三个人的名字，记载是从沪西来的。他想，看来差不多是沪西来的人找我，心里边开始琢磨：会有什么事找我？不管三七二十一，先将大包小包放回家再说。柯茜听到开门声，赶紧跑去迎接，门一打开，惊喜地说：“你总算回来了。”杨工心头一震：“发生啥事情？”

柯茜说：“你先吃点晚饭再说吧。”

杨工惊疑地说：“你不说，我怎么吃得下夜饭。”

柯茜晓得他的脾气，心急，一有事情不弄个水落石出，不用说吃晚饭，连夜上睡觉也睡不安稳的。她就将小李、小唐、小周三个人到“01”工厂的目的、任务，遇到的问题，详细地向杨工细说一遍，然后，话锋一转：“此地无银三百两，沪西市三位同志前脚走，辛玉龙后脚就找上门来。”柯茜又将辛玉龙对她说的一番话，转述给杨工，有意提示他在处置这件事情上，注意方式方法。

杨工听了柯茜的转述，摇摇头轻蔑地说：“辛玉龙同陈辉搞在一起，弄不出好名堂来的，多半是陈辉私心杂念在恶性膨胀。而且这两个人有个共同特点，往往不计后果。”

柯茜急切地说：“现在，他们三个人在招待所等你，想请你帮忙。”杨工一听完柯茜说的情况，连晚饭也顾不上吃，拔出脚来就往外面跑。柯茜在后头吆喝：“你吃点东西充充饥吧！”杨工一边走，一边说：“等等，回来吃。”头也不回，往招待所跑去。

17

冷灰里爆出热火星

已经是晚上 10 点多钟了，招待所宿舍突然响起敲门声。小唐应声："请进!"推门进来的人很有礼貌地说："你们是沪西来的同志吧?我是杨辉,是不是你们找我?"

小周一看到杨工跑进来,热切地叫了一声："杨工!"面孔上露出来一脸笑容："是我们找你,听说你到县里去了,我们只好到你家里,麻烦你家老柯帮我们打听到你的下落,说你已经走了,到哪里去,都说不晓得,我们估计你可能回来了,所以一直在等你。"

杨工面露疑惑的神色："我是接到厂办辛主任电话，说有人找我，还说刘厂长要我马上回来。我接到辛主任这个没头没脑的电话,心里在猜测,或许是部里来人,否则,不会由刘厂长叫我回来。不管三七二十一,我招呼也没有打,赶紧从云林县微波站赶回来。到了家里,我内人告诉我是你们找我。我赶紧过来看你们,看看有什么需要我帮忙,只要我能够办得到的,我一定尽力而为。我也是沪西人,咱们是同乡,有啥难处,咱们一起商量。"

一看到杨工到来,好似碰到了"大救星",小周赶紧把小唐、小李向杨工作了介绍。杨工非常热情,同他们三个人一一握手,开始攀谈起来。

杨工虽说到北方生活了几十年,但是,乡音未改,特别是碰到了家乡人,乡音浓重,间或夹着西部地区语言,直话直说："你们三位从我家里出来,厂办公室主任辛玉龙后脚就跑到我家里。"杨工就把柯茜向他谈起辛玉龙同柯茜说的一番话,向小李他们三个人转述一遍,咂咂嘴："如果辛玉龙一插手,事情就麻烦了。这个人虽然是个党员干部,平常日子是个不讲党性原则的人，一派江湖义气，做事情往往不计后果。他同陈辉是同学，陈辉要他做的事，他必然会卖力地干。”

小唐听杨工说辛玉龙到他家里，特地关照柯茜，有关技术方面的问题要由厂技术处扎口，觉察到杨工面露难色。“刘厂长当了我们面要他通知你回来帮我们复制一份《鉴定意见书》，他竟敢阳奉阴违，倒是不可思议呐。”

杨工愁容满面，摇摇头：“照道理，你们再索要一份《鉴定意见书》，不是问题。上次已经测试过，制作了一份《鉴定意见书》，现在，只不过复制一份。陈辉同我们厂里的辛玉龙碰到一起，事情就弄复杂了。”

小周插嘴：“杨工，要我说，事情并不复杂，只要你帮我们复制一份就好了。”

杨工苦笑了一下：“你说的是在正常情况下，完全可以办到的事情。现在处于不正常的情况下，是人为搞复杂的事情。所以事情就难办。你们想想看，照理凭公安机关的介绍信，就可以接待的事情，辛玉龙要你们出示部里或者澄江监管中心的介绍信。按理说，由刘厂长出面要辛玉龙通知我回来，交给我办就可以了，他现在要技术处扎口，明显是在作梗。现在，变得我隔在当中左右为难。再说，我假使复制一份没有盖‘01’工厂技术处公章的《鉴定意见书》，你们等于拿回去一张白纸，根本派不上用场。你们想想是不是这个道理。”

小李等三个人听了杨工讲的一番话，倒是实实在在的话。

为了调整杨工的心态，小李单刀直入：“我估计他在你家柯茜面前说的一番话，都是画蛇添足，添油加酱，塞进去的私货。你们两位都理解为，刘厂长要你回来接待我们的事情，要由技术处扎口，暗示你们不要向我们提供‘01’工厂的《鉴定意见书》。”

接着，小李就把省公安厅蒋处长陪同一起找刘厂长的情况向杨工说一遍。然后，小李向杨工发表了个人看法：“要技术处扎口，这句话并不错，问题是怎么扎口？如果按照辛玉龙的意思去理解，你杨工要听他的话，拒绝帮我们复制一份《鉴定意见书》，反过来，你杨工帮我们复制一份，加盖‘01’工厂技术处公章，不也是技术处扎口吗？”

小唐在旁边插嘴：“其实，这完全是姓辛的掮了刘厂长的牌子，断章取义。你只要细细想想，蒋处长出面同刘厂长直接交谈的事情，刘厂长当了蒋处长的面，根本没有提出索取一张《鉴定意见书》，要技术处扎口，现在刘厂长也做不了主，哪有这样的道理，从逻辑上也说不过去。”

小李由一般的说理，进而揭露辛玉龙的阴暗面：“再说，他辛玉龙如果是光明正大的事情，明明是刘厂长叫他通知你回来，为什么要你回来去找他辛玉龙，而不找刘厂长。如果咱们细心地琢磨一下，他玩的滑头戏，搞的见不得人的事情。”

为了解除杨工的思想顾虑，小唐接上去说：“咱们要好好地分析辛玉龙对你们两个人的说话。辛玉龙拿刘厂长叫你回来，同技术处扎口，分开来向你爱人柯茜表述，让你们误解为技术处扎口是刘厂长的意思。现在，你同老柯两个人所担心的是，辛玉龙直接到技术处那里做小动作，就困住你的手脚，是不是这个意思？”

杨工点点头：“你说对了。”

小唐说：“照理刘厂长已经表态了，我想技术处处长对刘厂长的指示，总要执行的吧。”

杨工说：“你们只知其一，不知其二。刘厂长主抓全面工作，分管保卫；技术处是一位姓包的副厂长分管，辛玉龙如果到包副厂长那里断章取义传达刘厂长的指示，势必困住了我的手脚。”

小李细细琢磨杨工一番解释，确实，处在他的位置上，不是没有道理。然后，转过来耐心开导杨工：“事物总要一分为二来看，刘厂长要辛玉龙找你回来，不是叫你回来打扑克玩耍，叫你回来帮助我们复制一份《鉴定意见书》。至于辛玉龙向你俩提出要技术处扎口，你杨工是不是技术处的工程师，你是理所当然的技术处的人。况且，原来就是你经手主办的。所以，杨工你大可不必顾虑，一旦事情闹大，我们倒是希望把事情闹到刘厂长那里去反而好办，万不得已再请省公安厅蒋处长出面找刘厂长。你作为一个局外人，奉命执行。一切事情都有我们来担当，你尽可以放心，具体办法倒要考虑好。”

杨工听了小李对他原有的顾虑，辩证地一解释，露出灿烂的笑脸，感叹一声：“对啊！我只是按照我家老柯转告辛玉龙的话，思考问题。现在，要跳出辛玉龙设置的条条框框办事情。好！没有问题，这件事我来办，咱们还是同乡呐，即使有困难，也要帮忙，你们尽管放心休息吧。”

小唐马上搭讪:“沪西老家还有没有人了?”

杨工笑嘻嘻地回答:“有,我母亲还健在,同我女儿生活在一起。还有个妹妹在外贸局工作。”

小唐说:“我们回去的时候,你有什么东西要带?我们帮你带。”

杨工表示谢意:“等你们工作结束,我再麻烦你们吧。你们一路辛苦,这样吧,我今天晚上,连夜把《鉴定意见书》复制出来,你们尽管睡个安稳觉。”

同乡杨工的表态,索要一份《鉴定意见书》已经是十拿九稳的事情了。所以,小李他们三个人沉浸在无限喜悦中,一觉睡到大天亮。然而,天有不测风云,人有旦夕祸福,索要《鉴定意见书》的事情,偏偏碰上估计不到的麻烦事情。

第二天上午,厂办公室主任辛玉龙陪同澄江监管中心的程晋到杨工办公室,由程晋说明来意,把事先编造的一套谎话、片面的观点,煞有介事作了渲染,最后向杨工提出要求:“我们陈主任再三关照,要我转告,请你帮忙,如果有人来‘01’工厂索要《鉴定意见书》,请你一概回绝,无论如何不要给他们,以免误导舆论。”

杨工一时还转不过弯来,原本只是考虑到辛玉龙从中作梗,现在,由辛玉龙陪同澄江监管中心的人直接找来,倒是麻烦了。听了程晋的一番话,杨工一时语塞,不知所措。后来,慢慢地缓过神来:

“这是为什么?总得要有个正当理由啊。”

程晋含糊其事说了一通。杨工一听到程晋的调子,就觉得不是正当理由,当即表示异议:“一口回绝?说来容易,做起来难。他们这次来,事先是由辛主任奉刘厂长命令,派给我的任务,我怎么可以怠慢人家?再说,《鉴定意见书》制作好,他们已经拿去了,怎么再讨回来?”

程晋好似脑门挨了一闷棍,惊异地说:“你说什么?这么快,他们已经拿到手了。”

实际上,就当时来说,《鉴定意见书》连夜已经制作好了,就等盖个“01”工厂技术处公章,沪西市公安局三个同志还没有拿到手。杨工一听程晋陈述的理由牵强附会,就感到情况不正常,这是故意刁难人家。他一想到同乡在外地工作碰到困难,应该帮助,再说,他们的工作涉及保卫邮电通信安危的大事,一定要帮到底。所以,杨工特意在辛玉龙、程晋面前散布一个假象，拿还有待盖公章的《鉴定意见书》，说成已经被他们拿去了，想造成一个既成事实的局面，使得对方不再纠缠。

程晋一听说《鉴定意见书》已经被沪西市来的人拿走，急出了一身大汗，口无遮拦命令式地说："不行，马上去要回来。"

杨工十分"感冒"，真正是没有教养，从外省跑到"01"工厂来指手画脚，当即毫不客气地反问说："你凭什么向人家追讨，你同他们是什么关系？他们是沪西市公安局的人，受你澄江监管中心领导？要去，你去，我是不会去的。"

程晋一听说来的是公安机关的人，似有点惊讶，马上神色慌张，眼睛紧盯着辛玉龙看，皱起眉毛："怎么会是公安机关的人？"

辛玉龙在一边证实："是公安机关的人，而且由省公安厅的处长陪同，直接找过我们一把手刘厂长。"

杨工发现程晋一听说是公安机关的人，从程晋脸部表情不难看出就有些畏惧，当即加重了语气："你不信，他们就住在我们招待所，恐怕还没有走哩，你去看看吧。"

杨工嘴上虽然虚张声势，转念一想，鉴定意见书上还没有盖上技术部门的公章，沪西来的同志至今还没有拿到手。怎么办？开始担心辛玉龙去找技术处处长朱寿光，或者找不明真相的分管厂长包阳刚，关照技术处不准盖公章，那就麻烦了。

辛玉龙突然插话说："你们先去，我随后就来。"

杨工一听到辛玉龙说，"你们先去，我随后就来"，估计他可能去找包副厂长，或者去找技术处处长朱寿光。杨工感到照现在这样子发展下去，事态越发严重了。就在辛玉龙离开的时候，杨工急速地对程晋说："你坐一会儿，我去方便一下。"杨工趁机离开办公室。这个时候，在杨工办公室里就剩了程晋一个人，好像热锅上的蚂蚁七上八下，内心十分矛盾。去吧，公安机关的人很难对付的；不去吧，任务没有完成，况且，还事关自己的切身利益。坐在那里一个人想得出神。当杨工回到办公室，他带有哀求似的说：

"杨工，是不是麻烦你陪我一起去吧，我们陈副主任同你、同辛主任都是老同事，这点忙总要帮吧。怎么样？"

杨工此时脑子里浮现出陈辉这个人，如今当上领导干部，还没有改掉他过去实习时的习性，胸襟狭隘，好妒忌人家，看来，又是私心发作。

杨工看到程晋愁眉苦脸的样子，说："这样吧，看你也为难，我陪你去找他们。具体交涉，要靠你自己了。"

小李、小唐、小周三个人正在整理行李，坐等杨工送来《鉴定意见书》，准备回沪西。殊不知，杨工虽然等来了，不是来送《鉴定意见书》，而是领着程晋来追讨《鉴定意见书》。敲开"01"工厂招待所宿舍门，正巧是小唐开门。

小唐一看是杨工，赶忙招呼："杨工，请进！"

杨工同程晋两人进了宿舍，把程晋介绍给小唐等沪西来的同志："这位是澄江监管中心的程晋同志。"杨工开场白，就说了这么一句，下面就等程晋如何游说了。

小李他们三个人一听说来人是澄江监管中心的，原来只听说搞试验的是澄江监管中心技术员程晋，偏偏没有见过面。果真应验了洪强的判断，防止澄江监管中心派人到"01"工厂来做手脚，为专案组索要《鉴定意见书》设置障碍。现在考虑如何应对这位不速之客呢。

小唐首先开腔，文绉绉地说："请问，尊姓大名啊？"

程晋回答："姓程，名晋。"

小唐开始用调侃的调子问："怎么样的姓氏笔画啊？"

程晋笑嘻嘻地回称："旅程的程，东晋的晋。"

小唐幽默、带有戏弄的口气："哪，你应该是半夜里出来的，怎么现在出来？"

程晋和在场的所有的人都不解其意。

程晋不明就里地问："什么意思？"

小唐把头一摆："半夜里杀出个程咬金，你老祖宗习惯是半夜里出来，你怎么一反常态，白天上午出来呢。"

小唐的话，一下子逗乐了在场的人，哈哈大笑，程晋十分尴尬地跟着众人傻笑，预感到碰到了难缠的人了，后面的事情也许更加棘手。此时此刻，程晋朝杨工看看，企盼杨工能够助他一臂之力，杨工只顾装聋作哑，意识不到程晋的意思，只是坐着听小唐故意以诙谐幽默的话嘲弄程晋。

程晋无奈，只好自拉自唱："是这么回事，澄江监管中心领导，同有关专家，最近，专门开了研讨会，研究了‘01’工厂的《鉴定意见书》，认为同我们原来的实地试验不符，有可能误导舆论，造成不必要的麻烦，所以，特地派我前来收回《鉴定意见书》。”

小唐很沉着，严肃地说：“你这是对谁说话？你要是对‘01’工厂说话，那，你走错了门；要是对我们说话，请出示身份证件。我看你是黄鳝吃过界，到这里指手画脚。我们是搞破案，不是搞什么学术讨论，不存在什么误导舆论。”

小李接过话头：“我倒要请教你一下，‘01’工厂的《鉴定意见书》会误导舆论，那么，你澄江监管中心的试验会不会误导舆论呢？”

程晋强词夺理：“我们的试验经过专家论证的。完全是有科学依据的。”

小李轻蔑地笑笑：“你知道吗，‘01’工厂的《鉴定意见书》，经过半个中国的专家论证的，你又怎么说呢？是听你澄江监管中心专家的，还是听半个中国专家的意见？”

就在他们争论得不可开交的时候，杨工在旁边一直惦记着专案组的同志有没有拿到《鉴定意见书》，一旦事情闹大了，弄到天亮《鉴定意见书》还没有拿到，沪西市的同志岂不是白忙一通。揣着双手，心里在不停地嘀咕：怎么办？正在一筹莫展的时候，小周的眼睛一直望着他，他越发心慌意乱。趁小唐同程晋激烈辩论的当口，杨工凑近小李，压低了声调，问《鉴定意见书》有没有拿到。小李只是摇摇头。杨工心想糟糕，柯茜误了大事了。

杨工之所以如此紧张，是因为厂办辛玉龙陪同程晋到他办公室提到追讨《鉴定意见书》的时候，就想到复制好的《鉴定意见书》还没有加盖公章。等到辛玉龙中途离开他的办公室的时候，估计辛玉龙又去做小动作了。所以，迫不及待，向程晋打了个招呼，借口去方便，离开办公室，同他老婆柯茜通电话，要她老婆赶紧想办法到技术处去盖公章，送交沪西来的人。现在一听小李说《鉴定意见书》还没有拿到，怄了一肚子气，埋怨他老婆办事不力。

这个时候，小唐同程晋还在较劲，对着头上冒汗的程晋风趣地说：“你的老祖宗是‘程咬金三斧头’，我替你数了，你已经用了两斧头，还剩下一斧头，怎么办？”又逗得大家哈哈大笑。这时候，程晋已经理屈词穷，简直乱了章法，正待急得走投无路的时候，“01”工厂技术处处长朱寿光一脚跨进招待所房间，杨工一看到朱寿光进门，心里打了个咯噔，糟糕！神色惊恐，只是在牙缝里勉强挤出来一句话：“朱处长来了。”转过身子向房间里的人介绍：“这位是我们‘01’工厂技术处处长朱寿光同志。”

程晋一听说是技术处处长，按照他同辛玉龙商量，这是辛玉龙调兵遣将，特地从“01”工厂把技术处处长搬来了，顿时，吃了一颗定心丸，面孔上的愁容一扫而光，肚里转念头，再也不怕你杨工推三阻四和沪西市公安局的警察发威，又开始趾高气扬起来了，还特地向朱寿光凑近一步，点头哈腰，笑嘻嘻地套近乎：“朱处长你好，我是澄江监管中心的，我叫程晋，是这么回事……”他把自己到“01”工厂的来意说了一遍，然后，话锋一转：“为了防止‘01’工厂的《鉴定意见书》流失到社会上，误导舆论，我们陈主任要我追回这份《鉴定意见书》。”

实事求是说，技术处处长到场，在场的杨工，包括“5·15”专案组小李、小唐、小周等同志都吃惊不小。几个人不约而同联想到，明摆着，这是辛玉龙喊来助阵帮腔的。尤其是杨工考虑到这次复制《鉴定意见书》事先没有同部门处长打招呼，格外显得六神无主。在这种场合，倒是小唐临场处理突发事情有经验，而且噱头功夫也好，趁程晋说到“误导舆论”的话音一落，赶紧在澄江监管中心同“01”工厂技术处中间，搭起一个无影评判平台：“澄江监管中心在静态情况下作了‘E弯头’试验，口头上发表不会告警的结论意见；‘01’ 工厂在动态情况下作了测试，证明告警，并且出具了书面《鉴定意见书》，经过南方的专家论证，都论定为科学依据。现在这位程同志说，‘01’工厂技术处出具的《鉴定意见书》会误导舆论。现在，朱处长亲自到场，由朱处长评判大是大非，最有说服力了。”

朱处长一听小唐拉出来的调子，就像头上被猛击一掌，好似清醒过来，辛玉龙在搞啥名堂，要我来砸“01”工厂技术处的牌子，自己打自己的巴掌。朱处长不紧不慢地说：“我要说的话，《鉴定意见书》里已经说了，没有补充意见。现在再要我说，我说三点意见：一、‘01’工厂经过技术测试，所制作的《鉴定意见书》，是经得起科学论证、历史检验的。如有什么问题，由我们承担责任。二、要我们向沪西市公安机关同志追讨《鉴定意见书》，我们既没有这个权利，也没有这个义务，更没有这个必要。三、澄江监管中心要向沪西市公安机关的同志追讨《鉴定意见书》，这是澄江监管中心的事情，同我们不搭界，我们没有必要插手。老杨，这里没有咱们的事，回去吧！”

嗨嗨！这真正是出乎意料的事情，在场的人都惊愣了。特别是老杨，本来悬着的一颗心，总算回到心房原来的位置，脸上绽开了笑容：“你先走，我等一会儿过来。”程晋一看苗头不对，朱处长前脚走，他后脚跟着灰溜溜地走了，一头走，一头发狠劲：“好！你们等着。”

怎么会出现这样戏剧性的变化呢，事情就是发生在程晋在杨工办公室纠缠杨工的时候，杨工借口去方便，趁机同柯茜通了个电话，要她拿了复制的《鉴定意见书》，赶紧到技术处盖公章。柯茜接到杨工电话，心里想既然是正大光明的事情，应该堂而皇之去盖章，尽管她是技术处党总支书记，还是直接找了技术处处长。朱处长听了柯茜说明来意，哈哈大笑：“刚巧辛玉龙来要我帮助收回《鉴定意见书》，你来要我在《鉴定意见书》上盖公章。但是，你们两个人各自说的原因、理由不同。我想，辛玉龙同陈辉两个人是一对宝贝，搞在一起没有好名堂的。老柯啊！我建议你干脆复制两份，省得沪西市的同志千里迢迢再到‘01’工厂来复制。”然后，面孔转向一名女同志，技术处秘书小张：“你帮柯书记再去复制两份，加盖技术处的公章。”小张根据处长交代去复制、盖章，柯茜表示谢谢。回过来，不无顾虑地说：“老杨被叫去不知道情况怎么样。”朱寿光安慰柯茜：“马上我去帮老杨解围。”这就是发生戏剧性一幕的来龙去脉。

杨工本来一颗悬着的心放下，一听到程晋气鼓鼓地说：“好！你们等着。”料想事情不仅没有结束，反而闹大了。小唐看到杨工一脸愁容，竭力加以安慰：“杨工，不要怕，有啥事情，由我们来负责，你尽管放宽心。”

小李说：“我去找刘厂长。”

小李跑出去，留在宿舍里的小唐、小周和杨工三个人议论下一步怎么办的时候，厂办公室辛主任领头，程晋气势汹汹跑到宿舍，后面还跟着几个解放军战士。杨工顿时脸色刷白，连小周也有些惊慌失措，就是小唐若无其事，优哉游哉，逍遥自在。

程晋口气强硬地说：“我是奉部里命令来的。客气点，你们自动自觉地把《鉴定意见书》交出来。”

小唐不屑一顾：“不客气，又怎么样？”

程晋已经失去理智：“那，我们就要采取革命行动。”

辛主任虎视眈眈，虽然不说话，实际上起到了助威作用；杨工在场，看到双方都已经各不相让，真正到了剑拔弩张的地步，站起来打圆场：“我看有事好商量嘛，大家坐下来商量。沪西来的同志是为了破案用的，涉及不到误导舆论，我建议澄江监管中心的试验意见和“01”工厂的《鉴定意见书》，都作为工作中参考资料吧，程同志，你已经尽了力了，如果有什么问题，请你们陈主任直接同我通话，我来帮你解说。”

程晋依仗辛主任，再加上还有驻厂解放军作后盾，根本不依不饶，面朝着小唐：“不行，今天，你们不把《鉴定意见书》拿出来，不要想离开，我们就采取革命行动。”

小李出去找刘厂长出面解决问题，事也凑巧，刘厂长到北京开会；小李一时无奈，只好再打电话到省公安厅，蒋处长出差到下面市里检查工作去了，幸亏乔科长接听电话，表示过来帮助解决。乔科长会不会来，即使来了，刘厂长不在，仅凭乔科长势单力薄，恐怕也无济于事。

因为刘厂长到北京去了，辛主任也就毫无顾忌出面干涉，在旁边虚情假意劝说：“我看，还是把《鉴定意见书》交出来吧，免得双方伤了和气。”正当双方出现僵持局面时，西部省公安厅侦查处乔科长接到小李的电话，带领五六个民警，以及“01”工厂保卫处孙处长、驻厂解放军连长随同一起赶到。

解放军连长面向两个解放军战士，板起面孔训斥：“你们两个在这里干什么，知道不知道你们的任务是守卫工厂，这里没有你们的事，谁叫你们来的？”辛主任显得十分尴尬，眼睁睁看着两名解放军战士灰溜溜地走路。

乔科长穿了一身民警制服，神态严肃，对着程晋训斥：“你是哪里的，你妨碍执行公务、限止人身自由，你已经触犯法律了，你知道吗？”

程晋强辩：“我是澄江监管中心的，有部里的介绍信。”随手将部里的介绍信拿出来。

乔科长接过一看：“部里的介绍信，明明写着：到‘01’工厂联系工作，没有叫你来收缴人家的《鉴定意见书》，限止人家人身自由，走！到派出所去，接受审查。”

辛主任看到如此场面，无地自容，灰溜溜走路。待一伙人离开招待所，柯茜兴冲冲地拿了两份《鉴定意见书》赶到。杨工接过柯茜拿来的《鉴定意见书》，这才把悬着的一颗心放下。小李、小唐、小周三个同志拿到《鉴定意见书》如获至宝，千谢万谢，自不必说。杨工、柯茜夫妇俩也激动得热泪盈眶，同小李等三个同志热烈握手庆贺：“好了，祝你们一路顺风。”

18

风向标转移

自从宋工、老史到澄江监管中心追讨“01”工厂《鉴定意见书》碰了一鼻子灰，《鉴定意见书》非但没有讨到，到头来被他们销毁了。专案组办公室，几个同志激愤的情绪，就像曝晒的汽油筒，突然爆炸似的怒气冲天，义愤填膺，吹胡子、瞪眼睛，拍桌子、打板凳，一个个都竖起了眉毛，发泄不满情绪。

就在大家愤愤不平，针对澄江监管中心一连串的错误做法，为专案工作设置障碍的时候，有些同志自然而然地惦记起到“01”工厂去索要《鉴定意见书》的小李、小唐、小周三个人会有啥结果，盯牢老钱打听。老钱一想，一些同志正在气头上，再把小李他们三个人在“01”工厂的遭遇向在座的同志一透露，弄得不好火上浇油，专案组要大伤元气。再一想，这个事情早晚要拆穿，蛮娘的拳头早晚一顿，干脆现在就告诉他们，事先打预防针，也好增强他们的免疫力，提高他们的抗压能力。钱聪当即把小李的电话内容一五一十向在座的同志实话实说。顿时，几个人惊呆了，心里想，任凭采取补救措施，始终跳不出澄江监管中心的手掌心。有同志发出冷言冷语：“斗来斗去，专案组还是斗不过澄江监管中心。”有同志垂头丧气：“原本寄希望他们三个同志到‘01’工厂去索要一份《鉴定意见书》，现在连这个打算也落空，下一步再也没有啥戏好唱了噢。”也有一些存有侥幸心理的同志在暗自揣度，老洪接听小李的电话，向小李支招，会不会“起死回生”，两只眼睛自然而然地紧紧盯着老洪。

老洪虽说在同志们面前保持镇静的神态，实际上他现在心里，比起在座同志还要急。他一接听小李的电话，说到在“01”工厂碰到的问题，心底里就像翻江倒海，为他们三个人的处境忧心忡忡：在人生地不熟的地方碰到人为的设置障碍，变幻莫测的局面，两者纠结在一起，前景不容乐观。虽说在电话里向小李传授机宜，但是否奏效，琢磨不透，正在伤透脑筋。

老钱看着洪强，悄悄地说："从时间上推算，小李他们三个人到'01'工厂已经一个多星期，按理也应该回来了吧。"

洪强点点头："按理是应该回来了，就怕遇到估计不到的问题，冒出来的麻烦事情，必然会拖延时间。"

正当老钱、洪强在议论，在座的同志引颈鹄立，盼望到"01"工厂去的同志归来的时候，突然听到办公室开门声，小唐第一个把头探进来，专案组同志盼星星，盼月亮，总算盼到星星和月亮。小李、小周跟着跑了进来，大家不约而同向他们打听到"01"工厂去的结果。

小李看到大家如此关心这趟出差有啥结果，特地将"01"工厂的《鉴定意见书》往洪强桌面上一放，面孔上露出了欣喜的笑容，高兴地说："总算拿到手了。"

小周昂起了头，噘起了嘴，趾高气扬，不无夸张地说："这一次到'01'工厂去索要这份《鉴定意见书》，就像智取威虎山，碰到的问题，你们相信？"

小尹撇了撇嘴，不屑一顾地说：事情到你嘴里，就闹猛了，你倒不说奇袭白虎团。

听了小尹讽刺小周的话，在座同志哈哈大笑。

在座的同志都带着好奇心，催促小李、小唐谈谈如何要到《鉴定意见书》的，是否，正像小周说的智取威虎山、奇袭白虎团那样惊险。

小李、小唐两个人，这才正儿八经把索要"01"工厂《鉴定意见书》的经过、遇到的麻烦，按照老洪传授的办法，通过省公安厅侦查处蒋处长亲自出马找厂长、碰到同乡杨工夫妻俩的鼎力帮助、化解人为设置的障碍等详细情况，有声有色地作了汇报。霎时，犹如注射了兴奋剂，把在座同志的情绪催发起来，引来一片欢呼声和掌声。在座的同志交口赞叹："不容易，不容易，真正是刀背上舔血，火中取栗。"

在一片赞叹声中，洪强把《鉴定意见书》让在座的同志争相传阅，传阅的同志喜笑颜开，嘴里发出高声欢叫："胜利了，我们胜利了。"

“01”工厂的《鉴定意见书》之所以如此煽情，引起专案组同志极度亢奋，只是因为这对论定犯罪分子作案时间，明确侦查范围和工作方向，提供了可靠的科学依据，从根本上摆脱盲目排查的不正常状态。但是，就在人们绽开从未有过的笑脸的时候，坐在办公室首位的钱聪、洪强两位组长的脑子里，始终抹不掉澄江监管中心试验、“专家”论证意见的阴影，好似有一片乌云缓慢地移动，渐渐向明媚的阳光掩遮了过来，面孔上透出了忧郁的神态。

而且，在钱聪的耳鼓里还不时回响着张副局长的声音：“这么的，老钱，澄江监管中心是上级单位，他们的意见我们要作为上级指示执行……”现在，正巧是两家的结论意见碰撞，撞出来一束火花，刺痛了他的神经，就怕按照“01”工厂鉴定结论办，在领导面前说不过去，弄得不好将被扣上阳奉阴违的帽子。现在到底应该按照哪一个结论意见办？一时间，困扰了自己，以致闷闷不乐。

再说，洪强为啥也阴沉着脸呢？其实，他同老钱想的是同一个问题，只是角度不同。如果执行“01”工厂的鉴定结论，毫无疑问，就要否定澄江监管中心的结论意见。这样一来，下一步工作，倒不是怕来自澄江监管中心直接干预，很有可能来自专案组内部——邮电局保卫科同志的思想阻力。再说，出现两种不同结论，势必影响侦查工作的具体操作，甚至会给进入司法程序带来后遗症。他们两个人怀着复杂的心绪，徘徊在十字路口，被在座的同志摄入眼帘。小周向小尹努努嘴，小尹特地开玩笑似的说：“怎么，你们两位都在想家了？”

他们两人不约而同抬起头，笑了笑，保持沉默不语。倒是小周心血来潮，噘起了嘴，快言快语：“‘01’工厂的《鉴定意见书》，拿虽然拿回来了，现在，摆在专案组面前两个权威结论意见，是按照‘01’工厂的《鉴定意见书》办，还是按照澄江监管中心的试验专家论证的意见执行？”

原本在座的同志看到“01”工厂的《鉴定意见书》高兴得不得了，经小周这么一说，高兴的劲头如同一丈水退了八尺，开始被这两种意见的选择所困惑。办公室里，霎时热闹起来，特别是邮电局保卫科的同志，七嘴八舌开始杂议。公安机关的同志，保持沉默。倒是老史打破常规，听了小周的意见，正儿八经发表意见：“要使专案组下一步顺顺当当开展工作，我的意见，按照两种结论意见办。省得澄江监管中心打横炮,找麻烦。专案组夹在当中,左右为难。”

老史之所以在这个骨节眼上,发表了这个不合逻辑、互相矛盾的意见,倒也不是他的本意,只是为了息事宁人,减少不必要的一些摩擦。

他的这个观点一摆出来,当即感染了邮电局保卫科的同志,尤其是提出这个问题的小周,随即附和,并振振有词地摆出依据:“老史发表的意见,倒是说到点子上了。”他拿头一昂,噘起嘴:“‘01’工厂的杨工,他就说过:‘澄江监管中心的试验和专家意见同‘01’工厂的《鉴定意见书》的鉴定意见,都供工作中参考。’所以,现在无论如何不能只选择一种。”

小周搬出了“01”工厂杨工的说辞,着实鼓动了邮电局保卫科的一些同志,包括老钱在内,形成了一边倒的趋势。

小尹发话:“我认为,毕竟澄江监管中心也是做过试验的,而且,是当了咱们专案组的面做的试验。现在,把他们的结论意见晒在旁边,我们局领导也不会同意。”

钱聪本来顾虑的就是张副局长,当小尹提到局领导的态度,触景生情:“是不大好办,原来张副局长,一再关照要把澄江监管中心的意见,作为上级领导的指示执行。至于有关到‘01’工厂去检测,张副局长有言在先,‘可去可不去,就不要去’,态度十分明朗,不赞成到‘01’工厂搞检测。从我内心来说,我认为海临微波站王总的意见以及‘01’工厂的《鉴定意见书》比较过硬,有说服力。但是,对局领导的意见倒也不好阳奉阴违!老史的说法,倒是上策,这样一来,既不得罪澄江监管中心,在我们局长面前也好说话。”

小周听了科长的调子,格外得劲,将头一抛,噘起了嘴:“我想‘01’工厂的杨工算得是权威了吧,他都认为两种意见都供参考,这样一来,倒是两头讨巧,既不得罪澄江监管中心,在我们局长面前也好说话,可以安安顿顿搞咱们的案件。”

听了邮电局保卫科几个同志发表的意见,一直保持沉默的公安机关的同志,好像突如其来受到一波冲击波,冲击得浑身不自在。首先受到冲击的是小唐。

小唐原来的名字叫唐伟,绰号“榔头”,听到小周不伦不类的发言,不屑一顾,轻蔑地朝小周看了一下,反过来一榔头:“你只是在脱裤子放屁,等于没说。搞案件要什么两头讨巧,我倒要请教你了,按照你的说法，两种对立的意见都要参考，在实际工作中如何操作？再说，想当初，你同宋工到'01'工厂搞测试、做鉴定，当澄江监管中心从宋工手里骗走'01'工厂的《鉴定意见书》，你又何必同我们再到'01'工厂去索要《鉴定意见书》，就按照原来澄江监管中心的意见办，不是更省事吗？"

小李不待小唐把话说完，矛头对准小周诘问："我倒要请问你，当时杨工是在什么情况下，说两种意见都供工作中参考，你说给大家听听。"

小周好像斗败的公鸡，面孔涨得通红，摆了摆头，然后，又抿了抿嘴，闷声不响。

小李接着说："在'01'工厂招待所，程晋死皮赖脸向我们追讨《鉴定意见书》，甚至，以威胁的口气说，要采取'革命行动'，一个转身，他跑了出去，喊了'01'工厂办公室主任，又带了两个解放军战士，赶到招待所，杨工一看到这个阵势，真的像要'采取革命行动'，生怕我们三个人挨揍，是在这样的情况下，为了缓和紧张气氛，息事宁人，才对程晋说两种结论意见都供工作中参考。杨工说'两种意见都供参考'的话，根本不是他的本意。后来'01'工厂技术处朱处长赶到招待所，当了众人的面明确表示：'01'工厂的《鉴定意见书》是有科学依据的，要收回《鉴定意见书》，我们既没有这个权利，也没有这个义务，更没有这个必要。你为什么不向在座的同志说明？"

小唐赶忙接茬："说话不可以断章取义，杨工对程晋还说：'你回去，你们陈主任有什么事，我来帮你解释。'有没有这回事？"

这个时候小周已经理屈词穷，一个人蜷缩在一边，神情十分尴尬，自顾自昂起头抽烟。

老刘听了小唐、小李两个人理直气壮的发言，不待洪强开腔，态度十分严肃地说："我们不是微波专家，在搞什么学术讨论，是搞侦查破案。只要有'01'工厂的《鉴定意见书》，就可以作为咱们侦查的依据，履行司法程序的书证。澄江监管中心的所谓试验专家论证的结果，咱们几经提出，他们至今没有拿出一个书面结论意见。所以，千万不要受澄江监管中心的论调干扰，也不要受某一个领导的意见，困住咱们手脚。"

老刘的一席话，话虽然不多，倒是使洪强茅塞顿开，他笑嘻嘻地说："我认为，老刘的意见，真正说到了点子上。澄江监管中心的试验，如果也像'01'工厂技术处的测试那样过硬，有科学依据，为什么迟迟不敢拿出‘书面结论’？大家是不是还记得程晋讲过的话，我们要他就澄江的专家论证发表意见，他就说过：‘一个布袋里放了黑白两种颜色的球，如果手伸进布袋摸到黑色球多，就是黑色，摸到白色球多，那就是白色。’这就告诉我们，澄江专家论证的意见没有科学依据，纯粹是拍拍脑袋瓜作猜谜游戏。老钱曾经说过：‘这种专家论证会议，主持会议的人是风向标。’只要主持会议的人有了倾向性意见，那些所谓的专家就会看风使舵。再说，咱们如果正确的意见不坚持，反过来抱住错误的论证意见不放，今后也脱不了干系。”

洪强经过深思熟虑，把存储在脑子里的见解向大家亮了出来以后。又拿“01”工厂搞破坏性试验的《鉴定意见书》作为依据，沪杭、南方的微波专家论证的意见为依托，结合“5·15”案发实际情况，认真进行综合分析，以此启发、引导大家尊重客观事实。然后，果断地作出决定：5月15日19点20分，海临微波站“告警”就是犯罪分子的作案时间。并慎重宣告：专案组不隶属澄江监管中心，从现在开始，不要再受澄江监管中心的陈词滥调束缚，钻进不同观点的专家争论的隔缝里不得自拔。“如果有啥问题，责任由我承担，在座的同志看看还有啥意见？”

经过洪强一番说辞，倒是把两个人的思想扭转过来。钱聪听了老刘、洪强发表的意见，首先表态：“没有异议，一旦有啥责任问题，我是副组长，老洪啊！我同你共同承担责任，无需要由你一个人承担责任。”

原本一边倒的趋势，顿时逆转。本来受“专家论证的意见”“领导的意见”束缚的邮电局保卫科同志，经过几个回合争论，明辨了是非，排除了心里的障碍，开阔了视野，随着钱科长的表态，也跟着表示赞同，就这样把犯罪分子的作案时间定了下来。

论定了“告警”时间，就意味着确定犯罪分子作案时间，打开了侦查工作的一节锁链，撬开侦查工作的大门。但是，横在专案组面前的又一个问题是，犯罪分子作案的工具，到底是哪一种呢？

至此，“告警”——犯罪分子作案时间——犯罪工具——侦查，就像无形的锁链，一环扣着一环等待开启。

19

校准航向

犯罪分子作案时间确定了以后，专案组紧接着，转入讨论第二个问题，犯罪分子的作案工具。

在会议上，洪强围绕着犯罪分子作案工具，启发专案人员激活大脑细胞，鼓励大家积极发言。特地向在座的同志追述当初发生“5·15”案件，在农场接受任务之前，许副局长勘查现场回到农场向他介绍案情以及勘查现场的情况，特地引述许副局长的看法：“遭到破坏的部位留下两种痕迹：一种是用钝器，还有一种是用利器形成的伤痕。这就有两种可能：“一种可能是，犯罪分子有两个，一个犯罪分子使用钝器，另一个犯罪分子使用利器，两个人交叉轮番作案；还有一种可能是，犯罪分子一个人，使用一种作案工具，而这种作案工具既可作钝器，又可作为利器使用，也就是说，既可以敲，又可以割。现在，围绕现场留下来两种痕迹，请大家分析一下，犯罪分子是一个人，还是两个人，假使一个人作案，是使用哪一种工具作案的可能性大？老钱你看怎么样？”

钱聪笑嘻嘻地点了点头：“好！大家敞开思想，有啥说啥。小唐，你是机械厂出来的老师傅，接触的工具多，你先开个头。”

在座的同志都跟着钱聪点名，一个劲地鼓动小唐发表意见：“对！榔头，还是你先来夯落两榔头吧。”

小唐哈哈大笑：“我说不上是啥老师傅，在工厂干了几年，用过板头，夯过榔头，虽说已经满师。但是，要说我是内行说不上，说是外行也不见得，客观地说比起内行还是个外行。”

小唐话音一落，逗得在场的同志哈哈大笑。

针对洪强分析的现场情况，小唐摆了摆头：“我认为，像老洪说的犯罪分子作案留下来两种痕迹，撇开犯罪分子作案，是一个人，还是两个人，就拿作案工具来说，机械单位车间里工人、老师傅通常情况，所使用的工具，利器一般是电工刀，钝器比较普遍的就是榔头。这两种工具，在农村里‘觅宝’，不怎么容易觅到。”

小唐话音一落，会场出现了冷场，在座的同志你看看我，我看看你，有的在抓头摸耳朵，一时间，接不上话头。为打破这种沉默、尴尬场面，小唐眼睛瞄准老史：“咱们还是请农民伯伯来说说看。”

在座同志的目光，射向老史。小周两只眼睛盯住老史，特别起劲，鼓动老史发表意见：“阿土，你是在农村出生，长期生活在农村，最有发言权，你就说说看，让我们头脑也好开开窍。”

老史他的一举一动，一言一行，包括他的穿着，就像老农民，所以，邮电局保卫科的同志，帮他起了个绰号，叫“阿土”。眼前，小周一鼓动，众口一词，催促他发言。他面带微笑，慢条斯理地说：“我倒是倾向一个人作案的可能性比较大。假使是两个人作案，势必容易被微波站工作人员发现。一个人作案，使用一种可以两用的工具可能性比较大。农村里可供两用的工具，眼前，倒是想不出来。平常日子农民劳动，通常惯用的工具，就是锄头、铁耙，再要么还有镰刀，就连小孩放学回家割羊草、上山砍柴也都用镰刀。”

小尹，平时阴阳怪气，好捉弄人，邮电局的同志帮他起了个绰号，叫“阴倌”。他听到阿土说起镰刀，抢着发言：“锄头铁耙不可能，镰刀更加不可能。”

小尹说到镰刀不可能，老史好似受到启发：“阴倌啊！你倒不要说镰刀不可能，镰刀倒是可以两用，既可以敲，又可以割。”

老史一边说，一边用手势演示：“镰刀呈月牙形，弯头部分是利器；装上了木柄，它的接口处就成了钝器。假使犯罪分子是农村的，又是一个人作案，很大可能使用的是镰刀作案。”

在座的同志听了老史的分析意见，有的皱起眉毛咂嘴，有的摇头晃脑，都感到老史的意见有些牵强附会。老钱听了老史的解释，似乎觉得倒是有点道理，不过可能性不大。他看着洪强：“老洪，你看，是哪一种工具可能性大？”

洪强若有所思，咂咂嘴：“老史说到镰刀，这倒是个新发现，我很感兴趣的有两点：一、镰刀是农村里农民普遍使用的工具，也就是说犯罪分子很容易拿到；二、镰刀确实可以两用。我在农场劳动的时候，经常用镰刀的刀柄敲敲打打，用镰刀弯头部位割草、割麦、割稻，咱们不妨‘土法上马’做个小试验。”

洪强当场叫小周到微波站工具间借了一把镰刀、一只废旧“E弯头”，由小高操作试验，抡起镰刀敲击“E弯头”，再拿了被犯罪分子敲坏的“E弯头”留下的伤痕，两只“E弯头”一对比，敲出来的瘪洞，大小比例惊人相似，再用镰刀切割电缆的断面，也符合大体形状。在现场的同志看了，啧啧称奇。尽管经过试验敲出来的伤痕，同犯罪分子敲坏留下的伤痕一样，有些同志还是将信将疑。归根到底，毕竟这是“土法上马”做的试验，心里面还是不够踏实。

老钱在一旁傻笑：“现在倒是碰到了稀奇事情了。犯罪分子作案留下的痕迹，同用镰刀做出来的试验是一样，你不相信，也没有理由否定，你如果相信的话，又没有像‘01’工厂，经过破坏性试验出具《鉴定意见书》，倒是个尴尬事情。”

倒是在场的公安机关的同志，意见相对地比较一致，认为应该把镰刀作为排查犯罪分子的依据。

小高首先发声：“作案工具同作案时间，都是提供侦查范围、方向的依据。两者可以起到相互印证作用，只要具备一点，例如现在作案时间确定下来，圈定排查犯罪分子的范围。假使再在这个时间段找到犯罪嫌疑人以及可能用来作案的工具，经过刑侦技术鉴定部门，通过对作案工具留下的伤痕，取得的有色金属残留成分分析、对比，最终可以确定是否就是犯罪工具。”

小高的发言，邮电局保卫科的同志听了，似懂非懂。

小王特地作了进一步解释：“有色金属成分，主要指镰刀是铁质，犯罪分子作案砍的电缆是铜质，铁质的镰刀质地坚硬，铜质电缆的质地比较软，作了案以后，镰刀口上必定会留下铜质有色金属成分，送交刑侦技术检验部门检验，就可以论定，送检的镰刀是否是作案工具。以此类推，论定了犯罪工具，就可以获取罪证，吃准犯罪分子。”

邮电局保卫科的同志听了小王的解释，恍然大悟。老钱深受启发：“照小王的说法，老史提到镰刀，可以初步确定作案工具。那么，到底是一个人作案,还是两个人作案呢?大家再分析分析看。”

小唐接着发言:“孔定山微波站破坏事故,在我的想象中,一个人作案的可能性比较大。如果两个人的话,一定是一对臭味相投的人。我倒是同意老史的分析意见,在晚上,两个犯罪分子爬到山上作案,目标大,容易被微波站工作人员发现。”

小周,绰号“大嘴老乌”,把头一摆,噘起了嘴:“唐师傅,你说的,说服力不强,拿你们的话说,依据不足。”

小尹紧跟上:“唐师傅的意见,都是猜测加上估计,既不着肉,又落地不响的空话。”

小马不甘寂寞:“这个问题,还是请小高说说,或许可以解决问题。”

小高,正式名字叫高天聪,绰号“赤脚医生”“工程三”。原来是纺织厂车间保全工,整天身上背了个工具箱,专门保养车间的机器设备。机器一旦有些小毛病,一些女工都喜欢找他。由于人长得比较神气,头脑比较灵活,待人接物温顺体贴,蛮讨人欢喜。一些女工有事无事都喜欢找他、逗他:“高医生,帮我看看这部车上,是哪里出了毛病?”他事无大小,有求必应,有时,他明明晓得机器没有毛病,有意逗他的,照样帮她们擦擦机器,再滴几点油,笑嘻嘻地说:“好了。”因此,“赤脚医生”由此出名。后来,被厂保卫科看中,把他调到保卫科,保送到公安局培训,学习刑事勘查技术,又被公安局以借调名义留在公安局正式任用。微波站发生破坏事故,由市公安局抽调他参加侦查工作,作为刑侦助理技术员,协助痕迹专家陈工程师勘查现场;陈工程师走了以后,就把他留在专案组帮助工作。他最大的特点是,工作细心,善于思考、发现问题。而且,勘查现场都能够说到点子上。现在,专案组同志又帮他起了个绰号叫“工程三”,意思是说,工程师还不够格,就叫“工程三”吧。

在座的同志都附和小马的意见:“‘工程三’发表发表高见。”

小高不负众望,翻了一下笔记本,肯定地说:“犯罪分子是一个人作案,毋庸置疑。我下这个结论的依据是:在座的各位可能脑子里还会有印象,就是在我同宋工为了抢修邮电通信设备、勘查现场的事情发生争执的时候,经过老洪协调,我同宋工采取交错检修、现场勘查,我在孔定山西面的抛物面天线‘E 弯头’部位,下面的铁架上的一块铁板上寻觅到一个脚印，等我将这一只脚印取下来，宋工抢修‘E 弯头’，我到东面砍断电缆的地方勘查，又在一块平整的水泥地上寻到一只脚印，这两处收集到的两只脚印，我特地回到技术科，请我们痕迹专家陈工程师鉴定，他肯定是一个人的脚印，而且说犯罪分子是穿的回力球鞋。所以，我认为孔定山微波站破坏事故，犯罪分子是一个人作的案。”

小尹、小周紧跟上表态：“喔唷！‘工程三’这么一说，没有话讲，一个人作案完全可以定下来。”

小唐咂咂嘴：“一个人作案可以论定，但是，说犯罪分子穿的回力球鞋，那么这个犯罪分子就不是农村里的农民。农民一般不会穿了回力球鞋在田里种田劳动的。”

在座的同志都赞同小唐的意见：“从来没有看到过农民穿了回力球鞋种田，一双回力球鞋是啥代价，农民买不起的。”

专案组同志对犯罪分子一个人作的案毫无疑问。现在冒出来犯罪分子是农村农民，还是城市里的青年，倒是拿不定主意。

洪强听了大家的发言，发表了一个倾向性意见：“依我看，咱们已经分析到犯罪分子使用镰刀作的案，犯罪分子应该是农村的；现在，论定犯罪分子穿的回力球鞋，说明这个犯罪分子，人是农村的，平时农村、城市两头跑，而且，两头都有落脚点。”

老刘表示赞同洪强的观点：“我完全同意老洪的分析，这样一来，虽说给我们排查工作带来难度，但是又为咱们进一步缩小了排查范围，说明这个犯罪分子，人是农村的，农村、城市里都有落脚点。”

老史提议：“假使犯罪分子人是农村的，农村、城市两地都有落脚点的话，我们在庄前村开展排查犯罪分子、镰刀，我建议，同时组织一帮同志到孔定山进行搜山，搜索镰刀，说不定，犯罪分子作了案，拿犯罪工具顺手抛在山上。”

老史提出搜山，倒是得到在座同志响应，小高积极响应：“这倒是一个好办法，省得惊动农村里的农民。”

老史的发言，烘托了洪强的观点，助推了讨论意见趋向统一。专案组同志一致表示赞同。

圈定了犯罪分子作案时间，确定了作案工具，又论定是一个人作案，而且这个犯罪分子在农村、城市两地都有落脚点。这就校准了侦查航向。从此,专案组结束了原来由顾金生掌控专案组时,像一匹野马闯进恬静的田园,毫无目标地乱蹦乱跳的局面。

正当大家抖擞精神将要踏上征途, 准备抛开膀子大干一场时,始料不及,冷灰里爆出个热火星。小王提出一个问题,把大家的注意力一下子吸引过去。

小王,大名叫王志坚,绰号“水老乌”(指鱼鹰)。他最大的特点是,在侦查犯罪分子的时候,只要发现犯罪分子的蛛丝马迹,就像鱼鹰在水里扎了一个猛子捉鱼一样,一抓到底。

小王怀着疑惑的心:“我有一个问题,始终搞不明白。犯罪分子穿了回力球鞋在山上用镰刀又是敲,又是割,前前后后作案大约需要 20分钟。回力球鞋不比软底布鞋,一脚踩在山上乱石子上,必定会发出脚步声音,当天晚上值班的人竟没有哪个人听到一点点动静,难以令人置信。”

小李跟着发表了一个更加令人意外的意见:“以‘01’工厂的《鉴定意见书》为依据,确定了‘告警’时间。摆在咱们面前一个奇怪问题:‘告警’,发生在海临微波站指挥中心;报案,是澄江监管中心技术员程晋。偏偏,孔定山微波站遭到破坏的单位,既没有发现‘告警’,又没有人出来报案?而且,值班人员都说一切‘正常’,这又是怎么理解?”

“水老乌”、“工程三”、小李三个人的发言,一个令人费解的棘手问题,赫然呈现在人们面前,像捅了蜂窝一样。瞬间,办公室内出现骚动,在座的同志不是摇头晃脑,就是在咂嘴,三三两两开始杂议。

阴倌小尹似乎受到启发,歪转了头:“嗳!他们三个人提出的问题,我怎么没有想到?”

小周的眼睛朝小尹瞄了瞄:“你没有想到的事情多得, 等你想到,案件也要破了。”

阴倌小尹受到小周一顿奚落,听到了刺耳朵的话,当即反弹,反唇相讥:“你想着了,你倒是说说看,大家静点,听听我们‘大嘴老乌’,老周同志,发表高见。”小尹话音一落,在座同志一阵哄笑。

小周涨红了脸:“我从来没有说我想着了。”

小尹诘问:“我啥时候说我想着了,我明确表示我没有想到。”

钱聪把脸一沉:“好了,你们两个人,少说两句吧,现在言归正传。”

小高跟着发表意见："我是受小王、小李的发言启发，犯罪分子穿了回力球鞋在山上作案大约 20 分钟，而值班人员竟然没有听到一点响声和动静，这实在令人不可思议。我在山上勘查现场时间比较长，而且，里里外外，白天黑夜在机房里都等过，机房外面一有动静，机房内听得清清楚楚，特别是夜深人静的时候，甚至，连人在山上走路的脚步声都听得一清二楚。所以，小王提出的疑问，我有同感，在论定作案时间和作案工具的同时，应该把发案当天的值班情况作为一个专门问题进行调查。在案发起初，省市领导勘查现场时，许副局长就曾经提出过质疑。后来，被审查王金海、调查'E 弯头'等问题转移掉了，始终没有摆上议事日程。我认为，现在咱们专案组同志虽则对作案时间、作案工具统一了思想，只能说是暂时的，一有风吹草动，仍然会摇摇摆摆。如果，咱们把犯罪分子作案时间，锁定在 5 月 15 日晚上 19 点 20 分，那么孔定山微波站机房内，在这个时段究竟有没有人值班，值班的人是啥时候到岗？值班的时候到底有没有听到啥动静等问题查查实，不仅能够坚定专案组同志的侦查意志，夯实每个同志的思想基础，还正好回答南北两个方面的分歧意见——孔定山微波站在'告警'的时候，是否处在'真空地带'。"

老刘似乎受到启发，跟着发表意见："前一个时期，我同几个同志就机房里值班问题专门进行了调查，还只是蜻蜓点水，浮在表面上，对机房里值班制度、值班人员值班规律等作了一些调查，很是肤浅。下一步，应该突出抓住"5 月 15 日晚上 19 点 20 分"值班人员值班的情况，深入细致地进行调查。"

洪强听了以上同志提出的问题，经过一番思考，综合了大家的意见："以上几位同志提出的问题，我认为是应该摆到议事日程上来了。大家不妨想想看，海临整个区域有七个微波站，其中六个微波站都'告警'，就只有孔定山微波站没有'告警'。拿这一个问题调查个水落石出，不仅进一步论证告警时间，这对南北微波专家两种不同意见，有个最好的注释，更重要的是，排查犯罪分子的范围进一步缩小。"

紧接着，洪强就下一步工作，提出了兵分两路的设想：一路，仍旧按照原来的分工到庄前村开展排查工作，结合搜山查找镰刀；另一路对孔定山微波站机房值班情况进行走访，重点要查明 5 月 15 日晚上

19点20分值班人员的值班情况。

专案组经过专案人员集思广益，校准了侦查航向，对下一步工作提出了明确目标。但是，如何一个一个落实，中途会不会有什么变数，包括洪强、钱聪两个组长在内，义无反顾，踏上新的征途。

20

走进怪圈

小王、小高两个人的意见和建议一经发表，一下子把人们的注意力吸引到孔定山微波站机房，目光聚焦到值班人员身上。专案组马上抽调一部分力量集中开展对微波站内部进行调查，搞清5月15日当晚19点20分，在这个时间段，微波站机房内究竟有没有人值班，是谁值班，或者说值班人员是不是睡大觉，还是没有到岗。

孔定山微波站工作人员大部分是转复军人，在国家机要单位工作，这块富有神秘色彩的土壤里，滋生着一种天然优越感，助长了他们的傲慢品性。专案组同志开展调查，走访工作人员、找机房值班员谈话了解情况，接触这些眼窝珠长在额骨头上的“天之骄子”，几乎到处碰壁。这些人对待专案人员调查，不是哼哈，就是一口回绝：“无可奉告！”只要找他们谈话，了解情况，就等于触犯了他们的尊严，表现出不耐烦的神情，牢骚怪话不断，丑话、脏话满嘴，有的甚至大发雷霆：“你们到农村找不到犯罪分子，又转到微波站来找犯罪分子了。”尽管专案组同志一再向他们说明调查目的、本意，这些人的抵触情绪，就像打足了气的皮球，一戳一跳，任凭你解释，都听不进去。调查工作就只有两三天时间，微波站工作人员同专案人员时不时发生摩擦，争吵的事件接连发生。

两位专案组组长主动找微波站领导交换意见，然而，双方认识总是碰不拢头寸。微波站的成站长表面笑呵呵，背地里还是一意孤行，向上级部门打小报告，告专案组状。

邮电局张副局长接到控告信，亲自出马赶到微波站，由成站长安排，找工作人员谈话了解情况。这位张副局长根据微波站几个工作人员片面反映的问题，本来想召集专案组全体同志开会训话，转念一想不妥，专案组里公安机关的人惹不起，弄不好下不了台，自讨没趣。主意打定，找钱聪谈话，关照成站长去喊钱聪。成站长做贼心虚，本人不敢出面，差遣站内的沈会计去通知钱聪到站长办公室。钱聪听说是张副局长找他，感到事情有点蹊跷，推门一进办公室，看到张副局长板起了面孔，端坐在成站长的座位上，钱聪笑嘻嘻地喊了一声："张局长！你什么时候来的？"

张副局长昂起了头，哼了一声，接着抛出他的老调："我说，这么的，钱科长，现在，微波站的同志对你们专案组反响可大啦，你们这样折腾，微波站还要不要工作了？这么的，微波站是共产党领导的，工作人员绝大部分是共产党员，是从解放军大学校出来的，部队转复军人，有着高度的思想觉悟，这么的，你们专案组把个微波站搞得乌烟瘴气，人人自危，这么的，微波站这不成了'洪洞县里无好人'了吗？上次，你在局里汇报工作，我就向你敲敲边鼓提醒过你，你没有当回事，现在变本加厉，你要我怎么说你才好？"

这位张副局长连珠炮的"这么的，这么的"，根本容不得钱聪说明情况。说老实话，钱聪憋了一肚皮气，心里想，自己在当军长小车驾驶员的时候，见到的师长、团长多了，你在部队只不过是一个小小的营长，现在，在我面前摆啥臭架子，耐着性子听他连珠炮一顿数落，倒头来，干脆"将他一军"，说："依你看怎么办？"

喔唷，张副局长一个突头呆，料想不到，钱聪倒过来当我面出难题。是叫他们停止工作，还是继续下去？叫他们停止工作，凭我一个副局长衔头，还没有那么大的权利。现在，大话已经发过了，下一步怎么收场？他灵机一动，装模作样笑笑："我说，钱科长，这么的，这些事情，用不到领导讲了，这么的，反正，我已经把话说到家了，你看着办吧。"一脚把皮球踢过去，提起个皮包，头也不回跑出办公室，把手一挥，招呼驾驶员开车走路。

钱聪回到专案组办公室，专案组同志都围着他，问张副局长找你啥事。

钱聪反问他们："你们怎么晓得张副局长找我谈话？"

阴倌小尹说："我们听到沈会计喊你说张副局长叫你到站长办公

室，我们估计是张副局长找你谈话。”

钱聪一时拿不定主意，在几个同志的再三催促下，只得实话实说，把张副局长找他谈话的事情经过，谈话的主要内容，向在座同志作了一番述说。钱聪把事情的来龙去脉刚刚说完，办公室里就像铁锅子里烧开了水，马上沸腾起来，本来矛头针对那位张副局长，转过来对准微波站站长，牢骚怪话不绝于耳。

小周噘起了嘴：“肯定是成钧贤这个婊子养的到局里去告状的。”

阴倌小尹眼睛一瞪：“只有这个婊子养的，其他不会有啥人吃饱了饭，无缘无故到局里去告状。你不要看他一天到晚看见人笑呵呵，肚皮里是个毒蛇窠。他越是要告状，专案组市面越是要做大的，看他这个婊子养的拿我们怎么样。”

其他人也跟着七嘴八舌地议论开来。

老史好似感到疑惑：“嗳，张副局长既然到孔定山微波站来，为什么不召集专案组全体同志开个会，听听专案组同志的意见，这才像是当领导的作风。现在，偏听偏信一面之词，真正是官僚主义。”

小尹撇了撇嘴：“他张副局长犯了官僚主义，你犯了经验主义。他不敢召集专案组同志开会，听取专案组同志的意见，你是不是相信。”

老史说：“他有啥不敢？倒怕专案组同志吃掉他？”

小周昂起头：“阿土啊，其他事情被你说准七七八八，这一点，你没有说准。他要是召集专案组全体同志训话，我料想他没有这个胆量。即使他召集起来，对咱们邮电局保卫科的同志吆五喝六，在公安局同志面前，他也敢吆五喝六？！再说，专案组又不受他姓张的领导，他要是这样做，不是‘黄鳝吃过界’？弄得不好，下不了台，自找麻烦。”

在场的同志听了小周的发言，哈哈大笑，嘴里不停地喃喃自语：“这倒是，这倒是，这倒是。”

阿土：“老周这个一点倒是一滴水滴到油缸里，被你说准的呐。”

在办公室议论过程中，都是邮电局保卫科同志做市面，有讲无讲发发大话，倒是公安局的同志闷声大发财，带了耳朵尽听他们没完没了议论着。钱聪发现办公室内的气氛，好似阴阳两重天，一边热，一边冷，随即作了一个停止议论的手势，用征求意见的口气说：“你们公安局的同志谈谈看，照现在的样子，怎么办？”

小高发话:“依我的看法,你应该向你们黎局长汇报。我之所以提出这个建议,主要根据三点:第一点,黎局长同省市领导一起参加勘查现场,熟悉案情。而且,是他表态同意成立专案组的。第二点,省市领导在分析现场的时候,对案发当天晚上微波站机房内有无值班人员,专门作为一个问题提出来,黎局长也在现场。现在开展专题调查是顺理成章的事情,只有黎局长才能够主持公道。第三点,他张副局长直接找钱科长谈话,既没有召集专案组全体同志开会训话,更没有找我们公安局同志谈话,我们就不好说三道四。”

小尹举起右手,表示赞同小高的发言:“‘工程三’刚巧讲的几点,倒是蛮上路,完全讲在理路上。老钱是应该向黎局长汇报,否则,张副局长按照成钧贤片面反映的情况,再传到黎局长耳朵里,就更加被动。”

老钱看看洪强:“老洪,你的看法呢?”

洪强笑嘻嘻地说:“我倒是同意小高、小尹两位同志的意见。当然,你不向黎局长汇报,我们照样要调查下去。向黎局长汇报,争取他支持,由他出面向成站长打个招呼,最起码可以减少一些不必要的阻力。至于张副局长找你谈话,我的看法很简单:一、张副局长分管保卫、工会工作,即使没有人向他告状,他到微波站来检查保卫工作,无可非议,是顺理成章的事情。有人向他告状,他找保卫科长谈话,也是他职责范围的事。二、他偏听偏信,念歪了经,对老钱训斥,并不是坏事。最起码向咱们发出了信号,微波站的人,包括站长,对咱们调查工作有意见,咱们如何总结提高。”

钱聪本来思想上顾虑,怕张副局长以为他越级反映情况,触犯局长的尊严,以后找他麻烦。经过大家一番议论,要以大局为重,应该向“一把手”黎局长汇报。

事情发展到微波站工作人员告状告到局里,这是专案组同志所始料不及的。如果要探究个中原因,说来也很简单,专案组同志走访调查机房值班情况,直接冲击到微波站工作人员的“自由王国”的缘故。

想当初,这些人接受邮电局招聘的时候,都是奔着国家机要部门这顶光环来的。这些人到微波站,同分配到其他单位的战友比较起来,待遇优厚,工作轻松,自我感觉鸿运高照。过了一段时间,他们的战友工作环境、待遇虽然比不上自己,但是,自由自在,成双结对,都谈上了恋爱。而进了微波站，一到山上上班，几乎到了一个荒无人烟的深山老林，既没有人说话，又没有机会谈情说爱，一年到头卖刹在这个地方，整天闲得发慌，这对"猢狲屁股坐不牢"的转复军人来说，着实是个问题。

机房值班员中有一位小沈，他头脑比较灵活，听说邮电局长途台女同志多，突发奇想，一到晚上值班的时候，就用打电话方式，同长途台电话小姐搭讪、聊天，自我介绍，久而久之，倒是功夫不负有心人，电话小姐同意约会。小沈顿时受宠若惊，心里一直在琢磨，不晓得对方人长得怎么样。从对方说话的声音判断，细声细气，温柔而体贴入微，肯定人长得蛮漂亮。

第二天下午三点多钟，按照事先约定，在公园情人幽会的小径分岔的草坪上会面。小沈到了约定的地点，一眼看到一个身材苗条，皮肤白皙，脸上生就了一对水灵灵眼睛的女同志，正是妙不可言。然而，按照约定的暗号，女方搀了一个三岁大的女孩子，小沈转念一想，电影里经常出现的画面，女方约会总是要带一个女孩子作陪衬，显示出一个女同志的稳重大方，也就不足为奇。正是喜出望外，大踏步跑了过去，自我介绍："我是微波站的小沈。"女方一听到他报出姓名，转过身来，叫身边的女孩子喊小沈："阿哥。" 女孩子天真烂漫地喊了一声："阿哥！"小沈心里开始一愣，当他还喜滋滋沉湎在遐想中，突然听到女孩子喊："姆妈，我要吃棒冰。"小沈听到女孩子喊"姆妈"，脑子里一轰，转身就走路。

小沈同电话小姐演出的一幕"小品"，消息不胫而驰，一时间，成了邮电局的同志茶余饭后的热门话题，就像一波冲击波辐射到微波站，激起了微波站人员同情、愤怒、怨恨，——怨恨自己投错了娘胎，到这个荒无人烟的地方上班。

同小沈搭班的小杨数落起小沈："你这个老兄找对象、谈恋爱，也不打听打听对方情况，就冒冒失失同人家约会。"

小沈哭丧着脸："我同她通电话，在电话里蛮讲得来，我约她见面，她一口答应，连咯噔也没有打。"

小杨质问："你可晓得她结过婚，有小孩了？"

小沈摇摇头："我要是晓得她已经结过婚有小孩，我吃饱了，再同她约会谈恋爱。"

小杨自以为消息灵通人士:“你可晓得局里长途台的电话小姐,大多数是干部子女,眼界都高呐,她会看中你,同你谈恋爱?你真正是癞蛤蟆想吃天鹅肉噢。”

小沈无奈地说:“我怎么晓得她是干部子女, 一进了微波站机房,就等于画地为牢,哪里有工夫了解情况找对象。”

两个人都找到了共同语言,很快在微波站中达成了共识。于是工作人员上班的时候迟到早退,睡大觉,不到岗,甚至把微波站机房绝密部门,变成了接待亲朋好友的参观点。站长对这些人自由散漫、不守纪律、违反制度等不良倾向,睁一眼闭一眼,自顾自创造政绩工程,经营他那块“小天地”——“先进单位”。只要上级部门来检查、搞评比活动,保证不出洋相,任凭你翻筋斗,他不管。这位成站长同这些人早就成了“瞎子靠棒,棒靠瞎子”互相包容、互相利用的关系。现在专案组在微波站内部开展调查机房值班情况,势必触动了他们所经营的“自由王国”,调查越是深入,微波站的漏洞越挖越深,站长同工作人员的隐情就暴露无遗。所以,这些人来个触底反弹,告状告到局里,也就不足为怪。

老钱到了局里找黎局长,当面向黎局长申述事情原委,黎局长本来就了解微波站这些人的思想表现以及管理上比较混乱,倒是委婉地劝慰钱聪:“张副局长对微波站情况不熟悉,你不要放在心上,向专案组同志说清楚,做好他们的思想工作,要大胆工作,注意工作方法。成钧贤那里,我会打电话给他,要他配合你们工作。”

钱聪回到微波站专案组, 向在座的同志传达了黎局长的指示,专案组同志倒是受到了鼓舞,腰杆子似乎一下子硬朗起来了。接下来,根据黎局长的指示精神,就下一步工作,专门做了研究。洪强同老钱两位组长,思想认识取得了一致,从工作方法、工作路子以及走访调查的人选,也作了调整,调整到能够适应微波站工作环境。在有关人选上,最后确定思想比较活跃,有在工厂工作、生活经历的小唐以及有基层工作经验的马福根两位同志深入微波站机房内, 通过同工作人员同吃、同住、同劳动进行调查摸底。

小唐原来是沪西机械厂工人,思想进步,为人机灵,又很调皮。他热爱公安工作,调到公安局当上一名刑警。一段时期,他和刑警队小朱两个人搭档，专门在农贸市场抓刑事犯罪分子。

在副食品凭票供应的年代，大街上尤其是农贸市场，市民到处排队抢购副食品。有些人只要看到排队，也不晓得前面在卖什么东西，就盲目地跟着排队，霎时，就形成一条条长龙。

有一天，农贸市场一排肉案，熙熙攘攘站着很多人，突然在市场进出口处，人群中出现两个人，其中一个人在前面一边走，一边嘴里在吆喝："大家让让外宾。"围观群众中有人一看是个矮个子，脱口而出："是日本人。"

上街买小菜的人一听说是日本人，不约而同让出一道通道。只见一个矮个子在人群让出的通道中大摇大摆走近肉案，嘴里叽里咕噜说了一通。旁边的翻译面向肉案师傅："外宾问你，这里的肉卖几钱一斤？"

按照商业部门通知精神，为了维护国家尊严，反映市场繁荣，规定凡是有外宾参观市场，一律按平价敞开供应。肉案老师傅一见是外宾，就按当时平价作了回答，经翻译员翻译，矮个子点点头，又叽里咕噜一通，翻译员翻译："外宾问你，这个肉，要不要凭票供应？"

肉案师傅回答："不要凭票，敞开供应的。"

矮个子听了翻译，满意地微笑着点点头。

围观的群众一听说敞开供应，一哄而起，争先恐后："我买两斤。""买三斤。"一瞬间，一排五六个肉案师傅忙得汗流浃背。

这两个人跑出围观的人群，肉案师傅看到两个人捧腹大笑，这才意识到上当受骗，咬牙切齿咒骂："婊子养的，吃饱了饭无啥事情做，开起国际玩笑来了，好了，停止供应。"

这就是小唐同小朱两个人合演的一幕"小品"。由于他身高1.65米，平时不修边幅，鼻子下面总是留有一小撮胡子，很多人看到他总是要发笑。自此，他在公安系统出了名。他还有一副好嗓子，沪西一带流行的地方戏，他能唱出各种流派的腔调，只要他到一个地方，很快就同当地的群众混熟。孔定山微波站发生破坏事故以后，市公安局就把他从刑警大队抽调到专案组。

小唐、小马接受了任务，在微波站内部走访、调查，没有多长时间，就同微波站的工作人员混熟了，有的人甚至同他们两个人交上了朋友。

在微波站内部调查情况的汇报会议上，专案组全体同志听取小唐、小马把几天来发现的可疑情况认真做了汇报。

小唐向小马点了点头："我同小马两人走访、调查，有分有合，现在我先汇报一下，我了解到的情况。"

据5月15日当晚值班员小宋反映，5月15日下午5点多钟，他上班后听到山顶上西面，机房外面的抛物面天线有金属敲击声，持续大约10分钟。他说："我以为是砍柴的农民在敲着玩，当时没有当回事。后来，转念一想会不会是坏人搞破坏，所以，不敢到外面去看。"

洪强、钱聪两个人一愣，脑袋瓜里的脑细胞急速跳跃，开始怀疑专案工作走进了一个怪圈。在座的同志不约而同都表示惊异，开始窃窃私议。

老钱首先发声："如果这个情节属实，原来论定5月15日晚上19点20分海临微波站'告警'，信号不稳定，显然同犯罪分子作案没有必然的联系。海临指挥中心王总的观点和'01'工厂的鉴定意见，确定19点20分'告警'应该另当别论。反过来还是要肯定澄江监管中心的结论意见，'告警'同犯罪分子作案不搭界。这样一来，侦查'5·15'专案工作就要兜底翻天了。"

钱聪的话音一落，顿时，办公室七嘴八舌议论开来。有的说："弄得天亮，跑了这么多冤枉路，到头来还是白起劲。"有的同志虽然当面不好指责，针对洪强一味倾向王总、"01"工厂的结论意见发表议论，思想上已经对洪强产生了不信任感。

小尹说起了风凉话，做了个鬼脸："我当时就提出，两种意见都要参考，现在，应验了一句老话，'不听老人言吃亏在眼前。'"

小周煞有介事，跟着起哄，把头一摆，噘起了嘴："上次，在讨论研究'01'工厂鉴定意见书同澄江监管中心试验专家结论意见的时候，我汇报时就说过，杨工当了程晋和我们三个人的面说，两种意见提供工作时参考，我一说出口，拿我说的话，说成是放屁。现在，大家说说我放的屁，是臭，还是香。"

小唐兜过来"一榔头"："这里的人，没有啥人要闻你的臭屁，你只有带回去，困在被头筒里放给你老婆去闻。"

在座的同志听了小唐讽刺挖苦的话，不禁捧腹大笑。

老钱对这几个同志的牢骚怪话，严肃地批评邮电局两个同志："现在，就是你们两个人高明，别人家都是阿斗。"

小李插嘴："我说，老周啊！你可能是胎里毛病，顺风杨树头，东风吹来，你向西面倒，西风吹来，你往东面倒。说到底，你的背梁脊骨不硬。"在座的同志又一阵哈哈大笑。

听了小唐、小李的讥笑，小周把头一摆，伸长了爆出青筋的脖子："现在要凭事实说话，值班员小宋已经反映到5月15日下午5点钟，就听到有人在孔定山微波站抛物面天线敲击，是不是你小唐汇报的情况？现在，你反而倒打一耙。"

"好了，不要作无效争辩了。"小李插嘴："我早就说过，案发当天值班问题不搞清，思想基础没有夯实，一有风吹草动就会动摇，现在，显露出来了。我的意见还是继续听汇报吧。"

洪强皱起了眉毛，思索良久，沉默不语，当他们停止了争论，他才轻描淡写地说："小唐，你还有啥要说的？"

小唐点了点头："不过，有一个奇怪现象，小宋反映的情况，值班簿上没有记载，值班薄上只是记载'正常'。"

小马接着汇报："我听了小唐同我说起小宋反映的情况。事后，我个别找了同小宋搭班的值班员杨海明核实情节，而杨海明对宋飞反映的这一情节似是而非，虽然对他反复进行启发、教育，杨海明反映的情况同宋飞反映的问题，不是时间上碰不对头寸，就是具体情节说法有差别。根据杨海明反映，时间在6点来往钟，听到的声音是脚步声。"

小尹抢着发言："时间长了，你要他们说得准足，也不客观。"

小周马上接口："时间上，两个人的说法有个半小时上下。在具体情节上，小沈说，听到敲击声；杨海明说，听到脚步声。不管怎么样，他们两个人值班的时候听到声音是事实。"

听完汇报以及大家的议论，洪强当即引起警觉："小唐、小马你们两位查到的这个情节很重要，再花一些时间，同微波站工作人员跟班调查，特别要注意宋飞、杨海明两人值班，以及王杏根、朱金祥同宋飞、杨海明交接班过程，可有什么特别情况，或者可疑的问题。"

小唐、小马爽快地领受任务："没有问题，坚决完成任务。"

小唐、小马两个同志按照洪强的意见，再次深入机房跟班调查。专案组像小周、小尹邮电局保卫科的一些同志，认为小沈、杨海明两个人已经反映到犯罪分子作案情况，不要再翻来覆去“炒冷饭”；而公安机关的同志抓住不放，坚持一查到底，急切地期盼他们两个人的调查结果。现在，整个专案组同志最关心的就是侦查的风向标会不会转移。

21

解开谜团

经过一个星期跟班调查，小唐、小马两人基本上摸清了微波站工作人员在机房内的值班规律和工作情况。为了查证宋飞反映的情况：在"5·15"发生案件的当天下午五点多钟，听到孔定山上有人敲击抛物面天线的情况，按照洪强同老钱提出的工作部署，小唐、小马把工作重点放在宋飞、杨海明两个人身上，实行跟班劳动，个别走访。

孔定山微波站有 12 个值班人员，为了调整好适应值班人员的时间，翻来覆去变动。本来是四班三运转，大家反映这样值班，对有家庭的同志，得不到照顾；对没有成家的人，谈恋爱没有时间。而且，吃住都不方便，干脆做两班倒，上班 12 个小时，"5 进 5 出"。刚刚调整好值班时间，微波站就发生"5·15"破坏事故。调查工作也就从案发当天值班的宋飞、杨海明开始。

小唐、小马两个人，先从接宋飞、杨海明班的人着手，同朱金祥、王杏根两个人一起跟班值班。上午五点，准时上班，四个人一边值班干活，一边天南地北聊天。小唐、小马不厌其烦地同他们两个人调侃。

小唐明知故问："下一班是哪里两个人？"

小朱："是宋飞、杨海明。"

小唐关心地说："照你们这样值班，不见天日的值班方式，没有时间谈恋爱了，就是有了对象谈恋爱也要撞车，这倒是麻烦呐。"

小朱将头一摆："为了适应值班人员生活，值班时间反复调整过多次。两个人渐渐适应了，也无所谓。值班是死的，人是活的，小宋现在不是照样谈恋爱，而且正在热恋中呐。"

小唐好奇地问："女朋友是哪里的？"

王杏根闲着无事，特地走过来凑热闹："是第三人民医院的护士。本来，他想吃天鹅肉，同邮电局长途台的电话小姐谈恋爱，结果被那个女同志开了个不大不小的玩笑，那个女同志带了自己的女儿在公园同他约会，还叫她女儿喊小宋'阿哥'。"

小马好奇地问："后来怎么知道是她女儿？"

小朱说："本来还不会拆穿，结果小女孩喊'姆妈，我要吃棒冰'。这样一来，才算拆穿西洋镜。"

小唐说："现在的对象怎么搭上的？"

王杏根做了个怪脸："小宋这个赤佬碰到'天开眼'，现在谈的对象，竟是长途台那个给同他开玩笑的电话小姐帮他介绍的。"

小马说："现在的对象谈得怎么样了？"

小朱说："时好时坏。"

正说着，王杏根转身带着疑惑而好奇的口气问："小朱，你有没有注意到，这两天小宋的面孔上，像是'黄梅天气'。"

小马佯装不解："'黄梅天气'是啥意思？"

小朱哈哈大笑："说明他同女朋友的关系时好时坏，这两天可能是阴天，甚至是阴雨天气，你懂了吧。如果两人关系好，他来上班，一边走，一边吹口哨；关系不好，上班时闷声大发财。"

王杏根插嘴："你看好了，他今天上班又要迟到。"

小朱气愤地说："自从他谈上恋爱，没有准时上过班。"

小唐见缝插针："杨海明呢？"

小朱发出了一声："嘿！"接着说："杨海明现在家里造房子，比上班还要忙，他准备今年春节结婚，所以在家里全力拼搏，大兴土木。"

小唐突然发问："5月份一天下午，他们值班的时候，听到有人敲抛物面天线，是怎么回事？"

小朱、王杏根齐摇摇头："我们没有听说过。"

小朱带有讽刺意味："要是其他人说，我们没有听到过，要是小宋说，你就当他放屁。"

王杏根加重了语气："这两个人，特别是宋飞，十句话只好听他一两句，他是我们站里有名的吹牛大王。而且，他说谎话面孔不红，要是他发现真有人敲抛物面天线，微波站早就满城风雨了。"

王杏根转而带有疑惑的口气:“小朱,我看他们两个人值班,可能搞什么花样。”

小朱头一昂,煞有介事地说:“不是有点花样,竟是花样十足噢!”

小马带有好奇、疑惑地口气说:“值班还会有啥花样经?”

王杏根神秘秘地说:“我估计他们两个人可能分开单独值班的。”

小朱把脸一板,撇撇嘴:“不是可能,竟是分开值班的。每次上班,只有小宋一个人来接班,从来没有两个人同时来接过班。有一次,大约下午 5 点半钟,小宋一个人来接班,我同你两个人向他交班后下山,你先我回去,我同夏建中几个人谈了一会儿,约莫 10 分钟,我从微波站大门推了自行车出来,将要到公路上,回头向右一看,嗨!从北面山上,小宋急匆匆下山,到了山脚下,匆匆忙忙从草地里拿了自行车推向公路,骑上车直往市区方向冲去。这个婊子养的花样特别多,他上班拿自行车就放在山脚下,你同我就想不到这个办法。”

王杏根转过话头:“小唐、小马,我们微波站机房说重要,做起来也就是这么回事。只要摸准规律,抓好两头,上班、下班测试好,其他时间,看电视、看书,甚至睡大觉,无所谓,什么迟到早退无关紧要。”

小唐摇摇头:“我们在机械厂里的时候, 就没有你们这里自由噢!上班不是要人管,而是被机器管束,如果少许做点小动作,马上给颜色你看。”

小朱敞开心扉,直率地说:“实事求是告诉你们吧。凡是在山上值班的人,可以说,没有哪个人完全按章办事。小的是迟到早退;大一点两个人值班可以机动,变成一个人值班;最大一点,就是有人拆烂污,值班的时候‘钻空当’,我和小王也经常迟到早退,但是,我们不会发生班上‘钻空当’,毕竟我们都是党员,加强责任心,这点觉悟还是有的。”

王杏根接口说:“不过不能碰到‘5·15’这种问题,如果碰到中间发生事故,也要连带倒霉。”

王杏根看了看挂钟已经是下午 5 点 30 分, 咂咂嘴说:“两个婊子养的又要迟到了,基本上每次如此。”正说着,小宋推门进来,正要开口,王杏根抢先说:“你不要解释原因了,我来替你说,路上碰到战友是不是?”

小宋歪转了头,红着脸,不好意思地只是傻笑。

小朱把脸一板:“我们倒还从来没有听到你说,在路上碰到鬼?”

王杏根尖刻地说:“碰到鬼倒没有啥,我就怕你碰到车祸,撞死在路上没有人收尸。”

小唐、小马在旁边打圆场:“好了,下班吧。”

小唐、小马同小朱、小王一起下山,他们两个人从微波站内推了自行车回去。小唐、小马没有马上走路,为了证实小朱、小王反映的情况,特地选择一处隐秘地方窥视宋飞的动向。估摸一刻钟时间,从北面山头上,小宋一溜烟似的直往下冲,到了山脚下,急速地从草地里拿起自行车,推上了公路,跨上了自行车直奔市区。小唐、小马两人返回山上,在一个暗处隐蔽起来。大约两个小时,才发现从东面山头出现一个模糊人影,随着人影走近,渐渐显现来人的轮廓——杨海明,小唐一看手表是晚上 8 点 20 分。小唐、小马两个人等到杨海明开门跑进机房,紧跟着敲门。杨海明开门一看是小唐、小马,脸上顿时吓得失色,语无伦次地说:“你们啥时候上山的?”

小唐特地麻痹他一下:“我们刚巧爬上山,爬趟山不容易,爬得汗流浃背。”

杨海明听了小唐说刚巧上山,一下子抚平了惊异的神态:“像我们爬惯山的人觉不着累,你们坐吧。”

小马在机房四处张望,一眼看到在北面角落的柚木地板上铺上被头,说明杨海明正准备困觉。特意向小唐歪歪嘴,小唐扫视了一眼,心领神会,心里想,如果我们两个人不来,他就准备睡觉了。

小唐单刀直入:“小杨,我们来想问你一个事情。五月十五日下午五点来往钟,你同小宋值班的时候,听到山上有人敲击抛物面天线,你说说具体情况呐。”

杨海明听到小唐提问有人敲击抛物面天线,顿时语塞,两只眼睛不敢正面看小唐,开始支支吾吾,只是一味搪塞:“我当时没有注意,印象不深。”

小马严肃地说:“山上就你同小宋两个人的事情,有啥印象不深,有就有,没有就不要乱说,乱说、瞎说都要负法律责任的噢!”

小唐板起了面孔:“其他事情可以开开玩笑,这种事情不好开玩笑!”

经小唐、小马两个人轮番诉说事情的利害关系，杨海明只是后悔听信小宋瞎说。如果再这样说谎话，事情穿帮，倒是要倒霉的呐。停了一会儿，涨红了脸："没有这个事情，是小宋说的谎话。"

小唐、小马将侦查到的情况，向洪强、老钱汇报，在场的人惊奇地说："这倒是个重大发现。"

老钱兴奋地说："好！我意见马上找宋飞谈话。微波站对咱们专案组在内部开展排查工作，意见很大，甚至反感，到局里告状。现在就要用事实说话，看他成钧贤怎么说。"

洪强接过老钱话头，严肃地说："现在看来，原来宋飞反映说：五点多钟听到有人敲抛物面天线，不真实，是提供的假情况。要找宋飞谈话，最好请成站长也参加，让他直接感受一下他们内部的工作秩序，执行规章制度的状况。"

老钱表示同意："这个办法好！"

小尹插嘴："对啊！老成不是个东西，到局里去乱说一通，告刁状，是要让他受点教育，才会心服口服。"

小周趾高气扬："成钧贤是蜡烛，不点不亮，我去喊这个'三笑朋友'。"

洪强、老钱两人研究结果：决定小唐、小周兵分两路，小周去喊成钧贤，小唐去喊宋飞。

就在小唐找宋飞的路上，宋飞向小唐套取情况："找我，啥事情？"

小唐一本正经地说："小宋，今天，有领导同志找你谈话。你不要'嬉不溜溜'，要严肃点，谈问题要实事求是。"

宋飞一听说是领导同志找他谈话，开始一愣，当他回过神来一想，无非是值班情况，反正已经同杨海明说好，统一了口径了，似乎吃了颗"定心丸"，走起路来，挺胸凸肚跟着小唐走进办公室，一眼看到成站长，身上的神经抖了抖，再一看，专案组领导也在场，意识到今天这个阵势不比往常。他等领导发问，想从中探测今天谈话的意图，所以，两只眼睛不停地扫视在座每个人，想从他们的表情窥探方向。

老钱直截了当发问："小宋，你上次同我们讲的情况是真的还是假的？还有没有其他人晓得？"

小宋装腔作势地说："啥情况？"

老钱说："'5·15'你们两个人值班，听到有人敲抛物面天线。"

宋飞把头一甩："真的。"

老钱严肃地说："你再说一遍，说给成站长听听。"

小宋将上次说的情况重复一遍，两只眼窝珠滴溜溜不时转动，狡黠地窥探，想从站长、专案组长面孔上的表情，琢磨对他讲述的事情经过有啥反应。

老钱又问："当时，杨海明在不在场？"

小宋肯定地说："在场。我们两个人搭班，都要准时上班的。"

老钱嘴角微露着一丝笑意，轻蔑地说："两个人既然同时在场，为什么你同杨海明说的不同，你们当时有没有向成站长汇报？"

小宋坚持说："不会的，可能时间长了，他忘记了。当时以为是砍柴的农民敲着玩的，所以，没有向站长汇报。"

洪强插话说："我们同你谈话都要在实事求是这个起跑线上，这样，最终才能走到同一个目的地，还事物本来面目。否则，像对开的火车跑到相反的方向。我想，我们不会诓你，希望你也不要骗我们。你认真想想，两个人在场的事情说出不同的情况，而且当你们站长的面，还在自圆其说，杨海明虽然犯了错误，能够正视自己的错误讲实话，我们就欢迎这种态度。下面，你再衡量一下利弊得失，如果想通了你就谈，还没有想通，我们会耐心等待。"

这时，小宋一听说杨海明讲了实话，着实吃惊不小。肚里转念头，杨海明是否向领导交代了两个人私下调班的问题？是不是被他"出卖了"？顿时头上渗出一头汗珠。约莫停顿了十分钟。

老钱说："你考虑得怎么样？"

小宋面孔涨得通红，开始搞"迂回战术"，还想摸底："我谈的问题，是事实……"

洪强语重心长地说："谈恋爱、找对象，男女双方首先要找一个诚实、可靠的人，这样，才能成为终身伴侣，你说是不是这个道理？"

一听到洪强提到男女恋爱，宋飞的思想防线开始出现裂痕，急急巴巴地说："我说，最近我是在谈恋爱。"露了个头，又赶紧刹车。头微微下垂，用眼梢斜视洪强，窥视洪强的反应。

洪强一眼洞穿他的心扉，断定他在摸底，委婉地说："谈恋爱是件好事。我们希望微波站的单身汉同志都找到女朋友，问题是，找女朋友谈恋爱,同工作要两不误。”这时候,宋飞像触电,身子一震,两只眼睛盯着洪强看,开始用衣袖揩头上的汗。

洪强还是不厌其烦,谆谆诱导:“如果一个人为了掩盖自己的错误,编造了假情况,从而放走了坏人,那么个人得失与国家利益,是哪一个重要?况且编造的东西只能蒙骗一时,最终他还是要被戳穿。如果到了拆穿那个时候,他就不是一般错误,而是犯罪。你说是不是?”

宋飞激烈的思想斗争,原来的思想防线开始被撕开,抹了一把眼泪,一头哽咽一头诉说:

“我交代,5月14日那天,我同女朋友约好第二天看电影,时间定在5月15日晚上6点半钟,傍晚5点半钟,杨海明还没有来,我等不及,怕误了约会,杨海明没有到,我就离开机房下山。”

小唐旁敲侧击:“你的自行车放在北面山脚下草地里,是吧?”

小宋一愣:“你怎么晓得的?!”

洪强抓住了火候,发起进攻:“我奉劝你,还是还事情的本来面貌吧。”

小宋本来还想摸底,敷衍搪塞,经小唐这一点,如同“点穴法”,点中了穴位,击中了要害。洪强又趁机发起进攻,这个时候的小沈,已经招架不住,他断定被杨海明出卖了,赶紧改变了口气,想争取主动,如实交代问题:

“我一定实事求是交代。我和杨海明本来两个人值班,两个人私下里说好分开值班,由我下午5点上班,6点钟我下班由杨海明接班,我乘这个时候同女朋友约会。杨海明之所以愿意同我分开做夜班,是因为他准备今年春节结婚,家里造房子,杨海明要帮助做工,往往要迟到。据他后来告诉我,5月15日晚上八点多钟才到机房,一到机房倒头就睡,第二天早晨5点,赶紧起来赶回去干活。”

宋飞这次谈话同上次谈话变了样。

老钱追问:“你口口声声说,两个人值班,听到机房外面有敲击抛物面天线的声音,究竟有没有这回事?”

宋飞哭丧着脸,低声说:“没有,这是我瞎说的。”

小唐说:“声音大些,有没有人敲抛物面天线?”

宋飞大声回答:“没有。”

洪强进一步问："那么，你为什么说有人敲击抛物面天线呢？"

宋飞哭丧着脸："因为，事故发生在我们两个人的班上，如果不说听到有人敲击，我们两个人调班的事情就要穿帮。因此，想编造说听到敲击声，说明我们都坚守在岗位上。"

成站长听到小宋的交代如同五雷轰顶，一时间，呆若木鸡，紧接着，面孔上像天空乱云翻滚，简直不认得坐在他面前的人，两只眼睛盯着宋飞看。而此时此刻的宋飞，好像夜间尿床的小孩，感到自己犯了错误，眼睛不敢正视站长，怕站长大发雷霆，以后还要受处罚。

谈话结束，由小唐送走了宋飞。成站长傻乎乎地笑，有意讨好老钱、老洪，征求他们两个人的意见："我想在站内开展整顿工作，召开一个大会，要他们两个人在会上检查。你们两位意见如何？"

老钱直率地说："依我看，微波站早该整顿了。整顿是你微波站的事，你该怎么办就这么办，同我们专案组不搭界。老洪，你看如何？"

"我同意你的意见。"洪强诚恳地对成站长说："不过，今天宋飞思想上已经有了压力，我建议你们要做好思想工作，特别是现在他正在谈恋爱，想的问题要多一些，复杂一些，要消除他的顾虑。"

成站长似有领悟："对，好，我一定按照你们说的办。"

当洪强、钱聪两个人离开成站长办公室以后，这位成站长脑子里一直留下了宋飞的影子，交代的问题。虽说事情发生在他们两个人的班上，最终一记打在我站长身上。这时候，成钧贤感到自己正是作茧自缚，心里想，照他们这样子再查下去，微波站原来存在的问题，一些漏洞，不是要兜底翻了。

老钱满意地笑笑："老洪啊，今天宋飞谈的情况，我看很有价值，海临微波站指挥中心出现'告警'的时候，孔定山微波站值班人员'站空档'，确实没有人值班。"

洪强接口说："应该说犯罪分子作案的时候，微波站机房里没有人值班，也就谈不上及时报案。"

老钱深有感触，点了点头："现在看来内部排查值班问题，这步棋走对了，下一步要他们两个人写交代材料，免得他们今后赖账。"

洪强说："不仅要他们写交代材料，还要成站长看了以后，签意见，免得今后包括成站长在内一起赖账。现在，赶紧派人分别找他们两个人，如果让他们两个人一碰头，会把事情再搞复杂。”

至此，1970年“5·15”晚上19点20分，海临微波站“告警”，指挥中心王总喊话，孔定山微波站之所以没有回应，这个谜团终于揭开：机房里根本没有人值班，犯罪分子正是在这个“真空地带”搞破坏活动。

专案组同志，尤其是受宋飞制造假情况影响的邮电局保卫科的几个同志，这才对海临微波站王总的观点以及“01”工厂的鉴定意见深信不疑，走出了由微波站值班员宋飞摆出的迷魂阵。

但是，最终目标，要找的犯罪分子到底在哪里，现在，圈定的范围是庄前村，这个范围圈得准不准，在群众中大面积排查中会不会被漏掉等，一连串问题，正在敲打着洪强的头脑。

22

恶人先告状

“5·15”专案组正副组长洪强、钱聪会同孔定山微波站站长成钧贤分别找案发当晚值班员宋飞、杨海明两个人谈话，就案发当晚值班问题，要他们说清情况。仅仅几个回合下来，两个人分别就败下阵来，交代了值班时候“站空挡”，一下子排除了微波站人为地设置的障碍，潜入了“自由王国”的深水区，从“潜望镜”里看到了孔定山微波站机房里的一个神秘“空洞”。

一九七○年五月十五日晚上19点20分，海临微波站，包括全线各个中继站告警，孔定山微波站机房内不是没有“告警”，而是值班人员迟到早退、钻空挡，无人发现告警，也没有人接听海临微波站指挥中心王总查询电话。值班薄上记载“正常”，这是障人耳目的幌子。案发以后，千方百计抵制专案调查，谎报假案有意转移专案人员侦查视线。现在，专案组经过调查，一下子撩开了孔定山微波站神秘的面纱，暴露了这个“先进单位”，微波站内部制度虚设，工作人员纪律松弛，领导熟视无睹等管理上存在严重问题。至此，专案人员对犯罪分子作案时间，夯实了思想基础，坚定了侦查意志。把侦查目标对准了庄前村，集中力量，开展排查工作。

按照排查要求、范围和方法，专案组由原班人马分成两个组进入庄前村开展排查工作：前村，小李等四个同志仍旧由治保主任陈胜全陪同；后村，原来是特派员带领，现在改为小马带领小周等四个同志，两人一队挨家挨户走访。

经过一个星期的排查，专案组集中汇总情况，前后村原先排出25名对象都被排除，仅剩下后村两个人：一个人年龄虽然相符，但因果关系不突出，而且这个人在市区做工，平时不回来；另外一个人在发案时候，人到外地去了。听完了汇报，在座的同志，面面相觑，脑子里出现了一片空白，不约而同怀疑原来圈定的侦查范围，是不是错位。当即有人发话："从犯罪分子作案时候留下的脚印来看，是穿的回力球鞋，弄得天亮，还是城市里的亡命之徒作的案吧？"

小周、小尹两个人一吹一唱，尤其是阴倌小尹发出阴阳怪气的调子："照现在排查情况看，咱们的工作路子阴差阳错噢！"

小周噘起了嘴："咱们只要想想，现场发现的脚印，犯罪分子是穿的回力球鞋，哪个农民穿了回力球鞋种田的？这说明什么，说明犯罪分子是城里人。"

经他们两个人这么一说，把个专案组两个同志刚刚升起来的一股热情，好似出笼的馒头，一接触空气，慢慢地冷却。

公安局的同志，只有小唐动不动就要同他们两个人斗嘴，只要小周或者小尹一开口，小唐马上接口："回力球鞋是死的，人是活的。穿回力球鞋，不一定都是城市里的人，农村里有没有穿了回力球鞋不种田的人呐，或者说种田的时候不穿球鞋，不种田的时候穿球鞋？"

小李插话："正是嘛！老洋盘你们两位说说，他算啥。你说他是农民，他不种田，但是，他生活在农村；你说他是农村的人，他的家在海临，农村、城市两地都有落脚点。"

小尹听了他们两个人的发言，反唇相讥："照你们的说法，犯罪分子就是老洋盘嘞！马上把老洋盘搭出来审查。"

小周更加得劲，头一摆，噘起了嘴："看来，你们两位是真正的破案专家，你们早点提出来，不是少走不少冤枉路。"

小唐反唇相讥："我看你们两位是胎里毛病，对别人说的话，不是断章取义，就是七里缠八里。我们的意思，是说穿回力球鞋的人，不一定是纯粹生活在农村的农民，家在农村，在农村、城市两地落脚的人，也有可能穿回力球鞋。小李只是举个例子，像老洋盘就是这类人，而不是说老洋盘是犯罪嫌疑人。"

在座的同志听了他们斗嘴、调侃，又看到小尹、小周败下阵来，捂住了嘴笑。

这个时候的洪强、钱聪两个人听到在座同志的议论，若有所思。尤其是钱聪神情恍惚，不复如常，眼看原来发现后村这两个人将要泡汤，庄前村就再也没有对象了，挂满了一脸愁绪；听到小尹、小周他们的议论，也开始怀疑原来圈定的范围是否错位。而洪强虽然内心也很着急，但是他对圈定的范围深信不疑，尤其是小唐、小李刚才的发言，对他启发很大。不是怀疑农村里的人会不会作案，而是怀疑专案人员走访排查犯罪嫌疑人的时候疏漏，有没有可能从专案人员的手指缝里漏掉。

洪强经过反复琢磨，认为犯罪分子是城市的人可能性比较小，他还是坚持犯罪分子在农村。对眼前在后村排查出来的这两个对象，一个人基本上处于否定的状态，那么，就只剩下另外一个在外地的对象了，对他的情况是否已经摸透，发案的时候，他是否在本市，这一点没有见到底。

洪强当着小马的面，敲钉钻脚，反复提问："是你亲自排查的，还是特派员原来提供的情况？"

经他这么诘问，小马倒也直言不讳："是根据特派员老殷提供的情况，我们又进一步走访调查，同老殷反映的情况比较一致。这个人叫朱如泽，是大队治保主任陈胜全的外甥。原来在排查的时候，特派员老殷根据陈胜全反映的情况，这次，我们进一步进行核实，这个人案发期间，确实不在庄前村。"

小马一说到这个对象是治保主任陈胜全的外甥，在座的几个同志摇头的摇头，咂嘴的咂嘴。小周、小尹两个人又拉出调子来了。

小尹白了一下眼睛："弄得天亮，是治保主任老陈的外甥，好了，再不要穿新鞋走老路噢。上一次拿大队书记的儿子当犯罪嫌疑人审查，结果找错了对象，弄得专案组焦头烂额。"

小周跟着说："现在又轮到大队治保主任的外甥，要是再圈起来审查，不要连专案组也被庄前村的农民砸个稀巴烂噢。"

经他们两个人一唱一和，弄得专案组疑疑惑惑，像现在这样搞法有没有这个必要。

洪强对他们两个人的冷言冷语，不为所动，面对小马仍旧按照他的思路，继续提问："根据这个人的出行时间，你有没有脚着地气，深排细摸，找到依据？"

洪强向小马查问依据，在座的邮电局保卫科几个同志听了，目瞪口呆，感到照这样的排查要求太苛刻了。在这样落后农村的农民中排查，正是对牛弹琴，一个农民汇报得出什么依据不依据。

洪强带有责备的口气向小马发问："你们要晓得，特派员已经是二道贩子。再从特派员传到你耳朵里的情况，已经拐了个弯，成了间接的间接情况。在开始阶段，大面积排查的时候，粗糙些在所难免。现在转入对重点对象排摸，就要一竿子插到底，特别是案发前后，重点对象的动向，不能仅凭听到哪个人传说，这不符合咱们在一线工作的同志的工作作风和工作方法。咱们一定要亲自到群众中去，通过走访群众，打破沙锅问到底，好！小马，后村这个对象，你作为重点对象调查，咱们专门进行研究。"

小马自愧不如，事后，不得不按照洪强的要求，带了原班人马返回到庄前村继续调查，回来汇报："我们顺着特派员原先提供的情况，在后村，拿这两个人作为重点走访了群众。一个在本市纺织厂做工的，叫徐阿海，基本上不回来，孔定山微波站发生破坏事故这个阶段，他在工厂做中班，连着夜班，没有回到庄前村家里来。在外地的这个对象，叫朱如泽，一年四季不见人，即使在家里，也看不到人。他父亲原本在沪西市机械厂当老师傅，五十年代支援'三线'建设到了西南，他跟他的老娘。在沪西生活。还是在读初中的时候，他母亲去世了，父亲在西南讨了后娘；高中毕业，没有考取大学，工作没有着落，一度跟着庄前村的农民到孔定山微波站打工，平时在老家农村、渝西市父亲那里两地生活，所以影踪不定。在老家的时候，就靠他父亲从渝西市寄来一点生活费生活。群众对他的出行时间，捉摸不定。这个人几乎是晚上来晚上走，据周围群众反映，他好像是个孤魂鬼怪在两地飘来飘去。近年来，大部分时间在渝西市生活。"

洪强看看老钱："老钱，你看看有啥需要说的？"

老钱听了小马汇报的情况，感到似乎已经拿麻袋来个兜底翻了，一时头说不上来，笑了笑说："在后村的朱如泽情况大致就这样，总的感觉，工作做了不少，对这个人还是有点琢磨不透。"

洪强为什么对朱如泽这个人抓住不放呢，他所感兴趣的是：从现场勘查犯罪分子是一个人，穿的回力球鞋。朱如泽这个人沪西、渝西，农村、城市两地都有落脚点，这个人有条件穿回力球鞋，具有高中文化，就有可能懂得一些微波知识；再者，这个人到过孔定山打过工，熟悉山上环境。本来想换一批人进行调查，转念一想，这样可能挫伤小马的积极性，当面，向小马交代了具体排查方法，然后婉转地说：“其他的对象不要拖泥带水，该排除的排除，朱如泽这个对象，你们要做过细工作，由小周配合你深入群众中调查，结合这个人的穿着，平时是否穿过回力球鞋，然后要拿他出行的时间敲定。”

经过几天来的调查，小马、小周两人将朱如泽这个对象，把走访了老长辈、阿庆，以及朱如泽家的邻居老洋盘，作了详细的汇报，接着又谈了自己的看法。

小马好似蛮有把握：“我认为，对朱如泽这个对象，经过这个几天调查，同特派员原来提供的情况基本上相符。也就是说案发当天，朱如泽不在庄前村。至于他平时的穿着，大多数人反映，他只是穿的草绿色的解放鞋。小周，你再补充吧。”

小周摆了摆头，噘起子嘴补充：老长辈、阿庆两个人讲得比较具体、详细，而朱如泽的邻居老洋盘简直昏说乱话。小马问他：‘朱如泽啥时候离开庄前村？’在座的各位猜他怎么说的，我可以说你们没有哪个人猜得着。”

阴倌小尹不屑一顾地说：“凡是到你大嘴老乌嘴里的话，你总要摆点噱头，你的噱头功夫实在蹩脚，不仅吊不出人家的胃口，反而使人家倒胃口。我想他顶多回答说不晓得，不会再有其他一鸣惊人的回答了吧！”

小周故弄玄虚，把头一摆，噘起嘴，歪转头：“你们没有一个人能够猜得着。”接着，做了个鬼脸，小周神经兮兮地说：“这个老家伙说，你们去问我家的狗嘛。”引得在场的同志哄堂大笑。

阴倌小尹抢着说：“这个都是你添油加酱，昏说乱话。我倒要问问你了，他是人，还是狗，是人，他哪会这样回答？”

小马认真地说：“这倒不是添油加酱。真是这么回答的。”接着，小马又详细汇报了老洋盘的情况：

老洋盘的正式名字叫王金发，今年 50 多岁，就住在朱如泽隔壁，原来是海临市纺织厂的工人。因为身体不好，病退回到老家，平时好吃懒做，一天少不掉两顿老酒，不肯下地劳动。生活来源，主要靠他在海临市纺织厂做工的老婆,从海临市汇来生活费,逢人开口就是“阿拉、阿拉”,穿的衣服洋里洋气,所以村里的人,男男女女、老老少少看到他,都喊他“老洋盘”,如果向村上人打听他大名王金发,没有哪个说得出是啥人,只有问起老洋盘,大大小小的人都晓得。

大嘴老乌小周抢着补充汇报:“这个老家伙,你看看他四不像,嗨!老不实调,同村里的一个二十多岁的毛丫头鬼混,把毛丫头的肚皮困大了,弄得毛丫头去人工流产。后来由大队出面才算解决问题。说给你们听,你们还不相信呢,这个老家伙一股邋遢相,家里像个狗窝,发出来的一股臭气,闻着要恶心。那个毛丫头倒是长得蛮标致,还是初中毕业生,村里不少小伙子追求她,她都不动心,竟会同这个老家伙搞七捻三,鬼混。”

洪强把目光对着小马、小周严肃地说:“你们两位还有没有其他需要补充的?小马、小周表示没有。”

实事求是说,“5·15”专案组的同志来自五湖四海,工作水平参差不齐,有的同志还没有接触过专案调查工作。所以,听了汇报,虽说还不够满意,洪强心里想,对他们要求不能太高,批评还不能太严厉,还只好谆谆诱导,不断提高他们的思想、工作水平。所以他转过身来,以商量的口气对老钱说:“我看今天咱们研究工作,是不是就从他们两位汇报排查朱如泽这个对象作为研究的课题, 从这个具体对象着手解剖,如何掌握走访、调查的基本方法、要领。你看怎么样?”

老钱点点头:“好!”

洪强从排查工作的基本要领、要求、方法等方面,系统地发表意见,从理论到实践作了概括的剖析。而后,他特别强调要紧紧围绕着现场勘查、分析嫌疑对象的特点排查,注意发现嫌疑对象的蛛丝马迹。洪强考虑到不要挫伤他们的积极性,采取正面引导:他们两位在排查工作中,着实动了不少脑筋,应该说取得了很大进展,同原来调查的情况比较,不识货,货比货,至少有三点有了突破性进展:

一、宋工原来分析作案嫌疑对象,是一个对微波知识似懂非懂的人。朱如泽高中毕业没有考取大学,这个人是否属于“猪头肉三不精”,一知半解的人呐。

二、朱如泽出生在农村,虽说不是一个纯粹的农民。但是他在农村、城市两地生活，两地都有落脚点。正如小唐刚巧说到“回力球鞋是死的，人是活的”，最起码，他有条件穿回力球鞋。

三、在农村一个具有高中毕业学历的人，是不多的。我们在庄前村碰来碰去，到今天就碰到朱如泽这么一个人。从一个高中生一下子到农村当农民，这个落差似乎太大，那么他的思想，是不是具有“逆反心理”，对现实不满，报复社会，还是值得研究。

洪强话锋一转，谈到走访群众的方式方法时，强调要根据不同对象采取不同的方式谈话、询问。

洪强说：“像老长辈、阿庆基本上是积极分子，甚至是依靠对象，可以直截了当发问；而老洋盘过去从未接触过，没有交谈的思想基础。在走访、调查时，我们不能带有个人好恶思想情绪，不要因为他有男女关系问题，歧视他，谈话口气生硬，否则双方一接触、一开口无形中就产生了隔阂。应该在走访他的时候，也要像走访老长辈、阿庆那样尊重他，否则，他不会生硬地说‘你们去问我家的狗’。”

洪强还要继续讲下去，外面突然喊老洪接电话。

就在洪强接听电话过程中，在座的同志兴致勃勃地议论洪强一番讲话的含义，都认为这些话很有道理，也可以理解，唯独要去“问狗”百思不得其解。

洪强接过电话回到办公室刚要坐定，外面在喊钱科长接电话。钱聪出去接听电话。在座同志诧异，眼睛都盯着洪强看，想从洪强脸部表情发现有啥情况。而洪强呐，既没有继续他的讲话，又没有宣布散会，好似要等待老钱。老钱回到办公室后，洪强说：“老钱，市公安局通知我马上要回去，这里的工作请你主持吧。”

老钱苦笑了一下，无奈地说：“也通知我马上回局，不知搞啥名堂。”

洪强若有所思，然后，绷紧了脸：“看来，我们回去都要被刮鼻子了。”

老钱疑惑地说：“我们没有啥事情，要被刮鼻子？”

洪强听说老钱也要回单位，以征求意见的口气：“这里，就请老刘负责全面工作，继续按照原定的工作路子搞排查，一定要抓紧、抓细、抓实……”

就在他们两个人各自回单位的第二天，大嘴老乌小周接到老钱的电话，并根据老钱电话里的通知，请老刘邀集所有同志在办公室集中：

他马上过来，有重要事情传达。

大家在等待钱科长到来的间隙，开始议论两个头头同时被召唤回局里，是有啥重要事情。是接受新任务，还是有人事调动，是好事，还是坏事？

大嘴老乌小周拿头一摆，噘起嘴：“我看是不好不坏的事情。”

阴倌小尹朝小周白了一眼：“你都是说的半吊子话，什么不好不坏的话。”

小尹还要说下去，钱科长到来，大家一下子沸腾起来，急着等待老钱传达上面有啥新的精神。

老钱一屁股坐下来，开门见山：“从今天开始，专案组正式撤销，未了工作到此告一个段落……”

小尹涨红了脸，激动地说：“开啥玩笑，发生了啥事情？专案组怎么说散就散了，总要有一个说法才是！”

小周伸长了爆出青筋的脖子紧跟着说：“又不是买青菜萝卜那么便当，在座的人辛辛苦苦，花了这么长时间，不说功劳也有苦劳。”把头歪摆着，噘起嘴：“要说个明白，这样，才能叫做来之愉快，去之痛快，不明不白，拍拍屁股走路，存心让微波站的同志看笑话！”

在座不少同志都附和小周的说法，放开嗓门嚷着：“正是嘛，不仅看笑话，还要被人家指着背梁骂呐。”

这时候，会议室里，就像煮开了锅，七嘴八舌。

小马带着沮丧的神情说：“专案工作刚巧走上路，现在说散就散？专案组是市公安局、邮电局两家组建的，要散伙，也要等老洪来了再说。”

老钱怀着苦涩的心情说：“老洪不会来了。”

小高本来一直闷声，只是听大家七嘴八舌议论，现在憋不住开腔：“这起案件是上面挂上号的，我们都是共产党员，要对党、对人民高度负责，决不能就某个人的意志转移而转移，甚至动摇，要以党性维护正义事业不受影响。”

小高话音一落，激起一股浪潮，几个人如同发出了怒潮般的吼叫：“对！对！对！”

钱科长也着实被这样的气氛所感染，气愤地说：“一句话，这就叫恶人先告状，把我们搞这起案件说成是违背科学，蛮干，不讲究政策，乱找人谈话，搞得微波站不得安宁，工作人员人人自危等等。反正所有的恶名都加在咱们头上。”

此时此刻，老史打破沉默，动感情地说：“不管怎么样，老洪应该来向我们说说，研究一下，有没有挽回的余地。”

老钱说：“老洪倒不是不想来，而是公安局的头头不准他来，硬要他写检查。现在老洪的日子不好过呐，弄得不好，还要回到农场劳动。这次事情来头大啦，是澄江监管中心向上级汇报，一直捅到省公安厅头头，是有上面来头的。所以随便哪个人不敢违抗。”

老钱转过身来对老刘、小王几位公安局的同志说：“老洪要我向你们转告，请你们都回局里去。小李你家里有急事，小高你老娘生病住在医院里，请你们马上回去。”

小李无奈地说：“我们就这样拍拍屁股走路，怎么对得起庄前村的老百姓，我们愧对他们了。”说着几乎要流泪，怀着苦涩的心情接着说：“我一想到庄前村为我们日夜奔波的老长辈、阿庆，我真的无地自容……”

专案组遇到风云突变，明眼人一眼洞穿，这是澄江监管中心搞的鬼，幕后的推手正是那位陈副主任。“5·15 专案组从“01”工厂拿到了“E 弯头”测试鉴定意见书，一下子捅到陈副主任的软肋，致命要害。这位陈副主任，处心积虑，要从这个地球上消灭“5·15”专案组，只是苦于一时没有借口，抓不到小辫子。

一直戴着“先进桂冠”的孔定山微波站站长成钧贤，自从专案组找宋飞、杨海明两个人谈话，一下子撩开了孔定山微波站“先进单位”的面纱，额骨头上尽冒蒸馏水，惴惴不安的时候，正好接到通知，到澄江监管中心开会。趁开会的间隙，个别向陈副主任透露了专案组在微波站内部排查值班情况，而宋飞、杨海明向专案组交代了案发当晚，值班的时候“钻空挡”、报假案。这个消息一经抖了出来，就像在澄江监管中心这个地块，发生了地震。震源虽说在孔定山微波站，而中心位置恰恰是在澄江监管中心。

受到地震冲击的正是澄江监管中心陈副主任，既否定了澄江监管中心原来的结论意见，又暴露他所管辖的单位管理上混乱，最终追究责任，他这个澄江监管中心副主任脱不了干系。所以一不做二不休，来个先下手为强，当即纵容、鼓动成钧贤发动孔定山微波站内部工作人员联名写控告信，抓到专案组的把柄，走上层路线——告状，诬陷“5·15”专案组侵犯人权，不按科学办案，等等，下此毒招，妄图割断专案组的喉管，不得发声，得以维护他陈辉在微波通信系统的绝对权威。

陈辉的一纸“状告”，正是把“5·15”专案拦腰砍了一刀，断送了“5·15”专案组生存空间。不止是专案组全体同志义愤填膺，包括孔定山微波站一些持有正义感的同志，听到一些风声，也愤愤不平。庄前村的老老少少，还期待着专案组尽速破案，抓获犯罪分子，绳之以法。现在，专案组洪强、钱聪两位组长，分别被市公安局、邮电局领导召回去，不屑说，专案组也就跟着烟消云散。

23

大丰纺织厂"换工"

专案组正当通过一个星期排查犯罪嫌疑人进行过堂，筛选得出重点，就下一步如何在庄前村深耕细作，挖掘犯罪分子的时候。突然，洪强、钱聪分别接到市公安局、邮电局电话通知各自回单位。紧接着，第二天又莫名其妙地宣布撤销"5·15"专案组，专案人员回原单位工作。"5·15"专案，就变得一起无人过问的"悬案"。

洪强从微波站回到局里，找办公室主任老葛。老葛看到洪强，只是冷漠地说："你先回到你原来的科里去，等局长开完会再说。"

洪强急着问："局长参加会议啥时候结束？"

老葛拿起架子，歪转头："在市委开市委常委扩大会议，至少要一个星期吧，单单传达文件、接着讨论，就走完这些议程，起码也得三四天时间。反正，你回来没有什么事，等着吧。"

洪强心里挂着两头：一头呐，市局领导找谈话"是祸是福"，心中琢磨不透，又不好直接向办公室主任打听；一头想着专案组虽说工作现在走上了路，但是，至今还没有一个像样的对象，心里还惦记着庄前村的排查工作。他无精打采地离开市局办公室，回到科里原来的办公室开始坐冷板凳，一个人无聊地在抽烟，等待发落。侦查科的宋科长突然闯了进来，不冷不热地说："老洪，你回来了，专案组其他几个同志有没有回来？"

洪强摇摇头："这就不晓得了，我只晓得市局办公室通知我回来，不晓得还通知其他同志回来？"

宋科长眯着一对近视眼，神情显得诧异似的："怎么没有通知其他同志？专案组已经撤销了，都要回来。市局办公室通知你回来，就是为了这件事情。”

洪强惊疑地问：“到底为了啥，一时我也想不出个道理来哇。”

宋科长倒也直话直说：“有人告状告到省公安厅，你一点也不晓得？”

洪强听宋科长说有人控告到省公安厅，在他脑子里，顿时浮现孔定山微波站站长成钧贤，以及澄江监管中心的陈副主任、程晋这三个人的影子。但是，他仍然保持沉默，若无其事说了一声：“哦！”

其实，宋科长找洪强倒也不是关心他们专案组撤销不撤销的事情，是为了专案组两个同志的家属闹矛盾，要他帮忙做做工作。

宋科长转过话头：“好了，闲话少说，同你商量个事情。前两天，小李的老婆抱了孩子到科里来，说要同小李离婚，把孩子放下来，自顾自走路。你也晓得，咱们机关里没有托儿所，只好同幼儿园领导商量，说了不少好话，才同意暂时放在幼儿园，这也不是个事情；再说，小高的老婆接着也来，说小高的老娘生病住医院要开刀，他老婆一把眼泪，一把鼻涕诉说：‘我一个妇女，要管小的，又要顾老的，我实在无能为力，你们不找他回来，我今天就不走了。’小高本来属于刑警大队的人，因为他一直在专案组工作，所以，把矛盾推到侦查科。后来，经过再三劝说，小高老婆人虽然走了，但是，问题没有解决。就这么两起事情涉及的人，都是你手下的兵。当然，作为一个科里的同志都要关心，你看看是否能想办法帮助解决？”

洪强一听说小李、小高家里碰到困难，毫不犹豫一肩挑起，站起来向宋科长问清楚小李老婆的单位以及小高母亲住哪个医院、病房、床号，当即表态：“好！我来解决。”说完话，拔腿就跑。

洪强原来在侦查部门工作的时候，总要抽出一定的时间到一些单位蹲点搞专题调查研究。所以，很多单位他都熟悉。沪西市第一人民医院是洪强过去蹲点的地方，上到党委书记、院长，下到医生、护士，甚至连勤杂人员都认识洪强。他一到医院，直接去找外科主任医生潘成建。推开诊室门，正巧潘医生埋头在开处方，一听到开门声，循声望去，立即站起来，笑脸相迎：“什么风把你吹来的！正是稀客。”潘医师，一头同洪强握手寒暄，一头拿处方交给病人，打发走路。

洪强伸出手与潘大夫热烈握手：“无事不登三宝殿，我们有个小高同志的母亲在你们 3 病房住院，过两天要开刀，小高同志一直同我一起在搞案件,没有时间照顾,他老婆一个人没有办法,跑到我们局里反映情况,局里就找到我,我就找到你,想请你帮帮忙。"

潘大夫问清姓名、病房、床号,拿起电话接通3病房:"喂,你小金,15床包小妹啥时候动手术?"对方回话后,他放下电话:"是胃溃疡,后天动手术,需要进行胃切除。"他随手翻了下日志:"没有问题,后天,我来主刀,怎么样?"

洪强起身同潘医师握手表示感谢:"我代表病人家属谢谢!我还有事情去办理,也不耽搁你的宝贵时间了。"潘大夫将洪强送到门诊室门口,老洪握住潘大夫的手:"请留步,有机会我一定来拜访你。"

洪强随即转身到病房探视,小高老婆一看到洪强,站起来哭诉:"我实在没有办法了,小高不来,我忙不过来了。"

洪强先探望小高母亲,再安慰小高老婆,并将同潘大夫联系的情况告诉她:"后天,由潘主任亲自主刀,你们尽管放心,他是沪西市的技术权威。另外,我们已经通知小高,估计今天会回来的。我还有事情就不再久留了。"说着,洪强从口袋里摸出仅有的十块钱整票递给她,小高老婆再三推让,不肯收钱。

洪强放下钞票:"钱不多,解决不了大问题,有困难,我再帮助向组织提出申请吧。"

从医院出来,洪强就在医院附近吃食店吃了一碗面条,马不停蹄地直奔大丰纺织厂保卫科。科长夏正球看到洪强热情地说:"听说,你到中央专案组去了?"

洪强哈哈大笑:"中央专案组怎么会要我去。有个案件是中央挂上号的,我去打杂差,叫做滥竽充数吧。"

夏科长绽开了笑容:"我们经常牵记你,党委书记王全珍同志最近还提起你说,老洪,怎么不看见……"

大丰纺织厂是洪强蹲点时间比较长的一个单位,同保卫科搞调查研究,对全厂上上下下都熟悉。甚至班组工人,都认识他,见面也都亲热地喊他老洪。

对洪强的突然到来,夏科长感到有些意外,特地关切地问:"你是大忙人,今天来总有什么重要事情吧?"

洪强直率地说:"还正被你说着了。确实有件不大不小的事情。"

然后，洪强把小李老婆抱了小孩到机关去的经过情形，向夏科长述说，并郑重其事地解释事情原委："小李一直同我在一起搞案件，你晓得的，搞专案的人，一旦案件搭上手，再也没有时间回家照顾小家庭。因此两人闹矛盾，既不能怪小李，也应该理解小李老婆的难处。作为组织关心，总要拿出一个妥善解决问题的办法，你说是不是？所以，想来想去，也只有找你也许能解决问题，最起码，你可以帮助出出点子。"

老夏咂咂嘴："纺织厂女工是四班三运转工作制度。如果没有一个男同志帮衬，再拖个小孩是够呛呐。"

洪强接口："我在你们厂里蹲点深有体会，你讲得一点不错。据说这个小孩刚断奶，还不可以进幼儿园。现在，她把小孩放在我们机关里这就够呛了，说要同小李离婚，你说事情大不大。"

老夏无奈地摇了摇头，笑了笑："瞎来腔，她叫啥名字？"

洪强当即回称："叫杨芸。"

老夏一愣，然后，好似回过神来："杨芸，我熟悉，织布车间的。是个好青年，共青团员，还是厂里先进工作者，看来，不是万不得已，她绝不会这样耍无赖。"

洪强也表示诧异："我也感到奇怪，你看怎么办？"

老夏很干脆："走！我陪你找王书记，请她帮帮忙。"

洪强顺从地说："听你的。"

两人跑到厂党委，在王书记办公室门口，由老夏敲门，只听到里面应声："请进！"

老夏推开门就开腔："王书记，有个客人来看你了。你牵挂的老洪，我帮你带来了。"

王书记抬头看到老洪，赶忙离开办公桌，兴奋地说："喔唷！我们的老洪同志，不少日子看不见你人了，请坐。"王书记同老洪亲切地握手，一边让座，一边示意老夏倒茶。大家寒暄了一阵，王书记笑嘻嘻地问："今天，怎么会想着来？"

洪强感到难以开口，又不会敷衍功夫，就直截了当说："有件事情想请你帮忙哩，很不好意思，找你麻烦。"

王书记诚恳地说："谈不上麻烦不麻烦，只要我帮得上忙，你老洪的事情我一定照办。况且，你老洪，为我们厂里做了不少事情，再说，不到万不得已，你老洪也不会开口的。”

站在旁边的老夏，快言快语，插嘴：“是阿巧车间里的杨芸。”老夏就把老洪刚才同他讲的情况，一五一十述说了一遍。

王书记当场表态：“好办，找阿巧！”拿起电话就拨号到织布车间。

阿巧姓陈，叫陈阿巧，是织布车间的总支书记。事有凑巧，陈阿巧正在找杨芸谈话，态度严肃地说：“你们班组连续一个礼拜产量、质量都下降，已经影响到整个车间，再不解决，整个车间这个月里生产指标完不成，我要扣你全班的奖金，你生产组长不仅要扣奖金，还要扣工资，你有没有找找原因啦？”

杨芸感到非常委屈地说：“原因说起来很简单，自从，车间撬了工具箱，被偷盗了 5 个人的手表，接着林阿姨摆在女工宿舍里的 200 元钱，又被偷了。班组里就再也没有安顿过。几个人都没有心思干活。从我内心来说，我也同情她们几个人的遭遇。像林阿姨被偷掉的 200 元钱，是她村上人生活困难，由亲戚、林阿姨几个人凑起来的钱，托她在沪西市买一部洋机帮人家做加工生活的活命钱。现在都被偷了。再说，林阿姨老头子死了，连子女也没有一个，今年年底她就要退休，原本想积点钞票防防老的，现在就像做了一场梦，全部落空。这些事情发生在她们身上，怎么再有心思干活。”

陈阿巧拍着桌子吼道：“被贼偷就不干活了？这是产量、质量下降的理由啊？是厂里生产重要，还是贼偷，个人损失重要？”当再要说下去的时候，电话铃响了，阿巧拿起电话一听，是王书记，回答说：“好！我马上就来。”

杨芸这才有了个下台阶的机会，回车间干活。

陈阿巧，是织布车间总支书记，织布女工出身，心直口快，做事泼辣、机灵。由于长期受织布车间噪音影响，当上车间总支书记还同过去做当车工一样，凡是她同人家谈话，生怕对方听不见，讲话总是要凑近对方，用大分贝音量讲话。她推开王书记办公室门，就放开喉咙，大声嚷着：“王书记，叫我来啥事？”一见办公室还有其他人，再从旁边一看，阿巧拖长了声调：“喔唷——，原来老洪来了，谢天谢地，你是来帮助我们破案的。”一头同洪强握手，一头同洪强讲话，讲话的时候就怕老洪听不见她讲话内容，一步一步挨近老洪，嘴里唠唠叨叨，而老洪一步一步向后退，嘴里不时地搭腔：“噢！噢！噢！是！是！是！”

阿巧，自以为是地说：“两起案件，弄得我们车间里整天日子不得安稳，两个工人没有心思干活，车间里产量、质量连续一个星期下降……”

老夏在旁边，笑嘻嘻地插嘴：“阿巧，我倒没有想着，倒是被你想着了。人家说我们大丰纺织厂阿巧聪明，我算佩服，你确实聪明。”

王书记开怀大笑：“我们大丰纺织厂有哪个人不晓得阿巧聪明。”王书记随即收起笑容：“来，阿巧，我问你个事情，你们车间里有没有叫杨芸的？”

阿巧不假思索地说：“有，你打电话给我的时候，我正巧同她谈话，被我辣乎乎地批评。”

老夏插嘴：“为啥事？”

阿巧气愤地说：“她的班组一连一个礼拜产量质量下降，影响我整个车间指标。她是生产组长，我不批评她批评啥人？！她强调几个女工被偷了东西，思想不稳定，我不管啥原因，产量质量下降我就要扣奖金，你是生产组长还要扣工资。正说着，你打电话来……”

王书记笑笑：“事情倒是巧。是这么回事，杨芸是老洪局里同事的家属……”王书记话还没有说完。

阿巧抢着说：“嗳！我声明在先，不管啥人的家属，完不成产量，我是要按章办事，该扣奖的就得扣，天王老子、玉皇大帝来说情也没有用。”

王书记皱起了眉毛：“等我把话说完，你再说，好吗？杨芸现在要同丈夫离婚，你说说情，也是说情，但不是为完不成生产任务扣奖、扣工资说情，你可领会我的意思？”

阿巧似有所悟，笑嘻嘻地说：“喔唷！是这么回事。不过，这个女孩子思想品德蛮好的，是我们厂里团委委员，车间生产组长，而且，是我们车间里培养对象，照例不会无缘无故闹离婚？”阿巧把头一歪，噘起了嘴，煞有介事地说：“唔，对了，我估计七不离八是最近生产、生活上压力太大，加上家务事情又忙不过来，没有问题，我来做工作。就这件事情？”

王书记点点头：“就这一件事情。”

阿巧转过身来，面孔朝老洪笑笑，既当真，又像开玩笑地说：“老洪啊，我们两个人换工吧，你帮我把车间里发生的案件破了，我帮你协调好他们夫妻关系,怎么样?”

老洪很干脆地说:“如果我不晓得你们车间里贼偷, 也就算了;现在既然我晓得你们车间发生案件,就是你不帮我做协调工作,责无旁贷,我也要帮你们侦破这两起案件。”

老夏在旁边说:“阿巧,我本来想开口,请老洪帮忙,但不好意思开口。还是你阿巧脑子反应快,面子大。”

阿巧是热心肠人,她忽然想起来说:“王书记,我想送佛送到西天,索性好事做到底吧,最好帮她小孩的问题也解决一下,可不可以就放到我们厂里托儿所全托,这样可以解除她的后顾之忧,安心生产,让她老倌一门心思搞案件。”

王书记分管保卫兼托儿所后勤方面一摊子工作,她想了想说:“这个事情,我来办,我要他们托儿所帮她全托,托费免了。”阿巧得到王书记的答复,转过身来同洪强握手,满脸堆笑:“有王书记一句话,杨芸的事情包在我身上。”

应该说,这件事情圆满地解决了。洪强谢过了王书记,道别走出了书记办公室。洪强本来可以轻松一下,回单位。但是,阿巧车间的案件,倒是不能含糊,既然答应了,就得认真办。他就和老夏一起直奔厂保卫科。小李接到洪强电话,立即赶到大丰纺织厂,由保卫科干事卜洪坤领路,洪强、小李一起到二车间(织布车间)观察现场。先看了被撬工具箱的更衣室,然后,又转到车间,推开了男厕所门,里面烟雾腾腾,一股浓烈的香烟味道直冲鼻子。男厕所里四五个人,有的穿了劳动破棉大衣坐在尿槽沿边,有的坐在上大便池的石级上,也有的背靠在窗口墙壁上,抽烟,谈心。保卫干事小卜是不抽烟的人,特别感到难受,呛得咳嗽不止。小李一见厕所内挤满了人,已经进不去,就站在门外。洪强走到临窗靠墙边,从倚靠窗口的一个小青年那里飘来一股浓郁的香烟味,再用眼睛瞄了一下他抽的香烟的纸质,然后,对他不冷不热地笑笑:“你们注意火星,车间里怎么可以吸烟。纺织厂防火第一,你们晓得不晓得?!”转而对小卜说:“你关照一下车间,贴块牌子:‘严禁吸烟’。”小卜当即允承。

车间工具箱被盗窃了5块手表的第三天, 女工宿舍接连又被盗窃200块现钞。洪强、小李由卜洪坤继续陪同到女工宿舍进行现场勘查。回到保卫科,小卜详细汇报案发经过,以及前一个时期调查情况。洪强听了汇报,结合现场勘查发现的疑点,加以综合分析:一、撬工具箱盗窃手表,犯罪分子具体作案时间，正是趁女工中午吃饭的半个小时内完成的,说明犯罪分子是厂里人,弄得不好就是本车间的人,熟门熟路;二、要在半个小时之内完成撬开二十五只工具箱,至少有两个人合伙流水操作;三、撬工具箱与女工宿舍被盗二百块钱应该是同一伙人作案;很有可能犯罪分子先盗窃手表,一时没有办法销赃,得不到急用的现钞,第二天,再到女工宿舍盗窃现钞;四、作案的人有赌博恶习,并且,近一个时期赌输了钱,生活上处于“寅吃卯粮”的人应该是重点对象。

根据洪强描述的作案对象,老夏、小卜提供了前一个时期排查情况:据同一个车间工人反映,青工钱明、戴大举两个人,原来到了月底就没有饭菜票,专门向同车间工人借,而且有借不还,所以一些工人都不愿意借给他们两个人。照道理这个时候是月底,还没有发工资,偏偏他们两个人有钞票买饭菜票,本来总是吃“伸手牌香烟”,现在香烟还是吃的高档香烟。

洪强听了老夏、小卜两个人介绍的情况,认为,钱青、戴大举应该是作案的重点嫌疑对象。

小卜说，刚才在车间厕所里你看到靠窗子在抽烟的小家伙就是钱青。

洪强警觉地说:“哦!不晓得你们有没有注意到,在厕所里我闻到他抽的香烟,是带有一些外烟味道的‘凤凰牌’香烟。属于中档香烟。一般工人抽不起,我还特地走近钱青瞄了一眼香烟纸质,颜色微黄,同一般蹩脚香烟的纸质不同。看来,钱青、戴大举这两个人作案可能性很大。”

小卜说:“现在正是中班,他们两人上班。要不要找他们谈话?”

老洪果断地说:“事不宜迟,咱们来个突然袭击,怎么样?”洪强征求老夏的意见,得到老夏肯定答复。紧接着,洪强同老夏各自按分工开展工作,找对象谈话,进行正面审查。

小李从警校分配到沪西市公安局侦查科,从来没有接触过刑事案件。心里想,老洪平时比较稳重,尤其是在对案件决策上,总要经过深思熟虑,才下决心。今天,在大丰纺织厂搞刑事案件,在决定对嫌疑对象进行审查,似乎草率了些,万一找错了对象怎么办。

24

伟大的母性

由保卫干事小卜陪同，钱青蹑手蹑脚跑进保卫科里间的办公室。洪强既不搭理，又不问话，示意小李把他安置在西北面角落坐冷板凳。约莫一刻钟，保卫科两个女同志小葛、小赵搀扶着一位脸色憔悴、头发似染上一层初冬白霜的老阿姨踉跄地走了进来。

老阿姨一走进办公室，两只眼窝珠呆呆地注视着室内的人，小心翼翼地说："是啥人喊我来?"

洪强马上起身，特意上前一步搀扶老阿姨。小李赶忙拉过来一把椅子，示意她坐下。

洪强面带微笑："你是林阿姨。是我们请你来，谈谈你被偷了两百块钱的事情。"

林阿姨束手束脚，在椅子上，只是挪了半个屁股，叹了口气："人越是穷，越是倒霉，我真是前世作的孽。"

小李扶她坐正，又倒了杯茶递给她。

林阿姨赶忙推了一下杯子："谢谢，我不吃，你们吃，你们吃。"

其实，此时此刻，林阿姨心挂两头，怕喝茶、谈话拖长了时间扣工资、奖金，根本没有心思吃茶、谈话，再说一个老工人也没有吃茶的习惯，急等着谈话早一点结束回车间干活。

洪强已经觉察到她的心理活动，特地将杯子挪到她面前，宽慰她说："我们已经同你车间阿巧书记事先打好招呼，帮你请好假了。你随意，定心好了，你在这个地方谈话，不会扣你工资、奖金的。"

林阿姨一头点头，一头连声说："好，好，好，谢谢你们。"

洪强说了这么几句宽慰的话，加上请吃茶这个动作，看起来清淡如水，这对稳定对方情绪，使得林阿姨紧绷的神经得到舒缓，畅开思想谈话，真正恰到了好处。林阿姨当即打开了话匣子，滔滔不绝地说开了。

“我老家是新县巴士镇林家村，离这里200里路。我村上的邻居叫根娣，她丈夫几年前就病瘫在床上，真叫‘上有老，下有小’，阿公阿婆都是六七十岁的人了，她还要拖两个七八岁的孩子，就靠根娣种田维持一家6口人生活。平时，吃了上顿没有下顿，我回去看到她家里困难，老话说‘穷帮穷，众人帮’，我就多嘴，叫她买台缝纫机，趁晚上空闲的时候，帮人家做些针线生活，既可照顾老的、小的，又可以赚些钱贴补贴补家用。她听我一说，转念一想倒是一条谋生的活路，特地向亲戚、要好乡邻东凑西拼借了一百块钱，我一想还不足数，我再借给她100元，刚好凑满200元，托我在沪西市帮她买一台缝纫机……”

林阿姨接着将被盗窃的经过陈述了一遍，说着说着，不由自主放声嚎啕大哭，一把眼泪一把鼻涕诉说：“我这个100块钱，准备今年年底退休回去防防老的。同志啊！我老头子前几年走了，我又没有子女，就靠这些钱养老送终。再说，还有根娣好不容易向亲戚、乡邻凑出来的100块，都是根娣借的人家血汗钱，我缝纫机没有替她买到，钞票不见了，村里有谁会晓得我被贼偷，我真正叫有嘴说不清……”林阿姨说到她的伤心处，不禁嚎啕大哭起来。洪强、小李一个劲地劝慰，林阿姨虽说收住了大哭，只是泣不成声。当时在场的保卫科小葛、小赵两位女同志，好似跟着林阿姨哭泣的节奏在抹着眼泪。老太说着说着，“扑通”一声跪下来，嘴里不停地念叨：“求求你们做做好事，帮帮我这个老太婆……”洪强赶忙将她搀扶起来。

她站起来抹了一把眼泪：“同志，你们要答应我。找到偷我钱的人，不要送他吃官司，做父母一把屎一把尿拖大一个孩子不容易，你们把他抓起来，他这辈子就完了，他父母再也没有人养老送终了。”

她的这一番话，使在座的人无不为此动容、揪心。这，不是一般的哭诉，这是一位无比伟大的母亲在呐喊！这一声呐喊，恰恰震撼了坐在办公室西北角落的钱青，随着林阿姨如泣如诉的声浪，激起他内心回应：“想当初在新疆告别父母，临走时，父母一再嘱咐：‘你回到沪西市老家，好好读书，找到一个稳定的工作，将来我俩老了叶落归根就靠你了……'此时，林阿姨如泣如诉的一番话，犹如他父母的声音在耳鼓里回荡。所以，他那突出的两个肩膀部位，好似跟着心脏的跳动在抖动着。而导演这一幕的洪强，一眼扫视委身在西北角的钱青，头埋在桌子上的一条手臂上，随着两个肩膀有节奏地一高一低，不停抽泣着，洪强预估火候已经到来。

洪强转过身来，宽慰林阿姨："林阿姨，你就放心回车间去吧，你少掉的钞票，我们一定帮你想办法找回来。至于偷钞票的人，反正，政府有政策，坦白从宽，抗拒从严，一定会按照政策办事。"

洪强说完话，特地关照小赵把林阿姨送回车间，并嘱咐小赵："你到车间同阿巧书记打个招呼，就说我的建议，今天不要安排林阿姨做活，要注意安全。"小赵一边点头，一边搀扶着林阿姨回车间。

此时，办公室只听到西北角落传来断断续续抽泣的声音，洪强带有一种关切的口气说："钱青，怎么样，来！把头抬起来说话。"

钱青勉强地把头抬起来，还不时地用袖管揩眼泪，在林阿姨撕心裂肺的一番语言感召下，钱青良心上受到责备，挺起腰板，鼓起勇气交代了问题："林阿姨的钞票，还有女工更衣室的手表，是我和戴大举两个人一起偷的。"

洪强不失时机地抓住火候，谆谆诱导，鼓励他："一个人犯了错误不要紧，关键是如何承认错误和改正错误，你说是不是？你好好想想，一个老工人一年到头劳动，积蓄了一些钱准备养老送终，还有人家借来的钞票用来养家糊口，你们两个人偷去赌钱、抽烟、喝酒，你说说看，换成你们父母是什么想法？你们这样做是不是做了缺德事情？"

就这样，不经大动干戈，钱青把同戴大举两人合伙盗窃的犯罪事实吐了出来，而且拿偷盗的经过、前因后果、作案手法，赃物分配和赃物由戴大举保存等，一一作了交代。基本上同洪强分析的案情一样。

洪强停顿了一下说："这样吧，你把这些情况写出来，可以作为你主动坦白交代，争取政府宽大处理的依据。"钱青揩了一把眼泪，乖乖地点了点头。洪强随即关照小葛拿些纸和笔给钱青，就这样不动声色地首战告捷。

洪强、小李起身到老夏找戴大举谈话的地方，将老夏喊出来问了谈话进展情况。

老夏摇摇头，砸咂嘴："到现在，一个字也没有谈，这个小赤佬'屁眼老得'，口咬得紧呐，真是少有的。"

洪强便把钱青交代的情况通报老夏，老夏一听说钱青已经交代了犯罪事实，霎时，笑容满面，心里着实高兴透了。当即同洪强商量说："戴大举这个老油条，怎么办?"

洪强信心十足，自告奋勇："我来问，看他说不说。"

洪强、小李、老夏三个人回到会客室，看到戴大举两条腿搁在桌子上，头靠在椅子上，在闭目养神。洪强当即把脸一沉，厉声吆喝："把大腿放下来，坐要有坐相，站要有站的样子，叫你到这里来做啥，是来练气功，还是困觉的?"

洪强一上来，就给他来个下马威。接着，采取旁敲侧击的方法，隐晦而含蓄地说："你不要以为戴了手套作案就找不到你，你们对照《刑法》，你说应该判几年?"

想当初，戴大举同钱青俩人作案前，商量作案手法时说好：一副手套，一人一只，流水操作。还特地拿了一本《刑法》书研究，一旦破案被抓到，该判几年刑?洪强击中了他的要害处，戴大举当即一愣!洪强再来一记重拳出击："凤凰牌香烟还没有抽完吧?"

霎时，戴大举目瞪口呆，脱口而出："你怎么知道的?"

洪强紧追不舍，言语咄咄逼人："你以为你们作案，是包在纸头里的，没有人知道，是吧?我现在可以明确地告诉你，你把保管的东西拿出来，才是你唯一的出路，其他废话少说。"

戴大举一听，不对，事情已经拆穿帮了。本来故作镇静、吊儿郎当的戴大举，霎时慌了手脚，"扑通"一声跪倒在地上，哭着鼻子说："我该死，我坦白交代，东西我去拿。"

老夏对站在他身边的卜洪坤、小李说："你们两个同志跟他一起去拿。小李戴好照相机，准备拍摄隐藏赃物的现场。"大约 20 分钟，戴大举伙同钱青两个人合伙盗窃的 5 块手表、一百五十块钱，从废墟里的一堆乱砖头里拿出来。

戴大举坦白交代犯罪的动机和作案全过程：他同钱青两个人经常赌博，把所有的工资、奖金输了个精光，连吃饭的钱都没有。开始向车间工人借钱买饭菜票，有句俗话说"有借有还，再借不难"，他们两个人只借不还，所以再要向班组工人借钱，借饭菜票，都被人家拒绝。两个人这才动起盗窃的念头。作案前，先到经常光顾的大桥下的理发店借了一副手套，然后回到厂里，乘女工中午半个小时吃饭的时候，一人戴上一只手套，到女工更衣室，钱青用老虎钳撬开更衣箱的锁，戴大举紧紧跟上，伸手到更衣箱偷手表，从二十多只更衣箱里，盗窃了 5 块手表。作案后，手表一时很难销赃，第二天，两人又到女工宿舍盗窃两百块钞票。拿到钞票，就像发了一笔横财，两个人先是买饭菜票，后来又到友谊商店买了五包凤凰牌高级香烟，当天就用掉五十块钱，还剩下一百五十块钱，怕钱、手表放在身上、宿舍里不安全，看到宿舍后一堆废墟，塞进了乱砖堆里，标上记号走路。

估莫，前后 2 个小时，全案告破，并取回了赃物。老夏和保卫科全体同志兴高采烈，特别是老夏喜滋滋同洪强商量赃物处置办法，洪强表示，案件破了，赃物处置办法由你们定。老夏得到洪强的表态，赶紧向王书记报喜，同时，打电话到织布车间："阿巧，案件破了，你来拿赃物吧。"

阿巧疑疑惑惑回称："你在说梦话，拿我寻啥开心。"

老夏认真地说："不会拿你寻开心，来吧。"

阿巧将信将疑，挂断电话就赶到保卫科，见到老夏和保卫科的同志，第一句话问："有没有'吃生活'？"

老夏绷紧了脸："你这是什么话，你去问他们两个本人，有没有挨揍。"

阿巧疑惑地说："上次，小卜在我们车间找戴大举谈话，同他拍桌子打板凳，他根本不买账，还说'你神气啥，态度好点'，简直拿他没有办法。"

老夏板起面孔，一本正经："老洪搞案件，从来不靠打骂，靠政策攻心，使犯罪分子自动自觉交代问题。我已经向王书记汇报了，她的意见，叫你把东西拿回去趁早发了，也可以稳定车间里人心。"

阿巧真是求之不得，满脸喜气洋洋："最好没有了，乘中班工人一下班，我开个会发东西，请老洪和你一起到会讲讲话。"

老夏征求洪强意见："老洪，你看，怎么办？"

洪强面向阿巧，委婉地说："中班，工人下午三点上班，夜里十一点钟下班，八个钟头劳动下来够辛苦了，会议时间不宜太长，东西由车间发了就可以了，我们就不去了吧。”洪强转过身子，笑嘻嘻地对站在他旁边的小李说：“这是你杨芸车间的书记，陈阿巧同志。”

小李背着照相机，显得格外英姿勃勃，伸出了手：“陈书记，您好！”

阿巧看到小李，眼睛一亮，赶忙伸出手同小李握手：“喔唷，小伙子长得真神气，倒是天生的一对，杨芸在车间里，要不要去看看她？”

小李笑嘻嘻地说：“谢谢，不影响你们工作了。”

阿巧笑眯眯，看着小李说：“好，那么，我代表杨芸和车间全体同志，表示谢谢！”说完，拿了东西回车间。然后，将杨芸喊来，喜笑颜开，当着杨芸的面调侃：

“阿芸，案件破了，你看东西也拿到了。究竟是公安机关的人，只化两个小时就破案了。嗳！我刚巧看到你小李，人长得真神气，你是‘打了灯笼找的，还是用电筒照咯’？”杨芸含笑不语。

接着，阿巧有意无意地说：“公安人员了不起，现在，看来，我们生产建设少不了公安机关。否则，社会不稳定，生产建设也就上不去。这一次车间发生案件，我倒是体会深刻。你班组发生案件，产量、质量明显下降，弄得几乎要扣奖金、扣工资，你说是不是？”

杨芸感叹地说：“唉！我已经好多日子睡不着觉，吃不下饭了。”

阿巧接过杨芸的话头，有意逗她：“所以，要离婚，连孩子也不要了？”

杨芸感到奇怪：“你怎么知道的？”

阿巧认真地把王书记找她谈话的情况，向她述说了一遍，并告诉她说：“你家小孩，王书记表态，在厂托儿所免费全托。这次车间的盗窃案件，就是老洪、小李帮忙破案的。现在，小李在保卫科，你去看看他吧。”

阿巧发现杨芸神情似有些尴尬，就凑着杨芸的耳朵嘀咕嘀咕，帮她出主意，杨芸就按照她出的主意到保卫科。

老夏看到杨芸到保卫科：“阿芸，你到保卫科有啥事？”

杨芸说：“阿巧书记叫我来问问，林阿姨被偷了 200 块钱，现在只发给她 150 块，还有 50 块怎么办？”

老夏朝杨芸发话：“你同阿巧说，你们可以告诉林阿姨，请她放心，原来 200 块钱一分也不会少，等我们研究以后再答复。你看，其他还有啥事,还要不要我替你带个信给小李?”

杨芸一愣,以为小李已经走了,神情有些沮丧,几乎无奈地脱口而出:“他走了?”

老夏故意逗她:“他不走,又没有啥人请他吃夜宵。”顿时,杨芸眼里噙着懊悔的泪珠,忙用手帕掩着脸,准备转身走路。

老夏赶紧喊住:“不要走,小李在这里。”转身喊话:“小李,有人找你。”

小李从里间办公室跑出来,看到杨芸脸上显出一副尴尬的样子,主动说:“你来的?”

杨芸随即将他们的女儿作为托词:“阿华,在我娘那里。”

小李说:“我到你娘家里去看过她。”

杨芸羞涩地说:“你今天可回去?”

小李说:“要回去的,你呢?”

杨芸热情地说:“那,等我下了班,我们一起走吧。”

小李马上应允:“好,我等你。”

大丰纺织厂盗窃案件破了。就在当天晚上,趁工人下班的时候,阿巧召开中班里的工人开会发东西,参加会议的女工真是欢天喜地,喜气洋洋自不必说;小李同杨芸这对小夫妻原来恬静的心田被撕开的一道口子,在阿巧书记奇妙地掺和下,裂口总算得到弥合;而小高夫妻关系,随着老母亲手术顺利,病情稳定出院,也抚平了紧绷而生成的皱纹。

然而,促成小李和小高家庭和睦、稳定的洪强,让所有人感到震惊、遗憾,从大丰纺织厂破案回到公安局不久,就被送到农场劳动。

25

碾米厂"厂长"

洪强一回到农场，农场的领导一时犯疑，特别是场长老冒皱起了眉毛，不无疑惑地看着老洪："你这是'二进宫'了，看来，你同我们农场感情蛮深呐。"

洪强苦笑了一下，幽默地说："我主要舍不得你，我离开了，让你一个人留在农场，过意不去。好了，废话少说，安排我到哪个连队劳动？"

老冒，大名叫冒明辉，原来是郊区公安分局局长、渡江干部，同洪强是五十年代的同事。虽说，他是外地人，老婆倒是滴呱呱沪西人，沪西市缫丝一厂工人，岳母是大革命时期领导全县缫丝女工罢工，发动女工手拿马桶刷子同反动军警斗争，沪西一解放，是沪西市总工会女工部第一任部长。

上世纪七十年代，市公安局把大批原公安局领导、干警投送到"五七干校"学习，实际上，送到农场劳动改造。在研究有关"干校"领导班子时，说"一举两得"，安排老冒到"干校"当校长（场长），既当领导，又参加劳动改造。

洪强回到农场报到，冒场长想了想说："你呐，劳动不是你的强项，'外交'工作是你拿手戏。"

老冒将农场要开办一个碾米厂，苦于没有一个内行的老师傅的苦衷向老洪述说了一番，转了一个弯，煞有介事地说："前个时期，打听到石塘公社东联大队有一位碾米老师傅，农场派出三四批人去协商借调，这个大队的书记就是不答应。"老冒用商量的口气说："老兄，请你帮帮忙，怎么样？"

洪强明知老冒为了照顾他，反倒有点犹豫："我是来劳动改造的，你派我干这个差事，会不会引起人家议论，再传到上面，连累你倒霉噢。”

冒场长毫无顾忌地说：“没事，如果有事，我兜着。”

老冒之所以有把握，敢在洪强面前打包票，只是农场办碾米厂是公安局头头的主张。

洪强领了任务，第二天就直奔石塘公社东联大队，找到大队书记说明来意。范书记有点不耐烦地说：“你们来过好几批人，连你是第五批了。每次，我都拿我们的困难详细地同你们的同志介绍了，你们也应该体谅我们的难处。”

洪强诚恳地说：“你倒是具体说说你们的难处呢。”

范书记就一五一十诉说他们的困难：“我们这个大队，是个田少人多的穷队，就靠种点粮食，平常日子没有一点活路钱。大队里要做点公益事业，譬如说开河、挖沟、铺路，全靠从这个碾米厂赚来的钱派用场。如果谢师傅一走，碾米厂就只好关门大吉，势必断了一条财路。到时候，我这个大队书记不要被村里人骂娘，而且，有嘴也说不清。”

听了范书记的一席话，洪强细细想想，认为确实有苦衷。然后，委婉地，用商量的口气说：“范书记，你看看还有没有其他办法，既解决你们的困难，又可以帮助我们提供一条出路。我实事求是地同你说吧，一到霜降开镰，剩下来的事情就是要靠碾米厂。否则，收割下来的稻只好堆放在晒场，一到落雨落雪天，一年的辛苦就泡汤。我的意思，能不能帮我们想想办法，出出主意，想个变通办法，咱们来个两凑凑。”

范书记听了洪强的话倒是直笃笃，他作为一个在农村的基层干部深有体会，点了点头说：“这样吧，你们确实也有困难，我用个变通办法，咱们来斟酌斟酌，看看是不是能够解决问题。我们大队原来有个洪师傅，他十二三岁就到海临市机械厂当学徒，一直做到八级钳工，去年退休在家里。如果你们能够把他请回来，我们就放谢师傅到你们碾米厂干活，怎么样？”

洪强听了范书记说的，认为办法倒是个办法，问题是，要从海临把洪师傅请回来不是一件容易的事。根据范书记介绍，这位洪师傅在海临工作、生活已经几十年了，有句俗话说“人往高处走，水往低处流”，现在全家都在海临过惯了城市生活，怎么会愿意回到乡下来？

洪强试探性地发问：“洪师傅退休以后有没有回到乡下老家来过？”

范书记笑嘻嘻地说："去年退休以后回来过一趟，我们请他帮帮忙，他倒是一口答应，在海临机械厂帮我们队里搞到一台七成帐的机床，而且蛮便宜，就是……"范书记话到嘴边突然来个急刹车。

范书记虽然来个紧急刹车，洪强已经听出音头，大队曾经向洪师傅提出过留在家乡，洪师傅没有答应。现在，范书记要洪师傅回来作为借调谢师傅的条件，照理说也不过分，问题是要将洪师傅从一个大城市调到农村谈何容易。即便洪师傅思想觉悟高，他家里大大小小的人也不会同意。洪强毕竟做公安工作的人，思路比较开阔，点子也多。他同范书记斟酌、探讨。

洪强顺着范书记的话头："洪师傅回到大队当然是件好事。但是，他即使来了也待不长的，因为他毕竟海临有个窝，换得你范书记也不会愿意。就是你愿意，你家里的人也不会同意。你不妨设身处地想想看，摆在面前的首要问题，生活不习惯，吃住不便当。如果采取灵活一点办法，不要兴师动众要求他把海临的一个窝搬到乡下来，大队里办一个加工厂，请洪师傅做老师傅，定期到加工厂进行技术指导，只要他师傅带徒弟，这样一来，不仅加工厂活出来，就等于'老母鸡孵小鸡'，还可以培养一批技术骨干力量，既可以解决你们大队田少人多的老大难问题，也可以开辟一条生财之道，今后，师傅带徒弟，徒弟出师，洪师傅不来，你的加工厂照样可以开工搞生产。你想想看，是不是这个道理？"

范书记听了洪强一说，思想顿时开窍，点了点头："嗳，照你这样一说，这倒是个办法，好！只要洪师傅答应到我大队办个加工厂，帮助培养技术骨干，做技术指导，我们就放谢师傅到你们农场办碾米厂。"

洪强一听有门道了，当即将洪师傅在海临的家庭情况了解清楚，回到农场向老冒作了汇报，老冒听完汇报，点头称赞："好，就这么办，老兄就由你到海临去，'一竿子到底'吧。"

洪祥生，家住海临市普渡区靖海里 35 号 301 室，原来是沪西市石塘公社东联大队人，解放前 13 岁就到海临机械厂当学徒，今年 62 岁退休，八级钳工，退休工资 90 多块，等于工程师级别。由于他技术好，厂里一再挽留，现在一个星期到厂里两次，带徒弟，碰到技术难题，由他指挥徒弟检修。

洪强赶到海临，找到了洪祥生家，敲开房门："请问洪师傅在不在家？"

洪祥生一听是沪西口音，面带笑容："我就是，请进。"

洪强跨进了门，非常投入，想拉近同洪师傅的距离："洪师傅，我是从东联大队来的，范书记要我向你问好。"

洪祥生听说大队书记向他问好，表示谢谢："去年，我回去了一躺。范书记托我在海临搞了一台机床，现在，不晓得怎么样了。"

洪强回称："一台机床倒是蛮好，就是没有人操作，就像一匹马，你没有本事驯服，不要想跨上马背。最好还是你回去，否则，其他人搞不来的。"

洪祥生点点头："这倒是实情，像我同机床打了几十年的交道，才算摸着它的脾气。"

洪祥生老婆因年老有些耳背，听到有说话声音跑出来，洪祥生凑在她耳朵说："我们老家来人，要咱们回去，你想不想回去？"老太笑而不答。此时，洪师傅好似想起什么，转过脸来说："你贵姓？"

洪强风趣地说："敝姓洪，同你是本家。"

洪师傅一听洪强的口音，是沪西人，但不像是石塘公社的本土口音，再从穿着、谈吐、风度来看，不像是农村大队干部，一时还吃不准，但是，说他是骗子倒也不像。这位洪师傅毕竟在大城市生活了几十年，经历各种人情世故，所以，还能够沉得住气，静待观察。而洪强此时已经觉察到洪师傅的心态在不断变化，对他的到访开始产生了疑心，盘算着如何帮他解疑释惑，特地转个弯说："洪师傅出来几十年，沪西口音一点没有变？"

洪师傅动情地说："虽说出来四五十年，老家的乡音要改也改不了。平时，我在厂里同他们说洋泾浜，到了家里就说家乡话，所以，改不了。再说，我们居住在普度区，沪西的人不少，一到小菜场买菜，碰来碰去，听到的多是讲的沪西口音。北面锦树里、东南面有个同安里，大多数是沪西人，在裕丰纺织厂做工。他们同我一样，由上代人沿袭下来的，有的甚至是几代人，同乡带老乡，亲戚带亲戚，老子带儿子，从沪西来到海临。所以，沪西口音改不了，也就不奇怪了。"

洪强又以关切的口气说："人老了，终究要叶落归根，趁现在身体健康，到老家去吧。或者，沪西、海临两头住住。”

“我老太已经习惯海临生活了，她不愿意到老家，乡下吃住不方便，首先烧柴不习惯，在海临用惯煤球，到了乡下就不便当了……”

洪强一来怕老太有阻力，二来想解除洪师傅的疑虑，故意借口：“你们这里蛮热闹，我想到街上转转。”

洪祥生为了不失时机观察来人，倒也很干脆：“我陪你去。”

两个人辞别老太，到了街上东逛逛，西看看，到了一家百货商店，洪强选择一条当时时尚的女同志穿的“的确良”西裤，特意亮出身上带的钞票，为自己老婆买了一条；跑出来一看手表，已经是傍晚6点，邀了洪师傅进了一个小饭店，两人开始对酌。洪祥生看到洪强很大方，不像是什么骗子，也就解除了原来的戒心，而洪强通过同洪祥生具体接触交谈，琢磨了对方的性格、思想特点，将话题慢慢里引导，转向石塘公社东联大队办厂问题上来。洪强拿家乡农民穷则思变，一步一步拿话题转到家乡建设：“现在，农民要活路，只有发展工业，以工养农……”转过来，洪强又以家乡观念诱导洪师傅：“洪师傅出来几十年了，对家乡总是有感情的吧？现在，家乡要发展，就只有靠你们在外面的人，有钱出钱，有力出力……”

洪师傅深情地说：“要说不想老家不可能，特别是退休回来以后，经常一个人闲着无事，就想起童年时代在家乡的生活情景……”

洪强话锋一转：“要是你现在回去，不仅东联大队的人欢迎你，就是我们公安机关农场也为你的义举而高兴呐。”

洪祥生惊奇地看着洪强，而洪强从洪祥生的眼神里发现他疑惑的表情，就此不失时机地把他的身份亮出来，并将沪西市公安局“五七干校”农场同东联大队协商借调谢师傅的前因后果以及他这次到海临来的原意，详详细细地向洪祥生直话直说：

“你不回去，谢师傅就走不掉，我们农场的碾米厂也就开不了工。你说是不是？如果你回去，不仅帮助解决东联大队的困难，还帮助我们农场解决了困境。眼睛一眨，霜降马上就到，稻收割上场，没有碾米厂碾米，一到落雨落雪天气，收割在场上的稻，就要蒙受损失，到农场劳动的一千多个干部，一年的辛苦就算泡汤。”接着，洪强把他同范书记商量洪师傅到大队帮忙办厂的具体办法作了介绍。

洪祥生听洪强说起有一千多干部在农场劳动，自然而然联想到自己由一个小工人成为八级钳工、市劳动模范，而原来培养他成长的书记、厂长，被打倒在厂里劳动改造的情景，有点触景生情，试探性地说："你，恐怕也是公安局的干部吧？"

洪强点点头："我原来是沪西市公安局的，现在在农场劳动改造，这次场长派我出来筹备碾米厂，还是一项硬任务呐。"

洪祥生听了老洪的一番话，想想自己是东联大队的人，根在东联，家乡有困难，帮家乡摆脱穷困落后面貌，也不枉是东联出来的人。再者，人虽说退休，共产党员不会有退休的日子。想到这里，洪师傅当即表态："如果是这样的话，我一定回去。"

洪强关心地问："那你老太怎么办？"

洪祥生很干脆："老太的工作我去做。"

接着，洪师傅向老洪提出回去以后生活上安排等一些事情，老洪当即表态，回去以后，向范书记转告。就这样，一顿晚饭，就算解决了问题。

洪强回到沪西，径直赶往石塘公社东联大队，向范书记通报海临之行，要范书记准备好安排洪师傅生活起居，按时到火车站接；然后，洪强就在当天晚上赶回农场，向老冒汇报了海临之行的结果，冒场长非常满意："怎么样，被我吃准的吧，只有你才能担此重任，好！祝贺你大功告成。"

洪强接茬说："冒场长，那，我的任务完成了，我得马上回连队去劳动。"

老冒调皮地笑笑：""我不是同你已经说好了吗？"

洪强说："嗳，你不要同我耍滑头。"

老冒笑嘻嘻地说："我才不同你要滑头，原来，我就同你说好，'一竿子到底'，谢师傅来了，他当老师傅，你当碾米厂厂长，不是最合适的人选吗？"

洪强摇摇头："不行！我从来就没有干过这个工作，你不要拉着黄牛当马骑。"

经老冒再三磨嘴唇皮，洪强只好到碾米厂当了个厂长。

洪强把谢师傅请到农场碾米厂，立即开工，牌子一挂，开张对外营业。本来还担心客户会不会上门加工碾米，不晓得碾米厂一开张，消息一传十，十传百，附近的老百姓纷纷赶来加工碾米。

自此，农场碾米厂除了加工农场本身的稻谷，主要做对外加工业务。由于农场碾米加工费低廉，而且砻谷、谷糙分离、碾白、抛光都是按照规定程序操作，出糙、脱壳、整米、碎米的比例合理，所以，农民放心来农场碾米厂加工，加工业务逐渐兴旺，洪强也跟着连轴转起来，忙得不亦乐乎。白天帮着接待业务、过磅、开票，有时晚上还要加班加点汇总报表，研究产量、质量。这对洪强来说，精神上反而是一种解脱，心宽体胖，倒也优哉游哉。

自从碾米厂开张以来，农场里出现了一道新的风景线。原本一些在农场劳动的同志，吃了晚饭习惯性地往场部跑，找冒场长聊天，谈山海经。现在，吃过晚饭，冒场长一个劲儿往碾米厂跑，这些人跟着将活动中心转移到碾米厂办公室。一到晚上，有两批人成了碾米厂的常客。一批人是专门到市区装大粪的，另一批人，是原来郊区公安分局冒局长的下级，专门来听小道消息的。农场一共有两条农用船，两个人一组，到了市区住一个晚上，第二天装了大粪回农场，另外一组放空船再进市区轮番装大粪。这一组人是农场有名的“包打听”，一到晚上吃过晚饭，就往碾米厂跑，只要冒场长听取洪强汇报碾米厂一天完成的业务情况结束，点点头说一声：“唔，好！”似乎发出可以自由交流信息的信号，在座的人两只眼睛齐刷刷瞄准装大粪的两个同志，等待他们传播市区的新闻。两个装大粪的同志，一个叫阿克，还有一个叫李国平。

阿克一听到冒场长发出“信号”，干咳一声，马上开腔：“现在，美帝国主义发动印度支那战争，盘踞在台湾的老蒋又开始抖起来了。”

李国平抢着插话：“他只是瞎起劲，他那些老底派不上用场，美国知道他的底牌，不会起用他的。”

阿克朝洪强看看：“老洪，你倒是分析分析看，台湾蒋介石会不会出兵？”

洪强摇摇头：“说不上来，你这个题目出得太大，不接触这方面业务，就是一流的军事专家恐怕也回答不了。”

冒场长说：“正是嘛，咱们在这里开发地球，手臂伸到台湾那边去，夸你想得出来的，好！到此为止，大家回去睡觉。祝你们做个好梦。哎！对了，刚才你们讲的话到此为止，不要在农场传来传去，一经发现你们哪一个人传播小道消息，我要找你们算账。”

阿克、李国平同在座的其他几个同志都表示：“有数，有数。”

第二天，姚林生、朱开宝两个人回到农场，吃过晚饭按老规矩直奔碾米厂。两个人推开碾米厂办公室的门，有几个同志已经先他们一脚同冒场长、洪强吃茶聊天。朱开宝贼兮兮坐下来露出一脸诡秘的神色，给在座的人都有一种感觉，又要卖弄了。

冒场长首先发话：“你呐，不要老是神经兮兮，装神弄鬼，有屁就放，卖什么关节。”

朱开宝把头一摆：“嘿嘿！我还真有重要消息呐，你们信不信？”

姚林生在旁边傻笑。

冒场长头一昂：“你的消息都是‘大路货’，不是在‘自由市场’贩来的，就是从‘旧货市场’倒卖来的，不要浪费人家的时间。”

姚林生笑嘻嘻地插嘴：“冒场长，朱开宝确实有重要消息，他这个消息，市里面的人都在传说。”

冒场长两只眼睛直勾勾地盯着朱开宝：“噢！说来听听看呢。”

朱开宝按捺不住内心兴奋：“听说市委派了工作组进驻市公安局，搞什么清理整顿。你们说是好事还是坏事？”

老郑（原郊区公安分局刑警队长）说：“当然是好事。工作组是哪些人？”

姚林生说：“我听说是原来市委常委副市长，姓俞，名字叫不出。”

冒场长说：“市委常委副市长姓俞，要么只有我的同乡俞贯法，如东县人。”

老郑说：“那，你可以找找他。”

冒场长说：“说什么梦话，我找他干什么，他当他的市长，我当我的分局局长。渡江以后，我从来没有找过他。他在如东县打游击的时候，威信很高，他这个人最大的特点原则性很强，可以说铁面无私。他如果进驻公安局倒是好事。好！祝大家做个好梦。”

说实在的，在座的同志，听说市委派出工作组进驻公安局，内心有着说不出的高兴，都期盼早一点结束“五七干校”的生活。

26

老帅归位

市委常委、副市长俞贵法，带领市委工作组进驻公安局，根据中央文件精神，将在“五七干校”农场劳动的干部，陆续调回公安局，完成了清理整顿工作，同归位的公安局局长陈颂平交接工作完毕，撤回市委抓全市的清理整顿工作。

至此，沪西市公安局一把手、局长陈颂平主持公安局工作，许德副局长从老家调回到公安局。沪西市公安局，就像一家濒临倒闭的工厂，面临着艰巨、庞杂的恢复工作。许德副局长协助陈颂平局长着手抓队伍建设、调整领导班子，就像组装设备，开动机器一样，各个单位、部门按照各自业务分工逐步走上轨道，开始正常运转，迎着冉冉升起的朝阳，公安机关渐渐地焕发着青春活力。

正当，他们忙得不亦乐乎的时候，突然接到通知，要陈局长到省公安厅开会。

陈局长在省厅开会间隙，在会议大厅里，正巧碰上老厅长，关切地问：“你们那里有个孔定山微波站发生一起破坏案件，你知道不知道?”说着，顺手递给他一沓告状材料：“看来这份材料压了很长时间，恐怕还是哪个头头扔下的，秘书在整理抽屉时发现的，你看看。”

陈局长惊疑地从老厅长手里接过材料，看了个大概，发现其中夹杂了原来“5·15”专案组审查庄前村王金海的控告内容。当即向老厅长回话：洪强这个人我知道，也是侦查战线上一个老同志，这个案件没有听说，回去查了以后，再向你汇报。”

老厅长板起了面孔，患有鼻炎的鼻子发出瓮声瓮气的声调：“如果情况属实，对这个同志要严肃处理，还是搞的极‘左’思潮那一套，必要时调离公安机关。”

省厅会议结束，陈局长回到沪西市公安局的第二天，召开中层干部会议，向到会的科、分局长传达贯彻省厅工作会议精神，部署下一步工作。散会以后，特地把许副局长、宋科长找到他的办公室，查问孔定山微波站破坏事故案件的事情。

陈局长习惯性地将鼻梁上的眼镜框，用手指头向上推了推，阴沉着脸：“我在省厅开会，老厅长问起孔定山微波站案件，交给我一份控告信，初步看了一下，控告信上，反映说洪强把个微波站搞得乌烟瘴气，弄得人家单位不得安宁，工作人员人人自危，这个情况到底是这么回事。”

许副局长一开始神情有些疑惑，摸了一下下巴：“这个案件发生的时候，我还在农场劳动，市公安局办公室姓葛的主任通知农场，要我参加勘查现场。到现场一起参加勘查现场的，有省厅侦查处陈处长以及省、市邮电局的领导。洪强是我勘查现场以后才去的。”

许副局长回忆说：“当时，洪强也在农场劳动，是省厅侦查处陈处长点名要洪强参加专案组的。现场勘查结束，我回到农场，特地向洪强透了个底：要他作好回城工作的思想准备，并且向他介绍了案情、现场勘查情况。第二天，我就被发配回老家劳动。以后，洪强到微波站搞案件的情况我就不知道了。”

原来侦查科科长凌达铭是渡江老干部，也在农场劳动。市委工作组根据市委决定，凌达铭被调任沪西市检察院副检察长。陈局长听了许德副局长回忆事情经过，原来侦查科科长已经调离公安机关，转过身来，只得问宋科长：“老宋啊！你一直在市局工作班子工作，你知道不知道这个事情？”

宋科长当即表态：“我知道。”宋科长随即把原来从外单位拱到市公安局当头头的一把手，接到省公安厅头头的电话，省监管中心控告专案组的情况的来龙去脉作了汇报。接着，他眯起一对高度近视眼瞄着陈局长：“后来，洪强被送回农场，以后的情况就不晓得了。”听了宋科长的汇报，陈局长觉得情况似乎同省里的控告材料七不离八。而在场的许德副局长听了老宋介绍的情况，顿生疑窦插嘴说：“哎！我想洪强这个同志还不至于搞那些乱七八糟的事吧？洪强回到农场劳动，还是我从老家回到局里才听说，不过，这件事，同老厅长查问的是两码事。”

陈局长用手推了推鼻梁上的眼镜架："我在农场劳动的时候，耳朵里曾经刮到过，说洪强又回到农场劳动。"陈局长面孔朝宋科长看看，不无疑惑地说："到底是怎么回事？"

陈局长针对老宋汇报的情况，不屑一顾地说："你说的这个事情同老厅长查问的是两码事。老许啊！怎么，你不相信吗？这样吧，你们再把情况了解一下再说。老厅长已经发话了，如果情况属实，这个人不能留在公安系统。"

许副局长听到陈局长转达老厅长指示，加上老宋汇报的情况，既感到事态的严重性，又感到这件事情有些蹊跷，肚里转念头，这不太像洪强的行事风格。当即向陈局长提出建议："是不是把洪强调上来，听听他汇报，然后，再作出决定，是调离公安局，还是继续任用。"

陈局长接受了许副局长的建议，认为应当让当事人有申述的机会，不要冤屈一个同志。当即表态："老许，就按你的意见办。"

第二天上午，洪强到了公安局大门口，局长机要秘书小谢接到门卫电话，当即到大门口将洪强直接领到局长办公室。

陈局长看到洪强进来，眼睛隔着玻璃镜片，歪转了头，轻蔑地看了一眼走进来的洪强，面孔冷峻："回来了，坐吧。"

许副局长、宋科长，事先由局长机要秘书小谢通知，已经到了局长室，挨着局长办公桌左右两旁的沙发椅就座。

陈局长吸了口烟，朝洪强看看："那个微波站的案件是你搞的吗？"

洪强点了下头："是，不过早就停止工作了。"

陈局长一听到洪强肯定的答复，立马大发雷霆，开腔刮鼻子，而且越说越气，站起来，怒气冲天训斥："没有本事，你就老老实实，不要再去闯祸。简直无法无天，从山下搞'逼供信'，跑到山上，乱找人谈话，弄得人家单位乌烟瘴气，人人自危，这不是极'左'思潮在作怪？唔！你知道吗，人家已经跑到省厅告状，这个影响多坏！"

被陈局长没头没脑一顿狂轰滥炸的洪强，一时不知所措，两只眼睛眨嘞眨，只是盯着陈局长。

在座的许副局长，听到陈局长查问此案，当天晚上，特地找了原来参加搞专案的同志了解到事情的原委，知道是错怪了洪强。这位陈局长本来是全省公安系统出了名的"陈老虎"，他熟悉陈局长的脾气，在他气头上，不能打断他的讲话，还不能作任何解释，否则越发不得收场。所以，许副局长不紧不慢地从公文包里摸出一包香烟，抽出一支递给陈局长，然后再抽出一支自己点燃，乘陈局长去拿打火机点烟的间隙，许副局长插话说：

“老厅长向你提起的控告信，同老宋向你汇报的这件事情的经过，当时涉及专案组的问题是两件事情。第一件事情，专案组审查大队书记儿子，真巧老洪接到市公安局办公室通知，回城把他原来住的房子腾出来安排给市局的一位头头，事情发生在老洪不在专案组的时候，有个同志自作主张，把村里大队书记的儿子关在微波站进行审查，引起当地农民联名控告集体上访，同老洪没有关系。第二件事情，根据几个参与侦查案件的同志反映，这个案件确实有它的特殊性，本来是一件正常的侦查工作，由于澄江监管中心同海临微波站指挥中心对‘告警’与‘不告警’，涉及微波技术上不同观点的争论，专案组到‘01’工厂鉴定，论定了‘告警’时间，肯定了海临指挥中心的意见正确，澄江监管中心的技术权威受到了挑战。在侦查过程中，又发现案发当天，微波站值班员迟到早退，案发以后又报假案，提供假情况，把水都搅浑了。这就从另一个方面，揭了澄江监管中心的老底，暴露了他们内部管理上存在问题，使他们在同行业面前下不来台。因此，‘猪八戒过河，倒打一耙’，把气出在专案组身上，当时省、市两级公安机关的头头轻信一面之词，就凭澄江监管中心一纸控告信，不问青红皂白，撤销专案组，把洪强发配到农场劳动。”

陈颂平局长一时还搞不清，皱起了眉头发问：“他们微波站‘告警’‘不告警’同专案组侦查破案有什么关系，这不是狗追耗子瞎起劲吗，有这个必要兴师动众找人谈话吗？”

许德副局长笑嘻嘻地说：“局长啊！你提出的这个问题，正是点到了这起案件的要害。如果论定‘告警’，也就是确定犯罪分子的作案时间；如果‘不告警’，说明犯罪分子不是在‘告警’的同一个时间作案。这里，大有讲究呐。”

经许德副局长这么一说，倒是把陈颂平局长的兴趣调动起来了。

陈颂平局长饶有兴趣地问：“后来怎么样了？”

许德这位副局长，众所周知，记忆力好，说话清晰，表达力强，经过他找了几个同志一了解，就抓住了问题要害，确切地回答局长的问话："洪强他们花了好长时间，经过'01'工厂对被犯罪分子敲坏的'E 弯头'搞了破坏性试验，最终鉴定结果：'告警'。凭这个鉴定意见，再加上南方、沪杭的专家论证：'5·15'晚上 19 点 20 分，'E 弯头'被敲坏，这是导致沿线 6 个微波站同时告警的直接原因，而从我们公安部门办案角度来说，这个时间正是犯罪分子的作案时间。"

听了许副局长的解释，还事情的本来面目，陈局长一愣，似有发现说："哎！这个情况，我怎么没有听你们汇报？"他转而问宋科长："许局长刚才谈的情况，你知道不知道？"

宋科长支支吾吾，一时语塞。

陈局长将手里的香烟头使劲往烟缸里掐灭，霎时，面孔冷若冰霜，严肃地批评："你这个同志就是迷迷糊糊，没有一点独立思考，想问题、做事情，都是靠了人家的脑袋瓜，人家的嘴，人家这么说，你就跟着这么说。"

转过身来，陈局长用手指头习惯性点击办公桌，思考一会儿，认真地说："老许啊！这一点如果搞准了，案件可以说解决了一半。怎么，你们讲的情况与省里不一样，看来，老厅长还只是听了一些人'念歪了经'，这几年，把有些人的思想路线搞乱了噢！"他又转过来："嗳！小洪啊！现在论定犯罪分子作案时间，你看，有没有把握？"

洪强挺起了腰杆，十分自信地回话："完全有把握。原来，澄江监管中心在静态情况下搞的试验，请了省里专家研讨，结论是'不会告警'；海临微波站指挥中心总指挥王德明，在微波通信系统是有名的专家，是他向我们建议拿被破坏的'E 弯头'到'01'工厂作鉴定，'01'工厂是专门生产'E 弯头'微波通信设备的单位，作了破坏性试验，这两者区别就在前者是在静态情况下作的试验，而后者是按照犯罪分子作案的动态情况下测试，所以南方、沪杭的专家联系当时案发实际情况，毫无疑问地对'告警'时间作了肯定的结论。"

陈局长听了洪强的解释，一头不住地点头，一头用手指头连续点击着办公桌，若有所思："唔！有道理。"

许副局长听到陈局长赞赏的话，意味深长地说："局长，我看这个案件有进展，如果案件破了，这对今后侦查类似高科技案件有典范作用。"

陈局长似有感悟："好！看来，'01'工厂的鉴定，实事求是，有科学依据，这个案件有进展；可惜，侦查工作停了这么长时间，失去了破案大好时机。现在，不能再这么折腾了，今后，你们要及时汇报。"

许副局长听到局长有了肯定的意见，高兴地说："你在省厅开会，我们接到你的电话，没有想到你是要查问这起早已被人们淡忘的案件。"

接着，陈局长斩钉截铁地说："我看下一步这么干：一、专案组不要再叫邮电局保卫科的同志参加；二、你们专案组另外设个'点'重新开始工作，原班人马不动，必要时可以再增加些力量；三、你们办案，不能就事论事，单打一，要同当前国际、国内阶级斗争形势联系起来看问题、分析问题，要有敌情观念，随时注意敌情的变化，现在看来，你们要下决心'乱世斩魔爪'。老许，你看怎么样？"

许副局长说："对了，刚才，陈局长谈到加强敌情观念的问题，非常必要。我补充一点。那年，孔定山微波站发生破坏性案件的第二天下午，省市公安机关会同邮电部门领导一起勘查现场结束，在研究分析现场情况的时候，省公安厅侦查处陈处长透露一个敌情情况。案发当晚十点钟到第二天凌晨，境外敌台大肆渲染，孔定山微波站遭到破坏的情况。所以，我们如果继续开展工作，绝不能把孔定山微波站的破坏事故当作一般的刑事案件，而要作为同台湾特务机关作斗争这个层面，作为我们侦查工作的出发点。"

陈局长面孔朝着许副局长："你刚才说到的这一个情况，专案组同志的大脑一定要牢牢地紧绷住这根弦。"

许副局长点了点头："行，按照局长的指示办。老洪，下一步，你们要好好地总结一下经验教训，排查工作来个回头看。"

从局长办公室出来，洪强久旱的心田适逢春天的甘露，萌发着勃勃生机，跑进了阔别已久的侦查组办公室。专案组同志看到洪强满面春风，都围住问长问短。洪强将在局长那里的大概情况说了一遍，接下来，请宋科长转达局长的指示，在座的同志个个精神振奋，齐声叫好。

小唐得到洪强从农场回来的消息，赶紧跑到侦查科看望洪强。小唐一踏进门，看到满屋子人，拉开了嗓门开腔："我本来已经卷被头铺盖回老家，我们队里的同志对我说，你回来放炮仗迎接你。老洪回来，我估计又要'三本铁公鸡，四本连下去'了。"引得在座同志哈哈大笑，有人说:“怎么样,你来不来?”小唐说:“老实说,这个案件不破,就是赶我走,我也不会走。”

洪强认真地说:“陈局长说了,专案组原班人马一个不动,必要时再增加力量,所以说,小唐你还要卷被头铺盖回来同我们继续战斗。”在座同志都热情挽留:“你一走,专案组就不热闹了。”

小唐说:“只要你们不赶我走,我同你们战斗到底。”

在座的同志热烈鼓掌:“好!”

洪强按照两位局长的指示精神,向在座的同志提出下一步工作,首先组织专案组同志“回头看”——总结经验教训,对原来的工作方向、工作路子以及工作措施认真进行了反思、分析、研究,最后,作了综合性发言。

他说:“原来排除市里犯罪分子作案是对的,不熟悉发案地理环境,不可能晚上跑到离市区十多里路的山上作案。微波站内部人员作案可能性也不大,因为,在晚上‘告警’的时候,当晚值班人员迟到早退不在现场,就反映不出当时微波站机房里‘告警’情况,也就谈不上作案。所以,咱们原来坚持在农村排查这个方向,要毫不动摇,一抓到底。下一步咱们要拿排查的面放宽,要坚持两手抓,一手抓面上排查,扩大到三河公社 11 个村(队),网要撒得大些,逐步缩小范围;另一手抓住庄前村这个重点地区不放,对排查出来的对象,要逐个筛选。”

经过大家一翻议论。洪强再三强调:“这样做工作量很大,咱们还要坚持毛主席提出的要有愚公移山的精神,一个不漏,一着不让。”洪强转过来问宋科长:“科长,你还有什么指示?”

宋科长眯着眼睛说:“局长的指示精神已经向大家传达了,大家积极地干吧,有问题多加强请示汇报。”

接下来,专案组抓的第一件大事,要解决专案组的“窝”——落脚点。大家在议论的时候就想起三河公社特派员老殷。

小李动感情地说:“咱们太对不起老殷了,本来是咱们请人家来帮助工作,就因为人家发表不同意见,把人家赶跑,这太不像话了。再说,最后证明老殷当时的意见是正确的。现在,咱们再找他,不知道肯不肯出来呐?”在座的同志都有同感说:“恐怕不肯出来。”

小唐摇摇头说:“不一定,现在,不是姓顾的当头头。是老洪领导咱们,或许不至于不肯出来。”

洪强针对几个同志的议论说:“老殷出来不出来,咱们尊重他的意见。但是,一定要上门向他赔礼道歉。”

老洪上门赔礼道歉,最终,特派员是不是同意出来,专案组全体同志拭目以待。

27

撒大网

沪西市当地的老百姓受上世纪五十年代“人民公社化”的影响，习惯叫“公社”或者叫“乡政府”。所以，洪强、小李两个人要到三河公社“革委会”特派员办公室，只得按照当地老百姓的习惯，一路打听三河公社的地理位置。

三河公社地处沪西市西北面，毗邻武陵县。全公社主要种植粮食，是一个田少人多，经济欠发达的穷地方。公社就在三河街上过桥的东北面，原来的三河乡政府所在地。特派员办公室在公社大门口靠东侧的一间平房内，就像火车上链接在一起的两节车厢。前面临街是户籍室，后面是特派员办公室。要到特派员办公室，必须走进户籍室，叩开后面一扇门，才能出入特派员办公室。

“5·15”专案组，在侦办“孔定山微波站”破坏案件的时候，包括洪强在内，专案组绝大多数同志没有到过特派员办公室。所以洪强、小唐两个人走进户籍室，户籍内勤小董(董红霞)惊异地问：“你们找谁?”

小唐笑嘻嘻地说：“找特派员。”

小董说：“你们是哪里的?”

小唐说：“我们是市公安局的。”

小董一听说是市局来的大员，放开喉咙大分贝地喊：“老殷啊！市局有人找你。”

特派员将门打开，探身出来，情不自禁伸出双手迎上去：“喔唷！我们的老洪来了，里面请坐。”特派员将洪强、小唐迎进办公室，泡茶、倒水忙得不亦乐乎。

特派员老殷歪转了头，目不转睛盯着洪强看，感叹地说：“老洪啊，我虽然触霉头，被顾金生扫地出门。你比我触的霉头还要大，被市局的头头们送到农场劳动改造。我直到现在，还是想不明白，凡是坚持党性原则的人，总是没有好下场，而那些背离党性原则，违反政策的人，反而腾云驾雾，得到重用。”

洪强不屑一顾地笑笑：“没有啥大不了的事，正义终究会战胜邪恶的。过去的就让它过去吧。不过，在现实生活中，要不断总结经验教训。现在时过境迁，而今迈步从头越。”洪强话锋一转：“嗳，老殷，我同小唐今天来，是来向你赔礼道歉的。”

老殷听洪强说明来意，一愣，习惯性地歪转了头：“你同小唐有啥事情要向我赔礼道歉？我倒是弄不明白，我是农民出身，是个大老粗，你最好同我明着讲，向我道歉，总要有个说法吧？”

“起初，成立‘5·15’专案组，考虑到三河公社一定要有‘当方土地菩萨’参与工作。我同你们黄局长商量，并得到他的支持，本来请你到专案组帮忙，结果把你赶出来……”

“我当啥事情，笑话，同你们两位不搭界的事情。”老殷说：“有啥理由要你们向我赔礼道歉。再说，正如你说的，事情已经过去了，不要再提了。”

“专案组，我是组长，是我通过你们黄局长要你参加专案组工作的。”洪强歉疚地说：“我没有保护好你，应该是我的责任……”

“我倒是没有想得如此复杂，”老殷坦诚地说：“你同小唐来，我欢迎，如果他姓顾的来，不要说向我赔礼道歉，跪下来向我叩头，我也不会答理他。你同黄局长是老同学，最初，黄局长向我打过招呼，明确关照我，要我参加专案组，这是给我业务培训的机会，要我向你们学习。确实，我同你们一起工作，虽说时间不长，学到不少东西，尤其是你们的小李，这个同志的品格值得我学习。王金海最初是他发现的，也是他提出审查的，在审查过程中发现失误，毫不含糊表明‘找错了对象’。这才是一名合格的公安人员。应了毛主席的一句话‘有错必纠’，这个要有点勇气呐，不是空口说白话，喊喊口号，做做表面文章，是真正对人民负责的具体表现。后来，是你实事求是纠正了错误。庄前村的老百姓，非但没有责怪你们，反而赞扬你们：究竟是共产党的干部，不会冤枉一个好人。这是群众替我们公安人员树立了一块无形的丰碑。”

听了老殷一席话，洪强对老殷内心已经见到底，他就把陈局长对案件的看法，以及下一步工作设想向他全面作了介绍。特派员老殷一听说老局长回局主持工作，“5·15”专案又要重新开始工作，能够同老洪一起继续战斗，心里有着说不出的高兴。随即表态：“说吧，只要是你们专案组重新工作，我一定尽心尽力，提供帮助。”

特派员老殷经过两天来的奔波，总算为专案组找到一个“窝”——林家祠堂。距离庄前村约两华里路，专案组当即到林家祠堂。

林家老祖宗在清朝时代做过官。以后，一代不如一代，到现在的一辈，已经衰败。解放后，祠堂曾经做过“土改办公室”，以后变成大队办公室。大队搬走后，几乎是一处被遗忘的角落。院子里杂草丛生，屋内年久失修，里面破破烂烂，堆放了乱七八糟的东西，不过还能够住人。特派员特地找了一张桌子、四张木椅，另外，又通过附近村上农民买了些稻草用来打地铺，还找来一个空瓶子放点水作为烟缸。这里，虽说房屋、生活设施比较简陋，但是，环境很清静、隐秘，没有什么干扰。距离庄前村比较近，进进出出倒是很方便。专案组同志看到房屋内破烂不堪，但有一个落脚地方，内心说不上满意还是不满意，只是将就着住吧。

专案组一干人到了林家祠堂，席地而坐，讨论如何在三河公社，撒大网，捕大鱼，要在全公社十一个大队开展排查犯罪嫌疑人。

农村一年四季，农民大忙在夏季、秋季“两熟”：一个是“双抢”，夏收夏种；再一个是晚秋，“秋收秋种”。江南地区流传说“霜降一侧倒”，也就是说到了霜降季节，抢时间割稻，种越冬小麦。“霜降后霜降，稻谷打满仓”，这关乎农民一年洒下的汗水，灌溉成丰硕果实的大好季节。

本来排查工作指望依靠公安特派员，适值遇上秋收秋种大忙季节。三河公社上到书记、主任，下到公社里中层干部，都要分工包片，深入大队检查大忙季节各项准备工作和措施落实情况。特派员是公社党委委员，也不例外，分工包片三个大队，检查秋收秋种准备工作进度。一到这个大忙季节里，偏偏治安事件特别多，一些大队、村里面大小事情包括夫妻吵架、邻里纠纷等杂七杂八的事情都要找特派员。老殷忙得不可开交，简直连吃饭屙屎时间也没有。专案组开展排查工作只好全靠专案人员自己动手，由户籍内勤小董提供户籍底册协助排查。

既要抓工作进度，又要保证工作质量。仅仅翻阅户籍底册排查，就花了一个多星期，才告一段落。三河公社一共有11个大队，第一步，全公社11个大队，采取拉网式的排查，对照户籍底册，对号入座，把年龄在20~30岁的男青年，都网了进去。首先，抓住南面10个大队，一共排查出来152个人，然后，再通过走访群众，就像用筛子筛选，逐步缩小范围：缩小到8个，6个，3个大队，涉及人员由最初152个人，减少到只剩下50个、40个、30个，直至最后只剩下3个人。

通过走访群众，最后论定3个重点对象，曾经有过到孔定山的经历，分别进行重点走访群众，弄清到孔定山去的时间、因果关系。

三河公社位于郊区孔定山的山北地区，这个地方的人有个风俗习惯，凡是女孩子找对象，都愿意嫁到生活比较富裕的山南地区。山北同山南中间横着一座孔定山，山北的人要是到山南走亲访友，势必要翻越孔定山。这样可以避免绕一个大圈子，少走十几里路。经过反复调查，这3个重点对象，当时，适逢四五月份，天气回暖，到山南走亲访友，白天去，傍晚四五点钟回家，所以也就从重点对象中被剔除。排查工作好像是“竹篮打水一场空”，有的同志开始情绪低落，怀疑这样做有没有这个必要。

在晚上碰头会上，就在大家议论排查情况，感到前景不容乐观的时候，一些同志出现了懊丧、气馁情绪，少不得机器齿轮咬合发出刺耳杂音，怨声载道不绝于耳。小唐扫视室内发现少了两个人，说：“咱们的人还没有到齐……”

小高说：“负责红光大队的小郁、小林还没有到。”

正当大家提到这个两个人的时候，小郁、小林两个人风风火火突然推门进屋。在座的同志看到他们一脸兴奋的样子，都以惊异的目光审视他们。

小林首先开口：“我们发现一个对象，无论从发案时间、作案工具都符合咱们排查条件。”小林话音一落，当即刺激到几个垂头丧气的同志的神经，情绪一下子被调动起来。

“好！你们两个人抢到了头功，快说说情况。”就在大家再三催促下，小林、小郁汇报在红光大队发现一个重点对象，在发案时间的当天晚上不知去向，而且，这个单位食堂里的一把镰刀也不翼而飞。顿时引起了在座同志浓厚的兴趣，室内七嘴八舌议论开来。

小唐昂起头："是啥单位，什么样的人，说说看？"

小郁回话："康复精神病院，是个精神病人。"

一听是个精神病患者，在座有些同志好似"一丈水退了八尺"，有人说："活起劲，弄到天亮，用了这么大力气，找到个神经病，扫兴！"

在座的人当中，倒是小高力排众议，郑重其事地说："你们不要对这个神经病人不感兴趣，精神病患者作案不是没有可能。"

小高就拿当年孔定山微波站，最早发生案件，在第一时间勘查现场的时候，省市领导分析作案对象时，认为有三种人，其中就提到精神病患者作案的可能性。小高特地进一步解释："微波站都建在孤零零的山上，有些精神病患者到山上微波站闯祸、倒乱，不乏其人。"他就把澄江监管中心副主任陈辉的分析意见摆出来说："有的甚至爬上百米高的铁塔，看到人还笑嘻嘻。因为，他没有自控能力，往往会做出常人难以想象的举动……"

经小高介绍当初省、市领导勘查现场分析作案对象，其中就提到精神病患者，正巧点中了几个同志的兴奋点。有些同志甚至沉湎于无比喜悦之中。但是，也有几个同志咂咂嘴，摇摇头，嘴上勿说，心里面将信将疑。

洪强吸取审查王金海的教训，向着小林、小郁两个人，郑重其事地说："这一个人可以列入重点调查。仍旧由你们二位负责调查到底。"然后，又面向在座同志说："但是，我要强调一点，到庄前村开展排查工作不能停下来，按照原来的分工继续进行工作。"正说着，祠堂大门被推开，在座的同志抬头一看，特派员老殷腰眼里束了一根草绳，插上一柄镰刀，一身老农民打扮，突然出现在专案组同志眼前。

特派员应洪强约请，到了晚上7点多钟，风尘仆仆赶到林家祠堂，老殷在众人面前一经出现，专案组的同志都发呆了。

小唐抢先说："喔唷，老殷，你啥时候改行了？"

老殷笑嘻嘻地说："啥改行，不改行，在我们农村工作同城市不同。现在又是大忙季节，我工作的平台就在田里。如果要找人谈话就要同他们一道劳动。否则，按部就班，大老爷架子，两个农民理也不会理你，不要说坐下来同你谈话，站在那里也不会搭理你。到了晚上再去找他，实事求是说一天劳累，吃了晚饭就想着上床，更没有心思同你谈工作；白天我到田里同他们一起劳动不仅不耽搁他们时间，相反帮他们提高工作效率，他们也就乐意同你谈事情。”

洪强递给他一根香烟：“我们要向你学习脚踏实地的工作作风，心贴农民心的工作方法。特别要向你学习处处事事替群众着想的精神境界。”

小李赶忙泡了一杯茶递过去，倒是小唐想得周到：“我来下点面你吃吃吧。”

老殷倒也不客气，诙谐地说：“你们这里只有小唐是我肚子里的蛔虫，晓得我肚子饿了，小唐啊！不好意思了。”

洪强似有醒悟：“现在不谈，等你吃好面再说。”

一个下午到晚上忙下来，老殷肚子里确实已经开始呱呱叫了。正好一支烟吸完，小唐的面也端来，他狼吞虎咽把肚子填饱，用手抹了一下嘴：“说吧，什么事情？晚上 11 点钟，我还要赶到公社汇报我负责一个片，三个大队的农忙工作措施落实情况。”

洪强赶紧将专案组在三河公社十个大队的排查情况向特派员详细作了介绍，然后说：“老殷，我们晓得你这几天特别忙，不好意思打扰，怕影响你的工作。但是，你是地方土地菩萨，不得不请你来，听听你对我们这样的排查，有何高见。”

老殷歪转了头，很爽气地说：“依我看，这样的排查，网撒得如此大，应该说不会再有疏漏了。而且符合本地的实际情况。”老殷接过洪强递过来的香烟，点燃后，深深地吸了一口，随即喷出一缕白烟，郑重其事地说：“三河公社除了庄前村外，其他 10 个大队很少有人上山砍柴。”老殷如数家珍，分析了三河公社的地理环境、农民生活习惯。

三河公社南面十个大队（村）靠近市区，农民平常日子生活燃料只烧煤球，不烧柴禾，所以用不着上山砍柴。家家户户靠种的蚕豆、山芋到市区老百姓家里换煤球。上半年用蚕豆，下半年山芋上市用山芋去换煤球。城里面的一些老百姓，几乎南北四城门的人都晓得三河公社的蚕豆、山芋好吃。因为它地处沿山，土质好，产出的蚕豆、山芋是糯性的，市里的老百姓特别喜欢吃。村上有些人家，甚至还到庄前村去收购蚕豆、山芋，然后再到市区换煤球，当作一项副业赚钞票。

老殷点了点头说："专案组这个一网撒下去，没有看到大鱼、小虾，这并不奇怪。倒是符合三河公社这 10 个大队的实际情况，大面积的排查工作可以告一段落。"

对下一步工作，他建议集中力量围剿庄前村。老殷坦率地说："最初，庄前村的排查工作，没有像这一次南面十个大队的排查认真、细致，有条不紊。再加上在庄前村排查的时候，'半路上杀出个程咬金'，说犯罪分子找到了。所有的排查工作都停下来。老实说，拿王金海作为嫌疑对象审查，当时我也没有根据、理由反对，但是，从内心来说，我感到王金海不可能作案。我现在亮出我的思想，这一个犯罪分子还是在庄前村的可能性比较大。如果要掉转头来，到庄前村开展工作，首先要改变工作作风，要适应农村的工作特点、方法，一句话，我们的工作方式、方法要使农民容易接受，排查工作才能够有所收获。从明天开始，我把秋收秋种工作重点转移到庄前村配合你们工作，怎么样？"在场的同志都表示赞同特派员的意见。

洪强十分高兴："老殷，照你的意见办。"

老殷一看手表已经是晚上 10 点 40 分，赶忙站起来说："我要赶到公社开会，只好再会了！"

此时，专案组的同志内心十分复杂，说不上是高兴还是不高兴，心里犯嘀咕，化了将近 20 天时间，大网加小网，一网、一网"竹篮打水一场空"。说高兴吧，不管怎么样，这意味着三河公社 10 个大队的排查工作总算结束，还找到了一个嫌疑对象，说有点扫兴，现在找到的嫌疑对象是个精神病患者。

根据老殷分析三河公社农村的特点和提出的建议，洪强召集专案组同志就下一步工作进行讨论。

洪强说："刚才老殷发表了很好的意见，为咱们下一步工作献计献策，大家可以在此基础上再议议。"

小唐打破沉默："我认为老殷长期在基层工作，他对下面的情况吃得透。他发表的意见很有见地，咱们把网撒下去没有捞到鱼虾，而咱们的目的主要是车干了水，鱼池见到了底。这为下一步集中力量打歼灭战，提供了保证。下一步工作起来，不需要瞻前顾后，三心二意了。"

小高点头附和："小唐的意见，我赞同。如果不这样做，还是要心挂两头，左摇右摆，失去工作重心。现在，可以一门心思‘三打祝家庄’，集中力量到庄前村去。”

小马疑惑地摇摇头：“如果到庄前村去，仍旧照三河公社南面十个大队这样‘大兵团作战’的排查方法，我觉得不怎么妥当，是否可以采用一些简便的方法。否则，这么许多同志到人家一个村，就是犯罪分子在庄前村，等于敲锣打鼓告诉他：‘你是犯罪分子，赶快跑！’”小马的发言引来在座的其他同志一阵哄笑。

小唐快言快语：“你倒说说看，用啥简便方法？”

小李经历了审查王金海失误的教训，确实思想水平有所提高。笑嘻嘻地说：“小马的说法，不无道理。我以为到庄前村去，这是个大前提。问题是，怎么去，去了以后，又怎样开展工作，专案力量如何运用，发现了重点对象，又怎么办？这许多问题都要认真研究，不然这么多人一哄而起，成了‘屎头苍蝇漫天飞，到处碰’，弄得一个村庄上的人，人心惶惶。”

小高想了想说：“归根结底，要明确一个工作路子，否则，真的变成‘屎头苍蝇’乱撞乱碰，惹人讨厌呐。”

洪强一看专案组同志，对到庄前村开展排查工作，思想基本上统一。而对下一步工作方法、工作路子心存疑虑。其实，他已经胸有成竹。在大家发表意见的基础上，洪强拿自己已经想好的路子向大家述说：到庄前村去，首先要“师出有名”，让村上的老百姓不感到突然，甚至怀疑。绝对不能一阵风去。要采取“公开与秘密相结合”的方法：派出“先头部队”，对原来排出的重点，特别是上过山的人，进行调查……

听了洪强对整个工作的安排，在座的同志虽说思想上基本统一了，但是，还有一些同志心存疑虑。怕到了庄前村排查，结果还是“空对空”，整个三河公社找不到一个犯罪分子，再也没有地方去了。但是，倒是有一部分同志把希望寄托在小郁、小林发现的重点对象，不管他是精神病患者，只要吃准对象，调查核实，即使销案，最终有了结果。

28

暗度陈仓

经过大家讨论以后，洪强集思广益，综合了大家的意见，避免专案组一窝蜂到村上，干扰庄前村上的农民正常生活。决定采取“公开与秘密相结合”的斗争策略，由特派员老殷作为“先头部队”进村调查到过孔定山的人员，然后，依靠基层党员，走访群众，逐个“对号入座”，排查犯罪嫌疑分子。

坐在公社里特派员这个位子上，就像“上面千条线，下面穿的一根针”，区里机关一些部门，凡是一些杂七杂八的事情都要找特派员。他既要参加农村秋收秋种，又要抓好全公社的治安工作，还要应付上面突然来的“钦差大臣”，真正忙得团团转。虽说，他向洪强口头上承诺在秋收秋种大忙季节，配合专案组工作，到头来身不由己，一些乱七八糟的事情，都要缠牢他。区革委工副业组两个同志找到他要调查农村工副业发展情况，他不得不放下手里工作陪同前往庄前村大队。

区革委两位大员，一个叫钱惠民，还有一个叫张晓明，听任特派员安排，首先到微波站调查摸底。成站长一看到特派员老殷，傻乎乎地笑笑：“特派员，你好久不来了，有什么事情，尽管吩咐。”

“我嘛，是‘万金油’，兼‘揩台布’，名副其实的‘不管部部长’。”说着，特派员首先将区革委两个同志向成站长介绍：“他们两位同志是区里调查农村工副业情况，到你们这里，调查一下庄前村在微波站劳务输出情况。”

“欢迎，欢迎。”成站长露出憨厚的傻笑：“我们沈会计肚子里一本十六册，来，我来同你们去找沈会计就解决问题了。”

成站长把他们三个人领到会计室，关照会计：“沈会计，他们是区里来的同志，要了解庄前村的劳务输出情况，你同他们谈谈吧。”成站长转身对特派员：“你们谈吧，我不陪了，有事情喊我，我在办公室。”说完，返身自顾自回到他的办公室。

沈会计40多岁，是山南人，两只手臂上套了一副深蓝色的袖套，看上去老实巴交的，为人比较和气，他听到站长介绍，连忙站起来，低声低气：“请坐！你们是否谈谈有些什么要求，我再按照要求向你们介绍吧。”

特派员老殷转过身来对区里的两位同志说：“有什么要求，你们尽管同沈会计讲，他肚子里一本十六册。”

钱惠民说：“主要请你介绍庄前村，每年到你们站里搞劳务情况。一年有多少人次，每次做多少工，具体做些啥活计，劳务费是如何结算的？”

沈会计愣了一下，皱起了眉毛，顿了一顿：“次数很少。让他们来打工，实际上算不上啥正正规规工副业，是微波站照顾性质的。其实，有些活可做可不做，只要他们队长开口，基本上有求必应。因为，这个村比较穷，没有像样工副业，为了同他们搞好关系，带有些扶贫的意思。所以，他们来打工，做多做少无所谓，一年的次数并不多，约莫十次，我们只是拿山上大体要做的活说一说，来多少人，由他们自己定，每次劳务费200~300块。实事求是说，他们干的活也并不重，譬如修山路、机房周围除草，如果省里、市里有领导要到机房检查工作，临时喊他们突击一下，打扫打扫山路……”

张晓明插话提问：“他们都是哪些人来打工？你这里有没有名单？”

沈会计笑了笑：“名单我这里倒是没有，因为大队书记同成站长说定的事，由他们派专人来联系，具体劳动项目随便定的。村上有个叫阿庆，专门由他负责联系、派工，哪些人参加，需要多少人出工，都由他说了算。干完活，由阿庆同我结账。只要凭大队开具的条子，我付钱，阿庆签收。假使要参加劳动的人的名单、具体劳动情况，我建议你们最好到村上找阿庆，他肚子里倒是真正一本十六册。”

“走！到庄前村找阿庆。”特派员老殷站起来，面向沈会计：“耽搁你的时间，对不起了。”

沈会计谦恭地弯着腰：“说不上耽搁我时间，茶也没有吃一口，就走了，有空过来坐坐。”

特派员和张晓明、钱惠民向沈会计告别后，路过成站长办公室门口，老殷就在门外面提高了嗓门喊：“成站长，我们走了。”

成站长在办公室隔墙应声：“好，不送，有空来玩。”

特派员一头敷衍，一头和钱惠民、张晓明直奔庄前村。在大队办公室恰巧碰到王书记，特派员开门见山：“阿庆呐！”

王书记：“找阿庆有啥事情？”

特派员就把钱惠民、张晓明向王书记作了介绍：“这两个同志是区里工副业组的，主要是调查你们大队工副业发展情况。根据微波站介绍说，你们的劳务输出每年要进不少钞票，是由阿庆具体负责，所以要找阿庆，你是大忙人，就不来麻烦你了。”

王书记皱起眉毛，苦笑着：“开什么玩笑，一年就进那么千把块钱，到了你嘴里，翻了几个跟斗，说不少钞票。嗳！我听说专案组在南面的大队开展排查了，声势做得大。”

特派员听他提起专案组情况，也就任其自然接上话头，借题发挥：“专案组本来搞破案嘛，说不定今天到这里，明天到那里，反正案件不破，事情有得做呐。就像咱们农村‘调龙灯’，调到哪里是哪里。不过，南面的大队会动脑筋，大忙季节请他们帮忙，两个农民看见他们帮着秋收秋种，高兴得不得了，特别是一些小青年同他们轧上朋友，这两天田里的活计搞得热火朝天，拥宪、红光两个大队已经开镰割稻了。再有过个把星期稻快要收割上场，不像你们这里老黄牛拖板车，没有个尽头。”

实际上，王书记也是个有心人，他耳朵里已经刮到点风声，专案组在拥宪、红光两个大队帮助农忙，趁特派员来，有意试探摸底，想通过特派员邀专案组到庄前村帮忙。他恳求似的说：“你帮我们动员他们到庄前村来帮帮忙吧。我们这里就像‘困梦头里还没有困醒’，到现在准备工作还没有完全落实，真是急煞人。”

喔唷！特派员面孔朝王书记看看，神情显得惊讶似的说：“你倒是门槛精得九十六，倒会精打细算呐。你可晓得专案组是市里派来的，只有他们支配我，我不好朝他们指手画脚，你要我倒过来做，我不要吃批评。你说着你们队里‘秋收秋种’的事情，我本来也要问你们，你们大队进度算慢了。”特派员摇摇头：“我负责你们这个片，向公社两个领导汇报进度，已经吃了几次批评，你们下一步到底是啥说法。”

王书记急得头上冒汗，求饶说：“请你无论如何帮帮忙，把专案组请来帮帮我们。”

特派员装模作样摇摇头：“你想要专案组到你大队帮忙，我还要同他们商量，肯不肯来，我不敢打包票。”

王书记哀求：“这个事情就拜托你了，早点完成任务，你也好向公社交差，无论如何帮帮忙。你要找阿庆，我陪你们一道去喊。”

特派员说：“你倒会说话得。你们完不成任务，责任往我身上推。你放心，吃批评、打屁股，只会轮到你噢！”

两个人一头说，一头走，由大队书记王汉仁领路找阿庆。

阿庆，40 多岁，高小毕业，大队党支部负责农业的支部委员。虽说文化程度不高，但做起事情来有板有眼，一个是细心，再一个是踏实，特别是算个小账，滴水不漏。特派员、钱惠民和张晓明三个人由王书记陪同到了他家里。

王书记大声疾呼：“阿庆，特派员同区里两个同志有点事情找你，你陪他们说说吧。”说完，他就自顾自走路。临走时，这位王书记还敲钉钻脚，一再关照特派员老殷：“我托你的事情，摆在心上，我们就指望你了。”

特派员回过头来：“嗨嗨！你倒好嘞，推给我的硬任务，我摆在心上哟，你去忙你的事情吧。”

等到特派员向阿庆说明来意，阿庆马上从口袋里掏出一个小本子，如数家珍地说开了。基本上同微波站沈会计反映的情况相仿，但是具体一点，内容也比较丰富。

“到微波站打工，人员不固定，每次人数有 5~6 个人。”阿庆手里拿了个小本子：“反正，由我调度，个别人只要是大队书记讲句话，我就带他上山干活。譬如，后村有个朱如泽，前几年高中毕业没有考取大学，也没有找到工作，治保主任陈胜全向王书记提出来，属于照顾性质的，就让他上山参加打工。”

钱惠民问：“你们到山上哪些地方，干些啥活计？”

阿庆一听来人提起到哪些地方干活，心里面有些疑疑惑惑，肚里转念头，到山上哪些地方干活与劳务输出、工副业发展有啥关系？他本能地停顿了一下："我们同微波站说好是做的包工活，到了山上就无所谓到啥地方，干什么活。"

特派员老殷看到他神态有些疑惑的样子，接茬说："你们打工就是代表大队劳务输出。劳务费要按规定，根据做的活来分解计算劳务费。了解在山上哪些地方干活，做啥活计，也就是看微波站每次付的劳务费是不是合情合理。"

阿庆摸了摸头，恍然大悟："倒是这个道理，因为我们同他们微波站商定，按照他们指定的地方做，他们就付工钱，从来不来验收，反正每一次活计干结束，沈会计同我结算，凭大队开出的条子，他就付钱，老规矩 200 到 300 块，我签个名字，给付手续就算结束。活并不重，我们干结束，就收工回家。"

"你们做惯体力劳动的无所谓，"特派员说："像读书人朱如泽就不同了。"

阿庆似有感触地说："倒是被你说着了，朱如泽到了山上，拿把扫帚扫地的时候，就像吃醉老酒摇摇晃晃，看看他吃力得呐。不过究竟文化高，晓得的事情不少，我关照他说山上那个大喇叭不好碰，要触电的。他笑笑说，这才是微波站吓吓你们的。他特地跑到那个大喇叭地方，用手摸摸：'你们看我会不会触电。这个是天线，是用来传输微波信号的。'"

小钱问："他经常同你们一起出工？"

"前前后后，连头带尾巴，他就来过两次。"阿庆说："第一次是他高中毕业没有考取大学那年 9 月份，第二次是到年底又来过一次，以后再也没有来过。我们也乐得少个人，年底分红，可以多拿的工分。"

区革委两个同志同阿庆交谈结束，特派员从阿庆的派工单上，正巧将参加打工人员的名单摘录完毕。至此，三个人向阿庆辞别出来，小钱、小张就同特派员分手。特派员立即赶回公社户籍室，关照户籍内勤小董抽出户籍底册，对照派工单名字，把这些人的年龄摘录下来，理出一份材料。然后，自顾自到公社开会。

当天晚上，特派员赶到林家祠堂，汇报到微波站同沈会计以及庄前村阿庆接触了解庄前村上山人员的情况以及从公社户籍室户籍底册对照排查的结果。

古时候，有个36计，叫做“明修栈道，暗度陈仓”，采用一明一暗、以明掩暗的计谋，实现战略目标。

特派员陪同区革委工副业组两位大员到庄前村调查工副业情况，这是事先由洪强研究决定的“公开与秘密相结合”的一种策略。由侦查科临时借调两名侦查员以区革委工副业组名义作掩护，秘密进行排查到过孔定山的人。同时，特派员以专案组在拥宪、红光两个大队帮助“秋收秋种”，巧妙地促使大队书记王汉仁主动邀请专案组到庄前村去。这样一来，专案组到庄前村开展工作“出师有名”，可以大摇大摆进村，真正是起到了“一石二鸟”的效果。

从户籍内勤小董整理的材料来看：庄前村的人到过孔定山微波站打工，虽说每次上山只有5~6人，但是参加的人不是固定的，每次都要轮换。这样一来，也有50多人，而真正符合20~30岁的，只有20个人，要从20个人中，确定重点是哪些人，哪些人可以排除，都还需要走访群众。

特派员汇报结束，起身赶紧回公社。洪强扫视了一下在座同志，从他们面部表情不难看出，相当一部分同志对特派员汇报的情况不感兴趣，两只眼睛不时朝小林、小郁两个人看，当即意识到他们所关心的是调查精神病患者的情况，特地转过脸来，问小郁、小林：“蔡林生情况，调查得怎么样?”

其实，小郁、小林两个人同在座的其他同志心情一样，听特派员的汇报已经听得厌烦，洪强一点到他们两个人名，赶紧汇报调查进展情况。

“现在，可以肯定蔡林生失踪，是在1970年5月15日晚上7点多钟。”小郁说：“根据精神病医院护士包世芳再三回忆，是她父亲做60岁大寿那年。她表示，记得清清楚楚，那天晚上，一家人吃了寿酒，大约6点半钟就提前赶到医院上班，晚上7点钟到病房发药，突然发现蔡林生失踪。由她报告院部值班副院长，院领导怕他出去闯祸，立即派出医院工作人员四出寻找。”

“包世芳为了论证蔡林生失踪的时间，还摆出根据说，她父亲今年62岁，两年前60岁，以此推算，正是1970年5月15日晚上，7点来往钟。”

小林接着汇报说：“蔡林生出走当天晚上，精神病医院食堂里原来有一把镰刀也不见了，具体是啥时间掉的，医院里的人都不知道。”

在座的同志听了他们两个人汇报，几乎听得出神。此时此刻，人们的思想，就像传说中的“外星人”一样，有的信有，有的不相信有，还有的说：“不可不信，不可全信。”信有的人说：“乌龟壳碰石头”，人家硬邦邦摆出蔡林生出走的日子，这是真的噢。

就在大家捉摸不定的时候，“工程三”小高若有所思点点头，他又重复澄江监管中心副主任陈辉，最早勘查现场时候的分析意见，发表了“权威性意见”说：“看来，孔定山微波站破坏事故，精神病人作案的可能性很大。”

其他同志也都附和：“看来，这个对象七不离八。”还有的说：“案件搞到今天，还从来没有发现如此像模像样的对象，我看可以进行正面接触。”

“开玩笑，他是个精神病患者。”小李严肃地说：“没有行为能力的人，你怎么找他谈话？如果是他作案，只有销案。”

此时此刻，大家好似习惯性地把目光投向洪强。洪强看到相当一部同志赞同小高的发言，再一听小李的发言，为了防止犯经验主义，疏忽大意，沉思良久，发表了中性意见。

洪强说：“对这个人，无论是肯定，还是否定，要查明的要点：一个是时间要吃准；二是镰刀要核实。”然后，他把调查核实的方法、路子以及注意事项，一一作了交代。并强调核实情况，要找同时参加祝寿的其他人回忆，防止偏听偏信。为了加强调查工作的力度，他说：“小唐配合小郁查时间，小高配合小林查镰刀。”

洪强还加重语气，特地关照他们调查包世芳父亲做寿时间，要注意本地老百姓帮“老人做寿”的风俗习惯，推算时间的时候不要忘记这个环节。

小郁、小唐，首先找精神病康复医院原来反映蔡林生情况的护士包世芳，从她那里了解到她大姐包世芬在东风纺织厂做工的场所，马上赶到纺织厂保卫科。保卫科长周耀明看到小唐进门问：“小唐，这些日子在忙啥？”

小唐来不及同老周寒暄，赶忙介绍说：“这位小郁同志，同我一起的。你帮我查个人，叫包世芬，在一车间甲班，在不在班上？我们要找她核实个情况。”

老周看到小唐风风火火的样子，心里想又发生大案了，所以赶紧接通车间主任的电话："你是阿敏，你们甲班包世芬在不在班上，在班上的话，叫她马上到我保卫科来一趟。"

大约15分钟，包世芬戴了工作帽，胸前兜了饭单来到保卫科办公室。保卫科长老周向她介绍小唐、小郁说："他们两位是公安局的，向你了解些情况。"话还没有说完。包世芬十分惊异，公安局的同志怎么会找我，再一听说了解她父亲做寿，当即由惊异变得惊恐："我父亲做寿，怎么会要公安局来调查？"

小唐意识到对方开始误会，他随即将她妹子包世芳反映的情况向她说明："我们为了调查康复医院有个精神病患者突然出走，出走的日子，同你父亲60岁做寿的日子相仿，所以，特地要通过你再核实一下，绝对没其他意思，你尽管放心。"

包世芬听了小唐的解释，原来紧张的情绪这才放松下来，笑嘻嘻地说："是这么回事。我父亲做寿是好几年之前的事了，本来我也不懂，是我们车间一个班组的小姐妹说老人60岁做寿，要做九不做十。所以，我父亲做寿按照做九不做十这个风俗习惯，是在他五十九岁的时候，五月份帮他做的寿。他今年63岁，以此推算，做寿的日子，应该是1969年5月15日。"

小郁郑重其事说："会不会有啥误差？"

包世芬肯定地说："这个日子不会错的，因为我姐妹三个，我是老大，我妹子结婚不久，还有一个小弟当时还没有成家。所以我父亲做寿全由我操办的，还特地请了班组里小姐妹的老倌当厨师，一共办了六桌酒水。"

小唐诘问："那，你妹子同你说的不一样，她说你父亲做寿是1970年5月15日。"

包世芬自信地说："她那时候，刚结婚不久，她只晓得父亲60岁做寿，不晓得做九不做十这个风俗习惯，你只要这么想，我老娘比我老爷小两岁，今年61岁，也是做九不做十，是1971年11月，帮她做寿的。"

小唐、小郁两个人得到包世芬肯定的答复，表示感谢，送走了包世芬，接着又找了向包世芬建议做九不做十以及帮她操办酒水的小姐妹阿妹进一步核实，证明包世芬反映的情况属实。小唐、小郁随即同保卫科科长老周告别，从纺织厂出来，两人直奔红光大队，按照洪强关照，通过蔡林生父亲查到蔡林生的病历，记载："1969 年 5 月 15 日晚，病发逃脱，于第二天收治。"小唐对小郁说："姜还是老的辣"，竟被老洪说准了，这点不得不佩服啊。

在林家祠堂，小郁、小唐汇报了调查的结果，在座的同志都在皱眉毛、挤眼睛，小马脱口而出："真是瞎起劲。"接着小林、小高将调查镰刀情况作了汇报。

小高说："精神病康复医院食堂本来确有一把镰刀，是红光大队刘师傅从家里带去的。他在食堂打工，空闲时在医院后院空地上种些蔬菜，下班时，用镰刀割些蔬菜带回家去。去年，刘师傅被医院解雇，带了镰刀回家。我们还特地找他核实，他将带回去的镰刀拿给我们看，说明医院食堂里一把镰刀，是私人的，医院没有掉失镰刀。"

不言而喻，根据调查蔡林生出走时间、医院食堂镰刀的最后结果，精神病患者蔡林生作案，完全可以否定。原来热衷于调查精神病患者的同志几乎"吃了个空心汤团"，空欢喜一场。

老洪意味深长地说："如果我没有估计错的话，在座的同志对特派员在庄前村调查工副业、劳务输出的情况不感兴趣吧。恰恰相反，我非常感兴趣，咱们就要像特派员老殷那股'实践精神，草根意识'，深入群众最底层，挖掘犯罪分子的蛛丝马迹。要想'三个手指头捏个大田螺'，终究不牢靠。"洪强就拿经过特派员老殷"草根实践"，深入群众调查，再结合现场勘查情况，描绘出犯罪分子的形象，大致"脸谱"：犯罪分子的年龄 25 岁左右，穿"回力球鞋"，从留下的脚印推算，身高一米七〇；具有初高中文化，并懂得一些微波知识的人，熟悉孔定山微波站周围环境，在庄前村、外地都有落脚点。然后，洪强把描绘犯罪分子的"脸谱"，引申到特派员老殷发现的朱如泽，认为朱如泽先后两次到过孔定山。一是年龄符合；二是具有高中文化，懂得一些微波知识；三是到过孔定山，熟悉微波站周围环境四是庄前村、渝西市两地都有落脚点。由此，洪强对下一步工作，发表意见："咱们要坚持两手抓：一手要将朱如泽列入重点，查清他有没有穿过回力球鞋，家里有没有镰刀，发案前后的动向。另一手，面上的排查工作，就要按照现在画出来的脸谱、设定的范围开展排查。"

转过来，洪强笑嘻嘻地说："本来担心到庄前村开展工作出师无名，现在，特派员老殷为咱们创造了条件，大队书记急切地要特派员老殷邀请咱们到庄前村去帮助秋收秋种。这样一来，专案组同志可以大摇大摆进驻庄前村。所以说，老殷到庄前村作为'先头部队'，开了个好头……"

在座的同志听了老洪的分析，有些同志似乎理解，还有一些同志一时脑子里还转不过弯来，心里想：看来，下一步排查工作，要对准尺寸找对象，打了灯笼去寻朱如泽这样的人了。

29

一把镰刀

按照古时候三十六计“明修栈道，暗度陈仓”的计谋，特派员老殷巧妙地运用洪强提供“公开与秘密相结合”的办法，到庄前村借以调查工副业情况，不仅了解到庄前村人到过孔定山的人员，为专案组圈定排查范围，还巧妙地促使大队书记主动邀请专案组到庄前村帮助秋收秋种，解决了“师出无名”的问题，为下一步开展排查工作打下了群众基础。

原来对精神病患者蔡林生作案深信不疑的同志，通过调查取证，被排除了嫌疑以后，就像“老棉鸭吃砻糠”空欢喜一场。然而，对特派员老殷“明修栈道，暗度陈仓”这一招，虽说经过洪强加以阐释，这些同志还是怀疑它的实际效果。而特派员老殷本着既定目标，工作路子，使得专案组能够早日回到庄前村开展工作，借以检查秋收秋种准备工作，来到庄前村大队。大队书记王汉仁一看到特派员，赶紧向特派员老殷打听邀请专案组到村上支农问题的结果：“上次，我托你动员专案组到我们大队来帮忙，至今没有个说法，你得抓紧一点，使劲帮我们说说看呐。我们大队收割任务完不成，打屁股你也有份。”

特派员笑嘻嘻说：“你上次托我的事情，倒也不是没有使劲，我同他们提出来，他们比较为难，因为，专案组本身工作比较忙，脱不了身，我再试试吧。”

王书记说：“不要再试试了噢，你帮我拉，也要把他们拉过来。”

特派员点了下头说：“好，照你的说法，我捆也要把他们捆过来。”

王书记怕不落实，特地同特派员说定日子，并向特派员表示：“到那一天，大队准备敲锣打鼓迎接专案组同志。”

随后，王书记专门召开庄前村大队党支部委员会议，听取和讨论

“秋收秋种”准备工作情况。

实事求是说，农村两个农民积极性也不高，做同不做一个样，就靠几个工分过日子，连肚子也填不饱，大队干部吆喝他们抓紧做好“秋收秋种”准备工作，两农民懒懒散散，只当耳边风。弄得几个大队干部脚直跳。

党支部委员会议一开始，在座的几个人都被当前准备工作进度缓慢所困扰，有的叹苦经，有的怨声载道，还有个别的人尽是发泄满腹牢骚。党支部书记老王，思想上已经出现纷扰不安情绪，竭力想扭转目前的困境，改变目前被动局面。

王书记说：“红光、拥宪两个大队收割已经结束，开始播种小麦了。”

在座的支部委员惊异地说：“难道他们有三头六臂，这么快。”

王汉仁就把特派员向他介绍的情况述说了一遍，认真地说：“倒不是他们有三头六臂，主要靠原来在我们村上的专案组帮忙。所以，我同特派员商量，请他把专案组同志拉到我们这里帮帮忙。”

治保主任陈胜全一听说要把专案组同志拉来帮忙，当即竭力反对：“这些人本来在我们村上转来转去，弄得人干活也没有心想，他们这些人能做得出啥事情，到头来，忙没有帮好，弄得不好还要帮倒忙。”

王汉仁板起面孔：“人家又不会抢你的工分，借他们一股势头，把大家的劲鼓出来，南面两个大队不就是靠他们帮忙，收割结束开始种小麦了。现在，再不抢时间，一旦变天下雨、下雪怎么办。”

妇女主任王杏娣积极支持书记的意见：“汉仁的意见对头，我也主张请他们来。他们来又不妨碍我们，人家纯粹是办义务的。我在公社开会碰到南面几个大队妇女干部说起秋收秋种的事，她们讲，请了小学里一些老师、学生支农，帮忙收割，我们已经落后了。”

大队里凡是有重大事情，一定要邀请老书记王国栋到会，在庄前村老老少少、男男女女心目中，把他当成一尊偶像，所以都尊称他为老长辈。他一参加会议，可以起到压住阵脚的作用。在会上，他听到陈胜全发出不和谐声音，马上发话：“老陈啊，会上大家讨论蛮好的事情，你总要打横炮。专案组来帮忙，有啥不好。汉仁，凡是对集体有利的事情，你当书记的该拍板的，就要拍板。”老长辈转过脸来问抓农业的阿庆和抓工副业的两个支部委员：“你们两个人是啥态度？”

阿庆、本度都表示赞成：“这是好事情，就怕请不来噢。”

王书记蛮有把握地说:“我叫特派员老殷去请，老殷已经表态,说捆也要把他们捆过来。他们来,大队要像模像样热闹一点,阿庆你负责找几个人准备铜锣鼓家什,他们一到村上,就敲锣打鼓欢迎,要把秋收秋种的气氛搞得浓一点。这个事情就这么定了,大家按原来的分工抓进度。散会。”

专案组得到特派员传来的信息,正好顺水推舟,应大队书记邀请,名正言顺地由南面的大队移师进驻庄前村。大队书记王汉仁还正儿八经组织一帮人像过喜庆日子,敲锣打鼓欢迎专案组同志的到来。在一阵阵喧闹声中,大队书记当众宣布:“庄前村大队秋收秋种,今天开镰啦!”顿时,村里出现少有的热闹场面,一些人嘴里还一个劲地呼叫“开镰了,开镰了”,原来窝在家里的男男女女都跑出来看热闹,一个个忙着回家拿镰刀。专案组同志一到大队办公室,大队书记马上把阿庆喊来,会同洪强研究劳动力的分配问题;根据洪强的提议,阿庆特地把专案组人员按原来的分工,安排到各个生产小队参加劳动。霎时,庄前村趁群众喷发出来的一股热情,拉开了“秋收秋种”序幕。

村上男女老少基本上都认识专案组的同志,特别是小唐、小李、小马几个人的人影在田头一出现,村上的人就主动同他们搭讪。有的村民还与专案组的同志攀亲带故,尤其是一些妇女甚至向专案组的小李提出来说:“小李啊，你就在我们村上找个对象，当庄前村上门女婿吧。”分配在生产队的同志,在田头里弯着腰,一头帮助割稻,一头同一些农民聊天,就几天工夫,同村上人混熟了,要找哪个人了解情况,也不需要转弯抹角,可以直截了当说明自己的意图,村民们一个劲地向他们介绍情况。在劳动间隙,小唐大显身手,放开喉咙唱地方戏,他的一副清脆、响亮的嗓子,娓娓动听的唱腔,吸引了村头田间男男女女跑来欣赏。一些农民赞不绝口:“小唐的一副嗓子、唱腔,可以同市里剧团里头牌小生比呐。”一段唱完,一些人鼓掌,大声叫喊:“再来一个……”

实事求是说,专案组一来,把这个大队,搞得勃勃生机。一天劳动结束,男女老少,改变了过去的生活习惯,吃完晚饭就上床困觉。特别是一些青年男女不甘寂寞,成群结队,像赶集一样跑到阿庆家,把阿庆家门口围得水泄不通。因为专案组的同志在阿庆家里搭伙,这些人是奔着专案组同志来的,确切地说是奔着小唐来的。聚集在阿庆家门口吼叫："小唐，唱一个，好不好？"一些小青年还有节奏地齐声叫喊："欢迎、欢迎！欢迎小唐同志来一个，好、好、好，快、快、快！"

特派员跑出来用戏谑的声调说："你们要小唐唱，要收门票的呐。"

小青年把头一撇："好！收门票，就收门票。"

正当大家相互戏谑调侃的当口，大队书记王汉仁急急匆匆跑来找特派员汇报收割进度。正说着，抓农业的支部委员阿庆满头大汗跑来找大队书记："接到公社电话通知，广播站天气预报说，今天夜里有大风大雨，现在，还有好几个生产队没有收割完毕。你看怎么办？"

特派员当机立断："今天夜里，挑灯夜战，也要完成收割任务。"

大队书记命令式地说："叫他们不要歇夜，赶快抢收。"

阿庆急着汇报说："我同他们说了，他们不相信今天夜里有大风大雨，自顾自跑回去歇夜了。再说，就是他们挑灯夜战，也完不成收割任务。"

特派员毫不含糊地说："老王，无论如何要动员他们连夜抢收。否则，一场大雨，让刚好收获的稻烂在田里发芽，自己对不起自己。"

在旁边的洪强看到两个大队干部急得直跳脚，当即同专案组同志交换一下意见，然后，面向在场的小青年："小伙子们，姑娘们，咱们成立个突击队，再立新功，怎么样？"

围观的青年农民齐声说："好！"

在场的男女老少返身回家拿劳动工具，再回到场上听候分配任务。大队书记王汉仁作了简单的动员，阿庆宣布劳动力分配。话音一落，由小唐带头，用手一挥唱："向前！向前！向前！我们的队伍向太阳……"专案组的同志同村上的农民一起随着歌声，整队出发。

洪强转过身对老殷："你放心到公社开会，收割情况我同你通电话。"

老殷说："拜托了，你们要注意安全。"

此时，大队书记兴冲冲地找阿庆准备夜餐。

一伙人直奔田头，二话不说，说干就干，一头收割，一头嘴里吆喝："同志们呐，加油干呐。"

女青年也不甘寂寞，跟着男青年的节拍吆喝："姑娘们呐，要巧干，收割庄稼要靠铁姑娘呐。"

小唐接口："姑娘们呐，有志气，你们巧干，咱实干，咱们比比谁比谁干得欢。"

在此同时，本来回家歇夜的农民，看到浩浩荡荡的劳动大军奔向田头，也转身回到家里拿了镰刀赶到田头抢收。就在你追我赶的吆喝声中，原来几个落后生产队的稻收割完毕，捆扎、堆放到场上。

阿庆在场上吆喝："大家到大队办公室集中吃夜餐。"

劳动大军在一片欢声笑语中，聚集到大队办公室吃夜餐——山芋。瞬时，天空闪电，一声清脆的炸雷声，在室内的人群受惊，身体本能地震动，有的女青年受惊吓，手里的山芋震落到地上；有的捂住耳朵。霎时，雷电交加，风雨大作，像瀑布般似的倾泻。在人群中，有个人发声："喔唷，这个是不祥之兆。有句老话说：雷打冬，十个牛栏九个空，冬天打雷不是好事。"

阿庆说："你不要昏说乱话，吃山芋。"

洪强自顾自将收割进度同老殷通话，大队书记喜滋滋地说："大家辛苦了。"他看到妇女主任王杏娣，问起治保主任陈胜全："老陈到哪里去了？"

王杏娣撇了一下嘴唇："鬼迷，他说回去拿镰刀，连个魂也不见。在会上讨论邀专案组来帮忙的时候，他竭力反对，人家来了，他像大老爷……"

大队书记王汉仁转身问阿庆："你有没有看到老陈？"

阿庆摇摇头："你寻他人？吃过晚饭，大家去抢收割稻，我就没有看到他人影子。"

王汉仁问了几个人都说没有看到，转念一想这个老油条，犯老毛病，也就不再打听了。

在大队办公室，洪强同老殷通过电话正待放下话筒的时候，老刘走了进来："张海波人没有看到，不晓得到哪里去了？"

小王接茬："吃晚饭的时候看到他，吃过晚饭眼睛一眨，人不见了。老洪啊！你怎么会把这个人要来帮忙？"

洪强笑笑："先前为了派先头部队进驻庄前村，开展秘密排查，考虑到原来专案组同志都是熟面孔。请求宋科长临时支援两个同志，宋科长一口答应，结果派来一个张海波。"

小王惊异地说："张海波这个人就是烧成灰，庄前村的老百姓也认识是专案组的人。"

洪强说:“我也把你的意思向他说明,请宋科长换一个人。结果临时抽调小钱、小张两个同志,明确只一天时间,张海波是硬性塞来的。宋科长还特地关照,张海波留在专案组,要关心培养这些退伍老战士,他老婆产后身体不好,要给他一些机动时间照顾小家庭。事情的来龙去脉就是这样。所以,咱们都要关心他……”

小王疑惑不解:“既然他老婆身体不好,这个人留在市里工作不是可以照顾小家庭了吗?放到专案组,远离城市的农村,这个账,不晓得宋科长怎么算的。”

老刘笑笑:“好了,老洪已经打开天窗说亮话了,再说也不稀奇,宋科长还就是会算账……”

他们三个人从大队书记办公室走出来,庄前村大队屋子里,满满一屋子人,正是热闹非凡。

在人群中有人兜住大队书记:“王书记,抢收任务完成了,你拿什么慰劳我们。”阿庆看到书记被问得僵住在那里,特地帮他解围:“叫小唐唱一个,怎么样?”

人群里顿时爆发出热烈掌声,齐声叫好。小唐放开嗓子唱了一段黄梅戏,这个时候,外边的雨已经停止。

大队书记吆喝:“大家早点回去歇夜,明天一早还要干活。”

一些男女青年听了大队书记发话,开始移动脚步回家,不少人还是流连忘返。

庄前村收割任务一结束,专案组围绕排查犯罪分子作案工具——“镰刀”,从人到镰刀,再从镰刀到人,开始按照原计划开展工作。通过同群众朝夕相处,在积极分子大力帮助下,经过三天时间排查,由小李、小唐两人统一汇总,排出213把镰刀,逐把登记造册,然后再将人与镰刀逐个对号入座,基本上做到一个不漏。小李、小唐为了防止遗漏,特地再到阿庆家里找阿庆核对。

阿庆看了排查名册,翻开自己的笔记本对照,疑惑地说:“总数不对头,按照道理庄前村大队社员家里都有镰刀,总数应该是214把。”阿庆抓头摸耳朵,说了一个奇怪现象:“朱如泽、王金发两户两个人只有一把镰刀。”皱起了眉头,摇摇头:“照道理他两个人都有镰刀,最好,你们找特派员核对一下,因为专案组先前离开庄前村,登记资料由陈胜全报送给特派员保管的。”

在林家祠堂，专案组全体同志围坐在草铺上研究讨论排查工作进度，由小李把排查汇总的结果向大家作了汇报。

洪强想了想说：“现在，摆在咱们面前的问题，少掉的一把镰刀，集中在王金发、朱如泽这两个人身上，究竟是谁少掉一把镰刀？我的意见，下一步，最好找到老殷把上次排查的原始资料拿出来进行对照，也许可以揭开这个谜。”

第二天，小李、小唐、小马跑到公社，在特派员办公室找到特派员。小李拿排查镰刀的情况以及碰到的问题向特派员汇报：“据阿庆说，上次排查镰刀的原始资料是由你保管的，是不是请你翻出来，大家一起回忆一下，看看问题出在哪里？”

特派员听说要翻登记镰刀的原始资料，随即从抽屉里一堆材料中，翻了出来，一页一页翻阅，一行一行查看，渐渐在登记册上出现了两个人的笔迹。一个人的字迹比较工整，还有一个人的字迹比较潦草，登记了后村 6 家人家的镰刀，其中记载王金发的备注栏里面写着：“王金发不参加劳动没有镰刀”。住在王金发隔壁的朱如泽，登记册上记载：镰刀一把。小李、小唐、小马看完原始资料。小李疑惑地说：“这次由专案组同志上门登记，朱如泽不在老家，登记镰刀时，备注一栏空白，而登记到王金发有镰刀一把。朱如泽、王金发这两个人究竟谁有镰刀，谁没有镰刀？要将这两个人情况摸准，就晓得总数之所以不对的原因。”

特派员笑了笑：“这个事情好办，从原来登记的资料来看，有两个人的笔迹，当时参加登记的就两个人，一个是阿庆，再一个是陈胜全，只要问问陈胜全不就解决问题了吗？”

小李当即摇摇头：“直接找陈胜全不妥当，他现在是当事人。”

特派员毫不介意地说：“阿庆也是当事人，陈胜全是老党员，这些事情问问他没有什么大不了的事。否则，找不出第三个人可以解释清楚事情的来龙去脉。你们看怎么办？”

小唐附和小李的意见：“在一般情况下，应该找陈胜全，他不仅是老党员可靠，还是治保主任，又是他经手的事情。问题在于他经手的事，一旦有啥差错，会使他难看，甚至尴尬，我的意见，先找阿庆了解，然后再决定是否要找陈胜全。”

特派员点点头："这个办法可行，你们找阿庆，有啥问题，咱们再商量。"

小李、小唐、小马三个人带了原始资料再找阿庆核实镰刀情况。赶到阿庆家里，正碰着阿庆全家吃晚饭。阿庆看到他们三个人来，赶忙招乎吃晚饭。

小唐说："你吃你的晚饭，我们等你吃好再说。"

阿庆放下饭碗说："你们不吃，我吃不下去，说吧，有啥事情？"

小李将来意说了一下。阿庆认真地想了想："当时排查登记镰刀，你们局里有事情，要专案组同志回去。你们离开庄前村之前，特地向我和陈胜全两个人交代排查工作，按照分工：我负责后村，陈胜全负责前村，陈胜全向我提出调换一下，要我负责前村，他负责后村排查登记。"

小李说："根据你的说法，前村是你的笔迹。登记后村怎么会出现两个人的笔迹？"

阿庆答："我在前村登记，陈胜全在后村登记。后来因为村里的人找他办事情的人多，他就把后村登记造册的事情全部推给我。陈胜全在后村亲自登记也只有五六家人家。当时主要是我忙前忙后，包括后村也都是我挨家挨户进行登记造册，上面多数是我的笔迹，前后村完成登记造册任务，就由陈胜全到公社向特派员汇报。"

小李就把原来特派员保存的原始资料摊在桌上："这个资料上有两个人笔迹，你辨别一下。"

阿庆看了一眼："绝大部分是我的笔迹，后村有 6 家是陈胜全登记的笔迹。"

得到阿庆肯定的回答，原始资料上的两个人笔迹搞清楚了。陈胜全在后村登记了 6 家，其中登记到王金发一栏里，备注里记载："王金发不劳动没有镰刀"，在朱如泽登记的备注一栏里记载："镰刀一把"。然后，小李征求阿庆对这个问题的看法："你看朱如泽、王金发这两个人的镰刀，究竟是怎么回事？"

阿庆毫不含糊地说："之所以说镰刀总数 214 把，就是因为朱如泽同王金发都有镰刀。因为他们两个人的镰刀都是我经手买的。"

阿庆就将王金发、朱如泽两人的镰刀的来龙去脉详细回忆："我们农村有个不成文的规矩，凡是要到农村落户参加劳动，必须要有三大件，就是要有锄头、铁耙加镰刀。那年，王金发从海临回乡，因为我负责农业的，由大队书记交给我的任务，陪同王金发到三河街上农具店买了三大件，他参加劳动没有几天，腰痛背酸。以后，断断续续到田头干活，后来干脆不下田了。但是三大件还是完好地放在家里。朱如泽那年高中毕业没有考取大学，回乡落户种田，也是由大队书记交给我的任务，由我陪他到三河街上农具店买的三大件，他参加劳动就两三次，他的三大件也应该放在家里。”

小李带有疑惑的口气问：“上次登记镰刀，朱如泽在不在家？”

阿庆摇摇头：“我印象中，他好像不在老家。”

小唐好奇地说：“那他不在家，怎么会登记着镰刀？”

阿庆笑笑：“这个，恐怕要问陈胜全了，从登记造册上看，是陈胜全的笔迹，说明是他帮朱如泽填上去的。他是朱如泽的娘舅，其他人就说不清楚了。”

从几个方面汇集起来的情况表明：整个大队前后村两百多家，按照排查要求登记，应该有镰刀 214 把，现在排查登记造册只有 213 把，如果少掉的一把镰刀，就是朱如泽的一把镰刀。假如朱如泽的镰刀说在家里，那么，214 把镰刀的总数就对上号了。问题是，朱如泽家里有没有镰刀，王金发有一把镰刀，上次登记，怎么会没有登记到镰刀，从排查登记分工以及登记资料上的笔迹来看，问题都集中在陈胜全一个人身上。

晚上，在林家祠堂，专案组同志听取了小李、小唐、小马三个人的汇报，经过一番议论，一些同志的两只眼睛，就像黑夜里电筒强烈的光束射向朱如泽，朱如泽家里到底有没有镰刀，吸引了专案组同志的注意力。

30

问“狗”

庄前村农民经历了一场“与天夺粮”紧张的秋收秋种，进入了江南地区传统的“农闲”季节。除了大队干部窝在办公室讨论工作外，一年辛勤劳动过来的农民，走亲访友、投门路寻外快，或者背了干部暗地里挑些农副产品上城叫卖。前村、后村一些人家的家门口场地上，且出现了另一道风景线：

七八十岁的老伯伯、老婆婆在家门前孵太阳；在家里的大娘子扎堆围着一张张春凳，在暖洋洋的阳光底下扎鞋底，精心制作棉鞋。这些女人，一边手工制作，一边说笑话，议论大队里几个干部，当她们议论到治保主任陈胜全，连得他的老婆也惹人讨厌，不时传出一阵阵咒骂声。突然间，两个人话头一转，议论起眷助秋收秋种的专案组，不经意间，在人们的视线里消失，一时好似有点失落感。

为了适应农村生态环境，专案组帮助庄前村秋收秋种一结束，洪强马上采取措施，只留下小李、小唐、小马三个同志在庄前村深入群众明察暗访，大部分同志撤回林家祠堂，对前一个时期的排查工作进行“回头看”，围绕着阿庆向专案组反映的情况展开讨论。

根据阿庆反映，老洋盘、朱如泽两个人的镰刀都是由他经手购置，现在出现的怪现象是：先后两次排查登记镰刀总数对不上号，少掉一把。两次登记资料上记载，集中反映在老洋盘同朱如泽两个人身上。专案组同志讨论的时候，针对少掉的一把镰刀，各自发表意见，渐渐出现了分歧意见。

王志坚说：“原来由陈胜全负责后村登记造册，老洋盘没有镰刀，朱如泽有镰刀一把。这一次由专案组排查登记，老洋盘有镰刀一把，朱如泽不在庄前村，没有登记镰刀。显然少掉的一把镰刀应该是朱如泽的。”

小高插话：“我认为朱如泽既然在案发的时候不在庄前村，他有没有镰刀似乎意义不大，再纠缠在朱如泽的一把镰刀上，偏离了排查工作的方向。”

张海波附和小高的观点，抢着说：“咱们开展排查工作，从来就没有强调人在外面的也要登记啊。朱如泽有没有镰刀，没有必要作为一个问题拿出来讨论研究，这简直是浪费时间。”

王志坚摇摇头：“凡是在调查过程中碰到疑点，都要逐个澄清，况且朱如泽这个人案发期间是不是在庄前村，至今还没有见到底。再说，他本人不在庄前村，陈胜全排查登记的时候，怎么会登记到朱如泽镰刀一把，不是自相矛盾吗？不能轻易排除。我的意见，在外面的人，也要登记在册。”

小王的话音一落，张海波突然向洪强提出来要请假：“我老婆生病，请个假帮老婆看病。”还没有得到洪强答复，转身就走。在座同志朝洪强看看，嘴里嘀咕：“他自由，把专案组当作临时歇脚点，想来就来，想走就走。”

洪强摆摆手：“不谈他了，咱们继续讨论。”

随着小高、小王发表不同的观点，专案组顿时出现了分水岭：一部分同志倾向小高的观点，还有一部分同志赞同小王的意见。

在专案组里被尊称为老前辈的老刘，赞同小王的意见，而且从侦查工作角度，认真地发表意见：“小王的意见对头。搞专案工作，就是要从蛛丝马迹着手，不能放过任何一个疑点，我建议，人在外面的也要列入排查范围。”

小唐撇了撇嘴：“说到排查范围，老洪原来划定一个杠杠，犯罪分子要符合四个要素，我认为朱如泽这个人对照划定的杠杠，叫做四靠四不靠。”

小马插嘴：“不是四靠四不靠，竟是四不靠，不要说别的，就凭作案时间就靠不上。最初，我同特派员在后村排查，就有人反映，发生案件的时候，朱如泽根本不在庄前村老家，包括老长辈在内，直到现在，还没有一个人反映到孔定山微波站发生破坏案件的时候，朱如泽在老家。所以，我怕咱们又要走弯路哇……”

听了他们的发言，就“朱如泽的一把镰刀”，洪强将大家的发言综合起来，就像将沉在河底里的残渣败叶浮出水面。

一、朱如泽的镰刀问题，第一次排查登记，专案组中途撤销，把排查登记工作交代给阿庆、陈胜全。在他们两个人排查登记的时候，中途也发生变化，阿庆由后村变成负责前村，陈胜全负责前村变成到后村登记，从登记笔迹来看，可以断定是陈胜全帮朱如泽登记“有镰刀一把”。这次专案组亲自登记，只登记到老洋盘一把镰刀，没有登记到朱如泽的镰刀。现在，老洋盘的镰刀见到底了，剩下朱如泽的一把镰刀是不是在家里，还没有见底。

二、当时没有明确，不在庄前村的人要不要登记。而陈胜全偏偏在登记时，注明朱如泽有镰刀一把。是陈胜全代替朱如泽登记的呢，还是朱如泽亲自交给他登记，似乎不明不白。

三、最早排查犯罪分子，突然说犯罪分子已经找到，一心扑在审查王金海身上，所有的排查工作停止。当时，已经排查到朱如泽，专案组的同志仅凭传说，案发的时候，他不在老家。但是，没有一个人，直接反映到这个人的确切行踪。

洪强发表意见：“原来对不在老家的人的镰刀，没有作过硬性规定。现在明确规定，只要是庄前村的人，在外面的人的镰刀也要列入排查登记范围。在大面积开展排查工作的时候，难免有所疏漏。要防止犯罪分子像指间流沙，在咱们手指缝里漏掉。”

洪强再一次强调，对朱如泽的一把镰刀，关键是，要查明案发时候，朱如泽在不在庄前村老家。

转过身来，洪强示意小李、小唐、小马三个同志汇报，他们在庄前村走访、调查的情况。

以小李为主，汇报了他们调查情况，转过身来征求小唐、小马意见，要他们补充。

小唐做了个鬼脸：“你有没有漏掉汇报的内容。”

小李朝他看看：“如果有漏掉的地方，你们两位补充吧。”

小唐逗小李：“还是你说起来像模像样。”

小马帮小唐逗小李：“你说起来有针对性。”

小李神态疑惑：“我要汇报的内容，全部汇报了，你们觉着有漏掉的问题，直接补充汇报吧。”

小唐把头一昂：“你问老洋盘，啥时候看到朱如泽在家里的，这个情节你没有汇报。”

小李哈哈大笑：“你不要开什么玩笑。现在正儿八经开会研究工作。有些无聊的事情，有啥必要汇报，要汇报你们汇报吧。”

在座的同志听到他们相互推诿，是啥无聊事情，勾起了一些同志的好奇心，帮着起哄：“汇报工作，不好拣感兴趣的汇报，不感兴趣的不汇报。应当都要汇报。”

小李在在座同志再三催促下，也就正儿八经汇报事情原委：“通过老长辈了解了情况出来，根据老长辈介绍的情况，我们三个人转身到老洋盘家，了解朱如泽在案发时候的动向。正当小马要敲门，突然蹿出来一条狗，汪！汪！汪！狂叫不停，老洋盘听到狗的狂叫声，开门出来一看，一下子愣住了。”

“老洋盘急急巴巴地问：‘侬找啥人？’”

“小唐不经意地：‘你叫王金发！’”

“不待老洋盘开口，我们说：‘找你。’”

“三个人不待邀请，一脚跨进了大门。”

“老洋盘眨巴着眼睛：‘有啥事？’”

“小唐看到他有些紧张，特地安抚他：‘你不要紧张。我们通过你了解些情况。’小唐越是叫他不要紧张，他越发紧张。”

当时，不了解老洋盘的个性、特点，谈话绕了个圈子，观察对方的反应。这个时候，老洋盘支支吾吾，答非所问。小唐感到双方都在 城头上出棺材远兜远转，问不对题，就单刀直入，笑嘻嘻地说：‘我们主要想问一下，住在你隔壁的朱如泽情况。他什么时候在家里？’”

“老洋盘摇摇头，不假思索地说：‘阿拉勿晓得，好像，他不舍在家。’”

“我插上去问：‘你是啥时候看到他在家里的？’”

“经过我们三个人轮番地问，老洋盘思想上已经乱了套，随口回答：‘这个我说不准，你们去问我家的狗吧。’”

小李笑嘻嘻地接着说：“他们两个人要我补充汇报，就是指的老洋盘回答我们问话的时候，叫我们去‘问他家里的狗’。”

小高特地凑趣说：“你们有没有问老洋盘家里的狗，狗对你们怎么回答的?”

小高话音一落,引来大家哄堂大笑。

洪强跟大家一起笑,他笑的出发点与众不同,好像在伸手不见五指的夜航中看到灯塔闪耀着光亮,突然想出啥事情来,朝着小马:“老洋盘同你们说,问他家里的狗?我记得,起初,小马你同邮电局保卫科小周访问他的时候,他也是说问他家的狗,你想想看,有没有这个印象了?”

小马摆了摆头,想了一下:“嗨!你提起来,我倒是想出来,是有这么一回事。”

小李特地从他包里翻出笔记本,然后,认真地一页一页翻阅,翻到一页,高兴地说:“翻着了,当时,是小周汇报的,也是找老洋盘调查朱如泽的动向,老洋盘对他们说:‘你们去问我家的狗’。你当时对这一个情节,也发表过意见,你说,他为什么不说‘问张三李四,王二麻子,而要你们问他家的狗?’,你说到这里,微波站的同志叫你接听电话,再也没有说下去。在你接听电话的过程中,在座的同志曾经议论过,认为你发表的意见,其他的都可以理解,唯独对你所感兴趣的老洋盘说“去问我家的狗”这一点,不理解……”

洪强皱起了眉毛,神情疑惑地发话:“”这个老洋盘为什么先后两次都提到说‘问他家里的狗’,咱们一定要解开这个谜。”

在庄前村走访、调查的小李等三个同志只是摇摇头。小李反应特别强烈,当着洪强的面,发表了奇谈怪论:“我从来没有听到过走访调查的同志去问狗,看来,老洪你有本事叫狗讲话了。”

小马嘀咕:“搞调查工作,搞到狗的身上去,走访狗,真是笑话百出。”

小唐撇了撇嘴:“说明一个问题, 咱们排查工作已经山穷水尽了。再这样缠下去,朱如泽的动向没有了解着,被外人晓得,嘴也要笑豁呐。”

洪强对他们三个人的反应,不以为然,要他们继续汇报。小李就按照洪强的要求,汇报完大队干部情况以后,重点汇报了老长辈的情况。

老长辈,大名叫王国栋,是庄前村最早一个入党的人。一些人之所以尊称他老长辈,是因为他在20世纪50年代,曾经参加过土改、民主改革、反霸斗争以及镇压反革命等一系列政治运动。为人坦荡、耿直，他的弱点就是容易得罪人，尤其是对领导，动辄就要顶撞。因此，他的许多优点得不到发扬，弱点却不时发酵，同他一起搞土改的同志，有的当上乡长、镇长，有的甚至已经是区里的区长、区委书记了，而他只当过庄前村大队书记。前几年，因为年龄大了，自动让位，推荐王汉仁当书记。所以至今村上的人，还喊他老书记，庄前村里的"活字典"。

一个儿子在部队是个营级干部，媳妇是军医，小儿子种田，一个女儿已经出嫁，他同老婆同小儿子一起生活。这个人有个特点——热心肠，只要是公家的事，他特别起劲、卖力。平时有个习惯，大清早上往城里跑，一个上午在公花园老人亭同南北四城门一些老人谈山海经，下午到书场听说书先生说大书。

洪强有个习惯，听完汇报，一旦进入决策阶段，保持沉默，盘算着如何吃透情况，衡量利弊得失，然后，再提出下一步工作意见。所以，他听完小李汇报结束，陷入沉思良久。突然间，提出来一定要下决心搞清楚有关朱如泽在庄前村的行踪，老洋盘说"问他家里的狗"，解开这个"谜团"。尽管，小李、小唐、小马三个人对此不感兴趣，洪强还是不厌其烦动员他们一起帮助解开这个谜团。

听到洪强说要解开"这个谜"，在座的同志面面相觑，似乎进入了一个虚幻迷梦的境地。

第二天下午 4 点钟，老长辈按照约定的时间，准时来到林家祠堂。小李听到敲门声，从里屋跑出来开门。

老长辈一跨进门就开腔："你们怎么找了这样一个蹩脚地方？微波站有不少闲置的空房子嘛。"

洪强听到老长辈的声音，赶忙迎上去："老长辈啊，好久不见了，来！请坐。"

洪强端过一把椅子，热情回话："你不要以为这里条件差，这里清静，没有干扰。你准时。"

老长辈自鸣得意地笑着说："我这个人，要说本事嘛没有，但我说一是一。特别同你们打交道，不马虎，小李同我约定，我就要按时上门。"

洪强随即递了支香烟给他，帮他点燃烟，歉疚地说："老长辈究竟是老长辈，做事情一板三眼。今天请你来，书也听不成功了，抱歉、抱歉！"

老长辈扬了下头："无啥关系，再说，这两天书场都是说的社会上的一般故事，我不喜欢听。像我这辈子人，习惯听革命故事，像'奇袭白虎团''智取威巫山'，有包袱、有噱头，说书先生从开篇说起，观众的紧张情绪，被故事情节牵牢子鼻子走。"

洪强一听老长辈的话匣子已经打开，再不关闸门，就会像水龙头放开，赶紧拧阀门，打住他的话头："农忙过了，现在，庄前村人做啥？"

老长辈两只眼睛朝洪强看看："乡下的农民是劳碌命，到了农闲的时候，人上城走亲访友，投门路，寻外快，有的到市里跳蚤市场去捉迷藏，仍旧闲不下来噢。"

洪强不解地问："市里啥跳蚤市场去捉迷藏，什么意思？"

老长辈神神秘秘地说："到市里做小生意赚外快。市场管理部门的人发现他们摆地摊，或者挑担叫卖，没收还是小事情，弄得不好还要罚款，甚至连带去的秤也要没收。所以到了市里，偷偷摸摸拣小街小巷东躲西藏摆地摊、挑担叫卖，这就叫跳蚤市场。"

在座的同志听他解释，捧腹大笑。洪强摇摇头叹息一声："农民真是不容易噢。嗳！老长辈，老洋盘的情况，请你说说看呐。"

老长辈把手指缝里吸剩下的烟蒂踩到脚下，用脚跟使劲扭了扭："他是个新鲜活死人，阴阳怪气，一天，习惯要吃两顿老酒，人倒是不糊涂。"

"老洋盘，他的真名实姓叫王金发，今年也有五十多岁了。为啥叫他老洋盘呢？因为他过去在海临纺织厂干活，海临市靠近上海，生活习惯同上海差不多，讲起话来总是'阿拉、阿拉'，一口上海人腔调。前几年病退回老家，开始到田里去参加劳动，他哪里像干农活的人，到田里干活没几天就生病了。从此，再也没有下过田。平常日子就靠他在海临纺织厂做工的老婆每个月寄来生活费。他的日子过得蛮好，是庄前村里说得着的出风头朋友，平时洋里洋气，所以大家都叫他老洋盘。如果，向村里人打听王金发，两个人都不晓得他这个大名。他自己也习惯别人家叫他老洋盘。政治上没有问题，他老婆倒是共产党员。他本人只是生活作风上有点问题，村上有个 20 多岁女人，初中毕业没有考取高中，在村里参加劳动，平时，一有空就钻到他家里嘻嘻哈哈，说笑话。后来，女人肚皮大了，事情才戳穿，弄得这个女人去人工流产。"

洪强问："他对我们专案组有啥反映？"

老长辈接着洪强的话头:“嗳!村上人在议论专案组的时候,他也在人堆里自以为是说,专案组撤到南面去,就说明犯罪分子没有抓到,又换个地方去找了,再等在这里无啥意思,跷了跷大拇指说:‘侬试阿拉张嘴。’”

老长辈说着用眼睛瞄住洪强,好似在观察洪强的反应。而洪强原来对老洋盘这个人捉摸不透,通过老长辈了解,发现老洋盘大脑反应正常,这个人有一定的思维能力。

洪强回过来对老长辈以诚相待,实事求是地向他说明:“犯罪分子还没有抓到,否则,我们也不会再到这里来。我想麻烦你件事……”

老长辈感受到洪强的坦率、真诚,而且对他的信任,内心非常舒坦,很自信地说:“有事情,你尽管说,我一定帮忙,你们的事,我晓得要保密。”

洪强就把要他回去如何邀约老洋盘,以及要做的其他事情认真做了布置,要求、方法也作了详细的交代,然后,转身对小李、小马、小唐说:“你们三位有啥需要讲的?”

三个人摇摇头,洪强一看手表已经5点过头,站起来说:“时间不早,我们也不挽留你了……”

那么,下一步通过老长辈做工作,找老洋盘问他家里的狗,狗会不会开口,能不能解开这个谜团,专案组的同志都抱着怀疑的心态,翘首期待着能有什么奇迹出现。

31

“狗”说话了

老长辈按照老洪交代的办法、约定的时间，一大早就往三河街上跑。出了庄前村，就在村口守候。一看到老洋盘拎了个菜篮子兴冲冲到三河街上买菜，故意咳嗽一声：“阿哼！”老洋盘抬头一看是老长辈，点头哈腰打招呼：“老长辈，你早！”老长辈笑嘻嘻地说：“到街上去？走！我们同路。”两个人一边走，一边谈天说地。

老长辈首先以训导的口气：“金发，不是我说你。你也要像你老头子那样做人要有点志气，平常日子尽管挺起腰杆子说话、做事，不要像个童养媳妇。”

老长辈虽说讲了几句带有责备的口气的话，老洋盘不但不恼火，心里反而觉着舒畅。他暗自想想，自从回到老家几年来，还从来没有人像老长辈今天如此用关心、亲昵的口气说话，还喊他的大名，而且晓得自己受委屈，特地为自己“充气撑内胆”，挺起腰板做人。

老洋盘点头哈腰：你说的话太对了，我呐，回来后犯了错误，把我王家的人面孔上抹了黑，现在处处事事小心啦。”

老长辈语重心长地说：“事情已经过去了，只要改正错误，今后不要再犯就是了，不要背上思想包袱。”

老洋盘却也有自己的苦衷，心里想：如果都像你老长辈这样通情达理，体贴安慰我就好了。哪个人不想堂堂正正做个人，现实生活里，在村上没有我生存的空间，我现在庄前村过日子，有些人恨不得要将我扫到垃圾箱里，对我看不入眼啦。

话要说回来，老洋盘这个人虽说有些洋里洋气，邋里邋遢，生活作风有些毛病，但是肚子里“库容量”蛮大，为人倒是与世无争，也不会算计别人。即使受人欺负，忍气吞声，也不计较。倒是老长辈听到他这么一说，板起脸面孔，一本正经地说："啥说话，还有什人拿你当啥'等外品'?"

老洋盘摇摇头，好似受到委屈地说："我见了陈主任头就大了。他拿我当坏分子管制分子一样，村上一有事情，他就到我门上来，横关照竖关照，叫我不要瞎说。"

老长辈惊异地说："还有这等事?"

老洋盘这才发现，自己受到的委屈，老长辈也不是全部晓得，干脆透出来，出出气："微波站发生破坏案件，陈主任就来关照我不要瞎说。有一次专案组的同志来了解他外甥朱如泽情况，专案组同志还没有来，他就先来关照，专案组同志前脚走，他后脚就跟着来了，问我同专案组的人讲点啥，还问我怎么说的，真是要命啦。"

老长辈听到老洋盘怨声载道，只是从人际关系上考虑，瞪大了眼睛，严肃地说："你又不是'四类分子'要接受群众监督，行动受管制?你同他一样都是公民，你有你的权利和尊严，这一点，你无论如何要记住，今后，他要是再来同你纠缠不清，你不要理他。"

老洋盘哭丧着脸："你不理他，他要找你麻烦怎么办?专案组到我们村上，他常常到我家里门口转嘞转，专案组离开了，他就不来了。"

老长辈也有老长辈的想法，陈胜全是大队治保主任，在村上转转，这是他职责范围的事，所以尽量宽慰老洋盘："你也不要神经兮兮，他是治保主任，在我们村上转转，也属于正常事情，他归他转，你归你过日子。如果他来找你麻烦，你来找我，或者叫他来找我。"

老洋盘听到老长辈这么一说，心里确实得到些许宽慰。他晓得老长辈在庄前村的威信和人脉关系，有他老长辈为自己撑腰，陈胜全不敢同老长辈较劲，心里甜滋滋的，吃了一颗定心丸。

老洋盘点点头："你说的倒是，我也许是神经过敏。好，好，好，今后有事，我来麻烦侬，为我说句公道话……"

说着说着，两个人不知不觉已经到了三河街上，老洋盘在农贸市场买了些青菜、萝卜之类的蔬菜，转身准备到烟酒杂货店买酒。老长辈跟在他旁边，特地郑重其事地关照老洋盘："等一会儿，碰到专案组的人，你不要紧张，他们要问你啥事情，你不要躲躲闪闪，要实事求是同他们说话，反映情况，记住。"

喔唷!老洋盘脑子里一闪念,老长辈今天“唱啥戏”,神情表现得有些惊异,连连点点头允诺:“噢!晓得,晓得。”老洋盘虽说不紧张,一说到专案组找他谈话,不免有些惊慌失措,本来计划到烟酒杂货店买酒,当即打消了这个念头,跟了老长辈走。小唐看到老长辈领了老洋盘在人群中出现,马上迎了过去,领了他们走。走到街头,一个转身,弯进一条弄堂,一眼就看见一栋深墙大院。

这栋深墙大院原来的主人,是三河街上赫赫有名的恶霸地主张德义,人们习惯叫“张家大院”。在二十世纪五十年代镇压反革命运动的时候,张德义被政府镇压,深墙大院被没收,镇政府作为办公用房。因为地处偏僻,镇政府搬走。大队占用,嫌院子太大,房子太多。大院当中一栋两层楼主房,主房东西两旁两排平房,长期闲置。三河大队治保主任老梁原来的住房,年久失修,无法居住,由大队党支部讨论决定,安排老梁暂时居住东面的平房内,兼顾看管大院。专案组在研究讨论邀约老洋盘谈话,需要在三河街上物色一个隐蔽而便于谈话的地方,特派员老殷当即表示:“由我来安排。”

深墙大院大门虚掩着,小唐推开大门,领了老长辈、老洋盘径直跑进中间主楼底层客堂间。老洪一看到他们进来,跑上前招呼。老长辈指着洪强,向老洋盘介绍:“他就是专案组洪组长。”转过身来,再向洪强作了介绍:“这个就是王金发,我们村上的人都习惯喊他老洋盘。”

老洋盘点头哈腰:“噢,洪组长。”

洪强谦逊地说:“喊我老洪吧。”

小马忙着为他们倒茶,当小马将茶杯递给老洋盘的时候,老洋盘似有发现,指着小马说:“你好像到我家里来过?”

小马笑嘻嘻地说:“对,你眼光好,还没有忘记。”

洪强凑趣插话:“究竟是见过世面的人,你在海临住啥区?”

一听到洪强说他是见过世面的人,老洋盘身上来了劲,打起洋泾浜调子:“阿拉居住在海临普渡区,海临靠近上海,所以,阿拉讲话、生活习惯,都和上海人差不多。”

洪强点点头:“沪西市的人,住在普渡区的人倒也不少呐。大多数在纺织厂工作,那里有个小菜场,菜场周围基本上都是沪西市人。”

老洋盘就好像碰到知己一样,笑嘻嘻地说:“我就住在小菜场的东南面。我呢沪西的人,大多在余丰纺织厂做工。”

洪强说:“那些住房都是自筹公建的,很整齐。当时,住进去,都要有一定工龄的老工人才能住进去,周围老百姓都很羡慕呐。”

老洋盘自鸣得意地说:“侬好像特别熟悉啦,住进那个公房,还要求政治表现好,经过民主评议,再由领导批准,要有老多手续啦。你住过那里?”

洪强说:“我去过那里。因为我在海临工作一个时期,所以对海临还蛮有感情哩。”

洪强同老洋盘两个人,七牵牵八拉拉说东道西,倒也蛮热络。洪强一看手表已经是 10 点钟,关照小唐安排吃饭。老长辈、老洋盘,两个人再三推让,经不住洪强盛情邀请。

根据老洋盘的生活习惯,饭前,要喝几口老酒。所以特地准备了一瓶土烧白酒。而老洋盘原本听了老长辈说起专案组找他谈话,顾不上到烟酒杂货店买酒,心里面不免有些失落感,中午一顿老酒靠不牢了。现在,老洪安排吃老酒,小马帮他酒杯斟满了酒,一下子驱赶了失落感,脑子里得到少有的充实。

洪强拿起酒杯:“来!我们一回生两回熟,先干了一杯。”

一开始,老洋盘肚里转念头,专案组怎么会如此客气,请我这个“老光棍”吃酒,出生出世,还是第一次,总有啥讲究?赶忙站起来答谢,被洪强拉住:“在这里吃酒,随意些,坐着吃,自由自在。”洪强看到老长辈不胜酒力,说:“老长辈,你随意,自斟自酌。”

老长辈点点头:“好!好!好!你们放开吃。”

三杯老酒下肚,好似判若两个人,老洋盘摇头晃脑,话开始多起来了。

洪强观察当时的气氛,认为现在已经到了适当的时候,趁机突然发问:“你家里的镰刀是啥时候买的?”

老洋盘脱口而出:“阿拉的镰刀嘛,还是三四年前,我从海临回到老家买的。”话一说出去,马上引起警觉,神情有些疑惑,喊我来吃老酒,怎么问起镰刀?思索良久,看来,同孔定山微波站破坏事故有关,老洋盘这才警觉地回忆着说:“当时,还是阿庆陪我到三河街上农具店买的,按规矩买了三大件,锄头、铁耙加镰刀,开始我参加劳动,夏天割麦,秋天割稻,回来腰痛背酸吃不消。以后,我再也不敢下地劳动,三大件一直放在家里,镰刀柄的成色还像新的。"

洪强接着发问:"第一次排查登记镰刀,你怎么没有镰刀?"

老洋盘一愣,感到诧异:"照例不会的!"这个时候,老洋盘陷入沉思:这到底是这么回事?

老洪递给他一支香烟:"已经是几年前的事情,慢慢想,不急。"

在旁边的老长辈发话:"金发,下半天,你没有啥事体,尽管慢慢吃。想不起来的话,慢慢想,不要急。"

这时,已经到 11 点多钟,小李又为他们倒了些酒。

洪强举杯:"来,边吃,边想,边谈,吃酒!"

老洋盘疑惑不解,拿着酒杯往嘴边送,然而,两条眉毛紧锁着,始终解不开这个谜。家家都有镰刀,不会啥人借的……嘴里还喃喃自语。突然,好似触发到灵感:"嗳!对了,是这么回事。第一次排查登记镰刀,是治保主任陈胜全负责挨家挨户收镰刀、登记,我家的镰刀是陈胜全拿去登记的,他怎么登记我就不晓得啦。这一次,是专案组亲自上门登记,登好记,当场拿镰刀发还给我。

老洪似有领悟:"喔,是这么回事。"

小李在旁边插上一句:"你说是陈胜全拿去登记,这话是不是肯定?"

老洋盘借助手势,大拇指往上一翘,非常自信地说:"侬勿相信,我可以当他面对质。除非他赖账。"

洪强表示对他信任:"用不着对质,你老王又不是啥滑头。对你反映的问题哪有不相信的道理。"

双方对话已经进入实质性问题,洪强趁热打铁,又提出一个问题:"朱如泽是否经常回来?"

老洋盘摇摇头:"难得回来一趟。"

洪强进一步探询:""他一般是啥时候回来?回来的日子有没有定规的?"

想了想,老洋盘摇了摇头:"他回来说不定的,不过回来的次数比较少,一年三四次,最多五六次,微波站发生破坏案件那年,我印象中,他回来的次数比较多。"

洪强一听到他提到孔定山微波站破坏案件,随即顺水推舟:"微波站破坏案件发生那年,他是几月份回来的?"

老洋盘，皱起一高一低的眉毛，眨着两只眼珠：“啥个月份说不上，好像还没有脱夹衣裳，第二次好像在相隔第一次个把月又回来过。”停顿一下，老洋盘继续说：“那一次回来，半夜三更，我在困梦头里被床脚颤动警醒，这个声音好像是从朱如泽家天井里发出来的。”

一头吃酒，一头说。洪强举起酒杯，两个人吃了一口酒，又为老洋盘碗里夹菜。洪强转而又问：“上次，你同我们小马他们说，朱如泽啥时候回来、啥时候出去，只要问你家的狗。我想讨教你一下，‘狗’如何问法？”

在座的同志都在暗自发笑，两只眼睛看着老洋盘，看老洋盘如何回答。

老洋盘听了洪强发问，这才意识到，当时向小马他们几个人，回答问题没有表达清楚自己的真实意思，似乎感到有些歉意。所以，看着小马、小李、小唐三个人，有些不好意思。接着，他一本正经地说：“我之所以说，问我家的狗，是这么个意思：我养的那只狗，几年来同朱如泽混熟悉了，特别是他高中毕业没有考取大学，有一个时期他在家里无聊，就同阿拉的狗白相，这个狗蛮通人性的啦，只要看到他回来，就‘汪！汪！汪！’狂叫三声，然后，靠到他身上同他亲昵似的‘唔、唔、唔’，发出这种声音表示欢迎，说明他回来了；如果，他要走了，它先是发出‘唔、唔、唔’的狗鼻子声，接着狂叫‘汪！汪！汪’三声表示欢送。几年来，我特地留意这只狗的反应，几乎成了始终不变的规律。我之所以向专案组的同志说‘去问我家的狗’，当时，没有说清楚上面我所说的意思。”

洪强紧追不舍：“这倒是很有趣呐。你能不能回忆一下，微波站发生破坏案件那年，他第一次回家、出门是啥时候？你家的狗有没有叫，是怎么叫法？”

老洋盘身上好像被蚊子咬了一下，然后，摇摇头咂咂嘴为难地说：“时间长了，这个倒是说不准了。再说，当时也没有把他回来、出去当回事，不会记在脑子里，把在心上。”

洪强拿起酒杯：“来！吃酒，时间长了，要慢慢地想，勿急！”

小马、小李、小唐在旁边开始怀疑洪强这个问话的效果，肚里转念头，要么当时做笔记，否则，就是做公安工作的人也不可能有这样好的记忆力。看来，洪强同老洋盘开始做游戏了。而在座的老长辈两眼直勾勾看着他们，一会儿看看洪强，一会儿又看看老洋盘，出神入化，好像进入一个神话世界。

然而，洪强一头若无其事天南地北地畅谈，一头像铜匠师傅用带钩的铁钎插进锁孔内试着开锁，就像魔术大师变戏法似的，为了缓和谈话气氛，又换了个话题说："你海临还有啥人？"

老洋盘抬起头说：""老婆、儿子，还有个女儿出嫁了。"

洪强接着问："你女儿出嫁，有没有生小孩？"

正应着一句俗语"一把钥匙开一把锁"，一提起有没有"生小孩"，老洋盘一愣，转而脑袋瓜像一把锁被一把钥匙开启似的说：慢！慢！慢！……我好像想出一件事情来了。"老洋盘摸了一下头，拍了一下桌子："对啦，想起来了，你刚才问我，微波站发生破坏案件那年，朱如泽第一次回家、出门是啥时候，我倒是想出来毛丫头徐玉英做人工流产那件事来了。"

在座的小唐等几个同志，你看看我，我看看你，心里尽是犯嘀咕，老洪鬼迷心窍，一个老侦查员，今天，偏偏跟着这个老洋盘转，本来要查作案时间，现在，被牵了鼻子，扯到"女人人工流产"上去了……

然而，洪强饶有兴趣地期待着老洋盘顺着他的思路说下去，还生怕掐断春天地里萌动的幼苗似的，小心翼翼地说："你慢慢地，一点一滴地想，勿急，勿急，勿急！"

在场的小马、小李、小唐、老长辈都屏住了呼吸，用疑惑的目光盯着老洋盘，而老洋盘点头晃脑自言自语：

"应该是这样，那天上午，是陈胜全叫人通知我到大队办公室去，要我付五百块钱给毛丫头的娘。因为，我同毛丫头徐玉英发生关系，被她父母发现她怀孕，事情闹大，原本就由特派员和大队治保主任陈胜全以及妇女主任一起调解的，调解的时候说好，由我拿出五百块钱给毛丫头做人工流产来了结这件事情；为履行当时的约定，所以那天，我到大队办公室找陈胜全。"

小李一听老洋盘诉说的是倒胃口的"隔夜泡饭"，正要打断他的话头，小唐拉拉他衣角，而老长辈一看小李紧皱着眉毛，当即发话催促老洋盘："金发，节约点时间……"

只有洪强专心致志，似乎要从老洋盘嘴里面挖掘珍宝，特意用右手向上一扬，招呼在座的同志不要打扰，一个劲地说："不要紧，老王，你可以敞开思路，尽情说话，今天有的是时间。”

老洋盘受到老洪再三鼓励，开动机器尽情想了老半天，才继续说下去：“到了大队办公室，在场的人有陈胜全、妇女主任王杏娣以及毛丫头的娘，我将五百块钱交给妇女主任，由妇女主任再转交给毛丫头的娘，当时有一张事先写好的收条，交给我作为凭证保管。”小李、小唐两人已经感到尽讲些反胃的陈年丑事，只是耐着性子听他侈谈，老长辈听了不知所以然，而洪强不厌其烦，不住地点头，并不断地鼓励他往下说，嘴里不断发出：“唔、唔、唔，好、好、好！”在座的其他同志不自在地咂嘴的咂嘴，摇头的摇头，都没有心思听老洋盘再讲下去。

这个时候的老洋盘，偏偏越说越有劲：“由妇女主任打了证明，就在当天下午，徐玉英由她老娘陪同去郊区人民医院做人工流产。我心里面一直不放心，生怕徐玉英做人工流产出毛病，事情闹大。所以，下午，我一直在田埂上等候，到了4点来往钟，看到徐玉英一头走路，一头唱歌，我肚里转念头，没有大问题，这才放心回家。”

洪强端起酒杯，朝着老洋盘：“吃口酒，加点油。”

老洋盘倒是毫不含糊地端起酒杯喝了一口，用手抹了一下嘴，继续讲他的故事：“就在这一天夜里，我翻来覆去困不着，突然，听到我家那只狗在叫，先是发出‘唔、唔、唔’狗鼻子声，一会儿又狂叫三声‘汪！汪！汪！’，说明朱如泽又要出远门了，我当时感到心里烦躁，就拉了电灯开关，一看手表指针，刚巧是夜里6点5分，我把拉线开关一拉，头埋在被窝里困觉，才朦朦胧胧睡着。以后，也就没有再当回事去想它了。”

小马、小唐、小李三人松了口气，总算听完这个老家伙的无聊丑事。老洋盘讲完了他的故事，已经酒足饭饱。老长辈认真地关照他说：“金发，今天到这里来要保密，我下半天要到城里去听书，你回去吧，路上当心点。”此时，老洋盘的舌头已经增厚：“没——没问题。”

洪强说：“我们小李陪你一道走吧。”

老洋盘晃动着身体，摆摆手，含含糊糊：“用、用、用不着的，我可以走，噢，再会！”

到了林家祠堂，屋子里的人，一看到洪强他们回来，都想了解同老洋盘谈话的结果。特别要探听老洋盘家里的狗有没有说话，就像等待新闻发言人发布最新消息一样，好奇地期待着。

小唐居中一坐，在地铺上打坐的同志，有人说："大家静静，我们唐师傅发布最新消息。"本来还在窃窃私语的同志，霎时停了下来。小唐不负众望，居然像新闻发言人一样，发布特大新闻说："在三河公社庄前村，老洋盘家里的狗说话了……"

在座的同志催促小唐讲下去。小唐卖了一下关节，才开始讲到正题。他将吃酒时，老洋盘说到狗如何叫，大队里如何处理老洋盘同徐玉英发生不正当男女关系等经过情形，说得有声有色。

在座的人当中，小高第一个发言，不屑一顾地说：

"我当啥狗说话了，原来是狗叫，这有啥稀奇呐，这是狗的生理反应，说得透点，就是狗鼻子的嗅觉，这个能说明啥？"其他人也附和着：狗叫就能证明朱如泽的作案时间，正是瞎起劲！

小马插嘴："就照老洋盘的说法，开了电灯，他一看手表是6点5分，是哪一天的6点5分，有啥人说得清爽。连他老洋盘也说不清。"

俗话说："冷灰里爆出个热火星"。专案组好似在"黑暗的洞穴"里爬摸了很长时间，却不见一缕曙光，而被庄前村的男女老少遗忘在角落头里的老洋盘，能不能为专案组擦出一点火星，有没有可能使专案工作出现一丝转机，专案组绝大多数同志抱着怀疑的心态，等待着下一步何去何从。

32

浮出水面

为了要查证朱如泽在孔定山微波站案发期间出行的确切时间，居住在朱如泽隔壁的老洋盘开了个不大不小的玩笑，向专案组同志提供了一条线索说：“问我家里的狗”。除了老刘、小王赞同洪强要揭开这个谜团外，很多同志百思不得其解，唯独洪强一个劲要查。其他同志几乎提不出精神来，只是勉强领受任务，按照洪强提出的要求，开展调查。

小唐、小马两个同志的脑子，一时间转不过弯来，怀着满腹狐疑接受任务。根据洪强的意见，前往郊区人民医院调查徐玉英人工流产情况。两个人在路上，一头骑着自行车，一头交谈。小马思想上总是有个疙瘩解不开，流露了埋怨情绪：“专案组侦查犯罪分子，从调查王金海开始，到调查精神病患者蔡林生、狗叫，现在又转到调查女孩子人工流产，岂不是咄咄怪事?”

小唐凑趣插话：“专案组成立到现在，查找犯罪分子，都是竹篮打水一场空。最早审查王金海，倒过来向王金海赔礼道歉。这一次专案组重新上马，开展工作，本来想来个开门红，调查精神病患者蔡林生，兴师动众，结果也泡汤，希望都落空。专案组几乎成了废品收购站，尽出废品。现在又要查狗叫、女孩子人工流产，不晓得再下来查啥。”

小马说：“原来审查了几个人，到头来一无所获，倒也不是洪强主意，责任不在老洪身上。现在，不知道老洪怎么会对老洋盘家里养的狗、女孩子人工流产如此感兴趣。我就怕又要扑空。”

小唐摇摇头：“我倒不是怀疑狗，狗的各种生理反应，终究还是要通过人来表达的。主要怀疑老洋盘吃了两口老酒，不要说酒话?说来也奇怪，这个老家伙，五十多岁的人了，邋里邋遢，家里真像个狗窝。一股肮脏臭味道，令人作呕。嗨，那个二十多岁的女孩子竟同他发生不正当关系。这个女孩子长得还蛮漂亮，村上不少小伙子像苍蝇在她屁股后头转，她偏偏看中这个老家伙，把肚皮也弄大。”

小马说：“这种事情，没啥稀奇，凭他在海临大城市混混，农村的女孩子哪里经得起他摆噱头、耍些手腕。”

小唐厌恶地说：“这次，在张家大院听他反映情况，听得真要反胃，偏偏咱们老洪听得津津有味。不晓得你听得有啥感觉？”

小马说：“我还不是同你一样，在这种场合，有啥想法也不好摆在脸上。我想，就是按照老洋盘的说法，听到狗叫，拉开电灯一看手表是6点5分，如果没有确切的日期，也不能够说明朱如泽那天晚上在庄前村。”

小唐似乎得到印证：“对啊！你同我想到一块去了，是哪一天的6点5分。现在，既然要咱俩查，咱们就查到底。看看，能不能发现奇迹。”

两个人一头发泄厌烦情绪，一头骑着自行车，不知不觉到了郊区人民医院。在医院附近放好自行车，返身直奔医院门诊室，到处搜索妇产科。就在拐弯一个角落，一眼看到门框边沿挂着妇产科牌子，不管三七二十一推开门直往里闯。一个女护士一看是两个男人，随即用手推，把他们两个人赶出来。

“我们有事情找医生。”小唐急着辩解：“我们是有公事……”

护士出口便骂：“流氓！”并厉声厉气地说：“你们再闯进来，我就喊人把你们两个人抓起来。”

小马说：“你嘴里放干净些。”

小唐随手拉了一下小马的衣裳：“不要同她啰唆。”

一个勤杂工阿姨，面孔上挂着似笑非笑的样，嘴里发出阴阳怪气的调子，走过来说：“你们是检查妇科，还是做人工流产？”她像煞有介事还说：“去挂号嘛。”

坐在妇产科门外两排椅子上候诊的女病号，听到这个阿姨戏谑的调子，放声大笑，笑得前仰后翻。

小唐、小马两个人，在候诊区候诊病人面前，出足洋相，显得非常尴尬。

小唐没好气地说：“我们是来工作的。”

“你们不看看，这个地方是女同志看病的地方。”女勤杂工说：“你们男同志怎么随随便便往里跑，联系工作到办公室去。”这下子倒是提醒了他们两个人。

小唐一想对头：“对不起，办公室在哪里？”

女勤杂工用手指向上一指：“上面三楼。”

小唐、小马直奔三楼。看到一块牌子上挂着“办公室”三个字，随手推开办公室门，一个年龄大约三十岁的女同志看到推门进来两个人，从座椅上移开身子：“有事吗？”

小唐出示工作证：“我们是公安局的，来调查个情况。”随即将来意向办公室的女同志说明，人保科同办公室合署办公，正巧这位女同志是管人事保卫工作的。看了小唐的工作证，招呼他们说：“请坐”。然后为他们倒了两杯茶：“你们稍等。” 她拿起电话筒要总机接上妇产科：“你是妇产科，请李医生接电话，喂！你是李医生，我是人保科小张，有两个公安局同志要查三河公社庄前村有一个叫徐玉英做人流的情况，请你帮助查一下，她做人流的证明以及医院为她做人流手术的记载，一并带来，谢谢！”

不一会儿，李医生到办公室，推门一看到小唐、小马，捂着嘴禁不住扑哧发出笑声。

小张惊奇地说：“你笑啥，你们认识？”

看见李医生笑，小唐、小马十分尴尬。还是小唐比较老到：“李医生笑我们冒冒失失闯进妇产科被赶了出来，我们不懂医院规矩，对不起！”

人保科小张特地作了解释：“抱歉，因为凡是女同志到妇产科看病都要解衣解裤。所以，不准男同志进去。今后遇到类似情况，可以直接到我们人保科，为你们提供方便。”

李医生收住了笑脸，忙着打招呼：“对不起，抱歉！”

小唐只是一个劲地打招呼：“误会，误会，要道歉的是我们。”

李医生随手将庄前村出具的徐玉英做人工流产手术证明以及医院做手术的病历等资料递给小张。小张看了看再递给小唐，小唐接过来浏览了一下，随手传给小马。

小马说：“咱们看了没有用，带回去再说吧。”

小唐一想对头，转过身来同人保科小张商量："这两份材料暂时借给我们，用完后归还，我写个借条，怎么样？"

人保科小张同李医生商量，李医生表态："可以是可以的，不过，你们无论如何要归还，我们医院要存档备查的。"

小唐一口承诺："请李医生放心，我们保证一定归还。"说完话随即写了借条，留下了单位地址、电话号码。两个人这就向李医生、小张告辞。

外出调查的同志回到林家祠堂，洪强召集专案组同志开会，听取外出调查同志汇报调查结果。

小唐、小马两个人想想也没啥汇报，灵机一动，就把到郊区人民医院调查徐玉英人工流产的一般过程作了汇报，中间还把到妇产科门诊室被护士赶出来的情节绘声绘色，说了一通，引得在座同志哄堂大笑。

洪强说："你们两位到郊区人民医院调查结果呢？"

小唐不以为然，"我们两个人到医院调查，没有发现同老洋盘家里的狗有关的情况。"说完话，随手把庄前村大队出具的证明以及郊区人民医院有关徐玉英做人流的病历递给洪强。

洪强接过小唐递给他两张书证，仔细审阅，然后抬起头来问："你们到医院调查有没有发现啥问题？"

小唐朝小马看看："有没有发现啥问题？小马，你有没有发现啥问题？"

小马不假思索地说："咱们俩在一块搞调查，你没有发现问题，我怎么会发现问题呢。要发现，两个人一块发现。"

在座同志听了小唐、小马两个人汇报到郊区人民医院调查，没有发现可资反映孔定山微波站发生破坏事故的时候有关朱如泽的动向的材料，两个人既扫兴，又对洪强一味听信老洋盘的话，调查朱如泽的出行时间，感到不可思议。

洪强转过身来，示意小李汇报："小李你那里的情况怎么样？"

小李面孔上显现出得意的笑容，汇报他到了老洋盘家里，如何要老洋盘把他那天到庄前村大队调解纠纷，大队开出"付款收据"：

"老洋盘向我出持的付款收据，纸条上记载：'付给徐玉英五百块钱'，所具日期：1970 年 5 月 15 日。"

小唐抢着发声："就单单里凭一张收据上记载的日期，就断定案发的时候，朱如泽在沪西？说明不了问题，这种证据不硬。"

小马跟着发声："起码要有两张或者三张书证，表明同一个日期，说明朱如泽在案发期间正在沪西。否则，又要犯老毛病，先入为主，瞎怀疑。"

洪强笑嘻嘻地说："小唐、小马你们两个人提出来，如果要论定朱如泽在沪西，起码要有两张或者三张书证，表明同一个日子，就过硬了。好！我这里还有两张，你们看看能不能说明问题。"

洪强就拿小唐、小马两个人在郊区人民医院拿回来的徐玉英人工流产的两张书证出示，给大家传阅，小王接过一看，当即发出惊讶声："喔唷！'阿巧爷碰着阿巧娘'，真正是巧头戏。"

经王志坚一说，在座的同志都争相传阅：由庄前村妇女主任出具给徐玉英做"人工流产"证明的日期是1970年5月15日；徐玉英在郊区人民医院施行人工流产手术的病案记录日期：1970年5月15日下午2点10分。

在座的同志拿了三张书证，相互传阅，啧啧称奇，竟如此吻合。原来听了小唐、小马汇报到郊区人民医院调查没有发现情况的一些同志，认为这种调查工作多此一举，一个劲摇头，看了洪强拿出来的两张书证，不住地点头晃脑，嘴里还一个劲地念念有词："有道理，有道理，这下可没有话讲了。"有的同志绕住了小唐、小马："唐师傅，你们两位可服帖？"

小高盯住小唐、小马，带有责备口气："你们两位到郊区人民医院调查，怎么会没有发现这个重要情况呢？"

小唐、小马两个人非常尴尬，心里暗自责备自己如此疏忽大意。倒是小唐坦诚地承认自己对要调查徐玉英人工流产这一个情节，有抵触情绪，所以拿到两张书证，没有认真审阅，就这样稀里糊涂拿回来交差。

小高当众调侃："怪不到，老洋盘再三要咱们去问他家里的狗，现在看来，他家里的狗是会说话的呐。"听了小高这一说，引来了满堂哄笑。

老刘微微一笑："咱们一些同志调查已经取得过硬的书证，为什么还发现不了问题?一个有抵触情绪,再有一个,没有领会老洪提出调查工作的精神实质,不是真正要调查狗说话,而是再三强调要解开老洋盘说问他家里的狗的谜团。所以,小唐、小马两个人调查的时候走到了岔道上去。有了抵触情绪,工作起来,也就心不在焉。”

在座同志一致赞同老刘的分析意见。

小马突然提出一个问题:“虽说大体日子五月十五,但是,还不能证明孔定山微波站在五月十五日晚上七点二十分,案发的时候,朱如泽在沪西市。”

小马这一说,引起了专案组一些同志共鸣,一个劲地点头晃脑:“这倒是,这倒是。”

小李插嘴:“老洋盘这次反映到,朱如泽那天晚上出门,老洋盘听到狗叫,拉开电灯一看手表上的时间:晚上6点5分。由此说明,孔定山微波站发生破坏案件,朱如泽不仅在沪西市,还在庄前村。这一点毋庸置疑。”

经小李进一步论证朱如泽的动向,引起了在座同志一致认同。

不言而喻,从调查获取的三张书证,很自然地由三条支流的水汇集到一条渠道,以资证明:海临微波站沿线各站1970年5月15日19点20分“告警”,“孔定山微波站发生破坏事故,朱如泽还在沪西市。——毫无疑问这个人具备作案时间。

现在剩下来的问题,就是作案工具。朱如泽这个人的家里到底有没有镰刀,这就涉及曾经帮他登记镰刀的娘舅,大队治保主任陈胜全。

陈胜全是“四清”运动时候入党的党员,党龄比较长,是大队党支部五个委员之一。

大队党支部研究支部委员分工的时候,由老长辈主持会议,党支部书记王汉仁,提名陈胜全当治保主任,陈胜全当即回绝:“我要么抓工副业,治保主任我不干,都是些得罪人的事。再说没有实权,说话不响。”

老长辈质问:“你不干,还有谁人干?你干比较合适。”

陈胜全直截了当地说:“要我干可以,村上人家造房、砌屋都归我管。农村发生纠纷,往往都是造房砌屋引起的。”

在座的人一听,心中有数,在当今农村中,村干部抓造房、砌屋,是块肥缺。农民巴结的就是这样的当权者。其他委员相互看看,有的搔头，有的咂嘴，都把目光投向老长辈。最后，老长辈征求大队书记意见。

大队书记王汉仁发话："我看可以，不过农村里造房、砌屋这个工作并不轻松，到时候，你再不要埋怨谁。"

陈胜全一看达到了目的，就唱起了高调："干工作哪有轻松的事，都那么顺顺当当，还要我们这些人做什么。"

实际上，老长辈已经看透他的内心世界，正叫伸直了脖子——唱高调，特地鼓励他一番："好，是要有这股冲劲，我相信你会干好。大队书记转而征求其他委员的意见，在座的人看到书记、老长辈已经表态，都表示没有异议。第二天，大队党支部还郑重其事，在大队办公室外面的墙上，张榜公布大队党支部委员分工，群众争先恐后看榜，还相互奔告。一些人得知陈胜全分工治保、造房砌屋，就有人到大队办公室找陈胜全办事。

一对夫妻，一大早，兴冲冲地直奔大队，推开陈胜全的办公室门，男的一张口："老陈，我想请你帮帮忙哩！"

陈胜全当即板起了面孔，脖子上暴起了几根青筋，吼着说："老陈是你喊的?!"

这个农民就像吃了一闷棍，被打蒙了。还是他老婆反应快，连忙帮她丈夫解围："陈主任，他这个死鬼勿懂礼数，陈主任就是陈主任，不可以瞎喊的。"男的这才意识到自己口误。

连忙改口："对、对、对，陈主任，对不起，我习惯了。"然后在口袋里摸索摸索，好容易摸出一包蹩脚香烟，当他从纸盒里抽出一支香烟时，陈胜全不屑一顾："你不要'活鬼迷'，说吧，啥事体?"

这个农民老实巴交地将香烟递给他，陈胜全厌烦地咂嘴，并用手将香烟推开。

他老婆机灵地抢上去说："陈主任，我们来，主要想在宅基地上搭个披屋，麻烦你帮我们办……"

还没有等这个妇女把话说完，陈胜全瞪起了两只眼睛，头向上一仰："亏你们想得出来的，公社里的村政规划还没有出来，一律不办。"

夫妻俩赶紧问："啥时候开始办呐?"

陈胜全煞有介事地说：你问我，我去问啥人?

夫妻俩自讨没趣，怏怏不乐走了。

自从陈胜全当上大队治保主任，大权在握，盛气凌人，凡是由他分管的大小事情，涉及“权”的事情，他就考虑到“利”的收获，对于“权利”，他确实运用得非常到位，而且一着不让，是村里出了名的“三好干部”：好贪小利，好大喜功，好耍特权。凡是没有向他“进贡”的人，不要想他帮你办成事情。村上的一些农民，一遇到逢年过节、红白喜事，陈胜全必定是座上客，有时连他的老婆也跟着沾光。而且，他的老婆同他配合得相当默契，本来，她还到田头干活，陈胜全当上了治保主任，她浑身是病，不是这里痛，就是那里痒，自此，她家里显然上门帮忙干活、送礼讨好的人陆续不断。

正由于陈胜全在庄前村大权在握，再加上人前背后能说会道，确实在庄前村是有一定影响的人物。微波站发生破坏事故后，当时，专案组在庄前村开展工作，特派员主要依靠大队治保主任陈胜全。他也表现得特别卖力；到了群众中，当了专案组同志的面，他又特别会装腔作势，瞎咋呼，一些群众总是用畏惧的眼光看着他；专案组的同志看到他办事比较干练、果断，所以在排查犯罪分子的时候，犯罪分子的特征、身高、穿的回力球鞋，作案工具——镰刀，都一一向他交了底，他——陈胜全几乎成了一个编外专案组成员。

然而，随着专案工作逐步深入，朱如泽的疑点浮出水面。

晚上，专案组特地邀请特派员参加会议，研究最近案件进展情况以及下一步工作打算。特派员一进门就开腔：“对不起，来迟了。”专案组人员忙招呼，倒茶、递烟。

洪强问：“这两天忙点啥？”

特派员面孔上露出一脸苦恼的神态，无奈地说：“渔湖中学有个姓邱的教师，他有个女儿前几年同村上一个男青年发生关系怀孕。邱老师报案说强奸，原来的特派员认为：强奸不会怀孕，就没有受理。邱老师一直上告，理由是白毛女被地主老财强奸不是怀孕吗？几年来，写人民来信，上到中央、省市，下到区里、乡里，人民来信已经有几百封了。今天一早又来找书记，找到书记，就逃不了找我，这个事情几年来已经是我的一个累赘、心病。因为这个邱老师是区里的头面人物，在郊区四乡八镇都晓得邱老师，区里有些领导都是他的学生，由区里到三河公社领导发话，命令式限我要破案，破案在他们脑子里似乎是三个手指头捏个大田螺，无需费劲的。今天从上午一直纠缠到现在，所以被耽搁了。说吧，有啥事情？

洪强直截了当，简明扼要地拿近一个时期案件进展情况向特派员作了介绍。

洪强说："现在关系到朱如泽身上两件事情。一个是孔定山微波站案发当天，朱如泽还在沪西市，他是在傍晚 6 点 5 分离开家门，相距案发时间 19 点 20 分，有 1 个小时 15 分，他的去向不明。二是，朱如泽不在老家，陈胜全拿了老洋盘的一把镰刀，冒充朱如泽的镰刀登记。你看这两个问题，有啥办法能够查证？"

特派员高兴地说："这是好事，原来只是听说发案时，朱如泽不在老家，现在有根有据证实他还在沪西市，总算找到一个对象。我如果不是邱老师的事情纠缠，我同你们一起搞了，现在区里党委书记、三河公社的领导两只眼睛都对准我，要我破案……"

"嗳，老殷，是不是这样。"洪强想了想说："我们专案组抽两个同志帮助你侦查这起强奸案件，你腾出一些时间帮助我们一道调查朱如泽、陈胜全的问题，你看怎么样？"

特派员当即表态："最好没有了。"

尽管，特派员听了洪强介绍案件取得突破性进展，表示欣慰。但是，对朱如泽作为犯罪嫌疑人，脑子里不是没有一丝疑虑。例如犯罪分子作案时间是 1970 年 5 月 15 日晚上，大概念没有问题，那么具体作案时间，朱如泽当晚 6 点 5 分离家出走，相距 19 点 20 分案发时间 1 个小时 15 分，他是到火车站去乘火车呢，还是上孔定山去作案？再说，朱如泽本人基本上不在庄前村，长期在西南他父亲那里生活，他要搞破坏，又是出于啥动机、目的？特别是他娘舅陈胜全，把老洋盘的镰刀，换成了朱如泽的镰刀登记上报。陈胜全一个农村基层干部不懂得这类事情的利害关系，有没有可能敷衍塞责，总不至于为他外甥开脱罪责，故意调包？在特派员脑子里存在的几个问号，一时无法排解，为了不使在座同志扫兴，他特意婉转地说："不过，我觉得就现在暴露出来的一些问题，似乎还缺少些啥，说不准。老洪听到特派员说"我觉得还缺少些啥"，已经意识到特派员脑子里想的问题，不是没有道理，他随即一语道破。

洪强郑重其事:“你所说的缺少点啥，确切地说涉及具体作案时间、作案条件和作案动机。”

“对,完全正确。”特派员点点头:“特别是像陈胜全这种农村基层干部,平常日子吊儿郎当,懒散惯的,拿镰刀调包这类事情不足为奇,有时候,当了上面领导同志的面说假话,司空见惯的事。”

老殷举起了手说:“我首先声明,我刚巧发表的意见,我只是板的老黄历,碰到新问题,你们不要跟着转不过弯来,受我的影响,耽误工作……”

33

“鬼”影

专案组本来两个人对最近一个时期侦查工作取得突破性进展，心里喜滋滋的有种说不出的高兴。被特派员老殷一句话“还缺少点啥”，一阵风刮过来，喜滋滋面孔上黯然褪色。瞬时，专案组内部出现了两种对立观点，争论得不可开交。倒是洪强实事求是，接受了特派员老殷提出合理的部分，保留了有争议的部分。

“特派员老殷中途提出异议，认为还缺少点啥，意味着朱如泽是否在这个时间段作案，还没有足够的依据，弄得原来兴高采烈的两个人，好似一盆水从头浇到脚下。最早参加勘查现场的小高，几乎成了这个专题的权威人士，他倾向于老殷的观点，认为，朱如泽晚上离家出走，无法说明他到孔定山微波站去作案，毕竟他离家的时候是当晚6点5分，相距案发时间一个多小时，如果是朱如泽作案，最多只需要20分钟。还有半个多小时，他在山上等死？

小王不以为然：“根据火车时刻表：沪西到渝西，只有晚上10点钟一趟车。朱如泽晚上6点5分到10点，中间相隔4个小时，难道朱如泽等在车站上‘坐夜’。”

很显然，围绕朱如泽是不是犯罪嫌疑人，小高同小王两个人的观点不一致：一个倾向于具备作案时间，朱如泽是这起案件的犯罪嫌疑人；而另一个持否定态度。正当两个人争论不休的时候，小李发表了颇有见地的意见：现在论定朱如泽在孔定山微波站案发期间在沪西市，不管他半个小时，还是一个小时，甚至四个小时，说明他具备作案时间。加上一把镰刀的去向不明，足够为咱们留下了想象空间。至于是不是他作案，还要根据老洪提出来的“四个要素”，最后才可以拍板定案。

小唐点点头："嗨嗨！还是咱们小李同志说到点子上了。眼前，朱如泽家里的一把镰刀是个谜，我同意小李的意见，首先要确定一个大前提，朱如泽具备不具备作案时间。然后，一把钥匙开一把锁，要查清楚朱如泽的一把镰刀，是陈胜全有意偷梁换柱呢，还是工作上马虎搪塞。最后，把具备作案时间加上一把镰刀，两个问题一并，才可以确定朱如泽是不是作案嫌疑人。陈胜全也逃不掉所承担的干系。"

也有同志提出不同看法："陈胜全拿老洋盘家里的镰刀冒充成朱如泽的镰刀，不是陈胜全一个人的做法，这是农村基层干部惰性使然，敷衍塞责，应付上级的习惯做法，不好毛竹筷上打桩，硬性装上去。"

有的同志附和："农村基层干部，除了拿锄头铁耙种田规规矩矩，正当专案组撤销，排查登记镰刀没有专案组问讯，尽由他们随心所欲，难免草草收场，应付差事。"

不过，也有同志提出异议："陈胜全拿了老洋盘的镰刀冒充是朱如泽的镰刀应付差事，他就不顾忌容易被拆穿，为什么不拿他自己家里的镰刀应付差事来得便当呐。像陈胜全这样精明的人，怎么会犯这样的低级错误呢？"

小唐发话："这个倒是难说的了，聪明人做糊涂事不是没有，有句老话'聪明一世糊涂一时'，这个倒是说不定的呐。"

就在大家众说纷纭的时候，特派员老殷看看老洪的面孔："搞侦查破案，老洪你是专家；在农村同农民伯伯打交道，我熟门熟路，有些地方，你还得要听我三分意见。现在，不要管可能不可能，存在不存在，在农村工作，有些地方，还得靠'土法上马'。"

洪强为了避免固执己见，意气用事，委婉地说："我谈不上什么专家，你倒是实笃笃的'土地菩萨'，同农民伯伯打交道，肚皮里一本十六册，咱们还是取长补短吧。下一步工作，是'土法上马'，还是骑着洋马赛跑，我还是那个老调，注意掌握四个要素，围绕一把镰刀，涉及朱如泽、陈胜全这两个人，还是要采取公开与秘密相结合的斗争策略，开展全方位调查。"土法上马"一头，请你老殷多动动脑筋……"

自从专案组重新回到庄前村开展工作，有一个人却被人们遗忘了，那就是庄前村大队书记王汉仁的小儿子——王金海。王金海在审查期间，被顾金生、张海波两个人搞逼供，只有小李伸出同情的手，无微不至呵护他；洪强为他实事求是排除了嫌疑，解除了隔离审查。他被释放出来以后，同洪强、小李交上了朋友。当专案组回到庄前村，洪强就秘密地同他保持联系。他也就成了专案组安插在庄前村的一个线眼。

就在专案组对朱如泽、陈胜全两个人身上反映出来的嫌疑争论不休的时候，洪强特地邀约王金海，着手开展全方位调查。王金海应洪强的邀约，按时到达老地方——东风纺织厂招待所，同洪强、小李碰头。

洪强关切地问："最近有没有回庄前村？"

王金海说："基本上一个星期，回去一躺。老头子整天要忙大队里的事情，单单靠我老兄、老娘两个人做田头生活不行，尤其是我老娘既要做田头生活，又要忙家务事情，着实力不从心。我回去凑一把，帮助做些田头生活。"

洪强拍拍王金海的肩膀："好！应该这样。假使你不回去，一个人在厂里也会感到寂寞难耐。"

王金海笑嘻嘻地说："倒也不会寂寞，我有个要好朋友讲老空，就不觉得寂寞了。"

洪强凑趣似的说："开始谈恋爱了？"

王金海红着脸，羞涩地说："不是谈恋爱，是同车间的一个男同志，对了，说起来或许你们也会认识的。"

王金海向洪强、小李述说同宿舍工人宋浩兴是孔定山微波站工程师宋浩然的弟子。

王金海说："平常时候，劳动结束回到宿舍，我们俩就开始天南地北讲山海经，所以，不觉得寂寞了。"

一说起宋浩兴，小李马上接上口，向王金海透露了宋浩兴为其作证，排除了王金海作案嫌疑的情况。

小李笑嘻嘻地说："当时，假使没有宋浩兴为你作证，你一时间也出不来，即使出来，你身上的嫌疑也排除不掉，还要拖条尾巴。"

王金海听了小李如此一说，对宋浩兴肃然起敬。

洪强随即转过话题："今天约你来，想通过你了解一下村上的陈胜全、朱如泽有啥新的动向？"

王金海也就针对洪强提出的要求，认真地回答："我考虑到你们曾经要我注意朱如泽、陈胜全两个人的情况，我一直把这件事放在心上。凡是我回到庄前村，我就想办法注意观察。有些事情，我吃不准，哪些是你们需要的，哪些没有用场的？一时间，还拿捏不准。”

洪强带有鼓励的口气：“你不要框剎在有用，还是无用，凡是在你脑子里存储有关朱如泽、陈胜全的事情，你尽管向我们反映。”

王金海听了洪强肯定的答复，开始认认真真地作了回忆，从头到尾做了述说。

“实际上，朱如泽同陈胜全两个人有点亲。陈胜全是朱如泽的嫡亲娘舅。朱如泽的娘死了以后，朱如泽没有考取大学，一段时期就在陈胜全家里过日子。碰着陈胜全的老婆是个势利眼，只要朱如泽一踏进门，这个雌老虎从来没有好面孔，嘴里嘀咕，手里掼东西，还要指着和尚骂贼秃。陈胜全看到朱如泽一到家里，家里就不得安稳。转念一想，照这样子也不是个事情。他特地赶到渝西去找朱如泽的老头子交涉，帮助解决了朱如泽的生活费问题。朱如泽老头子开始每个月从渝西为朱如泽寄来生活费，朱如泽的生活才有了保障。后来，朱如泽老头子寄来的生活费，都被陈胜全老婆扣下，朱如泽一分钱也拿不着，再加上陈胜全对朱如泽要管头管脚，今天，叫大队阿庆带他上山劳动，明天安排他在大队做文书的事情，他就像被陈胜全系在裤腰带上一样，日子过得不自在，索性滚蛋，滚到渝西市他老头子那里。自此，朱如泽在沪西、渝西两头住住。说来也奇怪，这几年，朱如泽同陈胜全家里的关系一下子拉近，而且热络起来。朱如泽一到庄前村就在陈胜全家里落脚，陈胜全老婆本来讨厌朱如泽，突然一反常态，朱如泽一到她家里，笑脸相迎，主动留他吃饭。陈胜全有个嫁到山南去的女儿，回到娘家看到朱如泽，好像格外亲，阿哥长阿哥短，叫个不停。不晓得啥道理。”

“过去，陈胜全同朱如泽从没有通过信，而这几年来，陈胜全几乎经常向远在渝西的朱如泽寄信，因为陈胜全寄信给朱如泽，基本上跳不过我，都是通过我帮他到市里去寄的。”

洪强警觉地追问：“他们通信有没有啥规律？或者说有什么特别的地方，大多数在啥时候叫你寄信？”

王金海略微思索了一下，回忆说：“陈胜全同朱如泽通信，一年大约总有三到四次，或者五六次。陈胜全为啥要我帮他去寄呢？我同朱如泽原来是初中同学，有这么一层同学关系；再一层意思，农村通信往来少，送信的人一年难得到村上来，加上每次寄信，邮资都是我垫付的，他也掌握到我的规律，趁我到市里去上班，就拿信交给我。”

洪强进一步问："陈胜全要你帮助寄信，最早是在啥时候？"

王金海皱起眉头认真思考以后："就我记忆里，印象比较深的是，微波站发生破坏事故以后，就在我被专案组喊去隔离审查前一两天，这是第一次叫我帮他寄信给朱如泽。第二次，是我从微波站被解除隔离审查回来，大约是 6 月份。第三次隔的时间比较长，已经是穿夹衣裳的季节了。"

洪强问："陈胜全的信发出后，你有啥特殊感觉？"

王金海皱起了眉毛，想了想："朱如泽是否回信，我就不晓得了。留给我印象比较深的，就是陈胜全的信发出去，过了几天，朱如泽就从渝西回到庄前村老家。有时，信发出后，朱如泽不回来的情况也有。昨天，他又叫我帮他寄了一封信给朱如泽，信上说些啥，这就不晓得了。"

洪强、小李听到王金海说，昨天陈胜全又向朱如泽发了一封信，感到非常奇特，霎时，脑子里打了个问号。如果朱如泽是孔定山微波站破坏事故的犯罪嫌疑人，有没有可能同专案组重新回到庄前村开展排查犯罪分子、登记排查镰刀有关呢？假使同这方面有关联，朱如泽同陈胜全就不仅仅是舅甥关系，他们之间通信，很大可能是通风报信。

然后，换了个话题，洪强发问："朱如泽有没有穿过回力球鞋？"

王金海想了想："我只看到他原来穿过高帮子球鞋，球鞋是啥牌子就没有注意到。"

洪强说："如果你碰着朱如泽的话，留心观察一下，一般回力牌球鞋都是高帮子。他穿的啥球鞋？如果是高帮子球鞋，你要想办法弄清爽是啥牌子，是不是'回力牌'球鞋？"接着，洪强问起王金海："陈胜全在村上的人缘如何？"

王金海顿了顿，抬起了头："陈胜全在村上的人缘说不上，一些人在他的背后，都说他是'吃死人不吐骨头的朋友'：好贪小利，好大喜功，好耍特权。村上的人见了他，好像看到个瘟神。但是，一些人家里做红白喜事，少不得要邀他做座上客，有时候连他老婆也要请，或多或少慑于他的权势，要求他帮忙做事情。总之，有一种说不出的味道。我们村上有个叫老洋盘的人，过去陈胜全根本看不起他，脚趾头从来没有触到他家里。老洋盘看到他，好像老鼠看到猫，躲躲闪闪，避开他。据村上人反映，近年，陈胜全到老洋盘家里走动得比较频繁，甚至到他家里蹲的时间还比较长。

洪强转过来问："是啥原因？"

王金海想了想："我猜想，是不是为了老洋盘同村上的女孩子发生关系，他要么去做工作。再想想不对头，老洋盘发生的事情间隔时间已经长远了，根本用不着，上门做工作？倒是琢磨不透。"

洪强一头认真地听王金海谈话，一头联系到孔定山微波站发生破坏事故的大背景，再把老洋盘反映的情况同王金海反映的情况对接起来分析，脑子里放大了的屏幕，显现出一个个画面：专案组同志到老洋盘家里去，专案人员前脚走，陈胜全后脚就跟到他家里了解专案组的情况。陈胜全老婆原来讨厌朱如泽上门，现在笑脸相迎，一下子拉近了距离；过去，陈胜全同朱如泽从来不通信，孔定山微波站案发以后，陈胜全同朱如泽通起了信。再从陈胜全发信的时间来看：第一次五月份，正是陈胜全向专案组举报王金海作案嫌疑问题，就在王金海被审查前一天陈胜全发信。第二次发信，大约是 6 月份，专案人员搜山寻找作案工具以及被砍断的电缆的期间，朱如泽接到陈胜全的信，又回到庄前村，这同专案组搜山寻找犯罪工具是不是有关系？第三次发信，在九十月份，是否可能向朱如泽通报专案组撤走的情况。昨天，他又叫王金海寄信给朱如泽，是否同专案组在庄前村参加秋收秋种，发动群众排查镰刀，有所触动，陈胜全要向朱如泽通报。要是这样的话，必须有一个前提：那就是要吃准朱如泽是犯罪嫌疑人。否则，他们娘舅同外甥通信，这对"5·15"专案来说，没有实质性意义的。

最后，洪强带有鼓励的口气说："小王，你今天反映的情况很好，我们想请你继续关心这个方面的问题，再要注意观察一下朱如泽和陈胜全的动向，特别是你昨天又帮陈胜全寄信给朱如泽，注意观察朱如泽是否回来、陈胜全有没有特别动作……"

王金海当即表示："好！一有情况，我就来找你们。"

洪强说："如果有特殊情况，你可以随时到林家祠堂找我们。"

洪强一看手表已经是晚上六点多钟，转身征求小李意见，还有啥要问,小李摆摆手,考虑到王金海还要赶路回庄前村,谈话就此结束,握手告别。

送走王金海，老洪同小李认真琢磨王金海刚才所讲的一些情况。老洪习惯性地抚摸自己嘴的下巴,紧皱着眉毛,陷入极度的思索中。突然,他抬起头对着小李看了一下。

洪强说:“我觉得王金海今天反映的情况对我启发很大。如果朱如泽是孔定山微波站破坏事故的犯罪嫌疑人,那么这个陈胜全,几乎是我们专案组的一个内鬼,朱如泽安插在庄前村的奸细。”

小李疑惑不解:“老洪,你这么分析,我觉得虽然有一定道理,也有一定的逻辑性。但是,这毕竟是推理,还缺乏论定这些问题的依据。”

洪强微笑着说:“小李,你确实进步了,你所提出的论点,这为咱们目前的工作,作了很好的提示。”

34

守株待兔

在林家祠堂，专案组全体人员围坐在用稻草铺垫的地铺上，听取了洪强、小李汇报王金海反映朱如泽、陈胜全两个人的问题，使在座的同志似乎觉得：这两个人的犯罪嫌疑忽明忽暗，作案踪影若即若离，这一个奇特现象，就像“鼻子上的肉拉不到嘴里”一样，引起了一些同志思想情绪急剧波动。在高兴之余，又开始垂头丧气，对下一步究竟从哪里作为突破口，无所适从，整个专案工作，几乎徘徊在十字路口。

洪强看到整个房子里鸦雀无声，人人正襟危坐，犹恰似“老和尚坐禅”修炼。又简明扼要地拿王金海反映的问题，涉及陈胜全、朱如泽两个人活动的敏感节点，拎了拎，从专业角度加以阐述：一、原来朱如泽到陈胜全家里，一直受到陈胜全老婆冷落，现在一下子关系拉近，陈胜全老婆不但不讨厌，而是笑脸相迎；二、陈胜全同朱如泽过去从来不通信，孔定山微波站发生案件以后，陈胜全经常向远在渝西的朱如泽写信；三、陈胜全每次向朱如泽发信，都是在专案侦查工作的敏感期间。例如：王金海被隔离审查，专案组人员到孔定山搜山查找犯罪工具的时候。

洪强说：“就这些疑点，大家不妨议议，为下一步工作，提供一个切实可行的路子。”

洪强话音一落，特派员老殷马上接上来大发议论：

“老洪啊！你是侦查破案的专家，对农村里的人情世故还有点隔膜。刚巧你说的三点意见，都是‘大闸蟹悬空八只脚’的事情，站不住脚。第一点就靠不住。农村里的妇女见钱眼开，你有钱的时候当你大老爷，请你朝南坐；你没有钱的时候当你瘪三，背皮朝南面朝北，请你滚蛋。至于第二、第三点，都是拍拍脑袋瓜想象出来的瞎里空，没有一件实笃笃的事情，你们大家再说说吧。”

经特派员老殷这么一说，几个人的热情一落千丈，原有的一点点暖意霎时消退，认为现在发现的新情况，等于空欢喜一场噢。一时间，各种贬义的论调不绝于耳。同特派员老殷组合起来的和声，同时发声。

有的说："舅妈同外甥的关系时好时坏，老殷倒是一针见血，都是看在钞票面上，很难说同咱们的案件有关系。"

还有的说："娘舅同外甥通信作为一个问题，说得不好听的话，纯粹是'毛竹筷上打桩，装不上去的'。"

小唐把头一摆："农民伯伯刚巧发表了意见，现在轮到我工人老大哥来说两声。老殷啊！咱们现在是在搞案件，就要从专业角度来分析敌情，针对朱如泽这个特定对象来判断他的动向。同农村里的农民、不讲理的娘儿们对人对事的一套做法要区分开来。我倒是认为王金海反映陈胜全、朱如泽的动向值得研究探讨。其他不说，就说专案组到庄前村参加秋收秋种，发动群众排查登记镰刀，专案组刚撤走，陈胜全就写信给朱如泽，有没有可能触及朱如泽的要害，他就来个通风报信；朱如泽接到陈胜全的信，会不会回来，这个就要有待观察。"

小马说："陈胜全写信给朱如泽，朱如泽回来不回来同镰刀又有啥关系呐。朱如泽接到信就是回来，又能够说明啥问题呢？"

在座的同志听到小马发表的意见，马上引起共鸣，特派员老殷特别起劲，似乎有共同语言了，兜过来反问："工人老大哥啊！小马提出来的问题，只有你说得出名堂，你来说说，启发启发我们。"

小唐说："嗨嗨，六月里的债还得快，我刚巧发表意见，已经说清爽了，你们思想在开小差。我强调，从专业角度，要针对特定对象研究问题，其中的意思都在里面了。你不要说东道西，瞎扯。"

老刘说："我同意小唐的意见，研究分析问题，要针对特定对象以外，再要加上几条，特定环境、特定时间、特定事件。陈胜全同朱如泽两次通信，都是在专案组开展侦查的敏感期间。案发那年 6 月份，陈胜全寄给朱如泽一封信，正是专案组人员在孔定山搜索犯罪工具——镰刀；这一次，专案组在庄前村排查登记镰刀，陈胜全又寄了一封信给朱如泽。说明咱们已经触动了他们两个人。朱如泽第一次接到信，赶回来，这一次，看看他是不是会回来。这对咱们侦查案件，有着特殊意义。”

小李说：“凡是在侦查过程中，发现一些问题、蛛丝马迹，必然为咱们专案人员留下想象空间，咱们就不能漏掉想象空间里的任何一个细节。抓住一些细节，再经过工作，还它本来面目，这就是咱们侦查工作最终归宿。”

在座的同志沉默不语，盯着看洪强皱紧了眉头在思索。

突然间，洪强抬起头来：“我同意小李、小唐、老刘他们的分析意见。咱们要知道，专案侦查工作，是通过社会人际关系，人情世故一些现象，透视敌情动向，发现犯罪分子的蛛丝马迹，而不是纯粹研究探讨社会人际关系学问。刚巧，小唐讲到是针对特定对象，说得透点，就是针对朱如泽来说的。这个人具备作案时间、作案工具，到过孔定山上，熟悉周围环境，懂得一些微波知识；再说，陈胜全两次同他通信，都是在咱们审查嫌疑对象，搜索、排查登记镰刀的敏感期间。现在，摆在咱们面前的问题是，这次陈胜全同朱如泽通信，就要看朱如泽是不是会回来。”

特派员老殷接着插话：“假设不回来呢？”

洪强说：“回来是回来的说法，不回来是不回来的说法。回来嘛，朱如泽的疑点增大，假设不回来，就另当别论。”

听了洪强如此一说，特派员老殷，刚开始摇摇头，后来，又坚持自己的意见：“我总觉得还缺少点啥。”

小王沉默了一会儿，针对特派员老殷的观点说：“特派员提到还缺少点啥，我领会他的意思，是指五月十五日晚上，朱如泽 6 点 5 分从家里走出，19 点 20 分孔定山微波站发生案件，就是在这个中间相隔 1 个小时 15 分的时间段，朱如泽的去向，是到火车站去乘火车回渝西市呢，还是到孔定山上去作案。”

特派员老殷不住地点点头：“我脑子里存在的疙瘩，正是小王说到的时间段，这个问题不解决，我脑子里的疙瘩没有解除，随时在我脑子里作怪。”

老刘举起了手，郑重其事发表意见：“我来说两句。现在关键是老殷提出的时间段。我认为：第一，围绕 1 个小时 15 分，要查明朱如泽在这个时间段有没有可能作案；第二，要花力气查找朱如泽的一把镰刀。

抓住这两条，缺一不可。假设查到了镰刀的去向，加上他具备作案时间，那犯罪分子的帽子正好戴在他头上。

小迟在专案组，一直管理内部事务，听到屋子里的人，一个接一个发言，也不甘寂寞：“朱如泽到孔定山微波站搞破坏的目的、用意是啥？他这个举动似乎有点无缘无故，难道说是神经错乱吗？”

洪强思考良久，接着小迟的话头：“小迟提出的这个问题，目前，确实是个很大的疑问。我想随着侦查工作一步一步深入，这些疑问也许会逐步解开。下一步，咱们是不是围绕作案时间、镰刀两个问题开展工作。眼门前要调查：一、从沪西市开往渝西去的火车，行驶时间，以此判明朱如泽在这个时间段的动向；二、调查朱如泽接到陈胜全的信是不是回到庄前村来。咱们也来做一次前人做过的傻事，来个守株待兔。”

寒冬腊月，庄前村遭到一连几天的西北风袭击，树干枝杈上的叶子被撕剥，如同一层一层被撕碎的破衣碎片散落一地。深更半夜的庄前村，在寒风中静得令人寒碜。专案组同志在刺骨的寒风中，分成上下两个班，在朱如泽家门口附近守夜监控朱如泽的动向。上半夜由洪强、小李同班，下半夜由小王、小唐一班。洪强、小李根据事先侦查的地形，守候在相距朱如泽家斜对面 100 米处的树丛中，冻得拱起两个肩膀，聚精会神观察朱家周围的动静。小李裹紧棉大衣，两手插进大衣口袋，两眼警惕地注视着朱家大门。一连三个晚上，不见朱如泽，专案组掀起轩然大波，林家祠堂里，弥漫着牢骚怪话，原本持怀疑态度的人，特别起劲。

小高说：“我的意见，马上紧急刹车，本来提出啥守株待兔，就是凭侥幸心理，想获得意外成功的错误做法，我就估计到不牢靠。再这样缠下去，劳民伤财，案件破不掉，落得被人家知道，笑豁嘴。”

小唐对着小高：“要么你笑豁嘴，我们不会笑，嘴也不会豁。”

倒是被一声声埋怨、奚落声包围的直接参加守夜的几个同志，没有一个人发出一声怨言。连得原来抱着怀疑态度的特派员老殷，反而站起来为守株待兔的同志说话。

特派员老殷：“不可以做事后诸葛亮，他们冷飕飕在野田里辛辛苦苦守候，咱们在说风凉话。说不过去的。我看，等于种试验田，真正不行，重新换个办法。”

洪强一看他们抬杠子，马上插嘴："工作总归有成功不成功，不好一有挫折，或者说情况变化，就出现埋怨情绪。我意见这项工作还要继续，不好半途而废。"

特派员老殷说："我也要来凑凑热闹，算我一个。"

洪强发自内心一片诚意："老殷啊！不是不要你参加，公社的工作比较忙，你的心意我们领了。"

特派员老殷歪转头："不碍事的。你不要想得太多。"

除了原来守株待兔的原班人马，加了一个特派员老殷同老洪、小李三个人一班，潜伏在原来选择的地点。左等右等，等到人心烦意乱，又不可以吸烟，特派员老殷，心猿意马，肚里转念头。到了深夜 11 点半，正当几个人准备交班走的时候，小李突然抬起手指头，指向村口，低声低气叫喊："你们看！"老洪、老殷顺着他指的方向，远远看到从村口的路上，出现一个黑影，由远到近，由小变大。随着时间推移，越来越清晰地显现出一个身高 1.70 米的男性人影。这个人走到离朱家门口三五米的距离时，突然从老洋盘家里蹿出一条狗，"汪！汪！汪！"狂叫了三声，接着便亲昵地用鼻子嗅着来人的裤脚管，并不时发出"唔！唔！唔！"狗鼻子声音，来人并不讨厌它，表现得很亲热似地抚摸着狗的头。然后，从挎包里拿出一样东西塞到狗的嘴里，狗当即伏在地上啃起来。从这个人的高度、外形以及他所去的目的地，可以断定此人就是朱如泽无疑。这就印证了老洋盘反映"狗与朱如泽"的特殊关系，迎来送往的独特"信号"以及王金海反映陈胜全同朱如泽通信的特定意义。来人从腰部裤子袋里掏出钥匙开门进去，一下子填补存在专案组同志脑子里的空白。洪强抬手看了一下手表的指针：晚上 11 点 45 分。同老殷、小李会心地笑笑，压底嗓音："回来了。"正说间，小王和小唐来接班，洪强拿刚巧发现的情况向他们简要作了介绍，然后向他们两个人交班。

洪强、老殷、小李并没有立即返回林家祠堂，而是按照原来约定，他们三个人返身向南往孔定山方向走去，用步行计算路程、上山、在山顶上作案所需时间。测算的结果：三个人从朱如泽家门口出来，到孔定山山脚下，按正常的步行速度计算是 15 分钟，从山脚下草丛中艰难地爬上山，也是 15 分钟，加起来是 30 分钟；犯罪分子到了山顶上作案，估摸所需 20 分钟，前前后后，毛估大约 50 分钟。

在专案组碰头会上，由老洪、老刘分别汇报守株待兔、沪西到渝西市的火车时间。

老刘说："火车行车时间，沪西不是始发车，而是中途站。从沪西开往渝西的火车，只有晚上十点钟一班车，要到第三天上午五点钟才能到达渝西。朱如泽晚上6点5分出门，离沪西火车站十点钟开车，中间将近四个小时。朱如泽从庄前村出发，步行到沪西火车站，大约需要两个小时；去掉排队买车票需要个把小时，还有一个小时空隙。"

洪强听取了老刘的汇报以后，他向在座的同志汇报他同老殷、小李守株待兔的结果，以及测试到达孔定山微波站所需时间：从庄前村出发，到孔定山去的路程、爬山以及犯罪分子作案需要时间，加起来50多分钟，正巧垫补老刘、小马调查沪西到渝西的火车时间，所预留50分钟的空白点，表明朱如泽正好夹进作案的时间段。

就在朱如泽回家的第二天，王金海按照洪强的要求，下午3点钟下班就从厂里回到庄前村，特地跑到大队办公室看望陈胜全。

王金海在门外大声喊叫："陈主任。"

陈胜全在室内答应着："是阿二？"

王金海推门进去叫了一声陈主任："你叫我寄的信，我已经寄了。前几天做的中夜班没有空回来，昨天上早班，所以今天下午有时间特地来告诉你一声。"

陈胜全高兴地说："谢谢！来，坐坐。朱如泽昨天晚上回来了，今天上午到我家里来的，吃了饭回去，他在我家里，还说起你，你同他是老同学，他难得回来一躺，下午，你反正没有什么事，去看看他吧。"

王金海笑嘻嘻，点了点头："我倒是想要去看看他，好久不见面了。"

陈胜全催促："老同学，难得碰头，去谈谈老空。"

王金海从陈胜全办公室出来，直奔朱如泽家，正待走近朱家大门，从老洋盘家里蹿出来一条狗，狂叫不停，王金海被逼退到路边，老洋盘急急匆匆跑出来，一看是王金海，一头说是阿二，一头吆喝："滚回去！滚回去！"把这只狗撵走，这才相安无事。王金海跑到朱如泽家门口，"笃笃笃"敲门。朱如泽在屋里开始听到狗的狂叫声，狗停止了叫声，接着又听到敲门声，寒毛直竖，蹑手蹑脚走到门背后，侧转了头用耳朵紧贴大门，探听门外面动静。听到是王金海的叫开门声，这才开门，虚情假意地说:“是你,进来吧!快进来玩。你怎么晓得我在家里?”

王金海跟着他走进房间,注意观察朱如泽脚上穿着一双解放军穿的草绿色球鞋,高帮子球鞋不见了。再一看床上被子凌乱,估计他是在睡觉。两人坐定。

王金海说:“我听你二娘舅说起你回来了,叫我来看看你。”

朱如泽说:“今天,怎么有空回到庄前村?”

王金海就把到陈胜全办公室回复寄信给朱如泽的经过情形说了一遍。

朱如泽表示谢意:“我娘舅每次写信给我,多亏你帮助寄给我。”

朱如泽突然调转了话头,带有关心的口气:“上次你被公安人员抓去,后来是怎么放出来的?”

王金海说:“我没有去搞破坏,叫我怎么交代。后来,他们也没有证据,只好放我出来。”

朱如泽说:“到现在,还没有破案吧?”

王金海说:“不晓得。反正那些公安人员早就撤走了。”

朱如泽带有讥讽的口气说:“我看, 案件还没有破。靠他们几个人,破得了案?我一看,就晓得这些人,都是饭桶,只会吃饭,不会干事的人。”

王金海感到奇怪:“你什么时候看到过他们的?”

朱如泽哈哈大笑:“正巧我从渝西回来,听到村上人说你被公安机关的人抓去放出来了。现在,一些公安人员抓不到犯罪分子,又到孔定山上去搜山了。所以,看到过这些公安人员……”

紧接着,朱如泽带有攻击性的味道:“这个国家弄不好的,迟早要垮台。现在,开展‘文化大革命’,两派斗得死去活来,斗来斗去,实际上矛头都是针对‘共产党’……”朱如泽一头说话,一头用眼睛瞄着王金海,观察王金海有啥反应。

王金海并没有马上接过他的话头发表议论,只是含含糊糊地从嘴里发出:“噢!噢!噢!”

朱如泽过去之所以看不起王金海,认为他“三拳头打不出一个闷屁来”,尽管他想发表一些谬论,试探王金海的反应,以此进一步拉近关系。而王金海没有发表啥冲动言论,一时间,还看不透王金海的内心世界。朱如泽就自拉自唱，发表他的谬论："台湾，我们这里的人认为是反动派，是专制独裁，台湾的老百姓民不聊生，生活在水深火热之中。""其实，那里是自由世界，老百姓生活非常富裕。所以，你要多了解一些外面的世界，真是五彩缤纷噢。"

王金海带有惊异的口气："你怎么了解得这么多?倒是看不出你肚子里装了这么多的货道。"

朱如泽认为王金海终于开口了，装模作样诡秘地笑笑："这，你就不懂了。今后有机会，同你详细地谈谈……"

就在朱如泽高谈阔论的不知不觉中，已到了傍晚 6 点多钟。

王金海说："时候不早了。走！到我家里吃晚饭。"朱如泽开始谦让一下，经王金海再三邀请，也就跟王金海走了。

吃过晚饭，王金海送走了朱如泽，同老娘打了个招呼说去上夜班。其实，他骑上自行车直奔林家祠堂。王金海一看到专案组同志，赶紧把他同朱如泽接触的情况一五一十向洪强、小李汇报。

洪强听完汇报沉思了一会儿，认为：现在倒是要重新认识这个朱如泽，不是原来想象中的一般刑事犯罪分子，却是有着特殊政治背景的敌人，是一个充满危险，甚至是一颗随时可能爆炸的定时炸弹。为了防止王金海同朱如泽接触过程中，受影响，甚至中毒，被敌人拉过去，毁掉一个青年。他耐心地对王金海进行政治思想教育，这对提高他的觉悟，增强免疫力，适时地打了一针预防针。接着，又向王金海具体作了交代，特别是在同朱如泽的接触中，要注意的问题告诫再三。

送走王金海，洪强要专案组同志就王金海汇报的情况发表各自的看法。

原本对朱如泽到孔定山微波站搞破坏，表示过怀疑他作案动机的小迟首先发表感言："朱如泽同王金海接触的时候，流露了境外的一些言论。原来对朱如泽作案动机吃不透，为什么跑到孔定山去破坏微波站，现在看来不是无缘无故，神经错乱，而是有其特殊的政治背景。这个人即使没有同海外敌特机关直接发生关系，至少收听敌台，受台湾特务机关教唆搞破坏。"

在座的同志听了小迟的分析意见，大家认为犯罪分子开始暴露了一些蛛丝马迹。原来有些同志怀疑朱如泽的作案时间、犯罪动机，听了王金海汇报的情况，当即得到了印证，改变了原来的怀疑态度；整个专案组同志思想情绪渐渐地开始回暖。

小高突然提出一个问题：根据原来现场勘查，犯罪分子穿的是回力球鞋，现在，王金海亲眼目睹朱如泽只是穿的解放军的草绿色球鞋。这还是个谜。

小唐不以为然："鞋子是死的，人是活的。一个人一生一世总不会就只有一双鞋子吧。你可注意到王金海原本反映他穿的高帮子球鞋，现在穿的是解放军草绿色球鞋，说明他不是只有一双球鞋，起码有两双以上鞋子。"

小马说："不管怎么说，朱如泽就是有几双鞋子，现在，王金海在他家里就看到一双鞋子。没有看到高帮子球鞋，这是事实吧。"

小王说："小唐刚巧说到鞋子是死的，人是活的。朱如泽会不会变换着穿呢？"

洪强说："朱如泽不穿高帮子球鞋，现在改穿解放军草绿色球鞋，在很大程度上同陈胜全有关系。如果，咱们确认陈胜全同朱如泽经常通信，是通风报信。有没有可能在咱们排查犯罪嫌疑人的时候，曾经向陈胜全透露过咱们的意图、排查对象的具体要求呢？"

小李说："对了，刚开始，专案组进驻庄前村排查犯罪嫌疑人，主要依靠陈胜全。而且，拿排查的要求、方法都向他交了底。其中，就包括犯罪分子穿的回力球鞋，陈胜全如果是内鬼，朱如泽改穿解放军草绿色球鞋，也就不奇怪了。"

在座的同志听取了小李的回忆，对朱如泽的鞋子问题的认识，基本上得到统一。剩下来的问题作案工具——镰刀。按照特派员老殷提出来的办法："土法上马"，下一步究竟如何土法上马，取得的成效如何，只好走一步看一步，谁也无法断定。

35

第二封信

朱如泽是在案件发生的当天晚上6点5分离开庄前村老家，洪强、小李采取“守株待兔”，经过步行测算、实地考察，掌握到犯罪分子步行上山、作案所需确切时间，同老刘、小马调查从沪西市到渝西市的火车发车时间，足以说明，朱如泽是在孔定山微波站发生破坏事故以后才离开沪西市。由此可以论定，朱如泽具备作案时间。那么，是否具备作案工具呢？专案组势必要开启有关这起案件的另一个锁链——“镰刀”。

在林家祠堂厅堂屋里，围坐在地铺上的专案组同志，经过热烈讨论，对案情有了突破性进展，内心有着说不出的高兴，大厅内打破了一段时期沉闷的气氛，每个人脸上绽开了愉悦的笑容，会议在一片欢声笑语中，紧紧围绕作案工具——“镰刀”，继续进行分析研究。

专案组追溯到1970年6月，驻在微波站的专案组正在庄前村排查镰刀，孔定山上搜索犯罪工具，朱如泽接到陈胜全发出的第二封信。如果他是犯罪分子，为啥不顾忌被专案组发现，却贸然回到庄前村？针对这个专题展开讨论。

洪强征求大家意见：“现在，咱们广开言路，畅所欲言。看，谁先抛砖引玉。”

特派员、小郁、小林跑了进来。特派员说：“今天林家祠堂里怎么这么热闹？”说着，三个人拣了个空挡，席地而坐。

洪强说：“老殷、小郁、小林你们三位来得正好。我把前段时期的工作情况向你们三位同志汇报一下，请你们发表发表高见。”

不待洪强把话说完，特派员老殷赶紧插一脚：“是不是，让我们先把邱雅娟的案件汇报一下吧?

洪强理解老殷的心思,这起案件是公社、区里挂上号的,如果不尽早破案,特派员的日子不好过。洪强特意征询他们三个人的意见说:“好吧,谁先说。”

特派员努努嘴:“小郁,你先汇报,小林再补充。”

小郁点点头:“好,我先汇报。”小郁翻开笔记本:“根据老洪提出的调查要求、方法、部署,我们在邱雅娟老家所在地红光大队以及她原来就读的渔湖中学,找了她的邻居、学校班主任调查了解,初步获得的情况是:邱雅娟,今年24岁,现在在农村种田。发案的时候17岁,共青团员,在学校高中毕业班读书,是班干部。据原来的班主任邓老师反映,这个女孩子平时思想进步,好学上进,不是发生这起案件,当年高考,肯定会考取大学;从来没有发现她看黄色书刊,也没有在男生中谈情说爱。倒是犯罪嫌疑人仇根度,在学校里就是个捣蛋鬼,一股流氓习气,初中没有毕业,就顶替他父亲进了沪西市弹簧厂当工人。”

小郁回过头来,面向小林:“小林,你再补充吧。”

小林笑嘻嘻:“邱雅娟正当复习功课准备高考,她老娘突然患盲肠炎住进郊区医院开刀。邱雅娟只好上午到医院服侍老娘,抽出空闲时间就在医院病房里复习功课,中午回家喂猪。一天中午,仇根度路过她家里后门,正巧看到她在喂猪,顿生歹念,实施了强奸……”

特派员等到他俩汇报结束,跟着说:“大体情况就是这样。事情发生后,她父亲邱秉昌由他阿舅陪同到公社,向当时的特派员老杨报案。老杨认为强奸不会怀孕就没有受理。后来,由区公检法三家组成工作组会同大队书记作调解处理,叫女方嫁给那个小赤佬,当时双方还签订了一份协议,原来协议规定仇根度不抽烟、不轧坏道,补习文化上高中读书,过了几年再结婚……事情过后,这个小赤佬老毛病复发,整天嘴上叼起个香烟,同村上一些不务正业的人拉拉扯扯。邱秉昌看到仇根度恶习不改,不顾原来协议的约定,继续上访,写人民来信,事情就是这样反反复复,一直拖到现在,连头带尾已经有七年多时间了。看看下一步怎么办?”

洪强在听取汇报的同时,大脑里的机器没有停止过工作,一直在认真思索:根据双方生活在不同的家庭环境、受教育程度以及思想品德的差异，要说在农村一个书香门第出身的女孩子，同一个品德低劣、顶替父亲做工的男青年恋爱，进而发生不正当关系。这种可能性比较小。况且，女孩子当时正在专心致志复习功课准备高考，根本没有心思谈情说爱，再说他们又没有一点感情基础。除非女方同男方臭味相投，才有可能淫乱。

洪强面向特派员老殷，毫不含糊地说："我认为强奸的可能性比较大。我利用几个晚上，看了邱雅娟父女俩六七年来的人民来信，特别是邱雅娟的两封信，其中有两个情节值得注意：一封信上提到，事情发生以后，当她自己感到有怀孕迹象的时候，她同村上最要好的女孩子三毛，晚上在三毛家里两人同睡一头，她叫三毛摸摸她的肚皮：'我肚皮是否大？'三毛摸了一下，窃窃嬉笑。邱雅娟满脸憎恨，咬牙切齿：'这个死鬼，我总要叫他不得好死，我要同他同归于尽。'另外一封信上提到，她同三毛一起到小山上挖野菜，她对三毛说：'今后，我死了，每年清明节，你到这里送上一束野花，不要忘记我……'。"

洪强接着说："如果两人是谈恋爱，一时感情冲动偷尝禁果，女方决不会想着要轻生，甚至要同男方"同归于尽"。我想，这起案件经历了六七年，涉及的一些人和事比较繁杂，而且同一些民事纠纷纠结一起，如果调查工作一头栽进纠纷事件中，等于掉进泥潭，拔不出来。下一步工作，要紧紧围绕强奸案件，核实邱雅娟同三毛交谈的两个情节，再到仇根度的单位了解这个人在厂里的现实表现，然后，再研究对仇根度采取什么措施。你们看呐？"

洪强说完话，眼睛扫视一下室内，突然发现张海波请假回到专案组，不声不响坐在西南面壁角落。洪强转念一想，这个人在专案上派不上大用场，只好作为专案组的机动力量，也好让他锻炼锻炼，提高些业务水平。特地向特派员推荐张海波："现在再配个小张跟小郁、小林一起搞调查，怎么样？"

特派员老殷表示谢意："谢谢专案组大力支持。"

小郁、小林听到洪强说要张海波同他们一起调查，皱起眉头，本想一口回绝不需要。看到特派员已经表态，也就表示默认。张海波听说要他同小林、小郁到红光大队调查强奸案件，换了过去，洪强提出来调动他的工作，不管是他称心不称心，他都要暴跳如雷，讨个说法。这个一次出乎意料，当即表示："好！"回过头来，找了个借口，要回城安排一下小家庭生活。洪强考虑到他的实际困难，也就不再难为他了，同意他请假回城，关照他："你要同小林、小郁约好碰头地点，安排好家里的事情就过去工作。"张海波应了一声，翻身就走。

洪强就把最近一个时期专案工作进展情况以及遇到的问题向老殷、小郁、小林他们三个人简要地介绍一下，转过来，又回到朱如泽接到陈胜全的第二封信回到庄前村的话题上来。请他们一起参加讨论，笑嘻嘻地说："看看，啥人先开个头？"

小李一马当先："我先发表点意见。"

洪强赶忙插一句说："发言要直截了当，套话、废话都免了。"

小李郑重其事地说："我们前一时期，在老洪同志的带领下，采取了内线侦查与公开排查相结合的策略……"

洪强听了小李一开口就是讲废话、套话，马上就打断他的发言："咱们还是来个实打实，节约点时间，好吗？"

小李点点头，开始直截了当发表意见："我认为陈胜全同朱如泽两次通信，同孔定山微波站发生破坏事故有极大的关系。而且，同朱如泽的镰刀有着直接关系。就凭陈胜全拿了老洋盘的镰刀，冒充成朱如泽的镰刀，恰恰是陈胜全帮了朱如泽一个倒忙，告诉咱们朱如泽没有镰刀。镰刀哪里去了，朱如泽用来到孔定山微波站搞破坏了。所以，我的意见，干脆把朱如泽抓起来审查，以镰刀作为突破口，获取了罪证，一举破获全案。省得拖泥带水，夜长梦多。"

小王针对小李的发言："你只是说了一半，还有一半，朱如泽拿镰刀到孔定山搞破坏，他搞了破坏以后的镰刀哪里去了，连这个一半的答案还没有回答。他原来的镰刀还仍旧悬着，犯罪工具没有着落，就拿朱如泽抓起来审查，这不是以拘代侦吗？我不表同意。"

在座的同志中，偏偏很多人表示同意小李的意见，对朱如泽进行正面审查。认为，现在已经掌握了足以说明他作案嫌疑的根据，是应该采取必要的措施，进行正面审查。

老刘笑笑，习惯性地说："我来说落两声，如果把朱如泽抓起来审查，能够按照我们的要求交代犯罪事实，不用说抓到了犯罪分子，而且破获全案跟着水到渠成。假设说他拒不交代，怎么办？抓起来容易，放出去难。有一个问题咱们有没有考虑，凭啥抓朱如泽，就凭他具备作案时间，他不在家没有登记到镰刀，或者说就是因为他娘舅写信给外甥，外甥接到娘舅的信回老家，就抓起来审查。这个理由能不能摆上台盘呐?有很多事情还仅仅是咱们分析意见，不是已经拿到足以证明是他作案的直接证据。"老刘话音一落，引起在座同志交头接耳，窃窃私议。

老刘接着说："再说通信自由，这是宪法赋予公民的权利，咱们做公安工作的同志，不要动不动就抓起来审查。我的意见，朱如泽家里有没有镰刀，咱们要花点力气见见底。这是一。二、应该针对最初，他接到娘舅的信赶回来的动机、目的，同专案组搜山搜索犯罪工具有没有关系，大家是否好好里分析分析，再做些过细工作。"

特派员插嘴："抓起来容易，放出来难。再说，抓起来审查总得有个理由。我还是说说我老土的话：脚要着着地气，否则，都是在脑子里翻跟斗，戽虎跳，空对空的事情。"

小迟跟着发声："抓起来审查是冒险举动，再说，这个人不是一般刑事犯罪分子，已经暴露了政治上有些火药味道，咱们决不能掉以轻心，贸然采取强制措施，弄得不好，事情适得其反。"

洪强听了以上同志的发言，心里想：现在，尽管在朱如泽身上暴露了很多疑点，抓起来审查，但摆在咱们面前的一个关键问题"证据"，作案工具——镰刀还没有着落。倒过来做，先审查，后取证，假设报送检察机关不批准逮捕，并以证据不足退查，麻烦就大了；超过法定时间，是放人还是不放人?不放人势必违法，如果放了出去再要开展工作，难度就更大。再说，根据王金海反映的情况来看，朱如泽一言一行隐隐约约显示，是受特务机关教唆，进行反革命活动。这个人不能把他看作为一般的刑事犯罪分子，是否与敌特机关挂上钩，还有待进一步工作。

洪强语重心长地说："老刘、特派员建议要分析他接到娘舅的信回到庄前村的动机、目的很有必要，究竟同镰刀有没有关系，要做过细工作。咱们还是要好好地分析，要有耐心、信心和恒心，一查到底。"

小李听了洪强的发言，好似引燃胸中的火种，一股火气直往上蹿："办案件不能四平八稳，老洪啊！我佩服你对案情分析、破案的技巧和领导水平。但是，你有时候也有个毛病，就是优柔寡断，我主张立即采取措施。"

洪强并不因为小李对自己的批评而嗔怒。颔首微笑："好！咱们大家敞开思想，发表意见。来，接着谈……"

小林煞有介事地说："前一时期我同小郁调查强奸案件，专案组的工作我们两个人没有参加，不了解情况。听了老洪和其他几个同志的介绍，整个专案工作有很大进展。但是，马上对朱如泽采取措施，确实有冒险性。但是，老洪讲到证据无非就是镰刀，咱们从整个庄前村排查镰刀好似大海捞针，其结果还是海底捞月，如果不采取措施，下一步又怎么办呐？"

小李感到原先赞同他观点的人，思想上开始动摇，迫不及待地说："老洪，咱们在大丰纺织厂侦破两起盗窃案件，还不是靠吃准了对象，不给他有喘息的机会，出其不意，一下子突破，然后，拿到了赃物——证据。"

听了小李、小林发表意见，小唐郑重其事地说："我也来说两声。大丰纺织厂的案件，我没有参加破案工作。我听说这几起案件搞得非常漂亮。我是搞刑事侦查工作的。我认为，刑事案件同政治案件有所不同，遇到的对象也不同，办案件要根据具体案件、具体分析；审查对象，也要根据不同的对象，采取不同的方法。'5·15'是个破坏性案件，与大丰纺织厂的一般盗窃犯罪，刑事案件不同，盗窃犯往往是一些文化低、头脑简单的小赤佬，而像朱如泽这个对象非同一般，文化比较高，知识面比较广，加上在社会上混了几年，城府比较深。就凭这个几点，应该说，这个对象同大丰纺织厂的对象有着根本性的区别。因此，咱们对朱如泽决不能掉以轻心，我觉得老洪、老刘刚才发表的意见很有道理，办案不能图一时痛快，当然，当断不断反受其乱，假使盲目蛮干，吞苦果的还是咱们自己。"

小李听不得小唐用教训的口气发表意见，兜过来缠住小唐："你不要拿腔作势，干脆说明，你是同意现在采取措施，还是不同意现在采取措施？"

小唐很干脆回称："我不同意现在采取措施。"

小李紧追不舍："你不同意，你说怎么办？"

小唐咧着嘴，笑笑："这，很好办，一句话，继续工作。"

在座的同志哄堂大笑，哈哈……

洪强看到大家发言很热烈，出现了不同意见的争论，这正是他要想达到的目的。他习惯在不同的争论中找到正确的思想、正确的方法和工作路子。现在要紧的是如何把这场争论引向轨道，最终达到统一思想，齐心协力开展工作。

经过一番思考，他面带笑容："有句成语叫'欲速则不达'，凡是违背客观规律做事，不管你出于好心，急于求成，好事也会办成坏事。切记咱们一定要按照辩证法的原理来认识快与慢的关系。明确工作目标，一步一个脚印，踏踏实实工作，才能取得预想的结果。"

小高打破沉默，很有感触地说："咱们前一时期工作，已经有不少教训，最大的毛病就是犯急性病，不认真搞调查。凭侥幸心理，想一口气吹个大气球，三个手指头捏个大田螺，似乎十拿九稳，其结果，反而把问题搞复杂。审查王金海如果事先到他厂里调查他的上下班时间，就根本不会找错对象，带来不必要的麻烦，浪费了很多宝贵时间。所以下一步工作，一定要稳扎稳打，一步一个脚印。"

小迟紧紧跟上："'工程三'发表的意见，比较实事求是。我表示赞同小高的意见。"

老刘说："刚才，特派员提出，孔定山微波站案件发生当初，朱如泽接到陈胜全的信后回来的目的、动机，我倒有个想法，他回来当时的背景，正是专案组搜山寻找犯罪工具。因此，我认为，如果咱们一致论定朱如泽是'5·15'案件的犯罪嫌疑人，那么，陈胜全向他通风报信，无非是专案组搜山，搜索犯罪工具的内容，他回来很大可能同犯罪工具有关系。"

小高立即附议："我非常赞成老刘的意见，他回来不是无缘无故地回来，总有他的道理、意图，否则说不通。"

此时，小李经过大家分析，特别是小高的发言对他触动很大，似乎把矛头对准自己，本来还想发作，但又一想人家的发言，讲的是事实，再想想，都说得有道理，没有理由去顶撞反驳人家，保持沉默后，他突然改变了自己原来的主意。

"我完全赞同老刘的意见，"小李红着脸："下一步工作的重点——查找镰刀。"

洪强听到小李表态，马上回到原来的话题："现在，围绕镰刀的问题，我认为，分析研究这个问题，一定要联系当时的大背景，专案组搜山寻找镰刀，在庄前村发动群众排查镰刀。这就有两种可能：一种是原来的作案工具——镰刀，犯罪分子作了案没有销毁，回来作紧急处理；另外一种可能是，他作了案把镰刀隐藏在一个地方，当专案组搜山寻找、排查犯罪工具，触到了犯罪分子的要害部位，预感到将被暴露，迫不及待赶回来转移地方，或者销毁。切记，专案组以往在庄前村排查登记镰刀时，少不了陈胜全，他拿老洋盘的镰刀冒充成朱如泽的镰刀，这不是一个孤立的现象，拿这些问题联系起来看，朱如泽回到庄前村的目的、意图、动机，似乎都跟镰刀有关系。”经老洪这样一分析，把一些同志的思路打开，包括特派员都不住地点头：“有道理，这样，下一步有文章可做了。”

但是，老洪的分析意见，并不等于被所有同志接受，有些同志还是持有保留意见。所以说，下一步工作目标——镰刀，要解开这个谜，这对专案组每个同志是个极大的考验。

山庄◎著

静静的山庄

第二部

【侦查故事】

JINGJINGDE SHANZHUANG

安徽师范大学出版社
·芜湖·

第二部

36

一石二鸟

经过反复分析研究，最终论定朱如泽具备作案时间、具有思想基础、熟悉地理环境，按照论定犯罪分子具备“四个要素”的要求，专案组集中力量搜寻犯罪工具——镰刀。准备继续采取“明修栈道，暗度陈仓”的策略，把专案组同志分成两队：一队以洪强为主“打着搜山的旗号”，当着庄前村群众的面，吆喝上山搜索；另一队以特派员老殷为主，“土法上马”，秘密潜入朱如泽家里搜寻镰刀。

洪强、老刘、小高、小马 4 个人一队在孔定山搜山。由老洪指挥，四个人一字型排开，相互间隔两公尺距离，从孔定山北面开始由下向上搜索。凡是搜索过的地方，用事先准备好的竹签插在地上做标志，避免重复搜索。从上午 7 点开始到中午 11 点钟，4 个人像工兵扫地雷一样小心翼翼，一丝不苟地在西北风狂吹中连续搜索了 4 个小时，到了山顶上赶紧躲到背风的南面，一屁股坐在地上喘气。几个人腰眼里好像上了锁一样动弹不得，有的赶紧晃动上身活络活络筋骨，有的腰部酸痛得紧皱起眉毛，挺直身子试想舒缓一下腰部，用两个拳头捶背。洪强虽然在农场割过麦，割过稻，但同样感到腰痛背酸。小高、小马两个人身体不适，带来情绪上的波动，虽然嘴上不说，脑子里开始活跃起来，认为这种搜山寻找镰刀的原始做法，过去已经做过了，现在有没有必要再来个伤筋动骨，似乎对“明修栈道，暗度陈仓”策略，表示怀疑。他们两个人坐在地上，你看看我，我看看你，摇摇头苦笑，微闭着眼睛咂嘴，虽说避开洪强、老刘的视线，洪强对他们两个人的神态表现，尽收眼底。

为了调节两个人的思想情绪，洪强笑嘻嘻，面对在座的同志风趣地调侃：“在侦查‘5·15’案件过程中，像咱们现在采取的策略，顶着狂吹的西北风，艰难地战斗在孔定山上，做的是前人没有做过的事情，将来说不定在沪西市公安局侦察工作史上将会留下浓重一笔。”

老刘凑趣地笑着说：“说不定还会像狼牙山五壮士一样拍成电影。可惜咱们现在只有四个人。”

原本愁眉苦脸的小高、小马，听到老刘说到今后拍成电影，笑得前仰后翻。

小马抢着发声：“四个人同五个人有啥区别，格外反映出历史的真实面目。”

老刘、小高、洪强听到小马这样一说，都附和着说：“对、对、对！”

小高跟着风趣地说：“假如经过艺术家加工，加上悲壮的一幕，这部电影就更加有看头了。”

小高话音一落，大家哈哈大笑。

这个时候，四个人就在南面山头上，一头享受着阳光沐浴，一头说说笑笑，好像把原来难以言状的身体疲劳、不适感驱赶得一干二净。

为了使大家的思想情绪更加放松，洪强风趣地说：“俗话说‘休息一支烟，赛过活神仙’。”说着，洪强从口袋里摸出一包香烟，发给老刘，小马、小高不会抽烟，就招呼他们拿出事先准备好的干粮——大饼、油条。

洪强说：“你们两位不会抽烟，就吃西餐吧。”小高一头笑，一头自顾自张开大口啃大饼、油条。瞬时，吸烟的吸烟，啃大饼、油条的啃大饼、油条，已经无所谓腰痛背酸。一晃个把小时过去了。

洪强一头笑，一头吆喝：“好，壮士们，咱们继续战斗吧。”

肚皮填饱，稍事休息，精神得到了恢复，四个人开始继续工作。

洪强提醒大家说：“搜索要仔细彻底，注意不要留下死角。”

四个人开始从山上由上而下不紧不慢地搜索起来。

孔定山经历了深秋、寒冬的狂风暴雨的袭击，山上原来齐腰高的杂草都已经倒伏，再经历了太阳曝晒、风吹雨打，倒伏在地上的杂草已经腐烂；还有些原来生长在灌木丛中的杂草，枯萎了，贴着地面，露出的根茎像布满攀附在人体大脑里的神经，搜山的时候很容易用肉眼见到底；有的地块倒伏的枯萎杂草、灌木枝条被西北风长时间劲吹、搜刮，已经厚积成堆，专案人员必须用手拨拉开来才能见底。仅仅搜索了半个小时,几个人就头昏脑涨,甚至胸闷难受。洪强观察到搜索的同志脸上已经出现倦容,而他自己也已经感觉到胸闷、头脑发涨。突然喊话:“大家暂停搜索,休息一下吧。”

当大家就地坐下来休息的时候,洪强对自己身体出现的反应,特地试探性地询问:“现在你们身体有啥感觉?”

三个同志齐声说:“胸闷,头昏,脑涨。”

一听到其他同志都有同样的感觉,洪强嘴里发出“咦”的一声,觉得不可思议:上午搜山的时候,只有感到腿酸、腰痛、疲劳,没有出现头昏脑涨、胸闷的现象。

小高原来是厂车间里保全工,有名的赤脚医生,在他的身上多多少少有点医学细胞,他说:“上午,咱们是由下而上往上爬,力量重心在腿部、腰部,只觉得腰痛背酸;下午开始,咱们是由上而下,头长时间下垂,血液循环加速、涌向头部,势必会出现头昏、脑涨、胸闷不适的感觉。我建议咱们下午搜山的方式方法改变一下,人的姿势可以由上而下退着往下搜索。这样,或许能改变头昏、脑涨等症状。”

老刘听了小高的说法,很受启发:“小高说得有道理,老洪啊,我的意见,就照小高的意见办。”

洪强爽快地接受他俩的建议:“好,你们说得有道理,就照你俩的意见办。”

说完话,四个人照此办法继续搜索,一头搜索,一头相互议论。大家都感到这个办法倒是灵光,刚才的头昏、脑涨、胸闷的症状减轻了,甚至得到缓解。从下午一点钟开始搜索到五点钟收工,又干了四个小时。傍晚,四个人腿上如同灌了铅似的,一颠一颠艰难地行走,到了林家祠堂,一看到地铺,赶紧往地铺上躺着,有的捶胸,有的揉腰,还有的用拳头捶头,嘴里不时发出“嘘、嘘、嘘”的感叹声。洪强同老刘面对面坐在椅子上。洪强随手递给老刘一支烟,自己独自点燃,左手搁在桌子上,右手夹住香烟使劲地抽。这个时候,他看到两个同志累得如此狼狈,一个人陷入了沉思:这样搞法是否值得,有没有必要继续进行下去?但是,转念一想,无论如何现在不能动摇,这是“明修栈道,暗度陈仓”的一种策略,目的是为了掩护特派员老殷他们四个同志潜入朱如泽家里搜索镰刀。

正当洪强想得出神，老殷一队人推门进来，看到洪强一队人在休息："你们回来了，今天战果如何？"

洪强笑笑："一无所得，你们那里怎么样？"

小唐抢着说："彼此，彼此！"

老殷扫兴地说："今天一天，在朱如泽家里，大部分房屋已经查找过了，没有收获，就要看明天了。你们辛苦了。"

洪强苦笑了一下："都一样。"然后，面孔朝小唐发话："小迟临时到城里去，今天晚饭请你操办吧。"

小唐应声说："好咧，一句闲话。"

洪强随手从口袋里摸出一包香烟，抽出来递给老殷、老刘，他自己又连上一支，从嘴上拿下烟蒂对火，嘴上的香烟一闪一闪点燃，就将一枚烟蒂掉到一只装罐头食品的空瓶里。

老殷一看距离吃晚饭时间尚早，就将他们一队人的工作情况做了汇报。其中，特别拿老洋盘如何配合、朱如泽家里的房屋结构以及查找镰刀的进度向洪强详细做了汇报。突然，小唐喊吃晚饭，随即拿锅子里的面条一碗一碗撩好，小李、小王一头端面条，一头吆喝："开饭了，同志们快起来吃面条。"老殷、洪强跟着端面，用筷子将面条反复搅伴，直到面条的成色泛出紫酱色，用筷挑起大口大口吃。

老殷吃了两口停下来："老洪啊！专案组的同志白天搜山要爬上爬下，体力消耗很大，照现在这样的伙食，再不补充一些营养，身体要搞垮呐。现在，在座的同志不能有一个人生病噢！"

洪强无奈地说："这个问题我也想过，受条件限制，只能'烂泥萝卜揩一段吃一段'，暂且对付着吧。好在专案组的同志有吃苦耐劳的精神。"

老殷摇摇头："话不好这么说，还是要想办法解决。当然，我也有责任。想当初，黄局长有过交代，专案组同志到我这里工作，生活问题要我多关心，我没有做到，不要说关心了。我看这样，明天上午，我去想办法，看看大家胃口，喜欢吃啥？"

洪强面向大家："老殷提出要改善伙食，怎么改法，大家提提意见看，除了'山珍海味'，只要是农村有，咱们也吃得起的，随便点。"在座的同志都一声不吭。老刘说："老殷，还是你看着办吧。"

老殷一看大家都不作声，心直口快："你们不好意思说，我来说。农村里一到冷天，习惯吃羊肉，既暖身，又滋补，我到三河街上去买点熟羊肉，再向羊肉店要点羊汤，回来加加工，有菜有汤，怎么样？"大家一听都拍手叫好。

洪强一看大家都表示赞同："老殷，这件事情就麻烦你了。钞票由我们后勤小迟支付。"

特派员老殷不以为然："钞票等今后算。"

洪强关心地说："你们明天重点就是打捞粪坑寻找镰刀了，有一个问题，有没有考虑到，打捞粪坑，那么打捞上来的大粪放在哪里，总不能就放在屋内地上吧？"

老殷咂了咂嘴："我也正为打捞上来的大粪在伤脑筋，既不能放在地上，又不能放到外面去，倒是个棘手问题呐。"

小唐快言快语："到庄前村借几只粪桶装，不是解决问题了吗？这样，既不占地方，又比较简便。"

老殷摇摇头："这个不失为是一个好办法，问题是一只粪桶不够用，没有三到四只粪桶解决不了问题。涉及粪桶到哪里去借，借三四只粪桶，势必又要兴师动众，没有办法保密，恐怕不好办。"

小马突发奇想："我倒有个办法，不晓得是否行得通。到清洁管理所去借个吸铁石，用吸铁石投放到粪坑来回吸，镰刀的刀头是铁质，吸铁石管用。我在地区上当户籍警的时候，有一次，碰着一个老百姓上厕所，一不小心把一串钥匙掉到粪坑里，没有办法拿上来，急得满头大汗。结果，在围观的群众中，有人建议用吸铁石。后来，我听说了，帮他到清洁管理所请了一个清洁工，就是用这个办法把掉进粪坑的一串钥匙吸上来的。"

洪强受到启发："嗳！这不失为是个好办法。老殷，我看可以试试。你明天，是否到清洁管理所去借个吸铁石。这样既简便、省事，又不会暴露，用吸铁石只是打捞的时间长些。"

老殷眼睛一亮："这个办法好，我本来就是愁打捞问题。好！明天我去。小李，明天你们先去，我办完两件事就过来。"

小李："明天，我们三个人绰绰有余了，你放心干你的事情。"

第二天，两队人马按原来分工准时到位。小李、小唐、小王三人直奔后村找老洋盘。按照约定，小李特地关照老洋盘拿他家里的一只狗放到门外，可以随时随地发出“信号”报警，警惕陈胜全闯进来。然后，三个人从老洋盘家里的后院翻墙进入朱如泽家后院，再到朱如泽居住的房子里。按照事先分工，小唐、小王两个人开始搜索朱如泽居住房，小李观察猪圈和厕所。当小李、小唐、小王三个人聚精会神搜索的时候，小李听到狗在狂叫，立即向小唐、小王发出信号：“注意！有人。”说着，小李奔向前面客堂间，耳朵紧贴大门，侧耳旁听，听到是陈胜全发牢骚的声音，老洋盘一头撵狗，一头嘴里大声叫嚷、吆喝：“滚开，滚开！”生怕在朱如泽家里搜索镰刀的同志不晓得陈胜全突然出现，特意大声同陈胜全搭讪头：“陈主任你不舍来，这只狗对你陌生。”

陈胜全怒容满面，板起了面孔叫骂：“你这只短命狗，早点杀掉算了，哎！特派员到你家里来过吗？你有没有看到他，我有事情寻他。”

老洋盘故作镇静，特意同陈胜全打岔：“没有看见来。他怎么会到我这里来，只有到你那里去。”

陈胜全转过来，又向老洋盘打听专案组的人：“你少说废话，专案组的人呢？”

老洋盘笑嘻嘻地说：“没有看见……”

陈胜全自顾自反背着双手，直奔朱如泽家里的方向跑，老洋盘在陈胜全背后，吓得目瞪口呆。如果陈胜全一闯进朱如泽家里，专案组同志搜索的事情就要拆穿帮，这是不得了的事情，急出了一身大汗。就在陈胜全从身上掏出钥匙开门的瞬间，老洋盘急中生智，随即用右手向狗一挥，狗看到主人“发布命令”，直蹿到陈胜全的身边“汪！汪！汪！”狂叫不停，就差一点咬上陈胜全，老洋盘声嘶力竭吆喝，嘴里不住地咒骂：“婊子养的，你今天发疯了。”

陈胜全只顾躲避狗咬，钥匙拿在手里，整个身子退到屋檐下，龇牙咧嘴，咒骂：“老洋盘，你个老婊子养的，养这只短命狗要咬死我了……”

老洋盘一头撵狗，一头表示歉意，嘴里连续不停打招呼：“对不起，对不起，这个畜生同你外甥关系好，专门为你外甥看大门。一看到陌生人到你外甥家，它就要发疯一样狂叫。”

陈胜全听到老洋盘说起，这个狗等于朱如泽的看家狗，气也就平了许多。等到老洋盘把狗撵跑远了，陈胜全定了一下神，这才拿钥匙投向门上的锁孔，向左边方向一扭，打开了锁推开大门，走进了朱如泽家堂屋。这个时候,老洋盘怕专案组同志被陈胜全发现,又吓出一身冷汗。陈胜全进了房屋,用眼睛扫视房屋四周,老洋盘蹑手蹑脚跟进去,在陈胜全身边不时打岔:"房子没有人住,就没有人气,阴沉沉的。"

陈胜全一头搭讪,一头往里跑。

而在朱如泽房间里搜索的小唐、小王一听到开大门声音,就迅速翻上阁楼,屏住呼吸,侧耳警惕地听着陈胜全的脚步声。

陈胜全一头向里走,一头自说自话:"这个房子没有人住,弄得一塌糊涂。"

在后面房间的小李一听到陈胜全用钥匙开门声音,随即返身从堂屋跑到后院,翻墙溜到老洋盘的后院里跑出去,跑到朱如泽家大门外,大喊大叫:"老洋盘,老洋盘,有没有看到陈主任?"

老洋盘在朱如泽家里应声:"我在这里。"

小李听到老洋盘的声音从朱如泽家发出来,判定陈胜全在房屋里,随即循声向朱如泽家跑去,看到老洋盘问:"你,怎么到这里来,有没有看到陈主任?"

老洋盘眨眨眼:"陈主任在这里。"随即大声叫喊:"陈主任,专案组的同志找你。"

陈胜全听到专案组小李的叫声,怕他再走进里屋,赶忙跑出来:"我在这里,有啥事情?走,到我办公室去。"说着,随手将门锁上。而躲在阁楼上的小唐、小王全神贯注,以防可能发生的情况,随时采取应变措施,听到陈胜全带小李到大队办公室去,一颗悬着的心总算放下。一场虚惊过后,正好,特派员从老洋盘家里的后院翻墙进来,小唐、小王两人,当即向老殷汇报陈胜全到朱如泽家里来,碰到一场虚惊的情况。小王说:"后来,幸亏小李翻墙出去,大喊大叫寻陈胜全,把他引到大队办公室去,总算躲过了一劫。"

老殷说:"他怎么这个时候突然到朱如泽家里来,会不会嗅到点啥。照理我们这次行动比较隐蔽的。不管他,我们归我们继续干。"小唐、小王在旁边做帮衬,老殷开始用借来的吸铁石系上一根绳索,投入粪坑来回拖吸……

晚上,两队人马在林家祠堂会师,吃了一餐可口晚饭后,小李、小唐、小王赶忙将上午发生陈胜全到朱如泽家里的情况作了汇报,老殷接着汇报了用吸铁石在粪坑也没有查找到镰刀的情况。

洪强沉思良久:“大家说说吧。”

老殷带着疑惑的口气:“我倒弄不明白,今天上午陈胜全怎么会突然到朱如泽家里去,事后,我问了老洋盘陈胜全是不是经常到朱如泽家里来,据老洋盘说平时不怎么来,自从专案组到了庄前村,到我家里来的次数多一点,向我打听,专案组调查问了啥情况。”特派员老殷皱起了眉毛:“我想来想去这次行动,除了老洋盘外,再没有什么人晓得,陈胜全突然闯来,倒是奇怪了。”

小王点了点头:“我也觉得奇怪,不过他到了朱如泽家里没有发现我们,任凭他猜测怀疑,反正拿不到我们什么把柄。”

小唐开口:“我认为小李找陈胜全查问老洋盘的镰刀,似乎不妥。虽然说陈胜全拿不到我们把柄,但是这样势必多出来一个枝节,把矛盾转移到老洋盘身上,弄得不好,将会加大老洋盘的压力。”

小王摇摇头:“不这样说,也没有其他的借口。”在座的其他同志开始七嘴八舌议论开来了。

老殷看着小唐:“如果我在场,恐怕也找不到其他适当的借口。”

听了大家的发言,洪强笑嘻嘻面对大家:“陈胜全突然闯到朱如泽家里,只要拿不到这么把柄,就此听其自然。至于小李用询问老洋盘的镰刀,我倒是认为,反而恰到好处,这同老洋盘回答陈胜全说‘他们不会找我,有事情只会找你’相呼应,所以说非但不会给老洋盘带来压力,相反为他解围。专案组的任务,特别是查找镰刀是庄前村老老少少都晓得的事情。况且,专案组到孔定山搜索镰刀就是要让庄前村所有的人,都晓得专案组查找镰刀。既让犯罪分子受到震慑,又掩护专案组到朱如泽家里查找镰刀。小李向陈胜全提到老洋盘的镰刀,可能会收到一石二鸟效果,既为老洋盘解围,又对他陈胜全是个触动,看他这一次有啥动作。明天,小李同老殷一起再找陈胜全,干脆提出朱如泽的镰刀,看他怎么回答。小唐、小王跟我们一起搜山。”

37

走了个隔呛路

专案组经过反复讨论，认为：既然朱如泽的一把镰刀是陈胜全帮他登记的，就应当吃住他陈胜全，要他汇报出原因来，用不着“城头上出棺材远兜远转”。

第二天，小李、老殷跑到庄前村大队陈胜全办公室，一推开门，陈胜全赶紧站出来打招呼：“你们来了，坐吧。”

老殷肚里转念头：他好像事先晓得我们要找他？不待坐下，就开门见山：“老陈啊，问你件事情。听我们小李说，第一次登记镰刀的时候，是你经手登记到朱如泽一把镰刀，没有登记到老洋盘的镰刀。这次，我们登记老洋盘有镰刀一把，朱如泽没有登记到镰刀。你可晓得朱如泽的一把镰刀是这么回事？”

陈胜全听到特派员老殷查问起朱如泽的镰刀，神态平和，接着很干脆地称：“朱如泽家里的一把镰刀是他高中毕业回家以后，帮他买了参加劳动用的，上次是我到他家里拿出来登记。这次，你们登记，不是我经手，我想他不在庄前村，就没有主动同你们打招呼。”

嗨嗨！听他如此解释，小李、老殷两个人想想似乎蛮合情合理。但是，转念一想，在朱如泽家里前前后后连屎坑角落都已经搜索过了，就是没有发现镰刀，难道搜索的时候，还有被遗漏的死角？

陈胜全看到他们两个人迟疑的神态，倒也不含糊，而且主动提出来：“如果在外地的人的镰刀也要登记，我陪你们到他家里去登记吧。”

经他这么一说，小李、老殷两个人，头里就像泼进一头雾水，感到诧异、尴尬、犹豫，是去还是不去呢？难道他存心想诈唬我们？再从他面孔上的表情来看，又不像是装腔作势。老殷当即顺水推舟，同小李挤挤眼睛:“小李,既然陈主任诚心诚意邀我们去,我们就去吧,这样也可以了却一桩心事,你看怎么样?”

小李想他既然要诈唬我们,我们也就将他一军,看他玩啥鬼花样:“好,去就去吧!”

陈胜全得到他俩肯定的答复,拿头一摆,一挥手:“走!”

陈胜全在前面领路,老殷、小李紧紧跟上。正巧路过大队书记门口,碰着大队书记王汉仁走出家门,王书记主动同他们打招呼:“你们一大早上到哪里去?”

陈胜全特地装得落落大方,大声咋呼:“我陪他们到朱如泽家里去登记镰刀,走!你一块去看看吧。”

老殷特地向王汉仁挤挤眼睛:“老王,你去不去?如果你有事情,就不要去。”

王书记听到特派员暗示的口气:“我不去,你们去吧。”

陈胜全本来就不想要王书记一块去,怕他去了碍手碍脚,节外生枝。现在得到王书记肯定答复,也就来个顺水推舟:“老王是个大忙人,他不去,还是我们去吧。”

三个人在路上,陈胜全同特派员、小李有说有笑,甚至借题发挥,自我吹嘘、摆酷,想博取他们两个人对他的信任:“老殷,我这个人要说本事嘛,没有,要说立场,不是吹牛皮,我立场坚定。从过去搞‘四清运动’,到现在当治保主任,不管天皇老子,只要是触犯国法,我毫不留情面。”

老殷心里想你又在“卖狗皮膏药”,吹牛皮说大话。自吹自擂,当即拖长了调子讽刺他:“那——还用得着说,像你这样的干部,现在打了灯笼也找不到。”

小李在他们后面暗自好笑。说说笑笑,到了后村老洋盘的家门口,突然窜出来一条狗“汪!汪!汪!”直叫,老洋盘一听到狗叫个不停,赶紧跑出来,一看是特派员、陈胜全、小李,一头吆喝撵狗回家,一头点头哈腰,投人所好:“你们来了。到我家里坐坐吧?”

三个人只是点了点头,没有表示要到他家里去的意思。老洋盘也就自讨没趣地独自回家。

陈胜全从口袋里摸出钥匙把门打开，然后，做了一个邀请手势：

“进来吧。”

小李、老殷紧紧跟进，陈胜全随手将门关上，不无抱怨地说：“平常日子屋里没有人住，你们看，屋里乱七八糟。”

在特派员老殷、小李面前，陈胜全嘴里不停地东拉西扯瞎敷衍，眼睛不时地扫视屋内四周。正当特派员老殷、小李两个人的眼睛盯住陈胜全，然而，一个转身，陈胜全在客堂间里的东南面墙脚角落，弯腰从摆放杂物堆里拿出了一把镰刀，洋洋得意地举起来，在老殷、小李面前摆弄着。

在场的老殷、小李顿时目瞪口呆。小李心里想真是件怪事了。专案组四个人花了两天时间满屋子搜遍，没有搜到镰刀，而他不费吹灰之力，一下子就拿出一把镰刀来。特派员老殷心里想，看来，原来几个同志搜索不彻底，还留有死角。

陈胜全神气活现地说：“你们看就是这把镰刀，上次我拿了去登记的，仍旧放在老地方，至今没有动过。”

小李想来想去想不明白，隔了一个晚上，居然在朱如泽家里搜索过的地方冒出来一把镰刀。老殷看到小李疑惑的神态，也觉着有点不对劲，他毕竟长期在农村工作，比较内行，随即从陈胜全手里将镰刀拿到手里掂了掂，然后跑到大门外对着亮光仔细察看，回到屋里又把镰刀传给小李，小李拿了镰刀也跑到大门口仔细察看，回到屋里归还给陈胜全，说了一声：“放好吧。”

陈胜全从小李手里接过镰刀，得意洋洋一举：“你们是否要拿去登记？”

老殷轻描淡写地说：“反正镰刀已经看到。我们再研究一下，人在外地的镰刀要不要登记，如果需要登记，可以随时随地找你就是了。”

陈胜全落落大方：“最好没有，有啥事情，你们尽管找我。”然后，他又摆了个噱头：“不要烦了，这把镰刀就放在我家里，便于你们啥时候排查、登记，我可以随时随地拿出来登记，省得前村后村跑来跑去。”他也就大模大样地把这把镰刀拿走。特派员、小李若无其事，跑出大门。特派员招呼陈胜全：“老陈，你去忙吧，麻烦你了，我们走了。”

陈胜全特地伸出手同老殷、小李握别：“谈不上麻烦不麻烦，有事情尽管找我。”

老殷、小李两人转身往孔定山方向跑，准备参加搜山。在通往孔定山的路上，两个人不停地寻思，朱如泽家里突然冒出来一把镰刀，百思不得其解。小李这时在想，要么前两天搜查的时候疏漏了，或者说还留下了死角；而特派员老殷心里想，朱如泽家里有镰刀，而且这把镰刀的刀口完好无损，不像是作案工具。现在看来朱如泽是不是作案对象，专案组会不会找错了对象，或者说判断失误，论定镰刀是犯罪分子作案工具不牢靠，不要忙得个大起劲，结果整个侦查工作"走了个隔呛路"哇……

老殷、小李到了孔定山山脚下，由西北面石板路拾级而上，到了山顶上，朝南面一眼看到小唐、小高猫着身子在山腰里，特派员同小李直奔南面山腰，同小唐他们在半山腰会合。老殷对小唐说："我们来向你报到，请指示。"小唐直起了腰："你们两个人间隔两公尺距离，同我们并排向上搜索。"老殷、小李按照小唐的指点，加入小唐的行列开始搜索。

老殷虽说长期在农村工作，各种农活都干过，而像在山上搜索犯罪工具这样的活计倒是没有干过。两个小时下来，就感到腰痛背酸，很是了得。到了中午，一干人搜索到了山顶，两队人马会师，同其他同志一样，老殷赶紧找地方一屁股坐下来喘气，看到洪强，本来想将上午同陈胜全接触查问镰刀的结果汇报一下，后来想想，怕影响搜山同志的情绪，他同小李商定，晚上到林家祠堂再汇报。而洪强看到他们两个人没有急着汇报，也就没有主动问起向陈胜全查问镰刀的事情。老殷有意转了个话题，发自内心地感叹："老洪啊，在山上搜索镰刀这个活计，不比干农活轻松。不仅腿酸，特别是腰部酸痛得厉害呐。"

洪强搭腔："你说的感受一点不错，我原以为工作比起农场割稻、割麦要轻松，谁知道比起农活还要吃力。"

老殷一头同他搭讪，一头从口袋里摸出一包香烟，挨个一人发一支，面对小高几个人："你们不会抽烟，我替你们暂时保管，等你们学会了再到我这里报销。"

小唐凑趣地说："我现在代他们向你报销不是一样嘛。会吸烟的人也应该发扬无私风格，帮他们一把。"

老殷摆出一本正经的样子："不可以的，报销一定要本人提出申请才有效。"在场的同志听了都哈哈大笑。

洪强特地提醒大家:“抽烟的同志,要注意消灭火种。防止引起山火。”

正当大家有说有笑,紧张的情绪得到放松的时候,洪强突然感到眼前原来充满阳光的地面,渐渐暗将下来,像泼了一地的水,水影子由小变大,迅速延伸扩散,再抬头一看太阳躲进了滚滚而来的云层,觉得老天爷似乎要变脸,当即吆喝:“天可能要变脸,抓紧时间,吃完饭就搜索,开饭吧。”老殷抬头一看:“唔!老天爷像要哭的样子。”说着,动作麻利地站起身来拍拍屁股,用脚后跟将香烟头踩灭。在座的同志紧跟上麻利地起身熄灭还没有抽完的香烟,拿出事先准备好的大饼、油条啃起来。

洪强一头吃,一头说:“咱们最好要在老天爷还没有痛哭流涕之前,把搜索任务完成好。否则,老天爷越哭越起劲,肯定给搜索工作带来麻烦。”

老殷附和发声:“对!看这个天气像要哭的样子,如果老天爷大哭一场,山上躲雨的地方也没有。”

洪强发出指令:“下午,咱们八个人集中力量打歼灭战,但是,一定要保质保量。”说完,狼吞虎咽将手上的大饼油条一头啃,一头开始从东面山头上,由上而下一步一步往下退着搜索。到了下午三点多钟,搜索到半山腰,小高突然收住脚步,发现一块石头,大约有“洗澡盆”大小,习惯性地用勘查现场的神态,围着石头细细察看,还真在石头边缘,发现有用刀刻的一个“S”形状的英文字母,约有5公分,还在这个字母的石头底部,发现一个洞穴。

小高直起腰,大声惊呼:“大家来看!这里有一个洞穴。”

小唐特别兴奋:“嘿嘿!说不定犯罪工具就藏这个里面呐。”

经小唐这么一煽情,大家都围拢来看。在场的同志都感到惊奇,试图看个究竟,但是又怕洞穴里有蛇虫八脚咬人,不敢伸手探摸。

洪强也跑过去观察,然后转过身子呼叫:“老殷你来看看。”

老殷跑过去,绕了石头一圈,看了一阵,不管三七二十一用手臂伸进去探摸,里面什么东西也没有。在场的同志看到老殷伸手探摸没有大碍,也就跟着将手伸进去探摸,一无所有。

小唐扫兴地说:“空欢喜一场噢。不晓得是哪个人,吃饱饭没有事情做,跑到这个山上,在石头上刻个英文字母。”

洪强叫小高把这个现场拍下来,然后吆喝:“咱们继续搜索吧。”

搜索到了五点钟,刮起东北风,天上开始飘洒蒙蒙细雨,过一会儿下起淅淅沥沥小雨，专案组同志已经搜索完毕，到了山脚下，雨渐渐由小变大。

洪强一看老天将要痛哭流涕了，吆喝："收工，跑步回去。"

八个同志踏着碎乱的脚步朝林家祠堂奔跑，将要跨进大门，瓢泼的大雨伴随着狂风，袭击到每个人头部，如同遭人敲击一样，都感到头部疼痛。到了林家祠堂的厅堂屋里，大家庆幸总算到了"避雨港"，没有遭到雨淋，赶紧用毛巾擦脸、抹头。

前两天，老殷发现林家祠堂厅堂屋阴冰冷气，专案组几个同志一直在搓手，冻得瑟瑟抖，特意从公社领来100多斤蜂窝煤球用来烧饭、取暖。从山上搜索完毕，一跨进林家祠堂，他先打开炉门让炉火升旺，随手拖过来一只烧冥纸用的火盆放置到屋内中央，然后从煤球炉子里用火钳将一个烧旺的蜂窝煤球夹到火盆里，再夹五六个生的蜂窝煤球，间隔一定间距，紧挨在烧旺的蜂窝煤球顶部和周围，然后用报纸轻轻扇着，逐渐形成火势，一忽儿，深蓝色的火舌从透氧的蜂窝煤球中吐了出来，屋内渐渐开始有了暖意。小迟忙着烧晚饭。其他同志没精打采地坐在地铺上倚着墙壁，心情似乎十分懊丧，心里盘算着这样搞法有没有这个必要，现在看来又是竹篮打水一场空……正当两个人垂头丧气的时候，洪强坐在桌子旁边招呼："老殷，过来休息吧。"顺手扔给他一支香烟。老殷接过香烟，点燃了烟坐到洪强对面，就拿上午同陈胜全接触的情况汇报一通。

老殷不无疑惑地说："今天上午，陈胜全把我同小李两个人领到朱如泽家里，就像变戏法一样，在朱如泽家里客堂间里的墙角落，竟拿出一把镰刀来。"

老殷就把自己同陈胜全握手告别，到孔定山搜山的路上一些思想活动，实话实说，而且加重了语气。

老殷皱起了眉毛："现在看来，弄得不好，咱们整个侦查工作'走了个隔呛路'哇。"

此言一出，本来两个人搜山寻找镰刀，灌满了一肚皮的怨气，现在再经老殷一说"侦查工作走了个隔呛路"，就像老殷拿起了"灭火机"，对准了火苗喷射，把在座一些同志残存的一点希望扑灭。一些同志不约而同，脱口而出："弄到天亮，咱们连作案对象也没有吃准噢。"

小高显得很自信地说:“倒也不是作案对象没有吃准。而是论定镰刀是犯罪分子作案工具,是否出了毛病。”

经小高一说,引起了专案组其他同志共鸣。屋子里围绕作案对象、犯罪工具——镰刀,七嘴八舌,众说纷纭。

有同志说:“弄得不好论定作案对象错位噢!原本圈定犯罪嫌疑人,没有一点依据。仅仅是靠分析,都是闭着眼睛‘瞎子算命’,这个本身就是不牢靠的事情。”

有同志说:“倒不是论定犯罪嫌疑人错位,朱如泽毕竟是在孔定山微波站发生破坏事故以后才离开沪西市,具备作案时间,加上收听敌台广播,有一定思想基础,圈定朱如泽是犯罪嫌疑人,多多少少说得上。是不是论定作案工具——镰刀不牢靠。就当时分析作案工具的时候,等于猜谜游戏,真正是一点根据也没有。”

就在大家议论到作案对象,转到犯罪工具,几个人突然转了一个弯,又议论起陈胜全在朱如泽家里拿出来一把镰刀。

有同志说:“会不会又是陈胜全搞啥花样噢。”

有同志说:“搞啥花样?他陈胜全在朱如泽家里,拿出来一把镰刀,这个总是实笃笃的事实吧。”

特派员老殷说:“我原来就说过,搞侦察破案,我不在行;同农民伯伯打交道,我熟门熟路,了解农村基层干部思想脉络。前两天,在分析研究论定朱如泽是作案对象,怀疑陈胜全在朱如泽镰刀上做手脚,我就觉着不对劲。意见保留,服从大局,工作照做。现在,咱们还是要实事求是设定侦查方向,重新考虑工作路子。”

经特派员老殷这么一说,本来对圈定作案嫌疑对象、犯罪工具,怀有一股热情的同志,慢慢冷却。反过来,开始针对提出来要“快刀斩乱麻”,对朱如泽采取秘密审查,掀起一股悖论:假设听他们的话,把朱如泽抓起来秘密审查,弄得不好变成了第二个王金海。有的说:“还有人主张连陈胜全一起抓起来审查呢。真要照他们提出来的意见做,那么真正热闹了,弄得不好,庄前村的农民把咱们林家祠堂的老窝也要掀翻呐。”

这些论调里,虽说没有指名道姓,受到指责的人心知肚明。小李面孔上红一阵白一阵,两只眼睛紧盯着洪强。而洪强对一些议论不屑一顾，只是在室内来回踱步，脸部表情严峻，在座的同志对他一举一动琢磨不透。其实，他一头听取在座同志议论，一头联系朱如泽、陈胜全这两个人，就一个时期的表现，就像放电影一样，一幕一幕在脑子里显现。突然，他来了个急刹车，停止脚步："老殷！陈胜全在朱如泽家里拿出来的这把镰刀，你有没有仔细察看察看？"

老殷称："我还特地拿到大门外，朝阳的地方仔细察看过。"

洪强接着问："你是不是把这把镰刀的成色，察看的情况说说呐。"

老殷略为停顿了一下，回忆察看镰刀的情景："镰刀刀锋没有裂口，没有砍伤的痕迹，也没有生锈，足以说明不是作了案的犯罪工具。"

洪强进一步追问："你是长期在农村工作的，镰刀柄的成色怎么样？"

老殷皱起眉毛想了一下："反复看镰刀柄的成色比较光滑，还带有些紫铜色。我看过以后，小李也拿出去看过。"

小李从一些同志的责备声中回过神来："我看了这把镰刀不像作案工具，如果是作案工具，镰刀的刀口势必留下裂口，刀柄不会光滑，呈紫铜色。"

洪强听了他们两个人说法，脑子里隐现着以前调查、走访，都反映朱如泽的镰刀几乎没有用过。再说，如果长时间存放，镰刀刀头要生锈，刀柄要有累积的灰尘、污垢，现在陈胜全在朱如泽家里拿出的这把镰刀，刀头既没有生锈，刀柄还透出紫铜色，不像久被闲置在角落里的镰刀。洪强把自己的想法，向在座同志一说，小唐快言快语："不管怎么样，陈胜全在朱如泽家里拿出来一把镰刀，这是事实吧。我想不通的是，我们四个同志花了两天时间在他家里搜索，就是没有发现镰刀，陈胜全竟在朱如泽家里拿出一把镰刀，倒是件怪事。"

小高插话："我倒是想出来了。原来听到小唐、小王、小李三个人汇报，在朱如泽家里搜查镰刀，正当搜索到劲头上的时候，陈胜全突然闯进来，小王同小唐躲到阁楼上，小李闪身出去大喊大叫找陈胜全，陈胜全前脚离开朱如泽家，老殷借了吸铁石后脚回到朱如泽家里，小王同小唐跑过去，只顾帮得老殷一起打捞粪坑找镰刀。就再也没有顾得上到客堂间搜索镰刀。我估计，搜索不彻底，还留有死角。"

小马听了小高发话："照你的说法，是搜索的同志漏掉的。"

38

移花接木

陈胜全在朱如泽家里拿出来一把镰刀，把专案人员一下子带进了迷魂阵，有些同志原有的一股热情，形成了高山上的瀑布，一落千丈。尽管有同志发言，为在座的同志释怀解困，但是，对朱如泽家里的一把镰刀，始终见不到底，不同程度涣散人心，影响下一步开展工作。

这把见不到底的镰刀，不仅仅关系到论定为作案工具，而且涉及朱如泽是不是破坏孔定山微波站的犯罪嫌疑人。再往前想想，还要对原来的分析意见，专案组同志的工作成果进行反思。一些同志一想到这些问题，不寒而栗，设身处地为洪强的处境担忧，而洪强身上的担子，正是千斤重担一肩挑。

然而，洪强抛开了私心杂念，一门心思围绕着现实问题，冥思苦索，脑子里渐渐生根发芽，幼苗开始萌动。他心里想：在沪西地区农村农民的住房，一般都是按照“目”字形传统做法建造的：坐北朝南，第一进堂屋，第二进客堂、生活间，第三进卧房。农民平常日子使用的农具习惯性放在第一进堂屋里。老殷长期生活、工作在农村，对当地农民习惯、生活规律不会不晓得。他带队到朱如泽家里，怎么会遗漏掉第一进堂屋间里寻找镰刀呢？根据群众反映，朱如泽的一把镰刀，基本上没有用过。现在，陈胜全在朱如泽家里拿出来的一把镰刀，刀口没有裂口，刀柄光滑，呈紫铜色，显然不是一把久被闲置在家里的镰刀。再说，正当专案组同志秘密潜入朱如泽家里搜索镰刀的时候，陈胜全突然闯进朱如泽家里，从前房跑到后房。这一系列反常现象，只能说明陈胜全心里有鬼。

洪强皱紧眉头，吸烟，一门心思考虑问题。在座的同志才晓得老洪这个习惯，倒也不便打扰。突然，洪强抬起头来，拿自己反向论证、反复琢磨的疑问，向在座的同志述说了以后，然后换了个口气：“我想到的问题，你们大家再议议吧。”

会议上，经过一段时间冷场、议论，大家结合老洪反向论证的观点，拓宽了探索空间。围绕着一把镰刀，同发生的一件件事情对接起来，反复琢磨，从不同的层面反映出一些蛛丝马迹，再在乱花迷人眼睛的世界里，捕捉到接近真实情况的秘密。

小唐插嘴说：“小高原来分析的情况，似乎有点阴差阳错，有些是他听错的，有些是他主观想象出来的。老殷拿吸铁石到朱如泽家里打捞粪坑，是我们四个人已经到朱如泽家里搜索镰刀的第二天上午的事情，陈胜全突然闯进来。第一天上午，由特派员老殷带领，是小李从老洋盘后院里翻墙到了朱如泽家里后院，我们同老殷三个人紧跟着翻墙进去，直奔朱如泽家里的堂屋间搜索，然后再到客堂、生活间搜索。根据第一天搜索结果，尤其是陈胜全在朱如泽家里第一进堂屋间墙角里拿出镰刀的地方，根本没有发现镰刀。晚上在讨论搜索情况的时候，小马提出来用吸铁石打捞镰刀，决定由老殷到清管所借吸铁石，这个是第二天的事情。大家不妨回忆回忆看，是不是这个情况。”

老殷为人比较耿直，接着小唐的发言：“前一个时期，忙忙碌碌，确实有点失头忘脑，倒是小唐回忆这个一段情况，比较准。第一天上午，首先在朱如泽家里的堂屋间搜索，都想搜索发现镰刀，因此搜索比较认真、仔细，不会留下死角。至于，第二天上午陈胜全突然闯进朱如泽家里，事后，我是听到小唐、小王两个人说起才晓得。现在看来，我这个农民不得不佩服破案专家老洪分析的意见。农村里，农民造房砌屋，有个传统做法，是坐北朝南，第一进堂屋间是农民习惯性堆放农具家什的地方，所以，我们搜索也是按照农民的房屋布局，堆放农具的习惯，从第一进堂屋间搜索起，绝对不会倒过来做的。”

小李赞同老殷的说法，面向小高说：“小高，是你记错的。小唐的回忆比较正确。”接着，小李带有自信的口气说：“刚巧老洪提到，陈胜全怎么晓得我同老殷要去寻他。这是从陈胜全的口气里，听出一些音头，他似乎事先晓得我们要找他。至于他事先是不是晓得，有三种可能：第一种情况是他估计，我们要找他；第二种情况，是我们误判，产生的错觉;第三种情况,是不是有人向他透露的。我想前两种情况可能性比较大。后一种情况,专案组总不会有什么人向他透露吧。”

小王实笃笃地发表意见:“不管他事先晓得不晓得,他一系列的表现,不同程度反映出做贼心虚。专案组搜山查找镰刀,向他查询老洋盘的镰刀,他估计到,接下来,专案组掉转头来要找他查询朱如泽家里的镰刀。怕专案组老鸡婆射屎坑,他就偷梁换柱,原本拿老洋盘的镰刀滥竽充数,极有可能变个手法,采取移花接木的办法,硬是拿了自己家里的镰刀,想以此蒙混过关。他之所以要这样做,只有一个目的,竭尽全力为朱如泽堵塞漏洞。其实,他越是要堵塞漏洞,漏洞越堵越大,朱如泽身上的疑点越来越多。应当说,咱们原定的‘明修栈道,暗度陈仓’的策略,初见成效。”

老刘接着小王的分析意见, 不无感慨地说:“原本搜山这是咱们‘敲山震虎,声东击西’的一种策略,目的是调动犯罪分子跳出来。我同意小王的观点,已经初步达到了目的。首先跳出来的是陈胜全,他几乎到了日暮途穷,不得不从自己家里拿了镰刀放在朱如泽家里,他不晓得专案组已经在朱如泽家里搜索过,所以当了老殷、小李的面拿出一把镰刀来,企图为朱如泽填补漏洞,开脱罪责。其结果漏洞越堵越大,进一步暴露了朱如泽犯罪劣迹。这样一来,更加说明镰刀是朱如泽的犯罪工具,朱如泽是孔定山微波站破坏事故的犯罪嫌疑人。现在,剩下来的问题:朱如泽作了案,犯罪工具是销毁,还是藏匿起来。眼前咱们要做的事情:第一个是属于朱如泽本人的镰刀要查找,第二个,陈胜全在朱如泽家里拿出来的一把镰刀,要澄清是他家里的镰刀,还是别人家的镰刀,是啥时候放进去的,要弄清楚。”

听了老刘的发言,小唐不住地点头说:“老刘说到点子上了。我认为陈胜全的这些表现,倒是地地道道聪明人做了个笨事情。咱们千万不要被陈胜全从朱如泽家里拿出的这把镰刀所迷惑,打乱咱们自己的阵脚,迷失方向,拐进了死弄堂里走不出来……”

小李听了老刘、小唐发表的意见,更加自信地说:“既然论定陈胜全帮助朱如泽堵塞漏洞,就愈加说明朱如泽是犯罪嫌疑人,陈胜全是朱如泽的同伙。咱们为啥还不采取果断措施呢?我还是坚持我原来的观点:对朱如泽、陈胜全两个人进行正面审查。总之,要在这两个人身上找突破口。现在,应该研究这两个人,先审查哪一个,还是同时两个人一起审查。我的意见,先拿陈胜全开刀。突破了陈胜全,再审查朱如泽。”

在会议上,小高老是喜欢唱反调,所以大家的眼睛盯住小高。小高倒也不含糊,他一听到小李提出来要对朱如泽、陈胜全两个人采取审查措施,马上提出反问:“审查陈胜全的理由呢?”

小李不屑一顾:“就凭陈胜全两次在镰刀问题上做手脚,为犯罪分子朱如泽堵塞漏洞,开脱罪责,或者说包庇犯罪分子,足够有审查他的理由。”

小高摇摇头:“先不先说他为犯罪分子堵塞漏洞,开脱罪责这一点上,就有点牵强附会。说他包庇犯罪分子,更加站不住脚。啥时候论定朱如泽是犯罪分子的?都是信口开河。”

特派员老殷接牢小高的话头:“我还是保留我原来的意见,现在论定朱如泽是犯罪嫌疑人,陈胜全包庇纵容自己的外甥犯罪,依据不足。根本谈不上把他们两个人抓起来审查。”

正当小李要反驳老殷、小高的意见时,小迟在吆喝:“开饭了,我盛出来吧,再不吃要冷掉了。”

一头吃,一头说,为缓和一下室内紧绷的气氛,老殷说:“吃说两不误。小迟,你盛菜,我这里还有一瓶洋河大曲,这两天大家辛苦了,慰劳慰劳大家。”

在座的同志,经老殷一逗,拍手叫好,一扫室内凝重气氛。有人说:“特派员把好事做到底了。”

洪强笑嘻嘻地说:“老殷,你啥时候也学会变戏法的。”

特派员老殷憨厚地笑笑:“我在买羊肉的时候,顺便买了一瓶酒。这两天,天气比较冷,又住在这样一个空荡荡的祠堂里,晚上反正无啥事情,让大家暖暖身,放松放松。”

不一会儿,小迟用面盆盛来羊肉炒大蒜放到桌上,顺手又拿碗发给每个人,老殷逐个为大家倒酒,老刘、小高从墙角里搬过来两张长凳,然后专案组的同志围坐一起开始喝酒,吃羊肉。

洪强吃了一口酒,夹了块羊肉放到嘴里,一头嚼,一头说:“唔!羊肉味道好极了,来,大家尝尝。”

在座的同志，也都伸出筷子来夹羊肉吃，有的同志面孔上原来紧锁的眉宇，开始舒缓，并且有了笑容。洪强像在火盆里添了两只蜂窝煤球似的，有意使屋内的气氛旺盛起来："不要忘了，一头吃，一头发表意见。"

小高吃了两口老酒，面孔上红扑扑，开始兴奋起来："我先说说。为了寻找镰刀，从山上搜到朱如泽家里，甚至连他家里的粪坑都打捞过，却一无所有，一开始我心里就有一种失落感，认为又是白费心机。刚才听了老刘发表的意见，一下子激活了我大脑细胞。我认为陈胜全在屋角落拿出来一把镰刀，他帮了朱如泽一个倒忙。也是咱们这次行动得到的副产品。但是，话要说回来，现在，要对朱如泽、陈胜全采取措施，隔离审查，我不表赞同。"

小唐针对小高原先怀疑犯罪分子作案工具用的镰刀，抢着说："工程三，你不要尽讲些半吊子话，啥副产品，直截了当说，朱如泽是不是'5·15'案件的犯罪嫌疑人，犯罪工具是不是镰刀？"

小高听了小唐的发言，情绪有点激动，加重了语气："朱如泽是'5·15'案件犯罪嫌疑人，我从来没有怀疑过。我只是怀疑作案工具是不是镰刀。现在可以这么说，陈胜全在朱如泽家里拿出来的一把镰刀，采取移花接木的做法，更加说明镰刀就是犯罪工具，进一步暴露了舅甥俩共同犯罪的劣迹。不过，咱们不要忽略一个问题，刚巧老刘提出来，陈胜全从朱如泽家里拿出来一把镰刀，是不是陈胜全家里的镰刀，他啥时候放进去的，最好有个交代，这样为咱们提供侦查目标，专案组就可以集中力量，侦查朱如泽作案以后，一把镰刀，是抛弃，还是藏匿。"

小唐在旁边笑嘻嘻地说："你既然认为朱如泽是犯罪嫌疑人，犯罪工具是镰刀，你倒是说说看，陈胜全是啥时候放进去的呢，朱如泽的作案工具到啥地方去了？"

小高马上接招："你都是说的废话。我晓得朱如泽的作案工具在啥地方，还要咱们在这个地方讨论研究。咱们要集中力量弄清楚朱如泽的一把镰刀的去向，终极目的，就是要获取朱如泽作案的罪证。也可以进一步论定，陈胜全从朱如泽家里拿出镰刀，陈胜全同朱如泽是破坏孔定山微波站的共犯。假使犯罪嫌疑人确定了，而作案工具没有拿到，势必论定朱如泽犯罪的证据不硬。"

在座的同志大多数在点头，并不时嘴里念叨："工程三说得有道理,有道理。"有的说:"小高,你这么一说,击中了要害……"

特派员听了当即摇摇头:"对陈胜全这样一个'四清运动'时入党的农村干部,同外甥一起作案,我还有点想不通,他毕竟受过党多年教育,有一定的思想觉悟。我同这个人接触比较多。听到群众对他的反映,这个人是有些乱兮兮的,例如私心杂念比较重,爱贪小便宜,平时有个多吃多沾毛病等等。'四清运动'过后,经历了'文化大革命',在农村干部当中出现的这些不良风气,这几年不是在收敛,而是在抬头。至于一下子堕落到政治上犯罪,我还不敢认同。但是,我思想上也存在矛盾,既然他同朱如泽在微波站的破坏案件上没有关联,又为什么在朱如泽的镰刀上,接二连三做手脚?"

小李紧接着插话说:"我说说我的看法。"

洪强说:"等老殷把话说完,再发言。"

老殷赶忙说:"我说完了,让小李说吧。"

小李针对老殷的说法,自以为是地说:"你说陈胜全是'四清运动'入党的农村干部,也就是说明他党龄长、资历老、觉悟高。老殷,我有两点疑问,你能不能帮助找到答案:一、既然陈胜全是老党员,觉悟高,他为什么要拿老洋盘的镰刀冒充成朱如泽的镰刀进行登记?而且,这一次他又采取移花接木的办法，拿自己家里的镰刀放到朱如泽的家里，为朱如泽作案堵塞漏洞?二、过去他们娘舅、外甥两个人从来没有通过信,微波站发生破坏案件以后,陈胜全经常给远在西南的朱如泽寄信,而且,寄信都是在比较敏感的时间。这些问题,你如果能够提供令人信服的论据,我就认同你的看法。"

特派员是个直性子人:"小李，你没有完全领会我发表意见的意思。我说的意思是:一、陈胜全是一个受过党多年教育的农村党员干部,应该有一定的思想觉悟,不会轻易地从事犯罪活动。二、既然是一个基层党员干部,应该有觉悟、有立场,又为什么帮助自己的外甥做一些有悖于情理,甚至是犯法的事情?三、至于他们娘舅同外甥通信,我倒是一时说不出啥。虽说陈胜全身上存在一些疑点,仅凭这些疑点,就论定他同外甥共同作案,似乎有些片面。吸取审查王金海的教训,不要说着个风就是雨,就是朱如泽身上存在很多疑点,现在就说他是'5·15'

案件的犯罪分子，为时过早。”

小李一听到老殷提到他错误地审查王金海，感到在剥他的伤疤，揭他的短，触动了他的心，一下子站起来：“老殷，咱们现在研究朱如泽同陈胜全的问题，你没有必要找岔子，指着和尚骂贼秃。”

特派员老殷看到小李站起来指责他，轻蔑地笑笑：“这，怎么说是找岔子，我是为好，提醒你……”

洪强一看两个人开始斗，赶忙伸出右手示意小李：“坐下来说，小李，特派员是好意，你不要拿他的话想到歪里去。”

老殷心平气和地说：“小李，我说得不对，我收回。”

小唐风趣地说：“老殷，你尽管放心，我们小李耳朵里没有录音机，他听过就像一阵风过去了。”在座的同志听了小唐风趣的话，都哈哈大笑。

转过来，小唐放下手里的酒碗，一本正经张了张嘴：“现在，轮到我说两句。你们都有些想不通的问题，我倒觉得‘通不通三分钟’。人生活在现实社会中，思想的变化必定根据不同时期社会、生活、环境的变化而变化。如果你们要我摆出正确的、具体的答案，只有等咱们破了案以后才能如愿以偿。”

在座的同志，有人说：“喔唷！唐师傅的发言，水平高，有道理。”

为使原本有些紧张的气氛有所缓和，洪强说：“咱们要为咱们千方百计改善生活，付出了辛勤劳动的特派员，干杯。”说着，大家站起来举起了碗，面向老殷说：“谢谢，干杯！”

特派员也站起来回答：“用不着谢，这个是我应该为同志们提供服务的。来，大家坐下来继续吃吧。”

大家站起来，一声“干杯”，一下子把原来紧张的气氛缓和过来，特派员和小李原本两人抬杠子，争得面红耳赤，这个时候，两人如同用热毛巾捂了面孔，抹去了怒容，绽开了笑脸，情绪逐渐平和。

小李同特派员老殷之所以抬杠子，说到底，小李始终坚持他原来的观点，要对朱如泽、陈胜全采取秘密审查措施。并且，寄希望从陈胜全身上突破，一举破获全案。听了特派员老殷发表的意见，对朱如泽、陈胜全是不是作案的犯罪嫌疑人，还抱着怀疑的态度，怕再影响其他同志，干脆提出几个问题，要特派员老殷回答，想扭转自己的被动局面。

洪强一眼看穿了小李的心思，认为要说服小李，就得说透，免得其他同志跟着左摇右摆。

洪强就把“明修栈道，暗度陈仓”“敲山震虎”这次行动，对整个专案推进了一大步，实事求是地加以阐释；重点向大家晓明，目前之所以对朱如泽、陈胜全舅甥两人存在很多疑点，迟迟不采取断然措施的战略思想，除了考虑到一下子不容易突破他们的思想防线以外，还有一个更加重要的因素和深层次的原因，有待专案人员思考。

洪强说：“从侦察工作角度来说，一起案件没有侦查彻底，没有扩大战果，没有挖出犯罪分子的阴谋，就不是成功的案例。据我了解，在案发当初，省、市公安机关同邮电局领导勘查现场的时候，省厅侦察处陈处长曾经透露：1970 年 5 月 15 日 19 点 20 分，孔定山微波站发生案件，就在当天夜里 10 点钟开始，到第二天凌晨 4 点，境外电台大肆鼓吹，这一次破坏活动的政治能量，所释放出来的冲击波，足够波及全世界。因此说，朱如泽已经不是一般的刑事犯罪分子，很可能有其特定的政治背景。所以，我不主张马上把朱如泽、陈胜全抓起来审查，道理就在这里。工作走到这个一步，咱们已经没有什么回头路。而且，还不能操之过急，只有像道士爬刀梯走了上去，再走下来，一步一个脚印，还他本来面貌。”

在座的一部分同志听了洪强深入浅出的解释，思想上确实受到了启发。但是也有一些同志，心存疑虑，论定朱如泽作案，朱如泽的作案工具到哪里去找，陈胜全从他家里拿了镰刀，为朱如泽堵塞漏洞，到底是不是陈胜全家里的镰刀，一时间，还吃不透。

39

神出鬼没

为了解开陈胜全从朱如泽家里拿出来一把镰刀的“谜”,第二天上午,小李、小唐等四个人,围绕这把镰刀,专门到庄前村开展调查。按照洪强的部署,小李、小高到前村找陈胜全面对面调查,小马、小唐到后村背靠背深入群众调查这把镰刀到底是谁的。

小李、小高到了前村,直奔阿庆家找阿庆调查镰刀情况。两个人一走进阿庆家里,就碰到阿庆老婆阿妹。阿妹已经习惯,而且掌握规律,凡是到她家里来的专案组同志没有别的事情,就是来找阿庆,所以,一看到小李、小高踏进门槛,阿妹就招呼:“阿庆刚吃好早饭到田洼头去了。”

小李说:“噢!我们到田洼头去寻他。你到哪里去?”

阿妹说:“我到自留田去起点大青菜。”

说着,小李、小高转身到田洼头去,阿妹特地跟着他们走到前村村口,在路旁边向他们两个人指点方向:“你们就沿着这条田埂一直走。”

小高、小李表示谢意:“好!有数了,谢谢你。”

两个人沿着田埂走不多远,就看到阿庆在田埂上除草,做地垄沟。

小李远远里叫喊:“阿庆,你在忙啥?”

阿庆抬起头来,老远看到他们两个人向他这边走来,站在路边:“垄地、锄掉点杂草,准备种蚕豆。你们到哪里去?”

小李、小高一边答话,一边走,已经走到阿庆干活的地方,站在田埂上同阿庆攀谈起来。

小李说:“找你了解些情况。”

阿庆听他们说找他了解情况,赶忙放下手里的锄头,招呼他们:“田洼头坐一会儿吧。”

计都不怎么做。”

小唐说：“她不下田干活，总不会是陈胜全到田头做吧？”

桂珍努努嘴：“村上有人帮忙做哩。一些人要托她老倌办事情，都要巴结她呐。凡是办不成功的事情，只要托她，十拿九稳能够办成，少不得巴结她的人就多了。一些田头活计，都靠一些人上门帮她做的，平时连自留地里的活计也叫人家帮忙。这个赖婆娘懒得屁眼里要出蛆。平常日子在村里，天不怕地不怕，看到陈胜全就像老鼠看到猫。陈胜全有时不管人前背后，只要面孔一板，她就变得像只萎爪猫。我家同他家正巧前门对着他家后门，老夫妻相骂听得一清二楚。前两天，正是天开眼，她突然想到自留地干活，问陈胜全：‘我要到自留地干活，我的镰刀不见了，你有没有看到？’陈胜全说：‘你的镰刀不见，你不好用我的，叫什么，叫！’百家猫唠唠叨叨说：‘用你的镰刀，不要被你……’。”

小唐说：“后来，她有没有拿陈胜全的镰刀到自留地干活？”

桂珍说：“后来，她一头走，一头嘴里嘀咕：你一日到夜出花倒样……过了一个时辰，我跑到田洼头干活，看到龙泉的娘在她自留地起菜、割猪草。龙泉的娘就像是她家里的长工，她家里田头活都叫她去干的。”

小马说：“”怎么会是这样，帮她干活有没有报酬呢？

桂珍嘴唇皮一努：“屁的报酬，说给你们听了不相信，还要倒贴呐。因为都要托她办事情，不得不帮她干活，干了活不算数，还要送礼，像模像样请他俩吃酒。”

小唐说：“喔唷！哪有这样的道理，也只有你们农村，换得城里人，倒是不会这样子巴结她的。”

小马打开了话盒子：“嗳！桂珍，想托你件事情，你可不可以通过龙泉娘，了解一下前两天她帮阿翠娘到自留地干活，用的啥人的镰刀，再顺便了解一下她家里有几把镰刀。”

桂珍满口应承：“好，可以，龙泉娘同我家有点亲，没有什么问题。”

一会儿，桂珍急匆匆跑回来说：“是龙泉娘拿了自己家里的镰刀去帮干活的。阿翠娘对龙泉娘说：‘我家里，我用的一把镰刀，不晓得我家的老死鬼拿到哪里去了，你帮我拿你家里的镰刀到我自留地起点菜，顺便再帮割点猪草。’据龙泉娘说，她家里原来就只有两把镰刀，前两天,阿翠娘用的一把镰刀不见了。”

小马、小唐听到桂珍说起陈胜全家里前两天少掉一把镰刀,眼睛为此一亮。立即又对桂珍作了交代,还特地向她传授具体方法。桂珍愉快地接受小马、小唐交代的任务。临走的时候,小马一再关照注意保密,不要被其他人察觉。

小唐、小马两人转身离开桂珍家里,刚刚走了几步路,远远就听到前村吵架声音。两个人循声寻去,路过庄前村大队妇女主任门口,不少村民在围观,在人群堆里,一个妇女上蹿下跳,泼妇骂街,嘴里一口白沫,不停地叫骂:“臭婊子,懒婆娘,阴险毒辣,你要绝子绝孙,也不准我家传宗接代……”两个人一开始还不明白是啥意思,后来听到说“传种接代”,这才领悟到是农村“计划生育”问题,农民同大队干部发生矛盾。就在他俩走近围观人群的时候,一些人好像看到了救星,有人大声叫喊:“小马、小唐同志来了。”顿时,围观的群众一阵风,裹住了小唐、小马。

小唐问:“吵架的是为了啥事?”

一个四十多岁的妇女,都喊她狗度娘,自以为自地说:“农村里女娘家到妇女主任门口骂,无啥别的事情,大多数都是为了生小孩,生了一个,还想生一个,生了女的,再要个男的。这个大娘子连生了两胎,都是女的,还想生个男的,不肯做结扎手术。昨天,妇女主任上门做工作,一踏进门就被她赶出来。今天一大清早,她跑上门骂。这种事情在我们农村里是家常便饭的事。”

小马、小唐听说后,小唐跑过去对大娘子说:“有事情好好说,用不着骂山门。”

这个大娘子叫阿惠,兜过来对小唐说:“女人家生孩子,你们警察也要管的。”

她这么一说,当场引起围观的群众哄堂大笑,都在好奇地注视小唐、小马怎么接招。

小唐不慌不忙、沉着镇定地说:“计划生育是国家基本国策,包括你在内都要管。又不是妇女主任一个人的事情,你骂她,不是对她有意见,而是对国家的政策有意见。你们大家说,是不是这个道理?”

经小唐这么一说,围观的群众都开始指责阿惠:“人家小唐好心劝劝你，你不要不识好人心，狗咬吕洞宾。”

在场有的农民好意规劝：“阿惠回去吧，人家王杏娣被你骂到现在，一声口也没有开，事情不好做过头。”

正说着，阿惠的老倌听到有人报信赶忙跑来，一把抓住阿惠的膀子，往家里拖，嘴里还不停地咒骂：“婊子养的，吃饱了饭没啥事情做，想寻死，到家里去死……”阿惠老倌将阿惠拖回家，围观的群众就陆续散了。

小马、小唐本来准备再到老洋盘家里走访，转念一想，阿惠被她老倌拖回家，弄得不好，夫妻俩要大打出手，赶紧跑到他家里做工作。不出所料，两个人一到阿惠家门口，就看到夫妻两个人正在扭打。阿惠的老倌叫强根，揪住阿惠一把头发，嘴里不停地骂：“臭婊子，你一日到夜在外面惹事情。”阿惠不住地挣扎，嘴里不停地叫骂：“你杀千刀，你出棺材，你有本事叫王杏娣不上门……”

小唐、小马不由分说，当场将两个人拉开，阿惠一头哭，一头抹眼泪，嘴里还在不停地咕哝。

小唐开始数落起强根：“强根你是不对，你把阿惠当作老母鸡，既要叫她生蛋，又不准她叫喊，哪有这样的好事。”

强根、阿惠听了小唐的数落，忍不住扑哧一声，破涕为笑。小马接着向他们夫妻宣传计划生育的意义，从国家基本国策到实行计划生育对国家、家庭，一直到个人，有啥好处，认真地做了一番宣传。

小唐看到夫妻俩听得出神，幽默地说：“要我说，有一个女儿，赚一个儿子。像你们家有了两个女儿，要赚一双。过了几年，阿惠啊，丈母娘看女婿，越看越欢喜。”强根夫妇俩听了他俩一唱一和，已经忘记了刚才不愉快的事情。

小唐规劝：“俗话说得好，金乡邻银亲眷，阿惠到妇女主任王杏娣家门口骂，撇开她是大队干部不说，就是隔壁乡邻，抬头不见低头见，白天不见夜头见，你骂人家臭婊子，人家连一声口也没有开，为啥，就是考虑到乡邻关系。我们认为，你们也应该有个姿态，不说赔礼道歉，也应该上门表个态，打个招呼。好了，我们两个人讲的话，你俩斟酌斟酌，看着办吧。我们走了。”

强根点点头：“你们放心，我们听你们的话，马上到她家里，上门赔礼道歉。”

小唐说：“这就对了。”

小马说：“有你们一句话，我们绝对放心！”

然后，小马、小唐转身到老洋盘家。老洋盘家里的狗看到他俩来，不像碰到其他陌生人狂叫，就好像认识他俩一样，跑了出来只是像遇到熟人似的“唔、唔、唔”，而老洋盘听到狗在外面“唔、唔、唔”的叫声，就晓得有熟人来了，马上迎了出来说：“是你们来，到屋里来坐坐吧。”

小唐、小马到了老洋盘家里，小唐关切地问：“你没有到街上跑跑？”

招呼他俩坐下来，老洋盘嘴里像含了东西：“冷天，上街买一趟菜可以吃几天，所以街上就去得少。有啥事？”

小马问：“朱如泽最近有没有回来过？”

老洋盘把头一摆，诡秘地笑嘻嘻：“小赤佬倒是没有回来。老的倒是回来过的。”

小唐、小马疑惑地说：“朱如泽的老头子回来了？”

老洋盘摇摇头：“他老头子不会回来，我说的是他的娘舅。”

小唐问：“你说的娘舅，是海临的大娘舅，还是二娘舅陈胜全？”

老洋盘神经兮兮地说：“二娘舅陈胜全神出鬼没来的。”

按理陈胜全同朱如泽居住在一个村上，只是分居前后村罢了，来去不是什么新鲜事。听到老洋盘说起陈胜全“神出鬼没来的”，倒是一件趣闻，随即要老洋盘说具体点。

老洋盘回忆说：“时间，是在前两天夜里，七八点钟光景，我已经上床困觉，突然听到我家的狗狂叫起来，叫的声音不像惯常高兴地迎接朱如泽回来的叫声。歇一会儿，狗又不叫了。我开始怀疑是不是贼半夜三更出来偷东西。于是，我抱着好奇心，披了件棉袄走到客堂间，耳朵贴在门上细听。嗨！听到有人在用钥匙开朱家大门，再从门缝里一看，狗伏在地上像在啃肉骨头。当时，我怀疑是小偷，所以一个人不敢出来。我格外好奇，就在门缝里面注意这个人的动静，约莫十分钟，看到那个人出来，锁上门，手里拿了个电筒，人影伴随着电筒亮光，一闪一闪向前村走去。这个人的背影、走路的姿势像陈胜全。但是，我转念一想，陈胜全怎么会在这个时候到朱如泽家里去？凭我的感觉，从这个人的背影特征看，肯定是陈胜全，再说只有他有钥匙开朱如泽家里门上的锁……"

小马同小唐两个人会心地微笑着点点头。当即联想到老殷、小李由陈胜全带领到朱如泽家里，从墙角落里拿出一把镰刀，始终找不到答案，现在，从老洋盘反映的情况，再联系到刚才阿末头老婆桂珍反映，陈胜全老婆前两天找镰刀的情景，现在终于找到这个答案。朱如泽家里的那把镰刀，就是陈胜全隔夜里潜入朱如泽家里放进去的。

小唐关照老洋盘："好！这件事情，你知我知到此为止，不要再同其他人传来传去，弄得满城风雨，再传到陈胜全耳朵里，他要找你。"

老洋盘点头允诺："有数，有数。"

小唐、小马两人从老洋盘家里出来，直奔庄前村大队办公室。

再说，小李、小高从阿庆那里调查镰刀事情结束，就到庄前村大队办公室找陈胜全登记镰刀。

小李直话直说："老陈啊，人在外面，家里有镰刀也要登记。朱如泽的镰刀在你家里，你拿出来登记吧。"

陈胜全倒也十分干脆："好！你们坐一会儿，我马上拿了就来。"

就在陈胜全回家拿镰刀的间隙，小唐、小马到了大队办公室，把他们两个人了解到的情况向小李、小高作了转达。小李、小高两人异口同声说："好！现在看他回去拿来是啥样的镰刀。"正说间，妇女主任王杏娣跑到大队办公室，推开治保主任的办公室门，看到专案组小李等四个同志都在。

"喔唷，你们都在这里，"王杏娣高兴地说："小马、小唐同志，我要谢谢你们俩帮我做工作，不然，这个大娘子是我们大队计划生育的"钉子户"，有得缠我呐，经你们做了工作，不但同意做结扎手术，夫妻俩还特地到我家里，当面向我赔礼道歉。真是不容易，谢谢你俩。"紧接着，她将强根、阿惠夫妻俩如何"顶牛"、如何咒骂的情况，滔滔不绝地诉说一通。陈胜全拿了镰刀急匆匆回到办公室，将镰刀往办公桌上一放，带有一些不高兴的情绪："你们登记吧。"说完，怕王杏娣在场看到登记他家里的镰刀，在大队干部中说三道四，借打听村上吵架的事，一把拉了王杏娣的手往外拖，嘴里不住地念叨："究竟为了啥事……"

乘此机会，小高拿出照相机，将陈胜全拿来的镰刀拍了照。

晚上，专案组人员回到林家祠堂，小李、小高、小唐、小马四个同志，把他们到庄前村调查陈胜全家里的镰刀问题，向在座的同志汇报。听了汇报以后，在座的同志恍然大悟。至此，陈胜全当了专案组老殷、小李的面，在朱如泽家里拿出来一把镰刀的"谜"，终于解开。

针对小李等四个同志汇报的情况，经过大家一番讨论，一致认为：第一，陈胜全家里一共只有两把镰刀，如果他当了老殷、小李的面，将朱如泽家里的镰刀拿回去准备登记，那么，陈胜全家里应该有三把镰刀，而现在他家里仍然是两把镰刀。第二，今天在大队办公室，小李、小高登记陈胜全拿来的镰刀，从小高拍下照片的痕迹来看，清晰地显示，正是桂珍按照小唐、小马的关照，由龙泉娘刻意在陈胜全老婆百家猫常用的一把镰刀上刻下的记号，进一步证实是陈胜全为朱如泽"垫底"的镰刀。第三，老洋盘反映，前两天晚上，在门缝里看到的人影跑进朱如泽家里，可以论定陈胜全是小李向他查问"老洋盘的镰刀"，做贼心虚，怕专案组人员兜过来再查问朱如泽的镰刀，就在当天晚上，特意拿了自己家里的镰刀，潜入朱如泽家里放进去，为朱如泽堵塞漏洞。

那么，朱如泽作案以后的犯罪工具——镰刀，是被他抛弃呢，还是被他埋藏在哪个地方，至今还是一个"谜"。因此，原来留在专案组同志脑子里的阴霾，还没有完全被驱散。

40

朝阳大队

陈胜全在朱如泽家里拿出一把镰刀的“谜”虽然得到解开。但是，朱如泽为了逃避公安机关追查，他所使用的犯罪工具——镰刀，究竟是销毁，还是埋藏在哪一个地方，又一个难题横在专案组同志的面前。

就在专案组围绕“镰刀”的去向问题，争论得不可开交的时候，宋科长突然空降到专案组来了个“闪电式”检查工作，听了洪强汇报案件的进度情况，二话不说，马上作出指示：要洪强着手组织力量拘捕审查陈胜全、朱如泽，要从陈胜全身上打开缺口，然后破获全案。

洪强就查找镰刀，获取罪证对侦破全案的重要性，向宋科长反复申述理由，晓明利害关系。至此，洪强同宋科长就案件继续侦查，还是立即破案，两个人的思想碰不拢头寸，牙齿同舌头也就一高一低，触犯了领导的尊严。

宋科长板起了面孔，掼出调子：“我要说的话，已经说了，听不听由你。”说完话，转身就走。

本来专案组里有一些积极主张“快刀斩乱麻”的同志，听到宋科长的调子，要求破案的思想又开始回潮，掀起的浪头一个接着一个，一下子拿洪强推到了风口浪尖。然而，洪强之所以一而再、再而三坚持寻找镰刀，对拘捕审查陈胜全、朱如泽不表赞同，倒也不是固执己见，不服从领导，不听取同志们的意见。他想到的问题是，现在，犯罪工具——镰刀还没有着落，就把朱如泽、陈胜全抓起来审查，势必造成这起案件“带病进入司法程序”，今后，专案组整天忙着替它“打针、吃药”，成了个“累赘”；再说从朱如泽从事破坏活动，同台湾敌特机关究竟有没有联系，至今还没有搞清楚，就采取措施，很可能把案件搞成“夹生饭”。

现在,宋科长当了专案组同志的面,发出“拘捕审查的指示”,势必使洪强置身在风箱里两头吃夹当。好在,专案组里有老刘、小王,一直支持他工作。所以,他同老刘、小王两个同志个别交换意见,听取他们的意见。而老刘、小王看到洪强目前的处境,明确表态,支持洪强按照原计划,坚持原来的思路、部署,一定要把镰刀查个水落石出。洪强这才从风箱里得以抽身。

老刘、小王两个人就像是专案组里的“润滑剂”,经过他们俩轮番谆谆诱导,总算把几个同志的思想扭转过来,回到查找镰刀这个话题进行讨论。偏偏又出现了两种意见:一种意见认为,按照犯罪分子作案的一般规律,作了案,犯罪工具当即销毁或者抛弃;另一种意见认为,犯罪分子利用超出常人思维方法,作了案,拿犯罪工具埋藏起来。而这两种意见又出自同一个依据——经过搜山、朱如泽家里,结果都没有找到作案工具。因此,销毁或者抛弃、埋藏的意见,在专案组内部形成了对峙的局面,那么到底哪一种意见更有说服力,站得住脚,展开了一轮又一轮的辩论,争论得面红耳赤。

一直关注、凝视同志们争论的洪强,扫视了一下在座同志的面孔,就像拳击场上,斗得难分难解,形成了僵持状态,一个个拉长了面孔,歪转了头,谁都说不服谁。一时间室内的气氛,凝固得几乎令人窒息。洪强一头关注室内几个人斗嘴,一头回忆几次搜山,对孔定山的地理位置、周围环境,留下的印象:在孔定山山脚下没有一条河塘,连田埂边上积肥的灰塘、粪坑都没有一个,那么,犯罪分子作了案,他的犯罪工具究竟怎么处理的呢?洪强把存储在脑子里的有关孔定山的地理环境,向在座同志描述了一番,就像向室内喷射了一剂稀释剂,凝固的氛围得到了稀释,顿时,拓宽了一些同志闭塞的思路,催发了人们丰富的想象力。

小王若有所思:“对了,犯罪分子作了案,就地抛弃、销毁不可能,是不是他到渝西去,趁到火车站乘车的机会,途径市区的时候,会不会顺路在市区某个地方把它处理掉?”

对啊,小马附和着说:“完全有这个可能。为什么说有这个可能呢,正如刚才老洪说到孔定山的整个地理环境,犯罪分子没有处理犯罪工具的条件,他本来要到火车站去,必然要经过市区,这就为犯罪分子提供了处理犯罪工具的机会和条件,他到了市区随便选择一个地方,例如厕所、阴沟洞，把犯罪工具处理掉。”

这种可能性虽然不能排除，小唐摇摇头说：“但是，可能性比较小，城市不比乡下，到了晚上七八点钟人来人往，特别是通往火车站的路上特别热闹，随身携带镰刀到市区，他不怕被人随时随地发现？这不是不死找死吗？假使说，犯罪分子要埋藏，事先必定要有所准备，譬如选择适当的地方挖坑，不可能作了案，再临时抱佛脚寻地方、挖坑埋藏。如果将犯罪工具销毁的话，木柄容易销毁，镰刀头一时难销毁。所以，我个人认为，销毁、埋藏都不可能，最大的可能，犯罪分子利用农民爱惜农具，或者贪小利的心理状态，有意抛到山南让农民拾回去，万事大吉。”

小王插嘴说：“唐师傅，你多多少少讲点依据出来听听呐。”

在座的同志附和说：“对！讲点道理出来听听，也好让我们拓宽点思路。”

小唐不负众望，把头一摆：“咱们可以回顾一下，专案组对犯罪分子作案的犯罪工具，一把镰刀的问题上，下的功夫算得大了吧，反反复复搜山，到朱如泽家里搜索，拿专案力量全部投入在山北、庄前村，而从来没有想着山南。偏偏他把镰刀朝山南方向一抛，被山南的农民拾回去。咱们要寻找镰刀，寻得大起劲，结果同它走了个贫路。自从专案组吃准镰刀是犯罪工具，之所以到现在找不到的原因，就在这里。”

小唐这么一说，引起了在座一些同志共鸣，一些同志不住地颠头晃脑，嘴里发出感叹声调：“嗳！这一点，过去都没有想到，有这个可能。”

首先受到感应的小王附和：“整个三河乡，都已经兜底翻，就剩山南，专案组同志脚趾头都没有触过，咱们不妨去走访、调查，看看能不能出现奇迹。”

小高附和小唐的观点，而且有了进一步发挥：“现在分析犯罪工具的去向，不要说得离奇古怪，要我看朱如泽作了案，就在山顶上，或者到了山脚下，朝山南方向就地抛弃，被沿山农民拾回去不无可能。所以，原来搜山也好，甚至于到朱如泽家里搜索、打捞粪坑也好，真正叫隔靴抓痒。”

有道理，在座不少同志，声表赞同：“瞎猫碰到死老鼠，不妨到山南去试试。”

小唐的一席话，一下子把同志们持有两种对立的观点拉成了一边倒;原来站在对立面的同志,几乎失去了申辩市场。但是,这同洪强所设想的目标、思路相左,而且同下一步的工作打算撞车。怎么办?他定了定神,突然提出一个问题:

"假若镰刀抛到山南去了,有这种可能,那么,还有'15公分长的电缆'呢?"

嗳!这个问题倒是没有想到,小唐抓头摸耳朵,抹了一下嘴:"说到天亮,只顾及镰刀,连15公分的电缆都忘记了。我想,犯罪分子既然要抛弃镰刀,势必将电缆也一起抛掉,总不会抛一样,再留一样,这个无论如何说不过去的。"兜过来,小唐将眼睛瞄住洪强:"我们说了不少,你倒是摆摆你的观点,让我们开开窍呐。"

在座的其他同志都附和小唐的提议:"老洪,还是你发表发表你的高见,我们毕竟是在班门弄斧,说到天亮还是空对空。"

朱如泽的镰刀去向问题,洪强盘算了很长时间,他把当时、当地的地理环境,犯罪分子作案规律、作案心态和犯罪分子作案以后的动向以及暴露出来的蛛丝马迹,作了大胆设想:"镰刀连同15公分电缆,很有可能转移到朱如泽自己家里。"

在座的同志听了,当即哗然大笑,笑得前仰后翻,嘴里发出一些奇谈怪论,甚至有的说:"这简直是天方夜谭……"

小唐当即插话:"你分析、论定朱如泽把镰刀和15公分电缆转移到自己家里,他家里连粪坑也已经打捞过,最终还是陈胜全从他家里拿来一把不是咱们需要的镰刀。现在,你反过来又说,转移到朱如泽家里,看来,你对朱如泽家里特别感兴趣,也应该多多少少摆出一些依据,否则空口说白话。"

洪强受到在座同志一番讥讽、奚落,虽然面孔上感到火辣辣,脸色红一阵,白一阵,但是,尽量克制自己的感情,针对小唐提出的问题,他不紧不慢申述自己的观点,最终落脚点,还是论定在朱如泽家里。为了使得在座的同志认同他的观点,洪强就拿几次搜山、在朱如泽家里搜索以及孔定山微波站的地理位置、周围环境等,不厌其烦作了反复说明,最后的落脚点,拿小高发现一块石头刻了个"S"英文字母底部的洞穴,作为依据。不无自信地说:

"说到依据,就我想到,大致有三点。"

“第一点，犯罪分子作案，不可能临时抱佛脚，挖洞埋藏镰刀、电缆，而是作案前观察地形地貌发现这块石头，就地取材，藏匿镰刀、电缆，还特地在这块石头上留下‘S’英文字母作标记。”

“第二点，专案组第一次搜山，触动了犯罪分子的神经，就在案发那年六月份，陈胜全叫王金海帮他寄信给朱如泽，没有几天，朱如泽从渝西赶回来，很大可能本着这块石头洞穴里的镰刀、电缆回来的。”

“第三点，我同小李第一次在张家大院同老洋盘接触时，老洋盘曾经提到，当年，朱如泽‘第一次回来不久，后来又回来过’，按照时间推算应该是那年六月份，专案组正在搜山，他回来的当天晚上，老洋盘在半夜里困梦头里感到床脚在颤动，被一种响声警醒，就有可能朱如泽把埋藏在孔定山石头底里的镰刀、电缆转移到自己家里，然后挖坑埋藏。当时，我们主要查证朱如泽第一次回来的时间，而对老洋盘反映到这一节情况，一溜而过。小李，你记不记得有这么回事？”

小李马上翻出了当时的笔记说：“倒是有这么个情节。”

小高马上接过洪强的话头：“你这样解说，首先要有一个前提，那就是陈胜全是朱如泽的同案犯，不然，陈胜全不会贸然向朱如泽通风报信，把专案组的动向告诉朱如泽。”

小王接口：“对啊！而且，陈胜全事前知道朱如泽的作案工具埋藏在某一个地方，否则，他不会无缘无故写信通知朱如泽回来转移犯罪工具？”

在座的多数同志对洪强发表的意见，都表示怀疑，有的认为这简直是“神话”。

“他埋藏在家里找死，”小唐摇头晃脑说：“等专案组去拿他的犯罪证据不成？”

这是违背常规的。一直保持沉默的特派员老殷，也在摇头：“这种说法，不符合犯罪分子作案规律，甚至说明，这个犯罪分子是吃屎长大的，笨得要死，哪里像我们原来画像，犯罪分子是一个狡猾的敌人。”

洪强撇开众人的不同意见，讥笑的论调，就像接受挑战似的，接着说：“犯罪分子作案，他本来就是从破坏常规中进行犯罪活动，再从违背常规中赖以生存下来。说到狡猾，到底这个犯罪分子狡猾不狡猾？他拿犯罪工具埋藏在自己家里，正是超越了人们思维方法，说明了他的狡猾性。”

老刘对洪强的分析，感到似乎有一定道理，为了照顾到多数同志的情绪，在发表意见时，既不肯定，也不否定，发表了一个中性意见："在没有找到犯罪分子之前，什么事情都会有可能。我的意见：一、如果犯罪工具，假定是犯罪分子埋藏的说法，不妨再找老洋盘谈谈，核实一下，敲敲实；二、至于有同志提到山南，我认为可以组织一些力量去走访、调查，这一着即使落空，也可以为专案组整个侦查工作缩小范围，侦查目标更加集中，创造条件。"

特派员老殷听了老刘意见，表示赞同："我看老刘的意见，可以试试。"

为了防止主观臆断，洪强采纳了老刘的意见，认为老刘提出到山南去走访、调查，也符合"声东击西"的斗争策略，特地对到山南去的方法，作了专门部署。然后，把专案组一分为二。由洪强、特派员老殷带领小唐、小李、小高三个同志到庄前村；由老刘带领小王、小马到山南，开始新一轮工作。就在分工结束，张海波突然来到专案组。他本来同小郁、小林一起调查邱雅娟被强奸案件，到了红光大队调查、走访的时候，小郁、小林就看不到他人，他的人影漂泊不定，一会儿对小郁、小林说"我到专案组去了"，到了专案组又说"我到红光大队去了"，实际上在鬼混。老洪一眼看到他出现，就将他派到老刘、小王、小马到山南去调查。

山南，在山脚下的一个大队叫朝阳大队。名不虚传，当专案组四个同志一走进朝阳大队，显然同山北的气温温差 2~3℃，尽管时值隆冬天气，但在阳光沐浴下，人们顿觉暖洋洋。由石埠派出所民警郎开顺同志领路，专案组老刘、小王、小马、张海波一行四个同志到了朝阳大队办公室，大队书记、治保主任等大队干部都在，老郎把专案组四个同志向大队书记、治保主任作了介绍。接着，由老刘专门向大队干部说明来意，并把他们的工作打算、方法、部署，向大队干部交了底。大队书记一听说调查孔定山微波站破坏案件，感到惊异。

吴书记说："微波站的破坏案件，早就听说破案了，犯罪分子是大队书记的儿子。怎么，到现在还调查，寻找镰刀、电缆？"

老刘意识到这是由山北刮到山南的"误传风"，随即直言相告："案件还没有破，原来审查大队书记的儿子早已否定了。"老刘实事求是作了说明，兜过来问："你们怎么知道已经破案，犯罪分子是大队书记的儿子？"

治保主任管全舜接过话头，插嘴说："庄前村大队治保主任的女儿就嫁在我们村里，她老倌是我大队会计，是姚会计告诉我们的。原来还没有破案。不过，你们说到镰刀、电缆，我印象中没有听到有谁拾到，假使有人拾着，不吭声也有可能。我看这样，按照你们的安排，分别召开几个座谈会，也许可以解决问题。你们只要提出要求，参加座谈会的人，由我来安排、召集。"

老刘表示同意由他安排、召集，随即将排查的要求向他作了交代。治保主任老管同志的工作作风，雷厉风行，说完话，拔脚就跑，不大一会儿功夫，他就把朝阳大队沿山几个村的小组长（小队长）、治保委员召集到他的办公室："老刘同志，他们是住在山脚下的几个小组组长，还有几个是治保委员，你说说吧。"

老刘点了点头："我来说两句。"

老刘一开始，先是简单扼要地把"孔定山微波站"的破坏案件作了介绍，然后，再慢慢转到搜寻镰刀、电缆上："如果在座的同志拾到，就交给我们，或者听说有啥人拾到，你们只要提供出来，由老郎同志同你们管主任出面，上门去搜集。"

在座的人，听完老刘的话，你看看我，我看看你，咂嘴的咂嘴，摇头的摇头。其中有一个中年人，叫林根的治保委员首先开口："我从来没有拾到过镰刀、电缆，也没有听到有啥人说拾到。"他环顾邻座左右："不晓得你们有没有拾到，或者听说啥人家拾到？"

在座的人都摇摇头。

治保主任老管说："日子长了，大家是不是再想想。"

正说间，突然跑进来一个六十多岁的老太，手臂弯里挽了一只菜篮子，而菜篮子里放了一把镰刀。专案组同志感到非常惊异，心里想，看来，这次到山南还真走对了路，这位老太拾到了镰刀、电缆，到大队反映情况来了。此时此刻，专案组同志迫切想聆听老太反映情况，包括在座的治保委员、小组长，面孔上流露出惊奇的神态，伸长了脖子，期待着这一时刻出现奇迹。

41

为民排难解忧

朝阳大队办公室在座的人，看到跑进来一个六十多岁的老太，大多数人认识是管家湾夏老师的老娘夏老太。包括专案组的同志，脑子里一闪念：看来，这个老太特地跑来向专案组同志上交镰刀来了，惊喜眼前出现的奇迹。不过也有些人疑惑，座谈会刚刚开始，还没有到群众中走访、宣传，这个老太这么快就拾到镰刀上交？在座的人中间，只有治保主任老管晓得这个老太到大队办公室的来意。

老太本来带了镰刀挽了菜篮子到沿山山脚下割羊草，不意路过大队门口，听到大队干部的讲话声音，为了子女赡养问题，不管三七二十一闯进大队办公室，要求大队干部帮助讨个说法。进门的时候还面带笑容，一看到大队书记、治保主任、妇女主任几个主要领导干部都在场，突然“变脸”，一把眼泪，一把鼻涕，哭着诉说：“我儿子不养我，管主任，吴书记，你们要帮帮我这个老太婆说句公道话。我养了他们一个个出世，成家立业，这些没有良心的不肖子孙……”

老刘随即起身，搀扶老太坐下来。张海波皱起眉头朝治保主任老管看看，然后乜视着老太，还不断咂嘴。老管看到张海波显出讨厌、不耐烦的神态，面孔朝着老太：“老太，你先回去，我们现在有事情，你等等来吧。”

老太的脾气蛮倔强：“你不帮我解决，今天，我赖也要赖在这里……”

张海波站起来，弯转了舌头打官腔：“你这个老太，这么不讲理，我们又不是专门来调解你家里的家庭纠纷，你回去，明天来。”

老刘向小张摆了摆手，示意他坐下，转脸对着治保主任：“老管，你可晓得是怎么回事？”

老管叹了口气:"说来话长……"

老太一共生育了五个子女:四个男的,一个女的,都成家立业了。三个儿子在城里工作,有的在工厂,有的在商业部门,就剩小儿子在队里种田,一个女儿在本大队小学里当教师,女婿是青山林果场场长。老太跟着小儿子在农村生活。应该说,一家人本来日子过得蛮好。问题出在老太自己身上。她老头子在世的时候,留着点金器给老太养老送终。结果她想讨好子女,拿五只金戒指,五个子女一人一只分掉。她的心是好的,结果"好心没有好报"。戒指没有分发之前,这些子女对老娘孝顺得不得了,都要抢着养,节假日轮流来看望、服侍;戒指一分,面孔朝南,对老娘不理不睬,老太门上,连脚趾头也不触一触。

治保主任老管朝夏老太看看:"老太,我说得对不对啊。话又要说回来,问题主要出在几个儿子的老婆身上,妯娌之间为了几只戒指,阿二的老婆硬劲说老大家拿到的大,老大的老婆说老二家拿到的大。相互猜疑,到头来几个女人,发狠劲,吃住了自己的丈夫:老太的赡养,由拿到大戒指的人家养。到底谁家拿得大,连老太也说不清。夏老太是不是这么回事?"

老太点点头。

管主任转过脸来,面向老刘:"为了老太的事情,我还特地到城里去过几趟,到过几个儿子单位,都是碰到阴冰冷气;到单位去,门口传达室的人,一看我这个乡巴佬,就像审贼似的,喔唷,吃不消,我拔脚就跑;到了几个儿子家里,儿子不在家,几个婆娘在家,一听说是为了老太赡养问题,恨不得把你赶出来,特别是二媳妇,真正是不讲理的。她说:'叫我家养老太婆,我们叫啥人养?'一头说话,一头用扫帚扫地,我竟似被她扫地出门。"管主任绘声绘色诉说一通,引来在场的人哄堂大笑。管主任接着说:"算算我也是大队干部,到了城里就吃不开,不要说到一些单位,到了几个儿子家里还要被赶出来。所以,对老太的赡养问题不是不上进,是有了力气用不上。"

管主任面孔朝着老太:"老太,你也要体谅体谅我们的难处。"

老刘听了老管诉说原来大队调处经过,心里想,一个农村大队干部上城要调处这样的家庭问题,确实有他一定的难度。转过身来,当着老太的面:"老太,如果你信得过我,你先回去,我们来帮你解决问题,你看好不好?”

老管面向老太着急地说:“你不要犹豫了哇,老刘同志同你说到这样,你还不相信。”

正说间,老太女儿赶来了,叫唤着说:“姆妈,你怎么跑到这里,我到处寻你,快点回去,你可晓得影响人家工作。”

老管看到老太的女儿跑进来,站起来热情招呼:“夏老师,来坐一会儿,我们工作组刘同志已经答应你娘,帮着做工作,你叫你娘放心回去,我们说话算数,不会瞎敷衍,搞啥滑头戏。”

老刘接口:“你是夏老师, 请你把你家几个在城里工作的阿哥名字、单位写给我,我们来帮着联系,你们暂时放心回去。”

夏老师说:“谢谢,不好意思麻烦你们。”夏老师一头说,一头从老管手里接过纸笔,把她在城里工作的几个阿哥名字、工作单位写下来,交给老刘。然后,领了老母亲回去。等她们母女俩离开大队办公室,老管向在座的小组长、治保委员发话:“好!言归正传,座谈会继续进行,大家看看,下一步既要自己想想,又要认真排排。”

老刘这时候想起洪强的交代,到山南要造点声势,随即接过老管的话头:“今天,开个头,下一步,要依靠在座的各位,一方面自己回去想想,另一方面,不妨请你们向左邻右舍问问,必要时召开小队座谈会进行广泛宣传、宣传,要使大家自动自觉拿出来。老郎、管主任,你们看怎么样?还有啥要说的?”

老管转过脸来向参加座谈会的人,郑重其事关照:“我在这里同大家说清爽,你们千万不要有啥顾虑,同你们不搭界的事情,不要瞎想,想到歪路上去。刚巧老刘同志说到宣传的问题,千万不要走过场,一定要认认真真地宣传,把群众发动起来,拾到镰刀、电缆的人才会自动自觉拿出来。”

老刘附和老管的话,又补充作了说明:“管主任刚才倒是说的实在话,不仅在座各位不要有啥顾虑,你们在村上向群众宣传的时候,也要同他们说清爽……”

座谈会的人散了,老刘同专案组同志研究分工,提出一个设想:治保主任陪同小王到管家湾沿山脚下几个村走访;民警老郎陪同小张到东南面几个生产队走访;老刘同小马到城里夏老太几个儿子单位去做工作。征求大家意见,看看还有啥补充。

张海波一听到老刘宣布分工,顿时板起面孔:“咱们专案组到山南来搞调查、寻找犯罪工具,不是来处理家庭纠纷的,我认为没有必要到城里去找老太的儿子做什么工作,这不是不务正业吗?”

小张话音一落,在场的同志目瞪口呆。

小马理直气壮地说:“你这个说法不对头。公安人员为人民服务,就是要帮助群众排难解忧,怎么说不务正业,没有必要呢?”

小张不依不饶地说:“你们高兴去,你们去;我一个人不会去走访、调查的。”

老刘晓得小张平时吆五喝六的老脾气又发了,耐着性子用婉转的语气说:“的确,你到农村工作,语言不通,接触群众是有一定困难,由老郎当翻译陪着你走访,你帮老郎出出点子。小王,你同管主任一道走访、调查,等我们城里工作结束,安抚好老太,再碰头。”

小张听了老刘说,要他帮户籍民警“出出点子”,心里蛮舒服,也就应承下来。

事后,治保主任老管同户籍民警老郎、小王在议论小张的傲慢态度时说:“嗳!我还从来没有看到过你们公安机关还有这样觉悟底的人,还不及我们农村干部,要是碰到我手底下的人,我就要辣乎乎批评,拿他晒在旁边‘吃西北风’。”

老郎说:“这些人是从北方招过来的退伍老战士,过去只动嘴、不做事情惯了,拿我们的话说,是‘四脚朝天’干部……。”说完,各自按照分工开展工作去了。

老刘、小马两个人改变了管主任“乡巴佬”上城工作的路子,费了一番周折,分别到夏老太三个儿子的单位,通过单位保卫部门直接找领导。由单位领导出面,找了夏老太儿子谈话。经单位领导批评教育,夏老太在城里的几个儿子自认理亏,一个个当了领导面一再表态:如果发现不养老人,心甘情愿接受组织处罚。这还不算,老刘、小马,在夏老太的大儿子单位,当了他领导的面,责成他做好两个老弟的工作,要求两个老弟做通各自老婆的思想工作。三兄弟在单位领导的干预下,服服帖帖,按照领导的指示,把赡养老娘的家事当作公事办,各自回去做老婆的思想工作。兄弟几个能不能兑现一再向领导许下的承诺,就要看他们在“家庭会议”上亮相的结果。

第二天上午，夏老太五个子女按照事先约定，夏老太由女儿夏老师搀扶，到朝阳大队办公室参加“家庭会议”。大队书记、妇女主任、治保主任等大队干部坐镇，老刘、小马、民警老郎应邀参加。家庭会议一开始就进入程序。会议由大队书记主持，这位吴书记虽说是农村的一名不起眼的干部，讲话还相当讲究艺术性。

吴书记郑重其事：“专案组老刘、小马同志为了夏老太的赡养问题，放下手头上的工作，在百忙中专门到城里做工作。经过他们两位同志的努力，单位领导积极支持，夏老太的赡养问题基本上得到解决。”为了烘托会议成功的气氛，他又把当事人，城里的弟兄三个人，捧到台面上亮相。吴书记说：“兄弟几个的思想工作已经做通，他们也在领导面前一再表态，承诺赡养老人。甚至回去还做通了自己老婆的思想工作。现在，当了你们老娘的面说说吧。老刘同志，你看还有啥要说的。”

老刘摇摇手：“还是让他们兄弟姊妹说吧。”老刘面对夏老太的子女：“你们平常日子没有机会碰头，趁今天开家庭会议碰碰头，有啥说啥。”

吴书记朝治保主任老管说：“老管，下面的戏你来唱吧。”

老管对这种工作已经是老吃老做，熟门熟路。所以，点了下头，一本正经说：“我们要说的话，刚才吴书记、老刘才说了；说到底，‘家庭会议’，还是要你们兄弟几个当事人说，你们看啥人先发言。我看，阿大啊！还是你先开个头吧。”

夏老太大儿子的乳名叫阿大，大名叫夏建树，老管同他从小在一起长大的，比较熟悉，既然点名要他发言，他表示领情，带头发言。

阿大在工厂里大小也是个干部，讲究一些礼貌：“我首先表示谢谢老刘、小马同志对我们的关心，为了老娘的赡养问题，特地从百忙中抽出时间到城里做工作，同时要感谢朝阳大队的领导同志，帮助调处、协调赡养问题。照理赡养老人是天经地义的事，即使发生一些矛盾，也应该由自己家里人解决，而我们把家庭矛盾推到大队以及各自工作的单位，很不应该。特别是我做老大的，没有尽到做老大的责任，我向各位作检讨。现在，空话、大话少说，我表示该是我份额赡养的，我决不推诿。我希望我们弟兄几个再不要推三阻四，拿家庭矛盾麻烦大队。”

老大的一席话倒是通情达理，大队干部都表示赞赏，尤其是主持会议的老管不住地点头："好！阿大的话蛮上路，不过到大队来处理，也说不着麻烦。现在，再接着发言。"

老二夏建松，听了老大的发言，觉得不是个味道，误认为是针对他，有意挑衅，涨红了脸说："风凉话都会说的，只要你老大养老娘，我们没有意见。"

老三夏建群，是个直筒子，脾气比较暴躁，他兜着老二的话说："你是'天上落下来'还是'石头里蹦出来的'，你不是娘生的，赡养老娘你没有份头？亏你说得出来的。"

老二站起来接过老三的话，强词夺理："我家穷养不起，你们有钞票你们养。反正，你们拿到的金戒指大，就凭这一点，老娘也应该由你们养。"

说到底，老二还是为了那只"金戒指"。昨天在单位，老二向领导表态，表现很好，过了一个晚上，突然变化了。在座的同志其实心里都有数，特别是老管，一言以蔽之，向着阿二说："阿二啊，你可能是'妻管严'发作了吧？"老管的话引来室内哄堂大笑。

阿二涨红了脸，也跟着众人傻笑。

老四是农民，大名叫夏建陵，为人老实巴交，实笃笃地说："弄得天亮还是为了那只'金戒指'。金戒指又不好当饭吃。就凭这一点，你不养老娘，说不过去。实事求是说，这几年，为了一只'金戒指'大嘞小嘞，七戳八翻，阿值得？女娘家说说也就算了，你男人家也跟了老婆屁股后头瞎起哄，今天在大队里，还一本正经搬到台面上作为不赡养老娘的一个理由，今天当了大家的面，拿你黄梅天发霉的思想晒晒太阳也好。"

夏老太女儿夏老师，叫夏建兰，按照老传统，特别是农村，习惯说"嫁出去的女儿，泼出去的水"，所以在这样的场合，尽量少说，甚至不说话。但是，她听到二阿哥讲一些歪理，不堪入耳的话，觉得替他脸红。毕竟她是老师，勇于冲破旧的习惯势力，理直气壮地说："二阿哥，我本来不想说话，听了你讲的话，实在听不进去。口口声声，忘不了一只金戒指，难道为了一只金戒指连老娘也不养了？你在城里单位里，大小也是个干部，平常日子你是怎样教育人家，做人家的思想工作的？你要设身处地想想，你也是有下一代的人了，你的一言一行，都会影响下一代，你老了，你的子女不养你夫妻俩，到那个时候，你们是如何想法？”

老大听了小妹一番话，不住地点头，为了表明老大的气量、责任，他对老二说：“老弟啊，如果就是为了一只金戒指，你老婆一直怀疑我家拿到一只大，我家里的一只同你家调换好不好？”

老大这一招，倒是把老二“将军将住”了。

治保主任老管笑嘻嘻地说：“我说，阿二，你老大气量大，愿意同你调换金戒指，你看怎么样？照理金戒指同赡养是两码事……”

老三对着老二，马上插嘴说：“老大的金戒指同你调，假使对调了以后，你家里原来的一只比老大里的大，怎么办，你再调转来？”在座的人，都看着老二发笑。

妇女主任管林妹说：“照这样子闹下去，今天调过去，明天再调过来，你们的家庭会议，要开到下一代了。”

治保主任老管说：“林妹啊！你放心，这个家庭会议，今天就会结束。”

老刘摆了摆头说：“一只金戒指，击碎了人格，冲击了灵魂，粉碎了兄弟姊妹之间的情分，我替你们想想不值得。我劝你们目光要看得远点，胸襟要开阔点，蝇头小利放开点，只要做到三个‘一点点’，你们家里的事情就好办，不要说赡养老娘问题，最大的问题也好解决。”

治保主任老管说：“老刘同志的话，倒是实笃笃，一滴水，滴到油锅里四面开花，句句说到理上。本来这种事情，要请你家老娘舅来主持公道的，你们老娘舅不在，我来替你们做老娘舅，帮你们‘劈酌’吧。”

老管摆了摆头：“现在先来定个原则：得益多的，多出；少得益的，少出；不得益的不出。你们五个子女，按照你老爷在世的时候得益情况定。我替你们‘劈酌’下来，大儿子是顶替父亲到了工厂工作，工资高，得益多理该出大份；老二、老三得益少，少出，两人可以平摊；阿末头（指老四）、小女儿不得益，老太生活在阿末头家里，女儿平时关心、照应老娘，小儿子、女儿两人的赡养费免了。按照现在农村生活水平，每月赡养费：出大头的，八块；老二、老三出小头，各出五块。这样下来，老太每月生活费可以进账十八块，老太的日子好过了。你们看这样的‘劈酌’，是否公平合理？你们有啥意见，可以当面提出来。”

在座的五个子女都表示同意，认为这样的“劈酌”公平合理。老管回过头来征求夏老太意见：“老太，你看看这样的’劈酌‘，阿有啥意见？

有意见，今天尽管摆在桌面上说。”

老太咧开了嘴，流露了满意的神态：“我满足透了，我要谢谢你们，快点谢谢你们。”

老刘心里想，老管究竟是农村出身的干部，在基层滚打跌爬过来，工作经验丰富，快刀斩乱麻，“劈酌”得合情合理，当众说：“管主任的一刀斩下去，半斤八两分得清清爽爽。我补充一点，你们几个在城里工作的同志，回去还要做好家属工作，要防止后院起火。”老刘这一说，逗乐了在座的人。

妇女主任开腔：“你们回去，哪怕吃生活、跪踏板，千万不要还手，一打动头，今后一直要’七戳八翻‘，不得安宁。”

接下来，由民警老郎起草一份协议书，当了老太的面，五个子女签字按了手印，治保主任老管监督执行。至此，一场赡养老人的风波画上了圆满句号。

正说间，老太女婿、青山林果场场长管建中赶来说：“今天，大队里很热闹。”

在座的大队书记、治保主任、妇女主任以及夏老太的几个子女都起来迎接。

吴书记说：“管场长怎么来的？”说着立马让座。

管场长兴致勃勃地说：“隔夜里，我听我建兰说，城里的阿舅要下来，所以，我特地赶过来。事情谈得怎么样了？”

老管说：“谈好了。”

管场长面向自己老婆：“建兰，我家有没有摊到份头？”

夏老师说：“管主任‘劈酌’，把我家的份头免了。”

管场长说：“不可以不出份头，赡养老人，既是义务，也是责任，就是大队不‘劈酌’，我们也要养。”

管主任笑嘻嘻说：“有你一份孝心就可以了，我们晓得，平常日子，管场长夫妻两个人对丈母娘的孝，在朝阳大队都看在眼里。你们对老太的‘出账’，比他们弟兄之间摊的‘份头’还要多，所以，就不要再出份头了。”

在座的大队干部都议论起来说：“管场长你姿态高，你们家平时已经尽到责任了……”

管场长抬腕一看，惊异地说："喔唷！快十二点钟了，难得碰头，今天都到我家里吃顿便饭，乡下不比城里，没有啥好的吃，粗鱼大肉，走吧！"

大队干部同这位管场长，有的是邻居，有的甚至还关一点"亲"，所以对管场长的盛情邀请没有一个拒绝。在此同时，管场长还邀请专案组的同志，特别是老刘、小马以及户籍警老郎，大队干部都帮着邀请。老刘一再婉言谢绝。

大队吴书记说："老刘、小马，你们两位是帮助这次赡养问题圆满解决的第一功臣，你们一定要去。"

正说间，张海波突然跑来，凑着老刘的耳朵在嘀咕。

老刘乘此机会辞谢："我表示谢谢，现在正巧有个急事，我们领情就少陪了。"说完话，急匆匆地向在场的人告辞，同小马一起跟着张海波出去，究竟是啥急事，在场的一干人也不便打听。走出大队办公室，张海波低声低气，凑着老刘的耳朵说："拾到镰刀的人找到了。"

42

陈翠花的港币

老刘、小马跟了张海波走出大队办公室,张海波神经兮兮地向老刘汇报发现了一个重要情况,拾到镰刀的人已经找到了。老刘一听说拾着镰刀的人找到,眼睛一亮,心里想,只要能够找到拾着镰刀的人,至于电缆的下落,也就好办了。回过来一想,张海波反映的情况是不是牢靠,心里打了个咯噔。转念一想,虽说他平常日子吊儿郎当,总不至于凭空捏造出来吧。老刘转过身来同小马、民警老郎交换一下意见,兴致勃勃跟着小张直奔管家湾东湾吴巷上,找拾着镰刀的人核实情况。

事情还得说回来,老刘、小马为了夏老太的赡养问题到城里做夏家兄弟的工作,小王同治保主任老管两个人一队到管家湾西湾,深入村里田头走访、调查;民警老郎带领小张一队到管家湾东湾吴巷上走访、调查。由于小张说话农村里的老百姓听不懂,他像跟媒人吃喜酒,跟着老郎跑。老刘、小马从城里回到朝阳大队,会同大队干部调处夏老太的赡养问题,势必要"一方'土地菩萨'"老郎到场,参加夏老太家里的"家庭会议"。民警老郎倒是考虑得蛮周到,在临走之前,怕这位小张同志接触群众碰到语言障碍,特地找了个会讲一点普通话的治保委员吴民生当翻译,陪着他走访群众。吴民生、小张两人走访到吴巷上,向群众说明了来意。

有个农民叫大嘴老乌根大,一听说查找镰刀的事,快言快语:"去问阿克。阿克晓得是啥人'拾着镰刀'的。"

吴民生翻译给小张听,小张二话没说,拿手一挥:"走!去找'阿黑'。"

吴民生叫根大领路,在吴巷上西横头找到阿克,指给小张看:"他就是阿克。"

小张用吃了生米饭的口气："你就是阿黑，你拾到的一把镰刀呢？"

阿克，四十多岁，拉下阴沉沉的脸，翻动着两只眼窝珠，直直地对小张："我叫阿克，不叫阿黑，你找错人了。"

小张瞪大了眼睛，责问吴民生："怎么回事？"

吴民生跟着学张海波的腔调，弯转子舌头："是他，他听不懂你讲的话。"

吴民生转过脸来对阿克说："他是'弯舌头，歪把子'，讲话要'七里缠八里'，阿克，他缠叫'阿黑'，他找你，打听是啥人拾着一把镰刀的事。"

阿克听了吴民生的解释："噢，是东横头吴家里的儿子阿毛拾着一把镰刀，要去问阿毛，就晓得着落了。"

吴民生翻译给小张听，小张一听来了劲头，叫阿克赶紧领路到管家湾东横头。三个人到了东横头，找到一个十五六岁男少年，阿克指着阿毛，对吴民生、小张说："就是他拾着镰刀的。"

小张朝吴民生看看，歪歪嘴示意他询问。

吴民生说："阿毛，你拾着一把镰刀？"

阿毛说："我拾着的一把镰刀，已经被管家湾西湾的人领回去了。"

小张一听到吴民生翻译说被人拿走，不由分说，立马叫阿毛领路到管家湾西湾。然后，根据阿毛指认，拿走镰刀的这个人叫管双庆，是四十多岁的农民，一看到阿毛指着他，脸上霎时变色，再一听小张的口音是"歪把子"调子，心里开始疑惑。

治保委员吴民生指着小张，向管双庆介绍："他是公安局的，是他要找你。"

管双庆一听说公安局的人找他，脸一下子变色，小张看到他惊慌失措的样子，越发引起怀疑。当即关照吴民生、阿毛两人："你们两个人同我看住他。"说完话，一个转身就到朝阳大队，老刘、小马、老郎三个人刚参加家庭会议结束，小张贴近老刘的耳朵叽叽咕咕讲了一通，老刘当即脸上露出笑容："哦！"立马向朝阳大队干部以及参加会议的同志打了个招呼，手一挥带同小马、老郎急急匆匆跟了小张就跑。

老刘等一干人赶到管家湾西湾，小张看到治保委员吴民生，弯转了舌头："人呢？"

吴民生说："他回到家里去了。"

小张拉下了面孔，勃然大怒，训斥吴民生："我不是关照你看住他吗，你怎么随随便便让他到家里去。走！咱们到他家里去。"他叫吴民生带路，邀集老刘、小马、老郎一起到管双庆家里去。

老刘、小马一行人，正待走近管双庆家门口的时候，就听到一个女人在叫骂："你个出棺材在外面闯祸了，不是你闯祸，公安局的人怎么会找到你，为什么张三李四不找，偏偏要找你，肯定你在外面闯祸。"

管双庆紧绷了面孔争辩："你个烂婆娘瞎说，你晓得我闯祸？"

两口子正在争吵，老刘一干人由吴民生领到管双庆家里，管双庆老婆顿时脸色刷白，又好气，又好恼，不知所措。夫妻俩原来斗嘴，旋即由斗嘴发展到扭打。老刘、小马、老郎三个人一跃而上拉扯劝架。三个人正当拉架拉得气吼八吼的时候，大队治保主任老管在夏老师家里吃老酒，正当吃得兴头上的时候，突然，管家湾西湾来人，在他耳朵上嘀嘀咕咕，说他"堂弟管双庆做贼骨头，被公安局的人捉牢"，他马上离席，不辞而别，火急火燎赶回来。管双庆夫妻俩一看到老管出现，也就松开了手。

老刘看到老管："你怎么来了？"

老管两只眼睛眨嘞眨："我在夏老师家里吃老酒，听说我堂弟偷人家东西，被你们捉牢，所以，我要紧赶回来……"

管双庆老婆在场，将两只眼窝珠瞪得滴溜滚圆，盯着管双庆看，恨不得一口把他吞掉，嘴里嘀咕："你个杀千刀，枪毙鬼还不承认。"

管双庆一听到她当了堂兄老管的面指责他偷东西，格外来火，窜上去一把揪住了他老婆的头发，跟着一个耳光，咬紧了牙齿，叫骂："你个婊子养的看见我偷东西的，你拿我当贼骨头。"

老刘立即打圆场："老阿嫂，快点不要误会，我们找管双庆调查的事情，同他本人不搭界的，你千万不要怀疑他是贼骨头。"治保主任老管听到老刘解释，丈二和尚摸不着头脑，只是尴尬地立在旁边，无所适从。正当堂屋间一些人沉浸在迷蒙的氛围里的时候，小王突然闯进来。

老刘一看小王闯了进来，惊异地看着小王："你怎么会来？"

小王笑嘻嘻地诉说来由："我本来同管主任分工在管家湾西湾走访、调查，老管同你们去参加夏老太的'家庭会议'，我一个人走访、调查。后来，一听说有人拾着一把镰刀，我就顺着这条线索走访。调查下来是这么回事：前两天，管家湾西湾的农民管双庆到桦甸山砍柴，一把镰刀插在柴堆上没有捆紧，背了柴回家，到了家里才发现镰刀在半路上掉落，他就转身去寻找。到了吴巷上东横头，碰巧碰到一个叫阿毛的孩子看到他在路上寻找东西，特地问他：'你寻找啥？'管双庆皱起了眉毛：'寻找镰刀。'阿毛就拿拾到的镰刀还给了他。因此说，管双庆的镰刀同我们要寻找的镰刀不是同一把镰刀。"

小张不以为然："不是这么回事。"他对小王的解说提出异议，指着阿毛："刚才，这个小鬼说的同你现在说的不一样。"

小王因为小张对他发现的问题产生怀疑，特地要了个噱头："灵不灵，当场试验。"他叫阿毛回顾一下镰刀的特征。

阿毛不假思索："我拾着的镰刀木柄上刻有一个'管'字。"

小王再叫管双庆拿掉落后又找回来的镰刀拿出来，让大家验证。管双庆随即从堂屋间的农具堆里拿出来，向在场的人出示，镰刀刀柄上醒目地刻有一个"管"字。由此可见，阿毛指认镰刀的特征同管双庆拿出来的镰刀特征，完全相符。就这样，才把一场误会解开，这样一来，管双庆一家的紧张气氛，也随之烟消云散。

老刘忍不住发笑："再传下去，越传越没边了。幸亏，事情的来龙去脉，我们小王同志已经弄清爽，管双庆的镰刀同我们要找的犯罪分子在孔定山微波站作案的镰刀，不是一码事。"

老管听了小王把事情的来龙去脉一说，恍然大悟："噢，是这么回事。"随即转过来对管双庆老婆："阿娣啊！王同志已经把事情调查清爽了，同双庆不搭界，你不要再怪管双庆做贼偷人家东西了。"

小王，他的大名叫王志坚，其实，他也已经是四十岁出头的人了。为啥还叫他"小王"呢？这个小王，非同一般，曾经是沪西市公安系统名噪一时的英雄模范人物。二十世纪六十年代在侦破"荷花塘"凶杀案件时，立下了汗马功劳。

那时候正是遇上"三年灾害"，在西杨公路靠近荷花塘一侧，发生了一起震惊全市的枪杀案件，犯罪分子拦路抢劫。当时，沪西市公安机关，根据犯罪分子使用手枪实施犯罪，断定犯罪分子在驻军部队。而当地驻军部队保卫处认为：不可能是部队的人作案。理由很简单，解放军战士不佩有手枪，军官素质高，管理严格，平时不准带着手枪外出。后来,从死者身上发现一张由上海到沪西的火车票,还有一张上海市的购物发票。初步断定,被害人是从上海回老家的人。当即选派小王到上海调查。

在上海这样一个大都市要找出一个没有姓名、单位的人谈何容易。小王,就凭一张发票,走访商店,还就在南京西路一家布店营业员口中得到了一条线索。据营业员回忆说:前几天,有一个三十多岁的男人来买布……营业员比较详细地介绍了这个顾客身高、口音、特征,买了一段粉红色花布,小王向营业员出示了死者身上的一张购物发票,得到营业员辨认确定后,特地向营业员要了一小块花布样品。然后,根据他的判断,沪西的人在上海,大体是在五金、铁行以及纺织这三个行当做工。他就围绕这家布店,到一家纺织厂里找到了死者生前的工作单位,最后查明死者是距离沪西市二十里路的郊区顾家湾人,因为得知母亲生病,特地请假回家帮助母亲看病。小王回到沪西,根据公安机关技术鉴定,论定犯罪分子使用的是"五四式"手枪,小王又被派往驻军部队,化妆成解放军军官侦查。他在一个连队的连长佩戴的"五四式"手枪十发子弹中,发现少掉一发。公安局会同部队保卫处,找这个连长谈话,要他说明少掉一发子弹的去向,这位连长说不清楚去向。正当保卫处准备将这个连长关禁闭审查,小王又从即将退伍的老战士床横头发现了一段花布料头,同被害人在上海南京西路布店里买的一块花布颜色一模一样。至此,毫无疑问,这个即将退伍的战士是这起凶杀案件的重大犯罪嫌疑人。公安机关会同驻军部队保卫处,经过连夜突击审讯,终于使犯罪分子交代了犯罪事实:

这个犯罪分子即将退伍复员,春节结婚缺钱办婚事,在将要复员的老战士中借不到钞票,趁复员回家抢劫作案,捞一票结婚派用场。他平时观察掌握了连长的活动规律,连长的一支手枪值勤以后放到办公桌,而办公桌从来不锁,有可乘之隙,盗窃了手枪,作了案以后,又放回原处……

小王侦破这起凶杀案件,被省公安厅授予"英雄模范"称号。他在侦查工作上,最大的特点,从小处着手,细心琢磨,抓住一点,一查到底。

现在,回过来再说,寻找镰刀、电缆的老刘等四个同志,如果再纠缠像管双庆的镰刀问题,真正是不务正业了。趁大队治保主任在场,对下一步走访、排查工作做了认真的研究，作出部署。

治保主任回到大队向大队书记、妇女主任等人汇报了专案组的打算，在座的大队干部认为：专案组帮助调处夏老太的赡养问题，这个几年来的老大难问题总算解决，耽误了专案组的排查工作。大队书记、治保主任他们几个人一商量，发动整个大队干部全力配合专案组同志走访、调查镰刀、电缆，以此补偿专案组同志耽误的时间。就这样，老刘、小王、小马、小张四个人，分别会同大队干部，开展全方位的排查工作。从沿山五个生产队，逐步拓展到另外五个生产队，经过层层发动，挨家挨户走访、调查，只花了不到三天时间，跑遍了全大队十个生产队（村），完成了整个排查工作，没有发现镰刀、电缆。

其时，正当学生、老师放寒假，专案组四个同志由治保主任安排在朝阳小学住宿。

晚上，四个人开始汇总情况，小马、小王汇报两天来排查工作，认为覆盖面比较广，大队干部直接参与走访，基本上一竿子到底。

小王说："他们有些人说，镰刀不值钱的东西，电缆又无用处，如果拾到，没有必要隐瞒。我想，他们说得也有一定道理。"

小张跟媒人吃喜酒，把他跟着户籍警老郎走访的情况，东一榔头西一棒作了汇报。然后，煞有介事地说："老刘啊！你认为这个山南有没有必要来，我觉得毫无意思，这样的走访、调查，正是多此一举，这哪像个搞专案侦查工作，倒是像走亲访友……"

小马听他讲了些不伦不类的话，兜过来说："上次在研究分析镰刀、电缆的去向，你有没有提出不同意见，对到山南调查作出保留意见？"

小张竭力诡辩："嗳！我没有资格发言，是小唐提出到山南来的，你不要质问我。"

老刘笑嘻嘻地说："不管是啥人说的，既然决定到山南走访、调查，现在，都不要做'事后诸葛亮'，说现成话。如果不来调查，山南仍旧是一个'被遗忘的角落'，通过这次走访、调查，这个角落也就彻底打扫干净了。这里寻找镰刀、电缆的工作，可以告一段落，再也没有必要瞻前顾后。然而，通过这次山南走访、调查，提示我们，犯罪分子作案以后，拿犯罪工具抛弃的可能性很小。应该实事求是，有一说一，工作到此结束，你们看，如果有不同意见，请发表。"

小马、小王都表示赞同老刘意见。小张别出心裁:“是不是犯罪分子将作案工具带到渝西去处理了。”

小马不屑一顾:“按照你的说法,专案组再开到渝西去走访、调查?你越说越离奇了。”

不过,老刘顿了一下说:“分析的时候,作多种设想,总比脑子闭塞的好。小张,我意见,你刚才的分析意见,留到林家祠堂再提出来吧。现在,你看,在山南的工作告一段落,怎么样?”

小张表示同意,趾高气扬地说:“我看,可以告一段落。兜过来,我家里老婆孩子生病,请个假回城一趟。”

这是他一贯作风,三天两头请假上城,专案组基本上把他作为可有可无的特殊人物。

老刘点点头:“好吧,小张你归你回城。”

小张得到老刘的表态,一个转身就脚底抹油走了。

老刘继续发表意见:“山南工作告一段落,我的意见,向大队干部不要忙着宣布工作结束,要继续保持一定的声势,向老洪汇报了以后,看他还有啥打算,然后,再作决定。另外小王、小马留守山南,有一件事情,请你们两位了解一下。你们还记得不记得,到山南朝阳大队当天,向大队干部说明来意,走访、调查镰刀、电缆时,大队书记、治保主任都表示惊讶,他们早就听大队会计,陈胜全女婿,说破案了。你们两位不妨对陈胜全女儿作些了解,有啥情况,以后再碰头。然后,老刘同他们两人一起研究了方式方法。”

第二天,老刘向大队书记、治保主任暂且告别,回专案组。小马、小王两人留在山南继续走访,等待老刘传达洪强的意见。

晚上,正当他们两个人在教室里凑情况,夏老师拎了一篮子橘子,笑盈盈,突然跑了进来:“你们小张回到山北去了。”

小王惊异地发声:“他老婆孩子生病回城里去的,你怎么晓得小张回山北去?”

夏老师笑盈盈回称:“昨天我吃过夜饭,从家里跑出来,看到他急匆匆往北面孔定山方向走,我还特地同他打了个招呼。他可能不晓得到城里去的路线,其实他只要向南面走上公路,一直走十几里路就到城里了。”

小马惊异地说:“照例不会的, 他来的时候就是从公路上过来的,可能有其他事情到山北去。”

夏老师提起了一篮子桔子,转过脸来,笑盈盈说:“乡下没有啥好吃,这个橘子是我爱人青山林果场的,今年橘子是大年,今天刚巧摘下来,让你们尝尝鲜。”

小王、小马赶忙站起来:“不好意思麻烦你们。”小王、小马两个人对这个突如其来的事情,正在犹豫,心里想,如果不接受,不仅伤感情,还有损老师的尊严。

夏老师看出他俩的尴尬相:“你们,不要有啥想法,橘子在我们这里是不值钱的东西,不及时处理,也是白白烂掉。”

小王听了夏老师这么一说,也就从她手里勉强接过橘子,特地请夏老师坐坐,夏老师也就同他们两个人攀谈起来。

夏老师怀着好奇的心态:“我原来听说孔定山微波站的破坏案件已经破案了。犯罪分子是庄前村大队书记的儿子,而且,从他家里还搜查出不少名贵盆景……”

小王兜过来反问:“案件没有破, 大队书记儿子不是犯罪分子,你怎么知道得这样详细,是听啥人讲的?”

夏老师不假思索地说:“我隔壁邻居陈翠花说的,他父亲是庄前村大队治保主任,所以,我总以为她嘴里落出来的话不会错的吧。”

小王说:“有些是说得对的,有些没有说对。譬如,从大队书记家里取出来不少盆景,是有的;孔定山微波站搞破坏,不是他儿子。我们奔着实事求是的精神,审查下来不是他,立即释放出来,这关系到一个青年人的政治生命。”

夏老师赞赏地说:“你们,非常讲究政策,处处为老百姓着想。”

小马想起老刘临走时候的交代,了解陈胜全女儿的情况,也就顺水推舟,转而问起陈翠花:“嗳!她嫁到朝阳大队,现在家里有几个人,平时做点啥?”

夏老师笑笑说:“啥也不做,整天搀了个孩子串串门,整天嘻嘻哈哈,同一些婆娘有讲无讲,一嚼就是一个半天。刚出嫁过来,还到自留地去干一点活,没有多少日子,连自留地活也不做,生了孩子以后,家里的事情全部推给老阿婆。不过,她那身打扮,也不好到田头干活。”

小王惊异地说:“噢!她欢喜打扮,不过,这是女同志的天性。她儿子叫啥名字?”

夏老师摇摇头,撇起嘴:“她儿子叫阿龙。她打扮起来,简直比城里人还要城里人,有些衣裳都是到城里友谊商店去买的。”

小马惊异地问:“友谊商店买衣裳,要用外汇的,她哪里来的外汇?”

夏老师说:“她到友谊商店买回来的衣裳,总要穿给我看看,我就问她:‘你到友谊商店买衣裳,哪里来的外汇?’她说:‘有个堂姐在香港开公司,有钞票,经常寄港币给我爷,所以,我到友谊商店用的是港币’。”

小王问:“她这个堂姐有没有来看过她?”

夏老师摇摇头:“没有看到过,据她说,她这个堂姐,还是她小时候看到过,本来也住在沪西市里,同她表阿哥一起上学,小学毕业,堂姐到海临大伯家里上初中,表哥回到庄前村,据她说,本来这个堂姐同表哥要结婚,她大伯不同意,所以没有成功,后来,堂姐同香港一个大老板的儿子结婚了。”

小马问:“她那个表哥在啥地方,在沪西还是在外地的?”

夏老师答:她表哥在西南呐,她姑父本来是沪西啥厂里的老师傅,支援‘三线建设’到了西南,他表哥高中毕业没有考取大学也到西南去了。”

小王笑嘻嘻地说:“夏老师,能不能麻烦你打听一下,陈翠花的表哥、堂姐叫啥名字,是否经常回来,你打听的时候,不要引起她的怀疑,也不必同其他人讲,以免引起不必要的误会,影响邻居关系,农村里的人好奇性强,习惯七里传八里,芝麻绿豆的事,传到西瓜、冬瓜大,弄得满城风雨,你说是吧。”

夏老师点点头:“我有数,请你们放心,我绝对注意保密。”

小王抬腕一看手表:“喔唷,时间不早,耽搁你休息了,嗳!夏老师,橘子,这次我们不同你客气了,因为鲜果这个东西,经不起搬来搬去,下次无论如何不要再送啥了。”

夏老师笑嘻嘻地说:“好!听你们的,下次不送,你们也早点休息吧。”

送走夏老师,小王、小马两个人感到今天晚上,是到山南来了以后,收获最大的一天。

小马转念一想:“这个陈翠花会不会吹牛皮,在夏老师面前摆酷。”

小王点点头:“倒是有这个可能,不过,她穿的衣服,据夏老师的说法，倒是不假。不管怎么样，老刘临走的时候有个交代，要咱们了解一下陈翠花的情况。就顺着夏老师讲的路子，进一步深下去。”接着，两个人又研究了一下方法、部署。

第二天，两个人按照分工各自行动。小马等待夏老师同陈翠花聊天的消息；小王独自一人到村上溜达，看到一个四五岁的男孩从陈翠花家里跑出来，在场上一个人玩耍，估计是陈翠花的儿子，小王走过去喊：“阿龙，你一个人白相。”

阿龙露出稚嫩的笑容：“我不同他们白相，他们要吃我巧克力的。”

小王摆了个噱头：“你吃的巧克力是啥人给你的？”

阿龙把头一摆：“我娘到城里买的。”

小王摇摇头：“你骗人，哪里是买的？”

阿龙歪转头：“真的，不骗你，是用‘钢笔’买的。”

小王哈哈大笑：“我说你骗人，‘钢笔’怎么能买巧克力？”

阿龙抬起了头：“你不相信，我去拿给你看。”说着，一溜烟跑了回去，不大一个时辰，阿龙回到场上，手里捧着几张钞票：“你看，不是‘钢笔’？”

小王点点头：“是‘钢笔’。”

小马正巧走过来：“让我看看‘钢笔’。”小马接过钞票，装模作样看钞票，然后，叫阿龙捧好钞票，趁机用照相机拍摄下来。

小王说：“快点拿回去放好，你娘晓得，你要挨揍了。”

阿龙一听说要挨揍，赶紧拿回去放好。

回到朝阳小学，两个人哈哈大笑，“钢笔”看到了。

小王说：“现在，看来陈翠花到友谊商店买东西，确实用的是港币……”

两个人觉得奇怪。陈翠花的港币，是香港的堂姐寄给陈胜全的。专案组在庄前村这么长时间，从来没有听到过香港的侄女寄给陈胜全港币。两个人百思不得其解。

43

天井里的响声

根据老刘提议，洪强决定兵分两路寻找镰刀、电缆：一路由老刘带领到山南朝阳大队；一路由洪强继续立足在山北庄前村。

然而，农村中流传一句俗语说："无铜钱的信传得快"。老刘几个同志在山南，按照原计划要在山南大造声势的要求，妥善解决了夏老太的赡养问题，借了这股东风，激发起朝阳大队干部、群众热情，整个山南几乎刮起了一股寻找镰刀、电缆的旋风，而且这股风飘过了孔定山，从山南传到了山北，把庄前村男女老少的注意力吸引到山南。就在老百姓当中传得纷纷扬扬的烟幕下，洪强带领老殷、小李、小唐、小高几个同志，悄悄地沿着老洋盘反映的一条线索，不顾一些同志的非议，讥笑他患上了"梦游症"。坚持拿寻找镰刀的目标，锁定在朱如泽家里，决心再找老洋盘"打破砂锅问到底"。

这天上午，老洋盘上街买菜，懒懒散散来到三河街上农贸市场。小唐在人流里一眼看到老洋盘手里拎了个菜篮子买菜，悄悄地跑过去拍拍他的肩膀，老洋盘回头一看是小唐："是你！"

小唐笑嘻嘻地说："菜，买好啦？"

老洋盘点点头："买好了，一个人过日子，很简单，随便拣几样就过去了。"

小唐歪歪嘴说："走！老地方吃茶。"

老洋盘当即领会小唐的意思，不声不响，跟了小唐屁股后面跑。两个人慢悠悠穿过人流，跑到三河街街梢，一个转弯就看到张家大院。小唐推开虚掩着的大门，老洪、小李看到老洋盘，热情打招呼，在客堂里就座，小唐忙着倒茶、递烟。

洪强同老洋盘经过一番寒暄过后，开始交谈。

老洋盘经历了上次专案组找他到这座深墙大院以后，已经掌握专案组的规律，凡是邀约他到这里来，肯定是重要事情，多数是通过他了解朱如泽、陈胜全的情况。所以，倒也干脆，他笑眯眯地说："有啥事，有事尽管讲。"

洪强马上切入正题："老王，有个事情想请问你一下，朱如泽是不是经常回来？"

老洋盘把头摇晃得像拨浪鼓似的说："不经常回来。"然后，停顿了一下："他这个人没有定规，回来，出去，都是神不知鬼不觉地夜里跑回来，夜里跑出去。如果不是我家狗叫，根本没有办法发现他进进出出。"

洪强接着又问："朱如泽回来，你有些啥感觉？"

老洋盘摇摇头，咂咂嘴："这倒是说不上来，平常日子我同他有点隔膜，无所谓有啥感觉。"

一般谈话出现问答式，表明问的人的"钥匙"没有对准"打开话匣子的锁孔"，被问的人不明对方意图，或者思想上保持警惕，有意回避。此时此刻，在旁边的小李按捺不住急躁情绪，抢着提问：

"你上次说，有一次朱如泽回来，半夜里听到他家里发出声音被惊醒，请你再说得具体点，好吗？"

老洋盘神情恍惚，愣在那里不讲话，双方谈话几乎处于僵持状态。洪强见此状态，干脆以酒代茶，拨动他的兴奋点。

老洋盘有个习惯，凡是到三河街上买菜，他就在三河街上东转转西逛逛，转到十点来往钟，跑到烟酒杂货店，自带酒瓶递给服务员，买半斤廉价土烧白酒，再跑到小饭店，买了两小碟子下酒菜，二两半土烧白酒下肚，吃饭，一顿中饭就算应付过去。剩下的二两半土烧白酒带回家，以便晚上喝。

洪强掌握了老洋盘的这个生活习惯，为了驱散眼前沉闷气氛，拨动他的兴奋点，关照小唐上菜吃老酒。洪强从小唐手里接过一瓶土烧白酒给老洋盘斟酒。老洋盘似乎有点不好意思，站起来说："过意不去，过意不去。"又连声说："谢谢！谢谢！"接着，一头吃酒，一头天南地北闲扯。为启发他大脑开窍，洪强准备改个话题，

"朱如泽同陈胜全家关系怎么样？"

老洋盘咂咂嘴:“还可以吧。毕竟陈胜全是他娘舅,又同住在一个村上。他老娘死了,多少要照应照应,不过他海临还有个大娘舅叫陈明德,就住在普渡区锦树里,同我同安里隔开两条马路,我老婆同他们熟悉。前几年,我到海临帮我外孙过生日,正巧碰到陈明德,还有他们刚从香港回来的女儿。原来听我老婆说,他这个女儿嫁到香港,丈夫跳海自杀,穷得光光的,那次到我家里一看,喔唷,派头一落,珠光宝气,送我外孙老多压岁钱……”

洪强随即问:“你外孙过生日是啥时候?”

老洋盘皱起了眉毛:“这个倒是说不上了,毕竟是外孙,不是孙子,所以在感情上有点隔膜,这个要问我老婆了。”老洪随即顺水带顺货,详细问了他老婆的姓名、工作单位以及在海临的家庭地点。就在老洋盘话盒子打开,谈话到了兴头上,洪强见缝插针,用启发式的谈话方式回到原来的话题:

“上次,老长辈同你一起来,也是在这个地方,我们问起你,微波站发生破坏案件那个当口,也就是徐玉英做人工流产那天夜里,朱如泽出走,你家的狗叫。就在这个同时,你又向我们说起,不久他又回来过一次,我们想请你回忆一下,第二次回来的情况。”

听洪强这么一说,老洋盘仰起了脖子,皱起了眉毛,似乎在搜肚皮刮肚肠,冥思苦索,然后抬起头来说:“时间长了,记不清了,像倒是像有这么回事。那次回来,半夜三更,听到从他家里发出声音,我困的床,床脚发出颤抖声……”

小李在旁边一听老洋盘谈话开始上路了,接着插嘴:“你想想看,这个声音是从哪个方向来的?”

老洋盘说:“这个倒是说不准,我印象中好像在他家的天井里哪个方向,因为他家的天井同我家的天井就隔垛墙,房间也是隔垛墙壁,一有声音,甚至连床脚也会颤动。”

经过再三询问,老洋盘的大脑似乎已经闭塞,洪强心里想,基本上可以证实老洋盘上次反映的情况,不是无稽之谈、空穴来风,是有一定的来头。至此,谈话准备收场,随即礼貌性地拿起酒瓶以征询的口气:“来,再倒点吧?”

老洋盘连连摆手:“不来是,不来是。吃多了……”

洪强说："吃饭吧，你随意，酒瓶里还剩下半瓶老酒，你带回去，晚上咪咪吧。"

老洋盘一个劲地表示谢谢。

四个人吃了些饭，由小唐拿老洋盘送出了大门，洪强一再嘱咐老洋盘走好。

等到洪强他们三个人到林家祠堂，包括特派员在内，专案人员围坐一圈，赶紧打听找老洋盘谈话的结果。洪强就拿中午同老洋盘接触的情况，向大家作了介绍。紧接着老洪坚持他原来的观点："我还是认为，老洋盘反映的情况，不是无稽之谈。所以今天研究的重点，是不是就拿在案发那年 6 月，朱如泽第二次回来，老洋盘在半夜三更听到朱如泽家的天井里发出响声，看看，有没有啥文章可做？"

小高笑嘻嘻地说："我听你介绍的情况，感到高兴的是，情况似乎得到了证实。但是，还要打个问号，两次反映情况的人，都是从老洋盘到老洋盘，出于同一个人的口，而且，直到现在，老洋盘反映这一节情况，谈到具体情节，还好像站在'橄榄核'上摇摇晃晃，拿捏不定。"

老殷附和小高的说法："不要是老洋盘吃了两口老酒，头脑一发热，'打翻了酒瓮头'酒说酒话吧，可信程度大打折扣呐。半夜三更迷迷糊糊在做梦，听到发出来的声音，是啥声音，他说不清楚。乡下人家都有老鼠，是不是猫捉老鼠的声音呢，还是别的啥声音，好像说不准呐。"

小唐咂咂嘴："不过，我认为啥声音，老洋盘倒是说得清清楚楚，是'床脚颤抖声'，而且连他两家的地理环境也说清楚了。一个乡下人，你也要叫他用知识分子的调子表述啥声音，也不客观。换成我也说不出。我想不通的是，朱如泽家里前前后后屋角落都搜索过，甚至连粪坑也捞过，就是没有发现镰刀、电缆，我想他放在天井里，没有可能。"

小高、老殷等同志都附和："对啊！除非我们搜索没有搜到家，否则，无论如何解说不通。"

听了大家发表的意见，洪强感到在座的同志，对老洋盘反映的问题，抱着疑疑惑惑的神态，而且还带有一些怀疑。因此，对他提出啥"文章可做"，基本上持否认态度。为引起大家认同他的观点，把他储存在大脑里的一些人和事的有关线索串联起来，形成一个完整的体系，向在座同志反复加以传述。

洪强说："大家回想一下，案发那年6月份，正是专案组第一次发动搜山找镰刀，朱如泽接到陈胜全的信就赶了回来，当天半夜三更，老洋盘就听到他家天井里发出响声；这次，专案组搜山发现一块石头，石头底部是洞穴，表面标有'S'英文字母，从以上两个情况来看，有没有可能，朱如泽把他原来作案以后，藏匿在孔定山山上石头底部洞穴中的犯罪工具、电缆，取出来转移到自己家里。而老洋盘听到的声音，正是他半夜三更在天井挖坑的声音。这是要大家思考的问题之一。第二，刚才有同志提出，原来在朱如泽家里搜索几天，一无所获，同我现在提出的问题不矛盾。原来专案组同志在他家里是在地面上搜寻，现在，我提出的问题是犯罪分子把犯罪工具埋藏在天井里，因此，这是专案组在地面搜索不到犯罪工具的必然结果。这就是我说的要做的文章。"

小高说："你的意思是说，朱如泽赶回来从山上石头底部洞穴中，把犯罪工具以及电缆转移到家里，半夜三更，老洋盘听到朱如泽家里发出声音，就是挖坑埋藏的声音？"

洪强面带笑容，点了点头："文章就在这里，是否值得大家进一步探讨，请大家发表高见。"

小李立即响应洪强的论断："对啊！我看七不离八……"

老殷和其他一些同志摇摇头，对老洪这样的论断，表示怀疑。

小唐本来对老洋盘反映的情况，就抱怀疑态度，听到洪强说起朱如泽拿犯罪工具以及电缆转移到自己家里，不予认同："当然，有这种可能，但是，可能性不大。哪有这样笨的犯罪分子，把作案工具、犯罪证据转移到自己家里，他不死找死。"

小高阴阳怪气地说："这简直是在说大书，神说三话'西游记'了，我不表赞同。"

老刘一直保持沉默，看到几个同志怀疑的神态，发出讽刺挖苦的调子，发表意见说："我觉着你们提出来的观点，同老洪提出来的观点，出现了阴差阳错。可能同不可能只是相对的，不是绝对的。你们认为犯罪分子不可能把犯罪工具放在自己家里，说到底，犯罪分子怕被公安机关发现。那么，为啥犯罪分子明明晓得搞破坏活动是犯罪行为，随时随地会被公安机关发现，是要坐牢杀头的，他不是照样搞破坏活动，不也是不死找死吗？做侦察工作，往往会在可能同不可能里翻跟斗，我们就要选择'可能'这一种论点,作些尝试……"

专案组多数同志持怀疑态度,倒是老刘认同洪强的观点。洪强听了老刘的发言,增添了信心,面对各种讽刺、讥笑,笑着前进,碰到疑难问题,勇敢地担当,紧紧抓住细微线索,一查到底。

老洪带领老刘、特派员、小高、小唐到老洋盘家里,准备潜入朱如泽家里的天井秘密搜寻镰刀、电缆。当洪强几个人一到老洋盘家里,老洋盘一会儿搬椅子,一会儿泡茶递香烟,忙得像飞出来。

洪强开门见山:"今天要麻烦你了。"

老洋盘很爽气地说:"有啥麻烦不麻烦,有事情尽管说,只要用得着我,你尽管吩咐。"

洪强认真地说:"昨天,你反映一个情况,我们考虑来,考虑去,认为很重要,按照你提供的情况,准备到朱如泽家里的天井观察一下。"

老洋盘似乎有点丈二和尚摸不着头脑,迷惑不解地说:"吾昨天说啥话?"

在场的人,不经意中证实了自己的观点,老洋盘反映的情况不牢靠,都哈哈大笑。特别是小高,心里想,老洋盘的话,本来就是站在"橄榄核上",打翻"酒瓮头"酒说酒话,不可靠,现在,应了我的看法了。

洪强从在座同志的面孔上,看出这些同志的反应,认为老洋盘讲的话不可靠,且不厌其烦引导老洋盘:"就是你说,有一天,朱如泽回来,半夜三更从他家里的天井传出声音,我们想到他家天井里看看。"

老洋盘疑惑地说:"你们上次到他家里搜查了好几天,还没有搜完?我昨天说过他家里发出声音?"

特派员笑嘻嘻地说:"你不要七里缠八里,困了一个晚上就忘记了?"

当时在场的包括特派员在内的所有人开始怀疑起老洋盘昨天是吃了些老酒"酒说酒话",不能轻信。

洪强倒不是怀疑老洋盘吃了老酒,酒说酒话,心里只是犯嘀咕,是忘记了,还是开始反悔,或者是根本不存在的事?但是,再一想,上次是他自己主动反映的事情,这次,则不过向他再次证实一下,怎么会一下子变卦?然而,仔细观察老洋盘的神态,好像不是反悔的样子。而老洋盘在专案组同志用集束的目光注视下,神经高度紧张,涨红了脸,皱紧着眉头,似乎在搜肠刮肚陷入沉思。突然像想起啥来了,嘴里冒出来一句话："噢！对了，我昨天是说过的。是这么回事，走，我带你们去。"一头跑，一头嘴里在唠叨。"他家的天井紧挨我家的天井。"老洋盘将洪强等五个人带到他家的天井，指着东面的墙说："在这个墙的隔壁就是他家的天井，你们等一等，我去拿张梯子来，爬在梯子上就可以看到他家天井整个情况。"

隔了三五分钟，老洋盘七吼八吼满头大汗，特派员老殷接过梯子搁置在墙上，第一个爬上去一看，天井大约有十个平方米，呈长方形。特派员左看右看，看了一个时辰下来说："一地的青苔，好像看不到泥土，即使看到地上暴露泥土的地方，也没有破土的痕迹，靠北面屋檐窗底下有5盆花草，摆放得蛮整齐。我看不出啥，老洪你上来看看吧。"

洪强开始也有些怀疑：老洋盘是否昨天真是老酒吃多了，说的酒话？不过，他第一次反映的情况，比这次还要具体，不管怎么样眼见为实，爬上梯子在上面朝天井四处张望，确实是一片青苔绿地，屋檐窗沿墙脚下，端放5盆花草，中间一盆是石榴树，结了4个已经干瘪的小石榴。看来，这里可能是由于光照，半阴半阳关系，因此青苔特别浓密。他下了梯子，老刘、小高、小唐也轮流爬上去察看。只有老洪一直陷入沉思。突然，老洪转过身说："走，到客堂间里去。"

老洋盘抢先跑到客堂间准备椅子，五个人坐定。

洪强说："大家都看了。发表发表感想。"

小高翻了一下眼皮，咂咂嘴："我看了，觉得这个天井不像动过土，如果动过，不会长出这么茂密的青苔。"

特派员老殷点了点头："我也是这么个感觉。整个青苔平整，没有一点破土的痕迹，是不是，老王记错了，或者是白天老酒吃多了，晚上困梦头里迷迷糊糊产生的幻觉吧？再说间隔时间已经长远，很难说得准噢。"

洪强为了不挫伤反映人的积极性和自尊心，没有叫老洋盘再回忆。而是，很果断地说："既然已经来了，就做一次呆头，到天井实地察看，怎么样？"

特派员他们四个人勉强认同。洪强向老洋盘讨了些旧报纸，五个人又回到天井，老洪第一个从搁在墙上的梯子爬上去，然后用双手攀住墙沿，轻轻用两个脚尖着地，为了防止破坏现场，叫特派员把报纸扔给他，他将报纸铺在地上弯腰察看地面，看过一个地方，用报纸覆盖察看过的地块，再察看前面一块地。察看了半个多小时，站在梯子上的特派员老殷一会儿爬下去，一会儿再爬上来，老刘、小高、小唐三个人轮番爬上梯，看着老洪蹬在地上像在寻找掉失的“绣花针”，四个人心里像热锅上的蚂蚁，盼着早点结束这种无效劳动。洪强从老殷传下来的梯子爬上墙，骑在墙上再将梯子拉上来，放到老洋盘家的天井里，从梯上一步一步爬下来。

洪强说：“老殷！你是不是也下去看看？”

老殷神情似乎比较勉强：“好吧，我来观察一下。”老殷爬上梯子，再骑跨在墙上将梯子传过墙，一步一步落地，按照老洪察看地面的办法，认真地四处察看，约莫一刻钟，翻墙过来：“看不到啥。”

洪强说：“走吧。”然后，向老洋盘告别回到林家祠堂。

小李随后也回到林家祠堂，一进门看到从老洋盘家里回来的人，已经在休息、抽烟，赶紧问：战绩如何，有没有拿到镰刀？在座的同志正待哭笑不得。

小唐摆了个噱头：“已经拿到技术科作鉴定了。”

小李紧追不舍：“有没有拿到电缆？”

小唐歪转头：“只有漆包线。”

小李疑惑地说：“怎么是漆包线呢？”

在座同志哄堂大笑。

老殷说：“小李呀，说明你想镰刀，想出‘相思病’了，一无所有，空手而归。”

小李似乎有点想不通。正说着，外出调查邱雅娟被强奸案的小郁、小林两个人推门进来，满脸春风，高兴地说：“已经查证到了。”

老殷特别关心：“来，坐下来说。”

小郁、小林两个人坐下来，小郁详细汇报找三毛调查的经过情况。

小郁满怀喜悦：“隔天，三毛，拿邱雅娟夜里同她睡在一头说的话，告诉了她老娘。我们再找三毛的老娘核实，她老娘说，我听到三毛说‘邱雅娟的肚皮被那个死鬼搞大了，邱雅娟要同仇根度同归于尽’，三毛的头，当即被她老娘刮了两下，又拧了她一把耳朵。她老娘对三毛说，人家还是大小姐，你瞎说人家，被人家听到了，你存心破坏人家的名誉。”

小林补充汇报:“老洪要我们通过三毛查证,邱雅娟写人民来信中反映的两个情节,上面说到一个,还有一个也得到查证。有一次,邱雅娟同三毛两人外出挑野菜,走到一座小山上,邱雅娟看到一簇一簇野花,指着花对三毛说:‘我死了以后,就埋在这里,每年到清明节的辰光,你采一簇这样的花,到我坟上来看我。’通过三毛以及三毛娘查询,才得到证实。”

小林继续汇报说:“然后,再到市弹簧厂调查仇根度的现实表现,发现这个家伙,伙同厂里另一个工人叫包阿四,两个男的淫乱一个女的,搞流氓活动,已经被刑事拘留。”

老殷一听,格外来劲:“好!看来,这个小赤佬强奸作案的可能性极大。想当初,区里派出工作组按照民事纠纷调处,要被害人嫁给这个小赤佬,还叫人家签订了一份协议,现在,看来很不恰当。老洪,你看下一步怎么办?”

洪强胸有成竹地点了下头:“下一步,应该抓住火候,会同郊区检察机关进一步审讯,因为像这一类案件,相隔这么长时间,拿不到直接证据,只有坚持审讯中以政策攻心为上,切不可急躁,要反复阐明政策,晓谕利害,做到不提供、诱供,更不能逼供,只要做到以上各点,我想,也许会促使他走坦白从宽的道路。如果在提审时,拔苗助长,搞逼供信,那么,将自找绳索套在脖子上,自找麻烦……”接着,洪强向他们两个人具体传授了审讯方法。

正说着,老殷兴高采烈地站起来:“小迟啊,晚饭仍旧由你办,我到街上去趟。”

洪强奇怪地问:“老殷,你这是为啥?”

老殷神经兮兮地说:“东方不亮西方亮,老洋盘那里没有收获,邱雅娟案件有点眉目了,慰劳慰劳大家,特别要慰劳小郁、小林同志。”说完,拔脚就朝门外走。

44

一盆石榴

特派员老殷听到小郁、小林汇报调查邱雅娟被强奸案件有了突破性进展，嘴里唱着“东方不亮西方亮……”，一头唱，一头往外跑，骑了自行车到三河街上去买老酒、羊肉，聊表谢意，慰劳、庆贺。趁老殷上街这个空，老刘见缝插针，汇报了山南走访、调查镰刀和电缆的情况。

老刘在汇报中，突出汇报在朝阳大队干部的大力支持下，大造声势，各个生产队召开座谈会、深入群众走访调查，遍及整个朝阳大队十个生产队，最终结果：没有发现镰刀、电缆。老刘说：“我们几个同志一致认为，完全可以排除犯罪分子将作案工具抛弃山南的可能性。”然后，他又特地示意小王、小马两个人具体汇报庄前村大队治保主任陈胜全女儿陈翠花出嫁在朝阳大队的情况，着重汇报陈翠花用港币到城里友谊商店购买高级商品的情节。

小王汇报说：“通过夏老师同陈翠花交谈，得到的情况表明：陈翠花在西南的表哥就是朱如泽，在香港的堂姐叫陈婷。陈翠花在市里友谊商店购物使用的钞票，都是陈婷从香港汇给陈胜全的港币。”

在座的一些同志听到小王汇报的情节，皱起了眉毛，神态惊异，而又迷惑不解地说：“专案组在庄前村这么长时间，还从来没有听说过陈胜全在香港有啥社会关系，甚至于有人从香港汇给陈胜全的港币……”

小王听到同志们议论，流露了惊异的口气，又特地作了补充发言，把发现这一个情况的来龙去脉，比较详细地作了说明。在座的同志听了小王说到陈翠花的儿子阿龙把港币说成“钢笔”，又转身回家拿“钢笔”给他们看，引得大家哄堂大笑。小马特地向在座的同志出示了拍摄到的照片，照片上显示出陈翠花儿子阿龙手里拿了港币的姿势。在座的同志看了照片，惊叫："嗨！这倒是个重大发现呐。"

老刘不无感叹地说："这次到山南走访、调查，虽然没有发现犯罪工具，倒也不是一无所得。过去从来就没有听说过陈胜全同香港的侄女有通信往来，香港的侄女向他寄港币。这次的发现，似乎把'5·15'专案又推上了一个台阶。看来，原来对朱如泽、陈胜全不急忙采取秘密审查措施是上策。不过在我脑子里，对这次的发现，至今还没有理出一个头绪……"

在座的同志听了老刘几个同志到山南去调查情况的汇报，都认同老刘的观点。然而在议论过程中，有的同志拿议论的中心，从陈翠花身上，转移到陈胜全身上，提出了一些疑问：香港的侄女同陈胜全从什么时候开始通信往来；香港的侄女通过啥渠道寄港币给陈胜全的；等等。就在他们七嘴八舌的议论中，原本主张快刀斩乱麻的同志，采取措施审查陈胜全、朱如泽的想法又开始回潮。而且，无形中派生出一个问题：认为现在足以具备审查陈胜全的证据，竭力主张采取秘密审查陈胜全。

洪强独自一个人陷入沉思，在他脑子里，不时浮现小王、小马这次调查发现的问题，以及前一个时期老洋盘和王金海两个人反映的情况：

一、陈胜全在海临的阿哥，有个女儿叫陈婷出嫁到香港，丈夫跳海自杀，原来穷得光光的。现在这个女的突然暴富。陈翠花家里发现的港币，毫无疑问是陈婷给陈胜全的。

二、陈婷是陈胜全的侄女，换句话说就是朱如泽的表姐。在庄前村调查中，从来没有发现陈胜全同香港的侄女有过通信往来。现在陈胜全家里的港币，会不会是朱如泽转手给陈胜全的呢？

三、朱如泽过去一到陈胜全家里，陈胜全老婆总是唠唠叨叨，从来没有给朱如泽好面孔看。现在，一反常态，笑脸相迎，主动挽留朱如泽吃饭。既然陈胜全老婆是个"势利眼"，见钱眼开的人，没有好处，何以会一下子调整好同朱如泽的关系？只有一种解释，那就是陈胜全从朱如泽手里拿到"港币"，"港币"就成了调整朱如泽同舅妈关系的"润滑剂"。

这样一来，陈婷、朱如泽、陈胜全三个人的微妙关系，倒是应验了老刘的说法，“5·15”案件被推上一个台阶。

洪强不露声色，只是面对大家轻描淡写地说：“看来，下一步，对这个问题还得专门研究吧。我看到山南寻找镰刀、电缆的同志，可以告一段落。留两个同志以走访为名，继续观察陈翠花的动向；同时，可以在山南布下一个疑阵，以此继续迷惑敌人。好！这一个问题讨论暂时到此为止。下一步，还是要抓住镰刀、电缆这个问题，一查到底。”

不等洪强把话说完，小马抢先发言：“看来，专案组再也不要搞一些无效劳动了，我们同老刘几个同志这次到山南查找镰刀、电缆，花了不少时间，人家大队干部全部出动，把个朝阳大队来了个兜底翻；在庄前村为了查找镰刀，也搞了个天翻地覆，结果一无所有。我认为应该改变一下思想方法和工作路子，老是寻找镰刀、电缆，吊在一棵树上，最终连人带案件都得吊死。我的意见，从现在起，集中优势兵力，围绕陈翠花家里的‘港币’，着手调查陈胜全的关系，这个人有没有可能是潜伏特务，然后再延伸到‘5·15’专案上来。”

小马的话音一落，当即引起在座一些同志共鸣。有一些同志虽说对小马的一番议论，认为新发现的情况还处于“半生不熟”，不予全部认同，但是，对继续寻找镰刀、电缆工作，已经产生厌倦情绪。经小马一说到山南整个大队已经兜底翻，事实表明：山南山北都已经车干了水，鱼池见到了底，没有找到镰刀、电缆。老洪还一门心思认准老洋盘提供的线索，抱着侥幸心理带领几个同志到朱如泽家里天井搜索也没有发现镰刀、电缆。这些同志也转而认同小马提出来的不要“吊在一棵树上”的观点，要把专案力量，从搜查镰刀、电缆，转移到侦查陈胜全同香港侄女的关系上来。

小高一马当先赞同小马的观点，振振有词地说：“原来寄希望老洋盘，特地由他指点察看了朱如泽的天井，事实证明一无所得。查找镰刀、电缆，已经山穷水尽。再说，宋科长还专门到专案组来，一再要求专案组“快刀斩乱麻，迅速组织破案。照现在这样的格局，也不好向领导交代。我同意小马的意见，应该改变方向、工作路子。”

就这样，专案组内部出现了前所未有的分歧意见，是侦查陈胜全同侄女关系呢，还是继续查找镰刀、电缆？本来抱有怀疑态度的同志，对洪强提出朱如泽把犯罪工具埋藏在自己家里，认为这是“天方夜谭”。这些同志义无反顾，迫切要求“重起炉灶”，改变侦查方向，把精力投放到侦查陈翠花、陈胜全的“港币”上。至此，洪强又面临着新的挑战。

老刘作为一名老侦察员，最大的特点，有坚强的组织观念和组织纪律。在无形的战线上摔打了几十年，侦察工作的经验比较丰富。他同洪强共事几十年，摸准了他脾气，认准了的事，就要一竿子到底，雷打不动。

正当专案组几个同志在侦查方向上出现分歧意见的时候，老刘力排众议，严肃而认真地告诫大家：“现在，还只是一些零打碎敲的情况，如果马上着手改变方向，工作路子，这倒是会得不偿失。”

有些同志认为老刘的观点，这是思想僵化、保守，没有闯劲的反应。有同志说：“现在是保守派当道，看来，只好‘吊在一棵树上’，等死了哇。”

最早主张秘密审查陈胜全的小李，他的性格脾气比较执拗，看起来吃相难看。他最大的特点，一旦弄通了思想，绝不会含含糊糊，得过且过，左摇右摆。现在领略了洪强的工作思路，认准了方向，任凭你花九牛二虎之力，也拉不回头。在讨论中，针对一些怀有急躁冒进情绪的同志，敢于亮出自己的观点：

“老刘讲的坚持一查到底，是指专案组认准的方向，要有一股韧劲‘吊在一棵树上’这是指的‘保守’，两者是不同的概念。我完全同意老刘的想法，他毕竟干了几十年侦察工作，看问题比较客观……”

小高听到小李的发言，非常反感，还没有等小李把话说完，抢着说：“我们是唯物主义者，不能迷信老革命、老前辈、老经验，一脚抱住‘三老的大腿’不放，我替你感到脸红。”

小李马上反唇相讥：“我抱住‘三老的大腿’不放，那么你抱了啥大腿？看来，你抱住‘反潮流派的大腿’摇旗呐喊，冲锋陷阵。研究工作，发表意见，动不动讲话带刺，这里就你是马列主义水平最高，你是顶呱呱、响当当的‘唯物主义者’。”

正当两人针锋相对的时候，已经沉默了多时的小唐，不无诙谐地说：“现在，大家研究商量工作，都要保持心平气和的心态，不要像吃了生米饭，一碰就‘吃斗’。要我说‘三老’要尊重，‘反潮流派的大腿’不好抱，抱得不好，要抛到天上去，掼下来，屁股着地还马马虎虎，假使头着地性命攸关。哈哈——”小唐的一席话，引来满堂哄笑。

老刘听了小高的论调，一脸严肃相：“什么是‘三老’，不是你说的啥‘老革命、老前辈、老经验’，我们所提倡的是大庆油田的精神：‘三老四严’就是要当老实人，说老实话，办老实事；对待工作，要有严格的要求，严密的组织，严肃的态度，严明的纪律，发扬高度的主人翁责任感和科学求实精神。我们在山南发现的情况，实事求是说，这仅仅是群众的一般反映，马上听着个风就是个雨，改变工作方向，这就犯了主观盲动主义。不能政出多门，‘5·15’专案组，组长是老洪，按照老洪的计划部署，要齐心协力把寻找镰刀、电缆的工作进行到底。”

老刘的一席话，就像一声棒喝，震住了在座的人，使置身在尴尬困境中的洪强得到解脱，有了可靠的支撑。为了把专案组一些同志的思想，存在的分歧意见纳入正确轨道，洪强接着老刘的话题，不厌其烦地阐释了他自己的观点，语重心长地说：“刚才，老刘讲的都是实笃笃的话，我不再重复。我只是提出供大家思考。”

洪强把搞专案工作的特点、规律从理论到实践进行了阐释，然后，再转到正题上，深入浅出地说：“如果马上转向侦查陈胜全、香港的侄女，有关特务嫌疑问题，首先，要打立案报告。那么，立案依据是什么？就凭群众反映陈胜全同香港亲戚往来，有港币。香港有社会关系，以及有港币汇款，在咱们这里比较少见，在南方一些城市生活的老百姓中比比皆是，就凭群众这些反映，上级机关会不会批准立案？其次，拿专案组力量投入侦查陈胜全的港币方面，那么已经挂上号、省市上级部门立了案的‘5·15’专案怎么办？是放下，还是继续搞下去？如果放下总得要有个理由吧。总不能向上级领导申述理由说：‘犯罪工具找不到，销案吧；或者说犯罪工具找不到，另外立案吧。’照我看，陈翠花、陈胜全暴露出来的这些问题，今后很有可能同‘5·15’专案，并案侦查，而不是现在。我再强调一下，在讨论研究的时候，不要怕有不同意见，应该希望有不同意见的同志尽管发表各自的意见，但是，必须服从大局，发表不同意见的同志，即使一时得不到采纳，可以保留。”

正说着，特派员老殷手里拎了两瓶洋河大曲，一包羊肉，返回到林家祠堂，嘴里在吆喝：“来吧，今天晚上，大家放开肚皮吃。”

洪强一看手表，是该吃晚饭了："会议暂告一个段落，吃晚饭。"

在座的同志围坐一起，有吃，有笑。老殷看到只有洪强一个人，单独吸烟，一直陷入沉思，随即发话："老洪，吃老酒的时候归吃老酒，工作的时候工作，现在，大家都要放松、放松。你不要老是想着镰刀、电缆，照我的看法，老样盘的话靠不牢，趁早掉转船头，另找出路。再想想别个办法，我不是打击你的积极性……"

小高听了特派员老殷的话，正好迎合他的思想，总算还有志同道合的人。因为已经被老刘数落了一顿，怕再遭到狂轰滥炸，只是歪转了头，得意洋洋地自顾自吃酒。

经特派员老殷一说，洪强不便正面纠正老殷的说法，只是拿起酒碗喝酒，笑嘻嘻地说："老殷，假设强奸邱雅娟的案件破了，你再怎样庆贺？"

老殷兴致勃勃地说："到那个时候，不是我请你们，而是，我要我们书记、主任请你们喽。"在座同志异口同声说："你讲话，是不是算数？"

老刘接着说："这一点，不用怀疑，老殷说到做到。"

老殷把头一仰："包在我身上。"

大家有说有笑，酒喝足，饭也吃饱，接下来就是困觉。老殷就在林家祠堂，凑合着同小唐一个被窝里倒头便睡。只有洪强，虽然也已睡下，但是，专案组内部工作上产生分歧意见，充塞着他的脑袋瓜，就下一步工作，诸如镰刀、电缆，到底要不要继续查找，宋科长指示，要求立即组织破案等，这一系列问题，充塞着他大脑，他久久不能入睡。再回过来想想，觉得内部同志目前没有完全解决思想疙瘩，一旦工作上再遇到挫折，要求审查陈胜全的这股思潮，随时随地还会回潮；再想到老洋盘反映的情况，究竟存在不存在，一旦再次落空，又如何面对现实，向同志们交代？此时此刻，正是夜深人静，思想格外集中，脑细胞特别活跃，想着想着，一骨碌爬起来，披上棉衣在灯底下，搜索、翻阅自己的笔记，当他翻到他第一次找老洋盘反映情况的一页，在他追记的页面里记载着："老洋盘被床脚颤抖声警醒，听到声音从朱如泽家天井方向传来……"他想，当时老洋盘第一次反映的情况，应该真实可靠，决定说服、动员大家再次到朱如泽家天井寻找镰刀，哪怕挖地三尺，也要一查到底。

第二天，按照原来的分工，小马、小王仍旧到山南走访、调查，继续摆出“迷魂阵”;小李到庄前村大队找陈胜全,借以收集群众反映,以便拖住他;洪强带同原来一队人马,再次来到老洋盘家,继续寻找朱如泽用来作案的镰刀和电缆。

一到老洋盘的家里，洪强着意要老洋盘领专案组同志到他居住的房间察看。老刘、老殷等人也都跟进。洪强一头问,一头观察,在老洋盘住的房间,看他睡的床摆放的位置,详细询问老洋盘,平时困觉的习惯。

老洋盘顺着洪强的提问:“平时,我习惯头朝东面,脚朝西。”

老洪根据老洋盘介绍的情况,思忖了片刻,用心琢磨:头朝东正好靠着朱如泽房间的墙壁,如果从朱如泽家里发出响声可以听到,特别是隔壁连着天井,假使有人挖坑,一有震动,床脚很可能颤抖,睡在床上的人会有震感。此时,洪强心里感到踏实多了。返身仍旧回到老洋盘家的天井,按照昨天的老办法,从老洋盘家的围墙翻墙到了朱如泽家的天井,先是搜索察看地面,而后,突然叫唤:

“老殷,用提桶打些水来,你也下来。”特派员老殷开始疑惑,心里想“活鬼迷”,观察要水做啥?随即叫小高、小唐轮流打水,老刘帮助传接水桶,老殷爬上梯翻墙到了天井。小高、小唐、老刘流水操作提水,将水桶扣上绳子,从梯子上往下坠落传给特派员老殷,再由特派员老殷递给洪强。洪强将地上的报纸掀掉,用水桶里的水泼向地面,然后,两只眼睛紧盯住水的流向,观察水的流速。特派员老殷越发疑惑,始终想不出洪强用水浇地的用意。就这样,反复连续泼了二十四桶水,仍旧没有奇迹出现。在隔墙打水的小高,一头传水,一头在摇头,一头咂嘴,小唐十分起劲,一头传水,嘴里不断吆喝:“好!来了,接好!”只有老刘闷声认真传接水桶。老殷皱起眉头心里想,这样折腾,老洪真的患上了“梦游症”了。突然,又听到洪强叫唤要水。

老殷歪摆着脖子,斜瞪着两只眼睛:“这一桶是第二十五桶了。”

当第二十五桶水提来,洪强转过身子面对窗沿底下,将水泼在五盆花草地上,而一盆石榴树的地面,顿时,水的流速像“水银渗透钻地”,其他的花盆地上水汪汪,唯独石榴树花盆地面迅速干涸。洪强直起身子同特派员议论一番,洪强说:“叫小高带上勘查包、镰刀下来。”小高勉为其难,随身带上勘查包、照相机,再向老洋盘借了一把镰刀,翻墙到了天井。洪强接过镰刀，然后关照小高拍下窗沿墙脚下的五盆花草，又将一盆石榴树单独拍一下，小高心里想，这真是在重演“天方夜谭”了。而站在旁边的老殷，两只手臂交叉贴在胸前，肚子里尽在嘀咕，认为老洪有点神经兮兮。而洪强专心致志，轻手轻脚将石榴树花盆挪开，然后，小心翼翼地用镰刀将青泥苔一块块割下来，放归一个地方，开始用镰刀挖地，化了约 20 分钟，挖至 50 公分的深度的时候，在坑里露出一个牛皮纸包裹，把它起出来，然后，再把牛皮纸一层层掀开，打开一看，嗨！里面竟是一把生锈的镰刀和一段 15 公分长的电缆。特派员和小高欣喜若狂，像小孩拿到了压岁钱一样，高兴地说：“终于找到了。”

回到林家祠堂，七个人围坐着，不时发出一片欢声笑语。而在这个同时，原来一些同志竭力反对寻找镰刀、电缆，认为这是无效劳动，内心急剧波动，有一种负疚感，油然而生。特别是小高、小马几个同志，像有一片阴影笼罩着他俩心田，蚂蚁贴在背上爬上爬下，好不自在。

倒是老殷发自内心感叹：“现在，总算拿到了朱如泽犯罪证据。但是，从我内心来说，非常愧疚，如果不是老洪再三坚持走这一着棋子，老刘在旁边竭力支持，我们根本没有那个信心、耐心。假设当时，老洪受到我们这些人的影响，停止做这项工作，错过这次挖地寻找机会，这个案件就有可能成为孔定山微波站一起久侦不破的悬案，在庄前村这个平静的山野村庄，埋藏一颗随时爆炸的定时炸弹。”

45

敌情通报

在局长办公室里，满一屋子人，椅子、沙发连沙发的扶手上，都坐了专案组的人。室内寂静无声。尤其是专案组的同志，一个个屏息静气，睁开两只眼睛，全神贯注凝视着局长，期待着局长听完汇报，看到了犯罪工具以后，对专案组取得突破性进展，是如何评价，下一步如何组织破案，发出指示。

陈局长听了洪强汇报，看了搜到的镰刀、电缆和作案工具的技术鉴定书，面孔上的表情，似乎看同不看一个样，毫无反应，漠然置之。自顾自点燃一支香烟深深地吸了一口，吐出一缕白烟，就像烟筒管里冒炊烟，在半空中袅袅缭绕；习惯性地眯起左眼，用右手指有节奏的点击着办公桌。突然间，在桌子上，“笃”的一声，用力点击一下：“有一个问题，你们有没有研究过，犯罪分子作了案，一般来说，都是把作案工具销毁了，逃避公安机关追查。这个犯罪分子为什么不但不销毁，还把作案工具藏在自己家里？他不是在作茧自缚，自找麻烦吗？你们又怎么会想到选择犯罪分子家里作为突破口？”

其实，陈局长这个短短几句诘问，只有长期同陈局长相处的许副局长，以及几个老同志，都晓得他的脾气，面对取得成绩的同志，从来没有当面发表过溢美之词，也没有当面表扬的习惯，通过提出问题，短短几句诘问，只是他对下级同志的工作表示肯定，经过高度浓缩发出赞扬的潜台词。

陈局长歪转了颈根，面带微笑：“小洪啊，你倒是说说看呐。”

经局长指名发言，洪强也就把寻找犯罪工具，之所以锁定朱如泽家里的来龙去脉，大体情况作了汇报，并拎出其中的要点加以阐述：

"我们在朱如泽家里反复搜查,甚至连他家里的粪坑都已经打捞,就是没有找到犯罪工具。思想上一度出现了气馁、动摇情绪。"话锋一转,洪强抓住问题的核心部分汇报:"最终是从一个拐点,突破了敌人设置的迷魂阵。我们在搜山时,发现有洗澡盆大的一块石头上,刻有'S'字母,好似藏匿过犯罪工具,再联系老洋盘反映,案发不久,朱如泽回到老家庄前村,深更半夜,老洋盘在睡梦中觉得床脚颤抖,声音是从朱如泽家的天井里发出来的。由此得到启发,下定决心把寻找犯罪工具的目标,锁定在朱如泽家的天井。我们在泥土里起出犯罪工具时,更加证实我们当时的判断,犯罪分子采取超出常人思维方法,作出常人不敢想象的超常行为,利用人们循规蹈矩的心理,如同赌徒下赌注,越是危险的地方,越保险,以逃避公安机关的追查。"

由陈颂平局长在省公安厅侦察处当科长开始,到当上处长、沪西市公安局局长任上,洪强摸透了他的特性,听取汇报,习惯性地爱"打破砂锅问到底"。所以,洪强在开展侦查期间,坚持一查到底,查出结果,做周密的思想准备,打好腹稿,做到汇报的时候,滴水不漏,有问必答。

陈局长两只眼睛,紧紧盯着洪强,刨根究底,继续发问:"唔,那么,那个砍下来的电缆,他为什么同犯罪工具一起埋藏,这个电缆他留着做什么用,似乎这个问题还没有得到答案。"

接过陈局长的话头,洪强发表感言:"如果单纯从刑事案件这个角度看,有可能为了逃避公安机关追查,电缆连同作案工具一起埋藏。假设上升为政治案件,与敌特机关的意图是否有关,这方面还得需要进一步调查研究,现在还只能是笼统、粗线条的分析。"

陈局长一个接着一个问题发问:"这个朱如泽为什么要跑到孔定山破坏微波站,他的动机是什么,又是出于什么样的考虑?"

针对陈局长发问,洪强沉着应对:"案发起初,我们只是有一个笼统的概念,认为像朱如泽这样一个高中毕业没有考取大学的青年,回到农村种田,原来怀有远大抱负同现实处境落差太大,加上没有一个好的环境,由此转化为对现实不满,报复社会。自从他向王金海流露了敌台内容,我们分析,很可能受敌台教唆。后来,又发现他的娘舅陈胜全出嫁在山南朝阳大队女儿持有港币,说是外嫁香港她的堂姐陈婷寄给她父亲陈胜全的。根据老洋盘反映,陈胜全的侄女陈婷外嫁香港,丈夫跳海自杀，在香港生活无着落，后来，一下子暴富，这个陈婷政治上是个危险人物。我们的思想认识随之急剧上升，朱如泽搞破坏活动，折射着台湾特务机关的影子，很有可能同敌特机关挂上了钩……”

陈局长听了洪强发表的观点，微微地点点头。心里想，工作还才开始，要对敌人深层次作案动机做出确切说明，似乎还需要一个过程。他将头抬起来，手指头用力来在办公桌上“笃”的一声，敲击一下：

“好！下一步，你们打算怎么办？老宋啊，你看呐。”

宋科长听到局长点名要他发表意见，眯起了两只睁不开的近视眼：“现在朱如泽犯罪工具已经找到，人证、物证俱全，我的意见，马上打破案报告，组织破案。然后，通过破案，扩大战果……”

洪强一听宋科长又唱起破案老调，本想提出不同意见，转念一想不妥，当了局长的面，很可能被他误解为出他的洋相，暂且保持沉默。

许副局长拿下嘴上的香烟，胸有成竹，针对宋科长发表的意见，发表了他的看法：“作案工具已经拿到，人证、物证俱全，毫无疑问可以结案，马上破案。”转过身来，面孔朝陈局长看看：“我倒有个想法，现在不忙着破案，专案组首先要好好地总结一下前一个时期的工作，认真分析研究，而后，再考虑是继续侦查，还是马上破案。”

许副局长深有感触地说：“侦查这起案件，从‘告警’入手，调查论定发案时间；再从‘狗叫’锁定犯罪分子：由老洋盘深更半夜感到床脚抖动，循声寻找发现了犯罪工具；再从山南‘一张港币’，把陈婷、朱如泽、陈胜全几个人困在一起，折射了敌特机关的影子。”

接着，许副局长回顾案发第二天，参加现场勘查的情景：“我记得，案发当初，勘查现场的时候，省厅侦察处陈处长透露一个信息：孔定山微波站遭到破坏，从当晚十点钟起，到第二天凌晨四点，敌台大肆宣扬，同美帝国主义悍然发动印度支那战争遥相呼应。因此，我们侦查‘5·15’专案，不得不从刑事案件转化为政治案件这个层面上来考虑，围绕朱如泽、陈婷、陈胜全这三个人，开展全方位侦查工作。老洪啊！你有没有什么打算？”

其实，这个时候的洪强，听到许副局长发表的意见，倒是说出了他的心里话。既然有许副局长点名，他就当仁不让，加重了语气，进一步论证了许副局长的观点：

“我认为许副局长的意见，反映这起案件的实际情况，不忙着破案，继续开展全方位侦查工作，符合对敌斗争的客观需要。现在已经论定朱如泽破坏孔定山微波站通信设备，制造事故，扰乱国家通信网络。他的一些犯罪活动，恰恰同美帝国主义发动印度支那战争遥相呼应。侦查工作的着眼点，就应该放在同美蒋特务机关这个层面，考虑下一步工作措施。”

陈颂平局长点了点头，随手从抽屉里拿出一张纸头：“你们二位同我想到一块了，这是一份敌情通报，你们看看。”

许副局长从陈局长手里接过来看了一下，然后递给宋科长、洪强两个人传阅。

许副局长好似眼睛一亮：“这个派遣的女特务在华东地区，代号‘04’，同朱如泽的表姐陈婷是不是能对上号？我想，我们应该到海临、江临去调查一下，然后，再作决定，是破案还是继续侦查。”

陈局长向许副局长作了交代：“老许啊！我同意你们的意见，这个案件现在不忙着结案、破案，要从反派遣、同敌特机关作斗争这个层面来考虑问题。”

陈局长特地加重了语气：“我在这里再强调一下，从现在起，有关专案工作的人和事，要绝对保密。凡是离开专案组的同志不得打听专案情况，专案组的同志也不得向他们透露专案工作的信息……”

陈颂平局长面孔朝着坐在他右手沙发里的许副局长：“老许啊！你是不是同他们再具体研究一下工作方案，把队伍重新组织一下。现在，大面积的群众性的调查工作可以告一个段落，专案组要精干。郊区三河公社地区，不能成为真空地带，特派员要马上回去。庄前村是对敌斗争的前哨阵地，监控敌人动向的瞭望台。特派员回去以后，一只眼睛关顾地区工作，另一只眼睛，要时刻盯住敌人在庄前村的动向。”

按照陈局长的指示，专案组全体同志跟随宋科长一起到许副局长办公室具体研究工作方案、部署和方法，专案组人员做了适当调整，明确分工，按照部署，组织实施。

首先，做好现场复原工作。由小王、小高两个同志回到庄前村，秘密潜入老洋盘家里，翻墙进入朱如泽家里的天井，将镰刀、电缆仍旧放在原来的地底下，再将地面恢复了原状。

在这同时，特地到庄前村大队虚晃一下，以达到麻痹敌人的目的。由洪强、特派员带着老刘、小李等几个同志一起到庄前村大队，对朱如泽安插在庄前村的“深喉”治保主任陈胜全，趁大队王书记在场，通报专案组撤离庄前村，说庄前村已经见底，排查工作告一段落。并放了些“空气”：下一步重点放到东山、西山，必要时再向东西两头延伸。

陈胜全一听说专案组撤离庄前村，心里暗自高兴，认为专案组在庄前村的工作就此结束、滚蛋，再也不要一天到晚提心吊胆了。当着专案组同志的面，马上唱起高调：“专案组的工作就是我们的工作，如果到东山、西山去搜山、排查，需要帮忙，要多少人尽管说，我们派。”

王书记也跟着表态：“不要考虑劳动力。”

特派员笑嘻嘻，答谢大队干部：“倒不是客气，人一多乱哄哄，反而做不好事情，你们的心意我们领了。”

洪强同专案组几个同志表示了谢意，当即向他们辞别。

在庄前村的工作一结束，特派员暂时回到三河公社；专案组小林、小郁接受新的侦查任务；张海波本来就是个自由人，派不着用场，调到侦察科五组打杂。

专案组经过“瘦身”，调整了专案力量，迅即拉开反特斗争序幕，转入秘密侦查。围绕朱如泽、陈婷、陈胜全三个人，开始内查外调：

留守沪西主持专案组工作的老刘，调配人员对陈婷、朱如泽原先在沪西生活、读书的地方开展调查摸底。

洪强、小李两个人到海临市，专事调查陈婷的情况。

两个人一到海临市，先到普渡派出所调阅户口底册，只查到锦树里18号陈明德夫妇，有一个女儿陈婷出嫁香港，户口已经注销。不得不找当地户籍警老徐，向他说明来意以后，老徐同志倒是非常热心，亲自陪同洪强、小李两个人到锦树里居委会，深入群众中开展调查。

到了锦树里居委会，老徐一边开门，一边在喊：“杨大姐，有客人来了。”

杨大姐正在同几个妇女干部说话，看到户籍警老徐：“喔唷！说到曹操，曹操就到，刚才正在谈到里弄里的路灯坏了老长时间，打了老多电话不来修，大家提起侬，要请你帮帮忙。”

老徐将头一摆：“啥闲话，你大姐交办的事体，讲啥请不请，一句话，我马上到路灯管理所去。来，我替你介绍一下。”老徐又开始讲起普通话，将洪强、小李介绍给大姐，同时向她说明来意。

海临市也像上海一样，街道里弄称呼“大姐”的，都是在街道里弄有相当威信的女同志。为什么称“大姐”受人尊敬呢？据说，解放前，我们地下党有很多女同志战斗在海临贫民地区，她们的坚强意志、信念，为劳苦大众英雄献身精神的高大形象，感染了老百姓，而老百姓一有困难就找她们，所以平时尊称她们“大姐”。解放以后，这个称呼延续下来，有了居委会，人们对那些全心全意为人民服务的女同志，哪怕是60岁的女同志，也都喊“大姐”。可想而知，这位杨大姐是一位热心群众工作，受人尊敬的领头人。杨大姐办事认真、干练，当老徐说明了来意，她马上“发号施令”：

“小张，你去喊宋金娣马上来一趟。”

老徐乘此机会，同洪强告辞：“你们两位有什么事尽管找我们大姐。我们这里的里弄，老人、小孩多，晚上没有路灯不安全，我到路灯管理所去一趟。”握住洪强的手，转过来交待杨大姐：“他们两位同志拜托你啦，再见！”

而杨大姐立即邀请洪强、小李到里面办公室，一个年轻女同志忙着倒茶、让座，然后退出去将门关上。杨大姐待大家坐定，像拉家常说开了。

陈明德是开明五金商行的老师傅，他老婆本来在纺织厂做工，后来因为身体不好病退在家。他俩有个宝贝女儿叫陈婷，前几年跟一个香港人结婚去了香港。他们实际上是沪西人，到海临时间比较长，沪西老家可能没有什么人了，从来没有听说他两口子回过沪西。

正说间，一个50多岁的妇女推门进来：“喔唷，怎么许多人。”

杨大姐指着来人：“这位就是宋金娣同志，是陈明德隔壁的邻居。嗳！金娣，他们两位同志来了解陈明德家庭情况，你同阿婷娘关系好，帮介绍一下吧，反正有啥说啥。”

杨大姐非常机灵，把宋金娣介绍同洪强、小李认识，马上起身告辞：“你们谈，有啥事情喊我。”随即走出去，将办公室门关上。

小李倒了一杯茶，宋金娣接过茶杯，表示谢意：“谢谢！其实，陈明德家比较单纯。现在，就老两口，本来有个女儿陈婷，自从嫁到香港，老两口很孤单，逢年过节也没有啥亲戚朋友来往。”

洪强马上将话题引向轨道：“他女儿有没有回来探亲，看望父母？”

宋金娣叹了口气：“想想他们，是作孽啦，一到节日里，家里空荡荡的，有时，我看他们可怜巴巴的，就到他家里去主动搭讪头。”然后，宋金娣话锋一转：“嗳！有一年正是天开眼，陈婷突然回来探亲。看起来不像传说的那样倒霉的样子。后来，听阿娣讲，陈婷在香港找到工作，在一家公司做会计，那次回来，帮他俩买了很多东西，还带老两口游西湖，老两口着实高兴了一阵子啦。”

洪强插话：“他老家沪西有啥亲戚？”

宋金娣听到一提起老家亲戚，好似想起什么来：“对了，沪西有个阿弟，在西南还有个妹夫，叫啥名字勿晓得。噢！对了，还有个外甥好像曾经来过，平时不怎么来往。”

一听说陈明德有个外甥，曾经来过，洪强心里想，谈话开始上路了，赶紧问：“他们那个外甥来他家，是什么时候？”

宋金娣撇了撇嘴：“听阿娣讲，本来想把陈婷嫁给这个外甥，陈明德不同意，没有成功。因为老陈不欢喜这个外甥，这个外甥来一次陈明德就要教训他。所以，平常日子，这个外甥很少同娘舅来往。”

老洪听说陈明德的外甥很少到娘舅家来，至少来过，以探询的口气问：“他们之间，有没有来往？”

宋金娣撇了撇嘴：“不怎么来往。吾记忆当中，好像还是陈婷回来那年来过。”

老洪进一步问：“大体是什么年份？”

宋金娣摇摇头：“记不清了。”

洪强接着又问：“陈婷那年回来，大体是几月份，他外甥来，陈婷在不在家？”

宋金娣好像有些为难：“这个就说不准了。”

洪强为了调节一下气氛：“来，喝口茶慢慢想想。”

宋金娣晃了一下脑袋：“想不出来，不过，我可以问问阿娣。”

洪强惊异地面对宋金娣：“你问阿娣，会不会引起她的怀疑呢？”

宋金娣很有把握，向洪强表示："不会，我会旁敲侧击同她闲聊，明早上午还是老辰光碰头，我答复你。"

洪强、小李对她如此热情很受感动，为了防止她在阿娣面前暴露意图，特意找个借口："我们为什么要了解这个情况呢，因为，她这个外甥户口在沪西，人长期在外地，又没有一个正当职业，所以我们做些了解，如果他同娘舅生活一起，我们也就放心了。防止他们误解，麻烦你注意方式，我们一定来听你的消息。"

46

白领阶层

第二天上午，宋金娣如约来到锦树里居委会，将了解的情况向洪强、小李做了汇报。由于宋金娣直接通过陈婷母亲了解朱如泽、陈婷的情况，尽管她旁敲侧击，还是有它的局限性，所反映的情况，不能达到预期目的、要求，洪强、小李就此向宋金娣谢别。

小李心里想，照现在这样调查，都是反映一些皮毛，人与人之间关系的情况，同案件不沾边，两只眼睛盯着洪强，带有一种失落感的腔调："下一步怎么办?"洪强觉察到小李开始有点泄气的神态，干脆向小李表明："照原计划进行。"小李肚里转念头，连陈婷隔壁邻居反映的情况，距离调查要求，相差十万八千里，再要想从远离陈婷老家的老洋盘老婆那里得到情况，真正是不可思议。说实在话，包括洪强本人在内，虽说按原计划进行，但是，能不能达到预想目的、要求，还是一个未知数。奔着"一专到底"的原则，洪强义无反顾，向居委会主任杨大姐告别，转身同小李走了。

走出了锦树里里弄，来到了大马路上，洪强抬腕一看手表，已经11点钟了，想这个时候到人家家里，正是吃中饭时候，不如就在外面简单吃些东西去，省得人家邀请吃饭。

洪强征求小李意见："小李，我们还是先填饱肚皮，再到同安里老洋盘老婆家里去吧。否则，现在正是吃饭时候，到了人家家里，主客双方都尴尬。"

"对，我也是这么想。"

"走!这个地方我熟悉，到菜场那里吃食店多，跟我走。"

两个人过了两条马路就到了小菜场。菜场周围，全是店面，吃食店、杂货店、百货店鳞次栉比，人来人往，非常热闹。尤其是吃食店，大多数爆满，只有东面一家夫妻店，店内有五六张桌子，稀稀拉拉的客人正在吃老酒。他俩就在一张空着的桌子，拉出椅子坐下。店老板一看客人来了，走过来招呼他们。老洪打起了"洋泾浜"，点了两个菜，要了两碗饭。店老板嘴里吆喝："好咧，请稍等。"一个转身，店老板端来饭菜，外加一碗咸菜豆腐汤。特地点头哈腰，投人所好："雪菜豆腐汤，不要钞票，奉送给你们吃的，不够，再帮你们添。"其实这是招揽生意的一种噱头。洪强笑嘻嘻地表示谢谢。两个人草草吃了饭，就在饭店稍事休息，向店老板打听同安里的位置。店老板一听两个人是外地口音，再一看衣着、神态，判断是外调干部，趁外调机会探亲访友，受跑堂店小二习性的本能反应，凑上来弯转舌头，打着"洋泾浜"调子，搭讪头："你们是到亲戚家去吧？"

洪强点点头，递了一支烟给他："怎么走法？"

店老板接过香烟插到耳朵上："向东，到同安里大约还有两里路。"洪强递了一支香烟给他，格外得劲，一头说话，一头跑到里面为洪强、小李两人端来两杯茶。为了显示他的能耐，不厌其烦地介绍："同安里的宿舍是50年代，裕丰纺织厂自筹公建的工人宿舍。当时，如果能住进这个房子，标志着劳动人民翻身当上国家主人翁，不仅平民百姓羡慕，有钱人也刮目相看，他们不是看好这个房子，而是仰慕这里的主人的政治地位，你们的亲戚恐怕也是老工人吧。"

洪强应承着点点头："对。"

店老板自信自己的判断力："我一轧苗头，就吃准你们是外调出来，顺便探亲访友，是吧？"

洪强微笑着，夸赞他一番："你眼光好，一眼就看准。"

店老板正当说到劲头上的时候，里面的吃客吆喝："老板，添碗汤来。"有的吃客吆喝："倒杯茶来。"

店老板向洪强、小李举起手来一扬："慢用。"一个转身："来哉！"

随后，洪强、小李两个人喝了一会儿茶，由小李付清饭钱。洪强抬手一看手表，已经是一点一刻。两人起身向店老板道别，洪强向小李一挥手："走！"

小李惊异地看着洪强："这个时候去，老洋盘老婆会不会在家里噢？"

洪强琢磨着考虑了一下："假如不在家，就到厂里找她，今天一定要找到她。"

两个人沿着店老板指点的方向往东面走，走了一程，远远看到一排排整齐划一的宿舍，一头走，一头饶有兴趣地议论，小李突然好奇地问：

"老洪，你怎么会对这里如此熟悉？"

洪强发自内心一声感叹，回忆起往事，向小李由衷地袒露深埋已久的心路轨迹："要说，我为什么如此熟悉，说来话就长了。"

洪强就拿从专案组调查"E 弯头"，触怒了省监管中心的领导，一纸"状告"，被沪西市公安局发配到农场劳动改造，受农场委派到海临聘请老师傅，开办碾米厂的前因后果向小李作了叙述，发自内心感叹："现在，想想，好像是做了一场梦，这次就像故地重游噢！"

小李气愤地大发议论："当时，我们对你发配到农场劳动改造，思想上就是想不通，连我老婆思想也转不过弯来，咱们在她厂里破了案，她对你的印象特别深，我们俩也只好背后发发牢骚。"

两个人说说笑笑，不知不觉到了同安里，看到一位中年妇女，洪强向她打听：

"请问同安里 72 号王巧珍住哪里？"

这位女同志用手指点："你问阿巧？东面第三排中间朝南一间就是他们家，这个时候，家里恐怕不会有人吧。"

洪强、小李从这个女同志的口气、指点方向的神态，可以看出王巧珍在这一带的知名度和威信非同一般。听说家里可能没有人，犹豫了一下，朝这个女同志指点的方向走去。

小李、洪强两个人，挨门挨户查找到 72 号。小李敲门，里面应声："来了！"

门开处，一位 50 多岁的妇女在两扇门的门缝露出个头，面部显出诧异的表情："侬，找啥人？"

小李试着想进门："找王巧珍。"

这家主人没有邀请的意思。

王巧珍用疑惑的双眼打量着来客，又不招呼客人进门："我就是，侬，啥地方来，找我啥事伐？"

洪强看出她心存疑虑，接过王巧珍的话头："我们是沪西来的，是你的同乡。”

王巧珍一听口音，又听说是沪西老家来的，立即用双手一推，敞开大门，赶忙请他们进门，嘴里不停地说话：“请进！还没有吃饭吧？”

洪强、小李进屋坐下。洪强和颜悦色同王巧珍攀谈：“我们已经吃过。”

王巧珍说着赶忙倒茶，一头忙着，一头说话：“你们怎么知道我在家里？”

洪强说：“我们不晓得你在不在家里，反正，你不在家里，就在厂里。”

王巧珍说：“车间有个女工工伤住医院，我到医院去探望回来，否则，这个时候在厂里，不是开会，就是在车间。既然到海临来，怎么不到我家吃饭，还到外面吃了来，怕我怠慢老家客人。”

一说起同乡，就拉近了距离，洪强转了一个弯：“不是这个意思，因为两个人肚皮已经饿了，看到饭店就进去。”

“你们来沪西有事情吧。”王巧珍试探性地发话：“需要我帮忙，尽管说。”

小李从口袋里掏出工作证向她出示。王巧珍一看工作证是沪西市公安局，顿时，面部阴沉变色，一下子从耳根红到脖子，头上渗出汗珠，嘴里不断念叨、咒骂：“这个老棺材又闯祸了，我再三关照他在家里安分守己，这么大年纪了，孙子、外孙都有了，还不老实，连我们也没有面孔跑出去，王家门上的台，都让他塌光了。我是共产党员，你们尽管说，该怎么办就怎么办，这个老杀千刀的是要让他坐坐牢，才会长记性……”

洪强、小李，顿时傻眼了。倒是洪强脑子反应快，猜准她误以为老洋盘在男女关系上又犯错误了，赶紧改弦更张，缓和气氛：“请不要误会，我们是王金发同志介绍来的，想通过你了解一些情况。”

王巧珍一听来人的口气，称老洋盘“同志”，看来十有八九“老家伙”没有出问题，这就将工作证归还给小李，但还是不敢相信，甚至有些疑惑：“怎么想起要通过我了解情况，我离开老家几十年了，了解啥情况？”

为了打消他的疑虑，洪强将老洋盘托带的东西放到她面前：“这是老王托我们带给您喜欢吃的笋干、干菜、油面筋。”

王巧珍一见老洋盘托带东西，身上原来紧绷的神经迅即松弛，本来挂在脸上凝云浓重的天气，瞬时云开天晴，笑口张开："喔唷，太阳从西面出来了，他还想着海临的家？好，谢谢侬两位。"

王巧珍是中共党员，裕丰纺织厂细纱车间值班长。当初，陈明德老婆带了女儿陈婷到海临定居，陈明德就是通过王巧珍将他老婆安排到王巧珍的纺织厂细纱车间做工的。因此，除了第三代近况有些疏远，而对陈、朱（指朱如泽家）两代的情况如同"挑扁担"，连头搭尾巴一肩挑。根据洪强提出的要求，王巧珍打开尘封的门窗，抖落攀附在陈、朱两家历史柱子上的陈迹。

陈明德老家是沪西市庄前村人，他父亲陈荣生在海临市开明五金商行当老师傅时，同沪西大丰纺织厂女工钱妹娣结婚。婚后，两人存了一些钱在沪西市郊结合部龙船浜靠近纺织厂附近购置了房屋，就由庄前村搬到沪西市龙船浜新房居住。陈荣生有两个儿子，一个女儿，大儿子陈明德，小儿子陈胜全，女儿陈金花。解放前，大儿子陈明德小学毕业，就到海临市开明五金商行跟父亲当学徒。解放后，通过母亲的关系同在纺织厂做工的小姐妹的女儿阿娣结婚。陈荣生死后，老婆钱妹娣回到老家庄前村同小儿子陈胜全一起生活，没有几年老太仙逝。陈明德在海临开明五金商行继承父业，老婆阿娣居住龙船浜在沪西纺织厂做工。阿娣生了个女儿叫陈婷，辞去纺织厂的工作就在家带孩子，陈明德与老婆长期分居两地。

在沪西市庄前村，陈、朱两家上代都是半工半农，这在庄前村来说是属于比较富有的家庭。所以陈、朱两家联姻，朱开诚同陈金花结婚是门当户对。婚后，生了个儿子，叫朱如泽。朱开诚本来在沪西机械厂当钳工，50年代发起支援"三线"建设，就到了西南，将老婆、孩子带到西南。不久，陈金花水土不服，带了孩子从西南回到老家庄前村。朱开诚逢年过节回到沪西，春节一过就只身到西南工作。

到了朱如泽上学年龄，陈金花同嫂子阿娣说好，让朱如泽寄宿在舅妈家里，同表姐陈婷一起在市里上学。俩人一起上学，放学回来一起做功课、一起玩，两人正是青梅竹马。陈婷小学毕业后，同母亲一起到海临市定居、上学。从此，朱如泽回老家庄前村走读。陈婷初中毕业后没有考取高中，就在父亲店里学做会计。

姑嫂俩原本看到他们小两口关系十分亲密,朱如泽母亲向嫂子提出:待他们俩大了,就让他们俩结婚,这样可以亲上加亲。陈婷母亲也有此意。但是,陈婷父亲陈明德不同意,他倒不是相信科学——血缘关系,主要对朱如泽这个外甥看不入眼,总感到这个外甥不会有出息,平时死样怪气,从小到大没有看到他有啥好的变化,再说,陈婷又是陈家独生女,陈明德有意想在海临市里找个上门女婿,今后,老两口也有一个依靠。还有一层为外界所不知道的内情,陈明德同他的妹婿关系不好。自从,朱开诚到西南工作,因为在外面有姘头,疏远了陈金花,一度甚至要闹离婚。为了这个事情,陈明德特地赶到西南找朱开诚交涉,并将其妹妹陈金花接回沪西老家,对外只是说水土不服,实际上是夫妻关系不睦。正由于这些说不明道不白的家庭琐事,所以,朱如泽没有同陈婷结合。

海临市因为靠近上海,一些青年向往香港生活,一说到香港,把香港描绘成"人间天堂"。陈婷在这些青年的包围中,自然而然做梦也向往着香港。经原来初中同学介绍,陈婷认识了从香港回海临探亲的男青年吴光辉。两人经过闪电式的交往,就私订终身。吴光辉回到香港,与陈婷频繁地通信,提出与陈婷结婚,并答应婚后帮助陈婷定居香港。陈明德夫妇原本想在海临招女婿,靠女儿、女婿养老送终,而陈婷同香港的吴光辉,从认识到书信往来仅仅两三个月,不顾父母亲竭力反对,即申请到香港结婚。

陈婷在香港,一个时期过起了"贵妇人生活"。但好景不长,半年后,吴光辉赌吃嫖窑俱全,本来骗陈婷,说他父母在香港开公司,实际上是小商小贩,平时还到街上捡破烂,而他自己从来就没有正当职业。由于赌博债台高筑,没有生活出路,他就跳大海一命呜呼。

王巧珍站起来,拿了热水瓶帮洪强、小李的茶杯添了些水,接着,不无惋惜地继续她的话头:"陈婷在香港的遭遇, 最终害苦了陈明德、阿娣老夫妻两人。阿娣因为身体不好,病退在家,在海临没有至亲好友,只要我是假期休息,她就跑到我家谈谈老空,碰到不称心事情,或者犯脑事情,总要过来说说,我也因为是同乡关系,尽量帮助开导她,她似乎感到心情舒畅些。当然,碰到开心事,她也赶紧跑来同我说说。一九七〇年上半年,陈婷从香港回来,带了很多东西,正巧我外孙过生日，陈明德、阿娣同女儿陈婷一家三口到我家吃生日酒，陈婷给我外孙十块钱压岁钱，阿娣还特地挑了一段陈婷从香港买回来的毛料送给我，老开心呐。”

洪强问：“陈婷是一九七〇年几月份回到海临的？”

王巧珍不假思索，很自信地推算：“我外孙是一九七〇年五月十二日过生日，陈婷应该是‘五月十一日’从香港回来，这个日子不会错的。”

洪强又问：“陈婷在香港做啥事？”

王巧珍说：“我车间有个女工叫周兰英，是陈婷死去的丈夫吴光辉的阿姨，她的女儿同陈婷是同学，实际上陈婷同吴光辉认识，就是她女儿牵的线，搭的桥。陈婷到了香港，同她女儿经常通信，我所了解到的情况，也是我同周兰英在交谈中才晓得。吴光辉跳海自杀，我也是听她说的。后来，我带有好奇心问起陈婷的情况，周兰英十分懊悔：‘当初，不应该把陈婷介绍给这个小赤佬，这个小赤佬从小就不学好，专门轧坏道，我阿姐、姐夫迁就他，所以，到后来欠了一屁股债，走投无路，只好跳大海自杀，依我看还是早死早好，免得害人，不过苦了陈婷。’”

王巧珍接着说：“后来，我关心陈婷，还特地向周兰英打听陈婷近一个时期情况，据她说，陈婷在婆家吃不来苦，传说在香港做妓女，说老实话，香港这个资本主义社会，花花世界，平民百姓没有背景，要找到一份工作，不是一件容易的事情。”

洪强说：“能不能，请你通过周兰英了解一下陈婷现在香港的近况，究竟做啥事情。因为，我们陌生人出面了解，周兰英很容易产生不必要的误解，你看有没有什么困难？”

王巧珍十分爽气：“没有问题，她就在我管的车间，这个人平时一张嘴很敞，车间的人，都喊她‘大嘴老乌’，肚皮里的事情摆不牢的，你们看啥时候听我回音？”

洪强说：“时间由你定。”

王巧珍干脆说：“明天晚上六点钟，你们两位来我家吃晚饭，顺便听我回音。”

洪强一口应承：“晚饭，我们不来吃，六点钟准时来。”

洪强、小李同王巧珍就此告别，两个人在路上一头走，一头议论。

小李首先开口：“看来，没有戏唱噢，她在香港十有八九是做妓女，如果是做妓女，同上面通报的‘04’派遣女特务，就变成两码事，没有必要花大力气了。”

洪强说：“工作还刚刚开始，现在不宜过早下结论。”

两个人回到招待所吃完晚饭，到了宿舍，赶紧整理白天工作的笔记。

第二天，老洪、小李按时到了王巧珍家里，碰巧，王巧珍的儿子、媳妇、孙子都已经在家里，客堂间里显得十分热闹，王巧珍特地向儿子、媳妇介绍认识洪强、小李，笑嘻嘻地说：“他们两位是老家来的同志，到海临搞外调。”转而又向洪强、小李介绍：这是儿子，这是媳妇，这是孙子。”

洪强说：“你同老王好福气哇。”

王巧珍放声大笑：“喔唷，啥福气，不过他们俩都有工作，不要我操心。”说着，她马上关照儿子、媳妇：“好了，你们到房间去吧，我同他们两位同志还有事情要谈呐。”

儿子、媳妇抱了孩子回房间。王巧珍将通过周兰英了解的情况向洪强、小李汇报。

原来，陈婷丈夫死后，一度帮阿公、阿婆做小生意，由于吃不来苦，在外面游荡。从此，婆媳关系恶化，被阿公、阿婆赶出家门。以后，有一个同乡帮忙，介绍进了一家公司工作，是什么白领阶层，工资待遇老高。我不懂什么是白领阶层，据周兰英说，白领阶层就是当上公司的职员。周兰英还说她从她女儿那里看到过陈婷站在她公司门口拍的一张照片，派头不像在香港做妓女。

洪强问：“叫啥公司？”

王巧珍摇摇头：“叫啥公司周兰英也说不上来，现在看来，说陈婷在香港做妓女，纯粹是谣言。”

洪强想了一下：“还要想麻烦你一下，能不能将陈婷在香港公司门口拍的那张照片借过来看看。”

王巧珍不假思索：“没有问题，不过，周兰英同她女儿不住在一起，我要叫周兰英到她女儿家去拿来，照片可能一时拿不到。”

洪强说：“后天，我们还是老时间来，怎么样？”

王巧珍当即一口应承：“可以。”

第三天，按老时间，洪强、小李到了王巧珍家里，王巧珍将陈婷在香港拍的照片拿给洪强、小李看。一张四寸照片，陈婷站在一家公司门前，身穿一身时尚的银灰色的西装，很像公司的白领阶层。公司门口墙上一块长方形的照牌，公司名称由于有一棵棕榈树影挡去一半，只能看到另一半，是什么“器材有限公司”。洪强、小李反复看，就是对另外的几个字看不清。

洪强说：“这张照片暂时借用一下，用完立即归还，怎么样？”

王巧珍说：“没有问题，看，还有啥事情需要了解的，你们尽管提出来。”

洪强说：“再有啥事情，等我们还照片的时候，再同你商量，谢谢，影响你休息。”

王巧珍说：“用不着客气，有事尽管说。”

洪强、小李同王巧珍就此告别。回到招待所，两人吃完晚饭到了宿舍，洪强拿出那张照片反复看，然后，又递给小李看。

小李看了以后，只是摇摇头：“现在，看来七不离八是在这个器材公司工作，同‘04’号派遣女特务，沾不上边。老洪，我的意见，不要再化时间纠缠这个陈婷问题了。还是趁早回去，组织破案吧。”

老洪只是笑笑，并不作答。洪强已经有了新的打算，准备到海临市公安局侦察处，以及出入境管理科进一步调查，陈婷在海临的动向和出入境情况。同小李商量，小李认为多此一举，没有这个必要。经洪强再三解释，这才勉强认同。

显然对陈婷这个对象，小李同洪强持有不同的看法。小李明显地不感兴趣，而洪强一个劲要调查。究竟这个陈婷能不能对上“04”号，最终结果怎么样，他们两个人谁也没有办法说服对方。

47

棕榈树阴影掩映下的女人

洪强同小李两个人从王巧珍手里拿到了陈婷在香港一家公司门口拍摄的照片，在回归招待所路上，到了招待所，甚至回到宿舍，两个人的脑子里不停地思索着两天来的工作情况，显示在大脑“屏幕”上：朱如泽、陈婷两家的变迁画面，尤其是朱如泽同陈婷的微妙关系，始终缠绕着他俩的大脑，且产生了两个截然不同的看法。

洪强习惯性地站在对敌斗争这个层面上看问题，又从敌情深处挖疑点：陈婷外嫁香港，她丈夫赌吃嫖窑，债台高筑，跳海自杀，原来充满琼浆玉液的一个令人陶醉的幻境，就此彻底破灭，以致穷困潦倒。1970年5月，陈婷从香港回到阔别已久的海临市老家，俨然成了一个“贵妇人”，从传说中的“妓女”，到一家公司的“白领阶层”，这样一个传奇式的跳跃，是否合乎常情？朱如泽同陈婷两个人，从小青梅竹马，两小无猜。陈婷外嫁到香港，两个人中断联系，朱如泽也就不怎么到大娘舅家里走动。1970年5月，孔定山微波站发生破坏事故前夕，陈婷突然从香港回到海临老家，朱如泽同时到大娘舅家。他们两个人是偶然碰头呢，还是有约在先？朱如泽作奸犯科，同这个陈婷有没有关系？洪强的假想目标，最终，定位在陈婷身上：关键要论定陈婷这个女人的政治身份，同敌情通报“04”号派遣女特务是不是对得上号。

小李这两天跟着洪强搞调查，虽然同洪强思考的是同一个问题。但是，两个人的思路，考虑问题的方法，最终的结果，显然碰不到一起。他认为：陈婷从香港回到海临老家探亲，这是人之常情；生活在香港这个社会里的人，突然发迹，有的靠“跑马”买彩票，有的靠“炒股”赚钞票，凡是敢于走钢丝，铤而走险的人，一夜暴富，一夜变成“瘪三”，都不是什么稀奇事情。至于，朱如泽同陈婷在她老家会面，即使有约在先，作为亲戚关系，也不足为奇，硬要拿他们两个人的会面往孔定山微波站破坏事故上靠，同“04”号派遣女特务对号入座，这个简直是想入非非，神经过敏。小李脑子里装着洪强先前的观点，陈胜全女儿陈翠花家里出现港币，洪强曾经说过：这个在南方地区比比皆是，不能因为香港有社会关系、家里有港币就有政治问题。为什么事情发生在陈婷身上就上了个档次，往政治上挂钩？认为洪强看问题，随心所欲，采取双重标准，所以对洪强提出下一步工作要求、目标任务，持有保留意见。

洪强到海临市公安局侦察处出入境管理科调查陈婷出入境情况，小李就像跟媒人吃喜酒一样，只是没精打采跟着跑。

洪强同海临市出入境管理科是老关系，一进门，便向接待员开口问起科长老谢，老谢在里面办公室一听到洪强的声音，赶忙跑出来，拿洪强两个人拉到会客室里，一脸笑容，紧紧握住洪强的手，好似老朋友久别重逢，顿时，会客室里回荡着欢声笑语。

老谢脸上堆满了笑容：“老洪，你已经好多年没有来了，这一个时期在忙些啥？”

洪强倒是直截了当：“省厅交办一起棘手案件，弄得我焦头烂额，今天来查个人，嗳！袁汉明现在还是一处处长？”

老谢叹了声气：“不要讲他啦，前一个时期跟了‘造反派’，站错了队，现在在安徽一个农场劳动。”

洪强一愣突来，皱起了眉毛：“嗨！他是渡江老干部，沪西市一解放，他就在行署公安处侦察大队当副组长，我同他工作了一个时期，为人还比较稳重，行署撤销，他被分配到海临市公安局当科长，以后当上副处长、处长，倒是想不到他会站错队。”

老谢感叹一声：“不要说你想不到，我们同他一起工作多年的同志不是想不到，就是替他想不通。”

正当两个人交谈得蛮热络的时候，一个年轻民警手里拿了一张介绍信：

“谢科长，外地来了两位女同志要查阅‘303’材料，我一再回绝，同她讲了老半天，她还是纠缠着。你看怎么办？”

老谢接过介绍信一看，是某市市委组织部的外调干部，摇了摇头：

"不行,不能让她们查阅。"

不待老谢说完话,一位四十岁上下的女同志,从接待大厅跑出来,冒冒失失闯进会客室。本来她以为,凭她带来的介绍信可以通行无阻,现在竟在出入境管理科被卡住,气急败坏地跑了进来缠住老谢:"我们为使用一个干部,急需要在他的这个社会关系上有个明确意见,请你们无论如何要提供方便。"

老谢一听说使用干部要查社会关系,格外谨慎,严格把关,当即毫不含糊,用普通话同她交谈:"不是不给你们提供方便,只因为手续不符。"

这位女同志倒是在外调场上使惯拳脚的人,不是随随便便就可以打发走路,在同老谢交涉的时候,硬顶软泡,软硬兼施,最后来个激将法:"好不容易千里迢迢来到海临,原以为能够得到你们帮助,哪知道你们把我们拒之门外……"

其实,老谢并不是要难为她,因为侦察材料,尤其是正在进行工作的材料,不能外泄。一方面,鉴于问题没有定论,还存在很多变数,如果提供外单位,尤其是组织部门"审干"使用干部,势必在政治上铸成错误,使被审查人遗憾终身;另一方面,涉及侦察关乎国家机密,这是无法通融的事情,所以他完全能够理解外调同志的心情,但还得要坚持原则,因此并不被她刺耳的语言所激怒,而是耐心地解说:

"我们是按照上级规定办事,你是党委管理干部的部门,不能查阅侦察材料,就像医院外科医生不能开内科处方一样……"

同这位女同志一起外调来的女同志,听到自己的科长在做无效纠缠,特地走进来劝解:"温科长,既然谢科长说到这个份上,咱们不要再难为他了。"

经过老谢再三解说,并连连打招呼:"对不起,对不起。"两个人才无奈地离开。洪强等到她们两个女同志离开,随即自动自觉地出示介绍信,笑嘻嘻地同谢科长调侃:

"谢大科长,我这个介绍信是不是符合规定?"

老谢用手推了一下:"你来要啥介绍信,说,啥人?"

老洪提出"陈婷"的名字:"原来是海临人,出嫁到香港,并已经在香港定居,最早在1970年回来过的。"

老谢思索一下："对啊！有这个对象。1970年回来过，但是目前还没有挂上号。侦察处一科的材料是我们提供的，再不会有其他材料了。"

老谢不会有啥敷衍的话，十分干脆，提高了嗓音喊："小赵！"

一位女同志听到科长叫唤，一阵风似的跑了出来，看到洪强，拖长声调：

"噢唷！我当是哪一方的贵客，原来是老洪同志，今天是什么风把你吹来的！"

洪强主动出击："啥时候请我吃糖？"

老谢用普通话调侃："你翻的还是'老皇历'噢，今年春节，我们的'赵四小姐'嫁出去了，你再不来，她就要当'妈妈'啦。"

洪强有意凑趣："那，我是迟到的祝贺，是哪一方的白马王子？"

老谢抢着说："小李，李光明，你熟悉的吧，现在是侦察处副处长。"

洪强点了点头："唔！倒是门当户对。"

小赵把嘴一撇："啥年代，还门当户对，说，要啥人材料？"

老谢："陈婷材料。"

小赵又用普通话回称："请稍等。"轻盈地转了个身，一阵风似的飘逸离去，到办公室取材料。

老谢转过身来："老洪，你们两位看材料，我不陪你们了。还有什么要求，尽管提出来。"

洪强随即将陈婷在香港某公司门口拍摄的一张照片拿出来："请将陈婷的这张照片，放大翻拍三张。嗳！老谢，你看看这张照片上的照牌有几个字看不清楚，能不能请你们技术员处理一下，把那个被棕榈树影掩盖的几个字显出来，另外将陈婷档案材料的个人照片翻拍两张，再选择五六个与陈婷年纪相仿的女性照片翻拍5~6张，准备调查的时候派用场。"

老谢接过陈婷的照片："可以，不过，这张要放大的照片，要把那几个掩盖的字显现出来，恐怕难度比较大。试试吧，请稍等。"

从洪强向老谢提出翻拍照片、复制照片，提供辨认等一系列要求，不难想象，洪强这次外调，几乎要大干一场。在旁边的小李，当了老谢的面，既不便摇头，又不好瞪眼，只是皱起了眉头，对老洪下一步计划表示异议，只好摆在肚皮里。

不一会儿，小赵将陈婷的材料拿来：

“还需要啥帮助?”

“给你添麻烦了。”

“谈不上。”

“没有啥了，你忙去吧。”

小赵积极主动表示：“有事喊我，反正，我在办公室。”

老洪接过材料，当即递给小李，并关照小李审阅材料要注意的事项，以及要求、方法，一并向小李作了交待。小李从老洪手里接过材料，埋头认真看材料，一头看，一头摘录。洪强独自在思考：据老谢说陈婷这个对象还没有挂上号，而且侦察处的材料也还是出入境管理科提供的。因此，对这里的材料还不能寄予过高的希望。下一步怎么办?海临市公安局侦察处是不是要去，正当站在“橄榄核上”，摇摆不定的时候，一闪念之间，想起陈婷从 1970 年 5 月到现在，已经有好几个年头了，这期间有没有啥变化?看来，侦察处还得要去。要看陈婷到内地，这几年有没有可疑情况。

小李看完材料，将摘录的材料递给洪强，扫兴地摇摇头：“基本上同宋金娣反映的情况差不多，还不及咱们通过王巧珍调查的材料多。现在看来，海临市公安局对陈婷还没有列为侦察对象开展工作。从现有材料来看，真正有价值的东西几乎没有，都是一些出入境人员的过境记录。”

洪强接过小李摘录的材料认真细看，然后再将材料合拢起来：“要从现有材料中看到陈婷具有敌特身份的材料是不可能的，也不现实。但是，又如何界定这些材料的价值，你要拿现有材料同咱们掌握案件的材料捏在一起来思索，就会发现咱们需要而又有价值的东西。”

洪强作为一名老侦察员，脑子里特有的敌情观念，本能地促使他把发现的疑窦，各种各样现象，在脑子里进行加工提炼。就像考古学家发掘文物一样，习惯性地把海临查到的点点滴滴的材料，认真加以梳理、筛选、鉴别，留下的一个又一个悬念，有待进一步寻找线索、材料，拼凑成型。

洪强以老师向学生讲解课文似的说：“譬如出入境管理科的材料记录了陈婷入境时间：从 1970 年 5 月开始，以后，几乎每年要回来，有时甚至一年要回来几次。我们这次外调，主要是调查朱如泽破坏孔定山微波站通信设备，同陈婷有没有关系，陈婷同‘04号’是否对得上号。因此，审阅材料，就要拿出入境管理科有关陈婷出入境记载的时间，结合宋金娣以及王巧珍反映陈婷回到海临探亲，从中发现蛛丝马迹。”

“陈婷最早是在1970年5月11日中午12点05分，从香港乘飞机到达海临市，以此类推：陈婷同她父母在5月12日到王巧珍家里吃外孙满月酒，5月13日陪同父母到杭州游西湖，当晚返回临海；而朱如泽应该是在陈婷从杭州返回海临的第二天，即5月14日到舅父家，当晚回到庄前村老家，5月15日夜里孔定山微波站发生破坏案件。”

小李听了老洪的剖析，有些疑疑惑惑：“这个能说明啥问题呢？”

洪强说：“说明陈婷是不是‘04号’女特务，朱如泽在孔定山微波站搞破坏活动，有没有台湾特务机关特殊政治背景？”

小李惊异地说：“就凭朱如泽同陈婷短暂接触，就断定朱如泽在孔定山微波站破坏通信设备有着境外特殊的政治背景？弄到现在连陈婷的政治身份还没有确定，现在，又牵扯到台湾特务机关上去，你不觉得这个跨度是不是太大？”

一听小李提出的疑问，洪强只是笑笑：“我只是怀疑，不能断定。最终还要查明陈婷的政治身份。”

然而，洪强冷静地思考，比较客观地想想，小李从省里警校分配到沪西市公安局侦察科，这几年，正巧碰上“文化大革命”，基本上没有接触过案件，无怪乎小李对目前所提出的观点、疑问，认识差距这么大。现在看来，还得随着工作一步一步深入，认识才会逐渐深化。因此，同小李不再纠缠这些无效争辩。洪强用商量的口气说：“我的意见，就海临市1970年全年出入境材料，还要下功夫查阅。海临市公安局侦察处咱们还得要去，即使没有什么有价值的材料，也应该向他们通报我们所掌握的材料。这样，可以互通有无，有利于开展工作。”

小李皱了一下眉头：“谢科长不是已经说了，他们侦察处一科的材料，也是出入境管理科提供的，咱们再去，有没有这个必要！再说，还要查阅海临市1970年全年出入境材料，这个量太大，就靠咱们两个人能行吗？”

洪强看了一下小李："很有必要。你想想看，陈婷从 1970 年 5 月份回来，至今已有好多年了，在这一个时期有没有变化呢？不要说这些对象有变化，就是咱们专案组本身组建、撤销，再组建，几经周折，多次变化，要防止敌人在咱们变化中，乘隙进行活动。再说，既然到了海临，咱们还是去，去比不去好。出入境管理科是属于海临市公安局侦察处三科，主要业务就是管理出入境；咱们要到侦察处专门搞反派遣斗争的业务科去调查。"正当他们两个人在议论的时候，小赵将翻拍的照片拿来，其中有关陈婷在棕榈树下拍摄的照片，两张陈婷单人照片以及提供辨认的 6 张照片交给洪强。

小赵指着要求放大的照片："这一张四寸照片放大到六寸，一共复印了三张，我们技术员说，照片上几个看不清的字，只能凭肉眼辨别、推测是'某某某某某'五个字，这五个是什么字，没有办法破解，连接起来——'某某某某某通信器材有限公司'，你再看看吧。"

洪强接过来反复看，同小李两人异口同声说："唔！差不多，差不多。"

然后，洪强再三表示谢意："帮我们解决了大问题。小赵，我们还想麻烦你一下，请你拿 1970 年全年由香港回到海临市探亲的女性，年龄在 20~30 岁的人的档案调出来，我们想再对对号。"

小赵抬起手腕看了一下手表，惊异地说："老多呢？今天恐怕来不及看了。"

洪强看到小赵抬手腕看手表，意识到将要下班了，然后，知趣地说："这样吧，明早，上午我们再来，麻烦你事先准备好，我们一来就开始工作。怎么样？"

小赵倒是蛮爽气："一句话，明早上午你们来，我可以随时随地为你们服务。"

48

过境女人

第二天上午，洪强、小李两个人，趁海临市出入境管理科工作人员上班前，赶早在会客室等待。经值班人员转告，小赵特地跑到会客室接待，笑嘻嘻地招呼洪强："你们这么早就来了，说说你们的要求。"洪强简要地把查阅的要求一说。小赵神色惊异："老多、老多噢，你俩今天花一天功夫恐怕也看不完哇。"洪强蛮有把握回称："没有问题，我们拿要查的重点，限在同沪西、海临有关系的人，我估计这个量不会太大。"

小赵点了点头："你们等一等。"

小李在旁边两只眼睛盯着洪强看，肚里转念头，活鬼迷，勒刹吊死，又要像在三河公社搞排查一样，撒大网捉鱼，结果一场空。这样看材料，要看到啥时候？

不一会儿，小赵捧了一沓沓档案材料，用嘴下巴吃力地盖住材料，洪强连忙跑上去接过来，嘴里连声打招呼："对不起，对不起，把我们的'赵四小姐'累坏了。"

小赵额头上渗出了汗珠，面带微笑："你们看吧，如果今天看不完，明天再来，随时为你们提供方便。"

洪强带有些不好意思的口气："谢谢，我们尽量争取今天上午完成。"

等小赵离开，小李皱起眉头，咂咂嘴："这么许多材料，今天上午看得完吗？我看，连明天也看不完。"

洪强笑嘻嘻："看材料，也要找窍门。首先要明确要求，然后掌握要领。"洪强一头说，一头示范。小李根据洪强提供的方法，开始看材料。两个人一头看，一头摘录。洪强看完材料，怕小李看材料时漏掉重要情况，又拿起小李看完的材料看，一份一份看，一页一页翻阅。就在小李看过的一份材料，两只眼睛停留在一页纸头上，反复琢磨，仔细推敲，感到有用，随手摘录下来。

材料记载：宋秀莲，女，25 岁，1970 年 2 月 12 日中午 12 点 05 分，从香港到海临过境，目的地：江临。连忙把它摘录下来。

正当洪强、小李两个人看完了材料，小赵要下班，跑过来说："你们辛苦了，如果没有看完，不要着急，下午再来。"

洪强站起来："看完了，下午准备到处里去找李处长。请喊声谢科长吧。"

不一会儿，谢科长从办公室出来："怎么样，有没有收获？"

"有收获，我们这些人出来，就等于'叫花子拾垃圾'，破布头，烂棉絮，样样要。"谢科长听了哈哈大笑。

洪强为了不使对方误会，并取得对方认同："谢科长，我想，我们还要到侦查处去，一方面，看看这几年来，侦查处有没有发现新情况，另一方面，互通有无，我们把'5·15'专案，所掌握的材料提供给侦查处，这样有利于协同作战。"

谢科长听了洪强如此一说，随即表示："对！究竟是老兵想得周到，应该去……"

就在当天下午，洪强、小李来到海临市公安局侦查处，一名年轻同志接待："你们两位是联系工作吗？请登记。"小李出示介绍信，接待同志看了介绍信："你们那里对这个对象掌握了些什么材料？"

正待小李将带来的材料从包里向外拿，被洪强制止，洪强心里想这是"只进不出"的接待技巧，随即指着接待人员手里的介绍信：

"请你向你们李处长汇报一下，就说沪西市公安局洪强拜访他。"

接待的同志一听说找处长，有礼貌地抬起一只手："请稍等。"转身到处长办公室。

一会儿，一位 30 岁开外，修长个子、十分精神的人跑出来，看到洪强，好似久别重逢的老朋友："老洪，你好！今天，是什么风把你吹来的？"

洪强随即迎了上去同他握手："李处长，你双喜临门，请接受我迟到的祝贺。"

李光明谦虚地说："小李、小李，在你面前，永远是小李。"

洪强随即将小李向他做了介绍:“这位才是真正的小李,他和我一起的,叫李鹰飞。”

李光明热情地同小李握手:“本家、本家,请坐,老洪,看,有啥需要提供帮助的,尽管说。”

此时,洪强将来意向他说明,又将一般的案情向他做了介绍,然后,话锋一转:“我们想了解一下,你们对陈婷掌握哪些情况?”

李光明十分干脆:“这个人还没有挂上号,是不是,拿你们掌握的情况向我们介绍一下,便于我们今后开展工作的时候参考。”

洪强心里琢磨,陈婷这个人 1970 年就回到海临探亲,侦查处至少会掌握到她的一些动向,没有挂上号,不等于没有一点点情况。看来,这位同志当上了处长“又进步了”,这明明是抠门。你抠门,我就要吊吊你的胃口。洪强把从王巧珍那里借来的陈婷在香港拍摄的照片,拿出来炫耀一番:“这是我们通过内线侦查搞来的照片,你看看吧。”

李光明迫不及待拿过来看,仔细琢磨,然后,装模作样:“这张照片能说明啥问题,我看不出有啥名堂。”

洪强煞有介事炫耀:“如果仅仅从这张照片看,看不出啥明堂,要联系她在香港的境遇和回到海临的表现,对她这张照片就可以放大了,看到问题的所在,照片的背景是一家公司,她说她就在这一家公司就职。我们要知道这家是什么公司,你看到了吗,公司照牌“某某某某某通信器材有限公司”,照相时,有意用棕榈树的影子掩盖左边的几个字。那么,她说她在这家公司就职,就有几种可能:一是为了向亲朋好友炫耀自己在香港发迹,借了这家公司的照牌,拍了这张照,其实,她根本没有在这家公司工作;二是在这家公司打工,她只是一个‘蓝领阶层’,经过精心包装拍了这张照,说成是‘白领阶层’,糊弄父母和亲戚朋友;三是这家公司有没有可能是台湾特务机关驻香港的一个据点,陈婷借以在这家公司就职,掩护自己的特务身份。问题的关键,就在于那块照牌上被掩盖的那几个字。”

李光明一听,哈哈大笑:“老洪啊!你的想象力太丰富了。这样吧,这张照片,我们复印两份,以备今后工作中参考,怎么样?”

洪强表现得十分大方,而有合作的诚意:“你李大处长如果需要,不要复印,我们送给你。”

“行!谢谢。”李光明转念一想,他们能够搞到陈婷在外拍摄的照片，看来，沪西市公安局侦查部门已经对陈婷开展内线侦查，而且下了一番功夫。陈婷这个对象落脚点在海临，要是真正是个派遣特务，被沪西弄到手，我们海临只好当配角，海临侦查处，肯定要被上级批评。现在要想办法从沪西如何把这个对象扎过来。他一头同洪强敷衍，一头在想办法，但是，他一想老洪这个人不是好糊弄的，要放些鱼饵吊吊他的胃口。

“我印象中，陈婷从1970年以来，回内地有好多次。但是，没有住在家里，而是开旅馆住。因为我们没有把她挂上号，所以，具体情况就说不上来。”

洪强，一听他的调头，意识到他又在摆噱头，特地表现得大度，而且故弄玄虚：“我们知道，不是有好几次，几乎每年来，甚至一年有好多次。”

李光明一愣：“你们掌握这个情况？”

洪强点点头：“我们之所以对这个对象感兴趣，根据我们内线侦查掌握的情况，她到内地，打一枪，就换一个地方，问题是，我们感兴趣的是这张照片。”

李光明又拿起照片反复看看，似乎看不出啥名堂来，但是在洪强面前怕有失处长身份，回避正面表态，采取说东道西办法：“据我们掌握的情况，她第一次回到海临，除了住在她老家，还住过火车站附近的旅馆，曾经同一个男性同住一个房间，因为这是涉及男女关系，我们没有再做进一步工作……其他就不掌握了。我看，这张照片，就目前来说，你所分析的三点都有可能，至于符合哪一点，很难说，只有等到今后工作有了进展，才能下定义，你说是吧？”

老洪表示赞同他的观点：“对，你说得有道理。嗳！有一个宋秀莲这个对象怎么样？”

李光明把头一摆说：“这个人好像还是在1970年回来的。不过，她仅仅是从海临过境，目的地是江临。后来，还是江临市公安局侦查处到我们海临调查，她有一个外婆在海临，1970年过境的时候，主要是去看外婆。这个人是派遣特务，已经被江临逮捕了。”

洪强说：“是不是让我们看看材料。”

李光明说：“可以，你们稍候。”说完话，转身叫办事员去拿材料。

洪强看了材料，把需要的情节随手摘录下来，转交给小李看。李光明又从办公室跑过来，想听听洪强看了材料有啥感想。

李光明投其所好："老洪啊！你到我们这里来，我们毫无保留，怎么样？看了宋秀莲的材料，有何高见？"

洪强直言不讳："高见谈不上，有一些想法。实事求是说，我倒是蛮感兴趣。这个宋秀莲是香港新世纪（香港）通信器材有限公司的职员，同陈婷在棕榈树树影下拍摄的照片的公司，是不是同一个公司，值得探讨。"

李光明接过宋秀莲的材料，仔细审阅洪强指点的一段内容，对照陈婷在一家公司拍摄的照片，嘴里突然发出"嗳！"的一声惊叹声，肚里转念头，这倒是个新发现。

洪强一眼看到李光明的神态，觉察到李光明已经认同他的推测，马上兜过来要李光明提供方便："李处长，请你转开一张介绍信，我们到江临市公安局侦查处去调查了以后再说。怎么样？"

李光明点点头："好！看来咱们两家要密切配合哩。"

洪强接过李光明转开的介绍信，又同李光明交换了一下情况。

洪强当即表示："我想，如果到江临去，有啥情况，我们随时随地向你们通报。你们如果有陈婷的情况也请你们同我们通个气，希望多多加强联系。"李光明这个时候倒是认真表示："一定，一定。"说完话，洪强、小李站起身来同李光明握手告别。李光明也随即起身，同他们两个人握别。还特地将老洪送到电梯门口，热情地说："欢迎下次再来。"

再见！

洪强、小李登上电梯，从12层楼直线而下。

在归途中，两个人各人想着各人的心思。小李满脑子装了一头雾水，感到十分困惑，始终弄不懂，现在所做的这些工作，取得的一些材料，究竟能够派啥用场，都是一些不着边际的情况。有这些时间在外头"磕头拜菩萨"，还不如尽早回去破案。

洪强同小李想的，恰恰相反，认为这趟出差到海临，倒是有收获。获得一些情况，尽管还是一些鸡零狗碎表面现象，朱如泽同陈婷两个人搞反革命特务活动，好似幼苗正在发芽露头。工作刚刚开了个头，洪强正在兴头上，已经处于欲罢不能状态。根据海临市公安局侦查处副处长李光明介绍的情况以及提供的材料，洪强特别感兴趣的是三件事：

第一件事情，1970年5月份，陈婷回到海临，同一个男的一起住在火车站一家旅馆里。这个男的会不会是朱如泽?

第二件事情,根据王巧珍提供的照片,陈婷在香港某某通信器材有限公司就职,江临市公安局侦查处捕获的派遣女特务宋秀莲,就职在新世纪(香港)通信器材有限公司,除了公司招牌名字以外,两个人都是在通信器材有限公司供职。

第三件事情,陈婷同宋秀莲两个人到达内地,在海临入境时间,除了月份不同,宋秀莲是在2月份,陈婷是在5月份,同是在1970年同一个时间中午12点5分,是巧合呢,还是由特务机关安排乘飞机的呢?

两个人回到招待所,小李急着催促洪强赶紧回去组织破案,试探洪强的态度:“老洪啊,我看在海临的工作可以告一段落了吧?”

洪强惊异地看着小李:“怎么被你想得出来的,现在工作刚巧开了个头,有些工作还有待我们进一步深化呐,现在,就这样拍拍屁股走路?”

小李发泄一些埋怨情绪:“现在,搞的一些材料,都是不着边际,没有价值的东西,再这样下去,回去也不好向领导交待。”

洪强语重心长,引导小李:“现在,咱们除了脚踏实地工作,不要光顾着向领导交待,要考虑咱们是不是尽到责任?发现的一些疑点,是不是一步一个脚印,查个水落石出?”

小李一听到洪强说起发现的疑点,摇摇头迷惑不解:“我倒是没有发现朱如泽、陈婷两个人,有什么价值的材料,可以同特务机关挂上钩。”

洪强当即拿他想到的三件事情向小李认真做了表述。小李当场抛出调子:“怪不到李光明处长笑你的想象力太丰富了。”

洪强一想,现在同小李磨嘴唇皮,没有用场,还是要在实践中增强他的思考能力。然而,通过向小李感性的表述,促使他理性地思考,小李渐渐领悟到洪强的意图。对小李触动最大的一件事情,他回想到在林家祠堂,专案组不少同志竭力反对洪强提出,要在朱如泽家里天井搜索、挖掘犯罪工具。洪强力排众议,硬是坚持拿搜索犯罪工具的目标,锁定朱如泽家,结果竟在朱如泽的天井里,挖掘到朱如泽的犯罪工具。想到这里,小李理性地认同洪强提出的下一步工作意见,赶到江临去,进一步甄别陈婷的政治身份,寻找“04”号派遣女特务的下落。

第二天,他们把借来的照片归还王巧珍,洪强同小李两个人就直接乘上火车直奔江临。

49

“03 号”

洪强、小李两个人踏上了南去的征途，火车朝着前进的方向急速行驶，然而，两个人的思绪在不同的轨道上。

洪强对几天来调查发现的情况，如同注射了一剂兴奋剂，精神亢奋，信心油然升高；而小李经过老洪一番感性表述，加以理性思考，虽说理解了洪强的意图，但是，心里面就像装着黑夜里的萤火虫，太阳在地平线冉冉升起，光影不定的小星星，马上泯灭，疑惑的心绪又爬进了他的心头。他始终对陈婷同“04 号”是否能挂上钩，同宋秀莲是否能够搭上线，脑子里总是被“不可能”的想法纠结着，一门心思，想着早点结束这种枯燥乏味的调查，赶早回到沪西痛痛快快投入破案行动中去。现在怀着无可奈何的心态，只好跟得洪强跑。

两个人来到江临市公安局，由小李向接待同志出示了介绍信，洪强说明来意以后，特地打听侦查处的杨军同志。

接待同志一听来人打听处长，惊异地回答：“杨军是我们侦查处处长，你们找他有事吗？”

洪强点点头：“我们办的这起案件要找他一起研究。”

接待同志一听说要找处长研究案件，随即热情地陪同前往。到了处长办公室，他悄悄地“笃、笃、笃”敲了三下门，杨处长回应：“请进！”接待同志推开门：“杨处长，外地有两位同志找你。”

杨处长听说外地来的同志找他：“请他们进来吧！”

接待的同志将门打开，闪在一边，抬起右手，做了个手势：“请进！”洪强点点头，表示谢意。

洪强、小李两个人一走进办公室，洪强叫了声杨处长。杨处长一开始不敢相信，再定睛一看，马上反应过来，正是久别重逢的老朋友，随即从座椅起身招呼："是老洪，好久不见了，应该说好多年不见了吧，现在在忙些什么？"

洪强笑嘻嘻地回称："老本行，办案。"

杨处长笑嘻嘻："今天来外调，是同我们这里的案件有关系吧，你是无事不登三宝殿，来、来，请坐。"跑过去泡了两杯茶，洪强、小李赶忙起身接过茶杯。

洪强随即将小李向他做了介绍，经过一番寒暄，回到正题上："我们省厅交办的一起案件，在海临市公安局调查发现，同你们破获一起案件有关，是海临市公安局侦查处提议要我们到你们这里调查。"洪强随手拿出海临市公安局转开的介绍信递给杨处长。

杨处长接过介绍信一看，带着疑惑的口气："宋秀莲？这个对象同你们那里的对象有关系，好像没有发现？"

小李在旁边听到杨处长说，没有发现宋秀莲同陈婷有关系，两只眼睛直瞪着洪强，心里有点暗好笑，你不撞南墙不回头，现在，人家明确说没有关系，就看你洪强下一步怎么办？

洪强不紧不慢接过杨处长的话头："是这么回事。我们看到一份敌情通报，上面提到蒋帮特务机关在沿海地区同时训练了两个女特务，一个代号'03'，就是宋秀莲，另一个代号'04'，至今还没有找到。最近，我们发现有一个对象从香港回来，有很多迹象同'04'号挂上号。"

杨处长委婉地向洪强表明："宋秀莲还没有结案……"言下之意，材料对外不开放。

小李听了杨处长的回话，认为显然要打发我们走路，皱起了眉毛，斜视着洪强，盘算着洪强下一步的戏，怎么唱法。

洪强其实早已经料到杨处长会这样答复，所以，他并不感到意外。凡是搞侦查工作，对没有结案的材料不开放，怕影响侦查工作的开展，或者误导对方走弯路，这是人之常情，不足为怪。

洪强灵机一动，马上搬出了从海临市公安局侦查处查到的材料，很自信地向杨处长表白："我们在海临市公安局侦查处查到材料以后，我同他们处长交换了一下意见，倒是他们处长发表了建设性意见，认为要确定我们掌握的这个对象的身份，只有通过宋秀莲查证。还特地为我们开了到你们这里工作的介绍信。”

杨处长拿起介绍信反复看了一看，一点不错，介绍信是海临市公安局出具的。嗨！洪强这一着棋子，倒是被他走对了。

杨处长二话没说，很干脆拉了洪强：“走，我陪你们去看材料。”

杨处长将洪强、小李领到侦查处一科将介绍信递给一位女同志：“你把这个人材料给他们两位查阅。”突然，转过身来，他好像想起什么：

“老洪，你们市里有一个军工单位在我们深水湖的试验基地发生一场火灾的案件有没有破了？”

洪强意识到是指X军工厂在他们深水湖搞调试发生火灾的案件，他不说破案，只是说早解决了。洪强向杨处长认真介绍，详细述说。

沪西市X军工厂，在江临市深水湖的趸船上建立了一个试验基地。在搞例行测试的时候，姓包的技术员，把脚上穿的一双球鞋弄湿了。工作结束，回到趸船宿舍里，包技术员趁空闲时间用电炉烘鞋，其他的测试人员打扑克等吃饭。试验场的生活区，建在岸上一座小山上。临近中午吃饭的时候，打扑克的一帮人，有人吆喝：“好了，该喂脑袋了。”将手里的扑克牌一甩，一帮人一窝蜂上岸吃中饭。包技术员一听到吆喝吃饭，拔脚跟着走。约莫半个小时吃完中饭，一行人跑出食堂门口，在小山头上，一看趸船上的屋顶在冒烟，随着风势增大，瞬间，火龙穿出房顶。姓包的技术员顿时醒悟，哭丧着脸：“我犯罪了，犯罪了，我没有切断电炉上的电源，是我闯的祸，不要怀疑其他人。”

在那个阶级斗争为钢的年代，尤其是置身在军工厂工作的人，时时、处处、事事，头脑里总是要紧绷一根弦。所以，包技术员一经发现是自己的过失，为了防止误伤他人，冤屈好人，毫不隐讳自己的过错。

洪强转而回忆：“事故发生以后，惊动了你们，出动了消防车扑灭了大火。一开始，军工厂里的领导确定是敌特分子搞破坏，我们局里接到报案，派我带了两个同志，会同他们厂保卫科一起侦查，确认是‘过失犯罪’，本来我们准备移交治安部门处理。可是，这个厂还有派性，以厂长为主的一派纠缠着不放，硬说是阶级敌人搞破坏，要严厉惩办犯罪分子；厂党委书记同我们局长商量要我一抓到底。后来，由厂党委书记挂帅，我们再会同厂保卫科一起反复调查，又搞了一次‘破坏性试验’，完全可以论定是‘过失犯罪’。”

“在党委常委会议上，对人的处理，且出现了严重分歧意见，党委常委会决定，召开党委扩大会议，我应邀参加会议，实事求是地将我们调查的情况，向与会同志做了介绍，为防止会上对处理意见再掀起风波，我就往检察机关那边一靠：这个人已经刑事拘留，按照法定程序由检察机关依法提起公诉。这样一来，两派都没有话讲。”

洪强不无惋惜地说：“不过，很可惜，我们国家在全国就只培养了两个这样的专业人才，这个技术员是其中之一，他可以进入公海工作，后来被判了个缓刑，再也不能从事他原来的工作了。实事求是讲，我倒是同情这个技术员。按照测试大纲的安排，他们早已经完成测试计划。包括领头的组长，其他几个组员，都是转复军人，因为临近春节，组长利用手中的权力，有意拖延测试时间，目的是想采购年货。老母鸡、鸡蛋，这些东西都采购到了，就是要等渔民起网，采购大青鱼。而这个技术员的老婆正在待产期，本来他同老婆说好，工作结束，马上回来服侍老婆生孩子，所以归心如箭。而这个组长，硬是泡着不走。技术员考虑老婆临产，惴惴不安，心神不定，以致造成这场火灾。”

洪强回过来，回答杨处长的提问：“参加党委常委扩大会议结束，我们侦查部门就将案件移交给治安部门，也许省厅按照业务归口通报你们治安部门了。”

杨处长似有领悟：“我说嘛，怎么没有接到通报，原来是这么回事。好！你们先看材料，有什么问题，或者需要我们提供帮助的尽管说。”

“你忙去吧，”洪强握了一下杨处长的手：“看完材料再说。”

杨处长关心地问：“你们有没有住下？”

“已经住在你们招待所了。”

“好!你们看吧。”杨处长回到自己办公室。

洪强同杨处长为什么一见如故，如此亲热呢，本来不开放的材料，还亲自陪同洪强到下面科室看材料？事情还要追溯到“文化大革命”之前，当时，这位杨处长是江临市公安局侦查处一科科长，老洪是沪西市公安局侦查科组长，两人经常出差到海临市，同住在海临市公安局招待所。有一次，正巧两人住在同一间房间，攀谈起来都是侦查部门的同志，老杨谈起工作上遇到麻烦，需要查阅的材料，海临市公安局侦查处，借以案件正在开展工作，侦查材料对外一律不开放……洪强主动提出愿意提供帮助，第二天陪同老杨到海临市公安局侦查处找到李光明，就是现在出入境管理科小赵的爱人。经过一番斡旋，洪强帮助老杨解决了问题。晚上，到了招待所，老杨向洪强千谢万谢。

这位老杨是个“棋迷”，同洪强认识以后，主动邀请洪强下象棋。由于两人水平相等，“棋风”比较好，不管谁输，事先声明：“我输了。”然后两人切磋棋艺。所以，两人意气相投，只要两人出差在招待所遇上，有时虽然不在同一个宿舍，老杨千方百计同其他外地出差的同志商量调换宿舍床位，两人住在一起，便于晚上下棋。所以两人既是同一个侦查部门，又是“棋友”，感情非同一般。直到“文化大革命”，才中断联系。这次外调提出查阅材料，洪强一提到海临市侦查处的材料，这位杨处长自然而然联想起过去洪强帮助他的情景，也就打破常规，向洪强开放还没有结案的材料。

小李看完了材料，将摘录的材料递给洪强看，在交换意见时，认为整个材料基本上还是在海临市公安局侦查处摘录的材料，以及省厅通报的内容。怎么办?现在宋秀莲案件还没有结案，提供看材料已经“破例了”，再也不会同意让外单位提审。小李怀着急切的心情，盼望洪强还是结束江临的工作吧。

小李哀求似的说：“还是早点回去，省得在外面磕头。”

洪强还是抱着乐观的态度，发自内心感叹：“求人的事，难免磕头。出差在外，就要放下架子，拼老命，削尖脑袋钻空子。”洪强皱起眉毛想了一下：“走!”

两人径直去找杨处长，敲了一会儿门，里面没有反应，而从隔壁办公室跑出来一位同志，大约30岁。朝他们两个人看看，一面孔严肃相：“你们找谁?”

“找杨处长。”

“我是一科科长，姓吴。那个年轻人自我介绍以后：杨处长到下面县里工作了，有事同我说吧。”

一听杨处长不在，本来就很棘手的事，现在又遇到不熟悉的人，增加了交涉难度。但是，就此不应不理走开，怠慢了这位科长，下一步也许更加麻烦。洪强随机应变，一语双关：

“吴科长，本来我们要找业务科，杨处长把我们直接领去看材料，现在材料看完，就向你直接汇报吧。”

吴科长一听，来人并没有想跳过业务部门，不对外开放的材料，是处长直接领他们去看的，说明处长同来人不是一般关系，态度随即缓和下来："不客气，谈不上汇报，有什么需要提供方便的尽管说，杨处长不在我们照办。"

小李一听有门道了，而老洪虽然听对方话说得比较恳切、热情友好，但不等于按我们的要求照办。洪强露出了笑脸，感叹一声，带有夸张的口气："吴科长，这次我们来，不冤枉。"

"怎么?"吴科长好奇地问："材料有没有参考价值?"

洪强接着把宋秀莲材料同沪西市公安局掌握的材料合并一起，发现的新情况，简明扼要向吴科长做了介绍，露出兴奋的笑容："基本上同我们所要找的对象七不离八。"洪强没有正面向吴科长提出要提审宋秀莲，话锋一转，只是轻描淡写，试探对方态度："我们想把带来的照片让宋秀莲辨认一下，这样就更加踏实了。"

吴科长顿时语塞，脸上掠过一丝阴影，好像有些为难："其他事情好办，唯有这件事难办。不是我不为你们提供方便，就我的权限做不了这个主，恐怕杨处长也难以答应你们。"这时双方出现了僵持局面，洪强采取以退为进的方法。

"按规定，没有结案的材料，对外不开放，不容许外单位提审，可以理解，"洪强马上调转话头："我想只要有利于对敌斗争，我们将积极争取，需要什么手续，我们照办，反正这起案件在中央挂上号的。"

吴科长一听，以为是"中公部挂上号"的，心里边想，怪不得杨处长这么热情，似乎不好怠慢，略加思索：

"这么办吧，等杨处长回来，我专门向他汇报，看处长是否有更好的办法，怎么样?"

一听对方把话说到这个份上，没有必要再纠缠，缓和了一下口气："你看，我们什么时候听回音?"

吴科长停顿了一下："我估计杨处长明天会回来。你们明天上午来吧。"

"那，麻烦你了。"

洪强、小李表示谢意，当即告辞。

洪强、小李出了公安局大门，漫步在大街上，两人有说有笑，说起遇到杨处长，顺顺当当看到宋秀莲的侦查材料而高兴，一想到提审宋秀莲，又遇到“筑坝”，开始忧虑。两个人一头走，一头在议论，公安局侦查处吴科长，对提出审讯宋秀莲，答复的一番话，两人议论的话题转到处长、局长究竟会是什么样的态度，在路上不时琢磨。走到民生路闹市，洪强说：

“小李，这个两天尽吸的‘大前门’香烟，已经超支了，不要再到招待所去吃，就在外面店里吃面条，这里的面条既便宜又不要粮票，而且质量也好，咱们可以节约些粮票和钞票，你看怎么样？”

“行，反正我跟你跑。”小李满口答应：“这里你熟悉，一切听便。”

两人跑进一家面店，停留在收银台前抬头看水牌，洪强转身对小李：“七角一碗肉丝面，买两碗，一人一碗可以吃饱了。”

小李按照洪强的提议，向收银台服务员提交钞票、粮票：“买两碗肉丝面。”

收银员倒也干脆：“肉丝面七角一碗，一共一块四角，不要粮票，收你两块，找你六角，请收好。”

小李拿了“找零”，走到洪强就座的一张桌子边：“这里吃的东西倒是便宜，而且不要粮票，看来，咱们还是在外面吃吧。”

“我也是这个意思，”洪强幽默地笑笑，一语双关：“咱们思想统一了，一切行动就好办。”

小李把面筹放在桌子上，一会儿，服务员将面筹收去，约莫10分钟，服务员端来了两碗肉丝面条，还外加两个小碟子辣油，两人吃得有滋有味，“哗啦、哗啦”吃完，抹抹嘴走路。

“味道怎么样？”

“好！”小李赞不绝口：“在咱们沪西不要粮票七角钱吃不到。”两人说说笑笑到了招待所，小李犯愁：“老洪，你看，明天，江临市公安局会不会同意咱们提审犯人？”

洪强问：“你看呢？”

小李摇了摇头：“我看，危险。材料给咱们看已经破例了，再要提出提审，等于得寸进尺。我倒不是泼冷水，不可能的事。”

洪强进一步问：“你说说，你的根据和理由呐。”

小李拿仔细观察、琢磨公安局侦查处吴科长的说话和表情，发表感想：“吴科长说了，杨处长也‘难答应’，从这种口气，明摆着是‘筑坝’，假设往好的方面想，向局长请示，到了局长那里，我看就没有戏唱了。”说完，对着洪强傻笑。

“你笑啥？”

“我是笑你对吴科长说，咱们这个案件是‘中央’挂上号的。”

“这点你还怀疑？”

小李把头一仰：“我是笑你拿了鸡毛当令箭。”说完话，禁不住，放声“咯、咯、咯”大笑。

洪强板起面孔：“省厅的通报、‘5·15’专案从上到下交办，你说是不是‘中央挂上号的案件’？咱们查陈婷，是根据省厅通报的线索，你能说不是？就凭这么两点，说是中央挂上号的，并不过分。在这种场合打交道，一定要用足政策，咱们要千方百计争取他们同意。我想他们在研究时，势必要考虑到‘中央挂上号’的案件的分量，这个涉及一个‘责任’和协同作战的问题。他们如果不同意咱们提审，今后破案反映在他们这个环节上出的问题，我想他们势必要考虑后果的。”

小李好奇地问：“那么，明天，会出现哪几种情况？”

洪强觉察到小李始终站在“橄榄核上”，信心不足。也难怪，他是在动乱的年代走出校门，跨进机关门，基本上没有外出搞调查同外单位打交道的经验。对问题的看法、材料的取舍、分析都还缺少功夫，特别是办案的信心、韧劲还有待提高，还应通过实际办案逐渐培养他的思想方法。

“我考虑过了，”洪强习惯性地抚摸着下巴：“大致是四种情况：一是不同意；二是要咱们拿出提纲，由他们代审；三是由他们陪同咱们一起审；四是同意咱们单独审，审讯结束将审讯笔录复制给他们。我想第四种情况，只要咱们积极争取，不是不可能。你看呢？”

小李摇摇头笑笑：“太理想主义了，我的看法与你相反，最好的结果，咱们提交一份提纲，由他们帮咱们代审，至于，你说的第四种情况的可能性，几乎微乎其微。”

洪强不屑一顾：“好！明天看结果，困觉。”

至于，明天的结果如何，小李本着听天由命的态度，躺下睡觉；而洪强虽然也已经躺下睡觉，实际上，他才开始习惯性地做功课，如何应对明天可能出现的四种情况，说服他们请示领导，同意提审宋秀莲。能不能如愿以偿，谁也无法预料。

50

苏堤散步“04号”

第二天上午，吴科长怀着好奇的心理状态，特地试探杨处长同洪强的关系到底有多深。在杨处长办公室，专门向杨处长汇报了接待洪强的情况。而杨处长一听到说起洪强提出要“提审宋秀莲”，倒是碰到一件棘手事情。按照办案原则，还没有结案的“案犯”对外不开放。怎么办？

杨处长从吴科长汇报的情况，品味出他已经向洪强摊牌，说“杨处长也很难答应”，分明婉拒了洪强的要求。说实在的，同意不同意提审宋秀莲，本来只是杨处长责权范围的事，现在，变成一件棘手事情。假设照吴科长的口径，当面婉拒洪强的要求，既影响侦查工作大局，又怠慢了老朋友。吴科长看到杨处长正待皱起眉毛思索的时候，觉察到杨处长同洪强的关系非同一般。但是，泼出去的水收不拢来，顿时面孔上多了几道皱纹，露出了一脸尴尬相。倒是杨处长善解人意，堆满了一脸笑容，对吴科长说：“走！咱们向高副局长汇报去。”

在分管侦查工作的高副局长办公室，杨处长示意吴科长汇报。杨处长听了吴科长向高副局长的汇报，没有汇报到点子上，特地接上去提示吴科长：“他们看了咱们的侦查材料，有没有发现有价值的东西？”

吴科长霎时醒悟过来：“对了，他们看了咱们的侦查材料，发现了一个重大问题，宋秀莲在接受特务机关派遣时，是用特务机关在香港的据点，一家通信器材公司为掩护的，而他们掌握的对象，也是以这家公司为掩护，被派遣回大陆。”

杨处长面孔上露出了好奇的神色：“怎么晓得是同一家公司？”

吴科长接着汇报：“我已经看到他们带来了一张照片，他们的对象就是在宋秀莲就职的这家公司门前拍摄的。”

杨处长有意向吴科长提出一连串问题，在局长面前，故意向洪强提出的要求倾斜，然后，又不露声色地点了点头，感叹地说："那，差不多对上号了。"

高副局长听得津津有味，脸上堆满了笑容："好啊！能够对上号，这是件大好事。你们的意见呢？老杨你说说看。"

杨处长发表意见，特地把孔定山微波站破坏事故的情况联系起来做了铺垫，然后加重了语气："这是'中央挂上号的案件'，再说，宋秀莲已经供到他们的对象，让他们提审吧。"

高副局长权衡了一下利弊："我看可以，咱们搞侦查工作，心中一定要有一盘棋思想。各自为政，老死不相往来，不利于对敌斗争。再说人家送上门来，提供了材料，而我们将人家拒之于门外，今后破了案，反映我们配合不力，而且又是在我们接待环节上出的问题，这就不好说话了。"高副局长将头一仰，斩钉截铁地说："我看可以让他们提审，你们看着办吧。老杨，沪西来的同志，你同他们熟悉？"

老杨笑笑："我主要同那位洪强同志熟悉。"杨处长简单扼要地向高副局长汇报了他同洪强认识过程，以及洪强怎样帮助他到海临市公安局查阅侦查材料等情况。

高副局长听了开怀大笑："看来，你们还真是老朋友啊。那么，人家这次来江临，你还得尽地主之谊呐，还有什么问题？"

杨处长笑嘻嘻，表示遵从局长意见："关于提审的问题，我们按局长意见办。"

这样一来，杨处长巧妙地对上对下都有交代，又不失同志间的情谊，帮助洪强解决难题。说完，杨处长同吴科长从高副局长办公室走了出来，回到自己的办公室。

杨处长朝吴科长看看，发表感言："你看，咱们局长站得高，看得远，而且看得深。"

吴科长带有疑惑地口气说："究竟是局长，但我有一点不明白，局长说是他们送上门的……"

杨处长朝吴科长看看，惊叹地说："嗨！这一点你还不明白？我们向上报告宋秀莲的材料，只是提到'04号'，而没有说明具体对象下落。他们根据"敌情通报"，到我们这里调查'04号'，基本上对上了号，这不是‘送上门来的材料’吗?这样一来,加速了我们结案步伐,宋秀莲一案可以移送检察机关,按照司法程序向审判机关提起公诉。”

吴科长顿时醒悟:“对啊,我怎么没有想到这一层,处长,他们提审宋秀莲,要不要陪同一起参加审讯?”

杨处长开玩笑似的同吴科长调侃:“用不到我们陪同,不要让人家误以为我们在监视,人家已经在隐蔽战线摔打爬摸几十年了,还用得着我们陪同?废话少说,有两件事,你帮助准备一下:一件事,帮他们开一个到看守所提审宋秀莲的介绍信;第二件事,按照高副局长的吩咐,要尽地主之谊,你通知一下招待所准备,今天晚上,他们工作结束,请他们吃个晚饭,你也参加。”

正当吴科长开好介绍信回到杨处长办公室,就听到外面敲门声,杨处长说:“请进!”

洪强、小李推门进去,一看到杨处长,洪强高兴地说:“杨处长回来了。”

杨处长跑上一步同洪强一头握手,嘴里一头打招呼:“对不起,让你们久等了。”

洪强表示歉意:“哪里,时间不长,现在尽在给你们添麻烦,正是不好意思。”

杨处长说:“没有什么,谈不上添麻烦,都是为了工作嘛。”杨处长没有多余的敷衍话,面孔转向吴科长:“吴科长,介绍信给老洪吧。”

洪强听说去看守所提审宋秀莲的介绍信已经准备好,为了表示自己诚意,主动提出来:“我们提审完毕,第一件事,专门向你们汇报审讯结果,你没有空,我们向吴科长汇报;第二件事,我们审讯的笔录复印一份,提供给你们今后工作上使用。怎么样,还有什么指示?”

杨处长朝着吴科长笑嘻嘻地说:“你看,这就是老资格侦查员考虑问题,周到,好!祝你们审讯工作顺利。”

吴科长在旁边,传达处长意见:“你们二位下午工作结束,请你们不要吃晚饭,今晚上六点半,我们处长在招待所请你们二位吃个便饭。”

洪强赶忙婉言回绝:“杨处长,我看这就免了吧,你们工作很忙,我们已经给你们添了不少麻烦。”

杨处长诚心诚意说:“什么麻烦不麻烦,今晚上,咱们一举两得,一方面听听你们的战况，另一方面我们叙叙旧，就这么定了。”

洪强感到人情难却，已经不好推辞，就此谢别。

照理拿到了去看守所提审宋秀莲的介绍信，应该满心欢喜。其实不然，小李反而加重了思想负担似的，心事重重。说实在的，包括洪强本人对这次提审宋秀莲也没有多少把握，陈婷同“04 号”的关系，原来只是分析判断，现在等于经历面对面考试，最终是否考中，对上号，还是个未知数。

审讯工作，在公安战线称之为“面对面的侦查工作”——集“谈话、心理、行为”于一体，是攻心斗志的一门综合性艺术，是隐秘战线上另一个战场。

在江临市看守所审讯室，坐在洪强、小李对面的宋秀莲，如果不是穿了囚衣，不像是一个干特务的囚犯，倒像是一名温文尔雅的中学教师，相貌端正，皮肤白皙，而且身材修长，举止得体。洪强虽然事先通过吴科长了解，掌握了这个对象的表现、个性特点等基本情况，但是在面对面审讯的时候，还得仔细观察对象的临场变化。所以按照事先准备，洪强开始例行式发问，从发问中洞察对方思想动态。

“你叫什么名字？”

宋秀莲循声扫视了一下提审她的人，心里边暗自思忖，突然来了两个陌生人提审。自从逮捕关押在看守所，这是从未有过的现象。心里在琢磨：难道我的案件已经移送检察机关？但是，听来人的口音、口气，不像本市检察机关的人，她习惯性的一口气例行式地回答：

“报告，我叫宋秀莲，29 岁，江临市人，大学肄业，在香港经特务引诱到了台湾接受特务训练……”

她接受审问，已经形成一套公式，并且连贯地回答提审人的问话。洪强仔细观察这个犯人神态，判定她在猜度提审人来历，为了打消她的疑虑，洪强干脆向她亮出身份：

“我们是外地公安机关的，想通过你了解一些情况，希望你实事求是回答。”

宋秀莲这才停止她的猜测，绷紧的神经略为松弛下来：“只要是我晓得的情况，我一定毫无保留地如实报告。”

洪强心里想，尽管她表态比较诚恳，但是，一旦有些问题牵涉到她，她就有可能回避，或者避重就轻。在审讯中，提问的方法上，既要让她意识到回答、交代问题，借以自赎，给她有立功表现的机会，又要考虑到这个对象是个知识分子，注意尊重她的人格，才能取得她的配合，同时还要使她感到我们已经掌握了材料，打消她的侥幸心理。所以，洪强一旦进入临战状态，就要调动大脑细胞，集中思想发问。

审讯一开始，洪强就切入主题："你把你在台湾高雄接受特务训练的情况交代一下。"

宋秀莲很机灵地觉察到，来人提到台湾"高雄"两个字，说明是掌握她情况的，意图十分清楚，是要她供出台湾特务机关的情况。她开始估摸回答问题可能出现的情况，如果回答不好，被认为还在隐瞒自己的罪行，或者对台湾特务机关抱有幻想，加重对自己的处罚；回答得好，这也是立功表现的机会。

稍为停顿了一下，调整了自己的思路，娓娓道来：

"我到了台湾，是在高雄一个偏僻的地方接受训练的。负责训练我的教官姓史，名字叫史廷，大约 40 岁。除了星期天，每天上午授课、操作练习 2 个小时，内容有收发报机、密码、密写、跟踪、爆破等，到了下午 4 点钟，练习射击一个小时。"

她停顿了一下，观察洪强、小李的面部表情。洪强觉察到犯人在探索是否符合回答的路子。

洪强点了点头："你接着交代。"

宋秀莲一想，看来这样交代对路子。但是，她仍然在探索提审的具体目标，接上去继续供述："每一期训练是 3 个月。和我一起受训的还有一个女的，一共两个人。我比她早一个月受训，也提早一个月离开。"

洪强感到已经接近审讯目标，点了点头继续问："还有一个女的叫什么名字，多大年纪，什么地方人？"

宋秀莲意识到回答问题已经接近了目标，明确是调查"04 号"。此时，她精神上稍微放松了些，但注意回答问题如何能够恰如其分，或者说恰到好处。

宋秀莲略为思索一下："我们都是在相当严密的环境下，接受封闭式训练的。特务机关规定：不准相互接触、交谈。每天下午 4 点到射击场接受射击训练，各自都得戴上了头套，仅仅露出两只眼睛、鼻子和嘴巴，其他什么都看不到。”

小李在旁边做记录，一听到宋秀莲回答说“封闭式训练”，弄得天亮又是白起劲：陈婷即使是“04 号”，戴了头套，又不准交谈，叫她如何提供陈婷的情况。看来又是竹篮打水一场空。

洪强不慌不忙，继续提问：“也就是说，你不知道她姓名、年龄、什么地方人？”

宋秀莲似乎有些遗憾，然后转了个弯：“平时，教官不喊我们名字，只喊代号，我的代号‘03’，另一个女特务的代号‘04’。”

宋秀莲开始默不作声，审讯几乎陷入了僵持阶段。洪强心里想：这倒是个难题，她所交代封闭式的训练环境，基本上符合特务机关搞训练的常规，不能责备她是回避交代问题，或者说她不老实。可是，又怎么能使审讯继续深入下去，证实“04 号”就是陈婷呢？

在一旁的小李已经不耐烦了，感到这是“空欢喜”一场，等于吃了“白开水”，淡而无味；甚至，等于她把“敌情通报”向我们当面宣读一番。急着说：“你再好好想想。”

洪强肚里转念头：你叫她“好好想想”，现在已经明确不是要她交代自己的罪行，是要她提供其他人的情况，何尝不想“好好想想交代问题”，争取立功表现呐？为了不能暴露我们“急于求成”的弱点，看来，还是要有耐心，同她漫谈。

洪强转了一个话题，用启发式方法提问：“对了，你接受训练这么长时间，洞察力必定有所提高，凭你自己的感觉，能不能琢磨出这个人的大概模样？”

洪强这句话似乎是“一把钥匙开一把锁”，一下子就把她的思路打开。

宋秀莲意识到今天来提审的人，是公安机关专业人员，一句话，就使得自己茅塞顿开，眼睛一亮：“对了，我虽然说不晓得‘04 号’的名字、年龄、什么地方人，相处两个月，凭我的直觉：她的年龄可能比我小两三岁，她的教官叫金坚。”

洪强一听到“金坚”两个字，似乎身上被刺了一下，这名字好熟，但不便打乱她的思路，让她接着说。

宋秀莲顺着她的思路，继续她的话题：“我听到‘04 号’同教官金坚在训练场上对话口音，可能是海临一带地方人。”宋秀莲紧皱起眉毛，认真思考一会儿：“我想起来了，这个‘04号’有一个习惯性动作，时不时将头向左边一抛、一抛，其实，戴了头套，头发已经不可能披露在外，没有必要抛头撩发。所以，我断定这是她的习惯动作。”

洪强带有鼓励性语言，激发她的积极性：“好，你还可以继续努力想想。”

洪强叫小李倒杯茶递给她，宋秀莲接过杯子，表示谢谢，接着又陷入沉思。

洪强突然发问：“你们除了在训练场碰到，再有没有在其他地方碰到过？”

宋秀莲好像触电似的，突然产生一个错觉，误以为陈婷也已经落网，审讯只是核对“口供”而已，如果不认真回答问题，把“04号”的问题说清楚，就有可能被当作抗拒交代问题，企图包庇特务分子。经过一番冥思苦索，琢磨洪强提问“再有没有在其他地方碰到过”这句问话，好似突然想起什么：

“对了，我被派遣回大陆，有一年四五月份，我在杭州西湖苏堤散步，迎面看到一个女的，同老夫妇俩游西湖，我估计老两口是她的父母，我在苏堤向东走，她们向西的方向跑，这个女的在湖边朝‘三潭印月’那个方向观赏风景，我们相距四五米路，看到她习惯性地将头向左一抛、一抛，我顿时感到这不是‘04号’吗？后来，我渐渐走近，正在她抛头的瞬间，又在她的右耳朵下边脖子上端露出一颗绿豆大的黑痣。因为，我们训练时戴的头套，它的长度只是齐到嘴巴下颚，整个脖子都露在外面，这颗显眼的黑痣是我两个月训练时，在射击场认识‘04号’最熟悉的标志。我特意慢慢走到同她相距两三公尺时，看到她的一对眼睛同受训的‘04号’的眼神一模一样，她也对我正面看看，我们彼此都没有搭讪。当时，我想‘04号’也已经潜入大陆了。”洪强饶有兴趣地问：“你能不能回想一下具体日子。”

宋秀莲好似感到为难，摇摇头说：“具体日子我可说不上。”

小李全神贯注地记录，突然停住，心里想，老洪又要创造啥奇迹了，并饶有兴趣地等待宋秀莲是怎么回答。

这个时候，审讯室寂静无声，宋秀莲把头向上仰望着天花板，转动着一对眼球,好像有所发现似的:“报告,我有一个记日记的习惯,游览西湖的当天晚上,记了日记,这个可以查考,我被逮捕时这些日记都被公安机关搜查去了,或许你们可以查到。”

洪强感到她已经尽了力了,再换一种方式方法审讯,叫小李将带来的 6 张照片放到她面前让其识别,宋秀莲不费多少时辰,就将陈婷的一张照片拿出来说:“这就是‘04 号’。”

洪强说:“你为什么断定这张照片上的人,就是‘04 号’?”

宋秀莲笑嘻嘻:“我从她的眼神、鼻子稍微向上翘的特征。”

小李笑笑,当即记录下宋秀莲的口供,再拿照片递给洪强看过,将照片收起。洪强以为这个只能说明是间接旁证,他又叫小李将陈婷在香港某一家公司门前拍摄的一张照片拿给宋秀莲辨认。

洪强问:“你看了这张照片,有何感想?”

宋秀莲顿了一下,心里边想,看来“04 号”也已经成了阶下囚了。如果不争取主动,那问题就严重了,随即加重了语气,回答洪强的提问。

宋秀莲说:“我要补充说明两点:第一点,从这张照片上的人的神态、人的高度以及嘴、鼻子判定,这个人就是‘04 号’;第二点,她所拍摄照片的背景,就是‘新世纪(香港)通信器材有限公司’。其实就是台湾特务机关在香港的据点。这是台湾特务机关煞费心机设计,为派遣特务精心包装,用于到大陆活动,掩护特务身份的。我被派遣到大陆,特地安排在这家公司门前摄影,而且专门安排在这棵棕榈树下,并借棕榈树的树影子掩盖‘新世纪(香港)’这五个字,回到大陆好在亲朋好友面前,可以机动灵活,任意编造在香港某某公司就职。”

小李在旁边听得出神,不时看看洪强,心里想又被老洪说中了。

洪强接着又问:“你拍摄的这张照片,现在哪里?”

宋秀莲说:“报告,我有一个要好的朋友,叫傅光远,我到了香港一直同她保持通信往来,直到在台湾受训,信件往来终止。当我从台湾回到香港,迫不及待恢复同她通信,并将这张照片邮寄给她,我想她可能还会保存。”

洪强说:“这个人是男的还是女的,住哪里,在哪里工作?”

小李心里想,一听名字就可以判断是男的,老洪还要问是男是女,真是多此一举。

宋秀莲说："傅光远是个女的，住在江临市湖宾路735号，在江临市保险公司工作。"

小李听了宋秀莲的回答，傻眼了，心里想，是男是女，这个看上去不是问题的一个细节，都没有逃过老洪审讯的视线，从警校学习从理论到理论，现在才是从理论到实践，真正学到公安侦查工作业务。

通过以上审讯，基本上没有触及宋秀莲本人的问题，洪强感到宋秀莲思想已经放松，为进一步证实她现在所供认的金坚，是否就是三十年前的金坚，洪强也就单刀直入审问："你再谈谈金坚这个人的情况。"

宋秀莲整理了一下思路："金坚，男，50岁左右，看上去只有40多岁，这个人有个外号叫'六指头'。"

洪强听到说外号叫"六指头"，内心一阵惊喜，然后，保持镇静："外号，为什么叫他'六指头'？"

此时，宋秀莲情绪比较放松，接过洪强的提问："在高雄一个时期，同那些特务一起生活，我是从他们背后议论金坚时，一提到金坚，他们总是习惯性喊他'六指头长，六指头短'。因此，在练习射击时，我怀有好奇心里，特地注意观察他是否是'六指头'，当他在打靶场瞄准靶心，抬手打靶，有好几次，我都发现他的右手大拇指突出黄豆大小一块骨头。所以我断定他原来确实是'六指头'，黄豆大小一块骨头是动了手术留下的，从此多了一个'六指头'的绰号。"

洪强继续审问说："金坚在高雄那个特务机关里干什么？"

宋秀莲略加思索说："他是上校军衔，派遣组的组长，他为什么兼任'04号'的教官呢，我估计很可能他们是同乡。这个人经常出入台湾、香港两地，据说，他负责整个东南亚地区的特务网络，而驻香港办事处可能受其直接领导。尽管，一些特务背后议论，喊他绰号'六指头'，也有些特务对他有些敬畏的。"

洪强说："何以见得？"

宋秀莲说：这是凭我的感觉。之所以一些特务对他有所敬畏，据有的特务说，金坚这个特务，有过一段传奇，曾经打入共产党内部，归来时，受到'毛局长的嘉奖'，具体情况，我就说不上来。"

审讯由高潮进入低潮，洪强看了一下手表，已经是下午四点半钟了,他朝小李看了一下,征询还有没有什么要问,小李摇了下头,洪强宣布审讯结束。

小李将审讯笔录放到桌上说:“你看一遍,有没有出入,如果有出入,你可以纠正。”

宋秀莲认真地看审讯笔录,看完审讯笔录说:“没有出入。”

小李就将印泥放到审讯桌上,示意宋秀莲在供词上签名按手印。至此,审讯宋秀莲的工作结束。

紧接着洪强、小李返回江临市公安局侦查处查阅宋秀莲档案,从档案中,找到她1970年的日记本,翻开一看,5月13日记载:“今天上午10点多钟,我漫步在苏堤,巧遇‘04号’,她朝我看看,似乎感到有些偶然,我们彼此都没有打招呼。看来,她是陪同父母在享受天伦之乐……”

洪强、小李随即高兴地向吴科长汇报审讯结果,并将他们的审讯笔录连同宋秀莲的日记本一并交由吴科长复制,吴科长复制好材料,将原件归还洪强。洪强再三要吴科长向杨处长表示感激之情,准备告别。

吴科长说:“不要忘记,今天晚上,杨处长请你们两位吃个便饭,尝尝我们江临的家乡菜。”洪强再三推辞,经不住吴科长再三盛情邀请。

送走洪强、小李,吴科长翻身跑到处长办公室,杨处长正好结束接待几个县公安局侦查科科长。

吴科长说:“处长,招待所已经准备好了,是不是马上过去吧?”

杨处长说:“吴科长,你先过去,我随后就来。”

吴科长正在招待所客厅等候,看到洪强、小李进门,从沙发上站起来迎接,洪强主动上前同吴科长握手说:“不好意思,让你久等了。”

吴科长说:“我也是刚到,杨处长随后就来,你们将公文包放到宿舍,方便一下,直接到1号餐厅来吧。”

晚上,6点45分,洪强、小李到了1号餐厅,吴科长将洪强、小李迎进餐厅就座。不到1刻钟光景,杨处长赶到,服务员上菜、倒酒。

杨处长起立说:“为老洪、小李两位的光临,干杯!”

洪强、小李站起立说:“谢谢!”

杨处长关心地说:“提审是不是顺利,收获怎么样?来,吃菜!”

洪强高兴地说:“应该说审讯比较顺利,收获比较大,而且,比预想的结果还好。”

杨处长饶有兴趣地说:“那,不枉此行了,下一步,在江临还有什么事要我们配合?”

洪强说:“我们想还要拿到宋秀莲同陈婷在同一个地方拍摄的一张照片,用以论定陈婷的特务身份的证据。据宋秀莲提供她在派遣之前,由特务机关安排宋秀莲在敌人据点门前拍摄,用来掩护她们特务身份。她在香港寄给一个叫傅光远朋友。这个人就住在你们江临市湖滨路 735 号,在江临市保险公司工作。”

杨处长把头转向吴科长:“吴科长,你帮助他们办一下吧。”

吴科长说:“老洪下午向我谈到傅光远保存宋秀莲的这张照片,我当即同江临市保险公司保卫科联系,傅光远父亲生病在美国住医院,她向单位请假到美国探亲一个月才回来,推算下来,再有个把星期才能回来,等她回来拿到照片,寄给你们吧。”

老洪当即表示谢意:“谢谢,给你们添麻烦了。”

吴科长说:“没事,你们放心回去等消息。”

接着,一头吃酒,一头说话,洪强将下午审讯的情况,原原本本向杨处长、吴科长做了汇报,并加重了语气说:“之所以说,比预想的结果还好,宋秀莲还供到了我们找了几十年都没有找到下落的老牌特务金坚。”洪强又将发现金坚的情况,简要地介绍了一下。

杨处长听了特别开心说:“奇迹,真是奇迹!来,为了祝贺你们满载而归,干杯!”

就这样,吃吃、聊聊,吃到晚上 10 点多钟,才结束这顿晚宴。

51

一颗黑痣

洪强、小李两个人结束在江临的工作以后,立即返程赶往海临。在江临到海临的火车上,火车汽笛“呜”一声长鸣,就同骑士跨上战马一样,战马一声长嘶,奋蹄疾驶,踏上了新的征途。

在归途中,随着火车轮子同铁轨发出有节奏的摩擦声,犹如催眠曲,催人进入梦乡,两个人沉醉在冥思遐想中,眷恋着这趟出差江临,杨处长、吴科长热情帮助,设宴款待,案件取得突破性进展,一直在脑海中盘旋。尤其是小李,就在江临短短几天时间里,一扫大脑里的雾霾,改变了最初对洪强的看法,怀疑到江临调查的实际效果。而且对现在发现的嫌疑对象——陈婷,由怀疑变得深信不疑。甚至已经进入玄妙虚幻的境界,认为再到海临市花上半天时间,核实陈婷颈根上的一颗黑痣,就可以认定陈婷就是“04 号”派遣女特务,朱如泽破坏孔定山微波站通信设备的推手,幕后的特务机关也跟着显露出来。感叹这趟出差调查,不辱使命,大功告成,下午就可以“打道回府”,准备投入破案工作中去。

同小李盲目乐观的心绪恰恰相反,在洪强的脑子里,仍然有一根“弦”紧绷着。他心里一直在盘算,到了海临做核实工作,是否还会有变数?诸如宋秀莲供述陈婷的特征,颈根上一颗黑痣不是长在显眼的部位,反映人假设反映不出来,也就没有办法论定陈婷就是“04 号”派遣女特务。一旦陈婷的特务身份确定不下来,朱如泽破坏孔定山微波站通信设备同台湾特务机关一时挂不上钩。一种审慎的疑虑,一直缠绕着他的大脑。

话又要说回来,毕竟他们两个人的阅历不同,看问题有深有浅,一碰着具体问题，必然会反映出来。所以，洪强同小李一起工作，不仅要动脑筋调查案件，还要搞好“传帮带”，在实际工作中，不断提高小李的思想、工作水平。正待他们两个人想得出神的时候，突然间，被火车上的扬声器播音员报站声音警醒，火车就在他们两个人不知不觉中到了终点站——海临。

两个人一下火车，马上跳上公交车直奔普渡区，下了公交车一路小跑赶往锦树里居委，想通过居委会主任杨大姐找宋金娣了解陈婷颈根上一颗黑痣。洪强一只脚跨进居委会门里，一只脚在门的外头，而跨进去的一只脚马上缩回来。“不妥！”心里想，似乎没有一个好的借口，容易暴露意图，于是在居委会门口徘徊。小李看到洪强犹豫不决的样子：“你跑进去，又缩回来，啥道理？”

洪强咂咂嘴：“原本想通过杨大姐找宋金娣了解情况，想来想去不行。没有一个适当借口，一旦暴露意图，后果不堪设想。”

小李在旁边皱起了眉毛：“胆大点嘛，没有啥大不了的事，只要咱们不出面，授意杨大姐找到宋金娣了解情况，天塌不下来。”

洪强摇摇头：“天塌不下来，你可晓得地要陷下去的。问题就怕她们把咱们上次了解陈婷的情况联系起来，再产生过多联想，在脑子里浓缩成一个大疑团。其结果，陈婷的一颗痣没有了解到，多了个麻烦。”

小李不以为然：“你只是谨小慎微，不找杨大姐，找啥人？”抬手一看手表已经是下午四点钟，扫兴地说：“没有必要再纠缠在‘一颗黑痣’上，赶紧买火车票回去破案。”

洪强根本不理会小李的主张，心里想，陈婷这个特征不核实，就不能确定陈婷就是“04号”派遣特务。他把希望寄托在王巧珍身上，认为王巧珍同陈婷家关系比较热络，而且，王巧珍看着陈婷从小长大的，平时接触也比较频繁，也许能够提供确切情况。因此，从锦树里居委会门口折返到马路上，拉了小李立即赶到裕丰纺织厂，就在细纱车间办公室里，找到了王巧珍。而王巧珍一看到他们两个人出现，一愣，招呼他们坐下来：“你们两个同志还在海临，我还当作你们已经回沪西市了呐，看来，工作还没有结束吧？”

洪强脸上显出尴尬相：“工作本来可以结束回沪西，现在还‘拖了条尾巴’，所以一时间还回不去。”

王巧珍快言快语:“碰到啥问题,需要我帮忙,尽管说。”

小李急不可耐抢着说:“陈婷颈根上有没有一颗黑痣?”

王巧珍先是一愣,接着皱起眉头:“没有看见过,嗳,我倒是从小看她长大,还就是这个细节,平时没有留心呐。”

洪强、小李听到王巧珍如此一说,好似一盆冷水从头浇到脚上,目瞪口呆,一时间,竟没有回过神来。小李像热锅上的蚂蚁,不知所措;洪强紧皱着眉毛尽在思索。现在看来,洪强担心的问题,一个接着一个冒了出来,就像设置的一道道“门槛”横在他们两个人面前。怎么办?两个人都感到束手无策。小李心挂两头,急切地想回去,特别是听到王巧珍说起“平时没有注意到”,认为再这样纠缠下去,简直浪费时间。而洪强心有不甘,只是双锁着眉毛一个劲地思索。看到他们两个人一脸愁眉苦脸相,王巧珍毕竟是老工人出身,热心肠人,遇到如此尴尬场面,反而比他们两个人还要急呛,寻思好大一会儿,显得六神无主,在办公室里坐也不是,立也不是,转过身来,面对他们两个人:“眼前,陈婷不在海临,否则,到她家里一看就解决问题了。”

小李好似受到启发:“干脆请你通过陈婷老娘了解,不是一样解决问题了吗?”

王巧珍听到小李提出要她去问陈婷母亲阿娣,想想办法倒是个办法,转念一想,感到蛮别扭。怎么开口?一边咂嘴,一边摇头。王巧珍这些用肢体说话的神态,洪强尽收眼帘,考虑再三,无怪乎王巧珍摇头、咂嘴,如果现在突然去找陈婷母亲阿娣打听,势必引起对方怀疑,成事不足,败事有余,暴露我们的意图,而且挑起阿娣同王巧珍之间矛盾,影响两家关系。现在陈婷又远在香港,“远水救不得近火”。真正叫碰着个棘手事情。冒险的办法不好做,不冒险的办法一时想不出。几个人在王巧珍办公室急得团团转。洪强跑到厕所间里抽了一根香烟,计上心来,跑回到王巧珍办公室,向王巧珍面授机宜。王巧珍喜滋滋地连连点头,面孔上这才露出了一丝笑容:“这个办法可以。好、好、好,我试试看。”

只要是有好的办法,公家的事,她二话不说,爽快地接受任务。王巧珍郑重其事,招呼洪强他们两个人:“等我下了班这就去,晚上,到我家里听消息。”

洪强、小李向王巧珍告别出了厂门，洪强开始犯愁：一旦计划落空，怎么办？把自己的顾虑向小李抖了出来，小李满不在乎："只要王巧珍答应去，事情就好办，你不要想得太多。"

王巧珍一下班，径直赶往锦树里陈婷老家。到了陈婷家门口，抬头一看，顿时傻眼了，陈家大门"铁将军把门"，通过隔壁邻居一打听，陈婷老娘昨天半夜里突然心脏病复发，病危住院。原来的计划全部落空，王巧珍好似感到"老天爷在寻我开心"啦，正待不知所措，寻思着怎么办，眼前，似乎又增加了一个烦心事，本来不晓得阿娣生病住院也就算了，现在听说她住院，去，还是不去，使她左右为难。然而考虑到同乡加老姐妹，无论如何要到医院看望，如果不去，良心上会受到责备。通过阿娣邻居打听，阿娣住在普渡医院，王巧珍随即买了一包水果，拎在手里来到了医院心血管病室，按照护士的指点找到了阿娣所住的病房。朝里探头一看，躺在病床上的阿娣双目紧闭，鼻孔插入两根吸氧软管，陈明德站在病床边缘，全神贯注心电图荧光屏上的图像，弯弯曲曲的波纹在急速地向一边移动。王巧珍蹑手蹑脚走到病床边上，陈明德回头看到王巧珍，轻声轻气："你怎么来的？"王巧珍刚要开口，陈明德用手指，指着嘴，示意到病房外说话。王巧珍放下水果，跟陈明德走出病房，两个人在走廊里开始交谈。

"好久没有看到你老两口了，"王巧珍诉说来由："今天，同车间里的一个同志下班上街转转，同她分手，正巧路过你家门口，一看'铁将军把门'，向你家的邻居打听，才晓得阿娣住院。现在情况怎么样？"

"还没有脱离危险，"陈明德愁眉苦脸："医生大力抢救，从昨天夜里 12 点开始，到现在已经十多个小时，还没有醒过来。这个毛病不会好的。"陈明德叹了口气："唉"！悲观失望，怨声载道："只是拖拖日子罢了。"

"你，不要瞎说八道，会好的。"王巧珍安慰他说："现在生这种毛病的人多，平时只要注意保养，不好受刺激。再说，现在医学发达……"两人交谈一会儿，王巧珍肚里转念头，陈明德老两口正处于危难之中，不好再打听陈婷颈根上的黑痣了。这个时候不要说打听陈婷脖子上的黑痣，只要一提起陈婷，就会使人家触景生情，思念女儿，无形中给人家增添烦恼，这不是雪上加霜吗？所以王巧珍同陈明德讲了些安慰的话，也就自动自觉地向陈明德告别。而洪强、小李两个人,由王巧珍儿子、媳妇接待,在王巧珍家里专等好消息,一看到王巧珍回家,急不可耐地打听讯问结果。

王巧珍不无遗憾地说:“昨天半夜里,阿娣心脏病复发,病危住医院。”她将到阿娣家,又专门到医院去探望的前后经过向洪强、小李述说了一遍,洪强、小李听到如此情况,心里想确实在这种场合,这个时候,再去向危难中的同乡打听他们女儿情况,太不近人情了,而且更加会引起对方怀疑。

王巧珍怀着歉疚、不安的心绪:“十分抱歉,没有完成你们交给我的任务,让你们希望落空。”

洪强表示理解,一个劲地安慰王巧珍:“这个不能怪你,这是谁也估计不着的事情。再说,你已经尽力了。况且陈明德家里正处于危难之中,你这样做是对头的,请不要自责。

“我想,是不是来个变通办法。”王巧珍毕竟是工厂基层党员干部,责任心强,一旦没有完成公家交给的任务,心里边就像“十五个吊桶七上八下”,非常不安;而且,心犹不甘,她郑重其事地,提出自己的设想:“等阿娣病情好转,我找机会再去,这样可以自然些,她们也不会怀疑,我将打听到的结果,打电话告诉你们,怎么样?”

洪强听到王巧珍如此一说,十分感动,再三向王巧珍表示感谢,随即将电话号码写给她,就这样他和小李一起向王巧珍告别。

洪强、小李从王巧珍家里出来,两个人站在马路边上商议,是马上返回沪西,还是要继续调查工作。洪强心里念念不忘海临市公安局侦查处副处长李光明提供的情况:陈婷曾经同一个男青年在火车站附近旅馆投宿,这个男青年又是谁?想赶往火车站附近派出所调查。小李本来在王巧珍家里碰到不顺利的事情已经垂头丧气,一听到洪强提出又要查陈婷在火车站旅馆同一个男青年住宿问题,头脑顿时发胀,认为人家海临市公安局侦查处,对这些男女不正当关系也没有当回事,咱们去凑热闹,表示没有这个必要。而洪强是不是事无巨细,心血来潮?倒也不是,他考虑到陈婷刚一到内地,突然同一个男青年在火车站附近旅馆开房间,至少说明是老关系,会不会是朱如泽?想弄个水落石出。听小李抛出来的调子不感兴趣,再说,身上所带的介绍信都已经用完,请海临市公安局帮忙不是不可能,现在是海临市机关早已经下班,不无遗憾地连夜赶回沪西市。

通过海临、江临两地调查，原本思想上左右摇摆的小李，现在比洪强更加乐观，已经毫无悬念，吃准陈婷就是“04号”，“04号”就是陈婷，十拿九稳陈婷就是敌情通报中的派遣女特务。至于要不要再核实陈婷颈根上的黑痣已经无所谓。然而，洪强认为从海临、江临两地调查，仅仅获取了鉴别陈婷的特征，陈婷颈项上一颗黑痣没有核实到，加上有些线索，还只是些似是而非的问题，弄得不好等于捏着一把“泡沫”回去，在陈局长面前是通不过的。小李对洪强的这个想法，不屑一顾。

在局长办公室，陈局长听完洪强汇报这次到海临、江临的工作情况后，沉思一会儿：“应当说，你们这次外查，工作有进展。但是，还不能论定陈婷就是‘04号’，即使陈婷右耳根部的一颗黑痣查实，也只能说陈婷的疑点增大，还不能最终论定她是‘04号’的唯一依据，确认她的政治身份。”

陈局长在肯定他们两个人工作有进展的同时，特地加重了语气：“我要提醒你们注意两点：一、现在所发现的一些疑点固然要查，什么‘黑痣’，又是在那家公司门前拍照，等等，这些疑点不但要查，而且要一查到底。但是，还要防止敌人同我们摆迷魂阵，诱使我们上当受骗，跟了她们转，结果一无所获。二、对陈婷的侦查工作还没有眉目，要防止侦查工作分心，力量分散，一头栽到金坚这个‘悬空八只脚’的对象上，弄得不好迷失工作方向。只有坚定不移地把陈婷的身份查实，摸清陈婷和朱如泽的关系，同孔定山微波站破坏事故有没有挂上钩，金坚这个特务自然而然也就浮出水面，摆上议事日程。你们要有一个思想准备，到金坚的问题列入侦查计划时，光靠现有的侦查手段远远不够，下一步，究竟如何深入调查，老许啊，你看专案组的同志是不是集中一段时间，把现有的材料好好地消化、消化，分析研究一下，再把下一步工作路子顺一顺？”

许副局长接受了陈局长的意见，然后，转过身来：“老宋啊！根据陈局长的意见，你同专案组同志好好分析研究一下，我的意见，按照陈局长的指示精神，还是要围绕‘04号’——陈婷，查个水落石出，而后，逐步深入……”

“5·15”专案组同志集中在宋科长办公室分析案情，研究下一步工作时，谈来谈去，仍然回到具体侦查对象身上，陈婷与“04号”是否能够画上等号。在座的同志七嘴八舌在议论着。宋科长看洪强情绪低落，冥思苦索，在连着抽烟，有意点名：“老洪你对下一步工作，有啥打算？”

“我还没有考虑成熟。”

“不是没有考虑成熟，”宋科长联想起陈局长的一番讲话，笑嘻嘻地说：“是思想上有了个疙瘩，恐怕一时想不开吧？”

洪强带有幽默口气回称：“哎，这倒是被你说准了，我正在考虑是用绳子上吊，还是用投河、跳海的方法去自杀，没有考虑好。”洪强的话音一落，当即引来了在座同志哄堂大笑。瞬时，室内又回归肃静，此时此刻，专案组同志的脑子里盘算着陈婷、“04号”是否一个人，如同深陷在一洼泥潭，一时间拔不出来；一些没有到海临、江临参加外调的小马、小高等同志，思想上产生怀疑，特别是小马振振有词地说：

“我觉得陈局长讲得有道理，我们被宋秀莲所蒙蔽，她给‘山东路’我们走，要我们上当受骗，特别是她供到‘金坚’，简直要拿我们引上邪路。”

小唐跷起了二郎腿，摇头晃脑且带有讽刺意味地说：“现在看来，我们这里，只有小马对陈局长的指示精神领会得最快，吃得最透，执行起来也最坚决。我们都要向小马同志学习。”小唐的话音一落，办公室顿时，爆发出一阵阵哈哈大笑声音，打破了原来窒息、郁闷的气氛。

小高接过小唐的话茬：“唐师傅啊！你也不要说啥风凉话，对陈局长的谈话内容是要吃吃透。”突然间，他又朝着小李提议：“小李，你参加外调工作，你倒说说你的看法，对我们也好启发启发。”

小李朝洪强看看，然后非常自信地说：“要我说，‘04号’就是陈婷，陈婷就是‘04号’。”小李的话音一落，引起在座的同志一片哗然，都用责问的口气，质问小李：“你这么肯定？”小马站起来说：“那，陈局长的看法不及你高明？”

实事求是说，小李自从同洪强搭档外调，无论是思想水平，还是工作水平，特别是分析、看问题，都有很大提高；加上他原来善于独立思考的品性，所以他对陈局长讲的话，理解其精神实质，显然高于其他同志。他听了小马讽刺他的口气，接过小马的话头，初试啼声，大发议论：

“如果说我比陈局长高明，沪西市公安局局长，就不是姓陈，而是应该姓李了。”

逗得众人大笑，连宋科长、洪强跟着笑出了声。

接着，小李言归正传：“一切理论，都可以化作为实践。我对陈局长发表的意见，我所理解到的几点供大家参考。一、他首先肯定到海临、江临这次调查有进展，表现在哪里？我认为表现在发现了‘04 号’的特征。现在，就待核实陈婷颈根上有没有一颗‘黑痣’。二、发现‘04’的特征，还不能足以论定她的政治身份，陈局长向我们提出下一步工作的方向——陈婷在棕榈树下拍摄的照片，同宋秀莲也在这个部位拍摄的照片，是不是同一个特务机关的据点，这就向我们提示，这是论定陈婷政治身份的一个可靠依据。三、要摆脱陈婷同朱如泽表亲关系，挂上孔定山微波站破坏事故，那么，整个‘5·15’专案更上一层楼，金坚这个神秘人物也就自然而然显现出来。所以我们千万不要误解陈局长对这一个情况持否认的说法。最后，陈局长还特别强调说‘到那个时候，光靠现有的侦查手段远远不够呐……’”

小李的一席话，使在座的同志眼前豁然开朗，好似登高望远，心胸开阔了许多。

小唐急不可耐，首先开口发言：“现在，倒不是喊小李，而是要喊老李了。我认为他说得确实有道理，我们原来听了陈局长的讲话，才往消极的方面去理解，应该也要像小李一样，要从积极的方面去考虑，我完全同意小李的发言。”

其他同志也都点头表示赞同小唐对小李的发言的评论。

52

陈婷其人

当初,陈婷同香港“空心大老倌”吴光辉闪电式结婚,外嫁到了香港,一度过着“贵妇人生活”,倒是真正过着衣来伸手,饭来张口的日子。但是,好景不长,吴光辉吃喝嫖赌俱全,债台高筑,跳海自杀。结婚半年不到,陈婷开始过起了穷困潦倒的寡妇生活。

由于她从小娇生惯养,四体不勤,五谷不分,经常被婆母奚落、辱骂,这时候她懊悔莫及,悔不听父母劝告,在人生道路上“一失足成千古恨”。现在悔之已晚,要想回去,又感到没有面孔见海临的父母亲。不回去又如何生活,已经落魄到上天无梯,入地无门之境。经好心人指点,说港口码头工作好找,她考虑再三,就去了港口码头一个比较热闹的繁华地带,想碰碰运气。

那个时候的港口码头,虽说是英国在香港的租界的一部分,但是,基本上是国民党在香港的“势力范围”。国民党特务的据点,黑社会香堂,三教九流等应有尽有。一到国民党“双十节”,街上店门口都挂上“青天白日旗”,假使有哪一家不挂,特务、流氓就来找麻烦。港英当局则睁一眼闭一眼,只要不到中心地带倒乱,一般不会干涉。陈婷漫步到了港口码头一条比较热闹的街上,眼前闪现着一排排商店,挨个搜索招工启事牌。她看到商店门口贴出招工启事,看了一遍又一遍,竭力搜索同自己条件相仿的店家。而需要招工的店家,倒是不少,真正能够对上号的不多,不是性别对不上号,就是年龄上有差异。她找到一家自认为性别、年龄、工种对上号,满怀希望跑进去应聘,刚一开口,店家直摇头。她一连跑了好几家,都是同样的反应。一开始,她弄不明白个中原因,好歹有一家商店老板,少许能讲几句普通话,向她透露了真情,是语言上的障碍。她既不会讲广东话，又不会讲福建、台湾话，到任何一爿店应聘，都被拒之门外。一连又跑了好几个店，只要她一开口，人家不是摇头就是咂嘴。一个整天很快过去，没有一家聘她，天色渐渐暗将下来，身心交瘁的陈婷，就在海边的一张长条椅上坐下来歇歇脚。

她瞭望展现在眼前的大海，正是水天一色，烟波浩渺，慢慢雾气蒸腾，天空中悬浮着大量的阴霾，笼罩着她的心头，使得她迷离恍惚，遐想联翩，脑子里不时出现一个又一个画面：幸福的童年，快乐的少年，浪漫的青年，倒霉的今天。想到这些，不由得神情沮丧，情绪格外波动，感觉到自己走投无路，想到生不如死。此时此刻，想到了"死"，一死了之。转念一想，自己还很年轻，扪心自问：难道我就再也没有路可走了吗?就在她徘徊在想死与求生的十字路口的时候，从天降下了一个"救星"。

"小姐，你是从内地来的吧，我也是内地来的，有没有需要帮助的?"一个四十多岁西装革履的男子，谦恭地说。

陈婷一听口音，是讲的不很标准的普通话，但此时此刻能听到这样的声音，第一个反应"警觉"，接下来，第二个反应，看到来人衣冠楚楚，颇感亲切，赶忙回答："是的，先生，你是内地哪里人?"

来人听出她的口音是海临一带人，接过她的话头："我老家是苏州。到香港已经十几年了，所以家乡话已经不会讲了。你是哪里人？"

陈婷说："我是海临人，你请坐。"

来人感到她不像其他女孩子那样拘谨和心存戒惧，当即向她做了自我介绍，投其所好："敝姓鲍，单名冲，叫鲍冲。你是海临人，我们还是同乡呐，你碰到困难了吧，是不是需要帮助?"

陈婷一下子被他体贴、温柔的语言所感染，认为到了香港，落魄街头，还从来没有像他这样热情、体贴入微，似乎遇到了热心肠的人了。对方问起她的处境，一下子触到了她的伤心处，正是"久旱逢透雨"，眼泪禁不住夺眶而出，紧接着开始哭泣，再后来几乎泣不成声。

这个热心肠人"救星"，其实是台湾特务机关驻香港办事处的特务。陈婷一踏上港口码头，就被他盯上，一路跟踪观察了她一整天。就在陈婷怀着困惑不安，显现着一脸愁容时，他走上来搭讪头，不失时机进攻，特地从裤子袋袋里掏出一方手帕，递了过去，用温婉、关切的语气，投其所好："出门在外，哪个没有这样哪样的困难。有句俗语说：'在家靠父母，出门靠朋友。'如果需要我帮助，请讲。"

陈婷停止了哭泣，将自己来港的经历原原本本向鲍冲哭诉。鲍冲听后，深表惋惜、同情，装模作样，稍做思索，以征询的口气："我看，这样是不是可以？"鲍冲停顿了一下，皱起眉头："我帮你联系一个地方找一份工作，你先回去，三天以后，傍晚 19 点，仍旧在这个老地方听回音，不见不散。我这里给你 500 块钱，暂时应急用吧。怎么样？"

陈婷感激流涕，激动得嘴唇哆嗦着："三天以后我准时来，这钱我不能拿，谢谢你的好意。"

"你不要见外嘛，海临同我们苏州是邻居，我们之间也可算得上是半个同乡，是吧，没有事呐。"说着将钞票塞到陈婷的手里，而此时此刻的陈婷，由原来第一个反应"警觉"，到第二个反应，对方比较热情，现在出现第三个反应，她断定这个人不是啥骗子，随手收起鲍冲给她的 500 块钱。两人就此握手告别。

三天以后，陈婷按照约定来到海边，坐在长条椅上等候鲍冲。而鲍冲在海边远距离瞭望、观察、守候陈婷。他一眼看到陈婷已经在老地方长条椅上张望，慢悠悠地跑了过去。陈婷一看到鲍冲，老远就喊："鲍先生，你来了。"

鲍冲走过去伸出手与陈婷握了一下手："让你久等了，走！咱们到饭店去边吃边聊吧。"

陈婷兴奋地说："我也是刚来。"说着，她就跟着鲍冲跑到了一爿饭店，在一个包厢里，两人坐定。鲍冲从口袋里摸索摸索摸出来一张纸头，认真地向陈婷炫耀："经过我再三理论，总算同意接收你，这个表你填一下。"

陈婷有些诧异："这个公司在什么地方？"接过表一看，开始犹豫起来。

鲍冲并不掩饰，直截了当向陈婷表明："在台湾。"

一个老道的特务唯一的看家本事，就是会揣测对方的心理，抓住对方的弱点进攻。鲍冲着力吹嘘一番："这是一个'吃皇粮'的单位，希望你要珍惜，如果不是考虑到你现在的处境，我不会这么卖力争取，一般的人是进不去的。"

陈婷听他说是“吃皇粮”的地方，再一看鲍冲递给她的一张表，突然神经收缩，瞪着两只警觉的眼睛：“是不是干特务？”

鲍冲纠正她的说法：“这是为党国效劳，我们每一个青年都要有远大的理想……”鲍冲给她上了一堂“政治课”，陈婷听了以后，脑子里“轰”的一下，受到严重的冲击，耳朵里嗡嗡作响，胆怯地说：“被共产党抓住要枪毙的呐。”

鲍冲从她的声调里探测到她内心恐惧胆怯的心态，特地为她打气：“不要怕嘛，像你这样的女孩干这行当，多的是。只要小心、细心，包你没事。”

陈婷心想在内地的时候，经常听到人家说，公安机关抓到特务判刑、劳动改造，一想到这些事例，不寒而栗，越发感到惊恐。

鲍冲看到她惊恐、犹豫不决的神态，来个以退为进：“你实在不愿意去，就不要勉强，我多些麻烦不要紧，去回掉它，让他们另外挑选人。不过，你还得设身处地想想你现在的处境，你就这样回去，你的阿公、阿婆还会接纳你吗，他们不接纳你，你真的去跳海，你就不替你海临养育你的父母想想吗？”

陈婷听了他这样一说，倒是触到了她的隐痛处，内心着实受到震撼，想到目前自己的处境，不干也没有生路，干了或许还能有个奔头。一时间，凭侥幸心理，一咬牙，拿起笔就填。表填好后，鲍冲又向她详细地介绍怎样到台湾，到台湾后如何接受训练等。

陈婷到了台湾，先在高雄一处秘密的特务训练基地接受训练，代号为“04”。负责训练的教官叫金坚，绰号“六指头”，是一个中等个子，略微谢顶的男性。按照特务机关安排训练内容：收发报机、使用密码、密写、爆破、跟踪，这是每天按日程安排上的课。到了下午 4 点钟，练习射击，一方面练习，另一方面让接受训练的特务放松放松。凡是到射击场练习射击的特务，必须用头套蒙起来，只露出眼睛、鼻子、嘴。在这个同时，参加射击训练的另一个女特务，代号“03”，也被蒙了头，但规定她们不准使用真实姓名，不准相互接触、攀谈、交往。经过三个月的训练，最后一课，美其名曰“礼仪”训练，实际上，拴住她的心，为特务机关卖命。由这个特务机关的头头兼教官金坚陪同，带她到台北入住圆山饭店的包房。

开始一两天，金坚与陈婷分开各自住一个包房。经过几天来的观察，金坚认为时机成熟了。到了第三天，金坚跑到了陈婷住的包房，有意识地同陈婷交谈，在交谈的时候，假意流露早年丧偶，孤身一人，说到伤心处，声泪俱下。陈婷对他倾诉的不幸，由同情、怜悯到“同病相怜”。两个人就这样跳出了“公事公办”的层面，步入了“感情殿堂”。金坚顺势一把搂住了陈婷，两个人滚在一起。

第二天，金坚甜言蜜语，信誓旦旦，今后要与陈婷成为夫妻。而陈婷心里想，这样也好，总算寻到一个赖以栖身的港湾，表示到大陆完成任务后，回到台湾与金坚结婚。至此，金坚按照特务机关的要求“拴住”了陈婷的心，使她永远不得“背叛”特务机关。

经过半个多月的“蜜月期”，两人依依不舍地分手。

陈婷按照台湾特务机关的安排，仍然回到香港接受台湾特务机关驻香港办事处主任鲍冲领导。鲍冲接到台湾特务机关的指令，特地到机场接机，看到陈婷一步一步走下飞机舷梯，由停机坪走向出口处，大声呼喊：“陈小姐！”

陈婷听到有人喊陈小姐，转脸一看是鲍冲，当即拎了行李箱走向鲍冲：“不好意思，让你久等了。”

鲍冲笑嘻嘻地冲着陈婷：“我也刚到，走，车子在机场外面。”鲍冲体贴入微，帮陈婷拎了行李箱，到机场外安排陈婷上车，由鲍冲亲自开车，送陈婷到宾馆住下。

第二天下午，鲍冲到陈婷下榻的宾馆，特地为陈婷作派遣潜入大陆之前，做准备工作，一本正经地向陈婷进行宣讲：“从现在开始，你将为党国效劳，进入一个全新世界，希望你不要辜负党国对你的信任和期望。”鲍冲例行公事，对陈婷进行一番渲染以后，特意为她进行了一番精心包装：在新港一个特务机关的据点——“新世纪（香港）电信电器有限公司”，帮陈婷在这家公司挂个虚职；又选择在“公司”门口一块招牌底下，要陈婷站立在棕榈树树荫下，借着阴影掩盖招牌上“新世纪（香港）”五个字，拍了照片，以这家公司的职员为掩护，开始了特务生涯。这些事情安排停当，鲍冲才正式向她布置任务，发给活动经费，以及规定每月月薪。

鲍冲说：“完成任务，奖金另发，至于其他费用可以直报直销。”

第二天，陈婷就从香港启德机场起飞直达上海虹桥机场。入境时间正是 1970 年 5 月 12 日中午 12 点 05 分。然后，再转乘火车到海临，回到阔别已久的海临老家。

陈婷本以为下了飞机，父母亲接到她的电报会在上海虹桥机场接机，到时将会出现感人的场面。可是下了飞机，四处张望，没有看到阿爸姆妈的人影。她开始犹豫不决，是去旅馆住宿，还是回到老家去？在大街上游荡一个下午，考虑到安全问题，以及父女之情，还是选择到海临市老家锦树里 18 号去。她叫了一辆三轮车，赶到火车站，买了到海临的车票上车，坐火车到海临。在海临火车站广场，叫了一辆三轮车，在回老家的路上，脑海里像大海波涛翻腾，父母不到机场接机，难道是父母有什么不测，但她不敢想。要么父母对她处理自己的婚事，至今仍然耿耿于怀？她想，后一种可能性比较大。当她到了锦树里，下车提了行李到了家门口，已经是傍晚 8 点，陈婷开始悄悄地一头敲门，一头呼喊："阿爸、姆妈……"连续多次喊开门，里面就是没有反应。但是，在门缝里透出一丝亮光，断定父母亲在家里。这个时候，陈婷连哭带喊："阿爸，侬开开门啊，阿婷回来了，侬不认我这个女儿，也得让我见上一面，了却我的思念之情啊。"

而在客堂间里的陈婷母亲憋不住嗔怪老伴："她再怎么不好，终究是自家的囡女，她既然回来看你，说明她心中还有你这个老爸。"

老头子陈明德经不住老伴嘀嘀咕咕纠缠，坐在堂屋中央尽生闷气，也不制止老伴，只当不看见，由老伴去开门。当大门一开，陈婷一下子抱住老娘泣不成声，毕竟是慈母之心，惜自己身上掉下的肉，搂住陈婷的肩膀拍打，嘴里不停地说："阿囡啊，阿爸、姆妈想死侬了。"

陈婷收住哭声，走过去一下子跪倒在父亲脚下，悔恨交加，抽泣着诉说："我对不起你老人家，你打我、骂我，出出气吧……"

这时候，陈婷点点滴滴的眼泪水，好似滴到了老爸的心坎上，几年来，郁积在心里的愤懑全部消退，脸上堆积的怒容也开始烟消云散，一把将陈婷搀扶起来说："好了，起来，吃夜饭吧。"

虽说，陈婷父母对女儿憋了一肚子气，但毕竟是自己的女儿。所以，他们接到陈婷从香港拍来的电报，就已经按时准备了饭菜，而且，老两口还等着女儿一起用餐。现在，陈婷终于回来，经过一番怄气，父母同子女有着与常人不同的“天然黏合剂”，双方感情一下子就修复好。顿时，屋子里又出现另一番情景，满堂生辉，喜气洋洋，拉着家常，谈论别后各自生活情况，自不必说。吃了晚饭以后，经过一天劳顿，按着事先准备，老爸单独睡，老娘挽着女儿睡一床，并且睡在一头，有讲不完的话，谈到凌晨1点，老爸陈明德再三催促，提醒老伴：“时间不早了，睡觉吧，阿婷一天下来也够累了。”可是，这一夜母女俩叽叽喳喳一直到凌晨5点，才迷迷糊糊睡去。

陈婷到了海临老家少不得要走亲访友，陪父母玩玩。按照海临人的习惯，先是拜访亲朋好友，然后，陪同父母到外地游览。但是，海临地区终究不是他们的老家，至亲几乎没有，好友也只是几家老乡，真正交往密切，而且又是同乡，只有居住在同安里的王巧珍。正巧，老夫妻俩前两天接到王巧珍的外孙满月的请帖，所以一家三口出动去祝贺。第二天又到杭州游览西湖。现在一家人的宿怨荡然无存。

在一个阳光明媚的日子里，一家三口漫步在西湖的苏堤，陈婷时而走在父母中间，挽着他俩的臂膀走，时而单独挽着老娘的臂膀走。她在欣赏远处“三潭印月”的景色时，突然收住脚步，觉着迎面走过来一个年轻女子，两只眼睛紧盯着看她。陈婷感到奇怪，但一想好似在哪里见过，随即被自己否定，也许是看到自己一身入时的打扮，吸引着她，这在公众场合是常有的事。不对，这个女的倒像是台湾高雄一起训练的“03号”，她先我一个月训练结束，离开高雄。以后，再也没有见过面。对这个女的，在陈婷的脑子里，只是有过短暂的盘旋。以后，她就再也没有在意去想这个女人，陪同父母继续他们的游兴。傍晚，就在西湖一家饭店吃了晚饭，乘夜车回到海临。

53

车站旅馆

陈婷陪伴父母亲游览了杭州西湖回到海临的第二天，锦树里 18号来了一位不速之客——朱如泽。

远在西南的朱如泽接到陈婷发去的电报，风尘仆仆赶到海临，急不可耐地要同分别多年的表姐——陈婷会面。按照道理，陈明德看到妹子的儿子，嫡亲外甥朱如泽千里迢迢来探望娘舅、舅妈，问长问短，满心欢喜，爱抚有加。不然，陈明德一看到朱如泽就好像碰到“赤佬”那样厌恶。

陈明德是一个有着浓厚传统价值观念的人，在海临五金行业圈子里，生意场上经历了几十年，有独到的看人、识人的本领。特别能琢磨人的形象和心理活动，看到他的过去和现在，猜到他的将来，这个人有没有出息，都逃不过他的眼睛。朱如泽在他的眼里只是个无所事事“有吃无用场的人”，大事做不来，小事不肯做，高中毕业，没有考取大学，既不愿意当工人，又不愿意当农民，人长得直长直大，一对鼠眼，外加一双招风耳朵。看起人来，总是低着头斜视对方，十有八九是心术不正的人。

以往，朱如泽一到这个娘舅家里，少不得要被他横挑鼻子竖挑眼，数落一番。此番，朱如泽来到娘舅家，一进大门，陈明德、阿娣就听到朱如泽喉咙里发出瓮声瓮气的声调：“大娘舅、大舅妈。”

陈明德夫妇俩对朱如泽的突然出现，都感到非常惊异，心里想，这个“小赤佬”好多年没有来了，今天怎么会想着来。陈明德似乎蒙在鼓里，皱起眉毛，横瞪眼睛，没好气地待要发作。阿娣看到朱如泽一副尴尬相，怕陈明德要按照惯例数落一番，随即在旁边拉拉陈明德的衣角，提醒他忍耐，有意打岔，热情、主动地招呼："阿根啊！你很久没来了，坐吧。你阿爸好吗？"

朱如泽低着头，两只眼睛斜视着舅母，接口敷衍："蛮好。"

这个时候，倒是阿娣猜到几分，女儿前脚刚回来，这个小赤佬后脚就跟进，估摸是陈婷邀约他来的。于是，她灵机一动，大声呼喊："阿婷，阿根(朱如泽的小名)来了。"

陈婷在房间里听到她老娘吆喝阿根来了，赶紧由房间里跑出来。这才把朱如泽好似从"水深火热"中解救了出来。陈婷一把拽住朱如泽的手，拖他到房间里叙旧。到了房间里，两个年轻人少不得共同语言就多了。正当，他们两个人有说不完的话，忘了吃饭的时辰，阿娣在客堂间里高声呼喊：

"你们两个人出来吃饭吧，再不吃，饭菜都要冷了。"

不是陈婷老娘喊吃饭，他们两个人的话，还要讲个没完没了。陈婷一看手表已经是中午 12 点，两个人匆忙跑出房间，直奔客堂间。两位老人家精心准备了一桌饭菜，他们两个人只是草草吃完饭就，按事先约定，下午逛西郊公园。

到了西郊公园，两个人就不是什么表亲关系，而成了一对久别重逢的"恋人"，手臂挽着手臂，漫步在一条幽静的林荫小道上，头靠着头低声絮语。一提到别后生活，陈婷喋喋不休向朱如泽诉说。走完了林荫小道，拐了个弯，特意选择一处僻静的地方，在一张长靠背椅上坐下。就在这个时候，陈婷直起腰，向朱如泽宣扬"自由世界"生活，透露了特务机关的情况，并有意要发展他参加特务组织，征询朱如泽的意见："侬是不是愿意参加伐？"

朱如泽毫不犹豫地说："当然愿意喽，我早就想投奔'自由世界'了，一时苦于无门，假使你真有这个门路，我当然求之不得。"

陈婷郑重其事地说："那好！你履行一下手续，就成为党国的忠诚战士。"

两个人臭味相投，一拍即合，朱如泽就在陈婷的蛊惑下，当即参加了特务组织。

为了取信于上峰对你的信任，陈婷直言不讳，向朱如泽布置任务："你要有所表现，现在有一项报效党国的任务，需要你不折不扣地去完成。"

精神上长期受到压抑的朱如泽，在陈婷再三诱惑下，大脑膨胀起来，到了利令智昏地步，斗胆狂言："哪怕是杀人放火，我敢！"

陈婷面带微笑："那还不至于要侬去做杀人放火的事。"陈婷就把台湾特务机关"W 计划(1)"的内容详细地向朱如泽做了介绍，并向朱如泽布置了任务："不过，任务还是比较艰巨的，既要有胆识，又要有智慧，事情做了以后，神不知鬼不觉，使得大陆公安机关发现不了。"

朱如泽领受了任务以后，当天再也没有回到娘舅家里去，而是马不停蹄赶回沪西市庄前村老家。

台湾特务机关的"W 计划(1)"，主要是破坏微波站邮电通信设备，窃取国家机密。陈婷从台湾训练结束回到香港，第一次接受的任务，就是由台湾特务机关驻香港办事处主任鲍冲，要其潜返大陆收罗和利用在内地的反革命分子来完成这个罪恶计划。在领受任务的瞬间，陈婷脑海中就浮现出朱如泽这个人选，而朱如泽也的确没有使陈婷的计划落空。在海临西郊公园，当陈婷发展他参加特务组织并提出有所表现的时候，朱如泽一经了解到敌特机关的"W 计划(1)"的内容，就已经把破坏的目标锁定在孔定山微波站。

1970 年 5 月 14 日下午，朱如泽匆匆忙忙赶回沪西市庄前村，先到小娘舅陈胜全家里"混吃晚饭"。怕小舅母妒意发作，进门一看到陈胜全夫妇，喊了一声"小舅母"。小舅妈一看到他出现，面孔马上竖起来，朱如泽不待她发作，抢先一步摆了个噱头，像是向他们报告特大喜讯一样，有意虚张声势："阿婷回来了！"

陈胜全夫妇一听说陈婷回来，倒是真像听到"特大喜讯"一样，急着期待朱如泽报告陈婷回来的情况。于是，朱如泽不无添油加酱将陈婷在香港如何发迹，海临的大娘舅、大舅母一家如何欢聚一堂，大肆渲染一番，转过身来，从背包里摸出在海临火车站买的两包糖果："这是阿婷从香港带回来，让你们尝尝味道。"不要小看朱如泽这两包几块钱买的糖果，他这一招，倒是蛮见效，舅母一见到糖果，又听他说是侄女从香港带回来送给他们的，正是"礼轻情意重"，舅母本来眼睛就小，接过朱如泽的两包糖果，眼睛笑成了一条缝，大声吆喝："吃晚饭吧！"朱如泽老实不客气，混到了一顿晚饭就滚蛋，回到自己家里。

朱如泽虽然在陈婷面前夸下了海口，抒发了"豪言壮语"，一旦要实施罪恶计划的时候，就想到无产阶级专政的铁拳，不寒而栗，他的胆子一寸寸收缩起来。他转念想到自己穷困潦倒的处境，过着寄人篱下的生活，对比陈婷一身珠光宝气的派头，一种欲望撩拨着他的心灵，她，陈婷，一个女人家敢于铤而走险，我这样一个大男人，就这么畏首畏尾。想到这些，他的胆量又一寸寸放大。因此，回到庄前村后，除了去看望二娘舅外，绝大部分时间，蜗居在家里盘算着实施犯罪计划的具体步骤、方法以及使用啥工具作案。开始他选择菜刀做作案工具，拿起来试了试感到效率不高，在家里转了一圈，然后，在堂屋间里靠墙角落，看到一把镰刀，拿起来掂了掂，试了试手感，觉得很顺手，既可以砍，又可以敲，决定使用镰刀。

第二天下午，朱如泽根据他以往上山劳动时，对孔定山微波站周围环境所留下的印象，他想如果顺着石板路拾级而上，必定要经过山脚下的微波站办公室的大门，容易被微波站豢养的看门狗发现狂叫，岂不坏事？因此，他趁白天山上寥无人烟的时候，假装上山游览，特地观察了地形，探明作案线路。由北面的方向，从杂草丛中由下而上爬上了山，在微波站机房周围观察破坏的具体部位，再绕到山的东面下山。当他下山走到半山腰，发现一块有洗澡盆大小的石头，石头底部有一个洞穴，他用手臂试探了一下，正好可以藏匿犯罪工具。心里想“正是天助我也”，再不要为作了案，作案工具没有办法处理犯愁了。围着石头四周观察一遍，再在石头边沿，用随身携带的小刀刻上一个“S”英文字母做标记。经过探路、观察了现场以后，急急匆匆下山，走上桦甸山公路，径直到三河街上五金商店买了一个电筒，回到庄前村，已经是下午 4 点多钟。一想，这个时候，离吃晚饭还有一段时间，到了娘舅家里，被舅母戳穿是来混吃晚饭，少不得又要摆起蛮娘面孔，唠唠叨叨无休止数落。无奈，只好先到大队办公室娘舅那里泡上一段时间再说。

到了庄前村大队治保主任的办公室，看到老公婆好似向陈胜全汇报家里发生啥事情。开始朱如泽没有心思听。后来，耳朵里刮到隔壁邻居老洋盘的名字，再听到那个上了年纪的妇女发牢骚：“这个老棺材，不是看在你陈主任面上，我不会饶过他的。叫他出五百块洋钱，事情就算了落，我囡女今后还怎么嫁人？”

原来是老洋盘同村上的女青年发生不正当男女关系，导致女青年怀孕被父母发觉告到公社特派员那里，经过特派员会同大队干部商量的结果，要老洋盘拿出五百块给女方人工流产。事后，老夫妻两个人，心有不甘，嫌五百块太少，找陈胜全说话。

陈胜全拿下嘴上的香烟："好了，长咯短咯，都不要说了，为了叫老洋盘拿出五百块洋钱，我们几个人费了不少口舌，你囡女也有责任，他们两个人，是你囡女到老洋盘门上去的。假使叫老洋盘吃官司，你们一分洋钱也拿不着。你囡女做人流，只要不出事情，太太平平，还怕你囡女今后嫁不出去？"

在座的这个妇女的老倌说："好了，陈主任已经帮了大忙，陈主任，我们来主要是谢谢你。"

陈胜全板起面孔："处理你们的纠纷事情，假使村上的人，都像你们说说赖赖，反反复复，我这个治保主任还做得出事情？"

老夫妻一头表示不再反悔，一头向陈胜全表示了谢意，走路。

等到老夫妻走了，陈胜全看到朱如泽坐在那里，无所事事，把手一挥，邀朱如泽回家。靠了娘舅，朱如泽总算混了一顿晚饭，拔脚就跑回自己老家。

朱如泽回到家里，收拾好作案工具，随身携带物品，还特地换上在海临买的一双回力球鞋，趁夜幕降临，只身上路。当他走出家门，老洋盘家里的狗，凭它的嗅觉摇着尾巴，大摇大摆迎了出来，同朱如泽亲昵了一阵，嘴里不时发出"唔！唔！唔！"声音，最后，"汪！汪！汪！"狂吠三声，以表示欢送。朱如泽在狗头上抚摸了几下，向狗表示"再见！"，迅速走出了村口，按照白天观察的线路，顺顺当当爬到山上，先在山头上转了一圈，再转身走向位于北面抛物面天线的地方，一手提着电筒，一手用镰刀的弯头部位，敲击表面。然后，再转到西面抛物面天线背面，用电筒照准"E 弯头"狠狠敲了三下，轻手轻脚再翻身转到东面，用镰刀将电缆砍断，砍下 15 公分长的电缆放到随身携带的旅行包，他在山头上绕机房一圈，竟没有发现微波站机房内有啥动静，前前后后在山上作案 20 多分钟。毕竟做贼心虚，不敢在山上久留，就从东面下山，走到半山腰将包好的作案工具、电缆塞进一块大石头底下。顺顺当当下山到了桦甸山公路上，觉得一阵轻松，十分愉悦，脚底下像抹了油似的奔跑。走到半路头上，突然想到藏在石头底部的犯罪工具会不会被公安机关发现，追查到他，且心有余悸。一路上，尽在想如何摆脱公安机关的侦查，就在他满脑子想着如何逃避公安机关追查的时候，不知不觉到了沪西火车站。不消说，匆匆忙忙排队买了车票，乘上火车，这才大大地喘了一口气。端坐在座位上，特别感到欣慰的是，作了案已经远走高飞了。就在当天晚上 12 点赶到海临市。陈婷已经早早地在车站等候。

自从历史进入 20 世纪 70 年代，盘踞在台湾的蒋介石感到“反攻大陆”无望，从此不提“光复大陆”的口号。蒋帮特务也日益感到国民党已经日薄西山。而且干特务活动越来越困难，凡是被派遣到大陆去的特务，往往有去无回，不是投案自首，就是杀头坐牢。龟缩在香港的特务分子，采取“小和尚骗骗大和尚，大和尚骗骗老和尚”的办法，收集内地的地方报纸，将报纸上的内容，经过剪辑加工成“情报”上报特务机关。有的采取“脚踏两头船”的手法，一手欺骗上级机关，领取薪俸、奖赏，另一手又将“情报”贩卖给美国中央情报局驻香港特务机关，从中“捞外快”。一些特务原本寄希望于美国发动第三次世界大战，耳朵里听出了老茧，头发盼得都白了。现在难得盼来美国宣布在印度支那的军队进入柬埔寨境内作战，打击越南人民军。正当把战争的烽火蔓延到整个印度支那。柬埔寨朗诺集团在美帝国主义支持下，趁西哈努克亲王出访苏联，在国内发动政变，推翻西哈努克亲王领导，而西哈努克亲王到了苏联，苏联政府不接待，西哈努克亲王辗转来到中国，中国政府不仅热情、高规格接待，还安排西哈努克亲王和他的随从定居中国。台湾特务机关错估形势，加紧派遣特务到内地进行反革命活动。陈婷接受任务，发展朱如泽参加特务组织，选定孔定山微波站搞破坏，实施“W 计划(1)”，干扰、破坏邮电通信，正是台湾特务机关同美帝国主义发动印度支那战争遥相呼应。当朱如泽搞破坏活动得手，台湾特务机关总部一经监测到大陆邮电通信、电视信号波动，迅捷开动宣传机器，利用媒体大肆制造舆论，向台湾特务机关驻香港办事处发出贺电、嘉奖令，以资鼓励。

龟缩在海临老家的陈婷，通过携带的微型收音机，收听到台湾驻香港特务机关接到总部的嘉奖令，兴高采烈，早早地在火车站出口处等候朱如泽。两个人一发现对方，都会意地点头微笑，陈婷一把搂住了朱如泽，然后，手拉手在附近咖啡馆落座，向服务员要了两杯红酒。朱如泽迫不及待地向她汇报作案经过，所破坏的部位以及它的功能，陈婷满意地举起酒杯：

“为您凯旋干杯！”两人碰了杯，陈婷告诉朱如泽，上峰已经验证了这次行动很成功，抬起堆满笑意的面孔：“上峰要我转告你，达到了预期目的。”

陈婷郑重宣告：“从现在开始，你已经是我们党国的忠诚战士。”接着将特务机关的规定转告朱如泽，陈婷煞有介事地说：“每月月薪，这次行动奖金，等待电汇过来再发给你。”

“今天晚上您如何打算？是跟我回去住宿，还是你一个人住旅馆？”

朱如泽朝着陈婷淫笑：“我们都不要到锦树里去吧，走！”朱如泽挽住陈婷的臂膀往外走，而陈婷也紧紧倚在朱如泽的怀里。其实，他们两个人在沪西市龙船浜高小读书的时候就已经偷吃了“禁果”。陈婷父亲极力反对，所以两人没有成婚。现在，正是干柴碰烈火，一点就着。就在车站附近旅馆以夫妻名义同居一室。而在锦树里 18 号的老两口，怀着五味杂陈的思绪，久等不见陈婷回家，在客堂间里不时念叨着女儿从香港回来探亲，品味着是祸，还是福。

陈明德久思不得其解：“自从陈婷回来，我眼皮经常跳，总觉得不对劲，她在香港即便在啥公司做事，也赚不了多少钞票。她这次回来，帮我们买老多东西，哪来这许多钞票？”

“我也觉得奇怪，”阿娣自我安慰解释：“不过，我呢阿囡不会做坏事体的。”

陈明德叹了一口气，看了一下手表，已经 12 点半了：“不等了，困觉！”老两口带着一头雾水，进房间睡觉。

54

深藏湖底的泥鳅

自从陈婷回到海临老家，陈明德夫妇一阵高兴之余，总是心神不定。陈婷前脚到家，疏于上门的瘟神朱如泽后脚跟来，一头雾水的陈德明，老是觉着眼皮跳。照老百姓的说法“眼跳大祸临头”。这天晚上，等不到陈婷回家，老夫妻挂了一脸愁绪回到房间困觉。真正叫困梦头里想不到，陈明德外甥朱如泽搞特务活动，恰恰伴随着他女儿陈婷的影子。

在陈局长办公室，听取洪强汇报海临、江临两地调查汇报以后，专案组同志集中到宋科长办公室，分析研究有关陈婷政治身份。在座的同志，有一部分同志同意小李的观点：“04 号”就是陈婷，陈婷就是“04号”；也有一些同志认为，现在论定陈婷就是台湾敌特机关派遣到华东地区的女特务，为时尚早，直到现在，还没有看到核实陈婷“颈部一颗黑痣”“在一家公司门前拍摄的一张照片”特务身份的重要证据，同朱如泽搞破坏活动有关联的材料。

就在大家七嘴八舌议论的时候，洪强只顾吸烟，沉默不语。宋科长和在座的一些同志，误以为洪强受到陈局长的批评，思想上，一时想不开。其实不然。他认为陈局长的意见，根本不是批评，而是从全案考虑，大局出发，发表的意见，登高望远，深谋远虑。如何吃透这些意见的内涵和精神实质，就下一步如何贯彻落实，在冥思苦索。

自从专案组恢复工作，就锁定侦查目标，集中力量在庄前村排查犯罪工具以及犯罪嫌疑人。敌人受到震慑，反革命活动有所收敛。这既是一件好事，也是一件坏事。说是好事，敌人活动收敛，社会安定，老百姓安居乐业，从这个意义上来说，是件好事；说是一件坏事，朱如泽、陈婷两个人的活动，势必更加隐蔽，变成了潜藏一潭死水里的泥鳅，看不见，摸不到，抓不住，反倒成了一个隐患，伺机还要卷土重来。

通过再三考虑，洪强认为：现在要继续开展侦查工作，一定要在庄前村，原来工作的重点地区，开动"增氧泵增氧"，深藏湖底的泥鳅才会浮动，看得见，摸得着，抓得住。

经宋科长再三催促，洪强才在会议上把暗自想到的问题以及自己的打算，抖了出来，当即遭到一部分同志反对。首先宋科长就不同意他的计划。一对好似永远睁不开的眼睛，歪转头斜视着洪强："我竟弄不懂，犯罪工具已经找到，还要别出心裁'放水增氧'，搞啥搜山，你对搜山搜出瘾头来了。"他转过身来当着大家的面："你们说说看，有没有这个必要。"

小高听到宋科长掼出来的调子，格外得劲，发出讽刺的论调："专案组搜山不是搜出瘾头，而是搜出毛病来了哇。现在犯罪工具已经拿到，半夜里杀出来个程咬金，又要搞啥'开动增氧泵，放水增氧'，弄到天亮'放水增氧'还要去搜山。原来叫声东击西，现在换个说法，调动敌人浮出水面，还是换汤不换药。"

听了小高发了一通牢骚，有些同志倒也不便凑热闹，在会上，只是保持沉默。任凭洪强说明"开动增氧泵，放水增氧"的道理，一些同志就是转不过弯来，再加上宋科长对洪强的建议带头反对，洪强不得不向许副局长汇报，申述理由，由许副局长出面同宋科长交换意见，宋科长再开会做思想动员工作，一些同志才勉强服从。

会后，专案组人员一分为二：外调工作，由洪强、小李、小王、小唐四个同志围绕陈婷、朱如泽两个人暴露出来的疑点，顺藤摸瓜，一查到底，以论定陈婷的政治身份，朱如泽搞破坏活动同陈婷到底有没有关系。留守在沪西的同志，由老刘全面负责，仍旧集中在林家祠堂，带了几个同志到庄前村，上孔定山搜山。

几天下来，一些同志思想回潮，怨声载道，牢骚怪话不断，尽管老刘反复、认真地解释，仍然无济于事，不得不向宋科长反映。而宋科长本人就持有暧昧态度，干脆矛盾上交，找许副局长。许副局长当即亲自出马召集专案组同志，在侦查科会议室开会，对到会的同志做思想工作。

许副局长先听取了几个情绪激动的同志发言，矛头主要针对洪强，认为都是洪强出的馊主意，这样的搜山，正是“吃饱了饭没有事情做”，搞的是“疲劳轰炸”等。说到底，还是怀疑“开动增氧泵，放水增氧”的斗争策略，它的实际效果。许副局长倒是毫不含糊，向在座的同志说明，老洪事先向他汇报，并得到他的赞同。为什么在犯罪工具已经找到，犯罪分子已经确定的情况下，还要继续搜山？许副局长语重心长地向大家诉说原委：

正处于内地“文革”动乱期间，敌人趁机破坏孔定山微波站通信设备；专案组建立不久，集中力量开展调查，又突然宣布撤销。这样一来，好似向敌人敞开大门，犯罪分子大摇大摆，大肆进行反革命活动。自从专案组恢复工作，在庄前村大张旗鼓开展排查犯罪分子，犯罪分子的犯罪活动有所收敛，庄前村却成了“一潭死水”，犯罪分子变成潜藏在一潭死水底下的泥鳅。现在如果仍然按照老办法，专案组滞留在庄前村守株待兔，何年何月才能逮住犯罪分子？假使一下子撤走的话，弄得不好又为敌人提供破坏活动的机会。之所以改变斗争策略，借以搜山为名，其目的不是要真正寻找犯罪工具，而是要麻痹、调动敌人，促使敌人在一潭死水底下浮出水面；另外，表明专案组撤离庄前村，没有撤销，以此威慑敌人，使得敌人浮出水面以后，不敢轻举妄动……。

在座的同志听了许副局长一席话，茅塞顿开，喜悦的心绪溢于言表，高高兴兴地踏上了征途，回到庄前村。

根据洪强事先交代，老刘在组织人员搜山的时候，为了迷惑敌人，要参加搜山的同志“假戏真做”，像往常执行任务一样逼真。摆出搜山的架子，“唱空城计”，虚张声势：一队人到东山，还有一队人到西山。实际上，只留下小高、小马两个同志，在庄前村“开足‘增氧泵’增氧”，大造舆论：什么犯罪分子不在庄前村，是在“东山、西山那个角落里”……每次搜山回到庄前村，头上满头大汗，浑身上下一身灰尘，到了中午11点钟，交伙食费在阿庆家里搭伙吃中饭；下午继续上山搜索。不消说，他们的一举一动，变成“活广告”，吸引了庄前村男女老少，成了群众议论的热门话题。

绰号叫“大嘴老乌”说：“专案组吃准犯罪分子是东山、西山人，现在到东山、西山去了。”

绰号叫“老油条”的说：“这下子好了，犯罪分子不在我们庄前村，总算可以过几日安顿日子了。刚开始，专案组怎么会吃准在我们庄前村？”

绰号叫“包打听”的说：“刚开始，专案组到我们庄前村来，都是陈胜全这个老婊子养的弄出来个的花样，向专案组瞎说八道，说是王汉仁儿子阿二去搞破坏的，结果害得阿二被专案组捉进去审查。专案组这点好，实事求是，审查下来不是阿二，马上放出来。”

“大嘴老乌”说：“怪不到专案组一直在我们庄前村转了又转，看来都是这个老婊子养的瞎说，弄得庄前村不得安宁。”

“老油条”说：“这一个时期好了，专案组撤走，陈胜全这个老婊子养的也没有市场了。不然的话，他肩膀上拱起个头，眼睛朝得天，神气活现，一看到专案组同志，变得像咯哈巴狗，跟在人家屁股后面转了又转。”

正当几个人大发议论的时候，陈胜全跑过来：“你们几个人在说些啥？”

“大嘴老乌”接口：“我们在说专案组撤走了，我们庄前村安顿了，否则在我们庄前村瞎捣鼓，弄得人心惶惶。”

陈胜全把嘴上的香烟头吐在地上，昂起个头，吹牛皮，说大话：“我对他们老实不客气，同他们专案组头头掼调子，庄前村不会有人吃饱了饭没有事情做，到山上搞破坏的，你们不要老是在我们村上转了又转，弄得两个人劳动也没有心想，早点同我滚蛋。不是被我发了一通脾气，这些人有得在我们村上转嘞转呐。”

“老油条”说：“怪不得，我说专案组怎么突然撤到东山西山去做市面，原来是我们陈主任发了脾气，专案组才灰溜溜地走路的。”

“包打听”说：“我看专案组的头头，看到你，怕你，不敢同你顶嘴吧。”

“老油条”说：“不是怕噢，是见了陈主任有点闪！甚至不敢同陈主任见面。”

陈胜全点了点头，笑嘻嘻地说：“不说怕嘛，看到我至少有点闪，这一点不假。”

“老油条”说：“不过，他们走了，你陈主任要失业了吧？”

陈胜全把头一扬：“说啥谎话，还怕我失业哩，我事情还做不完呐，连得吃饭屙屎工夫也没有。”

陈胜全一头说话，一头回家。“老油条”“大嘴老乌”“包打听”几个人轻蔑地在陈胜全背后，指指戳戳，做着鬼脸议论：“这个老婊子养的吹牛皮面孔也不红……”

“老油条”说：“反正不要他‘完税’，他尽管吹。”

陈胜全自顾自往家里跑，正巧看到小马、小高他们两个人，却看不到洪强和小李，特地好奇地问：“你们的头头老洪呐？”

“他们到西山去调查、搜山了。”小马特意拉长了调子：“反正事情有得做呐。现在，完全可以吃准犯罪分子在西山，西山假使寻不到，就要到宜陵县的地界去调查。所以，我们组长特地带了一帮人到西山去了。”

陈胜全跟住小马几个同志屁股后面，企图想试探摸底：“专案组到东山西山再查找不到犯罪工具、犯罪分子，会不会杀回马枪再回到庄前村来调查？”

小马诡秘地向陈胜全招招手，陈胜全拿耳朵凑上去，小马低声低气：“我同你讲得，你不好讲出去，到东山西山去调查，是最后一着棋子了，再找不到，就得偃旗息鼓，打道回府。”

陈胜全听了小马的调子，又看到他们情绪低落，对“偃旗息鼓，打道回府”，还没有全部领会其中的含义：“你的意思是说，东山西山再找不到，不会再到庄前村来了？”

小高噘起了嘴，一语双关地说：“你算聪明了，小马讲的意思，你闭着眼睛一猜就猜着了。”

陈胜全像煞有介事，点点头：“有数，有数，小高一讲，我就有数。”

就在当天晚上，王金海突然跑到林家祠堂，向专案组同志汇报：“今天傍晚，陈胜全跑到我家里托我寄一封信给朱如泽你们看怎么办？”

老刘警觉地问：“他有没有说什么？”

他就同我说：“阿二，你帮我寄封信给你的老同学，我要问问他，工作有没有找到？”

老刘对王金海说：“小王，你还是照过去一样帮他寄，然后，再观察他们的动静，如果有特殊情况马上来汇报。”

王金海得到肯定的答复，就向他们告辞。

王金海离开林家祠堂，专案组几个同志开始议论陈胜全托王金海寄信给朱如泽，是不是小马、小高"开动增氧泵，放水增氧"以后，潜藏一潭死水里的泥鳅开始浮动了。

小唐听他们一说，马上接口："没有这么快。"

小王朝小唐看看："说不定呐。"

小马、小高两个人发表感言："在庄前村，陈胜全绕住我们两个人打听专案组同志的动向，特别提到洪强。很可能深藏的泥鳅开始浮动了。"

老刘说："再观察观察，说不定的。"

正当专案组几个同志在猜测、议论，没有几天，王金海急吼吼跑到林家祠堂，汇报陈胜全同朱如泽的动向。

朱如泽接到陈胜全来信，特地赶回庄前村，到了陈胜全的家，陈胜全就向他通报当地公安机关的新情况，公安人员已经从庄前村撤走，到孔定山东山、西山去搜山寻找犯罪工具、犯罪分子了。朱如泽听他如此说，心里着实暗自高兴。正是春风得意，庆幸自己手段"高明"，早就将犯罪工具转移到自己家里，公安人员这辈子再也不要想找到它了。

人们始终不明白，陈胜全同外甥朱如泽究竟是啥关系，专案组原来分析来分析去，疑点不少，只是怀疑到他向朱如泽通风报信。其实，陈胜全早已经上了贼船了。

当初，朱如泽怎么想起发展自己的娘舅参加特务组织呢？事情还得追溯到朱如泽领受了陈婷交办的任务，特地在火车站买了两包糖果，回到庄前村到陈胜全家里去混吃晚饭，陈胜全好似突然发现新鲜事："你比起原来长高了。"朱如泽哈哈大笑："哪里是长高，我穿了一双回力牌球鞋。"第二天，孔定山微波站发生破坏事故。没有几天，专案组就到庄前村大队，通过治保主任陈胜全开展排查工作。当时，有关犯罪分子特征都一一向陈胜全交了底。而且向陈胜全特地强调，要注意发现犯罪分子穿的"回力牌球鞋"。当时，陈胜全已经怀疑到是朱如泽作的案。

案发那年6月，陈胜全看到专案组搜山，马上写信向朱如泽通报情况，朱如泽回到庄前村将埋藏在孔定山东面一块石头下的作案工具、电缆，由孔定山转移到家里。朱如泽感到陈胜全如此热心帮助他搞反革命活动，而且发现他这个娘舅头脑灵活、机敏，又有党员、大队治保主任这一层合法外衣包装，当即发展陈胜全参加了特务组织。陈胜全看到自己的外甥如此阔绰，只要朱如泽到他的家里，一出手就是几十块港币，陈胜全夫妇俩就像碰到了“财神菩萨”；再经朱如泽一鼓动，他想想又不要自己赤膊上阵，就凭自己动动嘴，就有外快进账，比起干农活省事多了。所以，他也有心攀附，就此两人一拍即合，陈胜全利令智昏，妄图在共产党与国民党之间“脚踏两头船”，就这样参加了特务组织。

这次，朱如泽接到陈胜全的信，和往常一样，大摇大摆到庄前村，就在陈胜全的大队治保主任办公室，两个人关紧了门，进行了密谈。

陈胜全主动向朱如泽打听：下一步要做些啥？

让陈胜全始料不到，朱如泽突然提出：“微波站的工程师，你有没有办法接近他？”

“微波站工程师，只听说姓宋，但是这个人没有看见过。你打听他有啥事情？”

朱如泽俨然摆起上级领导的架子：干我们这一行当的人，上级要你知道的你就知道，不要你知道的，你就不要乱打听；我打听他，是有我的道理。

陈胜全哑口无言，心里想，现在外甥做起我娘舅的顶头上司了，只好服服帖帖服从。为了打破这个尴尬场面，他装腔作势，自圆其说，在嘴里发出：“噢、噢、噢，是、是、是……”他拍了拍脑袋，好似发现新大陆似的：“对了，我曾经听王汉仁说起过，他儿子阿二同这个工程师的弟子在一爿厂做工，据说还是同一个班呐。”

朱如泽听他这么一说，一下子吊出胃口，赶紧追问：“我要你观察阿二的情况，你观察得怎么样？”

陈胜全面露喜色：“我看这个小家伙倒是可以考虑发展，就是人不怎么机灵，为人倒是一板三眼，做事情蛮踏实，他今天在家里。”

朱如泽一听说王金海在家里，径直往王金海家里跑，一到门口，大声呼喊：“阿二在家吗？”

王金海听到朱如泽的声音，赶忙跑出来：“你什么时候到家里的？随即将朱如泽领到他所居住的房间。”

“今天刚到，我还没有回家，刚才在娘舅家里吃的饭。”

王金海试探性地问："我帮你娘舅寄给你的信，你有没有接到？"

朱如泽没有觉察到王金海的用意，随口回答："我就是接到我娘舅的信才回来的。我娘舅说起，在我们村上的公安人员撤走，到西山去搜山了。"

王金海肚里转念头，陈胜全在我面前说谎话，根本不是问朱如泽有没有找到工作，原来是告诉朱如泽有关公安人员的动向。

王金海说："公安人员撤走不撤走，同你有啥搭界，要你关心做啥？"

朱如泽一想自己说漏了嘴，自圆其说："我是刚才在娘舅家里吃饭谈老空，听我娘舅说起村上的专案组撤走了。"

朱如泽似想起什么，突然发问："唉，我上次同你讲的事情，你考虑得怎么样了？"

"你上次同我说啥？"王金海疑惑不解地反问："我不记得了。"

"投奔'自由世界'的事情。"朱如泽带有责备的口气："你忘了？"

"你不要拿我寻啥开心。"王金海浅笑了一下，不屑一顾地说："就凭你这个毛头小伙子叫我参加啥，参加'单干户，还是互助组'？"

"真的，我不同你开玩笑。"朱如泽认真地说："你参加，每个月几十块洋钱，稳笃笃的，怎么样？"

"你可能在白日做梦吧。"王金海讥笑而又诡秘地说："再说，真正参加了就要准备坐牢，这不是开什么玩笑的事情。"

"没有胆量做不出事情的。"朱如泽开始为王金海打气撑胆："再说，参加了组织，到了香港、台湾，公安机关查个屁。"他佯装突然想起啥："嗳！微波站工程师的弟子同你在一爿厂里做工？"

"你怎么会晓得的？"王金海好奇地问："你问起他有什么事情？"

"我随便问问，"朱如泽表现得若无其事："他叫啥名字？"

"叫宋浩兴，你打听他，肯定有啥事情哇。"王金海已经意识到他又在动宋浩兴的脑筋了，有意试探："不然你为什么张三李四不关心，偏偏叫关心起他来呢？"

朱如泽兜过来向王金海打听了宋浩兴家庭情况。王金海把宋家的大概情况向他述说了一遍。朱如泽肚里转念头，要进一步实施"W 计划(1)"，这个人倒是比较理想中的人物，特地向王金海透露些音头，看他是什么反应："他阿哥是孔定山微波站工程师？"

“你倒是像只老鼠到处窜,”王金海惊异地说:“连他阿哥也被你打听到,你倒是对他们兄弟俩动啥坏脑筋?”

朱如泽笑呵呵:“动员他们一起参加我们的组织……”

“我还是说你在白日做梦,你一个‘单干户’要干这种‘危险的事情’,人家会跟着你跑?最起码要有一个像模像样的一级组织,有个正式干事情的人,而且说话要有分量,这才有可信度,就凭你一张嘴,信口开河,不要说他们兄弟俩,连我也不会上你的当,不要‘羊肉没有吃着,招来一身羊膻气’。”

朱如泽转念一想,认为王金海说的也不是没有道理,将心比心,想当年要不是陈婷有足以说明自己身份的证据,我也不会轻信。

“如果有‘来头’的人来,”朱如泽诘问:“你们是否想参加?”

“我也要考虑考虑再说。”王金海不火不温地说:“他们两个人,我倒是说不上。”

这句话看似简单得再不能简单了,但它像一块“鸡肋”在诱惑着朱如泽,叫作“食之无味,弃之可惜”。朱如泽从王金海家里吃了晚饭出来,回到自己家里,辗转不得入眠。

任何事情都有两面性。就拿朱如泽同陈婷的关系来说,他们本来殊途同归,但是触及个人利益时,他们又同床异梦。想当初,朱如泽第一次完成破坏任务后,境外特务机关通令嘉奖。但是,直到现在台湾特务机关还没有派人来,都是听陈婷在咋呼,特务机关通过陈婷发给他月薪、奖金,朱如泽一直怀疑陈婷从中克扣。所以,陈婷几次三番催促朱如泽,把微波站通信设备上割下来的电缆,交给她向上级特务机关交差。朱如泽就是留了一手,将电缆埋藏在家里,推托说公安机关的人在村里,采取滚动式排查犯罪嫌疑人,拿不出来。现在,他回味王金海的一番话,特别钩起他同陈婷接触的感受,认为自己忠心耿耿,一心为党国效劳,甚至不顾自己身家性命,冒了极大风险,连杀头都已经“买单”了。然而,几次三番向她提出同上峰见见面,她总是推三阻四,敷衍搪塞,越发感到心有不甘。自己一个大男人却屈从于她,越想越不是滋味。就这样朦朦胧胧入睡。第二天按照与陈婷的约定,乘火车直奔广州。

再说,陈婷为了躲避大陆公安机关的侦查,她狡猾地采取“打一枪,换一个地方”,而且异地与朱如泽碰头。这次,她到内地活动,在广州越秀公园附近，一处并不显眼的旅馆住下。邀约朱如泽在越秀公园碰头。陈婷一见朱如泽，神态严肃，开口第一句话："东西拿来没有？"

"你只晓得东西、东西。"朱如泽带有埋怨的口气："你就不替我想想安全。公安机关的人一直在我们村上，怎么拿出来，你说说便当，我可是在'走钢丝'哩，随时可能'跌进去'。"陈婷有些嗔怪："一个大男人胆小如鼠，还能干什么大事？"这句话，可激怒了朱如泽。

"好！你胆大包天，你去干吧，我就只有这点'本事'。"

陈婷感到自己说的话，似乎有些过分，赶忙缓和一下口气："同你说说笑话，侬当真啦。好，侬发展人的事"怎么样了？"

"人家说我是'单干户'。"朱如泽有些埋怨，用抱怨的口气说："人家不感兴趣，表示不看到'河对过的人'，他们不会轻易参加。你看怎么办？"

陈婷陷入了沉思。

55

特派记者

朱如泽、陈婷两个人，经过一番争论，发泄了郁积在内心的一股怨气以后，长时间陷入沉默。最终又在共同的“意念”驱使下，逐渐溶解了沉淀在内心的愤懑，达成了和解。

陈婷仰面舒了一口气，长叹一声：“唉——，你说你‘走钢丝’为我‘买单’，我把自己的脑袋瓜结在裤腰带上回到大陆。你知道吗？”

为了博取朱如泽的理解和同情，陈婷擦了一把眼泪，喋喋不休，向朱如泽诉说起自己在香港的遭遇，冒死到台湾接受特务训练等曲折经历。然后，抬起头来，诘问朱如泽：“从台湾回到香港，奉命派遣来到大陆‘滚钉板’，你知道吗？”向朱如泽吐了一肚皮的苦水。而后，又换了个口气，诘问朱如泽：“如果不看在我们表亲妹关系，我在海临的同学多得是，何必要找你？”

朱如泽也发泄一通自己的怨气：“你倒是替我想想，我既不愁吃，又不愁穿，无忧无虑，我图个啥？还不是因为你的关系，我说啥也不会如此卖命。”

两个人又长时间默默不语。在越秀公园幽静的恋人小径，一前一后，一头漫步，一头陷入沉思。

陈婷退一步想想，当初，如果不是有这个表弟卖命，也不可能有我今天的立足之身，在父母面前的风光之日；而朱如泽也退一步盘算着，要不是这个表姐为我提供机会，我还是两手空空的穷光蛋，遭人白眼，吃亏也只得忍了。至此，两个人各退一步，又并肩一起“向前看”，决意在一根“钢丝绳”上走下去。

话又要说回来，尽管双方尽可能着力修补裂痕，但是，各自怀有心机，都留有一手。

在一个僻静的树荫下，两个人拣了一处靠背椅就座。陈婷毕竟在特务圈子里混了一个时期，比较老到，从提包里拿出 200 块港币递给朱如泽，噘起了嘴：自己节省些用，你看下一步怎么办？

朱如泽心里想，我几次三番要她催促上峰到大陆来，她总是推三阻四同我瞎敷衍，现在零打碎敲拿些钞票打发我，认了。接过了钞票："我算得节约开支了。下一步，我看你最好到沪西去一趟，同王金海碰碰头，只有这样才能取得他对我的信任。他已经掼出调子来了，不看到'河对过的人'，不会投奔'自由世界'。"

实际上，陈婷有意回避邀她的上峰来到大陆。她也有她的一块心病。她怕她的顶头上司一到大陆，扣朱如泽的报酬、奖金的事情穿帮；原来在上峰面前吹嘘她在大陆如何"艰险"的虚假描绘也要被拆穿。最大的一块心病：一旦上峰直接同朱如泽搭上关系，势必从这块平台上把我陈婷挤出局。而朱如泽也不是个"猪脑子"，他已经猜到陈婷几分心思。所以，陈婷迟迟不叫上峰来，他就找一些借口有意要挟陈婷。

陈婷就怕出头露面，听了朱如泽讲的一些理由，权衡一下利弊得失，到沪西去同王金海会面的价值，似乎吃不透。所以，她兜过来问："有这个必要吗？那么宋家兄弟见不见面？"

朱如泽加重了语气，诉说理由："当然有这个必要。我在大陆，他们怎么相信我是'自由世界'的人呐？当初，要不是我看到足以证明你的'身份'，我也不会爽气投奔'自由世界'。至于宋家兄弟嘛，就要看同王金海碰头的情况，才能有数。"

为了吊足陈婷的"胃口"，朱如泽把宋家兄弟的家庭情况以及个人在"文革"期间的遭遇，绘声绘色大肆渲染一番，并不无夸张地再次陈述理由：如果要按照上峰的意图策反宋浩然实施"W 计划(1)"，就离不开他的老弟宋浩兴，要同宋氏兄弟搭上关系，就少不了王金海这个牵线搭桥的人。眼前，王金海倒是个关键人物。

其实，陈婷肚子里本来就有一本账。台湾特务机关驻香港办事处派她到大陆从事特务活动，已经向她交了底，"W 计划(1)"——策反宋浩然以及窃取有关邮电通信方面的情报。而陈婷领受这个任务，要策反宋浩然，首先考虑到"安全系数"，为了防止朱如泽冒里冒失，把事情搞坏，对策反宋浩然，还只是向朱如泽露了一些口风，想考察一下朱如泽的办事能力，等到有了把握，再向他亮底牌。不晓得，她的口风一露出来，就被朱如泽抓住，兜过来变成要挟陈婷。

陈婷装模作样表示疑惑："同王金海碰头方便吗？"

朱如泽其实猜到陈婷的心思，"方便"的潜台词，考虑到"安全"问题。所以竭力为陈婷壮胆："这有啥不方便的，你可以作为到内地观光旅游的香港客人，派头大些就安全了。"

陈婷转念一想，反正有朱如泽出面，也就不再犹豫，接受朱如泽的建议："好吧！那，电缆怎么说？"

朱如泽肚里转念头，你念念不忘的就是"电缆"。上峰再三催促要这根电缆，说明这根电缆的价值。他说："只要公安机关不在村里，我随时拿给你，我倒是考虑你拿了这个东西怎么出境，如果在海关被查扣了，你怎么办？你不仅交不了差，弄不好连你的人也要搭进去。"

陈婷听到朱如泽说起海关检查，思想上犹豫了一下，缓和了一下口气："这个事情要考虑一个稳妥办法出来，不过，你无论如何这次要给我，上峰已经几次三番催促了，再拖下去会引起上峰怀疑。"

朱如泽已经觉察到陈婷怀有十分矛盾心理，叫作"既怕吃得又怕噎得"，为自己的安全，有点犹豫的心态，尽量敷衍搪塞："到了沪西再说吧。我还是劝你，要想出一个万全之策，否则不要白白自投罗网。"

陈婷厌烦朱如泽尽说些不吉利的话："你都是说些倒霉、晦气的话，好事也要被你说坏了。"

经过一番斗气、相互埋怨到修复裂痕，两人调整了一下心态，又开始认真地商量到沪西去如何发展反革命组织、获取情报，策反宋浩然，甚至连如何走法、如何碰头，如何接触，都做了研究……

朱如泽打前站，先走一步，匆匆忙忙赶到沪西庄前村。到陈胜全家里混了一顿晚饭，回到家里径直到卧室，开亮了电灯，脑子里不时充塞着陈婷索要电缆的情景。随手推开了窗子，打开电筒朝天井察看埋藏"电缆"的地方，满地一片绿油油的青苔，窗沿墙脚下五盆花草好端端地摆放着，特别是中间一盆石榴树照样放在原处，又随手将窗子关上，方才心安理得坐下，进入了另一个世界在思考：这次是将电缆给她呢，还是不给她？如果给她，她又可以顺理成章向上峰邀功领赏：我非但应有的报酬得不到，她陈婷还要从中克扣。想到这里，全身的血液直往头顶冲，气得浑身发抖，肚皮里藏了一肚皮的委屈，伴随着愤懑之情，心潮立时涌动：用脑袋瓜换来的这根电缆，现在就这样不明不白地给她，到头来还得听命于她，受她摆布，像哈巴狗一样，摇尾乞怜。越想越气，不由自主地拍打了一下床沿，发狠劲，不见到上峰，决计不给她。

第二天上午，听说王金海做中班在家里困觉，朱如泽赶紧跑到王金海家里，直往王金海的房间跑。一看王金海蒙头睡大觉，不问三七二十一，掀开被子，一把把王金海拖起来："快点起来。王金海揉搓眼睛，疑惑地坐起来：你这么早，有什么事？"

朱如泽神经兮兮，诡秘地压低了声调："河对过来人了。"

王金海随即又躺下，嘴里咕噜："昏说乱话，困觉！"

朱如泽一头掀被子拉王金海起身，一头嘴里发咒："狗日的骗你。"

等到王金海坐起来，朱如泽正儿八经向王金海透露内情，并同王金海约定同"河对过的人"碰头时间、地点。一开始，王金海将信将疑，然而，从朱如泽面孔上的表情看来，似乎不像开玩笑。到了中午，朱如泽在王金海家里吃完中饭就同王金海分手。朱如泽只身赶往沪西火车站出口处等候陈婷。直到下午 4 点 5 分，陈婷打扮得像"贵妇人"一样，一身珠光宝气，随着人流出现在车站出口处，朱如泽穿过客流人群，迎了上去帮她拎包。

陈婷派头一落，一看到朱如泽，煞有介事开腔："等了好久了吧？这一躺车子，坐得我心灰意懒。"

朱如泽带有责备的口气："等人心焦，怎么车子到现在才到站。"

陈婷不无抱怨诉说原委："火车从广州开出，到了衡阳就开始晚点。以后一站一站顺延，晚点了一个多小时。"

朱如泽虽说对陈婷有着一肚皮怨气，一看到陈婷，一股怨气也就荡然无存。乖巧地帮她拎包，一头走，一头说话："走！我们到国际旅行社去。你拿些派头出来。"

两个人就在火车站的西面，凭陈婷到大陆的回乡证件，由朱如泽代为办理住宿登记手续，住进了国际旅行社。傍晚 7 点多钟，朱如泽在旅行社门口等候王金海，正巧王金海中班翻早班，按照朱如泽约定的时间赶到国际旅行社，由朱如泽带领王金海到了 303 号房间。王金海进门一看到陈婷如此妖艳，感到很不自在，还是陈婷主动伸出手同王金海握手。

"王先生，你好！"

王金海一听称呼他"先生"，这种称呼，他从娘肚皮里出来，出生出世第一次听到。顿时全身的神经收缩，感到很不自在，格外表现得手足无措。就在他十分勉强地伸出手同陈婷握手的瞬间，一只手触电似的，随即缩了回去。此时此刻，王金海就像玫瑰花一样羞答答，静悄悄含苞待放，不敢正面看陈婷面孔，两只眼睛只是斜视着陈婷的脖子，朱如泽在旁边看到王金海傻头傻脑的样子，赶紧帮他解围，特意招呼王金海坐下来。

这个时候的陈婷，俨然摆出一股"有身价"的样子，开始像审讯犯人一样问话。而王金海也就开始一问一答。从王金海年龄问起，一直到家庭、工作情况，然后再拐入主题。

"你决心投奔'自由世界'吗？"

王金海似是而非地回答："我正在考虑。"

陈婷从王金海的衣着打扮，谈吐举止，觉得王金海是"乡巴佬"，还不是一个完全理想中的对象，只得观察了以后再说。于是，陈婷拿在台湾特务机关学到的一套，像"卖狗皮膏药"，诉说了一通，看看王金海的反应。而王金海听了她的一番说教，心里像有一个"面团"堵着，好不自在。当即采取不亢不卑，模棱两可地回话：

我同你初次见面，至于有啥事情，或者问题，我同朱如泽比较好交谈。

朱如泽在旁边本来担心王金海这个"土佬西"乱讲话，一听说"我同朱如泽比较好交谈"，暗自高兴，这个回答得好，没有我朱如泽，你陈婷在内地寸步难行噢。

陈婷俨然摆出身价似的，一本正经对王金海发话："好，你们商量一下，尽快告诉我，我到大陆时间相当紧迫，所以希望你尽快拿定主意。"

按照洪强事先交代，在同朱如泽、陈婷的接触中要表现得不温不火，既不拒绝，又不急迫，要随时随地摸透对方的意图。王金海同朱如泽经过短暂交谈，回过头来，再次斜视陈婷的脖子，羞答答地说："怎么样才算投奔‘自由世界’呢，要做些啥事情，我是不是胜任?”

王金海特意在吊陈婷的“胃口”，目的是想摸准他们的意图。

陈婷笑嘻嘻，两只眼睛眨眨：“你倒是很细心。投奔‘自由世界’，首先要履行一下手续，你主要的任务，以同样的方法去发展成员。当然，发展的对象一定要可靠。当前，你最好就地发展微波站的工作人员，如果能够发展到工程师，奖金可以成倍。怎么样?”

王金海听到说发展微波站工程师，基本上摸到了他们的企图、目的，只是轻描淡写地回答：“我同微波站的人不怎么熟悉，还要问起来看呐。让我考虑考虑，以后再说吧。”

陈婷感到这个人不是很干脆，怀疑他的能力。就这样打发王金海走路。

陈婷对朱如泽发表了感言：“这个人好像三拳头打不出闷屁。再说，他的态度似乎很暧昧，会不会是公安机关的线眼?

朱如泽很不以为然：“你不要神经过敏，我同他是同一个村上人，从小一起长大，又是初中里的同学，我对他的了解不好说百分之百，也可以说七不离八。人家看到你是个女的，特别看到你这么装束，当然不自然了。再说，他被公安机关抓进去审查过，对公安机关恨之入骨，绝对不会是公安机关的线眼。”

陈婷想了想，有意告诫朱如泽：“话不要说得绝对，侬还是小心点好，随时随地都要提高警惕。再说，我不是听了你的话，派头要大些，现在，又嫌我这身打扮不合时宜，我倒是吃不透，到底怎样才好。”陈婷不厌其烦地说：“你不要老是厌我嘴烦，王金海这个人，你不要看老皇历，只看到他过去的一面，没有看到现在变化的一面，我劝你无论如何要想办法对他做一番了解。今后凡是要发展的人，都要经过一番认真细致的调查，调查确实同公安机关没有什么往来，根据他对‘自由世界’认识程度，再考虑发展，这关系到我们自身安全的大问题。”

“好!”朱如泽听了陈婷一番话，仔细想想也有一定道理：“我想办法调查，不过一时半晌，了解不着的，还要找找窍门呐。”

“好了，至于办法、窍门，我想凭侬的智慧，只要你想通了，这是不是问题的问题。我不同你磨嘴唇皮了，你倒是赶快下决心调查，然后要他抓紧时间有所表现，对党国表忠心。哎，电缆呐!”

朱如泽摆了个噱头，同她瞎敷衍：“我本来要带来，一看公安人员在我们村上虎视眈眈，怎么拿，找死！现在，不是急的电缆，而是要对王金海做深入细致的调查。因为这个人，目前来说太重要了，你认为这个人三拳头打不出个闷屁来。眼前，没有他就没有办法乘上直通车到达孔定山微波站。他同孔定山微波站工程师老弟是要好朋友，你说这个人重要不重要？你刚才说的要对他进行一番调查，他同公安机关有没有联系，这倒是个大问题，我现在的首要任务，要赶紧调查王金海，包括宋氏兄弟的情况，你看呢？”

陈婷听他如此一番解说，倒是完全符合她的心意，点点头，满意地给朱如泽戴戴高帽子：“侬现在这个想法上路了，不过，你要抓紧时间调查……”

就这样，陈婷要的电缆也就被朱如泽又一次糊弄过去。

但是，经陈婷提出王金海会不会是公安机关的“线眼”，朱如泽毕竟做贼心虚，倒是马上警觉起来。他想到王金海曾经被公安机关抓起来审查过，虽然对公安机关的审查刻骨铭心。会不会被公安机关“撳牢头吃草”，充当“线眼”呢？不过，单凭他土里土气的农村小青年，公安机关也未必看得上眼，选择他作“线眼”。再说，几年来，娘舅每次叫他寄信给我，从来没有拆过，没有发现有啥误差和可疑行迹。朱如泽想来想去，脑子里似乎灌了一头“雾水”。怎么办？看来，还得靠娘舅，通过他进行调查，才能有个说法。

到了庄前村，朱如泽急匆匆地跑到陈胜全家里，就像上级对待下级的口气查问：“王金海这个人，你对他的印象如何，这个人会不会是公安机关的线眼？”

陈胜全听到朱如泽问起王金海会不会是公安机关的“钱眼”，感到莫名其妙，不耐烦地说：“这个人就是有些呆头呆脑，人倒是一板三眼的，至于会不会是公安机关的钱眼，公安局吃饱了，要靠他赚钞票，怎么会被你想得出来的？”

朱如泽大声发笑说：“你不要七里缠八里，我是说的线眼，不是说钱眼，线眼就是替公安机关做事情的人，专门收集情报向公安机关汇报。”

陈胜全听了朱如泽的解释，也开始发笑说：“我当是啥事情，原来说帮公安机关收集情报，我想阿二不会做这个事情，一个他不会愿意，再说，公安机关对他也看上眼，要他收集情报。你不要对阿二尽想到歪里去。”然而，经朱如泽反复说明道理，陈胜全才勉强接受他的观点说："你看，下一步怎么办？"

朱如泽说："你是否想办法了解了解呐。"

陈胜全说："如何了解，要么问问他本人。否则，我又不是他肚皮里的蛔虫。"

朱如泽说："这种事情怎么可以问他本人？他如果帮公安机关收集情报，不会肯当面告诉你，只有通过同他要好的人，从侧面了解。否则惊动了他，再下去没有戏唱了。"然后，舅甥两人经过一番商量，各自按照预定办法进行调查。

陈胜全跑到后村，找到同王金海在东方纺织厂一起做小工的徐金大。陈胜全一脚跨进门，摆起大队干部的架子，直着嗓子叫开了："金大在不在家？"

金大老娘听说要找金大，赶紧从里面跑出来，一看是陈胜全，就呆问："是陈主任，找金大有啥事情？"

陈胜全笑嘻嘻地说："我来问他几个事情。"

金大娘大声疾呼："金大啊，陈主任找你。"

徐金大听到老娘喊，赶紧从里屋跑了出来，一看到是陈胜全，好似看到个陌生人，猴头猴脑，傻笑不语。陈胜全看到小赤佬一点规矩也不懂，既不喊坐，也不递烟倒茶，把陈胜全晒在一边。陈胜全做大队治保主任，习惯不是开口训人，就是直截了当开口问话，找徐金大谈话，用原来老一套办法肯定不行，心里想如何开口，既要达到目的，又要不让他发觉谈话的意图，着实感到难以开口。憋在那里老半天，找不到开场白，不管它"三七二十一"，一脸严肃相，开口问话："我来问你个事情。你同阿二在一爿厂里做工的，是吧？"

徐金大只是傻笑，既不说是，又不说否。陈胜全好像碰到鬼，还是金大娘代替儿子回答："是咯，是同阿二在一爿厂。"随后，她拉拉儿子的衣服："你告诉陈主任，是在一个厂做工。"徐金大就是不开口，老娘光起火来，对准他的脖子，揍了一巴掌，嘴里嘟哝着："你咯出棺材，你是金口，不好开口。"

陈胜全又问："是不是在一个车间?"

金大老娘又代金大回话："他同阿二是在一个车间上班。"

陈胜全面孔一板："我又不是问你，是问你儿子。"

金大老娘恨铁不成钢，嘴里嘀咕："啊呀，你个出棺材，真正碰着鬼了。陈主任有啥事情?"

嗨!她反过来向我打听，陈胜全感到没有办法，只好用话头岔开来："我随便问问，没有啥事情。"陈胜全还是心有不甘，继续问话："金大啊，你同阿二一个车间做工，平常日子有没有公安局的人找他，或者是他找公安局的人?"

徐金大挨了老娘一巴掌，本来噘起了嘴，眼睛紧盯着陈胜全看，陈胜全一开口问他话，嗨!他又开始傻笑。

金大娘赶紧凑上去骂："你咯出棺材，陈主任问你，晓得就讲，不晓得你连头也不会摇了。陈主任你就当今天碰到个鬼吧。"

金大娘当了陈胜全面，非常不满意儿子的表现，而内心倒是赞赏金大的这一套"做功"。认为在陈胜全面前不好多嘴多舌，否则，没有事情惹出事情来，多个麻烦。而陈胜全几乎碰到个"新鲜活死人"，碰了一鼻子灰，就这样调转屁股走。接着，他又在后村一连问了两三个人，都是一些不痛不痒回答他的提问。最后，问到徐庆生，才从徐庆生嘴里了解到王金海在厂里做生活的情况，陈胜全兜了好几个圈子，徐庆生才说到点子上，只是说，同王金海同一个厂，不在同一个车间，平时没有注意他同哪些人来往。此时，陈胜全已经用足了吃奶力气，反映人说的情况，尽是些不着边际的废话，原本他认为王金海不可能是公安机关的"线眼"，经过同王金海同一爿厂的村上人了解的结果，更加说明自己的判断正确。陈胜全回到家里，拿了解的情况向朱如泽如实反映，朱如泽感到"隔靴抓痒"不痛不痒。本来想，拖了陈胜全一起到东方纺织厂去调查。后来一想，陈胜全土头土脑，到城市多有不便。最后，他一咬牙：干脆亲自出马到王金海厂里实地观察，了解情况。

第二天上午，他只身前往东方纺织厂。他知道，到这些大厂里去，一定要有"证件"，朱如泽的脑子还是比较灵光，派上用场，在高中读书的时候，弄到一张报社里的"特约通讯员"证件，当作"记者证"使用，哄过了门卫进入工厂。很快找到男工宿舍，东张西望，贼头贼脑，被宿舍管理员拦住:“你不看看门上的牌子写着‘闲人莫入’,你到哪里去,有啥事情,找啥人?”

朱如泽一本正经出示“特约通讯员证”说:“我是记者,来采访。”

管理员接过证件一看,然后将证件归回他:“你找啥人,事先有没有约好?”

朱如泽随即编了一通谎话:“我们记者采访,一种是事先约好,被采访人有个准备等我们记者采访;另外一种是出其不意,上门采访,可以保持采访内容的真实性。我今天来,是属于第二种,麻烦你只要指点一下,王金海住在几号门宿舍就可以了。现在,我先采访你。”

紧接着他以采访的形式,通过同管理员攀谈,打听王金海的宿舍里面住几个人,平时他们接触啥些人,而管理员把他当作记者,非常认真地一一回答,最后又陪同他到王金海宿舍。

到了王金海的宿舍,管理员将门推开,正巧,王金海同另一个小青年,上班中间在宿舍里休息,两个人在谈老空。王金海看到朱如泽一进来,感到非常突然。招呼朱如泽坐下来,开始相互交谈。

朱如泽看到王金海身边的小青年:“他同你一个宿舍的,叫啥名字?”

王金海不经意回答:“他叫宋浩兴,我们是一个车间同一个班组,住在一个宿舍里的工人。”

朱如泽一听说这个小青年就是宋浩兴,喜不自禁,正是意想不到的收获。赶紧调转了话头搭讪头,缠着宋浩兴问长问短,本来想将话题引向“自由世界”,一看宿舍管理员在旁边,一则怕露馅,二则被宿舍管理员听到,自找麻烦。就在他犹豫不决的时候,宋浩兴并不搭理朱如泽,自顾自站起来,吆喝上班时间到了,把手一挥:“走,上班吧。”

王金海同朱如泽敷衍了两声,宋浩兴前脚走,他后脚跟上,走出宿舍。朱如泽只得望着他们两个人的背影,心有不甘,自顾自走开。

56

“04”对上号

朱如泽从东风纺织厂回到国际旅行社303号房间，陈婷坐在沙发上，朱如泽站在房间中间，手舞足蹈向陈婷演示、讲述调查王金海情况，当场向陈婷打了“包票”，王金海百分之百不是大陆公安机关的“线眼”，并且斩钉截铁表示：“这个人绝对可靠。”

陈婷听了朱如泽一番夸张的言论，有意捧捧他：“我早就说过，凭你的智慧，调查王金海这个人可靠不可靠，对你来说不是问题的问题，只要你思想通了，办法总是有的。”

戴了高帽子的朱如泽格外得劲，又向陈婷卖弄关节，摆了个噱头：“我不仅了解到王金海的情况，而且还有一个额外收获，你可晓得啥额外收获？”

陈婷好奇地看看他：“还有额外收获？你不讲，我哪能会晓得呢。”

朱如泽神经兮兮，带有诡秘的口气：“在男工宿舍，我不仅看到了王金海，还碰到了宋浩兴。你说是不是额外收获？”

陈婷听了朱如泽这么一说，着实点到了她的兴奋点，一下子把她胃口吊出来，满心欢喜地追问朱如泽：“你有没有同他交谈？”

朱如泽一看陈婷高兴的样子，不无添油加酱：“交谈了，我们谈得蛮投机。”

陈婷听说朱如泽同宋浩兴谈得蛮投机，顿时眉开眼笑：“他对投奔‘自由世界’，是啥态度？”

朱如泽马上转了个弯，找了个借口，变了个调子：“在男工宿舍里还有不少人，这么好开口谈‘河对过’的事情，再说，只是初次见面，按照你的说法‘阿可靠，勿可靠’，还没有经过净化过滤器处理，马上搭上线，弄得不好一脚踏在‘高压线’上，性命攸关，你说是不是？”

经朱如泽如此一说，陈婷想想倒也是这个道理。这个时候的陈婷，满脑子出现了宋浩兴、宋浩然弟兄俩的幻影，想入非非，进入了一个虚无缥缈的境界。心里想，只要能够同宋浩兴接上头，搭上线，下一步就可以乘上直通车，直接抵达孔定山微波站宋浩然那里了。不言而喻，两个人都有着说不出的高兴。

任何事情不可能一厢情愿，如果说，真正像朱如泽向陈婷吹嘘的那样，调查到王金海的真实情况，又取得了额外收获，同宋浩兴搭上了关系，那后果不堪设想。专案组费尽心血，原来设计的侦查台湾敌特机关“W计划(1)”的一整套计划，想必要全部泡汤。

偏偏在这个骨节眼上，扭转这个险情的一个关键人物既不是王金海本人，也不是专案人员，而是住在庄前村后村，同王金海一爿厂，而且又是同一个车间做工的徐金大。庄前村大队治保主任陈胜全，按照外甥朱如泽的吩咐，调查王金海是不是公安机关的“线眼”，第一个就是找徐金大。嗨！这个徐金大看到陈胜全就好像中了邪似的，只是傻乎乎地傻笑，陈胜全就像碰到个“新鲜活死人”，任凭陈胜全七问八问，他就是死不开口，他老娘骂他、打他，他只是涨红了脸，暴起了两只眼睛，干瞪着看他老娘，歪转了头，像老和尚念经，不出声地动着嘴唇皮。过一会儿，等到陈胜全再开口问话，他又傻笑。所以，陈胜全始终没有在他的嘴里抠出一点点残渣、牙缝里剔出一星星屑粒头来，反倒是陈胜全“偷鸡不着蚀落把米”，在徐金大面前暴露了调查王金海的意图。然而，这个徐金大一到了厂里碰到王金海，在王金海面前简直判若两个人似的，有说有笑，喋喋不休，诉说陈胜全向他打听王金海的情况，滴水不漏，告诉了王金海。

王金海听到徐金大告诉他的情况，立即向洪强汇报。毫无疑问，洪强警觉到朱如泽、陈婷在搞反侦查，迅即做出反应，会同外线组一起，在东方纺织厂搭起了迎战朱如泽的“平台”，并在当晚部署到位：凡是朱如泽涉足的地方，从门卫、男工宿舍管理员一应人选，安排公安机关内、外线侦查员，严阵以待；派出侦查员迟振扬做替身，扮作宋浩兴，在王金海的男工宿舍迎候朱如泽，同朱如泽“打个照面”，为以后“诱敌深入”，投入了引诱鱼儿上钩的诱饵。

一时,利令智昏的陈婷,听了朱如泽绘声绘色的汇报,满以为在庄前村大队治保主任陈胜全的帮助下,朱如泽在沪西市发展人员、策反宋氏兄弟都取得了长足进展,也就鼓胀了胆子,妄想大刀阔斧组织实施敌特机关“W 计划(1)”。由此,陈婷满脑子憧憬着未来,诱人入迷的幻景。她细细里回味一下朱如泽所说的情况,又好似从困梦头里醒过来,朱如泽还仅仅是一个偶然机会,不期而遇宋浩兴,还没有同宋浩兴谈起发展他参加特务组织。顿时,面孔上略过一朵乌云,神情沮丧,向朱如泽袒露了她的心结:“如果就凭现在得到的情况,回去复命,到头来,好事轮不到,反而被上峰吃批评,到了内地混到今天,也没有混出个名堂,只是敷衍塞责,骂得你狗血喷头。”

朱如泽想想陈婷说得倒是有一定道理,转过身来:“依你看,下一步怎么办?”

陈婷直言不讳:“最好要同宋浩兴碰碰头,动员他参加组织,这样一来,就可以为下一步接触宋浩然架起了一座桥梁,我回去也好向上峰复命。”

朱如泽沉默一会儿,微微浅笑了一下:“要是这样的话,先要说动王金海,然后,由王金海领路找到宋浩兴,看看他的态度,然后再向他摊摊底牌。”

陈婷点点头:“这个办法可以,要抓紧时间。这个事情,还得由你出马,我立等好消息。”

在局长办公室,陈、许两位,以及宋科长,听取洪强汇报朱如泽、陈婷搞反侦查的活动情况, 陈局长面对许副局长发出了浓重的江北调子:“看来,现在我们碰到陈婷这个对象,不是什么‘草台班子’出来跑龙套的家伙啊,这个对象很有可能受过台湾特务机关严格训练过的特务。好吧,现在,你们把外调的情况说说吧。”

洪强、小李接着汇报第二次到海临、江临外调的情况。就从第一次外调,留下来的尾巴查起,基本上把朱如泽、陈婷两个人原来的一些疑点逐一查清。至此,有关陈婷的政治身份也呼之欲出:

围绕宋秀莲供到“04 号”的特征,右面脖子上一颗黑痣。洪强、小李两个人一队,顺藤摸瓜,通过海临老洋盘的老婆王巧珍调查,小王、小唐两个人一队找了陈婷最初在沪西市龙船浜小学里的同学张妹娣、王根娣两个人核实，一致反映陈婷的右耳根部的确有一颗黑痣。张妹娣说：在小学一到三年级，我同她坐在一张课桌上，我就坐在他的右手里，她右耳朵根部一颗黑痣，天天看到。王根娣说：从三年级到小学毕业，我同她坐在一张课桌上，我就坐在她的右手里，一到上课的时候，就看到她脖子上的一颗黑痣，有一次，我同她开玩笑，特地伸手去摸摸，她将头一歪。王金海这次在国际旅行社303房间同陈婷直接会面的时候，趁同陈婷握手、交谈的机会，先后两次观察到陈婷右耳朵根部的那颗黑痣标记。

宋秀莲交代，特务机关派遣她潜返大陆之前，特地为她精心包装，安排她在特务机关在香港的据点“新世纪（香港）通信器材有限公司”门前拍摄了照片，她的要好朋友傅光远从美国探亲回来，在江临市公安局侦查处的帮助下，从傅光远处拿到了宋秀莲赠予傅光远的这张照片，同陈婷拍摄的照片一对照，完全可以论定，陈婷也是在宋秀莲同一个敌特机关据点门前拍的照片。毫无疑问，陈婷就是敌情通报的“04号”派遣到华东地区的女特务。

通过海临火车站派出所，调阅车站旅馆旅客住宿循环薄，查到1970年5月15日晚上12点半，朱如泽、陈婷两人以夫妻名义同居一间房间。这个时间，正是朱如泽在孔定山微波站作了案，连夜乘上火车，潜逃到海临同陈婷会面，足以说明，朱如泽在孔定山微波站作案与陈婷潜返大陆搞反革命破坏活动有着密不可分的联系。

通过内查外调，内线侦查，洪强向两位局长汇报，最后的结论意见：朱如泽破坏孔定山微波站通信设施，是敌特机关预谋已久的计划，由陈婷潜入大陆组织实施，朱如泽听命于陈婷付诸行动。现在，他们在沪西的目标，锁定孔定山微波站工程师宋浩然，有可能企图通过王金海牵线搭桥，策反宋家兄弟，窃取邮电通信方面的绝密资料。

许副局长是渡江以后，在沪西讨的老婆，他讲话，是江北口音，少许夹杂着沪西地方语。听了洪强的汇报说：“我同意老洪的分析意见，朱如泽同陈婷的关系，已经超出表亲关系这个层面，纯粹成了特务组织里面的上下级关系。看来，朱如泽在孔定山作了案，潜逃到海临，同陈婷在车站旅馆奸宿，这不是什么巧合，而是事先约定，由朱如泽向陈婷复命。”

陈局长拿起陈婷和宋秀莲两个人的照片一对照，脑子里盘算，完全证实了宋秀莲供述，宋秀莲与陈婷同是在一个特务机关据点门前，在棕榈树阴影掩映下拍摄的照片。陈局长不住地点头，面带微笑："唔！'04号'对上了。看来，宋秀莲、陈婷她们两个人属于同一个特务系统，有着不同的任务。"然后，他饶有兴趣地感叹："这次，专案组在庄前村搞了个'增氧泵增氧'，看来，已经奏效，敌人从一潭死水底下开始浮动，从陈婷同王金海的接触交谈的情况来看，似乎他们的兴趣还是在孔定山微波站，企图策反微波站的工程技术人员，这就暴露了台湾特务机关'W计划(1)'，是针对我们的微波邮电通信。这里面必然隐藏着更大的阴谋。"陈局长眯起左眼，习惯性地用食指、中指交替着点击桌面，沉思一会儿，睁开眼睛，晃了一下脑袋："至于下一步工作，对朱如泽、陈婷，现在又要包括陈胜全在内，你们在工作措施上一定要采取、内紧外松、，防止稍有不慎，惊动了敌人，又要潜入深水底下。我们侦查工作的重点，围绕敌人的破坏目标，既要防范敌人继续搞破坏，又要将他们的阴谋搞清，要按照'三清一证'的要求，做到'组织清、人员清以及阴谋活动清'，最终拿到他们犯罪证据。至于他们的幕后指挥者，现在隐隐约约浮出水面，是金坚。我的意见，现在要把金坚这个特务的侦查工作，摆上议事日程。这个案件，老许啊，我看，我们专案组的同志要有长期作战的思想准备，必要时，在沪西、华南甚至包括香港把所有的侦查手段都要调动起来。具体怎么办，你帮助他们搞一个方案，报请省厅审批，然后，根据省厅的批复指示，组织实施。"

汇报会议结束，许副局长又召集专案组同志研究实施方案。就这样，由一场破坏微波通信设备的刑事犯罪，转入反派遣斗争，在沪西徐徐拉开了战幕。

就在专案组回到林家祠堂研究实施方案的同时，突然冒出个陈胜全，对陈胜全这个人，下一步怎么办，引起了专案组同志热烈议论。

有同志提出来，这个人在大队担任治保主任，对专案组下一步组织实施方案极为不利，他完全可以利用治保主任这个合法身份，刺探情报，掌握专案组的一举一动，本来可以依靠的对象，现在变成了"内鬼"，无形中增加了咱们工作的难度和阻力。

小王插嘴说："他这个治保主任，确实是他进行反革命活动的合法外衣。原来只是怀疑,现在基本上可以论定,他女儿使用的港币,是朱如泽给他从事反革命活动的报酬。我毫不隐瞒自己的观点,陈胜全已经由朱如泽发展参加了特务组织。”

小高说:“依我看,他这个治保主任的头衔,早一点革掉,省得碍手碍脚。”

小马摇摇头:“一时半晌,没有办法革掉,农村里的大队治保组织,同城市里的居委会里的治保委员会一样,毕竟都是群众自治组织。”

小唐点了点头:“我完全赞同小王、小马的观点,陈胜全已经成了朱如泽搞反革命破坏活动的帮手。问题是这个人披了合法的外衣,多一顶红帽子,不容易被群众识破。现在,要拿掉他的这顶红帽子,倒也着实不是件容易的事情。”

正当大家在研究陈胜全的问题,要拿掉他头上一顶红帽子,感到无从下手的时候,特派员老殷风风火火赶到专案组。

特派员老殷从“5·15”专案组回到三河公社工作。现在,正忙着一年一度,郊区“治安积极分子代表大会”,有关出席大会的代表资格审查。召开治安积极分子代表大会,已经进入“倒时计”。郊区政法委要求各个公社上报出席大会代表名单的最后期限,就差三河公社的代表名单至今尚未上报,直接打电话找三河公社分管政法工作的副书记何顺畅,催报代表名单。晚上,何副书记急匆匆跑到特派员老殷办公室,而老殷同户籍内勤小董正在逐个过堂、审查上报名单。何副书记一屁股坐下来,向特派员传达郊区政法委催报代表名单的电话内容,同时要亲自坐镇,参加他们过堂研究名单。当户籍内勤小董读到陈胜全的名字,老殷突然喊停。老殷脑子里浮现出陈胜全,在对待外甥朱如泽的问题上,立场不够坚定,甚至有些行为已经出格。根据以往惯例,陈胜全是当然代表,这次是否保留他的代表资格出席大会,一时拿不准,但又不便直说。

他绕了一个弯:“陈胜全的代表资格,最好征求一下专案组的意见。”

因为时间紧迫,何副书记疑惑地看着老殷:“过去从来没有听说,党委研究这类事情,要征求专案组意见。研究确定代表资格是公社党委分内事,现在是不是有了新规定?”

老殷“嘿嘿嘿”笑笑:“新规定倒是没有,我的意思是,考虑到这几年,专案组一直在庄前村工作,少不得同陈胜全接触比较多,听听他们意见,免得弄出笑话来。”

何副书记转念一想,老殷办事情一板三眼,他提出征求专案组的意见,可能有他一定的道理,犹豫再三,临时做出决定:“好吧,不过时间已经非常紧迫了,你无论如何要在今天晚上有个结果,保证在 12 点钟之前报到区政法委。”

老殷向何副书记拍胸脯:“保证不过今天晚上。”转身赶到专案组。老殷将来意向专案组做了说明，然后，催促专案组拿出个意见出来:“现在,时间有限,何书记还在等我回音。”

老殷话音一落,小高抢着发声:“这个问题用不着讨论,这个人怎么有资格参加这个大会。我们刚巧在研究到他的问题时,最好连他的治保主任也免掉,省得碍手碍脚。他如果出席这个大会,这是对这样的大会莫大的讽刺。”在座的一些同志也附和小高意见。

小唐接着发言:“我也认为这个人以代表资格出席这个大会不妥当,涉及政治影响问题。但是按照惯例,如果不让他出席,又如何向他解说,这个人不是好弄的呐。”

老刘思索良久，摇了摇头:“我认为如果取消他出席大会代表资格,很便当,只要在名单上把他的名字上打个大杠。问题是太突然,总得要有一个理由,或者说法吧,总不能拿他的特务嫌疑问题,搬到桌面上讨论。再说,你如果不让他出席,他向特派员讨个说法,又怎么回答,弄得不好,他像胡蜂缠着你,怎么办?”

老刘的发言,正中老殷下怀:“老刘的话有道理,一旦把他的名字刷掉,他必定像癞皮狗纠缠不放,甚至今天找公社主任,明天找书记,弄得不好还要跑到区里去,到处制造舆论,上访告状。”

在座的同志都在摇头咂嘴,不约而同地把目光紧盯着洪强。

洪强斩钉截铁表示:“上报名单,让其出席。”

洪强的话音一落,就像一声惊雷,所有的同志为之震撼。这样的决断,令在座的同志惊疑,是否太草率。也有同志经过理性地思考,认为:如果不让他出席,又没有别的好办法,看来,洪强这也是没有办法的办法。

恰恰相反,洪强之所以如此果断,他在大家的发言中,脑子里渐渐盘算着利弊、得失，权衡再三，认为陈胜全的问题还没有进入司法程序之前，他还有公民权利；再说，他现在刚露出狐狸尾巴，如果突然停止他的代表资格，不让他出席代表大会，他再变成了“泥鳅”，原来费尽九牛二虎之力“开动增氧泵增氧”，开始浮动，再沉到水底下，那就难办了。

洪强发表自己的感言：“小王、小唐刚才分析、发表的，有一定道理。现在，咱们还是根据陈局长的指示办，采取‘内紧外松’策略，目前不忙惊动他，再让他暴露、暴露。”

“让他出席代表大会，等于让他吃一碗迷魂汤，他必定会头重脚轻，飘飘然。现在咱们的工作重点，要放在朱如泽、陈婷这两个人身上，带一只眼睛看他在朱如泽、陈婷两个人之间如何表现。看看，大家还有啥意见？”

在座的同志听了洪强讲的一番感言，觉得有道理，也就不再议论，面孔朝着特派员老殷笑笑：“我们组长已经明确表态，你完全可以上报名单了。”

老殷得到肯定的答复，笑嘻嘻地说了一声：“再见！”起身，拔脚就跑，到三河公社党委向何副书记交差，当晚向区政法委上报名单。

57

天官巷11号

朱如泽通过东方纺织厂调查王金海的情况，回到国际旅行社303号房间，向陈婷汇报了调查结果，陈婷一听说王金海绝对可靠，而且朱如泽还意外碰到了宋浩兴。陈婷迫不及待地催促朱如泽赶紧找王金海领路，同宋浩兴碰头。

朱如泽琢磨到陈婷的心思，迫切要完成特务机关交给她的任务——实施“W计划(1)”。他就把他自己的“算盘珠子”，拨打到陈婷的“算盘上”，催促陈婷要特务机关赶紧派人到大陆，企图由他朱如泽直接同特务机关发生关系。所以他故意把在东方纺织厂男工宿舍，偶然碰到宋浩兴一事，夸大其事，掺杂着大量水分和噱头的成分。不晓得弄巧成拙，把陈婷的“胃口”吊出来，兜过来要他马上“完税”，急不可耐地再三催促朱如泽，要同宋浩然见面。

朱如泽心里想：你陈婷太天真了，我同宋浩兴仅仅是初次见面，况且带有某种偶然性，同宋浩然更是天涯海角，怎么同他见面？

朱如泽把嘴一歪，马上拉出调子：“现在，虽说有王金海牵线搭桥，只不过同宋浩兴能够碰着头。你现在要一步登天见到宋浩然，谈何容易，除非你乘上火箭。再说，王金海只是同他老弟熟悉，连宋浩然家里的大门朝东朝西也不晓得。况且，据我初次见面的印象，宋浩兴这个人，不是随随便便可以结交的朋友，是一个很难搭上口的人。”

陈婷皱起眉毛思索，不待朱如泽继续说下去，反问：“依你看，下一步怎么走？”

朱如泽煞有介事：“现在要想办法，通过王金海架起一座桥，先把宋浩兴吸引过来，再考虑下一步如何乘上直通车，开往孔定山微波站同宋浩然搭上关系。”

陈婷两只眼睛紧紧盯着朱如泽，发出惊异的调子：“这么复杂。这不是要绕几个弯吗？”

朱如泽晃头摆脑，斜视着陈婷：“不绕这么几个弯，你没有办法接触到宋浩然。我之所以要绕这么几个弯，目的是考虑到稳妥、保险，如果冒冒失失直接同他们接触，弄得不好一脚上了高压线，这是性命攸关的事情。你说是不是？通过王金海接触宋浩兴，也就是说撑了拐杖过马路，试探性接触。确实有了把握，再搭上直通车，直接同宋浩然发生关系，就等于有了双保险。”

经朱如泽这么一说，倒是蛮对陈婷胃口——稳妥、安全。陈婷认为朱如泽说得有一定道理，把头习惯性一摆：“好吧！反正你熟门熟路，就按你说的办法做吧。”

朱如泽从陈婷那里获得认可，特地赶到庄前村又向王金海进行游说，正是“两头倒卖”，左右开弓，现在又开始鼓动王金海带他到宋浩兴家里去。而王金海在同朱如泽接触过程中，对朱如泽提出要同宋浩兴碰碰头，流露了对朱如泽不够放心的神态，咂咂嘴：“我对你们说的话，还是捉摸不透。现在，又要动宋浩兴的脑筋，我才不会去做这种猪头三事情。”朱如泽听到王金海抛出来的调子，显然对他们不够信任。为了取得王金海的信任，为其所用，朱如泽特地在王金海面前竭力表白自己的背景，炫耀陈婷在特务机关显赫地位，说得天花乱坠。而王金海根据洪强的交代，为引诱敌人一步一步进入编织的罗网，听了朱如泽的一番渲染后，当面对朱如泽抢白了一顿。

王金海板起了面孔，轻蔑地说：“好了，你不要在我面前卖狗皮膏药了，我带你们去，他是否会相信你们，这就要看你们的本事了。”

朱如泽一听王金海已经松口，跟着反问：“你同他有没有说起过这个事情？”

王金海点点头：“同他说是说起过，不是像模像样、一本正经说的。他是不是领会，或者感兴趣，我还吃不透。”

朱如泽迫不及待追问：“他有没有什么表示，看出他是啥态度？”

王金海故意傻呵呵：“这个我倒是说不清楚。就像我一样，对你们两个人还琢磨不透，你叫我怎么说得出他心里的心思，啥态度。”

朱如泽看样子再也套不出啥话来了，自我解嘲："好吧，明天晚上7点钟，领我们到他家里去。"

王金海表示同意，最后还是拖了一条尾巴："他是不是愿意接待你们，就要看你们唱戏了。"

沪西市中心，天官巷11号、姚巷5号两处深墙大院，就住着宋氏兄弟俩。大哥叫宋浩然，40岁出头，在孔定山微波站当工程师；老弟宋浩兴，今年26岁，沪西市东方纺织厂工人。父母原来在美国拥有一家上规模的公司，前几年，老夫妇俩相继驾鹤西去，留下一个公司和一笔财产，由宋家兄弟俩在香港的姑妈代管。"文化大革命"中，就是因为父母亲在美国开公司，当"老板"，宋士兄弟俩被列入"狗崽""资产阶级贤子孝孙""特务间谍"，受到严重冲击，老兄被打入"牛棚"，老弟发配到工厂当工人，在沪西市的房屋、财产都被没收。直到落实政策，才陆陆续续将被没收的房子以及部分财产发还。现在，天官巷11号归老弟宋浩兴居住，老大宋浩然住在姚巷5号。

天官巷11号，楼上楼下200多平方米。这个沉静了多年的独家园子的主人，现在，却被台湾特务机关的特务盯上了。

就在朱如泽到王金海家里去的第二天傍晚，按照事先约定，由王金海带领朱如泽、陈婷一起到天官巷11号找宋浩兴。王金海熟门熟路按响了电铃，里面随即有人出来开门，并热情地邀请来客进门，就在楼下客堂间里落座。

陈婷一进客堂间，抬眼扫视室内环境：桌子台面油漆斑驳，椅子靠背缺胳膊少腿，茶几七歪八斜。然后，又目不转睛，紧盯着壁墙上观察，尽管经过粉刷，在亮干的白石灰浆水底层，一些黑色字迹赫然显现，很容易联想到这是一家遭"文革"冲击的大户人家。

宋浩兴一看到两个陌生客人，不容说，既惊疑，又好奇，不时注视着来客的一举一动，为转移来客的注意力，不无抱憾地说："不好意思，我这里条件太简陋了，对不起。"

朱如泽大咧咧地说："可以理解，可以理解。"

宋浩兴面对陈婷、朱如泽两个人，突然发问："你们两位有啥事情？"

朱如泽马上接口："王金海有没有同你说起过？"

宋浩兴似感到莫名其妙，朝着王金海看看："阿海，你同我说起过啥？"

王金海皱起了眉毛，勉为其难："就是投奔'自由世界'的事，他们特地为这个事情，来征求你意见。"

宋浩兴仰面哈哈大笑："我还当你同我开啥玩笑呐，你还当真啊！"然后，又用藐视的眼神扫视了一下陈婷、朱如泽两个人，带有轻蔑的口气："就凭他们两个人，就能投奔'自由世界'啦！"

这个时候，陈婷在一旁，两只眼睛盯住宋浩兴，观察他面孔上的表情和反应。听到宋浩兴发出轻蔑的口气，觉得很不自在，这是到大陆后第一次受人冷眼相待。本来大老倌派头十足的朱如泽，顿时觉得人矮了几公分，在旁边十分尴尬，当即反唇相稽："你以为要有啥等样人，才能帮助你投奔'自由世界'？"

宋浩兴一开始保持沉默，没有直接回答他的诘问，然后拐了个弯："我呐，已经不止一次，上当受骗过。现在，我对这个'自由世界'只能到了晚上，困在床上进入梦境，这才是我真正呼吸到'自由世界空气'的时候，其他，我已经不抱奢望了。"

听到宋浩兴如此一说，陈婷已经嗅到点味道出来了，对方明显不很信任自己，特地转换一下口气："宋先生，你这是因噎废食，我倒觉得你应该建立起信心，任何事情不能一概而论。如果宋先生有心想要投奔'自由世界'，我可以为你架桥铺路，只要你有所表现，不是要你花钱，而是我们给你报酬。如果大有作为，另有奖金，说实在的，党国很需要像你这样的青年。当然，你也只有投奔了'自由世界'，才能有你出头的日子。"

为取得小宋的信任，朱如泽故意抬高陈婷身价："她是直接受台湾情报机关领导的。"朱如泽说到陈婷的身份，不说是"特务"，只是含糊其事地说她是"货真价实的"。

自从洪强、小李从江临、海临调查确定陈婷特务身份以后，从王金海多次汇报到朱如泽向他打听宋浩兴的情况起，洪强就考虑到陈婷再度潜返大陆，围绕微波站邮电通信，实施"W 计划(1)"，策反宋浩然，窃取国家机密资料，中间势必要有"牵线搭桥"的人。由此判断，敌人很有可能从老弟宋浩兴入手，进而裹胁老大宋浩然，从而达到他们的罪恶目的。为此，在陈婷潜入沪西市之前，抢先一步，在孔定山微波站前沿阵地，搭起了一个对敌斗争平台，趁朱如泽、陈婷搞反侦查，调查王金海是否是公安机关“线眼”的时候，在他们活动的中心地带，布下了一颗棋子，特地选派侦查员小迟做替身，冒充成宋浩兴随时随地迎接“客人”，同敌人打交道。

就在朱如泽到王金海家里，要王金海陪同到宋浩兴家里去，王金海立即向洪强报告朱如泽、陈婷的动向。洪强立马布置侦查员小迟充当宋浩兴的“替身”，不失时机地进入角色。

现在，宋浩兴一头同对方应酬着说话，一头在捉摸，洪强一再嘱咐，在同敌人接触过程中，要想方设法摸准敌人的意图、活动的特点和手法，要能够预见到敌人下一步有可能走哪一着棋子。

朱如泽、陈婷两个人轮番渲染，引诱宋浩兴参加特务组织，投奔自由世界，宋浩兴不紧不慢地摸了下头：“我到现在，还是有些想不明白，你们怎么会看上我这个普通小工人，像我这样的人，又有啥作为，为你们效力？”

朱如泽不等陈婷开口，抢着说：“我们就是要找像你这样同共产党有着深仇大恨的人，也只有像你才会同共产党对着干。”

王金海在旁边，听了朱如泽如此仇视共产党，当时傻眼了，简直不认识这个人似的，惊异地看着朱如泽，转眼又看看宋浩兴。

而宋浩兴肚里转念头，对方已经赤膊上阵了。面对现实处境，如何应对得恰到好处，颔首冷笑，诘问朱如泽：“你怎么晓得我同共产党有深仇大恨，我为啥要同共产党对着干？”

朱如泽一下子被问住了，顿时感到十分尴尬，自说自话：“这还用我说。”朱如泽回答宋浩兴的诘问，语言显得十分苍白。不得不自我解嘲：“这不是明摆着的吗？”

陈婷听了他们两个人的对话，觉得朱如泽说的话太露骨了，随即打圆场：“哎哟，你们俩尽说些杀气腾腾的话，听起来怪吓人噢！宋先生，侬千万不要误会我们一番好意，我们只是听说，侬父母在美国的财产，等着你们兄弟俩去继承，侬说是不是？所以，我们只是出于这个想法同你碰碰头。再说，你兄弟俩只有投奔了‘自由世界’，才能实现你们俩的心愿。”

宋浩兴听她如此之说，特地表现得有些幼稚，进一步反问：“那么，请问，投奔‘自由世界’，需要通过什么途径，或者说，需要做些啥事情呢？”

陈婷一想对方开始上路了，赶紧调整一下语气："参加我们的组织，对党国表示忠诚，也就表明投入'自由世界怀抱'的决心。只要你有所表现，上级机关就会为你们提供方便，帮助你俩到香港或美国去。"

宋浩兴似有些疑惑："请问，你所说的表现，是指哪方面？像我这么个小工人又能有啥表现？你们找到我，总要考虑到我这个人的利用价值吧？否则，岂不是一句空话。"

朱如泽在旁边听陈婷说了这么多话，认为圈子兜得太大、太远，当即接过陈婷的话头说："只要你老兄肯出力，你们兄弟俩投奔'自由世界'不费吹灰之力。"

宋浩兴好似感到拎不清啥意思，带有一些惊疑的口气："我老兄能出啥力，他有那么神奇？"

这个时候的陈婷，感到同宋浩兴交谈太费口舌了。如何同他谈得透亮些？假使不向对方点穿，对方不太容易领会，转念一想，点穿了会不会有啥风险，对方会不会是公安人员或者是公安机关的"线眼"？再细细想想，从接触交谈的情况看，对方倒也不像，提出一些问题，虽然说有点幼稚，似乎也有些道理。那么，会不会出卖我们呢，向公安机关告发，这就难说了。不过从他家庭出身、"文化大革命"中的遭遇，还不至于报告公安机关。他如果报告公安机关，我们就倒打一耙。就在她思索的瞬间，朱如泽好似等得不耐烦了，毫无遮盖地抢先一步：

"只要你老兄把邮电通信网络方案贡献出来，你们兄弟俩就可以大摇大摆地到'自由世界'，什么香港啊、澳门啊，甚至美国，都可以安排你们去，还可以帮助你们继承在美国的财产。"

宋浩兴听到朱如泽亮出了底牌，暴露了他们的企图、最终目标："邮电通信网络方案"。也就准备收场。

宋浩兴转了一个弯："这样吧，我有啥想法，我会叫王金海转告你们。"

这时，陈婷内心对朱如泽非常不满，认为不应该草率亮出底牌，风险太大，随即想补漏洞："不过，我们也只是做个比喻，请宋先生不必介意。"说着，嘱咐王金海留下来同宋浩兴商议，他们两人就此告辞。

陈婷、朱如泽两个人回到国际旅行社 303 房间，议论与宋浩兴接触的感受。本来，陈婷要数落一下朱如泽今天同宋浩兴初次见面，话说得太露骨。再一想，现在还要靠他来完成这个任务，不这样说，对方也确实领会不了我们的意图。所以她收起了责怪朱如泽的念头，对朱如泽与宋浩兴初次会面一些冒失的表现只字未提。

朱如泽、陈婷两个人为什么缠住宋浩兴？其实，陈婷所感兴趣的倒不是宋浩兴，而是他的老兄，微波站工程师宋浩然。但是，陈婷、朱如泽两个人，没有同宋浩然直接对话的条件。只有通过王金海发展了宋浩兴，才能乘上通往宋浩然的"直通车"。宋浩兴一旦被吸收参加特务组织，就等于有了一条套在宋浩然脖子上的绳索，既可以拴住他，又可以要挟他。可是，陈婷同宋浩兴初次接触下来，心里不够踏实，感到宋浩兴还不是顶热切地期望投奔"自由世界"。要拿他作为要挟宋浩然的绳索，似乎很费力气，成功不成功还得打个问号？。

两个人在分析同宋浩兴接触的感受时，陈婷皱起了眉毛："这个人对'自由世界'的向往，还没有到那个狂热的程度。你最好对这个人的情况摸摸透，还得下一番功夫做做他的工作。"

朱如泽本来就不满陈婷今天的表现，像个婆婆妈妈，说话说不到点子上，还怀疑人家投奔"自由世界"的热情、诚意，越想越气愤，板起面孔，反唇相讥："不是他对'自由世界'没有热切期望，而是他对你不感兴趣，你没有一点点吸引力，人家一看到你，就提不出精神来。你回忆一下，他说他已经上当受骗不止一次，如果他对'自由世界'不是那么狂热，怎么会连着上当受骗呢？再说，我之所以说你对他没有吸引力，你想想，王金海一开始同样不是很热情，是我好说歹说，态度才有了些转变；如果你是一个男人，亮出自己身份，他的态度就不会像现在这样不冷不热。这是啥原因呢？因为大陆男性中的'大男人主义'的思想根深蒂固，我的这些说法，不一定能说服你，但是我还是要提供你参考，信不信由你。"

陈婷想想，朱如泽说的这些话也有一定道理，内地向来是"男尊女卑"。另外，在香港就听到一些乱七八糟的新闻，一些人利用大陆有些人迫切向往"自由世界"的心理，到大陆搞诈骗的事情屡见不鲜。她转过身子问："那，你看下一步怎么办？"

朱如泽故意卖弄："我呐，有些话不好说，说了，你又要想到歪里去，往坏处去理解，所以我只能听便于你发号施令。"

陈婷努努嘴:“啃!又摆架子了,侬说得有道理,我哪一样不听从你的,你真没有良心,快,说说你有啥办法?”

经陈婷再三催促下,朱如泽煞有介事地说:“现在急不得,我一方面通过王金海摸摸情况,做做工作,另一方面要靠你有所作为。”朱如泽特意刹车,打住话头。

陈婷朝他看看:“怎么不讲下去,侬讲得蛮有道理嘛。”

朱如泽接着说:“你赶紧回去向上峰提出来,无论如何在百忙中也要抽出时间到内地同我们一些人见见面。真正不行的话,用个变通办法,另外派一个有相当地位的人来,当他们的面,宣布你为掌管沿海地区的组长,如果你认为有必要,宣布我为副组长,明确是协助你工作。这样一来,保你名正言顺,他们服服帖帖。为什么宣布我为副组长呢?,倒不是我要过什么‘官瘾’,连我也只是当个副组长,这样可以杀杀他们的‘大男人主义’的嚣张气焰。”

陈婷心里想,说到底,你就是要个“衔头”,反正“抬轿子”,人抬人,我只顾做个“吹鼓手”。

陈婷笑嘻嘻点点头,表示肯定朱如泽的说教。又突然好似想出啥:“哎!你把电缆拿来,我准备回香港去。看看,你提出的这个建议,上峰是啥态度。”

朱如泽得到陈婷肯定性的回音:“好!我明天就拿给你,不过,我还得提醒你,注意安全问题,你有没有考虑好怎么带法,如何出境,这些都要深思熟虑噢。”

陈婷自吹自擂:“不入虎穴,焉得虎子。你尽管拿来,出境的事由我呐。”两人说定,就此分手,朱如泽当即回庄前村。

58

欲擒故纵

陈婷之所以一而再、再而三向朱如泽要他从孔定山微波站通信设备上砍下来的这个电缆，是台湾特务机关驻港办事处特务头子下的死命令。因为美国中情局驻港办事处的特务，愿意高价收买这根电缆，台湾驻港特务头子做了个“中介掮客”：一方面向台湾特务机关总部应付交差；另一方面，背地里向“美国佬”以高价出卖，获取美元。

那么，美国特务机关为什么对这个电缆如此情有独钟呢？因为它是微波邮电通信网络的通道，传输信息、图像、声音、报警等通信设备上必不可少的部件。特务机关为破解内地微波邮电通信网络“密码”，窃取我国家机密，特地以高价诱惑，诱使台湾驻港特务头子玩命，再三向他的下级追索，陈婷也就要朱如泽交出电缆向她的主子交差。

第二天上午，在沪西市国际旅行社 303 房间，陈婷从朱如泽手里接过电缆，喜形于色。朱如泽送她上了火车。一路上，陈婷坐在车厢窗口，两只眼睛朝着窗外，且沉湎于回到香港向特务头子复命的遐想中，如何编造获取电缆的惊险场面，炫耀自己如何“火中取栗”的本事，耳鼓里不时传来上级的赞美词，脑际里显现授奖和颁发奖金的一个个画面……

本来，陈婷向朱如泽索要电缆时，朱如泽再三提醒，告诫她要考虑安全问题。而陈婷曾狂妄地夸下海口“不入虎穴，焉得虎子”。有句成语说：“乐极生悲”，精确地反映一个人，在极度快活的时候，突然发生意想不到的灭顶之灾。这对陈婷是个极好的注释。在火车上，陈婷做了一个接着一个“美梦”，下了火车，急匆匆地跑到海关。当她从罗湖桥出境，接受海关检查时，连人和电缆被海关查扣，陈婷一股狼狈相如同丧家犬，在海关办公室，愁容满面，坐立不安。这个时候的陈婷脑子里，上级的赞美词、授奖、颁发奖金的画面已经烟消云散，转换成悔恨、埋怨、懊丧，悔不该，当初不听朱如泽的劝告。现在，悔之莫及，后果不堪设想。

事情的起因，就要说到沪西市公安局侦查科专案组，对陈婷的特务身份一经确定，根据陈、许两位的指示，报经省厅批准，陈婷、朱如泽两个人一经在沪西出现，内线、外线等侦查措施紧紧跟上，凡是他们两个人行踪同落脚点，实行 24 小时监控。陈婷同朱如泽两个人从宋浩兴家里出来的第二天上午，陈婷由朱如泽护送上了火车，踏上了返回香港的路上，都在外线侦查员严密监控之中。

突然，宋科长接到跟踪陈婷到罗湖桥海关的外线侦查员的电话，报告陈婷在海关过境时，被海关的同志查获 15 公分长的电缆，人和电缆都被扣留，请示如何发落。不屑说，马上惊动了局长，当即召集专案组同志开会。

在局长办公室，在座的同志屏息危坐，室内的气氛就像冬天迟迟不去，春天又迟迟不来，受暖湿气流交汇的影响，天空浓云密布，如同生活在阴冷的山背后。宋科长吃力地睁开两只眼睛，向局长汇报说："现在，在罗湖桥海关的外线侦查员急切地立等处置回复。"陈局长脸部表情严峻，右手习惯性把鼻梁上的眼镜架往上推了推，眯起了眼睛在思索。陈婷这个对象被查扣，如何发落？如果查扣电缆，将她逮捕，那整个侦查计划就要被打乱，甚至落空；反过来，查扣的电缆发还，放她出境，这对国家的安全，带来的危害不可估量，这不仅是失职，而是犯罪。假使将电缆查扣，放陈婷出境，同样会引起敌特机关警觉。他起身反剪着双手，在办公室里来回踱步，许副局长、宋科长、洪强以及专案组老刘、小王等在座的几个老同志，看到陈局长的神态，预感到一场暴风骤雨即将来临。陈局长一想到眼门前碰到这样揪心的事、复杂的局面，以及有可能产生的严重后果，脑门一轰，挥舞着手臂大发雷霆，一个转身，用浓重的江北老调，厉声责问：

"你们是怎么布控的，你们不是说万无一失吗？"

在座的同志都呆若木鸡，面面相觑，一个个正襟危坐。特别是同电缆关系最直接，责任重大的专案组组长洪强，紧皱着双眉，如坠入五里云雾，陷入百思不得其解的困境。陈局长突然停住脚步，像交响乐团指挥，挥起手臂，冷不丁用手指，指向洪强：

“你说，是怎么布控的？”

洪强好似被蚊虫叮了一下，从沉思中回过神来，当即整理了一下思路：“我们在朱如泽家实行 24 小时监控，到了晚上，在老洋盘家天井，爬在墙上轮流监视朱如泽家里埋藏电缆的天井。一发现朱如泽离家出门，我们再爬在墙上，用电筒照明察看他家天井，没有发现埋藏电缆的地面，有破土等异常情况。”

宋科长突发奇想，插话说：“他有没有可能先你们一脚，把电缆转移到其他地方，而在他家里摆了个迷魂阵，同你们唱了一出空城计，迷惑你们呢？”

洪强摇摇头，十分自信地说：“不可能，如果他转移电缆，必定要破土。我们特地察看埋藏电缆的地面，原来标上的记号仍然完好无缺。”

陈局长听了洪强的解释，疑惑不解，摇摇头，微露紧闭的嘴角，鼻腔里发出几声“嘿嘿”冷笑声。然后，歪转着头，质问洪强：“这就怪了！根据你说的监控情况，似乎天衣无缝，那现在陈婷随身携带的电缆是从天上掉下来的吗？或者说是变戏法变出来的吗？你们不要同我打马虎眼噢！”

许副局长听了洪强汇报的情况，觉得监控工作看来没有啥漏洞，思考良久，突然想起外线工作：“这两天，在沪西的外线同志有没有发现啥情况？”

洪强阴沉着脸，接过许副局长的话头：“没有听到他们通报。不过，在沪西市内的外线组同志也是实行 24 小时跟踪，如果发现情况，他们会通报我们。”

好似得到启发，陈局长厉声苛责洪强：“你这个话不要说得这么肯定，你们为什么不主动同他们联系？去！把老葛喊来。”

洪强站起来将要转身出去。小李赶忙站起来：“我去喊。”

洪强仍旧回到自己的座位上。15 分钟后，外线组组长老葛兴冲冲地赶到局长办公室，挨着洪强身边坐下。

陈局长坐到他的椅子上，点燃一支烟，吸了一口：“你汇报一下，外线工作这两天的情况。有没有发现朱如泽、陈婷有什么异常动向？”

老葛正儿八经地汇报：“我们一共分成两条线，一条线跟踪陈婷到南方,现在发现陈婷被海关查扣了……"

陈局长打断老葛汇报的话头:"你不要啰唆,汇报两条线。现在,我要你汇报在沪西市内的朱如泽这一条线。"

老葛脸涨得通红,接着汇报:"朱如泽这条线,前天上午8点多钟,朱如泽从庄前村老家出来,直奔市区,一路上游荡到10点多钟,到了广佛路,跑进凯利五金交电商店大约20分钟出来,然后就回到国际旅行社。"

陈局长打断老葛的话头:"我问你朱如泽到五金交电商店去干什么的?是去游逛,还是去买什么东西?"

老葛不假思索地汇报:"可能是去游逛的。"

陈局长暴跳如雷:"什么可能,究竟是干什么的,不是什么可能的问题,是就是,不是就不是,什么可能。"

老葛就像头上挨了一闷棍,不知所措,心慌意乱继续汇报:"大概是买什么东西吧。"

陈局长摇摇头,苦笑了一下:"你们,不要同我打马虎眼,你这个组长当到家了,什么可能啊,大概啊,都被你用上了,你这个组长太好当了。你不是在吃干饭吗,我要你在一个小时之内搞清楚,朱如泽在五金交电商店干什么,有没有买东西,买的是什么东西?"

老葛得到陈局长的指令,拔脚就跑。而在座的同志都替老葛捏了一把汗:如果查不出怎么办?

倒是许副局长预感到,朱如泽到五金交电商店与陈婷随身携带的电缆有关,颔首微笑着说:"看来,他是在偷梁换柱。"

不到一个小时, 老葛满头大汗跑到局长办公室汇报:"查到了,朱如泽在五金交电商店买了15公分长的电缆。"

还未等老葛讲完,陈局长拍了一下桌子,拉长声调:"嗨——,通知外线同志,将她随身携带的所有东西全部发还,请海关放行,让她出境。"

老葛随即到值班室打电话。这个时候,陈局长面孔上如同雨过天晴,绽开了笑容,带有疑惑的口气:"哎!你们倒是说说看,朱如泽为什么要从五金交电商店买个电缆给陈婷,陈婷知不知道她带走的电缆是朱如泽从五金交电商店买来的?"

宋科长眯起眼睛:"我看,陈婷不一定晓得,而是朱如泽有意糊弄她。"

陈局长刨根究底："朱如泽是在糊弄陈婷，还是要糊弄特务机关，为什么要搞糊弄这一手，糊弄她的用意又何在？"

宋科长经陈局长连珠炮问，脑子里空空如也，一时，回答不上来，涨红了脸，静坐一边。

局长室本来受陈婷在海关被查扣电缆事情的影响，散发着阴冷袭身的气氛，经查明了真相，一股强劲西北风的推动，驱散了厚积的浓云，原来躲进云层的太阳开始露出了灿烂的笑容。在座的同志看到宋科长一股尴尬相，眼光不约而同地投向了洪强。

洪强本来压在心里一块石头总算落下来，不待局长点名，似乎胸有成竹地发声："有两种可能：一是，朱如泽同陈婷两人在利益分配上出现矛盾，朱如泽有意糊弄陈婷；二是，在糊弄陈婷的同时，企图引起特务机关注意，以达到他个人的某种目的。"

陈局长微微点了点头："唔！根据是什么？"

洪强十分肯定地回答："从我们内线侦查发现，直到现在，只是由朱如泽，或者朱如泽同陈婷两个人在唱双簧戏，游说我们的耳目参加特务组织。为了调动特务机关，我们在内线侦查的时候，在同朱如泽、陈婷两个人接触过程中，采取旁敲侧击，不止一次，隐晦地向朱如泽表示，不见到'河对过'来人，不会参加特务组织。而朱如泽一再在我们耳目面前，竭力抬高陈婷的身价，我们的耳目时不时流露出对朱如泽不够信任的情绪，这就有可能极大地刺激了朱如泽。因此，朱如泽趁陈婷向他索要电缆返回香港复命，也就不得不出此下策，将孔定山微波站砍下的电缆打了埋伏，买个普通电缆糊弄、要挟陈婷，逼使陈婷向特务机关摊牌，要求派人进入大陆。"

陈局长眯起双眼，静听老洪释疑解惑，此时，老葛打完电话以后，回到局长室挨着洪强身边坐下。

陈局长不无感慨地说："唔！这仅仅是你的分析判断，作为根据还不够充分，这一点，留待今后工作深入，自然会求得答案。原来，我们百思不得其解，朱如泽除了将犯罪工具埋藏在家里，为什么又将15公分电缆埋藏起来。现在，在逐步明朗化，——同台湾特务机关实施'W计划(1)'有关。因此在我们侦查方案中，要把这个电缆一并落实。我在这里再强调一下。"陈局长把架在鼻梁上的眼镜架向上推了一下："今后，内外线要协同作战，不能各自为政，互不通气。这次，这个教训可大了。如果陈婷将孔定山微波站的电缆带出境外，这对国家安全的危害无法估量。反过来，我们查扣没收了朱如泽从五金交电商店买来的这个电缆，暴露了我们的意图，打乱了我们整个侦查计划，下一步工作就没法进行。我们这些在座的人，不仅仅失职，而是犯罪。所以，外线工作一定要以内线工作为主。老葛啊，你要记住为了工作需要，你们一定要主动配合，随时随地通报情况。老洪呐！你们那里，也要注意分工不等于分家，相互主动就不会出现今天这样的问题。你们看下一步怎么办？老宋你说说看。”

宋科长倒是有了个大胆设想，眯起他的近视眼，笑嘻嘻地发表他的意见：“依我看，现在应该对朱如泽采取措施，秘密逮捕，通过突击审讯，促使他认罪服法，然后为我使用，将陈婷等境外的特务一网打尽。”

持不同意见的洪强，因为头上一直戴上一顶“骄傲自满”“目空一切”的帽子，虽说，他不同意科长的意见，但是不想当面反驳，倒不是怕他，而是怕影响工作。对宋科长发表的意见，他只是保持沉默。许副局长知道洪强的想法和苦衷，但客观上是回避不了的，出于工作需要，还是主动示意洪强发表意见：

“老洪，这个案件是你主办的，你说说下一步有些什么打算？”

洪强想来想去，再不发言，陈局长还是要点名的。他就针对宋科长的设想，采取迂回的办法，摆出自己的观点：

“我表示赞赏宋科长的意见，对朱如泽采取措施。”这个发言，洪强用心良苦，只是用“赞赏”，而不是用“同意”这个词。接下来，他申述自己的观点：“在对朱如泽采取措施之前，必须考虑两个问题如何解决。一是拘捕朱如泽能不能在 24 小时突破。二是如果在 24 小时内，审讯朱如泽受阻或者说不很顺利，而陈婷与他联系不上，又怎么办？”洪强的发言，巧妙地给在座的同志留下了想象空间。

在座的同志听到洪强提出来两个问题，开始七嘴八舌议论开来，有的同志说：这个问题原先在林家祠堂的时候就讨论到，朱如泽这个人要在 24 小时突破，根本不可能。这个人年纪虽然不大，屁眼蛮老，不要说 24 小时，就是 48 小时也不要想突破他。还有的说：假使在 24 小时没有突破，陈婷同他联系不上，问题就大了。有同志抢着发言说：原先咱们要抓捕特务头子，一网打尽的计划全部要落空。

宋科长面孔涨得通红，瞪大了眼睛大唱高调：“任何工作都会碰到困难，只要我们下决心，有啥不可以突破？”

洪强的弱点，先是“克己”，后来是“冲动”，一旦遇到不同意见的挑战，他毫不犹豫针锋相对。

“根据我们同这个对象打交道这么长时间，这个人颇有心机，他同陈婷关系算密切了，而陈婷还是上他的当，拿了一根从五金交电商店买来的电缆被他糊弄过去。咱们一旦采取了措施，他如果也同咱们耍手腕，或者耍无赖、假交代，弄得真假难分，怎么办？”

宋科长板起面孔，冲着洪强说：“说到底，你就是不同意采取措施审查朱如泽。欢喜拿这个对象捏在手里当文物欣赏。”

许副局长为缓和一下紧张气氛，接过洪强的话头：“我看，这个案件目前还不能有大的动作，整个部署，还要分步实施，不能一步到位。要看到这个对象确实有一定的狡猾性，如果我们麻痹轻敌，将会适得其反，案件即使破了，效果不是很理想。”

陈局长听了大家的发言，权衡一下利弊，发表了权威性意见：“现在要抓捕朱如泽为时尚早，抓起来要想在24小时内突破不可能。我断定，他比陈婷更难对付。所以，下一步还是按照原来的部署分步实施。眼下，你们无论如何要把电缆的事情放在首位来抓，我估计，特务机关一旦发现陈婷带回去的不是他们需要的电缆，必定还要返回内地来取，你们要有这个思想准备。对朱如泽要采取内紧外松，加强监控，外线组的同志在跟踪的时候，绝对不能暴露。”转过来他又对老葛说：“你们外线力量还要加强，陈婷说回来就要回来，外线同志除了留几个同志长驻罗湖桥海关，密切注意陈婷的动向，在我们沪西地区要加强对朱如泽的监控。”

陈局长部署完下一步工作，陈局长的夫人彭敏跑到办公室敲敲门，机要秘书小谢将她迎了进来，她拉长了调子：

“我说老头子啊，你不吃晚饭，叫人家陪着你不吃晚饭，现在已经到了晚上十点多钟，开会也得有个时间，这么没完没了，你准备开到明天天亮？散会吧。”

许副局长站起来：“老彭，请这边坐。”

彭敏风趣笑笑："还要请我坐呐，我一坐下来，这个会不要开到明天天亮回去吃早饭吗，赶快结束吧，我走了。"在座的同志都捂住嘴在笑。

陈局长好似赔笑："你先回去，我们马上结束了。"

彭敏笑嘻嘻，诙谐地说："我也不陪你了。"一头说，一头走出办公室。陈局长环顾一下在座同志："怎么，还有什么问题要议的？"

许副局长扫视了一下在座的同志："没有了吧。"

"好！"陈局长说："没有就散会。"

就这样，参加会议的同志一个跟着一个鱼贯走出办公室。

应当说，公安机关放陈婷出境，实际上采取了"欲擒故纵""放长线钓大鱼"的策略。一场惊心动魄的斗争，正在前面。

59

一场虚惊

陈婷拿了罗湖桥海关发还的电缆兴高采烈地回到香港向她的上峰交差。这个“上峰”不是别人，正是在台湾高雄负责训练陈婷的教官、上校组长，精心组织实施“W 计划(1)”的特务头子金坚。

金坚这个特务，原来是蒋帮特务机关总部特务，原国防部保密局毛局长麾下的“反共英雄”。毛局长死了以后，“树倒猢狲散”，被调离总部到了高雄特务训练基地，负责训练特务，专门向内地派遣特务进行收集情报、勾连、策反活动，是美国中情局驻港办事处上校特务亨利从事情报交易的“老主顾”。

台湾特务机关驻港办事处主任鲍冲，根据金坚的指令，陈婷一到香港就被安排在亨得利大酒家 507 房间。而事先入住在 507 客房间里的金坚，在守候陈婷的同时，一直沉醉在同亨利一笔情报交易的梦境里，盘算着陈婷拿回来一根电缆，应该向亨利开价多少美元，估计台湾总部奖励多少台币。他正当春风得意的时候，突然听到门铃响声，随即跑过去开门。陈婷出现在他的面前，金坚把陈婷一把拉进房内，两个人点燃了的欲火渐渐升高，又是热烈拥抱，又是疯狂接吻。经过一阵狂热的接触，金坚这才松开双臂，拿陈婷抱在怀里坐到沙发上，迫不及待要陈婷拿出电缆：“东西呐！”

陈婷有意卖乖：“什么东西？”

金坚使劲在她大腿上捏了一把，陈婷发嗲叫出声：“喔吆！你要死了。”然后，在金坚再三催促下，陈婷这才从金坚的怀里挣脱出来，摆出“英雄凯旋”的架势，一边扭动风骚的屁股，一边卖弄关节：“这次大功告成，如何奖赏啊？”

金坚像讨饶似的："好了，我的宝贝。这次理所当然要加倍奖赏喽。"

"说话算数？"

"那是当然的啦！"

陈婷转身从她的提包里取出电缆递给金坚。金坚虽说不是这方面的专家，就凭他在特务机关几十年的经历，干特务的本能反应，从陈婷手里接过电缆一看，当场傻眼了。

"你上当受骗了，这哪里是微波站通信电缆，这是外面店里都能买到的普通电缆。"

"你不要糊弄我。"陈婷的脸一下子涨得通红："这是朱如泽亲手交给我的，哪能是假的？"

"这个电缆，假倒也不是什么假的，"金坚缓和一下口气："问题是它不是我们所需要的微波站通信电缆。你好好回忆一下，在旅途中有没有可能被调包？"

陈婷紧皱双眉冥思苦索，突然想起在罗湖桥海关她被查扣的情景，怀疑这个电缆是不是在海关调了包。在海关被查扣的情节，她本来想打"埋伏"，没有打算向老板如实汇报，生怕多一个枝节。如果现在再向"老板"交代，又怕多一个事情。再一想，眼门前碰到这样短命的麻烦事情，看来，不得不如实汇报，免得把事情弄复杂，自己脱不了干系。

陈婷眼睛瞄着金坚的面孔，用试探性的口气说："要么在海关检查时被海关调包吧。"

金坚惯用特务审查人的眼神，审视陈婷："怎么会呐？"

陈婷被金坚两只好似鹰眼扫视得心慌意乱，很不自在，扭扭捏捏，吞吞吐吐，就把在罗湖桥海关被扣留审查的情况向金坚做了汇报。

金坚听后皱着眉头陷入沉思，自言自语："海关查扣？按照海关通常做法，要么没收，要么连人带物一起扣留审查。不会调换了以后再发还，让你出境。再说，海关查扣物品，是经常有的事。"他又转向陈婷查问："你再仔细想想看看，这个电缆是不是朱如泽原来交给你的那根电缆？"

陈婷拿过电缆，放在手里反复察看，心里想正是朱如泽一手交给我的那根电缆。陈婷肯定地回称："丝毫不差。"

金坚似乎百思不得其解，然后换了一种思维方式："这么说，你的那位表弟本来就是个目不识丁的土包子。他把一般设备上的普通电缆当作微波站通信电缆交给你噢。”

陈婷摇摇头，两只眼睛眨眨：“不可能。他懂得微波知识，不会搞错。”

经过再三查问，陈婷始终没有改口，还是坚持说是朱如泽交给她的一根电缆。金坚埋坐在沙发里，独自冥思苦索。忽然，他本来阴沉的脸像被胡蜂蜇了一下似的，额骨头上冒出一头冷汗，狠狠地用手掌拍打了一下沙发椅子的扶手，一下子从沙发里弹跳出来，显现一脸惊恐异常的神色，嘴里嚷：“糟糕！朱如泽是大陆公安机关的线眼，我们都上当受骗了。”顷刻之间，就像一头铁笼子里受惊的困兽在室内来回踱步，突然间停住脚步，神经质地说：“不对啊，如果他是线眼，总要在陈婷身上得到些他所要的东西，除非他按照大陆公安机关的指使钓鱼，引诱我们上钩，如果是后一种情况的话，我们的处境十分危险呐。”转念一想，自言自语：“还不至于吧？要是那样的话，把一根普通电缆充作微波通信电缆，他只能糊弄目不识丁的陈婷，唬弄不了我们，他就不怕被识破？”正当解不开堵在他心里面的一个“谜团”的时候，室内发出清脆的门铃响声。

“请进！”

鲍冲推门进来，一眼看到他们两个人神情木讷，陈婷额骨头上渗出一头汗水，金坚皱起眉毛思索。料想碰着问题了。为了缓和一下气氛，笑嘻嘻地说：“陈小姐，这里有你的一封信。”

陈婷拿过来一看，是朱如泽寄来的，迫不及待地撕开封口，展开信纸看内容。信上说：“表姐：您好！让您受委屈了。我之所以调包，也是不得已而为之。目的是为了您的安全，以及探索今后安全出走的路子，我不得不这样做，经过您这次闯关，取得了经验，探出一条路子，这才是最宝贵的……”

陈婷看完信，没好气地埋怨：“原来是这个赤佬麻子搞的鬼。”随手将信递给金坚。金坚看完信的内容，仰面长叹一声：“唉！真是虚惊一场。看来，你这位表弟倒是干我们这行的奇才，很有一套同大陆公安机关周旋的头脑和本领，既保护了你，又为我们发出‘告警’信号。”

经过一场虚惊，金坚反复思考，转而对鲍冲发出感言：“现在看来携带电缆出境，走陆路比较麻烦呐，这次携带的是一根普通电缆，所以海关放行；如果是通信电缆，说不定不会放行喽，弄得不好连人带物都要被查扣。”

转过来，金坚征询鲍冲：“假使改走海上，安全系数怎么样？”

鲍冲略加思索，发表自己的看法：“从海上走的话，比较安全，不过，很麻烦呐。”

“只要安全，麻烦一些无关紧要。鲍主任，咱们走海上，你看走哪一个方向比较稳妥？”

鲍冲想了一下：“只有走东南沿海比较稳妥。但是走海上，一定要有帮手配合陈婷，而且台湾金门方面还要派人接应。”

“对，势必还要有帮手和接应，看来是比较麻烦。我看海运、陆路做两手准备，鲍主任你考虑一下，权衡一下利弊，最好搞一个方案，再做定论吧。”

“好！我马上去办。”

鲍冲领受了任务，回到特务机关，随即按照金坚的指示，着手制订陆路出境、海上偷运电缆的两套实施方案。

人们不禁要问：朱如泽为什么特地买个普通电缆冒充通信电缆，他是糊弄陈婷，还是糊弄特务机关？

倒是被洪强说中。在陈、许两位局长召集专案组分析研究的时候，洪强就摆出他的观点：朱如泽交给陈婷一根冒充货的电缆回香港交差，糊弄陈婷的目的，归根结底，是要引起特务头子对他的重视，为他得到特务头子的赏识、重用作铺垫。事实果真如此，当特务头子金坚识破陈婷带回来的是一根“冒充货”，正在捉摸不透的时候，朱如泽紧接着向陈婷发出一封信，专门对这个“冒充货”做了解释，特务头子金坚看到这封信的内容，不仅对朱如泽大加赞赏，说他是“干特务的奇才”，并且从中受到启示，特地责成鲍冲制订从陆路、海上偷运电缆的两套方案。朱如泽既达到他个人目的，又助推了特务机关加速实施阴谋计划的步伐。

但是，台湾特务机关经历了这一场虚惊，势必改变策略，重新部署，采用海上偷运电缆的方法，这对专案组不啻是提出了新的挑战。专案组就不能“拿着手套当袜子”，跛着脚走路。现在专案组面临的问题是，既碰到新的挑战，又碰到机遇。正是挑战与机遇并存。如何接受挑战，把握好机遇，这就关系到侦破工作最终结果：是战胜敌人，还是败下阵来。这是对专案人员极大的考验。

根据陈局长的指示精神，专案组会同外线组不失时机地召开了联席会议，讨论、分析陈婷经过这次海关查扣审查，特务机关会不会再派陈婷潜返大陆取回微波通信电缆。经过反复、认真讨论，一致认为，这个电缆，假使是特务机关实施“W 计划(1)”的一个组成部分，特务头子决不会就此罢手。陈婷必定还会潜返大陆取回电缆。在联席会议上讨论的时候，对陈婷再次潜返大陆拿电缆返回香港，采取的方法，出境的线路，倒是成了会议研究的中心议题。

小李发表颇有见地的意见：“我认为陈婷回到香港复命，台湾特务机关如果发现陈婷拿回去的不是通信电缆，加上海关曾经查扣、再发回、放行，几经周折，必然要引起特务机关警觉，分析个中原因，从中吸取教训。不可能再走老路，携带电缆从罗湖桥出境，很可能从海上偷运。”

外线组组长老葛摇摇头：“恰恰相反，陈婷携带电缆从陆路出境，被查扣的电缆，海关当场发还、放行，陈婷已经顺利地闯关，特务机关必然从中悟出一个道理，认为走陆路没有风险。没有必要走海路。况且，从海上偷运麻烦事情多，要偷渡、还要有人接应，承担的风险更大……”

老刘针对老葛发表的意见，发表了不同看法：“陈婷当时带的是普通电缆，所以海关没有查扣，连人和电缆才发回放行。这就提示台湾特务机关警觉，表明携带电缆出境，海关要查验。陈婷如果再次潜返大陆取回通信电缆，特务机关必然要为她精心设计返回香港的线路、携带的方法，不可能带了通信电缆再走来的路上去……”

在座多数同志赞同老刘的意见，也有些同志认同老葛的意见。会议上七嘴八舌争论不休的时候，小唐突发奇想：“两种意见摆在桌面上，不妨‘赌个东道’，来决个雌雄。我赞同老葛的意见，有啥人同我‘赌东道’？”

小高把头一抛，不屑一顾：“这个地方又不是茶馆店，赌什么东道，现在，大家正在讨论问题，你凑啥热闹？”

小高话音一落，招来了在座同志哈哈大笑。

小唐随即打招呼：“对不起，对不起，我不是故意转移会议的中心议题。”

小高一本正经发言：“普通电缆同通信电缆，海关检查如何区别？

上次，是我们公安机关的同志暗示海关监视陈婷，如果不是我们公安机关示意海关，说不定海关当时不会查扣。”

小王摇摇头，针对小高发表的意见：“不一定，撇开海关检查不说，敌特机关从陈婷这次出境扣留审查，就凭这一点，等于发出警报，已经引起敌特机关警觉。我以为陈婷再次潜返大陆拿电缆，不会再从原路出境。很有可能从海上偷运。”

洪强听了大家的发言，点了下头：“陆路、海运这两种情况都存在，我认为小王、小李、老刘的意见，倒是有道理。我倾向于他们三个同志的意见，敌特机关必然要从陈婷闯关遇到的问题研究对策，不会再‘穿新鞋走老路’，从陆路出境。相比较海运的可能性比较大。朱如泽采取‘偷梁换柱’的手法，为特务机关起到了报警作用，特务头子对携带电缆出境线路，必然要作相应的调整。所以，我们要做两手准备，研究两手出击的对策：一是陈婷回来取走电缆，走陆路怎么办？二是陈婷取走电缆，有人接应走海路怎么对付，要准备两套方案。”

最后，会议根据洪强的提议：不管采用哪一个方案，对陈婷、朱如泽这两个人都必须加大外线力量的投入，加强外线跟踪措施。

陈婷按照特务机关的指令，鲍冲制订的实施方案，只身从罗湖桥入境再次潜返大陆取电缆。沪西市公安局常驻罗湖桥海关的外线组同志，一经发现陈婷出现在九龙海关行李监督处，就注意陈婷是一个人还是有同伙，琢磨她这次潜返大陆行走线路，是走陆路还是走水路。几个同志叨咕了老半天没有办法确定，看来看去就只看到陈婷一个人办理完入境手续急匆匆赶往车站。

按照两套方案配备跟踪力量，外线组四个同志，分成两队人，只得认定一个目标，不管三七二十一分散开来，跟踪陈婷一个人，乘上开往广州的火车。火车到了广州火车站，看到陈婷买了直达沪西的火车票，小龚、小徐两个人按照原来分工，一路跟踪陈婷上了开往北方的火车。小张、小成一队跟踪陈婷的帮手，现在发现不了她的帮手影子，小张只是抓头摸耳朵，无所适从。而小成自顾自到车站售票处买了两张开往闽南的火车票，拉了一下小张上车，小张虽然跟着上了开往闽南的火车，心里边就像十五个吊桶七上八下。

小徐、小龚两个同志跟踪陈婷上了开往北方去的火车，错开座位就坐，全神贯注监视着陈婷动向。小龚肚里转念头：上了车，不会再有突发事情了吧。正在一闪念，突然发现陈婷同一个女旅客眉来眼去，还主动搭讪，小龚越想越不对头，糟糕！小成、小张他们两个人脱梢了。弄得天亮，陈婷的同伙在我们这趟车上。怎么办？现在没有办法同他们两个人联系。他离开座位经过小徐的座位，特地用脚尖碰了一下小徐的脚，自顾自跑出车厢，在车厢与车厢连接处的过道停留。不大一会儿，小徐跑到过道处，小龚把他发现的情况，一五一十通报小徐。

小徐是个女同志，听了他说的情况，呆在那里简直不敢相信："你不要神经兮兮，怎么可能呢？"

小龚只是一个劲强调："千真万确，现在倒是碰到个棘手事情呐，又没有办法同小成他们两个人联系。你看怎么办？"

小徐咂咂嘴："如果照你的说法，倒是碰到个尴尬事情呐。既没有办法同他们两个人联系，又没有办法向家里汇报。"小徐思索一会儿，灵机一动："你仍旧回到座位上继续注意，我再来想想办法。"小龚回到自己原来的座位上。小徐到底用啥办法探明真相？正当她在想办法的当口，小龚说的陈婷同那个搭讪头的女士走了过来上厕所，小徐一想机会来了，佯装在洗手间洗手，等到那个女士从厕所里出来，小徐热情招呼她洗手，这个女士也很有礼貌："谢谢！"而且主动同小徐攀谈起来，一口普通话："你从哪里来？"

"从广州来。你呢？"

"我也从广州来。"

小徐不等她继续问下去，主动出击："你到哪里下车啊？"

"我到南京。"说完话，微微点了下头，自顾自跑到自己的座位上落座。

小徐琢磨不透，吃不准这个女的到底是不是陈婷的同伙。转念头一想，在火车上不认识的人相互打招呼、攀谈是常有的事，特别是长途旅行，乘客为了消除旅途中的寂寞、无聊，说说话、聊聊天，有的甚至邀约三四个人打扑克，不足为奇。况且，这个女的从广州出发，不是"香港的进口货"，目的地是南京。再一想，不要真是她的同伙，被忽略了，那倒是不能闹着玩的，现在"远水救不了近火"，领导明确我同小龚的任务是跟踪陈婷，至于发现这个女士是不是陈婷的同伙，只好"听天由命"，回去汇报。

60

转移视线

跟踪陈婷的侦查员小徐、小龚两个人，乘上304列车从广州出发，一路跟踪下来倒也蛮顺利。一过了衡阳，小龚发现陈婷同一个女士眉来眼去，相互攀谈，甚是热络。啊哟！小龚吃惊不小，肚里转念头，小成、小张两个人跟踪陈婷的同伙，在我们这趟车上。

小龚把自己发现的情况向小徐通报，经过小徐旁敲侧击考察下来，既没有办法论定，又没有办法否定，更没有办法同小成、小张联系，只得带了问题回去汇报，坚持完成好自身的任务，认定陈婷这个对象跟踪到底。

随着车轮发出有节奏的滚动声，好似奏起了催眠曲，小龚的脑袋瓜不时下垂，上下眼皮开始打架，他不得不强忍着用手使劲拧了一下眼皮，打起精神，又开始全神贯注监视对象。当列车"轰隆嗵"，来了个急刹车，不知不觉已经到了海临火车站。小龚抬起手腕一看手表，正是晚上6点5分，还有两个多小时就到沪西市。无意间扫视一下周围动静，突然发现陈婷站起来，小徐、小龚两人还以为她坐在车上时间长了，活络活络筋骨。料想不到她从行李架上取下行李，随着人流下车。小徐、小龚两个人顿时慌了手脚，觉得奇怪！她买的火车票终点站明明是沪西，怎么到海临就下车？看来，她在搞反侦查。然而，细细琢磨，她连自己的行李都已经取下来，是像下车的样子。小徐向小龚唠唠嘴，示意跟踪。两个人下了车，混杂在人流里紧紧跟上。陈婷下了火车，走出站台，径直出了车站，一路小跑，跑到"问询处"窗口，停留大约十分钟，返身往马路上跑。小徐随后向车站问询处一打听，陈婷原来是办理签票手续，中途停留海临，目的地没有改变。这样一来，心里也就踏实多了。

陈婷从问询处出来，急匆匆跑到公交车站台等车，一会儿16路公交车到站，陈婷跳上车，小徐、小龚两人紧紧尾随，经过六个站台，当公交车到了第七个站台停车时，陈婷不紧不慢下了车，带了行李到锦树里老家。

怎么办?小徐、小龚两个人商议是守候，还是回去，一时拿不定主意。

小徐想了想："小龚，我去打个电话，向老葛汇报一下，看他有啥说法。"

"这里由我来监控，你快去快回。"

大约半个小时，小徐跑回来："老葛意见，要我们千万不能脱梢。"

"你有没有把刚才在车上发现陈婷同那个女人搭讪头的情况向老葛汇报?"

"都一起汇报了。"

"老葛有啥说法?"

"老葛说电话里说不清楚，回来以后再说。"

小龚心里想，紧急的事情，还要等到回来再说，正是"皇帝不急急刹太监"，只好守住陈婷，回去再说吧。

在沪西市的朱如泽按照陈婷的指令，特地为她在国际旅行社预定了215号房间。而陈婷在老家住了一宿，第二天下午四点多钟急急忙忙搭乘公交车赶到海临火车站检票处排队检票上车。小徐、小龚随后跟了上车。列车到了沪西车站，在车站出口处远远看到外线组同志夹在接客的人群中，小徐、小龚这才舒了一口气。

陈婷由朱如泽接站，然后，两人成双结对跑进国际旅行社，由朱如泽帮助陈婷办理了住宿手续。服务员陪同进入房间。

两个人一进了客房间，朱如泽贼兮兮说："辛苦了!"

陈婷一头在整理随身携带的行李，一头同朱如泽搭话："谈不上啥辛苦不辛苦，倒是你辛苦，看来你动了不少脑筋。"

朱如泽意识到陈婷在讽刺他这次电缆"调包"的事情。心里在盘算，至今还不晓得上峰的态度，想从陈婷嘴里探个究竟，是否达到预期效果。便厚着脸皮，嘴里发出"嘿!嘿!嘿!"赔笑声，然后试探性发问："上峰看到电缆有啥说法?"

陈婷故意卖弄关节，板起面孔："上峰认定你是大陆公安机关的线眼，要派人送你上西天，我特地赶回来告诉你，你赶快想办法躲起来。"

朱如泽听了陈婷这一说，脸色霎时煞白，暗自想想：这么说“偷鸡不着蚀把米”，惹出祸来了？再看看陈婷的表情漠然处之，一门心思在整理携带的物品，不像她说的上峰把我当作公安机关的眼线，对我采取惩罚措施，送我到阎罗王那里去报到。

朱如泽嬉皮笑脸：“好了，你不要画蛇添足，胡编乱造来吓唬我，我还不是三岁半小孩经不起吓，毕竟上过梁山见过宋大哥的人了。说吧，下一步怎么办？”

陈婷正好拿携带的日用品整理完毕，也就言归正传：“说给你听了，不要骨头没有四两重，轻飘飘。这次，上峰表扬你了，给你发了200块港币的奖金，表彰你对党国的忠诚，希望你不要辜负党国对你的厚望，要为完成党国事业继续奋斗。”随手从包里取出钞票递给朱如泽。

朱如泽拿了钞票问：“你带去的电缆，上峰怎么说？”

陈婷嗔怒之下，扬起了眉毛责怪：“你开了个不大不小的玩笑，都把人急死了，如果你不及时来信，真要拿你当作大陆公安机关的线眼派人来要你的命。”

朱如泽哈哈大笑：“有这么严重吗？说老实话，如果我当时同你说穿了，肯定不会答应我的做法。我要是把真的通信电缆给你，那么，你承担的风险就大了，后果不堪设想，也就不会有今天我们再次见面的机会。你说，是不是这个道理？”

陈婷用手指头狠狠地戳了一下朱如泽的额骨头，瞟了朱如泽一个白眼：“就你会出歪点子。上峰赞扬你，说你是干这一行的奇才。”

接着，陈婷将她携带普通电缆被海关查扣审查、到了香港又如何被上峰识破，以及下一步特务机关对运送电缆的计划，一一向他做了详细介绍。并向朱如泽交代当前的主要任务，如何配合运送电缆，抓紧策反宋浩然……

朱如泽拿到一笔奖金，正是人逢喜事精神爽，尤其是听到陈婷说起特务机关头子还表扬了他，甚至称他是干特务的“奇才”，这时候的朱如泽已经头重脚轻，腾云驾雾，不能自我。对陈婷提出要电缆，脑子里一点障碍都没有了，当即爽快地答应：“我回去拿来。”

陈婷噘起了嘴，用眼睛斜视着朱如泽：“这次会不会再让我上当，弄个假的给我？”

朱如泽挺起胸脯，鹦鹉学舌，用普通话表示："哪能呐，这次一定是个货真价实的通信电缆。"然后，又啧啧嘴："我还是替你担心，会不会有风险。"

陈婷自以为是地说："这，你就不要管了，上峰已经有了缜密的安排。"

然后，陈婷把鲍冲制订的方案，从海上运送电缆的计划，悉数告诉了朱如泽。朱如泽听了陈婷介绍鲍冲的方案，不住地点头，一个劲夸赞："好！好！好！这个办法太奇妙了，我这就回去拿。"

傍晚6点多钟，朱如泽乘夜幕将要降临时，同陈婷告别，匆匆忙忙，拔腿就跑。

守候在老洋盘家里的老刘、小王一听到狗的习惯叫声，霎时，神经紧紧收缩，意识到朱如泽回来了，赶紧跑到老洋盘家的天井里隔墙探听朱如泽家里的动静。经过4个多小时监听，都没有听到朱如泽天井里有什么动静，心里着实有点疑惑：是不是我们专案组失算了？即用梯子爬上墙察看，天井内一片漆黑。然后，再爬下来。约莫，又过了半个小时，才从朱如泽家里的天井方向发出"咿呀"开门声，接着又传来挖地、刨土声音，前后折腾了约莫30分钟，才恢复平静。

第二天上午，朱如泽从家里出来，直接赶到国际旅行社同陈婷碰头。就在当天下午2点钟，朱如泽送陈婷上火车。傍晚，火车到达海临，陈婷下车跑到车站问讯处签票，转身跳上公交车回到老家住了一宿，第二天下午四点多钟赶往火车站。陈婷上了火车，就从海临直达广州，然后再转车到罗湖桥准备出境。

陈婷经历了多次出入境，神态表现得非常老成，不像过去出境的时候四处张望，畏首畏尾，而是大摇大摆跑到海关进入九龙海关行李监督处。罗湖桥海关开始检查时，神情自若，脸色毫无异样；当海关工作人员在她随身携带的包里发现一根电缆，盘问她的时候，脸上毫无惧色，而且应对自如。

一路跟踪陈婷的外线同志小徐、小龚同沪西市公安机关驻守罗湖桥海关的外线同志交接完工作，小龚留下配合驻海关的外线同志工作，小徐立即转道广州乘飞机返回沪西复命。

在沪西市的专案组同志正待密切关注罗湖桥海关方面动向的时候，突然接到驻守罗湖桥海关的外线同志来电报告："陈婷携带一根

15 公分长的电缆，现在被扣留审查。请示怎么处置？”

在专案组办公室一些同志听了这个消息，又听到回到沪西的小徐当面汇报，顿时目瞪口呆。这个 15 公分电缆到底是怎么回事，是查扣还是放行，一时还真吃不透。

洪强肚里转念头，要么，原来分析判断错误，认为陈婷这次潜入大陆取回电缆，不会再走老路，很大可能从东南沿海偷运，现在出现的情况不是这么回事。老葛建议马上向局长汇报，洪强摇摇头，心里想现在连咱们直接办案的人，还处于懵里懵懂，怎么向局长汇报。他提议内线、外线两个组，马上开会。老葛表示同意。

洪强简略地介绍了目前出现的问题，要在座的同志发表意见。

小李首先发声：“罗湖桥海关发现的到底是一根啥电缆，这个一定要搞清楚，不要糊里糊涂向局长汇报，再吃批评。”

在座的同志都表示赞同小李的意见：“对！否则，到了局长那里，一问三不知，有得被刮鼻子呐。”

老葛肯定地说：“我反复问了老李，他说是普通电缆。”

老葛进一步说明：“老李原来是空军部队转业到公安局侦查科外线组的技侦侦查员。他在部队的时候，主要是搞无线电报务技术的，经常同通信电缆打交道。小徐，你在现场，你说说看。”

小徐很干脆：“老李反复看是一根普通电缆，我特地凑上去看，同上次查扣的电缆一模一样。”

经过老葛、小徐这么一说，洪强肚里转念头，再要怀疑也没有根据。针对目前出现的奇怪现象，在座同志一个个沉默不语。

洪强再次郑重其事要求大家敞开思想，发表意见：“大家看看，眼前出现的情况，不要受条条框框限制，有啥说啥。”

小唐一看都闷声，一本正经朝大家表示：“我来说两句，我认为这是朱如泽这个赤佬故伎重演，上次他拿五金交电商店买来的电缆给陈婷，可能吃着甜头，现在他又玩弄老一套手法，叫陈婷拿了普通电缆回香港交差，把孔定山微波站砍下来的通信电缆打埋伏。”

小高不屑一顾：“朱如泽把孔定山微波站砍下来的电缆打埋伏，是出于啥用意？总要有个目的，不会老是拿个普通电缆糊弄陈婷。再说香港特务机关总不会老是受他的欺骗吧？”

小马自以为是:“目的很明确,要挟特务机关,迫使特务机关派人来大陆,以达到他个人不可告人的目的。”

小李摇摇头:“我不同意你们这个说法，既然他老一套糊弄的手法,糊弄陈婷,要挟特务机关,那他又何必到自己家里取出孔定山微波站被他砍下来的通信电缆呢,以我看这是特务机关精心设计采用声东击西的办法,在迷惑咱们,妄图转移侦查视线噢。”

老刘点点头:“我同意小李的说法。朱如泽同陈婷两个人这次的表现,显然是根据敌特机关制定的计划在实施,而不是采取糊弄的老一套手法要挟特务机关。我意见还是根据老洪提出的两手准备,既要监视陈婷,同时要监视朱如泽。”

洪强突然提出一个问题:“这几天,没有听到外线组通报朱如泽到五金交电商店购买普通电缆的信息,那么,陈婷这次携带的普通电缆是从哪里来的?现在发现朱如泽从家里取出电缆,这一点有没有把握?”

老刘很自信,向在座同志说明:“这一点没有必要怀疑,我们 24 小时监视他家里的动静,晚上还轮流守夜,直到深夜点半钟样子,听到他家里天井发出挖掘、刨土、扒土声音。第二天趁他离家出走,我们又特地到他天井实地察看,在石榴树花盆底下翻出来看,只有一把镰刀,电缆不见。然后,我们将现场再平复原样。从这一点来看,可以肯定朱如泽身上藏有通信电缆,用不到再怀疑。”

洪强、老葛两个人,就当前碰到两个棘手问题,伤透脑筋:一、是陈婷随身携带的一根普通电缆,从哪里来的?二、朱如泽从家里取走的邮电通信电缆,到底在哪个人身上。一时间下不了决断。洪强考虑再三,立即提出向局长汇报,请示处置办法。

在局长办公室里,灯火通亮。此时,已经是晚上 10 点多钟,许副局长、宋科长、洪强、老葛以及专案组内线、外线的同志满满一堂屋的人。

陈局长听了洪强的汇报,转过身子朝老葛看看:“老葛啊!跟踪陈婷的同志,有没有发现什么情况?”

老葛将罗湖桥海关以及外线组同志跟踪陈婷的情况,详细向局长汇报。

陈局长听了老葛的汇报似乎不过瘾:“跟踪陈婷,是哪两个同志?”

老葛回称:“小徐、小龚。现在,他们两个人跟踪陈婷到了罗湖桥,小龚留在罗湖桥，小徐已经返回。”

陈局长点了点头：“唔，好！就请小徐说说看。”

老葛马上示意小徐汇报。

“火车从沪西出发到了海临，陈婷又中途下车到问讯处签票，在火车站乘上公交车赶回老家。我同小龚两个人轮流守候到第二天上午十点多钟，发现陈婷挽了她老娘臂膀外出，乘上公交车。我们就一路跟踪到天山路闹市区，陈婷陪她老娘拐进了一家妇女用品商店，买了很多妇女用品，中午，母女俩跑进一家饭店吃饭，下午2点，两人坐上一辆三轮车回家。当天下午四点多钟，陈婷只身乘了公交车到火车站，直接进站上火车。到了广州再转车到罗湖桥。”

陈局长朝许副局长看看：“老许啊！，你说说看！”

许副局长听了小徐汇报说：“说明陈婷这次携带的电缆，看来还是一根普通电缆，如果说是普通电缆，只好同上次一样放行。问题是外线组没有发现朱如泽、陈婷两个人到五金交电商店去买电缆，这倒是个谜。现在，摆在我们面前一个棘手问题：朱如泽从家里取出那个通信电缆在哪个人身上？老洪你说说看。”

洪强听了小徐汇报陈婷在海临中间停留这一情节，受到很大启发，毫不犹豫发表意见：“依我看，陈婷携带了一根普通电缆哪里来的？既不是朱如泽，也不是陈婷他们两个人到五金交电商店买来的，而是由陈婷父亲代劳买的。我反复思考。陈明德本人就是五金商行的老师傅，假如他本人店里没有电缆，可以到海临同行，他所熟悉的五金交电商店去买一个。陈婷这次返大陆，而我们外线组小徐、小龚从广州跟踪到沪西，又从沪西跟踪到广州，陈婷一来一往两次中途临时签票在海临下车回老家，外线同志跟踪的主要对象是陈婷，也就发现不了陈婷父亲陈明德的一举一动。”

陈局长听了洪强发表的分析意见说：“唔！这倒是有这个可能，为什么这么做，你倒是说说其中的道理看。”

洪强停顿了一下说：“我们在分析研究时认为，陈婷这次携带了普通电缆出境，同上次携带普通电缆出境的情况不一样。上次是朱如泽糊弄陈婷。这一次是台湾特务机关特务精心策划的反侦查的一种手段，具体地说，掩人耳目，采取‘明修栈道，暗度陈仓’的手法，其目的，是要转移公安机关侦查视线。”

许副局长好似受到启发：“这么说来，通信电缆很有可能在朱如泽身上。陈婷带了一根普通电缆出境，其实，这是同我们摆了个迷魂阵，吸引我们的注意力，为朱如泽创造条件，偷偷地传递给陈婷的同伙，从海上偷运。局长，我的意见，下一步工作，不妨来个将计就计。罗湖桥海关查扣的电缆同陈婷一起放行，下一步跟踪的重点由陈婷转移到跟踪朱如泽。”

陈局长听了老洪、许副局长发表的意见，笑笑说：“我看可以，老许，就按你的设想办。”

许副局长点头：“我的意见，现在，在内地侦查工作，要加大对朱如泽外线工作投入。”

陈局长点头赞同许副局长的意见，说：“对，外线工作重点转移。但是，工作措施必需跟上：一、老葛，你马上通知罗湖桥海关的同志，对陈婷，人和电缆立即放行。二、密切监视朱如泽，我估计，孔定山微波站的那个通信电缆，很大可能由朱如泽代替陈婷从东南沿海偷运。老洪啊！你立即同跟踪到闽南的外线同志联系，了解他们跟踪时发现些什么情况，随即赶往闽南布控。三、到了闽南要依靠当地公安机关加强内线侦查。”陈局长转过身子，征求宋科长意见：“老宋啊！你看看怎么样？”

宋科长表示赞同。

实事求是说，陈婷这次返大陆取回电缆，台湾特务机关到底有没有派出配合陈婷偷运电缆的同伙，同朱如泽在东南沿海交接，这是敌我双方斗智斗勇的临界点。任何一方分析判断失误，采取的措施不当，稍微有一个闪失，将会全盘皆输。

61

偷渡客

朱如泽用一根普通电缆糊弄陈婷，连同台湾驻港特务机关头子金坚都患上“伤风感冒”。然而，组织实施“W 计划(1)”的金坚，经历了一场虚惊以后，从中得到启示，特地授意台湾特务机关驻港办事处主任鲍冲，制订了陆路、海上偷运电缆两套方案。最后，由金坚权衡利弊，选定从海上实施偷运的方案，并确定派出男性特务苏复兴，配合陈婷传送电缆，只身潜入东南沿海，在海上偷运，经台湾金门转道到香港。

按照特务头子关照，陈婷同苏复兴同时从罗湖桥各自排队过境，不准相互打招呼。当过境人群排着长龙，正待“人人过筛，件件开包”接受检查时，沪西市公安局外线组同志，突然发现陈婷出现在罗湖桥“九龙海关行李监督处”门外，负责跟踪陈婷的外线侦查员，女的是小徐，男的是小龚，悄悄地接上了线，随着人流一路跟踪从深圳乘上火车，而负责跟踪陈婷同伙的外线侦查员，男的是小张、女的是小成，两个人目不转睛，四处搜索，只看到陈婷随着人流在缓慢地移动脚步，根本没有办法在长龙队伍里吃准哪个人是陈婷的同伙。

小张急出了满头大汗。小成比较沉着，她仔细琢磨，入境的人面孔上没有陈婷同伙的标签，要在长龙中对上号，认准陈婷同伙，等于瞎子点灯白费蜡，浪费时间“瞎起劲”。她拉了小张一下，示意他跟在陈婷后面上火车。

苏复兴这个特务比较老练，上了火车将行李放到行李架上，同陈婷错开座位，就自顾自闭目养神，在火车上再也没有同陈婷打过招呼。这个时候，小张、小成发现不了陈婷的同伙，脑子里随着火车疾驶，受到车轮同铁轨摩擦发出机械的振荡声：“轰隆隆、轰隆隆”，心里格外烦躁。时间正在一分一秒地过去,小成、小张两个人开始怀疑专案组同志不是情报来源失实,就是分析判断错误,陈婷的同伙,完全靠推理想象出来的东西,实际上子虚乌有。小成多一个心眼,她回转过来想想,外线侦查措施,经过局长郑重其事研究决定的,现在一时发现不了陈婷的同伙,也没有根据说她不存在什么同伙帮手。既然已经领受了任务,现在再也没有办法向哪个人申述不同意见,改变目前尴尬的境遇。想到这里,反而一门心思按照领导的指示精神跟到底。倒是小张急得像个热锅上的蚂蚁,一会儿两只眼睛扫视车厢里的旅客,一会儿抬手看看手表,当他一看手表,离广州车站还有不到十分钟时间的路程,几乎失魂落魄,如果在这个十分钟里再辨认不出陈婷的同伙,那就再也没有办法了,到了广州就更加难以识别。怎么办?小张一头注意观察陈婷的动静,一头埋怨起小成瞎指挥,认为跟踪陈婷是个错误,心里越是着急,越是感到被时间推着背走路。正当他想得出神的时候,车上的广播喇叭发出播音员的声音:"旅客们请注意,广州车站到了……"小张后背如同被猛击一拳,起身四处观察,旅客正在忙着从行李架上各自取下自己的行李,一时间,车厢里的人熙熙攘攘,同横七竖八的行李碰来碰去,呈现一片忙乱景象,乘客同乘客之间碰碰盖盖,叫骂声不绝于耳。小张一头搜索,心里一头犯嘀咕,一直抱怨悔不该听从小成意见,盲目跟踪陈婷,这下完蛋了,脑子里不时回荡着领导的声音,自己当初领受任务时,向领导保证坚决完成任务。照现在两眼抹黑的样子,回去怎么向领导交代?同小张一个相反,坐在陈婷后面监视的小成,此时此刻,由原来的疑虑、困惑,渐渐变得自信、乐观,庆幸跟踪陈婷,倒是跟对了。当她看到陈婷站起来从行李架上取下行李、提上手提包转身准备下车,随着下车的人流向车厢东面移步,在陈婷前面座位站起来的小张,怀着矛盾心理意欲跟踪陈婷。而这个时候的小成,且一反常态,用嘴向西噘了一下,暗示小张向西面下车,小张虽则领会她的意思,翻身向西面走动,脑子里却是一头雾水,暗自思忖,小成又在瞎指挥,一会儿叫跟踪陈婷,一会儿又叫向西跟随人流,在搞啥名堂。但是,在大庭广众面前又不便发作,只得忍气吞声跟着人流下车。小成等到陈婷随着人流下车,不慌不忙随后向西面的方向,远距离尾随一个头戴解放帽的男子,到广州火车站售票处,小成快步紧随其后,听到他在售票处窗口同售票员的问话,得到他乘车去向的信息,跟着买了两张去闽南的511次火车票。

小徐、小龚顺利地接上线,跟踪陈婷上了304次车往北方向疾驶。而小张听命于小成,尾随这个头戴解放帽的男子上了511次火车,一先一后远距离分头错开坐下,监视着这个男子。本来这个男子在广州车站买的直接去闽南的车票,只要坐在511次列车上就可以了。但是火车一到鹰潭中转站,他忙着下车,又匆匆忙忙跑到鹰潭车站售票处,另外买了去福州的404次火车票,同广州发出开往闽南511次车的时间错开。小成紧跟上也买了两张404次车票去福州,示意小张继续尾随上车。小张虽则上了车,选定了座位坐下,心里始终不踏实,一直犯嘀咕,又不便同小成交谈。火车到了福州停靠车站,这个人突然起身拿了行李箱下车,小成一方面用右手抚摸下巴,示意小张下车跟踪,另一方面自己紧紧随后,这个人一下车,急匆匆跑到售票处买了321次去闽南的火车票,又跑到站台售货车买了两盒莆田出产的桂圆。小成一下子傻眼了:啊哟!糟糕,跟错了人,这个人原来是当地人。再仔细琢磨琢磨,如果他是当地人,按照正常的线路,完全可以从广州直达闽南,没有必要再到鹰潭转车,现在他到了鹰潭,本来可以直达闽南,他又转了个弯,到了广州再买到闽南的车票。显然,在搞反侦查。想到这里,小成不再犹豫,赶紧买了两张321次去闽南的火车票。当火车将要启动时,这个人手里提了行李,又拎了两盒桂圆,才不慌不忙地上了车,选定座位将行李箱放到行李架上,在临窗的座位上坐下。小成判断此人是受过特务训练的老手,从他在车站售货车买了两盒莆田桂圆判断,这个人可能是闽南人,而且闽南还有亲朋好友。小成悄悄地邀约小张到车厢过道处,向小张传递她所发现的信息。小张不屑一顾,拉长了脸,压低了声音发牢骚:"你碰到鬼了,就你看到他们打招呼,我怎么没有发现,你不要神经兮兮。"

小成不便同他争辩,嘴一噘:"信不信由你。"说完,自顾自返身,回到自己的座位上。小张听了小成传递的信息,将信将疑,心里仍然惴惴不安。但是,已经跟到现在,再要另外确定一个对象,到哪里去找,郁郁不乐回到自己的座位监视着小成确定的对象。火车一到闽南,头戴解放帽的人随着人流下了火车,出了车站走进一家旅馆,约莫半个小时,这个对象拎了两包桂圆走亲访友，小成趁机到旅馆查阅旅客住宿登记簿，查明此人叫苏复兴。小张一看到小成从旅馆跑出来，按捺不住心里边的一股无名火，抓住机会向小成发作：

“小成，你这样盲目地跟，如果这个对象根本不是陈婷的同伙，怎么办？而陈婷真正的同伙被漏掉，这个后果的严重性你可晓得？”

小成也已经憋了一肚皮气，冲着小张顶嘴：“如果出了差错，责任由我承担，不要你承担责任。”

小张兜过来：“话不好这么说，承担责任是一码事，由此造成不必要的损失又是另一码事。你可晓得这个利害关系？”

小成是一个机智勇敢的女同志，但是，由于长期搞外线工作，学习文化机会少，所以有时说话也就缺乏表达能力。她认定戴解放帽的人就是陈婷的同伙，在向小张说明怀疑的依据的时候，往往意思表达不清，纵然几经向小张通报，小张还是将信将疑。现在，小张一而再、再而三地向小成嘀嘀咕咕，一下子把小成的火星点燃，当即反唇相讥：

“咱们都是共产党员，对党的事业负责，我坚信这个对象就是陈婷的同伙。如果你怀疑，那，你看怎么办？”

小张就像挨了一闷棍，一下子倒是被问住了，竟说不出话来。

小成看到小张一声不响，说：“现在不是埋怨的时候，应该趁这个空当，抓住机会同当地公安机关取得联系，请他们协助才是正儿八经的事情。”

小张似乎无奈地表示：“现在也只好这么办喽，这里由我来监控这个对象，你到当地公安机关联系工作，顺便向家里汇报。”

小成同当地公安机关联系好，立即打电话向外线组组长老葛通报了在闽南跟踪情况。老葛接听了小成的电话，迫不及待向宋科长汇报，宋科长立时邀老葛到局长办公室，向陈、许两位局长汇报。陈、许两位局长听了老葛的汇报，陈局长将鼻梁上的眼镜向上推了推，歪转了头：“能不能确定，这个人就是陈婷的同伙、帮手？”

老葛毫不含糊表态：“错不了。”

陈局长还是有点不放心：“要吃准呐，不要张冠李戴噢。”

“我再三问，小成一再表示，确定无疑。”

陈局长听了老葛肯定的回答，转过脸来，朝许副局长笑笑：“现在看来，敌人从东南沿海偷运电缆的可能性增大，我们一定要抢时间，赶在敌人行动的前面早做准备迎击敌人。老葛啊！你想办法同老洪联系上，要他按照第二套方案实施，无论如何要想尽一切办法，在闽南地区粉碎台湾特务机关的阴谋。”然后，转过来，征求许副局长、宋科长意见：“你们二位意下如何？”

许副局长很干脆：“老葛啊！抓紧时间，按照陈局长的意见办。”

宋科长插上一句：“老洪可能已经赶到闽南市公安局，你用内线电话同他直接通话。”

老洪同小李到闽南，刚住进闽南市公安局招待所，服务员招呼沪西市公安局洪强接听电话。老葛就在电话里，向老洪传达陈局长的指示精神。放下电话，老洪心里想，听老葛电话里的口气，外线同志已经吃准对象了。现在，要实施第二套方案，首先想到要同小成、小张两个外线同志接上头，核准对象。

他通过闽南市公安局外线科同志的帮助，同小成、小张接上了头。就在招待所里，听取了小张、小成汇报一路跟踪情况。不屑说，两个外线同志在跟踪对象上，正在顶牛。

小张毫不隐瞒自己的观点，直话直说：“直到现在，我还是不能确定这个人是否就是陈婷的同伙。”

小成神态表现得十分自信：“我可以百分之百肯定，这个对象就是陈婷的同伙。”

洪强、小李听了他们两个人的汇报，心里也开始疑云密布：难道原来的分析判断错误，根本就不存在什么陈婷的同伙？那么，陈婷为什么又携带一根普通电缆出境呢？洪强转过来又向小成提出一连串有关跟踪的细枝末节，小成根据洪强提出的问题，从陈婷入境起，跟踪上了火车，以及对象几次转车等具体细节，一一做了汇报。

“我确定这个人就是咱们跟踪的目标。”小成把陈婷同这个人在广州火车上将要分手的时候，两个人闪现的神态以及在闽南市公安局外线组同志的帮助下，了解到这个人到了闽南，通过关系人，寻找“蛇头”等一系列活动情况，小成加重了语气：“我可以百分百肯定，现在跟踪的苏复兴就是陈婷的同伙，海上偷运电缆的接应人。”

洪强听了小成的汇报，尽管还没有完全肯定这个对象，认为可能性比较大，当着小成、小张两个人的面，没有一下子表态。接着，洪强要他们两个人继续跟踪、监控苏复兴，具体任务、注意的事项重新做了部署。

第二天上午，洪强、小李就到闽南市公安局侦查处联系工作。闽南市公安局侦查处出来接待的女同志正是洪强要找的郑亚美，40岁出头，一见面，郑亚美就喊开了："啊！老洪来了，正是稀客，你好多年没有来了。"洪强与郑亚美亲热地握手，并将小李向她做了介绍。

"是啊，好多年没有来了，阿美啊"（闽南人的口音，亚读"阿"），老洪按照当地的口音称呼就显得格外的亲切，看着郑亚美的脸："你还是老样子，一点没有变化。"

郑亚美一头答话，一头利索地泡茶。按照闽南地方泡茶的方法：先把茶叶放到茶壶里倒上开水，然后用茶壶里的开水浇到茶盘里的杯子里烫洗，再用热水瓶里的水第二次倒入茶壶，经过这么一番操作，稍停片刻，才向客人倒茶。这时候，倒在茶杯里的茶水颜色不红又不绿，有点像"玫瑰色"，香气扑鼻，饮上一口浓郁香醇，嘴里开始有些苦味，渐渐地变甜，再过一会儿，人顿觉清爽，精神兴奋。闽南一带的人把喝茶作为一种享受的习惯。

"我已经开始发胖了。这几年，体重一下子增加了五斤。"

"还不是顶胖，应该说这是一种健康的标志，莫关系，不要发愁嘛。老潘，现在干什么？"

郑亚美忙碌了一阵子，坐下来哈哈大笑："我哪能会发愁，不过，我现在尽量控制饮食。老潘现在省厅侦查处工作，他还是老样子，不过工作比过去忙，所以要胖也胖不起来。"

老潘，本名叫潘杰，沪西市郊区人，五十年代，高中毕业参加革命，在沪西市公安局侦查科工作不久，响应党中央号召，参加南下解放台湾，他们一批人所谓叫"南下干部"，被分配到闽南市公安局侦查处，同本地女青年，一个处的女同志郑亚美结婚，后来上调到省厅侦查处当科长，现在已经升任处长。他同洪强在沪西市公安局侦查科，则是擦肩而过，洪强从行署侦查大队调到侦查科工作不久，潘杰就南下。他们真正熟悉，还是洪强多次到闽南工作，才开始有了战友亲。沪西市老家，潘杰的父母还健在。郑亚美出差沪西市少不得要找洪强帮忙，就这样一来一往，他们就建立起深厚的战友感情。

郑亚美像想起什么:“嗳!说说,这次来,有什么需要我们提供帮助的?”

洪强喝了一口茶,放下茶杯,面带微笑:“这次来,可要麻烦你们了。”洪强认真地将案情向她做了详细介绍,并向郑亚美出示了由小成跟踪的时候拍摄到头戴解放帽的旅客的照片。

郑亚美拿起照片一看,当即一口肯定:“你所说的这个对象我熟悉。这个人原来的名字叫姚敦山,四十多岁,闽南市郊区榕树乡人,四年前突然从闽南蒸发了,现在改名换姓叫苏复兴。这个人是蒋帮特务。我们这里靠近台湾金门岛,有些人趁晚上海上风浪不大就游泳偷渡过去,一旦遇到海上大风大浪,偷渡的人被一个风浪又打回来,这是经常有的事。像苏复兴偷渡过去的人也有,这些人到了金门岛就被台湾特务机关抓住,经过特务机关审查当即被派遣过来被我们抓住的也不少。苏复兴这次到闽南来,很有可能接受特务机关指令,派遣回来的。”

“这么说,对上号了。”洪强接着对闽南的任务和需要提供帮助的要求一一做了说明,按照老葛电话里转达陈局长提出实施第二套方案,详细转告郑亚美:“看来,要麻烦你们了。”

“谈不上麻烦嘛!一家人不说两家话。”郑亚美是一位非常干练、直爽的女同志,当即表态:“没问题,我向处长汇报一下,我来配合你们,怎么样?”

“那,我们求之不得。”

“我这就去汇报。”

一个转身,郑亚美上了三楼向处长汇报去了。

根据郑亚美介绍苏复兴的经历,洪强再联系小成汇报跟踪陈婷的情况时,曾说到火车到达广州,旅客纷纷准备下车的时候,小成一双眼睛就像“照相机”对准了焦距,按下了“快门”,将陈婷的一举一动,尽收眼帘:陈婷在自己的座位上站出来,从行李架上取下行李,转过身子,同坐在她斜对面座位上头戴解放帽的旅客,嘴角微微露出笑意;而这个男旅客会意地微微点了下头。然后,各自向东西两头方向融入熙熙攘攘的人流下车。现在看来,小成吃准苏复兴就是陈婷的同伙,毋庸置疑。

洪强、小李等到郑亚美向处长汇报回来,得到肯定的答复,由郑亚美配合洪强执行这次任务。然后,洪强、小李两个人不失时机同小成、小张碰头。

“我认为小成吃准苏复兴这个对象错不了。”洪强就把闽南公安机关侦查处郑亚美介绍的情况，特地向小成、小张两个人通报，洪强笑嘻嘻地说：“小张，现在你不要担心，就在这两天见分晓，你们两个人只要把苏复兴看住，他就会现原形。”

小成、小张听老洪介绍了闽南公安机关侦查处掌握苏复兴的情况，心里踏实多了。小成心里想，老洪是老侦查员，都已经有了肯定性的意见，更加增强了信心。

苏复兴接受任务后，同陈婷一起潜入大陆。两人在广州分手，苏复兴独自一人几经转车到达闽南，住进一家旅馆，就很快找到关系人，并通过关系人找到蛇头阿林，双方谈妥。然后，交付偷渡一切费用，商定上船时间。至此，苏复兴就在闽南一切安排停当，只等内地特务送交电缆。内地前往闽南同苏复兴交接电缆的特务又是什么人呢？

62

顺风顺水

朱如泽根据陈婷向他下达的任务，按照台湾驻港特务机关头子设计的方法、部署，同潜入大陆的特务交接电缆。就在陈婷前脚离开沪西市，朱如泽后脚跟上乘上火车到海临，然后，在海临转车赶往闽南。外线侦查员小龚、小徐两个人也就一路跟踪到闽南。

在南去的火车上，朱如泽靠着车窗，窗外一幅幅美好的夜景在他眼前一掠而过，他却无意欣赏，只是微闭着眼睛沉湎在喜悦的遐想中，想入非非地盘算着，能够摊上这一趟差事，说明已经成功地迈出了第一步。虽然说还没有同上峰直接见面，能够同上峰派出的人接头，交接电缆，至少说明在上峰的心目中有我朱如泽这个人的位置。现在，倒是考虑如何同接头人碰头，又如何在他面前露一手，也好让他回去以后，替我在上峰面前帮我润色一番。现在，朱如泽又为露一手，陷入沉思……

第三天上午，火车抵达闽南，朱如泽身上背了个挎包，一下了火车，就像一条泥鳅一头钻进了旅客人流，乱钻乱挤，蹿来蹿去，也顾不上额头上大汗淋漓，一蹿出车站出口处，火急火燎跑到车站大厅候车室，寻找旅客留言牌。当他抬头一眼看到墙壁上挂着一块木制牌子"旅客留言栏"，在乱七八糟的纸片里，全神贯注搜索到一个有"W"暗号的纸条，小心翼翼从木制牌子上取下，赶紧细细阅读，断定是接头人的留言。这才抹了一把额头上的汗，定了定神，将留言条子藏到口袋里，转身来跑到车站附近的公用电话亭，按照留言条子上联系的电话号码，用公用电话同接头人通话。打好电话，心里想，距离约定碰头时间还有两个钟头，干脆把肚子垫垫饱再说。转身就到了车站广场附近面店吃了一碗面，出得店门，乘上三轮车直奔东南公园。

朱如泽虽说没有经过专门的特务训练，但是，他比起受过专门训练的特务的警惕性还要高。只是应验了一句俗话“做贼心虚”，这是干坏事的人一种本能反应。下了三轮车，一头扎进东南公园，贼头贼脑四处张望，心里面，总是有点提心吊胆，有没有公安人员盯梢，现在只看到三三两两的人散步，成双结对的男女青年挽住手臂卿卿我我谈恋爱，料想沪西公安人员不会跟得来，闽南的公安人员也不会吃饱了饭没有事情做来跟踪，在公园里一头佯作游客散步，一头警惕地环顾四周，寻找接头地点。他一眼看到一处茶室，慢悠悠地跑了进去，在一处露天茶社拣了个座位坐定，向服务员要了一杯茶水，装作观赏公园风景。当他觉着有人朝他看的时候，他就打开报纸佯装看报，等待来人接头。而就在此同时，外线侦查员小龚、小徐从沪西一路跟踪朱如泽到闽南东南公园，全方位监控朱如泽的动向。大约歇了半个小时，小张、小成跟踪同朱如泽接头的人，也前脚后脚赶到东南公园。两队外线同志就此高兴地会师，然后又分开进行监控。

这个接头人真是陈婷的同伙，派遣特务苏复兴。毕竟是受过特务正规训练过的特务，到了东南公园，按照特务的一套格式进入角色，所谓“眼关四方，耳听八面”，用眼梢扫视周围，观察动静。然后，大摇大摆跑向茶室，在茶室进出口处，驻足片刻，一脚跨进茶室，抬眼张望，茶客寥寥无几，就在靠近池塘旁边的露天茶社一张桌子旁边，坐着一个年轻人看报纸。心里想，差不多是接头人。苏复兴慢悠悠里走了过去，开始主动搭讪头：“这里有人吗？”

朱如泽抬起头来，看了来人一眼，打起了南腔北调：“没有人，你坐吧。”

苏复兴拣了个位置坐下来，用眼梢一眼关到朱如泽看的报纸，报头上露出醒目的《沪西日报》字样，断定此人就是交接电缆的人。于是，开始履行接头的一套程序，核对联系暗号。而朱如泽看到了来人戴了个解放帽，从年龄、特征断定，正是要接头的人。脑子里正在盘算的时候，苏复兴开口核对接头暗号。

苏复兴弯转了舌头，压低声调：“只见霜中败叶，不见柳树返青。”

朱如泽按照陈婷向他交代的接头暗号说：“冬去春来到，柳树披绿装。”

苏复兴笑嘻嘻:“今天天气不错,会不会刮西北风?”

朱如泽摇摇头:“像这样的天气,只会刮东南风。”

苏复兴思忖片刻,接上头了,眯起了眼睛:“你贵姓?”

“敝姓朱,朱如泽。你贵姓?”

苏复兴报出了自己的姓名以后,随即急吼吼地问:“东西带来了没有?”

朱如泽点了点头:“带来了。”

双方确认来人的身份,接上了头,当对方一问起东西带来了没有,朱如泽贼头贼脑四处张望,觉得周围没有闲杂人员,赶紧从挎包里拿出一件用布包好的东西,递给苏复兴。就在朱如泽同苏复兴交接电缆的瞬间,隐藏在杂树丛中的外线侦查员小龚,用照相机远距离将两个人交接电缆的现场镜头拍摄下来。

朱如泽关心地问:“安排好了没有?什么时候起航?”

苏复兴很有把握地回称:“全部安排妥当。”转念一想,上司一再关照“起航时间要绝对保密”。当朱如泽关心地问起起航时间,苏复兴也就同他瞎敷衍:“启航时间还没有确定,要看天气、风力以后再定。”

朱如泽投其所好:“有困难吗,是不是需要我帮助?”

苏复兴摇摇头:“到了老家,用不到其他人帮助了。”

朱如泽以惊异的神色看了看苏复兴:“你是闽南人。”

苏复兴点点头,含笑不语;朱如泽这才恍然大悟,原来这位仁兄就是本地人,说明上峰这次计划考虑得非常周密。看来,我没有必要凑热闹了。

朱如泽找不到向苏复兴投其所好的机会,嘴上加些蜜糖,让他留个好印象吧,随即站起身来,面孔上堆满一脸笑容,向苏复兴伸出手来:“祝你一路顺风,马到成功。”

苏复兴坐在椅子上,屁股抬都没有抬一抬,连眼皮关也没有关一关,摆起了傲慢的架势,只是用眼角扫了一下,轻蔑地微笑着点点头。苏复兴这一个举动,这对朱如泽来说,是个极大刺激,自讨没趣,感到是被羞辱一样难堪,转身来就滚蛋。心情黯淡地离开东南公园。

两个人从接头核对暗号、交接电缆,前前后后大约 20 分钟。外线侦查员从望远镜观察到朱如泽离开座位,面孔好似被人家抓了一把,皱巴巴,黯然失色。其实是朱如泽同苏复兴交接电缆,碰了一鼻子灰,咬牙切齿咒骂苏复兴："婊子养的，狗眼看人低，真正是不上台盘的货色。"一离开东南公园，叫了一辆三轮车，直奔火车站买了返程车票，就在当天晚上，窝了一肚子气乘上火车返回沪西。

自从朱如泽上了贼船，大脑里就像按上了一个"精神调节器"，一旦遇到开心的事情，洋洋得意、自我陶醉，想入非非；假使碰到不开心的事情，遭人冷遇、受到羞辱，或者碰着挫折，"精神调节器"会自动启动，自我安慰，自我解嘲。在东南公园同苏复兴接触中，碰到不开心事情，他的大脑"精神调节器"跟着起动，暗自发恨：等我同上峰直接搭上关系，我也会给你一点点颜色看看，现在陈婷交给我的两项任务，顺利完成第一项，回到沪西着手进行第二项，策反宋浩然成功，我要你苏复兴喊我"爷爷"。

而在公安机关一头，当了洪强的面，郑亚美一口应承由她亲自配合，得到处长点头同意以后，就在第二天上午，回到由她领导的侦查组，专门向组里几个同志交代了任务，派出了两队人：一队人到工商管理局联系工作，会同公安边防缉私大队，查处走私物品；另外一队人配合沪西市公安局外线组小成、小张两个同志，加强对走私船监控。而郑亚美本人亲自出马陪同洪强、小李到边防缉私大队。

到了缉私大队，郑亚美一进门就在爬楼梯的时候喊开了："大队长在吗？"

在二楼办公室里随即有人应声招呼："我们的郑大姐来了。"吴大队长跑出办公室迎接，拉住郑亚美的手："是什么风把你吹来的。"

郑亚美快言快语："东南风，乘东南风，特地来看看我们的吴大队长。"

大队长赶紧叫人倒茶、让座。只要是郑亚美来边防缉私大队，大队长习惯地叫办公室的其他同志出去，将门关上。洪强在一旁观察，脑子里留下印象：郑亚美同这位大队长工作关系非同一般，估摸他们之间有机密程度相当高的工作交往。郑亚美从座椅上站起来，将洪强、小李介绍认识吴大队长。

吴队长是海军某部的营级干部转业到地方，分配同他原来的专业比较接近的边防缉私大队，为人性格直爽，待人热情，办事干练。

吴队长自我介绍："我姓吴，口天吴，名大胜，你们就叫我老吴好了。"

大家坐下来，郑亚美将来意详细地向大队长做了介绍。而后，面向洪强："老洪，具体要求你讲吧。"

洪强就把如何从海上阻止台湾特务机关派船接应，以及拦截走私船等任务、要求，详细地向大队长做了介绍。接着，洪强对吴大队长好似用征求意见的口气说："我们对海上工作是外行，业务不熟悉，这样做，是不是有什么问题和困难？请吴大队长直接提出来。"

吴队长稍做思索说："谈不上问题和困难，为了速战速决和安全起见，我提个建议，是不是可以在陆地上就进行拦截、搜查，这样就可以连人带物一起解决。如若在海上实施拦截，就要做好在海上同台湾特务机关派来接应的船只交火的准备，我以为似乎没有这样的必要。从以往情况来看，台湾特务机关派出的船，都配备重武器，他们都是做好交火准备的，并且，穷凶极恶，过去，我们吃过不少亏，牺牲了好几个同志。假设我们缉私大队出动，就要派出两艘海上巡逻缉私艇，一艘巡逻检查缉私，另外一艘护卫，而且还要配备重武器护航。这样的话，我还得向领导汇报请示，要有上级领导点头，才能组织实施。"

听了大队长的建议，洪强点点头，表示理解："我觉得大队长提出的建议合情合理。"转过来，婉转地补充他的设想："如果任务单一，这不能不说是上策。因为抓苏复兴、拦截电缆不是目的，而是要利用苏复兴以及台湾特务机关接应船向香港特务机关头子反馈信息——海上接应计划破产，以此调动敌人，促使香港特务机关特务头子加速陆上行动步伐，目的是要为实施整个破案做准备……"

郑亚美在旁边特意向吴大队长解释："也就是说'连环套'，'编织一个又一个罗网'，诱使敌人自投罗网。"吴队长听了洪强、郑亚美详细而形象地解说，表示理解：

"你们实施庞大的破案计划，拦截台湾特务机关接应船，只是你们侦破全案的一个环节。"吴大队长点点头："是应该要有大的动作。否则，不能达到预期目的，好，就照你们说的办。"

边防缉私大队属公安厅边防处领导，郑亚美自告奋勇："我和你一起去找边防处祁处长。"

吴队长听了郑亚美的表态，开怀大笑："好啊！就这么办，你们两位到招待所休息，听我们回音。"吴队长非常热心，并关切地说："你们尽管放心，我看问题不是顶大，再说，我们阿美出马，马到成功！哈哈……"

吴队长为什么蛮有把握呢?他晓得郑亚美的丈夫潘杰是公安厅侦查处处长,公安厅的各个处,她熟门熟路,一些处的领导看在潘杰的面上,多多少少要给几分面子。所以,郑亚美出面十拿九稳。

第二天上午,洪强、小李到缉私大队,郑亚美、老吴已经在办公室等候。小李敲了三下门,老吴随即应声:"请进!"洪强推门进去。

郑亚美站起来:"说到曹操,曹操就到。我们刚才说到你们,你们来了,坐吧。"

洪强、小李坐定,老吴端了两杯茶递给洪强、小李。郑亚美催促老吴:"老吴,你将请示的情况向他们两位传达一下吧。"

老吴没有绕弯子,直话直说:"领导同意了,批准了我们的方案。下一步,由我们来完成任务,你们几位可以在我们拦截以后,一起来打扫战场。"

洪强听到吴大队长的设想:"不!我们一起上船下海。在海上作业,吴大队长是当之无愧的指挥员,而在我们一头的业务,我们虽然在吴大队长面前不能倚老卖老,但是,毕竟我们比较熟悉,隔行如隔山,具体操作,还得靠我们,是不是,让我们同你一起参加战斗。"

老吴出于安全起见,特地向洪强解释:"我不能让你们外地同志冒如此大的风险。我反复思考,我们有两艘巡逻缉私艇,绰绰有余,可以完成任务了。"

洪强坚持自己的意见:"老吴,我领会你的一番好意,但是,你也应该理解,我们和你是同一个战壕里的战友,只是分工不同而已。作为公安人员,我们随时都把牺牲作为一种国家荣誉,而把死亡当作对社会的贡献。再说,拦截对象的具体工作必须由我们承担,请不要推让了。"

老吴听了洪强如此一说,发自内心感慨:"说得好!就照你说的办。"

洪强转身对郑亚美:"阿美同志,请你在岸上坐镇协调指挥。"

郑亚美急忙发声:"不,你们让我做逃兵,我可不干。"

洪强缓和一下口气:"这不能说叫你做逃兵,你想,我们三个都下海,岸上没有人指挥、协调,一旦海上遇到情况,工作就要脱节、乱套。"

老吴在一旁帮衬:"老洪说得对呀!特别是一旦任务告一段落,还要请工商部门一起打扫战场,岸上没有人调度怎么行呢?你就坐在我的办公室指挥,不要再争论了,就这么办。"郑亚美听了他们两个人的解释，暗自想想，倒是这个道理，也就不再争论，愉快地应承下来。

再说，苏复兴同朱如泽交接好电缆的第三天夜里12点，按计划搭乘的一艘走私渔船启航，向东南方向航行，倒也顺风顺水。而外线侦查员小张、小成在闽南公安局的帮助下，扮作一对青年伴侣偷渡客窝藏在船舱里，蜷缩在人堆角落，坐在铺了一块旧布的船板上，警惕地注视着斜对面苏复兴的一举一动，藏着电缆的走私香烟的纸箱。苏复兴看到小张、小成两人同在这条船上，突然想起这两个人在福州火车站上车时看到过，主动欲同小张、小成搭讪："你们是福州来的吧?我们成同伴了。"

小张有意装着神经兮兮地摇摇头，眯起一只眼睛，噘噘嘴，神秘地示意他不要说话。苏复兴表示理解，心里想，原来他们两个人同我是"难兄难弟"，也是偷渡客，就自顾自闭目养神了。在走私渔船上，船老板阿林走进船舱，一本正经地面对偷渡客："大家注意，本次渔船起航，菩萨保佑，顺风顺水，大家尽管放松，有什么需要可以提出来。"

他朝苏复兴："你有没有要帮助的?"

苏复兴皮笑肉不笑地摇摇头。

阿林又走到小张、小成那里问："有没有要帮助的?"

小张、小成摇摇头。

还有五六个偷渡客，他挨个问下来，都没有要帮助的。等到阿林走出船舱，偷渡客中有个人乜视着眼睛："要他帮助吃不消，他是老虎觅食，弄得不好，反咬一口，掏空腰包还不够本。"

走私渔船，起航后，随着海上风浪的一高一低一起一伏。一些偷渡客就像躺在摇篮里，有的人在闭目养神，有的人开始打盹。等到走私船调整了方向，驶向主航道，风浪越来越大，有些人晕船呕吐，散发出来一股臭味道，直冲鼻子，异常难闻，坐在旁边的人，都捂着鼻子，真是受不了。苏复兴借口气闷，一骨碌爬起来，走出船舱到甲板，被阿林发现，赶他进舱，苏复兴掏出香烟递给阿林，投其所好，阿林用手挡了回去："这里你不能待，要注意安全，赶紧进舱。"

苏复兴哀求地似的说："对不起，我实在吃不消了，让我待一会儿透透气就进去。"

其实，苏复兴倒不是因为一股臭味难闻、晕船，想借口透透气，看看台湾方向的接应船有没有出动。在黑夜中，他贼头贼脑用两只眼睛窥视东南方向，看到远处出现一个亮点，情不自禁地窃喜，心里想接应的船如约来了。就在他一阵欢喜之余，被阿林强行拉进船舱。他很不自愿地进了舱，一屁股坐在船板上，开始暗自盘算着看到的这个亮点，走私船在加速航行，接应船也在加速，照现在这样的航速，估摸再有个把小时就可以接应了。正当他沉醉在自我得意中，突然，听到远处有枪声。他迫不及待地冲出船舱看个究竟，却被阿林强扯，扭拉回到船舱，阿林再三关照："你们谁都不准到甲板上去。"

苏复兴急切地问："海上的枪声，到底是怎么回事?"

阿林紧绷着脸："你问我，我问谁。这里，经常有枪炮声，解放军在演习，没事，大家不要心慌。"苏复兴一听是解放军演习，也就放下心了。但是，还是放心不下，听听枪的声音，不像是解放军演习，到底是啥，一时，倒也吃不准。

其实，苏复兴听到密集的枪声，正是公安巡逻缉私艇同台湾特务机关派出的接应船接上了火。巡逻缉私艇上的老吴命令缉私干警注意隐蔽，向台湾特务机关派出的接应船喊话，命令他们立即返航。

台湾的接应船听到大陆缉私巡逻艇喊话，非但不听劝告，趁大陆缉私巡逻艇发出警告声的瞬间，动用重武器向缉私巡逻艇扫射，并趁缉私巡逻艇同护卫巡逻艇的空隙，企图强行冲击，向大陆走私渔船靠近，接应派遣特务苏复兴。这千钧一发之际，交火双方到底谁战胜谁，就要凭火力说话了。

63

网开一面

经过省厅边防处祁处长点头同意，公安巡逻缉私大队老吴按照既定方案，特地抽调了精兵强将参战，并出动了两艘缉私巡逻艇，一艘巡逻，另一艘保驾护航。两艘巡逻艇在夜幕笼罩着的洋面上，乘风破浪驶向茫茫大海，来回巡游搜索、监视着东南方向洋面。

原来长期战斗在陆地，现在突然置身在海上一个陌生环境里的洪强、李鹰飞，两个人身穿救生衣站在甲板上，心里好似掀起了大风大浪，心潮澎湃，感慨万千，既好奇惊喜，又激动不已。随着洋面徐徐拉开战幕，两个人开始惦记着在这场海战中，敌我双方谁胜谁负，感到难以预料。尤其是洪强想到的问题更多、更复杂。例如：台湾特务机关会不会派出接应船，如果不派，这趟差事就算白起劲；假使敌特机关派出接应船，又如何识别，身处大海摸不到边，见不到底，忧心忡忡。不下海则已，一下了海，脑子里尽是充塞了一些“疑难杂症”。现在，他目不转睛紧盯着大海，专心致志监视着东南方向。突然，小李抬手指着东南方向，要洪强遥望远方：“老洪，你看！”

洪强朝着小李指引的方向，极目远眺，洋面上不时出现点点滴滴像浮球一样的亮点在海浪中一高一低地隐现，无奈地摇摇头：“我已经看到了，这么多的亮点，就是不能断定有没有台湾特务机关派出的接应船，假设有接应船，又如何断定哪一个亮点是敌特机关的接应船呐。”

小李咂咂嘴，搔了搔头皮，附和洪强的说法：“这倒是个难题呐。”

一向沉稳的洪强，现在开始烦躁，心神不定，渐渐陷入沉思：一旦发现了，又如何实施拦截计划，按照我们的意图促使接应船返航向香港特务机关通报海上接应计划失败？越想越心烦意乱。缉私大队长老吴,看起来说话做事干脆利落,为人倒是粗中有细,在缉私巡逻艇下海之前,特地关照中队长武长顺同一个彪形大汉缉私民警陈楚生,要他们两个人确保洪强、小李两个人的人身安全。武长顺同陈楚生两个人倒是不折不扣遵照大队长的指令,寸步不离地在甲板上守护着老洪和小李。武长顺看到老洪、小李一直关注着东南方向大海洋面,特地劝慰:“甲板上风浪大,你们二位还是进舱等候消息吧,如果一有情况,大队长会随时通知我们的。”洪强从武长顺的口气里,听出了音头,武长顺是老吴特地安排守护我们两个人的, 也就同小李自觉地返回船舱。一走进船舱,接受任务等待命令的缉私民警有说有笑,看到他们两个人回到船舱,热情地招呼他们:“你们两位在舱里坐坐,要有情况,我们大队长随时会向我们发布命令的……” 洪强笑嘻嘻地同他们点点头,拣了个座位,同小李两个人坐下来,心里想,我们同你们虽说承担同一个任务,各自肩负的分量不同。一个转身,洪强起身嘱咐小李等在船舱里透过玻璃窗继续观察洋面上的动向。然后,他一个人返身到老吴指挥舱想请教老吴,溶解郁积在心里的一个个疑团。武长顺一看到他走出船舱,当即紧紧跟随,到了驾驶舱就守在门口,而洪强一跨进驾驶舱,看到老吴正在聚精会神监视着洋面,不好意思打搅,放慢脚步朝船舱里跑,轻手轻脚跑向老吴指挥的部位。老吴本能地觉察有人进舱,回转身一眼发现是洪强,随即热情招呼:

“老伙计,来坐一会儿。”

洪强面带笑容走过去说了一声:“辛苦了。”

“谈不上辛苦,在海上生活习惯了,也就那么回事呗。”

洪强看到老吴聚精会神,紧盯着洋面,怕分散他的注意力,想转身离开,但是,又不好意思就此抽身,只是在舱内来回踱步,一会儿走上几步,一会儿驻足看着驾驶员驾驶方向盘,一会儿抬头遥望洋面,就在他定睛关注洋面动静的瞬间,发现原来点点滴滴的浮球似的亮光一下子隐没不见。洪强感到事态严重:照这样下去,计划要落空?毕竟同这位大队长初次见面,对他还不够了解,带着满腹狐疑,转过身子望望老吴,只听到他在指挥,命令驾驶员将舵轮左转两度,躲开夜航舰艇。缉私巡逻艇和护卫艇在伸手不见五指的洋面悄悄前进。突然,吴队长命令驾驶员从“倒挡”位,挂到“前进”高挡,开足马力全速前进,加速!一会儿,他又命令减速,稳住。缉私艇同护卫艇又恢复到来回巡弋的速度。这个时候,洪强凭直觉猜测,有可能原来发出亮光的浮球,是台湾金门方向过来的船只,发现大陆缉私艇巡航,有意躲避,一下子隐没。洪强脑子里一闪念,照这样漫无边际搜索,至今没有发现目标,原计划恐怕要"泡汤"。正当他忧心忡忡的时候,公安缉私巡逻艇报务员小王走进船舱。

"报告大队长,'海鸥'来报告。"

老吴接过一张纸,一头看,一头露出笑容:"好!"又转身笑嘻嘻对洪强说:"老伙计,你担心台湾特务机关会不会派出接应船,是吧?"

洪强歉疚地回称:"确实正如你说的,我心里不仅担忧发现不了敌船,我还怀疑台湾敌特机关是不是会派出接应船?"

老吴随手拿一张纸条递给洪强,洪强接过一看,正是喜出望外:"这下子好了,台湾敌特机关确实派出接应船,而且,现在可以肯定接应船是'501'号,那就可以锁定拦截目标了。"

那么,刚才报务员所说的"海鸥",又是怎么回事呢?"海鸥"这是闽南缉私大队安插在台湾金门岛上的"线眼"—— "海鸥"是他的代号。所以,洪强不便打听内情,知趣地将一张纸条递还给老吴。

老吴接过一张纸条深表歉意:"这是绝密的。所以,我们事先就不向你介绍了。"

洪强说:"咱们头上凡是顶着'公安'两个字,都有它的特殊性,可以理解,请不必介意。"

话说台湾"501"号船,狡猾的特务将接应船装扮得同普通渔船一样,混杂在渔民船中间在洋面上航行,不时在搜索接应的目标:大陆走私渔船。而原来留在船舱里的小李,孤身一个人置身在缉私民警堆里,呆悠悠只是看到他们欢声笑语,心里一直惦记着老洪有没有打听着消息,好似有一个疑团堵在心里,窒息得透不过气来。肚里转念头,照现在这样不死不活的局面,是不是原来分析判断错误,敌特机关从海上偷运电缆的阴谋计划,弄得不好都是折射在大海洋面的"海市蜃楼",映在人们眼里虚无奇异的幻境。想到这里,小李同陈楚生打了个招呼,迫不及待地跑到驾驶舱找洪强,想从洪强那里得到点信息,以溶解压抑在心头的疑虑。而洪强虽说得到情报,确定台湾派出接应的船,船号是“501”，但是，要在黑夜笼罩的洋面上，从众多的渔船里找出一个“501”号船，就不会像在陆地上“吃准”了侦查对象的特征，很快搜索到侦查对象那么容易喽。因此，洪强又为搜索具体目标犯愁，正待心猿意马，一看到小李跑进驾驶舱，从小李挂在面孔上惴惴不安的神色猜到，小李所处的心境，同他现在产生的疑虑一样，都为还没有发现台湾特务机关派出的接应船只的影子而伤透脑筋。洪强为了宽慰小李心绪，朝他点点头，示意他进舱，凑近小李耳朵向他透露了台湾方面的情报内容。这时候，小李的脸上就像久旱逢透雨。

正如俗话说“隔行如隔山”，正当洪强为了搜索具体目标犯愁的时候。两只眼睛注视着老吴，而老吴全神贯注洋面，洪强特地试探性地向老吴提问：“在黑咕隆咚的洋面上，要认准‘501’号船，用望远镜恐怕也无济于事吧？”

其实，老吴已经猜到洪强此时此刻，正在担忧没有办法搜索具体目标，听到洪强在试探性发问，他想，一位长期在陆地战斗的老侦查员不熟悉海上的斗争环境，就像自己不熟悉陆地斗争环境一样。因此，像开道迷失方向的同路人，用手指着洋面：

“老伙计，你过来，注意看着洋面，在海浪一高一低中，海浪抬出浪尖的亮点，不时发出一闪一闪的亮光，这就是敌特机关‘501’号的接应船，同一般渔船的亮点不同。渔船上的亮点是固定不动的。特务机关船上的亮点一闪一闪，是用探照灯同对方进行联络的暗号。看到了吗？”

洪强、小李两个人就像小孩看“西洋镜”，好奇地脱口而出：“唔！看到了，看到了……”

老吴接着说：“现在，我们要把视线转向西南方向，观察大陆走私渔船在这同一时间的反应。”

突然，老吴用手指向西南方向，高兴地邀洪强看：“老洪啊，你们看，大陆走私船上同时出现了信号，他没有条件使用探照灯，只是用手电筒打出一闪一闪像萤火虫微弱的亮光。看见了吗？

洪强、小李循着老吴的手指点的方向看着洋面，确实在大陆走私渔船上发出微弱的亮光，在一闪一闪。

洪强、小李兴奋地赞不绝口：“看到了！老吴，你还真神呐。”

实事求是说，缉私指战员，如果没有掌握到在海上同敌人斗争的实践经验，发现目标的操作规程，要在伸手不见五指的夜幕下，仅凭肉眼发现敌人的“接应船”，就像陆地上的傻子“站在二层楼阳台上向地面上的人滴‘眼药水’”，一世都不会成功。同样的道理说明，敌特机关派出的接应船，在这样的特定的环境里要与对方取得联系，势必要采用与环境相适应的特殊方法，才能进行联系。否则，怎么联系上？在此同时，洪强脑子里派生出另一个疑问：如何确定主攻方向？现在是监视台湾来的接应船呢，还是监视闽南的走私船？

然而，老吴他现在之所以镇静、满怀信心在指挥，还不时地谈笑风生，实事求是讲，就凭他的“百日锤炼，千日之功”。虽然他转业到地方只不过四五年时间，可是，他在海军部队里生活了十来年，应当说是在海上长期同敌人斗争的好猎手，而且他把在部队里积累的经验，转业带到地方缉私大队，再在缉私大队滚打爬摸这么多年，经过不断观察、实践、探索，并加以总结、提高，孕育成宝贵的经验，这才有着在这场斗争中战胜敌人的必胜信心。

再说，特务苏复兴被阿林赶下船舱，开始心安理得，暗自窃喜，总算盼到台湾的接应船了，只要接应船向走私船一靠，将装有电缆的走私香烟箱，连人带箱子往接应船一跳，万事大吉，就完成了这趟差事。现在，他正在眯起眼睛盘算着完成任务后，如何回到香港复命领取奖金，又如何周游世界，一有机会再回老家看看……正当他闭目遐想，沉迷在美梦，什么解放军的枪声、炮声都已经置于脑后。就在他沉湎在无限喜悦中，突然像被蚊虫叮了一下，想起要给对方发出接应信号，一骨碌翻身坐起来，提着挎包拔脚往甲板上跑去，乘着无人注意，闪身躲在一只柴油桶后面，弓着腰背，从随身携带的挎包里麻利地取出手电筒向东南方向发出一闪一闪亮光，与台湾方向“501”号船联系。就在他拔腿往甲板上跑的同时，外线侦查员小成用肩膀碰了一下小张，示意他跟上甲板。小张到了甲板上佯装伸伸懒腰，扭扭腰，摆摆头，注视着苏复兴在打信号……

在此同时，老吴，紧绷着全身的神经，在驾驶舱紧盯着洋面，警惕监视着“501号”台湾特务机关接应船和大陆走私渔船交换信号，发现走私渔船连续发出三次“闪光”，然后，划了一个大弧圈。

老吴招呼洪强：“走私船上发出三次闪光，然后，划了一个大弧圈，这就说明他们已经联系上了。现在，我们要把主攻目标放在‘501’号，阻止它靠近大陆走私渔船。老吴随即向护卫艇发出命令，做好准备，拦截‘501’号。”

这时候的洪强，原来悬在心里的一块石头总算落下来，发出了感叹声，激动地说：“好！关键时刻到了。”同小李点点头，示意准备战斗。

老吴神情严肃地拿起话筒发布命令：“战斗的时刻到了，准备战斗！”武长顺、陈楚生两个人从扬声器里听到大队长发出战斗命令，马上返回船舱，指挥坐在船舱里的缉私民警，拿起武器准备战斗：“大家注意了，现在即将进入战斗，各自注意隐蔽。”老吴又向护卫艇发布命令：“各就各位，准备战斗！”

“501”号接应船上的特务，还是凭着“老皇历”，错误地估计大陆缉私船一般不会使用重武器对抗。因此，他们发现大陆走私渔船发出信号，认准了目标，开足马力加速航行，企图接近大陆走私渔船。突然间，听到大陆缉私巡逻艇上，向他们喊话：“‘501’号，听好了，你们立即返航，你们立即返航。”大陆缉私巡逻艇一头喊话，一头向“501”号船方向行驶。大陆缉私巡逻艇发现对方不听劝告，喇叭里发出“准备战斗”的命令。而台湾特务机关的接应船上的特务，认为只是虚张声势，自顾自开足马力向前冲。顿时，敌我双方在洋面上相持大约10分钟，“501”号船开足马力，拼命向西南方向疾驶。大陆缉私巡逻艇，由护卫艇配合，围绕“501”接应船，形成一个包围圈。

老吴放开喉咙，厉声吆喝：“‘501’‘501’‘501’注意，你们立即返航，立即返航……”

当老吴的喊话还没有停下来，台湾的“501”号船，不仅不听劝告，还丧心病狂地用重武器向缉私巡逻艇开火；护卫艇毫不客气，“以牙还牙”，当即用重武器“说话”，喷射出来一条条火龙，拦腰压制对方火力。对方顽强抵抗，没有退缩的迹象。就在敌我双方开火的间隙，缉私巡逻艇上的中队长、狙击手武长顺，此时在船舷上瞅准机会，瞄准“501”号船，一下子击中站在舷梯上向护卫艇射击的特务，这个特务应声中弹掉进海里。顿时“501”号船乱作一团，大声喊叫：“有人落水了！有人掉进海里了！”

护卫艇加大了力度，继续用重武器的火力压住对方，迫使对方不得不掉头转向返航。公安缉私巡逻艇上的战士乘隙打捞台湾落水特务。洪强、老吴走进船舱审讯打捞上来的落水特务。

洪强说："你们干什么的？"

从海里被打捞上来的特务心里想，从大陆海上巡逻缉私艇使用的火力来看，大陆公安机关是有准备的，现在已经没有隐瞒特务身份的余地了，脑子里一闪念："在台湾的时候，就有人说起，大陆讲究'坦白从宽'。"所以没有多费口舌，这个特务就交代了接应香港来的特务，哭丧着脸："具体是什么任务就不清楚了，我们只是听凭长官命令。"

老吴随即叫船上医务人员帮这名负伤特务包扎伤口，精心治疗；命令护卫艇实施监视洋面，警惕台湾"501"号特务船再掉头，返航接应大陆走私船上的特务。然后，命令缉私巡逻艇驾驶员紧靠打出信号的走私渔船。当缉私巡逻艇将要同走私渔船靠拢的时候，老吴带头，一个箭步跳上渔船，大喝一声："不许动！"随即指挥将苏复兴、小张、小成等十多个偷渡嫌疑犯，一并押上缉私船。老吴特地将走私渔船上的老板阿林安置在缉私巡逻艇的一个单独办公室。

阿林实际上是闽南公安局缉私队的"线眼"。老吴、洪强、小李询问偷渡人员的情况。然后，由阿林带领跨上走私船，并根据阿林的指点，小李划开苏复兴带上渔船的香烟箱封条，从箱子里搜出了一根通信电缆，秘密地收起来。随后，吴队长命令缉私巡逻艇、护卫艇的缉私员警，押送走私渔船一起返航。到了港口，由公安海上巡警武装押送，将走私香烟、偷渡人员连人带货一并押上了岸。

到了岸上，由郑亚美协调指挥，公安会同工商行政管理局王科长，带领公安、工商人员将走私物品集中到一个旷野的广场上，把走私、偷渡人员集中在广场一角，命令他们抱住头蹲在地上。然后，由工商行政管理局的工作人员，负责销毁走私物品，将苏复兴走私的香烟连同其他人走私的物品一并点火烧毁。当这些走私物品浇上汽油，工作人员用打火机"啪哒"一响，迅速燃起漫天大火，火焰映红了半边天，还伴随着"噼里啪啦"的响声，广场四周围观的群众，好似筑起了围墙。

苏复兴乖巧地两手抱头蹲在地上，眼看着大火冲天，贼头贼脑在窥测大陆公安、工商行政机关工作人员的动向，开始忧心忡忡，这下子完了，要偷运的电缆眼看将被烧毁了，这是无法挽回的事；如果人再被公安机关扣留，这是性命攸关的事，不行，一定得想办法脱身。此时此刻，他想到一条出路——逃。

工商局的王科长，手里拿了个电喇叭向广场上的群众宣传教育，苏复兴用上半身子挨近小张，碰碰小张，示意逃跑。他想如果不动员小张，怕小张揭发自己，就逃不了。正待人们忙乱的间隙，小张、小成跟着苏复兴，三个人成功地逃跑了。

苏复兴同小张、小成一起跑到闽南火车站，苏复兴此时已经把小张看作是“患难兄弟”，特地关切地问小张、小成：“你们两个人下一步怎么办，要不要同我一起到香港谋生？”

小张为难地摇摇头：“到香港去好是好，没有证件出不去啊。”

苏复兴犹豫了一下，心里想重任在身，要不然帮助他们一起偷渡，缓和一下口气：“倒也是，那你们现在到哪去？”

小张无奈地摇摇头：“我们只好仍旧回老家了，你到哪里？”

苏复兴说：“我回香港，现在去买到广州的车票。”

小张说：“好吧，咱们一起去买票。”当他们去买车票的间隙，小成同沪西市公安局另外一队小孙、小金交接，负责跟踪苏复兴，监视他出境。

《三国演义》一书中说到“蒋干盗书”，蒋干从江南周瑜那里盗了书信回到江北，迫不及待地将书信呈交曹操。曹操见信不问三七二十一，就将水军都督蔡瑁、张允两员大将当即斩首。当两员大将被斩首以后，他立即意识到上当受骗。可是，台湾特务机关在香港的特务头子金坚，与此相反，听了苏复兴汇报，开始怒不可遏，而后窃窃自喜。这倒是怎么回事呢？

苏复兴回到香港复命，金坚一听说电缆被拦截、烧毁，当场就火冒三丈，跺着脚咒骂：“该死！你为什么不带着电缆跳海？”

苏复兴无奈地辩解：“没有机会跳海，再说，电缆藏在香烟纸箱里，没有办法拿出来。”

金坚皱着眉毛认真地思索了一下，然后瞪大了两只眼睛严厉地喝问：“你把全过程说说，究竟是怎么回事？”

苏复兴这才有了申述原委的机会。他稍停片刻，从到闽南找关系人开始说起，再汇报到如何与朱如泽交接电缆、上船偷运，以及同台湾接应船按照预先约定的暗号接上了头，就在准备交接时，被大陆缉私船冲散，台湾接应船被迫返航，他被扣留，押上岸到一个旷野场地，看着电缆与走私物资一起被大陆缉私人员销毁，自己又如何同两名偷渡者成功地逃跑等情况，详细地做了汇报。金坚突然发问："你汇报的情况是不是这么回事？"正当他怀疑苏复兴汇报情况有水分，鲍冲推门进来："台湾来电通报，他们派出的'501'号船没有能够完成接应任务，被大陆缉私巡逻艇、护卫艇的火力阻隔，无法靠近大陆渔船接应，并说，正当台湾接应船同大陆缉私巡逻艇激烈交火的时候，有一个弟兄被大陆缉私巡逻艇的武装人员一枪击中掉进海里，生死不明……"金坚听了鲍冲的汇报，心里想苏复兴汇报的情况倒是没有胡编乱造，开始冷静思考，反复想来，倒也不能全怪罪于他，好在电缆已经同走私物品一起销毁，没有落到大陆公安机关手里，再说，他也没有被公安机关逮捕审查，还成功地逃脱回到香港，没有留下后遗症。这对下一步实施计划没有影响。想到这里，他向苏复兴诘问："同你一起逃跑的一男一女是不是大陆公安机关的秘密警察？"

苏复兴表示："绝对不是，他们从福州车站结伴上车，又一起上船，集中被扣留，还是我主动关照他们逃跑……"金坚听他如此解说倒也合情合理，他又开始沾沾自喜，认为大陆公安机关本领也不过如此。这才开始考虑实施下一步计划。

64

诱敌深入

送走了“瘟神”苏复兴，洪强和小李结束在闽南地区的工作，立即返回沪西市公安局。洪强一走进局长室，局长、副局长、科长已经在等候，洪强将会同闽南市公安局以及公安缉私大队在海上拦截香港派遣特务苏复兴偷运电缆的经过情况详细做了汇报，并将截获到一根十五公分的电缆递给陈局长。

陈局长接过电缆看了看，随手递给许副局长：“现在看来，特务机关在海上偷运计划破产，下一步目标，必定加紧在陆地实施‘W计划(1)’。我们一定要主动出击，我的意见，要马上同华南取得联系，争取他们的支持、配合。老许，你看呐？”

许副局长点点头：“好！无论如何一定要牵着敌人的鼻子走。我的意见，最好，还是派洪强到华南去落实下一步计划。”

陈局长转过脸来对洪强说：“小洪啊！看来，华南还得由你去。本来连续作战多时，本该让你休息休息。现在看来，你还不能休息。怎么样？”

洪强直率地表示：“以工作为重，我去！”

陈局长满意地点了点头，把鼻梁上的眼镜架向上推了推：“唔，好！现在华南，主持政法工作的是赵开诚，上次在北京开会碰到，他老婆现在是华南市公安局侦查处处长，你同他们熟悉，你去代我向他们二位问好。”

然后，由许副局长将到华南去的任务、目的以及工作部署详细地向洪强、小李两个人作了交代。而且，再三强调要听取他们的意见，得到他们的支持。

陈局长还特地向洪强作了补充交代，强调下一步的任务，其终极目的:要把斗争的重心,由陈婷转移到金坚身上来,诱敌深入,编织罗网,抓捕金坚,一网打尽。

那么,金坚又是何许人呢?

金坚这个特务,倒是地地道道军统海临站少将站长朱国冲一眼看重,“策反中共高级干部”的得力干将。

想当初,朱国冲到任站长的时候,在军统海临站选拔、使用特务的时候,看来看去,没有一个像模像样胜任搞“策反中共高级干部”的助手,都是一些横眉竖眼杀气腾腾的家伙。经过内当家总务组组长丁一晨推荐,把刚上任不久的特别行动队队长金坚喊来面试。经过目测,再同金坚交谈,看起来倒是文质彬彬,温文尔雅,蛮适合的人选。但是,在目测过程中,被朱国冲一眼看到金坚右手大拇指上多出来一只小手指头,俗话叫“六指头”。朱国冲心里想美中不足,人倒是可以,“六指头”是犯忌的,这是做特务的致命伤。朱国冲想退了他,转念一想,现在再要物色这样的人,一时倒也找不到,他就采取一个缓冲办法,暗示金坚把“六指头”处理掉。丁一晨领会朱国冲的意图,一个转身拿来一把剪刀,而金坚接过剪刀,面不改色心不跳,“咔嚓”一声,右手大拇指多出来一节指头血淋淋落在地上。丁一晨在旁边看得愣住了。朱国冲面带微笑,点了点头:“留下来吧。”从此,金坚按照朱国冲的旨意,不折不扣付诸实施。

1948 年的夏天,苏区林洲地委遭到国民党部队突然袭击,地委书记汤祈不幸身负重伤,不顾组织上再三劝告到军区医院治疗,执意要老婆陪同赶往海临老家治疗养伤。组织上只得派出苏区公安处两名侦查员陪同护送,到了镇江,安排他们上火车。汤祈坚持自己的意见,要护送的同志返回苏区。火车一到海临车站,就由军统海临站事先放出豢养的叛徒,在下火车的人流里指认。汤祈夫妻俩一下火车,就被秘密逮捕,押上一辆黑色轿车,押解到由金坚掌管的一幢别墅洋房里。至此,汤祈夫妇就由金坚全面掌控,安排汤祈夫妇生活起居,陪同医生、护士治疗枪伤,通过“窃听器”掌握汤祈夫妻一言一行。一开始,汤祈夫妻失魂落魄,懊悔不已,终日像“热锅上的蚂蚁”坐立不安。后来,慢慢里精神上倒也不觉着有啥压力,一日三顿有人服侍,吃的是“山珍海味”,晚上困的是“席梦思床”,大小便用的是“抽水马桶”,在不知不觉中，汤祈的脑子开始发酵，夫妻俩在议论的时候，把现在过的日子同解放区比较起来，觉着就像到了一个极乐世界，假设就照现在这样的格局生活下去，有啥必要穷凶极恶搞“革命”……

根据金坚的汇报，朱国冲抓住火候，找汤祈谈话。先是以关心的口气问了生活上是否习惯，有些啥要求，伤势恢复得怎么样，等等。汤祈针对他的提问一一做了回答，最后表示感谢。

那么，朱国冲又是啥等样人呢，原来他倒是中共一个高级干部。在20世纪30年代，从苏联莫斯科中山大学学习结束，在回国途中，被新疆乌鲁木齐军统特务机关逮捕，在人间地狱生活了两年多，身心受到极大的摧残，特务没有能够撬开他的嘴。后来，采用隐形进攻的办法，倒是击碎了他的“脊梁骨”，叛变投敌，变成了军统特务机关“反共专家”。他创造性提出了一套隐形进攻，实施“怀柔政策”，多次策反“中共高级干部”，得到军统特务头子戴笠的赏识，被授予少将衔头，当起“反共”高级顾问。抗战胜利以后，委以军统海临站少将站长。汤祈一经被逮捕，他就是采取“怀柔政策”，用政治手段笼络对方，运用“隐形进攻，利用心理机制，叛徒哲学”，熔化他的信念，制服对方。

朱国冲在汤祈面前，介绍了自己的经历。然后，在发表感想中，暗示汤祈：尽管受尽了严刑敲打，我坚持了两年多时间没有屈服。话又要说回来，就像远水救不得近火一样，信仰又不能改变现实……

听了朱国冲介绍的经历，汤祈沉默不语。

朱国冲狡猾地看着汤祈，接着说：“要说叛徒，我才是大叛徒，你只不过是个小叛徒，只要你同我合作，我可以保证你脚踏两头船，两面可以当官。反之，我们只要在报纸上披露一则‘汤祈自首消息’，你即使回去，每一次‘整风运动’一来，那就够你受的了。好吧，咱们就谈到这里，你再斟酌斟酌。”

一转眼到了1948年的秋天，汤祈夫妇突然出现在苏区区党委组织部，要求区党委书记约见，并积极要求分配工作。

就当时的形势来说，正当国民党全面发动内战，解放区实行全民皆兵，凡是从敌占区进入解放区的人，都在群众、干部的监控视线内。苏区区党委书记周克强听了组织部长汇报汤祈夫妇俩要求分配工作的情况以后，特地找公安处侦查大队长老浦来分析研究情况。

老浦，在苏区“看不见的战线上”，是出了名的“专家”，人称“浦二爷”。由他的助手赵开诚陪同一起参加汇报。浦二爷汇报说：“我们根据区党委领导指示，特地选派了两名经常出入敌占区的侦查员护送汤祈夫妻，目的地是海临，一到镇江，汤祈坚持要我们两个同志返回苏区。这次他们夫妻突然回到苏区，有四个疑点，值得注意：(一)我们同海临地下党同志联系，他们在海临火车站接站，没有接到汤祈夫妻俩，到老家了解他的下落，据他父母讲，汤祈夫妻没有回过老家。(二)从五月到十月，在这四五个月中间，汤祈夫妻俩下落不明，如果说治疗伤病，是在哪一家医院，不明不白。(三)他这次是从水路回来，必定要到上海十六铺码头乘长江轮船，从十六铺起航到南通港上岸，十六铺码头、南通港码头，这两个地方，都是出入苏区的大门，军统特务机关严密摆守的港口码头。没有一点关系，很难进进出出。(四)就在汤祈夫妻到达苏区的同时，在招待所对面一家福记客栈，来了一个不速之客，向海临发了一封信，内称：安抵老家，不必挂念。这个人很有可能是监控汤祈夫妻的特务。我认为，从种种迹象来看，汤祈这个人很可能叛变投敌。”

周书记疑惑不解：“如果汤祈叛变投敌的话，到现在，还没有听说海临地区的地下党遭到敌人破坏。这，又怎么解释呐？”

老浦笑了笑：“这就说明敌人狡猾的一面，隐藏着更大的阴谋。如果特务机关着手破坏海临地下党组织，汤祈就失去利用价值。汤祈突然回到苏区，积极要求分配工作，要求领导约见，从这些迹象来看，汤祈这次回到苏区，是受敌人指使，有可能是敌人预谋，要他长期潜伏在我党政首脑机关。”

周书记点了点头：“这么说来，汤祈潜来苏区，很有可能是特务机关精心设计，企图在我内部按下的一颗钉子。下一步，怎么办？”

浦二爷毫不犹豫设想：“我们计划兵分两路：一路派人把福记客栈那个不速之客控制起来；另一路，马上找汤祈老婆项梅谈话，只要突破项梅，汤祈的尾巴必然会暴露。”

得到周书记赞同，当天晚上秘密找项梅谈话，经过耐心教育，项梅和盘托出，交代了汤祈叛变投敌的全过程。浦二爷立即采取果断措施，连夜逮捕了隐藏在福记客栈的特务。这个特务不是别人，正是军统海临站站长朱国冲的得力助手、军统少校特务金坚。

沪西市一解放，就成立沪西行政公署，浦二爷担任行政公署公安处侦查大队长，赵开诚是一组组长，直接承办汤析、金坚一案。洪强刚参加革命被分配在一组，参与看守金坚的任务。

陈局长为什么要洪强前往华南，争取华南公安局联合侦办“5·15”专案呢？有两层意思。一层意思，华南位于祖国南大门，是特务潜返大陆必经之路；另外一层意思，台湾特务头子金坚，原来就是华南市公安局长赵开诚办理的历史老案，要抓捕的特务，华南市公安局势必成为“5·15”专案的一个不可或缺的中心环节。

洪强和小李一下火车，直奔华南市公安局。接待的同志，听说他们要到侦查处找浦处长联系工作，看了小李出示的介绍信，招呼他们稍等，接待人员转身到侦查处处长办公室汇报。

侦查处这位女同志，接过介绍信一看是沪西市公安局洪强，随即亲自下楼接待。

当洪强看到这位女同志，面带微笑喊了声：“大姐！”

浦处长喜笑颜开，双手握住洪强的手，兴奋地说：“你怎么来的？我一看介绍信，起初，还有些疑惑，原来真是你。从50年代分别，我们就再也没有见过，这次来想必有什么案件要办吧？请坐。”

经过她连珠炮问话以后，洪强先把小李向她做了介绍，接着将案情和来意一讲，浦处长拍着双手高兴地说：“太好了！我和老赵到了华南，一直在搜索这个金坚，密切注意他的动向，对他的踪影忽明忽暗，若即若离，你们这是个重大发现，你看华南公安机关如何配合，需要我们做些什么？”两个人随即初步合计了一下。浦处长抬手一看手表：“小洪，你们第一次来华南，是不是先到大街上逛逛看看，我把手头还有些工作处理一下，晚上，到我家吃晚饭，等会儿，我打电话给老赵，他听到这个消息准很高兴。”她随即拿起笔、纸，将她家里的地址、电话号码写给洪强：“傍晚6点，咱们在我家里碰头。”洪强接过纸条，和小李向她告辞。

洪强喊“大姐”的这位女同志，她的真名实姓叫浦淑仪，就是原来沪西行政公署公安处侦查大队长浦二爷的女儿，在苏区上小学读书的时候，她就开始帮助侦查队到敌占区侦查敌情、传递情报，到了高中读书时，她已经是学校地下党负责人之一。沪西一解放，她就从苏区只身过江参加革命，被分配在侦查大队一组当侦查员，参与赵开诚侦办的汤祈、金坚派遣特务一案。赵开诚提出逆用金坚派遣去香港的方案，得到浦二爷首肯。由于对金坚考察不够周密，“逆用”不够慎重，金坚从他手里骗取了十两黄金，被派往香港一去不复返。浦二爷主动承担了责任，接受组织处分。当时，包括行政公署公安处领导，所有同志都心知肚明，浦二爷是代赵受过，虽经组织一再挽留，她父亲浦二爷还是执意回老家工作，而赵开诚同浦淑仪结婚，成双结对跟大部队南下，到了华南地区公安机关工作。

傍晚，洪强、小李如约来到浦家，由保姆接待，刚一落座，端起茶杯喝茶，赵开诚一推门就喊开了：“老浦啊！客人在哪里？”

老浦应声：“来！你看，客人在这里。”

赵开诚走近一看，惊异发声：“嗨！这不是小洪吗？真是稀客。”

洪强当即站起来：“我们陈局长、许副局长要我向你们二位问好！”

赵开诚高兴地说：“谢谢！他们还好吗？”

老洪说：“好，都好。”

久别重逢，握手甚欢。赵开诚坐下来，相互寒暄一阵，保姆喊吃晚饭。老赵拉住洪强的手，邀洪强、小李入席。老浦一边发筷子，一边喊：“奶奶一起来。”并向奶奶介绍：“这是咱们家乡来的客人。”只见一位六十六七岁的老太面带笑容走过来，洪强很有礼貌地站起来点头微笑并同她亲切握手。看得出来，老太一听说是家乡来的客人格外高兴，当即招呼：“请坐。”

大家落座以后，老赵像调皮的小孩：“哎！老浦，今天，该解放，解放了……”

老浦撇了撇嘴，白了老赵一眼：“你今天有借口了。控制点吃……”说着，当即喊话：“阿姨，拿一瓶白酒、一瓶红酒来。”

保姆拿过来两瓶开了盖的酒。老浦朝老赵笑嘻嘻地说：“你今天是占了小洪的光，开禁。”转过来对洪强说：“小洪啊，晚上没事，你敞开吃。”

老赵感叹一声：“唉！年轻时，想吃没有条件吃；现在，有了条件，又不好吃。在外要听医生话，在家要受老婆管。”他这么一说，引来了在座的人哄堂大笑。

当老浦伸手从保姆手里接酒瓶的时候，老赵就将白酒瓶拿过来：“让我来，既然开禁，就要像个开禁的样子。”老赵向浦淑仪挤挤眼，做了个鬼脸：“下不为例。”哈哈大笑。接着帮洪强倒酒，再要帮小李倒酒，小李摆摆手表示不会饮白酒。

老浦对小李说：“咱们同奶奶一起饮红酒。”

老赵举起酒杯：“咱们干一杯。”接着再倒酒。老赵说：“小洪，你今年几岁了，你爱人在哪里工作？”

洪强回称：“今年 41 岁了，我爱人在公安分局政保股工作，一个男孩在小学读书。”

老浦插话：“你爱人同你在一个系统工作，好是好，相互理解、支持，难就难在对小家庭得不到照顾，是吧？我们这里一些同志的家属不在一个公安系统，经常闹矛盾……”

老赵感叹地说：“好啊！你正当年富力强，要干一番事业，这次到华南来是办案来的吧？”

老浦抢着说：“废话！不是办案，这么老远跑到华南来游山玩水？你猜猜是哪一个案件？”

老赵搔搔头皮，为难地说：“这个怎么猜，我干了几十年公安工作，经历了那么多案件，我可以向你保证，我肯定猜不到，哈哈…… ”

老浦认真地说：“就是当年老爷子代你受过的军统特务金坚，还记得吗？”

老赵顿时一愣，笑笑说：“嘿嘿，这小子还没有死，真是‘三十年河东，三十年河西’。小洪啊，这个案件办好了，你不仅做了件好事，还要立大功授奖噢。”老赵拍了一下桌子说：“对了，我想起来了，你当时也参加办这个案件的。”

洪强说：“我当时是跑龙套，负责看管金坚。所以，积极性加好奇性，在看守他的一段时间，对他的一举一动密切注意，这个人是‘六指头’，给我留下了深刻印象。”

接着，洪强就把在江临提审宋秀莲的时候，供述到金坚“六指头”的特征，以及他的下落，详细地做了介绍。老赵听了特别兴奋，拿起酒杯说：“来，干！下一步你们有什么打算？”

老浦说：“具体还没有研究，明天，我和小洪研究后，搞一个方案，再报请你审批，怎么样？”

老赵说：“可以，但，不要搞得太复杂。”

老赵详细地介绍了盘踞在台湾、香港的国民党特务机关的情况，并深刻地分析了这些特务的现状。其中，就谈到特务机关的变迁、特务头子“走马灯”似的轮换：这中间变化最大，影响也最广的就是毛森在香港投靠美国中央情报局，引起了蒋家父子的警觉，对原来的军统特务管束得特别严；后来，毛人凤与蒋经国发生摩擦，蒋经国掌管的总统府资料室撑死了保密局，成了台湾地区庞大的特务机关。毛人凤一死，树倒猢狲散，原来毛人凤的老人马被外放到边缘地区。这些人外放以后，看到“反攻大陆”没有希望，一般都是“脚踏两头船”，而美国中央情报局乘机在香港大肆收买这些特务。

赵开诚接着说：

“如果，我判断不错的话，现在这个金坚是个双料特务，他所搞的情报派作两个用处：一方面报送台湾，向特务总部伸手要钱，维持在香港活动的经费；另一方面向美国中央情报局驻香港特务机构出卖情报，伸手向美国佬那里拿钱做生意，为留一条后路做准备。因此，我们要同他们周旋，一定要吊足他们的胃口，钓鱼的诱饵要香，要他感觉到能够讨美国佬的欢心、赏识。我提请你们注意几个问题。”

“一、特务机关定名为‘W 计划(1)’，有其一，必有其二。这是特务机关惯用的反革命两手。你们到现在，还只是掌握‘W 计划(1)’，还没有发现‘W 计划(2)’。如果一经发现‘W 计划(2)’，应该并案侦查。”

“二、‘W 计划(1)’、‘W 计划(2)’，这是美国中情局的新的手法，专门针对大陆微波邮电通信网络搞情报活动。特务机关一旦搞到密码，他们不费吹灰之力，就能够窃取我们国家党政军等方方面面的情报。”

“三、美国中情局同台湾特务机关常常要变换手法，他们过去采用派遣特务人员空降，辅以海上偷渡和陆路潜入，到了大陆绝大部分被我们抓获。仅仅三年功夫，那个‘自由中国运动’耗用一亿美元，面对一次次失败，只好草草收场。”

“现在，实施‘W 计划(1)’，从我们国家微波邮电通信着手，所需费用少，收效快，风险小。所以，这就要求咱们在今后一个时期，在隐秘战线上，注重高科技方面的手段，不断研究敌人新特点、新手法和新动向，采取相应措施，粉碎敌人的阴谋。”

老浦一看挂钟已经是晚上 11 点 5 分，喊阿姨上饭。大家酒足饭饱，洪强提出告辞。

老浦诚挚地说：“小洪，今晚上，陪大姐说说话，怎么样？”

洪强说：“只要不影响你休息，对你身体不妨碍，我一定奉陪。”

老赵在一边帮衬说：“小洪，你就陪她说说话吧，否则，今晚上，她又要失眠了。”

洪强转身招呼小李回招待所休息。老赵上楼睡觉。

浦淑仪邀洪强到会客室坐定，阿姨送来两杯茶，老浦关照阿姨说：“阿姨，你忙了一天，早一点休息吧。”阿姨点了点头，随即退出，顺手关上门。

老浦说：“小洪，现在沪西还有哪些人我认识？”

洪强说：“就我知道你认识的如陈颂平。”

老浦抢着说：“对了，上次老赵从北京回来说起过，在中公部开会遇到陈颂平。还有呢？”

洪强说：“还有许德。”

一提到许德，浦淑仪精神为此一振，说：“许德是我中学同学。他好吗？”

洪强说：“他们现在都好了，陈颂平是沪西市副市长、政法书记兼公安局长。许德是常务副局长。‘文化大革命’，许德遭的罪可大呐，被打成叛徒，‘双开’，开除党籍、开除公职，押送老家劳动。到了老家，又遇到天灾人祸，一把大火把老家的房屋烧了个精光，幸亏家乡一些老同志以及下放干部帮助，造了个简易房才得以栖身。”

老浦插话说：“他怎么会是叛徒呢？他同我一起上中学时，是我介绍他入党的，1949 年沪西解放，他先我随大军渡江，我因为是地下党要与地下党交接，没有随大军渡江。怎么把他打成叛徒？”

洪强说：“问题出在他老家，他是许家两房一子，他父母亲死后，他就同光棍汉叔父一起生活。因为他在家乡当过儿童团团长，离开家乡读书，伪乡长逼着他那个老实巴交的叔父，要他动员许德回去自首，他那个叔父被逼无奈，按照伪乡长指使，在自首书上，替许德捺了个手印，而许德本人根本就不知道这回事。其实，这个问题在审干的时候早已解决……”

老浦气愤地说：“该死！怎么把一个同志，毫无依据打成叛徒？”老浦转而感叹地说：“不过那个时候，有理也说不清。”老浦又问起洪强的情况。

洪强说：“我因为解放初期，从学校出来参加革命，你父亲为侦破一起现行反革命组织，派我打进去。‘文化大革命’中，被打成潜伏特务。陈颂平是执行罗瑞卿‘反革命三线计划’的代理人。我们都被关进‘牛棚’以后送农场劳动改造。”

洪强说：“从大小报纸看到华南地区在‘文化大革命’期间是个重灾区，你们的日子肯定不好过吧？”

老浦痛心疾首，向洪强吐了一肚皮苦水：“你说的一点不错，日子何止不好过，简直是活受罪。我同老赵都被打成特务，什么‘红皮黑心’，表面上是共产党，暗地里是国民党特务，挂牌批斗。老赵被逮捕蹲大牢，我被关进牛棚。当时，两个孩子还小，幸亏我从老家带来的保姆，就是刚在和我们一起吃晚饭的老奶奶，就靠她捡破烂生活，到现在我女儿在美国读书，儿子在军校，始终忘不了的就是奶奶。唉！真是做了一场噩梦……”

浦淑仪同洪强聊了一阵子家常，各自在“文革”中的遭遇，故乡人事变迁。接着，她话锋一转，同洪强商讨华南市公安局如何配合沪西市公安局侦破“5·15”案件，两个人就此做了深入、细致的研究。第二天上午8点30分，匆匆赶到办公室，由洪强根据事先打好的腹稿，执笔挥就了一份《沪西—华南两地公安机关联合侦破“5·15”专案的计划》，从此，一个由沪西、华南两地公安局联手，编织了南北夹击的“天罗地网”，张网以待金坚。

65

上京赶考

洪强、小李奔赴华南，会同华南市公安局侦查处制定了沪西、华南两地公安机关联合侦办“5·15”专案的实施方案以后，马不停蹄地由华南赶回沪西市公安局汇报“华南之行”的结果。

事有凑巧，陈颂平、许德两位正在参加中共沪西市党代会。只得趁晚上休会的时候，由宋科长带着洪强、小李赶到党代会招待所汇报。陈、许两位听取洪强华南之行的结果，以及敌特机关加紧策反宋士兄弟叛逃的新动向。陈局长禁不住发出一声赞叹：“好！”将鼻梁上的眼镜架向上推了推：“看来，敌人在加快步伐了。老许啊，我听了汇报，华南同沪西两家联合侦办方案可行。为抢夺先机，结合我们自身实际，专案组还要搞一个具体实施计划，一并向省厅请示汇报，等省厅批复下来，立即执行。你看怎么样？”许副局长当即表态：“好！”然后，转过身来，对老洪结合自身实际制订具体实施计划，以及下一步工作，专门向老洪做了具体指导。还特地征求宋科长的意见：“老宋，你看看，还有什么问题？”

宋科长摇摇头：“没啥问题，照你们两位的意见办。”

宋科长说完话，随即起身，同洪强、小李向两位告辞。回到机关，洪强、小李两个人连夜制订计划。第二天一上班，就交到宋科长手里。宋科长趁在招待所吃中饭的时候，呈交局长，审阅点头认可，立即派洪强、小李到省厅汇报。

至此，敌我双方，形成这场斗争的态势，就像一次战役中两个敌对战斗队，争分夺秒抢夺制高点。

等到省厅同意沪西公安局的请示报告批复一下来，正巧沪西市党代会结束，通过党代会选举，陈颂平被任命为中共沪西市委委员、常委、副书记，许德任中共沪西市委委员。接着，按照沪西市人代会法定程序，陈颂平由代市长被任命为市长，许德任中级人民法院院长。他们两位领导突然转换了位置，所形成的一股冲击波，迅速波及沪西市公安机关，出现了领导班子大调整：原先分管内保工作的副局长翁大权升任局长；宋科长升任分管侦查工作的副局长；侦查科由内保科副科长顾金生补缺升任科长。

这一波人事调动，在专案组几个同志中，尤其是洪强、小李的心里，不屑说似乎有点说不出的味道。尤其是"5·15"专案进入关键时刻，无论是业务、工作水平以及对案件熟悉程度，现任领导层当中，没有哪一个领导可以替代。但是，从大局来说，他们为党和国家担当重任，这是不得不接受的现实。

然而，领导班子一变动，所释放出来的冲击波，首先受到余震的是"5·15"专案，几乎被冲击得七歪八斜变了形，原来的工作计划、部署全部打乱。按理来说，由宋科长担任副局长分管侦查工作，仍然保持承上启下的领导格局，有利于开展专案侦查工作。恰恰相反，由于个人行事风格不同，加上性情、气质、工作水平以及工作思路迥异，甚至还带有某些个人感情色彩，无形中增添了变数。特别是顾金生调任侦查科当科长，专案组好似落了篷的船，吃醉老酒的师傅掌舵，在大海漩涡里转。

宋副局长上任后，关照到任科长顾金生，首先要抓"5·15"专案。在他的办公室，召集专案组全体同志开会。他坐在原来许德副局长的位子上，歪转了头，吃力地睁着一对好似永远没有困醒的近视眼，开始发表了一通话，都是一些鼓励、表扬专案组同志的溢美之词。一个急转弯，变了调子："5·15"专案，我已经向翁局长汇报，他同意我的意见，不要再"磨洋工"了，再像先前的样子搞下去，"劳民伤财，姑息养奸"；要快刀斩乱麻，对陈婷、朱如泽实施逮捕，采取中心开花，诱捕金坚，突破全案。紧接着，他又历数这个几年的破案率："我们沪西市公安局侦查科的破案率，连年下降，都是被'5·15'专案拖了后腿。我到省厅参加业务会议的时候，听了其他市里兄弟单位介绍破案率，我坐在那里也尴尬。从现在开始，这个案件由顾科长直接抓，小李协助顾科长搞好破案工作，老洪赶快接手新案件。"

在座的同志当中，原本主张快刀斩乱的像小马、小高等几个同志听了他的讲话，裂开了嘴，得劲地窃窃私语："早就应该快刀斩乱麻了。"而像刘天祥、王志坚一些老侦查员，也斜着眼睛，嘴角挂着讥诮的笑意，摇头的摇头，咂嘴的咂嘴，喃喃自语："反派遣斗争，怎么可以同刑事案件比破案率。"肚里转念头，看来现在的领导，在指导思想上出了毛病，对"5·15"专案突破了原来的格局，向"反派遣"斗争纵深发展，思想认识并没有随着形势发展而得到升华，且来了个一百八十度的急转弯。按照惯例，在这种场合，在座的人两只眼睛都习惯性射向老洪。眼前，一反常态，在座同志齐刷刷地射向李鹰飞。原来就是小李提出来要"快刀斩乱麻"，现在局长提出来马上组织破案，看他如何得劲法。恰恰一个相反，小李不管领导不领导，冲着宋副局长发声：

"'5·15'专案所有的工作路子、计划，都是陈局长、许副局长，也包括你在内定的。现在，他们一走，你来了个黄龙翻身，说劳民伤财、姑息养奸。原来确定诱敌深入的计划，你在场为什么不提出意见，现在你提出要提高破案率，要抓捕朱如泽、陈婷，马上破案，我倒是吃不透你是什么战略思想。"

实事求是说，小李跟了洪强到华南，就在浦淑仪家里吃了一顿晚饭的工夫，听了华南市公安局长赵开诚分析敌情的讲话，胜读十年书，对侦查破案的认识又上了一个台阶。

顾金生听了小李的发言，皱起了他的一对倒挂眉毛，干咳一声，学着南腔北调，厉声厉气："你这是什么态度，有意见好好提，对领导要什么态度，发什么牢骚，真是乱弹琴。"

这个时候，洪强对小李坚持正确的指导思想，由衷感佩。但是，对他实话实说顶撞领导，担心有可能产生负面影响。为了支持小李的发言，他调整了一下思绪：

"我觉得小李发表的意见，倒是实实在在，符合反派遣斗争的指导思想的。现在，案情有了发展，况且，我们主动争取到华南市公安局的配合，他们倾注了很大精力，为诱敌深入，张网以待，抓捕台湾特务机关头子积极做准备，我们却单方面搞破案，于情于理都说不过去。再说，省厅已经批复同意我们的实施计划。如果要改变原计划，总还要向省厅报告吧。况且，侦查部门不能像刑侦部门讲究破案率，我建议领导慎重考虑，认真研究小李的意见，按照原来两位局长定的工作路子走下去。如果现在破案，对朱如泽、陈婷实施逮捕，我保留我的意见。”

小李发了一通牢骚，宋副局长拿他没有办法，因为他还只是个一般侦查员，不好同他计较，弄得不好，有失领导风度。现在倒是对洪强支持小李的意见，将会影响其他同志的思想。他歪转了头，针对老洪发声：

“保留意见可以，但不要影响工作。我刚才提出中心开花，突破全案，就是诱敌深入，抓捕特务头子金坚。希望你们吃透精神实质。他转过身子：顾科长你同小李打个破案报告到省厅请示汇报，将新接手的案件同老洪交接一下，明确一下责任。你还有啥意见要说的？”

顾金生投其所好：“照局长的指示办。”

宋副局长宣布会议结束。

如果外界看到这一冲击波，都会感到宋副局长有点神经错乱，把“5·15”专案侦查工作取得突破性进展，向纵深发展的大好形势，说成劳民伤财、姑息养奸、磨洋工。令人不可思议的，正如小李说的，原来的工作计划是他同前任局长定的，现在，为什么突然变卦呢？醉翁之意不在酒，因为，在他当科长的时候，对“5·15”专案，早就打算逮捕朱如泽、陈婷，想从朱如泽、陈婷两个人身上突破，诱捕特务头子金坚，来个快速破案。他多次提出，又多次被陈、许两位否定，而且，每次否定他的意见，都是采纳了洪强的意见，才做出决定。当时，只是碍于权限，不好发号施令，一股怨气一直闷在心里。另外一个原因呐，每次研究案件的时候，局长总是要找洪强，他这个侦查科长几乎是“摆摆炮”，做做样子，这在下级面前下不了台，一直处于尴尬境地，憋了一肚子气，无处发泄。当上了分管侦查工作的副局长，大权在握，首先考虑当官的第一要领——树立个人权威，当然要按照他的意志办案。

洪强在对敌斗争方面，他会用心思，在同志之间关系上，没有学会使用“调节器”，调整人际关系的温差，适应上下级关系的温度。他始终坚守一条原则：“对敌要狠，对己要和”，“要像保护眼珠一样维护同志之间的团结”。他坚守的这条原则，恰恰成了他的“致命弱点”，处处受人掣肘，倒也增强他的耐力，在逆境中磨炼自己。现在，“5·15”专案出现这样一个变局，他听从调遣，接受新的任务。

顾金生接手“5·15”专案，兴高采烈带了小李到省厅侦查处请示汇报。由小李做向导，领顾金生到侦查处一科。小李熟门熟路一进门，就喊开了：“周科长、小王，你们好！”一科的小王一看到小李进门，马上站起来：“小李，你怎么来的？”

小李握住小王的手：“当然是乘火车来的，不会乘飞机来吧。”

小王摇摇头：“我不是这个意思，你们来有什么事情？”

小李笑嘻嘻：“到省厅来，当然是汇报案件，总不会来打扑克吧。”

周科长在旁边哈哈大笑，赶忙站起来同小李热情握手：“你到省厅来得蛮积极的嘛，你同老洪来了不久，今天又来了，看来，你们办的案件又有突破性进展了。坐吧！”

小李转过身，把顾金生向周科长做了介绍：“这位是我们新任命的顾大科长，大名叫顾金生。”

顾金生点头哈腰，赶忙同周科长握手：“我叫顾金生。”一头说话，一头从口袋里摸出一包香烟向周科长、小王散发，周科长、小王两个人都摇摇手。

小李当即把破案报告呈上，顾金生凑上去发声：“‘5·15’专案，我们局长指示，要我们抓紧破案，因为这个案件侦查的时间比较长，再拖下去，要影响其他案件的侦查。”

周科长两只眼睛只是盯着顾金生看，心里想：这个案件，前不久听了洪强汇报，并送上同华南联合侦办计划的请示报告，现在突然提出要破案，话到嘴边又刹住：“你们二位请坐一会儿，我去向处长汇报一下，请他安排时间听汇报。”说完话，折身走路。

省厅侦查处小王是小李公安学校的同学，赶忙倒了两杯茶：“你倒是个大忙人，一会儿陪同老洪到省厅，一个转身又陪同科长来，现在，你成了反特斗争龙头大佬了。”

小李打趣地说：“你不要取笑我了，我不是什么龙头大佬，顶呱呱是拎皮包跑龙套，打打杂差的伙计，不像你坐坐办公室，坐累了，钦差大臣漫天飞，多么自在。我身不由己，随时随地听人差遣。”

小王问：“林涛在你们那里干什么？”

小李说：“他在刑警大队当中队长……”

正待他们说东道西，周科长跑过来向顾金生回话：“很抱歉！陈处长今天所有日程都排满了，马上又要去开会，报告放这里。明天上午上班的时间你们来吧，对不起了。”

顾金生表示：“没有什么，明天我们来汇报。小李，我们走吧，再见。”

周科长出于礼貌考虑，表示挽留：“坐一会儿吧。”

顾金生犹豫不决，就怕一坐下来，这位周科长七问八问，初次到省厅不要出洋相，自找麻烦，自圆其说：“不了，不打扰了。”他同小李两个人同周科长、小王就此握手告别。

临别的时候，小王特地招呼：“小李，晚上到我那里玩，怎么样？”

小李说：“好啦，不见不散。”

出了省公安厅大门，小李突然发问：“顾科长，你准备到哪里去？”

顾金生答：“我回招待所。”

小李兜过来：“那好，咱们分道扬镳了。我到宁江市公安局去看两个同学，晚上再碰头吧。”小李说完，转身自顾自走了。

顾金生因为没有地方去，只好回到省厅招待所。一到招待所，开门进了房间，泡了一杯茶，坐定，从公文包里拿出请示报告备课，准备明天向省厅处长汇报。心里想，趁这次汇报工作的机会，好好在省厅露一手，“放个爆竹响响”，取得“一鸣惊人”的效果，也好增加点政治资本。因此，满脑子想的是，如何拉关系、套近乎，怎么样博取处长欢心，尽是想的“关系学”。看材料的思想集中不起来，翻了一页材料，只是看了个头，还没有看到尾巴，一页一页翻来覆去，连一句完整的句子都看不下去，而且越看越感到枯燥乏味，越看越觉得心烦意乱，干脆将材料往公文包一塞，肚里转念头，反正有小李一起去，他既熟悉情况，又熟悉省厅的同志。再说，就是那么几个问题，照本宣科就是了。站起来，夹了公文包出了招待所，就到市里最热闹的城隍庙游逛。

小李参加同学聚会，直到晚上 11 点多钟才回到省厅招待所。第二天早上，小李突然叫喊肚子痛，起不了床。

顾金生十分恼火，又不便发作，干瞪着眼睛，没好气地说：“可能昨天晚上在同学那里吃坏了。”

小李嘟哝着：“昨天晚上，在那个小饭店吃乱七八糟的东西，当时就觉得肚子不舒服，想拉肚子。顾科长，今天省厅你一个人去吧。省厅的同志，我都同你已经介绍认识了，再说向陈处长汇报，反正有现成的破案报告,你只要照破案报告上的内容讲,问题就不大了。”

顾金生本来要靠他领路、借他的脑子、用他的嘴向省厅处长汇报,现在他拉肚子,倒不好强迫他去。挂了满脑子雾凇,左右为难,最后,一咬牙,决定自拉自唱。憋了一肚子的怨气:“好吧,你赶紧去医院挂液。”说着,自顾自走开。

在省厅陈处长办公室,周科长把顾金生介绍给陈处长,转身又为他泡了杯茶,陈处长主动同顾金生握了握手:

“孔定山微波站发生破坏事故,我印象在勘查现场的时候,好像顾科长也在场,顾科长原来在哪里工作?”

顾金生听陈处长说起曾经看到过自己,肚里转念头:嗨!蛮好,看来陈处长同我一下子拉近了距离,用不着你小李帮忙啦。随即投其所好:“勘查现场我在场,陈处长记忆力正好,不愧为侦查处长,我原来在内保部门工作。”

事前,陈处长听了周科长汇报顾金生到省厅请示“5·15”专案破案的情况,感到非常突然,甚至不可思议。因此,在同顾金生交谈的时候,有意识地试探摸底:“现在你们沪西市把你调到侦查科,在加强侦查工作领导力量了。原来,老洪到华南去联系工作,华南那边的情况怎么样,他们那里有没有什么打算?”

顾金生本来就是个“马大哈”,对“5·15”专案,他同宋副局长一门心思要逮捕朱如泽、陈婷,加速破案进度,所以对沪西、华南两家联合侦办“5·15”专案的方案,早就抛到九霄云外。陈处长问起华南方面的情况,顾金生脑子里一片“空白”,只是“驴唇不对马嘴”:“华南市公安局对‘5·15’专案没有提出新的工作意见,所以谈不上有什么打算……”

其实,陈处长早就接到华南市公安局的情况通报,陈婷找过宋浩兴在香港的姑妈,要她发邀请函,动员宋氏兄弟到香港去。而顾金生显然不了解情况,或者说在说假话。现在提出破案,说明现任局长决策似乎草率了些。

“5·15”专案实施“诱敌深入”计划,刚得到厅长批准,现在突然提出破案,没有厅长点头,谁也决定不了。况且,现在提出破案,也不合时宜,吃透情况再说。陈处长来了个缓兵之计,委婉地说:

“对不起,昨天的会议,今天还要继续。这样吧,你看好不好,报告放这里，邱副厅长一有时间，我就向他汇报，我们抓紧时间批复给你们。你先回去，怎么样？”

顾金生本来想立等批复，马上回去组织破案。听了处长说的话，倒是碰着个尴尬事。他转换了一下口气，顺从、恭维地说：“好吧！处长，还有什么指示？”

陈处长调转头来：“这个案件原来是老洪抓的，现在老洪工作调动了？”

顾金生笑嘻嘻回称：“还在我们科里，抓新的案件去了。”

陈处长点了点头，自言自语：“喔，是这么回事。”站起来同顾金生握手：“好，看到老洪，向他问好。”

实际上，陈处长的口气，表示送客。在场的周科长心领神会，立马站起来，把手一抬，示意他离开办公室。顾金生本来也想趁早走路，怕这位处长再七问八问，当面“出洋相”。他特地套近乎：“有机会，请陈处长到我们沪西来指导工作。”

陈处长也就同他敷衍：“有机会一定来。”

走出了陈处长办公室，由周科长将顾金生送到楼梯口，两人就此握手告别。

在宋副局长办公室，宋副局长听取顾金生汇报情况。顾金生的面孔，就像被人家抓了一把，皱得变了形，先是做了个鬼脸，而后神态表现得十分诡秘，接着故弄玄虚：“这次到省厅去汇报工作，就像上京赶考噢！先向处里科长汇报，然后，再向处长汇报，向处长汇报的时候，等于‘三堂会审’。”接着话锋一转，天花乱坠瞎吹：“这个处长究竟是省厅业务处领导，很有水平，他问了好多问题。”顾金生为了烘托自己的能耐，把头一抬：“就是事先准备好的也很难对答。”顾金生如同旁若无人，只管添油加酱，自吹自擂：“如果没有随机应变能力，那肯定要被‘将军’将死。小李你说是吧。我针对陈处长提出的问题，概括了三点：第一，我们经过长期侦查，认为现在适时破案，机不可失，时不再来；第二，为了从全局考虑，腾出手来抓好新的案件，避免顾此失彼；第三，贯彻两条腿走路的方针，一手抓破案，一手抓新案侦查。陈处长听了我讲的三条，不住地点头。小李你再补充吧。”

其实，小李那天上午并没有拉肚子到医院挂液，只是邀约省厅侦查处的小王在省厅会议室碰头。小李向小王透露改变“5·15”专案诱敌深入计划的前因后果，小王向小李透露了处长觉察到提请破案来得蹊跷，情况很不正常，陈处长向顾金生提问的时候，一问三不知，洋相出足，回答问题“驴唇不对马嘴”。

现在小李听顾金生向宋副局长瞎吹，正待又好气又好笑。顾金生要小李补充发言，小李直截了当：“我那天拉肚子，没有陪顾科长去省厅，顾科长向陈处长汇报情况，做出什么指示，我不了解。”小李特地讽刺挖苦：“不过，我听省厅的同志说：你们顾科长水平蛮高的，汇报起来，‘驴唇不对马嘴’。”顾金生明知小李在讽刺他，但还是厚着脸皮嘿嘿傻笑。

宋副局长听了顾金生不着边际的汇报，歪转头：“我听你汇报到现在，也没有听出个名堂来。现在，我问你，省厅对这个案件，马上要破案到底是啥态度？”

顾金生敷衍搪塞：“没有问题。”

宋副局长不耐烦地质问：“啥没有问题？是同意破案，还是不同意破案？这是你们这次去省厅汇报的目的。省厅处长对你提出的三点意见，是啥态度？”

顾金生被宋副局长“老鸡婆射屎坑”，简直没有回旋余地，硬着头皮搪塞：“我说的没有问题，就是说基本上是倾向同意。”他把宋副局长的提问，一脚踢给小李，贼兮兮朝小李看看：“小李，你说是不是？”

小李明知顾金生向局长搪塞，说：“我当时不在场，不晓得陈处长同你说些啥。我在省厅实习的时候，一些市公安局到省厅汇报请示，如果没有大的原则问题，在一般情况下，省厅基本上尊重下级公安机关的意见，不晓得陈处长听了你的汇报是啥态度。”

顾金生像拾掇到一根“救命稻草”，赶紧凑着小李的调子：“对、对、对，就是这个意思。”

宋副局长听了顾金生的汇报，心里就像“洪泽湖里的大闸蟹”悬空八只脚。转念一想，小李说的倒是有些道理，一般上级机关基本上是要尊重下面的意见的。正待就下一步工作要做指示的时候，外线组组长老葛满头大汗，推开局长办公室门，急吼吼地说：“陈婷失踪了！”外线同志跟踪陈婷、朱如泽到苏州。看到陈婷和朱如泽走进一家咖啡馆，后来，只看到朱如泽一个人走出咖啡馆，而陈婷不见了，四处寻找就是发现不了陈婷的人影子。

宋副局长一听说陈婷失踪，五雷轰顶，心里想马上要组织破案，现在，连破案要抓捕的主要对象不见了，顿时，急出了满头大汗。而顾金生本来在局长面前下不了台，借了音头，发大兴。面孔一板，严厉训斥："你们外线组的人吃干饭的。跟个人会跟得不见了，你们吃啥饭当啥心？"

老葛是一位渡江老干部，平时连局长对他都比较尊重，现在当了局长的面，受到顾金生的训斥，马上反过来回击：

"你们内线如何配合的，你们不提供情况，叫我们如何开展工作？"

宋副局长看到他们斗嘴，说："好了，现在不是相互指责的时候，应该冷静分析一下，这个对象有可能到什么地方去，再研究相应措施，采取补救办法。"

老葛气鼓鼓地说："我们没有材料分析，下一步应该采取什么措施，没有办法拿主意。"

宋副局长转过脸朝顾金生看看："老顾，你说说吧。"

顾金生这个时候就像"霜打的茄子"坐在沙发里，只顾吸烟。宋副局长要他发言，他好像没有听到似的。宋副局长正待一筹莫展，偏偏有人提出来是不是把朱如泽先抓起来。宋副局长当即发话："不行。陈婷失踪，把朱如泽抓起来，惊动了陈婷，甚至影响到台湾特务头子，事情格外弄复杂。"

陈婷失踪，朱如泽又不可以抓起来，整个专案组几乎乱了套。

66

一瓶红酒下肚

老葛向宋副局长、顾科长汇报失踪的陈婷,原本是陈颂平局长、许德副局长调离公安机关之前,富有深谋远虑的一次决策,诱敌深入的计划。而宋、顾两位不顾专案组同志劝阻,背离原定计划,一意孤行急待破案,正等待省厅批复,急急要抓捕她。

苏复兴在闽南海上偷运电缆失败, 台湾驻港特务机关头子金坚,心里想诸事不顺,闷闷不乐,一个人在办公室里,坐在沙发里,用手托着腮帮想心思:本来寄希望于苏复兴海运电缆,结果被闽南公安机关缉私大队查扣,原计划就算"泡汤";"W 计划(2)",靠"女神"策反宋浩然,至今毫无进展。正待神情沮丧,一筹莫展的时候,陈婷拿了朱如泽拍来的电报,向金坚汇报。她敲了三下办公室门,金坚懒洋洋回应:"请进!"然后抬头一看,跑进来的是陈婷:"有事吗?"

陈婷兴高采烈回话:"有重要情况汇报。"

陈婷有啥重要情况向金坚汇报呢? 她倒不是要汇报同苏复兴顺利交接电缆,而是汇报计划策反宋浩然,一下子把金坚从苦海里救了出来。

按照陈婷的指令,朱如泽同苏复兴在闽南碰头将电缆顺利地交接完毕,于当天晚上按照原先约定到广州北园茶室同陈婷会面。陈婷先一步在北园等候。

第二天上午火车到达广州,朱如泽就像到了外国,向当地老百姓打听去北园的路线,老百姓只是摇头,不是他说的话人家听不懂,就是人家回话他听不懂。他只好写在纸头上,找三轮车夫,三轮车夫一看纸条,吃准这个乘客是外地人,就在距离"北园"不远的地方"城头上出棺材，远兜远转"，转了几个圈子，在北园门口停下来。朱如泽按照车夫索要的车费，再一看周围环境：嗨！这个地方不是来的路上吗？不出声地骂："婊子养的耍滑头，敲竹杠。自认晦气，付了车资自顾自跑进北园。就像刘姥姥走进大观园，凡是《红楼梦》书里描写到的各式景点，潇湘馆、怡红院、稻香村等一个挨着一个，令人目不暇接，流连忘返。人来人往，熙熙攘攘，里面着实热闹。他满怀好奇的神色，一头环顾园内景点，一头寻找茶室。一个转弯看到了茶室，一步跨了进去，茶室里，男男女女、老老少少穿着五颜六色的衬衫，一看就知道这些人大多数是香港回来探亲，同亲朋好友约会，有吃早点的，有喝早茶的，有说有笑，也有哭哭啼啼的，就是听不懂他们讲的话。他一抬头，看到陈婷在偏隅一处一张小圆台旁边品茶，朱如泽大模大样走了过去。陈婷抬头一看是朱如泽，马上招呼他坐下，迫不及待地打听电缆交接情况。朱如泽一开始装模作样，含笑不语，经陈婷一再催促，这才洋洋得意地压低了声调：

"好——了，交接完毕。"

陈婷深深地舒了口气："这次不再提心吊胆了。"关切地反问："沪西那一边进行得怎么样？"

朱如泽认真地向陈婷汇报了策反宋氏兄弟的情况：老弟宋浩兴表示愿意到香港去，投奔自由世界。至于他老兄是不是愿意去，他一时还吃不透。就宋浩兴本人来说，最担心的是，如果没有正当理由，本地公安机关也不会批准；没有公安机关签发的出境证明，就出不去。

陈婷皱起眉头，联想到自己到香港去的一段经历，深有体会："向公安机关申请出境不是件容易的事，那年我申请到香港结婚，费了不少周折，现在回想起来，不可思议。""要不，由我出面从香港发邀请函，怎么样？"

朱如泽摇摇头："不行，如果公安机关审查起来，宋家没有你这个社会关系，非但办不成出境手续，弄得不好多个麻烦。"朱如泽把桌子一拍："干脆向老板提出来，由某个公司出面聘请，这不是名正言顺了吗？"

陈婷向朱如泽瞟了一眼，压低了声音："轻点，讲话归讲话，不要拍桌子，你怕人家耳朵聋。你说的这个办法行不通。这样做，看起来名正言顺，弄得不好自找麻烦。我也想到过这个办法，后来再一想，他既没有特殊身份，又没有专门技术，与实际情况悬殊，很容易被当地公安机关拆穿。”

突然，陈婷眼睛一亮，把头一抛，似乎有了新发现：“哎！对了，他香港不是有个姑妈吗？可以由他姑妈出面发函邀请。过去，他们兄弟俩都有这个社会关系，我料定公安机关肯定有这个记载，无论公安机关怎么样审查，都找不出什么漏洞，这样一来，问题不是解决了吗？”

对啊！朱如泽恍然大悟，投其所好：“这个办法好，问题是如何促使他姑妈发函邀请？”

陈婷想了一会儿，煞有介事地说：“你是不是把他姑妈在香港的地址搞来？我到香港去找他姑妈，劝说他姑妈发函邀请。这样，他就可以凭他姑妈的邀请函向当地公安机关申请。”

朱如泽在自己的大腿上一拍：“妙！”

陈婷迫不及待地说：“他老兄怎么办，是不是一起解决问题？”

朱如泽摇摇头：“饭要一口一口吃，几口饭并在一口吃，要吃噎的。只要先把他老弟拉过来，然后，要老弟逼住老兄跟着跑。”

陈婷点点头，笑嘻嘻：“这个办法比较稳妥。”

两个人的想法，一拍即合，商定由朱如泽直接回沪西，找宋浩兴提供他姑妈在香港的家庭地址，陈婷当即返回香港等待朱如泽的回复。

朱如泽到了宋浩兴家里，开门见山向宋浩兴说明来意。宋浩兴听说要他提供姑妈在香港家里的地址，开始一愣，而后，神情表现得很为难，用手搔搔头：“不行，行不通的。你替我想想看，过去，我姑妈三番五次邀我去香港，总是被我推辞掉。现在，突然来了个一百八十度大转弯，主动提出要去香港，会不会引起她的怀疑？”

朱如泽大咧咧地游说：“这个嘛，可以由陈婷去做工作啦。我想，你姑母过去三番五次邀你去香港，你不去。现在，你主动提出去香港，她只有高兴，怎么会怀疑呢。都是你瞎想出来的问题。”

经朱如泽一而再、再而三地缠住，宋浩兴勉强地答应：“这样吧，你让我考虑考虑再说，如果冒冒失失，会把事情搞坏，今后就难办了。再说，我姑妈是美国留学生，是见过世面的人，为人非常精明，一般的人对付不了她的。一开始，就把事情弄僵，今后不好说话。”

朱如泽经他怎么一说，感到不好再勉强了，就找个台阶：“既然是这样，也好，你考虑考虑再说。不过时间不宜过长，陈婷还在香港等待消息呐。”

事后，迟振阳把朱如泽找宋浩兴索要香港姑妈的地址的情况向洪强作了汇报，洪强略加思索：“我看，可以将香港姑妈的地址给他，香港的‘姑母’一旦接待‘来客’，这样反而可以加速实施咱们计划的步伐。”

小迟是洪强在宋浩然身边放下的一颗同敌人周旋的“闲棋冷子”。事后，洪强向科长、局长汇报，得到领导点头，省厅批准，并征得华南市公安局侦查处赞同，实施“诱敌深入”计划，这就跨出了实质性一步。

隔了两天，朱如泽找到宋浩兴，一进门就迫不及待地说：“你考虑得怎么样？”

宋浩兴皱起了眉毛，抱怨说：“我两个晚上没有睡着觉，翻来覆去想，假设我把姑妈在香港家庭的地址给你，今后一旦事情穿帮，你们反正拆烂污，可以溜之大吉，我倒是脱不了干系，变得在长辈面前说谎话，今后在亲戚面前，头也抬不出来。”

朱如泽为他充气撑胆：“不要说得那么严重嘛，陈婷到你姑母那里，只要把话说得婉转点，说不定，你姑妈困梦头里还要笑醒呐。”

宋浩兴懒洋洋地表示：“好，不过，我还得要关照你们，无论如何你们不可以用一本正经对我的口气同她说话，也不要在她面前把事情说得天花乱坠，否则，反而使她不相信你们。甚至，倒过来还要责怪我。”

朱如泽斜视着宋浩兴：“说啥乱七八糟朋友，我们不是不三不四的人哇。”

宋浩兴不理不睬，自顾自转身上了二楼到房间里，拿了姑妈在香港家里的地址跑下来，递给朱如泽，再次郑重其事关照：“哎！你们千万不要拆烂污噢。”

朱如泽自鸣得意，笑嘻嘻：“有数，你尽管放心，我一定把你的意见转告陈婷。”

朱如泽从宋浩兴手里接过他姑妈在香港的地址，如获至宝，当即赶到邮电局拍电报转告陈婷。而陈婷拿到宋浩兴姑妈在香港的地址，欣喜若狂，急于向特务头子金坚复命，想讨个彩头。陈婷跑到金坚办公室门口，“笃、笃、笃”敲了三下房门。

陈婷把朱如泽拍来的电报，连同策反宋浩然的计划，一并向金坚做了汇报。金坚顿时精神为此一振，从沙发里弹跳起来："嗳！这不失为一着妙棋。"

金坚心里想，如果这盘棋走活、走好，不等于补充实施"W 计划(2)"吗？本来阴雨连绵，满脸愁绪，听到陈婷一说，好似云散天霁，精神为此一振，兴奋不已。正是"天无绝人之路"，"东方不亮，西方亮"。

人逢喜事精神爽。这个时候的金坚，他脑子里似乎投进了"发酵粉"，开始发酵膨胀。他一手拿着如意，向台湾要官；一手拿着算盘，向美国中央情报局驻香港特务机构要美元。拿了如意算盘，脚踏两头船，"乌纱帽"加"美钞"。当着陈婷的面，大加赞扬："好！你们这次干得漂亮，咱们开始行动。"他认真地向陈婷传授到宋浩然姑妈家的路线，游说的方法，甚至要带哪些礼物都帮陈婷设计好。

中西区位于香港的西北面沿海一带，背靠维多利亚峰，前临维多利亚港，是香港 18 区之一，香港有钱人居住最多的地方，人们习惯称"富贵区"。坐落在中西区西北的山腰上一座西式洋房，居住着一对老夫妇：男的 60 多岁，是广东中山县人，姓郝，名鹏举，在美国经营糖果生意，有一家规模比较大的公司；老太宋慧珠，60 岁，沪西人，由于生活条件优越加上自我保养得法，看上去 50 岁上下，年轻时留学美国，因她的老兄与郝鹏举是生意场上的好友，由她老兄做主介绍与郝鹏举结婚，婚后就一直操持家务，两年前因年老体弱，移居香港。老先生同儿子一起，经营在美国的公司，美国、香港两地走动。最近一个时期，老先生为处理公司内部人事问题回到美国，香港就只有老太宋慧珠居住，有一男一女两个佣人陪伴。老太平时深居简出。陈婷找到宋家，男佣听到电铃声跑出来招呼。

"小姐，你找谁？"

"我是来拜望宋女士的。"陈婷面带笑容："这里，是宋女士家吧。"

"你贵姓？"

"我姓陈。"

宋女士没有姓陈的亲朋好友，男佣疑惑地表示："你是不是找错了？"

陈婷满脸堆笑："没有找错，我是她家乡来的客人。"

男佣一听是宋女士家乡来客，很有礼貌地招呼："请稍等。"而后，转身回去问主人有没有这样的客人，该不该开门放进。征得主人同意，他这才返身去开门，有礼貌地做了一个邀请手势："请进！"

陈婷在男佣人的引领下，经过花园僻静小道，在一栋洋房门前驻足，由男佣人帮她开门："请进！"

陈婷进门到了客厅，一眼看到女主人安详地端坐在沙发上，按照金坚事先教她前往造访的方法，笑嘻嘻地将带来的礼物，摆放到显眼的茶几上，以引起主人的注意，然后，面带笑容："你好！"

宋女士气度不凡，不亢不卑地点了下头："请坐。"

陈婷特意摆出"贵妇人"派头，但是，毕竟她身上没有"贵妇人"的细胞，反倒是浑身不自在，扭扭捏捏地坐下："谢谢。"

宋女士抬眼扫视了陈婷一眼："小姐来，有何贵干？"

陈婷将金坚事先为她编好的说辞，鹦鹉学舌似的说："我是从沪西来的，受人之托，特意来拜访宋女士。"接着，她一口气向宋女士说明来意，观察主人的反应。

宋女士满腹狐疑，两只眼睛直逼陈婷，流露了疑惑的口气："宋浩兴兄弟俩，一再表示不愿到香港来。以往我甚至为他们办理了入境手续，都被他们拒绝了，这次，是什么原因想起要到香港来？"

陈婷看到宋女士一对眼睛，发出的光亮好像穿透她的心窝，好不自在。再一听她的口气，联想到宋浩兴同朱如泽说的一番话，这个老太的确不好对付。而且宋女士说的音头，倒是陈婷事先料想不到的问题。霎时，陈婷显得一脸窘态，自我感觉有点失常，赶忙调整一下自己的心态，自圆其说："我这次到大陆探亲，在看望他们的时候，他们主动提出，我当时表态一定帮他转达。"

宋女士疑惑不解："好像，我们宋家在沪西市没有姓陈的关系？也从来没有听到他们兄弟俩说起过你？"

陈婷像被蚊虫咬了一口，脸一下子红到颈根上，自圆其说："我也是经朋友介绍认识的。"随即来个紧急刹车，怎么认识的就不说了。

在宋女士说话的时候，眼睛扫视了一下陈婷的面部，觉察到陈婷神态失常，而陈婷不敢正视宋女士。再说，宋女士毕竟是在上流社会生活过来的人，大度、宽容，对陈婷的窘迫、失态，她转圜尴尬场面，游刃有余：

“现在一些年轻人，考虑问题随心所欲，有时心血来潮，真拿他们没有办法。”接着，宋慧珠又反问：“宋浩然对来香港是什么态度？”

喔唷！陈婷吃惊不小，意识到这个问题回答不好，就会露出马脚，随即含糊其事：“宋浩然先生也有到香港谋生的意向。”

宋女士一听似乎不符合宋浩然做兄长的常情，带有疑惑的口气：“你见到过宋浩然吗，他是怎么对你说的呢？”

嗨嗨！这下子，陈婷着实吃着分量了，她提出这个问题，分明开始产生怀疑了，如果说同宋浩然碰过头，我连宋浩然面长面短也说不出；要是回答她说没有同宋浩然见过面，那又怎么知道他有到香港的意向呢？这个时候，陈婷只好搪塞一下：

“我这是听他老弟的传话。”

宋女士已经瞅准陈婷是在自圆其说，也就不难为她了。随即将话题转了个弯：“我知道他们兄弟俩，过去之所以对到香港来的问题如此冷漠，他们怕我这个资本家姑妈‘传染病毒’，头上再戴上一顶资产阶级‘黑帽子’。既然这样，又何必当初呢？现在提出要到香港来，恐怕不是由衷的原始想法吧，年轻人切记莫做违背自己意志的事，否则，将会遗憾终身。”

陈婷对这位宋女士的一番议论，只是点头：“是、是、是，嗳、嗳、嗳。”却没有能力提出自己的独特见解，同对方对话。时间随着时钟的滴答声一分一秒地过去，现在，陈婷心里开始烦躁、苦涩和焦急，心里边好像堵着，对宋女士的一些话，听也不是，不听也不是，显得有些坐立不安的神态。女佣阿妈看到宋女士端起茶杯，就主动而有礼貌地用手示意：

“小姐，对不起，我家主人要休息了。”

宋女士特地关照：“阿妈，将客人带来的礼物，原物归还。”转身移步上了楼。

陈婷此时，非常尴尬：“这礼物请收下。”

阿妈陈情解释：“我家的主人，从来不收外来人的礼物，特别是从未谋面的人，更不容许收。”

陈婷还要再三推让，阿妈直言相告：“香港社会比较乱，怕收的礼物不安全，请你无论如何要谅解。”

就这样，陈婷感到非常沮丧，提着礼物怏怏不乐离开宋家，回到特务机关。

金坚听取了陈婷的汇报，在屋内来回踱着方步，一时也感到一筹莫展。心想，中西区是个“富人区”，原来估计不足，带“礼物”实际上是犯忌的，也可以理解是失策的；家庭如此富裕，讲话又有水平，像陈婷这样素质的女子，要接近这个老太，并且还要取得她的信任，谈何容易，特别是还要通过她动员宋家兄弟到香港来，弄得不好事与愿违。踱到窗口，金坚突然停止脚步，一转念，自言自语：“不过，凭她长期生活在西方国家的经历，有一点可以肯定，那，就是她对共产党不会有好感。假如把她两个亲侄子从内地弄到香港，恐怕她也不会反对。再说，她一直想帮助他们到美国继承她兄长的财产，两个侄子过去态度一直暧昧，这已经成了她的一块心病。问题是如何来说动她，取得她的信任，关键是如何能接近她，走好第一步。现在看来，单凭陈婷这样的水平，恐怕难以担当此次重任，不得不由我亲自出马。”金坚虽说是个老牌特务，但是要与一个有身份的人打交道也不是件容易的事，所以他绞尽脑汁在备课、想办法，由于脑袋像装满了杂七杂八东西的旅行袋，哪些该丢，哪些该留，哪些该带，一时拿不定主意，在室内来回踱步，越踱心里越烦躁，本来想好的办法、言辞，越发感到不妥当。突然来了个急刹车，停止了脚步，对陈婷怒吼、咆哮，甚至歇斯底里地狂叫：

“我倒不信，这个老不死的如此狂妄，我倒要领教领教。”但又一想，如何领教？还是感到无从下手：“走！咱们出去散散步，脑袋瓜放松放松。”陈婷乖乖地同他出门，到了一家咖啡屋，两人找了个幽静位置落座，侍者捧了菜牌过来，哈哈腰：

“二位需要什么？”

金坚说：“来一瓶桃乐丝。”

一会儿，侍者托了一瓶红酒，两个高脚杯，帮他们摆上，转身走路。

金坚拿起酒瓶：“你知道这红酒的来历吗？”

陈婷摇摇头：“不知道。”

“红酒源于法国。”金坚煞有介事地说：“法国是世界上产红酒最著名的国家。图尔就是红酒产地之一，也是世界名著《幽谷百合》《高老头》的作家巴尔扎克的故乡。图尔产红酒的地方至今还保存当年的老作坊。桃乐丝的产地是欧洲西班牙国家的宾纳戴斯，它运用法国生产名酒的方法酿造的，属于中低档最实惠的一种。”说着，他熟练地打开酒瓶盖，将红宝石颜色的酒液倒进两人的醒酒器，又大发宏论：

“酒放时间长了，都会有异味，这个程序叫醒酒，让红酒最大范围地跟空气接触、氧化，异味很快消除，这时候开始散发一股香味。红酒看得出层次，若是微微呈红棕色，就是一瓶陈年佳酿。”

说着，金坚拿起酒瓶倒上酒，与陈婷碰杯，大口喝了一口。此时，金坚心情摇曳得宛如烛火。随着酒兴，与陈婷天南地北发表议论。半瓶红酒下了肚子，两眼似火直射陈婷，有感而发，将自己的想法向陈婷说了一下，并以征询的口气说：“你看呢？”

陈婷一开始沉默不语，然后，点点头：“好吧，就照你说的办法，我再到沪西去试试……”

正如宋浩兴曾经当面同朱如泽、陈婷说过，像宋浩兴这样一个普通工人究竟有多大利用价值。特务机关为什么倾注全力纠缠宋浩兴不放呢？问题在于台湾驻香港特务机关头子金坚，本来寄希望海上偷运电缆，向特务机关邀功请赏，同美国中情局特务亨利做一笔交易，结果希望落空；原本指望女特务杨非实施“W计划(2)”，又杳无音讯，前景黯淡。现在，一听到陈婷汇报说起策反宋氏兄弟投奔“自由世界”有了转机，居然，一下子把他将要熄灭的欲望点燃，主张拿“W计划(1)”同“W计划(2)”合并为“W计划”，竭力指使陈婷把目光由宋浩兴转移到宋慧珠身上，最终目标，盯住了宋浩然。

67

金蝉脱壳

金坚同陈婷在咖啡馆吃红酒，就在他吃醉酒的第二天，赶紧催促陈婷重新潜返大陆策反宋家兄弟叛逃投敌，窃取微波邮电通信绝密文件，加速实施“W计划”步伐。

而公安机关正巧调整领导班子，紧接着专案组调整了领导骨干，正在按照宋副局长的指示，特地派了顾金生、小李专程到省厅请示汇报破案，准备抓捕陈婷、朱如泽。突然，要抓捕的对象，陈婷在外线侦查员眼皮底下溜了。

这件事情发生，正巧在宋副局长同专案组同志等待省公安厅批复的时候，外线组组长老葛急急匆匆跑到宋副局长办公室汇报：“陈婷同朱如泽在苏州观前街一爿咖啡馆吃咖啡，陈婷上厕所，没有看见她人出来……”宋副局长一听到陈婷突然失踪的消息，当场七窍冒火，五脏生烟，慌了手脚；而顾金生额头上暴起了青筋，大发雷霆，严厉指责老葛失职。老葛被他训得狗血喷头，惹得老葛大为光火，当场相互指责，恶语相加，室内弥漫着浓重火药味，又没有哪个人出来调解，提出建设性意见。只看到宋副局长急得就像热锅上的蚂蚁。宋副局长为什么如此急呢？因为比起在座的人，他倒是多了一个层次忧虑，一旦省厅批复下来，要抓捕的对象陈婷没有着落，如何向上交代？

偏偏公安机关要抓捕的派遣特务陈婷，窃取了“绝密文件”，在外线侦查员眼皮底下溜了，准备返回香港，向特务头子金坚交差。

陈婷频繁潜返大陆，已经适应在内地的生存环境。她在内地的同伙朱如泽，尽管不满她至今还没有引见上峰，一接到她的通知，仍旧乖巧地为她接站，准备了住宿的地方。陈婷在国际旅行社一住下来，两个人一碰头，朱如泽赶紧要陈婷通报情况。陈婷就把在香港同宋浩然姑妈接触、上峰做出的指示以及这一次潜返大陆的任务，向朱如泽一五一十做了传达。

陈婷绷紧面孔，严肃而认真地向朱如泽传话："这一次任务的重点是两条：第一条如何获取微波通信绝密文件，策反宋氏兄弟到香港去；第二条是对党国事业危害大，而且妨碍我们实施计划的人，要千方百计，不择手段将之灭了。"

然后，两个人认真研究实施这次任务的大体方法和步骤。朱如泽歪转了头，朝着陈婷问："要获取微波通信绝密文件，动员宋氏兄弟投奔'自由世界'，如何入手？"

陈婷惯用的手法："你看，有啥好办法？我听你的。"

陈婷两只眼睛紧盯着朱如泽，等待朱如泽说出"锦囊妙计"。而朱如泽心里想，我多次提出来，要上峰来大陆碰碰头，你一再同我敷衍，现在用着我了，说听我的，我有啥办法。实事求是说，朱如泽的的确确没有啥高招。毕竟他这个特务是半路上出身。不过，他看的杂七杂八的书倒是不少，要糊弄陈婷的本钱倒是有的。现在，为了应付陈婷，在陈婷面前故弄玄虚，装作一本正经想办法的样子，然后，想了老半天，头一摆，像煞有介事："依我看，这一次我们要直接去找宋浩兴，不要王金海陪同，像这样的计划，晓得的人越少越好。"

陈婷自己没有啥办法，听到朱如泽提出的"锦囊妙计"，实际上也是个"空心汤团"，只不过不要王金海带路，缩小知情范围而已。陈婷心里想，朱如泽说的倒是蛮上路，缩小知情范围。假设撇开王金海，那就是要你领路，就扬起了眉毛："好！这个办法好。"按照老规矩，陈婷要朱如泽出力，也就要撸顺他的毛，替他戴戴高帽子："像这样重要的任务，只有你亲自出马，事情就有把握。那就要你领路了。"

朱如泽不屑一顾，把头一仰："没有问题，反正我已经同他打过交道，我来领路。"

两人商定后，就在当天晚上，摸到天官巷宋浩兴家里。宋浩兴听到敲门声，跑出来开门一看，是朱如泽、陈婷两个人找上门来，敞开大门，惊异地说："是你们，请进。"宋浩兴把他们两个人领到客厅，安排落座，朝他们两个人看看，然后，带有疑惑地口气问："怎么不见王金海？我没有听到王金海说起你们要来嘛。”

朱如泽事先已经估计到宋浩兴要问起王金海，所以早有准备，要了个滑头戏，拣个谎话：“本来要喊王金海一道来，找不到他人。所以，我们就直接来了。”

宋浩兴当即意识到他们两个人撇开王金海来，看来，来者不善，说不定还是老一套骗人谎话。调整一下心态，皱起眉毛思索，然后不温不火：“噢！照例王金海不会找不到，他同我一个班，才是做的早班，应该在家里。”转过身来，朝着朱如泽看看：“有什么事情吗？嗳！上次，你向我索要我香港姑妈的地址，我姑妈有啥说法？”

朱如泽不等陈婷开口，就直接同宋浩兴对话：“今天就是为了这个事情来的。”

因为有关陈婷在香港同宋浩兴姑妈接触的情况，朱如泽心里没有个底，也就没有办法说下去，面孔朝陈婷看看，示意陈婷开口。

陈婷接过朱如泽的话头，煞有介事：“我们今天来，主要同你一道商量你同你老兄到香港去的事情……”

听到陈婷一提起同老兄一道到香港去的事情，宋浩兴开始有些尴尬，疑惑不解：“我老兄到香港去？”宋浩兴面对陈婷，惊异地问：“上次我写给你们的地址，你到我姑妈那里，有没有碰到我姑妈，她怎么对你说的？”

陈婷扯开嘴，嘴角微露着笑意：“我到你姑妈家里去，你姑妈一听我说起你要到香港去的事情，她非常赞成，高兴得不得了。还特地问起你到香港怎么个去法，问了很多问题啦，她老人家的意思，要你们兄弟俩一道到香港去。”

宋浩兴神情有些疑惑，诘问陈婷：“那她为什么不直接发邀请函来呢？照例她对内地的人到香港去的手续非常熟悉，还不至于如此马虎，叫你带个口信，我们兄弟俩就可以到香港去了？”

陈婷原先估计对方要提出这个问题，所以拿事先编造一套谎话、搪塞：“她怕你兄弟俩意见不一致，特地要我转告，由你老兄写信给她，她再发邀请函。”

宋浩兴摇摇头，咂咂嘴，感到很为难：“恐怕我老兄不会同意写信。”

朱如泽在一旁鼓动劝说：“你不要瞎想，你怎么晓得你老兄不同意呢?走,到你老兄那里去了再说。"

宋浩兴推托:"我事先没有通知他,就这样带你们去,不太好吧。再说,他是否在家里也没有数,他有时要在微波站值夜班。我领你们去,弄得不好,要白跑一趟。"

朱如泽在旁边一个劲地催促:"你打个电话问问,不是就晓得他在不在家里吗?去,打个电话。"

宋浩兴一直在砸嘴, 既犹豫又为难:"他家里又没有私人电话,怎么打法?"

朱如泽提示宋浩兴:"你去打公用电话到他微波站一问,不是就晓得他在微波站还是在家里。"

陈婷在旁边帮腔:"这个办法好。"

宋浩兴只是摇头砸嘴,面露难色。突然,朱如泽好似想起什么:"对了,这个事情,你有没有同你老兄说起过?"

宋浩兴先是默不作声,再是把头一抛,一本正经回称:怎么没有说起过。

陈婷看了宋浩兴的表情,刨根究底:"你看他是啥态度?"

宋浩兴懒洋洋:"他,再三关照我,不要上当受骗,说现在社会上骗子多呐。"

朱如泽听宋浩兴的口气,看来宋浩然到香港去,有这个想法,主要是思想上还有障碍,怕上当受骗。他随即转换一下口气:"你看我们是不是骗子?是骗子的话,到今天有没有向你索要过一分钱?"

宋浩兴只是保持沉默,眼睛一直朝着他们两个人看,观察他们两个人的神态反应。突然,好似心血来潮:"好吧,我去打电话,你们在我家里等吧。"

宋浩兴答应去打电话的话音一落,朱如泽、陈婷两个人都以为朱如泽讲的一句话起了作用,解除了宋浩兴思想疑虑,两个人也就心安理得在宋浩兴家里坐等。等了约莫半个小时。陈婷感到情况不妙:"这个小家伙同我们耍滑头戏,打个电话哪里要这么长时间?"

朱如泽两只眼睛瞪了一下陈婷,当面呛白:"你的眼睛同你的嘴巴不配套,看问题老是七歪八斜,讲起话来瞎七八答,一日到夜疑神疑鬼。同意就带我们去,不同意就不带我们去,有啥必要耍滑头戏。"

正待他们两个人在议论的时候，宋浩兴满头大汗跑回到家里，陈婷急切地问：“你这个电话，打了很长时间？”

宋浩兴面露嗔怒：“你们晓得不晓得，现在啥时候了，公用电话的店门都打烊了，我跑了好几个店，好不容易才找到一家杂货店，敲开门，得到老板同意，借用公用电话打到微波站，先打到山下办公室没有人接，再打到山上一问，说他没有来值班，你们说这么一圈下来要多长时间？”

朱如泽点了点头：“唔！这么一圈下来是要这么长时间呐。”然后，煞有介事地追问宋浩兴：“这么说，你老兄在家里喽。”

宋浩兴歪转了头：“不一定，晚上，有时候，他会到局里开会。”

陈婷赶忙插话：“我们不妨试试，到他家里不是就晓得他在不在家里了吗？”

朱如泽附和着陈婷的提议：“对，干脆到你老兄家去，认识认识你那位工程师阿哥。”

就这样，宋浩兴勉勉强强领了他们两个人到宋浩然家里去。一到姚巷5号大门，宋浩兴从口袋里掏出钥匙打开了大门。拿钥匙开门，看似一个非常细小而又极为普通的动作，在朱如泽、陈婷两个人的眼里，留下了不可磨灭的印象，宋氏兄弟俩情深意浓更增添了对宋氏兄弟的信任度。走进院内，宋浩兴冒冒失失直接把他们两个人领到宋浩然的书房。

这个时候，宋浩然正在埋头办公，见老弟带来两个陌生人到家里，随即站起身质问：“这么晚了，你怎么会来？”

宋浩兴似有点不好意思，无奈地傻笑，还噘着嘴不住嘟囔着向宋浩然说明来意。而宋浩然一听宋浩兴的解释，火冒百丈，不由分说，拉了老弟就往外跑，在室外天井里大发雷霆：

“你上当受骗还没有吸取教训，又拿一些不三不四的人领到我家里来。”

宋浩兴竭力辩解：“是姑妈叫他们来的。”

“你怎么晓得是姑妈叫他们来的？”宋浩然颇感狐疑，急切地追问：“姑妈怎么会叫他们来？”

宋浩兴扭头一摆，心有不甘：“你不相信，你亲自去问他们。”

就在宋家兄弟发生口角，在天井里激烈地争执的时候，陈婷偷偷地走到宋浩然办公桌，偷看宋浩然摊放在桌上的一份有关微波邮电通信的“W 绝密文件”，随即动作麻利地用微型照相机把它一页一页拍摄了下来。朱如泽躲在门旁边望风，听到宋氏兄弟一有动静，假装咳嗽一声，陈婷马上转身坐到原来的沙发上。宋家兄弟俩回到书房，宋浩然当即意识到桌子上还放着一份绝密文件，随手放到抽屉里，面孔朝着陈婷：

“你到我姑妈家里去，我姑妈是怎么对你说的？”

陈婷扬起眉目，嘴角微露笑意，用海临普通话口气：“你姑妈说，乘我还健在的辰光，把宋家兄弟俩的财产处理好，也可了却了我一桩心事。否则，我寝食不安。特地要我回内地的时候，要我转告你们俩，并且要你们俩意见一致，写一封信，我可以代劳帮你们带去，临走时，你姑妈再三嘱托……”

宋浩然听了她胡编乱造说的一套话，倒不是不相信，而是怀疑她怎么知道姑妈在香港的家庭地址，又如何认识姑妈，姑妈又怎么会托她带信，一连串的疑问，在他脑袋瓜里被柳絮缠着一样，理不出一个头绪来。回过来便向陈婷发问：“你怎么知道我姑妈在香港的家庭地址？”

陈婷本来思想还真的准备不足，如何应对，最终，她来了个推死人过街，往宋浩兴身上一推：“你问你老弟吧。”

宋浩然顿时目瞪口呆，心里想又是老弟招的事情，朝老弟干瞪眼，嘴里发出感叹：“嗨！又是你做的好事。”

宋浩兴只是抓头摸耳朵，宋浩然看到老弟一脸尴尬相，心里激起的怒火，只好自生自灭。再一想，事情已经发生了，就是怪老弟也无济于事，也就平静了些。但是，心里总感到不是很踏实，考虑再三：

“这样吧，由我直接写信给我姑妈，因为我还有些家事，如果就这样三言两语写个纸条，请你带去，事情说不明白，不要引起不必要的误会。再说，作为晚辈对长辈写个纸条，也不太恭敬。如果方便的话，你只要帮我们带个口信，向她老人家问好就可以了。”

陈婷这时候倒觉得他说得在理，既然他已经同意写信了，也可以说基本上达到目的，如果再勉为其难叫他写信，带去香港面交他姑妈，弄得不好，反而引起他怀疑，把事情搞坏。转了一个弯，换了一下口气：

"好吧,那,我们告辞了。"

宋浩然礼貌性地把他们两个人送出大门。宋浩兴留在老兄家,两人具体商量向姑妈写信的事情。

陈婷、朱如泽走了以后,宋浩然、扮作宋浩兴的小迟两人放声大笑。

宋浩然得意地说:"我一看到摊在桌子上的'W 绝密文件',原先做的记号已经移动,料想她已经偷看、翻拍,我也就装模作样塞进办公桌抽屉里去。你说刚刚咱们两个人演的'双簧',有没有什么漏洞?"

小迟点点头,满意地说:"宋工,你不仅是一位技术全面的工程师,还是有着天赋的相声演员,我看今天的'双簧',演得成功,没有什么漏洞。"

宋浩然同小迟演的一出"双簧",其实是陈、许两位离任前确定的"诱敌深入"计划的一部分。想当初,陈、许两位在市委招待所听取了洪强汇报"华南之行"的结果,以及朱如泽向宋浩兴索要他香港姑妈家庭地址的新动向,断定特务机关加紧步伐,要在沪西实施"W 计划",就把重点由宋浩兴转移到宋浩然身上。当即决定:侦查、诱捕的重点由陈婷转移到特务头子金坚身上,而把宋浩然在香港的姑妈作为实施这一计划的一个节点,并根据华南市公安局局长赵开诚的提议,投放的诱饵要适合美国中情局特务的胃口,拿一份"W 绝密计划"作为诱饵,由侦查员小迟会同宋浩然,演出一幕诱敌深入的"双簧"戏。

然而,对于陈、许两位这一决策,宋副局长、洪强两人在理解上出现了一个"剪刀差"。洪强坚持按照陈、许两位的指示,根据敌人的活动规律、特点,耐心垂钓,钓大鱼,一网打尽,保障微波邮电通信,捍卫国家安全。而宋副局长提出所谓"中心开花,突破全案"的策略,加速破案步伐,提高破案率,只是新官上任,为了创造"政绩工程"。这种夹杂私货,违背常理做法,好似一石投河,激起水面浪花,吓跑了小鱼,惊动了大鱼,粉碎敌人阴谋,侦破全案,随着浪花消失,几乎成为"泡影"。

再说,特务机关派遣特务潜入大陆搞破坏活动,不是人们想象得那样简单,容易被抓获,抓获以后,马上会举手缴械的。他们围绕着大陆公安机关有可能使用哪些手段,如何搞"反侦查";一经失手被公安机关抓住,又如何同公安人员周旋,甚至以死抗拒,所谓"杀身成仁,舍生取义”。凡是接受派遣任务的特务，都是经过专业训练，甚至经过模拟试验以后，才被派遣潜入大陆，从事反革命活动。陈婷在台湾高雄特务训练基地，就是专门接受这方面的训练。驻香港特务机关头子金坚在催促陈婷再次潜返大陆之前，首先，要她重温在台湾高雄特务训练基地的科目，再经过考核，才放手派遣。

再说，陈婷在宋浩然书房里窃取了“W 绝密文件”和朱如泽两个人回到国际旅行社。陈婷高兴地说：“今天，我们收获不小，既促使他写信，又获得老板一再催促想要的一份机密文件。”

朱如泽说：“你不要高兴得太早，我替你担心，不要再像带电缆被海关查扣噢！”

陈婷乜视一对眼睛，看着朱如泽：“到你嘴里，说出来的话，都是讲些触霉头的。这次到内地，经过老板精心谋划好的，你同我笃定泰山。明天，我就动身，身上带有机密文件，防止有尾巴，我们绕道走，到苏州游山玩水，然后，我再找机会脱身。懂啦！”

朱如泽笑笑：“我勿懂，要靠你启发教育呐。”

第二天，他们两个人按照计划到苏州逛了留园、拙政园，然后转到了苏州市中心最热闹的观前街，走进一家咖啡馆要了两杯咖啡，一头品尝，一头有说有笑，自由自在。

在此同时，公安机关两名外线侦查员跟着走进咖啡馆，在他们斜对面，夹在顾客堆里就座，监视着陈婷一举一动。陈婷突然起身到洗手间方便，在洗手间同一位女顾客搭讪，似乎攀谈得很投机。她故意向那个女顾客打听：“到玄妙观去，怎么走法？”

那位女顾客倒是很热心：“我也到玄妙观去，我们同路，走！”

陈婷非常亲热地挽了她的手臂，偎依在那位女顾客身边，大摇大摆地走出咖啡馆。公安机关外线侦查员，男的是小龚，女的是小徐，一直紧盯着陈婷原来坐的位子，好似“痴汉等婆娘”，却不见陈婷从厕所里出来，陈婷那个座位一直空着。小龚歪歪嘴，暗示小徐到女厕所观察，小徐跑进女厕所四处搜索，就是没有陈婷的人影子。两个人这才慌了手脚。朱如泽一个人坐了约莫半个小时，只身走出了咖啡馆，而陈婷始终没有出现。小龚、小徐两个人到处寻找，找不到。实际上，陈婷出了咖啡馆，马上乘了三轮车直奔火车站，买了车票乘火车到海临，到了海临就在火车站，预售去广州火车票，再回老家看望父母。

不言而喻，陈婷从姚巷5号宋浩然家里窃取了“W绝密文件”得手后，在公安机关外线侦查员眼皮底下溜掉，这都是特务头子金坚事先精心设计的“金蝉脱壳”之计。而公安机关外线侦查员经过多次跟踪陈婷，非但没有提高警惕性，且开始麻痹大意，外线监控松懈。宋副局长听到外线组组长老葛汇报陈婷失踪，正当一筹莫展的时候，突然想起了洪强，叫小李喊洪强，帮助出出点子。洪强会不会来，来了又会出啥点子，在座的同志心里着实没有底。

68

追 捕

正待敌我双方摆开阵势进入关键阶段，洪强突然从“5·15”专案上被撤下来搞其他案件。按照通常情况，除非负责搞专案的同志不适宜，或者在工作中有重大失误不能继续工作，否则，临阵换将，人为地改变了敌我双方态势，这在专案工作中是最忌讳的。

洪强被撤下来，接受新任务出差回来，一个人坐在办公室里，摊开新接手的案件卷宗，想集中思想研究案情。不管如何强制自己，专心致志考虑问题，大脑就是不听使唤，存储在脑子里有关“5·15”案件过往情况，杂七杂八的乱象浮现在脑中久久不得消散，纠缠得心绪格外烦操。搞专案工作同志惯有的习性：当自己搞的专案，没有坚持到最后破案，就被中途撤下来，心里总是有着说不出的苦恼。他寻思着这次从“5·15”专案上换下来，似乎同过往撤下来有所不同，冠冕堂皇是接受新的案件，明显地不同于正常工作调动。那么是工作上在哪个环节出了毛病呢，还是同新的领导班子，在人际关系上有什么芥蒂，或者瓜葛，引起了同志间、上下级关系纠结？最终他意识到，后一种可能性比较大。孔定山微波站发生破坏事故刚开始，正当顾金生主持“5·15”案件侦破工作，在审查庄前村大队书记儿子的工作上失误，受到庄前村农民围攻；事后，洪强主持内部总结经验教训时，受到专案组同志指责，同洪强发生龃龉，顾金生一赌气，离开专案组。现在，顾金生当上科长，转换角色，同洪强变成了上下级关系，同样要你洪强下课，这是比较客观的联想；而对待宋副局长，在“5·15”专案工作上，“破案指导思想上”，没有按照他的意图执行，上下级关系上出现了难以弥合的“裂痕”。洪强露出苦涩的笑容，认了这一改变不了的客观事实，还是当个

"傻子"吧。但是,"5·15"案件中的金坚、陈婷、朱如泽这些特务的影子,始终挥之不去,他在盘算目前敌我双方的态势,特务头子金坚有可能使出哪些伎俩,朱如泽、陈婷如何进行活动,而王金海、宋浩兴、宋浩然同这些特务又如何周旋……正当洪强想得出神,小李按照宋副局长吩咐来喊洪强参加分析案情,帮助出出点子。

小李推开办公室门,一眼望去,只看到洪强托起腮帮,凝视着手指缝夹着的香烟,烟袅袅上升。洪强听到推门声,抬头一看是小李,只是向他点点头。按照侦查工作规定,离开原来办的案件,就不好再打听案件情况,更不能说三道四。倒是小李笑嘻嘻,突然对洪强说:"宋局长喊你去。"

洪强感到非常突然,两只眼睛直勾勾看着小李:"喊我,有什么事情?"

小李就将陈婷失踪、顾金生同老葛发生争论,现在研究不出个办法等前因后果向洪强绘声绘色叙述了一遍,掉转了话头:"现在,局长又想起你了,要你去帮他们分析分析情况,出出主意。我劝你不要管它,难难他们。"小李话锋一转:"上次,我跟顾金生到省厅侦查处向陈处长汇报请示'5·15'案件破案,我就装着拉肚子,没有跟他一块去……"他又将顾金生在省厅出洋相的事,一五一十告诉了洪强。听了小李的一番话,洪强倒是语重心长地开导小李:"咱们在任何时候都要顾全大局,对敌要狠,对己要和,如果咱们内部不团结,敌人就有空子可钻。所以,在工作上,应该支持他。现在,陈婷失踪,是应该坐下来好好研究,赶紧采取弥补措施。"不过,洪强嘴上虽然在开导小李,内心相当复杂。他想:"原本我竭力反对抓捕陈婷,现在陈婷失踪,我再去帮他们出主意抓捕陈婷,岂不是违背自己的意愿,倒帮忙吗?"回过来一想,也好,趁这个机会再劝劝他们回心转意。洪强思考片刻,向小李一挥手:"走!"

一到局长室,洪强看到满满一屋子人:局长!有什么指示?

宋副局长邀洪强坐下来,就把陈婷失踪的大概情况向洪强作了介绍,眯起眼睛:"这个案件你比较熟悉。请你来一道分析一下,如何应对,需要采取什么措施。"

急性子老葛在旁边对着宋副局长干瞪眼,心里想,想到现在,何必当初,把称职的同志换下来,而把不称职的人换上去,在旁边暗自摇头、咂嘴。然而,洪强不计前嫌,还是那样投入。他习惯性地用手摸着下巴,认真思索一会儿,自然而然联想到陈颂平局长设计的“诱敌深入”的策略,面孔朝着宋副局长:“我个人认为,陈婷的失踪,极有可能窃取了重要情报以后,采取反侦查的手法,有意逃避外线跟踪。”

顾金生听到洪强说到逃避外线跟踪、敌人搞反侦查,好像拾到了攻击老葛的“子弹”,马上调转了枪口,信口开河:

“我完全同意老洪的分析,外线同志麻痹大意,造成了一起重大事故。”

老葛反唇相讥,诘问:“这个事故是你定的?你们内线组有没有向我们提供情况,提出要求,敌人窃取的是什么重要情报?现在,你把责任推到我们外线组头上。我们外线工作有个原则:根据内线部门侦查到的情况,向我们外线组提出要求:一、要求外线盯死,即便外线同志暴露,决不能丢掉对象;二、哪怕脱梢,以不暴露外线同志跟踪为原则。你们有没有根据这两条原则,向我们提出过其中一条要求?”

顾金生好似吃了一记闷棍,一下子懵懂无措,还要张口说什么,一时,想不出要说的话。倒是宋副局长听到洪强分析说陈婷窃取了重要情报,马上联想到小迟汇报到陈婷、朱如泽在宋浩然书房里有可能看到一份绝密文件,如果陈婷搞反侦查,就有可能身上带了已经翻拍到的绝密文件,当即赶紧打圆场:

“好了,这个时候还有啥心思做些无原则的争论,还是让老洪继续说下去。”

洪强看到顾金生在责难老葛,说:“我个人看法,外线是处于被动地位,如果要在外线工作中争取主动,势必要靠内线部门主动配合,提供情况,提出明确要求,使外线同志做到心中有数。”

老葛接过洪强的话茬:“姓顾的,听听,这样讲就上路了,这就叫水平。”

宋副局长此时怕再扯远了,赶紧要他们刹车:“老洪,你看下一步怎么办?”

洪强皱起眉头,反复衡量利弊得失:“依我看,现在外线同志不要再去找丢失的对象,这样大海捞针,无济于事。再说,兴师动众,发动外线同志寻找,弄得不好,反而暴露了咱们自己。怎么办?赶快从两个方面守候：一、重兵把守罗湖桥海关，到罗湖桥去的同志要乘飞机赶在陈婷出境前头，在海关守候；二、分兵一路到上海虹桥机场把守，以防万一，她从上海出境。”

洪强说到这里，开始犹豫不决，肚里转念头，一旦发现了陈婷又怎么办？直截了当向他们提出不予抓捕，他们两个人肯定不会接受这个意见，只好用等待省厅批复的名义，来拖延时间。他抬起头来，朝宋副局长看看：“有一个问题，提请局长和在座的同志考虑决断，如果外线同志一旦在海关发现了陈婷又怎么办？这需要认真研究，并且要立即做出明确的决定，通报外线组的同志。否则，外线组同志一旦在海关发现陈婷，不是手忙脚乱，就是束手无策。依我的看法，不要马上采取抓捕措施，等到省厅批复下来，再采取相应措施。”

老葛拍手：“妙！我完全赞同老洪的意见，我们外线组的同志，最关心的问题，倒是老洪说的，如果发现了陈婷怎么办，这个问题马上要定下来。否则，临场手忙脚乱，出洋相事小，措施失当造成重大损失，不好向组织交代。”

宋副局长盯着顾金生看看，语气委婉地说：“老顾，你看看，你有啥意见，说说吧。”

顾金生倚老卖老，装模作样地说：“这也是没有办法的办法。”

宋副局长似乎吃力地向他瞪起两只困不醒的眼睛：“你哪来的阴阳怪气，现在，大家研究提出的问题，外线同志一旦发现了对象，怎么办？什么这是没有办法的办法，你倒是说说你有啥办法。”

其实，宋副局长问顾金生“你有啥办法”，顾金生心中也没有底，为表示胸有成竹，随心所欲，脱口而出：“照原计划执行。”

宋副局长听了顾金生的发言，大脑里一头雾水：“你好不好，节约点时间，什么照原计划执行，你说得具体点呐。”

顾金生不假思索，脱口而出：“拘捕！”

正是说者无意，听者有心，正合宋副局长的心意。

宋副局长当即拍板：“好，拘捕！就这么办，老葛，你马上部署拘捕的准备工作，关照外线组同志，一旦发现陈婷，立即把她控制起来。老顾，你那里准备拘捕手续，把参加抓捕的人员组织一下。散会后各自做准备……”

洪强听说要拘捕陈婷，赶忙向宋副局长提议："宋局长，现在无论如何不能拘捕陈婷，如果现在拘捕陈婷，就等于打草惊蛇，向敌人发出了信号，原来诱敌深入的计划全部落空，所花的精力、物力，几年来所付出的心血，取得的成绩，就算前功尽弃。再说，省厅批复还没有下达，至今，还不晓得省厅的态度，现在拘捕恐怕不妥当吧。"

老葛在旁边听了洪强的申述，赞同老洪的意见："宋局长，我以为老洪讲的道理实实在在，这个案件所有的计划、工作路子，都是陈市长、许院长在的时候定的，再说省厅批复还没有下达。如果现在拘捕陈婷，既不好向上交代，又违背原来的意愿。原本要放长线钓大鱼，却钓了些小鱼小虾，同时告诉敌人，大陆公安机关已经开始行动，下一步再也没有什么戏好唱了……"

宋副局长一听老葛说到，这个案件是前任领导定的，好似触犯了他的尊颜，面孔一下暴红。而顾金生听到老葛在帮腔，和着洪强的调子一吹一唱，弄得宋副局长下不来台，迫不及待地，冲着老葛训斥："现在，是听局长的，还是听你的？想问题、讲话，在任何时候、任何场合都要摆正自己的位子。况且，省厅都已经同意了，难道你们的水平比省厅业务处还高？"

小李一听到顾金生抬出省厅的牌子，马上接口发话："省厅还没有同意吧？"

顾金生向小李干瞪着眼睛："你怎么晓得省厅还没有同意，是谁告诉你的？"

小李也不示弱："省厅同意现在破案，拘捕陈婷，是你接到省厅批复，还是听到省厅哪个同志告诉你的？"

顾金生一愣，然后，回过神来，倒打一耙："嗨！你倒反问起我了，不是你说的吗？"

正待小李还要进行反驳，宋副局长一看照这样争论下去，将会出现混乱场面，赶紧打圆场："好了，不要再争论了，按照我刚才的部署各自回去做准备。散会！"

宋副局长尽管已经做出决定，在座的同志按照他的指示转身回去做准备工作。但是，就宋副局长来说，已经说出"拘捕陈婷"，然而，在他心底里还是不够踏实，省厅会不会同意批准"5·15"专案破案，心中还是没有底。因此，宣布散会以后，他对顾金生发话："老顾，你留下来，我问你个事情。"

参加会议的其他同志陆续离开宋副局长办公室，只剩下宋副局长同顾金生两个人的时候，宋副局长认真地追问："老顾，你倒说说看，这次你们向省厅请示破案，省厅会不会批复'同意破案'？"

其实，顾金生心里也没有底，心里盘算：这个时候如何回答这个问题？如果说不晓得，上次已经说出"会批准"；要是说肯定"会批准"，只是估计加猜测，还确实没有把握。他转念一想，小李说过"一般上级机关要尊重下级机关的意见"，估摸这个说法不会错的。所以，他一不做二不休，不再改口，绕了一圈，转了个弯："根据当时我向陈处长汇报情况的时候，陈处长所流露出来的神态，我想不会不批准破案，再说，他们上级机关总得要尊重下级机关的意见吧。这一点，小李说得比较有把握，至少七不离八。"宋副局长听了顾金生说的一通大道理，心里边虽说不着边际，现在也只好凭侥幸心理，认为"省厅会批准"的可能性比较大，也就不再继续问下去。转过来，他又问顾金生：

"你这次准备哪几个人配合你行动？"

"我准备派小张、小林两个人，"顾金生蛮有把握："反正还有外线组同志，绰绰有余了。"

"小李呢？"宋副局长想了想："他熟悉情况噢。"

"小李，不带他去。"顾金生带有抱怨情绪："这个小家伙成事不足，败事有余。"

宋副局长摇了摇头："不行，这次你们到华南执行任务，小李，你必须带上。他跟洪强到过华南，熟门熟路，不管怎么说，至少还能够帮你领领路，提供些情况，出出主意。"

顾金生一听，想想倒也是的，向宋副局长表示："我听你的，把他带上，局长还有什么指示？"

宋副局长听到顾金生接受他的意见，说："好，就这么办吧。回去抓紧做准备。"

顾金生向宋副局长告辞，回到科里积极做准备工作。

再说，散会以后，老葛思想上一直想不通，凭一个普通党员的党性，出于对党的事业负责，对于宋副局长独断独行，固执己见，听不得下级忠告，憋了一肚子气，特地到洪强办公室，想动员洪强一起向“一把手”局长汇报，争取局长支持，以便挽回目前的危局。

老葛一走进门，严肃认真地说：“老洪啊，这个事情非同小可，我们是不是一起去找翁局长，向他汇报，看，能不能挽回一下目前的尴尬局面？”

洪强考虑到组织纪律，不能越级反映情况。况且，他已经意识到宋副局长如此仓促做出决定，如果没有“一把手”首肯，断不会这样张狂，所以他劝老葛也不要去：

“老葛啊，你有没有注意到，这次，宋副局长之所以如此果断，态度非常坚决，从宋副局长的口气，就可以嗅出些味道，即‘顾金生的嘴，宋祥林的脑子，翁大权的灵魂’，宋副局长只不过借了顾金生的嘴，代替翁大权发号施令罢了。”

老葛凭着自己老资格，加上个性比较急躁，不管三七二十一：“不行，你不去，我去。”他兴冲冲跑到局长办公室，敲了三下门，只听到里面应声：

“请进！”

老葛推门进了办公室，翁大权局长抬头一看是老葛：“老葛，有事吗？请坐。”

老葛跑向沙发一坐，大发议论：“局长，我想不通。‘5·15’专案正待案情向纵深发展，现在突然换人，立马又要破案，采取拘捕措施，把原来的计划全部打乱，这对党的事业负不负责任？”

翁局长听了老葛的牢骚怪话，皱起眉毛。老宋刚刚上任不久，要提高他的威信，特别是像老葛资历比较老的同志，一定要杀杀他们的威势，不然，老宋工作难开展。所以，板起面孔，一脸严肃相：

“你就是为这个事来的？这个案件搞了这么长时间，牵制了不少力量，是应该抓紧破案，也可以腾出手来搞其他案件。平时，你们总是叫人手不够，工作太紧张，到了采取措施，缓解工作节奏、人力矛盾，你们又有意见。你是老同志，应该带个好头，不要跟着起哄。”

老葛当场碰了“一鼻子灰”。翁局长还加重语气：

“至于，工作班子调整，这是组织上的事，不能因为一起案件，连工作班子都不能调整。现在，宋副局长做出的部署，事先他向我汇报，我同意的。所以，你们理解要执行，不理解也要执行，在执行中加深理解，还有什么事吗？”

老葛面孔涨得通红：“没有。”说完，就从局长室退了出来，一头跑，一头想，悔不该没有听从老洪的话，局长非但没有采纳自己的意见，相反，自讨没趣。他没精打采地又回到洪强办公室：“被你说准了。”

老葛把找翁局长汇报的全过程向洪强一五一十作了叙述，然后，叹了一口气：

“完了，这下子没有挽回的余地了，哎，老洪你倒是沉得住气。”

洪强朝老葛苦笑着说：“沉不住气又能怎么样？现在，要想改变目前的态势，向沪西市公安局领导讨个说法，马上改变他们的计划，无论如何都是徒劳的。”

老葛急切地质问：“照你的说法，只能听之任之。”

洪强说：“不完全是这样。”洪强笑嘻嘻地，吟了唐朝刘禹锡的一句诗句：

“‘沉舟侧畔千帆过，病树前头万木春。’我想会有转机的，现在不管怎么说，咱们都没有看到省厅的批复，只是听顾金生在自拉自唱，说省厅同意破案，这都是些不负责任的人在糊弄人。再说，省厅的邱副厅长、侦查处的陈处长都是搞侦查工作几十年的老领导，从抗日战争到解放战争，再到现在，一直在隐秘战线上工作，仅凭他们的资历、经验，再加上他们熟悉这起案件的情况，绝对不会轻易批准破案，信不信由你。”

老葛说：“如果顾金生现在就采取行动，省厅的批复即使不同意拘捕陈婷，就怕生米煮成熟饭，岂不是变成既成事实了吗？”

洪强说：“我担心的也就是这一点。现在关键问题，要能够想办法拖延时间，也许能够挽回这个局面。你这一次跟顾金生到华南去，你要想尽一切办法，找找窍门……”

顾金生带领一帮同志马上要赶往华南，能不能赶在陈婷达到罗湖桥海关之前，省公安厅批复下达；而省公安厅的批复到底什么时候签发，批复是不是同意拘捕陈婷，立即破案。这是洪强、老葛，包括专案组全体同志留在脑子里的一个“悬念”。

69

列队欢送

陈婷在苏州观前街咖啡馆，在外线侦查员眼皮底下消失得无影无踪，宋副局长不得不把洪强喊来帮助分析，出出主意。洪强到会发表了意见，得到在座同志认同。然而，他又提出一个问题，一旦在海关发现陈婷怎么办。宋副局长摒弃洪强、老葛两个人的劝告，听信顾金生的妄言，一意孤行，发出指令，拘捕陈婷。

会议一结束，派出了以顾金生为组长、老葛为副组长的追捕小组，带领内线、外线一共七个同志赶往华南，在罗湖桥海关"守株待兔"，拘捕陈婷。一到华南地区，顾金生就由小李陪同到华南市公安局侦查处，要求他们支持和配合拘捕陈婷。

小李熟门熟路，陪同顾金生到了华南市公安局侦查处接待室出示介绍信、拘捕证，接待的同志小张了解了他们的来意，特地关照他们："请稍等"。转身跑到楼上处长办公室。小张敲了三下处长办公室门，只听到里面回应："请进！"小张随手推门进入办公室，将介绍信、拘捕证递给浦淑仪："处长，沪西市公安局有两位同志要找你。"

浦淑仪一听说沪西来的，还当是洪强、小李来了，赶忙招呼小张："怎么不请他们上来？"

正待小张转身下楼瞬间，老浦一看介绍信名字，是顾金生、李鹰飞；再一看，发现一张拘捕证，拘捕的对象是陈婷。瞬时，感到不可思议，正当她思索、琢磨目前出现的情况，接待的同志小张已经把顾金生、小李带到她的办公室。

小李一进门看到浦淑仪，笑嘻嘻喊了一声："浦处长！"

接着，将顾金生向浦处长做了介绍。

老浦面带笑容说了一声“请坐”，接着就问：“小洪怎么没有来？”

顾金生怕小李露馅，大咧咧地插嘴：“他搞其他案件去了。”

老浦，凭她搞了几十年侦查工作的机敏头脑，顿时觉得情况不妙。“5·15”专案正在实施“诱敌深入”的计划，突然出现人事变动，又要拘捕正在侦查的重点对象陈婷。浦淑仪体感冷热温差出现了极大反差，似乎到了不适应的冰点；预感到眼前，这场斗争形势，有可能发生急转直下。她做了多种猜测，最后集中一点：小洪莫非出纰漏了？否则专案工作上的骨干力量不会随随便便变换。为了摸清情况，浦淑仪和颜悦色同顾金生随意进行交谈。

浦淑仪两眼直视顾金生：“看看，你们来，有些什么打算、要求，或者说需要我们提供帮助，我们尽可能配合你们。”

顾金生发现浦淑仪一双眼睛，就像“X光”一下子穿透到他的内心世界。做贼心虚，急巴巴地将来意向浦淑仪做了介绍：“为了加速破案，以拘捕陈婷为突破口……”

浦淑仪用审视的眼光、诘问的口气说：“拘捕陈婷，你们省厅有什么指示？”

“省厅同意的。”顾金生干脆以肯定的语气回答：“这个案件拖得时间太长了，所以，要我们抓紧时间破案。”

浦淑仪本来听到顾金生说“省厅同意”这个笼统的说法，已经开始怀疑，因为前不久，她同省厅侦查处陈处长通过电话，向陈处长通报她同陈婷在香港接触以及陈婷潜返大陆的情况，在交换意见的时候，根本没有说起马上要拘捕陈婷组织破案；再听到顾金生后面两句话，什么“案件拖得时间太长”“要我们抓紧时间破案”，这就露馅了。看来，小洪调离专案组，事出有因。她就不紧不慢，试探性地诘问：

“拘捕陈婷，是省厅提出的，还是你们提出来，向省厅请示要求破案的？”

这下子顾金生被问住了，他在想是实话实说呢，还是换个说法。为了争取他们配合，想编套谎话糊弄过去，临时又想不到合适的话。一下子乱了方寸，脱口而出：“是我们向省厅请示汇报的。”

那省厅的批复呢？浦淑仪当即抓到了问题要害，不依不饶似的：“你们已经跨省办案，做这么大的动作，要有省厅的批复或者公函，否则，我们很难配合。”

顾金生当即碰了一鼻子灰，只好耍了个滑头戏：“我们以为有了介绍信、拘捕证，就不需要省厅公函了，所以就没有带……”

浦淑仪深入浅出，向他阐释道理：“你知道吗？沪西市公安局同华南市公安局联合侦办‘5·15’专案，就像‘股份有限公司’，经过股东会一致通过，共同开发的项目，不可以随便变动。”浦淑仪接着诙谐地说，你们沪西市公安局是“大股东”，而我们华南市公安局是“参股”的股东单位，沪西市公安局事先没有征求我们的意见，不是等于剥夺了我们的“股东权利”了吗？老浦既坚持原则，又考虑到灵活性，不使对方难堪：

“这样吧，你们千里迢迢到华南来也不容易，现在，用个变通办法，你打个电话到省厅，请陈处长同我通个电话，怎么样？”

顾金生似乎有了个台阶，马上凑上去：“好！可以。”赶紧起身，同小李一起向浦淑仪告辞。

浦淑仪本来想留小李问问情况，在同顾金生交谈时，发现小李两只眼睛盯着顾金生，始终不吭声，内中必有原因，也就不难为他，专心致志考虑，如何应对目前出现突如其来的事情。

虽说浦淑仪提出了个变通办法，顾金生这才有了个台阶，而他又大咧咧做出肯定的答复“叫省厅陈处长同浦处长通话”。但是，一个转身，在回招待所的路上，他又换了一副面孔，把头一歪，嘴里不断地嘟囔着：“开什么玩笑，叫省厅陈处长同她通电话。”

小李疑惑地看着顾金生：“那，你怎么当面答应浦处长，要省厅陈处长同她通话呢？”

顾金生理屈词穷，涨红了面孔：“我不答应她，没有台阶走，你晓得不晓得？”两个人一头走，一头议论。

小李缠住顾金生追问：“你下一步怎么办？省厅的电话到底是打，还是不打？”

顾金生毫无顾忌，拿头一仰，自以为只顾实施他的“既定方针”：反正有七个人，难道七个人对付不了一个女特务，去死吧！

到了招待所，正好老葛向两位外线同志了解罗湖桥海关监控情况，一看到顾金生和小李来了，老葛赶紧向他俩打听华南公安局联系的结果:“怎么样,他们怎么配合?”

顾金生怕小李戳穿他,向老葛他们几个人透露到华南市公安局去联系工作的真实情况,对下一步拘捕陈婷,遭到来自内部同志的阻力和抵触,当即耍了个滑头,特地支走小李。

顾金生一本正经向小李发话:“小李,你去打听一下广州到罗湖桥的火车啥时候到站。你要问清楚,一天有几趟车?”

等到小李走出招待所大门,顾金生换了一副面孔,朝老葛看看,装模作样,自我解嘲:“看来,咱们要自力更生了。”

老葛大惑不解,皱起眉毛:“啥意思?”

顾金生同老葛当面说谎赖话:“你是个聪明人,个中原因还不明白,他们人手紧张,派不出人协助我们,干脆咱们自己行动,七个人,我想无论如何绰绰有余了。”

老葛摸了下头,大惑不解:“我搞了这么多年的外线工作,还从来没有遇到过这种情况。凡是我们外线组同志到外地侦查部门联系工作,都积极、热情、主动配合,没有一个打咯噔的,更没有发生过一口回绝,踢皮球的。”

顾金生自圆其说:“不要说你,我也没有碰到过这种情况。但是,偏偏还就是碰着了,怎么办,地球照样转,不去管它。咱们研究一下,下一步行动计划。”

老葛心里感到很不踏实,又想到顾金生这个人惯于说谎话,他的话不可轻信,他也摆了个噱头:“既然靠咱们自己行动,我马上向守候在罗湖桥的同志交代一下,一发现陈婷,马上就采取措施控制起来。”

顾金生当即表示赞同:“对,准备工作紧前不紧后,你赶快去,我在这里等你回音。”

其实,老葛怕上当受骗,有意找了个借口脱身出来,想找小李问个究竟。在半路上,遇上了小李,小李本来就想向他汇报,戳穿顾金生,也好争取老葛的支持。现在,老葛主动打听同华南市公安局联系情况,小李就将到华南市公安局侦查处联系的真实情况一五一十向老葛汇报。

老葛听了,叹了口气:“唉!太不像话了,怎么可以对兄弟单位的同志说假话,这下子把问题弄复杂了。”

老葛突然想起老洪曾经同他说过的话,“只要省厅的批复在拘捕行动前下达,拘捕陈婷的行动就不会成功”,何不借此机会拖延一下,错开行动时间?对!就这么办。老葛转身对小李说:“走,咱们现在,不要急忙戳穿他,想办法拖延时间,促使他拘捕计划泡汤。”小李点点头,完全赞同老葛的意见。老葛、小李一回到招待所,真正叫“阿巧爷碰着阿巧娘”,守候在罗湖桥的外线同志一前一后到了招待所,急吼吼地汇报:“陈婷出现了,现在正在排队,怎么办?”

顾金生口无遮拦,发布拘捕命令:“准备行动。”

老葛对外线组的同志发问:“你们对这个对象有没有看清楚,不要马虎,看错对象?”

外线组两个同志回答:“错不了,陈婷这个人就是烧成灰,也认得出来。”

老葛为了拖延时间,有意同外线组同志调侃:“你们不要说得这样肯定,一旦看错了人,这不是戏不溜溜,弄了玩的事情?我问你,这个对象脖子上有没有一颗黑痣?”

外线组小张两只眼睛滴溜溜盯着老葛发呆:“这个倒是没有注意到。”

小李在旁边好笑。

老葛严肃而认真地说:“你看,是不是在开玩笑,连对象的特征也没有吃准,弄错了人,你叫我跟着你们倒霉。去,快点弄清,再来汇报。”

小张遵照组长命令,转身就跑。

顾金生听了老葛同小张的问话,非常反感:“搞啥名堂,瞪起了两只眼睛,老葛啊,你干脆动手,不要等到对象出境,来个措手不及。”

老葛理直气壮:“吃准对象是我外线组的职责,一旦弄错对象,倒霉的是我。到时候你可以官说官话,打起官腔训斥我,我吃不消的呐。”

小李特地凑上去帮衬:“规规矩矩,现在正是关键时刻,不好马虎!”

顾金生听了他们两个人一唱一和,听得不耐烦:“我说,老葛你哪里来的这么多废话,赶快行动!”

老葛告诫顾金生:“我倒不是讲的废话,我们外线组负责跟踪、吃准对象,然后再向你们内线侦查部门提供情况,这个是我们外线组的分内事。另外,顾大科长,你不要忘记,这里是华南地界,不是在沪西地区,弄错对象,把一个持有合法证件的旅客抓起来,弄不好连咱们自己也要被当地公安机关扣留。”

顾金生毫不介意:“不要前怕狼后怕虎嘛,有问题,我来负责。”

在招待所宿舍里争论约莫半个小时,守在罗湖桥的外线组另外一队同志,打电话到招待所,急促地催促:“对象特征难以辨认,人已经在出境处,正在排队办理出境手续。”

顾金生一听外线同志说陈婷已经在出境处,立即命令小李准备行动。

老葛按捺不住胸中怒火,大声吼叫:“姓顾的,你晓得不晓得,这样做要犯错误的。”

顾金生已经失去理智,把手一挥,大声吆喝:“出发!”

老葛也不含糊,挡住办公室的门:“你要采取行动,一定要征求华南市公安局的意见,否则,你不要想独来独往。”

顾金生发出牛劲,拉开老葛向房门外冲出去,在场的同志左右为难:是听老葛的意见呢,还是执行顾科长的命令?正处在两难境地,不知所措,突然听到招待所办公室值班员大声喊叫:

“沪西市公安局顾金生电话……”

所有在场的人都将目光投向顾金生。顾金生把头一扬,嘴里嘀咕:“搞啥名堂?”自顾自走向招待所值班室接电话,其他同志跟在他后面,他从值班人员手中接过话筒,只听到他嘴里不时发出:“噢!噢!噢!”然后,将电话挂上。小李急切地问是哪里来的电话,还有没有啥指示。

顾金生好似瘪了气的气球,有气无力地说:“行动撤销。”

小李怀疑自己听错话,两只眼睛紧盯着顾金生:“放她出境?”

顾金生肚子里窝了一肚皮气,嘴里咕哝着:“我又不是外国人,讲的话你听不懂,行动撤销,正是白起劲。”

这个突如其来的变化,还要从沪西市公安局说起,正当宋副局长部署了拘捕陈婷的计划,派出两队人马分别出发到华南、上海两地海关出入境处守候的第二天,突然接到省厅的批复,对“5·15”专案破案请示报告,批了三点意见:一、此案不宜草率结案,现在不是破案的最佳时机;二、即使要破案,事先必须征求华南市公安局的意见,要善始善终争取他们的配合和支持;三、要始终贯彻“专案专办”的精神,对原来的办案人员尤其是骨干不要中途调动。

宋副局长接到了批复,顿时惊呆了,头上渗出了汗珠,立即拿起电话同顾金生联系,要他立即停止行动,放陈婷出境。并将省厅批复的三点意见向顾金生照本宣科。顾金生接过电话后，将电话内容作了保留，向老葛等在场的同志只是宣布撤销行动计划。

顾金生牢骚满腹：早不撤晚不撤，正当要行动了，来了个急刹车，岂有此理。然后，他带领小李和参加这次行动的同志赶到罗湖桥海关出入境处附近，眼睁睁望着陈婷通过安检处，碎步走向过境通道。

小李做了个鬼脸，调皮地用戏谑的口气说："顾科长，咱们这躺出差任务，倒是专门来欢送陈婷出境，陈婷如果晓得有这么一支欢送队伍，而且还有沪西市公安局侦查科长亲自带队，高规格欢送，她要在困梦头里笑醒呐。"

老葛和外线组的同志听小李在讥笑顾金生，跟着哈哈大笑。

老葛当着在场同志的面，有意凑趣："那还用说，你们诚信欢送，现在，只能目送，不能鼓掌、挥手。"

顾金生嘴里不停嘀咕，自我排遣："搞啥名堂……"

目送陈婷出境，顾金生、老葛一行人回到招待所，顾金生就像瘪了气的皮球，到了招待所就瘫在床上。老葛首先发声：

"顾科长，下一步怎么办？"

顾金生懒洋洋地说："还能怎么办，打道回府。"

老葛认真地用试探的口气说："要不要到华南市公安局打个招呼？"

顾金生斩钉截铁似的说："没有这个必要。"

小李在旁边干着急："怎么可以一走了之。来的时候，找人家帮忙；走的时候，连招呼也不打就走。华南市公安局侦查处是我们协作单位，人家花了很大代价配合咱们工作，咱们事情结束，拍拍屁股走路，没有这样的道理。"

老葛赞同小李的说法："小李说得对，无论如何哪怕爬也要爬去，最起码礼数要到。"

顾金生为啥不愿到华南市公安局，不言而喻，他在人家面前扯谎，现在如果去向浦处长告别，没有面孔见人。但是，碍于在座的同志一而再、再而三劝说，他像个新鲜活死人："我不去了，你们去吧，反正，小李熟门熟路，由老葛带队，如果浦处长问起来，就说我身体不好。"

老葛心里想，如果要他去确实尴尬，同小李商量："小李，看来还是咱们去吧，顾科长去，确实多有不便。"

小李也已经看出顾金生不去的个中缘由:“好!咱们去。”

实际上,浦淑仪在接待顾金生的时候,已经觉察到顾金生在耍滑头。所以,当顾金生离开她办公室,她一方面同省厅侦查处陈处长通了电话,而后,就接到省厅传真批复文件,明确不同意沪西市公安局的“5·15”专案破案请示报告。为防止顾金生擅自做出错误行动,干出有违省厅意图的蠢事,破坏“诱敌深入”全盘计划,浦淑仪马上做出部署,在罗湖桥海关设置了几套预案,对顾金生一行人的一举一动尽在她掌控之中,并派出精兵强将把守在罗湖桥出入境处,直到看到顾金生他们目送陈婷出境才收兵。

老葛、小李一行人到了华南市公安局,由负责接待的小张领他们一行人到处长办公室。

浦处长毕竟是老干部,对顾金生耍滑头、说假话,尽管当时已经觉察到,但并不想戳穿。现在,既然人家上门告辞,还是只当没有这回事,仍然保持热情接待,为了不使沪西来的同志难堪,还以同乡的口吻同他们交谈,特地关心问起顾金生:“你们的顾科长呢?”

小李赶忙帮他打掩护:“我们顾科长身体不好,要我们向浦处长表示谢意。”

浦处长关心地说:“有没有到医院去看看?”

小李笑嘻嘻:“他只是水土不服,睡上一觉就会好的。”

其实,浦淑仪已经意识到顾金生不来的原因,特地把话岔开,转过身来,面向老葛:“这位同志好像面熟,你过去来过华南的吧?”小李将老葛向浦处长做了介绍:“老葛是外线组组长。”

老葛听到浦处长说起面熟,马上接口:“我到过华南,我们来,主要同你们处里外线科的贾科长联系工作,曾经见到过浦处长。”

浦处长似有所悟:“我说嘛,这么面熟。”

老葛一听到老浦说的家乡口音,热切地同浦处长攀谈:“浦处长你是渡江后南下的吧?”

老浦顿时感到家乡情:“是啊,你呐?”

“我渡江后就直接分派到沪西市公安局,几十年就在公安局。”

老浦笑嘻嘻发声:“好啊,你爱人恐怕是渡江以后在沪西找的吧。”

“被你说准了。”

办公室说说笑笑，洋溢在一片欢声笑语中，在座的同志已经忘了来的时候紧张、迷惘、忧愁那一刻了……

老浦一看大家不像刚来时那样拘谨："对了，这里有一份传真文件，你们可以看看。"主动将省厅的传真批复拿出来："葛组长，你看看吧。"

老葛接过来一看，脸一下子红到颈脖子.小李坐在他斜对面看到他头上冒出汗珠，就接过传真文件一看，瞬时傻眼了，心里盘算好险啊.传真材料上吸引他们眼球的是，省公安厅对"5·15"专案破案请示报告批了三点意见。小李看完交还浦处长。毕竟是兄弟单位的同志，对省厅的批复，老浦不加评论，对洪强调离专案组只字不提，而且对顾金生这次行动草率、鲁莽也不说三道四，抬手看了一下手表：

"今天我请家乡来的同志就在我们食堂吃个便饭，吃完饭你们要是有时间，就去大街上逛逛，我就不陪了……"

在宋副局长办公室，顾金生、老葛、小李坐定，顾金生不待宋副局长开口，大发雷霆："明摆着有人背后做小动作。"顾金生发牢骚："我建议，应该对背后做小动作的人要严肃处理。"

"你说哪个人在背后做小动作？"宋副局长带有疑惑地口气："你不要胡乱瞎猜噢。"

"这还要我说穿，"顾金生大发议论："我可以肯定是老洪，因为你局长没有采纳他的意见，他就跳过你局长来个越级反映到省厅，借了省厅权势把他的意见强加给我们，他根本没有把你局长放在眼里。"

"你不要瞎猜。"宋副局长将信将疑："你有啥根据？"

老葛直率地表示："说老洪做小动作，我不敢认同，如果说你顾金生做这样的小动作，我倒是会相信的。"

顾金生为了证实自己的判断："你们不信，可问小李，在省厅汇报，省厅的领导已经同意了，现在来了个黄龙翻身，不是他捣鬼还有谁？"宋副局长这个时候，好似坠入高山云雾中，将目光注视着小李："小李，你说说看。"

小李抛了下头："我能说啥，上次到省厅，我是帮顾科长拎包做向导，他顾科长什么'上京赶考''三堂会审'，我都不在场，要我说，现在只有听顾科长自拉自唱。"

顾金生像抓住小李的"小辫子"似的："你不是说在一般情况下，省厅会尊重下面单位的意见的，现在，为什么不说了。”

小李理直气壮地反驳：“这个话是我讲的。我只是说在一般情况下，尊重下级单位的意见，而不是说在任何情况下，更没有说省厅同意我们现在破案。”

宋副局长越听越感到心烦，拿起电话：“喂，你侦查科吗？请老洪到我办公室来一下。”

稍停片刻，洪强到了宋副局长办公室，一眼看到顾科长、老葛等参加追捕行动的人在场，发出惊异口气：“这么快，你们完成任务了。”

宋副局长本身感到事情有些蹊跷，特地婉转地问老洪：“老洪啊！省厅对‘5·15’专案的破案请示报告有啥说法？”

洪强满腹狐疑，盯着宋副局长看，疑惑不解：“不是顾科长同小李到省厅去汇报的吗？我没有听到省厅有啥说法。”

顾金生就像泼妇骂街似的：“你不要装腔作势，你背了大家做小动作，向省厅告刁状邀功，想要人不知，除非己莫为。现在，陈婷出境了，你高兴了。”

洪强表现得很冷静：“你凭啥说我做小动作，向省厅告刁状？”

顾金生已经失去理智：“你有啥根据证明不是你搞小动作呢？不是你还会有谁？”

老葛看到顾金生这种蛮横无理的神态，讥笑顾金生：“你投错门路了，按你这种歪理可以到精神病医院去挂号，哪有你指责人家，反而叫人家拿出证据的？”

洪强神态镇静，理直气壮：“你要证据，可以。首先，我要问一下，省厅有没有批复文件下发？”

宋副局长说：“有的。你晓得不晓得省厅批复？”

洪强当即表示：“那我给你证据。请宋副局长出示省厅的批复文件，大家可以看看文件的批复日子。”

宋副局长拿出批复文件，传给大家看，在场同志看了异口同声说：“批复上面的日子是 3 月 11 日。”

洪强不紧不慢：“你们在讨论‘5·15’专案，跟踪陈婷脱梢，邀我参加研究对策，当时我提出保留意见的时间，是 3 月 13 日。而 3 月 13 日之前，我出差在外一个星期，请问顾科长，我有啥遥控仪器向省厅做小动作?”

老葛气愤指责顾金生:“简直是胡说八道。这种人怎么能当侦查科长,宋局长,快,还有啥需要研究的问题,抓紧研究,这种胡说八道,留给顾科长作为专题研究吧。”

宋副局长目光紧盯着老顾,老顾也开始感到理屈词穷,加上在座的没有哪个理睬他,他只是自顾自抽烟。

宋副局长面孔转向顾金生:“老顾,你还有啥要说的?”

顾金生有气无力表示:“我没有啥。”

宋副局长自觉尴尬,自圆其说:“问题到此结束。这纯粹是一场误会。首先,我要检讨,一开始将信将疑,总感到老洪不会做啥小动作,现在,省厅的文件批复日子完全可以得到证实。我表示向老洪道歉。老洪,你还有啥意见?”

洪强无奈地笑笑:“既然是一场误会,我也没有啥可说,不过,我希望不要再发生类似事情,以免影响内部同志团结。”

宋副局长点点头:“老洪说得对,今后,同志之间不要胡乱猜测。好吧,现在根据省厅的批复精神,对‘5·15’专案按照原来的部署,继续工作。大家回去可以思考一下,另行安排时间研究下一步工作。”

70

花前月下

省公安厅发出11号文件，批复不同意沪西市公安局破案的请示报告下达后，正待肩负抓捕行动的顾金生接听了宋副局长的电话，窝了一肚皮气，灰溜溜地从华南回来，当了局长和众人的面，指责洪强从中作梗，向省厅“告刁状”，撤销抓捕陈婷行动，致使原来的破案计划泡汤，由此引发了专案组内一场风波。

经过双方讲道理，摆事实，否定了顾金生的无理指责，风波虽然得到平息，受余波冲击的倒是分管侦查工作的宋副局长。

面对发生的问题，宋副局长虽说进行了一番反思，但是，没有“把准脉搏”，从自身找“病因”。其实，少许有点头脑的人，不难看出“毛病”就出在领导的指导思想上。俗话说，“新官上任三把火”，宋副局长听信顾金生的谗言和瞎参谋，盲目地想创造“政绩工程”，不晓得要烧的“第一把火”，抓捕陈婷行动“熄火”，还跟着“出洋相”，既不好向上交代，也不好向下解释。暗自思忖，想当初，悔不该没有听从洪强、老葛再三劝告，只是听信顾金生的妄言，一意孤行，采取追捕行动，险些儿出了个大纰漏。宋副局长好似在困梦头里困醒，如果不趁早改变现在这个窘境，下一步这个“戏”就没有办法唱下去，“5·15”专案势必要“搁浅”。他绞尽脑汁，设想了多种办法，最后，集中一点，必须解决骨干问题，趁这个机会，把顾金生换下来。否则，单靠顾金生，靠不住。然后经过再三权衡利弊得失，灵机一动，决定拿“省厅批复文件里强调专案专办”作为托词，争取“一把手”支持。

从“5·15”专案上进行一次人事调动，按理来说，这是他职责范围的事。况且又有省厅的批复文件，顺理成章的事情。但是，涉及要把顾金生这个“菩萨”从“5·15”专案上请出来，不经过“一把手”翁大权局长点头，不得过门。而且，还要以“一把手”名义，同顾金生谈话、沟通。他拿了省厅的批复，跑到局长办公室。翁局长看到宋副局长来，不待宋副局长开口，以关心的口气，问起省厅 11 号文件执行情况：

“老宋，省厅对有关‘5·15’专案破案请示报告的批复，你们办得怎么样了？”

宋副局长心里想，你一把手主动提出来，蛮好，我们来个“并轨行车”，朝一个方向同行。宋副局长笑嘻嘻，毕恭毕敬回称：“我就是为这件事情来向你汇报的。”老宋就把陈婷在罗湖桥出境处，顾金生他们正待要拘捕时，接到省厅不同意破案的批复，立即打电话通知顾金生撤销行动计划等大体经过情况说了一通。翁局长听了以后，无奈地摇摇头，笑嘻嘻朝宋副局长看看：

“上次，小顾到省厅汇报回来，我听你们汇报，不是说省厅同意破案的吗？”

老宋转了一个弯，又将前一时期顾金生向省厅请示汇报的过程做了说明，他没有点名批评顾金生，而是由他自己向局长做了自我检讨：“这件事情，我有责任，当时，我只是听信了下面同志分析意见，认为在一般情况下，上级机关总是要尊重下级机关的意见，当一听到汇报说陈婷在外线同志眼皮底下溜了，匆匆忙忙做出决策……”

翁局长疑惑地问：“当时研究拘捕陈婷，参加研究的人当中，有没有不同意见？”

老宋如实汇报：“有，洪强、老葛两个人都不同意采取拘捕措施，马上破案。”

翁局长考虑到当时决策时，自己也有官僚主义、主观主义。况且，老葛特地为这件事情，专门向他提出过反对拘捕陈婷的意见，被他顶了回去。所以，也就不再深究。然后，话锋一转：“下一步你们准备怎么办？”

宋副局长一对睁不开的眼睛，斜视着翁局长，试探性地说：“根据省厅批复精神，强调‘专案专办，骨干力量不宜调动’，是否叫洪强仍旧回到‘5·15’专案组，提为副科长，协助小顾工作……”

他当了副科长，凭小顾领导得了他？翁大权马上接口：“连你也难以驾驭他，再说牵一发动全身，像老葛还是渡江干部，你提拔了洪强，那么老葛怎么办?如果提了一个人,在他们这个年龄段还有一大批人;再说,提了他们这些人,年轻干部如何提上来,又如何改变整个班子的年龄结构?我的看法,为了使这个年龄段的同志心理得到平衡,以精神鼓励为主,例如'先进工作者''英雄模范'等等,发一些奖状,以资鼓励。只有把他们作为业务骨干,你才能驾驭全局。至于'5·15'专案,可以根据省厅的意见,人员进行调整,叫洪强仍旧回到'5·15'专案组。"

老宋听了翁局长一番说辞,茅塞顿开,认为还是局长考虑问题全面、深远、周到,随即表示坚决贯彻局长的意图。其实,这位宋副局长本身就是没有主见的人。再说,论工作水平也是一般,为什么翁大权要把他提上来呢?一则翁、宋两个人,包括顾金生,原来都是20世纪60年代在一个部门的同事:科长、组长、办事员。在"文革"期间,翁大权被调离公安局,到沪西钢铁厂当副厂长,是顾金生在掌权的头头面前游说,将翁大权调回公安局到领导班子;宋祥林本来下放沪西市郊区老家开发地球,也是由顾金生通过掌权的头头关系,叫张海波具体落实,将宋祥林户口从郊区迁回城里,并到科室领导班子里。经历了"文革"过来的人,都有"知恩图报"的心结,这是当时一些人做人的信条。因此,顾金生、张海波两人都有恩于翁、宋,在提拔、使用干部时,他们都是优选考虑的人选。况且,过去都在一起工作过,彼此都比较了解,特别是这位宋副局长比较听话,把老宋提拔为副局长,顾金生由内保科副科长调任侦查科科长,翁大权可以"伸臂指使",搞成一个所谓的"顺手班子"。

按理有了一把手交了底牌,宋副局长尽可以放开手脚干了。不然,他还必须找顾金生统一思想,否则光有一把手的指示,而没有部门领导的支撑,事情也不好办,尤其是这位顾科长还真是得罪不起。他把顾金生找到他办公室。

宋副局长面孔上堆起了一面孔笑容:"翁局长找我去谈话,主要是关于如何贯彻省厅11号文件的指示精神,翁局长的意思是,把'5·15'专案仍旧给洪强办,要你把侦查科全面工作抓起来。"

这位宋副局长同顾金生谈话,所讲的这一番话,可见用心良苦。他巧妙地借"一把手"的名义,然后,又用"一把手"的口气,要顾金生抓全面工作。这样一来,就像给顾金生吃了一颗"酸甜适中的杨梅",又在他身上注射一针“兴奋剂”。宋副局长一头同顾金生谈话，一头观察顾金生的脸色。只见顾金生面孔上乱云翻滚，红一阵，白一阵，从内心来说很难接受，这样一来，要在全科同志面前丢脸。”当场想发作，转念一想，既然是“一把手”决定的事情，倒不好唱反调，况且，‘一把手’要我把侦查科的全面工作抓起来，总算领导够意思，看重自己。所以顾金生脱口而出：“可以。”顾金生虽说同意，但是，他又向宋副局长提出一些说不明道不白，苛刻而又不切实际的要求：“给他办，要他拿出一个破案时间表出来，否则，让他领了一帮人，一天到晚东游西逛，这个案件要搞到什么时候、什么程度，才算符合真正意义上的破案条件，总要有个说法吧。”

宋副局长一听顾金生松口，心里想，总算没有打横炮，唱反调。第一关总算闯过，下面的事要好办些。

宋副局长眯起了眼睛，笑嘻嘻地说：“搞政治案件不比搞刑事案件，定时间、定指标、讲破案率，要讲究主客观条件，而不是一厢情愿的事情。话又要说回来，必须强调主观上一定要努力，抓紧工作。”

顾金生表示：“我首先申明，我是不会找他谈话的。”

宋副局长佯装把脸一板，带有责备的口气：“你是他的领导，你不找他谈话，谁找他谈话？我找他谈话，变成我是他的顶头上司了，那像啥话？我们两个人一道找他谈吧。”

顾金生把头一仰：“好吧，我陪你找他谈话。”

得到顾金生的同意，宋副局长这才拿起电话通知洪强。就在宋副局长办公室，宋副局长说：“老洪请坐，今天找你来，有个事情同你商量一下。”

洪强看到顾金生也在场，琢磨十有八九是工作上的事。两只眼睛一直盯着宋副局长的面孔，有时扫视一下在座顾金生的脸，观察他们两个人的动静。

宋副局长还是拿省厅 11 号文件作为托词：“根据省厅 11 号文件的批复精神，我同顾科长研究了一下，‘5·15’专案还请你继续把它搞下去。你看你有什么意见？”

洪强对所谓的 11 号批复文件大致内容已经略知一二，心态平静地回称：“服从组织，听从领导，我没有意见。”转过来，洪强郑重其事回话："只是提个建议，是不是把杨菲一案同'5·15'专案并案侦查。"

杨菲一案，本来就是顾金生一手掌管，由小郁、小林两个人具体承办，他认为，没有什么"油水"，看不出"政绩"，有意撂包袱，推给洪强办。现在他听到洪强主动提出"并案"侦查，却又一反常态，反而不同意，瞪大了眼睛："你不要把'5·15'专案搞成个'大篷车'，杨菲的案件由小林、小郁搞，我直接抓。你一门心思搞'5·15'专案，不要再分心了。"

洪强进一步申述理由："前一时期我接手侦查杨菲案件，发现杨菲就是孔定山微波站工程师宋浩然的恋爱对象杨英的姑妈。根据华南市公安局赵局长分析意见：敌特机关实施'W 计划(1)'，有其一，必有其二，这是特务机关惯用的反革命两手的手法。现在，杨英同宋浩然在谈恋爱，有没有可能是敌特机关实施'W 计划(2)'的另一个阴谋。如果把两起案件隔开侦查，无形中咱们自己设置一道屏障。"

不待洪强继续往下说下去，顾金生当着宋副局长的面，冲着洪强呛白："你手臂不要伸得太长，得寸进尺，你继续搞'5·15'专案，你就没有必要出花倒样，别出心裁。"

宋副局长听洪强讲的意见有道理，但是，顾金生中间插了一杠，就不好帮洪强说话，弄不好势必促使顾金生来个触底反弹，连转交洪强侦办"5·15"专案的计划也要落空，到时候不可收场。他就采取一个折中办法，婉转地做了个"和事佬"：

"老洪啊，看今后案情发展，现在就按照顾科长说的意见办吧。"

洪强同顾金生争论的焦点人物杨菲，是杨英的姑妈，一直在沪西市公安局侦查科挂了个"特务嫌疑"。杨英是第一人民医院护士，已经是 28 岁大龄姑娘，仍旧是孤身一人。在一个偶然机会，由同宿舍护士刘敏英夫妇牵线搭桥，同孔定山微波站工程师宋浩然从相识到相知，谈起恋爱来了。自从宋浩然、杨英两个人谈恋爱，在宋浩然的生活圈子里发生些许变化，除了在工作单位——微波站上班、下班到姚巷家里没有变化，每到星期六晚上，公园里的情人小径，多了他们两个人的倩影，开始过着大龄人恋爱生活。

但是，毕竟是大龄人谈恋爱，少了些许年轻人在花影月下绵绵细语。外界一看他们两人更像是男人在领路，女人在探路。第一次碰头，既没有坐下来休息一下，也没有搭上一句话，漫无目的地走了个把小时，最后，就说了声再见，各自回去。第二天上班，小刘等杨英陪同医生查完病房的间隙，赶紧找到杨英：

“昨天晚上你们碰头了？”

杨英点点头。

“你们谈得怎么样？”小刘急切地问：“你看看人怎么样？”

杨英既不像点头，又不像摇头。

在孔定山微波站工作的小刘爱人朱金祥关心地问宋浩然：“昨天晚上你们谈得怎么样？”

宋浩然也是既不像点头，又不像摇头，只是傻笑。

小刘夫妻俩回到家里，说说情况，两人不约而同仰面大笑，他们笑宋浩然、杨英两人的反应，就像一个模子里出来的。

小刘急不可耐：“照这样子不行，咱们要加把劲，帮他们推一把。”

小刘比较“内行”，向她爱人传授了办法。第二天，小刘上班看到杨英。小刘笑嘻嘻地说：“嗳，告诉你。宋浩然对你印象特别好，说你非常文静、漂亮，他表示肯定同你的关系。”杨英只是含笑不语。小刘故意板起面孔，不无卖乖地说：“怎么样？那，就这么定了。”杨英还是不好意思开口。小刘所说“就这么定了”，究竟定什么，含糊其事。小刘的爱人朱金祥，在微波站用同样的方法问了宋浩然，宋浩然摸摸头，笑嘻嘻似乎默认了。夫妻俩就这么把宋浩然同杨英的恋爱糅合起来了。这就有了他们以后接二连三的约会。

两人感情直线上升，他们开始在公园、电影院约会。现在，已经到姚巷5号宋浩然家里，两个人没有以前那种腼腆、拘谨的样子，而且碰到一起话也多起来了，有说有笑。从各自的爱好、兴趣，到日常生活，再由个人成长到各自经历，直到家庭情况，无所不包，无所不谈。

“你对你的家庭是如何看法的？”杨英知道宋浩然在“文革”期间受过冲击，试探性问。

宋浩然坦然地说：“在‘文革’期间，我非常痛恨我生长在这样一个资产阶级的家庭，羡慕那些工农出身的同志。一度心灰意冷，甚至想过寻短见。后来，经过同在‘牛棚’里接受审查的老领导帮助、开导，我开始认识到，一个人家庭出身是无法选择的，但是，革命道路是可以选择的。只要自己努力学习，向党组织靠拢，随时得到组织和同志们的帮助，坚定自己意志和信仰，坚持共产主义信念，我相信我会成为无产阶级先锋队的一分子……”

杨英听着听着，不知不觉，眼眶流淌起眼泪。她心里想，这个人虽说年龄已经四十出头，经历了“文革”冲击，受到莫大的委屈，还保持着年轻人的心态，炽热的心，有抱负、有理想，生活里充满了阳光，有这么一个人作为自己终身伴侣，该是多么幸福！转念一想，想到自己在香港的姑妈，就陷入无法摆脱的困顿处境，心里只是犯嘀咕，怎么会有这么个姑妈，想着、想着，开始沉默，本来面孔上阳光灿烂，渐渐，太阳好似躲进云层，既不说话，又不笑。宋浩然觉察到她的这一微妙变化，怀疑自己说错话，或者有些话触动了她的心境。

“对不起，我可能说得不对，”宋浩然深表歉意：“请不要往心里去。”

“啊，你说啥？”杨英这才回过神来，面向宋浩然：“说啥不要往心里去？”

“我在问你，”宋浩然面带笑容：“是不是我说错话，使你不高兴？”

“没有的事，”杨英摇摇头：“你说得太好了，我只是想起我香港有一个姑妈。”讲到姑妈，话到嘴边，马上刹车，心想不能再说下去了。宋浩然想追问一句，转念一想，她不说，不便再问……

在顾金生办公室，小林、小郁向他汇报杨菲一案的情况。

小林说：“我们通过医院内部了解情况，杨菲的侄女杨英最近一个时期，不像前一个时期活跃、开朗，有说有笑，情绪低沉，有时沉默。据说，同宋浩然的关系虽然还保持，似乎不怎么热络。”小林接着说：“科长，我同小郁商量，杨菲的案件是不是同‘5·15’专案并案侦查。”

顾金生把眼睛一瞪：“是老洪帮你们出的主意？”

小林急着辩解：“不是。是我同小郁两人商量的。我们想，宋浩然既然同‘5·15’专案有关系，现在，同杨英谈恋爱，杨英是不是借谈恋爱为名在搞不可告人的勾当？”

“你们两个人侦查到今天，”顾金生反问：“有没有查出个名堂来？你们两个人同我说说看，杨英在香港的姑妈有特务嫌疑，同‘5·15’专案对象是不是一个特务系统？”

小林、小郁两人搔头摸耳朵说不出个所以然。这时候，顾金生看到他俩回答不出，格外得劲，用家长式的口气训话：

"你们看,连个最基本的问题都没有搞清楚,就乱说一通,'在搞不可告人的勾当'有什么根据?连得杨菲同陈婷是不是一个特务系统也没有搞清楚,就瞎猜、瞎想,瞎出主意。现在,你们两个人的首要任务,花大力气,要把她姑妈在香港的政治面貌搞清楚,如果确定她是特务,是什么特务系统,再考虑下一步工作措施,不要出花倒样,乱出主意。这个问题到此为止,你们不要再做小动作,如果我发现你们正经事情不做,尽在搞歪门邪道,不要怪我不客气。"接着,他又向他们两个人部署了下一步工作。

失之交臂,一泻千里。杨英同宋浩然谈恋爱,本属一件正常的事。中间夹杂杨英有个姑妈杨菲在香港,再联系到"5·15"专案,敌特机关实施的"W 计划(2)",杨英同宋浩然谈恋爱,势必触动侦查员的神经。而顾金生一而再、再而三拒绝杨菲一案同"5·15"专案并案侦查,到底是对还是错,只有时间、事实才能做出"裁决"。

山庄◎著

静静的山庄

第三部

【侦查故事】

JINGJINGDE SHANZHUANG

安徽师范大学出版社
·芜湖·

第三部

71

杨英之死

洪强重新接手“5·15”专案，抓紧同小李赶往省公安厅、华南市公安局“充电”，了解最近一个时期的敌情动向。到了华南市公安局，就顾金生在华南抓捕陈婷留下的后遗症，专门替他“揩屁股”，向华南市公安局说明情况，消除误会，转告省厅指示，坚持贯彻执行“沪西、华南两地公安机关联合侦办‘5·15’专案”，实施“诱敌深入”的计划不变。

通过华南之行，老洪和小李了解到陈婷在香港同宋浩然姑妈宋女士接触情况，以及台湾敌特机关在这一个时期的动向，马上赶到省厅汇报，取得省厅领导对当前专案工作的指示。整整一个星期，马不停蹄赶回到沪西。

在宋副局长办公室，洪强、小李向宋副局长、顾科长汇报了华南公安局通报的敌情，针对敌特机关抓紧实施“W 计划(1)”和“W 计划(2)”，省公安厅陈处长建议把杨菲一案同“5·15”专案并案侦查，陈处长强调说，侦察工作不能墨守成规，要开阔视野，随着不断变化了的敌情，不断研究、采取克敌制胜的相应措施。邱副厅长对下一步工作，还专门作了指示……

还没有等洪强汇报结束，顾金生兜过来诘问：“你在省厅领导面前不提出来，省厅领导怎么会要并案侦查?你不要老是掮了省厅的牌子，夹带私货，我还是坚持我原来的意见，你不要把‘5·15’专案搞成‘大篷车’。”

小李在旁边插嘴：“并案侦查的意见，不是老洪主动提出来的，是省厅领导听了老洪汇报华南公安局介绍敌情动向以后，陈处长提出来，邱副厅长还表态说，如果需要省厅帮助，随时提出来，省厅一定给予支持。”

“好哇!”宋副局长笑嘻嘻地说：“你们考虑一下，先提个意向性意见，然后，报请省厅批复……”正待宋副局长还要说下去，下一步工作还待研究，小林、小郁两个人满头大汗闯进了宋副局长办公室。

小林上气不接下气，喘着粗气说：“杨英自杀死了！”

顾金生一听说杨英自杀，吃惊不小，像被野狗咬了一口，带着疑惑的口气：“你们不要张冠李戴，搞错了人噢？”

小郁赶忙补充说：“不会搞错，我们两个人到医院保卫科工作，先是听到保卫科科长说‘杨英在护士宿舍里自杀’，市局刑警大队正在勘查现场。然后，我们还特地找到刑警大队的同志了解到确切情况，据他们说杨英是自杀还是他杀，现在还不好下结论。不过，他们拖了一条尾巴，说，凶杀的可能性比较大。”

顾金生脑子里一轰，两只眼珠不停地转动，最后定格在洪强身上，大发雷霆：“你们怎么搞的?！你不是一再提出来，杨菲一案同‘5·15’专案并案侦查的吗？”

坐在洪强身旁的小李一边在摇头，一边发出嘿嘿冷笑：“问你嘛，是怎么搞的，你还问人家怎么搞的?原先老洪提出来要并案侦查，你不同意。刚才，向你汇报是省厅领导提出来要并案侦查，你不相信。现在，说杨英可能是凶杀，你兜过来问老洪怎么搞的，亏你说得出口的。”

洪强拉了一下小李的衣角，暗示他不要再同顾金生争论下去，两只眼睛紧盯着宋副局长：“宋副局长，我的意见，责任以后再说，现在是不是马上到现场。”

宋副局长一开始目瞪口呆，感到非常苦涩，事情一个接着一个发生，听到洪强提议马上到现场，倒是提醒了他，就在他要发布命令的时候，办公桌上的电话铃声响了，他拿起话筒，嘴里不住地发出“是是是，噢噢噢”，放下话筒，神色紧张地说：“翁局长要我们马上到现场。”他把手一挥，命令式地说：“大家都不要争论了，赶紧到现场！”

一听到杨英被凶杀的消息，顾金生为什么惊慌失措，因为杨英同她的姑妈杨菲一案，都是由他一手办的案子。最初，顾金生由内保科副科长调任侦查科当科长，他在抓全面工作的时候，由副科长郑挺协助，重点抓敌特基础调查工作。抓了一个时期，他嫌这项工作枯燥乏味，出不了“政绩”，索性推给副科长郑挺；正巧上级机关“敌情通报”，特务——“女神”，潜伏在“华东地区”。他想“三个手指头捏个大田螺”，结果阴差阳错，他把杨英同杨菲剥离开来侦查，排来排去没有发现“女神”的踪影。他又别出心裁，拿特嫌分子杨菲案件，要小林、小郁另起炉灶，想树立个“样板”，放个“爆竹响响”，好在领导、同志们面前露一手，以表明他抓侦查工作是“内行”，而且显示他的领导能力和破案本事。小林、小郁几次三番提出杨英曾经同她姑妈杨菲在广州异地会面，作为重点对象，并案侦查，都被他否定。杨菲一案侦查了很长时间没有进展，他龇牙咧嘴，一个劲地怪罪于具体办案人员，辱骂小林、小郁都是“饭桶”；而小林、小郁越是挨骂，越是没有积极性。后来，他看到洪强抓的“5·15”专案，“蛋糕越做越大”，就千方百计游说宋副局长，借了一些名头，把洪强手里正在侦办而且向纵深发展的“5·15”专案拿了过去，把杨菲一只“烫手山芋”推给洪强。由于他心术不正，不学无术，再加上办案的指导思想七歪八斜，仅凭看了几本侦查小说，就模仿小说里的破案手法，几次三番向宋副局长游说，采取以拘捕陈婷，来个“重点突破，中心开花”，一举破获全案。结果事与愿违，省厅下达了11号文件，不同意抓捕陈婷，并且提出要“专案专办”。至此，仍旧把“5·15”专案给洪强侦办。杨菲一案，“物归”原主，给顾金生。杨英一死，真正要追究责任，顾金生倒是脱不掉干系的，因为是他抓的案件。现在，发生了事情，他惯用的手法就是自己装作局外人，而且故意在局长面前装腔作势，反过来质问洪强。洪强晓得他的为人以及品性，不去同他论理，提醒宋副局长到现场。

沪西市公安局刑侦大队接到报案，因何大队长到中央警校学习，由刑侦大队下大队副率领刑侦技术员、侦查员迅即赶赴现场。随后，分管刑侦工作的李副局长也在案发第一时间赶到现场指挥，刑侦技术人员按照各自分工紧张地勘查现场。

宋副局长、侦查科长顾金生、专案组组长洪强以及小李迫不及待赶到现场。

案发现场就在医院护士女宿舍区的二楼205室。他们一走进室内，一股强烈刺鼻的农药味，直往鼻孔里钻。刑侦部门刑事侦查手段全部到位：照相机快门发出“喀嚓、喀嚓……”刺耳声音，闪光灯亮光一闪一闪，强烈的光柱刺激着在场人的眼睛；寻觅痕迹的技术员正在地面、窗户等小心翼翼觅取脚印、指纹；法医在认真检验尸体。

就在大家聚精会神勘查现场的时候，法医许仲益站起来，直起身子，抬起两只戴着胶皮手套的手臂，突然提出一个令人意想不到的意见："把尸体马上移送火葬场解剖。"

在现场的两位局长，按照分工，应该由负责刑侦工作的局长说了算，李副局长为了尊重宋副局长，说："宋副局长，你意见如何？"

宋副局长一想，这是刑侦部门职责范围的事，不可以超越职权，微微一笑，谦让地说："李副局长，还是你决定吧。"

李副局长是直性子人，他毫不含糊地说："尸体移送火葬场，解剖！现在，我们刑侦部门的同志兵分三路，一路现场继续勘查、调查；一路随法医到火葬场参加尸体解剖；还有一路进行现场访问。"然后，他面向卞大队副：

"老卞啊！你组织一下，宋副局长，你们的同志，由你指挥吧。"

宋副局长点了下头："好吧。老顾啊，我们侦查科就来了这么几个人，你看着办吧。"

洪强急忙提议："宋局长、顾科长，我和小李到火葬场参加尸体解剖去吧。"

宋副局长面对顾科长："老顾，你看怎么样？"

顾金生一闪念，尸体解剖血淋淋的，开膛破肚，一股臭味直钻鼻子，特别难闻，回去吃饭也要作呕。蛮好，他高兴去就让他去。两只眼睛定格在洪强身上，噘起个嘴，严肃地说："好吧！你们去，有关尸体解剖的情况回来汇报。"

死者杨英，是沪西市第一人民医院内科病房护士，人长得非常漂亮，追求她的男青年倒也不少。由于自己有一个好的长相，在医院里的女医生、女护士当中，鹤立鸡群，品貌出众，正是人见人爱的白衣天使。恋爱、婚姻价码也高人一等，成了"高不攀底不就"的"搁浅货"。她对自己的终身大事，设定一个原则：对方要具备"海、陆、空"条件，具体分解成"三个不嫁"：一是对方家里没有海外关系不嫁；二是没有落实政策不嫁；三是没有房子不嫁。概括起来，就是男方"要有票子、房子、资产"。所以直到 28 岁，才经同事介绍与符合三个条件的孔定山微波站工程师宋浩然认识并开始正式恋爱。正当他们两个人处在热恋中，突如其来女方自杀死了。虽然说她只是一个普通护士，却惊动了整个医院，甚至市里的领导。

公安机关经过一天一夜的紧张工作，包括侦查科的同志共有四路人马汇集到局长会议室。翁大权局长居中坐定，李副局长、宋副局长分别坐在翁局长的左右两侧，其余同志分坐在左右两边。翁局长用威严的目光扫视整个会议室，严肃认真地说：

“人都到齐了吧，现在开会。你们看，谁先发言？”

李副局长向老卞点了下头：“老卞，抓紧时间，你先发言。”

老卞摆了摆身子，翻开笔记本：“好，我先来汇报。”

案发经过：报案人就是同宿舍护士刘敏英，昨天上午8点，她上夜班结束回宿舍休息，将宿舍门一打开，一股强烈的农药味直冲鼻子，进门一看，杨英仰面直躺在床上，再走近细看并连喊几声杨英名字，没有回音，凭她当护士的经验，当即翻开杨英的眼皮，只见瞳孔已经放大，连忙跑到保卫科报案。

接着，卞大队副又把走访群众、勘查现场、收集物证、寻觅痕迹以及尸体解剖等情况全面作了汇报，最后带有结论性意见：从目前勘查、走访现场以及尸体解剖的情况看，可以论定，死者是他杀，而不是喝农药自杀，而且是一起强奸凶杀案件。死者喝农药自杀，是犯罪分子伪造的现场。

初步分析：犯罪分子大体形象，男，30岁左右，身高1.70米，对周围环境比较熟悉，与死者有过交往，熟人。犯罪分子手段十分残忍，强奸后，为了逃避罪责，卡死死者，然后再灌农药，从现有情况来看，不排除内部的人作案的可能性。作案时间，根据法医尸温检测，大致在发案前8个小时，也就是说，在19日深夜12点左右，正当死者上完中班下班，同宿舍护士刘敏英接班上夜班，犯罪分子就在这段空隙时间作的案。

翁局长说：“好！接着继续发言。”

宋副局长看了看洪强，洪强意识到宋副局长示意要他发言，打开笔记本说：

“我基本上同意卞大队副的分析意见。”洪强神态比较谦恭严肃，接着说：“同时我要提出几个问题供大家参考、研究。”

“一、犯罪分子是先灌农药，还是使用暴力致死后，再灌农药？我倾向犯罪分子卡死杨英以后，再灌农药。根据法医提取死者胃液化验，证明胃内没有农药，足以证明死者喝农药自杀现场，是犯罪分子伪造的假象。”

“二、死者是被犯罪分子强奸后杀死，还是被犯罪分子使用暴力卡勒，致使被害人窒息死亡以后奸尸？我倾向是犯罪分子奸尸以后，伪造了现场，仓促逃遁。”

洪强的话音一落，顿时，引起会场骚动，在座的人三三两两交头接耳，窃窃私议，而且，声音由小变大，有的人甚至在摇头晃脑说：“这种情况可能性不大。”

在座的两位副局长颔首微笑，翁局长严肃地说：“来！老洪你接着说。”

洪强环视了会议室在座的人的怀疑目光，接着说：

“我请教了法医，他在检验死者下身时，犯罪分子的精液大部分在阴道表面，而阴道内壁很少，甚至没有精液，根据这点，我认为犯罪分子奸尸的可能性比较大。”

刑警中队长林涛听了洪强的分析意见，似乎感到不耐烦，冲着洪强说：“强奸与奸尸，如果作为一个问题提出来研究，我认为意义不大，主要问题要论定是否是凶杀，犯罪分子为了达到强奸目的，使用暴力强奸后对死者行凶杀人，这才是我们要研究的实质性问题。”

洪强对林涛提出的这个观点并不赞同，为了不影响兄弟部门关系，他婉转地说：“当然，在刑事侦查工作方面，在座的同志都是行家里手，我可能班门弄斧，这个问题我之所以提出，因为它关乎我们下一步侦查方向和锁定抓捕目标。”

洪强接着说：“如果是强奸，犯罪分子必定是违背被害人的意志使用暴力强奸。而从检查杨英的尸体情况来看，她身上的内衣内裤没有被强拉、强扯的痕迹。而且，穿着如同平常一样。再说，犯罪分子带了农药作案，这就足以说明，犯罪分子有准备、有预谋实施犯罪，是在将杨英卡死后，顿生歹念，在被害人没有抵抗能力的情况下实施奸尸。再说，犯罪分子如果其目的是要强奸被害人，怎么可能事先带了农药去作案，这显然不符合强奸犯作案的规律。诚然，这个问题如果不加以区分，就会导致我们侦查部门侦查方向，是按强奸案去排查犯罪嫌疑人，还是按谋杀案进行侦查。”

洪强富有哲理的一番发言，“一石激起千层浪”，顿时，会议室里骚动起来。在座的同志不约而同含笑点头，有的同志甚至与邻座的同志交头接耳，本来一些摇头晃脑的同志现在变得点点头。

刑警队有个同志甚至情不自禁地说：“有道理，这个说法应该成立。否则，确实不符合常规。哪有犯罪分子为了强奸死者，还特地带了农药去作案，只有带了凶器，在实施强奸时威逼被害人。”

李副局长用手摆了摆说：“大家静静，听老洪继续发言，老洪啊，你接着说。”

洪强点了点头：“我要说的第三点，尽管在现场没有发现有搏斗的迹象，但是，犯罪分子在实施暴力，卡勒杨英颈脖的时候，杨英有过求生反抗挣扎过程。从杨英十个指头来看，她的指甲里有些不太显眼的血迹，可以断定，这是杨英反抗、挣扎时，扭捏、抓扯犯罪分子所遗留在指甲缝的血迹。因此，我估计犯罪分子的脸部、颈部以及手背很有可能有被抓破的伤痕。”

最后，洪强简要地将现场勘查、尸体解剖作了个小结：“所以，我的基本倾向，这是一起有预谋的谋杀案件，犯罪分子使用暴力致使被害人窒息死亡，然后顿生歹念，发泄兽性进行奸尸，再从死者口腔强灌农药，制造死者喝农药自杀身亡的假象。妄图转移公安机关侦查视线。我的发言完了。”

会上，此时出现了是“强奸凶杀”还是“谋杀奸尸”两种不同意见。李副局长向局长翁大权举了举手，示意要发言。

翁大权局长说：“好！大家静静，现在由李副局长发言。”

“我发表一些个人看法。刚才，大家都发表了各自的看法和意见，都有一定的道理。但是，我们的会议最终要有一个相对统一的意见，也就是说要有一个统一认识，否则，下一步无法开展工作。我认为：一、这是一起使用暴力的凶杀案件，大家没有什么异议。问题是：使用暴力强奸致死，还是使用暴力致死后奸尸，这两种情况都有可能。但是，在没有取得确切证据之前，不要轻易偏向哪一个方面，按照“强奸杀人案件”开展排查。二、刚在老洪提到犯罪分子被被害人抓伤，脸上、颈脖以及手背有可能残留伤痕，这一点非常重要，请大家在排查犯罪嫌疑对象时注意发现，而且要抓紧排查，要防止时间过长，犯罪分子的伤痕消失。三、力量组织上，刑警大队把三个中队的警力拉上去，全力以赴开展排查。老卞你负责组织一下。我的意见说完。”

翁局长目光转向宋副局长说：“老宋，你还有什么要说的？”

宋副局长欠了欠身子说：“我们侦查科积极配合，如果有什么需要，请刑侦部门及时提出，我们将全力以赴。”

翁局长说：“好，我听了大家的汇报，我同意李副局长的意见。下面，我简单地说说：一、要时刻加强敌情观念。翁局长从理论到实践作了简明扼要的阐述……二、凡是参加这个案件侦破的同志，要发扬一不怕苦，二不怕死的精神，再要加上一条，不怕疲劳，要发扬连续作战的工作作风，特别是在排查犯罪嫌疑对象时，要不失时机、连续作战，只有这样，我们才能迅速及时地抓获犯罪分子，最终破案。三、医院是个知识分子成堆的地方，你们在开展工作时，要讲究文明，特别是找人谈话，不能像抓小偷那样的方式方法，吹胡子瞪眼睛，蛮横粗暴，如果要找医生谈话，必须事先请示，经领导同意，才能进行谈话，否则，不准随便找医护人员谈话。不要案件还没有破，人家把状告到市委。”

翁局长将脸朝着李副局长说：“老李，这个问题，你把把关。其他，我不再多讲了，散会后，希望你们立即投入战斗。”

汇报会议虽然结束，但是，大家对案件讨论的余兴还没有消退，一头走，一头还在饶有兴趣地议论。

根据翁局长的指示，现场勘查结束，李副局长向宗副局长交接工作，赶往沈阳中央警校学习。整个刑侦部门的工作，就由分管政工工作的宗副局长代管。

72

女 神

沪西市第一人民医院发生了一起凶杀案件，从案发时起，公安机关经过现场勘查到案情分析会，一致论定杨英之死是“他杀”而不是“自杀”。但是，在论定凶杀案件的性质，且出现了严重分歧，刑警大队卞大队副认为“强奸杀人”，侦查科洪强认为是“谋杀奸尸”。最后，由李副局长发表了权威性意见：按照凶杀案件开展侦查，找到犯罪分子以后再研究论定性质。沪西市公安局马上作出决定，列为一起特大凶杀案件，发动全局同志投入破案工作。以第一人民医院为重点，在全市范围“拉网式”地开展排查犯罪分子。

刑侦办案人员都倾向卞大队副的观点，就连侦查科科长顾金生也不予认同洪强提出的“谋杀奸尸”的说法。因此侦查措施基本上按照“强奸凶杀”开展工作。围绕同杨英有过接触、交往的人和事进行排查犯罪嫌疑人。应当说，这纯粹是一桩刑事案件，侦查科为啥也要凑闹猛，参加勘查现场，案情分析会议呢?

早前，翁大权局长接到上级机关“敌情通报”，特地把宋副局长喊到他的办公室，要他转告顾金生发动侦查科在全市范围内排查代号“女神”潜伏特务。以后，他听取宋副局长汇报排查情况，杨英的名字一直印在他的脑子里。他听到第一人民医院发生凶杀案件，被害人杨英，随手拿起话筒通知宋副局长派人出现场。

杨英这个对象的名字，最初出现在侦查科排查名单上，还是在顾金生从内保科调任侦查科当科长，按照宋副局长传达翁大权局长的指示，开展排查代号“女神”特务，在研究过堂的时候，提到过这个人。当时负责排查工作的副科长郑挺，发动五组全体同志，从基层派出所地区，逐步延伸到工矿企事业单位内部排查“女神”；召开会议，研究过堂，没有一个同“女神”对得上号的对象。一些同志情绪有些波动，有的甚至埋怨上级发出的敌情通报太笼统，在会上发泄了一些牢骚怪话：既没有姓名，又没有年龄、特征，我们等于瞎子摸月亮，瞎摸瞎摸。有的说：我们在这里排查得这么起劲，弄到天亮，“女神”在其他城市噢！正当两个人在会上发泄埋怨情绪的时候，顾金生一脚跨进会议室。分管排查工作的副科长郑挺，一看到顾金生到会，马上让座，顾金生老实不客气，主持会议，伸出两个手指头，在场的人当中，只有张海波晓得，科长要抽“剪刀牌香烟”，张海波掏出香烟、摸出打火机“啪嗒”一声帮顾金生点燃。顾金生深深地吸上一口，喷出一个大烟圈，一声干咳：“老郑啊，排查有没有排出啥像模像样的对象？”郑挺转身向他汇报：“我们正在过堂。”郑挺话音一落，冷不丁冒出来个小林，在会议上提出来两个嫌疑对象：沪西市第一人民医院内科病房女护士杨英和杨英的祖母。小林就把他同小郁两个人在医院排查发现的情况，详细地作了汇报。

听了小林汇报以后，顾金生兜过来问小林：“杨英的老祖母几岁？”

小林回答说：“73。”

顾金生伸直了颈根，仰面哈哈大笑，带着讥讽的口气：“在座的各位说说看，台湾特务机关的特务到内地发展73岁老太婆当‘女神’？是不是在瞎说八道。”顾金生话音一落，当即引起在座同志哄堂大笑。小林的脸一下子红到脖子上，竭力辩解：“我的意思是说，杨菲到内地同她的老娘、侄女在广州会面，有没有可能发展她的侄女杨英当‘女神’？”

顾金生收起笑容，换了一副面孔，轻蔑地看着小林：“亏你想得出来，台湾特务机关的特务从香港跑到内地来，当了自己的老娘面，发展自己的侄女，有这个可能吗？再说，根据你们汇报，杨老太的大儿子杨英的父亲在西部保密单位当工程师，杨英的老娘在保密单位部门当书记，杨老太的二女儿在沪西市外贸局工作，女婿是纺织工业局党员副局长，杨英身上流淌着共产党员的血液，这样一个家庭，有这么一些进步社会关系，生活在这样一个阳光灿烂的环境里，既不愁吃，又不愁穿，首先杨英本人也不会同意参加特务组织，杨老太更加不会让自己的孙女当特务。要么这个特务神经有毛病，闭着眼睛碰‘高压线’，你们大家说说看，有没有这个可能？”

张海波从专案组调出来，在郑挺领导下搞敌特基础调查工作，似乎最有发言权，他看到顾金生持否认态度，顺风杨树头，马上迎合顾金生的观点，弯转着舌头：“除非这个特务是神经病，否则，到了内地她要发展的对象有的是，发展73岁的老母亲，自己的亲侄女，她一点都不考虑亲情关系，利害得失吗？同志啊，正如顾科长说的，杨英身上流淌着共产党员的血液，我认为顾科长分析得非常透彻，不要再浪费时间哦。”

在座的同志七嘴八舌议论开来，大多数人摇头，甚至有人带有责备的口气：“瞎来腔，根本不可能的事情。小林啊！你纯粹是滥竽充数……”

小林在众口一词的否定声中，自讨没趣，面孔涨得通红，心有不甘地蜷缩在会议室的角落。同小林一起搞排查的小郁，一看会议上的阵势，不敢再插话申辩。

顾金生板起了面孔，严肃地告诫在座同志：“我再向你们强调一下，排查要继续，而且要认真，不要搞无效劳动，拿功夫化在七十几岁的老太婆身上，或者放在‘悬空八只脚’的杨英身上。要像模像样排出个对象来。老郑啊，看看，还有啥其他问题要说的。”

郑挺顺着顾金生的言路：“按照顾科长指示精神，现在没有排出像模像样对象的时候，不要七想八想，怀疑‘女神’在其他城市，我们一定要立足在我们沪西市，认认真真开展排查工作。”

顾金生马上插话：“刚巧，老郑讲到的一点很重要，自己没有本事排出对象，就推到其他市里。这就叫‘推死人过街’，不负责任的态度。在座的同志一定要全身心投入排查工作中去……”

过了两天，宋副局长过问起“女神”排查工作进展情况，特地到侦查科找顾金生、郑挺，顾金生一听局长查问排查工作，立马叫郑挺召集参加排查“女神”的同志开会，并示意郑挺向宋副局长汇报排查情况，宋副局长听了郑挺的汇报，似乎觉得排查工作没有大的进展，眯起了眼睛，咂咂嘴。顾金生看到宋副局长的神态，装模作样，看着郑挺：“老郑，现在两个人都是在大白天摸鱼，一摸就是一个瞎空，我的意见，要深下去，发动大家到深水池里去捉鱼。”

郑挺在旁边附和着：“对、对、对！”然后转过身来朝在座的同志看看，以征询的口气问："其他同志有没有要汇报的？"

小林还是有点心不死，当了局长的面，又把排查到杨英的事情提出来汇报。

张海波当场开腔："小林啊！看来，'5·15'专案组一些人的毛病传染给你了，就那么一根筋，抓住了不放。"

郑挺听了张海波的论调，暗自好笑，你这个人，就怕碰着"5·15"专案组的人，就像老鼠碰上猫，不敢神气活现。所以，从专案组滚到我这个地方，你就活蹦乱跳。郑挺乜斜着眼睛，带着狡黠的笑意。

宋副局长听了小林的汇报，作出指示："眼前，排查没有再比杨英突出的对象，暂时拿杨老太、杨英作为对象。要采取两手抓，一手继续排查，另一手，对初步确定的对象，不管重点不重点，逐个开展调查。这样，既使得面上排查得以继续，又可以对现有对象进行精加工。今后看调查结果和发展趋势再作取舍。"

当时，宋副局长对小林提出的杨英，采取的态度还是"活哩活络"，既没有肯定，也没有否定，只是笼而统之：暂时将杨老太、杨英作为对象，开展侦查工作，使人捉摸不定，"女神"到底是杨英，还是杨老太。

洪强接手杨菲一案，反复分析研究上级发出的敌情通报，逐字逐句推敲通报内容以及措词。就从"女神"这个名词着手推敲其含义，特地查阅了一些资料，而从"女神"一词中悟出了个道理：女神，即女性的神明或至尊；神话中的女性神仙，一般用于表示一个女性在某个男性心目中的地位，多用于恋人。也就是说，特务机关要在内地物色女性充当特务，选择"女神"一词作代号，要以谈恋爱方式进行特务活动，就像古时候利用"貂蝉"实施"美人计"。为什么不用"貂蝉"，而是用"女神"呢，他联想起华南市公安局局长赵开诚曾经谈到，现在盘踞在香港的台湾特务，一般已经是"两面人"，这些特务同美国中情局特务拉上关系，或者说投靠他们，从中赚取"外快"，以便留条后路。由此可见，运用"女神"代号，犹如"自由女神像是美国的象征"，这是迎合美国中情局特务的"胃口"；兜过来，洪强又特地找原来承办杨菲一案的小林、小郁了解情况：发现杨菲同内地的母亲杨老太、侄女杨英曾经在广州异地会面，又发现杨英同孔定山微波站工程师宋浩然谈恋爱，格外引起他的警觉：杨英有没有可能就是杨菲发展的"女神"呢？

经过一番推理，洪强认为杨英有可能就是“女神”。那么，洪强的分析、推理，究竟有没有道理呢?俗话说：“当事者迷，旁观者清。”

杨英从卫校毕业后被分配到沪西市第一人民医院当护士。长相出众，一对水灵灵的凤眼，就像两颗钻石，镶嵌在一张“白果”型脸上，闪耀着光亮，光洁白皙的皮肤，中等身材，一头乌黑发亮的短发，身上始终散发着青春诱人气息。她经过大街小巷，就像“孔雀开屏”，连马路上过往的男女青年都要驻足观望。在医院里一些女医生、女护士无不用艳羡的目光看着她。“窈窕淑女，君子好逑”，迷恋、追求她的男青年不胜枚举。但是，她总是独身自好。曾经有一个军医大学毕业的男青年，在沪西市第一人民医院实习，一见到杨英就被她的姿色倾倒，几次三番跃跃欲试向她求爱，总是不敢正面交谈，有时想好搭讪的办法、攀谈的内容，可是一见了她，话到嘴边又咽了下去，最后他不得不请军医大学领导出面找医院院长做媒。院长还特地安排在院长办公室，让这个实习大学生同杨英见面。杨英到了院长办公室，院长开口向她介绍：“这位是某师长的公子。还未等院长把话说完，杨英脖转身就走。一时间，成了医院一桩新闻。以后，一些男青年想要向杨英求爱，先要掂掂自己的分量，大多数的人，只好单相思，没有人敢贸然向她求爱，同事中也没有人敢向她开口帮她介绍对象。”

在香港的姑妈杨菲晓得杨英有个爱好，经常从香港汇寄一些巧克力糖果、流行款式的服饰给她。一开始，她对这个姑妈非常亲近。

1970 年 2 月，杨菲回到大陆，隐居在广州进行反革命活动。按照约定，她的老娘杨老太在孙女杨英的陪同下，从沪西市专程前往广州同杨菲会见。在这一次会见中，杨菲了解到远在西部的阿哥杨辉是保密单位的工程师，阿嫂是这个单位部门书记，“远水救不得近火”。2 月 12 日写信给西部的阿哥，要他阿哥从西部为杨菲的“香港家里”转寄一封报平安信，收信的地址，正是台湾特务机关在香港的中转站，信的内容说：“已于 2 月 17 日安抵西部”。其实，杨菲本人并没有到西部，这是杨菲有意向特务机关谎报行程——“人已经到过西部”。就在这个同时，超越了人们的想象，打破了常规，杨菲不仅发展了自己 70 多岁的老母亲，还发展了亲侄女杨英参加了特务组织。杨英同她的老祖母返回沪西以后，积极收集情报寄给香港的杨菲。

杨菲遣返大陆从事反革命活动，都是台湾驻港特务头子金坚一手策划的。自从锁定孔定山微波站为破坏目标，在制订、组织实施“W计划”时，有(1)(2)两套方案，交叉实施。这两套方案的核心内容，就是派遣特务潜入内地发展人员、收集情报，破坏邮电通信设施，采用色情勾引、策反微波站工程技术人员，窃取邮电通信绝密文件。

为了迎合美国中情局驻港办事处特务胃口，别出心裁，提出一个“W计划(2)”，代号“女神”，自此“W计划”成了台湾特务机关总部同美国中情局驻港特务亨利两家掌控的“计划”。

最初，在物色“女神”人选时，特务机关原先考虑杨菲出任这个角色，经过再三考虑，杨菲虽然有几分姿色，毕竟敌不过岁月催老的事实，半老徐娘的人，让人见了“倒胃口”。就在金坚从他的脑子里抹去杨菲的档口，驻港特务机关内当家鲍冲调了一些特务的人事档案，无意中翻到杨菲的档案，里面有她侄女杨英的一张照片，一下子吸引了他的眼球，鲍冲拿起照片找金坚，金坚看了又看：“唔！这个女孩子比杨菲年轻时候还要漂亮。”当即拍板定案，授意杨菲将杨英命名代号“女神”，实施“W计划(2)”。从此，台湾驻港特务机关派遣特务潜返大陆交替搞破坏活动。而沪西市公安机关没有随着敌情变化而变化，而把“W计划(1)(2)”一分为二开展侦查，这样一来，变得阴差阳错，杨英竟是在公安人员眼皮底下忽悠过去。

杨英充当了“女神”，一改过去孤芳自赏的生活格调，过起了真正意义的女孩子青春期的生活。

同杨英在同一个病房、宿舍的护士刘敏英，丈夫是转复军人、中共党员，在孔定山微波站机要单位工作。在那个年代的人的眼里，刘敏英等于“准军属”，在丈夫这顶光环下，内科病房像众星拱月，连主持医生、护士长都对她另眼看待。本来杨英同刘敏英很少接触交谈，现在，主动与刘敏英套近乎，而且双方各自羡慕对方的优势，一个是“准军属”，一个是品貌出众，两人的共同语言开始多起来。只要两人一碰着，就要嘀嘀咕咕亲密交谈，从各人爱好到家庭情况，以及个人恋爱、婚姻，无所不包。一天，在宿舍里两个人闲谈的时候，杨英突然好奇地问起刘敏英丈夫工作单位的情况，刘敏英非常自豪地把她丈夫的工作单位、工作情况以及工作环境等，详细地向杨英做了描述。

杨英听了以后，感到非常新奇："孔定山离市区你家里蛮远吧？"

"大约要有十里路，到了微波站还要爬山呐。"

"喔唷，够辛苦的呐，他是否天天回来？"

"不一定，有时一个星期回来一趟。"

"这个单位怎么会造到山上去啥？"

"它是保密单位，造在山上比较隐蔽，平时不许人随随便便进去的。"

"哪，你有没有进去过？"

"我去过。照例至亲好友，包括家属，都不准进机房。"

"噢，那你怎么进去的？"

刘敏英就把靠丈夫的同事——"小兄弟"通融、帮忙，趁他们两个人白天值班的时候，上山逛了一趟。刘敏英还向杨英描绘、夸耀了一番："那个山上的空气特别新鲜，风景特别优美，真像传说中的人间仙境，可以说，沪西市再也找不到第二个这样好的地方了；到了机房，说实在的，生活似乎单调、枯燥了些。话又要说回来，值班的时候，除了检测一下机器，可以睡觉、看电视、看书……"

"那，正是神仙过的日子。"杨英带有试探性的口气："如果有机会，靠你的牌子去享受、享受这个人间仙境，怎么样？"

"一句话，包在我身上，"刘敏英压低了声调，一脸的神秘相："不过，你不要同其他人说，人多了不好办。"

"那是当然喽，我保证不向其他人说，你尽管放心。"

刘敏英回去以后，她把杨英要到山上去玩的意向同她丈夫朱金祥谈起，几乎作为一项"政治任务"，限令她丈夫要保证完成。

在一个风和日丽的星期天上午，刘敏英陪同杨英上山。按照事先约定，刘敏英丈夫朱金祥在孔定山东面山顶等候。当杨英、刘敏英两个人一头喘气，一头爬山，将要爬到山顶，杨英抚着胸口，大口喘气，朱金祥赶紧凑上去搀扶，然后，朱金祥站在山头上，就像向导，指着东南西北方向，讲解远方的景点，又把他们带到机房参观。那个时候电视机还没有普及，所以，两个人非常新奇，杨英好奇地观察机房内的设施，却被电视屏幕上的画面所吸引。到了中午十一点钟，朱金祥又把他们带到山下微波站办公室所在地。星期天是由站长同工程师轮流值班。这天，正巧轮到工程师宋浩然值班，正当他埋头在办公室看一份"W 绝密文件”,朱金祥领了杨英、刘敏英经过工程师办公室门口,还特意把他们领进去,向她们两人介绍:“这位,就是我们站里的工程师宋浩然同志,平时,我们都叫他宋工。”

宋浩然一看到有人进他的办公室,赶忙合上文件,起身招呼:“小刘来了,请坐。”

杨英、刘敏英坐了一会儿,杨英特地站起来,在室内悠闲自得地走动,而刘敏英看到宋浩然桌子上摊了些地图、文件,又看到他一直站着,感到不好意思,也就站起来:“小朱,让宋工忙吧。”然后知趣地同杨英退出来,到食堂去吃饭。宋浩然平时不擅长人际交往,也没有敷衍功夫,看到刘敏英旁边还站着一个女的,只是礼貌性地点点头,干巴巴地说了一声:“不送。”

杨英通过到孔定山微波站活动,根据朱金祥的介绍,在山顶上看到山脚下驻扎的部队、微波站机房内的设施、工程师办公室一份“W 绝密文件”等情况,用密写方法向香港的姑妈杨菲作了汇报。

鬼使神差,巧事接连发生。就在杨英到孔定山微波站活动的当天晚上,朱金祥、刘敏英夫妇回到家里,就在吃晚饭闲聊的时候,刘敏英说:

“你们宋工这个人蛮和气、热心。”

“他这个人不仅和气、热心,”朱金祥深有感触地说:“还待人非常诚恳,忠厚老实,他的技术在我们整个系统里也可以说数一数二的,平时对我帮助不小。”

刘敏英问:“他老婆做啥工作?”

朱金祥仰面哈哈大笑。

刘敏英感到奇怪:“你笑啥?”

“人家还没有结过婚呐,哪来的老婆?”

小刘却感到好奇:“他恐怕有 40 岁了吧,怎么还没有结婚?”

小朱就将宋浩然家庭情况、“文革”中的遭遇等详细情况说了一通。

小刘说:“哎!对了,你看杨英这个人怎么样?”

朱金祥笑嘻嘻地说:“倒是漂亮的,没有话讲……”

刘敏英把头一歪:“他们两人的条件,倒是蛮般配的。不过,杨英这个人要求很高、年纪似乎相差十多岁。”

接着小刘又将不少男青年追求她,曾经由院长介绍师长的儿子同杨英谈恋爱等情况说了一通。

小朱凑趣地说:“小刘,不妨试试,成功不成功是另外一回事。”

就这样简单的过程,还竟促成了宋浩然与杨英的恋爱关系。这个爆炸性的新闻,一经在医院传开,很多人几乎不敢相信,在议论中,有的说:“有缘千里来相会”,这是“缘分”;有的说:“千拣万拣,拣了个猪头瞎眼……”尤其是护士在上班的空隙,把杨英同宋浩然谈恋爱,作为专题议论的“趣闻”。

俗话说,一见钟情,在现实生活中,还真有那么回事。自从,杨英由刘敏英陪同参观孔定山微波站,在宋浩然办公室短暂停留,两人见过一面,经过刘敏英夫妇牵线搭桥,竟促成了他们两人恋爱,而且,两个人恋爱逐渐升温,几乎到了谈婚论嫁的程度。

73

上门拜访

自从刘敏英夫妇促成了杨英同宋浩然的恋爱，必然引起杨英父母的关注。作为大龄姑娘，远在西部的杨英父母日思夜想，牵肚挂肠，连晚上睡梦中都惦记着女儿的婚姻大事。他们听说杨英已经在谈恋爱了，迫不及待地从西部赶来沪西老家，了解情况，探明虚实，以抹去心里一丝悬念。

杨英父母之所以如此紧迫关心女儿的婚事，除了是唯一独生女，做父母的人之常情以外，还有着更深层次的原因，所谓“叶落归根”，为他们老有所依、老有所养，晚年找到一个安全、可靠的养老送终的港湾。

杨英父亲叫杨辉，母亲叫柯茜，他们两个人本来是大学里的同学，加上又是同乡，在大学读书期间就开始谈恋爱，大学毕业以后结婚。学校当局根据他们学的专业——邮电通信，分配到西部“01”工厂，从事邮电通信方面的技术工作。柯茜婚后的第二年就怀孕，赶紧回到家乡生产，生了个宝贝女儿，就在老家上了户口。不久，柯茜患上心脏病，在老家养病，到了杨英满了周岁，才由母亲带到西部去生活，直到杨英7岁，再由母亲送回沪西上学。杨英从小学到初中，再到护士学校，都是在沪西读的书，从小就同父母分居两地，一直跟着老祖母生活，平时还有她在沪西的二姑妈杨芳关心照顾。所以，杨英父母别的不牵挂，就是牵挂女儿到了28岁，还不见动静。当杨辉夫妇接到母亲杨老太来信说杨英在谈恋爱了，怕老太搞不清，要了解女儿谈恋爱的实情，特地写信给他妹妹探听虚实。后来接到在沪西市外贸局工作的二妹子杨芳来信报喜，说杨英已经到了谈婚论嫁的时候了，催促他们回老家商讨女儿的终身大事。杨辉夫妇这才火急火燎从西部赶回沪西，看看这个未来的女婿是啥样人。

沪西地区流传着一句俗语："丈母娘看女婿，越看越欢喜。"杨辉夫妇到了沪西，还没有看到未来女婿是啥样子，一听到杨老太讲起杨英现在谈的对象，是个"秃顶"，柯茜当场就皱起眉毛，好像有个疙瘩堵在心头，神情表现得无动于衷，漠然置之。而杨辉比较起劲、认真，特地邀约二妹杨芳到家里来，听她说说情况，认为总要比老太说得清楚些。

然而，杨辉、柯茜夫妻听了二妹子杨芳的介绍，三个人议论了一番，特别是杨英母亲认为，基本条件还马马虎虎，唯有年龄相差太大。所以，在柯茜思想上，对这个女婿，看还是不看已经无所谓，一门心思，想方设法动员杨英终止恋爱关系，重新找个年龄相仿的男青年。倒是杨英的父亲，认为现在仅仅是听了旁人介绍的情况，还没有看到本人，就这样简单、草率地割断一对年轻人的恋情，这不是在人为地制造感情悲剧吗？所以，他心胸非常坦荡，怀着执著的信念和愉快的心情，迫切想见一见这个未来女婿，再作定论。

沪西地区有一种风俗习惯，男女双方在谈恋爱阶段，为了加速恋爱进程，同女方家人套近乎，男方往往会充当俗称"毛脚女婿"，即"没有转正"的"女婿，先问清老丈人、老丈母的"嗜好"，不等女方家人邀请，就提了礼品上门，投其所好，赢得美人归。而宋浩然与众不同，他没有得到女方家长正式邀请，不会随随便便上杨家套近乎，还是在杨英再三催促下，方才下定决心。

杨英说："我父母特地从西部赶到沪西想同你见见面，你怎么没有一点反应？"

宋浩然面孔上带着微笑的神态，有所感触而叹息说："这还是世俗观念，好吧，既然他们有心要见我，丑媳妇早晚要见公婆"，可是，我父母早已经过世，现在，轮到我这个丑女婿登门拜见老丈人、老丈母了。"

杨英在一旁捂住嘴咯咯笑。

宋浩然答应登门拜访，既不修饰一下，又不准备一份厚礼，就这样两手空空跟着杨英去见杨英父母。杨英父母毕竟是知识分子出身，没有小市民那种俗套，倒也不计较男方必须佩戴礼品上门。所以，当杨英陪同宋浩然进门往客堂间里跑，杨英父母笑脸相迎，正当宋浩然走近杨英的父母，顿时出现戏剧性的一幕。

宋浩然脱口而出，喊了一声："杨工！"

杨英父亲惊奇地说："是你！"

杨英和她母亲两个人神态显得非常惊疑，不约而同说："你们认识。"

杨辉同宋浩然何以如此一见如故呢？事情还得追溯到孔定山微波站发生破坏事故，宋浩然同沪西市邮电局保卫科保卫干部小周到"01"工厂，请杨辉对"E 弯头"作破坏性试验认识的。所以两个人一见面，都已经忘记了相亲的事情，好像是碰到多年不见的老朋友，开始别后叙旧、亲切交谈。而杨英母亲趁他们两个人交谈得非常投机的时候，把杨英喊到房间里，开始母女促膝谈心，问起杨英的恋爱情况。

杨英实话实说，叙述了他们两个人恋爱经过，介绍了宋浩然家庭情况，以及人品。

杨母不无遗憾地说："人倒是还可以，就是年龄相差太大。"

杨英针对母亲的一桩心病，比较理性地向母亲阐释自己想法："主要考虑人品，一个人的基本素质，你说是不是？再说，有些人年纪虽然轻，到头来思想品质不好，不负责任，那不是更加给你们老一辈带来烦恼吗？我之所以选择他作为终身伴侣，他没有父母，今后，你们二老就是他的父母，等你们告老还乡，你们等于既有了女儿陪伴，又有儿子孝敬抚养。"

听了女儿一席话，杨英母亲着实感动得热泪盈眶："我们的杨英懂事了。"

存在柯茜心里的疙瘩，一经得到消除，就像和煦春风，吹拂到心田，步入安定、可靠的人生轨迹，迈进了安乐祥和的港湾。

杨英父亲同宋浩然两人交谈，越谈越投机。两人从西部"01"工厂做技术测试、有关微波邮电通信技术在世界领域今后发展的趋势，从国内谈到国际，无所不包。突然，杨辉问起"5·15"专案情况，以及沪西市公安局的同志："后来，孔定山微波站那个破坏事故有没有破？"

宋浩然说："没有破案，自从，他们第二次到'01'工厂拿了你帮助制作的鉴定意见书回来，我就完成了历史使命，回到微波站工作。后来听说，由于省监管中心副主任陈辉执意用由他主持在静态情况下做的试验结论，否定'01'工厂在动态情况下测试的鉴定意见，论定'E 弯头’敲坏同‘告警’没有关系，而且，把他的这个观点强加于人，还向上面诬告专案组不讲科学，侵犯人权等莫须有的罪名，以致专案组被逼撤销……”

杨辉听后气愤地说：“这个陈辉原来的老毛病，至今没有改掉。这个人迟早要犯错误的。你如果碰到公安局的同志代我向他们问好，我印象比较深的一个叫小李，还有一个叫小唐，这两位同志，待人诚恳、热心，而且非常机灵，倒是当公安人员的料子。”

正当他们谈到兴头上，杨英的二姑妈杨芳也来了，杨英母女满面春风，客堂间回荡着欢声笑语，洋溢着愉悦的氛围。杨英挽着母亲，一见到二姑妈，随即同二姑母又是握手，又是拥抱，客堂间里出现少有的热闹。杨老太一听到小女儿声音，从厨房间里跑了出来，嚷着对小女儿说：“就等你们了，你们的局长大人怎么没有来？”

杨芳说：“他到市里开会，没有办法来，叫我向大家打个招呼。”

杨老太说：“好！人到齐了，开饭。”至此宋浩然同杨英恋爱得到杨英父母认可，就像金属铁件蘸火增加了硬度，谈婚论嫁已经是铁定的事了。

洪强从顾金生手里重新接手“5·15”案件以后，在侦查杨菲一案时，发现的疑点，脑子里一直挥之不去，特地派小唐、小高到沪西市第一人民医院、孔定山微波站调查，发现杨英同宋浩然谈起了恋爱，并且又发现杨英曾经由刘敏英陪同到过孔定山微波站机房、宋浩然办公室等机要地方，现在两人恋爱已经水到渠成。本来，洪强向宋副局长、顾科长提出来，把杨菲一案同“5·15”专案并案侦查，遭到顾金生极力反对。现在，碰到一个棘手事情，宋浩然是“5·15”专案工作上的“耳目”，同“5·15”专案工作碰撞、对冲。在顾金生办公室，讨论研究宋浩然的问题的时候，顾金生听取了汇报，会议形势急转直下，专门围绕宋浩然作为专案工作的“耳目”，还能不能继续使用的问题进行热烈的讨论，绝大多数同志倾向于不可以使用。

小林理直气壮地说：“刘敏英陪同杨英到过孔定山微波站，这是明摆着杨英有着不可告人的目的，因此，我认为宋浩然不能再作为‘耳目’使用。”

小郁竭力附和小林的观点：“现在看来，杨英到孔定山微波站，不仅仅是欣赏大自然风景。在山顶上东南方向，可以看到山脚下坦克兵团；西北方向看到高炮师等军事设置；在山上机房的时间很长，凡是有关的设备尽收眼里，还到过宋浩然的办公室。宋浩然居然同特嫌分子谈恋爱，不但不能使用，而且应该把宋浩然同时列入侦控对象。”

小高感到疑惑，兜过来，面孔朝着小林、小郁两个人诘问：“刘敏英陪同杨英到微波站，小林、小郁你们侦查了这么长时间，从来没有听到你们说起过？”

在场听取汇报的顾金生，听到小高这一说，马上触动了他的神经，装模作样，皱起了两条眉毛：“小林、小郁，我怎么从来没有听到你们汇报过这些情况，到底是怎么回事，你们有没有到孔定山微波站去调查过？”

小郁、小林两个人十分尴尬，无可奈何地说：“我们去过好几次，都没有反映到这些情况。”

那，他们去怎么会了解到的？顾金生摆出家长式的威严训斥：“你们两个人整天‘吃家饭屙野屎’，不专心本职工作，一心想着‘5·15’专案，所以，多次向我提出要把杨菲一案同‘5·15’专案并案侦查，说到底，你们两个人一天到晚在磨洋工。”

小唐看到小林、小郁受委屈的样子，特地帮他们两个人解套：“顾科长，这个倒不能全怪他们两个人，到孔定山微波站调查情况，事先没有摸到规律，内部没有依靠力量，你再有天大的本事，也无法查到真实情况。我同小高是因为熟门熟路，同机房工作人员跟班劳动过，况且机房值班员朱金祥本来就是我们的积极分子，才了解到真实情况。”

顾金生转念一想，这个案件原本是我亲自抓的，听了小唐这么一说，有意为小林、小郁解套，这同样为自己摆脱了领导责任。他转过话头：“像杨英有着复杂的社会关系的人，到孔定山微波站去，完全是有她不可告人的目的，她同宋浩然谈恋爱，这是敌特机关策反宋浩然的阴谋，说不定宋浩然已经上了贼船。我们现在还花这么多时间讨论宋浩然这个人能不能再当‘耳目’使用，这都是多余的，简直是浪费时间，我认为宋浩然不仅不能当‘耳目’使用，从现在起，就应该把他列入侦控对象。”

小李竭力反对顾金生的论调：“你这样下定义，似乎太武断，参加特务组织，不是一厢情愿的事情，像宋浩然政治上比较成熟的人，况且，在‘5·15’专案工作上，他们弟兄同我们长期合作，这样一个人一下子就被杨英拉过去当了特务，我不敢苟同。”

小迟接着小李的话头：“我同意小李发表的意见，我同宋浩然同志合作工作时间比较长，我感到无论对党的事业，还是同我们一起工作，他的思想境界、认识水平都比较高，尤其他所处的现在的工作环境，不是一个特务说拉就拉过去的。况且，我们从来没有发现宋浩然出卖过‘5·15’专案上的机密。”

顾金生瞪大了眼睛质问：“那，陈婷怎么会从宋浩然家里窃取了绝密文件的，这不是明摆着的事实吗？”

小迟放声哈哈大笑：“陈婷在宋浩然家里窃取的绝密文件，是我同宋浩然唱的一出双簧戏，按照原来陈、许两位的指示，故意投放的诱饵，目的是要引鱼上钩，诱敌深入的一种策略。陈婷上当，连得你科长也上当，特地赶到罗湖桥去追捕陈婷……”

小迟话音一落，引来在座同志哈哈大笑。

一直静听他们争论的老刘，笑嘻嘻地说：“这个不好一概而论。讨论研究问题要就近，不要离得太远。”

顾金生兜住老刘大发议论：“老刘啊！有句俗话说‘色胆包天’，宋浩然既然同杨英谈恋爱，可以说他挡不住色情勾引；再说，他出身成分是资本家，我们搞公安工作的同志，无论在什么时候，都要以无产阶级的立场、观点看问题、分析问题，所以，我认为，宋浩然这个人，无论如何不能再使用。老洪，你马上打报告，向省厅汇报……”

小李、小迟、小唐、小高听了顾金生命令式的要洪强打报告，向省厅汇报，将宋浩然列入侦控对象，小李急着发言：“如果宋浩然这个人不用，目前，还找不到能够代替宋浩然这样一个对象。况且，我们专案工作现在正处在诱敌深入的关键时刻。”

正当大家热烈讨论的时候，突然，有人喊小唐接电话。

小李接着发言说：“我以为，我们既要以无产阶级的立场、观点看问题、分析问题，但是，还要用唯物辩证法分析问题。不要唯成分论，家庭出身没有办法选择的，关键还要看本人的现实表现。”

正待继续说下去，小唐听完电话回到办公室：“是宋浩然打来的电话，转告我和你，‘01’工厂的杨工到沪西老家，特地要宋浩然向我们两个人问好。小李啊，杨工既然到了沪西，我的意见，最好去拜访拜访，那次，如果没有他们夫妻竭力帮助，那份鉴定书就拿不到，朱如泽的作案时间就没有办法论定。你看呢？”

“应该去，”小李说：“我的意见，最好马上就去，不要等到人家走了再去，就没有机会碰头。”

“杨英的父亲是‘01’工厂的总工程师，现在，是宋浩然的未来的老丈人，怎么想起打电话找你们两个人？”顾金生神情严肃而又疑惑地诘问：“是不是把黑手伸到我们公安机关内部噢，看来，他们的胃口不小呐。”

小唐做了一个怪脸，说：“小李呀，杨工通过宋浩然向我同你两个人问好，这下子也要变成侦控对象了……”

小唐话音一落，引来室内哄堂大笑。

此时此刻，会议上由宋浩然能不能使用，转入小唐、小李能不能去会见杨工，会议上就这个问题出现少有的冷场。最终还是顾金生开腔说：“毫无疑问，不能去，又不是什么至亲好友，非要去不可。像这种人，工作结束，人与人关系冻结，相互接触要紧急刹车，千万不要婆婆妈妈，带有什么感情色彩。”

小王一直沉默不语，听了顾金生说些不伦不类的话，摇摇头：“不好笼里笼统说不好去，要看是什么样的对象。像杨工原来对我们‘5·15’专案工作上有过帮助的人，老远回到家乡带信向我们两个同志问好，理应去拜访。如果他回来既没有提出问好，我们又不知道他回来，这另当别论。如果他托人带信，我们的同志一点表示都没有，于情于理说不过去的。”

洪强接过小王的话茬，理直气壮地说：“我完全同意小王的观点。我记得小李、小唐从西部带回来杨工出具的‘E弯头’鉴定意见书，陈颂平局长曾经有过评价：‘告警时间定下来，有了科学依据，肯定了犯罪分子作案时间，案件解决了一半。’由此表明，这位杨工在‘5·15’专案工作上的作用和贡献有多大。所以，我完全赞成他们两位同志登门去拜访。至于杨辉女儿有特务嫌疑，同我们‘耳目’谈恋爱。我们是侦查员，遇到这种情况，不应该畏首畏尾。本来没有机会叩开杨家大门，侦察杨老太一家内情，现在为我们创造了有利条件，就应该深入他们家里进行实地侦查，凭直觉观察、了解宋浩然同杨英恋爱关系，杨辉包括他老婆，一家人的态度，为下一步工作提供参考依据。”

在座同志，特别是老刘、小王、小李、小唐全都赞成洪强讲的道理。老刘说：“我赞成老洪的意见，小李、小唐，事不宜迟，不要等人家走了，再来个马后炮。”

顾金生一听众口一词，掉转头来把矛盾转嫁给洪强：“老洪，既然你提出的主张，你决定，但是，今后有啥事情，你负责。”

洪强风趣地说：“既然顾科长权力下放，我也就自告奋勇做出决定，小李、小唐去拜访杨工，今后一旦有问题，我负责。不过，最好请宋浩然陪同一起去。”

小李、小唐得到洪强的支持，立马起身走路。小李、小唐同杨工碰头，最终出现什么结局，是好，还是坏，人们翘首以待。

74

另起炉灶

坐落在沪西市市中心东北角，牌楼巷21号一座西班牙式的楼房，原来的主人叫杨建时，是杨辉的祖父。从这座房子这么洋气，就不难看出它的主人，正是20世纪初叶，接受西方文化，得到发迹的洋行买办。

小李、小唐由宋浩然陪同到杨家，宋浩然揿了门铃，杨辉闻声出来开门，一看到是宋浩然陪同小李、小唐上门，杨辉显得无比兴奋，一步跨出门槛，激动地同小李、小唐握手，嘴里不停地念叨："两位真是贵客，贵客临门，欢迎，欢迎。"

小唐一头同杨辉握手，一头说话："我们听到宋工说你回到老家，赶紧上门拜访。"

杨辉一只手握住小唐，还有一只手握住小李，嘴里不停地念叨："不敢当，不敢当。"然后，抬起右手："请进！"

杨辉将客人引进客厅，忙着喊柯茜："老柯，你看谁来了？"

柯茜听到喊声，赶忙从二楼房间里走下来，惊异地看着来人："是你们两位，真是难得见面的稀客，请坐。"

待双方坐定后，杨英母亲柯茜忙着倒茶、递烟，小李、宋浩然都摇摇手表示不会吸烟。只有小唐、杨辉两人从柯茜手里接过香烟点燃，柯茜这才完成了接待任务，挨着杨辉坐下。

杨老太听到客人到访的声音，特地从楼上跑下来，眯起了老花眼，喜滋滋盯着宋浩然看，再看看小李、小唐两个陌生人，毕竟初次见面，有点生分。然后，闪在一边。

杨辉这才礼貌性地向客人介绍家庭成员，指着站在杨英母亲旁边的杨老太笑嘻嘻地说："这位是我们的老母亲。"

杨老太笑呵呵，弓起了背，不住地点头。

小唐笑嘻嘻地问："老太今年高寿？"

杨老太有点耳背："啊！"

杨辉在一旁，凑近杨老太耳朵："问你今年高寿？"

杨老太诡秘地笑笑："小嘞，75岁。"

小唐夸赞老太："不简单，75岁，高寿，身体还蛮健康呐。"

杨老太拉着柯茜问："他们两个人是哪里的？"

柯茜凑近杨老太低声耳语："公安局的……"

杨老太歪着头，特地把耳朵凑近柯茜："啊！你说啥？"

柯茜怕引起客人笑话，将杨老太拉到生活间，放大了声音："是沪西市公安局的同志。"

杨老太一愣，翻白着眼睛："公安局的人怎么会来？"

柯茜像抚慰孩子似的向老太说明原因："他们是到杨辉厂里做测试认识的，你不懂的，你不要去问。"

柯茜向杨老太作了解释，便跑回到客厅。杨辉又转身向小李、小唐介绍："这位是我内人，你们到我厂里工作，看见过吧。"

小唐幽默地说："不仅看见过，我们还打过交道，不是她帮忙盖了两个图章，两份没有盖章的鉴定意见书，拿回来也派不了用场。"

小唐的讲话，引起在座的人哈哈大笑。

杨辉听到小唐一说，也联想到柯茜同小唐、小李在"01"工厂见到过。杨辉说："对对对，你们在'01'工厂见过面的，在'01'工厂家属宿舍碰过头。"

柯茜大大方方走过来同他们一一握手，热情地招呼他们说："请坐。"

杨辉接着说："你们工作这么忙，还特地来看我们，真不好意思，按理应该由我来看你们。"杨辉停顿了一下，不无遗憾地说："本来，我想登门拜访，一想，机关不同于企业，尤其是公安机关，多有不便，所以，我就请宋工带个口信向你们问好。"

在这种场合，小李没有小唐会应酬，小唐接过杨辉话头："杨工，这，你就见外了，你如果到我们那里，我们热烈欢迎。公安机关同其他单位一样，只要是工作上有过来往，特别是像杨工、柯书记，曾经帮助过我们，我们不会忘记的，你回老家如果不同我们联系，我们反倒是对你有看法。"

杨辉、柯茜听到小唐这么一说，内心既高兴，又感动。

而杨老太听了柯茜说，小李、小唐是公安局的人，很不自在，也就自顾自在生活间忙前忙后，再也没有露面。

客厅里，主客双方寒暄了一阵子，柯茜坐在旁边陪客，始终不插一句话。此时，宾主双方好似源头活水干竭，交谈一时断流。好歹由小唐疏通了山涧源头，话头这才像山涧水潺潺流淌，室内气氛又开始活跃起来。

小唐说："柯书记老家是哪里的？"

柯茜笑盈盈说："我同老杨都是沪西人，我老家是在石浪公社，大学毕业我同老杨一起被分配到西部。"

杨辉接上柯茜话茬："我们两人既是同乡，又是同学，而且大学毕业，同时被分配到西部'01'工厂。"

杨辉接着不无感叹地说："想想那个时候，年轻人血气方刚，为报效祖国，积极报名到祖国最需要的地方去。当时，我是受我们柯茜同志的影响。因为她是共产党员，所以，向她学习、看齐，报名到西部去。我们去的时候，正当'01'工厂开始筹建，环境十分艰苦，既要做搬运工，搬运机器设备，又要安装；最大的问题，是水土不服，吃的都是杂粮，接下来又遇到三年灾害，我们都患上浮肿病，嗨！还真是被我们挺过来了。现在，有时候想想过去的情景，不可思议。"

小李、小唐和宋浩然都赞不绝口："不简单，不简单呐。"

正在谈兴上的杨辉，面孔转向柯茜："要说不简单，倒是我们这位柯茜同志。这么瘦弱的女同志，在那样环境挺过来，着实不简单，在那个时候，硬是受信仰支撑，显示一个共产党员的坚强意志，以她为标杆，才使我一步一步走了过来。"

小唐说："你也不简单，事业有成，对社会主义建设做出了贡献，党和国家不会忘记你们的。"

杨辉带有自卑的神情："不好意思，柯茜在大学里就入党了，我到今天还没有跨进党的大门呐。"

小李说："不是党员，不等于思想落后，建设社会主义社会，就是要靠热爱祖国、热爱社会主义的知识分子。"

杨辉不无遗憾地抱怨："实事求是说，我家庭成分有点高，主要我还有个大妹子在香港，政治面貌不清。妹夫解放前在国民党政府里当官，沪西解放，他们两人逃到香港，妹夫不久病死了，大妹子在香港不务正业，客观上拖了我的后腿。当然，主观上，我也有问题，我要感谢老柯，经常为我打气、鼓励，如果说我有一点进步，一大半是我们老柯的功劳。”

小李、小唐拜访杨辉，一方面出于“尽地主之谊”，答谢杨辉在“5·15”专案工作上的帮助，另一方面，实地观察杨英一家的情况。所以，小李见缝插针：“你这个大妹子原来在内地做啥？”

杨辉气愤地说：“我这个大妹子在解放前就是个不安本分的人。在中学时代，就参加国民党三青团，中学还没有毕业，就同当时的沪西县国民党县政府社会科科长张一飞混在一起，不顾我父母反对，他们就结婚。沪西解放，两个人就逃到香港去了。她那个丈夫凭他的地位，在沪西还说得过去，到了香港那个地段，像他这种人多如牛毛，非但混不下去，以后，贫病交加，不久病死……”

小唐考虑到杨英父母对香港的杨非没有好感，而且，在政治生活上是个累赘，成了他们夫妇的“政治包袱”。所以，特地用话岔开，将话题转移到宋浩然身上，竭力在杨辉夫妇面前对宋浩然着实夸奖了一番。

小唐说：“你们总算找到个好女婿。宋工在我们沪西地区邮电通信系统是顶梁柱，技术权威。而且，为人忠厚老实，你们两位生了个女儿，赚着个儿子，今后不愁养老送终了。”

嗨！小唐这么寥寥几句话，说到了他们夫妻心坎上，杨辉、柯茜两人看着宋浩然露出满意的笑容。特别是杨辉的老婆，心里想，当事者迷，旁观者清，连外界也是这么个看法，说明杨英选择的对象是选对了。此时，倒是杨辉以长辈的口气，对宋浩然进行了一番鼓励。说着说着，已经到了下午 5 点多种，小李、小唐起身告辞，杨英正巧下班回家，同小李、小唐打了个照面，听了宋浩然介绍，热情地同他们握手打招呼。杨辉夫妇一再挽留吃晚饭，小唐、小李留下带去的土特产，偕同宋浩然告辞出门，转身到了姚巷 5 号宋浩然家里。

当天晚上，宋副局长在办公室会同顾金生、洪强以及专案组的同志研究宋浩然同杨英谈恋爱，宋浩然还能不能作为“耳目”使用的问题，以及如何看待杨辉、柯茜、杨非、杨英、杨老太这一家人。

本来，顾金生竭力反对小李、小唐上门拜访杨辉，由于专案组绝大部分同志的主张，而且洪强积极支持，也就勉为其难，听凭他们去吧。现在他同在座同志怀着同样的心情，不同的出发点，亟待了解小李、小唐上门拜访的结果。小李、小唐赶到，众口一词问："你们两人上门拜访，有没有什么收获？"

小李、小唐赶紧将拜访杨辉的情况以及同宋浩然个别交谈的情况做了比较详细的汇报。

小李还特意将上门拜访所留下的印象作了评估："杨辉虽然是个知识分子，但是，为人比较坦率，毫无保留地说明影响他进步的主要障碍，是在香港的妹子，杨英的姑妈杨菲，政治面貌不清，正是有了这个社会关系，拖了后腿。柯茜，这个女同志比较朴实，虽然是个知识分子，看上去就像一名中学教师，性格内向，再加上长期生活在山沟沟，不什么接触外界，所以不善言辞，不会敷衍。"

小唐插嘴说："其实，从杨辉今天同我们交谈，他之所以对自己家里最敏感的一些事情，向客人述说，很有可能是说给宋浩然听的，其主要目的，让这个未来女婿了解杨英的家庭情况。所以，他既介绍杨英母亲是共产党员，接着又介绍了在香港的大妹子政治面貌不清，特意向宋浩然敲敲边鼓。然后，又对宋浩然鼓励了一番。"

小李突然像想起什么："我们两人还看到杨老太，75 岁的人，身体倒是蛮健康，有点耳背，同她讲话还要用翻译，嗳！小唐，你有没有觉察到，一开始同她交谈几句话，她搞不清，都是她媳妇做翻译。后来，柯茜把她拖到生活间，以后，老太就再也没有出来。"

小唐接口说："我也注意到她有点反常，不过话又要说回来，她确实耳背，说不上话，不再到客厅来，也是情理中的事，你说呢？"接着，小唐、小李两个人又汇报了宋浩然同杨英的恋爱过程，杨英到微波站去的情况，以及对杨英的看法。

小李说："基本上同孔定山微波站朱金祥反映的情况差不多。"

事情发生在"5·15"专案组被逼撤销那年春夏之交，宋浩然同杨英两人还未谈恋爱之前，是由杨英提出来，然后，由刘敏英陪同杨英到微波站。事先，宋浩然一点也不晓得。杨英同宋浩然谈恋爱以后，两个人在谈老空的时候，杨英无意中向宋浩然说起曾经到孔定山微波站去过，还参观了机房。

顾金生不耐烦地插话:“我听你们汇报到现在,也没有听出个名堂来。你们上门拜访,是带了任务去的呢,还是纯粹去看老朋友的?你们去的目的,一是要了解杨英同宋浩然谈恋爱,杨英有没有向宋浩然套取情报,或者说发展宋浩然参加特务组织,二是杨菲在香港到底是干什么的?不好笼里笼统说政治面貌不清。”

小李本来还想继续汇报,听了顾金生一顿数落,干脆闷声不语,倒是小唐回敬了顾金生:“饭要一口一口吃,汇报也要一样一样来,你所提出的问题,我们两个人,一是看看老朋友;二是看准机会,从中了解他们的情况。”

“据我们找宋浩然了解的情况,他同杨英谈恋爱的过程中,杨英从来没有向宋浩然提出过要到孔定山微波站去。双方接触这么长时间,杨英也从来没有向宋浩然套取情报,或者提出发展宋浩然参加特务组织。她香港的姑母杨菲,据宋浩然说,杨英在宋浩然面前曾经流露过,当她一提起这个姑母,神情表现得黯淡,没有再说下去,而是在今天宋浩然陪同我们去她家里,同杨辉交谈时,是杨辉透露了以后,他才晓得这个姑母政治面貌不清。总起来说,杨辉夫妇对杨菲也不是顶亲近。”

顾金生歪摆着头,用讽刺的口气说:“你们上门拜访,回来汇报的内容等于起着个‘二传手,传声筒’作用。”接着,他一反常态,发表了一个惊人的论调。

顾金生皱起了双眉:“从你们同杨辉接触的表现情况来看,杨辉是一个比较老练,甚至是受过训练的特务。宋浩然同杨英恋爱,显然,宋浩然已经被特务俘虏过去了,这样的人根本不适合做‘5·15’专案上的‘耳目’……”

顾金生发了一通高调,震惊了在座的所有同志,当一些同志缓过神来,有的傻笑,有的摇头,还有的咂咂嘴,表露出来的各种神态,如同泛起大小不一、形状不同的气泡,汇聚到一点,对顾金生的论调不屑一顾。

想当初,上级机关敌情通报,要求开展排查“女神”的时候,当小林、小郁把杨英、杨老太作为重点提出来,却遭到顾金生一顿数落,甚至讽刺。他振振有词地说:“杨英生长在一个进步家庭里,她的血液里还流淌着共产党员的血液;杨老太年事已高,特务到内地要发展人员,也不可能发展七十几岁的老太当特务。现在,听了小李、小唐汇报到杨英的父亲说起在香港的姑妈杨菲的情况，以及宋浩然向小李、小唐谈到同杨英谈恋爱过程，他却来了个一百八十度大转弯，认为杨英的父亲是受过训练的特务，宋浩然已经被杨英俘虏过去……"

现在，小林一听到顾金生的论调，心里就来火。心里想，最初，接到上级敌情通报，开展排查特务机关在内地发展特务代号"女神"的时候，在几次会议上，我提出杨英、杨老太要作为重点对象，都被你否定了，当众还遭到你讽刺。本来他很少发言，今天，憋不住埋在心头的一股怨气，也顾不上什么科长的尊严不尊严，尽情发泄说："你原来不是说杨英、杨老太不可能是特务，现在连杨英的父亲杨辉也是特务，如果他是特务，他怎么可能在国家保密工厂当总工程师？"

小唐接过小林的话茬："小林啊！你这就不懂了，我们的顾科长同孙悟空是师兄弟，都是火眼金睛。不管什么妖魔鬼怪，只要在顾科长眼前出现，必然要现原形。"说着，小唐站起来，单腿竖立，左手反背，右手放置前额遮阳，做着孙悟空遥看远方的动作，引得大家哄堂大笑。

洪强听了顾金生对杨英一家下的定义，遭到一些同志诘问，沉默不语。正在暗自思考：现在看来，对宋浩然的使用问题，一下子不能来个急刹车，马上停止使用。从国民党特务活动的手法，使用女色勾引、色情拉拢的手段并不见鲜，而一些意志薄弱，被拉下水的也不乏其人。但是，宋浩然同杨英恋爱，不能草率地就断定，宋浩然已经被杨英用色情拉下水，还得实事求是弄清情况。应该相信宋浩然向小李、小唐所谈的情况。但是，现在还不能排除杨英同宋浩然谈恋爱有其不可告人的目的，用女色勾引，宋浩然可能没有意识到，或者说，杨英同宋浩然谈恋爱逐渐产生了感情，是不是金盆洗手也不无可能。当然，这些都是一些分析，要真正知道内情，还应该进一步深入下去了解内情。如果说宋浩然已经被杨英拖下水，敌人既然从我们内部拉出去，我们为什么不能从敌人营垒里把他（她）们拉过来，甚至再打进去呢。

宋副局长看到顾金生被几个同志一顿数落，弄得一副尴尬相，特地为他解围，眯起了眼睛，以征求意见的口气说："老洪，你有什么意见，说说吧？"

洪强经过思考，在宋副局长催促下，发表意见："我们一切工作的目的，一是打击敌人，二是保护好人，还包括要挽救一些失足者。而且，保护好人,挽救失足者,是我们公安工作的首要任务。至于杨辉是不是特务,现在不可以下这个结论。一是在小李、小唐拜访他的时候,当了他们两个人的面,直言不讳,说杨菲在香港政治面貌不清,如果他已经被杨菲发展为特务,他只会回避这些敏感问题,决不会向客人公安人员披露自己妹子政治上有问题,引火烧身,自找麻烦。二是如果杨辉被他的妹子发展参加了特务组织,不可能再在'01'保密工厂当总工程师。"

顾金生气急败坏反问:"杨辉不是特务,为什么杨菲潜入大陆,由杨辉帮助杨菲向香港一个政治上可疑的地址寄信?难道这是偶然的吗?"

洪强理性地表明自己的观点:"关于有同志汇报到杨辉曾经在西部帮助杨菲向香港一个政治上可疑的地址寄过一封报平安信,这里面有几种可能:一、杨菲发展了杨辉参加了特务组织,根据杨菲的指令,向香港特务机关报告杨菲已经平安到达内地开展特务活动;二、杨辉没有参加特务组织,而是,杨菲利用杨辉这个书呆子,按照她的要求,帮她寄信向特务机关报平安,而杨辉没有意识到自己被利用;三、杨辉如果已经对杨菲政治上有怀疑,杨菲托他寄报平安信,他当即向组织汇报,听取组织上的意见。我倒是倾向第三种情况,可能性比较大。问题是我们要研究到西部去调查杨辉情况,杨辉帮他大妹子寄信这个情节,是怎么得来的?"

顾金生瞪大了眼睛:"我就是看不惯你这种作风, 唠唠叨叨的调头,当然是调查得来的,总不会是天上掉下来的吧。"

洪强针锋相对:"我之所以提出这个问题, 因为同样一个情况,就有可能有不同的来源,不同的来源,它的生存意义也就不同。现在,我们要推敲,这封信的来源?"

顾金生把头一仰:"当然是单位提供的,总不至于是调查的同志造出来的。"

洪强朝小林、小郁看看:"你们两位说说看,这个情况是如何得来的。"

小林说:"是'01'工厂保卫部门提供的。"

洪强接着又问:"那么,保卫部门又是从哪里得来的?"

顾金生不屑一顾地说:"调查得到的。快点,你不要再吹毛求疵了。"

宋副局长看看洪强、再看看顾金生,心里想,要吸取以往经验教训,专听顾金生"瞎捣鼓",不是上当,就是失误,现在,应该采取兼收两方面意见，向洪强一方倾斜：

“眼前，可以向省厅打一个报告，报告体现三个方面的内容和意见：一是将杨菲一案同‘5·15’专案，敌特机关‘W 计划(1)(2)’并案侦办：二把杨菲、杨英、杨辉以及杨老太这一家组成一个独立的专案，开展工作；三对宋浩然是否作为‘耳目’使用，看看省厅是什么态度。老顾、老洪你们两位看还有什么意见，如果同意这样做，老顾，你再抽调一些同志，加强侦查杨英的力量。”

顾金生昂起头：“准备另起炉灶，组织侦查杨英、杨菲一案，我们照办。至于向省厅请示汇报，老洪你看着办吧。”

下一步，对宋浩然是不是可以作为“耳目”继续使用，“5·15”专案同杨菲一案是并案侦查，还是把杨菲、杨老太一家单独立案，专案组的人，可以说，没有人打包票。

75

金盆洗手

小李、小唐两个人拜访了杨辉，回到宋副局长办公室，在座的同志听了他们两个人汇报同杨辉一家接触，以及同宋浩然交谈的情况的感受。在研究宋浩然能不能作为“耳目”继续使用，对杨非一案是作为个案另行立案，还是同“5·15”专案并案侦查的问题上，顾金生同洪强又是“钉头碰着铁头”，硬碰硬，相持不下。最后，只得由宋副局长做“老娘舅”，采取折中办法，来了个不偏不倚，两种意见兼收，矛盾上交，等待省厅批复决定。

专案组研究案件的时候，只要顾金生一到场，会议室里的气氛马上发生变化。本来大家积极发言，变得顾金生同洪强两个人对抗。虽说，他们两个人的大脑接收到“同一个信息”，释放出来“信号”，不是不同步，就是碰撞、对冲，会议室里往往弄得气氛凝重，堵得人心里发毛。之所以老是出现这种情况，归根结底，同这两个人所处工作环境、个人素质所具有的潜质有很大关系。拿顾金生来说，长期以来，搞惯企事业单位内部“防范工作”，到了侦查部门，换了一个环境，他的思想方法没有随着环境的变化而跟着转换，原来的思路、方法，固定在他的脑子里“发酵”，加上个人品性欠佳，养成了与众不同的品性，动不动要唱反调，一些同志看见他“头就大”。而洪强长期战斗在隐蔽战线，接收蒋帮特务机关的“信息”特别敏感。只要敌人露出一点点蛛丝马迹，他就要把一个时期出现的人和事、上级部门的敌情通报加以连贯起来思索，再按照侦查部门一套工作程序、思路，分析问题，发表自己的观点，看问题比较理性，处事稳健、精准。受到同志们的信赖和称颂。

一个是一科之长，一个是一组之长，从组织关系来说，组长要服从科长。偏偏当科长总是横挑鼻子竖挑眼，而且老是“找茬”，搞摩擦，一些问题应该决断的不决断，不该决断的瞎决断，以致内耗不断，到头来，为敌人预留了活动空间。

台湾驻港特务机关头子金坚，先后派遣陈婷、杨菲潜入大陆从事反革命破坏活动。陈婷发展朱如泽实施“W 计划(1)”，破坏孔定山微波站邮电通信设施；杨菲发展杨英以代号“女神”，实施“W 计划(2)”。

杨英遵照杨菲的指令，通过同事刘敏英的关系，借以游览名义混到孔定山微波站搞情报活动。所以，宋浩然的名字以及 W 绝密文件，早已经印在特务头子金坚的脑子里。后来，金坚一听说杨英同宋浩然已经谈情说爱，表明“女神”在实施“W 计划(2)”，已经跨出实质性一步。心里盘算，窃取 W 绝密文件正式文本，为时不远，同美国佬亨利约定的一笔交易十拿九稳。一个转身，金坚又向亨利索要了“订金”。至此，金坚为了加速步伐，迫不及待要杨菲催促杨英窃取 W 绝密文件正式文本，加紧策反宋浩然叛逃投敌。

但是，好景不长，杨菲这条情报渠道，突然中途断流。特务头子金坚再三催促，杨菲不得不向杨英频频发信、打长途电话，而杨英既不回信，又不回电，杳无音讯。本来，杨菲想用老办法，通过杨老太传话，邀约杨老太、杨英到广州碰头，想当面用亲情笼络、利诱。嗨！杨英就是不领情。不仅不应邀赴约，甚至，连信都不回一封。远在香港的杨菲，开始坐立不安。偏偏在这个时候，特务头子金坚像催命鬼找上门来，查问杨英情况，杨菲敷衍搪塞。后来，被金坚觉察到情况有变，再三盘问杨菲，杨菲只是支支吾吾，当即受到金坚严厉训斥。自此，杨菲在特务机关里黯然失色。只要金坚在杨菲面前一出现，她的面孔上渐渐浓云密布，预感到山雨欲来，将要压缩她的生存空间。此时的杨菲就像热锅上的蚂蚁，七上八下，坐立不安。怎么办？想来想去别无他法，软的不行，来硬的，恫吓、威逼，逼使她老母亲加大对杨英的压力，唆使杨英回信、输送情报，而杨英被逼无奈，同她的老祖母玩起“捉迷藏游戏”，干脆不回家。

事情何以如此急剧逆转呢？问题就出在想当初，杨菲授意杨英实施“W 计划(2)”，以色情勾引策反宋浩然。杨菲本意只是要求杨英逢场作戏，而不是真正要她同宋浩然谈恋爱。结果弄巧成拙，杨英同宋浩然谈恋爱一发不可收拾,已经沉迷在情海爱河之中。爱河河底浪倒流,恋爱一头顺风顺水,已经到了谈婚论嫁的地步。特别是杨英父母从西部赶回沪西,见过了未来的女婿宋浩然以后,敲定了这桩婚事。在热恋中的杨英,脑子里尽是憧憬着未来幸福生活在招手,终身大事已经不可逆转。杨英同杨菲的关系如同遇到天寒地冻,逐渐冷却、冰冻,发展到杨英同杨菲的关系一刀两断,同特务机关绝缘。

应当说,特务头子金坚授意杨菲,要杨英用色情勾引宋浩然,从事特务活动。这是金坚借以杨菲之手,在大陆一块没有生命的花岗石上播种的"花朵",注定要枯萎、死亡。

话还得说回来,在现实生活中,一旦与敌特机关沾上边,唯一不能掌控自己命运的,就是一失足成千古恨的当事人——杨英。金坚从杨菲口中得到杨英的确切消息,得知杨英同宋浩然已经发展到谈婚论嫁,同杨菲切断组织关系,暴跳如雷,严厉训斥杨菲:"你一直把我当猴子耍了。"杨菲竭力解释,金坚根本容不得她诉说原委,板起面孔,嘿嘿冷笑一声:"看来她在为你挖掘坟墓,送你上路了,这是一种背叛!"杨菲凭她几十年特务生涯,特有的嗅觉,当即意会到金坚这句双关语的含义。正是无可奈何花落去。狡猾的金坚本来想"东方不亮,西方亮",如果陈婷一头无法进展,就指望杨英通过色情勾引宋浩然取得W绝密文件的正式文本,策反宋浩然叛逃投敌。现在,这个计划不仅彻底落空,而且,还将威胁到"W计划(1)"的实施,为防止杨英向大陆公安机关自首、告发,决定抢先一步灭掉杨英,让她在这个地球上彻底消失。

正待专案组等待省厅批复的期间,沪西市第一人民医院突然发生一起凶杀案件。被害人杨英,正是宋浩然热恋中的恋人。洪强和小李参加勘查现场、案情分析会议一结束,特地安排时间邀约宋浩然碰头。在沪西市公安局侦查科据点,宋浩然坐在沙发里,面对洪强、小李,独自黯然神伤,泫然流涕。而洪强、小李对宋浩然失去一个心爱的人,深表同情。洪强竭力搜索词汇想用具有生命力的语言宽慰宋浩然,最终,也只有简单的一句老调:"……宋工,人死不得复生,还是节哀顺变吧!"

宋浩然擦了一把眼泪,抬起头来:"我无论如何想不通,蛮好一个人,怎么会去自杀呢?如果她要自杀,在这之前总要有一些迹象吧。再说,还要有一定的因果关系,可是我同她接触中,从来没有听到她流露过有自杀的念头。特别是她父母亲，前不久，特地从西部赶到沪西市，敲定了我俩的婚事，我同她都沉醉在无限喜悦中，怎么可能就这么不明不白自杀了呢？”

洪强警觉地发问：“杨英自杀，你是从哪里听来的消息？”

宋浩然抬起头来，用肯定的语言回称：“我是从杨英同宿舍的刘敏英那里听到的。我突然接到刘敏英的电话，说杨英自杀了。当时，我还以为听错，怀着疑惑而惊恐的心态赶到她们护士宿舍，一打听，说尸体已经移送火葬场，我连忙赶到火葬场，公安人员在火葬场设立了禁区，我才无可奈何地离开。”

“宋工，我可以负责任地告诉你，”洪强严肃而认真地告诫：“杨英肯定不是自杀身亡，而是他杀。刘敏英告诉你的消息，只是听到一些人的传说。杨英之死，这是一起凶杀案件。现在，公安机关全力以赴在侦查，只要各方面积极配合，总会有水落石出的日子。我想顺便问问，有关你同杨英接触过程中，有没有发现特别感觉，或者说疑问，随便谈谈，好吗？”

“我对她特别感觉，或者疑问，倒是从来没有发现过。”宋浩然歪转头，若有所思：“只是一般的通常感觉，这个女孩子思想比较单纯，虽然人长得漂亮，但是，不像有些女孩子爱虚荣。”

“那么，你们平时在接触过程中，交谈些什么内容？”洪强委婉地引导宋浩然的思路：“交谈中，她最感兴趣的是些什么内容？”

“一开始，我同她几乎没有什么话讲。”宋浩然神态凝重地回忆：“以后，相互熟悉了，话也就多了。”

宋浩然就把他们交往过程中，彼此交谈有关家常事及个人生活、学习、成长等，娓娓道来。慢慢，越说越伤心，两眼间饱含晶莹的泪珠，在忧伤中继续回忆：“一般都是我谈得多。有一次，我谈到有关我的家庭出身，突然，她脱口而出她香港有个姑妈，话到嘴边又马上打住。我不便追问。后来，在同她父母见面时，她父亲谈起，才得知她香港的姑妈政治面貌不清。那次，小李、小唐也在场。”

小李在旁边点点头，表示有这么回事。

“孔定山微波站方面，”洪强发问：“她有没有向你打听过什么事情？”

“没有。”宋浩然肯定地说：“甚至连我在微波站做什么工作，她也没有问过。我也不便同她交谈。再说，她父母都是搞邮电通信技术工作的。在这方面，不会引起她的好奇心，我也疏于同她交谈这方面内容。”

本来，洪强想通过宋浩然，直接了解杨英如何向宋浩然套取情报、策反宋浩然叛逃投敌。然而，宋浩然就是反映不到这方面情况。是有意回避呢，还是故意隐瞒，或者意识不到?小李在旁边，一时插不上嘴，洪强干脆直截了当提问：“我们曾经听说杨英曾经到过孔定山微波站，你能不能回忆一下当时的情况?”

宋浩然从洪强再三提问的内容，听出的音头，再联想起杨辉曾经当面提到过杨英有个在香港的姑妈政治面目不清，开始意识到杨英有可能涉及政治方面的问题。宋浩然认真地将刘敏英陪同杨英到孔定山微波站的来龙去脉，详细地向洪强、小李述说，并表示：“从我的感觉中，她从来没有向我打听微波站邮电通信方面的机密。”

洪强追问：“那次，由朱金祥陪同她和刘敏英到微波站办公室所在地，后来，又到你办公室去，你是否再回忆一下具体情况。”

宋浩然仰着脖子沉思良久：“那天，是星期天轮到我值班，我利用值班的机会，正在思考、研究一份“W 计划绝密文件(提纲)”，大约在中午 11 点钟，突然听到敲门声，我随即把手头上的文件合上去开门。”

宋浩然将由朱金祥领了刘敏英、杨英到他办公室的经过情形讲了一遍：“他们在我办公室时间很短促，既没有交谈，也没有什么可看的东西。当时，我因为看到一个陌生女人，刘敏英向我告辞，我确实没有挽留他们的意思，就说了一声‘不送’。”

洪强问：“当时，杨英有没有看到你桌子上的文件?”

要说看到，宋浩然肯定地说：就是一份‘W 计划绝密文件(提纲)’的封面，当我听到有敲门声，习惯性地将文件合上。至于，文件里的具体内容，无论如何看不到的，即使看到文本内容，也是用的代号、密码，不是搞我们这一行接触到这方面机密的人，根本看不懂。”

洪强、小李听了宋浩然回忆他同杨英交往的情况，觉得文章就在那份“W 计划绝密文件(提纲)”上。但是，像宋浩然不是从事公安工作的知识分子，不一定觉察到敌特机关在动他的脑筋。洪强感到宋浩然要说的话已经说了，准备结束谈话：“你还有什么想法，或者要讲的话?”

宋浩然无奈地摇摇头：“正如你所说的，人死不得复生，我唯一担心的倒是她远离沪西，在西部的父母亲。如果他们得到杨英的死讯，肯定承受不了这个打击。况且，她母亲患有心脏病，说不定，听到这个噩耗，加重病情。我已经考虑好了，今后，她的父母就是我的父母，由我负责养老送终。”

洪强、小李看到宋浩然如此悲戚的心绪，安慰、鼓励了一番，就此送别宋浩然。

小李脸上显露出少有的神秘相，发自内心惊叹：“怪不到，境外的特务机关对宋浩然如此感兴趣，弄到天亮就是这份‘W 计划绝密文件（提纲）’。可是，这份‘W 计划绝密文件（提纲）’，早已经被陈婷偷盗得去了，还有啥戏可唱？”

“被你说对了一半，还有另一半，你没有说。”洪强发自内心一声感叹：“说明省厅、华南市公安局侦查部门掌握情报非常及时、准确，特别是华南的老赵，我们两个人在他家里吃晚饭，他向我们介绍台湾特务机关的活动规律、特点，要我们投放的‘鱼饵’要香，要适合台湾特务机关、美国中情局两边特务的胃口。现在，看来，根据王金海汇报，朱如泽打听宋浩然的消息，恐怕就是杨英在宋浩然办公室看到的那份‘W 计划绝密文件（提纲）’。后来，我们按照陈、许二位的以及省厅邱副厅长、陈处长的意见，特意布置宋浩然同小迟唱了一出双簧，投下了鱼饵——‘W 计划绝密文件（提纲）’副本，陈婷在宋浩然家里窃取了以后，回到香港这就把香港特务机关头子的胃口吊出来了。”

“既然陈婷已经将‘W 计划绝密文件（提纲）’副本窃取到手，”小李疑惑不解：“香港特务机关为什么还要对宋浩然这个人紧追不舍呢？按照你的设想，我们还要诱敌深入，这，有这个可能吗？”

“陈婷拿回去的仅仅是一份副本，等于拿回去一部天书，”洪强向小李解释：“没有正式文本，任何人都看不懂，而且里面还用的是代号、密码。”

小李疑惑地说：“天书？你的意思是说，陈婷拿回去的‘W 计划绝密文件（提纲）’，特务头子看不懂，不会吧？”

洪强诡秘莫测地笑笑：“你有没有注意到宋浩然说，即使看到文本内容，也是用的代号、密码，不是搞这一行接触到这方面机密的人，根本看不懂。”

小李听了洪强进一步说明，这才恍然大悟："怪不得，朱如泽、陈婷如此卖力。不过，陈婷实施'W 计划(1)'，同杨英之死，恐怕不搭界吧。"

洪强摇摇头笑笑："恰恰相反，杨英之死，至少是陈婷按照敌特机关的指示，在幕后指使人去干的。"

小李摇摇头，对洪强的推测，表示异议："杨英死的时候，陈婷早已经离开沪西市了，怎么可能是陈婷实施谋杀的呢？"

洪强十分自信："只要宋浩然反映的情况是事实，陈婷实施谋杀杨英的可能性极大。我之所以这样认为：一、杨英本来对微波站很感兴趣，通过刘敏英的关系，到孔定山微波站游览，偷看到'W 计划绝密文件(提纲)'，这就有后来的陈婷、朱如泽千方百计要搞到正式文本的绝密资料，也就印证了华南赵开诚的判断：敌特机关'W 计划(1)'。有其一，必有其二。因此说，杨菲通过杨英实施'W 计划(2)'，根据赵开诚原来的提议，我之所以一再要求把杨菲一案同'W 计划(1)'并案侦查，就是这个道理。二、杨英本来同宋浩然谈恋爱，这是敌特机关用色情勾引，企图通过宋浩然窃取绝密资料，策反宋浩然叛逃投敌。但是，杨英同宋浩然恋爱，从来没有提起过微波站的情况，也没有打听过微波站邮电通信方面的人和事。如果杨英是特务，只有一种解释，她已经'金盆洗手'，洗手不干了，一心一意同宋浩然谈恋爱、结婚。而且，他们俩的婚事，已经得到杨英父母亲敲定。更加说明杨英一心想脱离特务营垒。三、杨英一旦洗手不干，这对特务机关莫大的威胁，怕杨英向公安机关自首、告发。所以，他们必须采取这种卑鄙、残酷的手段杀害杨英，以达到杀人灭口之目的。至于，杨英死之前，陈婷已经远离沪西市。其实，杀害杨英不一定要陈婷亲自操刀，她完全可以指使朱如泽动手。因为我们的侦查工作还没有潜入深水区，所以见不到底。我还是坚持陈婷同杨菲以及杨英之死的案件，要并案侦查；而且，在这起案件上，仍旧要使用宋浩然充当'耳目'。"

小李听了洪强的分析意见，认为有一定道理。至于，随着案情发展，能不能朝洪强设想的方向发展，这是人们无法预料的。

76

整顿纪律

沪西市第一人民医院发生一起罕见的凶杀案件,沪西市里就像发生强烈地震,地震中心位置,恰恰就在市中心,最有影响的第一人民医院。不言而喻,迅速波及全市各个角落。一时间,谣言四起,弄得人心惶惶。

因为被害人是个女的,又是传说中的“人间美女”,格外令人瞩目,成为沪西市内街谈巷议的一桩“桃色新闻”,在群众中传播得沸沸扬扬。

在医院内部,就像炸开了锅似的,沸腾起来。从医院办公室到病房、走廊、饭厅,甚至在医院的路上,人们都在纷纷议论。从杨英是怎么死的说开,各种版本接连出笼。由议论到自杀说起,以后又传说到凶杀;然后,又议论到死因,有的说情杀,还有的说是奸杀。不管是怎么死的,一些认识、熟悉杨英的人表示惋惜,也有个别少数的人讲些消极、反面的话,极个别的人幸灾乐祸,怪言怪语就像唱山歌:“人长得漂亮不一定是件好事哇!杨英的死,最终就是死在人长得漂亮上。所以,好人想她,坏人也要动她的脑筋,坏人动不着脑筋就不择手段,你们说,杨英是不是死在人长得漂亮上。”这些风言风语,奇谈怪论,还倒是有一定的市场。在杨英原来的内科病房里,就出现了“报复情杀”等流言蜚语,而且迅速扩散到整个医院,甚至流传到社会上。一些人只要听说那个人是沪西市第一人民医院的工作人员,就跟在屁股后面打听杨英死亡消息。更有甚者,涌进医院到处打听杨英死因。连日来,医院里人满为患,怀着好奇心前来打听凶杀案件的人到处乱窜,弄得前来看病的人挂号、就诊都有影响。严重搅乱医务人员的正常生活和工作秩序,医院几个领导急得团团转。

在此同时,沪西市公安局在奸杀与谋杀的“天平秤”两头,侦办这起案件的刑警大队，将一切工作措施的“砝码”，投放在“奸杀”一头，进驻几十个刑警在医院进行拉网式地排查犯罪嫌疑人。凡是曾经追求过杨英的医生、技师，列入重点。有的面对面谈话，有的背靠背调查。一些医务工作者被几个刑警弄得怨声载道。这还不算，还不时出现一些虎气生生的便衣警察，穿梭在医院各个科室、门诊室等场所明察暗访，医务人员同警察不时发生冲突，争吵和拉拉扯扯的事不断发生。

在内科门诊室，王医生正在用听诊器帮病人检查前胸，贸然闯进来一个人，贼头贼脑向王医生点头哈腰，还围着王医生面孔上看看，这还不算，又低头看手背，转了个身又看颈根，王医生看到他猴头猴脑令人生厌的样子，忍无可忍，当即脱口而出：“你要看病，请你到外面排队候诊。”王医生眼见来人不理不睬，大声呼喊护士：“小张，你把要看病的病人安排到外面候诊。”

护士小张走进来看了看来人，凑近王医生一阵耳语：“他是刑警。我不让他进来，他不听，跑进来了。”

“你有什么事吗？”王医生抬起头，面对刑警小金发问：“如果有事情，等我下班再来找我，你现在影响我帮病人看病。”

刑警小金晃动着脑袋，摆动着身体，就这么一摇二摆吊儿郎当的样子，朝王医生嬉皮笑脸：“我随便看看，你帮病人看病。”

“这里有啥好看的，”王医生耐着性子：“病人这么多，你妨碍我工作，知道吗？”

小金还是不理不睬，自顾自围着王医生就好像鉴赏一件文物珍品那么专注、投入，左看右看，看个不停。

王医生没好气地嘀咕着：“神经病！人不像人，鬼不像鬼，倒像精神病医院逃出来的病人。”

小金大脑接收到王医生当众讽刺、辱骂的讯息，额头上、脖子上暴出来一条条蚯蚓一样的青筋，发起牛劲吼叫：“你妨碍我执行公务。你嘴里放清爽点，啥人是神经病？”

外边的护士和候诊病人听到室内发生争执的声音，一下子涌进来看热闹。

依仗公安工作特殊职业的背景，小金当了众多群众的面，大要威风，拽住王医生的臂膀，不依不饶地要同王医生争个高低，被在场的护士拉开。

王医生受到莫大的羞辱，窝了一肚皮气，将听诊器往桌子上一掷，转身就外头走。一些护士感到事情闹大了，转过身来劝说小金，连劝带拉，反而催发了他的牛脾气，嘴里一个劲地嘀咕："什么东西，摆啥臭架子……"

在门诊室外面候诊的病人敢怒不敢言，嘴里只是在唠叨："秀才碰着兵，有理说不清。倒霉的是我们病人。"有的病人放开喉咙大声疾呼："护士，我们在这里候诊看病，等了很长时间了……"

门诊护士无奈地摇摇头："我晓得你们等了很长时间了，有啥办法，最好你们早点看好病回去。现在，偏偏叫碰到这种意想不到的事情，你们急，我比你们还要急……"

医院里出乎意料的事情一个接着一个发生，刑警为了配合刑侦技术员搜集证据，还把曾经追求过杨英的一些医生、技师，按指纹，收集脚印，弄得医院鸡犬不宁。市委领导听到医院领导汇报，立即拿起电话通知公安局长到市委谈话。

市委领导两只眼睛紧盯着翁局长："老翁啊！医院发生的凶杀案件，犯罪分子有几个？"

翁局长听到市委领导问起医院发生凶杀案件的犯罪分子有几个，琢磨着领导的意图，从领导的口气，估计刑警队同志在医院工作出洋相，或者出纰漏了。翁局长盯住领导的面孔回称："从现场勘查的情况来看，犯罪分子只有一个。"

市委领导板起了面孔，声色俱厉："那，你们公安人员找了医院几十个医生、工作人员谈话，有的还要人家按指纹，甚至收集人家的脚印，这是什么道理啊？把个医院弄得乌烟瘴气，鸡犬不宁。翁局长，这是个医院，这样搞下去，整个医院不是要瘫痪了吗？老百姓要不要看病？你看，这是医务人员联名写的控告信，说你们侵犯人权。老翁啊！你是不是马上把这件事情抓一抓，我的意见，工作照做，案件照破，方式方法要注意，不要随便找人谈话，更不要随意要人家按指纹、收集脚印……"

翁局长面孔涨得通红，唯唯诺诺："是、是、是，我马上回去抓这件事。"

翁局长回到公安局，叫机要秘书立即通知分管刑警大队、侦查科的局长以及这两个部门的主要负责人到局长会议室开会。

接到通知的分管领导、部门负责人，到了会议室，都在琢磨翁局长突然通知开会，究竟发生了什么事情。一看到翁局长进会议室，怒容满面，在座的人预感到情况不妙，猜测可能出纰漏了。这个时候要出纰漏，又会是啥纰漏呢？

翁局长一坐下来，当众劈头劈脑开腔："事先，我就一再关照你们，医院是知识分子成堆的地方，要注意公安人员形象，工作方式方法。你们把我的话当耳边风。在医院工作，不仅乱找人谈话，还叫人家按手印，到处收集脚印，你们看看，这是医务人员联名控告信。"翁局长气呼呼地将控告信往会议桌上一掷："市委领导问我犯罪分子有几个，你们说说看有几个？"

接着，翁局长将市委领导找他谈话、训斥的内容，向在座的同志进行传达。并再次向在座的同志强调医院是一个特殊群体，不要动不动找人谈话，取指纹、脚印。"不要老是强调这是什么'职业病'。同志啊！这是耍特权，是国民党旧警察作风在我们革命队伍中的反应。"

翁局长越说越激动，拍拍桌子，气呼呼地说："从现在开始，排查工作暂时停一下，刑警大队内部进行整风，认真检讨，总结经验教训。什么时候整顿好了，再开始工作。"翁局长转过身子对坐在他旁边的宗副局长说："老宗啊！老李到中央警校学习，你是不是把这件事情抓一抓。"然后，看了看宋副局长："你们侦查科的同志也要从中吸取教训，组织他们学习，进行必要的正面教育。"

会议一结束，刑警大队是"重灾区"，宗副局长特地坐镇刑警大队，领导整风学习。宋副局长同顾金生科长个别作了交待：侦查科主要是正面教育。还同顾金生研究了方法部署，要顾金生好好组织。特别强调时间不宜过长。

然而，顾金生把宋副局长传达翁局长的指示精神，提出在侦查科进行正面教育，转换成热带气旋中心，掀起了一股旋转风。为了掩盖自己在侦查工作上的失误，借了整风的机会，把杨英之死的责任，如同榫头，装到洪强的头上，把自己的过失推到洪强身上。

牵涉到杨英之死的杨菲案件，原本是顾金生亲自抓的一个"样板"。案件中涉及杨英同她的老祖母杨老太应杨菲邀约在广州会面的问题。

洪强从顾金生手里接过来以后，经过一个时期工作，发现一些同“5·15”专案相关的疑点，向科长顾金生多次要求把杨菲一案同“5·15”专案并案侦查，顾金生当着宋副局长的面，对洪强严厉训斥：“你不要把‘5·15’专案搞成大篷车。”顾金生重新接手杨菲一案，一反常态，坚持要把杨菲一案另行立案侦查，两个人就此发生激烈的争执。虽说经过宋副局长从中调停，一场风波暂告平息，但是，顾金生同洪强的间隙，非但没有弥合，反而不时缠斗。

顾金生接手杨菲案件以后，发生杨英凶杀案件，就杨英之死，诿过于人，趁整顿纪律作风之机，利用手中的权力，召开侦查科全体同志会议，来个先发制人，“猪八戒过河，倒打一耙”，矛头直指洪强，追究责任。还恬不知耻地唱起了高调：通过整风要明辨是非，分清责任。其实，在座的侦查科同志，除了其他业务组，凡是专案组的同志，都心知肚明，要追究责任，顾金生倒是脱不了干系的。

顾金生坐在会议桌首位，面孔朝着洪强，盛气凌人质问：“老洪，你说说看，杨英之死，你应该承担啥责任？”

一听到顾金生点他的名，矛头指向的口气，洪强一眼洞穿他的内心世界，顾金生有意篡改领导的指示，把矛头指向我洪强，追究杨英之死的责任问题。肚里转念头，是同他针锋相对，明辨是非呢，还是和风细雨，向他申述理由？考虑到目前斗争形势，还是忍耐点吧。

洪强转了个弯，笑嘻嘻地说：“老顾啊！现在不是讨论杨英之死是啥人责任的时候，我的意见，应该发动大家如何从刑警大队发生的问题，从中吸取教训，借以提高每个同志的思想认识，以便激励全体同志投入侦查工作中去。至于，杨英之死的责任问题，等到案件破了，是非曲直，一清二楚，再追究责任不迟。”

顾金生拉长了脸，干咳一声，打着南腔北调：“按照翁局长的指示，开展整顿纪律作风，我们侦查科不是生活在真空地带，既然要整风，就要像模像样联系实际，重点就是要解决杨英之死的责任问题。不把责任分清，就不利于教育大多数，不利于今后工作。”

为了争取舆论，他对坐在旁边的副科长郑挺，借以征求意见的口气，煽动郑挺向洪强发难：“老郑，你意见如何？”

“是，应该、应该。”郑挺倒也不是等闲之辈，是油缸里的西瓜，又圆又滑。他从会议一开始，顾金生宣布会议中心议题起，已经觉察到涉及杨英的杨菲案件，原来是顾金生抓的一个“样板”，杨英一死，借以整风的机会，企图把责任推到洪强身上。现在侦查科他顾金生独大，只是轻描淡写附和，转过身来回避顾金生的议题：“我看，应该按照翁局长的指示精神，开展整风……”放了一通空炮，郑挺用眼角扫视在座同志的面孔，透视各人的反应，然后，仰着脖子，自顾自吸烟吐烟圈。

会议上，凡是专案组的同志，心里转念头，顾金生又在“瞎捣鼓”，杨菲的案件，明明是他一手抓的，杨英一死，他把责任推到洪强身上。现在，他借了局长的排头整风的机会，整人。倒也不便做“出头椽子”。任凭顾金生唱独角戏。而其他组在座的同志不明真相，认为顾科长按照翁局长的指示精神，是应该整顿纪律作风，分清是非，追究责任。但是，苦于不了解情况，没有办法发言，只是面面相觑，无所适从。有个绰号叫老 K 的同志，朝顾金生看看，想在科长面前表现一番，晃了一下身子，一本正经举手发言：“我来说两声，杨菲的案件，我们早就听说了，这个案件侦查了好长时间，也没有个说法。一开始，发动我们全体同志出动排查，在过堂研究到杨英的时候，说杨菲不可能发展自己七十几岁老娘和侄女参加特务组织。现在，杨英死了，到今天连杨英的政治身份还没有确定。顾科长提出要追究责任，老洪是应该实事求是作自我检讨，承担责任。”

顾金生听了老 K 的发言，面孔涨得通红，肚里转念头，婊子养的在帮倒忙。而一些原来参加排查工作的同志在旁边暗好笑，老 K 这个论调，杨老太、杨英不可能参加特务组织，原来过堂研究重点对象的时候，是顾金生在会议上发表的观点，老 K 这个赤佬麻子，今天拍马屁拍到马脚上去了。“5·15”专案组的同志只是静坐，一直保持沉默。倒是顾金生有点沉不住气了。他面孔盯住专案组的同志，气呼呼地发牢骚：“今天开会，不是静坐吃茶，是整风学习。要在大是大非面前，检验每一个人的觉悟。不要平时说得头头是道，到了关键时刻，变成缩头乌龟。”

顾金生在会上发了一通牢骚，原本想刺激在座的同志踊跃发言，不晓得事与愿违，就是没有人响应。情急之下，一眼看到坐在他斜对面的李鹰飞，正是阴差阳错，采取点名的方式：“小李啊！杨菲案件你一直参加侦查工作的，你倒是说说看。”

小李嘿嘿冷笑一声，轻蔑地发声："顾科长，不是你说错，就是你记错，或者说，吃错了药，打错了针，神志不清。我从来没有参加过侦查杨非的案件，你要我说啥好。"

在座的同志听了小李的发言，有的笑出了声，有的为小李捏了一把汗，预感到今天的会议要热闹了……

小李看到在座的同志用异样的眼光看着他，他接着发言："要我说，杨非的案件，现在涉及杨英之死，到底是啥人的责任，当领导的心里最有数。你点名要我说，我倒是说不准。再说，局里领导提出整顿纪律作风，是有所指的，而同我们简直风马牛不相及。"

顾金生听到小李的发言，整个人的身体像热水瓶塞头，受高压蒸汽膨胀，瓶塞头向上空弹跳一样，从座位上跳将起来。嘴里发话："你，这是说的啥话，对待局长提出整顿纪律作风，抱啥态度？"

坐在他旁边的郑挺赶忙站起来，用双手按住顾金生的双肩，劝他坐下来："老顾，犯不着。"

他一想，现在，要平息顾金生的牛脾气，只有转过来批评小李，否则不好收场。郑挺一本正经，板起面孔，朝着小李："小李啊！你不应该拿一场严肃的整风学习，说成啥"风马牛不相及。"郑挺心里想，要想捋顺顾金生的毛，就得顺着他的意思，所以，他接着话锋一转："现在，要按照顾科长提出的问题，有针对性地发言。"

小李对郑挺这种不分是非和稀泥的作风看不惯："任何事情都要讲个原则，样样事情不分青红皂白，往我们头上套，有你这样当领导的吗？我倒要请教请教你这位副科长，局长提出整风的指导思想是什么，针对哪一个方面的问题，请你向我们说说看。"

郑挺一听小李掼出来的调头，晓得小李这个人不是好惹的，特地回避小李的质问。朝顾金生瞟了一眼，马上转移视线，向小林挤挤眼睛："怎么，小林要发言，好，现在还是由小林来发言。"

其实，小林根本不想发言，看到小李不依不饶的样子，加上郑挺一副尴尬相，再经他一点名，为了缓和眼前的紧张气氛，煞有介事敷衍了两声："好！我来说两句。不要说我们现在工作上存在问题，即使没有问题，也应该坐下来，好好地认真整顿思想作风……"

在座的其他同志，接着放了一阵子"空炮"，应付会上一时冷场的局面。

冰冻三尺，非一日之寒。顾金生为啥老是缠住洪强不放？其实，顾金生同洪强都是20世纪50年代的战友。他们两个人参加革命，一起在行署公安处侦查大队工作，而且在大队长老浦领导下，同在一个小组。按理说，情同手足。恰恰相反，他们两个人好似形同陌路。内中的隐情鲜为人知。想当初，洪强、顾金生两个人，接受老浦直接布置的一项侦查任务，跟踪一个侦查对象到外地。顾金生一时疏忽，跟踪脱梢，既找不到侦查对象，又找不到洪强，独自一个人回来。经侦查大队长再三盘问，他只是支支吾吾，吞吞吐吐，说不出个所以然。他同洪强外出工作，两个人的出差费用都由他保管，洪强连吃饭钱和盘缠都没有着落，洪强找到车站派出所帮忙，才得以回来。

洪强一个人出色地完成任务，发现了特务活动的老窝，受到领导表扬。事有凑巧，时隔不久，顾金生被调离侦查大队。应当说，顾金生的调离，同洪强完全不搭界。而顾金生一直怀疑洪强在他的背后告刁状。这就埋下了嫉恨的根子。当"5·15"专案组成立，又因为他擅自决定审查庄前村大队书记的儿子王金海，引发当地农民上访围攻顾金生，洪强为他解围，他非但不表感谢，在总结经验教训的会议上，当众强词夺理，遭到与会同志谴责，负气出走，擅自离开专案组，这笔账，他也挂在洪强头上，他对洪强一直耿耿于怀，处心积虑，伺机报复。

有句老话："三十年河东，三十年河西。"一晃几十年过去了，狭路相逢，更是眼红。"文革"后期，公安机关经过清理整顿，公安局内部领导干部人事调动，顾金生由内保科副科长调任侦查科科长，洪强在侦查科反派遣组当组长，受其领导。正是应了一句老话"不是冤家不聚头"。他对洪强的工作处处掣肘、刁难，甚至打击报复。现在，他又抓住杨英之死，开始对洪强发难。

一些参加学习的同志，特别是"5·15"专案组的同志对顾金生有意发难，怀有抵触情绪，故意同他唱起反调，甚至用讽刺的语言发表意见，有的用隐晦曲折的语调揭他的伤疤。顾金生已经有所觉察，为了转移视线，扫视在座同志的面孔，又瞄准了王志坚。小王发现顾金生在朝自己看，清了清嗓子："我以为，这个会，开得很有必要。如果，案件破了开这个会，就格外有现实意义了。顾科长，实事求是说，现在，在座的同志，所有的想法都放在案件上，假设会议开得没完没了，非但分散了精力，坐在这里也感到厌烦。”

一直保持沉默的老刘，看到顾金生纠缠杨英之死的责任问题，肚里有数，为了诿过于人，顾金生竭力制造舆论，企图争取在座同志认同。所以，老刘不紧不慢发表意见：“杨英之死要不要追究责任，也不是我们在座的同志说了算的。当然喽，我们这些人议论议论是可以的，最终，定性，责任到人，还是要有局级领导说了算的。所以，我同意小王的意见，把我们的精力集中到案件上去。我的发言完了。”

老刘的发言，话虽不多，含蓄、得体，而且感召力蛮强，他说“论定责任问题，还是要有局级领导说了算的”，言下之意，你顾金生还不够格。在座的同志听了老刘的发言都一个劲地附和：“对！对！对！还是老前辈的发言，说到了点子上。这是一起现行案件，抢时间，等于占领制高点，夺取最后胜利。”

洪强估计顾金生不会就此罢手，马上收场，结束会议，再看到在座同志如此反响，为了顾全大局，将责任揽到自己头上：“顾科长，关于杨英之死，责任在我。现在会议是不是马上结束，让大家投入侦破工作中去。”

在现实生活中，有些顾全大局的人，在逆境中，采取退一步的策略，海阔天空。洪强如果在这个时候不采取妥协，而是硬顶，明辨是非，浪费了宝贵时间，失去破案有利时机，而让特务机关的阴谋得逞，岂不是成了“亲者痛仇者快”的局面吗？他以博大的胸怀，承担责任。

郑挺一看同志们的情绪，又听到洪强的表态，预感到会议再开下去，顾金生更加被动，转过身子：“顾科长，老洪已经认识到自己的错误，并承担起责任，我看会议是不是到此告一个段落吧。”

顾金生也意识到会议再开下去，没有一个落场势，找了一个台阶：“根据大家的意见，会议暂告一个段落。散会。”

正待大家起身走路的时候，内勤组小袁推门进来：“省厅发来一个文件。”

郑挺接过来一看：“关于同意杨菲一案同‘5·15’专案并案侦查的批复”。郑挺高兴地说：“这倒是及时雨。”随手递给顾金生……

顾金生接过批复文件，认真细阅，面孔上就像乱云翻滚，一阵红，一阵白。郑挺一看，苗头不对，赶紧为他解围：“会议到此结束，按原来的工作部署，抓紧工作。”

77

一起交通事故

“5·15”专案组同志一听说省厅批复同意“杨菲一案”同“5·15”专案并案侦查，高兴得不得了。特别是小李，认为这是同顾金生“斗法”的一次胜利。而洪强本来背负着承担“杨英之死”的责任，已经把它抛到了九霄云外，要从侦查实践中，检验自己的分析判断，论定杨英之死是“谋杀奸尸”的观点是否正确。整风学习一结束，洪强同专案组全体同志全身心地投入战斗中去。

俗话说：“三百六十行，行行出状元。”这句话比喻各行各业中总有一些顶尖人物，经过长期刻苦磨炼，具有一技之长，在平凡的工作岗位上，默默无闻，对人类社会做出了不可磨灭的贡献，为群众所称道。相比之下，工作几十年的侦查员，一旦遇到发生案件，一到现场，经过认真、细致地勘查，犯罪分子作案留下来的蛛丝马迹，犯罪分子的大体面貌特征，跟着浮现在脑子里。这倒不是有什么特异功能，而是长期战斗在公安战线上，依靠群众，深入调查研究，不断学习、总结、提高，在他们大脑中积累了社会各种资源，在特定环境下的本能反应。

杨英被害以后，洪强参加了现场勘查、尸体解剖，在第二天案情分析会议上，他比较自信地摆出自己的观点：这是一起“谋杀奸尸”案件。洪强的脑子里当即浮现出一个人的影子——朱如泽。但是，在会议上，他没有透露出来。考虑到还没有足够令人信服的证据，怕误导侦查方向。一门心思，盘算着借用刑事侦查大队侦查“杨英之死”的平台，实施“诱敌深入”的计划：以刑事侦查掩护“5·15”专案侦查，秘密侦查“奸尸谋杀”，杨英之死的死因；通过社会舆论这个管道，传播到海外敌特机关，诱使龟缩在香港的特务，以为已经果断地“灭了叛逆”，成功地转移了大陆公安机关侦查视线，促使特务机关头子加快实施“W计划”的步伐。

翁局长主持现场分析会议一结束，洪强回到侦查科，在专案组研究杨非案件同“5·15”专案并案侦查的时候，洪强把自己的设想向顾科长作了汇报，想争取科长支持，当即被顾金生当头一棒，接着一顿苛责：“老洪啊，你脑子里恐怕有毛病了，你怎么又把个刑事案件拉到政治案件上来，你想刑事、政治案件由你一把抓？现在，似乎沪西市公安局就只有你水平高。我一再告诫你，把自己的位置摆摆正，不要忘乎所以，神经兮兮。侦查‘5·15’专案，不是要我们去搞刑事案件。再说，刑事、政治两个案件一起抓，我没有这个权力，就是宋副局长也没有这个权力做出决定。”

由于顾金生竭力反对，不同程度影响到一些同志的思想。会议上，顿时七嘴八舌议论开来，有些同志甚至跟着发表了一些奇谈怪论。

顾金生接过一些同志的奇谈怪论，非常得劲：“你听听，连你们专案组的同志都怀疑你的陈词滥调。我建议你还是一门心思把‘5·15’专案抓好。假设你把‘5·15’案件破掉，我把你当作‘关帝庙里关老爷’，朝你烧香叩头。”

洪强碰了一鼻子灰。“碰了钉子”的人，一般总是垂头丧气，有的甚至一蹶不振。而洪强与众不同，“碰了钉子”就像注入一剂“催化剂”，更加激励他的信心、决心，坚定不移地朝着梦想中的自由世界遨游。正当他在办公室一个人陷入沉思，考虑如何实现他的计划的时候，小李跑了进来。

“顾科长请你去。”

洪强跟着小李来到科长办公室。

顾金生习惯性地干咳一声，然后，严肃认真地说：“省厅侦查处有一个业务会议，你同小李去参加，趁机会顺便把‘5·15’案件向陈处长汇报一下，打听一下省厅对‘5·15’案件有没有新的指示和新情况。反正，你熟门熟路，你准备一下，明早就动身。”

洪强和小李到了省厅开会，在会议间隙，陈处长特地找洪强聊起“5·15”专案以及最近发生的凶杀案件情况。洪强谈着谈着，话锋一转，就转到朱如泽身上，他把案发现场勘查情况以及初步调查发现的疑点，向陈处长作了汇报：

“犯罪分子身高一米七〇左右，完全符合朱如泽的身高。现在，初步发现两个疑点：一是犯罪分子作案，使用农药伪造被害人自杀身亡的假象，农药一般在农村才有，朱如泽老家在农村，有获取农药的条件；二是案发当晚10点多钟，朱如泽从家里出去，再也没有回家。我认为，这是他惯用的手法，在沪西市作了案就潜往渝西他父亲那里，以逃避公安机关追查。”接着，洪强又把浮现在脑子里的敌情动向，有关杨英同宋浩然谈恋爱，杨英有可能是敌特机关“W计划(2)”代号“女神”，用色情勾引、策反内地工程技术人员的情况，一并向陈处长作了汇报。在向陈处长汇报之前，洪强脑子里曾经有过一闪念，如此轻率向处长汇报，会不会像顾金生一样，遭到处长讥笑、批评。因此，一头汇报，一头不时在窥视陈处长脸部表情和反应。恰恰相反，陈处长一听汇报，眼睛一下子亮堂起来：

“嗳！老洪啊，这个发现很重要，省厅之所以批复你们的请示报告，同意你们把杨菲一案同‘5·15’专案并案侦查，就是根据你们在报告中表述，分析判断，敌特机关惯用反革命两面手法，杨菲、陈婷两个人，很有可能实施‘W计划’来决定的。”

“一、‘W计划’的英文字母‘W’，在国际上通用的特定含义，就是“网络”，把所有信息组织起来的一种方式。不言而喻，陈婷实施‘W计划(1)’，杨菲就有可能实施‘W计划(2)’，无形中暴露了陈婷、杨菲同属于一个特务系统，受同一个特务头子领导，这就成了我们省厅批准你们并案侦查的依据。”

“二、陈婷、杨菲按照敌特机关的部署，潜返大陆活动，奔着同一个目的——窃取我们国家微波邮电通信网络绝密文件。然而，她们两个人所采取的手法不同。陈婷采取盗窃、借以继承父母在美国的遗产，诱骗宋浩然投奔‘自由世界’；而杨菲利用杨英色情勾引宋浩然，企图套取情报、策反宋浩然投敌。两个人虽说手法不同，目标一致，而且同出自一个特务头子精心设计的阴谋。”

“三、‘W计划’，既然出自同一个特务头子策划的阴谋，那么，杨英就成了代号‘女神’的特务。”

“你汇报到宋浩然同杨英恋爱，而宋浩然就是没有反映到杨英同他接触过程中，向他打听孔定山微波站的情况，也没有动员他到香港投奔‘自由世界’。倒不是宋浩然有意隐瞒真情，恰恰反映了杨英已经‘金盆洗手’，想脱离敌人的营垒。”

“四、杨英同宋浩然恋爱，到了谈婚论嫁的阶段，杨英突然被害。更加说明，由于杨英洗手不干，引起特务机关头子警觉，怕杨英向大陆公安机关自首、告发，殃及‘W计划’的阴谋实施，才招来了杀身之祸。必欲除之而后快。至于实施谋害杨英的凶手到底是谁，现在看来，极大可能是陈婷领受特务头子的任务，授意朱如泽动手干的。”

陈处长作了上述分析判断，转过来对洪强、小李说：“你们二位是不是马上赶往渝西，调查朱如泽的情况，采取一切必要手段查证他作案的依据。你们不要回去了，直接从我们省厅开介绍信赶往渝西。如果你们顾科长问起来，我会向他解说。”

陈处长的分析判断，帮助洪强、小李潜入深水区，看到了大洋底里的游鱼，敌特机关的特务在沪西市的阴谋活动。按照陈处长的指示，洪强同小李踏上了去渝西的征途。

洪强同小李到渝西已经是第二天晚上8点多钟，住进了渝西市公安局招待所。小李对洪强说：

“老洪啊，你又闯祸了。”

“又闯啥祸？”洪强明知故问。

小李认真地说：“顾金生晓得我们两个人到渝西，你回去又要刮鼻子了。”

洪强似乎满不在乎：“干侦查工作，老是怕刮鼻子，哪，还怎么工作？只要对党和人民有利的事情就要去做，认准了的目标就要不折不扣地去干，要一干到底。困觉！不要想得太多。”

第二天，洪强同小李到了渝西市公安局侦查处，小李出示了介绍信，渝西市公安局侦查处龙处长根据洪强介绍的案情，随即同当地派出所电话联系，当地派出所回话说在三个月前朱如泽已经迁往庆渝县。

龙处长征求洪强意见：“怎么办？渝西到庆渝没有火车，只有长途汽车，如果你们去，我马上同庆渝县公安局侦查科通电话。”

洪强态度坚决，回答龙处长：“行，我们马上就去，麻烦你同他们通个电话。”

洪强、小李当即向龙处长告别，来到渝西市长途汽车站。向车站售票处一打听，去庆渝的长途车一天只有一班车，车票已经售完，要等到第二天才能乘上车，当天傍晚才能赶到庆渝。于是，两个人四处寻找值班民警帮忙，寻来寻去就是寻不到值班民警。既急着想赶路，又找不到帮忙的人，正当一时走投无路的时候，洪强找到一根绳子，对小李说："来！委屈你一下。"

小李莫名其妙："干啥？"

洪强对小李耳语一番，然后，将小李双手反绑起来，外面罩了件外衣，跑到车站办公室找到车站站长，出示了工作证。

洪强神情紧张地说："我从外地追查到渝西，好不容易追到这名逃犯，时间紧迫，马上要赶往庆渝，请站长无论如何帮个忙。"

洪强如此一说，站长二话没说，他亲自陪同洪强跑到开往庆渝的长途汽车，把驾驶员喊下来在一旁嘀咕几声，驾驶员跑上汽车，盛气凌人地吆喝："有个特别任务，你们后面让出两个座位。"他一看后面的乘客纹丝不动，老实不客气，跑到车厢最后面，命令式指着两个乘客："你，你，你们两个让出来，到前面去。"

两个年轻旅客站起来不依不饶，其中一个理直气壮："我们是买的对号入座的车票，凭什么要我们让出座位来？"

驾驶员耍起了特权，板起面孔："我知道，你们的车票是对号入座，我不是说有特别任务吗，特别任务就要特事特办。怎么，你们两个让不让，不让，车不开了。"

车上的其他旅客一听驾驶员说不开车，都急起来了，纷纷议论，异口同声指责那两个青年人。

"驾驶员同志已经告诉你们俩，有特别任务，你们两个就让让嘛。"

"年纪轻轻，让个位置又有什么啦！"

"你们不让，下车去退票，不要影响开车。"

在旅客的指责声中，两个青年人满脸通红，乖乖地走到前面驾驶舱旁边，一屁股坐在自己的行李上。洪强、小李在旅客座位中间跑到后面座位上坐下，汽车发动起跑。到了庆渝，让车上旅客走完，洪强特地走过去，递了一根香烟给驾驶员表示谢意。然后，再向驾驶员打听去公安局的路线。在前往庆渝县公安局的路上，洪强笑嘻嘻地对小李说："对不起，让你受委屈了，这是没有办法的办法。"

"嗳!"小李无奈地摇摇头:"这办法还倒管用。"放声大笑。

到了庆渝县已经天黑,两个人一路打听,七转八拐到了庆渝县公安局,侦查科的同志已经接到市公安局侦查处的电话,当即安排他们住进招待所。

第二天一早,庆渝县公安局侦查科余科长热情接待洪强、小李,并按照洪强的意见,召集科里的同志部署工作。洪强、小李都不会讲当地话,只能在幕后导演、操作,前台由当地派出所、县公安局侦查科的同志深入基层调查、访问,迅速掌握朱如泽的动向。

朱如泽自从参加了敌特组织,像"狡兔三窟",经常变换居住地址,很少住到渝西市他父亲家里。就在三个月前,朱如泽又从渝西迁来庆渝县,租住在龙岗口58号房。平时深居简出,龙岗口的左邻右舍很少看到他的人影,只有斜对面杂货店王老板,对朱如泽进进出出尽收眼帘,有时喊他接听公用电话,到他家敲门喊一声:"朱如泽接电话。"

他总是鬼鬼祟祟地应声:"来了。"头探出来,随即将门关上。

通过王老板了解到朱如泽的活动规律,自此,沪西同庆渝两地公安机关的同志开始正式协同作战。

再说,朱如泽按照他平时的生活规律,上午在屋内睡大觉,用收音机听广播,下午三点多钟,一个人悠悠自得,大摇大摆出门逛马路。事有凑巧,这天下午,他习惯性地出门逛街,正当他离家门口大约五百米路,迎面急速驶来一辆自行车,骑自行车的小青年冒里冒失地撞到了朱如泽身上,朱如泽躲避不及,被撞翻在地。小青年蛮不讲理:"你这个人没长眼睛,怎么走路的,撞到我自行车上,也不向我道歉,你知道不知道,你耽误我时间,赶路办事。"

朱如泽火冒三丈,一骨碌从地上爬起来:"你撞了我,还蛮不讲理,走,我同你到派出所去处理。"

瞬时,大街上围观的群众,如同潮水涌过来,把现场围了个水泄不通。有些群众打抱不平,指责小青年:"你车子撞了人家,还责怪人家,哪有这个道理,拖他去派出所。"也有的群众做和事佬,对小青年说:"好了,你向人家赔个不是,不就得了吗?"

又有的群众说,事情总是要分清是非,不能和稀泥,应该让他到派出所去接受教育。

朱如泽一看很多群众都帮他说话，更加理直气壮，一手拽住自行车的龙头把子，一手拽住小青年胸前衣领，拖小青年走。正当两人相持不下，两个民警分开围观的群众，走到事发现场，盘问当事人。一个民警对朱如泽说："你把手放下。"

朱如泽把手从小青年的衣领、车把上移开。两个人争先恐后向民警陈述事情经过。这个时候，大街上的群众越围越多，围得外一层里一层，严重影响交通，一个民警责令他们两个人到派出所去，另一个民警在疏导、劝走围观的群众，还特地选择两名年龄在四十岁上下，有语言表达能力的围观群众，邀他们到派出所做旁证笔录。

交通大队事故处理部门接到派出所电话，立即赶到派出所处理事故。由中队长老杨带领，一共来了三个交警，老杨专门负责询问情况，一个四十开外的交警身上挎着照相机，在察看完朱如泽身上的伤势后，拿起照相机把朱如泽的伤势全部拍摄下来。而派出所的两个民警详细地询问群众，并认真地做好了陈述笔录。然后，由交通大队中队长老杨做出口头裁决：头上面额、膝盖，两处是被自行车撞倒地上形成的伤势，尚属轻微伤，其他部位是老伤。有两种处理办法，第一种是由肇事者拿出十块钱作为医药费交当事人自行治疗。但是，肇事者必须向当事人赔礼道歉。第二种，由肇事者陪同当事人去医院治疗，肇事者听候处理。选择哪一种处理方法，双方协商。肇事小青年当即表态，愿意拿出十块钱了结事故；朱如泽做贼心虚，考虑到自己的"特殊身份"，不要节外生枝，表示接受交警处理决定。

这一幕喜剧，实际上是洪强导演，交警中队、庆渝县公安局同志密切配合，达到了预期效果。到了招待所，小李欣喜若狂：

"老洪啊，你可神了，朱如泽身上的伤痕，完全证实了你的判断，铁证如山，佩服、佩服，这下子回去，顾金生再也没有什么可说的了。"而洪强此时，头脑比较清醒："不要高兴得太早噢！我的鼻子还是要被刮的，就凭现在这几张照片还不能作为论定犯罪分子作案的证据。"

小李非常自信："除非他吃错了药。在事实面前，不分青红皂白，这样还能当领导？"

洪强、小李在庆渝县调查结束回来，先向省厅陈处长汇报庆渝之行，然后回到沪西，首先找顾科长汇报情况。顾金生一看到洪强在他面前出现，不由分说，劈头劈脑就指责："老洪，你眼睛里还有没有我这个科长，叫你到省厅去开会，你自说自话跑到庆渝去了……"

洪强沉默不语，在旁边的小李按捺不住胸中一股火，对顾金生如此无理数落洪强，直着嗓子为洪强辩解："又不是老洪要去庆渝。"小李唬起面孔："是省厅陈处长要我们两个人去的。再说，事前，不是你再三关照老洪，到了省厅将'5·15'专案情况，找机会向陈处长汇报吗，是陈处长听了老洪汇报，要老洪和我到渝西、庆渝去调查朱如泽的情况。再说，这次到庆渝又没有白跑。"

顾金生还是不依不饶："不是他老洪主动提出来，陈处长怎么会叫你们去呐？"

此时，洪强坐在那里已经习惯了，就像"坐禅修炼"，摆脱外界干扰，一声不吭，惯于利用无聊的争论间隙，认真思考下一步工作、可能遇到的问题，又如何来化解。小李同顾金生接上了火，埋在心里的一股怒火直往上蹿，同顾金生非要争个高低，随手拿出一扎照片，掷在顾金生的桌上，展示朱如泽身上的伤痕。

小李两只眼睛瞪着顾金生，气呼呼地辩解："事实胜于雄辩，朱如泽杀害杨英的证据，请你看看吧。"

"看个屁，"顾金生拿起照片往桌上一甩："老话说'捉贼拿赃，捉奸拿双'，凭这个几张照片，就可以论定朱如泽是杀人犯？"

"强奸杀人要捉双，"小李噗嗤笑了起来："你太伟大了。"

洪强看了他们两个人争论不休，再争论下去，这位科长的洋相要百出。

"顾科长说得对，"洪强特地为顾金生解套："顾科长所说的'捉双'，我领会他讲的意思，是指的直接证据。"

顾金生本来也觉得自己说错话下不来台，洪强一帮衬，就势理直气壮："我就是这个意思嘛，你没有直接证据，就想论定他作的案。再说，如果把他抓起来，他不承认，你定得了罪？"

洪强接过顾金生的话头："我完全同意顾科长的意见，要重证据，重调查研究。我的看法是，从庆渝县拍摄到朱如泽身上伤痕的照片，说明朱如泽有犯罪嫌疑，作为犯罪嫌疑的立案依据，为我们并案侦查创造了必要条件，我们下一步工作重点，要找出足以证明朱如泽作案的直接证据，顾科长你说是吧？”

顾金生此时也只好顺水推舟：“我就是这个意思。”

洪强一看事情有了转机：“是不是把‘杨英之死’一案列入‘5·15’专案，我们再向省厅打个补充侦查报告，这样可以得到上级领导机关认可，以便采取侦查手段，怎么样？”

顾金生似乎被捋顺了毛，也就不再固执己见，点点头：“可以。”

接下来，洪强又把省厅开会有关侦查部门要加强内线侦查工作的会议内容向顾金生作了汇报。然后，洪强回到办公室舒了口气。

小李暗自发笑，神经兮兮地朝洪强笑嘻嘻：“你今天这出戏唱得妙，我担心顾金生又要打横炮，没有办法收场。”

“在庆渝的时候，你似乎非常乐观，”洪强不无感慨地说：“我当时就提醒你不要太乐观，怎么样，说着了吧。应该说，他的原意是对的，问题是他没有正确地表达出来。我从庆渝回归的路上，就一直在思考有关直接证据的问题，下一步，我们的工作重点就是要获取朱如泽杀人奸尸的直接证据。”

小李心里想：这简直是“天方夜谭”，这怎么可能呐？

78

捉拿归案

杨英之死一案与“5·15”专案并案侦查的补充请示报告向省厅发出的第二天，在公安局机关大院里，一个震撼人心的爆炸性新闻到处传播，——杀害杨英的凶手已经捉拿归案。

一时间，刑警大队破案神速的赞誉声，在公安局机关大院里到处传颂。侦查科“5·15”专案人员，听到这个消息，就像打翻了五味瓶——甜酸苦辣咸，正是百感交集。正当，会议室聚集一起杂议时，顾金生突然跑了进来，就像泼妇骂街，上蹿下跳大发淫威：“我一再强调，不要把‘5·15’专案搞成个‘大篷车’，拿我讲的话当成耳边风，把杨菲一案同‘5·15’专案并案侦查，省厅同意并案侦查的批复刚下来，屁股还没有转过来，怀疑杀害杨英的凶手是朱如泽，又把杨英之死同‘5·15’专案并案侦查，再向省厅打了补充请示报告。省厅批复还没有下达，刑警大队已经捉拿凶手归案，你们说说看，我当科长的，就一天到晚跟得他洪强屁股后头转。”

在座的专案组同志，听到顾金生数落的论调，都被震懵了，你看看我，我看看你，不知所措。顾金生越说越起劲，把桌子一碰：“小高，你去把洪强喊来！”

小高随即起身跑出去，不大一会儿工夫，洪强跟着小高到了会议室。顾金生一看到洪强，劈头劈脑吼叫：“你晓得不晓得杀害杨英的凶手已经被刑警大队捉拿归案了？”

“我还是刚才听说。”

“你有啥感想？”

“应该向刑警大队祝贺。”

顾金生歪转了头，干咳一声："亏你说得出来的，到现在还在说风凉话，你不是已经找到犯罪分子了吗？还一而再、再而三要并案侦查，你看，省厅批复刚下来，你又向省厅打补充侦查报告。报告刚发出，人家刑警大队已经破案，抓到犯罪分子了。你还有什么话好讲，下一步怎么办？"

在座的同志都把目光投向洪强，这些同志内心非常复杂，怀疑朱如泽是杀人凶手，究竟有没有道理，似乎琢磨不透。大部分同志为洪强抱屈衔冤，愤愤不平：一年到头，日日夜夜，辛辛苦苦，埋头工作，到头来落得如此尴尬结局。还有些同志为洪强抱不平。特别是小李，听了顾金生不近人情地奚落洪强，挑头反驳。

小李两只眼睛直逼顾金生："补充侦查报告是老洪提出来，得到你科长同意的。现在，总不可以把责任全部推到老洪一个人身上吧。当领导的也要有当领导的风格、姿态，不要一有问题，就变成局外人。"

顾金生被小李严词斥责，一时语塞、气短。他回过神来，马上换了一副嘴脸，振振有词数落起小李："我说你小李不要陷得太深。跟了别人屁股后面瞎起哄，要把思想路线搞端正。"

小李不依不饶："究竟谁的思想路线要搞端正，反正自己心里有数。"

小李针锋相对，兜着顾金生，剥他的伤疤，揭他的老底，弄得顾金生一时在众人面前下不来台，又不甘心就此败北，只是换了个口气："小李啊，你真正的本事没有学会，我看你现在耍嘴唇皮倒是有长进。"

小李正待要反驳，被小高、老刘拉住。洪强看到小李那个不依不饶的样子，突然惊醒似的，也和其他同志一道打圆场。

洪强劝慰小李："小李，你就少说两声。我还是坚持我原来的观点，杨英之死一案同'5·15'专案并案侦查错不了，至于朱如泽是不是杀人嫌疑犯将留待历史检验。"

洪强之所以口出此言，其实，他一直在回忆、反思，刑警大队抓到了犯罪分子，案情发生变化以后，如何面对现实。至于刑警大队现在抓到的杀人嫌疑犯，是不是真正意义上的犯罪分子，犯罪证据有没有拿到，这一系列问题都没有搞清，不能动摇自己的信心和决心，洪强当众理直气壮表明自己的态度：

"搞案件，尤其是在侦查过程中，案件本身变数很大，我们不能因为案件出现某些变数，自乱阵脚，相互埋怨。我建议，咱们的工作仍按原计划进行。”

其实，刑警大队抓到了杀人犯的消息一经传出来，专案组里的小王脑子里就打了个问号，听了洪强一番话，认为有道理。他转了个弯，慢悠悠、笑嘻嘻地说：“我倒有个建议，我们是不是了解一下刑警大队抓到犯罪分子的真实情况。嗳！小唐，怎么没有看到？”

经小王一说，小李似乎被提醒似的：“叫小唐去了解一下情况，比我们去好。我去找他。”

顾金生没有阻止。倒是洪强考虑到不要干扰兄弟单位工作：“我的意见，不要去了解情况，引起不必要的误会。”洪强话音刚落，顾金生像触电一样惊醒：“你不要一天到晚疑神疑鬼，神经过敏，同志们有积极性主动要去了解情况，有什么不可以，你们去。”顾金生之所以积极主张两个同志去探听虚实，他的真实意图，是在众人面前证明他的观点正确，抓住洪强把柄，可以出出他的洋相。

小林感到坐在这个地方无聊，找了个借口：“走！我同你一道去。”小李、小林两人总算脱身。

一会儿，小李、小林同小唐三个人兴冲冲地跑回来。在座的同志迫不及待要小唐介绍情况：“小唐来了，快说说刑警大队破案情况。”

小唐一跑进会议室，点点头，笑嘻嘻，赖赖散散，磨磨蹭蹭，装腔作势。在座的同志不耐烦地朝他看，尽在咂嘴。“好了，你不要再磨洋工了，”小王板起面孔，不无埋怨小唐的神态：“要说，就快点说，卖啥关节。”

小高两只眼睛斜视着小唐：“我看，你自己也说不出个什么，所以在装腔作势，摆噱头。”

在座的其他同志交头接耳议论，异口同声责备小唐：“正是急病碰到慢郎中。”

顾金生看到小唐在装模作样的样子，瞪起了两只眼睛，不耐烦对着小唐说：“你有屁就放，不要一天到晚在众人面前装神弄鬼。”

在座的其他同志，也一个劲地催促，小唐这才开口介绍情况。一头讲，一头故弄玄虚：“这起案件的破案，可以说全公安局的破案专家，还没有哪个人吃得准是现在这个对象。你们猜猜看，这个对象怎么发现的，是在哪里发现的？”

“废话！”小林晃了晃脑袋，当着小唐呛白：“要晓得怎么发现的，在哪里发现的，还要叫你来介绍？”

“好了，”小李来了个激将法：“不要浪费时间了，他也说不出个东西来，我看他这个样子，也不像是了解破案情况的人。”

经小李一个激将法，小唐这才搜肚刮肠，东拼西凑了一个完整的故事，像说书先生说大书似的，摆弄噱头，而且声调有起有伏，节奏有快有慢，把刑警大队破案，抓到犯罪分子的情况，向在座的同志作了披露。

刑警大队在医院排查犯罪分子的时候，重案组组长林涛在内科病房开展排查工作，要找的护士恰巧跟着医生查病房。林涛同几个同志在护士办公室等得不耐烦，就去闯病房找人，看到要找的那个护士，手里抱了病历牌，站在医生旁边，医生拿着病历牌正在询问老太病情。林涛等人心焦，又不好大声呼叫。林涛抬起手来打手势，招呼那个护士的时候，突然，两只眼睛从护士身上移开，紧盯着一个脸上有被抓伤的男青年。这个人大约30岁，站在老太床头边上，看来，是病人家属。嗨！这个人一发现林涛目光炯炯，紧盯着看他，还没有等医生询问老太病情结束，一个转身，走了。林涛马上示意重案组的一个同志追出去，这个人已经跑得无影无踪。后来，通过护士一了解，才得知这个人是老太的儿子。这个老太患心脏病，住院时间比较长，是医院的“老病号”。重案组立即采取措施，派专人守候，当天晚上，这个人就再也没有出现，陪护老太变为年轻女人。据护士反映，这个女的是老太的女儿。后来，重案组集中力量对这个人开展调查，查明杨英被害那天晚上，正是这个人在病房看护老太，以后，有好几天没有来医院。重案组围绕这个人脸上的伤痕进一步调查，发现他脸上、颈根上、手背上多处地方有伤痕，而且具备作案时间，马上采取果断措施，拘捕审查。

“现在，审查结果怎么样？”

“已经交代了犯罪事实。”

“听见了吧。”顾金生原来被小李一顿呛白，现在听小唐介绍了刑侦部门破案经过，又像活起来了一样，神气活现，当着大家的面说：“人家犯罪分子已经交代了，这就是事实胜于雄辩噢。现在，就看我们的洪专家创造奇迹，捏个犯罪分子出来了。”

在座的同志听了小唐介绍的案情，不住地叹息：戏台上演员的胡须是假的，犯罪分子捉牢倒是假不了。而在座的人当中，小李、小王几个同志脑子里似乎一下子还接受不了这个事实。有的摇头，有的咂嘴，要想进一步问问题，从哪里问起，一时还想不起来。大多数人赞叹不已。正待大家肝肠回旋，心气激荡，小唐又一次对在座同志有意吊胃口：“你们倒是想想看，是用啥法宝发现这个对象的？”

“用的啥法宝，你倒是说说看呐？”

“要知下文，且听下回分解。”

小唐摆了一个噱头，介绍情况，就算结束。

“犯罪分子抓牢就抓牢了，还要下回分解，”小王晃了下头，不屑一顾：“昏说乱话。”

“让他说，”小林急切地说：“用啥法宝？”

洪强听了小唐介绍的情况，打破一时沉默，把顾金生讽刺他的话，只当没有听到。就凶手特征、作案手法，以及这个犯罪分子的伤痕所处部位等一些论定犯罪分子的具体细节，向小唐打听。

小唐摇摇头：“他们破案的来龙去脉，具体细节，我就汇报不出来了。现在，重案组全力以赴扑在这个案件上，我还是从参与侦破这起案件的其他组才了解到一些鸡零狗碎的情况。”

顾金生摆出领导的架子：“他又没有参加搞这个案件，你叫他怎么说。从现在开始，再不要在杨英凶杀案件上，做文章了。至于向省厅打的补充侦查报告，等省厅批复下达以后再说，必要时向省厅再打个报告，说明强奸杨英的案件已经破案。从现在起，根据宋副局长指示，你们仍按照原来的部署，一门心思搞‘5·15’专案。”

专案组同志没精打采回专案组办公室。小林先一步推开门，一看，发现三河公社特派员老殷独自一个人坐在那里吸烟，悠悠自得吐烟圈。室内青烟缭绕，凭室内散发香烟味的浓度，可以想象老殷独自一个人在办公室坐“冷板凳”已经好长时间了。小林以惊异的口气说：“你倒是稀客，来了很长时间了吧？”

老殷说：“有半个多小时。我一听说你们在开会，不好打搅，就由你们内勤组女同志安排，在这里等你们会议结束。”

接着，洪强和专案组其他同志陆续跑进来，一看到特派员老殷，一个个伸出手来热情同老殷握手。本来几个人垂头丧气，老殷一出现，在场的同志一个个欢呼雀跃，一扫原来沉闷的气氛，有的倒茶，有的递烟，忙得不亦乐乎。

洪强就像看到久别重逢的老朋友似的："老殷来，想必有大事。你是没有大事不登门。"

"你猜猜看，"老殷笑眯眯地看着洪强："是啥大事情？"

"这倒是猜不到。"

老殷满脸堆笑，掩饰不住内心的喜悦："强奸邱雅娟的案件，破案了，犯罪分子已经供认不讳。你说这是不是一件大事情？"

一听说强奸邱雅娟案件告破，在场的同志有的雀跃鼓掌，有的放声大笑，异口同声："这不仅是大事情，还是喜事。"

小唐站起来，一头拍手，一头发声："哎！今天是破案的好日子，而且，是侦破强奸案件的日子，第一人民医院强奸杨英的凶杀案件破了，三河公社悬了七八年强奸邱雅娟的案件也破了，值得庆贺、庆贺！"

特派员老殷调整一下情绪，郑重其事地向大家表明来意："闲话少说，我今天来，主要是来兑现我原来的诺言，请大家吃老酒，而且按我原来说的，不是我请，是我们公社党委书记、主任请。"

洪强笑嘻嘻："原来不过是一句笑话，你还当真？算了，你既然来了，就不要走，我们请你吃老酒。"

小李、小唐将老殷拉到座位上。小李心里想，想当初在三河公社林家祠堂搞排查工作，为改善专案组同志的伙食，老殷尽心尽力，怀有汇报答谢的意思："你难得到市局来，今天，无论如何由我们请你。"

小唐接口："小李说得有道理，今天，你无论如何不要走，就在我们市局食堂由我们请你吃老酒。哎！你倒是说说看，这个小赤佬碰到'天开眼'，怎么想着到现在才交代强奸犯罪的事实？"

小唐这句话，迎合了众人的想法，一个劲地催促老殷介绍事情的原委，同时也激发了老殷的兴奋情绪，当即打开了话匣子，想说的事情倒像是开渠引水，顺畅而泻：

"我接到区检察院同志的电话通知，仇根度对强奸邱雅娟的犯罪事实，至今一直顶在那里不肯交代，检察院要移送法院审理了。问我怎么办。原来承办这起案件的小郁、小林已经回到科里，一想，远水救不了近火，我同这个小赤佬还从来没有接触过，一时感到是件棘手事情。当时，我曾想过算了吧，强奸邱雅娟，他不交代，就只好让区检察院按流氓罪移送法院审理吧，转念一想，对这个小赤佬这次没有个说法，稀里糊涂再让他混过去，在社会上还是留下个祸根，再说，被害人和被害人家属也不会就此罢休，尤其是邱雅娟父亲邱秉昌长年累月上访，再转到区革委会、公社革委会里又要闹个天翻地覆，上上下下领导还是要吃住我，我这个特派员一年到头变成消防队员，一天到晚要救火，再一想老洪吃准的对象不会错的，我就来个'死马当作活马医'，'瞎猫碰个死老鼠'，决心再搏它一下。就由区法院同志陪我到看守所，按照老洪的关照，审讯时候不搞逼供，耐心进行政策教育，就这样我就同这个小赤佬接上了火。一开始，小赤佬两只眼睛骨碌碌朝我看。当时，我想在看守所审讯犯人的工作很少做过，一开头如何问法，还着实没有把握。我还是用平常日子在农村工作的老办法，随意脱口而出：'你可认得我啊？''认得。'小赤佬点点头：'你是我们公社特派员。'我笑嘻嘻戏称：'我还是你老头子的老朋友。我不看在你老头子面上，我也不会来。你在这个地方政策、法律学得比我透，我也不再多说了，你看你还有啥事情要交代？家里有啥话要我带，我帮你带。'"

在座的同志听老殷介绍情况，听得津津有味，都伸长了脖子，等待老殷说下去。

老殷接着说："开始，小赤佬张开了嘴，两只眼睛在一眨一眨，不时朝我看看，又朝法官看看。突然，他开口说：'我交代'。嗨！就这样，他就把强奸邱雅娟的犯罪事实一五一十抖了出来，同邱雅娟检举信上的内容、具体情节基本上一致。正巧，他犯罪时间还在追诉期，结果被判处了八年有期徒刑。"

在座的同志听完他的介绍，个个拍手赞叹："真正是奇迹，做梦也想不到七八年的悬案，我们老殷只花了几分钟就破案。"洪强站起来握住老殷的手："我们要祝贺你破案神速。"

小林抓了抓头皮："原来我们提审他几次，小赤佬一直顶在那里，老殷去一次，犯罪分子就缴械投降，坦白交代，还真有点不可思议。老殷啊！这个案件，倒是要好好总结总结。"

小王思索了一下："话又要说回来，仇根度本来只是在农村里的一个不见世面的二流子。到了看守所，哪里经历过如此场面：围绕‘坦白从宽，抗拒从严’这个主题，公安局长、检察长、法院院长轮番到看守所作报告，从不同的角度发动政策攻势，接下来，监房里组织犯人学习讨论，谈感想，议危害，开展揭批，相互擦背，互相检举揭发，在这样的环境、这样的氛围中生活，说实在的，也够他受了。原来在家靠父母，现在举目无亲，没有人帮他出歪点子，独自一人拿主意。所以，他的思想防线就像江湖大堤，今天堤坝穿了个孔，明天变成个洞，在严厉的政策攻势下，他的思想堤坝已经被潮水淘空，堤坝随时可能决堤。”

“这个问题，我曾经也想过。”老殷说：“小王说到点子上了，不是我有天大的本事，主要是在看守所日子比较长，三天两天政策喊话，加上前个时期，小林、小郁集中火力专门攻他强奸邱雅娟的问题，回到监房，犯人同犯人相互擦背，时间一长，他已经动摇。”

小唐一本正经，撇了撇嘴：“要我说，他作案是客观事实，‘火功不到，猪头不烂’，老殷这一次提审，正巧碰在火候上，又把他推到风口浪尖，所以，小赤佬也就江湖堤坝决堤，江水奔腾直泻，顺畅地交代了犯罪事实。”

在座的同志都被小唐诗人般的语言逗乐逗笑。

“你们分析得都有道理。”洪强笑嘻嘻地说：“我补充一点。原来他抱着侥幸心理想蒙混过关，现在改变了手法——投机取巧。老殷同法官一出场，他顿时产生一个错觉，案件到了审判阶段了。这次换了从来没有到看守所提审过他的老殷，老家的特派员，加上法官又出场，再顶，一旦，法官按照抗拒从严判决，自找苦吃。所以，他在这最后时刻想投机，来个争取坦白从宽……”

老殷表示赞同：“对！对！这个小赤佬想投机取巧。接到判决书后，我向法院又多要了十多张，区里、公社革委会里领导，邱秉昌以及渔湖中学都发到，我想这样可以帮他和他的女儿消除点影响。判决书一发，第二天，五六面锦旗送到我们公社，公社书记、主任乐开了嘴，禁不住高兴地笑，还特地派人喊我去接锦旗。”

“我说：‘这个锦旗是送给公社革委会的，应当由你们书记、主任接锦旗。’”

“何书记说：‘这个案件是你破的，理应由你老殷接……’”

“我说：‘这个案件要说到破案，倒是原来在我们公社搞案件的专案组。’我就将当时由老洪决定小郁、小林帮助侦查的情况向书记、主任一汇报，兜过来我提出来要请你们吃老酒的事情一讲，书记、主任二话不说，一口答应。所以，我今天特地来请你们到公社里吃晚饭，区里书记、主任，公社书记、主任，还有我们郊区公安分局黄局长都到场。专案组同志无论如何一定要去，特别是老洪，黄局长再三关照，请你在百忙中一定要去。”

“其他同志去，我就免了吧。”洪强无奈地说：“实事求是说，我这个人，是时间左右我，而不是我左右时间，争分夺秒，抢时间，才是战胜敌人的根本保证。我现在还真是脱不了身，等我稍许有了空隙，我一定登门祝贺。”

老殷说：“你不去，我不好交代，不管多忙，吃顿晚饭的时间总抽得出来的吧。再说，你在市里也要吃晚饭，总不会忙得连晚饭都不吃。”

洪强看到老殷如此诚心诚意邀请，也就情真意切地说：“你如此诚心，我就直说，我现在搞的一起案件遇到麻烦，走不开，为了表示我的心意，你们先去，我将手头的事情料理好就来。在我没有来之前，你们不要等我，先吃起来。怎么样？”

小李在一旁帮腔：“老殷，老洪说的是实事求是的话，他能表示等一会儿来，卖你面子了。”

“好！我就依你，你一定要来！”老殷伸出手同洪强握别，然后，再用手一挥，邀专案组同志：“走路！我们先走一步。”

79

复　议

刑事侦查部门在侦破现行案件时，他们最大的特点，就是速战速决。一经抓获犯罪嫌疑人，就移送检察机关提请逮捕起诉，再开辟另一个战场，刑侦人员投入新的战斗中去。

一个星期整风学习，刑警大队一些作风粗暴、耍特权、违法乱纪的同志，通过批评和自我批评，思想认识得到提高，转变了工作作风，重新回到侦查工作中去，在全市范围内开展拉网式排查犯罪嫌疑人。正当集中力量围剿第一人民医院的关键时刻，侦破工作取得了重大突破，第一人民医院凶杀案件告破，杀害杨英的强奸犯罪嫌疑人被抓获。经过三天三夜突击审讯，刑警大队完成了整个侦查、审讯、结案全部工作程序。

上午，刑警大队的同志一上班，卞副大队长带了重案组组长林涛，兴冲冲地跑到宗副局长办公室，汇报请示破案工作。到了宗副局长办公室门口，林涛夹了案卷，右手敲门，连敲三下门，里面应声："请进！"

老卞上前推开门，喊了声："宗局长。"

"嗳！是卞大队副，请坐。怎么，有事吗？"

老卞、林涛坐定，老卞挺起了腰板，朝宗副局长笑嘻嘻："向局长汇报一个杀人案件。"

宗副局长满面春风，秃了顶的额头上亮晶晶，眯起了笑眼，不无夸奖地说："我已经听说了，你们这起案件破得漂亮，真正说得上'破案神速'。行！说说看。"

老卞洋洋得意地噘噘嘴，示意林涛汇报："小林，抓紧时间，向宗局长汇报。"

林涛根据老卞授意，兴致勃勃地打开案卷，开门见山汇报起来，把犯罪嫌疑人强奸、杀害杨英的犯罪经过，来龙去脉，主要的犯罪情节以及犯罪动机，汇报得头头是道。然后，话锋一转："现在整个案件已经侦查结束，犯罪分子盛大全供认不讳。"林涛将批捕材料呈交宗副局长。

老卞马上接口，加重了语气："我们向宗局长汇报，主要的意思，想提请逮捕犯罪分子盛大全，移送检察机关起诉，准备开辟第二战场，投入新的战斗中去。"

"唔，行！"宗副局长把头一点，满面笑容："搞刑事案件就要像你们这样雷厉风行的作风……"

肚里转念头，接手代管刑侦工作碰到第一件案件就来了个"开门红"，有着说不出的高兴。但是，转念一想，作为一个领导的决策，要批捕一个杀人犯，倒也不是儿戏的事情呐，总要有点保险系数吧。他用眼梢闪电式看一眼材料，煞有介事地说："我看可以。这样吧，事实关你们把，政策关我来把，咱们来个各负其责，怎么样？哈哈哈。"宗副局长仰面放声朗朗大笑。

老卞倒也不含糊，意识到局长要想吃定心丸，当即回称："没有问题，请局长放心，我们办案首先考虑要对局长负责。"

"对，有这样的责任心，我也就放心了。"宗副局长说着，为了显示对卞大队副、重案组组长林涛的绝对信任，当即提起笔，在报送批捕的材料上批下"同意"两个字。老卞、林涛就算顺利地通过局长这一道关。

两个人兴高采烈走出局长室，一头走，一头对局长的领导风格进行了一番议论。

林涛自以为是："领导刑事侦查工作的局长都要像宗副局长这样干脆利落就好了，不看报送材料，听了汇报，当场决策，我特别赞赏他这样的观点：承办案件的同志把好事实关，领导同志把好政策关，各负其责。一方面说明对下面同志的信任，提高办案同志的工作积极性；另一方面为我们开辟新的战场提供条件。这也是一种领导艺术。"

老卞听了林涛的一番议论，心里想，你只是说到局长的领导艺术，你就没有说到我大队副代大队长当机立断，亲自领导破获了一起轰动全市的杀人案件。于是，老卞采取隐晦曲折的口气："侦查破案要环环紧扣，少了任何一个环节都不行。所以说嘛，对一起案件决策，不光光是局一级领导艺术，还有部门领导水平问题呐，你说是不是？不过话还要说回来，我们具体承办案件的同志，如果功夫不到家，汇报的材料不扎实，任凭你局一级领导艺术也好，部门领导决策水平也罢，到时候也要徒劳无功，你说是不是这个道理？”

听了老卞讲话的音头，林涛意识到光顾着赞扬局长，忘记他老卞部门领导，兜过来对着老卞说：“如果没有你老卞英明决策，任凭下面同志翻跟斗，要想破案，根本不可能的事情。”林涛这么一说，反而使得老卞谦虚起来了，转过来对林涛吹捧了一番：“实事求是说，搞侦查破案，关键靠骨干力量。假使没有你林涛这一级战斗在第一线的骨干，要想破案，再要到‘娘肚子里打个滚’重新‘投人生’噢！。”老卞话音一落，林涛心里想，说明领导对自己工作肯定，格外得劲，连连点头：“这倒是，卞大队长你说到点子上了……”

两个人一头走，一头相互吹捧，两只脚飘飘然，好似一个跟斗翻到了天上云雾里，自我陶醉，大脑已经失去了自我控制。

检察机关接到公安局报送的盛大全这起强奸杀人案件，检察长特地选配了检察院刑事检察科科长高乐山审理这个案件。经过老高认真审查材料，发现报批的材料，不是证据不足，就是犯罪嫌疑人作案时间上有疑问，就这样一来一去，先后退查了三次。最后，公安机关办案人员“掼纱帽”，材料往检察机关老高办公桌上一掼：“你们再退，我们再送，补充调查工作我们不会再做了。”嘴里还唠唠叨叨埋怨、数落起检察机关的办案人员：“检察机关供着你们这些人‘当官做老爷’，一天到晚，跷起二郎腿，向我们打官腔，发号施令。”材料放下，拔脚就跑。老高两只眼睛直看他走出办公室，倒也拿他没有办法，再一想，刑警队的这些同志说得出，也确实做得出；无奈，向分管刑事检察工作的林副检察长汇报，林副检察长原来是公安局侦查科科长，对公安局的情况比较熟悉，首先向老高发问：“公安局是哪一个局长同意报送批捕的？”

刑检科老高说：“宗副局长。”

林副检察长一听说是宗副局长，霎时一愣，嘴里只说了一声“哦！”倒是老高马上接口：“我在看守所监所检察室工作的时候，听到公安局预审科的同志说起，这位局长在公安局内部是出了名的马大哈，凡是下面同志报批材料，他只听汇报，不看材料，他有一句口头禅，说什么

‘事实关由你们把，政策关我把’，然后大笔一挥‘同意’。所以，下面同志只要听说今天晚上，市局总值班室值班长是宗副局长，赶紧报批材料；要是李副局长值班，就不送报批。说李副局长要‘鸡蛋里挑骨头’，审批材料，不仅听汇报，还要看材料，发现疑问要刨根究底，汇报的人少许打个咯噔，他就发话，事实不清，重新调查了以后再汇报。”

林副检察长听了老高的一席话，议论了宗副局长的办案风格，不无感慨地说：“也难怪，他原来是监狱长，到了公安局主要分管政治工作，兼管监所、预审工作。现在分管刑事侦查破案，是难为他了。你刚才讲的情况到此为止，不要传出去，以免影响两家关系。”然后，由他同高科长专门向一把手包检察长汇报。包检察长一想这是个杀人案件，非同小可，马虎不得，但是，已经退查了三次，再退，公安机关的同志未必接受，他想如何调动审判机关来应对公安机关：“你们把现有材料整理以后，按照司法程序，移送法院提起公诉，看法院审理结果。”

法院受理了这个案件，也同样向检察机关反反复复退查三次。最后，经过审判委员会讨论，认为这是个“杀头案件”，非同小可，承办案件的审判员皱起眉毛，数落起公安、检察两机关：“就现有材料，疑点不少，我们已经向检察机关反复退查了三次，据他们说，他们也没有办法，向公安机关退查了三次，最后，他们具体承办人‘掼死蛇’，把材料放在检察机关就走。”

中级法院院长许德听了刑一庭庭长、审判员袁益民汇报的情况，已经意识到检察院的用意，笑笑说：“提请市政法委员会三长会议研究吧。”

沪西市公安局局长翁大权是政法委员会书记，根据检察、法院提出的建议，由他召集公检法三长会议。在三长会议上，公检法三家领导公说公有理，婆说婆有理，会议开了不下三次，每次都是不欢而散。偏偏盛大全在看守所已经“超羁押”，违反法定审理时限，特别伤透脑筋的是，犯罪嫌疑人盛大全的家属天天上访，今天到公安局，明天到检察机关，再过几天又到法院。盛大全的老婆，甚至陪了她生病的老阿婆王小妹，胸前挂了一块牌子，上面写上“冤枉”两个字，一把眼泪，一把鼻涕，到政法委员会上访，闹得鸡犬不宁，几个领导寝食不安。翁局长只要一听下面同志汇报：盛大全家属又来上访了，马上皱起眉毛，着实感到头痛。再说三长会议又统一不了思想，这里，家属上访还在升级，老太挂了牌子又闹到市委、市政府大院门口,去鸣冤叫屈,围观的群众里一层,外一层,密密麻麻,市里领导不断打电话,催促公安局派人去处理。

怎么办?翁局长转念一想,决定召开政法委员会扩大会议,集思广益讨论案件,研究分析案情,找出解决问题的办法。至于召开政法委员会扩大会议是否能够如愿以偿,人们翘首以待。

在政法委员会会议室,由翁局长主持会议,参加会议的人,除了公安局长、中级人民法院院长、市检察长三长外,宋副局长,还有正巧从沈阳学习回来的李副局长、何大队长、卞大队副、重案组组长林涛以及公检法三家办案人员参加会议。此外,还特地邀请了公安机关一些资历老、有破案经验的同志参加会议。

会议开始时,首先由主持会议的政法委书记翁大权向到会的同志说明召开这次会议的目的、意义以及指导思想,并向到会的同志提出要求,广开言路,集思广益。然后,对会议的开法征求检察、法院两家领导的意见:“怎么样,你们二位还有什么意见?”检察、法院两位头头表示同意:“没有意见。”

翁大权局长说:“好吧!现在开会,谁先发言?”他面孔朝着李副局长:“老李,你们谁发言?”

李副局长面孔朝副大队长老卞看看:“我们由刑警大队副大队长老卞汇报案件。老卞啊,你把盛大全强奸、杀害杨英的案件向大家汇报吧。”

老卞领命汇报,就将盛大全强奸、杀害杨英的案情、案件侦破过程、审查情况详细作了汇报,并出示一些照片。然后,着重介绍了犯罪分子的情况。

犯罪嫌疑人盛大全,男,32岁,本市人,初中文化,家住本市朝天宫43号,是自行车厂工人。老婆戴金妹,30岁,是东风被单厂工人。有一个儿子,5岁,在幼儿园。母亲王小妹,62岁,长年患有心脏病,一年有半年时间在医院住院,病情好好坏坏,心脏病复发就要住院,住一次医院,总要两个月。盛大全是长子,母亲同他生活在一起,王小妹住院期间一旦发病,医院发出病危通知,绝大部分是由盛大全陪护。因此,盛大全对内科病房的医生、护士都已经熟悉,不仅叫得出他们的名字,甚至还了解他们个人和家庭的情况,掌握他们平时值班时间,以及活动规律。

老卞接着汇报："根据我们侦查结果和盛大全交代，护士杨英负责王小妹日常护理、发药、量体温。所以，盛大全母子对她特别熟悉。由于杨英人长得漂亮，对待病人、家属比较热情，盛大全时不时产生歹念。当他得知杨英上中班结束，护士刘敏英接班上夜班，认为机会到了，就在杨英回宿舍的时候，他尾随到护士宿舍，实施了强奸。被害人竭力反抗，抓盛大全的脸，又抓他的手，盛大全丧心病狂，使用暴力强奸得逞，怕被害人呼喊、告发，就用力卡死了被害人。后来，一想不对，这样容易被公安机关发现，想起家里有一瓶农药，正巧老婆上夜班不在家，所以，立即返身回到家里拿了一瓶农药再回到护士宿舍，对准杨英的嘴就灌，伪造了自杀现场……"

老卞抬起头，面孔朝着大家："大体案情就是这样，我汇报完了。"

"怎么，汇报完了？"翁局长问："还有没有谁补充？老何啊，你从沈阳学习回来，有没有需要补充的？"

老何看看李副局长的眼色，领会翁局长话里有音，摇摇头回称："没有。"

"大致情况就是这样。"李副局长说："重复的意见就免了吧。"

翁局长突然想起什么："这个人交代了犯罪事实以后，有没有翻过供？"

"就在他交代犯罪事实的当天晚上，"老卞说："曾经翻过口供，经再三政策教育，他又重新作了交代。我们问他为什么要翻供，他说，他一想到问题严重，这是要杀头的。所以，想翻供。翻供以后，一度采取消极对抗手法，先是不承认，推说不晓得，甚至装聋作哑，装疯卖傻。最后，来个'掼死蛇'，坐着闭目养神。为了促使他认罪伏法，耐心地向他做了思想教育工作，稳定他的思想情绪，以后再也没有翻供。"

翁局长朝老卞看看："好！下一步准备怎么办？"

李副局长也斜着眼睛，朝老卞看了一眼说："老卞，你说说吧。"

老卞把头一摆："作为公安机关，我们侦查已经完毕，下一步就看检察、法院审理了。"

当杨英被害案件发生，公安部门勘查现场以后，内部曾经就强奸杀害与奸尸谋杀两种观点的争论尖锐地对立着；当人们听说杨英被强奸案件破获，犯罪分子已经抓到，两种对立的观点，像天平秤上的砝码，向强奸杀人案件一头倾斜；材料报送到检察、法院以后，矛盾又转移到公安机关，——盛大全是不是强奸杀人犯，在公安同检察、法院之间形成了“拉锯战”，政法委召开三长会议，始终排解不开。在今天的政法委员会扩大会议上，在座的同志听了刑警大队副老卞汇报，检察、法院的同志都感到“老调重弹”，对原来向他们反复提出存在的疑点，他们不理不睬，现在也懒得在会议上再“多费口舌”，一些应邀参加会议的检察员、审判员自顾自吸烟，看在座的领导“唱戏”。而在座的检察、法院领导认为要讲的意见，都已经在三长会议上讲了，静观公安机关是什么看法，抱啥态度，都摇摇头，表示没有新的意见发表。

出现如此冷场面，着实使人意想不到。特别是分管刑侦工作的李副局长，脸部肌肉绷紧，表情冷峻，眼睛看着别处。其实，李副局长从沈阳学习回来，一听说盛大全强奸案件已经移送检察机关，就感到草率了些。他在沈阳学习期间，接到卞大队副的电话，汇报说重案组发现犯罪嫌疑人，在电话里初步了解了一些情况，在他脑子里，就已经打上几个问号，曾经对老卞有过交代，要做过细工作；检察院在审理此案，向公安局刑警大队办案人员再三提出的问题，仍然是李副局长原来在沈阳警校向老卞提出过的几个问号。就这么几个老问号，使公检法三家纷扰不安，所以，老卞汇报结束，他懒得发言，只是朝老何看看；而老何心里想，我到沈阳学习，原来只是请他老卞代理工作，他积极性过头，只是听了承办案件同志的汇报，却没有按照李副局长的指示做过细工作，就向不熟悉刑侦工作的宗副局长报批材料，然后冒冒失失报送检察机关。现在，“生米煮成夹生饭”，又能说啥呢？总不能在这种场合同老卞唱对台戏，只是摇摇头。所以，会议室，一时出现短暂沉默。

翁局长环视室内，寂静无声，特意催促：“请在座的各位发表高见。”一看会上没有一个人响应，翁局长有意来个激将法：“如果大家没有什么不同意见，下一步，就把这个案件按照司法程序，由检察、法院你们两家抓紧审理。”

检察、法院两位领导你看看我，我看看你。最后还是包检察长开口：“老高，这个案件是你办的，你有啥意见，乘今天这个会议，说说吧。”

检察员老高咂咂嘴：“我们检察机关的审理意见，同公安机关已经交换过几次了，而且，我们把同公安机关交换的意见，还同法院同志也交换过,现在我们没有新的意见。”

翁局长说:“好!法院的法官还有啥意见?”

审判员老袁说:“我们同检察院交换意见,几次三番把我们的意见返回给他们,现在,要说有啥意见,就看退查结果了。”

在这个会议上,检察、法院两家唱起“双簧”,形成了互相扯皮的局面,“瞎子吃馄饨,肚里有数”,两家的矛头针对公安局。大家不说穿罢了。下面又如何进行呢?在座的同志都朝翁局长看,都盘算着翁局长下一步还有啥高招。

80

复　查

在政法委扩大会议上，政法书记翁大权特地再三征求检察、法院两位领导意见，他们只是摇摇头，表示没有新的意见发表，也就是说原来提出的意见不再重复；承办案件的检察员、审判员看到领导不讲话，也保持沉默。这样一来，反倒是把公安机关几个领导挂起来"晒太阳"，俗话说"看好看"，看你公安机关是啥态度。在座的人注意力自然而然集中看着翁局长，下一步拿出啥高招来。

翁大权原来是搞"内保出身"，主要是抓工厂企事业内部保卫工作的。当了副局长分管政工工作，当上一把手局长，驾驭全局工作，主要依靠分管刑侦、侦查两位副局长。所以，李明波、宋祥林两位副局长，无疑就成了翁大权撑门面、抓业务的"哼哈二将"。现在，他迫切期待"哼哈二将"挺身出来"救场"。

李、宋两位副局长也有自己的苦衷，分管刑侦工作的李明波心里想，眼前会议的中心议题，正是讨论他所分管的工作，虽说问题出在老卞、代管的宗副局长身上，拿盛大全一案草率地报送检察机关进入司法程序，致使这起案件就像哽塞在喉咙里的"鱼骨头"，不上不下。假设在这种会议上，附和检察、法院的意见，岂不是"诿过于人"吗；假设坚持公安机关办案人员的意见，论定盛大全是强奸杀人犯，涉及"人命关天的事情"，有违实事求是原则。正是处于尴尬两难境地，无奈地保持沉默。分管侦查工作的副局长宋祥林，看到分管刑侦的局长没有发声，心里盘算，不可以"黄鳝吃过界"，超越职责范围。再说，公检法三家对这起案件争议这么大，要说啥好?所以，他的一对永远睁不开的眼睛，只是低下了头看着桌子上的笔记本。

翁局长看到如此冷场局面，暗自思忖：照现在这样不死不活的场面，寄希望于政法委扩大会议解决问题，恐怕要落空。从以往多次会议上讨论盛大全案件的时候，检察、法院的同志相互扯皮，表面上看起来，矛头针对公安局，实际上针对我。我这个政法书记是公安局长兼的，外界已经有议论，说我“屁股老是坐在公安局一边”，袒护公安局的同志，也难怪人家说三道四。就拿今天会议来说，尽是要检察、法院的同志发言，为什么不叫公安局的同志发言呢，这不是明摆着让人家多个口实吗。翁大权这个人，倒是蛮机敏的。碰到现在这样的尴尬场面，他采取一个缓冲办法：现在，暂时休息十分钟，下面的会议，由参加会议的公安局同志发言。

检察、法院的同志一听到翁大权宣布休息十分钟，而且说休息以后要公安局的同志发言，几个人觉着一轻松，三三两两跑到庭院里散步，讲老空。唯独李副局长一听说休息以后，要公安局同志发言，心里想，明摆着，这是翁局长向我发出信号，要我发言。看来，翁局长也是出于无奈。转念一想，我分管刑事侦查工作，在这种会议上，不好老是闷声呀。假如要发言，发表的观点同检察、法院的意见相左，在人家脑子里留下的印象，这是在“护短”。如果向老卞提出质疑，哪有领导在公众场合质问下级，给人家的感觉，这是在推卸领导责任。真正左右为难，上下不讨俏，两面不讨好，上下不是人，留下个骂名。自然而然，他朝刑警大队长老何看看，老何心领神会：李副局长要我发言，心里也在作难，甚至还有难言之隐。他从沈阳学习回来已经了解到，刑警队的同志在侦查过程中，不是依靠群众调查研究获取罪证破案，而是依靠气功大师“发功”指点的方位，找到了这个盛大全。如果把这个事情在会议上捅出来，让公检法三家在座的同志肚皮也要笑破。总不能在这种场合出老卞的洋相，叫老卞下不来台……

休息十分钟结束，翁局长催促：“好了，继续开会，现在，公安局的同志发言。你们谁发言？”

尽管政法书记、公安局长翁大权再三发话，要公安局的同志发言，会议室内仍然是鸦雀无声。翁局长看了看李副局长：“老李啊，你看下一步怎么讨论？”

会场上，在座的同志把目光投向李副局长，只看到李副局长面孔上红一阵，白一阵，但是，神态始终保持镇静。他灵机一动，好似醒悟过来：

“翁局长，我建议今天这个会议，来个‘民主办案’，是不是请参加会议的所有同志发言，发表对这起案件的看法、提出个人的见解，哪怕有什么不同意见，也不要紧，畅所欲言，等到大家的意见都摆到了桌子上，然后，再研究下一步解决的办法。”

“好！刚才老李提出讨论办法，我看可以，许院长、包检察长，你们两位意见如何？”

“好！是应该集思广益。”

杨英被奸杀一案，在案发第二天的汇报分析会议上，就“强奸”还是“奸尸”争论的时候，洪强的发言，当时给李副局长留下了深刻印象。为了改变会上沉闷的气氛，李副局长扫视一下会场，一眼看到洪强，笑嘻嘻，以征求意见的口气说：“老洪，你参加过现场勘查，你可以发表发表高见。公检法都是一家人，敞开思想，大胆谈谈你的看法。”

翁局长跟着催促：“老洪说吧，凡是参加会议的同志都要畅所欲言。”

洪强感受到会场凝固的气氛，紧张的空气，刑警大队大队副老卞似乎置身在“被告席上”。他想，如果，这个时候，发表同他相左的意见，势必把他推到孤立无援的地步，使他在众目睽睽下，格外难堪，但是，转念一想，难道“人情大于人命”？这涉及人命关天的大事，作为一名公安人员，任何时候都应该为老百姓伸张正义。想到这里，义无反顾地就把自己的观点直截了当摆出来：

“现在，会议上讨论研究的问题，主要是能不能论定盛大全是强奸杀害杨英的凶手。我就这个问题，发表几点想法，供各位领导、同志们参考。”

“一、论定盛大全强奸凶杀的证据，从发现过程来看，主要是办案人员在医院病房排查犯罪分子的时候，发现正在陪护病人的盛大全脸上有伤痕开始的。以后，论定他犯罪，就把这个伤痕作为主要证据，就这一点，值得商榷。”

不待洪强把话说完，承办这起案件的重案组组长林涛急不可耐提出反问：

“老洪啊！请你不要忘记，把这个伤痕作为犯罪分子杀害杨英的证据，在案发第二天的汇报会议上，是你提出来的。现在，你反过来作为一个疑问，在领导面前，向到会同志故弄玄虚，妖言惑众，你说说看，你是不是出尔反尔？”

洪强本来还要心平气和地发言，经他如此羞辱，激起了他强烈反弹，理直气壮地针锋相对：“是我提出来的，我不会出尔反尔。当时，我提出的原话是‘我估计犯罪分子的脸部、颈部以及手背很有可能被被害人抓破的伤痕’，我的原意是说，可供排查时参考，而不是论定犯罪分子作案的证据。”在座的检察、法院同志听了洪强发表的论点，开始活跃起来，不住地点头，并交头接耳在议论。

因为洪强这个论点，说到检察、法院同志的心坎上，霎时，引起他们的共鸣：正是嘛，我们审理过程，之所以对盛大全强奸杀人定不下来，也就是证据不足，不能把排查时候的参考依据，当作论定犯罪分子的唯一证据。

洪强针对林涛提出的问题，朝林涛笑嘻嘻地看看：“小林啊！我们今天不是进行学术讨论，而是研究案件。所以，我有啥说啥，说得不对，我随时收回。”

洪强的发言，当即引起在座同志哈哈大笑。

接着，洪强自顾自继续自己的话头：“我所说的伤痕，是指可以提供排查犯罪分子时，作为参考的一个依托，而不是论定犯罪分子的唯一证据。证据是整个侦查活动的核心，是证明犯罪事实的根据，侦查工作的全部活动，实际上都是围绕证据的搜集和运用进行的……”

本来检察、法院的同志在会议上一直保持沉默。现在一听到林涛的发言，尽是强词夺理，蛮不讲理。经洪强进一步阐述证据的含义，真正叫“一石激起千层浪”，检察、法院两个人自然而然联想到原来审理案件发现问题，要求刑警队的同志补充侦查的时候，蛮横无理的作风，埋在肚子里的一股冤气没有地方发泄，现在正如“涌泉喷发”。两个老资格检察员、审判员挑头发声。

检察员老高提高了嗓门指责林涛：“到现在还在强词夺理，人家老洪当时只是提出来供排查的时候参考，完全正确，而不是作为破案单位拿来作为论定犯罪分子的证据，你连这一点都没有搞清楚，亏你还是重案组组长。”

还没有等老高把话讲完，审判员老袁抢着发声："这是个杀头案件，你连证据都没有搞清楚，就推死人过街，往检察、法院送，有你这样办案的……"

双方唇枪舌剑，你来我往，会议上尽是检察、法院的同志同林涛在争论。李副局长看到检察、法院的同志反映如此强烈，好像在座的同志都在指责自己，脸一下子红到脖子上。为了扭转会议方向，咂咂嘴指责小林："小林啊！我们的同志谦虚点嘛，人家讲的观点，我认为对头，翁局长，我的意见，请老洪继续发言。"

检察、法院两家头头都附和李副局长的意见："对，还是让老洪继续发言。"

翁局长两只眼睛从李副局长身上移开，盯着洪强发声："老洪，你接着发言。"

洪强整理了一下自己的思路，又提出了一个惊人之举："现在，向检察院报送批捕的材料，论定盛大全杀害杨英的证据，主要是他身上的伤痕，我觉得应该引起大家注意的是，盛大全面孔上、脖子上，以及手背上的伤痕到底是怎么形成的?刚才，林队长，出示了作为证据的照片，我看了以后，我以为这个伤痕不像是被害人抓伤形成的。如果犯罪分子实施强奸，被害人反抗挣扎，应该是仰面朝天，她的手很难抓到盛大全的颈脖子后面。现在出示的照片上的伤痕，颈根后背四周都是伤痕，而且伤痕不是从上到下的条纹，绝大多数是横向条纹。形成像这样的伤痕，一般是两个人发生争执，双方站着扭打、手抓，由手指甲留下的痕迹。"

洪强提出这一个观点，好似"后浪推前浪，一浪高过一浪"，把会议讨论的问题，一下子推到风口浪尖，引起在座同志警觉，不约而同竞相察看照片，轮流着一张张反复看，嘴里还不住地念叨："唔、唔、唔，有道理、有道理，不像是被害人抓伤的痕迹，你看，这张照片，好像是夫妻吵架、扭打，被老婆抓伤的痕迹……"

洪强接着发言："二、论定盛大全的作案时间，似乎没有足够的依据。说盛大全陪护他母亲那天晚上作案，如果按照定人、定时、定地点，就这三定还没有到位。"

林涛本来已经坐立不安，听到洪强又提出作案时间，又一次强辩：

"盛大全隔壁邻居杨阿姨，还有许阿姨都作证，证人证言同犯罪分子本人交代一致，你还要啥依据，你明明在鸡蛋里挑骨头。"

检察员老高不依不饶："我来回答你，杨阿姨、许阿姨提供盛大全作案时间的依据哪里来的？"

林涛昂起头，不屑一顾："当然是她们反映的，倒怕是天上掉下来的……"

审判员老袁步步紧逼："两个阿姨是直接看到的呢，还是道听途说得来的？"

"老鸡婆射屎坑"，林涛被问得简直没有退路。

对林涛的发言，洪强感到苍白无力，不屑驳斥，自顾自继续发言：

"三、犯罪分子制造自杀现场的农药问题。我觉得盛大全交代的情节不符合情理，也不符合逻辑。一般作了案，尤其是强奸犯罪分子要逃离现场，哪还会想到再回到家里拿了农药返回作案现场，制造假象。再说，一般城市里的老百姓家中很少有农药。因为，灭老鼠，都由当地居委会统一发老鼠药，有的地方，一到冬天，居委干部下地区在阴沟周围投放灭鼠药，所以，盛大全家里的农药也还是个问号。我的意见讲完了。"

在场的同志，都不住地点头，特别是检察、法院的领导以及审理杨英一案的检察员和审判员，都不住地点头："有道理、有道理……"

洪强的发言，就好像为检察、法院的同志提供了一个"出气筒"，造就了"扬眉吐气"的机会。所以，检察、法院两家的同志发言更加积极，尤其是，刑检科科长老高紧紧跟上："我们曾经也向他们提出过农药这个疑问，他们说'你们当时在犯罪现场，看到犯罪分子作案的，你怎么晓得他不是从家里拿来的'。"

憋了一肚子气的重案组组长、刑警中队长林涛，歪转了头，眼睛斜视着洪强，用蔑视的口气诘问："那，他本人都已经作了交代，而且，他所交代的犯罪事实，同我们掌握的情节完全相符，这，又怎么解释？"

本来这是很好回答的问题，洪强却没有接口正面回答。在座的领导都不吭声，都用注目的眼光看着翁局长。

翁局长心知肚明，办案人员是否搞"逼供"，所以他眼睛不看林涛，而是严肃地看着卞队副："你们有没有搞逼供，或者是搞诱供？"

卞大队副认真地回答:“没有,绝对没有,我用党性保证。”

“好!”翁局长朝大家看了一眼:“还有哪一位发言?”

“我认为刚才老洪的发言,”包检察长说:“倒是点中了要害。我们几次退查的症结,也主要在这个三点上定不下来。”

法院院长许德听了大家的发言,认为要说的意见,大家都说了:“我的意见,如果案件存在疑点,大家的看法一致的话,是不是,讨论下一步怎么办吧。”

李副局长脸朝着翁局长看看:“对,许院长这个意见很好,不然,翻来覆去再讨论变成了炒冷饭。我看,我们还是就下一步需要做哪些工作,如何开展工作,来个‘三个臭皮匠顶个诸葛亮’吧。”

翁局长说:“我先说个意见。这起案件要复查,而且,要换一帮人复查,如果,仍然由原班人马,弄得不好跳不出原来的框框。你们看怎么样?”

检察、法院的领导都表示赞同。

包检察长首先发声:“按程序,先退查,然后由公安机关复查,这样,有利于依法办案。”

许德院长说:“我倒有个建议,是不是就请老洪组织复查。”

“嗳!你倒同我想到一块去了,”李副局长看着洪强:“老洪啊,这不是因为你发表了意见,难为你。因为,你熟悉情况,侦查方面有经验,而且,没有条条框框。”

翁局长当即表态:“好!就这么定。老洪,散会以后,你好好组织一下,抓紧复查。现在,盛大全家属几乎天天到公安局上访,查清问题,我们也好向他家属有个交代。”翁局长朝宋副局长看看:“老宋,你有什么意见?”

宋副局长笑嘻嘻地说:“最好,以刑警大队为主,我们老洪配合,这样有利于复查工作客观、公正。否则,由我们侦查科同志单方面复查,弄得不好难免有片面性。”

翁局长摇摇头:“两家合起来复查,失去了复查的意义了。弄得不好,不是出现片面结论,就是形成两种对立的意见,再要召开政法会议协调,这样一来,这起案件要搞到何年何月结案。不妥。老洪,还是由你组织专案复查。”

洪强当场表态:“好!我回去,马上组织人员开展工作。复查结果,我们直接向李副局长汇报。”

会议结束，参加会议的人各自回去，会场上，就留下“三长”研究贯彻省政法委会议精神。

最初论定杨英被害一案，在论定案件性质的时候，刑警大队向强奸凶杀倾斜，以洪强为代表的观点向“谋杀奸尸”倾斜。那么，现在老洪复查会向哪倾斜？整个公检法三机关都把希望寄托在洪强身上，翘首等待着洪强复查的结果。

洪强回到科里，而科里同志听说洪强领受复查盛大全案件，很不理解，遭到了科里许多同志的非议，尤其是“5·15”专案组的同志，多数表示疑惑，认为“狗捉老鼠，多管闲事”。

正当专案组同志议论洪强时，顾金生突然闯了进来，面孔上堆满了少有的笑脸，看着洪强发出阴阳怪气论调：“洪专家，我恭喜你步步高升，现在，是乘了火箭直线上升，同三长平起平坐——参加政法会议了，真正实现了你的奋斗目标—— 政治、刑事案件一把抓。”又眯起一只眼睛：“宋副局长、李副局长他们两个人，啥时候向你移交工作？你的办公桌子啥时候搬？”尽说些讽刺、挖苦、倒胃口的话。

话又要说回来，顾金生这次没有应邀参加政法委员会扩大会议，对洪强参加会议本来已经心存醋意，一听说他又领受复查盛大全案件，更是醋意发足，按照他的本意想“刮他的鼻子”。但是，复查工作是当局一把手定的，倒是不好“瞎来腔”，同翁局长“唱对台戏”，所以特地跑到专案组办公室，想乘机讽刺、奚落洪强一番，煽动专案组同志的埋怨情绪，指责他“吃家饭，屙野屎”，超越本职工作。事与愿违，本来还在埋怨洪强的一些同志，听到顾金生放出的一些论调，嗤之以鼻，非但没有哪一个人同他“唱和”，相反地轻视他当领导的心胸狭窄，思想浅薄。

小唐反唇相讥，做了个鬼脸，尖刻地说：“这么一来，顾科长，你要倒过来向老洪早请示，晚汇报了……”

小唐话音一落，引来了在座的同志哄堂大笑，弄得顾金生十分尴尬。老刘受邀列席政法会议，了解洪强当时接受复查任务的真实情况，竭力为洪强辩解：

“在这种场合，叫老洪推却接受复查任务，就是换了你顾科长也做不到。而且，这个复查工作不是一个人说了算的。”老刘将政法委扩大会议确定洪强复查的全过程向在座同志作了介绍，接着说："你叫老洪怎么推脱，向局长讨价还价？这是一件人命关天的大事，盛大全的家属到处鸣冤叫屈，而盛大全的案件在公检法三家，就像双推磨来回推来推去，一直定不下来。政法委召开扩大会议讨论研究确定复查，这是不得已而为之的事情。况且，通过复查，深化'5·15'专案并案侦查，我认为这倒是一举两得的好事。"

在座的有些同志，听了老刘的解释，思想上有点转弯，表示理解，但是，从思想情绪上，不免为洪强接受这项工作感到尴尬，认为这硬是顶了"石臼"做戏，吃力不讨好。也有些同志担心，凭你老洪组织人员复查，能否查个水落石出。甚至有些同志担忧，即使查出个真相，弄得不好，两头不讨俏，既要得罪刑警大队的同志，又要被其他部门的同志取笑，还有可能使公安机关同检察、法院更加对立。但是，老刘、小王等一些同志不以为然，认为，能够查个水落石出，真正做了件好事，既为公检法三家排难解忧，又为群众讨回公道。

问题是，这项工作的难度可想而知，公检法三家的专业人员翻来覆去调查，至今还是在原地踏步。三长会议上都还没有定案，仅凭你老洪，即使有三头六臂，也很难有起死回生的法力。专案组的同志着实为洪强下一步搞复查工作担忧。

81

出勤记录

洪强领受复查盛大全强奸杀人一案，很多同志认为：这是“顶了石臼唱戏”，出力不讨好。而洪强本人同这些同志的想法，恰恰相反。这起案件的复查，这对洪强来说，这是涉及人命关天的大事。既是挑战，又是机遇，有机会检验自己的判断力，是“强奸凶杀”还是“谋杀奸尸”。

在政法委员会扩大会议上，翁局长拍板要洪强组织复查，洪强竟没有打一个咯噔，接受“复查”任务。他考虑到这是千载难逢的机会，一方面可以求证盛大全是不是“杀人犯”，另一方面，检验他脑子里的“朱如泽是不是杀害杨英的真正凶手”，其目的是要把“5·15”专案推向更高层次，破解敌特机关潜藏杀机的目的，粉碎敌人“W 计划”的罪恶阴谋。洪强所承受到的压力，恰巧垫补了他精神上的“一个空白点”，压力转换成动力，挑战变成机遇，倒是满怀信心，全身心投入复查工作中去。

洪强刚开始接手复查盛大全一案的时候，也不是没有一点点想法。首先想到的问题是：一旦复查结果，对盛大全的问题仍然定不下来，或者说，还是摇摆不定的局面，变得“驼子跌跟斗，两头不着实”。假如经过复查，盛大全是杀害杨英的真正凶手，我洪强岂不是被公检法三家的同志贻笑大方，落得无地自容的境地。最终，既不好向局领导交代，又不好向省厅解释，原本把“杨英之死”一案同“5·15”专案并案侦查，向省厅打了补充请示报告，势必跟着落空。再说，仅凭在庆渝县取得朱如泽身上伤痕的几张照片，没有取得杀害杨英的直接证据，也是白费劲。况且，随着时间推移，朱如泽身上的伤痕消退了，连仅有的几张照片跟着失去价值，怎么办？

好马不吃回头草，既然已经接受这起复查任务，等于跨上了马背，只有前进,没有退缩的余地。任凭在前进的道路上困难重重,也要一往直前,干到底。

抛弃了私心杂念,洪强召集专案组老刘、小高、小李几个同志商讨复查工作的方法、部署,然后,四个同志分成了两队,围绕盛大全“脸部伤痕、作案时间、家藏农药”等问题开展调查。

盛大全家住朝天宫 43 号,属于城北区欢喜巷派出所地区。洪强带同小李,由当地户籍民警潘林森陪同,深入盛大全家居所在地,找到朝天宫 45 号,盛大全的近邻,家庭妇女杨阿姨。

洪强向杨阿姨表明身份,说明来意:“我们来主要想通过你了解一下,你隔壁盛大全家里情况,请你有什么说什么。”

杨阿姨笑嘻嘻地,带有质疑的口气:“了解盛大全家里的情况,已经有五六批人了,你们是第七批,还要调查。像你们这样调查,到什么时候有个说法?”

洪强一听已经有五六批人找过她,就怕她跳不出原来的框框,仍旧按照原来定的调子,重复一遍。洪强耐心向她说明利害关系,教育、启发这位杨阿姨。然而,这位杨阿姨一口咬定盛大全,是 5 月 19 日晚上到医院去陪护老母亲的。而且,讲得有鼻子有眼:“本来,盛大全叫他老婆去,他老婆就是不肯,所以,盛大全没有办法,只好自己去……”

洪强向杨阿姨提出一个疑问:“5 月 19 日晚上,盛大全去陪护他老娘,你断定这个日子的依据是什么?”

坐在洪强旁边的小李、老潘两个人两只眼睛,一会儿盯着杨阿姨,一会儿盯着洪强看。小李心里想,人家已经肯定了这个日子,你老洪要人家汇报出依据,似乎不近人情。

杨阿姨傻乎乎地笑笑:“你要我说出依据,我倒是说不上。”

洪强并没有终止谈话,接着问:“那你说这个日子,最初,总有个来头喽?”

杨阿姨直截了当回称:“是你们的同志问我的时候,对我说‘5 月 19 日晚上,盛大全有没有到医院去陪护他母亲’,所以,我就向你们说这个日子……”

小李、老潘一听到杨阿姨如此说法,心里面打了个咯噔,事情复杂就复杂在这里,弄到天亮,盛大全的作案时间,是出自调查人员的口。

一句问话不当，就有可能把侦查工作引向歧途。

然后，老潘又陪洪强、小李找了盛大全右隔壁的许阿姨，许阿姨也说盛大全到医院陪护他老娘，是 5 月 19 号的晚上。洪强再问许阿姨：怎么晓得这个日子？她回称是听杨阿姨说的。然后，洪强、小李由老潘陪同又问了三四家邻居，有两家老伯伯只是摇头表示不晓得，无奈地说："我们不会注意到邻居家里做什么事情……"

一天调查访问下来，回到机关，聊聊一天工作的情况，洪强深有感触："从今天一天调查访问下来，给我的印象，盛大全到医院去陪护老母亲的时间还是个谜。从杨阿姨、许阿姨两人反映的情况来看，虽说一口咬定是 5 月 19 号晚上，弄到天亮，她们提供这个日子，都是从我们侦查人员嘴里贩卖得来的。到了她们两个人的嘴里，一个是人云亦云，还有一个是鹦鹉学舌。根据杨阿姨的说法，已经有五六批人找过她，我们两个人已经是属于第七批了。杨、许两个人，反映情况已经成了固定模式。如果再要找她们，说不定还是这个调子。"

小李点点头，赞同老洪的说法："现在看来，我们现在是'穿新鞋，走老路'，而且是跟着原来调查同志的脚印走路，走的回头路。"

"对！"洪强表示认同："不过，我认为我们既要走老路创新意，也要走新路，开辟新天地。因为原来的同志为我们提供很大的探索空间，只要能钻进去，就有可能别有洞天。"

第二天，洪强、小李到盛大全工作单位去调查。到了自行车厂保卫科，保卫科吴科长一看介绍信，说："怎么还要调查盛大全的问题，已经来了好几批人了。走！我陪你们到装配车间去。"

"朱师傅呢？"吴科长看到车间一个工人："我找他有点事情。"

这个工人名字叫阿四，看到保卫科长领了两个陌生人，抬起两只眼睛："朱师傅做夜班，已经下班回去了。"

吴科长转过来要阿四介绍情况："他们要了解盛大全的情况，朱师傅不在，就你帮得说说吧。"

阿四一听说要了解盛大全情况，摇摇头，感到很是为难："我说不像的。"

吴科长诙谐地说："又不要你唱戏，什么说得像说不像，有啥说啥。"

"随便谈谈，"洪强鼓励阿四："实事求是，说错也不要紧。"

"你们要了解盛大全的事情，最好找我们班长，他比较了解，原来公安人员找过我，我说不像，反正，工人一到车间除了拿榔头、扳手，就是劳动干活，完成定额拿工资，超额完成拿奖金。别的，我们不关心，你们要我说，我不好瞎说八道，真的，我说不像的。”

洪强突然向阿四发问：“你是否把你们的出勤记录，拿出来给我们看看呢？”

“出勤记录，是由我们班长保管的，他要到今天晚上 12 点钟才会来上班呐。”

“好！今天晚上我们来找他，请你带个信给他。”

当天晚上 12 点钟，洪强、小李准时赶到装配车间找到班长朱师傅。朱师傅听说要了解盛大全的情况，在厂里的表现，实话直说：“这个人在我们车间里做活，要说表现，我认为是个好工人，为人老实本分，平时就是调班比较多，因为他老娘经常生病要到医院陪护，我们也晓得他确实有实际困难，班组发扬团结友爱精神，相互帮助调班。然而，他这个人比较知趣，在他上班的时候，都是超额完成任务。而且，拿到奖金还主动分给调班的同志。至于其他情况，我就说不上来了。”

洪强拿话题转到“5 月 19 日”晚上，了解盛大全的动向时，向朱师傅提出要查看班组的出勤记录，朱师傅好似突然想起啥：

“对了，你们公安局同志，过去也来查过，因为，我们车间里的考勤记录，每个月结一次账，由我汇总上报到统计员那里，就算完事。剩下来的出勤记录就抛到垃圾箱去了。后来，两个公安人员特地到垃圾箱找，没有找到他们所需要的出勤记录。”

“那么，你们的垃圾箱的垃圾是如何处理的呢？”

“处理垃圾没有固定日子，平时想不到要处理垃圾，一般总要到纸箱里的垃圾放得满满了，才想着处理。”

洪强当即提出来，请朱师傅领去看看。朱师傅将洪强、小李领到工具间，用手指着墙壁角落里一个大纸箱：“就是这只纸箱。”

洪强同小李两个人一看那个纸箱，说大不大，说小倒也不小，总也有家里的被头箱一样大，打开纸箱盖一看，里面满满的垃圾。两个人特地把垃圾箱里的垃圾倒出来，从一堆堆乱废纸里寻找，拣来拣去只拣到 6 月、7 月的出勤记录，独缺 1–5 月份的出勤记录，翻来覆去找不到。洪强心里想，如果照朱师傅的说法，要处理这些垃圾、废纸，应该全部烧掉处理，不可能只处理 1–5 月，再留两个月。那么 1–5 月的出勤记录哪里去了呢？洪强思索良久，站起来问朱师傅："今年以来，这个垃圾箱，你们有没有处理过，或者说烧过？"

朱师傅皱起眉毛，认真思索："今年还没有处理过，通常情况，没有我提出主张，班组里没有哪个人会想着去处理纸箱里垃圾。"

洪强、小李都觉着奇怪。车间里的人都不晓得，或许被清洁工处理掉。小李突发奇想："会不会被清洁工烧掉了？"

朱师傅摇摇头："我们车间里没有专门的清洁工，再说，要烧全部烧掉，不会烧掉一些，再留一些。"

洪强想了一下："你们车间一共有几个班？"

"有四个班(组)，我们是实行的四班三运转。我是大班长，下面有四个班组。"

洪强以征求意见的口气说："朱师傅，我们想同你商量一下，能不能召开四个班(组)的工人同志参加座谈会，或者，由我们进行个别访问，把这个出勤记录的事情弄清楚。你看有没有困难？"

朱师傅笑笑："困难倒是说不上，四班三运转的工人，一时集中不起来。再说，一些工人分散在南北四城门，没有办法召集。"

洪强想了想："这样吧，按照四班三运转，我们采取一个班一个班进行走访，或者开座谈会，总之，不影响工人干活。"

朱师傅表示同意："我来安排。"

洪强同小李两个人花了一个星期，白天晚上同工人跟班劳动，结合走访，召开座谈会，都反映不出出勤记录的下落。洪强、小李两个人弄得筋疲力尽，小李已经产生厌倦情绪："老洪啊！我看算了吧，照现在这个样子，没有戏唱了。"

洪强倒是心不死："还有几个人，个别访问了，再说。"

小李就跟了老洪走访，访问到二组工人阿三。

阿三听说问起垃圾箱："你们要了解垃圾箱的事情，问我们一无所知，只有到三组问问，或许能问出点名堂。"

洪强好奇地问："怎么问三组的人，会问出名堂？"

阿三随口回答洪强："你可晓得，放垃圾的纸箱就靠近他们三组，只有他们有数，换得其他组里的人，都不会关心垃圾箱。"

阿三说的道理其实很简单，倒是蛮符合逻辑的。

洪强同小李转身找朱师傅，朱师傅听了洪强的说法："我来问问林根，看看他是否晓得。"

他领了洪强、小李回到三组装配小组，就将林根喊出来。

朱师傅一本正经问话："林根，你可晓得，垃圾箱里的出勤记录，有谁拿过？"

林根很干脆地回称："车间里拿出勤记录，只有阿憨，他拿了去当大便纸用的。"

朱师傅突然猛醒："对了，这个阿憨平常日子上厕所就拿这些废旧纸当大便纸用的。看来，要问他才会晓得这个纸箱里的出勤记录的来龙去脉。如果他说不出来，那就再也没有出处了。"

"阿憨做啥班？"

"中班，要明天晚上 8 点钟上班。"老洪一看手表，已经是凌晨 2 点，转身对朱师傅说："朱师傅，今天就到此结束，你们归你们忙吧。明天晚上 8 点钟，我们再来找阿憨。谢谢！耽搁你时间了。"洪强、小李就此向朱师傅告别。

回到公安局已经是凌晨 3 点，就在专案组办公室，两个人习惯性按照"保密制度规定"，放下工作笔记本回家睡觉。但是，两个人大脑十分兴奋，洪强点燃一支香烟，吸上一口，顿觉来了精神。

小李受他感染，一时没有睡意："老洪啊！我总觉得前景不妙噢，假使这个阿憨拿了出勤记录当大便纸，我们的计划就算落空。"

洪强深深地吸了一口烟，又大口喷了出来："尽管这几天来，一无所获，但是，从前人的脚印走过来，我倒是受到很大启发，拓宽了我们的思路，开拓了一条新的路子。凡是搞侦查工作，成败往往都在一念之差、一步之遥，如果，我们回过头来想想，原来的一些同志，在深入群众调查时，不是少问一句，就是少走一步路，所以，就错过了一个机会，少了一分收获。"

小李听了洪强讲的体会，不无感叹："我发现原来的同志在自行车厂调查，如果趁朱师傅做夜班，找他调查车间的垃圾箱里的出勤记录，或者再找阿憨问问，说不定能够问出个结果，或许当场就拿到盛大全的出勤记录。现在，我担心隔这么长时间，恐怕再找阿憨希望非常渺茫呐。"

洪强把烟头灭了，特地为小李鼓劲："不管希望如何，我们不要再犯前人的错误，一定要坚持走到底，问到底，哪怕就是一无所获，我们再考虑开辟新的线索。"

小李自我调侃："这就要靠上帝恩赐了。"

两个人就在靠背椅上打了个瞌睡。第二天上午，整理了一下调查笔记。

到了晚上8点钟，洪强、小李准时赶到自行车厂装配车间。正好朱师傅从夜班翻班到中班，看到洪强、小李，马上打招呼：

"你们坐一会儿，我去喊阿憨来。"

不一会儿，朱师傅领了一个人来，向洪强介绍："他就叫阿憨。"

洪强用惊奇的目光，上下打量着阿憨：一身皱巴巴的劳动服绷紧住身躯，柱天踏地站在洪强面前。洪强主动同阿憨握手："我们想麻烦你一下，向你打听件事情。"

阿憨歪转着头，斜睁着疑惑眼睛，粗声粗气："啥事情？"

"我们想请你谈谈，你们车间里的出勤记录，你有没有拿过？"

阿憨似乎感到诧异："你们问我出勤记录，是啥意思，你们是哪里来的？"

洪强已经觉察到阿憨有一种抵触情绪，干脆实话实说："我们是公安局的，主要通过你了解一下你拿出勤记录的情况。"

阿憨平时同盛大全关系密切，感情蛮深，自从盛大全被公安机关抓去，他对公安机关的同志有些成见，所以一听说是公安机关的，十有八九又是调查盛大全的问题，心头一股火直冒："我拿出勤记录也犯罪了，我屙屎、射尿，也犯法吗？"

洪强同阿憨一接上口，就碰了个"一鼻子灰"，马上调整语气："阿憨师傅，你不要误会，我们主要来查查盛大全的出勤情况。"

朱师傅在旁边，帮着解释："你就是这样憨里憨气，他们问出勤记录，拿了出勤记录不一定就是犯罪。"

洪强换了个口气："我们公安机关，不仅仅是查犯罪分子，我们还要肩负着保护老百姓。盛大全是好人还是坏人，通过调查，才可以下结论。你说是不是这个道理？"

阿憨开始融解心头的疑团，点点头，笑笑："我拿了去屙屎用的。"

“我们晓得你是拿了当作大便纸用的。现在，还有没有了？”

“有，你们等一会儿，我马上拿来。”阿憨转身到车间他的工具箱拿出勤记录。

朱师傅看到阿憨冲撞洪强，带有些歉意，特地解释一番：“他就是这样的人，所以，车间里的人都叫他阿憨，也就是这个意思。”

洪强、小李都笑笑：“工人师傅大多数是直来直去的。”

正说着，阿憨手里捧了一堆纸走了过来。小李接过来，放到一张长条桌子上，同洪强两人开始翻寻 5 月份的出勤记录，1–4 月份翻，都是残缺不全，5 月份下半个月比较全，5 月上、中旬没有了，5 月 18、19 日缺两张，20–30 日还保存着。

小李面孔朝着阿憨，急不可耐地问：“5 月 18、19 日，这两天的出勤记录呢？”

阿憨一愣，面孔一下子通红，支支吾吾：“这一堆纸头里没有，就是被我当大便纸用了。”

小李皱起了眉毛，一个劲叹惜：“你算真正帮倒忙了。”

阿憨抓头摸耳朵，无奈而又尴尬地傻笑。

朱师傅责备他：“阿憨，你不晓得，他们两位同志为了调查这个出勤记录，在我们厂里工作一个星期了。”

倒是洪强比较冷静、客观，特地为阿憨解围：“这个也难怪阿憨师傅，他不会晓得我们公安机关要查出勤记录，如果，他晓得我们要查，绝对不会再拿去当大便纸了。阿憨师傅，你说是不是这个道理？”

阿憨咧着嘴笑嘻嘻：“这倒是真的，这倒是真的。”

洪强随手拿了两支香烟分别递给阿憨、朱师傅，还用打火机为他们点上，然后，再点燃自己的香烟：“吃口烟，我们休息一下。”

小李拉长了脸，在生闷气。

洪强吸了口烟：“阿憨师傅，你每天啥时候大便的？”

“我一般在上班前大便，因为上了班，干活，就没有时间大便。所以，乘上班前，出出空，这样上起班来，思想上就没有包袱了。”在座的人被他一说，都笑起来。

为了不使阿憨尴尬，洪强追问：“你倒是说实在话，那么，今天上班前你有没有去放包袱？”

阿憨似想起什么："对了，朱师傅来喊我的时候，正巧，我从厕所屙屎回来。"

洪强紧追不舍："那，今天大便是不是用的出勤记录当大便纸？"

阿憨不假思索："老规矩，我用出勤记录揩屁股了。"

"用的什么时候的出勤记录？"

"这个倒是没有注意，记不得了。"

"你们厕所的大便用的是坑，还是用的槽？"

"是大便槽。"

朱师傅跟着解释："为了节约用水，我们厂里都是用大便槽，每隔一两天，有厂里清洁工冲刷。"

洪强突然向阿憨提议："走！带我们去看看。"

小李心里想臭烘烘的，到厕所还能查出什么，所以，他像跟媒人吃喜酒，跟随他们一起到厕所。到了厕所，阿憨指着他原来屙屎的粪槽："在这里。"

洪强忙跑上前，一脚跨上粪槽，蹲下身看到粪槽里有用过的两张纸，他俯身想把它们拣上来。

阿憨抢着发声："恶浊，让我来。"

小李抢前一步，把洪强拉开，探身到槽里，用两个手指拣上两张纸，提往车间休息室。然后，朱师傅拿来一张旧报纸摊在桌子上，小李将两张大便纸拉平整，凑近一看，真是发现了"新大陆"，高兴地大声疾呼："找到了。"

一个班组出勤记录记载：盛大全 5 月 19 日，做夜班。从 18 日晚上 8 点开始，上班到 19 日凌晨 3 点下班。另外一张上面记载：从 18 日到 24 日上夜班一个星期。

小李欣喜若狂："好！总算找到了根据，最好把它洗洗干净。"

朱师傅接过来："我去洗。"

洪强关照朱师傅："当心不要把上面的字洗掉。"

朱师傅蛮有把握地说："不会，只要小心用水慢慢冲，冲好后再放到烘箱上烘干，保险不会拿字迹褪掉。"

洪强声表谢意："拜托你了。"

朱师傅拿了两张出勤记录纸转身就走，在休息室，就剩下洪强、小李、阿憨三个人。

洪强面向阿憨:“盛大全在5月份有没有请人代上夜班?”

阿憨不假思索:“是5月上旬的事,他老娘发病住院要陪护,是我代他做的夜班,就代了两天,他老娘病情稳定,就来上班。5月中旬,也就是在5月18日,他来上夜班,我们发现他面孔上、颈根上被抓伤的痕迹,我们班里的同志都晓得是被他老婆抓伤的,两人又闹矛盾相骂了。班里的同志都不好意思开口问他,等到下班的时候,我特地问他,他才说老娘又旧病复发,他老婆就是不肯去医院陪护,嘴里还唠唠叨叨,被他打了一记耳光,他老婆不依不饶,缠住盛大全不放。我就责备他为什么不告诉我,由我替他顶班。他说:刚刚请你顶班没有几天,我怎么好意思再麻烦你,所以,就来上班……”

洪强接着又问:“那么,那天晚上是谁去陪护他老娘的呢?”

“这个,当时我倒没有问他,我们两人就骑上自行车各自回家。实际上,你们可以通过高文英了解情况,她既是我们车间统计员,又是盛大全的邻居,她对盛大全的情况一本十六册。”

“她做啥班?”

“她是常日班。”

洪强同阿憨正说着,朱师傅拿了两张出勤记录走了过来,交给洪强,洪强特地看看出勤记录上的字迹清晰可辨,表示谢意,随后对他们两人嘱咐:

“因为现在案件正在调查中,请你们两位要保密,否则,在工人中瞎传……”

朱师傅、阿憨点点头,都表示遵守保密规定:“有数,有数。”

虽然5月19日盛大全做中班的依据找到,对盛大全这一天晚上的动向无可非议,但是洪强并没有满足,认为作为一个问题,还没有最终画上句号。那天晚上,他老婆不去医院陪护,又是谁去陪护的呢?如果,这个问题找不到答案,那么,盛大全5月19日的动向还会是个疑问。

82

有错必纠

根据阿憨提供的线索，洪强、小李两个人就在第二天的傍晚，摸到朝天宫52号高文英家，找高文英调查盛大全的情况。

高文英家同盛大全家隔开八、九家人家。他们两个人来到高文英家门口，洪强示意小李敲门，小李抬起右手"笃、笃、笃"敲了三下大门，刚巧下班回到家里的高文英在里面应声："来了。"

门开处，主人见到两个陌生人，神态疑惑，眨了眨眼睛："你们找谁?"

小李立在门旁边，洪强发现对方疑惑的神态："你是高文英同志吧?"

高文英点头："是的，你们是什么地方的?"

小李赶忙向高文英出示工作证，高文英凑上去一看是公安局，当即一愣："你们找我什么事?"然后，将身子闪在一边，把手一抬，做了一个邀请姿势："你们进来吧。"

洪强、小李两个人踏进她家门，到了客堂间，洪强发现对方神态拘束，主动向女主人作了自我介绍，并说明来意。

为了不使对方感到唐突，特地又向她解释找她的来由："我们在你厂里，你们装配车间朱师傅、阿憨指点，专门来找你，请你谈谈盛大全，以及他家里情况，有啥说啥，不要有什么顾虑。"

高文英听了洪强的解释，本来绷紧的面孔逐渐放松，只是用肢体表达意思，一会儿摇摇头，一会儿咂咂嘴，然后，不无惋惜地述说了对盛大全的遭遇的看法，皱起了眉头感叹一声："唉!人心隔肚皮，知人知面不知心，真是想不到这个人会做出这种事情。直到现在，我还想不通。"紧接着，高文英就将盛大全的为人，在厂里的表现，以及家庭情况比较详细地作了介绍：

“我们厂里同车间的工人、老师傅一听说盛大全抓进去了，任何一个人，都不敢相信。特别说到是因为强奸妇女被公安机关抓起来的。有的工人说：‘真正碰到鬼了，他怎么会去强奸女同志？’不管他现在犯了什么罪，我实事求是向你们反映他原来的表现情况。无论在厂里，还是在地区上，盛大全为人本分，待人忠厚老实。我们厂里女同志多的是，特别是装配车间，绝大多数是女同志，从来没有听说过，他对女同志有过动手动脚的举动，他同女同志接触的时候，可以说连一声笑话，也不会说。”

换了个话题，洪强问：“他在家里，夫妻感情怎么样？”

说到夫妻感情，高文英若有所思：“我认为还可以。他老婆戴金妹，是东风被单厂工人，这个女同志也是比较本分的人。平常日子，就是一张嘴不饶人。他们两个人结婚五六年，有一个男小孩，在幼儿园。话又要说回来，夫妻之间也会像上下门牙碰碰。盛大全老娘有心脏病，一年少说点，总要有三四个月住医院，心脏病发起来，医院就要发病危通知书，通知家属陪护。为了到医院陪护，夫妻俩经常拌嘴、吵骂，少不得有时还要动手动脚。因为，夫妻俩都是四班三运转工人，女同志还要照顾一个孩子，所以说生活上、精神上确实受不了。如果偶尔到医院去陪护，还可以承受，她这个老阿婆，病发起来，一陪就是个把星期，有句老话‘久病无孝子’，换了我也承受不了。”

一说到动手动脚，洪强不失时机追问：“夫妻俩动手动脚，打起来一般打得啥样子？”

高文英煞有介事回称：“盛大全这个人，一般蛮好说话，就是一盆水泼到他面孔上，他也不会同你穷凶极恶，但要是惹他光火，有时连巴掌都会打。戴金妹也不是吃素的朋友，惹恼了她也会不依不饶。夫妻吵骂，开始动动嘴，旁边没有人劝说，慢慢就发展到动手动脚。女同志打架，就是抓，不管男同志身上哪个部位，捞到就抓。所以，我们车间里的同志，只要看到盛大全面孔上挂了照牌上班，马上就会猜到盛大全夫妻昨天晚上又打架了。”

洪强明知故问：“面孔上有啥照牌？”

“面孔上被戴金妹抓伤留下来的印子。”高文英风趣地笑笑：“有时连颈根上都有被戴金妹抓伤的伤痕，盛大全到了冷天就好了。”

"为啥到了冷天就好了？"

"到了冷天，他用围巾一围，再戴个口罩到厂里车间上班，别人就看不见他面孔上、颈根上的伤痕了。"

"今年以来，他们夫妻俩有没有打过架？"

"大约在他被公安局抓去之前，也打过。而且，那一次打得蛮厉害呐。我丈夫是自行车厂供销科科长，那天正巧他从外地出差回来，路过盛大全家门口，听到他夫妻吵骂，回到家里告诉我说：'盛大全夫妻又在吵骂了，你为啥不去劝劝。'我说：'我只听到有吵骂声音，不晓得是哪一家。'我丈夫说是盛大全家。因为左右相邻，夫妻吵骂是经常有的事，开始不以为然，后来，他们越吵越厉害了，我丈夫把随身的行李放到房间里就走出大门，我也紧跟着跑，只听到戴金妹的骂声：'你咯杀千刀、你咯枪毙鬼，我叫你不得好死。'吵骂的声音越来越大，我们夫妻加快步伐，跑到他家门口，推门一看，戴金妹把盛大全逼到墙壁上，两只手乱打乱抓。那次，盛大全脸上、额骨上、手上、颈根上都是伤。我们两个人用足了力气，总算把他们拉开。戴金妹一头哭，一头数落。盛大全也向我们申述原委。弄到天亮，还是为了到医院陪护她老阿婆的事情。盛大全那天要上中班，叫戴金妹吃过晚饭去医院陪护，戴金妹就是不肯，开始动动嘴，慢慢动出手来，主要是戴金妹不肯去，嘴里还不停地嘀咕，惹恼了盛大全，盛大全顺手一个巴掌，两个人就扭打起来了。后来，经我们两个人横劝竖劝，总算劝开。"

洪强凑上去问："那天晚上，盛大全老娘病危住在医院，他老婆不肯去陪，后来，是谁去陪护的呢？"

"后来，盛大全没有办法，"高文英接着说："只好骑了自行车外出打电话，通知他妹子去陪护的，他这才脱身到厂里去上班。"洪强、小李两个人脑子里一闪念："好！盛大全那天晚上的动向有了答案了。"

洪强接着问："这个事情大概在什么时候？"

高文英摇摇头："具体日子，记不清了，我印象是我丈夫那天刚好出差回来的那天。"

"你男同志回来的具体日子，有没有办法了解到？"

"这，要问，只有问我丈夫本人了。"

洪强又转了个话题："盛大全乡下有没有亲戚朋友？"

高文英摇摇头："没有听说过，我们从来没有看到，或者听到他夫妻说起过他们乡下有什么亲戚朋友。"

洪强特意提出来："他家里有没有农药?"

高文英摇摇头："没有看到过。再说，城市里要农药做啥，只有听说农村里农民种田要农药杀虫，城市里如果灭鼠，都是由居委会统一行动，投放灭鼠药。"

洪强心里想要问的情况差不多了，表示谢意："好！对不起，今天，耽搁你不少时候。"

高文英特意慎重声明："不碍事，我说的话，你们也不要完全相信，再去问问我们厂里、车间里的同志吧。"

洪强说："我们在你们厂里一个多星期了，了解的情况，同你向我们反映的情况差不多。"

然后，洪强又向高文英了解她丈夫的名字、盛大全妹子的单位情况，于是向高文英告别。

第二天，洪强同小李直奔自行车厂，通过高文英丈夫邵寿生调查核实盛大全夫妇打架的具体日子，由邵寿生亲自领了洪强、小李到会计室找了会计，从邵寿生出差火车票、报销单核实：邵寿生是 5 月 18 日傍晚，从上海回到沪西；加上阿憨反映到盛大全五月中旬做中班情况，以及查到盛大全的出勤记录，以资证明：

一、盛大全 5 月 18 日晚上 8 点上中班，要到 5 月 19 日凌晨 3 点下班，杨英被害是 5 月 18 日深夜 12 点至 19 日凌晨 1 点之间。盛大全不具备作案时间。

二、盛大全脸上的伤痕，是 5 月 18 日傍晚，夫妻之间吵架扭打形成的，而且是在杨英被害之前就已经存在了。

三、经过反复调查核实，盛大全乡下没有亲戚朋友，家里从来没有过农药。

洪强、小李两个人并没有满足现有的调查结果，又赶到针织内衣厂找盛大全妹子调查：5 月 18 日晚上陪护盛大全老娘到底是啥人?

盛大全妹子盛锦珠，是针织内衣厂工会干部，按照她介绍的情况，通过她厂工会领导，查到盛锦珠 5 月 19 日的请假条，上面明确写明："昨晚，我接到阿哥电话通知，母亲病危在医院需要陪护，请假一周陪护母亲。”也就垫补了5月18–19日夜间陪护盛大全老娘的“空白”，进一步论证盛大全那天晚上，是到厂里上班。

在李副局长办公室，刑警大队长老何、副大队长卞振明、重案组组长林涛在座。洪强同小李、老刘、小高找李副局长汇报调查结果，并将调查报告呈交李副局长。李副局长一头审阅调查报告，一头听取洪强汇报。刑警大队的几个同志听了洪强的汇报，开始坐立不安。尤其是直接承办这个案件的重案组组长林涛，全身血管膨胀，直往头上涌，还没有等到李副局长开口说话，就同洪强接上火，围绕着盛大全作案时间、脸部伤痕以及农药，连珠炮地责问洪强。还带有讽刺挖苦的调头：“我说，老洪啊！自己同志的话，你不相信，几个工人的话，人家一讲，你就信。怪不到，人家要喊你洪专家，你这个专家倒是专到家了。”

李副局长看了调查报告，又听了洪强的汇报，心里面本来已经上了火，再一听到林涛阴阳怪气的调子，恼火直往上冒，面孔一板：“你这是什么话，什么几个工人的话一讲你就信，群众讲得对，有道理，当然要听。群众讲的哪怕只有十分之一有道理，去掉十分之九，采纳十分之一。再说，老洪、小李不单单是听群众的反映，查到了真凭实据说明盛大全没有作案时间，你还要强辩，说怪话……”

大队长老何，板起了面孔，严肃地指责：“人家辛辛苦苦调查，而且调查找到了真凭实据，你非但不对人家表示感谢，还说些不伦不类的话，有你这样对待同志的态度吗？”

卞大队副一面孔的尴尬相，心里有着疑问不敢提问，但是，又放不下来，转了一个弯向老洪提问：“我首先对你们几位同志做了艰苦、细致的工作表示由衷地谢意。我提个问题，不是有意发难你们，事先向你打个招呼，请你们不要误会。”一边说，一边看看李副局长、老何的脸色，没有什么反应，就此提问：“我始终不明白，盛大全在交代犯罪现场，为什么同我们勘查的现场情况如此吻合，实事求是，我们从来没有向他诱供，你们倒是帮助解开这个谜呐。”

洪强谦虚地说：“老卞啊！搞案件，相互提出疑问这是正常的事，就等于相互给大脑充电一样。至于你提出的这个问题，上次在政法委会议上，翁局长提出来的时候，你用党性作了保证，我完全相信你所作的保证。在这次复查过程中，由我们老刘同小高专门作为一个专题，进行调查。”

洪强示意老刘、小高就这个问题,调查的情况作汇报。

老刘,他的大名叫刘天祥,45 岁,应该说是公安战线的一位老同志了。他参加过镇反、肃反等各项政治运动的侦查、复查工作,特别是对案件的甄别工作,是他的强项。他搞这些工作的最大的特点,就是细心、耐心。所以,洪强领受对盛大全一案的复查任务的时候,首先想到的就是老刘,特地将“盛大全交代作案过程”列为一个专题,由老刘带领小高调查。

一开始,老刘、小高两个人两眼摸黑:审阅材料从哪里着手?特别是小高似乎“丈二和尚摸不着头脑”,只是看着老刘不慌不忙抱了两大捆材料,由他向小高传授阅卷方法、要领。然后,同小高分头审阅案卷。两个人从上午到下午,晚上再加班加点,看到深夜 12 点钟。小高感到腰痛背酸,站起来揉揉眼睛,弯弯腰,再直起身子,似乎有点扫兴,摇摇头说:

“老刘,我看不出啥名堂,你有没有看出啥名堂来?”

老刘站起来,点燃一支香烟:“你,看完了?”

“我看完了,”小高说:“我看的副本,都是重复材料,一点价值也没有。我们的老洪,竟给他想得出来领受这么个差事,比侦查案件还要吃力。”

老刘笑嘻嘻地说:“搞公安工作都吃力的,来,我同你交换看,你看正本,我来看副本。”

老刘从小高手里将副本接过来:“这项工作本来就是枯燥乏味的,要耐心、细心,因为,我们不是搞调查,而是搞复查。因此,即使是重复的材料,也要一丝不苟,认真仔细地看。”老刘向小高这样说,自己也是这样做的。

小高一头看材料,一头像鸡啄米,在打瞌睡。老刘自顾自全神贯注地一页一页,逐字逐句审阅案卷材料,当他翻到副本第 74、75、76 页时,逐字逐句细看,然后,喊道:“好!找到了。”

小高被喊声警醒,揉揉眼睛:“你说啥找到了?”老刘不紧不慢,将找到的材料指给小高看:“你把这三页材料摘录下来。”

小高按照老刘的指点认真摘录材料,然后,两个人研究决定第二天的走访计划。这时,已经到了凌晨三点多钟。

老卞要老洪为其解开那个“谜”,老刘就把翻阅案卷以及走访调查的情况,认真做了汇报:我们复查时,特地吊阅了审讯盛大全的口供材料,既看了正本,又看了副本,而恰巧在被人们认为是重复材料的副本里,发现在第74、75、76页中,记载了盛大全承认是他作的案,后来又翻供的详细情节。我们审讯的同志专门问了他:‘你怎么知道杀害杨英现场的具体情况?’盛大全向我们同志交代,他是听了邻居乔细妹向他透露的。我们两个人专门找了乔细妹调查核实。”

“乔细妹,家住朝天宫89号,女,40多岁,是第一人民医院护士宿舍舍监。就在案发当天,刑侦部门勘测现场,走访医院工作人员的时候,不仅走访了乔细妹,而且,要乔细妹领刑警队同志察看现场。并由乔细妹详细介绍杨英生前的生活、活动规律,以及她的物品摆放位置等。杨英尸体移送火葬场,由她负责指挥清洁工打扫宿舍。在这同时,她又从勘查现场的同志在相互交谈案情时,听到了一鳞半爪,逐步对案发现场在脑子里形成了一个完整的概念。乔细妹有个习惯,每天傍晚下班回家路过盛大全家门口的时候,总要拐到盛大全家里,关心、询问盛大全母亲病情。这天,她又同平常日子一样拐进盛大全家里,盛大全当即问起乔细妹:‘你今天怎么这么晚才下班?’乔细妹神情表现得异常惊恐:‘医院发生一起杀人案件,公安局也出动了,正是吓人呐。‘乔细妹就把她知道杨英被害情况,公安人员勘查现场情况一五一十告诉了盛大全夫妇。所以,盛大全向刑警队同志交代犯罪现场,同刑警队勘查现场的情况如此吻合,根子就在乔细妹身上。这次,我们找乔细妹核实情况的时候,乔细妹还反映了她之所以同盛大全家里如此热络,关心盛大全老娘病情,是因为:当初,盛大全母亲王小妹住进第一人民医院,是盛大全找到乔细妹帮忙,乔细妹特地找了内科病房主任医生打了招呼,这才将王小妹收治到内科病房。所以,乔细妹几乎是习惯性的,凡是傍晚下班路过盛大全家门口,总要拐进去问有关王小妹的病情。那天晚上,乔细妹按照惯例,拐进盛大全家,当盛大全问起乔细妹今天怎么这么晚才下班,乔细妹就将医院发生凶杀案件的情况,一本十六册告诉了盛大全夫妻。”

老刘接着说："然后，我们再找盛大全老婆戴金妹核实，完全证实乔细妹反映的情况。"

李副局长听完洪强、老刘汇报，用手指着林涛，一口浓重的江北口音，厉声问：

"当时，发现盛大全这个嫌疑对象，在审讯时，一听说盛大全交代了，你们就信；他承认了犯罪，后来他翻供了，你们有没有再做过细的核实工作？只是找了盛大全隔壁不知情的邻居，什么杨阿姨、许阿姨，偏听偏信她们陈述的表面现象，就这么论定盛大全是犯罪分子。你们既然问到他怎么知道现场情况，他提供了得知现场情况的来源，是听乔细妹说的，你们就不去核实。凡是对胃口的，你们就先入为主，把材料放到正本案卷送检察院报批，不对胃口的材料，你们就放到副卷里打埋伏。把这个案件搞成个夹生饭，半生不熟，既不好吃，又放不下。还不虚心听取人家的意见。这是人命关天的事情，同志啊！不能稀里糊涂啊！"

李副局长把头转过来，质问老卞："我说，老卞啊，我同老何到沈阳去学习，临走时再三关照，要把队伍管好，你一天到晚只顾冲冲杀杀，作为一个领导，首要的任务要把关，不能听任下面同志轰来轰去。"突然，李副局长好似想起什么："对了，我要问你们那个气功大师是怎么回事？"

老何坐在旁边，肚里在好笑。

老卞一听到局长查问起气功大师，神情十分尴尬，急巴巴地汇报："是这么回事。"

老卞就把邀请气功大师破案的前因后果向局长汇报。

刑警大队有个刑警叫金宝，他每天早上到公园锻炼身体，认识一个专门帮人家看病的气功师。当金宝出现在公园早锻炼时，气功大师好奇地问起第一人民医院发生的凶杀案件的情况。金宝就将这起凶杀案件情况向这个气功大师作了介绍。这个气功大师说，他认识一个特级气功大师，只要他一发功就可以破案。金宝回到队里就向林涛、老卞汇报。当时，林涛、老卞将信将疑，后来，林涛提出来：不妨试试。老卞曾经看到过电视里有气功大师发功的惊奇的画面，带有好奇心理，表示同意。按照气功大师的要求，把他带到凶杀现场，由气功大师装神弄鬼发功，嘴里念念有词："杀害杨英的凶手，远在天边，近在眼前。"又说："犯罪分子就在杨英生活、工作的方位，30多岁，身上穿的工作服"。所以，林涛在医院内科病房开展排查工作，一眼看到盛大全，同气功大师描述的犯罪分子完全一样，特别认准他脸上有被抓伤的伤痕，当时，认为这个气功大师有点法道，竟被他说准了。所以，就吃准盛大全是杀害杨英的凶手……

李副局长气愤地说："气功大师神通广大，发功就能破案，还要我们这些人干什么？荒唐！这个问题，你们两位必须作深刻检讨，联系盛大全的一起错案，在总结经验教训的基础上，向整个刑警大队同志作检查，看你们检查程度，再作处理决定。"

李副局长的话锋一转："当然，这个案件我和老何也有责任，我要向党组检讨。现在，我看了老洪的调查报告，再听他们的详细汇报，我完全同意他们调查报告的结论意见，盛大全不是杀害杨英的凶手。"李副局长面对老何："老何啊，我的意见，向翁局长汇报后，你们刑警大队打一个销案报告，不要遮遮盖盖，我们共产党人就是要讲实事求是，严格执行党的政策，有错必纠，做好善后工作。"

李副局长脸转向老洪说："老洪，你还有什么高见尽管讲，我要感谢你们几位同志做了大量工作，帮我拿决心，如果没有你们这份复查报告，我还真没有把握下决心纠错销案呐。"

"我没有意见了，如果有什么需要，随叫随到。"洪强站起来向李副局长握手告别。老何、老卞、林涛笑嘻嘻，特地走过来同洪强、老刘、小李、小高一一握手，老卞、林涛两个人一改原来一副傲慢的神态，笑嘻嘻地谦恭地说："谢谢你们对我们的帮助……"

根据洪强的复查报告，李副局长、何大队长向翁局长专门作了汇报，并得到翁局长的首肯，由刑侦部门打销案报告，撤销盛大全犯罪嫌疑。然后，做好盛大全以及他家属的工作，这些都是后话了。

盛大全强奸杀人一案被否定以后，"杨英之死"，势必促使"5·15"专案组同刑侦部门转换了位置，要从强奸凶杀转到谋杀奸尸上来，那就要由"5·15"专案组唱主角，锁定侦查目标——朱如泽，视角转过来盯着陈婷、杨老太。

但是，侦查这么长时间，还没有发现杨英生前和杨老太同陈婷、朱如泽有过联系。显然，要搞清这些问题，理出一个头绪来，“5·15”专案人员要思考下一步要从哪里入手。

正当洪强思考下一步工作如何着手，内勤组小袁大声呼喊老洪接听电话。洪强跑到内勤组，拿起电话，一听是华南市公安局侦查处来电说：“‘表妹’要到老家来，要把老家的房间打扫一下，恭候‘舅公’。”洪强放下电话，在回专案组的路上，琢磨华南的电话内容……

83

亲授传家宝

洪强由内勤组小袁通知接听电话，对方打电话的不是别人，正是华南市公安局侦查处长浦淑仪。电话内容十分简短，只是说：“‘表妹’要到老家来，把老家的房间打扫一下，恭候‘舅公’。”这是浦淑仪原来同洪强商定的暗语，暗示陈婷以及她的上司要潜入内地活动。洪强立即向领导汇报，并根据省厅的指示，按照“诱敌深入”的计划，张网以待。

台湾驻港特务机关实施“W计划”的具体执行者——陈婷，原本潜返内地，在沪西市国际旅行社同朱如泽碰头，向朱如泽授意，要他完成两项任务：第一项任务，由朱如泽直接同派遣特务交接通信电缆；第二项任务，由朱如泽亲自操刀灭掉妨碍实施“W计划”的人。

朱如泽领受了任务以后，连夜带了电缆乘火车赶往闽南同派遣特务苏复兴交接通信电缆，任务完成以后，没有返回沪西，而是赶到广州。按照约定，在广州北园同陈婷碰头，陈婷听取了汇报，当场表扬了朱如泽。为了取得在沪西吸收参加特务组织的人的信任，策反宋氏兄弟投奔“自由世界”，根据朱如泽的提议，陈婷返回沪西。并在朱如泽直接安排下，闯到宋浩然家里，窃取了“W机密文件”，返回香港向她的上峰交差。

陈婷到了香港，兴冲冲地拿了一份绝密文件找她的头头“献宝”邀宠。到了金坚的办公室，看到金坚，就喋喋不休，发出嗲声嗲气的调子，汇报在内地执行任务的情况。

金坚皱起眉头，显得很不耐烦：“我听了你讲了个半天，还没有听出个名堂，你到底要说什么？”

陈婷把头一歪，眼睛斜瞄着金坚："怎么样，这是你要的宝贝，这次该怎么样奖励啊？"

金坚看了她带回来的东西，心里想，弄到天亮还是最初杨英从孔定山微波站宋浩然办公室偷看到的W计划（提纲）。反应十分平淡，好似没有当回事。反过来查问："'女神'的问题解决得怎么样？"

陈婷唠唠叨叨做了汇报。金坚听得厌烦，指责陈婷："我问你'女神'有没有灭了？"

陈婷这才回答她的上峰："已经灭了。"

金坚最关心内地公安机关的动向，两只眼睛盯住陈婷："当地公安机关有什么反应？"

陈婷接着绘声绘色诉说公安机关出动所有公安人员在全市范围抓捕强奸犯罪分子的情景，其中不无夸张地说，灭掉"女神"以后，引起社会轰动，沪西市里出现了一桩"桃色新闻"，传得满城风雨……

金坚听到陈婷汇报说到"女神"已经灭掉，总算了掉一桩心事。但是，怕她汇报里面有水分，当了陈婷的面，只是发出平淡无奇"喔"一声。

金坚为什么对陈婷这次大陆之行如此冷漠呢？只是因为陈婷带回来的情报，毕竟还只是拿到一份提纲，如果孔定山微波站工程师宋浩然没有策反过来，这一份提纲等于"鼻子上的肉，拉不到嘴里"。冲着陈婷轻描淡写地说："这份提纲价值不大。"陈婷听到金坚这么一说，就像小暑里一声雷，黄梅天气倒转来，意味着还要回到大陆拼死拼活"躺水过河，涉险过境"，凶险莫测。陈婷还要想说点什么，金坚立马打发她走路："你先休息两天，有关下一步行动以后再说。"瞬时，陈婷的脸色由晴变阴，起初的一股热情，正是"一丈水退了八尺"。

陈婷退出办公室，金坚随手关上了门，拿起电话拨通亨利的电话，诡秘地说："请亨利上校接电话。喂！你是亨利上校吗？如果方便的话，今天晚上7点在老地方聚聚。好！不见不散。拜拜！"

两个人几乎是同时到达咖啡馆。亨利带有讽刺、挖苦的语气，伸出手同金坚握手："亲爱的，你请我来，不光是聚聚，品尝咖啡，一定是又有什么新的生财之道吧？"

金坚同亨利握了握手，厚着脸皮，得意忘形地说："亲爱的，被你猜对了。"金坚从皮包里取出一份绝密文件给亨利看。

亨利接过一看,大声惊叹:“哇!好家伙,太好了,我衷心地祝贺你‘将星高照’,生财有道。”

此时,金坚心想大鱼咬钩了,他用一种狡黠的声调说:“怎么样?感兴趣吧。”

亨利将绝密文件翻开来一看,猜到对方又要伸手要钱了,喝了口咖啡,同样还以狡黠的声调:“真是应验了你们中国一句成语,‘画饼充饥’,可看不可吃。”

金坚已经意识到亨利的潜台词。强颜傻笑,耍了个滑头:“这是个样品,现在大陆的人搞情报已经学会讨价还价了,你看,如果像这样一份有着完整内容的正式文本,你能出多少钱?”

亨利伸出两个指头笑笑:“这个数。”

金坚惊异地说:“两万?”

这个“中国通”亨利伸出两个指头抖了抖:“两百。”

“亨利上校,”金坚故作姿态,仰面大笑,自我解嘲:“你太会开玩笑了。”

金坚收起那份文件放到皮包里,故弄玄虚:“如果我在大陆向我的主顾还这个价钱,说不定将会遭到叱骂。按你的说法要按质论价,这份绝密文件关乎中国大陆的邮电通信布局,涉及中共的核心机密,一旦到手,那么,我们需要的情报源源不断流到我们的办公桌上。再说,它的价值,计算方式,不是一加一等于二,而是:情报+坐牢+杀头=情报的价值。”

“亲爱的,”亨利做了个鬼脸,伸出一个手指头晃了晃:“No,no,no!你的这个计算方式太离谱了。”

金坚接着说:“一个人从出生到成长,从小学到大学,再从员工到工程师,他需要花多少钱才能成为一名情报员……”

亨利哈哈大笑,摇了摇头:“哪能有这样的思维方式和计算方法?”然而,亨利转念一想,他既然能够搞到提纲,就有可能获取一份内容完整的W绝密文件,这个情报价值就大了,一旦这个W机密文件到手,加上大陆的工程师投奔“自由世界”,今后既不要雇人潜入大陆收集情报,又不要通过台湾情报机关转让情报,这样一来危险性小,成本又低,何乐不为呢?“好吧,你说多少?”

金坚一听说要他报价，认为亨利这才真正开始咬钩了。

“一口价，10 万美元。”

亨利一听 10 万美元，惊呼是个“天文数”，说：“亲爱的，能不能少些？”

这个时候，金坚狡猾地采取以退为进的策略：“我不是一个商人，既不会讨价还价，也不会算账，而是根据大陆的要价，考虑到我们是合作多年的老朋友，所以我直言相告，至于咱们是否成交，我绝对不会勉强你。”

亨利认真地思考一下，采取“以守为攻”的策略：“好吧，就依你这个价，但是，有一个条件，情报加人，要把掌握这个 W 绝密文件的主人一并引渡过来。”

金坚心里想，我本来就有这个计划要将内地的微波通信工程师宋浩然策反过来，才能更加体现这个情报的价值。而且，今后背靠一棵“摇钱树”，财源滚滚而来。想不到，老谋深算的亨利，竟同我想到一块了。如果答应这个条件，似乎太吃亏了，挖走一个人，等于刨走一棵“摇钱树”；如果不答应，这桩“交易”就成泡影，再要找像亨利这样的主顾就比较困难。况且，有关我的仕途升迁，还要利用和仰仗于他。该让的地方还是要让，一切都要从长计议。

为什么，亨利、金坚都要想把掌握 W 绝密文件的主人引渡到香港呢？金坚只是想得到一棵为他发财致富的“摇钱树”，而亨利同金坚的想法不同，其目的是想得到一名专家，可以对这份 W 绝密文件上面的代号、密码注解，否则，即便拿到一份内容完整的 W 绝密文件也是枉然。因为 W 绝密文件上面，用的尽是代号、密码，没有破译专家，到手的 W 绝密文件，等于拿到一本看不懂的天书。所以说，在这一点上，亨利的智商毕竟比金坚高上一筹。

停顿了一会儿，金坚要了个滑头：“这样吧，我原则上同意你提出的这个条件，假如人引渡到香港，看他愿意跟谁合作，由他自由选择，怎么样？这是完全按照你们西方国家行事规则办事，你说是吧？”

亨利明明晓得他在唱滑头戏，再试想一下，现在还主要靠他这条情报渠道获取一些情报，这个老关系不能断。再说，只要人到了香港，就由不得你了：“OK！具体怎么样操作？”

金坚十分干脆地说：“你先付两万定金，其余等情报拿到手一次性付讫。”

为了实现这个目标,正如老话说“重赏之下,必有勇夫”,金坚按计划拼了老命豁出去了。

中西区山腰别墅,宋女士家里来了一位不速之客。来人揿了门铃,男佣人隔着铁栅门问:“先生,你找谁?”

客人颇有一股绅士风度,温文尔雅地递上名片:“我是专程拜访宋女士的。”男佣人接过一看,说了声请“稍等”,随即转身回到别墅,向宋女士汇报。宋女士接过名片一看:新世纪(香港)电信电器有限公司总经理胡大春,下面是地址、电话号码。宋女士反复看,脑子里一闪念,嗨!这个公司岂不是陈婷所在的特务机关的据点吗?再一想,等待的人没有出现,现在出现一个莫名其妙的胡大春。怎么办?是接待还是不接待,不接待又如何打发他走路,如果接待的话,又如何同他周旋,促使“计划内的客人”登门造访?宋女士同男佣人咬了一下耳朵,男佣人心领神会跑回去。

在门外等候的胡大春,心里想,男佣人回去回话这么长时间没有出来,看来这位宋女士,是不是陈婷上次来了以后,产生了后遗症,不愿意接触外界。如果她不接待,如何促使她接待呢?正当胡大春在猜测、怀疑的时候,男佣人跑出来把名片递回给胡大春:“先生,我家宋女士说不认识你,请回吧!”这个时候,胡大春不慌不忙面带笑容:“宋女士的确不认识我,而且我也是初次拜访。再麻烦你通报一下,就说我是受大陆沪西市宋浩然先生之托有要事相告。”胡大春说完,又将名片递给男佣人。男佣人啧啧嘴,似乎感到为难,然后,转身回去,将胡大春说的原话向宋女士汇报。宋女士一想,既然他提到宋浩然拜托,就有内容。宋女士这才嘱咐男佣人让来人进来。

客人又等了相当长时间,男佣人出来开门,做了一个邀请手势:“请进!”

男佣人引路,将胡大春领进别墅,还特地安排他在客厅等候。稍停片刻,只见从楼上跑下来一位风度翩翩、颇有气派的女士,手里拿着胡大春的名片,胡大春马上起身迎了上去,右手放在腹部,左手放在腰后,行了个绅士礼。

“请坐。”宋女士自己也落座,不亢不卑地说:“先生有何见教?”

胡大春直截了当说:“我是受人之托,特地来拜访宋女士的。”

胡大春毕竟是受过特务训练,有着几十年特务生涯的老牌特务,他在这种场合信守一句格言“言多必失”,所以他采取的策略:对方不问,不主动出牌,出错一张牌,将会全盘皆输;假如碰到难题,采取绕道迂回。

宋女士同胡大春一接触,就感到对方很老练、城府很深,言行举止很谨慎,她直面对方,模棱两可诘问:“是吗?好像……”欲言而止。

胡大春意识到,对方对于他的突然出现,心存疑虑。不难想象,对方有意拉开距离,同人交谈,来保护自己。老是保持不死不活的腔调,更容易引起对方戒备。现在,好容易让我进门,不要话不投机半句多,再被她扫地出门。无论如何要叩开她的“心扉”,取得她的信任。经过一番思考,改变先前的方法,适当放开,通过同她交谈,从中摸透她的思想脉络。胡大春直接切入主题:“宋先生一直想到香港来,苦于无门,所以呐,几经周折,经朋友介绍,我和宋先生似乎有缘分。”下面他就打住不再说下去了。

“是吗?”宋女士引而不发:“噢,原来是这么回事。”

胡大春这时才感到陈婷汇报,这个老太婆很难对付一点不假,到现在还真没有摸到她内心的想法,取得她的信任。几个回合下来,胡大春几乎有点撑不住气了,他抓住唯一能使对方信任的“王牌”:“请问,宋女士最近有没有接到宋先生的来信?”

宋女士在琢磨,是不是沪西市公安局小洪工作中失误,错把胡大春当作金坚,或者是金坚自己不出面,派这个胡大春当替身来叩门,如果这个人是金坚派来的替身,那价值不大。

宋女士再将他一军:“信是接到一封。”说着,有意不透露丝毫内容,再看对方反应。

胡大春一想,这下扣开了进攻的“门道”了。但转念一想,只晓得宋浩然写信,不晓得信上写的什么内容。照这样,下面的戏没有办法唱下去了。这时候开始埋怨起陈婷,当初怎么不问清宋浩然信上的内容呢,如果晓得信上一点点内容,就可以连着唱戏。此时,胡大春好似觉得失去了进一步交谈的内容和进攻的方向,有些乱了方寸。

宋女士脑子里一闪念:来人,究竟是什么人?正待琢磨时,突然想起小洪曾经说过金坚有个特征,右手是经过手术切除的“六指头”。对!

只要验证一下他的手指头，就可化解当前这个“谜”，来人是金坚，还是金坚派来的替身。为了缓和一下眼前凝固的气氛，她说：“谢谢你如此热心，我呐，确实有些疑惑，原来是一位陈小姐受人之托，现在变成是你？”

胡大春心里想：对呀，无怪乎引起宋女士疑虑，原来是陈婷，现在变成我胡大春，怎能不引起人家的怀疑呢？马上接口解释：“陈小姐是我公司职员，原来是我指派她来的，为了慎重起见，所以，由我亲自登门拜访宋女士。”

这样解说似乎还说得过去。但是，宋女士仍然感到有些诧异：“胡先生如此热心，你同宋浩然是什么关系？”

胡大春毕竟是在很多复杂场面滚打过来的特务，随机应变能力强：“实不相瞒，因为我公司是经营电信器材业务的，广纳人才，很需要像宋先生这样的人才，经朋友介绍引荐，有幸认识宋先生。”

宋女士反过来又将他一军：“你公司为什么不直接向他发出邀请函呢？”

宋女士这一发问，着实是考验对方的“试金石”，回答是否得体，就要看来人的水平了。

胡大春听到宋女士如此一说，面不改色，心不跳，而且拿捏得很有分寸，把谈话的锋芒向宋女士这边转移：“你长期侨居国外，可能有所不知。凡是有技术的人，尤其是接触到国家机密的工程技术人员，内地的单位，特别是公安机关，对他们管制特别严，行动也受到限制，不让他们出境。如果以我公司名义发出邀请函，非但他出不来，还会给他带来不必要的麻烦。所以，我们同宋先生商量，不得不请你以他姑妈的一层亲情关系发出邀请函，这样才能符合内地政府的政策，就有可能发放出境证。”

宋女士神态如若，表示有所感悟：“噢！原来是这么回事。你不早说，兜了这么大的圈子，把我弄得晕头转向。”接着她呼喊：“阿姨，拿瓶红酒来。”

女佣人拿了一瓶红酒、两只高脚杯为他们倒上酒。

宋女士拿起酒杯：“俗话说，不打不相识。我一方面表示歉意，另一方面呐，表示谢意，来！咱们干杯。”

胡大春有点受宠若惊，他做梦也没有想到，竟在一瞬间，转危为安。心里想：我的这几句话，说到了点子上了，竟说到了这位宋女士的心里。随即得意忘形地端起酒杯站起来："谢谢！"

就在胡大春端起酒杯的瞬间，宋女士敏捷地观察到胡大春的右手大拇指上突出有黄豆大的一块骨头，显然是"六指头"，动过手术以后遗留下来的突出部分。为了慎重起见，进一步得到验证，宋女士灵机一动：

"这下我感到欣慰了。浩然如果到了香港，由你安排在公司就职，他仍然可以从事他热爱的事业，太好了，谢谢！正说着，宋女士放下手里的高脚杯，又热情地用双手同对方握手，凭触觉证实了胡大春右手是六指头。宋女士再次表示谢意："非常非常谢谢你。"

通过双方握手，就这样解开了一个"谜"，胡大春就是金坚，金坚就是胡大春。宋女士想，这么长时间，这个金坚就在我们华南市公安局眼皮底下，竟没有对上号，发现不了他的踪影，这下好了，这个幽灵终于出现。

宋女士满面春风："请坐。"

为了诱敌深入，促使金坚进入编织的罗网，把这幕喜剧上演得有声有色，她严肃认真地说："不过我有个条件。"

金坚一听有"门"了，随即回称："有什么条件，你尽管说。"

宋女士认真表示："我可以发邀请函，为了慎重起见，要你当面劝说宋浩然。因为，他这次来信还在犹豫不决，我看只有你能担当起这个重任，这中间不能由其他人插手。"

胡大春一想这不是同我想到一块去了吗？当即一口答应："只要你信得过我，我一定照办。"

"那好！"宋女士呼喊："阿姨，将我的八宝匣拿来。"

女佣人从楼上下来，双手捧了一个长方形精制木匣。宋女士从木匣里取出一个小香包：

"这是我们宋家的传家宝。"

然后，从香包里取出一枚通宝铜钱："你只要将这个装有铜钱的香包递给他，宋浩然看到这枚铜钱，就等于见到我本人，他会同你谈掏心窝的话。"

胡大春欣喜若狂："谢谢！你对我如此信任，我决不辜负你对我的重托。"随后，胡大春接过香包，向宋女士告别。

在回归的路上，胡大春一头把着方向盘驾车，一头还陶醉在发生的喜剧性的一幕，憧憬着“黄粱美梦”：一旦亨利那里10万美元拿到手，我就通过宋女士向她在美国的公司投资，今后退出特务机关就有了一个依靠……

正当金坚一路上做着“黄粱美梦”，回到特务机关，鲍冲随即向他汇报：“总部派来特派员来港检查工作，现在，正在你的办公室。”金坚心里想，特派员早不来，晚不来，怎么拣着这个时候来？走到他的办公室，看到总部派来的特派员，换得一副面孔，面孔上堆满了笑脸，伸出手来同特派员握手，嘴里连着说：“欢迎，欢迎！”特派员董彪握住金坚的手，嘴里连着说：辛苦了，辛苦了。经过一番寒暄，双方坐定。特派员董彪首先向金坚转达台湾总部表扬了金坚在香港的工作，然后说明来意，总部派他这次来港检查工作，主要的任务，有关“W计划”的实施情况。金坚汇报，重点突出“W计划”的进展情况。董彪当即表示同意金坚下一步打算。涉及人选问题，特派员董彪表示，人选任你挑选。金坚当即挑选鲍冲作为助手。董彪心里想，台湾驻香港办事处，原来是我主持工作，现在仍由我亲自坐镇，当即表态：“可以。”

金坚马上找鲍冲，传达了董彪的意见，鲍冲竟没有打个咯噔，一口答应。并且，当场向金坚报告一个好消息：“组座，大陆方面已经回复了，按照预定的要求，经过验证，‘女神’确实已经灭了；现在，大陆公安机关倾巢出动，凶手强奸犯已经捉拿归案。看来，现在正是千载难逢的机会，实施W计划的第二步计划是时候了。”

金坚听说“女神”已经被灭了，而且，大陆公安机关已经将犯罪分子缉拿归案，成功地转移了大陆公安机关侦查视线。正是喜事一个接着一个，金坚得意洋洋，回过头来，把他同特派员商量的计划向鲍冲传达：“老鲍，你是不是搞一个实施方案，然后，我们开始分头实施，派陈婷先进入内地，为我们进入内地做准备……”

虽说，盛大全被公安机关以强奸杀人犯错误拘捕。但是，它就像推进器，助推特务机关加速实施W计划的步伐，公安机关侦查部门采取“诱敌深入”的策略得到了初步实现。现在，沪西市公安机关，根据华南市公安机关通报，“5·15”专案组会同外线组竭尽全力打扫庭院，迎候“表妹”“舅公”。

84

打扫战场

接待胡大春的宋女士，实际上就是华南市公安局侦查处处长浦淑仪，经过乔装打扮成香港"上流社会女士"，男女两个佣人是她处里的侦查员，协助她实施"诱敌深入"计划的助手；洪强接听到的电话："打扫房屋，迎接表妹、恭候舅公"，就是浦淑仪在香港维多利亚峰别墅里接待了胡大春以后，回到华南市公安局直接同洪强通报了敌特分子的动向。

现在，回过来想想，不得不佩服陈颂平、赵开诚两位，高瞻远瞩，深谋远虑，精心设计"诱敌深入"的计划，盘踞在香港的特务实施"W 计划"，被"牵着牛鼻子跑"。

陈颂平局长从农场劳动改造回到沪西市公安局主持工作不久，听取洪强从江临提审"03"女特务宋秀莲回来，就提出："一旦金坚摆上议事日程，要调动沪西、华南、香港所有侦查手段"开展工作。随着敌人加紧活动，陈局长提出的斗争策略，随之步步紧扣：

当洪强在闽南会同闽南市公安局拦截敌人海上偷运邮电通信电缆得手，陈局长迅即指派洪强、小李赶到华南市，会同华南市公安局，制定了"诱敌深入"计划，逼使台湾驻港特务机关头子，改走老路，步入罗网；一经发现朱如泽向宋浩兴索要在香港的姑妈宋慧珠的家庭地址，设计"蒋干盗书"计谋，诱使陈婷在宋浩然书房盗窃了"W 绝密文件（提纲）"，促使台湾在香港的特务头子越发不甘寂寞，加紧遣返大陆实施"W 计划"的步伐。

再说，华南市公安局局长赵开诚，洪强同小李在他家里吃晚饭时，向洪强分析了敌情，提出了敌人有"W 计划（1）"，有其一必有其二，要求专案组将“W计划(1)”同“W计划(2)”并案侦查;针对台湾在港特务,投靠美国中情局“脚踏两只船”的特点,投放诱饵,要适合美国特务的胃口。根据赵开诚局长的讲话精神,饭后,洪强会同浦淑仪研究起草了“诱敌深入”计划。自此,敌我双方奔着各自的目标,不遗余力组织实施。特务头子金坚从宋女士家里出来,回到特务机关,急不可耐责成鲍冲制订方案,化名胡大春,准备潜入大陆实施“W计划”。

根据赵开诚的提议,省厅“同意杨菲一案同‘5·15’专案并案侦查”的指示精神,洪强结束盛大全强奸杀人案件的复查工作以后,围绕杨菲和“杨英之死”,沿着杨菲的踪迹,调整了专案力量,立即开展全方位侦查工作。

杨菲是最早由特务头子胡大春派往大陆实施“W计划(2)”的女特务。杨菲哥哥杨辉,是“01”工厂总工程师,嫂子柯茜,是“01”工厂技术处党总支书记。

事情发生在1970年2月,杨辉老婆柯茜有个习惯,每天中午下班,她总要到“01”工厂家舍大院信箱拿报纸,回到家里将报纸放在桌子上,然后去烧饭。杨辉也有个习惯,中午回到家里拿起报纸看报等吃饭。有一天,他从桌子上拿起报纸的时候,夹在报纸里一封信落在地上,他好奇地拾起来一看信封,是写给他的信,发信地址是广州。好生疑惑,他在广州没有什么亲戚朋友,怎么会有人从广州寄信给我,当即呼喊他老婆柯茜。柯茜正好烧好了饭出来,将饭菜放到桌子上:“你大惊小怪叫啥?”

杨辉手里拿了一封信:“广州我没有亲朋好友,莫名其妙来了一封信。”

柯茜不假思索:“你拆开来看看,不是就知道是什么人写给你的信吗?”

杨辉一想对头,当即拆开信封,抽出信纸一看,惊疑地说:“嗨!弄到天亮,是香港的杨菲写来的信。”再一看信的内容,当即惊呆了,嘴里只是喃喃自语:“从来没有同她有过信件来往,她怎么知道我们的地址。”柯茜看到杨辉神色不安的样子,马上从杨辉手里拿过来一看信的内容,全身的神经霎时紧缩。

杨辉习惯性地以征询的口气说:“老柯啊!我看马上向保卫处汇

报，听便他们怎么处理吧。”

柯茜倒也不含糊：“对！吃好饭我陪你去。”

保卫处朱处长听了杨辉说起杨菲的情况，再一看信的内容，顿生疑窦，但是也没有把握提出处理意见，只是安抚了他们夫妇一番，要他们不要有什么顾虑。转身就到西部省公安厅侦查处，蒋处长听了朱处长介绍的情况，再一看信的内容，转过身来跑到侦查处一科，将信交给乔科长，要他在敌特通信资料中查一查信上写的收信地点。乔科长查了以后，向蒋处长汇报：“收信地址是台湾特务机关在香港的一个中转站。”然后，蒋处长邀约乔科长一起参加分析研究，并要他发表意见。

乔科长倒是很干脆，直率地发表意见：“从信的内容来看，‘已于2月17日安抵西部’，有两种可能：一是她本人根本没有到过西部，有意利用杨辉，以她的名义向特务机关谎报行程；二是谎报行程的目的，从信里面提到要杨辉夹寄一些西部地方的公交车票，以资证明杨菲是在西部活动，企图向特务机关冒领活动经费。”

蒋处长接过乔科长的话头：“这就暴露了杨菲的身份，她是一个地地道道的职业特务。从现有情况来看，她只是利用她哥哥帮她向特务机关转信。至于，杨菲是不是发展杨辉参加特务组织，似乎没有明显迹象。”

乔科长点了点头：“我同意蒋处长的分析意见，依我看，信上只字未提要杨辉参加特务组织。况且，他们相互之间也从来没有来往，纯粹是利用他向特务机关转信而已。”

“01”工厂保卫处朱处长听了他们两位分析的意见，大胆地亮出他的看法：“如果杨菲发展杨辉参加特务组织，杨辉就不会由老婆陪同，到保卫处主动将信交给我们。”

蒋处长、乔科长附和朱处长的说法：“就是嘛，哪有这么傻的特务，做这种蠢事。”

然后，三个人又进一步研究这封信怎么处理。

蒋处长分析了杨辉、柯茜两个人的一贯表现，理性地发表自己的观点：“信上说，‘2月17日安抵西部’，从信封上的邮戳上看，发信的时间是1970年2月12日，可以断定杨菲已经潜入大陆，而且是从广州发出的信。我的意见，按照杨菲的要求，叫杨辉发信，密切注意杨菲的动向。对杨辉夫妇要做好安抚工作，并且要鼓励、表扬他们大义灭亲的正义行为。”

一晃几年过去，杨辉夫妇对杨非要杨辉寄信的事情，犹如滴墨入水，墨浓渐退，已经淡忘。夫妇俩只是惦记着在老家的宝贝女儿杨英的婚事，期盼着能够找到一个称心如意的女婿，养老送终。他们接到老家二妹子杨芳来信报告喜讯，杨英在谈恋爱了，催促他们回老家商量婚事。夫妻俩特地请假赶回老家，看到未来的女婿也是搞邮电通信专业，家境尚可，敲定了这桩婚事，高高兴兴回到西部。

正当杨辉夫妇俩终日沉湎在女儿的一桩满意的婚事，庆幸“落叶归根”，有了一个养老送终的港湾，内心得到安慰，突然接到老家来信报丧：杨英自杀了。杨辉老婆柯茜当即心脏病复发，杨辉将柯茜送进医院，立马赶到沪西老家。

杨辉回到沪西老家，牌楼巷 21 号整天紧闭大门。根据杨老太左右邻居反映：杨老太家深墙大院，看不到里面有啥动静，要到深更半夜，方才断断续续听到杨老太的哭声。蒋老太平时同杨老太关系比较好，听到杨老太的哭声，第二天上午特地叩开杨老太的大门，关心地问起原因，杨老太只是一把眼泪一把鼻涕，哭诉着说“孙女儿被坏人弄死了”，在西部的媳妇急得心脏病复发住医院，大儿子从西部赶回来，草草地料理了杨英的丧事，又仓促赶回西部。现在，杨老太一直由二女儿杨芳陪伴着。

杨芳是市外贸局经营销售科工作人员，特地向所在部门领导请假，只是说：在第一人民医院当护士的侄女杨英自杀身亡，老母亲痛不欲生，请假去安抚老母亲。

专案组围绕着牌楼巷 21 号大院，只是在外围进行调查，罗列了一些表面现象，经过大家讨论分析：杨芳同杨老太两个人就杨英之死说法不同，一个说“自杀身亡”，另一个说“被坏人弄死”，也许是传输信息的渠道不同，也就说法不同；至于杨辉草草办完杨英的丧事赶回西部，也有可能心挂两头，老婆生病住院，仓促赶回西部。整个侦查工作几乎浮在水面上，还是见不到底。专案组一时想不出好办法，深入杨老太家里了解内情。

在专案组汇报会议上，有同志提出来，干脆直接找杨老太谈话。有同志不同意，理由很简单，杨老太年老耳背，脑子不灵，说不清事情，一旦受到惊骇，发生意外，事情反而搞糟。还有同志提出来找杨芳，兴许思想觉悟高，能够反映一些问题。也有同志提出不同看法：她们之间毕竟有着不可切割的血缘关系，恐怕靠不住，不要情况没有了解到，我们的意图暴露，加大了工作难度。就在几个同志一筹莫展的时候，习惯性地眼睛紧盯着洪强，想由洪强拿出一个办法来。洪强在听取他们议论的时候，脑子里渐渐形成了一个概念：杨芳既然在50年代参加抗美援朝，这就表明她早已经同原来的家庭划清了界线，加上她丈夫是党员领导干部，本人一直要求入党。她没有必要同杨菲、杨老太抱团取暖，隐瞒、包庇杨菲、杨老太的劣迹。洪强看到在座的同志都用急切的眼光看着他，倒也蛮干脆：“现在，要叩开杨老太的大门，捅破杨家的‘天窗’，摸清情况，摆在我们面前只有两个人，一个是杨芳，还有一个就是杨老太。现在不要怕一脚踩上高压线上。照我的看法，杨芳如果是一个真心实意向组织靠拢的人，她会向组织报告，请求组织帮助释怀解困。”

在座的同志听到老洪的分析意见，哄然大笑，绝大多数同志不以为然，有的同志甚至说：“简直是天方夜谭……”

正当专案组同志议论洪强分析杨芳问题的时候，外贸局保卫科长老郝跑到专案组反映杨芳的情况：

“今天上午，刚巧上班的时候，销售科科长领了杨芳到我办公室，反映她娘家的问题，我一听说，是反映她七十多岁的老娘、侄女被她在香港的姐姐发展参加了特务组织。心里想，此事非同小可，原来小王、小唐到我那里来过几次，要了解杨芳情况，我一想可能同这件事情有关联。所以，赶紧到你们这里来汇报。”

在座的小唐一干人，异口同声地说：“怎么巧，说到曹操，曹操就到。”洪强一想，同他分析的意见衔接起来了，马上同老郝研究接待杨芳的方法、部署，老郝领受了任务，随即动身走路。

在外贸局外宾接待室，由老郝陪了杨芳，同洪强、小王、小唐三个同志介绍认识，老郝随即退出。杨芳到了外宾接待室，倒是落落大方地坐下，小唐特地为杨芳泡了一杯茶，洪强开门见山，一下子切入谈话的主题：“老郝，同我们说起，你要向我们反映你老母亲的一些情况，我想，我们随便谈谈吧？”

杨芳也很干脆，把杨老太向她透露的情况，一五一十向洪强、小王、小唐三个人作了反映。转过来，洪强试探性地说：“你母亲向你谈到这些情况，说明她对你的信任，如果我们找你母亲进一步了解些情况，你看是否方便？”

杨芳倒也没有为难的表示，直截了当回称：“我以为可以，因为她已经意识到自己上当受骗，造成了恶果，再没有理由隐瞒事实真相。”

第二天上午，杨芳按照洪强的建议，将杨老太接到自己家里，由杨芳陪同杨老太，同专案组同志谈话。

其实，杨菲早在1970年2月12日潜入广州，原本要想发展杨辉夫妇俩参加特务组织。邀约了杨老太和侄女杨英在广州会面，从杨老太、杨英口里得知杨辉在“01”工厂当上总工程师，嫂子柯茜是部门党总支书记，认为到西部要发展他们俩加入特务组织是不可能的事，弄得不好，反而被他们告发、坐牢。杨菲旋即利用杨老太喜欢贪小利，杨英年轻幼稚，发展她们俩参加特务组织，从杨老太、杨英口中套取到杨辉“01”工厂的通讯地址，就动脑筋利用杨辉发封“报平安信”，向特务机关交差。

杨老太同杨英参加了特务组织，按照杨菲的指示，两个人收集沪西地方报纸，定期寄给香港的杨菲。后来，台湾在香港的特务机关头子金坚，为了实施“W计划(2)”，指示杨菲，以代号“女神”，借同宋浩然谈恋爱，收集微波站的情报，策反宋浩然叛逃投敌。后来，杨英渐渐害怕起来，特别是同宋浩然谈上恋爱以后，杨英父母回到沪西，敲定了她们这桩婚事，就再也不愿与杨菲联系。

洪强突然提问：“杨英死之前，有没有人来找过你，或者找杨英？”

杨老太忽然想起什么似的，拍了一下座椅扶手：“对了，在杨英死的三四天之前，接到杨菲写来一封信，说她托一个陈女士带来些东西，要我按时到海临市火车站去拿，我按照她交代的方法，到了海临火车站，那个姓陈的女士，把我带到公园。开口第一句话：‘杨英为什么不来？’接着，姓陈的女的，向我打听杨英工作、生活情况，我不知道她的用意，也就一五一十告诉了她。然后，她再也没有说什么，拿香港带来一包饼干、巧克力糖递给我，就各自分手，我就乘当天晚上的火车回来。”

洪强示意小唐拿出带来的五六张女人照片放到桌上，让杨老太辨认，杨老太不费多大工夫，从五六张照片中拣出陈婷的一张说：“就是这个女的，她脖子上有一颗黑痣。”

洪强笑笑：“这个女的是台湾特务机关的特务。”

至此，陈婷的一张照片，把杨菲同陈婷的关系，定格在同一个特务系统，执行“W 计划(1)”“W 计划(2)”；又同“杨英之死”无缝衔接起来，锁定朱如泽是杀害杨英的凶手。事实胜于雄辩，想当初，赵开诚局长提出“W 计划(1)”同“W 计划(2)”并案侦查的意见，非常正确，而且具有远见。

在宋副局长办公室。洪强会同老葛，带同专案组同志一起汇报案件进展情况。宋副局长、顾科长听取洪强汇报的情况，还未等洪强把话说完，顾金生竖起了面孔：“老洪，你这个毛病就是改不了，就听 70 多岁的老太婆一说、一看照片，你就下结论杨菲同陈婷是一个特务系统，朱如泽是杀害杨英的凶手，把杨老太一家祖孙三代装到‘5·15’专案的大篷车上，恐怕这是你想象的结果吧，你是一位老同志，要为青年人作些好榜样。”

宋副局长皱起眉头，对顾金生打横炮感到十分恼怒、尴尬，为防止事态扩大，搞乱工作进程，当即撇开顾金生，打圆场，征求老洪意见：“好，老洪，你说说下一步怎么办？”

洪强本想对顾金生的羞辱，进行反驳，转念一想，已经在打圆场了，再说时间宝贵，洪强果断地说：“现在，必须加强外线工作，我们内线工作重点，既要从稳住凶手入手，取得作案的直接证据；又要贯彻诱敌深入的策略，做好粉碎敌特机关实施 W 计划阴谋作准备。”

宋副局长听后，表示同意洪强的意见：“我看可以。”他转过身子，特地关照在座的外线组组长老葛：“老葛啊，会议结束，你同老洪具体研究一下下一步工作。从现在开始，一定要注意内外线保持密切配合。”

宋副局长生怕顾金生再节外生枝，赶紧结束会议：“老顾，没有什么，就散会吧。”

在座的同志早就想脚底抹油，不待顾金生表态，一个个拔脚就跑。

回到洪强办公室，洪强会同老葛一起商量下一步工作计划、部署。按照华南市公安局侦查处“打扫房屋，迎接表妹，恭候舅公”的敌情通报，洪强同老葛研究具体实施办法，提出一个问题：“到国际旅行社执行监控任务，你准备派哪两个同志去？”

老葛稍加思索："派小成、小孟比较合适。"

洪强说："按照工作能力，小成比较合适，上次在闽南工作，任务完成得非常出色。但是，毕竟她还没有结婚，这项工作最好派结过婚的女同志。"

老葛昂起了头，不以为然："现在，是啥年代，为了工作，这些无需顾虑，就这么定了。"

正说间，外线组的小张急忙跑来汇报："朱如泽在今天下午 2 点 10 分在火车站出口处等候接站。大约半个小时，2 点 40 分，陈婷出现在火车站出口处，由朱如泽陪同跑了几个大饭店，都不接待。饭店服务员说：'市里规定，港澳台同胞到内地观光旅游，一律到国际旅行社住宿。'朱如泽听了服务员介绍住宿的规定，同陈婷两个人转身走路，领了陈婷到国际旅行社办理了住宿登记，由服务员陪同他们两个人住进了 301 号房间。"

朱如泽同陈婷到了 301 房间，立即关上门，迫不及待地要陈婷传达特务机关的情况，陈婷不慌不忙自顾自整理行李、女人的日常用品。

朱如泽急切地催促："你变得哑巴了，到现在还不开一声口。"

陈婷向朱如泽瞪了一眼，嗲声嗲气地说："急啥，你总得让我喘口气。有饮料吗？"

朱如泽不耐烦地说："这里又不是香港，哪来的饮料。"

陈婷笑嘻嘻地说："没有饮料，倒杯茶也可以。"

朱如泽没好气地说："喔唷。"说着，去倒茶，将茶杯放到陈婷面前："我这个服务员，算是周到了吧。"

陈婷笑嘻嘻地说："马马虎虎，还可以。"

喝了口茶，陈婷就将回到香港向特务头子汇报情况，特务头子如何对她的工作评价，这次回大陆的任务，详详细细地向朱如泽进行了传达。兜过来，陈婷向朱如泽转告："上峰，对 W 绝密提纲不感兴趣，说没有什么价值。"

朱如泽接过陈婷的话头："不是我事后诸葛亮，当时我就想到这份东西没有价值，因为没有具体内容。"

陈婷撇了撇嘴："你倒会说现成话，当时，你还说有了这个东西带回去，上峰一定高兴。好了，事情已经过去了。现在，上峰同意到大陆同你们见面。宋浩然姑妈已经同意邀请宋浩然到香港去。而且，这次由上峰直接同宋浩然碰头，我们的任务，要为上峰到大陆做好一切准备工作。”

陈婷一头说，一头从她提包里拿出两百块港币递给朱如泽，一本正经地说：“这是你灭掉‘女神’有功，奖励你的。”朱如泽接过钞票，贼兮兮：“似乎少了点，我是以生命为代价，完成这个灭掉‘女神’计划的哇。”

陈婷把头一撇：“好了，不要贪心不足。晚饭怎么办？”

朱如泽得意地回称：“到大饭店去吃，今天我请客，为你接风洗尘。”

晚饭以后，回到国际旅行社，两人到了 301 房间，好似触电，又是搂又是抱，如胶似漆，冲动亢奋到不能自我，解衣解裤，滚到床上男欢女愉，折腾了一个晚上，倒下一觉睡到第二天上午 10 点多钟，起身梳洗完毕，懒洋洋地离开旅行社，外出吃早点。

当他们两个人离开国际旅行社以后，外线组侦查员两个一队一路跟踪；而在国际旅行社当服务员的小成、小孟到 301 房间打扫卫生，从床上到卫生间尽是用过的卫生纸、毛巾，如同打扫战场……

85

胡大春失踪

在局长小会议室，召开“5·15”专案工作会议。专案组同志以及外线组的同志都通知到会。会议由一把手翁大权局长亲自主持，分管侦查工作的宋副局长就座，分管刑侦的李副局长特邀到会，研究和部署侦破“5·15”案件工作。整个会议室座无虚席。

会议室寂静无声，在座的人预感到处于临战状态，都伸长了脖子，聚精会神，两只眼睛紧盯着居中坐定的翁局长，期待着发号施令。

翁局长环顾会议室在座的人，然后，低着头问坐在他旁边的宋副局长：“人到齐了吧。”

宋副局长回称：“到齐了。”

翁局长说：“好！开会。”

翁大权倒也很干脆，直奔会议主题说：“根据省厅、华南市公安局通报，‘客人’已经入境。今天我们召开专案工作会议，研究和部署侦破敌特机关W计划派遣特务案件，抓捕台湾派遣特务头子。在研究、部署工作之前，先听取‘5·15’专案工作进展情况汇报。老宋，你看，谁汇报？”

宋副局长满面春风，朝顾金生看看，心里想，在这种场合，按道理应该由他科长出面汇报。但是，这位仁兄是“抱不上的阿斗”，既不会做实事，又不好好地虚心听取人家意见，案件进展情况，洪强已经不止一次向他汇报了，现在如果由他汇报，恐怕汇报不好，还要出洋相。假如跳过他，在翁局长面前不好说话。宋副局长转了一个弯，既不想让他汇报，也不指名道姓由谁汇报，以征求顾金生意见的口气说：“老顾，你看，怎么汇报法？”

顾金生一听宋副局长的口气，肚里转念头，这是我抓的工作，理所当然要由我这个科长汇报。他歪转了头，扫了一眼会议室在座同志。嗨！这一眼不扫倒是不要紧，他也就张开大嘴唱大戏了，眼睛一扫，打了个咯噔，李副局长就坐在翁局长的旁边，两只眼睛盯住他看。喔唷！李老头也参加会议的，如果我汇报，他来个连轴转，提出这样那样疑问，给他“将军将死”在那里，不仅给翁局长留下了不好印象，还要在众人面前出洋相。灵机一动，习惯性干咳一声，然后贴紧了局长的意图，采取“飞过海”的办法汇报：在侦查这一起案件中，我们自始至终根据翁局长的指示精神，保持内线侦查同外线侦查密切配合，相互经常通气；加强同华南市公安局协作单位沟通，积极争取省厅支持，不仅发现了杨菲同陈婷同属于一个特务系统，共同实施一个阴谋计划，而且，查证了朱如泽杀害杨英的犯罪事实……”

他来个开场白，然后凌空一脚，将皮球踢到老洪那里，罢了个噱头，笑嘻嘻地朝洪强噘噘嘴：“具体情况，由我们专案组组长老洪汇报。”他当着局长的面，耍了个滑头，倒是被他糊弄过去。

翁局长面孔上微露着满意的笑容，点点头：“唔！好！”随即叫老洪汇报。

洪强本来以为顾金生汇报一竿子到底，不晓得，他只是来个开场白，转过来点名要我汇报具体案件，翁局长又加重了语气要我发言。好在事先有了准备，否则要出洋相。洪强随即将近一个时期对杨老太一家开展工作，到庆渝县侦查到朱如泽行凶杀人获取到他身上留下的伤痕，以及会同外线组同志又取得了论定朱如泽杀人奸尸的证据，详细地作了汇报。最后，话锋一转，洪强说：“通过 DNA 检验，完全可以论定：朱如泽同陈婷在国际旅行社奸宿留下的精液同法医尸检杨英阴部留下的精液完全一致。”

洪强话音一落，小李随即将一份由刑侦技术部门出示的 DNA 鉴定书以及在庆渝县拍摄到朱如泽面孔上、颈根、手背上的伤痕照片，一并交给局长翁大权。翁局长看后，随即又转交李副局长传阅。然后，翁局长将 DNA 鉴定书拿在手里，脸上露出满意的笑容，面向在座的两位副局长，笑嘻嘻地说：“现在看来，朱如泽是杀害杨英的凶手，没有什么可以怀疑的吧。”

正待李副局长要发表意见，顾金生听到翁局长赞赏的口气，马上跟着插科打诨："在分析研究犯罪分子的时候，我一眼就吃准朱如泽就是凶手。所以，我催促老洪立即向省厅打请示报告，将杨英被害一案同'5·15'专案并案侦查，并派老洪到庆渝县去调查、落实朱如泽面部伤势，如果当时不并案侦查，采取必要的侦查措施，说不定这个家伙被漏掉。"

在场的专案组、外线组同志听到顾金生装萌卖乖，卖弄乖巧，顿时目瞪口呆，并用惊异的目光投向顾金生，都紧绷着脸，心里嘀咕，为了并案侦查，要向省厅打请示报告、到庆渝县调查朱如泽面孔上受伤情况，明明是他设置障碍，还无理指责老洪，现在一有成绩，恬不知耻尽往自己身上揽。但是，当着局长的面，又都不敢插嘴反驳。而翁大权局长听到顾金生补充说明，洪强汇报专案工作所取得的进展，都是顾金生一手指导、指挥的，心里着实高兴，认为顾金生完全可以独当一面抓侦查工作，当即脸上绽开满意的笑容，正待要开口表扬，突然冒出来个小李，笑嘻嘻，半真半假地讽刺挖苦说："幸亏当时我们听了顾科长的话，'捉贼拿赃，捉奸拿双'……"他把顾金生当时的谬论，赤裸裸地全盘托出来，引起了在场同志哄堂大笑。一开始，翁局长还没有理会小李讲话的含义，只是嘀咕："什么乱七八糟，捉奸要拿双……"

在场的李副局长本来听了顾金生的开场白已经有点"感冒"，再加上曾经听到有同志向他反映顾金生说过的谬论，皱起眉毛，不屑一顾，歪转了头，也斜着眼睛："奸尸案件，哪来的'拿双'，开什么玩笑。"

老葛，经小李当面戳穿顾金生冒功邀宠的"西洋镜"，按捺不住内心的不满情绪，直指顾金生说："这是顾大科长独创'奸尸杨英一案'的理论。"老葛话音一落，引起在座同志杂议、嘲笑。

在众口一词的议论声中，顾金生好似被刮了几个耳光，顿时，脸上红一阵、白一阵。翁局长朝顾金生看看，这才意识到顾金生又出洋相了，有点恨铁不成钢的意味，随即将脸转问老宋："对下一步工作你们有没有研究，有什么打算，老宋，你是不是说说。"

宋副局长将同专案组一起研究的下一步工作计划、打算以及方法、部署比较详细地作了汇报。转过脸来看了一下顾金生，为了不使他尴尬，防止他再在这种场合出洋相，他朝洪强的方向看了看："老洪，你看还有什么需要说的。”

洪强想了一下：“宋副局长刚在对下一步工作都已经讲了，我没有什么补充，为了实施诱敌深入计划，只是提几点建议。”

“一、我们已经分别向省厅、华南市公安局汇报了案件进展情况，准备向省厅打破案请示报告，并通报华南市公安局，征求他们的意见。等‘客人’进入我们视线，再对朱如泽采取密捕措施。”

“二、在全案还没有进入破案阶段，派遣特务还没有抓捕到案之前，刑警大队在沪西市第一人民医院内的力量暂时不要撤走，对盛大全也不要马上放到社会上，让他在某个饭店休息同家人团聚，做好善后工作。待‘5·15’案件破案，‘客人’落网以后再放回家。这样，可以继续起到麻痹敌人的作用。”

“三、‘客人’已经入境，从现在起，外线组同志的任务比较繁重，我建议侦查科适当调度一部分力量支援外线工作。完了。”

翁局长面向宋、李两位副局长说：“你们意见如何？”

宋副局长首先表态：“我同意老洪提出的建议。”

李副局长感叹地说：“好！我发表几点感想和意见。这起案件搞得漂亮，工作细致踏实，无论是反派遣斗争部分，还是刑事侦查部分的工作，都体现了重证据，重调查研究，应当说为我们刑侦部门的同志树立榜样。我首先表个态，我完全同意老洪提出的三点建议。侦破‘5·15’专案一定要有全局观念，现在，全局上下，应全力以赴。刑警大队在医院的同志一个不撤，可以留守在医院做基础工作。同时，继续做好盛大全的善后工作，这样既掩护侦查科同志实施诱敌深入计划，又不浪费人力。如果需要我们刑侦部门配合工作，我们尽一切可能提供帮助。”

翁局长听了李副局长发表的意见，加重了语气：“我完全同意老李的意见，全局上下都要有一个全局观念，协同作战的思想。”接着他对下一步工作，作了总结性发言。最后又特地强调了几个问题：“现在我们已经处在临战状态，破案的关键时刻，各部门一定要服从大局，相互配合，如果在哪一个环节上出问题，一定要追究责任，即使是下面同志的问题，我仍然要追究领导的责任。对于力量的配备，我原则上同意老洪提出的建议，切记分工不等于分家，尤其是内、外线同志一定要协同作战……”

就在沪西市公安局紧锣密鼓实施“诱敌深入”计划，有条不紊部署侦破敌特机关“W 计划”案件的时候，杨英之死，却成了沪西市街谈巷议的桃色新闻。各种舆论、谣传正在市内发酵，弥漫扩散，甚至波及邻近市县。连来往于沪西市的火车上，车厢里的旅客都在议论纷纷，越传越离奇。恰恰就在这个时候，火车上坐着一位特殊旅客，台湾特务机关驻香港办事处的特务头子，破茧而出，开始蠕动，悄悄地潜入沪西市。

晚上，沪西市国际旅行社来了一位“不速之客”，由陈婷陪同住进304 号房间，在服务台的循环簿上记载着：胡大春，男，50 岁，新世纪（香港）电信电器有限公司总经理。就在陈婷陪同胡大春住进了 304号房间，大约间隔半个小时，朱如泽大模大样后脚跟进到国际旅行社。转身上了三楼，停留在 304 号房间门口，“笃、笃、笃”敲了三下房门。陈婷开门出来，将朱如泽让进房间。然而，一直担负着跟踪任务的外线组侦查员，早已将胡大春、陈婷、朱如泽三个人的影踪，摄入外线同志的视线。

朱如泽跑进 304 号房间大约一刻钟，急匆匆跑出国际旅行社，停留在大门口，贼头贼脑，东张西望，然后，脚底像涂了一层油，直往火车站方向跑。外线组专事跟踪朱如泽的小龚、小孙紧紧尾随。

就在朱如泽从国际旅行社出走大约半个小时，胡大春穿了一身休闲服，脚上拖了一双拖鞋，跑出国际旅行社，来到大街上逛街，这个店逛到那个店，一个转身逛进一爿服装店。前前后后，大约 20 分钟。外线组小张、小顾突然发现胡大春逛进服装店没有出来，本来猜测回旅馆休息了。但是，小张心里不够踏实，总有点疑疑惑惑。

“嗳！小顾，我总觉得不得劲，没有看到对象从商店里出来，这么长时间不出来，弄得不好溜了。”

小顾把头一抛，不屑地说：“你不要神经兮兮，可能在商店买东西，或者回国际旅行社困觉了，我到商店去看看。”

小张说：“注意，不要被对象发觉。”

小顾装模作样，跑进一家服装店，眼睛扫视一下商店四周，没有发现胡大春的影子，这才触动了神经，紧张地跑出来，大惊失色：“不好！对象不在商店，赶紧向老葛汇报。”

两人跑到临时据点，看到组长老葛，赶紧汇报：“对象不见了。”

老葛一听说胡大春失踪，心里想："鬼迷"，这个时候会跑到哪里去?刚才还穿了一身休闲服，拖了拖鞋逛街，怎么会不见了?转念一想，小顾是侦查科五组来帮忙的，经验不足，也许看花了眼。转念一想，这个对象马虎不得，随即问了一下发现失踪的情况，立即采取措施核实。在国际旅行社当服务员，专事监控陈婷、胡大春的外线组女同志小成，根据老葛的交代，特意到304号客房送水，"咚!咚!咚!"敲门，里面没有反应。随手拿出钥匙开门，到了室内一边打扫，一边搜索，没有胡大春的影子。再转到陈婷住的301房间敲门，里面应声："是谁?"

小成回应："服务台的。"

陈婷将房门启开了半扇，探出头一看，小成拎了两只热水瓶，陈婷敞开了门让小成进房间。小成进了房间发现陈婷在整理行李，将随身携带的衣服挂到大橱里；又扫视整个房间，却不见胡大春，假装到卫生间打扫卫生，也没有胡大春的人影，就悄悄地离开301房间。老葛听了小成汇报，就像五雷轰顶，涨红了脸，一个劲地责备小张："你是外线组老同志，监控一个对象，怎么出差错，现在，全局上下的精力，全部投入这个案件上，抓捕的就是这个对象。怎么办?"

在场的同志都慌了手脚。老葛感到事态严重，当即决定向领导汇报。

赶到公安局，由宋副局长召集顾金生、洪强到场。当老葛汇报到胡大春失踪，不容分说，顾金生对准老葛好似来个"当头一棒"。原先老葛在会议上，当了翁局长的面出了他的丑，就憋了一肚子气，现在正好抓到"把柄"借题发挥，大发雷霆：

"全局上下都把'5·15'专案作为一个中心任务，就在侦破这起案件的紧要关头，我们要抓捕的核心人物胡大春，被你们跟踪不见了。你们这些人吃啥饭当啥心，尤其是你当组长吃干饭的，几年来的心血，就在你们这些人眼皮底下泡汤……"

他越说越来劲，如同抓住了老葛的"小辫子"揪住了不放，虎起了脸，向老葛诘问："翁局长在会议上，再三强调这次侦破任务的责任问题，你记不记得要追究责任?"

说老实话，老葛在外线组工作到现在，少说也已经三十年，还从来没有经历过像顾金生这样暴风雨般训斥过，强忍着眼泪，不知所措。

宋副局长、洪强在旁边，认为顾金生训斥老葛虽说太过分了，但是训得在理,也不好指责顾金生。问题是,现在不是光靠训斥、指责弥补过失的时候,要想方设法解决眼前的问题。

宋副局长盯着看看洪强:"老洪,你看眼前出现这种情况如何办?"

洪强咂咂嘴:"现在,还不晓得朱如泽、胡大春两个人出走的原因,是我们侦查手段暴露,惊动了他们呢,还是我们外线同志麻痹大意,在我们外线同志的眼皮底下溜掉?如果是我们侦查手段暴露的话,那就麻烦了,必定会打乱我们原来的部署,就要重新考虑新的方案。"

顾金生一听洪强发表的意见,格外来劲,朝老葛又来了一阵"狂轰滥炸"般的训斥。宋副局长肚里有数,顾金生现在对老葛的训斥,完全出于感情用事,皱起双眉,拿他没有办法。

洪强基本上掌握顾金生的毛病、脉络,只有翁大权的"止痛药",才适应顾金生。所以,他说:"现在,赶紧向翁局长汇报哇,光靠咱们几个人解决不了问题的。"

宋副局长一听对头:"好了,老顾啊!还是赶紧向翁局长汇报,看来,要采取大动作,现在,你把老葛骂死,也不可能借尸还魂。宋副局长说完话,马上起身,洪强、老葛、顾金生几个人紧绷起面孔,由宋副局长带头,领了他们找一把手翁局长……"

翁局长看到他们来,招呼他们就座,宋副局长赶忙汇报胡大春失踪的情况,翁局长一听说胡大春突然失踪,好似耳鼓里听到一声惊雷,顿时,脑子里一轰,脸上显现出惊恐:"怎么搞的,有没有采取措施寻找?"

宋副局长面露难色:"我们先向你汇报,然后,准备采取措施寻找。"

翁局长板起了面孔:"老葛,你先说说具体情况,然后,分析一下胡大春出走的原因,再决定下一步采取什么措施。"

老葛汇报:"是今天晚上8点钟左右,就在朱如泽离开旅行社半个小时,外线组的同志看到胡大春穿了一身休闲服,脚上拖了一双拖鞋,空了两只手,走出国际旅行社逛商店,大约在8点20分,发现胡大春失踪,我们特地派小成进304、301号房侦查,发现房内只有陈婷一个人在301房间整理衣服,而胡大春不在房间,连卫生间都找过,就是没有他的人影。"

翁局长皱起眉毛疑惑地说:"他的目的地就是沪西,怎么会刚一到沪西就出走?老葛,你们有没有派人寻找?”

老葛愁眉苦脸:“从国际旅行社两个房间搜寻不见人影,又在国际旅行社周围商店寻找,都没有发现他的人影子。”

翁局长听了老葛的汇报,感到事态严重,一时也想不出办法,虎起面孔,保持沉默。

洪强连续听了老葛两次汇报,大脑细胞活跃起来,专心致志思索:朱如泽同胡大春碰面仅仅刻把钟样子,就匆匆离开旅行社;而半个小时以后,胡大春穿了休闲服,脚上拖了拖鞋逛街,不像是外线同志暴露触动了他,似乎嗅到什么,或者说发现了不安全信号以后开溜,这是敌人在搞“反侦查”。说不定,他开溜以后还在暗处窥探动向,如果出动警力,兴师动众,反而容易暴露公安机关意图,况且外线组同志认识他的人不多,不容易找到;再说,他到内地来的任务还没有完成,势必还要同陈婷联系,实施他的下一步的计划。

洪强随即将自己思索分析的情况,向翁局长、宋副局长等在场同志述说,接着郑重其事发表意见:“从现在起,外线组的同志一定要辛苦一下,无论如何要盯住陈婷。只要不放过陈婷,胡大春早晚会出现。”

老葛点点头:“老洪的意见非常正确,我回去开会向全体同志再强调一下,把外线跟踪的重点放在陈婷一头,一旦‘客人’出现,再将重点转移。”

顾金生马上插嘴:“如果发现陈婷身后有人尾随,立即采取措施逮捕。”

翁局长一听到顾金生提出要逮捕,急忙说:“不行,外线同志发现陈婷后面的‘尾巴’,还没有证实是不是胡大春,逮捕错了怎么办?”

洪强说:“即使是胡大春, 咱们还没有掌握到他到内地的犯罪证据,逮捕了也还定不了他的罪。”

翁局长说:“正是嘛,越是到现在关键时刻,头脑越是要冷静,遇到事情一定要请示汇报,谁也不准擅自行动。另外,我再强调一下,陈婷这个对象你们外线组再也不能出什么差错了。”老葛似乎得到解脱,向局长表示:“我们一定根据局长指示办。”老葛随即领命回去部署。

翁局长转过脸来:“老宋,我的意见,你马上向省厅汇报,争取省厅提供帮助。”

长期干特务的人,他的五官神经,随着频繁而紧张的活动,也相应地增强了灵敏度，好似狐狸的眼睛，狼犬的嗅觉。不出胡大春所料，朱如泽一走出国际旅行社大门，就被公安机关外线组的同志盯上。他本来又想故伎重演，在孔定山微波站作了案往渝西一溜，逃避公安机关追查，所以急匆匆赶到火车站排队买到上海的车票，上了火车占了座位，心里总觉得不是个滋味。本来想同上司碰头，借此机会得到重用，现在蛮好的机会就算"泡汤"；再想想台湾的上司水平也不过如此，到了内地就像惊弓之鸟，看到警察就像老鼠碰到猫。正想着想着，突然想起走得比较急促，路上吃的东西都没有准备，火车到了上海车站，赶紧下车跑步到车站售票处买好转车票，又到售货亭采购食品。反正，特务头子给了他一大笔钞票，售货亭里凡是好吃的东西，买了一大堆，上了开往渝西的火车，捡了一个座位坐定，开始蒙头睡大觉。两位外线同志在朱如泽的斜对面轮流为他"站岗放哨"，一直跟踪到渝西市，然后，再转乘长途汽车到刚刚租住的新居——庆渝县卫岗口。

86

不安全信号

胡大春到了沪西，住进国际旅行社还没有过夜，就在外线侦查员眼皮底下突然消失，惊动了公安局一把手、省厅领导。外线组从组长到外线侦查员，刮鼻子几乎出现了“骨牌效应”，如同一个人“感冒”，众人打喷嚏，挨个“打针吃药”，弄得几个人垂头丧气，无所适从。

省厅得到胡大春失踪的消息，还特地派了侦查处处长赶到沪西市公安局了解情况，帮助分析案情，采取应急措施。

等到省厅侦查处陈处长一到，翁局长立即召开紧急会议，分管刑侦工作的李副局长也应邀到会。会议由翁局长坐镇，宋副局长主持，参加会议的人，除坚守岗位的同志外，专案组、外线组的同志全部到会。会议首先由外线组组长老葛汇报胡大春失踪前后经过。当老葛刚汇报完，翁局长显出一脸愠怒的神色：“你们有没有一点责任心？”

还没有等翁局长拿话讲完，顾金生狐假虎威，马上插嘴，从对敌斗争的高度到对待革命事业的责任心，一节一节往上拔高，一波一波，推波助澜，再次把个老葛训得狗血喷头，言辞刻毒，致使老葛抬不起头来。还打起南腔北调：“这是极不应该发生的事情，竟发生了。”他向翁局长瞟了一眼，投其所好：“局长一再强调要加强责任心，一旦发生问题要追究领导责任。老葛，你看怎么办？”

老葛，本名叫葛大同，原来在解放军侦查连当连长，在解放战争时期，渡江战役中，不幸负伤，没有跟着大部队南下。身体恢复以后，被安排到沪西市公安局侦查科当了外线组组长，文化程度比较低，为人刚直、机灵，在部队的时候，上到师长、团长，下到营长，在他们面前，从来没有受到过谩骂、苛责。原本对这次工作上的失误，感到非常内疚，受到顾金生的训斥,已经感觉到无地自容。嗨!现在顾金生又当局长、省厅领导的面,在众目睽睽之下,又一次上纲上线训斥。老葛强忍着眼泪,就像压力容器受压,突然爆炸,反唇相讥:"有关责任问题,毫无疑问,由我一个人承担,你看怎么追究法,我现在就等你顾大科长发落。"

老葛的话音一落,会议室出现了剑拔弩张的紧张气氛,在座的同志面面相觑,不知所措。

主持会议的宋副局长,一对困不醒的眼睛,吃力地直勾勾盯着顾金生,很不耐烦地说:"现在,不是要追究责任的时候,而是分析情况,如何想方设法采取补救措施。"

渡江老干部李副局长听了顾金生上纲上线训斥老葛,颇为反感,怎么好这样对待一个同志。碍于客座身份应邀参加会议,加上在"文化大革命"一次批斗大会上,被顾金生挂牌批斗,至今落下一个病根,一到阴天落雨就要发作,对他既怨恨,又要表现当领导的气度,内心相当复杂,本应该数落他几句,看到翁局长、省厅陈处长在场,只得和风细雨,附和宋副局长的意见:"现在不是讨论追究责任的时候,赶快研究出一个切实可行的补救办法。"

翁局长毫不含糊地说:"责任是要追究,而不是现在。现在首要的任务是,分析情况,弄清敌人的去向,研究出一个切实可行的措施,找到胡大春。围绕这个中心命题,大家发言。陈处长,你看呢?"

陈处长点头表示赞同:"我建议根据翁局长的意见,围绕中心命题发表意见,然后,再研究一个切实可行的补救措施。"

在座的同志,心里想,今天的会议不比往常,正是处在非常时期召开的非常会议,没有哪个人愿意做"出头鸟"发言,都怕"枪打出头鸟"。所以,你看看我,我看看你。但是,总得有个带头发言的人吧,否则,这个会议一直冷场也不是个事,自然而然把目光投向洪强。

洪强为了缓解这个尴尬场面,自告奋勇发表意见:"我认为胡大春突然消失,不一定是外线同志暴露了我们侦查手段,引起敌人警觉开溜掉。"

顾金生一听洪强的发言,转移了视线,为老葛开脱责任,迫不及待插嘴:"何以见得,依据是什么?我希望你在大是大非面前,要有一个鲜明的立场,不要感情用事。"

这一摊子工作是宋副局长分管，胡大春消失，已经使他感到推卸不掉领导责任，处境非常尴尬。听了洪强的发言，总算有个台阶。对顾金生再次打横炮，愈加“感冒”，皱起眉毛，厌烦地说：“你让人家把话说完，好不好，老洪你接着说。”

洪强对顾金生提出的质问，只当没有听见，自顾自继续发言：“有迹象表明：胡大春到了沪西，是发现了‘不安全信号’，临时采取的反侦查手法，其用意只是企图规避公安机关的监控。如果是我们外线同志暴露侦查手段，胡大春就不会大摇大摆入住国际旅行社，朱如泽也不会冒里冒失进入国际旅行社。而从朱如泽、胡大春两人先后出走，倒是应该从另一个侧面反映：胡大春同朱如泽初次见面，很有可能从朱如泽身上发现‘不安全信号’，采取的应急措施。至于，说到依据，有两点值得注意：一、胡大春潜入内地，特别是到沪西市进行阴谋活动，主要依靠朱如泽牵线搭桥。而朱如泽到国际旅行社，仅仅一刻钟功夫，就匆匆忙忙跑出来，赶到火车站买了火车票到渝西去了。这就反映了朱如泽是受胡大春的指示，有意躲进‘避风港’的一个极不寻常的动作。二、朱如泽从国际旅行社出走不久，胡大春随后乔装打扮成休闲逛街的模样，离开国际旅行社，显然是虚晃一下，掩人耳目，趁机脱身。由此可以表明，胡大春出走，是临时匆忙做出的决定。”

在座的同志，除了顾金生外，绝大多数同志表示赞同洪强发表的意见。

顾金生听了洪强的分析意见，有意钻空子：“这个，恐怕是你想象出来的吧。”

李副局长也斜着眼睛，轻蔑地看了顾金生一眼，表示赞同洪强的观点和分析意见，点了点头：“我个人看法，研究分析胡大春出走的原因，首先，要分清是外线工作暴露我们侦查手段，还是外线同志一时疏忽，被胡大春钻了个空子，匆忙出走?这关系到下一步我们将采取什么样的措施。我倒是倾向于刚才老洪的意见，胡大春是在我们外线同志的眼皮底下开溜掉。”

李副局长习惯性地从专业角度，理性地摆出理由和依据，他从朱如泽、胡大春到国际旅行社的先后时间，他们两人出走的间隔时间，再从两个人出走，停留在国际旅行社门口的表现神态，进行了全面分析，接着说："除了老洪刚在分析的几点外，有这么几点值得注意。"

"一、胡大春出走以后，陈婷在301号房间里整理行李，把自己的衣服挂到大厨里，如果外线组暴露我们的侦查手段，应该是三个人分头出走，而从陈婷的神态表现，没有要出走的迹象，而是有意居留，在沪西市搞阴谋活动。"

"二、朱如泽跑出国际旅行社大门，贼头贼脑，东张西望，显然是在搜索公安机关有没有公安人员盯梢。由于他不是一个专业特务，不会用眼梢'眼关四方，耳听八面'。这就说明，接受了胡大春临时关照，要他注意不要被公安人员盯上，所表露出来的一些动作。由此可以论定：胡大春的出走，不是外线组的同志暴露侦查手段的结果，而是从朱如泽身上发现'不安全信号'，匆忙采取临时决定，其目的，企图规避公安机关监控。"

"再说，如果是外线组暴露侦查手段，胡大春同朱如泽先后出走，摆脱'险境'，不会留下陈婷不管，他们就不怕陈婷落入公安机关的法网吗?"

李副局长的发言，博得在座同志异口同声赞同："对啊！"

李副局长是长期抓刑事侦查工作的领导，之所以称他是刑事战线上的专家，他搞案件的最大的特点：善于思考，善于观察，在侦查案件过程中，从不放过一些蛛丝马迹。并且能够虚心听取别人意见，也能够随时纠正自己不当观点。转过来，他又面向翁局长、宋副局长："我倒是有个建议，是不是请省厅陈处长发表发表高见。"

宋副局长朝翁局长看看，然后，征求翁局长的意见："翁局长，老李的意见对头。下面，请省厅陈处长发表高见。"

翁局长点点头："陈处长，你在反派遣斗争方面，见多识广。请你发表发表高见。"

陈处长谦虚地笑嘻嘻地说："说不上什么高见，我只是受以上同志发言的启发，谈一点个人浅见。"

然后，陈处长只是抓住一点，进一步论证洪强、李副局长的观点，一下子，就拨转了整个会议的方向。他引证了"5·15"专案原先暴露出来的问题说：我们在侦查杨英之死案件的时候，发现朱如泽作案以后，身上留下的伤痕，那么，干了几十年的老牌特务，难道发现不了朱如泽身上的伤痕?洪强提出的所谓'不安全的信号'，说白了，就是发现朱如泽脸上、手上的伤痕,随时随地被公安机关发现,特意打发朱如泽远离沪西市。然后,自己也跟着开溜了。我断定胡大春此时此刻仍旧龟缩在沪西市某一个阴暗角落,正在窥测动向。如果,他要搞'反侦查',势必要尾随陈婷,当他感到安全感了,他才开始搞阴谋活动。现在,我们不要再纠缠在不必要的争论,应该抓紧时间,把我们视线投向陈婷。外线同志既不要暴露,被胡大春发现,又要紧跟陈婷,不脱梢,也许会发现胡大春的踪影。当然,现在,我们都是一些分析意见,为了防止分析判断失误,误导整个侦查工作部署,我的意见,内线侦查工作要加强力度,启用'耳目',以便增加外线工作上的'保险系数'。在这里,我还要强调一点,现在,我们面对的是,有着几十年特务经验的国民党特务机关上校特务,而不是在大陆收罗的社会渣滓,所以,你们必须向外线组的同志反复强调一下,无论如何要提高警惕,同时,在斗争实践中,不断提高自身本领。"

翁局长表示赞同:"刚才,陈处长发表的意见,对我们目前工作指导意义很大,这对解决我们面临的困境,是及时雨。"接着,他作了总结性发言,反复强调工作责任心,还加了一个警惕性,内线同外线协调作战,等等,最后,他要求内线同外线集中一起研究下一步具体工作措施。

长期干特务的人,他的五官神经,随着频繁而紧张的活动,有着狐狸、狼犬传授的天然基因,嗅觉灵敏,警惕性高,稍有一些动静,马上作出反应。

胡大春入住304号房间,对陈婷笑嘻嘻地说:"我在火车上听到旅客说,沪西市第一人民医院发生一起凶杀案件,有一个护士小姐被强奸杀掉了,凶手是原先追求她的男医生。"

"你有没有听说?"陈婷扬起双眉,瞟了胡大春一眼,嘴角微露着得意的笑容:"'女神'被灭了。"陈婷马上把沪西市公安机关全力以赴在搞破案,抓捕犯罪分子的情况向胡大春抖了出来,并且说:"凶手已经捉拿归案。"

胡大春听了陈婷诉说公安机关倾其全力,出动警员侦破凶杀案件的情况,而且,又说到凶手已经捉拿归案,似乎感到有了安全感,满意地点点头:"总算排除了一颗定时炸弹,转移了公安机关的视线。现在,可以放开手脚干了。你说说这个时期的情况吧。”

陈婷受到上级对她的工作肯定、赞赏，心里就像灌了一调羹蜂蜜，甜滋滋汇报原先上级布置的任务。胡大春问下一步如何同宋浩然碰头。陈婷不假思索：“反正有我表弟朱如泽牵线搭桥，跑腿的事情，由我们俩去做，你只管发号施令。”正待陈婷话音一落，突然听到304号房间有人敲门。陈婷估计是朱如泽，赶忙走过去开门，看到来人说：“你来了。”

朱如泽笑嘻嘻，点点头：“你们等一会儿了吧。”

陈婷马上让朱如泽进门，随即关上房门，转过身来向胡大春介绍：“这位是我表弟朱如泽。”然后，又向朱如泽介绍：“这位是我们老板。”朱如泽一听说是“老板”，不容分说，伸出手来同胡大春握手，而胡大春正待要伸手，突然像触电一样缩了回去。胡大春一看，看到朱如泽手背上有伤痕，再抬头一看朱如泽面孔上、下颌连同脖子上，有着明显被抓伤的痕迹。当即紧皱着眉头，独自坐到沙发上，厉声冲着朱如泽嚷：“你马上离开沪西市，没有接到通知，不要随便走动，更不要同陈婷联系、接触。”

朱如泽感到困惑，思想上一时还转不过弯来，睁大了两只眼睛问：“为什么？”

胡大春加重了语气，发出了警告的声调：“你可能会被公安机关盯上，随时随地会被公安机关逮捕。等你身上的伤痕消退、痊愈，再出来。”

胡大春从沙发里站起身，赶忙走到大橱边，打开橱门，从皮包里拿出来一沓子钞票：“这里是五百块港币，你走得越远越好。出门的时候看看有没有可疑人物，如果有可疑人物，你不要回饭店，而要想方设法把他们抛掉。去吧！”

朱如泽听了胡大春的一番话，心里嘀咕：本来想趁这次上峰到大陆来的机会，当面露一手，得到他的赏识。现在，这位上峰神经兮兮，疑神疑鬼。我在沪西市大摇大摆从乡下跑到城里也没有发生什么事，想当面向胡大春申辩一番。转念一想，不妥，不要自讨没趣，自找麻烦，还是拿了钞票赶紧走路。脚底下像抹了一层油，拉开房门，一溜烟似的往外走。到了国际旅行社门口，停住了脚步，贼头贼脑，东张西望，一会儿灰溜溜地拔脚就跑。

304 房间就剩胡大春同陈婷两个人。胡大春不像以往碰到高兴的事情，一看到陈婷，两个人必定要亲热一番。现在独自一人，坐在沙发里，皱紧了眉头，心事重重，满脑子闪现着朱如泽的影子。

他在想，朱如泽在沪西市之所以大摇大摆，没有碰到麻烦，有几种可能：第一种情况，公安机关在勘查现场，对杨英尸体解剖，只注意死者身上留下的伤痕，作案人身上有可能留下的伤痕被忽略了。第二种情况，公安机关把侦查的方向、目标集中在第一人民医院，或者是城市，恰恰忽略了农村。所以，朱如泽一直逗留在“真空地带”逍遥自在。第三种情况，朱如泽同杨英从来没有发生过横向关系，公安机关的侦查视线还没有转移到朱如泽身上。但是，不管是哪一种情况，照朱如泽他这样冒里冒失做事，迟早会被大陆公安机关“瓮中捉鳖”。

在旁边的陈婷一直注意观察胡大春的神情变化，是在考虑问题，不敢打扰，避免惹他生气发火，自讨没趣。而胡大春抬起了头，同陈婷直话直说：“你表弟这次行动不是很干净利落，可能已经被公安机关盯上了。你要有思想准备，警惕大陆公安机关欲擒故纵的圈套。这一个时期，你绝对不能同朱如泽接触，更不要有什么来往。知道吗？”

陈婷乖巧地点点头，表示领会他的意思。

胡大春突然转了一个话题，急切地问：“什么时候同宋浩然见面？”

陈婷听胡大春说起朱如泽已经被公安机关盯上了，也开始紧张起来，两只眼睛盯住胡大春说：“听你安排。”

胡大春随手写了一个纸条递给陈婷：“你约他在这个地方碰头。现在我离开饭店，随身携带的东西，由你离开饭店的时候帮我带上。”

胡大春向陈婷作了交代，跑到大橱那里拉开橱门，将皮包里的钞票全数塞进了他的口袋里。然后，穿上一套中山装，外面套了一身休闲服，脚上拖了一双拖鞋，就这么空着两只手，头也不回，自顾自离开 304 号房间，大模大样从三楼楼梯跑下来，跑出国际旅行社大门，在大街上闲逛，这个店逛到那个店……

不出胡大春所料，朱如泽一走出国际旅行社大门就被公安机关外线组的同志盯上。他本来又想故伎重演，在孔定山微波站作了案往渝西一溜，逃避公安机关追查，所以急匆匆赶到火车站排队买了车票，上了火车占了座位，赶往渝西。

公安机关这一头，紧急会议一结束，老葛悬着的一颗心，听了会议上几个同志对胡大春失踪的分析意见，感到欣慰，天无绝人之路，工作有了目标。但是，心里不是很踏实，有点将信将疑。第二天上午，他特地跑到洪强的办公室找洪强，想听听洪强的意见。

老葛说："老洪啊！你倒是说说看，胡大春会不会还在沪西市？"

洪强回答得非常肯定："我坚信李副局长、陈处长的分析意见，特别是陈处长论定胡大春仍旧龟缩在沪西市某一个阴暗角落，尾随陈婷，窥探有无公安人员盯梢。这是敌人惯用的反侦查手法。"

正当他们谈话接近尾声，外线组小张火急火燎找老葛汇报情况。老葛一看小张满头大汗，不等小张开口，心里想：怎么又出事情了？现在要出事情，要么就是陈婷也开溜了？

87

陈婷出动

经历了紧急会议上，被顾金生一阵狂轰滥炸的批评、训斥，责难，老葛着实吃着分量。尽管顾金生借题发挥，挟嫌报复，不管怎么说，外线工作一时失误，这是不可否认的事实。所以，老葛一看到小张慌慌张张跑来，怕再次发生像监控胡大春一样，侦控对象在眼皮底下溜了，霎时神经收缩，额头上暴出了青筋，正待要发作，倒是在旁边的洪强，头脑比较冷静，手一抬阻止老葛的冲动："小张，有什么新情况，你慢慢说。"

小张舒了一口气："陈婷出动了。"

老洪一听说陈婷出动了，紧接着追问："你说说情况看。"

小张紧接着就把陈婷出动的具体情况作了汇报。就在胡大春出走的第二天上午，陈婷吃完了早饭，跑到国际旅行社服务台，帮胡大春退房。外线组的同志，一经发现陈婷走出国际旅行社大门，两个同志马上远距离尾随，小张立即回来汇报情况。

老洪、老葛听小张汇报说陈婷出动，好似注入"兴奋剂"，心里有着说不出的高兴。洪强心里想，陈婷帮胡大春退房，说明胡大春的出走，是事先策划好的反侦查手法，其目的，企图转移公安机关视线。陈婷一经出动，说不定胡大春的影子，就会同陈婷的身影在沪西市重叠起来。这样一来，"诱敌深入"这盘棋又可以走活了。老洪当即关照小张在外线跟踪的时候，千万要注意敌人搞反侦查，无论如何不能暴露外线跟踪手段，以免惊跑了胡大春。老葛根据老洪的提议，立即同小张一起参与跟踪。

其实，为了转移公安机关视线，陈婷按照胡大春事先授予的"锦囊妙计”,等待胡大春出走以后第二天退房,开始实施“W 计划”,加紧策反行动。

陈婷到内地活动,原来同宋氏兄弟碰头,都是依赖朱如泽投石问路,牵线搭桥,而且总是选择在晚间。现在朱如泽不在身边,到宋氏兄弟家里的路线,脑子里一点印象也没有,只好亲自出马,离开国际旅行社,一个人趁白天的时候,七拐八弯,一路打听,一路观察,预先到天官巷、姚巷宋浩兴、宋浩然的居住地踩点,了解地点、熟悉周围环境。等到夜幕降临,路上行人稀少的时候,陈婷径直跑到天官巷,按了一下门铃。宋浩兴开门看到陈婷,露出了惊讶的神态:“你怎么会来,就你一个人?请进!”

陈婷回头向周围观察了一下,然后,受邀大摇大摆进门:“当然是我一个人。”

宋浩兴兜过来问陈婷:“朱如泽怎么不来?”

陈婷找了个借口:“他,另有任务。”

宋浩兴似有领悟:“哦!坐吧。有啥事?”

陈婷一坐下来,看到宋浩兴一脸哀戚的神态,已经猜到几分,这是受杨英之死的感染,为他老兄碰到一件不幸的恋爱而哀伤。此时此刻,如果要主动关心、安抚一番,一旦他兜过来问:“你怎么晓得杨英死的?”岂不是自找麻烦吗?所以,陈婷采取避开杨英之死,直奔她的来意,同宋浩兴交谈。面孔上堆满了笑容,摆了个噱头:“好事,向你报喜!”

宋浩兴皱起了眉毛,疑惑地问:“好事?有什么好事?”

陈婷诡秘地说:“告诉你一个好消息。你姑妈要发邀请函,邀请你大哥到香港去。你说是不是好事?你现在陪我到你大哥家里去,向他传达这个消息,要他作好到香港去的准备。”

宋浩兴把头一歪,面孔上露出诧异神色:“我怎么没有听到我老兄说起,难道他对我也保密?”

宋浩兴根据洪强的交代,同陈婷接触交谈,要千方百计刺探胡大春的行踪以及动向。宋浩兴有意用肢体加语言来调动陈婷,神情表现得疑惑,两只眼睛朝陈婷一瞥:“我上当受骗已经受够了,再不要叫我老兄跟着你们上当受骗,他是个胆小怕事、老老实实的人,经不起你们的噱头功夫。”

陈婷嬉皮笑脸，然后板起面孔称：“倒不是你老兄对你保密，也不是我叫你上当受骗。你尽管放心，这次，是香港一位胡先生同你姑母碰了头，由你姑妈委托胡先生到内地来同你老兄具体商谈到香港去的事情。我受胡先生指派，牵线引路，搭桥过河。”

宋浩兴接着问：“你说的胡先生是啥等样人，叫啥名字，是啥来头？”

陈婷心里想，这个小赤佬倒是问得详细，是实话实说，还是透露些音头？看来，还是先透露些音头吧，如果有啥变数也好有个台阶。她用隐晦的言语说：“胡先生，是香港新世纪电信器材有限公司总经理。这下子，你有数了吧。”

为了探明胡大春的身份和影踪，宋浩兴特地同陈婷调侃：“我非但没有数，被你越说越糊涂。上次不是说好，要使我们相信，要有一定来头，有政治背景的人，一个公司总经理，就可以让我们投奔‘自由世界’？过去，我们上当受骗，一些人，都是打着冠冕堂皇的招牌，挂羊头卖狗肉，说是香港什么公司的大老板，又说是什么公司总经理，到头来都是大骗子。好了，你不要唱戏了，我是不会带你去同我老兄碰头的，再说，他最近，有没有这个心思，还很难说。”

陈婷被宋浩兴一顿数落，几乎没有一点退路，心里盘算再三，如果现在不向他透露些实情，下一步计划，就没有办法进行。

陈婷压低了声调：“胡先生叫胡大春，就是我们的上司，这下子你可以放心了吧。”

听了陈婷如此一说，宋浩兴点点头，装作领会了陈婷的意思。而心里想，从陈婷的口气不难听出，胡大春的真实身份，正是华南市公安局通报的台湾驻港的特务头子，现在仍旧在沪西市，目的明确，就是要策反宋浩然……

自从杨英死了以后，宋浩然一个时期，人虽说在上班，但是思想无法集中。在孔定山微波站办公室，整天沉浸在极度悲伤之中。这天，一上班，刚巧跨进办公室，办公桌上的电话铃，急促地响个不停，宋浩然拿起电话：“喂！请讲。”接下来，宋浩然嘴里，只是回话：“噢！噢！噢！你放心吧，我马上请假，就动身。”

打电话的人，不是别人，是杨英的二姑妈杨芳。她得到一个来自“01”工厂技术处杨辉同事的紧急电话，说西部“01”工厂的嫂子、杨英的母亲听到杨英死讯，当即昏厥过去，心脏病复发，病危住院，阿哥杨辉从沪西回到西部，也跟着生病住院。杨芳要照顾死去活来的杨英老祖母杨老太，一时脱不了身，请宋浩然代劳。为了兑现他原来的诺言，“杨英父母就是他的父母”，宋浩然二话没说，一口应承，立马请了假动身。

赶到西部“01”工厂医院，马上就进入角色，白天黑夜，忙前忙后照顾，经过三天三夜忙碌，柯茜总算脱离危险，杨辉身体也告恢复。病房里的医生、护士指着宋浩然，盯住杨辉、柯茜问：“这个人同你家是什么关系？说是儿子吧，好像从来没有听说过，只晓得你们家有个女儿。”杨辉夫妻只是苦涩地笑笑：“是至亲好友。”一些医生护士由衷惊叹：“有这么好的至亲好友，比自己的子女都好。”

杨辉、柯茜身体恢复得差不多，回到自己家里。宋浩然不仅忙前忙后，嘴里不住地喊“爸爸”“妈妈”，夫妻反而不好意思起来了。柯茜追忆往事，同杨辉闲聊的时候，不无感叹起来：“杨英走错了路，倒是看准了一个人，就是没有福气过幸福日子。”杨辉则是唉声叹气点点头，苦笑不语。

晚上，宋浩然同杨辉住在一个房间里，两个人促膝谈心。杨辉向宋浩然直话直说，杨英死了以后，回到沪西市料理丧事，听了老母亲说起，杨菲发展老母亲、杨英参加特务组织，老母亲当即被杨辉数落了一番，愤然离开老家回归西部。杨辉向宋浩然透露心结：“我始终怀疑杨英不是自杀，她的死很可能跟杨菲有关系。”

听了杨辉的述说，宋浩然联想起洪强对他说过：“杨英肯定不是自杀……”脑子里浮想起一句成语“一失足成千古恨”，杨英参加了特务组织，无声无息地裹进了一个政治漩涡，被湮灭。宋浩然考虑到同洪强的关系要保密，不好透露公安机关正在侦查“杨英之死”的案件，也就不再在杨辉面前发表自己的观点，只是动情地安慰杨辉一番：“人死不得复生，你们两位节哀顺变吧。今后，你们就把我当做儿子。杨英生前，我曾经向她承诺，现在杨英虽然走了，我决不食言，你们退休回到沪西市，由我为你们养老送终。”杨辉听了宋浩然一番话，感动得热泪盈眶。

宋浩然在西部一个多星期，杨辉夫妇再三催促宋浩然回沪西市。而宋浩然一到沪西市，赶紧把杨辉告诉他的事情向洪强汇报。洪强根据宋浩然提供的线索，在杨芳家里同杨老太谈话的时候，有意提起杨英死前，有没有人找过她，当即得到杨老太的肯定答复，杨老太再一看小唐出示的照片，一口论定，在海临西郊公园碰头的就是陈婷。不言而喻，陈婷就是谋杀杨英的幕后推手，朱如泽是杀害杨英的凶手。就像一根链子，把朱如泽、杨菲、陈婷、胡大春串联起来，挂上了“W 计划”这部破车上。洪强要宋浩然随时随地准备“迎接客人”，并向宋浩然传授同陈婷周旋的具体办法。

宋浩然从西部杨辉那里回到沪西没有几天，陈婷到了宋浩兴家里，催促宋浩兴带领，一起找宋浩然。宋浩兴表现得若无其事的样子：“现在，太晚了。明天白天我约好他，等他下班，晚上，我陪你去。”

陈婷赶忙说：“胡先生到内地时间非常宝贵，还立等回音呐，哪能按部就班等到明天，现在就去。”

宋浩兴心里着实高兴，胡大春不仅还在沪西市，还急着要同宋浩然碰头。故意做作，摸摸头，咂咂嘴，表示很为难的样子：“现在还不晓得他是不是在家里呢?”

陈婷急切地说：“老办法，去打个公用电话，我在你家里等消息。”

宋浩兴点点头：“好吧！你等我消息。”

宋浩兴走出家门，将门关上。他走出巷口拐弯时，好似感到有个人影，他装作若无其事，摇头晃脑，机灵地歪转着头，用眼梢向下快速地瞥了一眼，在月光底下，发现墙角有一个黑影一闪，他只当没有看到，大摇大摆一路走，一头在寻找公用电话。转了几个弯，才看到一爿杂货店，跑过去敲敲门，里面问：“啥人?”

宋浩兴大声答话：“同志！对不起，借打个公用电话……”

杂货店，其实就是公安机关专案组的临时据点。一路跟踪陈婷的两个外线侦查员也在场，在杂货店二楼远距离监控陈婷动向。老葛同洪强一干人都在，宋浩兴跑进去，赶忙将刚才发现的黑影以及陈婷要同宋浩然碰头、急切邀约宋浩然同胡大春会面的信息，向他们两个人作了汇报，并要求立即传达给宋浩然，早作“迎接客人”的准备。

宋浩兴打完电话，返身回到家里，陈婷看到宋浩兴回来：“你打一个电话，打了老半天?”

宋浩兴不无埋怨地说：“你说说便当，你知道不知道，现在深更半夜，公用电话站都打烊了，寻到一家杂货店，同屋里的老板商量，总算同意让我进去打电话。拨通微波站电话一问，我老兄不在微波站，我估计他在家里。怎么样？”

陈婷高兴地说：“现在我们就去。”

宋浩兴咂咂嘴，为难地说：“太晚了，我老兄不习惯晚上接待客人……”

陈婷大大咧咧地说：“喔唷，你也像个娘娘腔，扭扭捏捏。不碍事，抓紧时间，走吧。”

宋浩兴关上了门，陪同陈婷到宋浩然家里去。

宋浩兴领路，陈婷一会儿同宋浩兴并排走，一会儿跟在宋浩兴后面走，还不时地东张西望。大约走了半个小时，到了姚巷宋浩然家门口。宋浩兴身边有钥匙不用，特地敲了一会儿门，宋浩然听到敲门声，开门一看是宋浩兴：“这么晚了，你来有啥事？”再一看，宋浩兴后面还跟着一个女人，好似见过面。

宋浩然把客人邀请到家里，宋浩兴随即将陈婷的来意向他老兄一讲，因为讲得不完整，有的意思表达得有些错乱。陈婷急不可耐，接过宋浩兴的话头，向宋浩然比较详细地把胡大春到他姑妈家，他姑妈如何委托胡大春到内地同宋浩然具体商谈到香港去的办法等，原原本本向宋浩然作了介绍。

宋浩然面带微笑：“我姑妈已经来信，看胡先生什么时候方便，我随时恭候，欢迎他的到来。胡先生人呢？”

陈婷一听到宋浩然说已经接到姑妈来信，肚里转念头，看来，这次计划十拿九稳。当即找了个借口：“胡先生到了内地事情繁忙，一时脱不了身，要我约你到海临碰头。”

宋浩然一听要到海临去碰头，开始愣了一下，流露了犹豫不决的神态。然后，非常勉强地说：“好吧，后天下午吧，因为单位领导交给我的任务还没有完工，我手头上事情料理好，向单位请假以后，再同胡先生碰头。”

陈婷见宋浩然有了明确的态度，高兴地说：“那就说定后天下午2点钟，我们在沪西火车站碰头。对了，你不要忘记，将W绝密文件正式文本带上。”

宋浩然听陈婷说起要带上W绝密文件正式文本，同胡大春异地会面，脑子里一时还转不过弯来。陈婷两只眼睛直勾勾盯着宋浩然，观察他的反应，等他的回话；而宋浩然神情非常尴尬地朝宋浩兴看看，宋浩兴只是朝他眨眨眼睛。

宋浩然下意识地从宋浩兴眨眨眼睛找到了办法。宋浩然表现出疑惑不解的神态，对陈婷说："要这个东西做什么？这东西同我到香港去不搭界，我姑母信上也没有提到同胡大春见面，要带W绝密文件正式文本。"

陈婷估计到，宋浩然必定要刨根究底。按照事先编造的一套谎言，陈婷急忙敷衍搪塞，笑嘻嘻地解说："这次你姑妈特地拜托胡先生，你到了香港可以到他的公司工作，胡先生这个公司是做电信电器行业，他要当面了解一下你的专业是否对口，以及你的业务水平。"

宋浩然似有些为难，故意推托："这个文件是绝密的，不好拿出来，胡先生怎么知道我有这个文件？"

陈婷胡编乱造，大肆吹嘘："胡先生的公司业务遍及全世界，所以，各个方面的信息，他了如指掌……"

宋浩然还是很犹豫，喃喃自语："不好拿。弄得不好，会引起同事的怀疑，不是自找麻烦嘛。"

在旁边的宋浩兴想到老洪一再关照，要投放"诱饵"，诱使敌人上钩，特地皱起眉毛，装作不耐烦的样子，有意责备宋浩然："你做事就是婆婆妈妈的样子，这有啥不好拿，本来就是你业务范围的事情，随便找个借口，就可以拿到手。"

陈婷特意凑趣，以赞赏的口气说："还是你老弟脑子灵活，就这么定了。"

最终，宋浩然勉强答应带上W绝密文件正式文本。宋浩兴听到他们谈得似乎碰得拢了，面对陈婷发问："我姑妈有没有提起我到香港去的事情？"

陈婷笑嘻嘻地说："这个倒要问胡先生了，因为胡先生同你姑妈碰头，我不在场，反正，你老兄同胡先生碰了头就晓得啦。"

宋浩然向宋浩兴瞪了一眼："你现在凑什么热闹，我去同胡先生碰了头再说，我到香港总少不了你。"

陈婷附和着说:“正是嘛,我想你姑妈不会忘记你的。”

然后,陈婷又同宋浩然商谈、约定到车站具体时间、碰头的地点。宋浩然为了摸准同胡大春异地会面的地址，特地向陈婷玩了个噱头:“为了稳妥一点,我们是不是作好两手准备,你把我同胡先生碰头的地点给我,一旦,后天咱们俩在火车站碰不到,我可以乘火车直接去。”陈婷听他一说,倒也很干脆,随手从提包里摸出胡大春写给她的一张纸递给宋浩然:“尽量我们在火车站碰头一起走，如果在约定的时间,实在碰不到一起,那就各走各的。”宋浩然表示认可,陈婷这就向宋浩然兄弟俩告辞。

就这样,陈婷总算初步完成了胡大春交给她的任务,独自兴高采烈地回到国际旅行社。

88

异地会面

“5·15”专案组洪强、老葛根据宋浩兴报告的情况，立即赶到宋副局长办公室，向宋副局长和科长汇报。

宋副局长一听到说胡大春要同宋浩然异地会面的情况，原来因胡大春失踪心里面悬着的一块石头总算落地，面孔上露出喜悦的笑脸，邀了顾金生一起，向局长翁大权汇报。本来因胡大春失踪而伤透脑筋的翁局长，一听说陈婷邀约宋浩然在海临同胡大春异地会面，精神一振，脱口而出：“好！”当即下达指示，赶紧制订一个异地抓捕行动计划向省厅报告，争取得到省厅的支持。并再三关照，再也不要轻敌，丧失抓捕机遇，让特务分子溜了。宋副局长、科长顾金生根据翁局长的指示，立即召集专案组、外线组在宋副局长办公室研究制订异地抓捕行动计划。

宋副局长一看到洪强，开门见山问老洪：“你有没有考虑到海临异地抓捕计划？”

洪强就把自己的设想作了汇报。宋副局长听了以后，点头表示赞同，要洪强立即拿出书面报告，专程到省厅向侦查处汇报请示。然后朝顾金生看看：“老顾，你看还有什么要说的？”

顾金生已经等得不耐烦了，听到宋副局长征求他意见，干咳一声，一本正经地说：“行动计划要简明扼要，不要弄得太复杂，抓紧时间，今天晚上搞出来，连夜赶到省厅汇报，立等省厅批复。”

老葛皱起了眉毛，以惊异的眼光看着顾金生。肚里转念头，要叫老洪连夜赶往省厅，现在已经是晚上十点钟了，省厅领导等着老洪去汇报，还要老洪立等批复，不是省厅领导你，而是你领导省厅？

老葛摇摇头："事情不可以倒过来做，咱们毕竟是下级单位，多多少少要尊重上级领导，现在派老洪去，还要立等批复，恐怕这种做法不合适吧。"

顾金生歪转了头，眼睛一瞪，带有讽刺意味："依你应该什么时候到省厅汇报才算合适？现在不抢在敌人前面，等到敌人阴谋得逞，你外线组再急吼吼来汇报，胡大春又在搞'反侦查'了。反正，只要说敌人搞'反侦查'，变成一块'挡箭牌'，你们外线组可以跳出圆规画的圆圈，不受约束，没有责任，变得顺理成章的事情。"

老葛一听到顾金生抛出来的调子，一下子站起来："你这是什么话？"

洪强赶忙拉拉老葛："照顾科长指示办。"总算避免了两个人唇枪舌剑。

从宋副局长办公室出来，洪强回到专案组办公室，立即着手起草请示报告，然后，经过科长审阅、宋副局长签发，同小李一起连夜赶往省厅；留在家里一摊子工作，由顾金生直接指挥，调兵遣将，设置监控据点，指派老葛同老刘一起，具体落实抓捕派遣特务胡大春的工作措施。

陈婷把在海临异地碰头的时间、地点告诉了宋浩然，两个人就此分手。到了第三天下午，陈婷怕宋浩然，不守信用，按照火车时刻表，沪西到海临的一班车是下午两点钟，陈婷特地买好两张去海临的火车票，在沪西市火车站专门等候宋浩然。陈婷看到宋浩然匆忙赶来，总算心定，心里想，究竟是知识分子，说话做事一板三眼，说一不二。立马走上去拉了宋浩然到检票处检票上车。

到了海临，由陈婷领路，雇了一辆三轮车，两个人来到了海临市城郊结合部一爿咖啡馆门前下车。抬头一看，"快乐门咖啡馆"。陈婷领了宋浩然走进去，在靠近南面沿街临窗一张桌子旁边就座。陈婷向服务员要了两杯咖啡，正待品尝的时候，一个衣冠楚楚的男子，四十七八岁样子，走进咖啡馆，两只眼睛扫视了一下室内，然后，慢悠悠走近陈婷、宋浩然他们俩坐的桌子。

"你们好！"来人面带微笑，神态表现得有些歉意："让你们久等了。"

陈婷见到来人，一开始发愣，来人向她使了个眼色，陈婷马上会意过来，调整一下疑惑的神态："我们也是刚到，我来介绍一下，这位是宋浩然先生。”来人微微点了点头。陈婷随即转身抬起了右手，向宋浩然介绍：“这位就是胡大春先生。”胡大春主动伸出手来同宋浩然握手。

宋浩然站起来，为了表示热情，用双手紧紧握住对方的右手，好似仰慕已久的朋友，又是握手，又是让座。

陈婷瞥了一眼：“胡先生需要喝些啥？”

来人落座后，面孔朝陈婷看了一下：“随意吧。”

陈婷转过身子招呼服务员再要了一杯咖啡。

同来人一握手，宋浩然顿时脑子里风起云涌，心里满腹狐疑，凭手上的触觉，这个人可能不是胡大春。对来人的身份琢磨不透。两人坐定后开始寒暄、交谈，只是由来人天南地北扯个不停。宋浩然本来就不善于交往，加上怀疑对方的身份，一直沉默寡言坐在那里，思考着如何辨别对方的身份，又不使对方察觉。经过一番思索，肚里转念头，似乎没有最好的办法，只有从胡大春在香港同“姑母”接触的情况入手，通过交谈，看看有什么破绽。趁对方正在谈兴上，宋浩然突然发话：“胡先生到我姑妈家，我姑妈身体可好，对我们小辈可有什么交代？”

来人心里想，同你姑妈见面，反正你也不在场，所以，尽情发挥，说得天花乱坠。然而，随着交谈的时间推移，对方谈话的内容逐渐走了样，不意触到了宋浩然的敏感神经，思想情绪出现了波动，原本一股热情，随着一杯热气腾腾的咖啡，渐渐冷却，交谈开始冷场。

来人面向宋浩然发问：“带来的东西呢？”

宋浩然态度十分冷漠：“什么东西？”

陈婷在一旁提示：“W 绝密文件，前天晚上，我不是再三关照你带上吗？”

来人加重了语气：“对！W 绝密文件。”

宋浩然借故推托：“没有。W 绝密文件，没有经过领导批准，不可随便拿出来，再说我姑妈来信也没有提到要什么 W 绝密文件。”

陈婷和来人一听说宋浩然没有带上 W 绝密文件，霎时傻眼了。陈婷目不转睛，紧盯着宋浩然：“不是说好了吗，怎么中途变卦呢？”

宋浩然气呼呼地说：“现在，不是质问我中途变卦，而是要问你们，为什么中途变卦？”

来人附和着陈婷的调子，强辩：“我们如约同你会见，没有变卦啊。”

宋浩然一脸怒容，气呼呼地说："原来说好是同胡大春会见，你根本不是胡大春……"

这时候，一直守候在快乐门咖啡馆对面临时设置据点内的专案组、外线组同志，已经在摩拳擦掌，就等咖啡馆里面发出信号，采取行动。洪强用望远镜一看，咖啡馆里面的人，谈话的兴头似乎很热烈，推算了一下，无论如何不需要这么长时间。正当琢磨不透眼前出现的情况，顾金生已经等得不耐烦了，从洪强手里夺过望远镜观察"快乐门咖啡馆"动静，看到临窗，靠近沿街一隅的桌子，正巧有两男一女坐在桌子旁边，顾金生断定坐在陈婷旁边的人正是胡大春，猴急似地发话："对象已经出现，不要再等了。按计划行动，一组由老葛带领进去先制服胡大春；二组守候咖啡馆大门；三组作为机动力量。"

老葛装作没有听到顾金生发号施令，只是看着洪强沉默不语。洪强把顾金生手里的望远镜拿过来细细观察咖啡馆里三个人的动静，觉得不可思议，大脑好似灌了一头"雾水"，在琢磨是"耳目"忘记了原来规定的暗号呢，还是出现异常情况，信号发不出来？或者来人不是胡大春？正待思想上疑惑不解、神态惊愕的时候，从望远镜内发现咖啡馆内，出现了奇特现象，宋浩然同另外一个人争执得不可开交，陈婷在旁边好似在规劝。

顾金生瞪大了眼睛："我讲的话，你们都当耳边风，听不进去？"

洪强耐心地解说："现在，还不能贸然行动，'耳目'没有发出信号，咱们还是要耐心等待。"

顾金生摆出家长式的威势，声色俱厉："是听你的，还是听我的？做事情要干脆，对象已经出现，还强调什么信号不信号，执行抓捕行动，就是要当机立断，不好犹犹豫豫。"

洪强耐着性子解释："现在，出现的人是不是咱们要抓捕的对象，还吃不透。再说，原来约定的暗号，'耳目'还没有发出信号，怎么可以毛手毛脚采取行动？"洪强板起面孔冲着顾金生："这里，现在要听我的。"

顾金生一听到老洪说"现在要听我的"，面孔一下子通红，怒不可遏："是你大，还是我大？"

洪强也来了火："在领导职务上，是你大，你是科长，包括我们侦查组在内的各个部门都要听从于你。但是，我是'5·15'专案组长，就得听我的。”

洪强这么一说，似乎触犯了顾金生的尊严，顾金生当即暴跳如雷：“你反了，你想抢班夺权。”

洪强冷冷地笑笑：“笑话，你问问大家，我是不是‘5·15’专案组组长，现在咱们执行抓捕行动，是不是‘5·15’专案对象，怎么说我抢班夺权呢？”

这个时候，专案组内部以顾金生、洪强为代表的两个人，各执己见、针锋相对，互不相让。而在此同时，在咖啡馆里的宋浩然，同一个不速之客发生冲突，也到了不可调和的地步。照目前的形势，敌我双方都已经处于临界状态，稍有冲动，都将带来严重后果。

本来，洪强对顾金生一直谦让，倒不是怕他，或者因为他是科长，一味迁就、恭维他，主要为了维护大局，不是涉及重大原则问题，也就得过且过。现在，正是案件到了关键时刻，遇到了意想不到的情况，“耳目”同对象接头出现了变数，怕顾金生在这个关键时刻，来个乱上加乱，所以不得不给他来个下马威。

在场的同志听了洪强回击顾金生的一番话，都哈哈大笑，特别是老葛，指着顾金生起劲地说：“一点不错，不是老洪，而是你在抢班夺权。”

洪强把顾金生晒在旁边，自顾自又拿起望远镜一看，宋浩然从座位上一下子站起身，陈婷竭力拉住宋浩然的衣角，好像在规劝宋浩然。从表露出来的形态来看，此时此刻，在咖啡馆内正在发生一场不可调和的争论。

陈婷急得满脸通红，竭力解释：“是这么回事，胡先生因为中途有事脱不了身，就请他代替的。”

听了陈婷的解释，总算露出了对方的狐狸尾巴，来人不是胡大春。宋浩然气呼呼地站起来，挥动左手扬了扬：“这不是理由。”宋浩然越说越气愤：“那么，你事先为什么不说清楚，他一进门，你就向我介绍说他是胡大春，你们是不是骗子，值得怀疑。”

实事求是说，来人虽说不是胡大春，倒也不是什么骗子，而是货真价实的特务，台湾国民党特务机关驻港办事处主任鲍冲。为了缓和紧张气氛，鲍冲插嘴：“不要激动嘛，刚才，陈小姐说了，来，坐下，咱们好好谈谈……"

按照约定的"信号",宋浩然挥动右手,表示胡大春出现了;假使来者不是胡大春,宋浩然挥动左手扬一扬,发出情况变化的信号。现在,洪强看到宋浩然挥动的是左手,证实来人不是胡大春,随即向顾金生和在场同志汇报:"情况变化了,来人不是胡大春。"

老葛在一旁,撇了撇嘴感叹:"幸亏没有立即采取行动,否则,要出大纰漏了,真是好险啊!"

由此可以看出,顾金生显然对侦查工作的复杂性以及特务的狡猾性认识不足。但是,直到此时,顾金生并没有认识到自己的"先天不足",还在气势汹汹,按捺不住发起一股火:"内线侦查工作,怎么搞的,连侦查对象的面貌都不熟悉,抓捕的对象都没有吃准……"

洪强已经习惯了顾金生的习性,果断地说:"顾科长,我的意见,现在兵分两路:一路继续跟踪陈婷和现在出现的新对象,暂时不要采取行动,不暴露咱们意图,将他们监控起来;另一路同志马上回沪西宋浩然家里守候胡大春,一旦发现胡大春同宋浩然在他家里会面,并向宋浩然索要W绝密文件,取得犯罪证据,立即逮捕,在海临的同志等待接到抓捕到胡大春的通知以后,再对陈婷他们两个人采取行动。"

顾金生想了一下:"为什么要等抓住了胡大春,再拘捕海临这里两个人,现在拘捕不是一样,省得夜长梦多,牵扯力量。"

洪强耐心地解释:"现在还没有掌握到他们的犯罪证据,就抓捕咖啡馆里的两个人,一旦胡大春在搞反侦查,躲在暗处密切监视咱们的动向,而拘捕这两个人,不但违反政策,而且等于咱们向胡大春通风报信,势必引起胡大春警觉,给咱们下一步再要抓捕胡大春带来麻烦,甚至增加工作难度,这样咱们将会得不偿失。"

老葛在旁边附和洪强的意见:"顾科长,有意见归有意见,还是要面对现实,服从大局。现在不是图一时痛快,要从大局出发。"

顾金生听了他们两个人一唱一和,也就不再坚持:"那好吧,这里就交给我,你们回沪西去,见机行事。"

洪强特地将老刘留下协助顾金生,他同小李回沪西。

老葛向顾金生提议:"我同老洪一起回沪西,外线组留三个同志听从你指挥,小耿跟我到沪西。"老葛安排停当,洪强带了小李同老葛、小耿乘坐吉普车赶往沪西隐藏在宋浩然家里，守株待兔。

当洪强、老葛四个人到了宋家，由长期安置在宋氏兄弟家里的侦查员迟振阳接待，对着洪强说："导演，我扮演的宋浩兴角色，演技是否到位？"

洪强笑笑："基本到位。"

老葛在旁边插嘴："小迟啊，这次，你帮了我们外线组的大忙。如果，没有你提供信息，我们外线组同志的这次任务要吃苦头了……"

小迟仰着脖子，不以为然，哈哈大笑："哪里话，领导一再强调要协同作战嘛。"

在场的同志有说有笑，在宋家等了大约两个小时，宋浩然回家，一看到洪强，神情懊丧，然后，侃侃而谈海临之行的情况：

"我站起来同来人握手，发现来人右手大拇指光滑，使劲摸也摸不到大拇指头突出的骨头。再联想起，来人一走进咖啡馆，走近我同陈婷坐的桌子旁边的时候，我发现陈婷看到来人，表情流露出惊异的神态，当时我思想上就打了个咯噔，怀疑来人的身份有假。为了进一步证实来人是不是胡大春，我把话题有意转到胡大春到我姑妈家里去的情况，探探他口气：'我姑妈身体可好，对我们小辈可有什么交代？'来人口若悬河：'你姑妈身体很好，只是希望你们早点到香港去，继承你父母留下来的遗产。'接着，来人又添油加酱说：'你姑妈非常热情，为了表示谢意，特地做了很多菜请我吃饭。'我一听他露馅了，根据你向我介绍的情况，姑妈只是请胡大春饮红酒，根本没有请吃饭，这完全是来人画蛇添足。毋庸置疑，我断定他不是胡大春，特别是陈婷在旁边解释：'胡大春到了大陆，一时抽不出身来……'这才赤裸裸地露出了狐狸尾巴。我随即站起来，挥动左手发出信号。"

"好！"洪强和老葛都竖起大拇指，洪强赞扬宋浩然："概括起来六个字，叫做'机灵、正确、及时'。"

老葛特意凑趣："宋工，这次任务结束，你就到我们公安机关来当工程师侦查员吧。"

宋浩然哈哈大笑："当侦查员好哇，不过，还要从头学起，可是我的年龄不行了。"

大家说了一阵笑话。洪强催促宋浩然上楼去休息："假使胡大春来，一有事情，我们会通知你。宋浩然就上楼休息去了。”

这个时候，在姚巷5号客厅里，满满一屋子人，经过一天一夜劳累，加上等人心焦、厌烦、无所事事，一些同志开始打哈欠，有的像鸡啄米，头不住的一点一点打起瞌睡来了，嘴里还流了寸把长的口水。只有洪强、老葛两个人在屋子里来回不停地踱步。洪强一头踱步，一头在不停地思索：按照道理，最多两个小时，胡大春同宋浩然一前一后到沪西，现在相隔三四个小时，天已经快亮了。

老葛两眼不停地望着洪强，笑嘻嘻地说：“正如俗话说‘痴汉等婆娘，一等等到大天亮’，胡大春的人影子至今没有出现，看来出问题了。”

两个人皱起眉毛在琢磨。老葛撇了撇嘴：“我看像出问题了？”

洪强点了点头：“我也想到会不会出问题，如果要出问题，出在哪里，一时，倒是琢磨不透。”洪强抬起手腕一看：“已经是上午5点了，我看，不会来了。”

洪强一个人陷入沉思：胡大春到现在不来找宋浩然，会到哪里去了？一旦，胡大春不露面，势必增加变数和工作难度。一个人正待闷闷不乐。

小李打了个哈欠，笑眯眯地说：“老洪啊，你提议到宋浩然家里守株待兔，看来，这次你可能失算了，夜里不来，白天来找死，我看可能出毛病了。”

老葛肯定地说：“要出毛病，很可能顾金生那里出毛病，其他环节上，我想不会有问题。”

洪强赞同老葛的猜测：“要出毛病，不外乎在两个环节上出毛病，一个是外线跟踪有所暴露，再一个就是顾金生抢先动手，对陈婷同另外一个人采取行动。这两个环节，都会引起胡大春的警觉。我想，外线同志暴露的可能性比较小，倒是顾金生一头很难说。”

老葛气愤地说：“在海临他已经露出话风，要把陈婷他们两个人抓起来，我看十有八九是顾金生毛手毛脚出了毛病，惊动了胡大春。”

大家热议中，听到电铃声响，嗨嗨，胡大春竟在这个时候出现。老葛说：“快喊宋工下来接待，其他同志隐蔽起来。”等到宋浩然从楼上跑下来，洪强告诉宋浩然：“胡大春来了，你去开门，不要紧张，就当接待客人一样，原则上按照原来的计划进行。”洪强、老葛所有参加抓捕行动的同志躲进了东西两边厢房隐蔽起来。宋浩然跑到院子里将门打开，惊讶地朝来人说："哎，你们两位怎么会来？请进。"

老刘、小高跟着宋浩然走进了大门，跑向客堂间。宋浩然放开了喉咙喊："老洪啊，你们专案组同志来找你们哇。"老洪、老葛听到宋浩然喊声，马上同老葛开了房门跑出来。

小高说："我们奉局长命令，特地来通知你们回去开祝捷大会。"

老葛同洪强一听说"回去开祝捷大会"，，两个人异口同声："嗨！"就是这一点没有想到，胡大春竟被海临的一个小组抓捕到了。老葛说："咱们都往坏处想。"洪强说："偏偏叫我们的顾大科长旗开得胜，手到擒来，胡大春终于落网。"

专案组同志赶紧同宋浩然握别，高高兴兴离开了宋浩然的家，赶回局里参加祝捷会议……

89

抓捕扑空

省厅侦查处陈叔平处长听完洪强汇报胡大春邀约宋浩然异地会面的抓捕计划以后，急事急办，“同意沪西市公安局破案请示报告意见”，批复待后签发。陈处长带领周科长、侦查员小王，一行三个人，连夜乘了吉普车同洪强、小李前脚后脚赶到沪西市公安局，专程前来帮助、指导侦破“5·15”案件，粉碎敌人的阴谋活动。

陈处长一行三个人一到沪西市公安局，径自来到局长会议室。翁、宋两位坐镇指挥抓捕行动，一看到陈处长他们到来，起身热情接待省厅来的同志，并由宋副局长向陈处长汇报，近一个时期案件进展情况、遇到的问题以及这次抓捕行动的设想。陈处长听了汇报以后，对这起多年来遭受磨难、反复折腾的案件，现在出现了转机，展现了胜利的曙光，发自内心感慨，赞叹不已地说：“现在看来，胜利在望啦！”包括在座的同志，都怀着无比喜悦的心情，一个劲地交头接耳议论着，急切地期待战斗第一线的捷报。

会议室里荡漾着欢声笑语，眼前，突然出现顾金生，迈着胜利者的步伐，带领一个小组的同志跑进了局长会议室，趾高气扬，抬眼扫视在座的同志，一眼看到省厅陈处长也在场，心里想，上次在省厅汇报案件，没有得到表现的机会，今天，趁局长都在，应当露一手，一鸣惊人。

在座的同志都露出兴奋的笑脸迎接凯旋的英雄。唯独陈处长、翁局长两个人面孔上露出了惊异的神色，特别是宋副局长没有看到洪强、老葛两个人，顿时，满腹狐疑，朝着顾金生发问：“你们在海临的行动进展情况怎么样？”

顾金生把头一摆，干咳一声，装模作样，打着南腔北调："这些特务算是狡猾到家了，我们算得考虑周到了，还是被这些特务耍了个意想不到的花招，险些儿上他的当。"接着，顾金生绘声绘色，把陈婷邀约宋浩然，同胡大春在海临"百乐门咖啡馆"会面，在会面时用替身摆了个"迷魂阵"，天花乱坠、添油加酱大吹一通，说得嘴上唾沫四溅，溅到坐在他旁边的宋副局长面孔上。宋副局长皱起了眉头，厌烦地用手抹脸，而急于要了解他们这次行动结果的翁局长、陈处长，都已经皱起眉毛。陈处长不便叫他刹车，只是朝翁局长看看，翁局长意识到陈处长的想法，不耐烦地说：

"现在，你们要抓捕的对象，情况怎么样？"

"我们已经抓到了。"

"抓到了？！"

在场的同志一听说抓到了，高兴得不得了，有些同志朝着顾金生一帮同志跷起了大拇指："好！好！"一个劲赞叹不已。

宋副局长看不到洪强出现，心里面不免有点疑惑，两只眼睛斜视着顾金生："抓到了几个人？"

"抓到了一男、一女，两个。"

"是哪两个人？"

"女的是陈婷，男的叫鲍冲。"

"胡大春呢？"

顾金生大咧咧地说："胡大春由老洪、老葛两个人负责抓捕，恐怕也已经抓捕到案了吧，具体情况，要等他们回来汇报了。"

在座的翁局长、陈处长一听到顾金生回答"要等他们回来汇报"，两个人脑子里一轰，糟糕！会议室里，霎时风云突变，就像转换了一个频道，由原来喜悦的画面，转换成惊恐的画面，把人们一下子带进苦涩、迷惘的境地。

坐在顾金生对面，翁局长左手边上的陈处长听了顾金生的回话，打了个咯噔，心里想，这次洪强犯了一个极不应该犯的"错误"。在省厅研究抓捕计划的时候，再三告诫，要等到胡大春抓捕得手，再抓其他的人。现在倒过来做了，主要对象还没有得手，却抓了鲍冲、陈婷，这不是"拾到个芝麻，丢了西瓜"吗？急切地问："现在，老洪他们一组人呢？"

顾金生轻飘飘地说："他们同我们分开行动，现在不晓得情况如何。"

小高快言快语："怎么不晓得，他们到宋浩然家里守候胡大春去了。"

老刘插嘴："当时，老洪发现情况变化，决定兵分两路，一路由顾科长带领我们跟踪、监控陈婷、鲍冲，另一路由老洪、老葛一组到宋浩然家里守候胡大春。"

陈处长一看手表："现在，已经是上午 5 点多钟了，这个时候还没有抓到胡大春，这个人不可能在这个大白天出现，有可能隐藏起来了，或者潜逃出境，这下子可麻烦了呐。"

翁局长皱起双眉，气鼓鼓地说："胡扯蛋，怎么搞的？"

说实在的，本来是十拿九稳，稳操胜券的，在座的同志一听说，主要对象胡大春还没有抓捕到案，着实吃惊不小。特别是两个局领导坐立不安，宋副局长头上直冒汗，翁局长气得满脸通红，当了省厅陈处长的面又不便发作，在座的陈处长已经觉察到两位局长正处于尴尬境地，也不便插嘴，怕乱上加乱，则是同周科长、小王两个人相互交换了一下眼神，保持沉默。

事情的原委：当洪强接收到宋浩然的"信号"，暗示来人不是胡大春，当机立断，决定兵分两路实施监控、守候。就在此同时，龟缩在阴暗角落的胡大春，看到鲍冲发出的"信号"，表示情况变化，情报资料，没有拿到手。接着又看到一个人气鼓鼓地独自走出咖啡馆，自顾自往火车站方向跑，料想这个人就是宋浩然；鲍冲同陈婷两个人怏怏不乐地跑出咖啡馆，警惕地窥探四周动静，观察有没有公安人员跟踪、盯梢。胡大春随即转身尾随、观察鲍冲、陈婷屁股后，有没有"尾巴"。

鲍冲本来是"不出门的大老爷"，坐镇香港负责派遣、接待来往于香港到内地的派遣特务，坐镇在香港。这次，鬼迷心窍，鲍冲怎么会跟得陈婷一起遣返大陆，实施"W 计划"呢。

事有凑巧，胡大春正待在设想一个助手，到大陆实施"W 计划"，策反宋浩然叛逃香港的时候，台湾总部特派员董彪奉总部指派，突然前来香港检查工作。听取了胡大春汇报对大陆开展情报工作，以及实施"W 计划"取得突破性进展，董彪代表总部，特意表扬了胡大春在香港、内地的工作，同意他实施"W 计划"设想。胡大春也就趁此机会，向董彪提出建议，并得到董彪同意，由鲍冲作为助手，跟他一起遣返大陆从事反革命破坏活动。

胡大春何以要鲍冲当他的助手呢，凭他在特务机关混了几十年的经验，觉察到董彪这次来者不善。事情确也应验了胡大春的猜测。特派员董彪，根据总部的指派，到香港“台湾特务机关驻香港办事处”，名义上检查工作，实质上考察在香港的特务的表现，同美国中情局驻港办事处特务的关系，有没有成为脚踏两头船的“两面人”。胡大春做贼心虚，就怕暴露他同美国中情局的关系。在这个骨节眼上要出问题，只有鲍冲，在背后说坏话，打小报告，把他同美国中情局驻港办事处上校亨利的一笔交易抖出来。怎么办？胡大春毕竟是国民党特务系统的三朝元老，见过世面的特务，对上对下惯用心机。在特派员面前汇报工作，先把特派员的胃口吊出来，大肆吹嘘开展情报活动取得的成绩，在大陆建立一大批“情报站”，他晓得特派员不是好糊弄的，要说得有鼻子有眼，就把诸如朱如泽老家庄前村、西南地区朱如泽临时居住地，海临地区陈婷的老家，以及沪西王金海、宋氏兄弟居住地都算在里面，这些“情报站”建立，取得了大量情报。不过，开展这项工作“成本高”，而且风险大。然后，话锋一转，转到实施“W 计划”上，认为一旦“W 计划”实施成功，成本低，风险小，而且，是“一本万利”，一次投入，情报源源不断。

董彪听了他的汇报，听得津津有味，想想倒是这个道理。现在，西方国家的情报机关，很少采用传统做法，都靠研究发展“高科技”——“微波通信网络”搞情报活动。看来他现在的工作目标，倒是符合今后发展趋势。董彪问他下一步打算，胡大春毫不犹豫，表示由他亲自出马，鲍冲当助手，跟他一起遣返大陆……

其实，董彪同胡大春各人肚子里都有一本账。董彪此次到香港来，除了明察暗访在香港的特务跟美国中情局驻港办事处的关系外，要对台湾驻香港办事处“换血”，组织机构的人员进行调整和更换，领导骨干要换班。所以胡大春要鲍冲当助手，董彪一口答应。

然而，胡大春，除了怕鲍冲出卖，另外一层意思，要鲍冲当他的“替身”，潜入内地活动，以便增加一些“保险系数”。得到董彪同意以后，由胡大春亲自找鲍冲谈话。胡大春当了鲍冲的面，不说“要鲍冲做他的替身”，只是说要鲍冲当他的助手，而且，在鲍冲面前摆了个噱头：这次潜返大陆搞到“W计划”的情报资料，亨利上校愿意高价吃进。

鲍冲鬼迷心窍，心里盘算，如果参加这次行动得手，他同胡大春两个人分钱，至少可以三七开，弄得好，说不定来个四六开。台湾总部的奖赏还不计其内。再说，这次任务比较单一，只要配合胡大春，做他的助手，从宋浩然手里拿到情报资料，就算完成任务。鲍冲在这样一个柔性思维方式的推动下，心甘情愿上了贼船。

事与愿违，鲍冲做替身被宋浩然当场拆穿，情报资料非但没有拿到手，还被宋浩然羞辱成“骗子”，闷闷不乐同陈婷两个人灰溜溜地回到旅馆。不知道是神经过敏呢，还是其他什么原因，总觉得心烦意乱，无意中向陈婷流露心情不宁，出现了一个征兆：

“陈小姐，我的眼皮一直在跳，不知道有什么讲究？”

陈婷傻呵呵地笑笑，带有开玩笑的口气：“眼跳有财。”

鲍冲摇摇头：“要看是哪一只眼睛跳呐，如果是左眼跳，那是发财的征兆；假如是右眼跳，那是祸到临头。”

陈婷好奇地问：“那，你是哪个眼皮跳？”

“我两只眼睛的眼皮都在跳……”

鲍冲正待还想说下去，听到敲门声，鲍冲、陈婷两个人吃惊不小，怀疑是不是宋浩然向公安机关告密。顿时神情木讷，惊恐万状，鲍冲噘噘嘴，示意陈婷问话。陈婷尖着嗓子问：“是谁？”

“服务台的。”外面是个女的应声回话。

陈婷把门打开，由服务员陪同，一下子冲进来三四个穿着民警制服的人问：“你们是做什么的？”

正当鲍冲、陈婷两人开口解释“我们是回内地观光的”，两个民警不分青红皂白，莫名其妙地把他们带到当地派出所……

几个民警中，领头的不是别人，正是沪西市公安局侦查科科长顾金生。由于判断上失误，顾金生原以为宋浩然出走，洪强、老葛到宋浩然家里守株待兔，抓捕胡大春。转念一想，守候这项工作实在枯燥，不好受，我还是“三六九现到手”。顾金生既不按照抓捕行动的先后次序行动，也不考虑敌情有可能变化等客观因素，加上他邀功心切，几种因素在大脑里搅拌、发酵、膨胀，想抢在洪强前面拿头功。殊不知，他这样盲目地采取行动，把个好端端的对敌斗争局面，敲得支离破碎，致使一个破案的大好形势急剧逆转。

眼前,出现这样一个尴尬的局面,宋副局长征求翁局长意见:“打个电话同老洪他们联系一下吧?看看他们哪里是否有什么情况?”

翁局长皱起了眉毛:“现在,私人家里哪有电话,派两个同志把他们喊回来,守候到现在,天都已经亮了,对象晚上没有出现,现在白天更加不会出来。”他将脸转向陈处长,以征询的口气说:“陈处长,你看怎么样?”

“行!”陈处长笑嘻嘻地附和翁局长的观点:“还是把他们喊回来吧。”

宋副局长当即发布命令:“老刘、小高,你们两人到宋浩然家里把老洪他们都喊回来。要注意周围的情况,如果发现有陌生人,就不要盲目进去。”

洪强、老葛听到老刘、小高说是局长的召唤,参加“祝捷会议”,不由分说,立马赶回局里,一走进局长会议室,气氛凝重,根本不像召开什么“祝捷会议”,满满一屋子人,脸上不是显现愁容,就是挂着怒容,带着疑惑的神态坐下来。洪强、葛大同再一看宋副局长板起面孔,顾金生坐在宋副局长旁边,嘴里叼着香烟,当即意识到出纰漏了。老葛虎起了面孔,正想发作,再一看省厅的领导在场,也就咽下这口气。

翁局长神情严肃地说:“你们来了,把情况说说。”

宋副局长点名要洪强汇报:“老洪,你汇报吧。”

洪强朝老葛看了一眼:“老葛,我先汇报,然后你再补充吧。”

老葛点点头:“行!”

洪强因为省厅领导在场,因此便将实施抓捕行动,从落实行动计划、工作措施,注意的问题,以及实施过程遇到的情况,采取的对策,简略地作了汇报,着重把宋浩然应陈婷邀约在海临市同胡大春异地会面,胡大春找了替身等情况,详细地作了汇报。由于在汇报的内容中,势必涉及顾金生,照顾到顾金生的面子,只是在省厅领导面前一带而过。

但是,顾金生心中一直在盘算,在今天这个场合,无论如何不好有半点闪失。他惯用的手法,一旦工作上出了毛病,为了掩盖自己的错误,把自己装扮成局外人,采取先发制人:“你们内线侦查怎么搞的,为什么到现在还没有发现胡大春?”

小李一听顾金生的调子就来火，没好气地说："嗨！你不问问自己，还问我们怎么搞。你说怎么搞的？"

老葛把眼睛一瞪："正是嘛，当时，抓捕行动的先后次序如何规定的？"

顾金生振振有词说："侦查工作的特点，就是要随机应变，而不是死搬教条。当我们认为时间成熟，该采取行动的时候，我们就果断地采取行动。你们为什么迟迟没有发现胡大春？"

老葛嘲笑他说："嗨！你们看，他还歪理十八条，自己做错的事，还教训人家。"

洪强听到老刘个别向他透露：陈婷、鲍冲在海临，由顾金生下令"抓起来了"。本来不想在领导面前出他的洋相，看他至今还在狡辩，也就想杀杀他的歪风邪气。

洪强气愤地说："我们所提出的工作、采取的措施，都是经过局长、省厅领导认可的，并且按照局长的指示办的。当时规定，要等抓到胡大春获取罪证之后，海临的小组接到通知方可行动，难道这个规定是教条主义吗？这样的工作次序对不对头，你可以在局长、省厅领导面前摆出你的理由。"

顾金生当即诡辩："你不要掮了局长、省厅领导的牌子来压人，任何规定是死的，人是活的，一旦敌人出现，该动手的时候，决不手软。我们根本没有听到有什么规定，要等到抓到胡大春的通知，才能抓捕鲍冲、陈婷。"

本来参加会议的其他同志都保持沉默，一听到顾金生要赖皮，激起了在座同志的义愤。

小李不依不饶："老洪起草异地抓捕行动计划，是经过你审查，再由宋副局长签发上报省厅的，其中就有抓捕行动的次序，你能够说没有看到吗？"

老刘板起了面孔，严肃地指责顾金生："至于老洪起草的抓捕行动计划，是经过你审阅，我们不了解。但是，在海临，决定兵分两路之前，老洪再三强调抓捕行动的次序，当时，在场的人全部在这里，不止我一个人听到。"

外线组小成，性格泼辣是出了名的，当场针锋相对地说："我这个小兵辣子也听到。而且，在你擅自决定采取行动的时候，我们几个人还再三提醒你，是不是等老洪那里通知来了再采取行动，你当时说，‘是听姓洪的，还是听我的’。在这种情况下，大家只得服从命令听指挥。”小成话音一落，引来满堂哄笑。

小高已经等不及，赶紧发言：“顾科长你应该拿出指挥我们行动的气势，承认自己的错误，不要再强词夺理了。”

在场的领导，特别是翁、宋两位心里好笑，明明是顾金生做错的事情，竟还理直气壮诡辩。在座的陈处长，直到此时，方才领略了这位顾大科长的能耐、水平和做事、处世的为人品格，这个人“不是等闲之辈”呐。

翁局长已经觉察到省厅同志对顾金生产生不好印象，当了省厅陈处长的面，露出一脸愠怒神态，严厉苛责了顾金生一番。一方面，平平大家的气，另一方面，给省厅的同志有个交代，表明不管是谁，工作上出了差错，决不护短。省厅的同志都觉得局长已经严厉批评了顾金生，也就不便插嘴，怕火上浇油，同周科长、小王三人不吭声，则是想抓紧时间分析敌情，研究下一步工作措施。

翁局长一看在这个会议上，顾金生已经成为众矢之的，再不扭转会议方向，整个会议不好收场。翁局长朝陈处长看看说：“现在，要集中精力，重点研究分析胡大春销声匿迹的情况，以及下一步怎么办。陈处长，你意见如何？”

陈处长面对大家说：“已经发生的事情，留到以后再总结经验教训吧。当前，首要的任务是要集中精力分析情况，研究对策，对胡大春下一步工作措施。我刚才向邱副厅长汇报了我们这里的情况，他指示我们要找准问题症结，特别提到两个问题怎么办：一、鲍冲、陈婷这两个人怎么办，是现在马上按照司法程序拘捕，还是释放，继续工作；二、胡大春这个人，现在是离境出走，还是继续隐藏在内地哪一个地方，我们将采取哪些措施，捉拿归案。”陈处长朝翁局长看了一下：“请你们两位作指示。”

翁局长觉得陈处长传达省厅邱副厅长的指示完全正确，扫视了一下在座同志，严肃认真地说：“邱副厅长的指示，指出了我们当前工作方向，我们再不能迷迷糊糊，乱蹦乱跳。现在，首先研究鲍冲、陈婷这两个人怎么办。谁先发言？”

会上出现少有的冷场，在局长的一再催促下，大家只是你看看我，我看看你。

宋副局长说："随便谈谈，说错也没有关系，大家讨论嘛。"

尽管局长在鼓励大家发言，还就是没有人响应，因为大家原来针锋相对经过一番争论，肚子里各自都憋着一股气。最终，还是由翁局长打破这个僵局。

翁局长笑嘻嘻地说："老洪，还是你来个抛砖引玉吧，你情况熟悉，有什么说什么。"

陈处长也在一旁鼓励："老洪，你就开个头。"

洪强在两位领导一再鼓励、催促下，直截了当说："好！我说。要研究对鲍冲、陈婷这两个人的处置办法，首先要弄清对他们两个人采取措施的时候，有没有暴露我们的意图。如果没有暴露我们的意图，立即释放，造成一个假象，好让敌人似乎觉得虚惊一场，这样便于解除胡大春的疑虑，促使他继续上钩。假使我们已经暴露了意图，这就迫不得已，只能拘捕，这起案件成了'夹生饭'，既抓捕不到胡大春，又破不了案。即使破了案，也会留下后遗症。"

在座的包括陈处长、翁局长、宋副局长都点头表示赞同洪强的发言。翁局长立即拿面孔朝着顾金生看了看，急切地说："你们说说看，当时采取行动，怎么向他们宣布留置审查的理由的？"

顾金生没精打采，有气无力地说："只是把他们带到附近派出所，既没有询问，也没有谈话，派两个同志看管，我们就回来汇报。"

宋副局长怕他说的情况不牢靠，看着在海临工作的一帮同志说："其他同志说说看。"

老刘插嘴说："没有向他们两人宣布审查的理由，就这么稀里糊涂，把他们带到派出所。我们向派出所同志也只是说这两个人可能是骗子，等我们核实情况办了手续再说。派出所同志看了我们工作证，也就同意暂时寄放，只是向我们再三提出要求，要我们派同志看管，留置的时间不能太长……"

翁局长满意地说："好！老洪你接着说。"

洪强接着说："对于胡大春这个对象，我感到比较棘手，现在销声匿迹。根据我的判断，这个人由于花了九牛二虎之力，所要窃取的绝密资料，还没有到手，不到万不得已，我估计他不会死心。有可能寻找新的落脚点，隐藏起来，伺机而动。但是，也不排除由于所处的环境对他来说比较险恶，放弃原来的计划，潜逃出境。这两种情况都有可能，怎么办？我设想：一、在上海、华南的海关设卡，来个守株待兔；二、排查他在内地的社会关系，从中发现他的踪迹。我以为，他有可能恢复和利用在内地的敌特基础，用老关系来实现他的 W 计划。因为，鲍冲、陈婷一时失去利用价值，不能取得宋浩然的信任。所以，利用老关系的可能性比较大，我的发言完了。”

翁局长朝陈处长看看说：“陈处长，你对老洪的发言，有何高见？”

陈处长点点头：“从事态发展规律来看，我觉得老洪的分析判断符合逻辑。但是，他要利用敌特基础，也有他的冒险性，这些老关系几十年的变化，他未必全部掌握，他不得不防被老关系出卖。所以，他必然要经过考察，认为可靠了，再启用，这种可能性比较大。至于海关守候，我认为，还是有这个必要，不管出现哪一种情况，守候也是迫不得已，一种基本的辅助手段。但是，同样带来一个棘手问题，如果在某个海关发现了胡大春，又能怎么样？是逮捕，还是放行，我认为只好放行，另做打算；如果逮捕，我们手头上没有掌握他到内地从事特务活动的罪证。况且，这个人是不是我们要找的胡大春？一时难以判别。因为，干特务活动的人，化名是他们惯用的手法。翁局长、宋副局长，我看现在是不是请老洪就下一步工作，尽快搞出一个方案，然后，报请局长审批执行。”

翁局长茅塞顿开：“好！老宋，你还有什么意见？”翁局长看到宋副局长摆摆手，接着说：“那就这么定了。会议结束以后，老宋，你帮助他们一起尽快拿出一个方案，事不宜迟。另外，我在这里再强调一下，方案一经成立，无论是谁，都要不折不扣执行，不容许擅自行动，违反纪律。散会。”

90

如梦初醒

鲍冲按照胡大春的指示，在百乐门咖啡馆同宋浩然碰头，结果碰了一鼻子灰。后来又被派出所当作骗子留置审查，满腹牢骚没有地方发泄。但是，鲍冲并没有迁怒于陈婷，他晓得安排他当“助手”，陈婷并不知道，而是由胡大春一手策划、操纵的。所以，鲍冲对胡大春恨之入骨。

陈婷一直被蒙在鼓里，心里想，鲍冲这样一个举足轻重的内当家，怎么会做胡大春的“助手”？殊不知鲍冲也不是一个等闲之辈，他同胡大春都是看在“孔方兄”面上走到了一起。彼此只是隔了一层肚皮，各自有着各自的“小算盘”。

鲍冲原本就是美国中情局特务亨利安插在台湾驻港特务机关的“深喉”。鲍冲对胡大春同亨利交往的一举一动，了如指掌。他晓得胡大春的为人，人前背后说说赖赖的老滑头。一旦事成以后，他会变着法子耍赖皮，分一点残羹冷炙，施舍吃剩下来的饭菜，甚至给吃个“空心汤团”，哭笑不得。鲍冲背靠亨利这个后台老板，心里早已盘算好，既然你胡大春要我做你的“助手”，情报资料一旦到手，如果合理分配“红利”，皆大欢喜；假使要耍赖皮，就一脚踢开你胡大春，直接找亨利获取好处。然而，胡大春毕竟在社会上闯荡了大半辈子，积累了丰富的社会资源，经过大脑浓缩释放出来能量，心机还就是比鲍冲多。

胡大春利用鲍冲充当替身，除了封住鲍冲的嘴，向特派员董彪告密，还有一层意思，一旦遣返大陆，利用鲍冲抛头露面，释放报警“气球”，以此窥测公安机关动向。所以，他向鲍冲介绍同宋浩然接头的方式方法的时候，留了关键一手——宋浩然姑妈交给他的“信物”——“传家宝”，他没有交给鲍冲。纵然宋浩然认定鲍冲就是胡大春，看不到来人拿出“传家宝”，也就得不到宋浩然的信任，从宋浩然手里拿到情报资料。

上了贼船的特务，不是干的正义事业，不可能“肝胆相照，风雨同舟”。就在陈婷、鲍冲同宋浩然在百乐门咖啡馆碰头的时候，胡大春龟缩在阴暗角落，看到鲍冲发出“情况变化”的信号，也就证实了他的判断，鲍冲没有拿到情报资料。胡大春就像出洞的狐狸，转动着两只眼窝珠，警惕地环视四周动静，窥测公安人员有没有守候、跟踪。当鲍冲、陈婷回到旅馆一会儿，胡大春突然发现鲍冲、陈婷从旅馆里跑出来，后面跟着几个警察，开始远距离尾随、跟踪。当他一看到鲍冲、陈婷被几个警察带到派出所，大吃一惊，转身溜之大吉。好险啊！就这样，胡大春一下子就从这个地球上销声匿迹。

局长会议室的会议一结束，根据翁局长的指示，宋副局长会同专案组制定了方案，首先解决鲍冲、陈婷两个人的留置审查的问题，由老刘、小高出面，带了举报人百乐门咖啡馆的服务员赶到派出所，当鲍冲、陈婷的面，当面对质。

老刘质问咖啡馆服务员说：“你说他们两个人是骗子，你凭什么，有没有证据？”

服务员歪转头：“我正在餐厅跑堂服务的时候，听到有个顾客揭发，说他们两个人是骗子。我就向你们派出所举报了。”

老刘转身询问鲍冲、陈婷：“他说的是不是这个情况？你们要实事求是回答问题。”

鲍冲、陈婷两个人竭力辩解。陈婷抢先发声：“我们是规规矩矩从香港来内地观光旅游的，怎么变成了什么骗子呢？”

服务员瞪大眼睛：“哎！在咖啡馆里，那个顾客当了你们面揭发你们是骗子嘛，你们还要抵赖。”

鲍冲摇摇头，咂咂嘴，表现出无奈的神态：“我们是朋友关系，有了些误会，双方发生口角，你怎么能凭他说的气话，骂我们是骗子就是骗子了。”鲍冲一头辩解，一头从口袋里掏出到内地观光旅游的证件：“警察先生你们看，我们是不是骗子。”

老刘看了鲍冲出示的证件，转过身来对服务员说：“人家有证件，到我们内地观光旅游的嘛，我们应该欢迎呐。不要随随便便说人家是骗子，好了，对不起，这是一场误会，你们可以走了。”

鲍冲心里想，内地公安机关似乎没有法度，不按法办事，随随便便扣押人，纳税人的人身自由得不到保障。现在就说了一声“对不起，这是一场误会”了事。本想同警察理论一番，转念一想，不要没有事，再惹点事情出来，自找麻烦，一听说可以走了，脚里抹油，赶紧走。出了派出所大门，定了定神，想起了同胡大春先前的约定，伙同陈婷两人跑到火车站候车室，在旅客告示栏上写了“报平安”的留言就走。在回归的路上，鲍冲对着陈婷开始发起牢骚来了。

鲍冲一脸怒容：“在我们这个地球上的人，谁最精明？你知道吗？”

陈婷已经猜到鲍冲指的是谁，佯装摸不着头脑，两只眼睛望着鲍冲：“不知道，你说谁最精明？”

鲍冲直言不讳：“胡大春！叫我们到火线上冲锋陷阵当炮灰。他老人家却躲在背后，看到我们被扭到派出所去，他转身溜之大吉，你说他这个人精明不精明？打开天窗说亮话，胡大春派我同你两个到内地的这趟差事，说得好听，是为党国效劳，说得不好听，是帮他做替死鬼。一旦做出了成绩，功劳是他的，碰到触霉头事情，你同我两个人为他买单。”

陈婷也开始抱怨：“正是嘛。下一步，我们怎么办？”

鲍冲朝陈婷看看：“怎么办，我不是和你一样，都得听命于他。他不来，我们两个人的机器就不能转动。再说，我们也不要做啥戆头噢，下一步也要看看风头行事，能推则推，能避则避……”两人边说边走，到了旅馆，各自回到房间里休息。

再说，胡大春一路尾随鲍冲、陈婷，一看到他们两个人被警察带到派出所，着实吃惊不小，失魂落魄，一溜烟闯进了公园，拣了一处僻静的地方，坐在一块石头上歇歇脚，定定神，庆幸找鲍冲做了“替死鬼”，要不然一只脚踏上大陆，再一只脚跨进牢门，事情没有办成，人先跌进监牢，身上惊出了一身冷汗。经风一吹，贴身内衣紧贴着背心，穿透到他的心头。霎时，脑细胞开始活跃起来，心里想鲍冲、陈婷两个人跌进去，鲍冲有能力同内地的警察过招；陈婷就难说了，弄得不好，几个警察摆点噱头，或者拍两下桌子，就吓破了胆，露出马脚，一旦把我抖出来，岂不是完蛋了。趁公安机关还没有反应过来，采取行动之前，应该当机立断，趁机返回香港。转念一想，事情还没有办成功，回到香港，如何向总部特派员董彪交差？弄得不好，原本在董彪面前谎报在大陆建立了一大批“情报站”的情况，跟着拆穿，后果不堪设想。要不然隐蔽起来，观察一下动静再说？

这个时候，胡大春尽最大努力，驱赶大脑的阴霾，经过大脑处理，得到一个意想不到启发：如果是宋浩然告发，或者内地公安机关已经掌握了情报，确定鲍冲、陈婷的身份，不会带他们到派出所，应该将他们戴上手铐押解到公安机关，或者直接押送看守所。派出所仅仅是维护社会治安的基层单位，不可能插手政治案件。不、不、不，看来，我也被吓昏了头。对！此时，胡大春如梦初醒，抱着侥幸心理，按照事先约定，有事报事，无事报平安，拔脚就跑，一溜烟跑到火车站候车室，一看旅客告示栏，眼睛一亮。嗨！鲍冲在告示栏，发出了平安无事的“信号”。这时，胡大春深深地舒了口气，叹息一声，心里想，虚惊一场。怎么办？要继续完成“W 计划”，鲍冲、陈婷这两个人已经同宋浩然发生龃龉，不能再派用场了。没有一个投石问路的人，要实施“W 计划”，比较困难，由自己直接抛头露面，风险太大，“不怕一万就怕万一”，弄得不好一脚踩上“高压线”，正是性命攸关的事情。想来想去，似乎没有其他好办法。这里不是香港可以随时随地调兵遣将。转念一想，只好就地取材，找在内地的老关系，充当“替身”。于是，他就在海临地区，一连几天，打听了原来军统的老关系，这些人不是被政府镇压，就是判了刑在劳动改造，还有几个是从劳改农场刑满释放回来的军统特务。胡大春以香港回到内地探亲访友名义，寻访了他们，在同他们交谈中，听他们的口气，看他们接待的表情，都是虚与委蛇，一味地敷衍应酬。他转身再跑了好几个地方，找了一些老关系，有的虽然刑满释放回来，还要接受群众监督，就是已经解除监管的老关系，还要定期向群众请示汇报，根本没有人身自由。经过同他们交谈，绝大多数的人看到他，都有些躲躲闪闪，甚至有的看到他唯恐躲之不及，个别人虽然接待了他，双方只是寒暄一阵，对方没有挽留的意思。不难想象，这些人已经被制服了。想来想去，要指望在沿海地区的中心城市找到适当的人选比较困难。看来，要从偏远地区物色“替身”。

沪西市公安局侦查科释放了鲍冲、陈婷，以副科长郑挺为主，专门发动五组同志配合专案组在全市范围内，全身心投入开展对敌特基础进行调查摸底。专门派出一队人，调阅档案、提审犯人，从中发现同胡大春有过交往，或者是上下级关系的军统特务，大部分人还在劳改农场劳动改造，刑满释放回来的人，有的继续接受群众管制，也有的虽然解除管制，还仍旧要接受群众监督。

宋副局长、顾金生科长听了郑挺汇报，认为几乎没有一个胡大春可资利用的对象。宋副局长向郑挺提出来，要他继续发动五组同志对排出来的对象逐个进行走访，调查这些人的动向。特别要注意发现最近一个时期，这些对象家里有没有陌生人进出，或者是接触过陌生人，重点要放在境外来客。按照宋副局长的指示精神，郑挺布置五组同志对原来排查出来，受过政府打击处理过的军统特务，通过地区上群众逐个走访调查，家里有客人来访，比较突出的只有一个向赐才。

向赐才是啥等样人呢？他出生沪西县，解放前曾经在西南地区军统“特别行动队”当过队员、沪西县警察局督察室督察，解放初期逃到香港。一度在香港经商发了财，由于挥霍无度，后来穷困潦倒，落魄在香港街头当瘪三，经老朋友引荐，又开始重操旧业，接受特务机关派遣，潜入内地老家进行反革命破坏活动，被公安机关抓获判刑，投入劳动改造。

最初，从香港回到内地的时候，向赐才大手大脚向子女、亲戚、朋友摆阔，散发钞票，笼络人心。一些子女都把他当作“财神菩萨”看待。被政府逮捕判刑劳改释放回来以后，变成了“穷光蛋”，这些子女思想上都怕受牵连，在社会上被歧视，甚至怕连累到自己的子女。所以，一个个离他而去，谁都不愿意收养他，亲朋好友都把他当作“牛鬼蛇神”，疏远的疏远，离他而去的绝不上门。平时，就靠居委会安排他扫街维持生活。后来，居委会干部看到他拿一把扫帚摇摇晃晃，满头大汗，确实体力不支，就由居委会安排到一个“生产自救小组”，一边学，一边做，每天完成定额，养活自己不成问题，做得好还能有积余，生活还算过得去。平时，居住在一间破旧小屋里，一到晚上，就在一盏昏暗的灯光下过日子。应当说，这种人已经在社会最底层生活。他虽然生活在这样一个环境里，靠省吃俭用买了一台小收音机，平时，收听国内外新闻，打发、消磨时光，倒也心安理得。这天晚上，就在他听完中央人民广播电台新闻联播节目，突然听到有人敲门。打开门，只见一个陌生人："你找谁?"

来人笑嘻嘻地说："找你。"

"你是谁?"

"桂浩明，你不认识了。"

"桂浩明?"

一听说"桂浩明"，向赐才就把来人引进家里，就着微弱的灯光打量来人："喔！桂浩明，你还好吗?"

"我还好。你好吗?这几年混得怎么样?"

"混得怎么样，你不问，一看就知道了。"然后，盯住来人看了看说："你见老了，现在哪里高就?"

"在西南，宝龙县邮电局跑供销，都是一些打杂差的事情噢。"说着，随手从口袋里摸出来一张证明，递给向赐才。

向赐才接过来看了看，然后，两个人坐下，相互寒暄了一番。

桂浩明话锋一转："趁你年纪还没老，弄点事情做做吧。"

向赐才以羡慕的眼神看着桂浩明："你老兄现在混得不错吧。"

桂浩明自鸣得意地说："还可以，能够过得去，就算不错了。你子女对你怎么样?"

"子女有子女的难处，我不指望他们，靠自力更生，政府帮助，生活过得去，这是人生最大的乐趣噢。"

桂浩明说："如果你有意，就到西南来，我在县里熟人多，帮你谋个差事不成问题，怎么样?"

"谢谢你的好意，"向赐才说："人总要叶落归根，像我这把年纪，还跑到外地去谋什么差事，不想了。"

桂浩明转过话头，有意试探："对了，原来一些老人马，现在怎么样了?"

向赐才摇摇头，苦涩地说："这，倒是说不上来。一则要应付自己的一张嘴，总要靠劳动糊口吧；二则，像我这样身份的人，不好随便走动。可想而知，你所说的老人马，情况就一无所知。"

桂浩明听他这么一说，再看看他所处的生活环境，倒也说得是那么一回事。伸手从口袋里掏出三十块人民币塞给向赐才："今后如果有什么困难,你可以找我,大忙帮不了,帮个小忙还是可以的。"

向赐才头上戴着"四类分子"帽子,同地主、富农、反革命分子、坏分子等人一个档次,接受群众监督改造,家里来了一位客人,一点都不能马虎,除了向居民小组长报告,还到派出所办理临时住宿手续,就这样,桂浩明在向赐才家里,暂且有了一个栖身落脚点。

郑挺发动五组同志在全市范围内排查有可能被胡大春利用的敌特旧基础作为"替身",没有一个像模像样的对象。于是又要五组同志从工厂企事业单位,转入地区派出所进行"地毯式"排查。凡是受过政府打击过的"反动党团特"人员,一个不漏排出来过堂研究。根据派出所户籍警提供的情况,向赐才家里来了一个西南客人。在过堂研究时,认为这个客人是内地来的,有名有姓,还有工作单位,不能作为重点,重点要放在境外来的客人。再说,正在群众监督管制的向赐才,他不懂得隐藏一个不明身份的人的利害关系?

排查工作一波接着一波进行着,真正像模像样的对象几乎没有。参加排查工作的同志开始出现了厌倦情绪,有的同志怀疑这样做到底有没有这个必要。整个排查工作处于停滞不前状态。

按照宋副局长指示,顾金生科长专门召集"5·15"专案组同志会同五组的同志进行"回头看"。把面上排查出来的对象,逐个研究过堂,经过半天时间"回头看",排出来十来个人,没有一个像模像样的对象。突然,有同志提到向赐才家里来了一个西南客人,拿出来讨论。

张海波一听说要把向赐才摆出来"回头看",认为没有必要,他自信自己的分析能力,煞有介事地说:"向赐才已经是个'死老虎',用不着翻来覆去再过堂研究。"

参加过堂的老刘不同意这种论调,针对张海波的说法,发表意见说:"排出来的对象,还没有见到底,我以为不能单单地凭他口头上报告,任意剔除掉,应该调查核实,再做定论。"

参加"回头看"的顾金生针对老刘的观点,发表了"权威性"的意见:"老刘啊!像向赐才受过人民政府打击处理过的'死老虎',假如他家里来了一个有问题的人,他还敢向居民小组长报告,再到派出所申报临时户口,要么他没有脑壳,撑破了胆'滚钉板'?像这种人,不敢在公安局派出所同志的面前,耍什么花招。"

小王插嘴说:“即使向赐才不敢耍花招,那么,来的客人会不会耍花招呢?”

顾金生气急败坏地说:“你们两个人脑子里都进水了,任凭如何解释,总是转不过弯来。这种思想方法要不得。如果实在不放心,你们可以把向赐才喊到派出所当面问问,不是马上就可以弄清楚他家里来的人的身份了吗?”

小唐把嘴一撇,做了个鬼脸:“科长究竟是科长的水平,掮着木头进城门,直来直去,用不到转弯抹角。”

小王眼睛斜着看小唐,针对顾金生发表的意见,用说东道西诘问的口气:“那么,唐师傅,我倒要请教你一下,如果向赐才仍旧按照原来的话,向我们重复一遍,下一步的戏再怎么唱法?”

小唐两只眼睛朝着顾金生,打着调皮的腔调:“喔唷!这个,我倒是回答不出。你还是问问我们顾科长吧。”

在座的同志都盯着顾金生发笑。

张海波虎起了面孔,厉声说:“研究案件,不是要我们开玩笑,把个‘死老虎’翻来覆去折腾。有这个必要吗?这不是在浪费时间吗?”

洪强看到张海波狐假虎威狗仗人势, 也就不客气发表意见:“‘死老虎’,在没有见到底的时候,都应该把它当作‘活老虎’进行工作。我同意老刘、小王他们几个同志的意见,对这个人要认真调查见底。”

争论不可开交。顾金生虎起面孔,一脸尴尬相。郑挺心里想,顾金生同洪强两个人“一吃斗”,再加上张海波像条“老泥鳅”一搅和,马上要掀起一个狂浪,预感一场“暴风骤雨”来临,赶紧去打电话,要宋副局长出面缓解“一触即发”的局面。

宋副局长接到郑挺电话,及时赶到侦查科会议室。郑挺灵机一动,当即向宋副局长汇报会议的进程。

宋副局长为了缓解矛盾,兼顾到顾金生的面子,发表意见:“我以为,我们原来定的排查路子是对头的。现在,对排出来的一些对象,再要做些过细工作。像向赐才这样的对象,刚到派出所去报临时户口的时候,户籍民警应该采用顾科长提出的办法,当场盘问,是一个好办法。现在再要回过来找谈话,就等于打个喷嚏,把刚浮出水面的鱼给吓跑,沉到河底。我的意见,不要忙着正面接触,下一步对排出来的重点对象，要同调查核实工作结合起来。否则，很可能把敌人从我们手指缝漏沙一样漏掉。”

宋副局长出面调定，避免了顾金生同洪强两个人针锋相对，局势失控，会议难以收场。

洪强赞赏宋副局长的意见，当即表态：“根据宋副局长的指示，专案组同志就下一步工作，对排出来的重点对象逐个调查见底。”洪强当即提出了“三驾马车出征”的思路，得到宋副局长的支持，在座同志积极响应。

91

错 位

洪强提出“三驾马车出征”，围绕胡大春这个重点，对受过政府打击处理的军统特务，开展内调外查，设想从敌特旧基础中发现有可能被胡大春利用的对象。兵分三路：一路到劳改农场提审劳改犯；一路到原来军统海临站所在地的海临市；一路到西南地区，查明桂浩明的身份，同向赐才家里出现的桂浩明是否能对上号。

小王、小唐一队人到海临市，原来国民党军统“海临站”所在地。通过海临市公安局调阅军统海临站档案，走访当地派出所以及地区治保干部，原来军统海临站的特务，大致是三种情况：一部分特务在1949年，海临市解放前夕逃亡台湾；一部分接受特务机关指令潜伏在海临地区，针对刚建立的红色政权进行反革命破坏活动，被人民政府逮捕镇压；还有一部分，虽然也接受潜伏任务，在人民政府政策感召下，认罪伏法。

在认罪伏法这些人当中，根据他们在解放前的罪孽轻重，分别判刑。小王、小唐对刑满释放出来的人开展调查摸底，解放前同胡大春过从甚密，或者是有过工作关系的，被列入重点调查。这些人的现状是：有的还在管制期内，有的虽然管制期满，仍然戴着“四类分子帽子”，接受群众监督。直接走访了群众，都反映到前一阵子有个陌生人到过这些人家里。然后，再通过地区治保主任一个一个核实：这个陌生人是从香港来的。事后，这些四类分子都主动向治保主任汇报说：“过去在反动派里的同事，从香港来内地探亲访友，登门拜访，坐了一会儿就走路。”至于香港来的“客人”叫什么名字，双方交谈些什么内容，治保主任都没有询问。小王、小唐两个人分析判断，这个香港客人，很大可能是胡大春，企图在这些人当中物色“替身”或者帮手。怕惊动敌人，小王、小唐没有直接找这些“四类分子”进一步了解“香港客人”的情况。只是向当地治保主任提出要求，注意这几个“四类分子”的动向，如果有什么情况，立即向当地派出所民警反映。

老刘、小马一队，到安徽同湖北交界的劳改农场提审劳改犯，原来军统海临站内当家，总务股长丁一晨，专门调查胡大春同军统敌特基础的老关系。丁一晨交代了军统海临站内的基本情况。

老刘直接要丁一晨交代胡大春的情况。

丁一晨两只眼睛眨眨：“报告，胡大春我不认识，在我们军统海临站，没有这个人。”

老刘一想，胡大春这个名字，很可能是金坚逃到台湾以后的化名。当即示意小马拿敌特档案翻拍的照片，让丁一晨辨认。

丁一晨看了看照片，不假思索，一口回称：“这个人叫金坚，绰号‘六指头’。原来在西南军统特训班受训以后，在西南军统特别行动队干过一个时期，受到军统海临站站长朱国冲赏识。抗战胜利以后，军统海临站，接收了一大批日伪特务，专门成立了一个特别行动队，金坚被调去充当队长。1948 年秋天，军统海临站抓获了共产党一名高级干部，指派金坚专门负责监控，又被朱国冲派遣潜入江北解放区。”

老刘问：“金坚有没有其他化名？”

丁一晨苦笑了一下：“凡是干过军统特务的人，多多少少都有化名。”

老刘问：“金坚有几个化名？”

丁一晨摇摇头：“我除了晓得他本名叫金坚以外，别的化名就说不上了。因为他的行动都是单线领导，除了上级领导掌握，别的人不知道，也不得打听。自从金坚潜入江北解放区以后，他的情况就不知道了……”

小高、小林一队，专门调查桂浩明的问题。按照向赐才向派出所申报临时居住户口的时候提供的地址，直奔西南宝龙县公安局调查，结果查无此人，敌特档案在“文革”期间，被造反派冲击烧毁，无从查考。两个人心里面嘀咕，开始怀疑向赐才家里的桂浩明弄得不好是个冒牌货呐。转念一想，一个“四类分子”，恐怕没有这个胆量到派出所说谎，报假情况吧？经过一番商量，决定直接到宝龙县邮电局去查，或许能够碰碰运气，查出个结果。

于是，两个人由县公安局转了个介绍信，根据公安局同志的指点，好不容易七问八拐，总算在县供销社、农村信贷部的中间找到。邮电局大门旁边墙上，挂着一块牌子，上面残留着“宝龙县邮电局”六个大字，一眼就看出来，这是“文革”的遗迹，是在老的白底黑字的底子上，重新描上去的字。两人跑进邮电局，走到营业柜台一打听，在二楼，一个转身就跑。经过一条走廊，看到一架木楼梯，一只脚一踏上楼梯，就发出叽叽嘎嘎的声音。上了楼一看，这是一个筒子楼，党政部门就在左右两侧一字排开，党支部、局长室的牌子挨个排列，一看到挂着人保课的牌子，随即敲门。一个年轻女同志开门一看两个陌生人，显出一脸的疑惑神态问：“你们找谁？”小林说：“我们找人保课。”小高主动出示介绍信。接待的女同志从小高手里接过介绍信一看，转身递给一个年纪在40岁上下的男同志，回过头来向小高、小林两个人介绍说：“这是我们游课长。”小高、小林主动伸出手来同游课长握手：“游课长，您好！”游课长倒也蛮热情，伸出手来同他们两个人握了握手，看了看介绍信，抬头问小张：“我们这里有没有叫桂浩明的？”小张摇摇头回称：“没有听说过。”游课长倒也蛮认真，特地叫小张查阅干部、职工花名册。正当游课长同小高、小林两个人交谈到兴头上，大约半个小时，小张查了花名册走过来汇报：“游课长，干部、职工的花名册都翻遍了，就是没有这个人。”小高、小林两个人这下子惊呆了，半晌不出声：真正碰到个“冒牌货”了。两个人目不转睛盯着游课长，而游课长皱起了眉毛，嘴里只是发出“喔！”一声，陷入了沉思，然后，抬起头说：“你们二位有没有搞错地方，或者说搞错了姓名？”小高歪转了头朝小林看看说：“不会搞错吧。”小林摆出绝对有把握的神态，肯定地说：“千真万确，绝对不会搞错。”

游课长搓了搓手，用舌头舔了舔嘴唇，想了一会儿说：“我呐，原来是在凉县邮电局工作，调过来的时间不长，我们小张到这个邮电局头两年，对这里的情况还正在熟悉过程，所以原来的人事情况还不是太熟悉。”

小林提议是不是找一些老职工问问，或许他们晓得有没有桂浩明这个人。游课长倒也不含糊，随手拟了一个名单关，叫小张邀集了五六个人到人保科座谈。参加座谈的人，听游课长问，邮电局有没有一个叫桂浩明的人，都表示没有听说过。小高、小林开始坐立不安，心里想县公安局查无此人，现在邮电局也查无此人，真正是千里迢迢来，两手空空回，有名有姓，还有地址，查不到人，岂不是笑话吗？回去汇报起来，一旦问起调查结果，怎么说，虽说“查无此人”也是结果，好像没有说服力。

小高盯着游课长看，好似哀求：“有没有其他办法解决呢？”

小张毕竟早来两年，看到小高他们两个人面孔上显出掩饰不住的窘态，深表同情，主动向游课长提议说：“宗师傅在我们邮电局是老前辈了，或许能反映一些情况。”

游课长说：行，你把他喊来问问吧。

不一会儿，小张领了一个五十多岁，穿着一身皱巴巴的中山装的人走了进来。小高、小林脑子里一闪念，如果这个人反映不出桂浩明，也就到此为止了。准备“孤注一掷”，一问到底。

游课长向宗师傅说明请他来的本意，查找邮电局有没有桂浩明这个人，宗师傅不假思索说：“有这个人。”

小高、小林两个人一听说“有这个人”，心里想：“喔唷！桂浩明这个人总算有着落了。”心头一热，眉开眼笑，急急乎问：“这个人现在哪里？”

宗师傅轻飘飘地说：“早就不在了。”

顿时，两个人“一丈水退了八尺”，本来寄予一线希望，瞬间破灭。

小高说：“什么时候死的？”

游课长急忙问：“是生什么病死的？”

宗师傅摇摇头，慢悠悠地说：“不是病死。”

在座的人一听说不是病死，格外好奇连着追问说：“不是病死，那到底怎么死的？”

宗师傅又好气又好笑：“我说他不在，既不是病死，也不是上吊死，他早就病退了。”

喔唷！弄到天亮，“早就病退”，小林、小高两个人本来一颗悬着的心，总算“摆平”。

宗师傅就将桂浩明“文化大革命”之前，他就病退回老家的情况原原本本作了述说：桂浩明，五十多岁，原来是宝龙县邮电局的报务员，患有哮喘病，“文革”前就病退。解放前，曾经在国民党特训班当学员，以后到国民党的别动队干了一个时期，1946 年转到宝龙县邮电局。一开始当报务员，后来在行政管理课当课长。宝龙县解放，他就被留用，大约在 1964 年前后病退在家，长期在乡下老家养病。”

小高插嘴说：“他老家在哪里？”

宗师傅说：“他老家可远呐，叫宝典县，是个偏僻深山老林，离我们宝龙县两百多里路，隔了一条河就是贵州省了。到那个地方，要靠两条腿翻山越岭，没有三四天时间，还到不了呐。现在已经通长途汽车了。”

小林、小高随手又向宗师傅打听到桂浩明老家的地址，这才送走宗师傅和参加座谈会的几个人。

随后，小林、小高两人带有好奇心，又向游课长进一步查问桂浩明的情况，说：“像桂浩明这样一个对象，解放以后，怎么会没有受到人民政府处理，甚至还被留用？”

游课长笑嘻嘻地说：“我们这里是大陆解放比较晚的一个地方。在抗战时期，属于大后方；抗战胜利以后，又成了国民党在大陆固守的最后堡垒。所以，在那个时候不是今天抽壮丁，就是明天到处拉民夫，搞得民不聊生。加上国民党特务机关巧立名目，办什么特训班之类的机构就像雨后春笋，一些青年人为了逃避拉民夫、抽壮丁，就到一些特训班当学员，少数青年是属于死心塌地跟着国民党走的，绝大多数青年怕上火线，或者出于谋生路的。所以，解放以后，人民政府对一些逃避拉民夫、抽壮丁的青年人，只要他们身上没有劣迹，就不予追究了。像桂浩明这样的对象，又有报务一技之长，继续留用也就不足为怪了。”

小高、小林两人听了游课长的解释，似乎有所理解。看来这个桂浩明同沪西市出现的桂浩明是同一个人，毋庸置疑。转过来想想，现在也只是听他们口头上介绍的情况，好像还见不到底。两人商量，到桂浩明老家调查。

第二天上午，小高、小林两个人乘了长途汽车，当天下午三四点钟才赶到宝典县仙林乡，找到桂浩明的老家所在地——新岭村。通过他的邻居了解下来，这个人不在家，有的说到深山老林去采药，有的说到贵阳去了，后来问他老婆，他老婆说“死了”，显然是说的气话。总之，这个人常年出门在外，平时不在家。小高、小林两个人商量下来，只好到此为止。根据在西南调查的情况来看，向赐才向派出所报告的情况属实，没有瞒报或者弄虚作假。

“三驾马车出征”，第一次出征，为了查证孔定山微波站抛物面天线上的“E弯头”被敲瘪会不会告警，以论定犯罪分子作案时间；这一次出征，主要是查明胡大春的落脚点，利用内地的敌特分子做“替身”。“三驾马车”两次出征，尽管调查的对象不同，上一次是注重物体，这一次注重的是人，而从调查物体到调查人，都出于同一个目标，——粉碎台湾特务机关实施“W计划”反革命阴谋，挖出台湾驻港特务机关潜入内地的特务头子胡大春。

在会议室里，在座的同志听取了“三驾马车”的同志汇报以后。大多数人都点点头，认为工作已经做到家了。而科长顾金生听了汇报，对劳改农场提审丁一晨、走访调查海临地区劳改释放犯等两队人汇报的情况不感兴趣，对小高、小林西南之行调查桂浩明的情况，特别来劲，习惯性地干咳一声，笑嘻嘻地说：“小高、小林你们两个同志辛苦了，工作做得很细，而且，解决了一个疑难问题，总算把向赐才家里的桂浩明同西南的桂浩明对上了号，而且查明了这个人的政治身份；完全可以肯定，这个人就是胡大春用来进行特务活动的敌特基础。现在，应该把我们侦查的重点对准桂浩明，揪出桂浩明，就可以找到胡大春。大家可以发表、发表意见。”

小高、小林首先表示赞同顾金生的分析意见，桂浩明就是胡大春原来军统特务老关系，应该列入侦查重点。

小唐摇摇头，表示异议：“现在，论定宝典县的桂浩明同向赐才家里出现的桂浩明是同一个人，这个结论下得似乎早了点。撇开面貌特征不说，两个人的经历不是完全相同，据向赐才说，桂浩明这个人是在国民党特别行动队的时候认识的，你们查到的桂浩明是别动队，特别行动队同别动队总是有区别的吧。”

小高只是凭自己想象，反驳小唐的观点：“别动队是简称，特别行动队是全称，这个完全没有必要吹毛求疵，作为一个问题提出来。”

洪强笑笑说：“小高的说法似乎有一定道理，但是，对小唐提出的疑问也不好说是吹毛求疵，我建议请老刘来说说。”

老刘含笑不语，经在座同志一再催促，发表了他的见解：“根据以往清理国民党军统特务组织系统的情况，别动队，实际上不是一个特定的称谓，它是特别行动队的简称，是为完成某一个特定任务，采取特别行动而组建的队伍，都是临时组建，任务结束即解散。在国民党统治时期，专门组建别动队，用来镇压我地下党，或者进步学生组织示威游行的。所以，我同意小高的解说。但是，我有一个疑问，胡大春到内地实施W计划，策反宋浩然，使用敌特基础毋庸置疑。据小高汇报，宝龙县距离宝典县两百多里路程，还没有火车，虽然说现在有长途汽车，胡大春怎么在短时期内就同远在西南地区的宝典县的桂浩明搭上关系，启用桂浩明这个敌特老基础进行反革命活动？”

顾金生抿了抿嘴，大咧咧地说：“老刘，你也不要钻牛角尖。特务有特务的一套，咱们有咱们一套，如果敌人完全在咱们掌控中，就等于玻璃缸里的游鱼，看得一清二楚，咱们岂不是要失业了，还用得着咱们开展侦查工作。我看，咱们现在要揪出胡大春，就要集中精力从桂浩明身上找突破口，马上打报告对桂浩明采取拘捕措施。”

顾金生的话音一落，顿时室内出现少有的骚动，一些同志怀着十分矛盾的心理，认为他说到特务活动的手法，有一定道理，一听说要对桂浩明采取拘捕措施，拿捏不定，都把目光投向洪强，想在洪强的脸上找出答案。一个个翘首期待着洪强究竟是什么态度。

洪强听了“三驾马车出征”的同志汇报，按照他的习惯，脑子里加以分析归类，得出了这么几个结果：一是发现了胡大春的踪影，并没有离开大陆潜返香港，在海临市寻找落脚点，或者说找“替身”，没有达到预期目的，仍旧漂泊滞留在内地。二是原来的排查工作，只是局限从纵向排查“军统特务系统”的特务，忽略了横向排查。例如，抗战胜利以后，改朝换代，投靠国民党军统特务机关，可资胡大春利用的日伪特务。三是向赐才家里的桂浩明，同西南宝典县的桂浩明是不是同一个人，现在还没有可资证明的确切依据，还需要进一步查证。眼前，偏偏顾金生心血来潮要拘捕桂浩明，洪强一眼看到在座的同志一双双疑惑的眼神，也就亮出他的观点。

洪强针对小林、小高调查的情况，认为向赐才家里的桂浩明同宝龙县邮电局反映到的桂浩明，看起来似乎对上了号，但是有些问题还有点错位：一、在宝龙县邮电局查到的桂浩明早在“文革”之前就病退了，向赐才家里的桂浩明是在宝龙县邮电局供应课跑供销的；二、根据桂浩明老家邻居反映，桂浩明到深山老林采药去了，向赐才家里的桂浩明没有到深山老林采药，而是出差到沪西市；三、宝龙县邮电局的桂浩明，解放前在军统别动队当过队员，当地政府作为一般历史问题没有打击处理，而现在我们沪西市公安局没有取得他从事反革命活动的罪证，不能把他拘捕起来。

洪强想到这些问题，尽管在座同志寄希望于他发表意见，但是，他还是保持沉默，会议上，一时出现了少有的冷场。

92

神秘老头

顾金生提出拘捕桂浩明的话音一落，在座的同志屏息凝视，目光齐刷刷地射向洪强，而洪强没有马上接口，只是右手抚摸下巴，紧锁起一对眉毛，平静地在思考。倒是顾金生等得不耐烦了，习惯性地干咳一声，发话说："大家谈谈，有啥不同意见，不要烂在肚皮里，尽管摆出来晒晒，见见阳光。"

洪强从顾金生掼出来的调子，嚼出味道来，这是有意挑逗，针对他的挑衅言论。心里想，现在不是斗嘴唇皮的时候，而是要冷静、慎重对待当前出现的问题，调整和稳定专案人员的思想情绪。但是，转念一想，在这样一个专业会议上，顾金生论定西南的桂浩明同向赐才家里出现的桂浩明是同一个人，而且断定这个人就是被胡大春"利用的敌特旧基础"，还提出要拘捕桂浩明，作为抓捕胡大春的突破口。出自他科长的口，非同小可。不仅迎合了一部分同志急躁冒进的思想情绪，误导工作方向，还有可能步入"盲区"，拐上歧途。现在侦查工作，好容易从一个拐点走了出来，少许有了些转机，弄得不好又要回到来的路上去，走冤枉路。想到这些问题，洪强不紧不慢发表个人意见：

"我发表的意见可能见不得阳光，有道是'万物生长靠太阳'，不过摆出来晒晒，晒掉点晦气、霉菌，将会焕发勃勃生机。"洪强的话一出口，引来室内一阵哄笑，在座同志的眼光又齐刷刷投向顾金生，看顾金生如何反应。

顾金生干咳一声，眼睛瞄着发笑的同志，瓮声瓮气："看我，看个屁啊！有啥看头。"

他这么一说，一些同志忍不住嘎嘎笑，有的转过了身子笑，有的用手捂住了嘴笑。

洪强敛起了笑容，郑重其事地说："我首先明确表态，现在拘捕桂浩明，我不表赞同。至于要从桂浩明身上突破，找到胡大春，是不可能的事情。原因很简单，西南的桂浩明，同向赐才家里出现的桂浩明，我同意小唐、老刘的观点：现在论定是一个人，为时尚早。虽说两个桂浩明任职同一个特别行动队，毋庸置疑。但是，两个人任职是否在同一个时间，同一个地区的别动队，还没有确定。因为宝龙县公安局的原始档案已经销毁，无从查考。再说，向赐才家里的桂浩明果真就是西南的桂浩明，小王说得好：按照西南地区的政策，当地政府对他作为一般历史问题对待的，咱们现在没有掌握他到沪西市从事特务活动的确切证据，贸然拘捕审查他也不符合政策、法律规定。换句话说，桂浩明假使是胡大春用来进行特务活动的敌特基础，要在拘捕24小时内突破一个陌生对手，谈何容易；小高、小林两个同志在西南的调查工作已经尽职尽力。但是有些疑点，还是客观存在，不容忽视……"

还没有等洪强的意见发表完，顾金生马上抢着发声，语言尖刻，带有挑拨性地说："你不要转弯抹角了，说到底，你就是对人家的侦查工作不信任，你只相信你自己。"

正当洪强要驳斥顾金生攻击性言论的时候，宋副局长在局长室的碰头会议结束，特地赶到侦查科会议室想了解一下这个时期调查工作进展情况。顾金生一看到宋副局长到来，急忙向副局长汇报情况，想把他的观点和设想，抢先取得副局长的支持。

听完了顾金生的汇报，宋副局长扫视了一下会议室，从在座同志的脸上的表情觉察到，会议上出现了不同意见的争论。而且，这种争论还是发生在顾金生同洪强两个人身上，他自然而然拿目光投向洪强："老洪，你说说你的看法呐。"

洪强就把他原来发表的意见，重复向宋副局长陈述了一遍，接着他又把思考、研究分析"三驾马车"出征西南、海临调查以及劳改农场提审犯人的情况，一并向宋副局长和在座的同志加以说明：

"我认为，胡大春尽管销声匿迹，但是阴魂不散，他在海临地区一连接触了三四个受过打击的军统特务，企图网罗内地的特务做替身；现在，假使对向赐才家里出现的桂浩明，在没有搞清他同胡大春的关系之前，盲目地采取拘捕措施，以拘代查，以审代侦，放弃过细工作，恐怕又要重蹈覆辙，把咱们专案工作刚好有了些转机，就被扼杀在摇篮里……”

宋副局长听了两个人的汇报，觉得洪强的意见有道理，顾金生显然是犯了“老毛病”，盲目冒进。为了要维护顾金生的威信，他用委婉的语调说：“老顾啊！你提出的办法有一定的道理，再耐心点，把该做的工作做结束，扫清外围，然后再考虑是立案以后拘捕审查还是监控。”

为了怕顾金生“老毛病复发”，自说自话采取措施，宋副局长煞费苦心，又补充了几句：“在这里，我再强调一下，凡是涉及‘5·15’专案侦查对象，要采取措施，事先一定要请示汇报，包括我在内，都没有权力断然采取措施。除了要向翁局长汇报外，还要得到省厅的批准。这里有个全局观念问题，也就是说牵一发动全身。在座的同志必须认识到，这不仅是个工作原则，还有一个组织纪律问题。”宋副局长又将加强请示汇报，提高到党性原则的高度做了进一步阐述，最后，向在座同志提出几点希望，宣布会议结束。

顾金生听到宋副局长的调子，基本上否定了他的主张。而且，针对他提出了不是批评的批评，还没有等到局长宣布散会，站起来，气鼓鼓地头也不回就走路。宋副局长知道他，也就不再勉强挽留。

事隔不久，宋副局长到专案组办公室同老洪扯起近一个时期工作。从内线侦查扯到外线工作的进展情况，再扯到了朱如泽从沪西市国际旅行社匆忙出走到庆渝县。宋副局长突然又关心起朱如泽在庆渝县的情况。

正当他们扯到朱如泽在庆渝县的动向的当口，老葛一头闯了进来，急吼吼地说：“朱如泽在庆渝县龙岗口的家里，突然出现一个老头子，据周围邻居反映，过去从来没有看到过这个老头。”

宋副局长说：“坐下来慢慢说。”

老葛接过洪强递给他一杯茶，喝了一口，他将外线组同志报告跟踪朱如泽的情况做了详细汇报，然后转到新发现老头子身上：昨天傍晚，大约五点钟，一个五十多岁的老头子，土里土气的样子，突然闯到朱如泽的家里……

说到朱如泽，这个倒霉鬼，原本想按照陈婷授意将杨英灭掉，博取特务头子的赏识、重用，直接高攀上峰。到了沪西市国际旅行社，由陈婷引荐，同胡大春见面。料想不到，胡大春一看到朱如泽在他面前出现，就像看到了瘟神一样，赶紧打发他走路；朱如泽莫名其妙拿了胡大春一笔钞票，也就灰溜溜地于当天晚上乘上火车赶往渝西市。胡大春为什么如此仓促赶走朱如泽呢，道理很简单，凭他多年的特务生涯，浪迹江湖特有的敏感性，发现朱如泽脸上、脖子上、手背上还残留着些许伤痕，顿时警觉起来，这是杀害杨英时留下的痕迹，就怕朱如泽被公安机关盯上，连他刚踏上大陆还没有展开手脚，就被公安机关"一锅端"。所以赶紧打发朱如泽滚蛋。

朱如泽到了渝西市，正是凌晨五点钟，赶往庆渝县的长途汽车站，首发车是七点钟，相距两个小时。他买好了车票，就到他父亲家里歇歇脚，正好碰到他的后娘送他父亲上班。他父亲一看到他出现，就少不得要嘀咕两句："你也老大不小了，总要弄点事情做做，不要眼高手低，我像你这么大，已经成家立业了，你看你，一天到夜，像个二流子，东逛逛，西荡荡……"

朱如泽被胡大春赶走，心里本来已经怄了一肚子气，一见老父亲的面，就听到奚落他的调子。当即反唇相讥："你有出息，到今天还不是拿榔头、用板头，我不会像你摆在嘴上唱。"

他父亲一听到朱如泽当了继母的面同他顶嘴，当即火冒三丈，咬牙切齿骂："臭婊子养……"

他的继母为了缓解他们之间矛盾，特地帮腔，替朱如泽说好话，责怪起老头子："阿根也难得回来，你就少说两声，他还小呐，你要他做啥?你去上班，阿根，吃早饭吧。"

朱如泽不仅没有领情，反而蛮横指责继母："我爷儿俩说话，用不到你来插嘴。"

继母自讨没趣，怨恨"做后娘"得不到人家的理解，一个人躲到房间里暗自流泪。朱如泽自顾自走出家门，老父亲指着他的后背骂："你这个出棺材的，你要么，今生今世不要上我的门。"一头走，一头骂。而此时的朱如泽憋了一肚子气直奔长途汽车站，乘车到庆渝县回他的安乐窝。

老葛接着汇报："外线组的同志，从沪西市一路跟踪朱如泽到渝西市，转而又跟踪到庆渝县龙岗口58号。然后，按照老洪提供的办法，特地到庆渝县公安局侦查科找到余科长，争取县公安局积极配合，仍旧启用龙岗口 58 号对面杂货店王老板，对朱如泽实行 24 小时监控。外线同志一直警惕地监视着朱如泽的大门。昨天傍晚五点多钟，在龙岗口 58 号门前，突然出现一个土里土气的老头子敲门，朱如泽开门将老头子引进家里。到了晚上 7 点多钟，朱如泽开门走出来，跑到对面杂货店打公用电话，同对方通话约一刻钟，杂货店老板听不懂朱如泽的讲话，反映不出通话内容；当晚 9 点多钟，对方来电话找朱如泽接听。据王老板说，对方打电话是个女的，她的声调，同以往从广州、海临要朱如泽接听电话的女的是同一个人。”

老葛喝了一口茶，润润喉咙：“据小龚汇报：接听过电话的第二天一早，朱如泽伙同那个老头子一起外出，大约在七点钟，两个人跑进庆渝县人民医院，老头子在医院大厅闲逛，朱如泽独自一人挂好号，到皮肤科就诊。约莫半个时出来，老头子跟着朱如泽返回到龙岗口家里。不一会儿，朱如泽独自一个人到对面杂货店找王老板，打听到宝典县去的路线。据王老板反映：‘我当时回答他说，我只晓得宝典县有这么个地方，到那个地方具体怎么走，庆渝县到宝典县有多少路程说不上来。’朱如泽从王老板那里没有打听到确切路线，转身走路，跑到马路对面找了些过路的人打听，好像也没有打听到什么情况。小龚、小孙继续跟踪，看到他回到龙岗口家里。”

老葛汇报结束，宋副局长、洪强会同老葛一起研究庆渝县朱如泽那里发现的新情况。几个人针对朱如泽同神秘女人通话，第二天朱如泽又到医院就诊，感到奇怪。但是，通话的神秘女人，被一致认为是陈婷，看来毫无疑问。接下来的问题，似乎对“土里土气老头子”琢磨不透。

洪强沉思良久说：“从外线发现朱如泽同陈婷通话的情况来看，我以为：一、老头子一到朱如泽家里，大约个把小时光景，朱如泽就同陈婷通话约莫一刻钟。歇了个把小时，陈婷又打电话给朱如泽，从他们通话的时间、先后次序来判断，很有可能朱如泽从老头子那里得到什么情况，特地向陈婷汇报；二、陈婷接到朱如泽电话，再打电话要朱如泽接听，有迹象表明，陈婷经过请示上级，向朱如泽传达上级的指示精神；三、就在陈婷同朱如泽通话的第二天上午，朱如泽就到医院就诊，看的是皮肤科。”

洪强就将老葛汇报朱如泽到庆渝县人民医院皮肤科就诊同胡大

春住进国际旅行社没有过夜，突然蒸发的情况联系起来，发表意见说：

"这就印证了，原来在局长会议室，陈处长、李副局长的分析判断：'朱如泽那天晚上从沪西市国际旅行社匆忙出走，是胡大春发现朱如泽面孔上部留有杀害杨英的伤痕，不安全信号'，赶紧打发朱如泽离开沪西市；随后，胡大春本人也匆忙出走。这次陈婷同朱如泽通话，第二天，朱如泽到医院皮肤科就诊，有可能陈婷关心起朱如泽的伤痕。现在，倒是朱如泽家里突然冒出来一个老头子，究竟是谁，这个老头子同朱如泽什么关系？一时，倒是还说不准。"

老葛咂咂嘴，用探询的语调说："会不会是庄前村大队治保主任陈胜全噢？"

洪强好似突然惊醒似的："哎！被你这么一说，倒是提醒了我，对啊！陈胜全是朱如泽的二娘舅，倒是有可能是这个人。不过这个人，是个不出门的大老爷，他怎么会跑到这么远的地方去找朱如泽，是为了家事，还是遇到什么问题找朱如泽？如果纯粹是家事，没有必要同陈婷通话；如果为了特务活动方面的事情，好像这个时期，在庄前村没有发现什么动静。最好把老刘、小王、小唐喊来，他们几个人同陈胜全是老打交道，熟悉情况，请他们一起来分析分析。"

就在派人喊老刘、小王、小唐来分析目前发现老头子情况的当口，宋副局长突然关心起陈婷的情况：

"很长时间没有听到外线组汇报陈婷在海临的情况，老葛你说说看。"

老葛就把外线组两个同志在海临监控陈婷、鲍冲的情况作了汇报：

"鲍冲同陈婷两个人，从派出所解除留置审查，释放出来以后，本来住在旅馆里。后来，在海临普渡区锦树里 68 号租了一间房子，现在门口挂了一块牌子，叫做新世纪(香港)电信电器有限公司驻海临办事处。具体情况，目前还说不上来。"

其实，鲍冲、陈婷两个人，自从被留置在派出所审查，虽然说经民警以"一场误会"被释放出来。胡大春为了拴住鲍冲，继续实施"W 计划"，要鲍冲在海临，建立一个安身立命的据点。就把台湾总部特派员董彪的意图，要在大陆广泛建立"情报站"的指示精神，向鲍冲作了传达，授意鲍冲伙同陈婷，着手组织实施。

事后，由陈婷出面通过她父亲陈明德的关系，在海临普渡区锦树里 68 号租住一间房子，经过政府有关部门注册登记，挂上“新世纪(香港)电信电器有限公司驻临办事处”招牌，这样一来，鲍冲、陈婷有了掩护身份的落脚点，以接洽业务为名，潜伏下来。

陈婷初嫁到香港不久，丈夫在外赌嫖，债台高筑，跳海自杀，当了个年轻寡妇。现在回到海临老家，父母亲少不得关心，过问起她的终身大事。陈婷告诉了鲍冲，当即得到鲍冲竭力支持，鲍冲还特地为她打气，说明利害关系，认为“这样便于你在香港、内地两头都有落脚点”，还可以转移公安机关的视线。陈婷原来同胡大春有约在先“回到台湾两个人就结婚”，装模作样，歪转着头沉思一会儿说：“老板会不会反对呢?”鲍冲看出陈婷的心思，心里想，胡大春同你的约定，这是特务惯用的手法，只是同你逢场作戏吧了，你还当真?鲍冲叹息一声：“唉！他还求之不得呢。”经鲍冲这么一说，陈婷头脑似乎开了窍，本来她父母一提起她的终身大事，她总是一口回绝；现在父母提起她的婚事，先是扭扭捏捏，再后来半推半就。她老娘觉察到她这一微妙变化，积极帮她在外面张罗。经过一些人传来传去传说，陈婷成了“香港富婆”，“人间美女”，一时间，锦树里 18 号，陈婷老家门庭若市，有的上门说媒的，有的是来相亲的，男的、女的，老的、少的，各色人等都有，一些年纪轻轻的小伙子怀着“交上桃花运”的心态，都想上门跃跃欲试。而周围的邻居，还就是没有哪个人怀疑到陈婷是个地地道道的特务。

然而，陈婷一门心思想着同胡大春到台湾完婚，所以一昧地同她老娘敷衍，她老娘阿弟看到她如此挑剔，扫兴地说：“你，老大了，条件不要太高，侬要拣到头发发白呀，能够惹得过去，就不要挑挑拣拣了。”由于她同她父母择偶的要求不同步，到头来，她父母的一股热情也就渐渐降温。

就在老葛汇报鲍冲、陈婷的情况刚结束，老刘、小王、小唐三个人赶到，老洪、老葛分别将庆渝县朱如泽家里突然出现一个老头子的情况，向他们三人作了详细介绍，要他们发表意见。

小唐快言快语说：“陈胜全是个不出门的大老爷，不会无缘无故跑到庆渝县去，会不会是当地朱如泽的什么关系人吧?”

小王摇摇头说：“外线组同志根据朱如泽的邻居反映，都表示从来没有看到过这个人。再说，陈胜全过去为了朱如泽的生活费，还专门到渝西市找过朱如泽父亲朱开诚，所以，我倒是认为，这个土里土气的老头子，说不定就是陈胜全。”

老刘点点头表示赞同小王的分析意见：“我也认为，这个老头子有可能是陈胜全。问题是，陈胜全这个时候跑到庆渝县找朱如泽，个中缘由倒是吃不透。笼统地说有可能是家事，也有可能是有他见不得人的事。如果是家事，朱如泽用不到同陈婷通话，倒是值得引起警惕，从通话的时间、方式，显然一个是汇报，一个是答复问题的样子。”

洪强、老葛、宋副局长都表示赞同老刘的分析意见。

现在，摆在专案组面前，一个棘手问题，朱如泽在庆渝县家里冒出来一个神秘老头子，究竟是谁，同向赐才家里出现的桂浩明又有啥联系？这些疑问，一时，绕絮在座同志的头脑，理不出个头绪。

小唐突发奇想说：“其实，这个问题用不到伤脑筋，只要到庄前村大队跑一趟，马上就可以解决问题。”

一把钥匙开一把锁，倒是小唐打开了在座同志的思路。洪强、老葛、老刘几个人顿时思想开了窍，老葛面对小唐跷起了大拇指：“对啊！唐师傅的建议有道理。”

宋副局长当即表示赞同：“看看，由哪里两位同志去？如果调查发现新情况你们立即汇报。”宋副局长说完话就起身走路。

洪强说：“我看就由小唐、小王你们两位同志去吧。”

庄前村大队书记王汉仁一看到小王、小唐两个人来，感到非常突然：“你们专案组离开庄前村，好长时间没有人来过，你们今天怎么想着来，有什么事，坐下来说。”

小王、小唐两人坐下来，特意找了个托词，小唐一本正经地说：“我们两个人到三河公社去，事情办结束，就想着你们，特地弯过来看看你们。你们的治保主任，老陈呢？”

王汉仁嘻开着嘴，笑嘻嘻地说：“是应该来看看我们。说起老陈，他家里碰到个尴尬事情呐。”

小王惊疑地问：“他家里会碰到啥尴尬事情？”

王汉仁认真做了解释：“要说事情也不是他家里的事情，是他原来的妹夫，朱如泽的爷不来事了，已经发出了病危通知书，老陈向我请了个假，到渝西市帮忙料理后事的。

小王、小唐两人心里想，这下子对上路了，小唐出于关心："到渝西去，看来要有一阵子回来呐。"

王汉仁摇摇头："这个倒是说不准，料理后事，就怕碰到棘手事情，人一死下来，往往在处理财产上啰唆事情就多了。特别是朱开诚后来讨了个"二婚头"，这个老太婆如果有儿子，就麻烦了，不过，老陈处理这些事情熟门熟路。"

说着，两个人已经摸到了陈胜全的动向，同王汉仁扯了一会儿，就此告辞。

93

摩天岭

小王、小唐两个人从庄前村摸到了陈胜全的动向回到专案组。老洪、老葛听了他们两个人的汇报，认为：在朱如泽庆渝县家里出现的老头子，很可能就是陈胜全。立即会同老葛，带了小王、小唐两个人到科长办公室，向顾金生汇报。

到了顾金生办公室，顾金生一听说向他汇报陈胜全的问题，板起了面孔，干咳一声："不要来找我，你们去向宋副局长汇报。"洪强一听到顾金生掼出来的调子，意识到受宋副局长的批评，肚子里原有的一股火气还没有消退，当场感到非常尴尬。心里想，总不能跳过他科长越级汇报，正在犹豫，老葛拉拉洪强的衣袖管："顾科长要咱们向局长汇报，你还赖在这里做啥，赶紧向局长汇报，走！"

到了宋副局长办公室，宋副局长听说汇报陈胜全的情况，眯起了眼睛："你们有没有向顾科长汇报啦。" 老葛快言快语将他同洪强找顾科长的情况如实向宋副局长反映，宋副局长皱起了眉头："怎么搞的，马上召集专案组全体同志开会，分析研究下一步对策。老顾那一头我来打电话。"

会议还刚刚开场，在座的同志听取了小王、小唐两个人在庄前村调查情况，正当宋副局长要发表意见的时候，顾金生板起了面孔，抢着发言："陈胜全到朱如泽庆渝县的家里去，有什么值得大惊小怪的。"原来受到宋副局长的批评，肚子里本来就憋着一股气没有地方出，当了宋副局长的面发话。宋副局长听到顾金生不伦不类的调子，又不好在众人面前指责他，只是皱起眉毛，虎起个脸，斜瞪着两只眼睛朝顾金生看，自顾自说："大家讨论讨论，看看下一步怎么办？"

小唐快言快语:“过去在庄前村排查镰刀的时候,都是他帮朱如泽做的手脚,哄骗专案组。我们听了大队书记说他请假到西南处理朱开诚后事,恰恰在庆渝县朱如泽家里出现个老头子,极大可能是陈胜全又去通风报信。”

顾金生瞪起了眼睛,盯着小唐:“你有啥根据断定,在朱如泽庆渝县家里的老头子就是陈胜全,而且说他去通风报信?恐怕都是你无中生有,瞎想,想出来的吧。”

小唐朝小王看看,小王接口说:“这个倒也不是瞎想,想出来的事情。从外线组同志汇报,在朱如泽庆渝县家里出现的老头子,附近的邻居过去从来没有看到过。再说,这个人到了朱如泽家里,朱如泽就同陈婷通话,隔了一段时间,陈婷又打电话找朱如泽,从这些迹象来看,这个老头子应该是陈胜全,很有可能故伎重演,通风报信。”

顾金生把宋副局长晒在一边,不屑一顾地说:“小王啊,照理我要喊你老王,你也是个老同志了。不要发现一点点情况,就东扯西拉,都往敌情动向上靠,即使这个老头子就是陈胜全,他是人又不是畜生,是人总有七情六欲正常的人际往来。我问你,陈胜全同朱如泽是啥关系,陈婷同朱如泽又是啥关系?”

小王晓得顾金生提出这个问题的用意,回答说:“一个是娘舅同外甥关系,再一个是姑表姐弟关系。”

顾金生似乎觉得已经抓到了问题的要害,得意地笑笑说:“大家说说看,从他们三个人的亲情关系来看,能不能有家事来往?陈胜全得知妹夫病危,赶到庆渝县找朱如泽;朱如泽得知父亲病危,向表阿姐打电话通报,这些都是正常的家事活动。在座各位说说看,是不是这个道理?再说,近一个时期,你们有没有发现陈胜全同敌特机关联系?”

在座的同志有很多人点点头,笑笑,表示赞同顾金生的观点。其中,小高尤为突出,他用诘问的口气说:“小王,你倒是说说看,自从我们专案组离开庄前村,到现在,有没有发现过陈胜全同敌特机关联系,哪怕从事特务活动的一些迹象?至少我没有听到过。”

小林凑上去说:“正是嘛!说不定,特务机关对他不感兴趣,毕竟他是乡下的老土,派不上用场。”

小高同小林两个人一唱一和,现场几乎出现了一边倒的态势。顾金生得意地颠头晃脑，只是用眼梢窥探洪强、葛大同的反应，特别注意斗嘴的健将小李神色，看他今天怎么个跳法。

顾金生脑子里刚刚掠过的一个念头，还没有消逝，小李冒了出来，面带好斗的公鸡神态："陈胜全、朱如泽和陈婷的亲情关系，这是客观存在。但是，咱们现在研究敌情动向的时候，就要以敌情观念，讨论分析问题。有几个问题请大家考虑一下。"

"一、朱开诚病危，陈胜全料理朱开诚后事应该到渝西市他的家里，而不是到庆渝县朱如泽家里。渝西市距离庆渝县两百多里路。这一点如何解释？"

"二、到底是朱开诚病危，还是朱如泽病危？陈胜全如果到朱如泽家里，那么，说明是朱如泽病危。但是，陈胜全陪同朱如泽到庆渝县人民医院不是到急诊室，而是看的皮肤科，有哪一位听说过，皮肤科抢救病危病人？"

"三、从陈胜全到了龙岗口朱如泽家里，朱如泽表现出来的一系列动作以及神色，既不像是他父亲病危，也不像是他本人病危。"

"我倒是认为，陈胜全向庄前村大队书记王汉仁请假，既不是料理朱开诚后事，也不是通知朱如泽，告诉他父亲病危的消息，一起去渝西市处理后事。倒是有可能有他不可告人的目的。特别是陈胜全一到朱如泽家里，朱如泽、陈婷两个人马上通话，难道这三个人的活动，不值得引起咱们警惕吗？"

宋副局长听了小李的一番话，从内心感到欣慰，小李跟老洪一起工作，有长进。正要讲话，老葛突然表示要讲话。

老葛迫不及待接口："我除了赞同小李发表的意见外，再补充一点。据我们外线组在庆渝县工作的小龚来电：朱如泽昨天向他对面杂货店王老板打听到宝典县去的线路、走法。陈胜全的目的地既不是渝西市，也不是庆渝县，他同朱如泽同一个目的地，是宝典县。所以我完全赞同小李的分析意见，陈胜全、朱如泽、陈婷这三个人，突然联系，必定有其不可告人的目的。"

老葛的补充发言，一提到朱如泽打听宝典县的线路、走法，争论的形势，马上急转直下，都认为陈胜全到庆渝县朱如泽家里不是为了什么家事，有可能是敌特分子活动的新动向。

本来赞同顾金生观点的一些同志，一个个不住地点头，挨着小李、老葛发表的观点一边倒，顾金生原来气壮如牛的一股气就算瘪掉，自顾自抽烟。

一直保持沉默的洪强，开始讲话：“在朱如泽庆渝县家里出现的老头子，摆在咱们面前两种意见：一种认为陈胜全向大队书记请假到渝西市，料理朱开诚后事；另外一种，认为是敌人的新动向。根据老葛补充发表的意见表明，陈胜全、朱如泽两个人的目的地，既不是渝西市，也不是庆渝县，很有可能是宝典县。我的意见，不要再争论下去了，应该当机立断派人赶往渝西市、庆渝县会同外线组同志调查，他们到宝典县去的目的，防止可能发生的突发事件。”

宋副局长经老洪一说，马上表态：“老洪，你看派哪两个同志去？”

洪强果断决定：“还是由小王、小唐两个同志去。”

宋副局长朝顾金生看看，征求顾金生的意见：“老顾啊，你意见如何？”

顾金生听了小李、老葛的意见，本来保持沉默，宋副局长征求他意见，倒也干脆：“可以。”

然后，由老洪、老葛两个人帮助小王、小唐一起研究方法部署。小王、小唐两个人从上海虹桥机场乘飞机直接飞抵渝西市。

小王、小唐两个人到了渝西市，通过当地派出所民警深入朱如泽父亲朱开诚居住地“芝麻巷”，根据朱开诚邻居反映：最近一段时期，没有看到过朱开诚老家的人来过。再在工厂保卫科干部陪同下，到车间班组实地观察，亲眼目睹朱开诚在一台机床旁边，全神贯注操作机器，正在劳动的情景。朱开诚根本没有生病，更谈不上需要料理后事。

小王、小唐两个人转身，马不停蹄地赶往庆渝县公安局，找到了外线组的小龚、小孙，向他们两位传达了宋副局长的指示，老洪、老葛提出的工作要求。小龚、小孙向他们两个人介绍了老头子的大体特征。小王、小唐异口同声说：“看来，这个老头子正是陈胜全。”现在，倒是他千里迢迢到庆渝县找朱如泽，究竟有啥急事，一时难以琢磨。小王、小唐两个人回过来，叫小龚、小孙谈谈这两天的情况。

小龚、小孙补充了老头子同朱如泽在庆渝县的活动情况：

前天，朱如泽跑到对门杂货店，向王老板打听到宝典县去的路线，王老板回答不出具体情况。隔了一天上午，朱如泽领了老头子又到五莲路72号一家人家,大约有两个小时。

小龚说:“事后,根据我们调查,五莲路72号户主叫高俊嘉,老婆叫许琳仙,原籍是沪西市,有两个子女都在沪西市老家读书。夫妻俩原来是沪西市机械厂工人,六十年代支援三线建设到庆渝县,男的在军工厂当老师傅,女的是装配车间装配工,两个人政治上没有发现问题。至于朱如泽和老头子到这一家人家去,干什么就不晓得了。根据这两天调查发现的情况来看,我们认为:老头子到庆渝县找朱如泽,他们两人的目的地,很有可能是宝典县。至于到那里去的用意,一时还吃不准。”

小王、小唐听了他们两个人介绍的情况,立即通过庆渝县公安局内线电话,向老洪汇报发现的情况,老洪当即警觉起来,并为他们下一步工作支招。

第二天上午,小王、小唐赶到庆渝县东门外五莲路72号,由小唐敲门,随着“笃、笃、笃”三声敲门声,门开处,一个五十岁上下的妇女,操着南腔北调的调子,残留着浓重的沪西乡音:

“你们找啥人?”

小唐笑嘻嘻说:“许师傅,我是阿炳师傅的徒弟,小唐。”

许师傅一听说是阿炳的徒弟,像迎接亲人一样,赶紧把他们两个人让进家门。

许琳仙原来是沪西市机械厂装配工,同她丈夫在一个厂。她丈夫高俊嘉是龙门刨床的老师傅,同小唐师傅阿炳是要好的师兄弟。在六十年代,号召“支援三线”建设时,因为他们夫妻两人在同一个厂做工,是当时支援三线的首选对象, 同朱如泽父亲朱开诚一起支援三线,同时分配在庆渝县同一家军工厂。后来,朱开诚调到渝西市郊区的军工厂,就此分开。前两年,许琳仙患了风湿性关节炎,长期病假在家,闲得无聊,当小唐一说起是阿炳师傅的徒弟,感到格外亲热,忙着招呼他们到客堂间就座,泡茶敬烟,聊起乡情家事。从沪西市机械厂发展扯起,再扯到车间、班组的人事变迁,拐了一个弯,又转到近亲属的家庭情况,涉及的内容无所不包,无所不有。小王、小唐两人急切希望快一点结束,转入正题。许琳仙一个转身,一头讲话,一头去拿热水瓶的时候,小唐抓住机会,切入正题:“沪西市到庆渝县来的人不多吧?”

许琳仙拿了热水瓶,帮他们两个人添好茶水:“有是有,很少。昨天上午，还有沪西市山北有个姓陈的，同他的外甥一起来的，他外甥是朱开诚儿子，就住在龙岗口。”

小王马上凑上去：“他们来外调的？”

许琳仙只是摇摇头：“姓陈的是村里的干部，我看不像是搞外调。”

小唐紧追不舍：“不是搞外调，几千里路来做啥？”

许琳仙嘻开了嘴笑笑：“两个人来，向我打听到宝典县的路线，还问到新岭村有多少路，怎么走法，我同他们说到仙林乡我晓得，到新岭村倒是不怎么了解。”

小王马上在旁边插话：“到那个地方怎么走？”

许琳仙，好似打开了话匣子：“还是前几年，我听人家说起，那个地方有个大码头郎中会治疗风湿性关节炎，所以我曾经去过。我脑子里有点印象，庆渝县距离宝典县七八十公里路，一天只有一趟长途汽车，上午七点钟开车，如果顺利的话，当天晚上七点来往钟到达仙林乡。这种长途汽车，中途一有人招手搭车，它就停，所以，我们这里的人叫它磕头拜。原本就有几十个站头，沿路招手搭车乘客多的话，弄得不好，要到晚上八九点钟才能到达。”

小王好奇地问：“他们两个人打听到那里去，有啥事情？”

许琳仙抿了抿嘴，摇摇头：“不晓得，凭我的感觉，好像是找个人，说不准。两个人讲话的时候吞吞吐吐，特别是朱如泽的娘舅，又想讲又不想讲，鬼头鬼脑，一开始我还以为他是啥大干部，弄到天亮是个大队干部。”

小王接着问：“你怎么晓得他是大队干部？”

许琳仙撇了撇嘴，笑盈盈地说：“是从朱如泽嘴里落出来的。他们打听到宝典县仙林乡需要多长时间，经我一说需要十来个小时。朱如泽娘舅说‘喔唷，急病碰着慢郎中’。朱如泽歪转头：‘你还当作你在沪西市庄前村，当个大队治保主任就那么豆腐干大一块地方。这个死地方，一划出去就是几十里路。’”许琳仙接着说：“我从他们两个人的对话中，听出点音头，才晓得他只是个大队干部。”

小王、小唐同许琳仙交谈，完全可以吃准不明身份的老头子就是陈胜全；而且了解到陈胜全到庆渝县同朱如泽碰头，目的地是要到宝典县仙林乡新岭村。向许琳仙告别出来，小王、小唐一路上在琢磨，这两个人打听到那个偏僻地方去有啥用意？倒是小王突然像想出了个事情,驻足在路边,摸出随身携带的笔记本,一页一页翻着,突然抬起头,惊奇地发声:“好,翻到了,上次,小高汇报他们西南之行说起桂浩明的老家就是宝典县仙林乡新岭村,嗨!看来,这两个人的目标,是对准桂浩明,来者不善,又要翻什么新花样了。走,到庆渝县公安局马上打电话向老洪汇报。”

老洪在办公室同老刘几个同志,密切注意庆渝县的工作进展情况,一听到电话铃响,老刘拿起话筒说:“是小王从庆渝县打来的电话找你。”老洪随手拿过话筒接听,随着对方通话内容一波一波传来,全身的神经越收越紧。老洪为什么如此紧张呢?老洪当时想,桂浩明刚巧在向赐才家里出现,就被敌人盯上,就怕出现“第二个杨英被杀人灭口”的事件重演。老洪在电话里将他脑子里出现的情况, 敌人有可能采取下一步动作,向小王一一做了通报,并向他们交代了具体工作方法以及注意事项。

就在小王同洪强通话结束,准备找小龚、小孙碰头交换情况。据庆渝县公安局侦查科同志反映:今天上午七点钟,朱如泽、陈胜全两个人已经乘上到宝典县仙林乡的长途汽车,小龚、小孙已经同时上了长途汽车,一路跟踪去了。

小王、小唐一听到县公安局同志说起朱如泽、陈胜全已经乘长途汽车出走。一时慌了神,既没有办法同小龚、小孙联系,又来不及向老洪汇报。小王一看手表,现在已经是上午十点钟,按照老洪的要求,不仅要赶上朱如泽、陈胜全,还要超在他们前面。否则,后果不堪设想。

小唐急得抓头摸耳朵,只是惊呼:“到仙林乡的长途汽车,现在开出去两个多小时了,没有一辆专车,追不上他们的呐。”按照老洪的要求,要赶在敌人行动之前,恐怕要落空。而小王心里想,即使有专车,还要利用同长途车的时间差,才能超越,赶到朱如泽、陈胜全的前面。怎么办?

小王、小唐立即向庆渝县公安局侦查科余科长汇报,说明事情的利害关系,朱如泽、陈胜全两个人到宝典县仙林乡,有可能会有重大的冒险行动。余科长毫不含糊,当即会同小王、小唐一起研究确定了下一步工作方案。

方案倒是蛮周全,但是遇到最大的难题,就是要赶超时间,涉及交通工具。整个县公安局只有两辆破吉普车:一辆车子,由局长隔夜出差到百里路外的乡里检查工作,两三天以后才能回来;还有一辆车,由副局长带领刑警队同志到乡里。

小王、小唐两个人的目光自然而然地投向余科长，反复向余科长阐述利害关系："抢时间，实际上就是抢占制高点。"

余科长紧皱起眉毛思索，突然发话："到单位去借。"接着，他把他的设想向小王、小唐讲了一下，小王、小唐两人拍手称好。然后，由余科长一头派出两个同志到一些单位商借汽车，一头向侦查科的同志分配任务。

当天中午十二点钟，庆渝县开往宝典县仙林乡的长途汽车停靠在中途站——摩天岭。驾驶员当着旅客宣布："客车中途停留二十分钟时间……"车上的人听到驾驶员宣布停车时间，纷纷下车，方便的方便，吃饭的吃饭，朱如泽、陈胜全随着人流下车，走出车站跑进一家吃食店要了两碗面条，狼吞虎咽对付过去，赶紧上车。两人上了车一看，原来他们两个人的座位被另外两个人占了。陈胜全用大队干部训斥人的腔调，不依不饶同两个青年人交涉："你们怎么坐到我们的位子上？"

这两个人站起来理直气壮地说："凭什么说是你们的座位？"

朱如泽从口袋里掏出两张车票，在旁边帮腔："我们是买的对号入座的车票，你看！"

一个青年人不屑一顾地说："笑话，我们也是买的对号入座的车票，凭什么说我们占了你们的座位？"

这个地方的人，地方观念比较重，当地人帮当地人说话，不少人指责朱如泽、陈胜全："你们不说你们想抢人家的位子，还有理说人家占了你们的座位，简直是胡说八道。"

驾驶员一看车上旅客之间发生冲突，赶紧跑到车站喊了值班民警处理纠纷。车上的旅客一看到民警上车，都咋呼起来："驾驶员同志，我们要赶路，快开车！"

民警上了车，将发生纠纷的四个当事人撵下车，带到民警值班室进行调处。民警示意他们四个人坐到一条长靠椅上，这四个人站起来争先恐后诉说各自理由。

民警听了他们各自申述的理由，以教训的口气说："出门在外图个啥，还不是赶时间，早一点到达目的地吗？如果相互谦让一点，就不至于带来麻烦。现在，你们看，就为了两个座位，争论不休，耽误赶车时间，这里一天就这么一趟车。"

民警转过身来对两个本地青年说："我说，你们两位让一让，他们是外地客人，发扬发扬风格，怎么样？"两个年轻人经民警同志一说，原来的一股怨气捋了下去。一个青年人说："行，我们让座。"

民警同志笑嘻嘻地说："这就对了嘛！赶紧上车。"

四个人听到民警说赶紧上车，转身就走。朱如泽、陈胜全提了旅行包跨出民警值班室大门。四个人跑步到站头一看，惊呆了，站头上连汽车影子都看不见，再向检票员一打听，到仙林乡去的车子已经开出去一刻钟了。朱如泽、陈胜全两个人懊悔莫及。朱如泽转过来向检票员打听下一班车子几点钟。

检票员瞪着两只眼睛，朝他们两个人看看："没有下一班车，一天只有一趟车，明天中午来赶车。"

争抢座位的两个本地青年说："走啊！咱们还是去找客栈吧。"

朱如泽、陈胜全听到他们说要找客栈，倒是提醒了他们两个人，陈胜全一头走，一头埋怨："这个死地方，死得要你相信。"

朱如泽无奈地朝陈胜全看看："废话少说，快点找旅馆住下来再说。转身慢一点，连夜里身体也没有地方摆，蹲在露天吃露水。"

摩天岭是一个小镇，只有一条街，从街头到街尾，就五百来米长。所以，碰来碰去，又在旅馆里碰到那两个争抢座位的青年，正是"不是冤家不聚头"，两个青年人已经登记开好房间，准备逛街，一看到朱如泽、陈胜全两个人登记住宿，主动同他们打招呼：

"你们二位也来住客栈啦？"

陈胜全没好气地从鼻腔里挤出一声："唔！"掉转头恶狠狠咒骂："婊子养的……"

朱如泽回过头来看他一眼："好了，你就少说两声吧。"

到了客栈，朱如泽随手在住宿登记簿登好记，由服务员拎了一只热水瓶陪同他们到客房间。两个人一跑进房间，傻眼了，除了两张单人床、一张四方小桌子，其他什么都没有。服务员将热水瓶放到桌子上，随手将门上的钥匙交给朱如泽，将门带上。陈胜全首先开腔："这个棺材地方算旅馆咯？还不及我大队仓库。你看，墙壁就是用两张芦扉隔起来的。"

朱如泽摇摇头无奈地说："你可以拿我们沪西市来比的，能够有个地方住住已经不错了,出门在外,'龙门要跳,狗洞要钻',总比露宿在马路上好吧,好了,不要烦了。"

陈胜全还在唠唠叨叨:"阿根,你真的要干掉他?"

朱如泽把眼睛一瞪:"上峰命令要绝对服从。如果他听话,照我们传达上峰的意思做,就算他走运;如果他不听话就要干掉他,没有什么客气。"

陈胜全皱起了眉毛:"活人,你下得了手吗?"

朱如泽不屑一顾:"有啥下不了手,就当杀只鸡。你杀鸡会不会?"

陈胜全把头一摆:"你不要瞎搞了噢,杀鸡是杀鸡,这个是杀人,我是下不了手。"

朱如泽特地宽慰陈胜全:"好了,不要再说了,到时候你只要做做我的下手,不要给隔壁两个婊子养的听见。"

陈胜全不介意地说:"这两个婊子养的听不懂我们两个人讲话的。"

朱如泽笑笑:"倒也是的。"

陈胜全像突然想起啥,神经兮兮地说:"现在,我担心明天的车票怎么弄法。假使买不到座位的车票,两只脚站到仙林乡,我是吃不消的。你可有办法搞到两张对号入座的车票?"

朱如泽无奈地笑笑:"我有啥办法,我还不是同你一样,在这个死地方,举目无亲。再说吧。"

朱如泽、陈胜全两个人到仙林乡新岭村的目的,既不是探亲访友,也不是游山玩水,而是秉承特务头子的旨意,专程前往桂浩明老家,干伤天害理的勾当。沪西市同庆渝县公安机关的同志,只是分析到他们两个人到仙林乡图谋不轨,还不晓得他们要杀人灭口。

94

血溅新岭村

朱如泽同陈胜全在旅馆房间密谋杀害桂浩明的时候，说隔壁房间抢占座位的两个人听不懂他们说的话。这两个人，一个叫沈超，还有一个叫赵灿。

第二天上午，朱如泽、陈胜全到摩天岭街上吃早点，走进一爿店里，碰着这两个人也在吃早点。这个店里就只有两张桌子，喜欢多事、搭讪的沈超，特地端了碗，坐到朱如泽的那张桌子上，同朱如泽、陈胜全攀谈。朱如泽、陈胜全本来为了抢占座位，闷在肚子里的一股气还没有消退，看到沈超坐过来搭讪，板起面孔，爱理不理，自顾自吃早点。

沈超明知朱如泽、陈胜全是沪西市人，有意同他们调侃："你们二位是上海来的吧？"

朱如泽嘴里一头啃大饼油条、喝豆浆，一头也来个瞎敷衍，点点头。

沈超自以为是地说："我说嘛，我一听你们口音，我就知道你们是上海人。你们今天走不走？"

朱如泽头都没有抬一抬，只是厌烦地从鼻腔里挤出一个字："走！"

一点看不出人家脸色的沈超，还缠住问："你们是不是到仙林乡？"

朱如泽皱起了眉毛，露出了不耐烦的样子称："是。"

陈胜全在旁边，乜视着眼睛，眼角闪现着蔑视的神态看沈超，关照朱如泽："不要同他啰唆。"

照朱如泽、陈胜全不理不睬的样子，换了其他人，早就转身走路。这个沈超还不知趣地攀谈："那，我们是同路。你们车票买了没有？"

朱如泽一听对方问起车票，倒是触动了他的兴奋点："还没有，这里到仙林乡的车票好不好买？"

沈超摇摇头、咂咂嘴:“唔,不好买,因为这里是中途站,客流量不好控制。如果站上没有熟人,很难乘上车。”

沈超装模作样,摆了摆头:“这么吧,汽车站我有熟人,我买票顺便替你们买两张票。怎么样?”

赵灿坐在旁边的桌子上吃早点,马上调过头来:“唉!你老兄多管闲事,咱们自己的车票,能不能买到,还是个问题呢。你还招揽他们的车票,真是吃饱了撑的。”

沈超充满热情和自信:“出门在外,能帮的帮帮,况且,人家是外地来的,咱们只不过多一声嘴。”

朱如泽想想,看来,这两个婊子养的,汽车站上可能是有熟人。否则,昨天,中途上车,怎么会买到对号入座的车票?朱如泽赶紧凑上去:“那,麻烦你帮我们买两张车票。”

沈超二话没说,点点头:“行!咱们不打不相识,出门在外,相互照应,没事,好说。”

朱如泽从口袋里摸出了钞票:“买车票的钱给你。”

沈超有意卖关节:“说实在的,我还要同他们站长商量,得到站长同意,还要事先打电话同庆渝县长途汽车站站长商量好了,才能买到票,你不忙给钞票,等我买好了票,你再给我。”

陈胜全在旁边听了沈超的说法,心里想,要靠这个婊子养的买车票,弄得不好要落空,同朱如泽眨眨眼睛:这两个婊子养的靠不牢呐。

朱如泽不耐烦地说:“你不要烦了哇。”他倒是说的实实在在话,他不同站长商量,站长不同前方车站打电话,这里的车站怎么出售车票?

陈胜全不服输,做了个鬼脸,阴阳怪气地说:“看他有没有车票拿来。”

沈超倒是不含糊,十点多钟,拿了两张汽车票,跑到朱如泽的房间里,将车票交给朱如泽,朱如泽付了钞票,一再向沈超表示谢意。等到沈超离开他们房间,陈胜全笑嘻嘻地说:“这个婊子养的倒是有点法道,还蛮守信用呐。”

朱如泽得劲地笑笑:“你是不出门的大老爷,不见世面的人,到了外面要会同各种人打交道。像他这样流里流气的人,你也要同他交朋友,假使听了你的话,不同他搭讪,两张车票就算没有办法买到。现在,早点吃饭,到车站准备上车,不要再像昨天有了对号入座的车票,被别人家抢得去，这里的人，地方观念重得，不会帮外地人说话的。”

中午十二点，由庆渝县开往仙林乡的一辆长途汽车，正点到站。按照沈超的要求，预定的车票，沈超、赵灿两个人坐在紧靠车门的两张位子，朱如泽、陈胜全坐在长途车的中间，还有两个青年人坐在车子的后排，朱如泽、陈胜全正巧夹在当中。

随着汽车摇摇晃晃行驶在盘山路上，朱如泽、陈胜全两个人好似坐在摇篮里，眯起了眼睛，各人想着各人的心思。陈胜全满脑子想如何帮外甥，弄死一个活人。一想到杀鸡，鸡在地上挣扎的情景，身上的汗毛直竖，惊出一身冷汗。

朱如泽心里边也在盘算，一旦桂浩明出现，怎样同他交谈，要他服从命令，听从调遣；一旦他不服从，就要不客气，干掉他，造成一个“走失”假相的现场；行动放在什么时候，地点选择哪里，是今天晚上到达目的地就动手，还是等到第二天再动手。想来想去最好今天晚上就动手。还是老办法，今天晚上，一到目的地就行动，把桂浩明骗到没有人的深山老林，同他交谈，谈得好，皆大欢喜，谈得不好，就不客气，“送他上西天”。嘴角微露一丝得意的奸笑，明天一早赶上长途汽车一走了之。这样，可以神不知鬼不觉，等到当地公安机关发现他的尸体，也不会想到沪西市的人跑到这个穷乡僻壤来杀人。

正当陈胜全、朱如泽两个人想得出神，不知不觉，长途汽车已经到达终点站——仙林乡。朱如泽、陈胜全一下汽车，夕阳西下，夜幕渐渐降临，两个人赶紧跟随人流走出汽车站。一看到沈超、赵灿在前面有说有笑向街上的方向跑，朱如泽抢先一步凑上去主动搭讪：“老朋友！知道不知道到新岭村怎么走？”

沈超转过脸来，摇摇头：“新岭村倒是没有听说过。嗳！小赵，你知道不知道？”

赵灿停住了脚步：“听倒是听说过，有个新岭村，在哪个方向，具体怎么走法，我还说不准。”

沈超回过身来，朝着朱如泽：“你再问问其他人吧。”

沈超说完话，同赵灿赶紧同朱如泽告别，急急匆匆赶路。

朱如泽、陈胜全两个人中饭吃得早，肚子里已经有饥饿感。陈胜全说：“到店里吃晚饭吧，否则，再晚一点，没有地方吃。”两个人走进街尾一家饭店，朱如泽在收银台买了几个菜，再要了两碗饭，到了里面一看，大多数是刚刚下车的乘客，他们两个人拣了个座位坐下，就在等饭菜的时候，朱如泽向同桌的吃客打听新岭村的走向。有一个吃客倒是熟门熟路，把新岭村的大体方位向他们两个人作了介绍。两个人吃完晚饭，按照那个吃客的指点，一路走，一路问询，大约走了半个小时，在夜幕笼罩下，远远看到从一个村落走过来一个人，朱如泽赶紧向来人打听新岭村桂浩明的住处。尽管他同当地老百姓言语不通，要打听的人是远近闻名的"桂郎中"，一提到有个"桂"字，来人马上反应过来：你们要找"桂郎中家"吗，随即向他们指引路线、房子特征。不费多大工夫，就找到了桂浩明家。朱如泽"笃、笃、笃"敲门，一个老年妇女探出头朝两个陌生人看看。这一看不打紧，殊不知招来了杀身之祸，一场血洗桂家大案即将发生……

话又要说回来，当小王、小唐从五莲路72号许琳仙家里出来，小王翻开笔记本一看，许琳仙反映朱如泽向她打听到新岭村路线，正是原来小林、小高调查桂浩明的老家居住地。小王脑子里一闪念，他们又要搞"杀人灭口"的勾当了，赶紧回到县公安局同洪强通话。

一听说，朱如泽、陈胜全已经在今天上午七点钟乘上长途汽车到仙林乡去了。小王一看手表，现在已经是上午十点钟，朱如泽、陈胜全已经走了两个小时。按照洪强的意见，要赶超朱如泽、陈胜全之前，落实保护桂浩明的措施，真正叫天不应，叫地不灵。

正当，小王、小唐急得走投无路的时候，县公安局侦查科的同志，借到了一辆汽车。于是，小王、小唐会同庆渝县公安局侦查科的同志，在余科长的带领下，乘坐从庆渝县运输公司借到一辆解放牌运输车上路。原本看到这辆破破烂烂的车子，不像个样子。小王、小唐一直担心要贻误大事。殊不知，它就像长跑运动员，倒是适合长途跑车，一路疾驶赶超长途汽车。就在中午11点半，先到达摩天岭汽车站。

从这个时候开始，沪西市、庆渝县两家公安机关侦查员，倾注全力，全方位落实侦查措施。

首先，由余科长向沈超、赵灿两名侦查员交代了任务，扮作乘客，饰演了抢占朱如泽、陈胜全座位，有意制造摩擦，由车站民警调处纠纷，造成了朱如泽、陈胜全两个人误点，这就为小王、小唐抢先到达仙林乡,创造了条件;小王随即向外线侦查员小龚、小孙传达了老洪、老葛两人的意见,趁摩天岭车站值班民警调处纠纷的当口,先一步赶到摩天岭街上一爿旅馆里,选择居住在朱如泽、陈胜全隔壁的一间通铺房间,同沈超、赵灿住在一起监控朱如泽、陈胜全动向。

陈胜全同朱如泽在客房间商讨谋杀桂浩明,议论到隔壁房间里抢占座位的两个本地人听不懂他们说话内容, 其实陈胜全只说对了一半。沪西市公安局外线组侦查员小龚、小孙,不仅听得懂他们的说话,还专门监听陈胜全、朱如泽两个人交谈的内容,密切注视着他们的一举一动。小龚、小孙听到朱如泽同陈胜全商谈到杀害桂浩明,身上的汗毛直竖,现在远水救不得近火,既没有办法同家里联系,又没有通讯工具直接向小王、小唐传递信息,再说,他们两个人有没有到达目的地,也不得而知。沈超看到小龚、小孙两个人愁眉苦脸的样子,主动向他们了解情况,沈超一听说朱如泽、陈胜全两个人图谋不轨,企图行凶杀人,非同小可,立即由沈超陪同小孙到摩天岭派出所打电话,向小王、小唐通报敌人动向。

好在摩天岭派出所属于庆渝县公安局管辖的基层单位。沈超一去,派出所所长热情接待,有求必应。小孙打完电话,为了同第二天在汽车上监控朱如泽、陈胜全的工作衔接起来,由沈超出面同派出所所长商量购买第二天车票。派出所所长二话没说,根据沈超提出的要求,拿起电话筒就同摩天岭汽车站站长通话,要站长向庆渝县长途汽车站预定六张到仙林乡的车票。朱如泽、陈胜全一上汽车,就被侦查员一前一后夹在当中。

此时此刻,敌我双方奔着同一个目的地、同一个目标,对准同一个焦距——桂浩明,展开了抢夺战胜对方的制高点。

就在昨天下午三点钟,先期到达目的地——仙林乡的小王、小唐以及县公安局同志,找到了仙林乡特派员老周。由余科长出面向特派员老周说明来意,老周非常热情,向他们介绍情况。

桂浩明,今年五十二岁,解放前为了逃避国民党抽壮丁,中学毕业后报考国民党特务办的"特训班"当学员,三个月结业,被分配到临时组建的别动队,不久别动队撤销,因为他在特训班学的无线电报务业务,被安排到宝龙县邮电局当报务员、供应课当课长。解放后被留用,又被调到基层邮电所。因为得了哮喘病,"文革"前即办理了病退手续,在家养病。有句老话说"久病成良医",他针对自己的病情,收集民间秘方,不仅治好了自己的病,还帮助人家治病,经常外出跑到深山老林去采药。回来配方制成中药,他帮人家治病分文不取,成了远近闻名的"桂郎中",仙林乡的一些农民找他治病的人络绎不绝。

小王向老周提出一个问题:"解放以后,桂浩明有没有受到政府打击处理过?"

老周摇摇头:"我们这个地方,抗战时期,是大后方,抗战胜利以后,成了国民党最后一个堡垒。三天两天到处拉民夫、抽壮丁,弄得民不聊生。一些青年人为了逃避拉民夫、抽壮丁就到国民党特务办的什么训练班,又是什么别动队去了,这些青年不知道什么特务不特务,只要不被拉民夫、抽壮丁就参加了这些组织。解放以后,只要他们没有干坏事,欺压老百姓,人民政府一般不会打击处理的。"

小王、小唐,两个人点点头,转过来问:"桂浩明这个人,现在,在不在家里?"

老周想了想:"他这个人除非外出采药,一般不怎么出门,这个人政治表现还可以,我派人到他家里喊他来,你们有什么问题,当面问问吧。"

特派员派了人到新岭村,喊桂浩明到乡里接待室。经特派员介绍,小王、小唐开始同桂浩明交谈。

当小王问起他在特训班、别动队有没有同名同姓的人,桂浩明回答得非常干脆:"没有。"

小王、小唐两个人心中产生一个不解的疑团:沪西市出现的桂浩明又是谁呢?

小王向桂浩明出示了由外线侦查员秘密拍摄的一张照片,要桂浩明辨认。桂浩明拿到手里反复看,反复揣摩,摇摇头:"这个人不认识。"

小唐在旁边鼓励桂浩明:"不急,你慢慢地仔细看看,一头看,一头想。"

桂浩明看了照片好长时间,点了点头:"这个人好像是关怀民。不过,关怀民没有胡须,戴了帽子,一时还难以辨认,喔!从他的嘴和鼻子来看,这个人应该是关怀民,在特训班受训,被分配到别动队,我同他不是在一个小队。别动队解散,我被分配到邮电局,关怀民被上级调走不知去向。”小王特意敲钉钻脚，再三诘问是不是关怀民。

桂浩明肯定地说：“错不了。”桂浩明将他脑子里存储着关怀民的形象，加以形容一番：“其他的形象可以改变，他的颧骨、鼻子、嘴唇改变不了。”

至此，小王、小唐当即联想起小高、小林两个人上次外查，查到沪西市出现的桂浩明，从两个人的经历来说倒是蛮吻合，问题是：向赐才家里的桂浩明，是出差到了沪西市；而眼前出现的桂浩明，近一个时期，没有外出。说明，沪西市向赐才家里的桂浩明是冒名顶替的“冒牌货”。

正当小王、小唐调查工作结束，有人喊小王接听电话。小王接听了电话，阴沉着脸返回到特派员办公室。余科长、老周警觉感到摩天岭那里，敌人可能出现新动向。

余科长关心地问：“老王，摩天岭那里出什么问题了吗？”

小王皱起眉毛，神情紧张地回称：“敌人准备动手干掉桂浩明。”

小王话音一落，在座的同志大惊失色。

特派员老周顿时惊呆了。

老周，身高一米八，一张黝黑的面孔，特别惹人瞩目。当地群众给他起了一个绰号，叫他“黑金刚”。同他的人长相一样，个性耿直，为人直爽，他快言快语：“没有什么大不了的，等他们两个一下汽车，咱们就来个先下手为强，逮个正着。”

余科长听到老周的意见，也直来直去：“不行，咱们没有拿到他们犯罪的证据，不好办。”特地转过身来，征求小王、小唐意见：“你们二位看，下一步怎么办？你们是大城市来的，见多识广，有什么高招，尽管提出来，我们照办。”

小唐直率地发表意见：“要在保证桂浩明的人身绝对安全的前提下，做到既不惊动敌人，又不暴露我们的意图。要在这样的前提下，采取措施。小王，还是你说说吧。”

小王把他初步的设想提出来，然后，一起商量研究，最终，由余科长拍板定案。

特派员老周按照研究确定的方法，转过身来，回到接待室对桂浩明说：

“老桂，我的关节炎，你帮治好。最近，有点复发，痛得晚上睡不着觉，还得麻烦你帮治治哩。”

桂浩明二话不说，一口答应：“行，不过这个草药家里没有了，要重新上山采集。明天一早我就出发，大约需要三四天时间才能回来。”

老周说：“三四天时间不妨事，那就麻烦你了。”

第二天一早，桂浩明背了采药竹篓，手里拎了一套采药工具，出远门上山采药去了。这样一来，既保证了桂浩明的人身绝对安全，又不兴师动众，暴露公安机关的意图。连桂浩明本人，也没有觉察公安机关的用意。

再说，第二天傍晚，朱如泽、陈胜全两个人，一下汽车，在仙林乡街尾头饭店吃好了晚饭，一路打听下来，总算在新岭村找到了桂浩明的家，“砰砰砰”敲门，门开处，一个老年妇女探出头来，朝两个陌生人看看，朱如泽问：“桂郎中在家吗？”

老年妇女心里想，又是找桂浩明治病的，没好气地说：“到酆都城去了！”

陈胜全怀疑自己没有听清楚，凑上去问：“桂浩明到哪里去了？”

老年妇女加重了语气：“他到酆都城去了。”说完，把门关上。

陈胜全这才领会老年妇女所说“到酆都城去”的含义，暗自高兴，面对朱如泽：“蛮好！省得我们两个人动手，你也可以向上司头交差了。”

朱如泽有点疑疑惑惑：“是不是真的翘辫子了？”

陈胜全一本正经地说：“翘辫子，就是翘辫子，人死了还有什么假的。走路，早点寻旅馆住下来。”

朱如泽一听陈胜全说寻旅馆住下来，也就带了一头雾水走路。黑咕隆咚，赶夜路，总算摸到仙林乡街上，店门都已经打烊，只有一家门口挂着一盏灯笼——“客栈”，两个人急匆匆跑进去，一个碰头，沈超先开口：“你们两位住客栈来了。”

朱如泽惊异地看着沈超：“原来你在这里工作。”

沈超热情地招呼：“欢迎你们大驾光临。请你们两位登个记吧。”

朱如泽拿起笔登记，陈胜全笑嘻嘻地问：“你们还有个同志呢？”

沈超说：你是问赵灿吧？小赵，有来客，帮他们安排房间。

赵灿从里面走出来：“这么巧，你们两位大驾光临，走，我帮你们安排房间。”赵灿把他们两个人领到一间房间：“怎么样，我们这里比摩天岭的房间好吧。”

在桂浩明家门口打听桂浩明的时候，陈胜全已经领会老年妇女回话的意思，是说的气话，触触他们两个人的霉头。陈胜全借了老太的音头，特地糊弄朱如泽，回避参与杀人活动。一到旅馆住进房间，朱如泽向陈胜全再三问起桂浩明的情况，陈胜全还蛮有把握地说：“酆都城，就是鬼城，是阎罗王所主宰的阴曹地府。你连阴曹地府也不懂？就是人死了，到阴间阎罗王那里去报到了。”

朱如泽转念一想：不对，前一程子，桂浩明还在沪西，怎么没有几天工夫，人说死就死了？他把自己的想法告诉陈胜全，陈胜全摆了摆头，一本正经地说：“一个人出生，从娘肚皮出来，要九个月；假使人死，只需要十五秒钟。夸你还是高中生，连得这个道理也拎不清。人，今天不晓得明天，说死就死了。你不要神经兮兮，困觉！坐着一天汽车，坐得我腰疼背酸。”陈胜全说完话，倒下便睡。

就朱如泽一个人想心事，琢磨桂浩明到底有没有死。暗自想想，反正沪西市同宝典县相隔几千里路，就是他不死，上峰也无从查处，明天一早回去。

沪西市公安局外线侦查员小龚、小孙早已经在朱如泽住的隔壁房间，等候他们两个人住进来，朱如泽、陈胜全两个人在房间里议论桂浩明是不是已经死了，都被小龚、小孙两个人监听到。

实事求是说，小王、小唐这趟西南之行，不负重托：一、查明了不明身份的老头子就是陈胜全。二、陈胜全到庆渝县，同朱如泽碰头，按照特务机关头头的意图，潜入宝典县仙林乡新岭村，企图动员桂浩明从事特务活动，一旦桂浩明不服从，趁机杀害以防后患。三、查明了向赐才家里的桂浩明，是“冒牌货”，他的真正名字叫关怀民，原来是国民党军统别动队特务。

关怀民为什么要冒充桂浩明，这个关怀民同胡大春又是什么关系，他到沪西来的目的究竟是什么，似乎给专案组同志带来一系列悬念。

宋副局长、洪强、老葛和老刘听了小王、小唐两人汇报，脑子里另外又派生出来一个问号：正待专案组对桂浩明开展工作，朱如泽伙同陈胜全特地赶往桂浩明的老家，企图就地灭了他。陈胜全、朱如泽怎么晓得桂浩明这个人，而且连桂浩明老家的地址，也了解得一清二楚？这一个疑问，霎时把专案组同志引到了烟雾缭绕的深山峡谷。

95

内 鬼

小王、小唐两个人汇报了到庆渝县的调查情况，宋副局长发动专案组同志讨论分析，陈胜全、朱如泽两个人密谋杀害桂浩明，他们两个人怎么会知道桂浩明这个人？而且连桂浩明在宝典县的家庭地址，都了解得一清二楚。

专案组同志分析来分析去，认为是陈胜全向朱如泽透露的。那么，陈胜全的消息又是从哪里得到的呢？最后，一致认为：毛病出在专案组，是专案人员泄露出去的。宋副局长决定：专案组内部开展“整风”，找出泄露机密的“内鬼”。转过身子，征求顾金生意见，顾金生表示赞同，还特别强调：如若一天不找出“内鬼”，专案组就一天不要工作。这个任务自然而然落在洪强身上。

洪强特地找了老刘、小王两个人一起商议如何办。

老刘发表意见：“咱们以学习为主，在提高认识的基础上，自动自觉说清楚问题。”

小王觉得老刘说的道理，差不多是这么回事。想了想，发表了他自己的见解：“不过，总要有个尺度。不要问题还没有弄清楚，先扣上‘内鬼’一顶帽子。我的意见，要有一个政策界限，区别对待。”

老刘补充说：“一旦有人承认自己泄露机密，应该根据事情性质，分清是非，是有意的，还是无意的，如果是无意泄露出去，说清问题，吸取教训。如果有意泄露出去，另当别论。专案组如实向领导反映情况。不过，照专案组几个同志的情况来看，有意泄露机密的情况不大可能。”

洪强原则上接受了他们两个人建议，召集专案组同志一起学习。

老刘说：“在上次汇报会议上，小王、小唐两个同志汇报到庆渝县调查老头子的事情，大家都觉得奇怪，怀疑陈胜全怎么会知道专案组侦查桂浩明的情况？后来，有人提出来是不是专案组同志泄露出去的。现在，根据领导的指示精神，开展整风学习，希望在座的同志自觉说清楚问题。”

在座的同志，一听到老刘宣布“整风学习”的主要目的，追查“泄露机密”的人。原来听了小王、小唐汇报调查“老头子”的事情，大家议论到陈胜全、朱如泽怎么会知道专案组侦查桂浩明的事情，在会议上议论的时候，张开了嘴，一口认定是专案组的人泄露出去的。现在，听说专案组内部开展“整风学习”，追查泄露机密的人，一些同志感到惊讶，不知所措。肚里转念头，专案组泄露机密，会是谁呢？顿时，在座的同志，你看看我，我看看你，都不像泄露机密的人。有的人，设身处地想想，认为自己问心无愧；有的同志扪心自问，没有泄露机密；再抬头看看在座的其他同志，似乎也不大可能有意泄露机密。问题到底出在哪里？一时，在“整风”学习会上，出现了冷场局面。老刘看到人人正襟危坐，心里想，即使专案组同志泄密也只能是个别人，现在采取“整风”的办法，虽说不搞“人人过关”打击一大片，从学习的内容，进行自我对照，这同人人过关有什么区别？但是，自己又没有更好的办法，看看洪强，下一步怎么办。

洪强在“文化大革命”期间，进过学习班、隔离审查以及发配到农场劳动改造，深有体会，这个日子不好过的呐。看到现在“整风”学习会上，长时间冷场，也顾不得什么形式，采取什么方法，不带条条框框，一切从实际出发，不管哪个同志，只要说清楚问题。他结合自己老本行，侦查工作的实际，采取灵活机动的办法，发动大家回顾几年来的工作，从分析案情着手，提出疑问，启发大家，广开言路，会议上这才萌发生机。由洪强带头，回顾专案组的战斗历程。

洪强深有感触地说：“其实，在侦查‘5·15’案件过程中，出现泄露机密的问题，已经不是什么新鲜事情。而且也不止发生过一次，只不过原来没有引起重视罢了。这一次，调查桂浩明问题，所暴露出来的问题比较突出，才引起大家警觉。所以，我的意见，现在咱们开展‘整风’学习，不要人人自危，在排查的时候，不要采取消极的态度，要以积极的姿态，从发生的事情再联系到人，逐人逐事过滤，最终目的，为了排除隐患,杜绝今后。”

在座的人听了洪强讲的一番道理,原来紧绷的神经,开始松弛,思想逐渐开了窍,争先恐后发言。最后,得出一个结论:自从专案组从林家祠堂撤出来以后,几乎没有到过庄前村,特别是最近一个阶段,忙得不可开交,连脚趾头都没有触到庄前村。

小高看到在座同志眼睛盯住他同小林两个人,也就打破沉默,理直气壮地说:“我首先表态我没有泄露出去。道理很简单,我同小林出差外调,只是同家属打了个招呼,说我出差去了,连出差到什么地方都没有告诉家属;出差回来,也没有到过庄前村,根本谈不上拿出差的事情告诉陈胜全。”

小林紧随小高的发言,理直气壮地发言:“我同家属只说起我要出差,我家属问起到哪里出差,什么时候回来,我只是笼统说到西南,我家属是工人老大粗,她连西南是什么地方也弄不清,不可能泄露出去,出差回来也没有到过庄前村,更谈不上向陈胜全通风报信。”

小马一拍手掌,似乎想出什么事情:“对了,依我的看法,小高、小林你们两个人不会泄露机密,毛病出在哪里,有没有可能,在你们两位到宝龙县邮电局去调查桂浩明,宝龙县邮电局人保课的同志得知咱们调查桂浩明,人传人,传出去也不无可能呐。”

经小马这么一说,引发了在座一些同志认同,而且跟着附和着说:“对了、对了,要说毛病,恐怕宝龙县邮电局人保科的人,倒是有这个可能。你们两位是不是再回忆回忆。”

小郁特地带有启发性的口气说:“即使你们不会泄露出去,说不定宝龙县邮电局的人传出去。”

小马、小郁两个同志一说一唱,在座的同志的目光,就像探照灯,自然而然投向小高、小林两个人身上。

小高歪转了头,不屑一顾地说:“小马啊!你晓得不晓得你的分析判断,缺少一点点逻辑细胞,经不起推敲吗?宝龙县邮电局人保课的两个同志连陈胜全、朱如泽这两个人的面长面短也不晓得,就我同小林两个人,当时根本还不晓得陈胜全、朱如泽两个人同桂浩明有什么关系,调查过程中,连他们两个人名字也没有提起过,宝龙县邮电局人保课的同志怎么会向陈胜全、朱如泽通风报信?你倒是说说看。”

在座的同志听了小高一说，形势马上逆转，一个个颠头晃脑：“不可能，不可能，再说，宝龙县离开沪西市几千里路，他们又没有亲情关系……”

就在大家不认同小马、小郁两个人的意见，学习会上又开始冷场的时候，偏偏叫“冷灰里爆出来个热火星”，小林煞有介事地说：“会不会是小唐、小王两个人到庄前村调查陈胜全的动向，在调查过程中，无意中泄露出去呐。”

小唐没好气的，带着讽刺的调子：“你倒像是孙悟空转世灵童，火眼金睛，你眼睛朝我们一看，我同小王两个妖魔鬼怪，就现出原形了。”小唐话音一落，引来了满堂哄笑。一些人，盯着小唐看，小唐有意卖弄关节说：“怀疑我同小王泄露出去，尽在是胡说八道。连起码的道理都不懂，我同小王到庄前村调查，陈胜全早已经向大队书记请假到庆渝县去了，陈胜全怎么可能从我同小王嘴里得到桂浩明的情况呢？”

在座的同志听了小唐如此解说，一个个颠头晃脑，嘴里不停地说：“对啊，不可能，小林啊！你现在不要胡乱猜测，瞎怀疑。”

小唐倒是毫不含糊说：“根据我的看法，在座的同志都不可能泄密，从林家祠堂撤出来，再也没有什么人到过庄前村，我首先表态我没有去过。”

听了小唐一番解释，引起了所有人的共鸣。在座的其他同志一个个挨着表态。突然，有个同志说：“会不会是外线组的同志泄露出去的噢？”

小马不以为然说：“你不要昏说乱话，疑神疑鬼。外线组的同志，搞外线，根本不可能同侦查对象接触，怎么会向陈胜全泄露机密？”在座同志一致附和小马的说法：“不可能的事情，不要瞎怀疑。”

洪强看到大家打开了话匣子，随即加以因势利导：“排查泄密的问题，一、不戴帽子，不定框框；二要由远及近，纵横交错。想到什么说什么。好！继续发言。”

小林好像想起什么：“我同小郁在红光大队调查邱雅娟被强奸案件的时候，听到群众反映，张海波经常到一个解放军军官家属家里去。引起军嫂的阿公、阿婆反感，后来，他又拱到三河公社一爿百货商店，到这个军嫂工作单位去鬼混。据说这个军嫂是庄前村人。”

小李听了小林的发言，摇摇头说：“这个说明什么问题呢，充其量说明张海波同这个军嫂有暧昧关系。严重一点，两人有不正当男女关系，这同咱们目前讨论的问题，似乎有些离题。”

小唐摇摇头，做了一个鬼脸：“小李啊！你不要小看这种男女关系，有句老话说‘色胆包天’，轧姘头的事情，往往会‘冷灰里爆出个热火星’呐。”

小李诘问：“你根据什么？”

小唐装作惊呼：“喔唷！你要我说出根据，我一时，还说不上呢。”

小马听了大家发言，似乎有所启发：小王，你记得不记得张海波同我们一起在山南排查镰刀时，有一次，他说老婆、孩子生病，要请假回去照顾老婆、孩子。当时，夏老师向咱俩说起，看到张海波近路不走走远路，从孔定山翻山朝山北方向跑回城。夏老师一说，我感到似乎不合常理，他来的时候是抄近路，由城里到朝阳大队走的公路。不过，当时也说不出个所以然，思想上只是一闪念，并没有当回事。”

小王接茬说：“我当时思想上就打了一个问号，怀疑张海波要花招，不抄近路，走远路，实际上，这个方向倒是庄前村。但是，一时，还说不出个所以然。不过，有一个问题，始终是个谜，不晓得你们记不记得，那年到庄前村支农，帮助庄前村大队秋收秋种，突然接到乡里通知，说今天夜里有大风大雨，专案组发动庄前村的青年组织突击队，抢收尚未完成收割的晚稻。在那天晚上，专案组同志同庄前村大队干部全部出动，你们在座的人有没有看到陈胜全、张海波他们两个人，我是在收割任务结束，在大队办公室吃山芋时，发现这两个人都不在场。我记得老刘曾经问起过张海波的人。”

老刘点点头，表示有这么一回事：因为张海波这个人吊儿郎当惯的，当时，就没有当回事。现在回过来想想，这件事，就是发生在专案组排查镰刀的时候，陈胜全在朱如泽家里像“变戏法”一样，拿出来一把镰刀登记。

会议上，在座的同志的发言，就像涌泉喷发；一条条线索，犹如小河之水，回归大河，自然而然汇聚到张海波和陈胜全两个人的身上。

正在大家热烈谈论的时候。突然，听到一阵敲门声。小李跑去开门，惊讶地伸出手说：“喔唷！我们的殷特派是什么风吹把你来的？”

三河公社特派员老殷握住小李的手：“东南风、东南风。怎么，你们在开会，看来，来的不是时候。”

在座同志一看到是老殷，都站起来，热情迎接客人，递烟的递烟，端茶的端茶。顷刻之间，办公室沸腾起来。老殷带有歉疚的口气说：“影响你们开会了。”

小唐说俏皮话：“你上次请我们吃老酒，‘六月里的债’还得快，今天我们请客。”小唐话音一落，在座的同志积极响应，拍手赞同：“对对对，今天我们请老殷吃老酒。”

老殷收起笑容：“吃老酒不一定要‘六月里还债’。言归正传，今天来有个事情向你们汇报一下，另外，请教一下办法。”

洪强笑嘻嘻地称：“什么事情如此严肃，谈不上请教，相互讨论研究，说说看。”

老殷就将事情经过从头到尾，实话实说：

“红光大队邱老师邱秉昌，在座的同志都熟悉的吧，他前两天突然找到我，反映他有个侄媳妇的问题，涉及专案组的张海波，我一时没有把握，所以，特地赶过来向专案组汇报，看看怎么办?”

小唐说：“不要来这么些客套，什么请教、又是汇报，节约点时间。”

在座的同志都在催促，老殷这才将事情的经过向大家述说。

“渔湖中学邱老师同邱秉义是堂兄弟关系，两家都居住在红光大队。邱秉义的儿子邱光标在部队是个连级干部，在老家三河公社讨了个老婆叫陈兰英，是庄前村人，在三河公社街上百货商店当会计。这个女的一副面孔倒是摆得出的。专案组张海波同她男的原来是一个部队。张海波经常到红光大队探望陈兰英，有时到陈兰英店里去看她，时间一长，陈兰英的阿公、阿婆少不得有些看不惯，农村里不比城市，像他们这样频繁接触，引起村上人议论纷纷。邱老师找到我，要我帮得想想办法。”

特派员接着说：“你们说，我有什么办法，涉及军官家属的这些隐私事情，不要好事不成，败事有余，弄得满城风雨，败坏人家名誉，事情越发搞复杂，下不了台。我既不能推托，又不能应承，只好暂且安抚一下。另作打算。”

小唐感到惊异，脱口而出：“咦!我们刚巧说到张海波同红光大队军嫂有暧昧关系，我们小李要我拿出根据，我一时还拿不出。你现在来代我向我们小李同志摆出根据，我倒要谢谢你呐。”

小李说："好了，你不要打岔，让老殷继续说下去。"老刘、老洪在旁边催促说："老殷你接着说。"

老殷喝了一口茶，点了点头："后来，我一想，既然人家找到我，这是对我信任，不好敷衍搪塞。于是我抓住一点，邱老师反映到陈兰英老家是庄前村，我就专门到庄前村去走访。正是'阿巧爷碰到阿巧娘'，到了庄前村大队办公室，正巧碰到妇女主任王杏娣，还没有等我开口，王杏娣启开了嘴，笑嘻嘻地说：'你来得正好，本来我想找你。'"

"莫名其妙，我说：'你找我什么事？我又不管计划生育工作，你找我帮不了什么忙。'"

"王杏娣说：'你本来就是不管部部长，找你不会找错的。'"

到底是怎么回事呢？根据王杏娣反映：

陈胜全拿了事先写好的一张陈兰英"人工流产"证明书，要王杏娣盖个大队公章。因为大队的公章由王杏娣保管，她又是负责计划生育工作的。从表面上来看，陈胜全找她盖章，似乎是顺理成章的事情。王杏娣一看是人工流产，而且又是军官家属陈兰英，当即回绝：陈兰英是红光大队的人，怎么到我们庄前村来盖章？不可以的。应当说，王杏娣说的倒是有道理。陈胜全板起了面孔，强词夺理："她怎么不是我们村里的人，她从娘肚皮出来，就是庄前村的人，她的老家现在还在我们庄前村，怎么说不是庄前村的人呢。我们大队干部应该要为解放军军官家属提供方便。"王杏娣不依不饶："她出生在庄前村，嫁出去，户口现在红光大队，应当到户口所在地去盖章。你找我，我没有办法灵活的。做事情都要讲个原则，阿狗阿猫都来盖个章，出了事情怎么办？这个章我不会盖给你的。"

陈胜全碰了一鼻子灰，发起牛脾气，耍无赖，将一张证明书往桌子上一碰："我倒不相信，这个章不盖也要盖，我就是要你盖定了。"然后，他气鼓鼓地转身走路。第二天，陈胜全向大队书记请假，说他的妹夫病危，到渝西市帮助料理后事。人一走，到今天还没有回来。大致情况就是这样。

"因为，涉及你们专案组张海波，所以，我特地赶来汇报。"

洪强朝特派员笑笑：我们正在进行'整风'学习，排查泄露机密事件，牵涉到张海波同陈胜全的关系，一时还牵上去。我们倒要谢谢你，为我们送来了及时雨。本来解不开的谜团，张海波同陈胜全如何牵上关系，你拿来这张证明书，倒是把张海波、陈兰英、陈胜全三个人的关系无缝焊接起来了。小李，你马上把这张证明书复印两份，原件仍旧交给老殷。

然后，洪强把专案组讨论的时候，在座同志议论到陈胜全、张海波，特别提到专案组到庆渝县调查发现陈胜全的情况，向老殷详细地作了介绍。

老殷听了洪强介绍的情况，觉得事态相当严重，咒骂了一通："陈胜全这个老婊子养的，好日子不过，跟了他外甥朱如泽鬼混，要到火葬场报到，准备上'铁板上去'了。"

洪强说："走！找顾科长汇报去。"

老殷一听说找顾金生，马上拉下脸来："反正，要说的情况，我都向你们汇报了。顾科长那里，我就不去了。你们看着办吧。"当即起身要走路。

洪强本来想应该找顾金生汇报，听了老殷这么一说，转念一想，对了，特派员同顾金生碰不到一起，找顾金生，老殷肯定不会去，即使去了，反而把事情弄僵。况且，张海波同顾金生关系密切，到了顾金生那里，事情就要七折八扣，说不定还要把事情搞复杂。

洪强拉了一下特派员："走！咱们找宋副局长汇报。"

不屑说，宋副局长听了老殷汇报，当即关照洪强、老殷马上调查："该这么处理就这么处理。并一再强调要保密。"

洪强、老殷领受了任务，转身走路，下一步到底如何调查，最后，调查结果如何，会不会揪出深藏在专案组的"内鬼"；这个"内鬼"，会不会是张海波，都还是一个未知数。

96

陈兰英自杀

从宋副局长办公室出来，洪强领了老殷回到专案组。根据宋副局长的指示，对下一步工作，洪强同老殷做了研究、部署以后，就由洪强和专案组全体同志陪同老殷到食堂请吃晚饭，就像回到三河公社林家祠堂一样，老殷心里热乎乎的，有着说不出的高兴。

第二天，老殷按照洪强提出的办法，“道士爬刀梯”，一步一个脚印开始落实。

晚上，王杏娣只身来到陈兰英家里。陈兰英一愣：王杏娣是个大忙人，从来没有到我家里走动过。今天晚上怎么会突然想着来，感到奇怪。心里想，她是在大队抓计划生育的，想来想去是不是同我“人工流产”的事情有关？霎时，室内变天，陈兰英面孔上红一阵，白一阵，好不容易，从嘴里挤出来一句话：“王阿姨来了，请坐。”

王杏娣坐定，主动搭讪，同陈兰英聊天说地：“你老娘在上海身体可好啊？”

陈兰英暗自思忖，怎么突然问起老娘来了，也就随口敷衍：“她身体蛮好。”

王杏娣接着说：“现在，都老了噢，我俩已经几十年不碰头了。年轻的时候，你老娘在村上同我关系最好，像亲姐妹一样，两个人碰到一起，晚上困在一横头，总是有讲不完的话。连两个人的终身大事都讲得没完没了。后来，两个人还是由爷娘做主嫁人。你娘额头高，找到你们能干的爷到上海享福了，真正是命里注定的呐。一眨眼，现在自己也当起阿婆来了。你老娘好像同我同年，四十五岁了吧。”

陈兰英随口搭腔：“四十五岁，大生日，是二月初八生日。”

王杏娣说："比我大三个月，我是阴历五月十二。"

在陈兰英面前，王杏娣忆起老一辈情感轨迹，手足情笃，友情依旧，着实感染了陈兰英。而陈兰英也想起，有一年回到上海娘家，老娘曾经向她提起过王杏娣，这样一来，陈兰英同王杏娣两人的感情，一下子拉近了距离，原来紧张的情绪，也就得到了舒缓，面孔上露出了笑容。

陈兰英绽开了笑脸："有机会，我陪你到上海去，你们老姊妹碰碰头。"

王杏娣说："真想老姊妹碰碰头。"

然后，王杏娣话锋一转："兰英，你身体可好？我看你比以前瘦掉点了，是不是哪里不舒服？"

陈兰英听到王杏娣问起身体状况，一下子，面孔涨得通红，不知所措，只是含含糊糊说："没有什么不舒服。"

王杏娣说："你们年纪小，可能不觉得，还是要注意，我看你明显瘦了。"

陈兰英听了王杏娣一番关心、体己的话，心头一酸，眼泪就像断了线的一串珍珠散落在地上。

王杏娣不失时机，进一步用亲情抚慰她的心灵，以长辈体贴的口气，拉近同她的距离，接着说："你有啥委屈，同阿姨说，你爹妈不在身边，就拿我当你娘，我一定帮助你，不要想不开。"

王杏娣短短几句话，触到了陈兰英的伤心处。两只眼睛打开了闸门，泪水奔腾而泻，不一会儿泣不成声。此时此刻，王杏娣抓住火候，直奔她的隐痛处："你是不是怀孕了？"

陈兰英一听王杏娣点到了她的隐痛处，只是点头，要说的话，塞在喉咙里。王杏娣递给她一块毛巾，让她擦干眼泪。陈兰英停止哭泣说："怀孕了，不晓得怎么办？"

王杏娣特地在交谈的语言里增加了安抚的激素，隐晦地试探怀孕个中原因："怀孕，只是好事情。女人家结婚、怀孕生孩子，这是天经地义的事情，为啥要去人工流产？"

陈兰英听到她一提到人工流产，开始一愣，霎时，显现一脸的尴尬相，脱口而出："你怎么会知道我要人工流产？"

王杏娣就把陈胜全拿了人工流产的证明书，要她盖章的前后经过向陈兰英和盘托出。接着，王杏娣对陈兰英说："你要人工流产，你丈夫知道不知道，还是你阿公、阿婆的意思？”这一连串的问话，句句触动陈兰英的心。陈兰英心里想，在她面前要隐瞒也瞒不了，本来由张海波找陈胜全转了一个弯，现在她主动上门关心，她又是大队妇女主任，专门抓计划生育的。而且，她同我老娘是要好的小姊妹，干脆向她说明情况，也好得到她的帮助。陈兰英经过一个时辰的沉默，终于将自己的隐情向王杏娣抖了出来。

陈兰英丈夫原本是张海波一个连队的连长，当她丈夫知道张海波要复转到沪西市公安机关，特地托他关照陈兰英。而张海波倒是不负重托，复转到沪西市公安机关，经常到三河公社红光大队探望陈兰英。经过一个时期一来二往，张海波慢慢像个“屎头苍蝇”盯住陈兰英。陈兰英说到同张海波来往的经过，特地抬起头来望着王杏娣一眼，无奈地说：“……我被张海波纠缠得实在没有办法，就这样昏头昏脑同他发生关系。后来，发现自己怀孕，告诉张海波。他也急起来，一个转身，他想出来办法，安慰我说：‘没得事，我去找老陈。’不晓得，陈胜全会找到你。”

在专案组办公室，特派员老殷向洪强汇报初步调查结果：王杏娣听到这些情况，首先对陈兰英安抚一番，接着进行教育，诉说利害关系，并且要她无论如何要保密。

根据老殷通过王杏娣同陈兰英接触交谈，张海波同陈兰英通奸，确定无疑。洪强再次邀老殷一起向宋副局长汇报调查结果。宋副局长听了特派员老殷汇报张海波同军官家属陈兰英通奸等前后经过情况。本来他是一个不怎么发脾气的人，却按捺不住胸中的一股怒火，当即拉下了面孔：“老殷啊！这是破坏军婚，马上按照司法程序法办。”话音一落，他又好似想起什么，面孔转向洪强：“对了，老洪啊！泄露机密的事情，会不会就是张海波噢？不过，张海波早就离开专案组，再说，专案组同志，平常同他蛮隔膜，不啥可能同他交谈专案工作上的事情。”

洪强回称：“不过，我们这次‘整风’学习，在联系实际的时候，很多同志就议论到，有关专案组失泄密问题，就怀疑到张海波。但是，都说不出依据。”

宋副局长想了想：“你们结合他破坏军婚的事件一并查查看。不要小看发生男女关系的事情，就事论事，要联系泄露机密的事情一起查。

你同老殷一起研究一下。”

从宋副局长办公室出来，洪强同老殷回到专案组，向专案组同志传达宋副局长的指示精神，同在座的同志一起认真研究分析：张海波有没有可能泄密。专案组同志七嘴八舌议论开来，总觉得宋副局长提出来，倒是点中了要害。本来，两个人就怀疑到张海波，说来说去，都没有根据，有的同志提出一些疑点，似乎有的牵强附会。就在大家议论过程中，小李突然提出来一个问题：“我看事情不会像陈兰英说的那么简单吧。张海波拿了一张人工流产证明书，叫陈胜全到大队盖个公章，陈胜全就这样顺从地替他办事情，这似乎不像陈胜全平常日子行事风格。”

小唐插嘴说：“小李倒是说到点子上了。陈胜全这个人，平常日子在庄前村是个吃死人不吐骨头的朋友，不要说张海波违法乱纪，给他抓住小辫子，不会放过他，就是没有小辫子，要他做事情，他还要刮你一层皮。”

小王接口，附和小唐的说法：“小唐说得有道理。陈胜全在庄前村老百姓里，是出了名的‘刮皮朋友’，凡是托他办事情，没有一点好处，就是拖着不办。而张海波莫名其妙地叫他盖章，他非常卖力，就帮他找王杏娣盖章。弄得不好，两个人总有什么等价交换条件噢。”

老刘提出来一个问题：“根据王杏娣反映，陈兰英只是说到张海波同陈兰英通奸怀孕，至于张海波怎么会想着找陈胜全盖章，而不直接找王杏娣。再从张海波安慰陈兰英的口气‘没得事，我去找老陈’，似乎说明张海波蛮有把握，同陈胜全是老打交道。这里面，有些细节，陈兰英恐怕没有说清楚。”

其实，洪强最初听了老殷的汇报，脑子里一直存在一个疑问，始终抹不去。陈胜全要王杏娣在人工流产证明书盖大队公章的第二天，就向大队书记请假到渝西市料理妹夫朱开诚的后事，既然一张人工流产证明书，把陈兰英、张海波、陈胜全三个人无缝焊接起来，假使这一张人工流产证明书再把张海波、陈胜全、朱如泽同桂浩明这四个人的关系一焊接，那么，专案组到宝典县调查桂浩明的机密，无疑就是张海波向陈胜全透露的了。现在，陈兰英向王杏娣只是反映通奸事情，涉及张海波向陈胜全泄露机密的事情，只字未提。这里面，不外乎有几种可能：一个是张海波向陈胜全提供机密情况，陈兰英一时有可能意识不到；第二种可能，陈兰英对王杏娣有所保留；第三种情况，陈兰英感到事情严重，明哲保身，有意隐瞒。现在，看来陈兰英倒是一个关键人物。如果现在不抓住火候，趁热打铁，从陈兰英嘴里打开缺口，获取情况，一旦张海波破坏军婚进入司法程序，直接要从张海波嘴里抠出泄露机密的事情，就比较困难了。于是，洪强向在座同志摆了摆自己的看法，得到在座同志一致认同。问题是，如何打开这个缺口，由谁出面找陈兰英谈话，经过一番议论，统一了思想。最终确定，还是由特派员出面动员王杏娣找陈兰英谈话比较自然。

就在王杏娣接受了任务的第二天傍晚，专案组突然接到三河公社特派员老殷打来的电话，正是"冷灰里爆出热火星"，电话里说：陈兰英自杀了。

专案组同志听到这个消息，不啻一声惊雷，都被震懵了。脑子里急速闪现"杨英的影子"，都在疑惧、叹惜"杨英之死"的一幕惨剧重演了。不容分说，洪强带同专案组同志连夜赶到第一人民医院急诊室，找到特派员老殷，急不可耐地问老殷："陈兰英到底是怎么死的？"

老殷紧绷着脸："是自杀。"

洪强加重了语气追问："自杀有没有确定？"

老殷说："可以确定。"

老殷接着就将发现陈兰英自杀的经过情况向洪强等同志作了汇报：

王杏娣接受了任务，就在今天傍晚时分，特地烧了两只菜，到陈兰英家里去串门。走到门口，敲敲门，里面没有反应。因为，王杏娣看到陈兰英下班回家的，一个转身，敲门没有人出来开门，引起她的惊疑。她就跑回去喊她丈夫帮忙，翻墙进去开门。然后，两个人到陈兰英房间一看，陈兰英直强强躺在床上，再一看，靠近床横头的一张茶几上，摆着一只药瓶，一只杯子里的水，吃剩半杯子。王杏娣丈夫徐火根惊呼："不好！吃安眠药自杀了。"王杏娣听说"自杀"，吃惊不小，立即跑到大队打电话向特派员报告，特派员接到电话关照："赶紧找汉仁把陈兰英送到三河公社医院。"于是，王杏娣再跑到大队书记王汉仁家里，向大队书记王汉仁汇报。由王汉仁同徐火根两个人将陈兰英送到三河公社医院，一看，特派员已经守候在医院门口，市里急救站的一辆救护车也已经停在医院门口。几个人七手八脚将陈兰英抬上救护车。

洪强问："现在，陈兰英的情况怎么样？"

特派员老殷舒了一口气："由于转院转得快，否则靠三河公社医院几个大码头郎中要误诊，事情就麻烦了。根据医生确定，是吃了安眠药，经过医生洗胃解毒，全力抢救，现在人已经脱离危险期了。但是，还处于昏迷状态，这个同药物反应有关系。"

洪强听说人虽然脱离危险，还处于昏迷状态。会同特派员一起分析陈兰英自杀原因、下一步需要做哪些工作。

老殷倒是很干脆："陈兰英自杀原因，照我的想法，不外乎有这么几种可能：一种可能，通奸事情暴露，自己觉得羞愧，没有脸面对自己的丈夫，家里的阿公、阿婆以及亲眷，属于含羞自杀；另外一种可能，王杏娣找她谈话，吃着分量，感到后果严重，精神上受到些压力，悔恨自己，经不起张海波纠缠勾引，做了错事，含愤自杀。我想来想去，不外乎有这两种原因。至于，是不是王杏娣谈话中，不注意方式方法，采取威胁、恐吓致使她自杀，这种可能性很小，王杏娣也没有这个必要。"

老刘附和老殷的说法："我同意老殷的分析意见。即使王杏娣不去找她谈话，陈兰英迟早也会要寻短见。肚皮一天天大起来，没有人工流产证明，医院不会同意帮她做人流手术，在她走投无路的情况下，弄得不好也会自杀。"

洪强及在座同志都一致赞同老殷、老刘的分析意见。马上转了个话题，当即就下一步工作发表意见："我初步意见，陈兰英醒过来，抓紧时间，继续找她谈话，弄清楚张海波同陈胜全的关系。最好，还是由王杏娣出面比较好。"

王杏娣听到老殷说起，继续要她找陈兰英谈话了解情况。一开始，思想上犹犹豫豫，只是摇头："其他事情都好做，独有再叫我找陈兰英谈话了解情况，这种寻死作活的事情，我怕的。还是找其他人吧。"

老殷兜过来诘问："你看看，找谁比较合适？你提提看，只要符合这么三个条件：一、抓计划生育的妇女主任；二、同陈兰英老娘关系密切，比较讲得来的人；三、有一定的思想水平，而且，陈兰英已经向这个人透露过通奸怀孕的事情。你如果能够提供这样的人，我们一定会采纳你的意见。”

王杏娣放声哈哈大笑：“你倒是个能手哩，你提出来的三个条件，实际上是做了个藤圈套住我，不答应，也要答应接受这个任务。”

老殷仰起了脖子哈哈大笑：“你倒是聪明透顶呐。好了，实事求是，其他人胜任不了，我们横考虑竖考虑，只有你才能够胜任这个任务。”

随后，王杏娣到医院一间单独的隔离病房。推开门，日夜陪护陈兰英的阿庆老婆，看到王杏娣跑进来，喊了一声：“王主任来了。”

王杏娣眨眨眼：“你辛苦了。你去歇息，我来陪陪她。”阿庆老婆领会王杏娣的意思，轻手轻脚带上了门跑出去。王杏娣跑到床边，陈兰英已经清醒，神智也恢复，精神状态也还不错。看到王杏娣跑进来，主动打招呼，喊了一声：“阿姨！你来了。”

王杏娣挨近她的身边，伸出了手抚摸她的额头，然后，再抚摸自己的额头，试着体温，笑嘻嘻地说：“谢天谢地，天老爷帮忙，总算脱离危险了。”王杏娣挨近陈兰英的身体，用手抚摸她的额头，所散发出来的体温，使她感受到一股暖流，流向她的周身，内心着实感动，不知不觉两只眼睛淌下了无限感激的热泪。说来也奇怪，陈兰英淌眼泪，王杏娣好似受到感应，也止不住淌眼泪，一点一滴，滴到陈兰英的面孔上，陈兰英用手帮王杏娣抹眼泪。看来，这也许是女同志的本性使然。王杏娣一头用手帕帮陈兰英揩眼泪，一头不无埋怨地说：“假使你有个三长两短，你叫我怎样向你爹娘交代？”

陈兰英怀着愧疚的心情说：“阿姨，我对不起你，都怪我一时糊涂，找了你们不少麻烦，我对不起你们噢。”

王杏娣拍拍陈兰英的手：“好了，都不要说了，只要保牢一条命，今后，你要走的路长呐。你要恨要怨，就要恨张海波这个出棺材的，不是他来勾引你，也不会引出来一连串的事情。你说是不是？”

陈兰英叹了一口气：“这个出棺材的真正是害人精。我给他纠缠得实在没有办法。也怪我一时昏得头。”

王杏娣说：“好了，一些惹人烦恼的事情不提了。嗳！兰英啊，我倒是想到一个问题，张海波怎么会找到陈胜全帮忙盖章？”

陈兰英停顿了一会儿，开始吐露心声："自从张海波同我发生关系被他抓住，陈胜全好像变得是张海波的领导，要张海波向陈胜全汇报专案组里的情况。张海波开始向陈胜全反映专案组在庄前村排查犯罪分子，排到他的外甥朱如泽家里的镰刀。"陈兰英就把张海波同陈胜全的关系，向王杏娣诉说。

最初发生事情的起因，有一年，庄前村在秋收秋种的大忙季节，就在村上的专案组组织青年突击队，抢收晚稻那天晚上，张海波突然闯进我家里，纠缠住我，我竭力反抗，挣扎得没有力气，就发生关系。外头正当下大雨，陈胜全突然闯进我家里捉奸，抓住了张海波小辫子，有意发难，张海波当场跪下来求饶、认错，陈胜全要张海波写了"通奸"的自白书。以后，张海波按照陈胜全的要求，要向陈胜全汇报专案组的情况，张海波透露了专案组追查朱如泽的镰刀；张海波到山南去工作，特地从山南，翻过孔定山，到陈胜全家里向他汇报，专案组在山南排查镰刀"没有找到镰刀"。后来，张海波有很长时间没有到庄前村，直到我发现怀孕，同张海波通了电话，张海波急吼吼赶到我家里，一听说我怀孕，开始他也紧张起来了。当我问他怎么办，张海波转了一个念头说："找老陈！"他事先写好一份人工流产的证明书，然后，张海波将陈胜全喊到陈兰英家里商量，要陈胜全想办法在证明书上盖个庄前村大队公章。

宋副局长以及专案组同志听取特派员老殷汇报王杏娣从陈兰英口里了解到张海波向陈胜全透露专案组机密的情况，认为：完全符合原来的分析，陈胜全抓住了张海波的"小辫子"，张海波同陈胜全必定建立了"等价交换关系"——两个人同在一把"红色保护伞"下，从事各自的犯罪活动。

宋副局长说："现在，陈兰英只是反映到张海波向陈胜全透露专案组排查镰刀的问题，陈胜全怎么会晓得专案组到宝典县调查桂浩明的情况，似乎这个情节还是一个谜。老洪，你看，下一步，怎么办？"

洪强从沉思中抬起了头："宋副局长提出这个疑问，我倒是有同感。看来，陈兰英现在还只是露了个头，没有把麻袋里的垃圾全部抖出来。说明还有思想顾虑，很大可能怕婚变，在部队的丈夫晓得她同人家通奸，提出离婚。怎么办，我的意见，一把钥匙开一把锁，要通过部队领导做通她丈夫的思想工作,尽最大努力促使他们夫妻和好。可以让她吃上一颗定心丸,也许她才会透露真实情况。”

老殷及在座的专案组同志只是摇头，认为这是不可能的事情。有同志说:这种女的,她丈夫还会同她和好,想也不要想。

宋副局长说:“找她丈夫做工作,肯定有一定难度,从拥政爱民出发,也应该取得部队支持。这一步一定要走。但是,你们不要忽视我刚才提出的疑问。张海波到底是怎样搞到专案组调查桂浩明的情况的,这一点必须要查个水落石出。”

洪强领受了宋副局长交代的任务,下一步究竟如何通过部队做通陈兰英丈夫思想工作,从陈兰英身上作为突破口,揭开张海波获取侦查桂浩明的机密的真相,专案组同志都抱着怀疑的心态,期待着这一个奇迹出现。

97

破镜重圆

回到专案组办公室，根据宋副局长的指示精神，洪强发动专案组同志会同特派员老殷一起研究分析，拿出一个办法来。如何通过部队领导做通陈兰英丈夫思想工作，再由她丈夫出面消除陈兰英的思想顾虑，揭发张海波同陈胜全两个人见不得人的勾当，查明张海波失泄密情况。要绕这么一个大圈子，部队领导是否同意，陈兰英丈夫会不会接受，陈兰英会不会放下包袱，揭发张海波，专案组一些同志思想上都挂了一只耳朵，脑子里打了个问号。

尽管一些同志有这样那样的想法，在会议上，都不愿意把自己的想法摆到桌面上来。一时，笼罩在办公室里的雾霾，有待强劲的台风来改变空气质量。小唐看到两个人就像老和尚坐禅，静默念经，自告奋勇发声："还是我来说两句。"

小唐煞有介事地说："现在，要通过陈兰英丈夫做通陈兰英思想，揭发张海波向陈胜全泄露机密的问题，真正是瞎子点灯白费蜡。弄得不好，加速他们夫妻离婚的步伐。"

小高歪转头："何以见得？"

小唐、小高他们两个人就像说相声，一问一答，调节了室内气氛。

小唐一本正经："你们只要想想，一个简单的道理，陈兰英丈夫的部队在北方，部队里肯定北方兵多，北方的人最忌讳老婆在家里轧姘头，拿他们北方人的说法，这种女人叫做破鞋，假使说到破鞋，毫无疑问，趁早抛到垃圾桶里去。依我看，要靠陈兰英丈夫做工作，想也不要想。"

经小唐这么一说，在座的同志倒也有不少人附和："这一点，唐师傅倒是说到了点子上。”

小马紧紧跟上，赞同小唐的论调，加重了语气：“感情问题，又不好强逼命令，不像部队出操，连长一声令下‘齐步走’，队伍以整齐的步伐前进。现在，还要绕一个大圈子，要部队首长出面做通陈兰英丈夫的思想，部队领导这一关难通过。”

小马话音一落，原本存在疑虑的几个同志的思想上，又增添了几分畏难“激素”，不是摇头，就是晃脑，皱起眉毛砸嘴，室内的气氛，又开始低迷。

小高自以为是：“开启这个锁扣的人还得由王杏娣出面找陈兰英。女同志同女同志好说话，再说她们已经接触到这个问题了，再加把劲，或许收到意想不到的效果。”

老殷摆了摆头：“你提出的意见，不觉得腰痛背酸。自从陈兰英寻死觅活，我找王杏娣，要她做做陈兰英的工作，王杏娣一口回绝，后来经过再三动员，总算做通思想，勉强答应去做陈兰英的工作。现在再要叫王杏娣去做工作，换得我也开不出这个口。”

小王倒是理解特派员老殷的苦衷，发表了一个有针对性的意见：“陈兰英现在身上的包袱不卸下来，就是叫王杏娣去做工作，也还是隔靴搔痒。关键要有一个为陈兰英卸包袱的人。”

老刘表示赞同老殷、小王的观点：“她之所以要自杀，说到底，就是怕通奸事情暴露以后，她丈夫要离婚，也就成为她身上的一个包袱，最终想一死了之。”

小李受到老刘发言的启发，接过老刘的话头：“既然咱们分析她自杀原因，思想上背了个包袱，就是怕她丈夫晓得她同张海波通奸，提出离婚。如果大家认同这个观点，就要一把钥匙开一把锁，还是要通过她丈夫做工作，比起其他人做工作效果来得好。”

小高抢着发声：“如果她丈夫肯出面最好没有，就怕她丈夫一听到说自己的老婆同人家通奸，加快了离婚步伐，还会想着做陈兰英的思想工作?恐怕这是异想天开哇。”

老刘接过小高的话头：“不一定，关键是要看他们两个人的感情基础，如果感情基础深厚，不一定马上提出来要离婚。小李提出来，要她丈夫做通她的思想，帮她卸包袱，倒是一步好棋。要走这一步棋子，只有通过部队领导，政治思想工作同行政命令双管齐下，或许她丈夫思想上才会转个弯来，帮助做陈兰英的思想工作。”

洪强听了大家的发言，最终定格在宋副局长指示，发扬“拥军优属”“拥政爱民”老传统，发表了自己的意见：“咱们看问题，既要看到不可能一面，也要看到有可能的另一面。我赞同老刘、小李的意见，陈兰英丈夫是帮助陈兰英卸包袱的关键人物。咱们在研究、分析问题的时候，切记不要忘掉部队的认识水平、思想境界。只要咱们工作措施得法，争取部队领导支持，不是不可能的事情。现在，关键问题到底派谁人去比较合适。”

小唐自告奋勇表态：“我同小王两个人去。”

小高马上抛出调头：“你的积极性是好的，不过，你也要有点自知之明。你不能担当此重任。在地方上工作，你同小王两个人是黄金搭档，到部队里去，我不是触你霉头，你不适合的。碰到部队首长，你也像在地方上，嘴上叼起香烟，大咧咧的腔调，部队首长看到你指手画脚，弄得不好，转身走路，弄得你下不了台。”小高话音一落，引来一阵哄堂大笑。

洪强一头笑，一头招呼大家安静，并征求在座同志的意见：“大家再说说看，到底由谁去比较合适。”

小唐朝小高看看，自我解嘲：“我去不合适，你倒是说说看，在座的人当中，啥人去比较合适。”

小高抬起了头：“抱歉，我倒是提不出合适的人选。”

洪强笑嘻嘻地说：“依我看这个人要同三河公社庄前村、红旗两个大队一定要有工作基础和亲情关系，否则难当此任。当然，小唐、小王不是不够条件，咱们现在要紧的是，注重实际效果。”

洪强话音一落，小唐马上跟上发声：“还是咱们组长实事求是，首先确定，派去的人的基本条件，然后，要咱们自我对照，相互推荐，这个办法好。”

会议上，经过一番热议，最后还是确定这个任务仍旧落到特派员老殷身上。老殷倒是很干脆接受了这个任务。

老殷之所以甘愿担当此任，心里想，帮助陈兰英卸下包袱，促使他们夫妇能够破镜重圆倒是稳定部队军心，搞好地方和军队“拥军优属”

“拥政爱民”的重要举措。奔着这个大前提，回到三河公社，他把张海波破坏军婚的情况向公社党委书记、主任做了汇报，并得到他们的支持，随即会同邱老师、庄前村大队妇女主任王杏娣一起到部队去做工作。

老殷为什么要选择邱老师、王杏娣一起随行呢？根据老洪提出到部队人选的要求，归根结底涉及一个“情”字。邱老师他既是陈兰英丈夫邱光标的嫡亲阿叔，又是邱光标中学时代的老师。再说，先前是他找特派员老殷反映张海波同陈兰英的事情，现在，找到邱老师一起前往部队，可以利用亲情感召邱光标。王杏娣是大队妇女主任，从妇女的角度，以打破世俗偏见樊篱，教育启发邱光标，促使他们夫妻和好。只要说清道理，有好的搭档，王杏娣也不会推却。可见得老殷用心良苦，考虑问题周到。

一到部队政治处，由李干事出面，接待他们一干三个人。李干事一听他们说明来意，笑嘻嘻地说：“破坏军婚，地方政府依法办事，很好！”看起来李干事的态度倒是蛮好，接着，他话锋一转：“不过，涉及男女之间结婚、离婚的事情，我们部队当领导的不好强逼命令。你们说是吧。”

李干事的话音一落，老殷、邱老师、王杏娣三个人似乎觉着再下去没有戏唱了。特派员老殷沉着应对，不慌不忙，围绕着“拥军优属”“拥政爱民”“惩前毖后，治病救人”的观点，不厌其烦地阐明自己的观点，李干事沉默片刻：“我请邱光标所在的团首长来，同你们一起研究吧。”李干事拿起电话通知邱光标所在团的高政委、张团长到政治处参加听取老殷汇报情况，研究下一步处理意见。

张团长当即发声：“张海波破坏军婚，由你们当地政府送他进大牢，邱光标干脆同他老婆离婚。”说完话，面孔朝住高政委、李干事：“你们二位看看，怎么样？”

老殷他们三个人听了张团长的发言，比起李干事来，简直没有商量的余地，又不好发态度。邱老师、王杏娣两个人只是无奈地看着老殷。老殷一想，看来倒是被专案组几个同志分析到了，还是沉住气，笑嘻嘻地说：“事情虽说发生在地方上，涉及的人是你们部队的，我们只是本着拥军优属，关心部队同志出发，特地到部队来，如果部队领导有了明确的态度，我们地方政府只需要履行司法程序，把破坏军婚的张海波绳之以法，就可以了。”老殷用手一挥：“走路。”

老殷挥了一下手，说了一声"走路"，倒是蛮起作用。

高政委一看苗头不对，马上出来打圆场："你们三位是不是先住下来，我们再研究一下，怎么样？"

高政委关照政治处同志安排老殷三个人住到招待所，特地招待他们吃晚饭。高政委同张团长、李干事三个人一起研究处理办法。

高政委说："地方同志出于关心、爱护我们部队，特地来到咱们部队，咱们将人家拒之门外，要考虑政治影响啊。你们想想，涉及三个人，都是咱们部队的，一个是现役军人，一个是现役军人家属，还有一个是由我们部队复转到地方的军人，咱们不关心，配合做工作，从道理上说不过去。"接着，高政委向他们两位阐明政策，晓以利害，处事原则。最终统一思想，由高政委出面做工作。

老殷、邱老师、王杏娣三个人到了招待所，吃过晚饭，在宿舍里议论目前碰到的问题。王杏娣抿了抿嘴："听了李干事、张团长两个人的调头，显然是婉言回绝。下面的戏，没有办法唱下去了。"想想，老老远来，就带了"离婚"结果回去，早晓得部队这个态度，来也不要来。邱老师只是摇头，一时，想不出一个办法。只有老殷没有泄气，关照他们要耐心讲道理，力争部队帮助做工作。

第二天上午，老殷领了他们两个人到政治处。

张团长不在场，由李干事、高政委接待。高政委倒是不含糊，明确表态："我们做工作。为了配合地方政府工作，这个事情处理完毕，我的意见，把我们这位军嫂安排到我们部队军人服务社工作。邱光标同志现在是营级干部，可以特殊情况特殊处理。"高政委说完话，当即拿起电话筒通知邱光标到场。

不一会儿，赶到政治处，邱光标在门外喊了一声："报告。"李干事应声说："请进！"邱光标推开门，来了个立正姿势，向高政委行了个标准军礼，一转身看到家乡的阿叔端坐着，另外，还有一男一女有点面熟陌生，特地走到邱老师那里喊了一声："叔叔，你啥时候来的？"

邱老师说："昨天下午到的。"

说着，邱老师转身介绍："这位是我们老家三河公社特派员老殷同志，这一位是庄前村大队妇女主任。"

经邱老师这么一介绍，邱光标心里打了个咯噔：不好，老家出啥事情了。顿时脸上一下子爆红，心里边就像十五只吊桶七上八下，不知所措。高政委一见邱光标如此表情，干脆把他喊到里间的办公室个别谈话。

高政委直话直说："邱营长啊！你家属出事啦！"

邱光标一听说老婆出事，脑子里一轰，两只耳朵嗡嗡作响，心里边顿生狐疑：老婆会出啥事情呢。女同志要出事情，无非是夫妻分居两地，另有外遇，现在，通过地方政府提出要闹离婚？再一想，自从两个人结婚以来，感情一直很好，每次回家探亲，她总是温情脉脉地有说有笑，还时不时用手轻轻地抚摸着我的双肩。现在，怎么说变就变了呢，正是不可思议。

高政委看到邱光标表情木讷，半晌不说话，特地提示他一下说："平时，你们夫妻俩感情怎么样？"

邱光标听了高政委这么一问，心里想，看来老婆要闹离婚了。当即实事求是回答："感情很好！结婚以来，我们从来没有发生过口角，而且，我们还议论到生儿育女的事情，她还向我表示，她喜欢女孩。"

高政委听他这么一说，心里想：你老婆肚子里已经怀上了，现在，不是要男的还是要女的，要考虑下一步怎么办噢。兜过来，突然发问："原来，在你连队有个张海波，这个人怎么样？"

邱光标回称："这个人是连队的一般战士，表现一般。当我知道他复原到的地方，正是我老家沪西市，而且是在公安机关工作。所以，我拜托他关心照顾我家属……"

高政委听了邱光标的解释，也就实情相告，将特派员老殷、邱老师、王杏娣三个人反映的情况，概括地向邱光标做了介绍。邱光标听到高政委如此一说，眼前金丝苍蝇就像喷射散开的烟花，喃喃自语："怎么可能呢？"这个时候的邱光标好似进入一个虚无缥缈的梦境。稍停片刻，从他口里挤出来两个字："离婚。"

高政委听到邱光标一说起要离婚，对邱光标发泄的思想情绪倒是蛮理解，这件事情的发生，放到任何一个人身上，都是无法接受的事实。

高政委同邱光标就像拉呱谈家常一样："你老婆人长得还蛮漂亮，她到咱们部队探亲，我看到过。她家里是什么成分？"

邱光标回称："工人，她父亲在上海一家机械厂是八级钳工。"

高政委笑笑："倒是地地道道的工人阶级呐，你家里是什么成分？"

邱光标回称："贫下中农，我们家祖祖辈辈种田，就是我出来当兵。"

高政委又问："你老婆呢？"

邱光标说："她本来在上海读书，到了高中将要毕业的时候，正碰上知识青年上山下乡，她就回到老家种田。"

高政委惊叹一声："嗨嗨！你家里倒是工农兵聚齐呐。"

其实，高政委对邱光标的家庭以及本人情况一目了然。在研究提拔干部的时候，对邱光标进行政审，都要经过他的手。现在，要做邱光标的思想工作，不是靠一般的说教能奏效的，所以他采取循循善诱，促使邱光标理智地选择解决问题的办法。

高政委接着说："老邱呀，下一步，你准备咋办？"

邱光标停顿了一下："离婚吧。"

高政委从邱光标的口气里已经觉察到，他所提出离婚，也是出于违心的一种选择。以试探性的口气："除了离婚，还有没有其他办法，你要慎重考虑。"

邱光标摇了摇头："我想来想去，没有其他办法，否则，我无法面对我的父母。"

高政委一双犀利的目光射向邱光标："如果离婚，你又怎么面对岳父岳母呢？"

邱光标一时语塞，对高政委提出来的问题没有办法回答，高政委这才抓住问题的要害，对邱光标进行教育。

高政委板起面孔，带有训斥的口气："你之所以提出离婚，这是考虑女方的过错，没有考虑你自己的错误。"

邱光标一听到高政委说到他的错误，一时还转不过弯来，带有疑惑的口气："我的错误，我哪来的错误？"

高政委严肃认真告诫："你的错误概括起来两句话，叫做'用人失察，引狼入室'。你说是不是？你老婆是给你坑害苦了。要不是你叫张海波去找你老婆，难道是你老婆主动去勾引他的吗？这件事，你是要负主要责任。你要好好考虑一下，不忙回答我，等一会儿，地方的同志同你谈话，你头脑一定要保持冷静，认真听取地方同志的意见和建议。"

邱光标默默点着头。作为一名军人，尽管有着坚毅的意志，一旦发生儿女情变，强忍着眼泪不知不觉夺眶而出。

等到高政委走出来时，政治处李干事特地安排邱老师同邱光标他们俩单独会见。邱光标一看到叔叔到部队探望他，为他家庭夫妻发生情变奔波，着实感到过意不去，眼睛里噙着眼泪，发出嘶哑声调，从喉咙里挤出了一声：“叔叔。”然后，扶着邱老师坐定。

邱老师怀着同情的心态说：“光标，事情已经发生，想开点。”

邱老师是个知识分子，且不尚空谈、说教，而是从自己切身经历，诉说自己家里的遭遇，启发、引导邱光标：“你妹子阿娟那年被小赤佬强奸，受封建残余思想影响，你婶婶、阿娟寻死觅活，弄得家里不得安稳，我们家里有八年时间，是在阴山背后的环境中生活过来的。犯罪分子抓起来判了八年徒刑，摒弃了世俗偏见，得到村上绝大多数人的同情、理解，阳光才照到我家里，一家人才有了暖意。后来，山南向阳大队一个小青年，同阿娟是初中里的同学，在社办厂做工，现在当厂长了，他得知阿娟的遭遇，主动提出要同阿娟谈恋爱，经过一个时期接触，双方家长都比较满意，两个人就结婚，去年生了个小人。像这一类事情发生在任何一个人身上，都会有切肤之痛，记住：‘大丈夫拿得起，放得下’，兰英本质是好的，只是坏人起了歹念，一时犯了错误，我们要抱着‘惩前毖后，治病救人’精神帮助她，再说，她已经认识到自己错误，就要包容，不失为夫妻一场吧。你看看还有哪些想不通的，我们叔侄俩不妨谈谈心。”邱光标听了邱老师一席话，令其动容不已，当即表示：“叔叔，我听你的，请你放心，我一定会正确对待，处理好这件事。”

正当两人说完话，高政委和李干事，老殷、王杏娣都跑了进来，高政委毕竟是抓政治思想工作的老手，从邱光标脸上一眼看去，好似冬天看“日出”，见到了“一缕曙光”。高政委不失时机做思想工作，从一个军人，共产党员的理想、信仰，到如何处理好家庭、夫妻关系，严肃认真地加以阐述。最后，在家乡的亲情同部队领导提出的责任担挡下，邱光标做出理智的选择，当了首长的面表示不离婚，愿意同老婆和好。至此，在老殷、邱老师、王杏娣三人会同部队不遗余力做工作，挽救了一个人，挽回了一个濒临破裂的家庭。

按照特派员老殷的建议，有部队出示“人工流产证明”，批准邱光标回家探亲。陈兰英一看到邱光标回来，内心错综复杂，既感到羞愧、愧疚，又从内心感到欣慰，特别是看到邱光标向她当面出示从部队开出来的“人工流产证明”，一扫脸上的愁容。邱光标根据特派员老殷的要求，不失时机做陈兰英的思想工作，陈兰英听到邱光标诉说的利害关系，也就竹筒倒豆子，和盘托出。

事情就发生在陈兰英得知自己怀孕，要紧找张海波，在陈兰英家里，问他怎么办。一开始，听说陈兰英怀孕，张海波也紧张起来，一个转身，他安慰陈兰英说：“没事，找老陈。”他就将陈胜全约到陈兰英家里，要陈胜全帮助在一张“人工流产的证明”上盖一个庄前村大队的公章。

陈胜全兜过来说：“你咯婊子养的一日到夜叫我帮你办事情，我要你做的事情，你同我瞎敷衍，盖章的事情我可以答应你。但是，有个交换条件，你拿专案组的情况来交换。”

过了两天，张海波邀了陈胜全又在陈兰英家里碰头，张海波向陈胜全透露了专案组发现市里有个“四类分子”家里来了一个人，是在西南一个邮电局工作的。张海波向陈胜全汇报的时候，这个人有名有姓，有家庭地址。说专案组已经派人到西南调查。陈兰英经过再三回忆，只是听到说这个人姓“贵”，具体名字说不清楚。

一开始，张海波向陈胜全透露西南桂浩明的情况，陈胜全并不满意张海波提供的信息，对张海波说：“你又是老毛病复发，同我瞎敷衍，专案组调查桂浩明有啥值得大惊小怪。你就拿这个事情来混一张庄前村大队盖公章的人工流产证明书？”

张海波皱起了眉毛：“你正是乡下的老土，我问你专案组是干什么的，专案组是专门侦查孔定山微波站案件的，现在他们到西南调查桂浩明，肯定同孔定山微波站的案件有关系。否则，他们吃饱了饭没事干，千里迢迢跑到那么远的地方去游山玩水。”陈胜全听了张海波的解释，面孔上马上显现出紧张的神色。这才同意帮忙盖章。

通过丈夫邱光标的安抚、鼓励，陈兰英揭露了张海波同陈胜全做了一笔肮脏交易。然后，由王杏娣陪同作了人工流产手术，彻底卸掉了身上的包袱。得到地方政府的帮助，夫妇两人总算走出了苦涩、屈辱的阴影，迎着朝阳踏上了北去的归途——过起了部队生活。

张海波一直在等拿“人工流产证明”。至于陈兰英自杀、住医院，陈胜全请假到庆渝县向朱如泽通风报信，张海波都不晓得。打电话找陈胜全、陈兰英，就是找不到他们两个人的影子。不得不在晚上赶到陈胜全家里探个究竟。一进门看到陈胜全一个人在自斟、自酌，张海波虎起面孔正待发作，陈胜全看到张海波来，呆问："你怎么会来？"

张海波板起面孔："他妈的，托你的事情，你忘了！我打了不少电话，都找不到你的人，你死到哪里去的？"

陈胜全眯起一对醉眼，懒洋洋地说："我到渝西去了一趟，我前脚回来，你后脚跟进。我已经交代王杏娣办了，你没有去找王杏娣？"

张海波说："我怎么去找她，你到渝西去干什么？"

陈胜全说："我妹夫病危，我赶到渝西去料理后事，真正碰到鬼，我一到渝西，他的病好了。一看他病好了，住了几天，我要紧赶回来。我走的之前特地关照王杏娣，要她在证明书上盖个大队公章。"

张海波说："她有没有盖公章？"

陈胜全说："我想她不敢不盖章。你可以去拿。"

张海波说："是你交给她的事情，我怎么可以去拿，还得要你出面向她拿。"

陈胜全是说谎话的老手，而且说得活灵活现，张海波算是个老油子了，还就是没有办法拆穿他的"西洋镜"。陈胜全说："没有问题，明天我上班，到了大队就问她。你放心，来，陪我吃老酒。"然后，两个人臭味相投，一头吃酒，一头吹牛，天南地北，谈得昏天黑地。张海波吃醉老酒，也就在陈胜全家里倒头便睡，怕被村上人发现，第二天赶早骑了自行车回家……

陈兰英揭发了张海波泄露机密的犯罪事实，是张海波同陈胜全两个人做的一笔肮脏交易，张海波是专案组"内鬼"，确定无疑。那么，张海波早已离开专案组，他又是如何得到专案组到庆渝县调查桂浩明这个情况的呢？似乎真正的内鬼，还没有找出来。这给专案组提出了一个悬而未决的问题。

98

引而不发

沪西市公安局侦查科，上午一上班，顾金生跑到内勤组，关照小赵通知全体工作人员在会议室开会。小赵赶紧在小黑板上，写上会议通知："今天上午 8 点钟，召开紧急会议，全体工作人员参加，不得请假。"然后，还特地跑到各个组，发出了口头通知，尖声尖气吆喝："开会了。"有的同志带有好奇心问："今天会议啥内容？" 小赵笑嘻嘻地回答："抱歉，我也不晓得。"有的同志逗着小赵："喔唷！连我们'阿庆嫂'，内当家都不晓得，看来，今天的会议是保密的。"

各个组按照黑板上的通知，准时坐到会议室，"5·15"专案组同志全体出动，会议室坐得满一屋子人。顾金生在首席位置一坐，两只眼睛扫视了一下会议室，干咳一声，朝副科长郑挺看看："人是不是到齐了？"郑挺搜索了一下会议室："各个组清点一下人数。"各个组的组长，当场挨个汇报："我们组全部到会。"有的说："到了。"轮到 5 组组长凌德云清点人数，点来点去，独缺一个人，皱起了眉毛，向科长报告："我们组就缺张海波一个人。"顾金生板起了面孔，发号施令："你给我马上通知他来参加会议，你就说是我说的，今天会议，不准缺席。"凌德云咂咂嘴，起身跑出去找张海波。张海波昨天晚上吃醉了老酒，就躺在陈胜全家里，第二天一早，骑上自行车赶回家倒头便睡。凌德云到他家敲门，没有声音，再细细看看，房门虚掩着，看来他老婆上班了，这个赤佬回来门也没有关上，再走进房间朝里一看，张海波埋头困在被子里，凌德云吆喝："喔唷！你倒是会享福呐，还不起来上班！"不管三七二十一，掀起被子，一个劲把他拖出来，传达顾金生的指示："科长要你马上参加会议，要我转告你不准请假。"张海波这才一骨碌爬起来，跟了凌德云就跑。到了会议室，张海波一屁股坐下来，只是无精打采，眯起两只眼睛，看来，吃醉了老酒，不住地打呵欠。一个转身，屁股还没有坐热，向顾金生提出来要请假：科长，我老婆老毛病发作，回去照顾一下老婆，请个假送她到医院里去。凌德云心里想这个家伙，一天到晚吹牛说假话，他老婆明明去上班，他说“老毛病复发”，在这种场合也不便拆穿他，再说顾金生同他关系好，看他顾金生怎么个说法。

顾金生面孔一板，干咳一声：“你花样十足，一到开会，你总是有特殊情况要请假，今天抱歉点了，等宋副局长来了，你当面向宋副局长请假吧。”

张海波伸伸舌头，做了个鬼脸，打着歪摆子腔调：“吾乖乖，我这个小巴辣子请假，还要局长批准，这个规矩我还没有听说过嘛。”

顾金生拉长了脸，嘲笑他：“你没有听说过的事情多呐。”

顾金生话音一落，马上引起在座同志哄堂大笑。按照平常日子，只要张海波在场，顾金生就要伸手向张海波要吃“剪刀牌”香烟，今天一反常态，没有向张海波伸手。在座的同志看到这一微妙变化，就在会议间歇，开始“放空气”，试探性议论开来，首先开口的是小唐：

“看来，有重要警卫任务了。”

小高朝副科长郑挺看了看：“如果是警卫任务，起码是一级警卫任务。否则，不会保密保得如此严严实实，连我们两个科长都被封锁起来，真可谓‘密不透风’。”

张海波煞有介事地凑趣：“要我看，不是什么警卫任务，肯定是有重大行动。”

小唐朝他撇撇嘴：“你等于没有说。你说说是什么重大行动。”

张海波发出了讥笑声：“嗨嗨，亏你还是老公安呐，连重大行动都不知道。”

小唐反唇相讥：“我不晓得，不好装晓得，你灵敏度高，你倒是说说看。”

张海波昂起了头，不屑一顾：“肯定是逮捕行动。”

正当张海波同小唐两个人在抬杠子，调侃的时候，宋副局长一脚跨进了会议室。顾金生赶紧为宋副局长让座，宋副局长坐定后，吃力地睁大一对永远睡不醒的眼睛，扫视了一下会议室在座同志，转脸对着顾金生：

“人有没有到齐？”

顾金生回称：“一个不少。”

在座的同志从来没有看到过宋副局长铁青了一副面孔，而且讲话一字一顿：“今天开会，整肃纪律，清除隐藏在我们公安队伍里的违法犯罪分子。”

听到宋副局长宣布会议内容，在座的人顿时目瞪口呆，面面相觑。小唐心里想，倒是被张海波说中了。宋副局长接着当众重申了公安机关有关公安人员的守则、纪律等有关规定，并对遵行这些守则、纪律的意义、目的加以阐述。然后，话锋一转，转到了侦查队伍内部个别人违法犯罪，败坏公安队伍的声誉，侵害了群众利益，破坏了军政关系……

在座参加会议的同志几乎丈二和尚摸不着头脑，连副科长郑挺都懵里懵懂。只有专案组一些同志从宋副局长讲话中品味出一些音头。就在宋副局长的讲话接近尾声，在会议室门口，突然出现了三河公社特派员老殷，带领两个武装民警跨进了会议室。

宋副局长说：“你们来了。老殷到这里来坐。”

老殷看到宋副局长在招呼他，就跑到宋副局长旁边坐下。

宋副局长说：“开始吧。”

老殷站起来从口袋里摸索摸索摸出一张“拘捕证”，当众宣布：“张海波破坏军婚，经批准拘捕。”说着，随即把拘捕证递给张海波签名、捺指印。

张海波听到老殷宣布他破坏军婚，站起来强辩：“这是诬告，陷害，我要控告你们。”

正当张海波歇斯底里大发作的时候，老殷示意武装民警，厉声喝道：“帮他铐上！”两个武装民警随即走到张海波身边，麻利地帮他戴上手铐，张海波好似困兽犹斗，还在作着无为的挣扎。老殷把手一挥，命令式地说了一声：“带走！” 两个武装民警像老鹰抓小鸡把张海波反铐着手，拖了就跑。

小唐伸伸舌头，做了个鬼脸：“嗨嗨，竟被他说着的呐，是逮捕行动。”

小唐话音一落，引来会议室在座同志哄然大笑。宋副局长觉得奇怪:“你们笑什么?”

顾金生拉长了脸:“他们笑,会议开始前一段时间,大家在议论今天开什么会,正当大家猜测会议内容时,张海波说逮捕行动。大家笑,倒是被他说准了。”

宋副局长不以为然:“喔,不过,这也是他猜测,这次行动是保密的。”接着,宋副局长面向洪强:“老洪,你们按原计划进行。老顾,你到我办公室来一趟,其他同志继续工作,散会。”

拘捕张海波之前,为了保密起见,宋副局长只同洪强、老殷两个人作了交代,张海波被拘捕以后,要他们负责审讯,特别关照老洪,要搞清他同特务的关系以及顾金生到底是怎样的角色,有没有同张海波同流合污。按照宋副局长的指示,洪强会同小李制订了一套审讯方案。按照分工,特派员老殷重点负责审讯张海波,搞清张海波破坏军婚的犯罪事实;洪强负责审讯张海波泄露国家机密的问题。

当洪强、小李同老殷碰头交换审讯情况的时候,老殷感叹一声:“嗨嗨!我从来没有碰到像他这样的无赖,要他交代破坏军婚的犯罪事实,你们晓得他怎么回答,他兜过来说:‘嗳!老殷,这个你可不能瞎说,其他玩笑可以开,这个玩笑开不得。’我说:‘人家都交代、揭发了,你还在抵赖,我劝你还是走坦白从宽的道路吧,你这样顶下去,对你没有好处的?’你们晓得他怎么说,他厚颜无耻地说:‘她是我原来部队所在连队的连长老婆,我哪有非分之想,当然,我们相互接触,都有爱慕之心。不管怎么样,我们始终保持同志式的关系。’”老殷接着说:“老实说,不是受纪律约束,我正要走过去刮他两记耳光。后来,我拿出做人工流产的证明书掼在桌子上,他还抵赖说:‘这个证明书能说明什么问题,说明我破坏军婚吗?笑话。’”我一想同他发火,他同你来个软的,干脆我也来个软碰软,我再把证明书的笔迹鉴定书放到桌子上叫他看,他一看,头上开始冒汗,我就笑嘻嘻地说:‘你过去搞过审讯,在你手里审讯过好多人,你有你的一套审讯办法。但是,反审讯的一套,你还缺少一点实际操作经验。不要弄得不好,以身试法,走上抗拒从严的道路上去。’经过这么几个回合,他才开始缴械,终于避重就轻交代了破坏军婚的犯罪事实。所以,我估计下一步你们审讯遇到的难度更加大。”

洪强拍拍老殷肩膀:“谢谢,你总算为我们提供了宝贵经验。”

审讯刑事犯,遇到公安机关内部的犯罪分子,比起社会上一些狡猾的犯罪分子来,更是棘手。尤其像张海波这样的对象,不仅熟悉公安机关内部情况,甚至还熟悉办案人员个性、特点。特别是同他朝夕相处过的洪强、小李两个人的工作方式方法,基本上了解得七七八八。所以,要一下子促使他坦白交代,不是一件容易的事情。因此,对张海波的审讯工作颇费心机。当洪强、小李接到审讯张海波的任务以后,制订审讯方案时不敢马虎、懈怠,进入审讯前后都做了充分准备。

洪强同老殷分手以后,同小李一起走进审讯室,他们两个人坐定,看守所民警将张海波提押到审讯室。张海波抬头一看,端坐在审讯桌子后面的两个人,竟是朝夕相处的同事。顿时,在他脑子里一闪念,按理"破坏军婚"的案件不属于他们审理的范围,特派员老殷审讯过了,他们又来审讯,如何道理?凭他在公安机关搞了这么长时间的专案,脑袋瓜还是管用,有一定分析能力,心里想:是不是向陈胜全通报专案对象的事情有关?难道他们已经掌握情况了,想想这是不可能的事。正待他想得出神的时候,洪强开始发话说:

"你看到我们两个人来,是不是觉得奇怪,我们为什么找你?根据你平时惯有丰富的想象力,我们彼此都不要浪费时间,你说好吗?现在,我们要你交代你同陈胜全的关系。"

张海波原来的猜想得到了印证,两只眼睛看着洪强,盘算着如何接招,不一会儿,他开口说:

"我同陈胜全的关系,就像你们同陈胜全的关系一样,同志加工作关系。"

洪强同小李早就有思想准备,心里想,他本来就是搞惯人家的人,没有几个回合,不要想他会老老实实交代问题。洪强成竹在胸,不紧不慢地笑笑:

"不对,我们同陈胜全的关系,一度是工作关系,后来转换了位置,他成了我们侦查对象。你同我们完全不同,你同他已经成了相互依赖关系。你说是吗?"

审讯一开始就出现"双推磨":一方言辞恳切,和颜悦色,耐心教育;一方嬉皮笑脸,油腔滑调,敷衍。随着审讯内容不断深化,进入实质性交锋时,张海波则采取能推则推,能赖则赖,一味耍无赖,审讯几乎出现了“拉锯战”。张海波一听到洪强说他们是相互依赖关系，马上声嘶力竭：“我说，你姓洪的，你一直对我抱有成见，看不起我们退伍老战士，你想乘人之危，落井下石，我没有什么可说的，随你栽赃陷害吧！”

张海波不吭声，消极对抗，使审讯无法进行。小李做纪录，一直保持沉默，现在，看到张海波在耍无赖，实在看不过去，实话实说：

“张海波啊！你不要装腔作势，难道现在审讯你，都是在冤枉你？我劝你不要再耍小聪明，蒙混过关。你所有的犯罪事实，应该到了清算的时候了。”

洪强接着小李的话头，示意小李出示证据。

小李在案卷中抽出一张纸头递给洪强，洪强接过来，顺手放到桌子边上：“你看看，看了以后再交代你的问题。”

张海波站起来，走近桌边拿起纸头一看，顿时，傻眼了。这不是那天晚上陈胜全捉奸要我写破坏军婚的犯罪事实吗？怎么会到他们手里，难道是陈胜全出卖我，张海波开始有些疑惑不解，照例事关陈胜全的利害关系，他断然不会主动交出去；难道陈胜全也碰到“东窗事发”了，想想，没有这么快啊。

其实，洪强根据陈兰英揭发的线索，陈胜全捉奸那天晚上，命令张海波当场书写通奸的事实经过，会同老殷设计了一套方案，由老殷通知陈胜全到三河公社特派员办公室参加座谈会，排查各个大队“宅基地”纠纷苗子，如何做好缓解工作；另外，派出专案组小王、小唐两个人，趁陈胜全到三河公社参加座谈会的时候，潜入庄前村大队，陈胜全的办公室，打开抽屉找出张海波书写的那份同陈兰英通奸的“自白书”，复印后交给老洪。现在，张海波看到的就是这一份复印件。张海波沉默了一会儿，原来脸上紧绷的皱纹，缓慢地松开来，故作镇静，昂起了头，装作若无其事地说：“这是我同陈兰英发生不正当男女关系的事实经过，我已经向老殷作了交代，你们还要我重复一遍，有这个必要吗？如果你们感兴趣，我就再重复一遍。”

洪强心里想这个人是个老滑头，现在要考虑如何突破他的心理防线，击中他的要害，他转过脸示意小李打开录音机，放了一段录音。洪强叫小李关机说：“讲话的人的声音，是谁？看看你的判断力。”

张海波不屑一顾：“是陈兰英的声音，这，能够说明什么问题，我倒要奉劝你们，不要破不了案，拿我作为专案对象，掩盖自己办案不力，转移领导的注意力。”

洪强转过脸来：“小李你再放一段，让他欣赏欣赏。”

小李又放了一段，有关陈兰英交代、揭发张海波向陈胜全作出保证，不会“忘记你的大恩大德”……

老洪又一次审问：“你听了这一段录音，有何感想?”

张海波听了录音，大吼大叫：“这个死女人，尽在胡说八道。她讲的话，一讲你们就信，我讲的话，你们就是不相信，我现在有口难辩，听凭你们怎么办吧!”

小李说：“你躺下来装死了，不是你向陈胜全透露的情况，陈兰英怎么会知道的?难道是陈兰英编造出来的?再说，陈胜全不是从你口里得到的信息，他会神机妙算，算到专案组的一举一动，然后采取反侦查措施吗?”经小李提出几个问号，多多少少对张海波有所触动，脸上显现出不易觉察的惊恐。

洪强当即抓住火候，进行政策攻势，促使他丢掉幻想，衡量利弊，走坦白从宽道路。

此时此刻，张海波抱着自我麻痹、侥幸心理，开始同审讯他的人“顶牛”，或者像挤牙膏一样，挤一点交代一点。审讯进入僵持状态，洪强不时观察张海波的反应。张海波倒也不是个呆头呆脑的人，当即接招，表示“我交代”，抛出了一个“气球”，试探洪强的态度。洪强从他思想发展规律，面部表露的神态，一眼洞穿，张海波企图“试探摸底”，蒙混过关。洪强马上调整了战略战术，干脆来个“紧急刹车”，宣布审讯结束，没有理睬他的请求，要他回监房考虑问题。洪强采取这一着，叫他一颗心荡在半空中，脚不点地，眼不见底，活难过。

陪同审讯的小李，一听到张海波说：“我交代。”心里想，看来审讯工作开始有了转机，正当心里开始高兴的瞬间，突然听到洪强向张海波宣布审讯结束，要张海波回到监房去“考虑好了再交代”。小李对洪强突如其来的举措，着实琢磨不透，又不好当了张海波面质问洪强，抱怨洪强“错失良机”。

然而，洪强来个“引而不发”战略战术，只是趁其不备，切断他投机取巧的后路。这样一来，反而促使张海波像热锅上蚂蚁，坐立不安。回到监房，脑子里就像翻江倒海，折腾得他死去活来，翻来覆去睡不着觉。如果仅仅是破坏军婚，还要好说些，现在明摆着泄露机密事情败露。陈兰英揭发交代这是肯定的，但是她手里没有那份“自白书”，难道是陈胜全出卖的？如果是陈胜全出卖我，他就不怕我来个兜底翻，彻底暴露他的反革命活动？那么，陈胜全不交出来，那份“自白书”又怎么会到洪强手里呢？

话又要说回来，毕竟他在公安机关混了这么多年，这个时候，他脑子里积累的能量，渐渐释放出来，凭自己的判别能力，他想起小李出示的那份“自白书”是复印件，这是洪强他们采取秘密手段搞到的。现在，可以断定不是陈胜全出卖，而是陈兰英为了自身安危，要逃上岸，来个竹筒倒豆子；如果照眼前的局面，再要顽抗下去，是抗不下去了。然而，转念一想，假使就这么和盘托出，就怕他们从泄露机密追查起来，逐步升级，往参加特务组织上靠拢，那就没完没了，事情就麻烦了。

张海波感到最伤脑筋的是，一旦老婆得知自己被逮捕入狱，这对她心理上是个莫大的冲击，她本来身体不好，今后同孩子如何生活，老婆会不会提出离婚？假使她提出离婚，夫妻之间的感情基础势必支离破碎，小家庭也就跟着解体。现在唯一棘手的问题，倒是老婆要闹离婚，没有办法化解这个矛盾，瞻前顾后，始终徘徊在“十字路口”。

张海波老婆叫罗琦霞，是东方纺织厂细纱车间工人。“文化大革命”搞“清查”运动的时候，因为她具有初中文化，人长得比较端正、机灵，是车间里有名的“纺织西施”，经厂保卫科推荐，被市里调去看守女的被审查对象。张海波经常到各个单位检查工作，就在罗琦霞所在的单位发现了罗琦霞的影子，“窈窕淑女，君子好逑”，从此，三天两天要钻到罗琦霞那个单位去。那时候的张海波，到一些单位检查工作，被一些单位看做是“钦差大臣”，加上他能说会道，经一些人一掺和，同罗琦霞搭上了关系，两个人开始一来二往谈起恋爱来，紧接着结婚。

清查运动结束，一些单位跟着撤销的撤销，散伙的散伙，罗琦霞也就在哄散的人流中，好似承载着深重罪孽回到东方纺织厂细纱车间，耳鼓里不时灌了一些冷言酸语，她只得忍气吞声。从此，一蹶不振，沉默寡言，紧接着怀孕、生小孩，既要操持家务，又要做四班三运转工人。时间不长，人开始消瘦、憔悴，三天两天生病，又怕请病假扣工资，只得拖着病体上班。张海波原本要将他老婆改做常日班，他那顶“钦差大臣”的“光环”已经黯淡失色，四处托人调不成功，这就成了他一块“心病”。

99

火工不到猪头不烂

洪强、小李原先考虑到妨碍张海波交代问题的最大障碍，怕老婆离婚。在制订审讯张海波方案的时候，经过反复推敲，字斟句酌，特地增加了相关内容。提交到专案组讨论研究的时候，专案组办公室，铁锅子里炒黄豆，噼里啪啦议论纷纷。

听了小李宣读方案的内容，不啻引起在座同志惊呼："这哪里像审讯方案，简直是一份申请解决生活福利的报告。"绝大多数人，不表认同。一时间，争论不息。

有的同志只是摇摇头："张海波犯了罪，好像变成了有功之人，还要专案组同志凑点钞票养活他的老小，我倒是弄不明白。"

有的同志争着发声："你还没有说完呐，还要帮他老婆安排好工作，看来，张海波是要去犯罪。本来他老婆的工作调不成功，现在犯了罪，反倒是要帮他调成功，真正是笑话百出，假使被别人家晓得，不要笑豁嘴。"

顿时，会议室充塞、弥漫着牢骚怪话。假使换个位置来说，也无怪乎这些同志发牢骚、说怪话。原来这个张海波，不可一世，仗势欺人，欺压原来公安局的老同志。所以，不少同志一想到过去，都不服气。这些同志表示异议的主要是两条：一条是发动专案组同志自愿捐款，数字不限，临时救急，接济他老婆、孩子的生活；再一条，帮助罗琦霞换个单位，改做常日班，以解决他（她）的后顾之忧。

专案组讨论的时候，倒也不是一边倒。老刘做了个"出头椽子"，发表自己的看法："张海波犯罪，不能殃及家属。本来这个小家庭经济上就比较拮据，张海波锒铛入狱，小家庭势必雪上加霜。尽管这个人过去盛气凌人，工作吊儿郎当，他犯罪，罪有应得；他老婆、孩子没有过错，我认为这两条放到方案里未尝不可。”

小高一开始拿不准，保持沉默，听了老刘讲的，认为有一定道理，他看了看洪强：“老洪，你倒是说说看，你把这两条放进去，是出于什么考虑，指导思想是什么？”

洪强若有所思，朝小高笑笑：“老刘，刚才说的道理，我不再重复。我从另一个侧面考虑，加上这两条的出发点：考虑到张海波一进看守所，思想上必然要考虑到家庭，老婆、孩子，以及他本人今后的出路，特别是害怕老婆要同他离婚。他思想上就有可能出现两种情况：一种是拒不交代问题，凭侥幸心理，企图蒙混过关，或者掼死蛇，躺下来，抗拒到底；另外一种情况，端正态度，争取走坦白从宽的道路，以此挽回将要破裂的夫妻感情。如果咱们解决了他的后顾之忧，维持了这个即将崩溃的小家庭，说不定就有可能争取他选择后一种，走坦白从宽的道路。岂不是减少阻力，加速审讯的进度吗？这样吧，把这个方案报送局长审批以后，再做决定。”

经老洪这样解释，听说报送局长决定，在座的同志也就不再争论。根据老洪的意见，小李拿了审讯方案呈送宋副局长审批，宋副局长看完审讯方案，随即挥笔写了两个字“同意”。然后，从口袋里摸出十块钱：“算我一份。”小李回到专案组，将宋副局长捐出的十块钱放到桌上：“这十块钱是宋副局长的捐款。”

小唐一愣，脱口而出：“喔唷！倒是‘天开眼’，太阳从西面出来了，原本我想这个方案送到宋副局长手里，上纲上线，上到阶级立场问题，少不得要被刮一通鼻子。现在，倒是他第一个带头捐款，而且数目不小，十块钱。好！我也捐十块。”

洪强一看，宋副局长捐了十块钱，将要激发出同志们捐款热情，考虑到每个人工资收入不一，特地作了补充说明：“能者多劳，不要勉强，搞千篇一律，可以不捐，不涉及思想落后，没有人情味。”

就这样，专案组的同志都慷慨解囊，参加了捐款活动。嗣后，老刘、小唐又专程到东方纺织厂、钢铁厂落实罗琦霞的工作调动，解决了罗琦霞的后顾之忧，为争取张海波彻底交代问题，创造了条件。

正当洪强、小李审讯工作止步不前，张海波就像一根鱼骨头在喉咙里不上不下,始终“徘徊在十字路口”的时候,看守员突然通知张海波说有人探监。张海波戴上手铐走进会见室,一看是老婆带了孩子探监,惊呆了,心里在琢磨:她怎么会来探监?这个时候来探监没有好事情,十有八九要当面向我提出离婚?而他老婆看到他戴了手铐那种狼狈相,同过去比较,简直判若两个人。顿时,对朝夕相处多年的丈夫勾起怜悯心,两只眼睛如同打开的闸门,眼泪夺眶而出,接着泣不成声:

“你怎么会走上犯罪道路?”

他老婆话音一落,张海波痛哭流涕,顿足捶胸,断断续续:“我该死,我该死,我对不起你们娘儿俩……”

看到张海波过起牢狱生活,罗琦霞心里面五味杂陈,一时难以承受,眼泪像一长串散落在地上的珍珠,开始诉说开来:“现在懊悔也没有用,还是老老实实交代自己的问题,争取宽大处理。家里的事情你就不要挂念,公安局宋副局长很关心、重视,老洪、老刘几个同志还特地到家里来看望,送来八十块钱,还帮我调动工作,由纺织厂四班三运转,调到钢铁厂做常日班,阿明放在厂里日托,你好好改造,我等你出来,合家团圆……”

罗琦霞这么寥寥几句话,的的确确穿透张海波的心扉。探监一结束,张海波回到牢房,经过一个晚上思想斗争,第二天上午,从监房出来,无精打采地跨进审讯室,一屁股坐到凳子上,两只眼睛盯住洪强看。洪强、小李坐在他的对面,一眼看到张海波两只眼窝深陷,眼圈灰暗,人像瘦了一圈。看来,夫妻俩会面以后,一个晚上没有好好合眼,思想斗争比较激烈。俗话说“火功不到,猪头不烂”,同罗琦霞一会面,炉灶里添了一把柴火似的,顿时思想沸腾起来。洪强不失时机地抓住火候,开始问话:

“张海波,你想得怎么样了。其实,你大可不必自己折磨自己,我今天大道理不讲,只讲两点:第一点,你不彻底交代,‘5·15’全案破获,你的问题正如‘纸包不住火’,到那时你要交代,为时已晚;第二点,你要相信我们会实事求是对待你的犯罪问题,绝不会来个‘无底洞’,或者追无止境。”洪强说到这两点,着实点到了他的要害处。当洪强一提到他老婆、孩子的生活问题,已经帮助安排好,要他尽管放心,这对张海波触动很大,当即抱头痛哭,哭声中伴随着悔恨、负疚的成分,诉说起自己的感言：

“谢谢同志们帮助，领导关心，我对不起大家，我交代。”

这次他表示“我交代”同上次他表示“我交代”的心态、含义不同，它包含了“真心实意”的成分。所以，不经洪强提示，张海波总算交代了向陈胜全透露了专案组的活动情况。

张海波在部队服役时，所在连队的连长邱光标是沪西市三河公社红光大队人，听说张海波退伍以后安排到沪西市公安局，邱连长在同张海波话别时，特地把家庭地址、老婆名字以及老婆的工作单位都告诉了张海波，拜托他对老家给予关照。张海波倒也不负重托，复转到沪西市公安局，就专程到三河公社红光大队探望军嫂。

事情就是发生在他老婆产后“坐月子”的时候。张海波猴性发足，三天两天往三河公社红光大队跑，到百货商店去探望军嫂。

张海波调到“5·15”专案组工作以后，有一年，秋收秋种大忙季节，专案组应庄前村大队邀请，参加抢收晚稻。一天傍晚，大队接到三河公社电话通知，天气预报：“今天晚上有大风大雨”。整个大队还有几十亩稻子没有完成收割任务。正待几个大队干部急得跳脚时，专案组组长洪强勇于担当，会同专案组同志一起，发动庄前村大队男女青年积极投入抢收晚稻。正当整队出发，放开喉咙歌唱：“向前！向前！向前！我们的队伍向太阳……”张海波一眼发现陈兰英下班往老家跑，随即避开人群视线，尾随闪进了陈兰英的家里。事有凑巧，治保主任陈胜全往家里跑，准备拿了镰刀参加劳动，就在他抬脚跨门槛的时候，一眼发现一个熟悉的身影往陈兰英家里一闪，嗨！歪把子——张海波。陈兰英家隔壁就是陈胜全的家，陈胜全心里想：有戏唱了。他不慌不忙，一个人坐在客堂间，跷起了二郎腿自顾自吸烟，抽完一支接一支，心里在盘算“捉贼要赃，捉奸要双”，不到火候上不好出手。

陈兰英一看张海波跟进家门，顿时，发出惊疑的口气：“你怎么会来？”

张海波两只色眯眯的眼睛，盯住陈兰英：“来，认认你的老家。”

陈兰英说：“他们都去抢收割稻，你为啥不去？我也准备拿了镰刀去割稻。”张海波嬉皮笑脸地说：“他们这么多人，还用得到你去。”一头说，一头用语言挑逗，陈兰英这时候开始警惕起来：你出去，我要干活呐。张海波死皮赖脸："外面快要下雨，你好意思赶我出门。"正说着，进而动手动脚，陈兰英此时发现他图谋不轨："你不要瞎来，你再不走，我要喊了！"张海波不管三七二十一，一把搂住了陈兰英，陈兰英拼命挣扎，张海波干脆抱了陈兰英进了房间，关上了门，放到床上，任凭陈兰英又哭又闹，女的终究敌不过男的……

张海波闪进了陈兰英家里，经过了一个时辰，外面下起了倾盆大雨，陈胜全不慌不忙带了电筒，拿了木梯走向天井，翻墙到了陈兰英家里的天井，然后打开电筒，轻手轻脚摸到陈兰英的房间，"笃、笃、笃"敲门，房间里一听到有动静，张海波同陈兰英两人在床上瑟瑟发抖。陈兰英哆嗦着身子："啥——人？"一头穿衣，一头应声："来了。"打开了电灯，开门一看："喔！二叔，你怎么进来的，有啥事？"陈胜全狡黠地说："刚巧看到一个贼往你家里一闪，我就跟进来了。"陈兰英惊异地看着陈胜全："没有贼，你看错了吧。"陈胜全摇摇头，以诡秘的神态，两只眼睛紧盯着床上，一眼看到被窝鼓起，肯定是一个人，不待陈兰英解释，一个箭步窜到床边，顺手将被子一掀，一个男子蜷缩成一只大虾，瑟瑟发抖。陈胜全厉喝："你不要装死，穿好衣裳起来，你倒好嘞，外面下大雨，你在屋里下小雨。"这个时候的陈兰英有苦说不出，只是抱头大哭。张海波虽说是一名公安人员，一看到是陈胜全，已经魂不附体了，扑通一声，齐刷刷跪倒在地上，哆嗦着求饶："陈主任，请你网开一面，我一定不忘你的恩德。"

陈胜全眯起了狡黠的眼睛："国家的法律、党的政策，你比我晓得多，你张海波破坏军婚该当何罪，要坐牢、枪毙的呐。"

这个时候的张海波已经像换了个人似的，一副狼狈相，哀求苦恼："陈主任，你做做好事，行行好，我不会过河拆桥，今生今世忘不了你的大恩大德。"

陈胜全跷起了二郎腿："你要我做做好事，我怎么对得起我的侄女婿呢。这样吧，你把今天的事情写下来，只要你听我话，事情好说。"

张海波一听事情有了转圜，随即在房间搜索到一支笔、一张纸一会儿就写好，递给陈胜全看，上面写的既不是什么保证书，也不是悔过书。但是，陈胜全认可："好！你捺个手印。"陈胜全拿钢笔里的蓝墨水滴点在桌子上当作印泥，叫张海波用大拇指沾上蓝墨水捺了手印。陈胜全就抓住这张自白书中的一句:“发生男女关系”，就像揪住一条小辫子,把个张海波修理得服服帖帖。

专案组在庄前村排查镰刀时,发现陈胜全外甥朱如泽的镰刀去向不明,陈胜全拿老洋盘的镰刀冒充成朱如泽的镰刀,引起专案组怀疑。张海波得知专案组准备要到朱如泽家里搜索镰刀,连夜向陈胜全通风,陈胜全拿了自己家里的镰刀潜入朱如泽家里放到客堂间一个角落,企图为朱如泽犯罪打掩护。张海波同专案组同志到山南向阳大队排查镰刀、通信电缆,特地向专案组同志谎称老婆生病,回城照顾老婆,趁晚上一轮月光,由山南翻过孔定山到了山北庄前村向陈胜全汇报。这天晚上,张海波从陈胜全家的天井翻墙到陈兰英家里,又一次纠缠陈兰英,陈兰英誓死不从,张海波采取威逼利诱,跪地求饶:“就来一次。”陈兰英被逼无奈,又一次发生关系。完事以后,张海波又从陈兰英的天井翻墙到陈胜全家里,从后门出走。

后来,专案组在林家祠堂研究工作时,张海波打横炮,受到大多数同志的批驳、指责,他撅起屁股走路,回到科里,靠了顾金生的牌子被安排到五组搞敌特基础调查,陈胜全同张海波两个人的关系,一度中断。但是陈胜全的阴魂不散,缠住张海波不放,几次三番像催命鬼盯着要张海波汇报专案组的情况。张海波离开专案组接触不到专案情况;再说,做贼心虚,他怕专案组同志轧出苗头,自找麻烦。所以,只好同陈胜全敷衍搪塞。

天有不测风云,陈兰英突然发现自己怀孕,张海波接到陈兰英的电话,还以为陈兰英同他约会,趁晚上人烟稀少,赶到庄前村陈兰英家。陈兰英看到他来,嚎啕大哭,向张海波哭诉已经怀孕,怎么办。张海波一开始也吃着分量了,心里想,事情一旦暴露,破坏军婚的罪名逃不掉。他一头安慰陈兰英,一头在想办法,这件事情只有陈胜全晓得,想来想去,还得找他帮忙。张海波对着陈兰英说:“没事,没有什么大不了的事,只要采取人工流产措施,就解决问题。我去找老陈。”然后,他把陈胜全喊到陈兰英家里商讨,要陈胜全到大队在“人工流产证明书”上盖个公章。陈胜全兜过来说:“喔唷!你个婊子养的祸闯大了,好了,你等着吃官司吧。”张海波从口袋里摸出一包香烟,塞到陈胜全手里:“不要说得那么严重嘛。我的这个问题即使暴露,大不了受到纪律处分,重一点最多蹲过两三年大牢。”张海波狡黠地盯着陈胜全看看：“要是政治上犯罪，蹲大牢就不是两年三年噢，十年八年，甚至上断头台，你说是吧。”张海波还以一记重拳，正中陈胜全的要害。陈胜全一时无言以对，转过来说：“婊子养的，你把我当婊子，用着我就喊我来，用不着我，连人影子也不见。盖公章可以，你拿啥同我交换？”张海波当即向陈胜全作出保证，以收集专案组情况作为交换条件。

就在专案组发现向赐才家里的桂浩明，派人外调回来，专案组内部研究采取啥措施，洪强同顾金生争论的焦点，对桂浩明是拘捕还是监控，产生严重分歧。最终，由宋副局长居中调停，顾金生得不到局长支持，又受到局长批评，气鼓鼓地回到自己的办公室，把笔记本往办公桌上一掼，一个劲儿地在生闷气。正巧张海波跨进他的办公室，一眼看到顾金生紧绷着脸，心中已经猜到几分，又是同洪强发生冲突了，马上从口袋里摸出一包香烟，抽出一支递上，又打开打火机，帮顾金生点烟，顾金生深深吸了一口，本来憋着一肚子气无处发泄，一看到张海波来，就像点燃了雷管炸药，引爆放炮，大发牢骚。张海波本来发愁，苦于没有情报来源，正好从顾金生发牢骚的嘴里得到了信息，取得了同陈胜全等价交换的资本。随即向陈胜全透露了专案组派人到宝典县调查桂浩明的情况，企图换取陈胜全在“人工流产证明书”上盖章。

张海波交代了这一个情节，洪强心里想：就在顾金生发牢骚的时候，无意中泄露桂浩明这个人的情况，不可能涉及桂浩明家庭地址，张海波现在的交代，似乎还有所保留。

洪强接着进一步追问张海波：“桂浩明在宝典县的家庭地址，你是从哪里弄来的呢？”

张海波供称：“是在顾金生放在办公桌子上的笔记本上看到的。”顾金生发了一通牢骚，张海波趁他上厕所的时候，偷看了顾金生的笔记本，从笔记本上摘抄下来的。

宋副局长听了洪强、小李汇报审讯张海波的交代情况以后，心里想，张海波这样卖力向陈胜全泄露机密，当即向洪强又提出来一个问题：“张海波有没有参加特务组织呢？”

洪强就宋副局长提出的疑问，汇报了他们审讯以后的分析意见：张海波没有参加特务组织。张海波同陈胜全进行犯罪活动的时候，基本上都是在陈兰英家里，而且，陈兰英始终在场。张海波的交代同陈兰英揭发的问题基本上一致。张海波则是利用陈胜全做“保护伞”，在陈胜全的庇护下企图同陈兰英保持长期通奸关系；而陈胜全有着浓厚的“小农经济意识”，他完全是利用张海波窃取情报，从特务机关那里捞点好处，假使张海波参加了特务组织，反过来，一脚把他踢开，这种赔本生意，陈胜全不会那么傻。再说，外线组同志，从来没有发现朱如泽、陈婷同张海波有过直接接触。

宋副局长听了洪强的汇报，仔细想想，倒是这个道理，可以排除张海波参加特务组织。那么，张海波泄露机密，敌情会不会有啥变化呢？专案组下一步如何打算，宋副局长要洪强在原来侦查的方案里，根据现在发现的情况，做些适当调整。洪强汇报结束，离开局长办公室，宋副局长拿起电话通知顾金生到他的办公室来。准备个别找顾金生谈话，要他在张海波问题上认真检查，深刻反省。

顾金生到了他的办公室，一听说要他反省张海波破坏军婚问题，当场火冒百丈高：“他张海波破坏军婚，我当科长领导他工作，总不能一天到晚，拿他结在裤腰带上管到他在外面轧姘头。”

宋副局长也来了火：“什么叫政治挂帅。简单地说，当领导的对下面同志思想、工作就是要一把抓。首先要抓政治思想工作。我问你，张海波已经调离专案组，他怎么知道专案组调查侦查对象桂浩明的信息？”

顾金生一听到宋副局长提到泄露侦查对象机密问题，一条火龙直往头顶心窜，说：“这都是姓洪的在背后捣鬼，趁张海波出纰漏，借题发挥，栽到我的头上来了。我怎么晓得他从哪里搞到的信息？”

宋副局长竭尽全力睁大了他两只近视眼睛，狠狠地批评：“你这个同志，最大的毛病就是猜测、怀疑，而且对同志总是抱有成见。恰恰相反，倒是老洪帮你说话，弄清楚张海波从你那里窃取信息的真实情况。”

宋副局长，把张海波交代的问题，原原本本向顾金生说明，这才使顾金生惊醒，回味宋副局长的一番话，确实，为了拘捕桂浩明一事，同洪强发生争论，曾经在张海波面前发过牢骚……

张海波泄露机密以后，不同程度触动了敌人。从某种程度来说，“坏事变好事”，促使敌人加紧实施“W 计划”的步伐，活动的方式方法势必要相应地作些调整，有一点是肯定的，关怀民不可能再以桂浩明的身份蜗居在向赐才家里，要另谋出路。

专案组在讨论到这个问题的时候，争论比较大，绝大多数同志认为，蜗居在向赐才家里的关怀民要溜掉，应当立即采取措施。那么，溜掉又会溜到哪里去了呢，采取措施，采取什么样的措施？

正当大家热烈议论中，洪强从另一个侧面分析、归类、综合，加以条理化，呈现在他大脑的荧光屏幕：关怀民同胡大春的“W 计划”挂上了钩。

那么，这个关怀民是潜伏在内地的特务呢，还是从境外偷渡到内地的派遣特务？至今还吃不准。假设要采取措施，把他“拘捕”起来，势必带有一定的盲目性；再说，陈胜全伙同朱如泽赶到桂浩明的老家，企图灭掉桂浩明，显然是特务头子的主意，为了掩护关怀民生存下来。现在采取措施，不是又要惊动胡大春了吗？关怀民的出现，正是暴露了胡大春利用内地的敌特基础做“替身”，也就隐现了胡大春的影子。还是省厅陈处长说的“这个案件已经搞了几年，还在乎几个月、几天”。

根据陈处长的指示精神，洪强意识到，现在无论如何要“忍耐”，把自己埋藏在心底里的想法，向在座同志痛痛快快亮了出来，意味深长地说：“咱们现在所看到的只是湖塘里的浮萍，而不是深植荷塘的根茎。怎么办，我认为我们要拨开浮萍，刨出根茎，起塘藕。我还是那句老话，现在同敌人斗争，除了斗智斗勇，还要斗耐心，谁沉得住气，谁取得胜利。”

那么，现在已经查证关怀民是冒名顶替桂浩明，再不采取措施，把他拘捕起来，怎么能够刨根茎，起出塘藕？

100

板着老皇历兜圈子

小王同小唐两个人在宝典县仙林乡调查核实桂浩明的身份，最终论定，蜗居在沪西市向赐才家里的桂浩明，是军统特务冒名顶替的关怀民。听取了小王、小唐汇报以后，当即引起专案组同志极大的兴趣。但是，也诱发一些同志脑子里的不同意见。

特别是，最早到宝龙县邮电局调查桂浩明的小高、小林，当众挑头否认小王、小唐两个人的定论。尤其是小高，首先发声："说不定，毛病还是出在我们调查人身上。"小高摆了摆头，煞有介事地说："小王、小唐到宝典县，在仙林乡接待室，调查核实桂浩明身份的时候，当了桂浩明的面，出示了桂浩明的一张照片。这张照片是由外线组同志在监控的时候拍摄到的。桂浩明反复看了照片，认为照片模糊不清，看来看去定不下来。经过小王、小唐一而再三启发，桂浩明这才勉强说是关怀民。实际上那张照片上的人就是桂浩明，当时辨认，只是误判，并不能反映真实情况。"

小林附和小高的说法："我认为小王、小唐查到的关怀民，实际上就是桂浩明。外线组同志拍摄这张照片的时候，肯定是桂浩明蜗居在向赐才家里，趁桂浩明走进走出的时候抓拍着的镜头，桂浩明在辨认时，反复看，向小王、小唐说明，照片上人的形象模糊不清。"

经过小高、小林如此一说，在座有的同志点点头："倒是有一定的道理。小王、小唐拿去辨认的照片，是外线同志远距离抓拍的，人的形象，特别是面孔上的特征模糊不清，桂浩明论定照片上的人就是关怀民，这一点值得推敲。"

还有同志说："远距离抓拍，再加上光线效果，拍出来的照片，让人辨认,它的可靠程度,就有可能七折八扣。再说,相隔多年不见,一时看了照片辨认,得出来的结论,也只能仅供参考。”

在座的其他同志附和:“这一点倒是要慎重,不要张冠李戴。这将涉及下一步工作措施哇。”

小唐听了这些同志的议论,不屑一顾,直面开腔,诘问小高、小林:“我倒要问问你们俩,沪西向赐才家里有个桂浩明,宝典县仙林乡新岭村也有个桂浩明,怎么会在同一个时间出现两个桂浩明,你们倒是说说究竟哪一个才是真正的桂浩明?”

小王接着小唐的发言,反驳小高、小林的论调:“我们当时反复问了桂浩明,在国民党别动队的时候,有没有同名同姓?桂浩明一再表示没有。再说,有哪个人,看了照片,连自己不认得自己。真正是笑话百出。”

小唐加重了语气:“桂浩明在辨认的时候,还一再说明,关怀民头上戴了帽子,一时难以辨别。但是,在他帽檐下露出的眼睛、颧骨以及鼻尖变不了。这一点,你们两位作如何解释。”

小高歪转头答辩:“这有什么不好解释,你们既然问他,在国民党别动队有没有同名同姓,桂浩明当即回称:没有同名同姓。你们一听说没有同名同姓,接着,对桂浩明进行启发,在这样的背景下,桂浩明只是凭一时想象,说是关怀民。如果他不受你们启发,我敢肯定,桂浩明不会说照片上的人是关怀民。”

在座有些同志听了小高如此一说,更加肯定了小高的说法,晃头摆脑,嘴里喃喃自语:“有道理,有道理。”

小李听了这些同志的争论,不以为然,两只眼睛盯住小高,出其不意地发问:“根据你同小林先前调查的情况,宝龙县邮电局的桂浩明早在‘文革’之前就病退了,现在向赐才家里出现的桂浩明,还在宝龙县邮电局工作,出差到沪西。是按照你们先前调查的结论,还是根据现在的说法办事?搞侦查工作,不可以似是而非,说话前后矛盾。”

在座的同志听了小李这一说,顿时,引爆了在座同志的情绪,本来跟着小高的论调抱着怀疑态度的人,当即调转了枪口对准小高、小林,发出讥笑的声调:“你们两个人中邪了,先前调查汇报一个调子,现在,又是一个调子。再说,哪有看了自己的照片,不认得自己,不是变得笑话了。真正是昏说乱话,你们不要开什么玩笑噢。”

对待小李提出的问题，小高、小林两个人一时语塞，无言以对，鼻子一捏，干瞪着两只眼睛，再也没有话讲。

不容分说，几个同志经过几个回合，针锋相对辩论，最终，绝大部分人，倾向小李的观点，认定小王、小唐调查核实关怀民的身份无疑。接下来，对蜗居在向赐才家里的关怀民，将采取什么样措施，立即抓捕，还是实施监控，出现了又一轮争论。洪强听了大家的发言，经过大脑一番过滤，心里想：现在发现冒名顶替的关怀民，只能说明关怀民是国民党别动队的特务，还没有发现他在沪西地区从事反革命活动的确切证据。再说，这个人是从境外派遣过来的特务，还是潜伏在大陆的敌特基础，同胡大春有没有关系，是胡大春的“替身”，还是胡大春的助手，现在，两眼抹黑。如果他同胡大春有关联，一旦采取抓捕行动，等于向胡大春通风报信，原来“诱敌深入”的计划就要落空。洪强特地把他脑子里想到的问题，向在座同志作了述说，接着摆出了自己的想法。

“我以为，现在，对关怀民只有实施监控措施，再观察一个时期，看情况发展，再作调整。眼前，首先要弄清他同胡大春的关系，否则，忙了个大气劲，他同胡大春不搭界，白费力气。无论是对关怀民也好，还是对胡大春也吧，要采取忍耐的战略，耐心的策略，侦查措施要因人制宜，稳扎稳打，步步为营……”

在座的同志听了洪强的说明，都表示赞同。正当专案组讨论统一思想的第一时间，外线组同志急吼吼跑来报告，关怀民突然溜了。

专案组同志一听说关怀民突然溜了，神经霎时收缩，都露出了惊异的目光看着洪强。洪强笑嘻嘻地说：“蛮好！只要他动，就有戏唱了，就怕不死不活，弄得咱们活难过。”

小王忍不住第一个发声：“关怀民怎么选择在这个时候出走。看来，很有可能陈胜全到庆渝县向朱如泽通风报信触动了他，趁早逃之夭夭。”

洪强接着小王的话头：“如果你的说法成立的话，关怀民一动，就将闪现胡大春的影子。现在，要看事态发展。”

外线侦查员根据先前的决定，对关怀民实行24小时监控，一发现关怀民突然出走，监控的同志立即派人向专案组汇报。然后，由外线侦查员小龚、小孙一路跟踪到宝龙县，看到关怀民跑进宝龙县邮电局，外线侦查员小龚、小孙在邮电局附近守候四个多小时，不见关怀民的人影。小龚打电话向老葛汇报，老葛要小龚、小孙撤销跟踪措施，立即返回。

在专案组办公室，洪强会同老葛一起召集专案组同志开会，专门听取外线侦查员小龚、小孙汇报跟踪关怀民的情况。、

前天晚上九点多钟，关怀民从向赐才家里出来，直奔沪西火车站，乘上十点钟由沪西到上海的火车，再由上海转车到渝西。小龚、小孙一经发现关怀民出走，由沪西一路跟踪到渝西。傍晚，火车一到渝西，关怀民就在车站附近的一家旅馆住下。第二天上午，在附近一家早餐店吃了早饭，乘上七点钟的长途汽车到宝龙县下车，转进一家饭店吃饭，在饭店停留了四十分钟，出了饭店大门，直奔宝龙县邮电局。外线侦查员在宝龙县邮电局外面足足守候四个小时。关怀民再也没有露面。小龚这才向老葛汇报，根据老葛意见，小龚、小孙撤销监控措施返回沪西市。

听了小龚、小孙的汇报，还没有等到洪强、老葛发话，小高自以为是发声："我还是坚持我原来的观点，小王、小唐调查核实到的关怀民，实际上就是桂浩明。所以，外线组同志一路跟踪，桂浩明一到宝龙县邮电局，就有邮电局的同志接待，再也没有出来。"

小林同小高一唱一和："我同意小高的观点。否则，这个人一到宝龙县邮电局不会有人接待，而且还留他在邮电局里歇夜。"

小高、小林的发言，又一次引爆了专案组的争论。

小唐不屑一顾，直面开腔，诘问小高、小林："我倒要问问你们俩，是你们亲眼看见宝龙县邮电局有人接待关怀民的呢，还是你们想象出来的?"

小王接着小唐的发言，反驳小高、小林的论调："桂浩明一再表示，在国民党别动队里没有同名同姓。偏偏叫你们俩，不尊重事实，硬说我们查到的关怀民就是桂浩明。现在，外线同志说到关怀民拱进了宝龙县邮电局，你们马上调转了调头，又说邮电局的同志接待了桂浩明，还留他过夜。不晓得你们俩有没有觉着，脑子里缺少一些逻辑细胞。"

小李斜视着两只眼睛，看着小高："再说，沪西向赐才家里有个桂浩明，宝典县仙林乡新岭村也有个桂浩明，怎么会在同一个时间里出现两个桂浩明，你们倒是说说究竟哪一个才是真正的桂浩明?"

小高、小林又一次无言以对，只好闷不作声。

听了以上同志一番议论，洪强同老刘、小王三个人，觉得关怀民直接跑到宝龙县邮电局，再也没有出来，倒是值得研究。三个人兜过来连着盘问小龚、小孙两个人在跟踪、监控过程中的一些细节，外线同志在实施跟踪的时候，有没有惊动敌人。小龚、小孙再次详细汇报。

关怀民一到渝西市，就住进车站附近的一家活动空间狭窄的小旅馆。

老刘问："关怀民到了客房间，你们两位怎么歇夜的呢？"

小龚称："我们俩开好房间，轮流歇夜。小孙休息的时候，我在外面监控。为第二天继续跟踪任务作准备，向旅馆服务员打听交通工具、行程、线路。第二天上午七点钟乘上开往宝龙县的长途汽车，中午十一点钟，汽车到达宝龙县汽车站，关怀民随着人流出了车站，跑进了一家饭店，在饭店四十分钟以后出来，直往宝龙县邮电局方向跑，到了宝龙县邮电局再也没有出来。"

洪强听了小龚的汇报："要有问题，外线跟踪监控的时候，在两个环节上出毛病。一个小龚向旅馆服务员打听交通线路，很有可能被关怀民听到小龚的沪西口音，觉察自己已经被公安人员跟踪监视。第二个环节，关怀民在饭店停留四十分钟，很有可能向饭店吃客打听宝龙县邮电局的大体方位、线路，出了饭店大门，直往宝龙县邮电局跑，造成一个错觉，关怀民仍旧以桂浩明的身份回到邮电局，也就不足为奇。至于，关怀民突然从向赐才家里出走，我同意小王的分析意见，这是陈胜全到庆渝县向朱如泽通风报信，惊动了关怀民。"

实事求是说，敌我双方都犯了一个致命错误，外线侦查员在旅馆狭小空间，用沪西口音向服务员打听线路，被关怀民听到，以特务惯有的嗅觉，觉察到自己已经被公安人员盯上了，说明外线侦查员已经暴露；而关怀民也犯了一个错误，只是听信了朱如泽从陈胜全那里得来的情况的汇报，宝龙县邮电局的桂浩明出远门了，不晓得宝龙县邮电局的桂浩明早在"文革"之前已经病退。他还是守着老黄历，兜了一个大圈子，仍旧拱到宝龙县邮电局去，以此转移视线，掩人耳目。恰恰，露出了蛛丝马迹。

老刘、小王听了洪强的分析意见，表示赞同。小王带有自信的口气："我认为，关怀民突然出走，他同我们兜了一个圈子，企图迷惑咱们。这个人很大可能是胡大春的老关系。经过这一次出走，关怀民很可能另找出路，重新物色落脚点。”

老葛发表意见：“我同意小王的分析意见。现在，要分析一下，关怀民出走，重新寻找落脚点。会在哪一个地方作为落脚点。”

就在专案组会同老葛一起听汇报，分析关怀民会在哪一个地方作为他落脚点的时候，外线组的小张急急匆匆跑到专案组汇报：“黎明老师打电话汇报，桂浩明昨天晚上，到向赐才家里住了一晚，第二天一早赶往上海出差去了。”

黎明老师是向赐才家居地区的居民小组长，是外线组布置，要她监控向赐才家里进进出出的人。按规定外来人员居住三个晚上，才向派出所申报临时居住户口。桂浩明只住一个晚上，只需要向居民小组长口头报告。

小张刚刚汇报结束，小高马上拉出调子：“弄到天亮，向赐才家里居住的还是桂浩明。外线同志原来跟踪桂浩明，桂浩明回到宝龙县邮电局，你们硬说是关怀民。现在，事实胜于雄辩，向赐才家里的就是桂浩明，好在没有采取抓捕行动，否则要犯错误了。”

小林跟着小高得劲地摇头晃脑：“还有人质问咱们，桂浩明回到宝龙县邮电局，邮电局的同志接待他，问我是不是亲眼看到的，还是猜测的。实事求是，我亲眼没有看到，现在邮电局派他出差总是事实吧。”

小唐兜过来还以颜色：“我看，你们俩是胎里毛病，一天到晚，拍拍脑袋，说着风就是雨。人家居民小组长向外线组同志汇报桂浩明在向赐才家里住了一个晚上，第二天一早到上海出差了。你们马上接过来，论证关怀民就是原来你们调查发现的桂浩明。我倒是希望你们俩动动脑子，桂浩明到上海出差，这是向赐才根据关怀民的口气，向居民小组长的口头汇报。”

小王插嘴：“原来，小李提出一个关键问题，你们原先查到的桂浩明‘文革’之前就病退在家，向赐才家里出现的桂浩明现在还在邮电局工作，而且是搞供销的。这一点你们俩如何解释。”

小高昂起头，趾高气扬：“这有什么不好解释，宝龙县邮电局了解到桂浩明原来在邮电局做过供应课课长，病退以后，现在身体恢复，临时聘用，有什么不可能。看问题，不好用静止的眼光……”

小唐笑嘻嘻地说:“看来,你们俩已经铁了心,只顾自圆其说,绝不回头了。说来说去,你都是猜测加估计,没有一点说服力。小王,咱们还是节约点时间,让大家论定吧。”

小高、小林坚持自己的观点,论定黎明老师汇报,现在向赐才家里出现的桂浩明,就是最早他同小林一起调查病退的桂浩明。而小李认为小高的观点牵强附会,不值得一驳,始终坚持小王、小唐的调查结论。他朝洪强看看:“老洪啊!还是你来说说吧。”

洪强笑嘻嘻地说:“小高、小林你们两位说,宝龙县邮电局临时聘用桂浩明的问题,我的看法不可能。根据你们先前汇报,在宝龙县邮电局人保课调查的时候,人保课的同志特地翻阅了干部、职工的花名册,就是没有桂浩明这个人,最后,还是通过宗师傅回忆,才说到这个人‘文革’之前病退,不是在邮电局本部,而是桂浩明已经调到基层邮电所病退的,他的人事关系早就不在宝龙县邮电局,根本不可能再临时聘用。”

洪强如此一说,小高、小林再也没有反驳。

洪强接着表态:“我同意小王、小唐两个人的调查结论,蜗居在向赐才家里的桂浩明,是军统特务关怀民冒充的。现在,外线同志在跟踪关怀民的时候,已经被关怀民觉察到,他就同咱们来个捉迷藏。而且,由沪西跳到渝西,再由渝西跳到宝龙县。现在,回过来由宝龙县跳到沪西,一个转身又跳到上海。他这样跳来跳去,如果他同胡大春是一路货,我估计,最终跳不出沪西市。这样一来,正好把关怀民同陈胜全、朱如泽、陈婷、胡大春串联起来,暴露了胡大春阴魂不散,仍然潜伏在内地,实施他的‘W计划’的阴谋。现在,我建议在座的同志,集中思想、精力,就如何粉碎敌人的阴谋,揪出胡大春,多动动脑劲。”

小唐插话:“那么,关怀民现在这样跳来跳去,如果不采取措施,就这样放过他,又怎么样发现胡大春呢?”

小李接上小唐的话头:“我觉着,在座的同志首先要好好领会老洪原先提出来的忍耐战略、耐心策略的内涵。我个人领会,前一句话,这是对咱们头脑子发热,容易冲动的人讲的,后一句话,是对急躁冒进情绪的人讲的,两句话并起来,就是要咱们理智办案,在工作中不管碰着什么问题,都要理性地思考,审慎作出决策。”

小王插话:“小李刚才发表的意见,倒是对我有很大的启发。如果关怀民同胡大春是本着一个目的的,他们的目标,必然要瞄准沪西的宋浩然,咱们只要‘篱笆扎扎紧,野狗钻不进’,加强内外线配合。外线同志在监控的时候,千万不能暴露,内线侦查要耐心垂钓。”

洪强听了以上三个同志的发言,深表赞同,就下一步工作,把面上的工作,如何同点上的工作结合起来,作了概括的说明。然后,话锋一转,就斗争策略,发表了自己的意见:下一步,加强内线侦查,要由原来的“诱敌深入”改变为“筑巢引鸟”……

洪强所说的“筑巢引鸟”,如何“筑巢”,鸟儿会不会来,这就要看,侦查员原来的分析判断、决策是否正确。

101

筑巢引鸟

沪西市解放前是一个县城。城里大小河川纵横交错，形成的水网贯通四乡八镇。一走进沪西，展现在人们的眼帘：河多、桥多、船多，作为主要交通工具的船只，穿梭不息，映托出典型的江南水乡倩影。

在江南地区，沪西算得上小有名气的一个县城。物产丰富，商贾云集，人杰地灵，一些有名望的人，比较早接受西方文化，民族工业发达，围绕近郊，有纺织厂、缫丝厂等轻纺工业远近闻名。解放以后，拆除了城墙，拓宽了马路，城市比过去大出一倍，修建了贯通东西南北的两条柏油马路。由东到西一条马路叫天宫路，由南到北一条马路叫中山路。“文化大革命”一来，将“天宫路”改成人民路，“中山路”改成红太阳路，结果又有人提出来，我们沪西只能叫“向阳路”，当时掌权的人认为有道理，从此“向阳路”这个路名也就沿袭下来。

二十世纪六十年代，沪西市人民响应政府号召，再一次拓宽了路面，修建贯通东西南北的人民路、向阳路。这样一来，本来一个小小县城的名声远播全国，跻身为中等城市。向阳路贯通南北马路，是托起这个城市的脊梁骨，马路两旁的商店鳞次栉比，是沪西市繁华的商业街。向阳路人流如潮。有一个“凯乐寄售商店”，每天顾客川流不息。

一天下午，凯乐寄售商店，像往常一样，人流熙熙攘攘，一个头戴列宁式鸭舌帽，穿了一身陈旧而又皱巴巴的中山装，上装左侧胸前还佩戴了一枚毛主席像章，脸上架了一副墨镜的人，驻足在寄售商店门口，在仔细观察橱窗内的各类寄售物品。然后，跑进去绕着商店柜台东看看，西望望，再回到商店老板那个柜台，悄悄地说：

“同志，这块手表请你估估价。”

“可以。”店老板做了个手势：“请。”随即将顾客引上二楼。

“阿林！”老板大声吆喝：“倒两杯茶上来。”

不一会儿，一个年轻小伙子端上来两杯茶，放在桌子上，马上转身下楼。老板将手表卸开，用放大镜细看机芯。

“表，倒是块好表。”老板抬起头来说：“年纪老着点，你看，需要啥价钱？”

“你看呐，”顾客要老板报价：“我不太拎市面，向你讨教讨教。”

“照现在这个市面嘛，”老板笑嘻嘻地伸出三个手指头：“只能是这个数。”

“三百块？”顾客抬起头，从两片墨镜镜片里透视老板的神色，疑惑地说：“这个数，似乎少了些吧。”

“你还嫌三百块少，”老板露出惊异地微笑：“我伸出三个手指，是三十块。”

“啊！”顾客简直不敢相信自己的耳朵：“老板，你杀价，把我杀得晕头转向，不认识东南西北了。”

“我说，你这个同志，”老板收起笑容认真地说：“的确不拎市面。你看店里来来往往的人不少，实际上都是看的人多，真正买进卖出的人少。所以，你这个表，如果不是有什么急用钞票，我劝你还是留着自己用吧。现在，你要卖，三个不值两个钱，我同你说实在话。”

“谢谢！”顾客摘下脸上的墨镜：“汤老板，你倒是说实在话。”

老板看到来人的表情、话音，觉得这生意不会成功，也就将检查手表的一套工具收拾起来，做了一个送客的手势：“请！”

“久违了，汤先生。”顾客起身拍拍老板肩膀，冷不丁地说：“怎么连老朋友都不认识了？”

汤老板抬起头朝来人看看，疑惑地说：“你是？好像没有见过面？”

“我叫郑连顺，我们已经几十年不见了，自从国军退出大陆到了台湾，我们这些没有‘爹娘’的人，也就各奔东西，再也没有机会见面，你好吗？”

汤老板皱起眉毛，自言自语：“郑连顺？喔，对了，想起来了，郑连顺。我们这些在大陆的人，只要不死，不蹲大牢，就是好。”

郑连顺认同对方的说法，点了点头：“这倒也是，只要求得安顿就是好。”

汤老板只是琢磨，朝来客看看：“郑先生，从哪里来？”

郑连顺回称：“我从西南出差到沪西，走到闹市，经过你的宝号，从橱窗里看到站在柜台里的人，有点面熟陌生，再仔细想想，对上号，是汤先生。”

汤老板对待这位不速之客甚感诧异，心里想，这个人原来是别动队队长，后来，突然调走，不知去向，现在突然冒出来。至今，没有改换姓名，仍旧用原来的名字。汤老板对来客琢磨不透，开始刺探摸底：“现在，郑先生在西南哪个部门高就？”

郑连顺十分爽朗地回答：“在西南梁熙县供电局当差，混口饭吃吃。”

“当差、混口饭吃吃？”汤老板一听到来人这种不合潮流的语气，心里面打了个咯噔，有意同他调侃、敷衍：“郑先生这次到沪西来有何贵干？”

郑连顺含含糊糊回称：“联系业务，都是跑腿的事情。”接着，他又转弯抹角说：“对了，汤老板，旅馆里你有没有熟人？”

汤老板不温不火地说：“怎么说呐，要说认识，有几家旅馆的负责人都认识，问题要看办什么事情，因为认识不等于有交情。”

郑连顺啧啧嘴，旁敲侧击：“这倒也是。我这趟出差，走的时候比较匆忙，把个皮夹子给忘了带，所有的证件都在里面，这下子麻烦了，我想如果旅馆有熟人，帮我提供个方便，开个房间……”说话间，郑连顺两只眼睛紧紧盯着汤老板的脸，观察面部表情，窥探有什么反应。

汤老板感到突然，又十分为难，顿了一下：“喔唷，你倒是给我出了个难题呐！其他事情还好办，就是这种事难办。因为即使旅馆的老朋友答应帮忙，就怕公安局查到了就麻烦了。弄得不好，要受处罚，吊销营业执照呐。你可知道，旅馆同我们寄售商店一样，都属于特种行业，直接受公安局管理……”

郑连顺一听汤老板说旅馆是特种行业，直接受公安局管，踌躇了半天，缓了一下口气：“说实在的，像我这么大年纪的人，还会做什么坏事，考虑到出门在外，少一些啰唆事情，减少一些麻烦。”他一头说话，一头在试探汤老板有没有诚意帮忙。

其实，汤老板心中已经猜到几分，对方说这番话的潜台词，其目的无非是吊吊胃口，要人家主动帮助解决问题。

郑连顺看看对方没有特殊反应，好像乞求似地说："看在老朋友份上，有没有更好、更妥善的办法，帮帮忙呐。"

汤老板双眉颦蹙，思索良久，抬起头："似乎没有别的办法，如果我现在把你介绍到一个老朋友的旅馆去，就怕万一被公安机关查到，对你不负责任，对我的朋友也不好交代，你说是吧。"

郑连顺听到汤老板说这番话，心里想，这位汤老板没有领会我的意思，不是真正要你帮助解决住宿旅馆，想借你这块宝地安身立命。但是又不好意思直接开口，他就来个"以退为进"的办法："那就只好到火车站坐夜了。"

汤老板一听到他如此一说，倒是不好意思起来了，换了个口气："我看这样吧，如果你不嫌我这里环境简陋，就在我这里马马虎虎凑合一下，怎么样？我住到家里去，叫阿林晚上打烊后睡在楼下店堂里，你一个人住到三层阁楼上。反正，到了晚上没有什么事，你尽管安安稳稳睡你的大觉，我也不到派出所报临时住宿户口，如果派出所查到，我们统一口径就说：'没有住宿，只是老朋友碰碰头。'怎么样？"

这个办法好，出门在外，不在乎环境简陋不简陋，行！郑连顺一听说让他一个人住这里，正中下怀，没有人打搅，又不要到派出所报临时户口，求之不得。这里虽说环境简陋，比露宿街头要好一百倍，不过还是不能疏忽大意，还得要问问清楚。

郑连顺最关心的是安全，说东道西，转弯抹角："你这里来往人员怎么样？"

说来说去，从来人的口气里透出来的调子，关心的就是"安全"问题。汤老板总觉得这位不速之客，同平常人的言行举止有些差异。

汤老板也就轻描淡写地说："我这里来来往往的人比较多，虽说嘈杂，倒也比较安全。二楼是我们谈生意的地方，你只要在三层阁楼上，就没有人打扰，你说是吧。"两个人正在谈得起劲的时候，楼下，阿林在喊叫："公安局王同志来了。"

郑连顺一听公安局有人来，汗毛直竖，鸡皮疙瘩紧急收缩。心里想，这个鬼地方不太平。为了掩饰内心的紧张情绪，两只眼睛只是盯着汤老板，看汤老板是什么反应。

汤老板把嘴一噘，示意郑连顺上三层阁楼去。阿林带了两个公安人员上楼，汤老板赶紧叫阿林泡茶，将寄售物品登记簿拿来，主动让公安人员检查。

汤老板带有夸耀的口气说：“我们这里，凡是进进出出寄售的物品，都要登记，顾客拿来寄售，一定要看他的证明，如果发现可疑，立即报告公安局，这一点，我们从来没有马虎。”

两个公安人员点点头，其中一位王同志说：“你们凯乐做得比较好，这倒是有一说一，从来没有马虎过。我们今天来，是有个案件向你们通报一下。昨天晚上，发生一起盗窃案件，这里有一张盗窃物品的清单，你们如果发现有人来寄售这张清单上的物品，立即报告。就是这个事情。”

“好好，我们照办。”

“不耽搁你的时间，我们走了。”

“坐一息，吃口茶再走嘛。”

“不了，我们还要到其他店去发通知布置呐。”

等公安人员走了，汤老板上了三层阁楼，看到他额头上在冒冷汗。

“他们走了？”

“走了！”

“你这个地方，好倒是蛮好。就是来来往往的人杂乱。”郑连顺实际上说“不安全”。

“你说错了。”其实，汤老板已经领会他说的“杂乱”的潜台词，笑嘻嘻地说：“越是有公安人员来来往往，越是安全，喏，我再领你看看，让你开开眼界。”汤老板领了郑连顺看了他三层阁楼阳台上的暗道。

汤老板神神秘秘地说：“我原来的房东，解放前是个资本家，他怕半夜里有强盗打劫杀人，特地设计了一个暗道。如果一有情况，就可以从这个暗道，遁身到公园，然后溜之大吉。”汤老板一头说，一头将长台上的座钟打开玻璃门，将手伸进去按了一下暗钮，墙壁上一块木板自动移开：“钻进去就到了阳台上，一转身就是阳台出走的阶梯，可以从一条长弄堂遁身公园。”

“好！”郑连顺心里想，嗨嗨，这个地方倒是理想之地。

汤老板以关心的口气说：“平时，如果有什么杂差，可以叫阿林，这个小家伙就是做事愣头愣脑，人倒是老实巴交的。”

“哦！”

“怎么样，今天晚上，你打算怎么办？”

“唔，我看可以，今天晚上我就住在这里。”

郑连顺看了三楼的暗道，感到这个地方倒是比较安全，再说，还很清净。突然，楼下的伙计又在叫喊：

“小汤，薛春娇来了，”阿林高声叫喊：“她要找你。”

“好！”汤老板回称：“你叫她上楼。”汤老板示意郑连顺回避一下，他就从三层阁楼跑回二楼接待。

汤老板其实已经50岁了，“小汤” 这个称呼，这是熟人惯用的昵称。薛春娇在爬楼梯时就喊开了：“小汤，你现在架子这么大，老娘见你一面，还要由你点头，才能见你的鬼脸。”

“来，哪里话，”汤老板有意插科打诨：“你薛二小姐来，我哪敢怠慢，怎么，找我有什么事？”

“没有事情就不能来了，”薛春娇把脸一板：“你现在不仅架子大，忘性也大，前一个时期，我托你帮我弄一台油印机，弄得怎么样？”

“嗨，你不说，我还真的忘了呐。”

“我说嘛，”薛春娇做了个鬼脸：“我说你贵人多忘事。”

“不是我贵人多忘事。”汤老板无奈地说：“这种油印机，很少有人来寄售，你说，哪一家私人人家有这种东西，除非公家才有这种油印机，你说是吧？”

“倒是这么回事，”薛春娇思忖了半晌：“那，你看怎么办？”

“依我看，你还是去买一台新的算了，多不了多少钱。假如，有旧的来寄售，你买回去不好用，或者用了一个时期坏了，还要拿去修理，不是多了个开支，反而不合算。”

“唔，我听你的。”薛春娇兜过来：“最近，也没有什么新闻？”

“有，”汤老板拉长了调子：“薛二小姐找到了一个白马王子，在上海国际饭店举行婚礼，你可听说？”

“你这个出棺材的，”薛春娇把眼睛一瞪：“你拿你太舅婆寻开心。好了，你太舅婆要回去了，不来同你烦了。”一头下楼，一头嘀咕。

郑连顺听到来人下楼，也就从阁楼上跑下来，小汤回转身，面对郑连顺笑嘻嘻说:“你用不到紧张,坐。”

郑连顺坐下问:“这个女的同你蛮熟悉嘛。”

“这个女的,你可知道是谁?”小汤神秘地诘问:“我如果说出来,包你也认识。”

“哦,是谁?”

“薛念娇,薛大小姐的二妹子薛春娇。”

“哦,是薛念娇的妹子。听说,薛念娇在香港吃得开呐,市面做得不减当年。现在,这个妹子怎么样?”

“还能怎么样,”小汤摆了摆头:“现在开了一爿誊写油印社,今年已经28岁,还没有结婚,一直想办法,要到香港她阿姐那里去,还就是出不去。”

郑连顺裂开了嘴:“你这里,老熟人还真不少呐。”

郑连顺心里想,看来,这个汤老板保持同这些老关系接触,说明还没有完全被共产党赤化。转了一个话题,郑连顺若有所思:“不过,对他们情况不熟悉,也就不必同他们会面,像薛春娇的情况、处境,如果有人到香港去,我帮她托人带信,我估计凭薛念娇在香港混到“红得发紫”,帮她妹子在香港找个对象过日子不成问题……”

汤老板凑趣回称:“你如果帮忙,这倒是做了一件好事。”

郑连顺像煞有介事:“没有问题,不过,你暂时不要同她说明,等我事情办完以后再说。”

汤老板一本正经:“那,当然喽。”

话还得说回来,这个人一经出现,小汤如此热情接待,他们之间究竟属于什么关系,是朋友、亲戚关系,还是有着历史渊源,是同事、或者上下级关系,似乎给人们留下了悬念。然而,这两个人在交谈中,双方都没有敞开心扉,都在调动彼此感官神经试探着对方的心态,运用肢体、说教观察对方。凭郑连顺观察能力,对汤老板还始终见不到底,内心不免还存有戒心。

102

郑连顺何许人

凯乐寄售商店里突然来了一位不速之客——郑连顺，为什么汤老板如此盛情款待，还特地把他隐居在三层阁楼上呢?这个人原来是国民党军统特务，解放前是汤老板所在的“特别行动队”队长。如果追溯历史渊源，他们曾经是上下级关系。

在抗战时期，汤老板先后在日伪特工站、日本宪兵队特务机关——“对共工作站”当过翻译、特务。抗战胜利以后，军统特务机关接收日伪特务机关的时候，汤老板趁机投靠了由军统特务机关直接掌控的“特别行动队”。郑连顺就是这个“特别行动队”的队长，汤老板是队员。郑连顺担任“特别行动队队长”不到一个月就被调离，几乎是闪电式来，又闪电式蒸发。至此，郑连顺同汤老板就像“断线的风筝”，再也没有续弦联系过。“特别行动队” 队长一职由薛春娇的姐姐薛念娇顶上。所以，汤老板向郑连顺一提起薛春娇的姐姐薛念娇，一个“双皮老虎”，在日伪、国民党时期的双料特务，郑连顺同汤老板两个人就好像一见如故，一下子拉近了距离。

沪西县内有一条巷子叫做“八尺长巷”，很有名气，倒不是它有这个古里古怪的名字，其实这条巷子也不止八尺长。主要有两个原因：一个是这个巷子里有一家姓薛的大户人家；另一个原因是，日本侵华时期，沪西沦陷的时候，就在薛家一处闲置房屋内，供日本特务机关，设立了一个“对共工作站”。对外没有招牌名称，只是在大门口开了一爿杂货店，以此作为掩护，从事特务活动。特务进进出出都是走后门。这个特务机关的主要任务，专门搜捕、屠杀共产党、新四军干部，专事利用汉奸，收买叛徒，采取打进去、拉出来的办法，分化瓦解抗日力量。这个机构虽说是个“站”，就当时来说，权倾沪西全县。

由于这个机关的特务头子操生杀大权，尤其是居住在“八尺长巷”附近周围的一些老百姓，只要一说到“八尺长巷”“武植隆”，几乎谈虎色变，就连小孩哭闹，一些妇女喊一声“武植隆”来了，小孩顿时会被震住不哭。是什么道理呢，这个特务机关的头子名字叫武植隆，老百姓把“隆”字比喻为“狼”。这个人生性凶残，杀人如麻，尤其对付共产党、新四军干部，施以各种酷刑，置人于生不如死的境地，凡是进了“八尺长巷”的人，如同走进了人间地狱，生还的希望极其渺茫。

在这个特务机关里面有一男一女两个中国人，男的叫汤凯，就是汤老板，女的叫薛念娇，也就是特务机关的房子主人。她父亲原本是国民政府驻日本大使馆的外交官，从小在日本长大，讲有一口流利的东京语，平时喜欢女扮男装，骑马打枪，放荡不羁，由于她家庭身世显赫，加上人长得妖艳出众，平时混迹于沪西县日伪上流社会，是名噪一时的薛大小姐。日本特务头子武植隆主要是依靠薛念娇作为得力帮凶，残害共产党干部，分化瓦解抗日队伍，勾结国民党军统特务，借日本特务之手，打击共产党在沪西的地下党。

抗日战争胜利以后，薛念娇摇身一变，成为“抗战有功之臣”，拱到国民党军统特别行动队，由副队长升任队长，汤凯跟着她当了队员。但是，好景不长，蒋介石悍然发动内战，人民解放军以摧枯拉朽之势，胜利结束辽沈、平津、淮海三大战役，“百万雄师过大江”之际，薛念娇自知罪孽深重，就在沪西县解放前夕，匆忙逃到香港。土生土长的汤老板，却滞留在沪西。沪西县解放以后，当他一看到人民政府张贴布告，号召汉奸、特务向人民政府登记自首。他深知自己逃不掉这次厄运，心里不免惴惴不安，小心翼翼地到当地人民政府“反动党团特登记处”进行登记自首。后来，被政府逮捕判刑劳动改造，释放回来以后，开了一家凯乐寄售商店，招徕四方客，一心经商过日子。

这一天，郑连顺踏进了汤老板商店大门，双方经过一番攀谈叙旧，就在当天晚上，由小汤表示为他洗尘接风，请吃晚饭。两个人少不得乘寒暄、叙旧的时候，相互试探摸底。首先由郑连顺发话：“解放后，汤老板过得还太平吗？”

汤老板领会郑连顺提出“太平”的潜台词，吃了口酒，感叹地说：

"怎么说呐,叫做既太平,又不太平。"

喔!郑连顺对汤老板的回答,似乎感到不疼不痒:"这么说,你碰到什么麻烦吧?"

汤老板不无感慨地说:"何止是什么麻烦噢!而是碰上了无产阶级专政的铁权,坐了两次大牢。"

"喔唷!"郑连顺感到十分惊讶、疑惑,然后关切地说:"哦!怎么坐了两次大牢呢?不过,能够保住一条命,这是不幸中之大幸呐。你怎么不同薛念娇一起到香港,不是少吃这些苦头吗?"紧接着试探性套问:"像你这样身份的同事,就有好几个被枪毙哩,你怎么会绕过阎罗王点名的呢?"

汤老板已经品味到对方在怀疑自己被政府逮捕判刑,免于"死刑"的缘故,煞有介事地说:"这,你就不懂了。"汤老板诡秘地说:"其中有一个奥秘。"

郑连顺饶有兴趣,急切地问:"你倒是说说看,有什么奥秘?"汤老板抿了一口酒,接着说:"说来很简单,钻了一个空子,我是在人民政府富有弹性的政策夹缝中钻了出来的。"郑连顺竖起两只耳朵,如同听汤老板"说大书",听得津津有味,想深究汤老板说到其中的"奥秘"。而汤老板有意把话锋一转:"我在日伪时期,抗战胜利以后,这两个时期当差,多数做的内勤事务,很少接触老百姓,同老百姓没有什么过节,没有发生过正面冲突。所以,沾了没有'民愤'这个光。凡是被人民政府判处死刑,执行枪决的人,人民政府的布告上总有那么一句话:某某人民愤极大,不杀不足于平民愤。所以,我逃过这一劫——枪毙。你老兄恐怕没有经历过,所以也就没有这个方面的体会。再说,我又没有背景,也不具备经济实力,拖儿带女的怎么到香港去,只能在大陆听天由命。你说是吧?"

"对!对!对!"原来潜藏在脑子里的疑问,似乎有些感悟,郑连顺连连点头说:"倒是这个道理。"

汤老板拿起酒杯:"来,吃酒。"

郑连顺抬起左手说:"好,祝你大难不死,必有后福,干杯!"

当他们两个人放下酒杯时,汤老板开始带有好奇心,探问来客。汤老板说:"抗战胜利以后,你这个特别行动大队长当得好好的,怎么突然不见了,后来到哪里去了?”

郑连顺装模作样:“嗨!干咱们这一行当的人,身不由己啊,临时要我去打杂差。”就说到这里,他就打住了。

“那么,你又如何混到西南去的呢,说明你的法道不浅。”

郑连顺接过小汤的所谓“奥秘”,来个就地贩卖,一本正经地回忆说:“老兄,不瞒你说,当时,我一看这个形势,估计要改朝换代喽,所以,我就动脑筋,想办法重新投胎,做了一回转世灵童,离开老地方到梁熙县供电部门当差,梁熙县一解放,我也就跟着梁熙县供电局被人民政府接收,成为供电局的留用人员。”

汤老板点点头:“那么,在历次政治运动中,都没有碰到你?”

郑连顺把头向上一仰:“没有,正如你说的,我原来干的事,没有同老百姓正面冲突,再说人民政府的政策,就像橡皮筋,弹性太大啦,在梁熙县地区,像我这样身份的人,根本排不上号。”

汤老板将信将疑:“倒也是,不过你也许转得快,而且,又离开原来的地方,这也许有关系。”

郑连顺自以为是:“可以这么说。说老实话,这就叫随机应变。”

两人边吃边谈,不知不觉,一顿晚饭吃到深夜十点多钟。汤老板就向郑连顺告辞回家,郑连顺也就上了三层阁楼上困觉。由于吃了几口老酒,加上几天来没有睡上安稳的觉,现在,在小汤的三层阁楼上,困觉有了安全感,觉得舒坦,一上床满脑子显现春风得意的画面,慢慢地进入梦乡。一觉困到下半夜,翻了个身,就出现少有的烦躁,脑子里呈现尽是一个个模糊的景象,折腾得他翻来覆去睡不着。何以出现如此烦躁心绪呢?事情还是由上半夜他同小汤一起吃老酒,两个人相互攀谈、摸底,沉淀在大脑里的残渣发酵。

吃过老酒上床困觉,一开始,脑子里都是展现一些令人欣慰的情景,到了后半夜翻了一个身,脑子里不时出现,汤老板热情的画面却变成了变幻莫测的恐怖幻境:有的是张开血盆大口,有的是一张张网袋,还有的是一条条绳索,在等待他去钻、去套,想到这里,霎时不寒而栗,身上几乎出了一身冷汗。他分析,小汤明明晓得他原来的身份,如果换了其他人尽量回避,小汤却不回避;其他人不想干,小汤虽然没有明说,但是有意投我所好,特地将家里的暗道都告诉了我,这不是在隐喻我还在重操旧业吗?抗战胜利后,由日伪特务机关转到军统门下的这些人,他们最大的特点,“有奶便是娘”,就像“狗改不掉吃屎”一样,这是他们的本性,看家本领,两面讨好,左右逢源,会要两面派。这个小汤现在是不是在故伎重演?想当年,就在接收的时候认识了小汤,不久就被调离,两人没有过多地交往。因此,不免对小汤的热情接待,所表现出来的一往情深“见不到底”;尤其是,他两次被当地政府逮捕判刑,两次都化险为夷,到底是真是假,还真有点吃不透。话又要说回来,现在,再要找一个像他这样的人,具备这样条件的地方,也确实难找,况且,时间也不容许。但是,又不得不防,怎么办?

郑连顺在三层阁楼上如坐针毡,开始对这个小汤产生怀疑,心里边越发焦虑和矛盾,情绪不免躁动。突如其来,心血来潮,他想到了“考察”,要想办法考察这个汤老板。如果要进行考察,要从哪里着手?经过一番思索,开始行动了。

郑连顺先从室内环境入手,天还没有亮,他就轻手轻脚跑到二楼,打开电灯搜索,看到一个字纸篓子,将里面的废纸一张张拣出来,又把它一张张抚平,想从废纸中发现可疑情况,结果一无所有。第二天,趁伙计阿林一个人在店堂,他又找了阿林探听、摸底,假惺惺地说:“白天,不看见小汤的人影子,到哪里去的?”

阿林不假思索地说:“他可是个大忙人,凡是客户有什么寄售物品,都要他上门估价,由我照看门面。”

“为什么要上门估价,叫客户将寄售的物品拿来,不是省事了吗?”

“你不懂,有些像家具之类的笨重物品,你不上门估价,一下子拖来,得知生意成功不成功?如果不成功,再拖回去,双方多么费事。上了门估价,价钱谈成功了,小汤立即找‘下水道’,如果同‘下水道’价钱谈妥,就由买主直接上门将货物拉走,根本不需要将这些笨重的家伙拖到店里来。你在店里有没有看到什么家具之类的笨重东西,没有的,这类生意都是场外交易。”

郑连顺点点头,又采取诈问的方式:“噢!原来是这么个道理,你懂得不少生意经,我听说他还要跑到公安局去,干什么?”

“公安局,他不会去的,要去只有我去。”

“你去干什么？”

“送寄售物品登记簿，三天两天就要送去审查呐。”

“那，你到公安局去，公安人员要不要问你什么？”

“问了，问得详细呐。”

郑连顺警惕地问：“他们都问了些什么内容？”

“他们看了登记簿，”阿林如数家珍：“公安局的人问这个物品，是本人的，还是代人来寄售的；他拿来的时候，有没有带上户口簿，户口簿上的名字同他登记的名字是否相符……”

“噢，还比较麻烦的呐。”

郑连顺在拷问阿林，似乎没有问出个名堂来，一个转身：“阿林，你帮我送封信给一个朋友吧。”

“可以，你拿来，我帮你送。”

等到商店打烊、下班以后，阿林从郑连顺手里拿了一封信，按照信上的地址送信，结果白跑了一趟，没有这样的人，回来向郑连顺回复。郑连顺眉头一皱，装腔作势：“这个人要么搬家了。”口头上表示谢过，待阿林走后，他从信封中取出信纸仔细验看，信纸上原来他做的记号，仍然原封不动。这时候，郑连顺陷入沉思，从小汤到阿林，经过反复考察，认为并没有什么反常现象。但是，郑连顺并没有就此罢休。他又拿出了他的看家本领对阿林、小汤进行跟踪。当小汤外出，他一路跟踪，到了晚上同小汤一起吃晚饭的时候，他就开始盘问，小汤到了哪些地方，每到一处地方，停留了多长时间，接触了哪些人，这些人是干什么的，同对方交谈些什么，等等。

小汤针对他提出的问题，已经意识到郑连顺的用意，不厌其烦地一一做了回答。说老实话，都是特务出身，“脚碰脚”，“芦席上翻跟斗”，本领高低都一样，就凭你郑连顺来个雕虫小技，要难倒这个小汤，还没有那么容易呐。而小汤也不是任人摆布的人，你郑连顺把我当作“猪头三”，我要拿你当作“阿木林”，在两个人交谈过程中，蓄势待发，出其不意，掩其不备。小汤立时板起了面孔，用了不客气的调子回敬他：“我说姓郑的，我是因为我们有过一面之交，你到我这里来，以礼相待。不客气地说，我们之间领导与被领导关系，已经成了历史，既然你信不过我，请自便，免得在我这里活受罪。”

郑连顺感到自己的语言、行为冒犯了小汤，随即调整了口气：“哎呀！你老兄，不要误会嘛，我到你这里，承蒙你殷勤款待，我谢都谢不过来呐。我呐，可能是过去的职业病，好刨根究底，多有得罪，请多多原谅。”

小汤气呼呼地说：“哪有这样对待朋友的？我这个人，没有什么本事，但是对朋友还是真诚的，在处理朋友关系上，还是会把握分寸。你来我这里，我就知趣从来不问你来沪西干什么的，也不打听你从那里来。”小汤有意吊他的胃口，接着说：“为什么呢？这里边就有个相互信任的问题，你说是不是？”

郑连顺假惺惺地说：“是、是、是，不过对你小汤，我还是绝对地信任的，否则，我不会住在你这里。”

小汤不依不饶，咄咄逼人，开始回击：“信任可以这么说，绝对还说不上。”

双方好似“斗法”，尽用语言当刀枪，一来一往，比起真刀真枪有所不同，都是运用大脑细胞，想尽一切办法，迫使对方缴械、就范，谁胜谁负，就看个人的法道深浅了。

再说，“5·15”专案组，自从顾金生盲目收审陈婷、鲍冲，惊动了敌人，出了个纰漏。接连又出了个“内鬼”张海波泄露机密，人为地造成了专案工作被动局面；正当查明潜居在向赐才家里的桂浩明是军统特务关怀民冒名顶替的情况，关怀民又突然蒸发。省厅领导对“5·15”专案组接二连三发生问题，十分关心，三天两天打电话询问，甚至派人到沪西市作现场指导。

省厅侦查处陈处长接到报告：沪西市凯乐寄售商店突然来了一个不速之客——郑连顺，特地赶到沪西市了解情况，在沪西市公安局侦查科“5·15”专案组办公室会同专案人员一起分析研究这个对象。

洪强向陈处长详细汇报了最近一个时期案件进展和发现的新情况：现在，凯乐寄售商店出现一个名叫郑连顺，这个人从穿着打扮来看好像内地的人，上装左胸前还佩戴了一枚毛主席像章。但是再从他谈吐举止来看又不像内地来的人，他连内地社会上发生的大事情，理解上只是似是而非，一知半解。总而言之，关怀民也好，郑连顺也好，这两个人好似同胡大春影形不离，看来跟“W 计划”有关系，说不定也是奔着宋浩然来的。但是，现在还没有把握论定。

陈处长听了洪强汇报，点了点头说：“有这种可能。但是，现在出现的郑连顺是不是同胡大春有关系，还应观察，做过细工作。不过，你们千万要有耐心，切不可再犯老毛病，蛮干。”陈处长语重心长地说：“一定要吸取以往的经验教训，这个案件已经搞了几年了，不在乎几个月、几天。当然，话又要说回来，干任何工作，都要只争朝夕，这要看主客观条件。我要提醒你们一点，军统特务，解放后被我们打击得比较狠，这些人一般不敢轻举妄动。胡大春已经在海临地区一连找了好几个军统老关系，作了尝试，没有一个派上用场。现在，发现的郑连顺接触的是内地日伪特务，这就显示了胡大春的影子。你们的工作重点，要放在汤凯同郑连顺这两个人身上……”

小李插嘴说：“到西南去调查核实一下郑连顺，不是可以断定他的确切身份，同胡大春的关系了吗？”

陈处长摇摇头：“千万不要被敌人牵了鼻子跑，到西南去调查，无非有还是没有这个人。我断言，西南供电系统涉及国计民生的单位，绝对不可能留用一个军统特务。咱们去调查，弄得不好惊动敌人。我的意见，你们要抓住两头：一头要加强内线侦查，摸清郑连顺到沪西来的目的、意图，以及活动情况；二是要加强外线监控，切记，包括他们在海临地区建立的据点，陈婷、鲍冲他们的活动情况。无论是内线侦查，还是外线监控，都要贯彻内紧外松的原则，千万不要暴露我们侦查手段。”

洪强同在座的一些同志都表示赞同陈处长的分析意见，以及对下一步工作指导。陈处长走了以后，洪强和专案组同志一起会同老葛等外线组同志，研究讨论的时候，老刘突然举手发言：“陈处长刚巧谈到，日伪时期的日伪特务，抗战胜利以后，投靠国民党军统特务机关。上次，我们在安徽劳改农场提审军统特务海临站内当家丁一晨的时候，他曾经供到：抗战胜利以后，国民党军统特务机关接收了一批日伪特务，专门成立一个特别行动队，胡大春曾经在这个别动队当过一个时期的队长。现在看来，凯乐寄售商店出现一个郑连顺，说不定，这个人，很大可能是胡大春在内地的敌特基础，派他出来活动。”

经老刘一说，在座的同志，眼前一亮。洪强点点头：“现在，吃准侦查目标——郑连顺。”

接着，就侦查目标如何开展工作，就内线、外线如何联合侦办，做出了具体部署。

但是，郑连顺是不是专案组分析论定的侦查目标，就要看下一步工作结果，如果不是，洪强的“诱敌深入”，改为“筑巢引鸟”计划，就要泡汤，粉碎敌人“W 计划”的阴谋会失败。

103

投放诱饵

经过一番言语碰撞，郑连顺同小汤心里面都有些不舒坦。但是，都有着一个急切的期望，早日实现各自心目中追求的目标——“钓鱼上钩”，摸准对方脑子里到底想些什么。所以，堵在心里的疙瘩，没有经过“手术”，不会自行消失。凯乐寄售商店二楼上，好似雨过天霁，又复平静，郑连顺、小汤又回到原来友好的港湾“垂竿钓鱼”。

小汤仍旧走街串巷收旧货；郑连顺优哉游哉，独自在店堂里、楼上楼下跑跑，不时观察动情。他看到阿林，好奇地问：“小汤呢？”

“到邮电局去了。”

“到邮电局去干什么？”

“他，哪能干什么，收旧货。”

“邮电局能有什么旧货？”

“单位里原来由红卫兵小将‘破四旧’的四旧物资，现在要清仓，要他去估价，寻找买主。”

郑连顺喉咙里发出一声：“噢！”

其实，这个时候，郑连顺根本没有领会阿林所讲的“破四旧”的真正含义。反正听到有个“旧”字，准是收旧货，所以装模作样瞎敷衍一通。当他回味阿林说起小汤到“邮电局去”，就像黑夜里擦出一点火星，霎时燃起他的欲望。特地买了一瓶好酒和下酒的卤菜，晚上等小汤回来对酌。

傍晚，小汤风尘仆仆回到店里，一上了二楼，一眼看到桌子上有酒有菜，霎时感到奇怪。而郑连顺看到小汤上楼，赶忙热情招呼：

“来，今天，由我来请你吃老酒。”

"今天,是什么日子?"

"没有什么讲究,多有得罪,算是我向老兄赔礼道歉,来,坐下来。"

"有什么得罪不得罪的,还用得着赔礼道歉,"小汤笑嘻嘻地说:"真正是小题大做,吃饱了饭,没有事情做,瞎起劲。"

"那,就算帮你解除疲劳,提提精神。"郑连顺一头说,一头往杯子倒酒。至此,两个人举杯对酌,开始"垂钓"。

郑连顺自从跨进凯乐寄售商店,始终没有向小汤透露他现在的真实身份和来到沪西的目的,犹如刚刚从深山老林里窜出来的一只狐狸,行动诡秘、生性多疑、狡猾奸诈。碰到这样的对象,要进入他的精神世界,所经营的一块领地,就要靠智慧和极大的耐心垂钓,诱他上钩。

小汤本身就是特务出生,而且是个"双料特务",同郑连顺打交道,有着驾轻就熟同对方过招的本领。但是,话又要说回来,尽管,小汤有着"得天独厚的先天条件",在同郑连顺过招,周旋、较量的时候,不得不利用大脑细胞跑动,开启"大脑接收器",不断接收对方信号,观察浮标浮动,鱼儿咬钩的影子。小汤一方面装作不谙世道,为人迟钝的样子,对他的一言一行只当无事,另一方面,出其不意,先他一脚投放诱饵,引他上钩。事先关照阿林,郑连顺如果打听他的去向,就说到邮电局收旧货,看他有什么反应。这一招还奏效。傍晚,小汤回到店里,爬上二楼,一眼看到桌子上有酒有菜,当即在大脑里接收到第一个"信号"——对方开始咬钩了,而郑连顺只是佯装置酒款待主人,投其所好。

小汤一坐下来,两人少不得寒暄一番,郑连顺同小汤干了一杯,说了不少废话、空话、套话,以借助酒兴,创造和谐气氛。至此,双方一进入对酌阶段,集中精力,观察水面上的"浮标"。

郑连顺开口第一句话,发问小汤:"今天到哪里去收旧货的,生意有没有做成?"

小汤无奈地说:"今天到邮电局,生意难做呐,力气倒是用了不少。"

郑连顺疑惑不解:"邮电局有什么旧货收?恐怕你跑的地方不对'财路'吧。"

小汤摇摇头:"这,你就不懂了。在'文化大革命'一开始,红卫兵同单位的造反派联合起来'破四旧',到走资派家里以及单位里面,凡是认为属于'四旧'物资统统要破。后来,政府落实政策,被抄家的人的物资发还本人,就剩下的是一些无人招领,以及公家的物资。现在,单位里原来堆放'四旧'物资的房间要派用场,所以,急需将这些东西处理掉,如果做得好,有赚头呐。"

郑连顺脸上显现着疑惑的神态:"喔!'文化大革命'中,你们这里还有什么'破四旧',哪'四旧'?"

小汤朝郑连顺看看,发出嘲笑的口气:"嗨!'四旧'你不晓得,就是所谓'旧思想、旧文化、旧风俗、旧习惯',凡是同这个'四旧'占上边的,统统要破,不是没收,就是一把火烧个精光。你们梁熙县没有破'四旧'的?"

郑连顺觉察到自己失言,随即调整语气,自圆其说:"我们那里和你们这里一样,只是说法不同,梁熙县的红卫兵、造反派不叫'破四旧',叫做'砸烂旧世界',凡是被红卫兵、造反派搜去的东西,全部烧光,没有什么发还不发还的,不像你们这里还要发还。那,你今天去帮他们卖掉了。"

"哪有这么容易噢,"小汤拉长了调门:"都是些不伦不类的东西,真正好的东西,一些人不是不敢买,就是口袋里没有钞票,我今天跑了好几家,人家都摇头。"

"那,怎么办呢?"郑连顺就怕小汤找不到买主,不再去邮电局,关心地问:"明天你不去了?"

不,明天还得去,小汤紧皱起眉毛:"不能有事有人无事无人,他们既然一再拜托,总还得要尽心尽力,做生意的人,全靠'诚心'两个字吃饭呐。"

郑连顺试探性地说:"这倒是,你这么卖力,同他们是老朋友?"

小汤笑嘻嘻地说:"老朋友倒也谈不上,他们那个行政科长,我们打交道不止一次两次,说起来也算是老主顾了,比较熟悉。"

郑连顺一听说起,那个行政科长是小汤的老主顾,好似看到水面浮标浮动,看准机会,毫不犹豫发问:"他们那里的工程师,你是否熟悉?"

郑连顺一问起工程师,当即引起了小汤警觉,从他发话的音头、面孔上表露的神态,好似浮标抖动了一下,鱼儿开始试探性咬钩,倒是不好匆忙"提鱼竿",有过火言论、过头动作,急于向他诘问。否则,鱼儿刚巧咬钩,一提鱼竿,马上又要沉到水底。小汤摇摇头,只是轻描淡写地说:“工程师从来没有打过交道,倒是不熟悉。”

郑连顺听了小汤的回话,感到不痛不痒,但是内心十分矛盾,如果照现在这样半死不活地兜圈子,到何时才能有个结果。不行,现在是机会,该出手的时候就得出手,再要投放一些诱饵,引诱鱼儿咬钩。郑连顺虽说该出手的时候就得出手,还是有点躲躲闪闪,拐弯抹角询问:“他们那里有几个工程师?来,吃酒。”

小汤若无其事地说:“这个同我的行当不搭界,从来没有打听过。”

郑连顺紧追不舍地说:“他们那个行政科长既然是你的老主顾,随便问问,我想不会有什么大不了的事情吧。”

小汤摇摇头,啧啧嘴,感到为难,露出一脸尴尬相:“你晓得不晓得,我这是个收旧货的叫花子,向人家打听什么工程师,似乎蛮别扭的哩。”

为缓解这个尴尬场面,郑连顺举杯说:“来!吃酒。我想你同那个行政科长老打交道,两个人随便唠唠家常,谈谈单位的人和事,这是人之常情嘛,没有必要存有戒心,自我拘束。”话音一落,一个劲地劝小汤吃酒:“来,吃酒!”

小汤吃了一口老酒,点了点头:“好,我试试看。”

郑连顺发现同小汤打交道,只有靠吃老酒的时候,交谈效果好,他思想上放松,讲话爽气。所以,隔天,郑连顺照老规矩,准备了老酒、下酒菜。小汤回来上楼,一眼就看到了桌子上有酒有菜。郑连顺主动打招呼:

“回来了,今天,回来比昨天晚嘛。”

小汤皱起眉毛,摇了摇头:“不要说它噢,我要帮你打听什么工程师,又遇到邮电局的那批东西,找了好几家主顾都谈不成功,你说能不晚吗?”

郑连顺哪顾得上小汤的生意经,谈成功谈不成功的,赶紧问:“工程师的事情打听得怎么样?”

小汤十分干脆而又认真地说:“正儿八经的工程师有三个,我打听的时候,那个行政科长说,你打听工程师,是哪个工程师?我一时还说不上来。”

郑连顺急切地问:“有三个工程师,哪三个?”

小汤喝了口酒,摆了摆头:“三个,有市话科的工程师,有长活科的工程师，还有什么微波站的工程师，名堂倒是不少呐。”

郑连顺一听到有微波站工程师，顿时眼睛一亮，心里想，鱼儿终算咬钩了。要紧举杯：“来，吃酒。”喝了一口酒，接着问：“这三个工程师叫什么名字？”

“嗨！”小汤朝郑连顺看看：“本来以为，已经打听到三个工程师，可以向你交差了。现在又要问我三个工程师叫什么名字？”小汤垂头丧气，摇摇头：“这个倒是没有问呐，再说，也说不出口，如果人家问我，你问这几个工程师做啥，我怎么回答？”

“随便问问有什么不可以。”郑连顺似乎毫不介意地说：“没有什么大不了的事嘛。”

小汤自卑地说：“话虽然这么说，你晓不晓得我的身份？人家是工程师，凭我的身份同人家工程师的地位相距十万八千里呐，再说我又是戴了‘帽子’的人，在任何场合，不好‘乱说乱动’的。”

郑连顺不解地问：“什么？你是戴了帽子的人，这是什么意思？”

小汤一本正经解释：“我属于‘地、富、反、坏’四类分子，我这种人排在‘老三’，头上顶了个‘反’字的帽子，就是反革命分子，平时只能接受改造，不能乱说乱动。这个你怎么不懂？如果我也像你一样，头上没有帽子，就无所谓顾忌了。”

郑连顺感到自己说漏嘴，马上弥补漏洞：“哦，你说的这个‘帽子’，我还当说的天冷‘戴帽子’。照我的想法工程师也好，收旧货也好，这是彼此职业不同，难道还要分职业差异才能交谈？再说四类分子经过政府处理过了，已经脱胎换骨，属于‘新人’，你说是吧？”

小汤转念一想，也只能靠同他说这些不伦不类的话，慢慢诱他上钩，促使他一点一滴露馅。所以，小汤只是埋头自顾自喝酒、吃菜，对方不问，也不主动搭讪。倒是郑连顺憋不住了，心里想：现在浮标不时波动，鱼儿开始咬钩，还得加大投放诱饵，圈住他按照我的意图，实现既定目标。

郑连顺用和缓的口气说：“小汤啊，其实，问问名字也未尝不可，至于攀谈的具体方法，你是做生意的人，技巧比我多，你说是吧。”

“你说的不无道理，我也有我的难处，一点底牌也没有，我同人家交谈，有了上句就没有下句，这样容易引起人家的怀疑，如果有了些底牌，就可以临场发挥，你说是不是？譬如，有三个工程师，你就这么一个一个问人家尊姓大名，不等于查户口了吗？人家能接受你这样打听事情的吗？"

郑连顺想了想："道理是这么个道理。你是不是问一下那个微波站工程师叫什么名字？"

小汤心里想鱼儿终于咬钩了，喝了口酒说："行，这好办，明天我帮你去问。不过，问清了名字，下面就没有戏唱了，你说是不是？你总得告诉我，问他名字做啥，有了些底细，我同人家攀谈起来就不会引起人家怀疑，而且相互攀谈起来，自然大方，没有必要躲躲闪闪。你说是吧？"

郑连顺一头同小汤你来我往兜圈子，一头在脑子里编故事，顺着小汤的言路："你说得有点道理。是这么个事，我们单位正在发展微波、载波事业，急需引进这方面的人才，你说有微波工程师，倒是非常对口，你看能不能帮助引荐一下？"

小汤放下手中酒杯，仰面放声讥笑："嗨！我说老兄呀，不是你，那就是你单位的那位领导想吃'天鹅肉'。在我们这个地方有三种行业是'挪不动屁股'，出不了'窝'的。哪三种呢？一是邮电，叫做'金饭碗'；二是银行，叫做'银饭碗'；三是铁路，叫做'铁饭碗'。这些行业不但工资高，而且生活福利待遇好，人老了子女可以顶替，我可以肯定地说，这三个行业的人，没有哪个人愿意放弃现在的工作，到外地去干，尤其是我们身处江南鱼米之乡，青山绿水是个好地方，这么愿意千里迢迢跑到你们梁熙县那个偏僻小地方去，真是不可思议呐。"

小汤喝了口酒，不无感叹地说："不是我触你霉头，你老兄想入非非，兜了这么大的圈子，聊到天亮，动的这个脑筋，我劝你还是死了这条心，我们归我们吃老酒吧。"

郑连顺似乎碰了一鼻子灰，端起酒杯自斟自酌，暗自思忖，站在小汤的立场看问题，刚才嘲笑的不无道理。看来，还得向他透些底。否则，隔空互呛，同他言行不同步，下一步肯定举步难行。他转了一个弯，自我解嘲：你想的是一般情况下的道理，这些人深层次的想法，你就无法了解了。不过嘛，你毕竟同这些人不怎么接触，所以，这个层次的人心里想的，肚皮里做的文章，你就无法知道哩。"

郑连顺开始换了口气："老实说，我倒是有难言之处，受朋友之托，要避免失误，授人以柄呐。”

小汤有意用激将法，激发、调动他的情绪：“你就少同我来个酸溜溜的那一套，同你谈话太费劲，过去不怎么同你打交道，不了解你的个性、脾气，同你这么几次交谈，才摸到你的脾气，你这个人讲话吞吞吐吐，不怎么干脆。我喜欢直来直去，我这是个收旧货的叫花子，我有什么必要去了解这些人的深层次心理状态。”

郑连顺心里想，看来，是应透些底，否则交谈起来不着边际，弄得不好，又要引起不开心。他转了个弯：“是这么回事，就是这个微波站工程师原来就想到香港去继承一笔财产，他在香港的姑妈托人找到一个人，转了几个弯，最后找到了我，所以呐，受朋友的朋友再三拜托，要我同这个工程师联系，商量去香港的事，因此我要你打听这个工程师，就是这么个事情。”话说到这个程度，他就打住了。

弄到天亮，你还是同我“城头上出棺材，远兜远转”，兜了个大圈子，小汤带有些责备的口气：“你至今还不晓得这个人的名字，还要我去打听，你不是同我开玩笑吗？”

郑连顺直言不讳地说：“知道，否则，我怎么同他联系呢，叫宋浩然。”

这下子鱼儿总算上钩了，小汤带有些怀疑的口气：“他是否愿意到香港去，不要是他那个姑妈单相思哇。”

这个人早就想出境，苦于没有门路，郑连顺很自信地说：“现在，由我出面帮助，问题是这类事情比较敏感，我生怕事情办不成功，有负朋友相托，再带来一些不必要的麻烦，所以……”

小汤摇摇头，啧啧嘴：“唔！这种事情蛮尴尬，再说，你两头不沾边，正是‘猪油夹沙酿’夹在中间，是蛮讨气呐。下一步，你打算怎么办？”

“你是不是先打探一下同宋浩然联系的门路，”郑连顺婉转地说：“然后，我再出面同他碰头。”

小汤不假思索地一口应承说：“好！我试试看……”

一幢小洋楼的会客室，在沪西市公安局侦查科的秘密据点。洪强、小李听取了小汤根据洪强预先设置的方法，汇报了最近同郑连顺周旋的进展情况，似乎感到郑连顺终于露出了狐狸尾巴。洪强经过大脑一番过虑，然后对郑连顺的表现流露的蛛丝马迹加以琢磨，透露了他“受人之托帮助宋浩然到香港去”。认为这个郑连顺同“W 计划”有关系，这点毋庸置疑。但是，这个人究竟是不是关怀民又一次冒名顶替，抑或是胡大春的替身，还是胡大春本人，还没有办法断定。洪强示意小李将关怀民的一张照片让小汤辨认：

“你看看这个人同郑连顺比较比较，是不是同一个人？”

小汤从小李手里接过照片翻来覆去看，神情表现得没有把握，摇摇头，自言自语：“不像。”

小李两只眼睛盯着小汤看，一会儿又朝老洪看，心里想：世界上哪有这么巧的事情，这个郑连顺就是关怀民。正当小李认为老洪是多此一举，小汤突然脱口而出说：

“有点像。从照片上这个人的嘴巴下端部分倒是有点像，眼睛被帽子遮挡住看不到，鼻尖也有点像，嘴巴四周蓄着一圈老胡子，这一点吃不准，很难断定这个郑连顺就是关怀民。”

“好！”洪强说：“你同他接触的时候不妨再细心观察一下，记住同他接触交谈，不要操之过急，尽量要耐心……”

自从“三驾马车出征”调查，胡大春的老关系，老刘同小马从安徽劳改农场提审的军统海临站内当家丁一晨，他供到抗战胜利以后，日伪特务改换门庭投靠军统特务这一情况，洪强当即部署、落实措施，专门研究启用小汤“筑巢引鸟”。

像小汤这种灰色力量，用得好，就像一把匕首直插敌人的心脏，用得不好，也会杀伤自己。目前所要抓捕的胡大春，在上世纪五十年代，原本就是公安机关逆用，派往香港的“耳目”，结果到了香港，一去不复返，甚至拿窃取的机密、手段和活动规律，用来继续他的特务生涯，斗了几十年。现在，洪强利用小汤采取“筑巢引鸟”能否奏效，是不是如愿以偿，谁都难以预料。

104

左撇子

傍晚，小李开亮了室内的电灯，看到洪强抬腕看手表，当即走过来说：“已经准备好，可以到餐厅去了。”洪强用手一挥邀请小汤：“小汤，吃晚饭吧。”小汤已经习惯了这里的环境和规律，无拘无束，也就无需客套，跟着小李走。

在沪西市公安局侦查科的秘密据点餐厅里，桌子上已经摆上酒菜。三个人坐定，洪强脑子里盘旋着一个问题，认为郑连顺虽然开始露头，但是，对小汤还没有完全信任，甚至还留一手。郑连顺这个人到底是个什么人，是不是关怀民又一次冒名顶替，还是胡大春在内地物色到的替身，抑或是胡大春本人，用化名亲自出马进行活动？听了小汤汇报，这个人既没有改名换姓，又没有隐瞒自己原来的身份，拿照片让小汤辨认，小汤看了还是吃不准。现在，洪强开始利用同小汤对酌的时候，一头吃酒，一头漫谈，从细枝末节着手，摸索郑连顺这个人的“底牌”。

洪强诙谐地笑嘻嘻地说：“这个几天，郑连顺几乎天天请你吃老酒，吃得你浑身不舒服。今天，我们请你吃酒，你可以放开酒量，尽管吃。”

小汤风趣地说：“谢谢！不过，郑连顺请我吃酒，十有八九想利用我为他做事情，花样还不少。只要一端起酒杯吃酒，两个人就开始斗法了。双方大脑里的细胞开始跑动，都想变着法子，以较小的代价，获取较大的收获。酒杯一放下，嘴边又平静似水。所以说，郑连顺要我帮他做事情，也颇费心机，而我要摸准他的企图，也动了不少脑子。”

小李特地站起来帮他们倒酒。洪强举杯说：“咱们吃酒，不用动那么多脑筋，你随意点，来，吃一口酒。”

小汤举杯吃酒，洪强好似想起什么事情，吃了一口酒说：“解放前，你在特别行动队的时候，有没有注意到郑连顺这个人右手大拇指是六个指头?”

小汤想了一下，摇摇头:“没有发现，因为，郑连顺在特别行动队时间非常短促，后来，突然蒸发了。平常日子，他一来就钻到薛念娇办公室，关紧了门，两个人在里面嘀嘀咕咕，基本上同我们这些队员不接触。”

“这次碰头，他有没有给你留下什么特别的印象?”

“要说有什么特别印象，”小汤放下酒杯，思索良久:“我曾经好奇地发现他吃酒的时候，总是习惯用左手举杯吃酒，开始的时候，我还以为他是左撇子……”

噢!听小汤说到郑连顺用左手举杯吃酒，突然引起洪强好奇:“那，他吃饭拿筷是用的哪只手?”

小汤颠头晃脑，想了想:“我印象中，他是用右手，不过，我还不能完全肯定。”

“好!你再继续留心观察一下。”随后，洪强又具体向小汤交待了下一步工作。吃完晚饭，送走小汤，洪强对郑连顺这个人特别感兴趣，笑嘻嘻地问小李:“你对小汤汇报有关郑连顺这个人有些什么感受?”

看来，胡大春的影子终于显露了，小李高兴地说:“正如省厅陈处长分析到敌人的活动规律，胡大春利用敌特老基础，指使郑连顺出来活动;找到了一个帮手，继续从事他的‘未竟事业’。咱们采用‘筑巢引鸟’这一着棋子，算是走对了。”

“不过，我听了小汤今天的汇报，还不只是这些。”洪强晃了晃头，细细地玩味着小汤汇报到的一些细节，两只眼睛盯着小李，诡秘地笑嘻嘻地说:“与其说郑连顺这个人有可能是胡大春找到的帮手，依我看，说不定郑连顺就是胡大春本人。”

小李哈哈大笑:“这真是天方夜谭的神话了，你凭什么说郑连顺就是胡大春，根据是什么?”

洪强自信地说:“我感兴趣的是小汤反映到郑连顺左手拿酒杯吃酒，右手拿筷子吃饭。”

“这个举动又有什么讲究呐，”小李不屑一顾地说:“再说小汤对他用右手拿筷子吃饭，还只是凭印象，现在还不敢肯定。你不要犯咱们的职业病，神经过敏症。再说，胡大春潜入内地活动，这个人的活动特点、规律，给我留下来的印象，一直是寻找帮手，利用替身活动，一直躲在幕后指挥。现在，突然从后台跑到前台出来活动，不符合一个老牌特务的狡猾性的某些特征。”

洪强煞有介事，看着小李：“小李啊！这倒不是什么神经过敏症，郑连顺这个举动，值得咱们加以深思，从小汤回忆，郑连顺吃酒、吃饭的动作的具体情节来看，小汤一开始还以为郑连顺是个左撇子，其实，他会左右开弓。”洪强一头在讲，一头向小李演示：“我怀疑他右手是否隐藏着不可告人的秘密，如果面对面吃饭，一方拿筷子的手，抬出的右手，隐秘的部位朝里，不容易被对方发觉。如果用右手举杯向对方敬酒，他的隐秘部位就容易被人察觉。”

小李接过洪强的话头说：“你怀疑这个郑连顺用右手吃饭，右手大拇指上的秘密，就是指胡大春的六指头。照你的说法，假使右手是‘六指头’，毫无疑问，郑连顺就是胡大春了。”小李摇摇头，用怀疑的口气说：“我看这种可能性不大。再说，小汤反映用右手拿筷这一节情况，还不敢肯定。”

两人正说到兴头上，老刘突然闯了进来，兴致勃勃，一开口就说：“报告你们一个好消息！”

洪强绽开了笑容：“坐下来，先听听你的好消息，然后，我们也报告你一个好消息。”

老刘兴高采烈，向他们两个人报告：“先谈谈我这里的好消息，胡大春出现了，你们都想不到的奇怪事情吧。”

一听说胡大春出现了，洪强、小李两个人顿时目瞪口呆，特别是小李两只眼睛直勾勾盯着洪强，洪强迫切地要听老刘的下文：“你说说具体情况呐。”

“据外线组通报，国际旅行社服务台同志向我们外线组汇报，今天傍晚，有一个港澳同胞到国际旅行社登记住宿，这个港澳同胞的名字、年龄同我们要找的胡大春完全一样……”

“哈哈哈，”小李忍不住对着洪强放声大笑，老刘疑似自己说错了话，目不转睛看着小李。而洪强也在发笑，意识到小李不是笑老刘，而是在笑他刚才向小李分析的结论，认为小汤汇报对象的特征时，把郑连顺同胡大春重叠起来，说成就是胡大春。现在，老刘报告的好消息，从头到尾否定了他的看法，既高兴，又对自己刚才轻率的议论感到羞涩，“好、好、好，”嘴上连声叫好。调整一下自己的情绪，发表意见：

“现在，专案组要重新考虑下一步工作方案了。”洪强话音一落，小李已经意识到洪强内心的苦涩，没有针对洪强一时分析失误，就此讽刺、挖苦，大发议论。他听到洪强说要重新考虑下一步工作方案时，一跃而起，表示积极响应：“这次无论如何不能再让这个胡大春溜了。”正说间，外线组组长老葛满头大汗跑进来，洪强、小李、老刘一看到老葛来，赶紧向他打听好消息。

洪强一看到老葛大汗淋漓，内心感到诧异：“老葛来了，就有戏唱了。”

“唉！”老葛摇了摇头唉声叹气，扫兴地说：“我们一接到电话就赶到国际旅行社，胡大春已经跑了。”

在座的人就像一盆冷水从头浇到脚下，原来激起的一股热情，顷刻冷却。老刘首先开腔：“这个家伙在唱哪出戏？”

老葛接着说：“我们接到国际旅行社服务台小张电话，汇报说我们的侦控对象胡大春到国际旅行社登记住宿，连接听电话、路上所化时间，大约就半个小时。当我们一到旅行社，服务台小张说，客人已经退房走了。经过详细了解，这个胡大春到了旅行社登好记，由服务员领到房间，他就向服务员打听今天晚上到上海有几趟火车，服务员说要问服务台同志，他请服务员向服务台同志要了一张火车时刻表，看了一下，神色非常慌张，自言自语地说：‘不行，得，马上乘火车赶到上海。否则，时间来不及……’说完话，慌慌张张到服务台去退房间，出了门拔脚就跑了。”老葛的这个消息好似一声惊雷，把在场的几个人都震懵了。还是洪强先开口：“大家议议看，老刘说的胡大春在唱哪出戏？”

小李疑惑地说：“这个人是不是咱们要找的胡大春噢？”

老葛蛮有把握地说：“我特地在国际旅行社找了服务台的同志核实，根据他们反映的年龄、特征以及身高，登记簿上登记的内容，完全可以肯定是咱们要找的胡大春。”

小李扫兴地说：“又是故伎重演，不外乎在搞声东击西的鬼把戏。”

“这次，与以往有所不同，”老葛皱起双眉：“据服务员说，退房的时候非常急促，好像上海发生了死人事情似的，火急火燎离开了旅行社。”

老刘摇摇头:“这是他惯用的‘做功老生’手法,现在,倒是咱们研究一下,怎么办。”

对,老葛赞同老刘的提议:“咱们现在分析他的这个举动,什么声东击西也好,故伎重演也好,都有可能,我想还是实打实,如何采取必要的措施。”

“分析好,大有益。”洪强本来听到小汤汇报,郑连顺左手举杯吃酒,心里面好似拨亮一支烛炬,烛光闪烁,听到老刘报告的好消息胡大春出现了,烛光瞬即熄灭,又回到了黑暗世界。现在,听到老葛汇报胡大春已经离开沪西到上海去了,犹如见到了东方日出前的启明星,指引了前进的方向,所以沉默了一个时辰,终于开口说话。他就把小汤汇报的情况,同老刘汇报胡大春的突然出现,又突然蒸发,神出鬼没的举动联系起来,发表个人见解:

“一、我认为,目前的情况向咱们表明,胡大春的阴魂不散,而且还在沪西,甚至为了完成他的‘W 计划’,同咱们作顽强的周旋。”

“二、敌我双方都在不断地总结经验教训,都有所提高,而他开始适应在内地活动的环境。但是,不管他不断变换手法,万变不离其宗,在同咱们周旋所使用的反侦查的那一套雕虫小技,更加提高了我们必胜信心。”

“三、他在国际旅行社当了服务员面的一番表现,则是虚晃一下,显而易见,想通过服务员的嘴,企图把咱们的侦查视线往邪路上引。”

“按照我的看法,”洪强加重了语气:“在敌我双方较量中,要决出谁胜谁负,归根结底还是要拼耐力,谁沉得住气,谁就胜利。现在,咱们首要的任务,要把郑连顺这个开始露头的对象的文章做到底。”

小李听了洪强的分析,表示疑惑,摇了摇头:“照你的说法,似乎敌人已经发现咱们对他开展工作了,是有意转移咱们的视线,千方百计想摆脱我们?”

洪强面孔朝着小李,笑嘻嘻地说:“小李啊!知己知彼,百战不殆。从张海波泄密起,专案组排查镰刀、派人调查桂浩明,到关怀民神秘失踪,咱们早已经惊动了敌人了。所以敌人不得不靠不断变换手法同咱们周旋。但是,到目前为止,敌我双方都没有见到底。尤其是敌方,至今还吃不透咱们到底掌握他们阴谋计划的老底有多深。所以他还在不遗余力变换手法同咱们捉迷藏。否则，最早咱们把陈婷、鲍冲留置在派出所，就已经惊动了敌人，胡大春立即蒸发了，但是他没有溜之大吉，后来以一场误会解除了警报，他才开始继续活动。我之所以唠唠叨叨，说这些陈芝麻烂谷子，归根结底，我认为敌人还在沪西市活动，不要被他的假象。转移咱们的视线，要认准一个目标，坚持到底，咱们要来个'搂草打兔子'。你们意见如何？"

老刘、老葛对洪强发表的意见，表示赞同，在统一思想的基础上，内线、外线一起，就如何"搂草打兔子"，研究了具体分工和实施办法。

再说，小汤从沪西市公安局侦查科据点出来以后，就直接回到城北区自己家里。第二天一早，沪西市公安局城中分局突然接到凯乐寄售商店伙计阿林报案，店里边发生重大盗窃案，盗窃了客户寄售的手表、照相机以及一件貂皮大衣。公安城中分局刑侦中队会同当地派出所立即赶赴现场，刑侦中队姜队长命令将商店大门关上，关照刑侦技术员勘查现场，然后，同侦查员一起访问店里的人。

"昨天晚上，有没有人在店里？"

"有的，"阿林说："老板的朋友住在店里。昨天傍晚，大约六点钟，我离开店里回家，今天早上六点多钟，我从家里回到店里，在打扫店堂时，才发现盗窃。"

"你老板的朋友呢？"姜队长命令式地说："你把他喊来。"

"他住在三楼。"

阿林随即到三楼把郑连顺喊下来。郑连顺到了楼下店堂，一看五六个人民警察，霎时愣了，肚里转念头：出纰漏了？要出纰漏，少不得是小汤告发。再一想，似乎之前，没有发现小汤有反常情况，或者告发的迹象。郑连顺立即"启动自动控制仪"，调整一下自己的情绪和心态，静观其变，点头哈腰同姜队长打招呼。

姜队长按照程序，在询问的时候，首先问了姓名、年龄、籍贯、职业，郑连顺似乎有些不耐烦，当即来个先发制人，面孔上显出愠怒的脸色，对着姜队长："我又不是犯罪分子，你这样盘问我？"

"嗳！你不要误会，店里昨晚发生一起盗窃案件，这是我们办案的一套程序，对不起，请协助我们调查工作。请问你，昨天晚上有没有住在店里？"

听到警察的口气，说到昨晚店里发生盗窃案件，协助调查，郑连顺这才放下悬在心里面的一块石头，从容大度，回答民警的提问："我住在店里。"

姜队长和颜悦色，很有礼貌地问："你昨天晚上，有没有离开过店？"

"大约在傍晚六点钟，我到大街上逛了逛，"郑连顺回忆说："逛了大约半个小时，我就回来了。"

"回来后，"姜队长问："大约几点钟睡觉的？"

"回来后，我就上床睡觉了。"

"有没有听到什么声音？"

"没有，因为我住在三楼，对底层的动静就很难听到。"

然后，姜队长又问了一些细节，就叫旁边做笔录的将询问笔录递给郑连顺看："请你看看笔录，记录有没有出入。"

郑连顺接过来看了一遍，摇摇头："没有出入。"

姜队长说："如果没有出入，那，就请你签名，捺手印。"

郑连顺犹豫了一下，后来，接过钢笔就签名，再捺了手印。公安人员勘查现场的一套程序走完，凯乐寄售商店老板小汤赶到，一看店门关上，推门进了店堂，发现这么多公安人员，顿时惊呆了，急急忙忙问："发生什么事情？"

阿林将店里发生盗窃的情况向他叙说了一番。

"嗨！这哪里是什么盗窃，这几件东西，因为放了很长时间没有出手，卖出去。前几天，卖主拿回去了。你这个小赤佬，也不同我通个气，就报案去了。你不是在找公安机关同志麻烦嘛。"

说着，小汤向城中分局姜队长不断地打招呼，连声说"对不起、对不起。"一边向公安人员道歉，一边不住地责怪阿林。因为姜队长平时同小汤熟悉，当了在场人的面批评小汤。

"要怪，只有怪你自己，"姜队长说："卖主把寄售的东西拿回去，你也不向伙计打个招呼，还一个劲地怪伙计，好了，只要不是盗窃案，大家平平安安，这件事情就算过去。今后老板同伙计，要多通通气，就不会发生类似情况，来，做一份笔录，否则不好销案。"

于是，叫小汤将寄售人的情况以及怎样把寄售物品拿回去的经过情况叙述一遍，公安人员做好笔录，让小汤看了一遍，确认记录无误，再叫小汤签上姓名，捺了手印完事。

“好了，”姜队长说：“你们开门营业吧，我们走了。”小汤一头打招呼，一头送走公安人员出门。

公安人员走了以后，小汤少不得不住地埋怨、责怪阿林，阿林受到小汤严厉指责，也只好自认晦气。

郑连顺本来对公安人员就有过敏性反应，所以，跟着小汤的调子埋怨阿林。转念一想，自己是受主人邀约的客人，只是个“客座”身份，不便说三道四。当即调转了调子做好人，在一旁规劝：“小汤，你也不要尽怪阿林，实际上，他做了件好事，是你粗心大意，卖主将寄售的东西拿回去，是你经手的，你不向阿林招呼一声，阿林一看物品不见，当然要去报案。好了，这件事情就到此结束，阿林开门做生意吧。”

“嗳，小汤，我托你打听的事情，打听得怎么样？”郑连顺一头同小汤说话，一头向二楼上爬。

“昨天，就是为了替你打听事情，弄得很晚，我一时顾不上回店，就直接回家吃晚饭。”小汤带有些埋怨情绪说：“本来有好几个主顾的生意，就为了帮你打听事情，都被耽搁了。”

“那，打听得怎么样？”

你要打听的宋浩然在孔定山微波站上班，小汤扫兴地说：“他那个死地方是保密单位，不准随便进进出出的。”

“噢！”郑连顺心里暗自高兴，总算对上号了。兜过来：“你看，怎么同他联系？”

“我倒是说不上，”小汤无精打采地说：“这，就要看你的法道了。”

郑连顺摸摸头，愣在那里一声不吭，盘算着如何同宋浩然联系上，如果由自己直接去，既没有绝对把握，又没有安全系数，一步跨出去，假如踏上“高压线”，性命攸关，恐怕连回旋余地都没有；请小汤做替身，又怕再次引起宋浩然的误会，非但不接待，连原计划也要落空。左思右想还是要同小汤商量，征求小汤的意见……

而在“5·15”专案组这边，自从小汤汇报到郑连顺的情况，洪强把郑连顺同胡大春重叠起来，探究是不是胡大春的化身。听说胡大春出现在沪西市国际旅行社，对原来的设想曾经有过短暂的犹豫，予以否定了；当老葛汇报胡大春又消失得无影无踪，他心中的假想敌又如死灰复燃，浮现在脑海中，紧接着部署对策。现在，倒是洪强处于自己考验自己，验证判断力是否正确，论定对象的关键时刻。

105

搂草打兔

凯乐寄售商店发生的一起盗窃案件，实际上是“5·15”专案组组长洪强一手导演的一幕“搂草打兔子”的喜剧。由专案组会同城中分局刑警中队联袂出演，出动警力勘查现场，其目的，只是利用郑连顺作为盗窃案件现场当事人，获取陈述笔录上留下的指纹、笔迹，通过技术鉴定，甄别郑连顺的身份，揭开他的面纱。

现在，“5·15”专案组所有的同志，怀着复杂的心态，忧虑的情绪，睁开疑惑、期待的双眼，翘首企盼小李送交刑侦技检部门技术鉴定的最终结果。大家一看到小李踏进办公室的门，都喜出望外地说：“小李来了……”

就在小李前脚进门，顾金生后脚跟进，办公室似乎又增添了抑制不住的变数。自从张海波因破坏军婚、向敌人提供机密被捕，经过专案组查证是顾金生在张海波面前发牢骚，露出来的口风，被张海波利用，作为同特务陈胜全“交换条件”，获取陈兰英“人工流产证明”，庇护他破坏军婚劣迹。顾金生被宋副局长找谈话、批评以后，一度很少过问专案组工作，又受到局长批评他“因噎废食”，该管的工作不管。因此，顾金生从局长会议室开会结束回到科里，顺便到“5·15”专案组看看，了解一下最近专案工作进展情况。

过去，碰到开会，顾金生全靠张海波提供“剪刀牌香烟”。现在，张海波被逮捕法办，无形中断了过烟瘾的来路。他就变了法子，采取一个劲儿往抽烟的同志旁边找座位。开始，一些同志还没有意识到，他专门挤到烟瘾比较重的小唐身边坐下。毫无疑问，小唐看到他抬手伸出两个手指夹烟的手势，立即向他提供香烟。经过一两次，小唐也学乖了，一看到顾金生往他身边挨，当即表示肃然起敬，油腔滑调："顾科长驾到——让座!"一头向在座同志做了个鬼脸，主动离开他原来的座位，一头走到别处去坐。而顾金生觉察到小唐这是有意躲开，他就另找对象，挨着小郁坐下，或者到小林身旁去坐。所以，他一脚跨进门，他的两只眼睛就像"老鹰抓小鸡"，扫视室内座位上的人，今天瞄准了小郁，绕过其他同志的座位，跑到小郁身边坐下。屁股还没有坐热，就伸出"剪刀牌"手势，小郁乖乖地掏香烟递给他，他也就心安理得接过香烟点燃了，刚吸上一口，听到专案组同志七嘴八舌向小李打听技术鉴定结果。

"专家意见出来了，"小李扫兴地说："没戏!"

"什么没戏，"老刘感到莫名其妙："是被否定呢，还是有其他什么问题?"

"不具备技术鉴定的起码条件。"小李当众汇报："指纹模糊不清，笔迹可供对比的文字太少，就凭'郑连顺'三个字的签名笔迹，搜遍了五十年代，有关侦查对象的案卷材料，找不到可供对比的字迹，叫人家文检专家怎么鉴定?"

小李向大家说送检的结果，在座的同志都瞠目结舌。洪强听到这个消息，心里正在纳闷，特地从小李手里将送检的材料拿过来，反复看，反复琢磨。顾金生又举手向小郁摆出了一个"剪刀牌"手势，小郁倒是不好意思怠慢，又乖乖地从口袋里摸出香烟恭恭敬敬递给他，然后帮他点燃香烟，顾金生深深地吸了一口，吐出来一个烟圈，似乎来了劲，摆出一副家长式的嘴脸，虎起了面孔："什么乱七八糟送检……"

洪强一听顾金生针对送检掼出来的调子，当即将做技术鉴定的前因后果向他详细地做了汇报。

顾金生查问："现在送检情况怎么样?"

洪强如实汇报，称："技检部门的专家说指纹、笔迹不具备技术鉴定条件。"

接着，洪强拿起送检的材料，一头细细地看，一头琢磨着说："这样的指印，是太模糊了，签名的笔迹倒是没有什么伪装，就是提供检验的文字似乎是少着些。不过，这个送检材料，从另一个角度反映了，这是郑连顺有意捺的模糊指印，妄图混淆公安机关视线，故意做作的一种手法。应了一句俗话：'不做亏心事，不怕鬼敲门。'应当说，这样的小动作,反而暴露了他伪装的马脚。”

听了洪强一番解释,顾金生不屑一顾,干咳一声,鹦鹉学舌,用南腔北调的调子:“你这是自圆其说,正儿八经的事情不做,都干些歪门邪道。像郑连顺这种对象,你把他捧在手里当文物欣赏,拿笔迹、指印送技检部门鉴定,你倒没有把郑连顺送到‘文物商店’请文物专家鉴定一下。照你这个样子搞案件,要到猴年马月才能破案?尽管快刀斩乱麻,抓起来审查,不是事半功倍吗?”

针对顾金生的老调,老刘针锋相对:“现在,没有最终确定他的身份就抓起来审查,一旦没有搞准,又要重蹈覆辙。再不要像留置审查陈婷、鲍冲一样,自找麻烦。”

老刘这番话,既说给顾金生听,又告诫在座的同志。

老葛一听到老刘提到留置审查陈婷、鲍冲,再回味顾金生提出的“快刀斩乱麻”的调子,就触心境,触到心里面的隐痛处,联想到顾金生在海临盲目采取行动,破坏了即将破获全案的大好形势,就来火,板起面孔,气鼓鼓地说:“好了,说来说去,你还是唱的老调,就是抓起来审查。现在,大家正在讨论分析情况,你留一点空间给我们种种‘自留田’吧。”老葛转换了一下口气,回到讨论郑连顺问题上:“老刘啊,你当时倒没有好好地看一下,如果当时发现,还可以叫他重新按捺一下手印。”

“你说得一点不错,”老刘感到非常内疚:“当时要他捺指印、签名,他面孔上显现出比较勉强的神态,我怕他拒绝签名、捺指印。后来,总算看到他下了决心签名、捺了指印,还暗自高兴,一时粗心大意就没有再认真地检查一遍。”

老刘这个同志的特点,一是一,二是二,一旦工作上失误,从来不会文过饰非,诿过于人。

“好了,不谈了。”洪强最了解老刘的为人和个性、特点,所以看到老刘已经在自责,特地为他解围:“现在研究一下,下一步怎么办吧。”

在座有的同志,本来对送检材料这样的做法不感兴趣,特别是怀有疑疑惑惑心态的同志,听了顾金生的所谓快刀斩乱麻的“理论”,也竭力主张把郑连顺抓起来审查。也有的同志认为,单靠送检这样的办法来辨别郑连顺的身份,正是隔靴抓痒,是否有这个必要?甚至,有的同志冷言冷语,不无讥讽地说:这是在“病急乱投医”,尽搞些无效劳动。

"不对!"老刘听了一些同志消极的论调,发出带有批评的口气:"怎么能说无效劳动呐,凡是能够有利于案件突破,只要不违反政策,不暴露我们侦查意图,随便哪位同志提出的办法,都应该试试,你们有好的办法,不妨提出来,帮助摆脱案件上一时的困境。"接着,老刘心有不甘就此半途而废,当众表示态度,严肃认真地说:"我看,这个戏既然已经唱了,我的意见还是要继续唱下去。"

小高听了这些同志的议论,接着发言说:"抓起来审查这个办法行不通,我首先表示不赞成。但是,也不要吊在一棵树上做吊死鬼,一门心思搞送检,依靠耳目跳上跳下。我到现在还弄不明白,向赐才家里的关怀民突然失踪,凯乐寄售商店又冒出一个郑连顺,那么,咱们内线、外线侦查到今天,连得郑连顺在凯乐寄售商店到底搞了些什么活动,还好像懵里懵懂。我怀疑现在把郑连顺当做重点对象,会不会转移侦查目标,放松了对胡大春的侦查工作。"

小高这么一说,顿时会场上众说纷纭,一时还刹不住……

实事求是说,专案组组长洪强不仅没有转移侦查目标,相反随着敌情不断变化,随时随地作了相应的调整,由原来的"诱敌深入",转变成"筑巢引鸟",工作正在步步深入。

而在内地从事反革命破坏活动的特务这一边,也在不断变换手法,研究相应对策,规避公安机关视线。

朱如泽伙同陈胜全在西南宝典县完成了"陈婷交办"的任务,特务头子并没有盲目地听信陈婷的汇报,而是理智地作了分析判断,认为:从大陆收罗的一些人,都是些社会上的垃圾货,绝大多数是混钞票的人,不是像原来血气方刚的军统人才,忠于党国事业。所以,他怀疑宝典县的桂浩明是否已经被灭了,脑子里打了个问号,就怕朱如泽这个人说假话骗钞票,误了大事,连老命也要搭上。怎么办?经过一番思考,决定采取当面考察。

再说,朱如泽一接到陈婷的长途电话通知,连夜赶路,风尘仆仆赶到海临市,按照约定地点碰头。

松山饭店三楼 302 房间,陈婷听到敲门声,随即去开门,开门一看是朱如泽失魂落魄地跨进门,陈婷抱怨起朱如泽:"你这么晚才来。"

朱如泽一听到陈婷埋怨的调子就来火，冲着陈婷发态度："有什么事情这么急，你可晓得我那个鬼地方没有火车，乘了长途汽车再要转两次车才能乘上开往海临的火车。你说，我在路上耽搁的时间有多长。"

陈婷听了朱如泽的解释，也就不吭声，只是默默地将朱如泽领到套间。朱如泽一看还有两个陌生面孔的人坐在里面，只看到一个上了年纪的人，心里想这个人好像不是上次在国际旅行社看到的"上峰"。但是，从他板起面孔，鼻腔里发出瓮声瓮气的声调，倒是像真正的上峰的派头。就在他一闪念，上了年纪的人说：

"你来了，坐吧。"

朱如泽小心翼翼地坐下来，两只眼睛不停地审视在场的人的面孔，想从在座的人的面部表情中，分析这次喊他来的用意。而陈婷在一旁又不敢插嘴，在朱如泽没有到来之前，已经被狠狠地刮了一通鼻子，所以只好乖乖地不声不响坐在那里，一会儿看看这个人，一会儿看看朱如泽。

上了年纪的人向朱如泽发话："你知道不知道为什么叫你来？"

朱如泽摇摇头："不晓得。"

"你有没有猜测过，叫你来的原因吗？"

朱如泽两只眼睛看着这个人："我猜测通知我来，大概要我接受新任务。"

这个人嘴里发出一声嘿嘿冷笑："你很聪明。我问你，你怎么灭了桂浩明的？"

朱如泽一听到问起怎么灭了桂浩明的，身上像触电，心头一震，霎时，面孔上红得像关老爷。看到他如此神态，这个人心里已经有了底细，笑嘻嘻地说："你把灭了桂浩明的全过程说说看。"

朱如泽心里在盘算是实话实说呢，还是编个谎话骗骗他们，反正这里远离西南，一时，他们也没有办法核实。主意打定，他就开始像模像样汇报灭了桂浩明的全过程，着重汇报动手的经过："我将他骗到深山老林，趁他不备，一下子将他打昏过去。然后，用手卡住他的脖子，被我狠狠地卡死，再把他拖到一个地方埋了。"

这个人听了朱如泽汇报灭了桂浩明的全过程，心里基本上七七八八有数了。桂浩明是军统出身，经过专门训练的特务。就这么随随便便听凭一个陌生人，一喊就跟着跑，思想上又如此麻痹大意，被他一下子打昏头卡死？他不露声色，继续发问：

"你是从电影里看到打斗镜头，在编故事吧。桂浩明碰到一个素不相识的人，怎么会跟了走？"

朱如泽只顾自圆其说："我一说，我是从台湾来的，他就跟我走了。"

这个人紧追不舍："他有没有问你，台湾哪个机关，哪个人派你来的？"

朱如泽继续搪塞："他问了，我说，我是台湾特务机关派来的。"

坐在旁边的人听了朱如泽胡编乱造，自是发笑，接上去插嘴："小老弟，你这样说，他就会相信了，你连最起码的机关名称都说不像，一个经过特务严格训练的人，就这么跟你走？"

这个人听到朱如泽胡编乱造的谎言，出其不意，"啪"一下子，把一封信掼到桌子上，严厉喝问："桂浩明既然被你卡死埋掉，现在怎么又活起来了，还写信向我问好？你倒是说说看。"

朱如泽一听到桂浩明写信向他问好，脸一下子吓得白了，额头上直冒冷汗，哆哆嗦嗦，喃喃自语："不会的，要么搞错了人了。"

这个人不依不饶："你不要再做戏了，因为你这是初犯，不追究责任。但是，你要说真话。"

事实上，一旦严厉惩罚朱如泽，反而促使他反弹，不好收场。下一步还有可能利用他，事情不易做过头。这个人采取怀柔政策，只是轻描淡写地说："你说说看，到了他家里碰到什么人？"

朱如泽听到说碰到什么人，估计桂浩明是同他通信的，他连这个细节都已经晓得，看来瞒不过去了，结结巴巴说：

"我同我的二娘舅摸到桂浩明家里，一敲门，他老婆出来开门，问我们：'找谁？'我们说：'找桂浩明。'他老婆当即回答说：'到酆都城去了。'开始我们当作听错了，又问了一下。她说：'你们到阴曹地府去找他吧。'我们这才领悟到桂浩明'死了'。这样一来，即使公安机关有人调查，也无从查起。我们想反正目的已经达到。所以就照他老婆说的意思，特意编造灭了桂浩明的情节交差。"

这个人哈哈大笑，他笑有两个原因：一笑，他拿一封假信拆穿了朱如泽编造谎话的"西洋镜"；二笑，幸亏没有灭了桂浩明，如果真的被灭了，再在向赐才家里出现一个桂浩明，岂不是弄出笑话事情来了，被当地公安机关抓住了小辫子，跑也跑不了。现在桂浩明仍旧可以活动。这个人想到这些倒是心安理得，而且赞赏朱如泽有做特务的头脑，给了一些钞票打发朱如泽走路。

现在要说到龟缩在向赐才家里冒名顶替桂浩明的关怀民，得知宝典县的桂浩明没有被灭，虽然吃到了一颗定心丸。转念一想，既然惊动了当地公安机关，再蹲在向赐才家里就不好了，一定要想办法挪窝，改换门庭，他就只身同外线侦查员来个“捉迷藏”，长途跋涉跑到渝西、宝龙县绕了一个圈，就此销声匿迹。

专案组自从吃准潜居在向赐才家里的桂浩明是冒名顶替的军统特务关怀民，马上调过头来部署加强外线监控，内线侦查，派出小王、小唐两个同志，围绕向赐才生活环境，进行调查摸底，为启用“耳目”，筑巢引鸟创造条件。

向赐才遣返大陆进行反革命活动，被公安机关抓获判刑。从农场劳动改造出来，接受群众监督。一开始居委会安排向赐才打扫街头里弄，居委干部看到他拿了一把扫帚摇摇晃晃，确实力不从心，就把他安排到生产自救小组打杂差、看仓库。这个生产自救小组，是由姐妹俩为轴心人物，带同几个家庭妇女、失学在家的女青年搞刺绣。这对姐妹俩刺绣技术在沪西市可算得上高超绝伦，无论刺绣险峻高山流水，还是清澈透明的江河湖泊等大自然风光，还是花鸟、虫草、游鱼，栩栩如生，简直无与伦比。啧啧称奇的是，姐妹俩生得光艳照人，三十多岁还未嫁人，一心扑在刺绣事业上。本来是一个不起眼的生产自救小组，由于这对姊妹俩撑市面，竟被市里面轻工局看上，扩大规模成为轻工局下面的一个集体企业，取名“新华绣品厂”，专门为外贸局加工出口产品。这个厂虽说是个集体企业，但特别重视产品质量，所以很快被外贸局列为“免检单位”，加上再有一对让人观赏的“花瓶”，姐妹俩的高超刺绣技术，又被市政府外事办公室看上，列为内宾、外宾参观点。工厂规模日益扩大，名声远播省内外，厂领导千方百计要在厂区设立接待室，专门用来接待内宾、外宾，就想到向赐才看管堆放的“四旧”物资仓库，腾出来做外宾接待室。专案组洪强根据小王、小唐摸到这个情况，赶紧启动实施“筑巢引鸟”计划。由小王、小唐牵线搭桥，通过厂保卫科找了一家寄售商店处理“四旧”物资。向赐才得知保卫科要清理“四旧”物资，一大早，跑到厂里清理。上午九十点钟，由保卫科科长陪同凯乐寄售商店老板小汤到清仓物资仓库估价，汤老板一踏进门就同向赐才照了个面，然后，只顾跟着保卫科长察看物品、估价谈生意。谈妥价钱，仍旧由厂保卫科长陪同出来，小汤同向赐才在仓库门口第二次照面，朝向赐才回眸一笑，就像初恋女孩子“暗送秋波”。霎时，向赐才眼睛像摄像机，在脑子里留下了汤老板的影子——这个人解放前是特别行动队队员。

而冒名顶替桂浩明的关怀民蜗居在向赐才家里，晚上在同向赐才交谈中，谈到军统在沪西市的老人马，向赐才就将白天看到凯乐寄售商店老板的情况告诉了他。关怀民通过一段时期观察，认为向赐才这个人倒是蛮讲义气的，但就是派不着大用场。就在考虑下一步怎么办的时候，突然得到公安机关派人到西南调查桂浩明信息，经过反复思考，认为在向赐才家里不是久留之计，就此向向赐才告别：“我在沪西的事情已经办完，要回宝龙县去了，谢谢你盛情款待，今后有什么难处，尽管写信给我，我还是那句话，大忙帮不了，帮个小忙还是可以的。”就在当天晚上，关怀民蒸发了。外线侦查员一路跟踪到渝西，再到宝龙县，在宝龙县邮电局外面，远距离守候四个多小时不见关怀民人影……

凯乐寄售商店突然出现个郑连顺，专案组分成三摊子开展工作：一摊子人对已经出走的关怀民进行侦查，另一摊子对郑连顺展开内调外查，还有一摊子启用“耳目”，对郑连顺专门开展内线侦查，收集郑连顺的笔迹、指纹送检。

在专案组碰头的会议上，在座的同志始终弄不明白，关怀民、郑连顺这两个人同“W 计划”究竟有什么关系？郑连顺的笔迹、指印又不符合送检条件，对关怀民、郑连顺采取拘捕审查措施也不行，现在单靠内线侦查，等于“唱独角戏”。一些同志感到专案工作走进了死胡同，有些埋怨、泄气。

顾金生虽说是掌握全面工作的侦查科长 但是，他毕竟是从内保科调到侦查科，对侦查工作业务还比较生疏，尤其涉及绝密的侦查手段更是隔膜。他听到有些同志反映现在专案工作单靠内线侦查，依赖“耳目”小汤，在“唱独角戏”，收集郑连顺笔迹、指纹不符送检条件，颇有微词。换了过去,他又要指手画脚,发号施令,甚至训斥谩骂。自从张海波出了纰漏,被宋副局长批评以后,原来目空一切、盛气凌人的老脾气有所收敛,只是向洪强提出了一连串质疑,发泄对洪强的不满情绪:内线侦查单靠"耳目"跳上跳下,这个人有没有能力同郑连顺周旋,是不是可靠,会不会要两面派噢?

顾金生倒是把原来竭力主张对郑连顺采取拘捕措施,慢慢转移到内线侦查工作——"耳目"身上,涉及这个人的作用、能力以及可靠程度等,倒是成了专案组同志议论的中心。

106

汤凯其人

在“5·15”专案组会议上引起争议的小汤，他的正式名字叫汤凯。解放以后，因为他在日伪时期的特工站、日本特务机关—— “对共工作站”充当翻译、特务，抗战胜利后又投靠国民党军统，就是因为这个三节历史问题，先后两次被法院判处死刑。而且，两次都已经验明正身，将要绑赴刑场，而两次又都与死神擦肩而过。

日伪时期，沪西沦陷，小汤在上中学的时候，受了“曲线救国”反动理论的影响，中学毕业就参加了汪伪特务机关——特工站，充当了汪伪特务。由于他会讲日语，凡是日本宪兵队队长马场到特工站，站长杨建树在接待马场时，都少不了要他充当翻译。有一天，马场心血来潮，突然向特工站站长提出要借调小汤另有任用，站长杨建树二话没说，一口答应，至于到哪里任用，马场不说，站长也不敢多问。实际上，就是将小汤调到八尺长巷5号“对共工作站”，以一爿杂货店为掩护充当翻译、特务，开始了他人生道路上的一个拐点。他在这个杂货店既不像老板，也不像伙计，平时做生意，中国人来讲中国话，日本人来就讲日本话。起先，他还怀有些好奇心，有着一种神秘色彩的感觉。没有几天，就觉得好似掉进了一个“魔窟”，一到晚上，尽是听到一阵阵惨叫声，使人毛骨悚然。在一个偶然机会，他看到薛念娇陪同几个日本特务对一个新四军干部施用酷刑，惨不忍睹。至此，几个晚上，翻来覆去不得入眠，他思想斗争十分激烈，开始怀疑“曲线救国”的谬论；到家里去，经过左邻右舍门口，一些邻居看到他就像看到“瘟神”，唯恐躲之不及，在他背后指指戳戳；而他的父母、兄弟姐妹一见他进门，不是冷嘲热讽，就是破口大骂，尤其是他的小弟，当他的面骂他汉奸、特务，这才使他意识到“曲线救国”是彻头彻尾兜售祸国殃民的麻醉品。一种懊丧、悔恨心绪油然而生，想脱离这个魔窟，又怕招来杀身之祸；不脱离吧，照这样下去，同这些魔鬼同流合污，残害自己的同胞，岂不是成了不齿于人类的狗屎堆，遭众人唾弃吗？

在一个星期天上午，汤凯一个人闷闷不乐，到公园散步。正当他徘徊在人生十字路口，恰巧碰到他小学的老师袁潮勇。其实，袁老师已经晓得他当上了日本特务，故意问：

“小汤，现在在哪里做事情？”

“在老地方。”小汤含含糊糊回答。

“还好吗？”

“还可以。”

正说着，小汤有一种愧疚感涌上心头，脸色由面孔上一下子红到脖子上。袁老师看到他一副尴尬面孔，出于师生关系，有责任教育他，改邪归正。心里想，他还不至于拿老师的“一番诚意”，到日本特务机关那里去邀功领赏，换取高官厚禄吧？所以，特地邀他在一个僻静的地方，两个人坐下来促膝谈心。袁老师坦率而又语重心长地对他进行了爱国主义教育，晓以民族大义，阐明利害关系，在袁老师一番深入浅出的启发教育下，小汤内心着实受到震撼，当场痛哭流涕，悔之莫及。接着袁老师又针对他存在矛盾心理，在宽慰他的同时，为他指明前途。小汤在袁老师的感召下，主动把日本特务机关的内幕和种种滔天罪行，向袁老师述说。当时，袁老师严肃地告诫他，不要与敌为伍，并向他指出了出路，相约今后碰头的时间、地点，就此分手。

正是无巧不成书。袁老师是中共沪西县地下党的联络员。当时，沪西地下党，正在千方百计，想取得“对共工作站”特务机关的情报，物色一名“内线”。袁老师就把同小汤会面，有关他的处境、目前的思想情况，向地下党领导詹晓华作了汇报。詹晓华听到袁老师说起小汤这个人，觉得这是一个千载难逢的机遇和难得的人选，根据袁老师的建议，他当即拍板同意，由袁潮勇负责对小汤进行接触、考察，进而向他布置任务，实行单线领导。

至此，小汤好似从“魔窟甬道”爬出来，看到一抹阳光，开始向我地下党输送情报。小汤也就成了“白皮红心”的人物。表面上在日本特务机关干事，暗地里为我地下党输送情报。他白天在八尺长巷，一到晚上，就往“清心俱乐部”跑。“清心俱乐部”是日本特务机关的外围组织，汉奸、特务麇集的场所，也是日伪特务各种情报的发源地。

上午八九点钟，对共工作站总务课阿三跑到小汤的杂货店，大咧咧地说：“小汤，课长叫我向你拿条香烟。”

小汤顿时警觉起来：“课长要香烟，又要派大用场了，香烟要上档次，你说是不是？”

阿三做了个鬼脸，神秘秘地说：“你有数了哇。”

小汤兜牢子阿三调侃：“看来又有什么大的应酬了吧。”

阿三昂起头：“今天晚上，我们的薛大小姐同队长在清心俱乐部请一位大亨吃晚饭，课长喊我去做准备工作。”

一听说请大亨吃晚饭，小汤肚里转念头，在沪西地区，只有一些头面人物请薛念娇、武植隆吃晚饭，从来没有听说他们两个人请人家吃过晚饭。

小汤投其所好：“既然你同课长一道去，跳上跳下都要靠你，你也备包把香烟在身上吧。”

阿三笑嘻嘻地说：“倒是你想得周到。谢谢你了哇。”

小汤眨了眨眼睛：“用不到谢。”转身走到柜台那里，拿了香烟交给阿三。阿三拿了香烟谢过小汤，高高兴兴走路。

当天晚上，小汤同往常一样，吃过晚饭，借以到清心俱乐部玩，有意探个究竟，薛大小姐、武植隆请吃晚饭到底是哪一个大亨。一踏进门，就看到院子里，一些歪戴帽子、挺胸凸肚的长枪班、短枪班的小喽啰出动，放哨的放哨，站岗的站岗，前呼后拥，一个头戴礼帽、身穿长衫马褂威风凛凛的人跑了进来。

小汤当即看出苗头，薛念娇、武植隆请吃晚饭的大亨，看来就是这个人。转身向旁边的一个特务打听：“喔唷！派头大得，这个人，没有看见过，是啥人？”

同小汤勾肩搭背的汪伪特工站特务，绰号叫“包打听”，做了个鬼脸，煞有介事地说：“这个人，你还不晓得，是南面赫赫有名的大亨——季永清。”

“季永清，名字倒是听说过，人没有看见过。他在南面做啥？”

"土匪。"包打听说:"现在同新四军混在一起,当上游击大队司令。"

"游击大队司令,怎么会跑到这里来,"小汤惊异地说:"自投罗网,他不死找死?"

"这,你就不懂了,"包打听挤挤眼睛,神秘地说:"参加鸿门宴。亏你在八尺场巷混混,这点点消息都不晓得?"

小汤自愧不如,笑嘻嘻地说:"我只顾看好店,别的我就不管了。"

小汤肚里转念头,薛念娇勾结武植隆又要搞分化瓦解新四军抗日队伍的阴谋活动了。同包打听打了个招呼,拔转身来就跑。小汤吃准阿三是个棋迷,他有个特点,自己不下棋,只顾看人家下棋。于是,跑到娱乐室一眼就看到阿三在人堆里看下棋。小汤站在阿三对面看下棋,有意咋呼:"喔唷!这一步棋走得好。"阿三抬头一看是小汤,马上招呼:"小汤,你也来看下棋。"一头招呼小汤,一头跑过去同小汤攀谈。小汤回转身来:"就你一个人?"

阿三做了个鬼脸:"课长陪他们几个人小乐,没有啥事,我就出来看下棋。"

小汤以关心的口气说:"你又要忙得老晚了。"

阿三回称:"说不定,要看这个大亨的面孔了。"

小汤试问:"是哪里的大亨?"

阿三朝周围扫了一眼,压低了声调:"是南面的游击队司令季永清,武植隆早就想动他的脑筋了,这个人假使不拉过来,包括咱们,日本人都不得安宁。现在,南面,咱们根本不要想进去,一进去,就不要想出来。"

正当他们两个人谈到季永清的时候,总务课长涂友斌急吼吼跑来找阿三,神情诡秘地吩咐阿三:"你去俱乐部办公室借支毛笔、墨、砚台和信纸、信封。顺便喊声阿土,就说你们司令喊你去。"

涂友斌原来是薛家专门跟随薛念娇的心腹家奴,人们根据他名字的谐音,背后帮他起了一个绰号叫"拖油瓶"。这个人奴性十足,文化不高,为人奸诈。他看到小汤也在娱乐室,满脸堆笑,嘴里散发一股臭烘烘的老酒味道:"他们大乐,咱们来小乐,跟我一道去咪两口。"

小汤明知故问:"还有谁在这里大乐呐。"

涂友斌神经兮兮,压低了声调:"今天晚上,是咱们薛大小姐出面邀请,武植隆陪同,宴请南面的大亨季永清。我刚巧进去帮他们倒酒的时候，已经谈得差不多了。”接着涂友斌凑近了小汤耳朵嘀嘀咕咕，历数薛念娇同武植隆策反季永清的阴谋活动。

就在宴请的时候，季永清当即送上一份“见面礼”，为武植隆献计献策，提出诱捕牛迹山游击队政委江枫侠。他的罪恶建议得到武植隆的赞赏，并且由季永清出面，以他名义修书一封，邀约江枫侠在南乡板桥会面，并派出他的亲信登门送信。

小汤得到如此重要情报，只是同拖油瓶敷衍一通：“你们在办事情，我就不去了。”

两个人正说间，阿三跑来向拖油瓶回话：“信写好，已经给季阿土了。”拖油瓶满意地笑笑：“大功告成，走！咱们去小乐吧。”阿三跟着拖油瓶一起邀小汤，小汤再三推辞：“你们正热闹的时候，出来个陌生人，要引起客人尴尬、扫兴的。再说，我也不习惯磨夜色，深更半夜赶热闹。看一会儿下棋，我就回去困觉。”阿三附和小汤的说法：“小汤是不习惯磨夜色的，咱们不要勉强他吧。”拖油瓶听了阿三的话，说了声“好”，就此同小汤分手。

小汤同拖油瓶告别，连夜找到袁潮勇，向他汇报了“对共工作站”特务机关新动向，袁潮勇立即向地下党领导詹晓华汇报，詹晓华当机立断，派袁潮勇连夜出城将情报送往牛迹山游击队。

第二天上午九点多钟，季永清的亲信季阿土到了牛迹山游击队司令部，面见江枫侠，并呈上季永清给江枫侠的信。这就验证了袁潮勇送到的情报正确无误。随即敷衍，打发季阿土走，马上会同锄奸队队长研究铲除汉奸季永清的计划。

沪西县地下党又从小汤那里得到情报：季永清当上汉奸以后，整天花天酒地，一到夜里，他的夜生活就是到丝罗巷逛日本妓院。武工队派出的锄奸队守候在季永清经常出没的丝罗巷巷口。一天晚上，季永清乘坐一辆人力包车，后面紧跟五六个保镖，前呼后拥，出现在丝罗巷巷口，正待从车上走下来的瞬间，锄奸队队长周明从腰间拔出手枪，“哒哒哒”一梭子子弹，穿透季永清的眉心，当场击毙了这个大汉奸季永清，粉碎了日本特务机关的罪恶阴谋……

抗战胜利以后，小汤原以为，从此“国共一家”，天下太平，接受了国民党收编，同薛念娇一起充当了军统“特别行动队”特务。小汤也就在这个时候认识了“特别行动队”队长郑连顺，两个人成了上下级关系。袁潮勇得知汤凯到了军统特别行动队，随即找到他，向他分析了形势，国共两党的发展趋势，要他站稳脚跟。当时，小汤接受了袁潮勇忠告，向共产党靠拢，保持了原来的情报渠道。时隔不久，郑连顺突然离开特别行动队，小汤再也没有看见过郑连顺。

解放以后，小汤没有跟随国民党军统特务逃往台湾、香港，主动到人民政府“反动党团特登记处”自首。1951 年全国开展镇压反革命运动，小汤被公安机关逮捕，经过法院审理，决定判处死刑，立即执行。当审判员验明正身，正要五花大绑时，小汤大喊大叫，鸣冤叫屈。审判员吴平德，根据他的哭诉，提出申诉理由，当即停止绑赴刑场，押回监房。审判长听取审判员汇报，决定复核，听后处理。

小汤当时申诉的理由，主要是将他在日伪时期，先后在日寇特务机关以及抗战胜利后在军统“特别行动队”当翻译、特务的时候，同沪西地下党袁潮勇发生关系，输送情报等前后经过，详细作了陈述。法院审判员根据他的申诉书，找到了他所提供的证人证词，查明、核实了他所申诉的事实真相。最后，决定改判有期徒刑五年。就这样，把这个小汤从死神那里拉了回来。

到了“文化大革命”，小汤被红卫兵扭送到公安局，又一次被投进大牢。

正待验明正身，绑赴刑场执行枪决时，汤凯抬起头，突然朝审判员发问：“你还没有问我，还有什么话要说。”

“有什么话要说？”审判员一愣，领会这是“司法程序”：“那，你有什么话，你就说吧。”

“我要申述三点意见，”小汤不紧不慢地说：“一、你现在向我宣判我的罪行，1951 年沪西市人民法院已经判处我五年有期徒刑，并且已经执行完毕。人民政府有哪个政策、法律规定，没有重新犯罪的人，要接受第二次判决、惩罚？二、我在日伪特务机关时，为沪西县地下党输送情报，不管怎么说，我为共产党，为我民族做了些好事，我不图汇报，但是，我也不希望共产党杀我的头。三、抗日战争胜利以后，在国共合作时期，我到军统‘特别行动队’，我将我的情况向共产党袁潮勇汇报，得到他的指示，为地下党收集情报，我不求有功，但求无过。我讲完了。”

审判员关照法警将这个姓汤的犯人暂时押回牢房。

分管领导听了审判员汇报，立即召开审委会会议进行讨论研究。在这个审委会会议上，出现两种不同意见：一种认为，汤凯这个人，过去之所以判处死刑没有执行，这是包庇纵容，这个特务才得以逍遥法外；另一种意见，如果他申诉的理由是事实，这个人没有重新犯罪，再判处徒刑，执行处罚，有悖于法律的严肃性，应当考虑重新审理发落。审理组组长老孙发问："这个案件原来是谁搞的？"

上世纪五十年代当书记员参加审理汤凯一案的审判员董一帆，翻了一下案卷："这个案件原来是老吴审理的，当时，有不少材料，现在这个案卷里全没有了。"

"老吴是谁？"

"老吴，就是吴平德，原审审判员。现在公检法机关农场劳动改造。"

"马上把他喊回来，"审理组组长老孙说："叫他回忆一下。"

吴平德来到公检法机关审理组，根据审理组组长要他来的意图，他当即认真地翻阅案卷，发现他原来审理这个案件的原始材料都已经不在了。他如实反映，公检法机关审理组组长问老吴是怎么回事。吴平德想了一下，又对董一帆看看。

董一帆说："原来为他作证的人都已经找过，这些人有的已经死了，有的被打倒在外地劳动改造。"

吴平德突然想起公安局原来承办汤凯案件的人："对了！这个案件，在解放初期，是由公安局侦查科洪强侦查的，沪西县地下党、新四军的领导干部都写了证明材料，证明汤凯的供词是事实，公安局侦查科洪强熟悉这个案件。最好找洪强回忆提供情况，洪强也在农场劳动。"

公检法机关审理组组长，听了老吴反映的情况，当即把洪强找回。洪强一口论定：汤凯的材料不会放在公安局的档案室，作为绝密材料放在公安局侦查科保存。

按照吴平德、洪强两人的回忆意见，审理组从公安局侦查科查阅了汤凯的材料，基本上同吴平德、洪强回忆的情况一致，论证了汤凯申述三点理由的正当性。就这样，小汤第二次从死神那里拉回了他的生命。

汤凯之所以同洪强工作关系延续持久，早在二十世纪五十年代，开展"镇压反革命运动"的时候，洪强就接手侦查汤凯的案件，根据汤凯在日伪时期，抗战胜利以后的表现，就将汤凯从敌人营垒里拉出来，物色为逆用对象，加以考察。

正待汤凯在看守所关押期间，在他在押的单独监房，突然收押了一个双目失明的瞎子，说这个瞎子是个杀人犯。

位于沪西西郊的龙虎山，在山背后的半山腰的一座“尼姑庵”发生一起凶杀案件，被害人就是这个尼姑庵的老师太。公安机关迅速出动警力开展侦查。

龙虎山海拔六百多米，坐落在三百多米高的半山腰的尼姑庵，就只有一个六十多岁，孤身一人的老师太。相距尼姑庵三四十米，有一间简陋的小平房，里面住了一个双目失明的瞎子，四十多岁的单身汉，平常日子在尼姑庵大门外，只是向上山进香拜佛的信徒乞讨为生。解放前，这个尼姑庵香火旺盛，烧香拜佛的人络绎不绝，解放以后上山进香拜佛的人寥寥无几，瞎子也就跟着断了财路。在山脚下，有一个约二十家的小村庄。案发以后，刑侦人员深入群众走访、排查，根据群众反映，老师太平常日子“放印子钱”，同山脚下村上的农民发生一种民间不规范的借贷关系。刑侦部门分析认为：犯罪分子很可能是村上人同老师太在借贷上发生矛盾，或者见财起意。又有村上人反映，老师太为人和善，放印子钱，借贷人还不还，她不计较……从村上排查，有可能作案的五六个人，既不能肯定，也不能否定。

在公安机关勘查现场的时候，在死者的日常烧香念佛的佛台脚下，发现一条类似“裤腰带”的布条。利用警犬，从村上五六个嫌疑对象追踪起，从山下一路追踪，追到山上，经过一片菜地，窜到瞎子家里，朝着瞎子“汪汪”直叫。大家认为，瞎子作案可能性不大，哪有瞎子弄死亮子?也有人提议“三堂会审”，向邻近市里公安局借调两头警犬，连同沪西市公安局一只，三只警犬出动追踪，从山脚下，追踪追到山上。三只警犬不约而同直奔瞎子家里，对着瞎子狂吠，就把瞎子拘捕起来。横审讯，竖审讯，翻来覆去审不出个名堂来。瞎子一口咬定，同老师太无冤无仇，从来没有想“弄死她”。每次审讯结束，开会研究分析情况，一到议论的时候，侦查人员七嘴八舌，认为：把瞎子作为犯罪嫌疑人，心里面不踏实。有的同志拉出调子：狗毕竟是畜生，没有足够的证据，单凭几只狗朝瞎子叫叫，就论定瞎子是杀人犯，不要搞成一起冤假错案哇。

也有的人说：人头落地再要装，装不上去的噢。

主办这起案件的刑警大队长李明波，听到一些同志的议论，心烦意乱，从审讯室里跑出来。正巧碰到洪强，两个人交谈审讯瞎子的情况。李队长苦不堪言，摇摇头："这是一件人命关天的案件，根据警犬三堂会审，一致咬定瞎子，而现场捡到的裤腰带是这个瞎子的，偏偏这个瞎子就是死不交代。"

洪强摇摇头："亮子碰到瞎子是难缠的，是不是采用'狱中侦查'再试试看……"

瞎子同汤凯关押在同一个监房，每当瞎子审讯结束回到监房，同汤凯交谈案情，一来一往，相互熟悉起来。汤凯看到瞎子生活不能自理，勾起了怜悯之心，帮助瞎子打饭打水，搀扶他大小便，助他一臂之力，瞎子倒是感激不尽。至此，两个人成了"狱友"。

汤凯在瞎子面前，只是埋怨："你不来，我一个人住得蛮安顿，你一来，晚上困不着觉。"

瞎子朝着发声的地方，抬起了头："什么道理？"

汤凯直言不讳："你一困着就说梦话。"

瞎子警觉地发问："我说什么梦话？"

汤凯只是抱怨："都是说一些乱七八糟的话。"

瞎子一愣："是不是说的'观世音菩萨'？"

汤凯顺着瞎子的口风："可能是'观世音菩萨托梦给你噢'，怪不得三只狗盯住你狂叫，弄得不好，也是'观世音菩萨'差使狗盯住你叫哇。"

瞎子突然惊醒似的说："假使公安机关吃住我，会不会杀头、枪毙？"

汤凯煞有介事地回称："就要看你的态度了。假使你态度好，主动交代，你又是瞎子，也许会宽大处理。"

瞎子听了汤凯这么一讲，压低了声调，神经兮兮地说："我同你讲，你不要告诉别个人。"瞎子一五一十向汤凯透露了，他作案犯罪的经过。

这个瞎子长期同老师太相处，熟悉老师太日常生活规律，晓得老师太有钞票向山脚下的农民"放印子钱"。他就动脑筋向老师太诈取，诈取不成，索取，索取不到，就以借贷名义，"借"。老师太晓得这个瞎子为人品德，是个死不要脸的泼皮，一口回绝瞎子。

瞎子眼睛虽瞎，听觉特别灵敏，凭他的听觉，发现老师太的钞票藏匿在观世音菩萨后背方洞里，就转起贼念头："偷"。碍于老师太一天到晚守在观世音菩萨的佛台旁边敲木鱼念佛，没有办法动手。他掌握老师太每天早晨起早打坐参禅，烧香拜佛，打扫庭院，中午在佛台旁边念佛，瞎子趁她打瞌睡，拿裤腰带将老师太勒死，爬到佛台上，在观音菩萨后背的方洞里盗走了老师太的钞票，藏匿在自己住房的墙壁夹层里。

公安机关刑警大队李明波队长根据汤凯的汇报，取出赃款，证据确凿，一起离奇古怪的杀人案件就算告破。

一九五六年，汤凯被刑满释放，从劳改农场出来，沪西市公安局侦查科得知他失业，赋闲在家，特地帮助他开了个凯乐寄售商店。从此，他就成为沪西市公安局侦查科的"耳目"，一直受洪强领导。在"文革"那个疯狂年代，汤凯被造反派揪斗得死去活来，在逮捕关押期间，不管如何百般刑讯逼供，要他交代同公安局的关系，他始终没有透露当过公安机关的"耳目"。

宋副局长一听说专案组正在讨论汤凯能不能作为"耳目"使用，赶紧跑到专案组，铁青了面孔："汤凯这个人，许副局长调离的时候，向我移交工作专门向我作了交代，按照工作程序报请省厅批准，属于'绝密'范围的侦查手段。既要保证他的人身安全，又要保持他的使用价值，是绝密的。现在，你们吃饱了饭没有什么讨论，把汤凯拿出来讨论。岂不是作怪吗？"

顾金生面孔上火辣辣，涨得通红，默不作声，自顾自吸烟。宋副局长转过脸来，对洪强说："老洪，你还是按照你原来的工作部署执行。会议结束。散会。"

宋副局长到场，虽说平息了专案组一场风波，但是蜗居在凯乐寄售商店的郑连顺怎么办，是拘捕审查，还是严密监控，专案组徘徊在十字路口，而受到责难的洪强处于内外交困中。

107

显出原形

现在在凯乐寄售商店出现的郑连顺，洪强为了判别他的身份，使用小汤同他周旋、摸底以及通过指纹、笔迹检验，都没有取得实质性效果。一时间，受到科长的责难，引起了一些同志质疑，致使洪强处于内外交困，无所适从的地步。

就在洪强身处众人质疑声中，偏偏得到宋副局长撑腰，老刘、小王、小李几个同志鼎力支持，客观上为洪强提振了勇气，坚定了信心，朝着认准的目标，按照原计划，义无反顾地组织实施。

说实在的，到了现在这个地步，敌我双方都已经短兵相接，为实现各自的目标，都在争分夺秒，抢夺制高点。谁要是赢得先机，谁就取得胜利。

就拿龟缩在凯乐寄售商店的郑连顺来说吧，经过同小汤几次三番兜圈子，通过小汤一次又一次打听，总算对上了号，得到了宋浩然的确切信息。现在，千方百计想物色一个可靠的牵线搭桥的人，忙着要同宋浩然接上头。尽管眼前要做的事情非常急，但是，他始终保持一颗清醒头脑。对自身的安全系数，脑子里一根弦倒是绷得特别紧。心里面，一直在盘算着如何利用关系，又如何避开公安机关视线，绞尽脑汁，反反复复想了好多办法，又都一一被他否定。最终还是想到小汤，只有小汤最合适充当这个铺路架桥的角色。经过反复权衡利弊得失，似乎手中能打的牌，也只有这个小汤。

郑连顺是怎样拨通这颗算盘珠子，思想上开窍的呢?他费尽心机，顺着他的逻辑推理，最终得出的结论：小汤毕竟同我也可以称得上是上下级关系，虽说已经成为历史，毕竟这是客观存在的事实。最重要的一点,他两次蹲过大牢,至今头上还戴着一顶“四类分子的帽子”,逆来顺受,生活在社会最底层,同共产党离心离德,格格不入,这是必然的。像他这种人,起码不会出卖我吧。再说,他具备干特务的基本功,又是本地商人,熟门熟路,善于同人打交道。打定主意,郑连顺走出关键的一步,利用小汤打前站。因此,他又买了瓶好酒和一些卤菜,晚上准备邀小汤对酌。小汤走街串巷收旧货、跑买卖,一天时间下来,拖了疲乏的脚步回到店里,爬上了二楼,一眼就看到桌子上有酒有菜。郑连顺端坐在桌子旁边,跷起二郎腿,悠然自得地在吐着烟圈。小汤心里想,今天这顿老酒的代价,无非是要帮他同宋浩然接上关系,思想上,马上作好应对的办法。

“嗳!小汤!”郑连顺一看到小汤上楼,就主动、热情打招呼:“回来了,坐下来吃老酒。”

小汤坐到他的对面,两个人开始对酌。郑连顺满脸堆笑,虚情假意,投其所好,竭力帮小汤“灌迷魂汤”:“宋浩然总算通过你的努力,被打听到了。你看,怎么样能同他联系上?我想听听你的意见。来、来、来,吃老酒!”

郑连顺自从要小汤打听微波站工程师宋浩然的情况,小汤就已经看穿他每次借口“请吃老酒”的背后,就要听从差遣为他效劳。但是对他来到沪西“打听宋浩然”终极目的,下一步如何走向,一时还拿不准。小汤也就借助三分酒兴,开始同他打起“太极拳”,一步一步诱敌深入,探明他的意图。小汤喝了口酒,眯起双眼认真思索,突然,他像想起什么事情:“依我看,你可以直接到他家里去碰头,省得在外面鬼头鬼脑,反而容易引起人家怀疑。”

郑连顺抿了一口酒,接过小汤的话头:“这个办法,我也想过,因为一个陌生人,突然到人家家里,总觉得蛮别扭的呐。再说,事先不打招呼,就这样冒冒失失地找人家,弄得不好,彼此都会出现尴尬场面,你说是不是?”

郑连顺故意向小汤出了一道“填充题”,让小汤“填充”,自动自觉应承下来。

小汤已经觉察到他的用意,接过了他的一招,轻盈飘逸,淡然自若,一个推挡又回了过去。特意诘问:“你说的这个情况倒是有一定道理。你看还有什么好办法?”

“喔唷!婊子养的,”郑连顺心里想,单凭现在同他磨嘴唇皮,吊不出他的胃口。他换了一副面孔,笑嘻嘻地对小汤说:“能不能辛苦你跑一趟,请你去同他碰头。你去,事情很简单,只要同他约定我同他碰头的时间、地点,其他用不到多费口舌的。你看怎么样?”

小汤估计到他会来这么一手,佯装感到意外,抓头摸耳朵,为难地说:“我去?可以是可以的。”然后,小汤停顿了一下,带着疑惑的口气,咂咂嘴:“就怕引起他怀疑,说出来,唱‘主角’的人,为什么不来,叫个陌生人,跑龙套的人来,如果他问起来,我怎么说法?”

听小汤这么一说,似乎一下子,从另外一个角度提醒了郑连顺。他心里想到了同宋浩然碰头的是胡大春,而我是郑连顺,如果派小汤去,叫小汤如何向宋浩然表明是胡大春要同他会面呢?再说,上次,找了个鲍冲做“替身”,引起宋浩然极大的反感,所留下的阴影至今还没有驱散。现在,再有个闪失,事情更加弄得复杂了。再说,一旦事情“拆穿”岂不是两头不讨巧。到头来,既不好向宋浩然解释,又没法向小汤交待,不妥。郑连顺摇头晃脑,自言自语地说:“这一点,倒是没有想到呐!”

小汤看到他一筹莫展的样子,着意撩拨、挑逗,使他欲罢不能,欲进无门,有意吊他胃口:“我看你已经伤透脑筋,既不便自己直接去,又不放心差遣旁人去,依我看,你还是叫你的朋友自己去,省得你左右为难。你也太过于认真了。”

郑连顺一听到小汤说他“过于认真”,真对他的心路,换了一种口气:“我这个人,正如你对待顾客一样,讲究诚信,何况又是要好朋友托付的事情,再说成全人家一桩好事,解决人家的困难,也不枉做人的本分。你说是不是?”

小汤像煞有介事,点点头:“道理倒是这个道理,问题是我看到你蛮为难,碰到这种事情,倒是蛮尴尬的呐。”

得到小汤的理解、肯定,他想有门道了,换了一个方式,采取婉转、试探的口气:“要么,我出面写封信,请你送给他,当他的面,你不要提起说是我写的信,他假如问起来,你只要说,受朋友嘱托,话不要多。我在信上把要说的话表达清楚,你看好不好?”

小汤皱起了眉毛,迟疑一会儿:“写信么,办法倒是个办法。”小汤停顿了一下："不过——"

郑连顺两只眼睛紧盯着小汤问："不过什么，你说不过什么？"

小汤流露出一种畏难神情，晃了晃脑袋瓜，咂咂嘴，然后严肃认真地说："我是说，如果写信，也是没有办法的办法。但是，写这封信，倒是蛮有讲究的呢，写得好顺风顺水，心想事成；写得不好，连挽回的余地都没有。"

郑连顺听小汤一说，认为倒是说到了自己心上，以尊重小汤的口气说："依你看，这封信应该怎么写法呢？"

小汤一本正经地说："以我之见嘛，这个信，一定要正儿八经地写，不能三言两语，干巴巴地像发个通知那样简单几个字，使人家一看就不舒服。因为，人家是知识分子，蛮讲究礼貌，喜欢措词上要甜蜜，感情上要投资，行动上要热情，要使他一看到信，等于看到你本人，是上了档次、有身份的人……"

郑连顺特地替小汤戴高帽子，笑嘻嘻地说："嗨！我说小汤你还真有一套，还是你想得周到，我就照你说的写，写好，还得麻烦你跑一趟送去，怎么样？"

小汤爽快地接受了郑连顺的委托："可以，吃完晚饭，我就回家，你定定心写，明早交给我去办。"

说着，两个人酒过三巡，草草吃完晚饭，小汤嘴里唠唠叨叨埋怨起阿林："这个小赤佬，店一打烊就走路，台上也只好我来动手收拾了。"

小汤一头发牢骚，一头自己动手收拾，将用过的杯子、碗筷、盆子放到一个托盘里，小心翼翼拿下楼，还只下两三级楼梯，嗨！一不小心，脚一滑，哗啦——，将酒杯连同碗盏尽数打落在地。郑连顺听到跌翻落地，打碎玻璃、瓷器的清脆破碎声，自顾自跷起二郎腿在吸烟，琢磨写信的措词，动脑筋打腹稿。小汤把打碎的玻璃杯、碗盏等一应餐具的残渣扫到簸箕里，然后开门走到马路上，随手倒进垃圾筒里去。回到店里，就在楼下仰着脖子，大声嚷着："我走了。"

郑连顺随口应声："走好……"

俗话说"做贼心虚"，一点不错。小汤前脚走，郑连顺后脚紧紧跟着下楼。本来想开门出去观察小汤倾倒垃圾箱里的到底是些什么东西，后来一想不妥，深更半夜被人发觉捡垃圾，不是自找麻烦嘛？他打开店堂所有电灯，顿时室内灯火通明，弯着腰在打翻餐具的原地仔细查看，发现在地砖夹缝里，还残留着晶莹透亮的玻璃、碗瓷的细屑粒子，这才心安理得回到楼上开始写信。

有道是：棋高一着，缩手缩脚。为了防止郑连顺返身下楼检查，搞反侦查，小汤按照洪强事先设计的办法，就在下楼时，先捡起了郑连顺用过的酒杯放到背包里，接着做了个小动作，佯装脚一滑摔了一跤，然后，将打碎的餐具扫到垃圾箱去了。郑连顺虽说敏感、狡猾，但是，毕竟没有特异功能，发现不了小汤的蛛丝马迹，也就无法判断小汤摔了一跤，打碎了杯子、碗盏等餐具的真实意图。

润物细无声，踏雪无痕。第二天上午，小李从小汤手里接过郑连顺写给宋浩然的信以及昨天晚上郑连顺用过的酒杯，一起送到技检部门鉴定。最终从技检部门拿到了笔迹、指纹的鉴定书，无声无息，撩开了一层神秘的面纱，揭开了郑连顺身份的“谜”，兴高采烈地跑到专案组办公室。

小李一踏进办公室门就叫开了，放声大喊大叫：“太奇妙了，经过专家笔迹、指纹鉴定，现在郑连顺的笔迹同五十年代金坚的笔迹一模一样，从书写习惯、笔画、笔法、笔锋，以及文字结构处理，甚至连标点符号等特征，都是一样。再从玻璃杯上取到郑连顺的指纹，同档案材料里金坚的指纹对比，完全可以论定，郑连顺、金坚是一个人。”老刘、老葛、小王三位同志听到这个消息，高兴得了不得，此时此刻，洪强流下了心酸的眼泪。经过这么多年辛勤劳动，总算豁然开朗，见到了久违的晴天。专案工作取得了重大突破。

就在大家庆贺专案工作取得前所未有的重大突破的时候，小唐就在大家兴头上，泼了一盆冷水，咂咂嘴，慢条斯理地说：

“突破，应该说是可以说是突破，但是呐，还说不上，画上一个圆满的句号。”

小李一下子板起了面孔，带有反感的腔调：“你没有事情找事情，什么叫圆满的句号，现在人证、物证都已经对号入座了，还要什么圆满句号。”

小唐不依不饶，仰起头说：“那么，我倒要请教你，关怀民燕发到现在你有没有找到，关怀民如果没有找到，这个案件怎么能说已经画上圆满句号?假使关怀民是胡大春的上级,‘5·15’专案,到头来不是抓了芝麻丢了西瓜吗?”

经小唐这么一说,在座的同志不约而同惊叹说:“唉!说到现在,倒是拿关怀民,还有在海临锦树里68号神出鬼没的老头子都忘记了。小唐说得有道理。”

正当大家热议的时候,在座同志中有人提出一个疑问:“哎!怎么看不到小高?小高到哪里去了。”

老刘笑嘻嘻地说:“小高去抓关怀民、老头子了。”

在座同志疑惑地说:“没有听谁说起过, 就凭他一个人去抓关怀民、老头子?”

老刘煞有介事地说:“一个对两个,笃笃定定手到擒来。”正当大家疑惑不解的时候,小高兴冲冲跨进办公室。在座同志抱着无限期待的心情说:“有没有抓到?”

小高已经意识到大家关心的是关怀民、老头子,朝大家发声:“抓,倒是没有抓到,但是,可以论定关怀民、老头子就是郑连顺。”小高就把技术鉴定科第二组的人体特征鉴定结果向大家汇报:“我把外线组同志拍摄到的关怀民、老头子以及郑连顺三个人,连同胡大春的照片,请他们专家鉴定。根据人体解剖学的理论,论定关怀民、老头子、郑连顺就是胡大春,毋庸置疑。三个人面孔尽管经过化妆,伪装成三个不同面孔的人,但是,三个人面部的基本特征改变不了。例如:眼睛下面的颧骨突出、鼻梁上部挺直、嘴唇皮薄,嘴巴尖,专家看了照片,特地将三个人的特征合起来画了一张素描,老头子、关怀民、郑连顺以及胡大春的原型, 显露出金坚的本来面貌。” 小高将专家画的一张素描供大家传阅,一些同志在传阅过程中,不时地惊叹:“有道理,有道理。”

小唐拿到手里不住地点头:“没有话讲,完全可以论定。”

小王两只眼睛盯着小唐:“唐师傅,现在是不是可以画上圆满的句号?”

小唐笑嘻嘻地说:“再要加‘特别’两个字,画上特别圆满的句号。”

现在证实, 沪西市出现的要同宋浩然碰头的郑连顺就是胡大春,确切地说:老头子+关怀民+郑连顺+胡大春=金坚。

专案组在座的同志,听到这个消息,如同听到爆炸性新闻一样,都拍手鼓掌，嘴里不住地叫好，特别是老葛对着洪强跷起大拇指，不无夸张，赞不绝口地说："伟大、伟大、伟大！"

洪强谦逊地用手指向老刘、老葛，小王、小李，笑嘻嘻地说："要说伟大，你们几位才是真正的伟大，如果没有你们一再坚持，我也下不了这个决心，再作第二次尝试，同小李一起布置'耳目'收集笔迹、指纹，再派小高做特征鉴定。"

在一阵阵的欢声笑语中，小唐歪转了头，嬉皮笑脸地说："要说伟大，不要忘记我的份头噢，至少我没有反对过笔迹、指纹、特征作鉴定，你们说是不是?"

洪强哈哈大笑，郑重其事地，纠正原来的说法："我们毕竟谈不上什么伟大，应该说现在我们取得重大突破，是我们全体同志共同努力的结果。"

老刘接过洪强的话头："的确，伟大说不上，取得的成绩是专案组全体同志共同努力的结果。"

洪强、老刘这么一说，大家拍手称快。

洪强接过老刘的话茬："我还要在这里纠正刚才同志的说法，把现在专案工作取得的突破，说成可以'画上圆满的句号'，这就有点言过其实。大家不妨想想，现在，还仅仅论定老头子、关怀民、郑连顺、胡大春这几个人，同是台湾特务机关驻香港特务机关头子金坚的身份，还没有真正把金坚抓到手，就画上句号，这不是意味着马上可以'刀枪入库'?我以为现在说'画上一个圆满句号'，为时尚早，我们专案工作的最终目的是什么?是要粉碎敌特机关阴谋，抓捕特务头子，要把潜入内地的特务以及在内地被他们发展的特务一网打尽。"

正当大家兴高采烈研究制订工作方案，斟酌、推敲文字，拟定破案报告的时候，外线组小龚、小耿两个人满头大汗急匆匆跨进办公室。小龚一头喘着气，一头结结巴巴说："郑连顺不见了。"

老葛一听到说郑连顺不见了，顿时，火冒百丈："怎么搞的?"在座的同志就像被一声惊雷震懵了，一个个朝着老葛瞠目结舌。

洪强听到这个消息，一开始惊呆了，然后，他静下心来，用缓和的语气说："来！坐下来慢慢说。"

小龚、小耿两人坐下来。小龚缓了下气，调整了一下情绪汇报："今天下午四点多钟，我和小耿在临时据点用望远镜观察对面凯乐寄售商店，郑连顺平时出没的二楼，没有一点动静。起初，还以为观察不够仔细，我同小耿商量，由我到凯乐寄售商店去找阿林，了解一下实情。阿林特地跑到二楼一看没有人，又转到了三楼搜索，就是没有郑连顺的人影子，问起阿林有没有看到他下楼走出店门，阿林摇摇头说：没有看到他走出店门。后来我同小耿商议结果，认为阿林在楼下店堂里人来人往比较杂，不一定注意到，还是我们想办法去找，整个向阳路跑下来就是发现不了郑连顺影踪，我们这才回来汇报。”

老洪说：“据点里有没有留人？”

小耿说：“小成、小孟她们两个女同志在据点观察、监控。”

老葛急出了一身大汗，满面愁容，此时此刻真是说不出的味道。现在正在研究破案，重点就是要抓捕郑连顺。偏偏叫“冷灰里爆出热火星”，要抓捕的对象不见了。嘴里一个劲喃喃自语，自我责备说：“太不应该了，太不应该了，我没有办法向领导交代……”

在座的同志怀着复杂的心情，注视着老葛神态，有的同志一个劲在摇头，有的同志在皱着眉毛，在埋怨，大家好容易花了九牛二虎之力，争取到立马要破案的大好形势，把个将要抓捕的对象弄不见了，真是岂有此理。但是，都又不便发作。

倒是老刘看到老葛急得团团转，用安慰的口气说：“老葛不要急，大家出出主意，终究有解决的办法的。”

洪强在旁边一声不吭，皱起眉头在思索，突然，他抬起头来，脑子里一闪念：“既然阿林没有看到他走出店门，有没有可能他是由三楼暗道窜出去，再经夹水弄堂到花园出走的呢？”

洪强说：“老葛啊，想当初，在研究部署外线工作布控的时候，我还特地向你们介绍过凯乐寄售商店三楼有一个暗门通阳台，阳台有一条阶梯直通夹水弄堂，到底，墙上挂了一块牌子，上面写有‘此路不通’四个大字，其实，拐弯到底有一扇门，门一开直通城中公园。你们在部署外线工作，布点监控的时候，重点放在一些人平时出没的凯乐寄售商店大门，忽略了通往城中公园那条夹水弄堂。”

老葛疑惑地说：“那条夹水弄堂，通往公花园的门上有一把挂锁，我们反复观察过，门一直被锁死的。”

洪强不无遗憾地说："问题就出在这把锁上，你们想想，像他这样一个特务，连保险箱都能打开，哪里还在乎一把民用铁锁呢？现在事情已经发生，急，急不出来的，我的意见，不要去找，就是去找也找不着。还是走走捷径，同海临监控锦树里68号陈婷、鲍冲的同志联系一下，查问一下老头子有没有到锦树里，如果老头子在锦树里出现，问题就解决了，如果他们那里没有发现老头子，问题就比较麻烦。现在，咱们兵分两路，郑连顺的下落请你费心，同海临的外线同志联系一下。我们研究起草破案报告。其他同志做破案准备工作，整个工作按照原计划进行。"

108

鲍冲失踪

正当侦查工作出现了转机，从刑侦技术鉴定部门得到了鉴定结果，论定郑连顺的确切身份，找到了神秘失踪的胡大春，偏偏郑连顺又在外线侦查员的眼皮底下溜了。

翁局长、宋副局长听取了汇报，立即作出指示：采取兵分两路，一路由老葛会同老刘查明郑连顺的下落，继续加强守候、监控，做好抓捕行动的准备工作；另一路，派出洪强、小李两个人连夜赶往省公安厅请示汇报破案。

省公安厅邱副厅长、陈处长听完了洪强的汇报，邱副厅长朝陈处长看看："老陈啊！你看看，有什么要说的，说说吧。"

陈处长关心地问："郑连顺突然失踪，后来是怎么找到的？"

洪强将郑连顺失踪的全过程、当时内外线同志一起分析判断的结果，向省公安厅领导汇报。洪强说："我们基本上吃准他是由三层阁楼暗道窜到阳台上，再从阶梯下来到一条通往公园的夹水弄堂，然后从公园出走，到海临同陈婷、鲍冲碰头。立即同外线组常驻海临锦树里监控鲍冲、陈婷的同志联系，证实了我们的判断，并且就在当天晚上七点多钟，接到'耳目'报告，郑连顺已经回到凯乐寄售商店。"

邱副厅长开怀大笑："假如这个对象找不到，你们准备怎么办？"

洪强无奈地摇了摇头："万不得已，在这同时，我们通知常驻华南海关的同志，要他们向华南市公安局通报情况，密切注意发现郑连顺，一旦发现，想办法拖住他。"

陈处长笑笑："拖住他，没有证据，最终还是要放人。你们工作做了不少，依我看，论定蒋帮特务头子身份这一点上，工作已经做到家了。

这对侦破‘5·15’全案来说，是一个重大突破。要说问题嘛，关键还在下一步，有关抓捕方案。我听了你们的汇报，涉及具体工作措施，我想还是要把抓捕的目标，始终锁定胡大春。至于陈婷、鲍冲等其他的一些对象，一定要等到胡大春抓捕到手，再采取秘密抓捕方法，为一网打尽，扩大战果，创造条件。要吸取以往的教训，本末倒置，胡大春还没有抓捕到案，就把陈婷、鲍冲抓起来，弄得手忙脚乱，再采取补救措施。”

邱副厅长听了陈处长的发言，点点头：“陈处长讲的这一点很重要。在你们锁定抓捕目标——胡大春的同时，你们要为破获全案做准备，所谓扩大战果，就是要把盘踞在香港的台湾特务机关总部特派员董彪网进来。因此，抓捕行动一定要获取证据，执行抓捕措施要绝对保密；抓捕到案，抓紧审讯。切记，扩大战果，就靠审讯案犯，如何分化敌人的营垒，这就要看你们的功夫有没有到家。在敌我双方斗争过程中，有没有可能发生难以预料的变数，这就要求我们侦查员，一定要坚持内紧外松的斗争策略。现在，采取秘密抓捕的方式，不仅仅是一个工作方法，它将关系到破获全案，事关全局关键一着，有一句成语，叫‘一着不慎，满盘皆输’。”

邱副厅长接着语重心长地说：“现在，摆在你们面前的任务是艰巨复杂的，你们不仅面临着狡猾奸诈的敌人，变换各种手法同我们周旋，还会面对来自侦查人员自身的弱点，诸如麻痹轻敌思想，急躁冒进情绪等。被胜利冲昏了头脑，由自身弱点的爆发，毁掉了来之不易的胜利果实。只有自己战胜自己，才能取得这场斗争的最后胜利。整体方案不变，具体工作措施，作适当调整，预祝你们工作顺利！”

陈处长听了邱副厅长讲话，郑重其事地再一次强调：“刚才，邱副厅长作了重要指示，希望你们好好领会，回去向两位局长汇报，向专案组同志传达。你们看还有什么问题？”

洪强当即表示：“按照省厅领导的指示，我们回去向局长汇报，向全体同志传达。”说完，洪强、小李向省厅领导就此告别。

话又要说回来，到了这个时候，敌我双方都在争分夺秒抢夺先机，围绕着“W 计划”，实现各自既定目标。洪强、小李两个人到省公安厅汇报请示破案工作一结束，第二天上午乘头班火车赶回沪西。

自从郑连顺写给宋浩然的信，由小汤拿去传递给宋浩然，并得到宋浩然的回复，龟缩在凯乐寄售商店的郑连顺，当即马不停蹄地安排他的后路。利用小汤介绍的办法，郑连顺由凯乐寄售商店三层阁楼上的暗道，从阳台上下来，悄悄地走到夹水弄堂尽头，开锁从公园大摇大摆出走，赶到海临同鲍冲、陈婷碰头，冠冕堂皇要他们安排好“新世纪（香港）通讯器材有限公司驻海临办事处”业务，特地关照鲍冲向香港总部特派员董彪汇报，做好接应的一切准备事宜。并且关照鲍冲、陈婷撤走的时候，分隔开来，防止身后有“尾巴”。在海临的事情，安排停当，郑连顺匆匆忙忙回到沪西踩点，观察宋浩然家居姚巷5号的方向、线路、地形。

而公安机关这一头，洪强、小李回到局里，按照省厅领导的指示精神，分别向科长、局长汇报，在专案组全体同志会议上传达贯彻。至此，省、市两级公安机关，紧锣密鼓着手组织实施“诱敌深入”的计划，竭尽全力，执行抓捕郑连顺的方案。

首先由省公安厅侦查处陈处长将案件进展情况以及准备破案的打算，通报华南市公安局，并征得他们同意和支持；而华南市公安局侦查处接到陈处长的通报，当即派出精兵强将守候，以防敌人闯关、偷渡；省厅陈处长带领周科长、小王原班人马赶到沪西市公安局指导破案工作；沪西市公安局，科长顾金生作为“局长助理”，陪着翁局长、宋副局长在局长会议室，坐镇指挥；洪强、老葛两人负责贯彻执行抓捕行动。全体侦查员处于临战状态，个个摩拳擦掌，准备投入战斗。

设立在凯乐寄售商店对面的秘密据点，外线组全体同志全天候监视龟缩在凯乐寄售商店三层阁楼上的郑连顺，并吸取教训，防止郑连顺有可能从三层阁楼阳台上下来，再由夹水弄堂从公园出走，在公园里加派一支力量进行监控。

夜深，沪西市内万籁俱寂，人们已经进入梦乡。而在朦胧的月色下，一具孤魂在游荡，飘在大街小巷。在街头巷口，这个孤魂一个闪身，拐进了姚巷，停留在姚巷5号门前，贼头贼脑，左顾右盼，不一会儿，“笃！笃！笃！”敲门，里面没有反应，又连着“笃！笃！笃”第二次敲门。

“是谁？”宋浩然歪转了头，侧耳静听，警惕地发声说：“这么晚了，找谁？”

黑暗中的孤魂，压低了声调：“请问，你是宋浩然先生吧？”

宋浩然反问:“我是宋浩然,你是谁?”

来人凑近门缝:“我是胡大春。”

宋浩然赶忙开门:“请进!将来人引进到客厅。”宋浩然幽默地说:“请问,在我们这个地球上有几个胡大春?”

顿时,来人面部透露出一丝不容易被人发觉的尴尬相,然后,自我调节,放松面部紧绷的神经,启开微笑的嘴角:“应该说,只有一个胡大春,那就是我。”

宋浩然带有些奚落的口气:“不对。我在海临遇到了胡大春;现在,深夜在沪西又遇到胡大春。这个地球上,岂不是有两个胡大春吗?”

来人狡黠地笑笑,伪装成大度、诚恳,向宋浩然解释:“是这么回事,我到了内地,事情比较繁杂,一时抽不出身来。无奈,只好请鲍先生代劳,他没有向你说清情况,所以造成了不必要的误会,真是抱歉。”

宋浩然用怀疑的口气质问:“那么,信,是你写的喽?”

胡大春搓搓手:“是的,是我写了,托人送交给你的。”

宋浩然以探询的口气发问:“噢!送信人是同你一起的?”

胡大春脱口而出:“哎!”然后又纠正自己的说法:“是老朋友。”

宋浩然抬手看了一下手表,带着责怪的口气:“我同你的那位老朋友说定,碰头的时间是晚上八点,你看,现在已经是凌晨一点多钟了,都已经过了五个小时。”

胡大春表示歉意:“不好意思,被火车给耽误了。到火车站买车票,下午六点钟上海到沪西的车票全部卖完,我只好乘坐晚上十一点钟的一趟车,匆匆忙忙赶来,实在对不起。”

宋浩然调转了话头,严肃地说:“现在,我又怎么相信你就是胡大春呢?”

胡大春不慌不忙从衣服内层口袋里,摸出一个小荷包,取出一枚“通宝铜钱”放在手掌中,向宋浩然展现:“宋先生,可认得这枚通宝铜钱吗?”

宋浩然一看到“通宝铜钱”,第一个反应是惊讶,随即第二个反应,情绪激动地说:“这是我们家的传家宝,是由我姑妈保存的压邪宝贝。这么说,你真是胡大春先生喽!”正说着,宋浩然当即伸出双手,以示要同对方握手,嘴里念念有词说:“胡先生,不好意思,怠慢!怠慢!十分抱歉。”

宋浩然一头说话，一头伸出双手同胡大春紧紧握手，胡大春同时也伸出双手，两人热切地握住对方的手，哈哈大笑。此时此刻，胡大春得意洋洋，内心着实高兴，肚里转念头，双方一握手，事情成功一大半，取得了宋浩然的信任，就意味着心想事成，他笑自己已经稳操胜券，亨利的 10 万美元不久即将成为囊中之物，台湾总部授予少将军衔也将随手可得；

宋浩然放声大笑，笑的是，已经触摸到来人右手的“六指头”，手术后突出部位的骨头，验证了眼前出现的人的正式身份——胡大春，台湾派遣过来的特务头子金坚。一想到将要完成党和人民的重托，保卫国家的安全，人民安居乐业，内心无比高兴。

就在两个人置身在欢声笑语中，胡大春不惜以身家性命为赌注，冒险潜来大陆，获取“W 计划”绝密文件，策反宋浩然投敌。经过双方握手以后，迫不及待向宋浩然索要情报资料，突然开口说：“东西呢？”

宋浩然故作姿态，凝神静气惊愣在那里，两只眼睛斜视着对方，疑惑不解地说：“什么东西？我姑母来信没有提起什么东西。”

胡大春在他那个光亮的前额上渗出汗珠：“陈小姐不是同你说好的吗？‘W 计划’的正式文本。”

宋浩然严肃地说：“‘W 计划’正式文本同我到香港去不搭界，这是不能让外人看的绝密文件，更不要说给你。”

胡大春开始转了个弯，换了一种口气：“我同你姑妈宋女士说好，我们公司是生产经营微波邮电通信器材的，很需要像你这样的人才，之所以需要‘W 计划’正式文本，这是为了扩大公司生产、经营规模，有个科学论证参考依据，制订可行性报告，供董事会论证时参考。”

宋浩然斩钉截铁地说：“不行，这是国家机密，我不可以随随便便给你。再说，这个东西也不是随便可以拿到的。”

一听到宋浩然说的后半句话“这个东西不是随便可以拿到的”，胡大春以为宋浩然开始讨价还价了，当即转换了一下口气：“条件可以商量嘛，你要什么条件，尽管提出来，不是不可以商量的嘛。”

宋浩然板起了面孔：“没有什么可以商量的，再说，我也没有什么需要同你讨价还价。”

这个时候，胡大春开始埋怨起陈婷，心里想：这个陈婷怎么搞的。

弄到天亮，还是捧了个“半生不熟的西瓜”。怎么办？最终他下定决心，一不做二不休，看来，你宋浩然软的不吃，给你来硬的。随手从他上衣口袋里摸出一份原来由陈婷在宋浩然房间里偷拍、窃取到的“W 计划（提纲）”，他想以此要挟宋浩然，恶狠狠地说：“朋友，这是你提供的情报，我代表党国，对你忠贞不渝报效党国，表示赞赏；对你矢志不渝投奔‘自由世界’，由衷地表示欢迎。现在，你应当无条件服从，将‘W 计划’正式文本交给我，你将会得到你所需要的一切，不然的话，共产党也不会放过你。”

宋浩然诘问：“你一会儿是什么公司总经理，一会儿又是什么党国，你究竟是什么人？”

胡大春神气活现，狡黠地笑笑：“我是台湾情报机关上校组长，你老弟参加我们的组织，表现很好，你向我们提供的情报很有价值，现在，我以上级名义命令你将‘W 计划’正式文本交给我，我们帮助你投奔‘自由世界’，从事你的事业，从你姑妈那里接收你父母留给你们兄弟的遗产。”

“哈哈，”宋浩然仰面开怀大笑：“弄到天亮，你是个特务。我姑妈上你的当，我不会上你的当，什么投奔‘自由世界’，从事我的事业，又是接收什么遗产喽，见你的鬼去吧。我倒要奉劝你一句，赶快悬崖勒马，放下屠刀，立地成佛，向人民政府投案自首，这才是你的唯一出路。”

嘿！嘿！嘿！胡大春喉咙里并发出几声冷笑，肚里转念头，我干了几十年的特务，对付不了你这个懦弱书生。这个时候的胡大春，已经完全失去了理智，凶相毕露，做出最后抉择——破釜沉舟。拿出他的看家本领，一拳朝宋浩然脑门打去。宋浩然本来是一介书生，平时弱不禁风，可是经历了“文革”劳动改造，变得四肢发达有力；而胡大春虽说经过特务训练，干了几十年的特务，但是，毕竟多年不用拳脚打斗，四肢萎缩，力量大打折扣。他一拳打过去，被宋浩然右手挡回，胡大春一个趔趄，几乎倒地。宋浩然成了勇士，使尽全身力气，趁势用双手卡住胡大春的脖子，将他整个身体顶到墙壁上；胡大春虽然拼命挣扎，但回天乏术。

话又要说回来，胡大春毕竟干了几十年特务，虽然四肢乏力，可是脑袋瓜发达，两眼盯着宋浩然的后背：“你们来了。”宋浩然吃了他的噱头，上了他的当，就在宋浩然回过头看后背的瞬间，胡大春用足了吃奶

的力气,将宋浩然打翻在地,骑在宋浩然身上,两手卡住宋浩然的脖子。正当两人扭成一团时,突然,冲出一帮人来,大喝一声:

"不许动!举起手来。"

胡大春闻声松开双手,像斗败的公鸡耷拉着脑袋,乖乖地举起双手,转过身子,一眼看到同时出现了五六个人,其中一人走近他,面带笑容:

"金坚先生,久违了!"

胡大春紧盯着这个人看,感到有点面熟陌生。又听到喊出他的本名,好似在哪里见过面。这个时候,金坚意识到上了圈套。随即从衣领内层取出毒胶囊往嘴里送,企图自杀。老葛眼明手快,捏住胡大春的双手,掏走毒胶囊。

洪强从容地说:"我们不是初次打交道了,你领受过我们政府的政策,还是乖乖地投降吧。亨利那十万美元还没有拿到,阎王爷暂时不要你去报到,你先到我们公安机关来报到。"

等到洪强话音一落,小李拉住金坚双手,小耿帮他带上了手铐。

从笔迹、指纹、特征鉴定,论定关怀民、郑连顺、胡大春都是化名,现在出现的胡大春是台湾特务机关驻港特务头子金坚,'5·15'专案实施"诱敌深入"所要抓捕的主要对象。

局长会议室,坐了满一屋子人。翁局长居中,宋副局长、省厅陈处长在翁局长左右两侧坐定,周科长、小王以及参加会议的专案组、外线组同志,面孔上绽开了笑容,听取洪强、老葛汇报抓捕胡大春的情况。在这个骨节眼上,怕顾金生瞎咋呼,打乱全局工作计划,冠以"局长助理",坐在宋副局长旁边,内心有着说不出的味道:没有到第一线指挥战斗,有些尴尬;协助局长指挥破案工作,又沾沾自喜,自鸣得意。现在,只是眼睛朝天,跷起了二郎腿,自顾自吸烟。

参加会议的人,之所以特别感到高兴,因为这一次抓捕行动,特务头子胡大春,总算抓捕到案,其他两个案犯无关紧要。而包括省厅陈处长,翁局长、宋副局长,恰恰相反,鲍冲、陈婷两个人抓捕不到案,就没有完成最终目标:"一网打尽,扩大战果"。正当大家开始议论到鲍冲、陈婷的时候,监控鲍冲、陈婷的外线侦查员小张急匆匆跑进会议室,报告鲍冲突然到西郊公园动物园买了一包老虎屎。在座的同志一听到这个消息,大脑里灌满了一头雾水。

109

一网打尽

在局长会议室里的同志，对敌我双方都处在紧张的关键时刻，鲍冲怎么有闲暇，兴致勃勃逛公园，还买了一包老虎屎，觉得大惑不解。

郑连顺由凯乐寄售商店出走，在海临锦树里68号同鲍冲、陈婷碰头，郑连顺要鲍冲、陈婷做好撤离大陆的准备。一旦，郑连顺从宋浩然手里拿到“绝密资料”，策反宋浩然成功，撤离大陆返港。

按照省厅指示精神，公安机关抓捕郑连顺到案，实施“内紧外松”监控的外线组配合专案组，伺机秘密抓捕鲍冲、陈婷。就在郑连顺前脚离开海临锦树里68号，鲍冲后脚跟上，只身到西郊公园动物园观赏动物，同饲养员嘀嘀咕咕交谈。随后，外线侦查员通过饲养员了解情况：鲍冲向饲养员讨取老虎屎，饲养员不肯，鲍冲就花钱买。饲养员问他：“你要老虎屎做什么用?”鲍冲称：“种花当肥料。”饲养员收了他五块钱，包了一大包老虎屎给他。

在局长会议室听取外线侦查员汇报，在座的同志都感到大惑不解，交头接耳，窃窃私议。洪强同老葛交换了一下脸色。老葛憋不住首先发声：“这倒是新动向。”

顾金生干咳一声，歪转头，斜视着洪强、老葛：“花五块钱买点老虎屎，饲养员已经向外线同志说明，鲍冲买了老虎屎作肥料，一到你们脑子里就大惊小怪。不要浪费时间，赶快落实抓捕措施。”

洪强摇摇头，没有接口，而是面孔转向老葛：“你们外线同志有没有发现鲍冲种花?”

老葛皱起了眉毛，摇摇头：“没有听说过。”

顾金生接着发声：“你们在海临锦树里没有看到他种花，说不定，他在香港种花，你们看不见，不等于他不种花。”

在座的翁局长、宋副局长以及省厅陈处长，听到他们议论，对鲍冲花了五块钱买了一包老虎屎，也觉得奇怪。一时，都想不出一个所以然来，就下一步工作犹豫不决，是马上采取抓捕措施，还是等待弄清情况，再抓捕。

正待在座的几个领导脑子里存储疑惑的杂质，渐渐发酵，偏偏一波未平一波又起，监控海临锦树里68号的外线组副组长小龚满头大汗，突然闯进会议室，急急汇报：“陈婷由海临乘上火车到上海，已经密捕到案；鲍冲突然失踪，不知去向。”

几位领导听到这个消息，目瞪口呆。宋副局长只是追悔莫及，悔不该没有听取顾金生提出立即抓捕的意见，只是纠缠在“一包老虎屎”上争论；翁局长心中毕竟有个全局观念，坚持“一网打尽，策略分化，扩大战果”的斗争策略，有必要弄清鲍冲买老虎屎的情况，嘴上不说，急在心里。

顾金生不等领导发话，一个劲地盯住老葛，发号施令：“鲍冲溜掉了。还不派人去找。”

老葛听了顾金生的苛责，敢怒不敢言，几乎无所适从，两只眼睛眨呀眨，注视着领导表态。

唯有长期在隐蔽战线战斗过来的陈处长，处变不惊，神态冷静、沉着，以坚定而自信的口气说：“现在不忙去找，就鲍冲目前的动向，好好分析分析。”

上午九点多钟，在海临锦树里68号监控的外线侦查员，看到鲍冲手里拎了一只皮箱出门。小龚暗示小孙随后跟踪，小张、小耿殿后。跟到一个偏僻地方，小龚向小孙等几个同志挥了一下手，准备行动，小龚冲在前头，上去拍拍肩膀，那个人回过头来，小龚一愣，不是鲍冲，马上向他打招呼：“对不起，看错人了。”

陈处长听了小龚的汇报，当即向洪强发出指示：“老洪啊，你马上同华南公安局通个电话，向他们通报我们这里发生的问题，并请他们加强海关监控措施，一有情况，立即转告我们。”

根据陈处长的指示，洪强悄悄地跑出会议室，到机要秘书办公室，拿起内线电话同华南市公安局侦查处浦处长通话。通话结束，回到会议室，听到顾金生一个劲地数落老葛：“反正你们对鲍冲买的一包老虎屎感兴趣,你们捏在手里闻吧。”

洪强呛了顾金生一句:“顾科长,你对鲍冲买了一包老虎屎不感兴趣,我向华南市公安局通报我们这里发现的情况,他们反映说,这倒是及时雨。”

洪强这一说,一下子把会议室里的同志抛上了五里云雾,不知所以然,只是自言自语:“一包老虎屎,怎么会变成及时雨?”

顾金生急不可耐地苛责洪强:“你呐, 不要一天到晚故弄玄虚,一包屎,变成了及时雨,都是你创造出来的理论吧。”

宋副局长听了顾金生尽在唠唠叨叨,打横炮,抬起了一对睁不开的眼睛:“你可不可以让老洪把话说完,再议论。”

洪强接过顾金生话头:“倒不是我创造出来的理论,是华南市公安局侦查处处长浦淑仪说的,这是特务分子用作偷渡用的。”

洪强一说偷渡用的,把在座的同志弄得莫名其妙:特务偷渡要用老虎屎,越发不可思议。倒是小唐有丰富的想象力,自以为是:“对了,特务分子带了老虎屎,在偷渡的时候,用来对付边防战士。”

听了小唐的解释,一些同志只是捧腹大笑,嘴里发出咕哝声:“瞎说八道。”有的同志不屑一顾:“边防战士的枪是吃素的,带枪的人,反而怕老虎屎,真正是奇谈怪论。”

洪强听了宋副局长发话,接着汇报同华南公安局通话的结果:“鲍冲偷渡出境,为了防止边防战士利用警犬追踪,把老虎屎撒在地上,警犬一旦闻到老虎屎,就不敢再追踪。”

洪强这一说,在座的同志这才恍然大悟,并不住啧啧称奇:“这倒是出生出世第一次听到的奇谈趣闻。”

洪强继续汇报:“鲍冲买的一包老虎屎, 浦处长之所以说及时雨,暴露了他撤离大陆的方法和地点,要我们引起警觉:第一点,鲍冲失踪,说明他准备偷渡到香港;第二点,鲍冲偷渡的地点,必经之路是广东省宝安县沿海地区。”

翁局长、宋副局长以及陈处长听了老洪的汇报,三个领导舒展眉毛,露出了笑容,交头接耳议论了一番,翁局长当即作出指示:“老洪你带领几个同志,马上出发赶往华南,争取华南公安局支持,把鲍冲抓捕归案。切记!抓捕行动,一定要做到绝对保密。”

鲍冲为了转移公安人员视线，特地出了钞票雇人当他的“替身”，化装成鲍冲提了皮箱出走，将公安人员引开。他本人经过一番乔装，打扮成披头散发的女人，拎了一只皮箱，背了一个旅行袋，由海临乘火车到上海，再从上海转车到杭州卸妆，在杭州火车站买了车票，转车到广州。就这样神不知鬼不觉地出现在广东省宝安县。

鲍冲来到宝安县老城区，在破破烂烂的街上游荡，寻找老关系。在一条湿漉漉的弄堂里，一间破旧不堪的房子门口停留，“笃、笃、笃”敲门，不一会儿，门开处探出一个人头，看到鲍冲，马上邀他进门。

“你怎么来的？”

“来，拜望你。”

“不敢当，有事吗？”

“到你这里来，没有别的事，准备到河对面去。”

“几个人？”

“就我一个人。”

“现在，风声紧呐，船家不敢冒险出海。”

“那，他们不吃饭，不养家糊口了。”

鲍冲找的这个人，叫阿海，五十几岁，是本地的一个蛇头。鲍冲从阿海的口气里，听出音头，所谓“风声紧呐”这是个托词，敲竹杠，要钞票。

“阿海啊！你同我打交道，还绕什么弯子。”

“我说的实情话。”

“好吧，弄晚饭吃。”

阿海出得家门，去张罗晚饭。

两个人就在吃老酒的时候，商定偷渡事宜。鲍冲酒足饭饱，只顾困觉，阿海出去活动，找船主商量出海事宜。

洪强同小李几个同志，分坐两辆吉普车赶到华南市公安局侦查处，浦处长一看到洪强、小李，高兴地握住了洪强的手，回过来问洪强：“你们有没有搞到鲍冲的照片？”洪强随手将带来的照片递给浦处长：这个人已经化装，恐怕一时难以辨认。浦处长将外线科科长老贾喊来，一起研究商量，敲定了在宝安县秘密抓捕鲍冲的方案。

由浦处长发动侦查处全体同志出动，分成了三个小组，分别走访渔民，控制出海渔船；找蛇头，排查外来人员动向；监控偷渡者出没的地方,明察暗访,寻找鲍冲。经过一天一夜工作,发现具有偷渡嫌疑的人,一共有六个,对照相片,没有一个对得上号。参加查找的同志怀疑鲍冲偷渡的地点、方法,是不是从宝龙县偷渡,他本人有没有到达宝龙县。一连串的疑问充塞着侦查员的脑子,有的同志开始垂头丧气。

期间,有个同志提出一个大胆设想:“干脆出动边防部队在海上拦截出海的船只,有一艘,查扣一艘,堵截鲍冲从海上偷渡香港。”这一说,引起在座同志,在“海上拦截”还是在“陆地搜捕”的争论。最终还是在坚持“内紧外松”,秘密逮捕的原则下,结束了争论。浦处长心里想,宝安县同深圳、惠阳,都是同香港交界的地方,偷渡不外乎走路、泅渡、坐船三种方式,边防部队一出动,势必惊动敌人,促使敌人藏匿起来,或者改变偷渡的地点,这样一来,格外麻烦。浦处长自信地说:“既然断定鲍冲携带老虎屎从宝龙县偷渡,不可动摇信心。按照原计划执行。大家多动动脑子继续寻找。”

就在公安机关实施“内紧外松”抓捕策略的同时,阿海把他同船主商定的情况,向鲍冲转告,鲍冲皱起眉毛思索,一会儿带有责备的口气:“钞票不是问题,要等到船客凑齐,那,要等到什么时候才能凑齐?不行!就我一个人,要他出海。”

阿海摇摇头:“船主不会同意呐。”

鲍冲不耐烦,瞪着两只眼睛:“你没有嘴同他讲。真正不行,另外再找一个船主嘛。”

阿海点了点头:“好,我再去同他商量,实在不行的话,另外找人。”

正当两个人商量结束,听到一阵敲门声。鲍冲吃惊不小,赶紧闪进里屋。阿海开门一看,是阿嬷,居民小组长。

阿嬷板起了面孔:“你家里来了客人也不报告,这里是边防地区,客人不懂事,你也不懂事。快,到派出所去申报临时居住户口。”阿海唯唯诺诺,点头哈腰送走居民小组长。惊慌失措的阿海,冲着鲍冲:“不好,这个死女人尽会多管闲事。你是不是找个地方暂时避避,我同船主商定以后,再通知你。街上有个兴昌茶馆店,我们就在那个茶馆店碰头。”

宝安县城虽说不大,但人来人往,熙熙攘攘,这对公安人员对照相片辨认查找鲍冲带来了极大困难。再说,鲍冲为了逃避公安机关追查,不断化装，调换服装，增加了查找难度。经过一轮又一轮搜索排查，还是一无所获。有的同志出现了心灰意冷情绪。洪强一想到浦处长提出来"多动动脑子"，心里想，鲍冲化装以后，对照相片难以辨认，他随身携带老虎屎能不能做做文章。他把自己的想法同浦处长一说，浦淑仪受到启发，会同侦查处的同志，一起研究。在座的同志认为办法倒是个办法，但把握不大。外线科科长老贾倒是很干脆："我看可以，从这个人的肤色，加上老虎屎臭味，可以论定鲍冲本人。"

兴昌茶馆店是偷渡者落脚的地方，经阿海催促，鲍冲无奈，只得灰溜溜地一手拎了个皮箱，背上旅行袋，按照阿海的指点，到兴昌茶馆店避避。到了街上，溜达了一圈，在街尾看到挂着兴昌茶馆店一块牌子，跑进去一看，茶客熙熙攘攘，他一眼认准偏隅一张桌子上没有人，走了过去，把旅行袋放在皮箱上，向店老板要了一壶茶，自顾自喝茶，等阿海回话。等了半天，阿海兴冲冲赶来，拿起鲍冲面前的茶壶咕嘟咕嘟喝茶。鲍冲皱起了眉毛，阿海报告好消息："经过我再三说好话，船老板总算答应后天晚上起航。"鲍冲非常恼火："这是你报告的好消息？不行，今天晚上起航。"阿海尴尬回称："不行呐，出海前要祭海神爷，拣个吉利的日子，保平安。"鲍冲兜过来，出口就骂："放屁，哪来这么多规矩，今天晚上就出海。你不要同我耍什么花样。"阿海嬉皮笑脸："好好好，我再去说。"

洪强打扮成茶客，早鲍冲一步，在兴昌茶馆店吃茶。鲍冲经过洪强的桌子，洪强从鲍冲身上隐隐约约闻到一股异味，毕竟没有闻到过老虎屎的臭味，一时难以断定。老贾看到洪强，慢悠悠地跑过去，向服务员要了一壶茶。洪强把发现的情况向老贾耳语一番，老贾从这个人的肤色断定不是生活在沿海地区的人，身上散发出来一些异味，认为这个人很可能是鲍冲。老贾，四十岁开外，长期在沿海地区生活，面孔黝黑，身穿一身破旧衣服，赤脚穿了一双破雨鞋，打扮成当地的蛇头，端起茶壶挪到鲍冲桌子上，悄悄地挨近鲍冲，嗅到鲍冲身上散发的一股臭味，说着一口蹩脚的普通话，主动同鲍冲搭讪头："要船吗？"

鲍冲一愣，打量来者，断定这个人不是渔民，就是蛇头。就同来者攀谈，老贾向鲍冲详细介绍情况。鲍冲恐怕有虚头，兜过来盘问：

"是什么船？"

"机帆船，这，你就放心好了，包你舒服、快速。"

然后，两个人具体商量价钱、出海时间。鲍冲比较满意，特别听他说，可以为他一个人，今天晚上就起航，不顾阿海联系结果，当即拍板成交。

夜幕降临，鲍冲跟了老贾屁股后面走路，一头走，一头在路上撒老虎屎。老贾更加自信这个人是鲍冲，笑嘻嘻地说："用不到撒屎，臭烘烘的，赶快抛掉，我同你走的这条路，这个时候，边防战士不会来的，你尽管放心。"鲍冲听老贾这么一说，随手将一包老虎屎抛掉。两个人穿过芦苇丛，一眼看到一艘机帆船停泊在海滩，赶紧上船，机帆船立即发动，调整了方向，加快航速，直往前冲。大约在海上行驶了四十分钟的样子，一眼看到前方岸上，透出稀疏、暗淡的灯光，鲍冲内心窃喜，总算到了香港。老贾向鲍冲笑笑："你顺利到达目的地了。"

鲍冲下得船来，在海滩沙地上深一脚浅一脚走了一段路，爬坡上岸，抬头一看，四五个身穿便衣的人围上来，鲍冲觉得大事不好，碰到香港劫匪了。正当心里盘算，如何同劫匪打交道。再抬眼一看，不远处停着两辆吉普车。不好！不是劫匪，碰上大陆公安人员。霎时，想到手里的皮箱，已经来不及抛到大海里去。带头的洪强，喝令他打开皮箱，鲍冲不得已，哆哆嗦嗦打开皮箱。

"这是什么东西？"

鲍冲头上直冒汗，语无伦次："电——电台。"

鲍冲话音一落，洪强向他宣布："你被逮捕了。"

站在鲍冲身边的小李，同另外一名公安人员，麻利地帮他戴上手铐，押上汽车。

鲍冲原以为有了老虎屎，可以避开边防战士警犬跟踪追查，结果成了公安人员识别鲍冲身份的导航器。一到宝龙县，南方地区气温急剧上升，鲍冲放在旅行袋的老虎屎发酵，而他的服装同老虎屎一起放在旅行袋里渗透了臭气。洪强扮作茶客，老贾扮作蛇头，当鲍冲经过洪强的桌子的时候，嗅到鲍冲身上散发出来一股臭气，加上鲍冲不同于南方沿海地区的人黝黑的肤色，老贾断定是鲍冲。这才同鲍冲搭讪，引领他上了华南公安局的"机帆船"，钻进了公安机关设置的口袋。

至此，"5·15"专案，从一开始通过老洋盘家里的狗叫，发现了破坏孔定山微波站通信设备的犯罪分子朱如泽，到“5·15”专案即将破案，在兴昌茶馆店茶客身上散发老虎屎的臭味，抓捕到特务分子鲍冲。

现在，洪强、小李在重案犯审讯室，为“策略分化，一网打尽，扩大战果”，开始又一轮战斗。

由小唐、小王押解一名手铐脚镣的重案犯，由远而近，蹒跚走了过来。让陈婷、鲍冲隔了一层玻璃窗透视，陈婷一声惊叫，一眼认出这个重案犯，正是躲避在庆渝县的朱如泽，当场晕倒，被女侦查员小成一把扶住。她清醒过来，“扑通”一声跪倒在地，嘴里不停地念叨：“我交代，我交代，饶了我一条狗命吧……”

洪强又将脸转向站在陈婷旁边的鲍冲：“鲍先生，有何感想？”

其实，鲍冲在宝安县戴上手铐那一刻起，意识到事情已经败露。现在，再看到朱如泽、陈婷的情景，感到大势已去，坦白交代了他们被派遣潜入内地的犯罪事实。并表示，愿意将功赎罪。

按照公安机关的意图，鲍冲利用他原来随身携带的电台，向坐镇驻香港办事处的特派员董彪发报：

“胡大春已经拿到‘W计划’的情报资料，迟迟不肯返港，他准备在内地同亨利以十万美元转让，我再三劝告无效，只有你来内地，代表总部，当面同他交涉，才能奏效。”

董彪到香港美其名考察驻港特务机关，实际上调查胡大春这些特务同美国中情局特务的关系，有没有“脚踏两头船”，向中情局特务出卖情报。董彪一收到鲍冲发来的电报，立即向台湾总部汇报请示，总部十万火急回电，要董彪亲自赶往内地制止。

局长以及省厅领导听取洪强汇报以后，立即要洪强会同老葛组织一个抓捕小组，在鲍冲同董彪约定的时间、地点，张网以待。

董彪同鲍冲约定碰头的地点：广东省肇庆市七星岩水月宫寺院。老洪、老葛带领一个小组，扮作香客，烧香拜佛，远距离尾随、观察。到了上午十点钟样子，鲍冲走近一个西装革履的人，这个人看到鲍冲走过来，眼睛只是向四处张望，随后，两个人开始交谈。外线侦查员朝洪强、老葛歪歪嘴：“行动吧！”洪强摇摇头，转身问老葛：“你有没有发现鲍冲同来人握手？”老葛说：“没有，来人恐怕不是董彪。”

鲍冲同来人交谈大约一刻钟样子就分手。

事后，鲍冲向洪强汇报：“来人是台湾驻港特务机关特务，只是转告鲍冲：‘特派员要我转告你，动员胡大春赶紧回到香港去，再不回去，将要受到严厉制裁。’”

根据鲍冲汇报的情况，洪强同老葛两个人在商量的时候，洪强毫不迟疑，作出决断：马上返回海临锦树里 68 号，张网以待。

老葛听到洪强的决断，思想急剧斗争，董彪一旦没有到海临，而是要鲍冲另外约定一个地方，怎么办？经过洪强耐心解释，老葛这才同意洪强的决策，返程赶往海临锦树里。

到了深夜十二点钟，鲍冲听到敲门声，开门一看：嗨！竟是董彪。当即邀其进门。

“你这么晚才来？”

“我转车，能不晚嘛。胡大春呢？”

“他在沪西朋友家居住。”

“你有没有告诉他，我要找他。”

“告诉他了。”

“他怎么说？”

“他只当没有听见。这次，要看你董先生代表总部，当面向他传达总部指示，是不是会使他服服帖帖回香港噢。”

洪强、老葛一听到鲍冲称来人董先生，不言而喻，四个人从里面房间闪出来，董彪倒也没有反抗，只是面孔朝鲍冲看了一眼，嘴角露出蔑视的微笑：“败类！”

洪强为什么会如此决断“张网以待”？当时洪强判断：总部指令要董彪潜入内地制止胡大春的行为，他怎么可能派一个小特务来内地向鲍冲说了三言两语就走路。老葛根据洪强的分析意见，不再犹豫。至此，两辆吉普车调转车头赶回海临，完成了抓捕董彪的任务。

紧接着，杨菲、苏复兴接到鲍冲的指令，分别在广州越秀公园等待接受“新任务”。

由老葛带领外线组同志到达广州，在指定的地点，先后将杨菲、苏复兴抓捕归案。

洪强会同老刘，带领小李、小王、小唐等“5·15”专案组原班人马，会同三河公社特派员老殷前往庄前村大队，由老殷向大队书记王汉仁说明来意，王汉仁又惊又喜，特地召集大队党员干部开会，还特地邀请老长辈参加会议。陈胜全到了大队办公室，看到特派员，专案组的人全副武装，感到奇怪，还没有回过神来，特派员老殷当众历数陈胜全伙同外甥朱如泽的罪状，大队书记王汉仁宣布开除陈胜全的党籍，特派员老殷宣布逮捕陈胜全。顿时，办公室响起了热烈的掌声。小唐、小王紧紧跟上帮他戴上手铐。陈胜全竭力申辩："我犯什么罪，你们要抓我……"

老长辈面对大队书记王汉仁发话："汉仁，你马上着手做两件事：第一件事，召开群众大会，宣布陈胜全、朱如泽娘舅同外甥两个人的罪状，让群众晓得公安机关逮捕陈胜全的原因；第二件事，召开党支部委员开会，总结经验教训，这几年党支部不要说发挥战斗堡垒作用，连得党组织生活也不过了……"

当大队书记王汉仁在群众大会上，历数陈胜全、朱如泽的罪行，庄前村群众当即欢声雷动。一些原来受陈胜全欺压的农民，拍手称快，扬眉吐气，放鞭炮的放鞭炮，敲锣打鼓的敲锣打鼓。

在"文革"那个年代，坐落在一个寂静的山野村庄的孔定山微波站，遭到了前所未有的破坏。几年来，公安机关紧紧依靠庄前村大队党支部，充分发动群众检举揭发，做了大量的调查研究，最终破获微波站破坏事故案件，揪出隐藏在庄前村大队党内和群众中的特务，受到冲击的山野村庄又复平静。庄前村紧跟上时代步伐，焕发了青春，整个大队，前村、后村，展现了一派勃勃生机田园景象。

至此，台湾驻港特务机关派遣潜入大陆实施"W 计划"的特务，被大陆公安机关一网打尽，粉碎了敌特机关"W 计划"阴谋。而专案组同志并没有就此结束战斗。根据华南市公安局局长赵开诚的建议，省厅邱副厅长、陈处长以及局长的指示精神，开辟了第二战场，投入审讯工作中去，通过对董彪、金坚、鲍冲这三个主要特务的审讯，摸清台湾特务机关在境外的特务组织网络，展开更大规模的斗争，即将拉开战斗序幕。

人物介绍

海临微波站

王德明：站长、指挥中心总指挥、总工程师

赵浩：工程师

小陶：技术员

曹金生：技工

林福祥：技工

澄江监管中心

王主任

陈辉：副主任

程晋：技术员

凌汛：陈辉的同学，上级部门，负责后勤保障

孔定山微波站

成钧贤：站长

宋浩然：孔定山微波站工程师，住姚巷 5 号

值班员：王杏根、宋飞、杨海明、小朱

陈祥生：微波站工作人员。陈祥生老婆的姐姐就嫁在庄前村

阿三：炊事员

沈会计：孔定山微波站

省邮电局

杨副局长

市邮电局

黎明扬：局长

张副局长

钱聪：保卫科科长，专案组副组长

保卫科干事：尹秋兴、周国生、田惠民

史光大：原来在部队当过指导员

沪西市公安局(干校)农场

冒明辉：老冒，场长，郊区公安分局原局长、渡江老干部场长

公安人员：朱开宝、阿克，姚林生、李国平

谢师傅：碾米厂工人

范书记：石塘乡东联大队书记

洪祥生：家在海临市普渡区靖海里35号301室，十二三岁就到海临市机械厂去学生意，八级钳工，退休在家里；洪祥生老婆有些耳背

沪西市公安局

陈颂平：沪西市公安局局长，"文革"中最早被打倒的沪西市公安局一把手

许德：常务副局长，"文革"中被开除党籍、开除公职，平反后，辅助陈颂平局长工作

小谢：机要秘书

翁大权：局长，接替陈颂平担任一把手

李明波：副局长分管刑事侦查工作

宗副局长：市公安局代管刑侦工作

宋祥林：侦查科科长，升任副局长

郑挺：侦查科副科长

顾金生：内保科副科长，升任侦查科长

凌德云：5组敌特基础调查组组长

洪强：组长，原沪西市公安局侦查科组长

高天聪：小高，刑侦技术员，绰号"赤脚医生"，又叫作"工程三"

侦查员：刘天祥、王志坚、李鹰飞、唐伟、小郁、小林、迟振扬、马福根小赵、小袁

张海波：退伍老战士

罗琦霞：张海波老婆

外线组

老葛：组长，本名叫葛大同，原来是解放军侦查连连长

小成、小孟、小张、小龚、小徐、小耿：外线侦查员

老殷：三河公社公安特派员

姜队长：刑侦中队长

何大队长：刑侦大队长

老卞：副大队长，暂时代理大队长

许仲益：法医

林涛：刑警中队长

金宝：刑警

华南公安局

赵开诚：华南公安局局长副市长，原侦查大队长老浦助手、一组组长，直接承办汤祈、金坚一案

浦淑仪：华南市公安局侦查处处长，原来是沪西行政公署公安处侦查大队长“浦二爷”的女儿

保姆

奶奶

贾科长：华南公安局外线科长

省公安厅

老厅长

邱副厅长

陈叔平：省厅侦查处处长

周科长：省厅侦查处一科科长

小王：省厅侦查处一科侦查员

海临市公安局

谢科长：海临市出入境管理科科长

袁汉明：原来是一处处长，后在安徽农场劳动

温科长：某市市委组织部的外调干部

小赵：“赵四”小姐，海临市出入境管理科内勤，李光明老婆

李光明：小李，海临市公安局侦查处副处长

江临市公安局

高副局长

杨军：江临市公安局侦查处处长

吴科长：江临市公安局侦查处一科

闽南市公安局

郑亚美：又名阿美，闽南市公安局侦查处组长，丈夫潘杰是省公安厅侦查处处长

老潘：潘杰，郑亚美丈夫，沪西市郊区人，五十年代高中毕业参加革命，在沪西市公安局侦查科工作，后响应党中央号召，“南下干部”

祁处长：边防处长

吴大胜：边防缉私大队长

缉私大队巡逻艇驾驶员

小王：公安缉私巡逻艇报务员

海鸥：闽南缉私大队的“线眼”

阿林：闽南公安局缉私队的“线眼”

王科长：闽南工商管理局科长

彭敏：陈局长的夫人

许老太

许艳：许老太女儿，本科大学生，纺织厂技术员，马福根老婆

庆渝县公安局

余科长：侦查科科长

王老板：龙岗口 58 号对面杂货店老板

老头：庄前村大队治保主任陈胜全
许琳仙：住五莲路 72 号，原籍是沪西市
高俊嘉：户主
潘成建：外科主任医生

庄前村

王汉仁：大队书记
阿庆：支部委员，抓农业
王杏娣：支部委员、妇女主任
陈胜全：支部委员、治保主任
杨来娣：王汉仁老婆
阿大：王振中，王汉仁大儿子
阿二：王金海，是王汉仁第二个儿子，沪西市东方纺织厂临时工
阿翠娘：绰号百家猫，治保主任陈胜全老婆
阿妹：阿庆老婆
徐火根：王杏娣老倌
老长辈：庄前村原党支部书记
徐本度：支部委员，抓工副业
朱如泽：大队治保主任陈胜全的外甥
王利发、陈庆度、徐桂生、徐林生：4 个人居住后村，市区东方纺织厂临时工
徐根度、徐阿海：东方纺织厂做工
徐金大、老油条、包打听：庄前村农民
徐老头：老农民
阿末头：徐老头儿子
桂珍：徐老头媳妇
龙泉的娘：阿翠娘邻居
狗度娘
强根：农民
阿惠：强根老婆

王金发：绰号“老洋盘”，海临纺织厂的工人，朱如泽家的邻居

朱开诚：朱如泽父亲，原本在市里机械厂当师傅，50年代支援“三线”建设到了西南

宋浩兴：宋浩然老弟，今年26岁，沪西市东方纺织厂工人，仙岛饭店的办公室主任

“01”工厂作破坏性试验

蒋处长：西部省公安厅侦查处

刘厂长：“01”工厂一把手

杨辉：技术处总工程师

柯茜：杨辉爱人，技术处党总支书记

辛玉龙：“01”工厂办公室主任，陈辉的同学，驻厂解放军连长

孙处长：保卫处处长

包阳刚：分管技术处副厂长

朱寿光：技术处长

小张：技术处秘书，掌管大印

大丰纺织厂

王全珍：党委书记

阿巧：纺织车间党总支书记

夏正球：保卫科科长

卜洪坤：保卫科干事

小葛（女）、小赵（女）：保卫科干事

杨芸：侦查员李鹰飞的老婆、织布车间生产班长、厂里团委委员

钱明、戴大举：大丰纺织厂青工，盗窃犯

林阿姨：织布车间老工人，失窃200元钱

董红霞：户籍内勤小董

黄局长：郊区公安分局

钱惠民、张晓亮：公安人员

蔡林生：精神病患者

刘师傅：红光大队农民，精神病院炊事员

阿敏：东风纺织厂车间主任

周耀明：东风纺织厂保卫科长

副院长：精神病院部值班

包世芬：大姐东风纺织厂一车间甲班工人

包世芳：精神病医院护士

蔡林生父亲：红光大队农民

女护士：郊区人民医院

勤杂工阿姨

小张：郊区人民医院办公室管人事保卫工作

李医生：郊区人民医院妇科医生

徐玉英娘

徐玉英：郊区人民医院人工流产

邱秉昌：渔湖中学邱老师

邱雅娟：渔湖中学学生

三毛：与邱雅娟同村

三毛娘

邓老师：班主任

仇根度：顶替父亲进了沪西市弹簧厂当工人

朝阳大队

郎开顺：石埠派出所民警老郎

大队吴书记

管全舜：治保主任

管林妹：妇女主任

陈翠花：庄前村大队治保主任女儿

姚会计：朝阳大队陈翠花老倌

阿龙：陈翠花儿子

林根：治保委员

夏老太

阿大:夏老太大儿子,大名叫夏建树

老二:夏建松

老三:夏建群

老四:是农民,大名叫夏建陵

夏建兰:夏老太女儿,夏老师

管建中:夏老太女婿,青山林果场场长

吴民生:治保委员

根大、阿克:管家湾东湾吴巷上农民

阿毛:东横头吴家里的儿子

管双庆:四十多岁管家湾西湾的农民

阿娣:管双庆老婆

陈明德:陈婷父亲,朱如泽的大娘舅,开明五金商行的老师傅,住海临普渡区锦树里

阿娣:陈明德老婆,本来在纺织厂做工,病退在家,女儿陈婷出嫁香港

吴光辉:他从香港回海临探亲认识陈婷而结婚

周兰英:车间女工,陈婷死去的丈夫吴光辉的阿姨

老徐:海临市普度区当地户籍警

杨大姐:锦树里居委会主任

小张:锦树里居委会干部

宋金娣:陈明德家邻居

王巧珍:同安里72号,老洋盘老婆,中共党员,裕丰纺织厂细纱车间值班长

朱开诚:朱如泽父亲,原是陈明德妹夫

苏区地委

周克强:苏区区党委书记

浦二爷:担任沪西行政公署公安处侦查大队长

汤祈:苏区地委书记,1948年的夏天,苏区林洲地委遭到国民党部队突然袭击,身负重伤,到海临治疗,被海临站军统特务密捕,叛变

项梅:汤祈老婆

维多利亚峰(香港)

郝鹏举：60多岁，广东中山人，在美国经营糖果生意

宋慧珠：60岁，沪西人，宋浩然姑妈，年轻时留学美国

刘敏英：报案人，护士

朱金祥：小刘爱人，为杨英同宋浩然恋爱牵线搭桥

宋浩然：孔定山微波站工程师

宋浩兴：宋浩然老弟，东方纺织厂工人

杨英：沪西市第一人民医院护士

杨辉：杨英的父亲，“01”工厂的总工程师

柯茜：杨英的母亲，沪西市石浪公社人

杨老太：杨英老祖母

王医生：内科门诊室

护士小张

市委领导

渝西市公安局

龙处长：侦查处

车站站长

驾驶员

朱如泽：在三个月前，已经迁往庆渝县租住在龙岗口58号房

余科长：庆渝县公安局侦查科

王老板：朱如泽家居斜对面的杂货店

骑自行车的小青年

民警

老杨：中队长带领，一共来了三个交警

盛大全：犯罪嫌疑人，32岁，本市人，初中文化，家住本市朝天宫43号，是自行车厂工人

戴金妹：盛大全老婆，30岁，东风被单厂工人，有一个儿子，5岁，在幼儿园

王小妹：盛大全母亲，长年患有心脏病

包检察长：一把手

高乐山:刑事检察科科长

林副检察长

老高：检察员

许德：原沪西市公安局常务副局长,后调任中级法院院长

袁益民：一庭庭长、审判员

翁大权：政法书记、公安局长

宋祥林：宋副局长

李明波：李副局长

宗副局长

老何：刑警大队长

老卞：大队副队长

林涛：副重案组组长、刑警中队长

盛锦珠：盛大全妹子,是针织内衣厂工会干部

潘林森：当地户籍民警

杨阿姨: 朝天宫 45 号,盛大全的近邻

许阿姨: 盛大全右隔壁的

乔细妹：家住朝天宫 89 号,40 多岁,是第一人民医院护士宿舍舍监

吴科长：自行车厂保卫科

阿四

朱师傅：装配车间班长

阿三：二组工人

林根

阿憨: “四大金刚”之一

纠错

金宝:刑警,介绍气功大师破案

高文英:自行车厂供销科科长

杨芳：杨老太第二个女儿

老郝：外贸局保卫科长

杨辉帮杨菲转信

朱处长："01 工厂"保卫处

蒋处长

庞科长

举报人

宝龙县邮电局人保课

游课长

小张：干事

宗师傅

桂浩明

桂浩明老婆

后娘：朱开诚老婆，朱如泽继母

摩天岭站头

余科长

沈超、赵灿：侦查员

车站民警

摩天岭汽车站站长

老周：仙林乡特派员

桂郎中：桂浩明

陈兰英：邱光标老婆

邱秉昌：红光大队渔湖中学老师

邱光标：邱秉义的儿子

李干事：部队政治处

高政委

汤凯：又名小汤

阿林：凯乐寄售商店伙计

詹晓华：地下党领导

袁潮勇：地下党联络员

江枫侠：牛迹山新四军游击队政委

周明：牛迹山新四军游击队锄奸队队长

郑连顺：西南梁熙县供电局当差

薛春娇：薛二小姐，薛春娇

武植隆：特务机关的头子

季永清：游击队司令，叛变投敌

阿土：季永清的亲信

薛念娇、涂友斌、阿三、包打听：特务

老师太：被害人

瞎子

台湾特务机关特务

宋秀莲：代号“03”

陈婷：代号“04”

史廷：大约40多岁，训练宋秀莲的教官

金坚：50岁左右，外号叫“六指头”，台湾驻港特务头子，化名胡大春，新世纪（香港）电信电器有限公司总经理

鲍冲：台湾特务机关驻香港办事处主任

董彪：台湾特务机关总部特派员

美国佬亨利：亨利上校，美国中情局特务

杨菲：女特务，策反宋浩然

杨英：杨菲侄女，代号“女神”

苏复兴：原名姚敦山，四十多岁，闽南市郊区榕树乡人，四年前突然从闽南蒸发了。配合陈婷传送电缆

朱如泽：陈婷表弟，特务

陈胜全：朱如泽的二娘舅，特务

朱国冲：军统海临站少将站长

丁一晨：军统海临站内当家总务组组长

后　记

完稿以后，想起当时激起一股创作欲望的时候，颇费一番心思。拿小说的背景来说，事情发生在十年动乱的年代，台湾特务机关，趁内地社会动乱，公安机关瘫痪，派遣特务潜入内地进行反革命破坏活动。要在这样一个特定的时代背景下，构思一个反特故事，既要考虑选题，又要考虑到情节安排，特别是涉及人物关系，对待一些敏感的问题，既不能回避，又要实事求是，脑子里塞满了“疑难杂症”。

虽说，这是一部虚构的反特小说，但是，终究不能虚构成离开地球引力，瞎说八道，思维逻辑混乱的荒诞小说。

一开始，就像离开地球引力，飘忽不停，写写停停，停停写写，又像蜗牛爬行，好不容易写了三四万字，回过来看看，成了一堆废物。后来，我就抛弃脑子里的“疑难杂症”，从束缚我脑袋瓜“框框”里挣脱出来，想到什么写什么，一口气就写了五六万字的“毛坯”，还是不像样子。我把它推倒重来，写出来十万多字。看看，稍许有点像样，就继续不断地写，又写了十多万字。结果电脑出毛病，原来写好储存电脑里的文字，找来找去找不到，二十多万字泡汤了。

经历反反复复折腾，写作处在极度尴尬状态，趁老师傅修理电脑的时候，我静下心来，想起了给大脑充电。先是学习毛主席《在延安文艺座谈会上的讲话》，后来又学习习总书记《在文艺座谈会上的讲话》。学习以后，逐渐找到了文艺创作方向，作者首先要解决立场、观点问题；要端正态度，明确歌颂谁，暴露谁，要为工农兵以及党的干部服务。从此以后，创作逐步走上了轨道，创作起来，不再犹犹豫豫、瞻前顾后，落笔千斤重。

习总书记对文艺创作指出：“一定要脚踩坚实的大地”，“最根本、最关键、最牢靠的办法是扎根人民、扎根生活”。

在公安战线，历经三十多年战斗生涯，我就所看到的、听到的，尽管有些事情擦肩而过，脑子里多多少少留下了一些印记，就罗列起来作为创作素材。目的想通过这些素材，经过加工制作成型，留住那个时代普普通通公安人员形象的记忆，纯朴的工人、农民、干部、知识分子的高贵品质，党员领导干部的高尚形象，让人们永远记住他们。至此，开始脚踏实地，犁地耕耘，逐步形成规模性文字，故事逐渐成形。

故事切入口，我就选择微波站“告警”，作为创作小说的一个窗口，以此透视整个故事的发展和结局。

人物构思，既然是反特故事小说，公安人员应该占据小说中主要地位，但是要避免把他们写成“福尔摩斯”神秘孤立搞探案，而是综合常年扎根在群众中的公安人员战斗生活，至此，“5·15”专案组组长洪强、副组长老刘和侦查员小李、小王、小高、小唐、小马，以及三河公社特派员老殷，随着故事逐步延伸，一个个在故事里现身。

虽说他们没有像战争年代那些战士轰轰烈烈的业绩，但是，他们坚持党的宗旨，全心全意为人民服务。在对敌斗争上，立场坚定，政治纪律严明；在平凡的工作岗位上，贴着群众的心，连着群众的脉搏，牵动着千家万户神经，一天 24 小时，为群众排难解忧，做群众喜闻乐见的事情；受到党多年教育的广大农民、工人、知识分子，在公安人员的带动下，成了对敌斗争可靠的积极分子，在特殊的战线，他们犹如撒下的无形的天罗地网。

海阔凭鱼跃，山高任鸟飞。在同狡猾的特务作斗争中，笔下一些在战争年代过来的领导同志，不能把他们写成“神机妙算的诸葛孔明再世”，但是，他们在对敌斗争平台上，运筹帷幄，指挥若定，高瞻远瞩，勇而善谋，贯穿于整个故事。

书名，如何定？一边创作，一边思考，反反复复，先后提出来不下五六个书名，大多数从惊险小说的角度提出。初看起来，蛮够刺激，吸引人们的眼球；然而，翻来覆去想想，似乎有点俗套，再说，书里的内容，也没有那么多打斗场面，不像有些惊险小说描写的打斗场面，从头开始要打到结束。最后，从孔定山微波站最初发生案件中得到启发：犯罪分子破坏微波站通信设备，微波站设在孔定山上，孔定山坐落在庄前村地界，书名应该同庄前村搭界，而最终揪出来的犯罪分子就是隐藏在庄前村——大队治保主任，娘舅同外甥两个特务分子——使得原来平平静静的农村弄得不平静，由此定名为《静静的村庄》，让人们有了“不平静”的想象空间，在寂静的世界里，折射了刀光剑影。

十多年来，我爱人杜桂芳对我的创作默默无闻地支持，我得到了市人大老领导李锦华、薛成志、陆金宝等的关心、鼓励、支持，特别是书稿完成之际，不辞辛苦为我联系出版单位的顾必成、张樱、倪荣英等同志，在此一并向他们表示衷心感谢。